W0471077

QUARTO

VOIX CONTEMPORAINES

ERRI DE LUCA

ITINÉRAIRES

Œuvres choisies

Édition de l'auteur

Quarto Gallimard

Pour les œuvres d'Erri De Luca, les mentions particulières figurent au verso des pages de faux-titre.

Les mentions particulières de copyright des extraits de textes et des documents reproduits dans la présente édition figurent en fin de volume dans la Table des copyrights et dans la Table des crédits photographiques.

Sauf indication contraire, toutes les traductions et les notes de bas de page sont de Danièle Valin.

© Éditions Gallimard, 2023, pour la présente édition publiée en accord avec l'Agenzia letteraria Susanna Zevi.

CE VOLUME CONTIENT

PAGE PRÉCÉDENTE
Erri De Luca, en 2017.

PRÉFACE

Depuis plusieurs décennies, les pages que j'écris sur des cahiers deviennent des livres publiés. À ceux qui m'en demandent le nombre exact, je ne sais répondre avec précision.

Ce livre est différent de tous les autres. Non par sa taille imposante, mais par son intention. Il veut être un portrait.

Face à ce que j'ai écrit, je dispose de cette certitude personnelle : je ne sais pas faire mieux que ça. J'obtiens cette certitude après avoir recopié à la main, trois fois, avant de me mettre à tapoter sur les touches la dernière rédaction.

Recopier me maintient dans la lenteur, relire me ferait survoler.

Durant le temps très matinal où je recopie, je vois si je continue à le faire avec plaisir, si je ferme mon cahier en ressentant un vide, signe d'une concentration arrivée en fin d'énergie. Une fois établi avec moi-même que je ne sais pas faire mieux, je ne fais aucune distinction entre les livres réunis ici. Chacun a été le meilleur de ce moment-là. Je ne fais pas non plus de classement, je n'ai pas progressé entre le premier et le dernier.

Écrire n'a pas été et n'est pas un métier pour moi. Parce que je n'accumule ni compétences, ni expérience, je suis un débutant pour chacun de mes livres.

Écrire est le temps de fête de ma journée, ce n'est pas celui du travail.

Aux éditions déjà parues en français, j'ai voulu ajouter des inédits, publiés seulement en italien. Il s'agit de pièces de théâtre et de textes sur Naples. Je viens d'une ville qui assigne des rôles à ses habitants, transformant les personnes en personnages. Avec pour conséquence que le théâtre est partout.

Aucun éditeur ne m'a traité avec autant d'attention et de respect que Gallimard. À l'époque du procès subi en Italie pour des paroles de soutien à la lutte du Val de Suse, j'ai trouvé ici, en France, solidarité et alliance. Antoine Gallimard s'est investi personnellement auprès des autorités françaises, impliquées dans l'affaire. En Italie, l'appui m'est venu d'en bas.

Ce volume, son format solennel, mon nom placé dans une sélection d'auteurs français : j'ai reçu là une deuxième citoyenneté.

Je dois cette reconnaissance à Danièle Valin, traductrice de chacune de mes pages, de *Pas maintenant, pas ici* à ce recueil, y compris mes articles de presse.

Je suis arrivé en France en tant qu'ouvrier de chantier. À la fin de mes heures, j'ai secoué la poussière de mes travaux avec des dizaines d'autres hommes venus de différents pays du monde. Nous avions en commun l'usage de la langue française baragouinée avec des accents les plus divers. C'était important de pouvoir se comprendre ainsi. J'écrivais alors aussi des pages que j'ai voulu perdre.

Après les années 1970 des multitudes, des rangs serrés bras dessus bras dessous, je me trouvais seul et cet isolement arrivé en fin de course d'une appartenance au pronom nous le plus étendu, me donnait le vertige. Après les années à voix haute, commençaient les années silence. C'était un éloignement, pas un exil. On écrit depuis une distance. On écrit « comme celui qui vient de si loin qu'il n'espère arriver » d'après l'écrivain Borges.

Arriver où ? Ce livre est-il une arrivée ? S'il l'était, je devrais reconnaître un parcours. Au contraire, j'ai avancé en zigzag, me cognant dans le labyrinthe des miroirs d'une fête foraine à la recherche de la sortie.

Je ne sens pas le poids de l'âge sur mes épaules, mais dans mon dos, en cétacé qui traîne un filet accroché à sa queue.

Vers soixante ans, j'ai rencontré la fin de la solitude. L'infaillible dispositif du hasard a agencé les circonstances nécessaires. La langue napolitaine m'aide à définir : *ammore*, avec deux m, une alliance définitive.

Je lui dédie le contenu de ce livre dans lequel je peux reconnaître ce qui j'ai écrit avant de la connaître et ce que j'ai écrit après.

« ITINÉRAIRES »

Repères biographiques

« J'attache de la valeur à toute forme de vie,
à la neige, la fraise, la mouche.
J'attache de la valeur au règne animal et à la république des étoiles.
J'attache de la valeur au vin tant que dure le repas, au sourire involontaire, à la fatigue de celui qui ne s'est pas épargné, à deux vieux qui s'aiment.
J'attache de la valeur à ce qui demain ne vaudra plus rien
et à ce qui aujourd'hui vaut encore peu de chose.
J'attache de la valeur à toutes les blessures.
J'attache de la valeur à économiser l'eau, à réparer une paire de souliers, à se taire à temps, à accourir à un cri, à demander la permission avant de s'asseoir, à éprouver de la gratitude sans se souvenir de quoi.
J'attache de la valeur à savoir où se trouve le nord dans une pièce, quel est le nom du vent en train de sécher la lessive.
J'attache de la valeur au voyage du vagabond, à la clôture de la moniale, à la patience du condamné quelle que soit sa faute.
J'attache de la valeur à l'usage du verbe aimer et à l'hypothèse qu'il existe un créateur.
Bien de ces valeurs, je ne les ai pas connues. »

Œuvre sur l'eau

« [Naples] est une ville de mer, et c'est pourtant là que j'ai gravi ma première montagne.

Papa m'emmena sur le Vésuve, c'était l'hiver, il y avait de la neige. Mes chaussures se sont mouillées, la lumière me piquait les yeux.

Il m'indiqua les noms de l'horizon, le mont Faito, Sorrente, Capri, Procida, Ischia, Misène.

Le golfe était lisse comme une page de géographie.

La hauteur était panoramique parce que de là-haut tout était loin.

Il m'avait préparé : ce n'était ni un jeu ni une promenade.

C'était la montagne, une puissance sérieuse.

Du bord du cratère on voyait le fond, une faible fumée s'en dégageait qui n'arrivait pas jusqu'au nez.

J'ai su pour la première fois que les montagnes sont à la portée des pas. »

Le Tour de l'oie

« En juillet 43, le ciel au-dessus de Naples était un champ de croix avec des ailes,
elles passaient très haut et larguaient,
sur objectif libre, à terre sans alarmes,
sans sirènes en pleine ville.
À midi les bombes sont plus infectées de terreur.
La nuit, il est plus normal de courir aux abris, de se réfugier dans l'obscurité, mais le jour c'est pire.
« Quand est-ce que ça finira ? Jamais ?
Et la chaleur, *'o calore*, du mois de juillet 43. »

L'Été 43

Naples après les bombardements de 1943.
CI-DESSOUS : Le quartier de Borgo Loreto.

En 1941, son père, Aldo, jeune homme athlétique, fait partie des chasseurs alpins.
EN HAUT : Debout, Aldo De Luca (n° 10) avec son équipe de basket, 1938.

« Les héritages ne proviennent pas d'un testament, ils ne passent pas par l'étude d'un notaire. J'ai appris de mon père que l'on hérite de la dette, de la tâche inaccomplie, du regret du malentendu. Il a rempli sa tête et ses étagères de l'histoire de son époque, qui s'est abattue sur lui en le jetant dans une guerre. [...] J'ai pris dans sa bibliothèque les pages qui ont construit mes premiers sentiments politiques. Dans sa bibliothèque, j'ai appris l'italien, que l'on parlait à la maison d'une voix basse, à l'accent aseptisé. Plus qu'une langue, c'était une coutume. Il m'a appris des chants de montagne et m'a fait découvrir les Dolomites. La première approbation de sa part, dans ma vie, a été lorsque je lui ai dit que j'avais commencé à escalader des parois. J'étais au milieu de la trentaine, il a mentionné quelques sommets que j'ai gravis plus tard. »

« Cent'anni », 2 janvier 2018

Emilia, dite Milly, dans les années 1940.

« J'avais quinze ans au début de la guerre, le plus bel âge.
Le fascisme me l'a bien gâché jusqu'à mes dix-huit ans.
Je ne savais rien de la politique et je n'en avais rien à faire, moi je voulais faire l'amour, sortir avec mes amies, danser, aller à la mer. Si le fascisme me le laissait faire, si le fascisme me faisait vivre, tant mieux pour lui et pour moi aussi.
En revanche, rien, il a volé ma jeunesse,
Il a envoyé mourir la fine fleur des jeunes pour une guerre abjecte, il s'en foutait bien de moi, de Naples, et de l'Italie. Il était à Rome, bien protégé par la soutane du pape, à Rome il ne lui arrivait rien.
[…] À Naples, [la guerre] s'acheva deux mois plus tard, fin septembre, le peuple se révolta tout seul contre les Allemands, quatre jours et trois nuits entières, dans le noir et au milieu des tirs, pleins de volonté,
quatre journées pour effacer les claques sur la figure.
Jusqu'à la retraite des Allemands,
Au moment où entrèrent les jeunes Américains, fils des Napolitains d'outre-mer.
Alors commença le peu de jeunesse qui me restait.
Je me suis mariée en 46, ainsi ma jeunesse a duré trois ans. »

L'Été 43

Les parents d'Erri, Aldo et Milly, à San Vigilio di Marebbe en 1947, après leur mariage.

Le quartier populaire et surpeuplé de Pizzofalcone, aussi appelé Monte di Dio, à Naples, dans lequel la famille d'Erri De Luca, ruinée après la guerre, s'est installée. Le travail acharné du père, Aldo, permit à la famille de quitter progressivement cet état de pauvreté.

« À Naples, une rue droite en pente douce est barrée tout en haut par une caserne. Elle s'appelle Monte di Dio, un nom difficile à porter loin de Jérusalem. C'est ainsi que la nomme Isaïe dans son livre de prophète : Montagne de Dieu, *har Iod.*

Naples est allongée, toute grande ouverte au ciel, à la mer et au volcan. Elle ne s'est jamais défendue contre qui l'a voulue et elle n'a pas de citadelles. Mais sur la toute petite hauteur du Monte di Dio, se tenait un enfant comme sur le créneau d'une tour, passant des heures à faire la sentinelle.

Dans la partie basse de la rue se trouvent un théâtre et un palais princier. Vers le haut les immeubles s'appauvrissent. C'est dans l'un d'eux que s'est écoulée mon enfance. En face du mien, il y avait un vieil immeuble. Pendant un an, j'ai assisté à sa démolition, c'était en 1955. On l'abattait à coups de pioche, un étage après l'autre, en descendant vers le sol. Sous l'enduit décoloré, le tuf jaune respirait à nouveau, décrépi. C'était la matière première des maisons d'autrefois. Les blocs équarris étaient récupérés. Le palais s'écroulait lentement sous une cloche de poussière. »

Tuf

CI-CONTRE : Erri, à la Villa Comunale de Naples, 1954.
CI-DESSOUS : Avec sa sœur, Fiorenza, à Montedidio, 1956.

« À nous autres enfants, moi d'abord, par ordre d'apparition, puis ma sœur, on nous donna une éducation qui me sembla toujours appropriée au manque d'espace et de moyens ; on parlait à voix basse, on se tenait bien à table, essayant de ne pas salir le peu de vêtements décents que nous avions. On se déplaçait avec discipline dans le petit logement. »

Pas ici, pas maintenant

« Tant que la lumière fut dans ses yeux, mon père fit des photographies. Toute une étagère se remplit de nos images prises dans des circonstances particulières ou banales. La récolte dura dix ans, pas plus : des premières années de bien-être à celle de la perte de sa vue. Ainsi reste illustrée jusqu'au détail une époque, peut-être la seule que j'ai réussi à oublier. Les albums, les archives ne soutiennent pas ma mémoire, mais au contraire s'y substituent. »

Pas ici, pas maintenant

CI-DESSUS : Aldo De Luca, photographe.
CI-CONTRE : Erri et ses parents, 1963. Dans l'album d'Erri, figure la légende manuscrite suivante : « Groupe familial pris par Fiorenza, composé de Mamma (aux sourcils froncés), Papa (aux yeux fermés parce qu'aveuglé par le soleil) et moi. Au fond, le petit marché où nous nous rendons chaque dimanche pour acheter les fruits et d'autres choses. Sur la droite, après l'immeuble gris, se trouve "Fontana", la pâtisserie où nous avons toujours acheté les gâteaux. »

EN HAUT : Toute occasion constitue un moment photographique. Ici, sur les quais de l'embarcadère pour Ischia, printemps 1964.
EN BAS : Erri photographe, Sardaigne, 1970.

« Je porte un prénom implanté dans ma famille napolitaine par une grand-mère américaine, partie du port de New York et débarquée à Naples sur le môle Beverello au début du siècle dernier, après un voyage commencé à Birmingham, Alabama. Harry était le prénom de son père, elle le passa à son fils, mon oncle. Quand j'étais petit, le *h* et le *y* de cet héritage m'encombraient beaucoup. Ce prénom étranger me dénonçait continuellement, sans que je lui sois lié par aucun attachement. Pendant longtemps, j'ai eu du mal à porter le prénom d'un autre. J'écris des histoires avec une voix narrative privée de ce détail d'état civil, allégée d'identité. [...] Un jour, j'ai trouvé un billet qui m'était adressé, accroché à ma porte : *pour Erri*. Je vis pour la première fois mon prénom écrit de la façon dont il se prononce. Ce fut un baptême, le deuxième, à sec cette fois-ci. Tel était mon prénom, je me servirais de ce format. Ce prénom, Erri, me détachait de celui d'avant. Il déclinait une autre identité, pour des temps expéditifs, un demi-surnom de bataille. »

« La Découverte du prénom »,
Le Plus et le Moins

Harry, neveu d'Erri De Luca, fils de sa sœur Fiorenza.

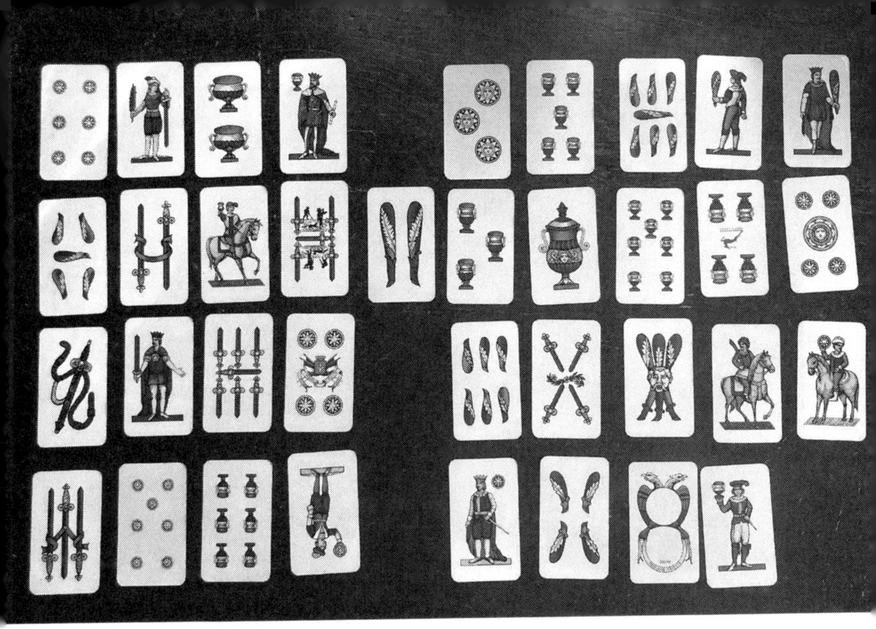

Jeu de cartes napolitaines, disposées pour la réussite.
C'est la grand-mère d'Erri, Emma, qui lui a appris à jouer et l'appelait « la réussite de Napoléon ».

« Ma mère me rend visite en rêve et aussi quand je fais des réussites avec les quarante cartes napolitaines avant de dîner. Elle proteste en disant que je les fais trop vite. Elle proteste en disant que je les fais trop de fois. »

Diables gardiens

« Le dialecte est comme le sport : on doit l'apprendre en bas âge. Il contient une adresse musculaire, une habileté, des pas et des raccourcis inadmissibles hors du champ. Je l'emploie par habitude avec ma mère et c'est un usage pratiqué par de nombreuses communautés. Les Juifs de l'Europe de l'Est appellent le yiddish *mamelòshn*, langue de maman. Je l'emploie par agressivité envers les inconnus, par brièveté sur les chantiers, par gaieté dans des tablées, par nécessité d'exactitude quand je manipule un paquet de cartes napolitaines, par identité quand des étrangers parlent de Sud.

« Napolide », *Napolide*

L'auteur, acteur et metteur en scène Eduardo De Filippo, au Teatro Nuovo de Milan, 1962.

« De Filippo était un auteur, mais plus encore un immense acteur. Pour moi, il est du même niveau que Chaplin […]. Naples a été et reste à l'affiche de tous les théâtres du monde grâce à lui. Comme tous les immenses acteurs, il n'a pas laissé d'école ni de successeurs. Ceux qui se risquent à l'imiter n'arrivent même pas au rang de perroquet, créature capable d'une bonne imitation.
Où en suis-je avec Eduardo ? Le bilan est positif pour moi qui reste son spectateur sous le charme. Je ne trouve pour lui aucun terme de comparaison ni d'équivalence : j'admire et c'est tout. »

« L'École de l'*ammuìna* », *La Double Vie des nombres*

Totò, de son vrai nom Antonio De Curtis (1898-1967), a joué dans une centaine de comédies, et demeure aujourd'hui encore une légende de la culture populaire italienne.

« Totò, prince de ses bottes mais non des miennes, fut le saltimbanque général d'un peuple théâtral. Ce dernier reconnaît en lui ses propres traits et lui confère le rang que Quichotte a accordé à Sancho Pança : être un écuyer.
Ainsi, son visage est devenu une carte, un plan cadastral des caractères héréditaires du lieu. Le menton déglingué est l'asymétrie naturelle du territoire sismique, évoluant selon le profil d'un volcan qui change de silhouette au fil des siècles, en cédant aux explosions des cratères. Son menton est une figure héraldique d'une laideur qui rachète à force de gaieté. Et sa voix est un son filtré par des ruelles asphyxiées, rauque par la nécessité d'élever son souffle au-dessus des autres. »

« Totò », *Napolide*

Les livres de la bibliothèque paternelle.

« J'ai dormi dans la pièce des livres de mon père depuis que je suis né jusqu'au jour où j'ai claqué la porte pour risquer ma vie tout seul, à dix-huit ans. Sa bibliothèque était vaste de toutes les années d'un lecteur famélique. Les murs étaient recouverts de livres sur deux rangées, un capitonnage propice aux rêves. Je n'ai jamais retrouvé une chambre aussi étanche ; les livres n'étaient pas seulement un isolant acoustique, mais un abri absolu. Là, j'ai appris la solitude, une grandeur démesurée, une omnipotence ; ne pas devoir dépendre du monde, ne pas devoir sortir pour le connaître. [...] La bibliothèque se dressait autour de mon lit comme une tour, avec glacis, solitude, silence. Je l'ai entièrement parcourue, la nuit, comme un fantôme enchaîné au blanc des pages qu'il traîne derrière lui dans un bruissement. J'ai eu cette chance : une bibliothèque pour assouvir ma soif de connaître le reste, au-delà de la frontière des immeubles, au-delà du volcan et de la mer. [...] Pour celui qui est aux abois, il y a le ciel ou bien les livres. Dans les deux cas, sa solitude est envahie et apaisée par les voix les plus belles du monde. »

Essais de réponse

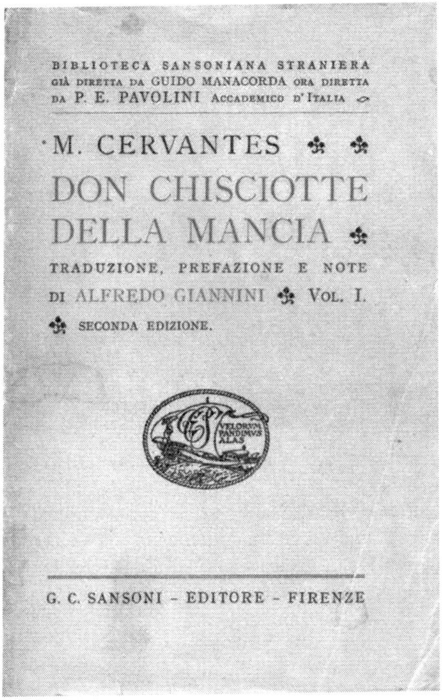

« J'ai lu deux fois ce livre. Une fois, j'avais 14 ans et j'étais furieux contre l'écrivain, parce qu'il s'acharnait sur ce personnage pauvre, héroïque, fantastique, plein de vertu. Il s'acharnait à le tourner en ridicule. Je ne riais pas, je souffrais du fait qu'il échoue continuellement dans les engagements qu'il se croyait forcé à prendre. La deuxième fois, je l'ai lu à 50 ans, donc exactement à l'âge de Quichotte, et je l'ai lu sous l'espèce d'un vers de Nazim Hikmet, le poète turc qui parle de lui et dit que Quichotte est le chevalier invincible des assoiffés. Et l'adjectif invincible à côté de Quichotte était frappant pour moi, mais c'était le coup de la vérité. Les invincibles ne sont pas ceux qui gagnent, c'est impossible de gagner toujours, ils doivent descendre de leur podium, mais ce sont ceux qui, continuellement battus comme Quichotte, ne cessent de se remettre debout pour se battre à nouveau. »

« Le livre qui a changé ma vie »,
La Grande Librairie, 2016

Ischia, son château aragonais (en haut) et son port (ci-dessous), années 1950.

« Je venais du cœur de la ville de Naples, la plus forte densité d'Europe. Le même jour je me trouvais au large, en mer, à flotter tel un corps mort sous un ciel entier, sans rebords. Les yeux forcés aux distances courtes, les premiers jours, s'échinaient à fixer la hauteur, à faire la mise au point sur l'infini. Que d'espace libre entre moi allongé sur le dos et la fin du monde. »

L'isola è una conchiglia

« Je ne peux pas dire que j'ai été heureux, enfant. Sauf durant les étés sur l'île d'Ischia, en face de Naples. Nous y possédions un cabanon sans eau courante et ma mère nous laissait en totale liberté. Pieds nus, comme des sauvageons, en intimité avec la nature, qui elle-même n'était pas tendre : elle brûlait, elle piquait. Il fallait s'en défendre. J'ai donc su tout de suite que la beauté avait un prix. Elle n'était ni gratuite ni donnée. Pour moi, le bonheur est cette possibilité d'arracher à la vie un petit butin. »

Entretien avec Marie Chaudey,
La Vie, 3 juin 2010

À Ischia, avec sa mère, vers 1954-1955.

Avec Nicola, le pêcheur de *Tu, mio*, à Ischia, en 1998.

« Nicola m'a appris à pêcher. La barque ne lui appartenait pas, elle était à mon oncle. Nicola l'utilisait toute l'année, puis venait la bonne saison et il servait alors de marin à mon oncle le dimanche, pendant les vacances d'été. La nuit, il pêchait au lamparo des *totani*, sortes de calmars, pour en appâter la piqûre de l'hameçon. Il préparait la barque et on partait le matin de bonne heure. L'île était muette et en descendant pieds nus vers la plage un jeune garçon pouvait se sentir lisse comme la pierre sous ses pieds, parfumé comme le pain dont l'odeur montait des fours jusqu'à ses narines, adulte parce qu'il allait en mer vers le large et les profondeurs pour manier un art. […] Nicola m'a enseigné la mer sans dire : on fait comme ça. Il faisait comme ça et comme ça c'était bien, non seulement précis mais beau à voir, sans hâte. Le comme ça de Nicola avait l'allure des vagues, ses gestes faisaient une rime que j'apprenais à saisir. […] Il surveillait à peine ses gestes, ses mains remuaient toutes seules. Lui pouvait regarder ailleurs, le lointain ou rien, ses yeux laissaient agir ses mains toutes seules. Tel était son travail, le devant, tandis que le reste de son corps n'était qu'un appui de patience. »

Tu, mio

En Sardaigne, à l'été 1970.

« L'île était un champ sans fin pour un enfant, puis jeune garçon, noyé dans des réclusions domestiques. Je les admettais toutes en ville et j'en ajoutais de nouvelles : comme celle de renoncer aux camarades de mon âge et à leurs jeux. J'inventais des interdictions, je plaisantais avec les serrures, j'accumulais des limites. L'île faisait tout valser, elle ouvrait des clôtures.
Les premières journées provoquaient vite la mue annuelle des serpents. Je pelais, changeant de peau en quelques nuits. Une autre affleurait qui voulait rester nue, sans souliers, avec sur elle le sel de la mer mélangé à celui de la sueur sèche. Et toujours un reste de poisson sur les doigts, odeur des ruelles de pêcheurs où se trouvait notre maison et où coulait un ruisseau d'eau salée et de poisson éventré. »

« Éducation ischitaine », *Le Plus et le Moins*

« Je dois terminer mon été, celui qui m'a démoli le portrait. Je quitterai bientôt ma famille, ma ville, je renoncerai aux études, je ferai n'importe quel métier. Cet été, tu m'as affranchi. Je parviens à voir ma vie de plus haut juste aujourd'hui où je te perds et où le sirocco ne permet même pas de voir l'île d'en face. Je me vois dans un lointain, dans une foule qui ne sera pas en fête. Je me vois là-bas, tout seul. Des mots de révolte se profilent, plus aveuglants que ce vent. »

Tu, mio

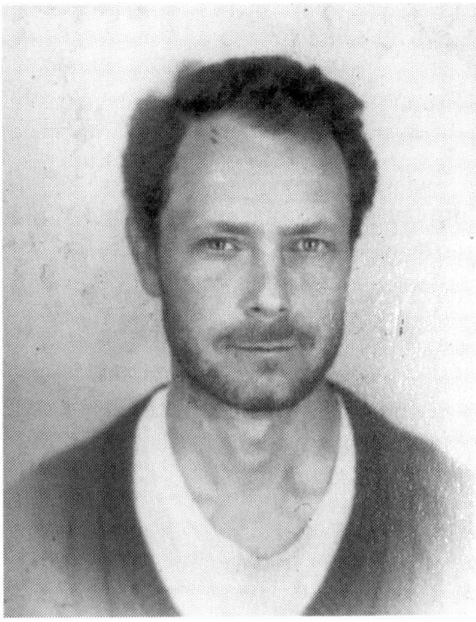

Erri, en 1968.

« Le billet de seconde classe, Naples-Rome, coûtait 1.850 lires en 1968, ma dix-huitième année. C'était un petit bout de carton rigide, blanc, grand comme le pouce. Les contrôleurs le trouaient avec une poinçonneuse, faisant tomber par terre un confetti petit et lourd. Depuis quelques minutes j'avais accompagné de mon dos la porte de la maison. Je n'ai jamais eu en poche ces clés, solennelle concession des parents de l'époque. J'emportais quelques vêtements dans une valise et des cahiers que je gonflais alors d'écriture appuyée, enfoncée dans la cellulose par frénésie d'incision. Et par une frénésie égale et contraire, je fourrais ensuite ces pages couvertes de bleu dans un sac poubelle. Je n'ai jamais eu autant de courage qu'alors, où je faisais mes débuts parmi les disparus en quittant maison, études, ville et toute mon origine. C'était en automne. »

« Lettere ad Angelo Bolaffi,
Sull'anno sessantottesimo del millenovecento »
Lettere di una città brusciata

« J'ai quitté jeune la maison de mes parents. Je me suis détaché de ma ville d'origine, de mon avenir tout préparé. Je suis parti à l'aveuglette, billet d'aller simple. Je suis descendu du train dans une autre ville, j'ai essayé de dormir dans des pensions autour de la gare, j'ai été livreur pour vivre. J'ai fait l'expérience de la liberté, qui n'est pas une liste de droits dont profiter, mais un danger. Si elle n'est pas souvent un désert, elle n'est pas liberté.
J'étais solitaire par tempérament, désarroi, obstination. Je mangeais peu, apprenant la discipline de la pénurie. C'était la fin de l'année 1968, je saurai ensuite que ce n'était que le début. Les rues se remplissaient d'une jeunesse de mon âge : elle descendait du trottoir et encombrait le milieu de la chaussée. Moi aussi, je fis ce geste, de liberté nouvelle, effrayante. »

« Variante de parabole »,
Le Plus et le Moins

Permis de travail daté du 5 mai 1970, valable trois ans.

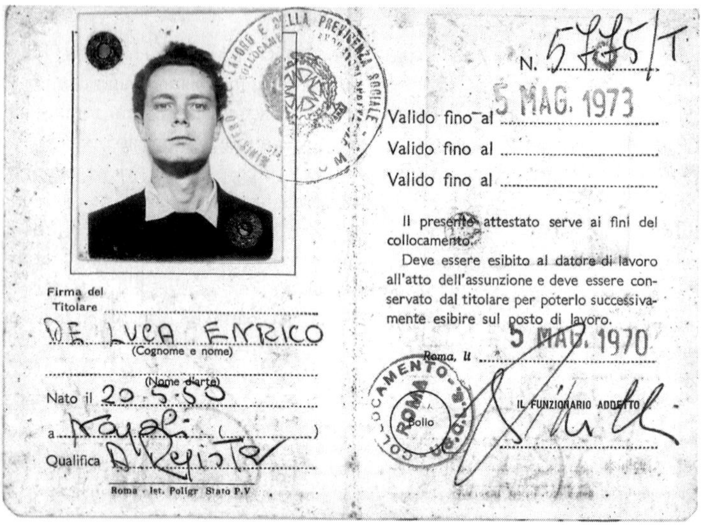

Firma del Titolare

DE LUCA ENRICO
(Cognome e nome)

(Nome d'arte)

Nato il 20-5-50

a Napoli ( )

Qualifica

Roma - Ist. Poligr. Stato P.V

N. 5775/T

Valido fino al 5 MAG. 1973

Valido fino al

Valido fino al

Il presente attestato serve ai fini del collocamento.

Deve essere esibito al datore di lavoro all'atto dell'assunzione e deve essere conservato dal titolare per poterlo successivamente esibire sul posto di lavoro.

Roma, lì 5 MAG. 1970

Bollo

IL FUNZIONARIO ADDETTO

Manifestation de Lotta Continua, 1974.

« J'aurais perdu espoir si je n'avais pas rencontré dans la rue, au milieu de la chaussée, une foule de jeunesse, revêche et braillarde, politique parce qu'elle décidait d'elle-même, de sa propre masse, de ses propres chefs, en les révoquant souvent. Elle se durcissait pour ne pas se laisser dissoudre. Elle goûtait à sa première prison en répondant de crimes tels que : résistance, outrage, manifestation non autorisée, réunion séditieuse. C'étaient des titres d'un honneur nouveau. Comme se fait-il que je ressemblais à cette foule indocile ? Je l'entendais taper des pieds et des syllabes de quelque endroit où je travaillais, ils appelaient si fort, si fort. Ils appelaient avec la voix de toute une génération et il fallait se boucher les oreilles avec de la cire pour rester à l'écart. C'est ainsi que je me joignais à eux, que je me mettais à la queue, de côté, au milieu. C'est ainsi que j'ai appris à élever la voix en public, à prendre la parole devant les autres, moi qui étais un garçon presque muet. J'ai connu la fraternité, moi qui n'avais pas de frères. […] Il m'importe de défendre des personnes, plus que des idées. J'ai appartenu à cette foule quand je m'étais détaché de tout et que je n'étais plus rien. »

Essais de réponse

Anno I - numero 3 6 dicembre 1969

LOTTA CONTINUA

settimanale - una copia L. 100

La risposta di Agnelli all'offensiva operaia

L'offensiva condotta dagli operai di Mirafiori, che da una settimana bloccano interamente la produzione al di fuori di ogni controllo sindacale, ha messo alle strette Agnelli che ora cerca di uscirne con una nuova rappresaglia di massa: la sospensione di 20.000 operai. Già a settembre Agnelli aveva attuato le sospensioni per bloccare le lotte autonome degli operai. L'apertura anticipata dei contratti da parte dei sindacati doveva servire a mettere sotto controllo la spinta operaia. Il fatto che Agnelli debba oggi ricorrere alle stesse misure di allora dimostra che il gioco non gli è riuscito, che gli operai non si sono fatti ingabbiare nelle lotte contrattuali, che la loro capacità di organizzazione autonoma si è rafforzata. Ed il gioco non riuscirà neanche adesso: gli operai sapranno portare fino in fondo l'attacco contro il padrone.

I CONTI CON GLI OPERAI

La ripresa della lotta alla Pirelli — le fermate contro il cottimo e contro gli straordinari — a pochi giorni dalla firma dell'accordo che doveva sancire il ritorno della pace sociale in fabbrica, ha un significato che va al di là dei cancelli della Bicocca. Ma il cuore della lotta operaia è, ancora una volta, la Fiat Mirafiori. Erano stati gli operai della Mirafiori, con lo sciopero dell'officina 32, ad imporre l'apertura anticipata della lotta per i contratti. Sono gli operai della Mirafiori, delle carrozzerie, che intervengono oggi massicciamente sulla chiusura dei contratti.

Da molti giorni la produzione della più grande fabbrica europea è bloccata. Da una settimana i venticinquemila delle carrozzerie scioperano per otto ore al giorno. Il sindacato è completamente fuori gioco. Lo slogan degli operai è: basta con i contratti. Che cosa vuol dire questa parola d'ordine?

I contratti, quest'anno più che mai, hanno rappresentato l'occasione di una lotta politica generale. Gli operai l'hanno saputa usare per comunicare contenuti e forme di lotta, per accrescere e organizzare la loro iniziativa autonoma, per aprire la strada alla lotta sul terreno sociale, per unire a sé gli studenti in lotta, per colpire alle radici il controllo padronale e sindacale.

A questo punto, per gli operai, la lotta contrattuale non ha più niente da dare. Da occasione di crescita si è tramutata in un ostacolo alla crescita stessa. Per portare avanti la lotta, bisogna chiudere questa lotta. Le « conquiste » con cui si chiuderà non saranno altro che la riprova

(Continua a pag. 2)

- **No all'accordo separato. Gli operai in tutte le fabbriche respingono il contratto con l'Intersind.**
- **Alla Pirelli hanno già ricominciato**
- **La condanna di Tolin: i padroni si difendono**
- **Tra servi e padroni: che cos'è il sindacato**
- **A Trento risposta di massa alla polizia**
- **Lotta dura a Porto Torres**
- **Operai e impiegati: dalla violenza persuasiva all'unità politica.**

Le journal *Lotta Continua* a accompagné le mouvement de 1969 à 1980.

Assemblée de Lotta Continua, 1974.

« Ce mouvement brutal s'attirait la colère de tous les partis et pouvoirs constitués. Il attirait sur lui l'assaut de la police, des carabiniers, des sirènes à la poursuite, des grenades lacrymogènes lancées pour frapper. Nous étions attrapés, écrasés, fourrés en vrac dans des cellules. Nous réagissions avec des pierres, avec les premières bouteilles remplies de gasoil, un chiffon glissé dans le goulot et puis enflammé. Quand elles se brisaient, une flaque de feu s'étalait, disloquant les détachements envoyés à la charge. Je me suis trouvé dans cette fumée et ce feu avec des jeunes de mon âge, prononçant des mots qui sonnaient juste à mes oreilles. Nous découvrions que nous étions aimés par des gens du peuple qui se reconnaissaient dans nos jours d'impatience. […] Je les appelle des années de cuivre, des fils qui conduisaient le courant électrique des luttes sociales, de Testa Gemella Occidentale dans les Alpes Aurines à Punta Sottile à Lampedusa, les extrémités géographiques de notre pays. Les années 1970 ont été parcourues d'une secousse, d'un essaim sismique de luttes qui imposaient aussi leur ordre du jour au cinéma, aux chansons, au foot et aux vacances. Ce furent des années de cuivre, le meilleur conducteur de cette énergie électrique de transformation. Les vies personnelles étaient en suspens, cette jeunesse politique affrontait la prison au mépris de tout intérêt privé. »

« Variante de parabole »,
Le Plus et le Moins

1er octobre 1980, piquet de grève aux usines Fiat de Turin.

« J'ai connu un peuple aux grilles. Dans les années 1970, mes vingt ans, j'ai fait partie du mouvement urgent de foule qui faisait pression pour de nouveaux droits. C'était un mouvement de poussée qui procédait par barrages de grilles, blocages de rue, résistances. Et la résistance à la force publique était le motif d'arrestation le plus léger. Un peuple s'endurcissait aux entrées. [...] Puis vint la dernière grille de la classe, à l'automne 1980, usine des usines à Turin, vingt mille ouvriers, toute la résistance grandie en dix ans : expulsée. Un par un, ils étaient le vocabulaire de la plus vaste et longue révolte populaire de tout l'Occident : de 1969 à 1980, deux automnes longs de onze ans. Je pris part à cette dernière ligne droite, trente-cinq nuits-jours de barrage des grilles d'un Colisée aux cent portes. »

Essais de réponse

Bleu de travail d'Erri De Luca.

« Qu'a été pour moi le métier d'ouvrier, moi qui y ai passé dix-huit ans jusqu'ici ? Il y a une question insolente qu'on a l'habitude de poser à quelqu'un qui vous est antipathique : « Tu l'es ou tu le fais ? » Sans difficulté, je réponds : « Moi je le fais. » Moi, je fais le métier d'ouvrier, mais je ne suis pas un ouvrier. Je viens d'une famille bourgeoise du sud, j'ai épuisé toute ma compassion politique dans Lotta Continua et ce n'est que lorsqu'elle s'est dissoute, en 1977, que j'ai commencé à faire la vie d'ouvrier. J'avais alors vingt-sept ans et, d'un point de vue physique, je venais de l'athlétisme, des entraînements dans la rue, des lancers de pierres et de bouteilles, non pas des poids et haltères.

Mes premières années d'ouvrier ne comptent pas, elles relèvent encore d'une sorte de choix. Mais lorsqu'on se retrouve à trente ans sans études, sans savoir rien faire d'autre, ce métier-là te colle à la peau et tu le fais parce que c'est la part qui te revient sur terre.

Faire l'ouvrier, ça veut dire qu'il y a des jours, et des heures pendant ces jours, où ta force se vide de l'intérieur comme par une soupape détraquée et il y a des heures et des minutes où tu ne vaux rien, où tu es un sac vide et où tu dois faire quand même ta course, comme les jours où un feu électrique jaillit de tes muscles. Et tu restes là, à tirer la langue et à dire : ça va passer, c'est juste un peu de flemme, vite que ça s'arrête et c'est au contraire le travail qui passe avant. Tu dois le faire quand même : ouvrier, c'est un homme qui collectionne, comme tout le monde, des jours vides de force et qui doit se l'inventer, appeler le corps à se donner à fond. »

« Lettere ad Angelo Bolaffi,
Fare il mestiere »,
Lettere di una città bruciata

Naples au lendemain du séisme du 23 novembre 1980.

« C'était au cours de l'hiver 1981, la poussière du tremblement de terre n'était pas encore retombée. En bien des endroits la ville était vide, en d'autres, couverte de campements. J'étais revenu à Naples. Partout, on dispensait avec frénésie les premiers secours d'une assistance du bâtiment. J'avais trouvé du travail sur un chantier, j'étais manœuvre, irrégulièrement, embauché "au noir". Sous les voûtes, les arcs, les plafonds des immeubles anciens, nous hissions en guise d'étais une forêt de pins fraîchement coupés. Nous donnions des béquilles à des pierres ébranlées plus par le temps que par les coups du sous-sol. Pour faire vite, les camions déchargeaient la forêt de troncs par leur abattant : ils tombaient dans un grondement brutal et sourd, le sol tressaillait, des personnes dévalaient leurs escaliers, prêtes désormais à abandonner leur maison à la moindre secousse. Ensuite venaient les jurons. »

« La ville ne répondit pas »,
En haut à gauche

1993. Distribution de vivres en Bosnie.
2022. Visas pour l'Ukraine délivrés pour acheminer des vivres aux populations bombardées.

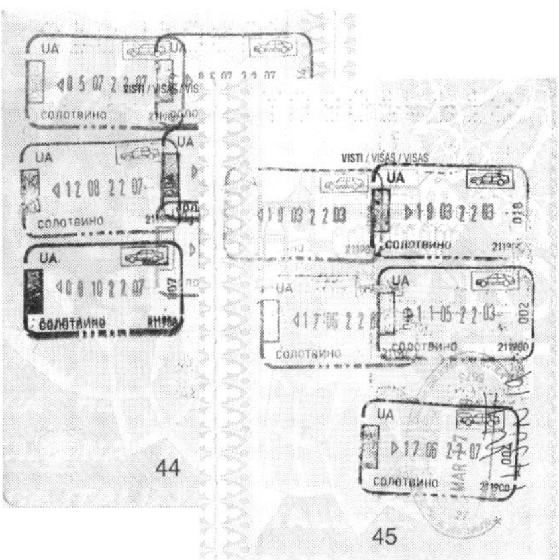

« Giacinto et moi sommes allés décharger le fourgon où viennent se ravitailler les réfugiés qui campent dans une école voisine. Ils viennent de l'Est, de Donetsk, des régions champs de bataille. En rang, ils entrent par cinq pour chercher les provisions quotidiennes. Ce sont des femmes, des enfants dans les bras, des personnes âgées. Ils ne font pas attention à nous. Ils sont dans un autre temps, qui a fait d'eux des voyageurs et des mendiants. »

« L'Ucraina in agosto », 16 août 2022

« Je ne suis pas un adepte des tatouages, ma surface retrace uniquement les signes des années. Mais les événements du monde qui m’ont impliqué physiquement ont gravé des tatouages sur la partie interne de ma peau. Je vis dans cette peau, je peux les percevoir et je les distingue. J’ai des dessins faits du côté qui ne se décolore pas. Les deux semaines passées à bord m’ont imprimé un nouveau tatouage : une échelle de corde qui pêche dans le vide. De son dernier barreau, j’ai vu surgir un à un les visages de ceux qui remontaient du bord d’un abîme. Entassés dans un radeau, ils gravissaient les échelons de leur salut. »

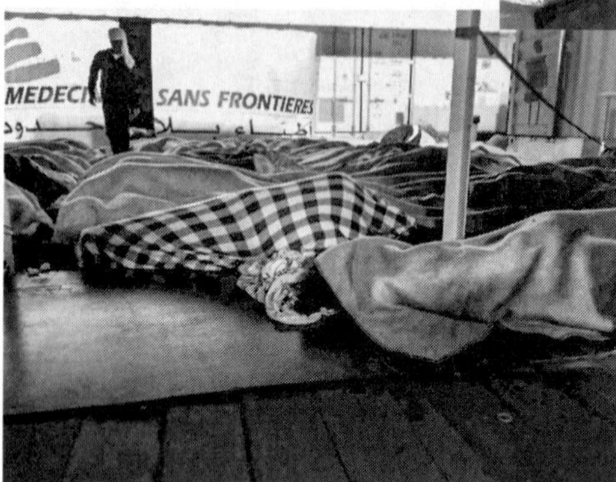

« Erri De Luca et les “pêcheurs d’hommes” en Méditerranée », *Le Monde*, 12 mai 2017

CI-DESSUS DROITE : Semi-rigide, 10 mètres, 150 personnes, moteur 40 chevaux.
CI-DESSUS GAUCHE : Le pont du *Prudence*, sous pavillon de Médecins sans frontières, aménagé en dortoir de fortune, pour la nuit (avril 2017).
CI-CONTRE : Échelle de corde repliée.

CI-CONTRE : avec son éditrice, Inge Feltrinelli au début des années 1990. Depuis *Pas ici, pas maintenant* en 1989, les ouvrages d'Erri De Luca sont essentiellement publiés par la maison d'édition Feltrinelli.

« Naples dans les livres impairs et l'Ancien Testament dans les livres pairs, ce pendule d'écriture oscille dans mon corps. Je suis à l'écart des deux, j'écris d'ailleurs, pas dans ma ville natale, pas dans ma foi. »

Napolide

« J'ai écrit les livres qu'il n'a pas écrits, j'ai escaladé les montagnes qu'il aurait voulu escalader. Je suis son fils parce que j'ai hérité de ses désirs. »

Sur la trace de Nives

« Je ne lui ai pas mis un fils dans les bras, mais un livre, à temps pour le voir l'ouvrir, le respirer au milieu, effleurer sa couverture lisse, s'informer sur le prix : “Le livre de mon fils.” Il était aveugle. C'est ma mère qui le lui a lu.
Je suis attaché à ma première publication parce qu'il l'a eue. Sur la couverture on voyait trois d'entre nous dans une pièce de la maison, bien des années plus tôt, et il y était aussi parce qu'il était derrière un appareil photo Ferrania et qu'il nous éclairait. Telle est l'amorce de ma vocation, une pièce en papier, un père qui la meuble et qui la feuillette. Les livres ne redoublent pas l'épaisseur des murs, ils l'annulent au contraire. À travers les pages, on voit dehors. »

« L'Espace de personne »,
Le Plus et le Moins

Avec le poète Izet Sarajlić, à Sarajevo, en 1999.

« Pendant le plus long siège du XXe siècle, dans le Sarajevo des années 1990, les citoyens se rendaient à des soirées de poésie dans l'obscurité d'une ville sans électricité. Ils ont fait l'expérience que, dans une guerre, seuls les vers sont capables de corriger à force de syllabes miraculeuses le tempo syncopé des hoquets, le ragtime des grenades, l'œil du réticule sur eux. Le verset porte la responsabilité de la parole muette. Les poètes ont lu ou dit leur chanson de mémoire depuis une ville assiégée. Aux Italiens qui l'ont rejoint dans l'encerclement, Sarajlić a donné le message "Bienvenue dans la plus grande prison d'Europe". Les poètes travaillaient la nuit à Sarajevo pour empêcher l'arrestation du cœur du monde.
La bibliothèque, un magnifique artefact de l'art islamique en Europe, a été brisée et réduite en cendres. L'artillerie des assiégeants frappe les monuments, les cimetières, les mosquées, pour effacer du sol l'ombre et la racine du camp adverse. Des mots avaient migré des livres bombardés, tournant aveuglément des pages invisibles, tandis que depuis les collines s'allumaient les flammes des tirs de sniper. Les poètes travaillaient de nuit. »

Préface à *Chi ha fatto il turno di notte*, d'Izet Sarajlić

« On dit qu'il y avait les ponts et que la Neretva passait dessous comme un cheval qui avait plusieurs selles. La plus belle était blanche, de pierre "tinelia" et si haute qu'on aurait dit une demi-lune. Ainsi les amoureux, à Mostar, avaient deux lunes sous lesquelles s'embrasser.
Quand j'y suis entré pour la première fois, c'était l'hiver 1993-1994, il n'y avait pas de pont, et ce n'était pas une ville. C'était un champ de bataille, une tranchée et une blessure du trottoir aux toits, cher Mostar-Est, c'était facile de t'aimer pour ta voie ferrée à l'arrêt et rouillée, pour l'hôpital qui rafistolait les corps dans les sous-sols à la lumière de la bougie, pour les enfants minces de sourire et agiles de faim, tellement semblables aux garnements de Naples de mon enfance d'après-guerre. Je ne parle pas du fleuve, parce qu'il n'y avait plus de plongeurs.
Avec les camions des Italiens, je suis venu six, douze, vingt-quatre fois, jusqu'à ce qu'apparaissent les signaux de l'après-guerre. Cet hiver-là, nous avons apporté un générateur d'électricité pour l'hôpital, caché parmi les colis de nourriture, mais aussi une robe de mariée et un vélo de course pour votre cycliste qui avait fait le Giro d'Italie de nombreuses années auparavant et qui roulait toujours, démontrant que le sport éloigne les maladies, les bombes et les fusils de sniper. »

« Mostar », 8 janvier 2019

1994. Passerelle de Mostar-Est.

Pierre du fronton de la bibliothèque de Sarajevo, détruite pendant la guerre.

« La valeur d'un objet, précieux ou non, est personnelle et n'est pas soumise aux fluctuations du marché. La valeur d'un objet commence au moment précis où il n'appartient plus au marché, où il est devenu intransmissible. Il ne peut être échangé contre rien, aucune offre ne peut le valoir. […]
Dans ma chambre, il y a deux petits objets qui ont une grande valeur pour moi, ils ne sont donc pas négociables. L'un d'eux est une frise en pierre, ramassé dans les décombres de la bibliothèque de Sarajevo pendant les années de siège. J'ai fréquenté ces lieux lors de dizaines de voyages en tant que conducteur de convois d'aide, pendant leur enfer. J'avais la quarantaine et je quittais le chantier de construction où je travaillais comme maçon. Les autres travailleurs gardaient ma place. Ce morceau de pierre blanche et taillée, exposé sur un ancien bâtiment musulman écroulé par les obus de la fin du siècle, contient mon époque, mon appartenance au XXe siècle.

Boulon de Birkenau.

L'autre objet est un boulon massif à tête carrée, utilisé pour fixer un rail à sa traverse. Je l'ai ramassé sur le ballast défoncé et labouré du camp d'extermination de Birkenau/Brzezinka en Pologne. C'était le mois d'avril, j'étais seul, enveloppé dans un silence servi par le vent, qui agissait comme un serveur balayant tout autre bruit. J'ai marché sur le quai le long duquel plus d'un million de vies étaient descendues des wagons de marchandises plombés. J'ai parcouru les mètres jusqu'à la fin de la course, où la sélection a eu lieu. J'ai marché sur ces derniers pas. J'étais entouré des ruines du siège d'une infamie. J'ai ramassé parmi les bouts de fer rouillé, éparpillés, le boulon à tête carrée. Il est un peu tordu, probablement martelé. J'ai enlevé la rouille avec mes mains, j'avais des paumes en papier de verre à l'époque. Maintenant, il est posé sur la table de mon bureau. Il appartient au milieu des années 1900, époque où je n'étais pas là et dont j'ai hérité de la génération de mes parents.

Ce sont deux exemples de choses qui ont une valeur et donc aucune évaluation possible. Est-ce que tout a un prix ? De toute évidence, non. La valeur de ces deux petites reliques de 1900 est hors marché. Je ne revendique pas le droit de les posséder, je suis leur gardien. »

« Circa il valore », 24 octobre 2013

Predrag Matvejević, à Paris.

« Un petit salon littéraire en France, l'un des premiers à m'avoir invité en tant qu'écrivain. Je ne connaissais personne et je n'engageais pas la conversation. Le soir, à l'hôtel, un homme à la chevelure blanche bien fournie s'est assis sur un tabouret devant le clavier d'un piano et a joué, du Chopin peut-être.
Il buvait quelque chose de fort et pleurait sans sangloter. Je me suis approché, il m'a dit son nom, un virelangue que j'apprendrais non sans mal, Predrag Matvejević. Il était né à Mostar. Quelle coïncidence : dans ces mêmes années 1990, je me rendais souvent à Mostar, à l'est, musulman, de l'autre côté du fleuve.
Il était parti depuis longtemps, il avait de mauvaises nouvelles. J'en avais de plus récentes mais pires. […] Il savait que le pont de pierre blanche d'où il plongeait quand il était petit n'était plus là. Il valait mieux nous être rencontrés plus tard : je n'aurais jamais sauté de ce parapet haut de quinze mètres dans l'écume verte de la Neretva. […]
À Sarajevo, lorsque le siège a pris fin, nous sommes montés dans les collines un soir d'été, pour boire. Il y avait Izet Sarajlić, il y avait Ante Zemljar, ils chantaient avec Predrag en italien : *"Non ti potrò scordare piemontesina bella / tu sei la sola stella che brillerà per me"*. »

« Predrag Matvejević »,
21 février 2017

Avec Peter Handke, à son domicile.

« Au cours de la dernière année, du dernier printemps de notre siècle, lui et moi, chacun de son côté, avons été à Belgrade pour partager le bruit des sirènes d'alarme qui précèdent les bombardements aériens. J'ai lu ses motivations, bien plus fortes que les miennes. Pour moi, il s'agissait seulement de cela : je sais, par ma mère, que le bombardement aérien d'une ville est l'acte de terrorisme par excellence. Il a pour but de détruire et de terroriser le plus grand nombre de personnes sans défense, de tout âge, frappées dans le tas et au hasard. Ceci est du terrorisme pur. Bombarder un centre habité est une infamie et une lâcheté, depuis Guernica. À Belgrade, au printemps 1999, je désertais mon pays complice enthousiaste et servile de qui largue des bombes sur les maisons. Quelque part dans la même ville, Peter écoutait aussi la même bande-son du XXe siècle, la sirène d'alarme. »

Peter Handke, viandante carinziano in Friuli

Le photographe Danilo de Marco.

« L'humanité a inventé le blé, le riz, l'orge. D'innombrables générations de paysans se sont passé le relais pour améliorer les semences, elles les ont rendues plus fécondes. Aucun pouvoir de ce monde n'a pu se passer des cultivateurs. Il les a opprimés, pillés, mais il en a toujours eu besoin. Aujourd'hui, quelques entreprises enragées ont mis sous brevet le blé, le riz, l'orge. […] D'abord la terre a perdu son samedi de repos, puis ses travailleurs ont perdu le sommeil. Danilo De Marco photographie l'insomnie de la terre que le sol transmet aux visages de ceux qui sont penchés sur elle. Ils ont les traits de ceux de la terre sans samedis. Le sourire est la grimace qui ressemble le plus au bâillement. Dans les photos de Danilo qui fouille dans les croûtes détachées de la planète, percent de rares sourires, aucun bâillement. »

Texte pour l'exposition
de Danilo De Marco, *L'Insomnie de la terre*

Erri De Luca, au Parma Poesia Festival, en juin 2011.

« Au début, ce furent des chansons napolitaines classiques, c'est-à-dire d'auteurs défunts. Les vivants étaient évidemment suspects, pas encore acquittés par le tribunal de la postérité. J'ai été formé à un répertoire immense de solfèges et de couplets dialectaux. J'ai appris à gratter une guitare classique, œuvre de Calace, vieux maître luthier qui l'a fabriquée sur commande de ma mère en 1964. »

La musica provata

« Avec ce récit à haute voix, je ne sors pas de mes livres, des livres que j'ai aimés et de mes lectures préférées. Je les décalque même, je les raconte, j'en extrais des phrases et des passages, autour desquels nous avons réussi à mettre de la musique. Je reste dans mon cadre. Comme cette table de bistrot qui en fait partie. [...] Je me sers de cette faculté d'être client de cette table depuis très longtemps, et d'avoir aimé cette façon de passer des soirées ensemble. »

Quichotte et les invincibles

Avec le chanteur-compositeur Gianmaria Testa tandis qu'ils interprètent le spectacle *Quichotte et les invincibles*, qu'ils ont coécrit en compagnie du clarinettiste Gabriele Mirabassi, à Gênes en avril 2006.

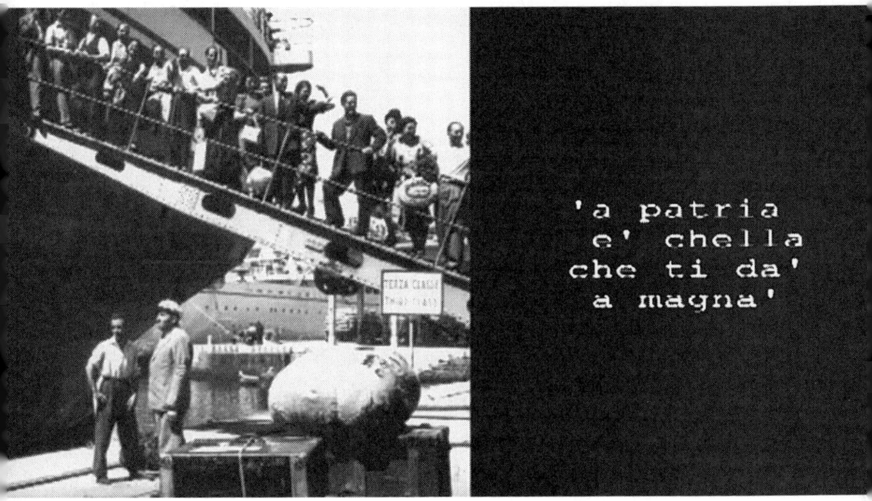

Vidéo accompagnant la chanson d'Erri De Luca, écrite pour le groupe Letti Sfatti et Patrizio Trampetti. Le projet, qui était de faire raconter Naples à quelqu'un qui n'y vit plus, a donné lieu à un livre et un film, *Questa città* (2011). Ci-dessous, le texte de la chanson : « Une patrie est celle qui te donne à manger / Si elle ne le fait pas, elle n'est ni patrie ni matrie / elle fait des enfants de personne, des orphelins de la terre. »

« *Pure con tutto questo e questo ancora / io voglio perdonare alla città fumata senza filtro / cresciuta sopra il vuoto e nel diluvio / della pietra di fuoco del Vesuvio, / ringhio di geologia sentimentale, / di sangue sparso, nervi attorcigliati / nel manico, un'ottava sopra quelli / di tutti i cittadini del pianeta. / Io voglio perdonare la città milionaria/ delle vite emigrate, accastaste / dentro le stive della teza classe / che tenevano in corpo la bestemmia / di una Speranza sola "A patria è chella / ca te dà a mangia". Se non lo fa, / non è patria né matria, / fa figli di nessuno, orfani in terra. / Io voglio perdonare la città puttana / che apriva 'e ccosce alle divise bianche / della Marina della Sesta Flotta, / alla città venduta all'astinenza / alcolica e sessuale americana, / perdonare di essere pur' io nato là dentro / e d'essermene uscito dopo che mi ha insegnato / a parlà spiccio, cantare erademaggio / a me ch'ero stonato come un bicchiere rotto, / e che dopo imparato, m'ha perduto. / Io voglio perdonare ? / La sento la città che mi risponde : / "Vai, trova chi perdona a te, / A me ce pensa'o viento".* »

La musica Provata, d'Erri De Luca, avec Stefano Di Battista (saxophone), Nicky Nicolai (voix), Roberto Pistolesi (tambour), Daniele Sorrentino (contrebasse) et Andrea Rea (piano), dans le Teatro Bellini (Naples), en juin 2015. Ci-dessous, l'édition originale du texte consacré au patrimoine musical d'Erri De Luca.

« Dylan sifflait le départ d'un train, en appelant dehors une génération vaste comme elle ne l'avait jamais été auparavant à l'échelle mondiale. Le monde était devenu un. Une jeunesse chantait Dylan et s'affrontait à toutes les polices, de Prague à Berlin, à Paris, à Rome, aux États-Unis et en Amérique du Sud. Les mêmes couplets et des airs identiques : être du même âge, avoir une même musique à jouer dans la rue ou dans un pré, donnaient des frissons. Aujourd'hui, le monde est un marché unique, à cette époque-là, c'était une seule jeunesse. »

« Le Videur d'une jeunesse »,
Le Plus et le Moins

Di là dal vetro, court-métrage écrit et joué par Erri De Luca, réalisé par Andrea Di Bari, 2011.
Ici avec l'actrice Isa Danieli, qui interprète la mère de l'auteur Milly.

« Une nuit, dans une maison de campagne, un homme se réveille au son d'une sirène de raid aérien. Il l'a déjà entendue à Belgrade au printemps 1999, lorsque la ville était bombardée par des avions en provenance d'Italie. Sa mère connaît aussi la même sirène, qui a précédé le bombardement de Naples. Ce soir-là, autour de la table de la cuisine, ils se retrouvent à parler d'œufs au plat et de guerres, d'un mauvais cœur et d'un carnet de voyage à la couverture rouge. C'est une nuit d'insomnie et de compréhension. À l'aube suivante, un verre suffit à les séparer » (synopsis du court-métrage *Di là dal vetro*).

« Je suis éclos de ta plénitude
sans te laisser vide parce que le vide
je l'ai emporté avec moi. »

« Mamm'Emilia »,
Le Contraire de un

La mère d'Erri De Luca, Milly.

« Que le vin retourne à la grappe,
Que le pain retourne au grain,
Et nous deux à la première fois
Où nous avons prononcé
Chacun le nom de l'autre à voix basse. »

Carnet, 2022

Avec Paola Porrini Bisson, en Californie, 2009.

Court-métrage, *Il turno di notte lo fanno le stelle* (2012), réalisé par Edoardo Ponti, produit par Paola Porrini Bisson, d'après le texte éponyme d'Erri De Luca. Matteo (Enrico Lo Verso) a un nouveau cœur, celui d'une femme. Et c'est avec Sonia (Nastassja Kinski), sa compagne de maladie et de guérison à l'hôpital, qu'il ira reprendre sa vie au sommet d'une montagne, en l'escaladant.

« Quelqu'un tient à ta vie en maintenant une corde. Quelqu'un assure la montée, surveille la descente. Escalader est un sport, un jeu en plein air, mais avec le vide étalé au-dessous, prêt à faire valoir sa sévère loi de gravité, sans exception. Ce vide-là est plein : de mètres escaladés, de mousquetons mis dans un œil de métal et de corde enfilée, et de désir en voie d'être exaucé. Les doigts pensent en touchant des renfoncements, des saillies, des fentes. Les doigts pensent au corps qui doit les suivre. »

« Pour un guide d'escalade »,
Le Plus et le Moins

Scène du film *Il turno di notte lo fanno le stelle* (2012).

« La montagne, immobile par nature, est un mobile. C'est exactement ça : elle attire à elle. Chacun a ses propres raisons d'y aller. La mienne est de tourner le dos à tout, de prendre de la distance. Je rejette le monde entier derrière moi. Je me déplace dans un espace vide et aussi dans un temps vide. Je vois comment était le monde sans nous, comment il sera après. Un endroit qui n'aura pas besoin qu'on le laisse en paix. Là-haut, je suis un étranger, sans invitation et sans bienvenue. »

Impossible

« J'ai visité un bord de la planète, mon acte de dévotion terrestre.
J'ai foulé les marches de l'échelle invisible formée par l'appui des pas. Ils s'arrêtent là où seules les ailes peuvent aller plus loin.
Pour une fois encore, je reconnais qu'un sommet n'est pas un but, mais une impasse, au fond de laquelle il faut faire demi-tour et revenir en arrière. »

« Una visita », 19 mars 2019

Avec ses compagnons d'escalade Diego et Mario, au sommet du volcan Chimborazo, en Équateur, janvier 2019.

« Au printemps, dans un champ, dans un pré, jaillissent dans une étendue de petites pâquerettes. Un passant leur marche dessus, les piétine, et elles, après avoir été pliées, se redressent indemnes. Comme si était passée sur elles une brise et non le poids d'une compression écrasante. Aucune fibre ne supporte une pression aussi gigantesque tout en conservant sa parfaite tenue. Il faut apprendre des fleurs. Il faut se mettre à leur hauteur. »

Un'ora al teatro

« Je vois des hommes, des arbres qui marchent » (Marc, 8, 22-26).
Inspiré de l'épisode biblique de l'aveugle de Bethsaïde qui recouvre la vue, le documentaire *Alberi che camminano* raconte la vie des arbres, leur relation profonde avec les personnes qui travaillent dur avec eux, en leur donnant une seconde vie, celle-là même qui débute au moment où la sève cesse de couler à l'intérieur. Sur une idée originale et un scénario d'Erri De Luca, réalisé par Mattia Colombo et produit par Paola Porrini Bisson en 2015.

« Il n'existe pas de plus noble et généreuse image associée à la figure humaine. Le corps est un tronc, les bras des branches, les jambes des racines en mouvement. Il fallait un aveugle de naissance pour voir avec cette profondeur. Il n'a pas obtenu la seule et simple vue, mais la vision. […] L'espèce humaine n'est pas à la hauteur de la vision, elle ne s'élève pas au niveau de l'arbre, elle reste le buisson qui se dispute le sol. »

Des arbres qui marchent

Graffitti à l'effigie d'Erri De Luca, dans le quartier de Scampia : « Dans la beauté, je reconnais la réalisation d'une justice qui répare les torts des destructions ».

« Le vif-argent est un autre nom d'un élément chimique, le mercure. Parce qu'il est brillant, presque liquide, décomposable en petites sphères. Dans les thermomètres d'autrefois, il servait à mesurer la fièvre.

Davide Cerullo est du vif-argent. Sa vie est passée des pâturages aux monstrueux bâtiments plantés à leur place. Scampia est le nom d'un avant-poste plutôt que d'un quartier de la banlieue vésuvienne. À Scampia, les habitants essaient de vivre normalement au milieu des assauts des abus de pouvoir, des illégalités publiques et privées. Ainsi l'aspiration à la coexistence est-elle plus intense et plus civique, et tout geste d'entraide plus nécessaire.

Davide est l'inventeur de sa propre vie, passée de l'incarcération à une libération de soi-même et de son environnement. Il a voulu et il a trouvé une encre incomparable, son calque sur une page qu'on appelle style dans d'autres cas littéraires et qui, dans son cas, est une empreinte. »

« Vif-argent »,
dans Davide Cerullo, *Visages de Scampia. Les Justes de Gomorra*

Octobre 2015, le tribunal de Turin relaxe Erri De Luca, assigné en justice pour incitation au sabotage, après s'être opposé au percement d'un tunnel de 57 kilomètres dans le Val de Suse, pour construire la ligne TGV Lyon-Turin.

« Un écrivain possède une petite voix publique. Il peut s'en servir pour faire quelque chose de plus que la promotion de ses œuvres. Son domaine est la parole, il a donc le devoir de protéger le droit de tous à exprimer leur propre voix. »

La Parole contraire

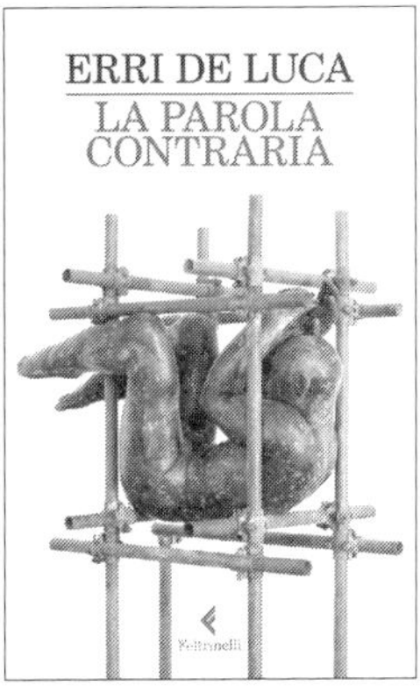

Traductions des livres de l'Ancien Testament par Erri De Luca, publiées chez Feltrinelli.

« Je suis un homme qui ne croit pas. Chaque jour je me lève très tôt, je feuillette pour mon usage personnel l'hébreu de l'Ancien Testament qui est mon obstination et mon intimité. [...] Tous les jours, la tête vide, je suis devant les lettres hébraïques et j'effleure en elles la distance abyssale entre leur sens et celui que je parviens à saisir. Dans tout cela je reste non-croyant, je reste quelqu'un qui lit à la surface des lettres et qui en tente la traduction selon la plus rigide obédience à cette surface révélée. »

Première heure

Avec Danièle Valin, sa voix française unique depuis la première traduction de *Non ora, non qui* sous le titre *Une fois, un jour* [*Pas ici, pas maintenant*] aux Éditions Verdier (1992) jusqu'à *Impossible*, aux Éditions Gallimard (2020).

La chèvre a rendu possible la civilisation de la Méditerranée.
Elle s'adapte à toutes les végétations, n'est pas grégaire et sait escalader.

« En 2011, Paola Porrini Bisson et moi avons créé avec quelques amis la Fondazione Erri De Luca.
Parmi nos premières activités, nous avons numérisé et mis en ligne à usage public et gratuit la collection du quotidien *Lotta Continua*, de 1972 à 1980.
Chaque année, nous distribuons dix bourses d'études à des étudiants immigrés à Naples, venus des quatre coins du monde.
Nous finançons un cours d'escalade pour des enfants handicapés à Terni.
Nous le faisons avec nos économies, sans solliciter ni les banques ni les institutions.
C'est une petite activité, à laquelle suffit une pièce dans ma maison. »

Avec quelques lauréats des dix bourses d'études annuelles offertes par la Fondazione Erri De Luca, destinées aux étudiants immigrés. La remise a lieu à Naples, au siège de la communauté de Sant'Egidio.

« Pendant que j'écris, je murmure, je récite à voix basse ce que la feuille reçoit : je parle à un petit cercle de personnes que je sens autour de moi, qui surveillent mes phrases. À la question : — pour qui écris-tu ? — je sais répondre : pour les personnes qui me sont chères, certaines déjà mortes, j'écris devant elles, je traduis en histoires mon affection et ma peine. Je n'écris pas pour que mes pages soient lues par mes descendants – qui les connaît ? – mais pour qu'elles soient comprises, aimées aussi, par mes prédécesseurs, par mon père qui ne pouvait pas les lire et qui les écoutait les yeux fermés. »

Essais de réponse

Je ne suis pas familier de l'âme, mais de sa doublure, l'ombre, si.
Elle tourne autour de moi, me tient compagnie, me confirme que j'existe.

Œuvres

PAS ICI, PAS MAINTENANT

1989

Traduit de l'italien par Danièle Valin

Cet ouvrage a paru initialement aux Éditions Verdier
en 1992, sous le titre *Une fois, un jour.*

Titre original :
NON ORA, NON QUI

© *Giangiacomo Feltrinelli Editore, Milan, 1989.*
Publié en accord avec l'Agenzia letteraria Susanna Zevi.
© *Éditions Gallimard, 2008, pour la traduction française.*

Tant que la lumière fut dans ses yeux, mon père fit des photographies. Toute une étagère se remplit de nos images prises dans des circonstances particulières ou banales. La récolte dura dix ans, pas plus : des premières années de bien-être à celles de la perte de sa vue. Ainsi reste illustrée jusqu'au détail une époque, peut-être la seule que j'ai réussi à oublier. Les albums, les archives ne soutiennent pas ma mémoire, mais au contraire s'y substituent.

Ce fut un temps de bouleversements entre mes neuf et dix-neuf ans, quand survinrent nos déménagements dans des quartiers plus agréables et que notre pauvreté finit à l'improviste avec l'enfance. Dans notre nouvelle maison, la belle, on ne parla plus de l'autre condition : une rue en pente, la pluie dans la cuisine, les cris dans la ruelle.

Où habitions-nous avant ? Dans une autre ville. On entendait parler le dialecte là aussi, mais il faisait si noir au fond des escaliers raides et délabrés.

Nous ne parlions pas napolitain. Nos parents se défendaient de la pauvreté et du milieu avec l'italien. Ils étaient très seuls et ne recevaient pas d'amis, ne pouvant les accueillir dans un lieu si exigu. La guerre avait détruit tous leurs biens. Ils y laissèrent l'aisance de leur première condition. Ils furent un couple incapable de donner une soirée. Je les ai souvent entendus évoquer ce souci, symbole de longues années difficiles.

Puis vinrent les transformations qu'ils avaient désirées et pour lesquelles ils avaient tenu bon.

À nous autres enfants, moi d'abord, par ordre d'apparition, puis ma sœur, on nous donna une éducation qui me sembla toujours appropriée au manque d'espace et de moyens ; on parlait à voix basse, on se tenait bien à table, essayant de ne pas salir le peu de vêtements décents que nous avions. On se déplaçait avec discipline dans le petit logement. On prit moins garde à ces usages dans la nouvelle maison, mais ils restèrent toujours gravés dans mon cœur, signes d'une mesure à jamais perdue entre moi et la portion du monde qui m'était impartie.

Je n'arrivais pas à bien parler. Alors que mon esprit décidait de la première lettre, ma bouche se pressait d'émettre la dernière. J'étais bègue par hâte de conclure. En contrepartie, je savais trouver le point d'équilibre des objets. « En contrepartie » : j'utilise cette expression parce que je crois que l'habileté a un lien de réciprocité avec la maladresse. Je parvenais à faire tenir les choses en équilibre pendant un assez long moment : une fourchette restait droite sur ses pointes comme une ballerine quadrupède, une plume restait sur la feuille, dessinant le point. Pourquoi donc l'équilibre des choses devait-il me consoler de la bousculade des mots dans ma bouche ? À cela je ne saurais répondre, tout en gardant la ferme conviction qu'en moi les deux caractéristiques se compensaient.

Une histoire, qui me poursuit du plus profond de ma mémoire, parle d'un ange qui frappe la bouche des enfants à l'heure de leur naissance. Il avait dû me donner un coup un peu plus fort, voilà pourquoi je bégayais : c'était la version de la légende qu'on me racontait. Dans mes nuits d'enfant un ange venait souvent frapper à ma bouche, mais moi je ne parvenais pas à l'ouvrir pour lui souhaiter la bienvenue. Au bout d'un moment il s'en allait et dans le noir restaient ses plumes et mes larmes.

Je ne racontais pas ces choses-là, pourtant je pensais que les adultes connaissaient mal les histoires, mal la mienne. J'étais un enfant plus pensif que sage.

Comme tous les autres je désirais un chien, impossible à obtenir dans notre peu d'espace. Je me pris d'affection pour une balle jaune aux mille couleurs passées et sa bonne odeur de caoutchouc. Quand j'étais seul dans la pièce, la balle, de joie, me sautait dessus et jouait à ne pas se laisser prendre. Tout à coup ma mère criait d'arrêter et la balle craintive allait finir sous le lit. Sa voix gouvernait mon souffle, capable de le suspendre au plus léger haussement de ton. Cette voix tenait une grande place dans le monde qui était le mien. J'appris à l'entendre même au-delà des murs.

Depuis quelque temps, le soir, je fouille et farfouille dans les vieux négatifs de mon père. J'ai fait retirer tous les clichés. Sur l'un d'eux je me suis arrêté.

Je ne comprends pas qui a pu le prendre. Il représente un bout de la rue où nous nous rendions le dimanche : la Torretta. Je reconnais les vitrines du bar Fontana avant qu'on ait remplacé la vieille enseigne. Nous y allions pour acheter des gâteaux et pour faire les courses au marché couvert, du temps de la nouvelle maison. Ma petite sœur nous accompagnait volontiers, joyeuse ou grognon, mais toujours excitée par la sortie en famille. Moi, le dimanche, la ville m'angoissait. Les autres jours tout paraissait normal, le poids de la foule, les autos à quelques centimètres de nos pieds, là où la gêne d'être les uns sur les autres imposait de continuels écarts. Sur les visages du dimanche le sourire se flétrissait d'un regret de plus : même aujourd'hui, même ici. Le jour de fête apportait entre nous aussi les plus brusques changements d'humeur. Je n'ai que trop souffert des irritations qui troublent l'air inopinément et font baisser les yeux. Ces années-là, je suivais notre formation dominicale comme un poids mort et ne pus guère en être dispensé avant l'âge de seize ans environ.

Je voyais qu'il se passait quelque chose dans la ville, ce n'était pas seulement le malaise d'une petite personne troublée de n'être plus un enfant. Je la connaissais, depuis notre ruelle, comme une ville immobile, composée de strates, surpeuplée. Je connaissais la fièvre habituelle de ceux qui ne veulent plus être pauvres. Mais une excitation nouvelle courait à fleur de peau, un appel à se hâter. Sans aucune raison apparente les pauvres étaient poussés par un sentiment d'urgence. Je ne pouvais rien voir d'autre sinon l'application d'un conseil mystérieux, entendu de tous : dépêchez-vous. Sur les trottoirs on ne cédait pas le passage, on ne se découvrait pas, on n'évitait pas l'agent de police. Les pauvres avaient laissé tomber les bonnes manières de la patience et de la peur, ils s'habillaient mieux. Dans ma ruelle les femmes n'étaient que cris. Je ne les comprenais pas quand la colère montait par la gorge de leurs entrailles jusqu'aux yeux. J'entendais en revanche leurs éclats quand elles s'appelaient à distance et j'aimais la cantilène d'un nom lancé du pavé jusqu'au dernier étage, noms aux multiples lettres, précédés d'un titre et suivis d'un diminutif : donna Cuncettinaa. Ensuite, la communication s'étant établie au-dessus du vacarme, suivait, pour de brèves nouvelles, un dialecte sec, avare de syllabes. Mais les cris de colère je ne pouvais les comprendre. Pendant presque toute mon enfance j'ai eu la chair de poule. Que de dégoûts a provoqués en moi la ville qui ne s'en soucie guère. La morve au nez, le crachat, la toux catarrheuse, la dysenterie que donnait le froid déclenchaient un vomissement qui obstruait ma gorge. J'en avais honte. Les adultes qui m'en faisaient reproche avaient raison.

Le froid donnait la courante. Je ne l'ai su qu'enfant, et aujourd'hui j'ai comme l'impression d'inventer un fait plus que de l'évoquer. Je l'ai redécouvert par un matin d'hiver alors que je me trouvais, bien des années plus tard, sur la place des cars à Brunico, dans le Sud-Tyrol. Ce froid sentait le gel repoussé hors des maisons, les sapins gonflés de neige, le cuir enduit de graisse, les bouffées des cafetières. Je le respirai et me rappelai aussitôt la puanteur de ma rue où la voix gelait dans la gorge des passants, plus personne ne parlait normalement, ils bégayaient tous. Les mains étaient enflées, la dysenterie envahissait l'espace étroit que nous partagions ; chez moi on avait l'habitude de dire : puer de froid. À Brunico je sentis l'arôme parfumé du gel, l'allégresse qu'il peut contenir et que je ne connaissais pas. Je sus que le froid pouvait aussi embaumer. Des cheminées, la fumée s'élevait droite et fine comme l'encens allumé avec art.

J'étais difficile, une faiblesse dure à cacher.

Je n'avais pas honte de paraître délicat, mais du manque d'indulgence que ma répugnance révélait. Un enfant ressent bien des différences même s'il ne sait pas les marquer. Je m'efforçai de dissimuler mes dégoûts, je m'exerçai de la sorte comme un étranger.

Ville, dimanches : d'aussi loin que je me souvienne je n'ai pas su en faire partie.

Ainsi se déployait le peloton familial : mes parents précédés de leur fille et moi qui les suivais, avec un léger retard.

C'était l'âge où mes camarades prenaient leurs distances avec la maison, s'exerçant aux premières ruses de la liberté. Ils gagnaient de nouveaux territoires en ville et les premières rallonges sur l'horaire du retour à la maison.

Je n'essayais pas d'en faire autant. Le dimanche je souhaitais être ailleurs, n'importe quel pays, n'importe quelle fatigue. À quoi pouvait me servir de marchander les quelques mètres de distance sur le petit peloton, ou l'horaire du samedi soir ?

Ce n'étaient pas des années de jeunesse, celles que nous étions en train de vivre. Alors je l'ignorais, l'adolescence est une des stations de la patience, attendant de consister en de futurs accomplissements. Ces années étaient étriquées, le monde immense. Les garçons avaient peu de distractions. Ils s'attendaient à la sortie de l'école, se retrouvaient à la maison, essayaient au bal de nouvelles musiques. Je ne les suivais pas et j'étais à court d'arguments pour expliquer ma réserve.

En classe, lors de l'appel, l'énoncé de mon nom me faisait sursauter. Ce n'était qu'un sigle mais c'était déjà un ordre, mal prononcé, mal annoncé. C'était le mien depuis peu et il était déjà fripé. L'ennui d'en porter un me prit tout petit et me poussait à ne pas répondre à la question, fût-elle courtoise : « Comment t'appelles-tu ? » Mon père, qui tenait beaucoup à son nom, attribuait mon impolitesse à la honte de ne pas bien savoir le dire sans bégayer. Pour cette raison il était compréhensif, et répondait à ma place d'un ton solennel. Il m'inculquait ainsi le respect du nom, mais moi j'avais du mal à m'en rendre maître et celui qu'il prononçait n'était qu'une variante du sien, pas encore le mien. C'est pourquoi je restais silencieux, je répondais de moi en silence.

Il me fallut beaucoup de temps pour accepter mon nom, rendant ainsi hommage au fait que d'autres avant moi avaient porté le même. C'est seulement l'adulte qui remonta les générations. Enfant je n'admettais pas le passé.

Sur la photographie que j'ai sous les yeux, on peut lire des enseignes, la publicité énigmatique d'une boisson affirme : « *Se bevi* NERI NE RI*bevi*[1]. » Un vieil autobus attend à l'arrêt.

Leurs pots d'échappement dégageaient une fumée noire à chaque démarrage et empuantissaient les gens qui attendaient.

Il n'y avait pas de passages pour piétons, on traversait n'importe où.

Je regarde la photographie. Elle s'agrandit, je ne m'en étonne pas plus que des détails que je parviens à saisir. Les gens sortent des pâtisseries avec des paquets enveloppés dans ce papier bleu décoré d'une fontaine imprimée en blanc. Quand on l'ouvrait à la fin du repas il faisait un vacarme qui couvrait toutes les voix et provoquait attention et salive.

Les gens débouchent de la rue du petit marché. Le format de ce que je regarde augmente, l'échelle décroît : un pour cent, un pour

1. « Qui boit NERI EN REboit. »

cinquante, un pour dix, jusqu'à ce que la dimension des passants atteigne ma taille ou moi la leur.

Tout est immobile autour, moi seul pourrais bouger.

Je scrute des yeux les visages des passants, parmi eux je vois le tien, maman.

Tu es jeune, d'un âge dont je ne me souviens plus. On dit que les mères n'ont pas d'âge. Enfant, je voyais en toi toutes tes années, la vie se déroulait en un jour, mourait avec le sommeil et renaissait au réveil. Au cours de la journée tous les âges passaient sur ton visage, aucun ne s'y arrêtait une heure. Tu étais l'immuable, tu naissais le matin, mourais le soir, apparaissais et disparaissais par la même porte, introduisant la clarté du matin et la remportant derrière toi le soir, laissant un petit rai de lumière sous la porte qui fermait mal.

Tous les âges en un jour : ce doit être difficile d'être regardée de façon si erronée par un fils sans jamais le savoir.

Pouvait-on imaginer le tourment de l'enfant qui ne veut pas dormir : ce n'est pas moi qui tous les soirs mourais dans le noir, mais toi. Alors, sur la pente du sommeil je te tenais par ton nom, serrée entre mes dents et mes mains fermées, et je renversais les yeux en arrière. Nous restions sous l'eau un instant, puis reparaissions ensemble dans le rêve. Ainsi je te sauvais tous les soirs. Et, lorsque tu te sentais soulagée de voir enfin l'enfant endormi, tu ne pouvais deviner l'appréhension qu'il avait à entrer dans le courant des songes. Peut-être forment-ils au monde. Ton fils était certes bien peu doué pour se faire comprendre et peut-être peu disposé à le vouloir. Une floraison de réticences préparait son identité.

Tu es seule, tu portes ton manteau marron, lourd, premier signe du bien-être. Il tombe sur toi comme une capote de soldat mais ne parvient pas à cacher ta minceur ni ton élégance. Tes cheveux sont longs, ils n'ont pas encore subi la coupe qui décida que tu n'étais plus jeune. Au bras tu portes un sac noir.

Tu t'apprêtes à traverser la rue. Tu es gênée par un autobus arrêté le long du trottoir d'en face. Quel âge as-tu cet hiver-là ? Peut-être la moitié de celui que j'ai maintenant, tu es dans la trentaine.

Bien vite apparurent les cheveux blancs que tu ne voulus pas teindre, te souciant peu de corriger les détails de ton image. Tu paraissais moins jeune que les femmes de ton âge, mais tu repris l'avantage sur le tard. J'ai vu des femmes tomber dans l'âge suivant comme on rate une marche, par mauvais calcul, pour avoir voulu retenir trop longtemps le précédent.

Ta jeunesse fut troublée par la guerre. D'abord les préoccupations de l'urgence quotidienne, vivres, bombes, hommes éparpillés sur les fronts ou dans les cachettes, puis les arrangements et la nouvelle pauvreté d'après-guerre, une fois perdus maison et biens, te reléguèrent dans la maison de la ruelle. Au milieu des meubles qui te venaient du déménagement d'un homme tu compris, par un après-midi étouffant, dans une pièce exiguë, le soleil tombant à la verticale sur les casseroles, alors que tes enfants tout petits transpiraient dans le sommeil de la mi-journée, que telle était devenue ta vie, ça et rien d'autre, ta famille sans appel, et un homme nerveux couvert de brillantine et de livres était le tien, ton mari, pour toujours.

Je ne sais pas grand-chose de toi, mais il se peut bien que cette pensée et ce jour-là aient existé. Alors, brusquement, tu auras gagné la fenêtre de la cuisine donnant sur la ruelle, pour ne plus la sentir autour de toi, cette maison ; là, tu auras trouvé les mêmes draps fraîchement lavés de l'étage au-dessus qui nous privaient d'air, apportant l'âpre odeur de lessive qui picotait la gorge.

Le dos bien droit, indifférente au va-et-vient, telle était ta démarche dans la rue. À ce moment-là, j'étais en accord avec ton assurance. Tu tenais en respect la foule inquiétante et tu la fendais comme on coupe les rangs. Tu possédais en toi un sauf-conduit. À table revenaient quotidiennement les récits d'événements terribles, brutaux. Le déchaînement de la violence pénétrait le sommeil, les cauchemars n'avaient nul besoin d'imagination. En ville l'agresseur abandonnait toute prudence, c'était au passant d'apprendre les règles de l'art d'éviter vols et blessures.

Je regarde ton visage : toi, tu regardes. Étrange que dans la rue tu poses le regard sur quelque chose. Tu fixes l'autobus.

Tu viens de descendre du trottoir mais, les pieds joints, tu n'essaies pas de traverser. On dirait que tu t'es arrêtée d'un coup. Aucune voiture à l'horizon.

Une forte lumière blanche, drue, filtre, peut-être de nuages élevés. Qu'il ne s'agisse plus de la photographie, mon nez me le fait sentir. C'est l'odeur de la Torretta le dimanche : marché, foule, froid. Du four se répandent des vapeurs de cuissons et du charreton d'en face les cacahuètes exhalent leurs effluves grillés. De la friterie sort la fumée grasse de la pâte qui gonfle. Les anchois, le poisson pesé pour le client, vidé sur le trottoir et rincé dans un seau d'eau : l'air se charge de toutes les odeurs et les mélange jusqu'à la nuit.

Il manque celle du café. C'est un parfum secret, protégé : celui qui le fait ne le gaspille pas, rebouche la boîte, met son capuchon au bec de la cafetière, ferme la fenêtre de la cuisine. Celui qui le fait le respire tout entier, à l'abri, avant même de le boire.

Tu regardes devant toi un point de l'autobus qui a surgi en face. Tu n'as pas ton visage de vent. Je nommais ainsi l'expression que tu prenais lorsque tu passais dans la rue, semblant affronter le sirocco. Tes pommettes tiraient ta peau dans un plissement de paupières, tes nerfs recouvraient ton visage mieux que le voile d'une Arabe.

Tu es en train de fixer quelqu'un et tu ne penses pas à la rue.

Il y a des yeux, dans certains tableaux, qui suivent le spectateur où qu'il se place. Il en est ainsi pour moi maintenant ; toi tu regardes et moi j'ai l'impression d'être regardé.

Alors j'avale ma salive, je frissonne de froid. La chaise s'est faite dure et une vitre nous sépare, une vitre d'autobus. Moi, je suis assis à l'intérieur, je suis tourné vers la fenêtre et toi tu me regardes.

Tu ne me reconnais pas. Je suis un homme entré dans la soixantaine et toi, tu as la moitié de mon âge.

C'est possible, car le possible est la limite mouvante de ce qu'on est disposé à admettre. C'est ce qui arrive et je n'en suis pas troublé. Je sens que ça s'est déjà passé, ailleurs. Une autre fois, je le sais maintenant, je t'ai vue à travers la grille d'un jardin de San Giorgio à Cremano, petite fille qui jouait avec la terre, ou à travers les vitres d'une véranda, poursuivant tes frères autour d'une table de salle à manger et poursuivie par eux.

Je sais voir à travers. Ce n'est pas comme la vie-des-jours, qui se rit des écrans, c'est comme la vie-inattendue-des-moments, qui se révèle, mais avec la protection d'un diaphragme, qu'il soit photographie, grille, fenêtre ou larmes aux yeux. Je suis ton fils, l'étranger dont le profil s'est stylisé entre la vitre d'une maternité, qui sépare le nouveau-né de sa mère, et celle d'un autobus.

Tu ne me reconnais pas.

Je pense à nos tablées. Dans la maison de la ruelle nous mangions sur le marbre de la table de cuisine, assis sur des chaises paillées comme des chaises d'église. Il fallait saisir les choses doucement, les accompagner pour éviter les chocs. L'espace était réduit, le moindre geste faisait du bruit. Dans la maison suivante, à table, il y avait des nappes, des chaises rembourrées, et on parlait, on se taisait aussi, d'une autre façon : on racontait les choses de l'école et l'air s'assombrissait car, bien que travaillant, nous rapportions des notes insuffisantes. Les reproches s'étendaient à tout le reste, coupaient l'appétit. Je sentais le poids de la nourriture, de la chaise, du temps ; alors que même le marbre était léger à la table sur laquelle j'avais appris à ne pas faire de bruit, à laquelle j'apportais les nouvelles de mes bonnes notes.

Autour de la table de la belle maison il n'y avait plus moyen d'être légers. Aux comptes rendus de tes visites aux enseignants, je ne pouvais répliquer. Mes mots se seraient mis à boiter et tu te serais fâchée encore plus. Tu pensais que je le faisais exprès. C'est une pensée que je n'ai pas écartée, car il faut savoir porter la responsabilité de ses propres faiblesses ; et puis, que tu me suspectes d'une réelle culpabilité me rendait un peu plus fort.

Une fois, exaspérée par mon défaut, tu m'accusas de faire exprès de bégayer. Dans le silence effaré qui me saisit, je me sentis flatté en secret : tu m'avais prêté une aptitude en m'attribuant la maîtrise de cet accident. Mes yeux se fermèrent comme ils le font quand une image imprévue pénètre en soi et qu'on cherche à la retenir dans le noir pour bien la comprendre. Toi, tu interprétas ce silence comme l'effet d'un coup trop dur et tu t'emportas contre toi-même. De ce jour, tu n'osas plus le dire, mais à table, après les reproches que nous valaient les choses de l'école, notre silence retombait, lourd d'équivoques.

La séance du repas était levée quand l'un de vous quittait la table.

Seule Filomena osait rompre la consigne du silence en entrant pour apporter le plat de résistance et les légumes, insensible à toute atmosphère, sourde et braillant donc d'une voix forte.

Tu t'obstinais à la corriger, ma petite sœur imitait avec elle tes intonations. Elle avait soixante ans lorsqu'elle entra à notre service.

Je m'apercevais parfois de son brusque silence sous une kyrielle de reproches. Le plus souvent, comprenant ce qu'elle pouvait, elle répondait à côté, à voix haute, soucieuse de s'expliquer à sa façon ce que tu lui disais. Elle reprenait tes propos en les déformant, se lançait avec excitation dans des excuses embrouillées. Ce qui avait pour effet le plus sûr d'accroître ta contrariété.

Par moments elle se taisait d'un coup, tournait son regard ailleurs, laissait tomber ses bras le long de son corps. Qu'elle se fige ainsi me faisait mal. J'évitais donc toute remarque, redoutant qu'elle n'accuse je ne sais quel coup, dont j'ignorais la portée. Quelques mots innocents de ton italien sonnaient peut-être comme une offense dans sa langue d'insulaire, plus âpre que le napolitain, plus traînante. Ainsi, après avoir fait irruption dans l'atmosphère lourde de la tablée, elle s'en retournait à petits pas en poussant la table roulante. On apercevait ses cheveux encore noirs, tressés, enroulés en chignon sur sa nuque et noués dans un fichu. Puis, tout au bout du couloir, elle fermait la porte derrière elle. Dans cette maison du bien-être la salle à manger était loin de la cuisine, ce qui l'obligeait à une incessante navette avec la table roulante pour mettre le couvert et desservir.

Quand elle avait besoin de quelque chose, elle venait vers toi, n'hésitant pas à te couper la parole. Elle t'interrompait même si tu étais au téléphone, sans y prêter attention. Toi, tu avais renoncé à modifier son comportement, d'une voix résignée tu lui disais seulement : « Filomé. » Tu n'ajoutais plus que tu étais en train de parler, qu'elle pouvait bien attendre un moment. Alors elle disait : « Vous parlez ? » et aussitôt posait sa question.

Quand l'atmosphère de la table était plus lourde et que son irruption intempestive dans notre silence te dérangeait davantage, tu employais à nouveau ton « Filomé » découragé. Machinalement elle te répondait : « Vous parlez ? »

Nous nous taisions. Dès qu'elle partait, nous reprenions.

Attends, maman, ne sois pas si pressée, même immobile sur une photographie. Nous nous trouvons dans une étrange situation et cette voix qui est la mienne, qui s'écoule et nous réunit à nouveau, se taira.

Sois patiente, je me suis arrêté à Filomena, qui rompait le silence, et je veux encore la rappeler à notre souvenir.

Elle avait des tics de langage religieux qui plaçaient chaque action de la journée sous la tutelle de la Madone omniprésente : où que j'aille, si je l'en informais, elle m'assurait que j'étais accompagné. « Filomé, si on me téléphone, appelle-moi, je suis aux toilettes. » Même dans ce cas, elle me répondait avec confiance : « Va, va mon fils, la Madone t'accompagne. — Non, Filomé, aux toilettes, il vaut mieux que j'y aille seul. »

Alors elle riait par saccades et surenchérissait : « Que le Seigneur te rende riche, riche comme la mer. »

Elle venait d'une île mais c'était une paysanne. Elle savait que la terre comme la mer étaient riches et, comme les riches, avares.

Le soir, elle regardait un peu la télévision et brusquement éclatait de rire hors de propos, même durant un passage pathétique ou dramatique d'un film. Il ne servait à rien de lui expliquer ou de la rabrouer : elle regardait le spectacle pour s'amuser, elle voyait la scène à sa façon. L'exaltation, dans les gestes comme dans les sentiments, lui sembla toujours ridicule.

Elle était de petite taille, forte, les joues rouges et lisses, les oreilles longues. Au début de notre vie en commun elle mangeait le beurre par morceaux avec appétit. Elle faisait recuire nos restes de légumes et, une fois refroidis, en buvait l'eau à la régalade.

Avec ses premières économies elle acheta deux boucles d'oreilles en or qu'elle suspendit à ses lobes déjà percés. Elle avait eu des temps meilleurs, une boulangerie et un mari. Elle conservait dans son corps le souvenir des deux, les mains brûlées par le four et dans ses os les douleurs du bâton les soirs d'ivrognerie. Ses paumes étaient si insensibles au feu qu'elle se passait de torchon pour saisir les manches des casseroles en les retirant du fourneau.

Elle avait une voix aiguë, à la tonalité de trompette. La sonnerie du téléphone l'agaçait, elle avait selon elle une insistance déplacée.

Elle étonnait par ses erreurs de langage toujours fondées sur une assonance. « Ce matin je suis sortie sur le balcon, il faisait un de ces froids que je me suis congédiée. »

« Quelles belles oranges rouges sanguinaires ! »

Cela faisait rire. Le théâtre comique napolitain a volé dans la bouche même des gens tout un répertoire inépuisable de telles altérations.

Pour moi elles étaient la preuve de l'effort accompli par Filomena pour parler comme nous, pour s'adapter ; peut-être même, au fond de son cœur, pour s'améliorer. L'assonance était donc son approche du mot exact, c'était tout le chemin parcouru pour apprendre et essayer de répéter, auquel il ne manquait qu'un seul pas, un seul sou. À cause de ce défaut précisément tout son effort partait en fumée et la phrase, le mot sortait estropié, à jamais marqué du sceau du ridicule.

Elle faisait rire, elle ne s'en vexait pas. Par quel miracle de l'esprit certaines créatures ne souffrent-elles pas des rires qui se déversent sur leurs efforts, sur leurs difficultés ?

Cette grâce qu'elle avait reçue m'a toujours fait défaut : ce bégaiement, dont je fus délivré bien plus tard, me faisait transpirer en classe pendant les interrogations. Par cette eau mon visage se lavait des brusques éclats de rire de ceux qui fixaient mes lèvres. On remarque le pied blessé du boiteux, l'œil blanc de l'aveugle, le moignon du membre amputé : le défaut attire l'attention au point qu'il suffit à lui seul à définir la personne tout entière. Ainsi, la confusion des mots, à l'entrée ou à la sortie, pour le sourd ou le bègue, déclenche le rire aussi sûrement que celui qui tombe ou perd l'équilibre. Parler c'est parcourir un fil. Écrire c'est au contraire le posséder, le démêler.

Filomena répondait sèchement au téléphone. Un jour, tu appelas pour lui laisser un message. « Allô, Filomé, c'est Madame. » Et elle aussitôt : « Madame n'est pas là » et elle raccrocha.

À cette époque, il était d'usage de se faire appeler Madame par une femme plus âgée avec laquelle on vivait depuis des années.

Il m'arrivait d'être intimidé en face d'elle.

Je porte encore en moi le poids d'un souvenir. Une fois, elle m'appela à la cuisine et balbutiant, désespérée, me dit à voix basse qu'on lui avait volé son argent chez nous. D'une main elle serrait très fort son poignet pour l'empêcher de toucher mes vêtements.

Les économies d'une vieille femme qui travaillait du matin au soir avaient disparu avec Dieu sait quel profiteur venu parmi ceux qui nous tenaient quelquefois compagnie à nous, les jeunes, le samedi. Elle les gardait dans une boîte à chaussures au fond d'un sac de la salle de bains de service, se méfiant des banques où il fallait se rendre régulièrement pour demander comme une faveur de l'argent qui lui appartenait.

Elle était désarmée, trahie, elle s'efforçait de parler à voix basse, s'adressant à la personne la plus impuissante de son entourage. Elle serrait ses poignets pour ne pas me toucher.

J'ignore ce que l'on fit, si on la remboursa en partie ou totalement. J'ai gardé à l'esprit ce désespoir sous le coup d'une injustice, les yeux de qui la subit, l'admet. Filomena, dans une maison étrangère, dans notre cuisine qu'elle avait astiquée, par un début d'après-midi, sans l'ombre d'une prière, s'adressait à un petit garçon presque muet. De ma vie il ne m'a été donné de revoir une telle confiance à mon égard. À ce moment-là, j'ai dû comprendre pour la première fois que le mal est irrémédiable et qu'il est impossible de réparer un tort quoi que l'on fasse ensuite. Le seul remède est de ne pas en commettre et ne pas en commettre est en ce monde l'œuvre la plus ardue et secrète.

Filomena partit un jour tôt le matin ; comme elle le faisait lorsqu'elle regagnait son village sur l'île, quinze jours par an. Elle emportait un sac aussi grand qu'elle, rempli de pain sec, bien calé sur sa tête, et deux autres, un à chaque bras. Elle descendait la colline à pied et longeait le bord de mer jusqu'au port. Elle se chargeait de vêtements que nous ne mettions plus pour son frère faible d'esprit, et de nourriture, plus qu'elle ne pouvait en porter.

Elle nous donna son congé parce qu'elle n'arrivait plus à faire face au travail de la maison.

Je t'en parle, car jusqu'ici l'occasion ne s'était jamais présentée et ne se renouvellera plus. Nous avons vécu avec des personnes que nous aimions sans le savoir, que nous maltraitions sans nous en douter : un beau jour elles disparaissent et on n'en parle plus. Elles ont laissé une odeur d'eau de Javel dans notre main qu'elles ont serrée, une caresse rêche et maladroite, elles ont lavé nos sols en chantant avec une gaieté que nous n'avons jamais ressentie. Telle fut leur vie irréductible que nous avons ignorée tant qu'elle fut parmi nous et dont aujourd'hui nous prenons conscience seulement parce que nous l'avons perdue. Je t'en parle, maman, car il en sera de même entre nous.

Tu me décrivais les pires choses du monde. Tu me faisais connaître tes indignations devant le mal accompli et subi par les hommes.

Lorsqu'il t'arrivait de raconter ce genre d'histoires tu ne supportais pas qu'on puisse tempérer ta réprobation et tu t'énervais contre papa qui s'efforçait de modérer tes propos. C'était donc moi ton interlocuteur préféré, le muet, l'entonnoir.

Cela se passait dans notre première maison, quand j'étais enfant. Puis tu cessas de me prendre à témoin.

Je t'écoutais et voilà ce qui se passait : ta voix se tendait et la représentation matérielle de ce que tu disais commençait en moi. Je m'identifiais physiquement à tes histoires. Un enfant giflé, tiré par les cheveux, que tu avais vu dans la rue, prenait chair en moi et je revivais sa douleur. J'avais mal à l'endroit même où il avait été frappé. Mes nerfs réagissaient à tes mots par des projections localisées, ta voix les frappait avec précision.

Mon cœur au contraire se contractait jusqu'à retenir mon sang tant qu'il pouvait. Puis ta voix s'arrêtait. Je ne te regardais pas durant ton récit. De cette façon tu as fait défiler pour moi une nuée de douleurs, de vieillards, de malades, de misères, de bêtes. J'ai fini sous des voitures, lapidé, brûlé, j'ai eu froid sans espoir de refuge pendant de longues journées de sèche tramontane qui arrachait par lambeaux la chaleur de mon corps. J'aurais pu t'écouter sans fin. Tu me formais au monde comme le faisaient mes rêves.

Tu me lançais dans des voyages d'où je rapportais ce que tes yeux avaient vu. Le mal n'était pas perdu si quelqu'un le gravait dans son esprit, le gravait dans sa peau. Je n'étais pas ému, je restais immobile, enfermé dans le songe physique où je suivais tes mots pour les interpréter.

Je devais te paraître indifférent, peut-être l'étais-je devenu à tes yeux. Mais tu ne t'occupais pas de moi quand tu racontais, il te suffisait que je sois à l'écoute. Quand mon sang faisait un dernier plongeon dans ma poitrine et s'échappait de mon cœur serré, tu avais fini.

Enfant je ne pleurais pas ; je n'ai pas le souvenir de mes larmes. C'est beaucoup plus tard que les émotions trouvèrent la voie des mots et la voie des yeux. Pour Massimo j'ai pleuré.

Nous fûmes jeunes ensemble. Je l'admirais, il était fort, taillé pour nager de longues courses, et il était l'un des rares qui ces années-là faisaient moins d'une minute au cent mètres nage libre.

Grand, les cheveux clairs, il avançait sans une ombre d'ostentation. Il avait un large sourire ingénu qui de temps en temps passait très vite au rire. J'éprouvais de l'admiration pour son corps, mais plus encore pour la modestie de son maintien. Il était l'exception, car à cet âge un garçon est à l'affût du moindre avantage pour se faire remarquer.

Âge impitoyable, où se fixent les affections qui ne se dénouent plus, qui ne finissent jamais.

Oui, je l'admirais. C'était un sentiment profond, sans équivoque, je l'ai éprouvé alors et plus jamais.

Crois-moi, ce ne fut pas de l'envie, je n'ai jamais envié personne, fût-ce pour la petite habileté de pouvoir parler à voix basse à une fille sans bégayer. Si je m'abusais sur ce point, je ne serais pas ton fils.

Je ne lui ressemblais pas, aucun entraînement aquatique n'aurait pu corriger ma maigreur rigide, burinée. Mon corps était mince et sombre, le sien fort et lumineux.

L'été, nous allions nager ensemble dans la baie du château des Aragon, à Ischia. Nous nagions un crawl cadencé, infatigable. Moi dans son sillage je voyais ses pieds exécuter des battements forts et réguliers, comme les battements du cœur. Nous rentrions dans l'ultime lumière, le bout des doigts ridé, les lèvres décolorées, pas même fatigués, pas même heureux. C'était l'entraînement, un travail à faire après notre journée passée à bavarder et à jouer sur la plage.

L'après-midi, une fois le vent tombé, la baie était une lagune où nous creusions notre sillon en silence d'un bout à l'autre.

Quelquefois, la faim nous tenaillant à l'arrivée, nous ne faisions qu'une bouchée de notre sandwich.

À cette époque, entre jeunes gens, il fallait modérer son admiration, la dissimuler, la tourner en dérision, car un manque de mesure pouvait compromettre une réputation virile. Il fallait peu de chose pour se voir affublé à vie d'un adjectif, d'une expression sans appel, pire qu'une sentence.

Une circonstance particulière me força à rompre la consigne, mais je n'eus pas à rougir de moi.

À Ischia, sa mère avait invité à déjeuner quelques jeunes garçons et j'en faisais partie. Elle avait une maison au bord de la mer dans le village des pêcheurs et nous déjeunions en plein air. Ils parlaient tous en même temps, joyeux. Moi j'écoutais, ils étaient trop rapides pour que je tente de glisser quelque chose dans leurs cascades de mots d'esprit et d'éclats de rire.

On se mit à parler de sport et de celui qui avait le physique le plus approprié. On faisait des comparaisons, on s'excita, on finit par procéder à une sorte de sélection réduite à seulement deux champions, Massimo et un autre. Sa mère intervint dans la conversation pour donner la palme à l'autre, peut-être par politesse ou pour réprimer sa fierté.

Alors, avec une fougue incompréhensible, j'intervins à voix haute, presque sans trébucher sur les syllabes. Je dis qu'aucune comparaison ne tenait, Massimo était la perfection, son corps était un modèle de la nature. Je me tus aussi brusquement que j'avais commencé. Les autres se regardaient sans un mot. J'eus le temps de mesurer ce silence et il fut aussi long que ma brutale intervention. Je sentis toutes les voix en suspens, sur le point de rompre l'intermède. Je ne les redoutais pas, mais je craignais d'avoir transgressé une clause de l'amitié. J'étais pétrifié, incapable même de refermer la bouche. Alors le bruit arriva. Massimo rit, il couvrit la table de son rire ; c'était un rire de surprise, un rire d'insouciance. Je tombai dans l'oubli de son rire, ils parlèrent d'autre chose. Je ne doutais pas de moi. J'excluais alors, comme je l'ai fait depuis, toute possibilité d'attirance envers une personne de mon sexe. J'avais agi par souci d'équité, très impulsivement, sans le vouloir, comme dans un accès d'énervement. J'ai encore son rire dans la gorge. Ce fut l'aide qu'il me donna, comme l'était le battement de pieds par lequel en mer il forçait l'allure, me laissant à la traîne. C'était le secours et la distance, c'était sa gaieté et son sillage.

Je l'entends encore du bout de la table, moi les yeux fixés sur mon assiette. Il fait encore monter mes larmes du profond de moi.

Je pleurai jusqu'au vomissement, à la toux, au fiel. On me dit qu'il avait plongé et qu'il n'était pas remonté.

Nous avons grandi partageant les mêmes goûts et quelques phrases. Nous n'aimions pas les bouteilles à oxygène ni les plongeurs armés d'un fusil dans les basses eaux. Nous n'aimions pas les garçons de notre âge qui attendaient le soir, sur les murets, et prenaient de grands airs en manipulant l'argent qu'ils avaient reçu pour la première fois. Nous n'aimions pas le voyou ni la fille arrogante. Nous réservions notre souffle pour l'apnée et descendions vers le fond qui devenait sombre comme le ciel, muet.

Mais le jour où il remplit ses poumons d'ultimes inspirations, ce jour-là je n'y étais pas.

Chaque plongeon éloigne de la respiration, de la chaleur, du sec. Chaque plongeon renferme la soixantième partie d'un adieu. Il descendit pour descendre, comme une ancre sans chaîne, les oreilles bouchées, les yeux fixés vers le fond. Il fendait de ses bras le noir de l'eau, la mer s'accumulait au-dessus. Nous sommes descendus bien des fois. Là-dessous on perd son ombre, j'essayais d'être la sienne : dans la mer, on peut.

Il resta le nombre de secondes voulu dans la pénombre de son but, à mi-chemin, puis se mit à remonter. Une échelle vers la lumière totale, tant de fois gravie, un passage sûr, le poids de la mer se faisait plus léger sur ses épaules, à chaque brassée. L'air s'échappait régulièrement de ses poumons.

Il monta en même temps que l'embole. Trop de lumière dans ses yeux, trop de vie dans ses mains qui escaladaient les mètres. À la surface de l'eau, elle explosa, la bombe, dans toutes ses veines.

Frappé par le sommeil brutal, les poumons encore gonflés de leur réserve d'air, il oublia en un instant la respiration, la chaleur, le sec.

Il repartit dans cette obscurité, planant les bras ouverts, les yeux fermés.

Ils sont maladroits les mots de l'absence.

Nous connaissions la mer par cœur. Notre Tyrrhénienne nous dressait depuis notre plus tendre enfance et nous rendait graves. Notre Tyrrhénienne, notre âge unique, la peau offerte au soleil et au sol, duvets clairs et noirs, épines d'oursins, sandales, pizza, sommeil. Là, nous aurions confié notre cœur à un rocher, tant nous étions sûrs ; personne n'aurait pu voler notre goûter alors que nous étions en mer. La Tyrrhénienne nous immunisait, nous les enfants sacrés de son eau, nous peignant de sa langue telle une mère louve.

Nous connaissions le soleil couchant sur les muscles fatigués ; il était notre limite, adoucissait pour nous l'obscurité. Il tombait sur la mer, nous le voyions s'éteindre en flammes violettes sur l'horizon incertain. Ainsi fûmes-nous Tyrrhéniens, le jour finissant devant nous, face à la mer immense et familière.

Nous connaissions chaque rocher, chaque poisson.

En septembre le vent de sud-ouest levait des vagues hautes et longues. Nous choisissions la plage de San Francesco pour recevoir toute la puissance des lames au point d'être retournés en l'air. Au large, loin du bord, elles brisaient encore sur notre dos toute leur écume. Massimo, à force de bonds furieux, parvenait à monter sur la crête de la plus haute vague pour saisir sa crinière, sa vélocité, et se laisser entraîner dans son écroulement sur cent mètres ou jusqu'au rivage.

Il riait, reparaissant plus loin sali par les algues que brassait le ressac. Il remontait le courant, recommençait.

Moi aussi de temps en temps je parvenais à enfourcher une crête et à me laisser ballotter comme une toupie cassée.

Le ciel s'assombrissait, tout à coup il pleuvait à verse, nous restions au point d'avoir le bout des doigts bleui et la chair de poule.

Le soleil s'éteignait dans la mer. Par moments le violet des nuages le fendait et le décomposait avant qu'il ne touche l'horizon. Nous le regardions du rivage en nous essuyant après le bain et il nous appartenait, comme le sable collé à nos pieds, comme notre respiration.

Il descendit dans la mer au cours d'une des rares minutes de mon absence. Je ne peux m'en souvenir, la connaître, et pourtant je la connais et m'en souviens mieux que de toutes nos minutes ensemble.

Le monde était là, prêt à nous trahir. Notre Tyrrhénienne était pleine de pièges, notre âge était condamné et nous l'ignorions.

Quel dégoût, maman, quel dégoût j'ai eu de la nature beaucoup plus que des méfaits des hommes, dégoût de l'azote, de la pleine lune apparue en mer, dégoût d'avoir perdu le sillage de ses pieds, derrière lesquels je ne pourrais plus tendre mes bras maigres. J'eus le dégoût d'avoir une ombre et d'aspirer l'air par le nez.

Je descends toujours me baigner dans la Tyrrhénienne. Je nage le long de la côte, je règle mon souffle, je surveille mon style pour éviter qu'il ne se gâte. J'essaie d'être encore dans un sillage, de ne pas me laisser aller. La mer ne peut rien m'enlever, ne peut plus me laver. Nous sommes sales tous les deux, vieillis, blessés. Nous échangeons en silence les mêmes fatigues. Que de cendres furent répandues sur cette mer, que de sueurs : si elle était la terre elle en fleurirait, mais la mer se rend malade des restes de l'homme. Il y a aussi mes pleurs pour Massimo, mon ami.

À la maison tu me reprochais de faire du bruit. Dehors, dans la ruelle, le vacarme enveloppait les gens ; la vie, à l'extérieur, c'était se faire entendre, donner un coup plus fort, lancer un appel plus haut. Les enfants pleuraient à pleine gorge. Leurs cris n'étaient chargés ni de colères, ni de caprices, ni de reproches, mais seulement du mal qu'ils éprouvaient. Les enfants que j'ai entendus pleurer quand j'étais petit, de l'autre côté du mur, dans la rue, avaient des pleurs de blessures, de coups reçus à la volée, dès qu'on passait près d'eux.

Adulte, j'ai entendu pleurer les enfants de façon bien différente, une protestation aux accents accusateurs plus que douloureux. Je n'arrive pas à compatir à leurs cris.

Quand j'étais petit, les enfants pleuraient de souffrance. Ils encaissaient des coups qu'un adulte ne supporterait pas physiquement, autant par la démesure de la force employée que par leur fréquence. Ils pleuraient et parfois ce cri ne leur valait aucune trêve et les coups pleuvaient encore sous leurs sanglots désarmés. Je ne bougeais plus, les yeux écarquillés, de l'autre côté du mur, attendant que cela finisse, que par pitié cela cesse, alors que montait dans ma gorge l'envie de crier moi aussi, de hurler à l'unisson, comme le font les ânes, les chiens. Je serrais les dents derrière le mur.

Toi, tu opposais au grand vacarme de la ruelle le silence pénible de notre maison. De temps en temps, couvert par la rumeur du dehors, je faisais moi aussi un peu de bruit en jouant au football avec des équipes de boutons, ou avec une balle en caoutchouc qui rebondissait sur la cloison, ou bien en me disputant avec ma petite sœur. Alors tu intervenais d'une voix sèche et basse pour me faire cesser. Je cessais, mais par moments j'étais vexé et j'allais me mettre contre la vitre de la fenêtre à la cuisine. Je ne voyais pas la ruelle, mais je restais à l'écouter. Je distinguais les voix, leurs provenances. Tous y déversaient leurs cris, appels, lamentations, bruits de métiers : ils formaient un chœur que même le vent ne parvenait pas à chasser.

Quand tes reproches m'humiliaient, je tournais le dos à la maison et à la sombre cuisine. Une fois tu voulus me faire quitter mon coin. Tu étais venue me consoler, ta réprimande m'avait peut-être contrarié plus qu'à l'ordinaire. J'arrêtai ton geste d'une phrase drôle qui te surprit par son ridicule et sa révolte. Trébuchant sur la première consonne je réussis enfin à dire sans me tourner vers toi : « Jevveux pas des mots. » Tu pensas que par fierté je refusais d'être consolé. Ce n'était pas ça.

J'avais beau être petit, je comprenais à coup sûr que mon sort d'enfant était différent de celui des autres dans la ruelle. Je ne recevais pas de corrections de mes parents, c'était sur d'autres têtes et d'autres échines que pleuvaient les coups des grandes personnes.

Mieux valaient les coups, mieux valait courir le risque de faire un peu de bruit quand un jeu me tentait. Pas les mots : contre eux on ne pouvait pleurer, on ne pouvait répondre et moi, quand tu intervenais, je ne parvenais pas à en prononcer un seul, entre l'apnée et le bégaiement. On apprend bien tard à se défendre des mots.

Mieux valaient les coups sur le corps, mieux valaient le bruit des mains et le cri de la gorge, puisqu'il en était ainsi pour tous les enfants, j'aurais eu moi aussi des bleus, le sang à la bouche.

Je m'obstinais à garder le front contre la vitre de la cuisine et j'écoutais la grande rumeur du monde extérieur. « Jevveux pas des mots. »

Ce n'étaient pas tes mots de réconfort que je repoussais, mais ceux du reproche, donnés à la place des coups et qui permettaient de marquer, par ce changement de ton, toute la différence.

Entre mère et fils le progrès n'existe pas, la civilisation n'évolue pas : les mots seront toujours réduits et ne seront que des mots, rares, préservés. Ils ne remplacent rien, ni les coups, ni les caresses.

Je cassais mes jouets. À l'instant où je les recevais, je regardais avec suspicion ces objets qui allaient m'appartenir.

Vous n'éprouviez sûrement aucun plaisir à être ainsi récompensés par ma réaction de méfiance et non de joie. L'émotion de les avoir me préoccupait plus qu'elle ne m'excitait. Je m'assurais de mes droits en demandant : c'est bien à moi ? Oui, ça l'était mais pas au sens où je l'entendais moi, car c'était assorti des obligations habituelles, soumis aux « ne pas faire de bruit », « ne pas se salir » et « respecter les horaires convenus ». C'était mon bien à petites doses, mon bien d'enfant, alors qu'au contraire le jouet me faisait espérer une immense liberté où l'espace pour s'amuser et le temps que j'aurais passé ainsi étaient vraiment miens, sans restriction. C'est à moi ? demandais-je. « Oui, mais ne le casse pas. »

Une fois, pour Noël, on ne m'en acheta aucun, parce que j'avais continué à casser tous ceux de l'année précédente. Vous étiez mécontents et vous m'aviez dit que cette année-là vous ne m'en achèteriez pas. Toi, tu me reprochais mon gaspillage alors que tant d'enfants n'avaient pas de jouets.

Aujourd'hui, je repense aussi aux sacrifices que vous faisiez pour vous permettre ces dépenses, même si vous ne parliez pas de problèmes d'argent. Plus tard, bien plus tard, je compris ces pauvres comptes faits à grand-peine pour épargner de quoi bâtir un Noël.

Mais, enfant, je ne comprenais pas ce que vous disiez. Le jouet m'appartenait d'une façon que je ne savais expliquer. Il avait une durée à lui pendant laquelle j'étais censé en prendre connaissance, le manipuler, l'abandonner. Et puis c'était tout. Il faudrait le ranger quelque part, ensuite tu l'offrirais peut-être à un autre enfant comme tu le faisais avec ceux de ma petite sœur.

C'est ainsi que j'aurais dû procéder, mais il me restait pourtant une part énorme de sa durée qui tenait à l'instant même de sa fin. Pendant un moment les choses paraissent tout à coup différentes. Un morceau de bois tout juste fendu, une pierre détachée de son emplacement peut-être millénaire, l'espace d'un moment prennent un aspect connu du seul témoin de leur brusque changement. Ils restent ainsi un instant à peine, car une seconde après ils ont vieilli de cent ans. Ainsi en fut-il de l'univers lui-même qui, dit-on, a vieilli dans les premières secondes de sa formation plus que pendant les milliards d'années qui suivirent.

La mort n'est pas identique pour toutes les choses : ce n'est qu'après avoir traversé la mort que certains objets commencent à vieillir. Un jouet vieillit après s'être cassé, après être mort.

Les choses ont une face cachée qu'un enfant peut observer. Je cassais le jouet : non pour l'insignifiante curiosité de voir ce qu'il y avait dedans, comment il était fait, mais pour voir l'instant où il était démoli d'un coup, avant de se perdre dans la confusion de ses morceaux.

Le jeu a la vie brève. Brève, je le savais, comme l'instant où allait se casser le jouet, ou bien cet instant équivalait à toute sa durée antérieure. Alors seulement le jouet était à celui qui l'avait eu en main, alors seulement il était totalement mien. C'est dans la mort seule que la vie est tout entière à qui l'a vécue, et sa possession est sans donateurs, sans reproches.

Je te parle, maman, à toi qui, pour un soir, es si jeune par rapport à moi, de cet ancien cadeau dont je crois pouvoir à cette heure prendre pleine possession. Est-elle bien à moi la vie que tu m'as donnée ? Ce soir oui, elle est tout à fait mienne.

Tout cela venait-il vraiment à l'esprit de l'enfant qui cassait ses jouets ? Tout cela et bien plus, mais pas les mots qui le diraient. Plus tard seulement, du jeu silencieux, du souvenir qu'il m'a laissé, je fais la réduction pour le décrire. Même si les mots, de par leur nature secourable, donnent de la lumière, ils font en réalité de l'ombre, ils sont les signes obscurs tracés contre l'immensité d'une enfance quelle qu'elle soit.

Je m'approche d'elle avec la cécité progressive des années et seul l'amour envers ce monde clos permet de lui donner les mots qu'il n'eut pas. Seul l'amour permet le retour, mais il ne suffit pas pour autant à le justifier et je suis conscient de violer en étranger son incompréhensible étendue. Et si l'on cherche à expliquer le silence, même celui d'un enfant, c'est comme si l'on mettait en bouteille l'air des villes étrangères qu'on a visitées, n'emprisonnant que du vide.

Quand arriva un autre Noël de cadeaux, on était déjà dans la nouvelle maison. Je ne les cassais pas, j'avais cessé de jouer avec. J'étais passé, avec le journal de mots croisés et les livres, au maniement de l'alphabet.

C'est beau de descendre dans une photographie, d'y rester sans bouger. Tu ne me reconnais pas, pourtant tu poses les yeux sur mon visage, moi qui ai les tiens, unique signe sûr, parmi les rares, d'une appartenance. Aujourd'hui mon visage fait penser à celui de mon grand-père. Avec le temps je me suis mis à ressembler à sa photo qui était sur la table de chevet de papa. Un visage sérieux, un rien pensif, une bouderie des lèvres habituées à rester closes, tel était le portrait. J'ai commencé à me rapprocher de la forme de son crâne par le front, puis mes pommettes ont fait saillie et mes joues ont suivi la même chute de tension et d'attention. Ce ne sont que conjectures et je les aime car, sachant ne tenir ni de toi, ni de papa, je cherchai dans de vieilles photos des traits qui me légitiment.

Quand j'étais petit, on ne disait pas de moi : c'est tout le portrait de son père ou de sa mère, phrase irritante mais aussi réconfortante. Je ressemblais à mon grand-père paternel, mort alors que son fils n'était encore qu'un enfant. Dans un album il portait l'uniforme de soldat de la première guerre.

Pour un carnaval tu me demandas comment je voulais m'habiller. Je voulais cet uniforme, pour lui ressembler encore plus, aussi répondis-je : « En guerre », pour ne pas dire en grand-père. Tu n'avais qu'une énorme casaque de Pierrot et, à part toi, personne ne savait qui était ce Français dont je pris à contrecœur l'habit. Je n'avais rien du grand-père, attifé de la sorte je ressemblais à une chandelle.

Je n'ai jamais cru qu'il était mort. Quand j'étais enfant, « mort » signifiait se tenir à l'écart, ne pas se montrer, une absence volontaire et persistante. C'était comme si on avait dit : grand-père s'est vexé et ne veut plus venir nous voir, ou bien grand-père a été muté.

Pour moi le monde avait la taille de ma maison et de mon quartier et la vie était proportionnée à cet ordre de grandeur : y habiter ou non ne constituait pas une différence importante. L'enfant que je fus dans la chambre d'une ruelle pensait que son grand-père s'était établi au-delà d'une vallée de pigeons et de rats, ma frontière d'alors, c'est-à-dire piazza Plebiscito.

Un jour papa tomba malade, devint tout jaune et resta enfermé dans une chambre. Nous, nous devions être encore plus silencieux, pour le faire guérir. Peu importait qu'au-dehors la ruelle résonnât de l'habituel vacarme, notre silence filial le soignait. Se taire, faire doucement était une consigne difficile à garder à l'esprit, mais s'y appliquer était un effort riche d'enseignements. Je pensais : maintenant je suis un moineau sur une branche et la pluie va tomber ; puis j'étais une barque tirée au sec le soir ; puis nous parlions entre nous, les enfants, imitant la voix du vent dans les ruelles.

Papa resta longtemps à la maison. Pendant sa convalescence j'ouvris un jour la porte à un monsieur. Je reconnus tout de suite mon grand-père. Il était comme sur la photographie de la table de nuit. J'étais sur le point d'annoncer la nouvelle, mais il troubla mon émotion en me déclarant qu'il était le coiffeur appelé pour faire un brin de toilette au malade. J'appris que depuis des années il était au service de papa et se rendait à son bureau une fois par mois. Peu de coiffeurs avaient leur propre salon, le plus souvent ils étaient ambulants et se rendaient à domicile.

J'avais raison, il n'était pas mort comme vous l'entendiez vous autres, il était mort comme je le croyais moi. Il était parti habiter loin et il était devenu un coiffeur que personne ne reconnaissait. Moi seul l'avais découvert parce que je connaissais par cœur toutes ses photographies, mais je ne le démasquerais pas, ne le trahirais pas.

J'aimai ce grand-père qui ne pouvait embrasser son fils et se contentait une fois par mois de caresser sa nuque sous le prétexte de sa tâche.

Je continuai à demander à papa, quand il rentrait coiffé de frais, si c'était toujours le même coiffeur à domicile qui s'occupait de lui.

Aujourd'hui j'ai sa tête, mais mes yeux ce sont les tiens.

Qui te retient, qui t'empêche de reconnaître ton enfant muet dans le vieux monsieur que tu regardes emprisonné dans une vitre d'autobus ? Quelle force t'interdit de reconnaître ce que tu es en train de voir ? C'est donc une force bien puissante qui te permet de brouiller des sens pour le moins précis, des signes pour le moins évidents. Une grande force nous procure au bon moment la myopie nécessaire pour vivre.

Tu me regardes avec cette irritation sévère où demeure ton éternel reproche envers nous autres enfants : pas maintenant, pas ici.

Je ne peux t'obéir, je n'ai plus le temps. Le moment se présente en cet instant précis et dans cet étrange endroit. « Pas maintenant, pas ici. » Tu avais raison, la plupart des choses qui me sont arrivées n'étaient que des erreurs de temps et de lieu et l'on pouvait bien dire : pas maintenant, pas ici. Mais derrière cette vitre d'autobus je constate que je suis à une heure et une place qui me sont réservées depuis longtemps.

Autour de moi l'agitation bat son plein. Les portes se sont ouvertes, les gens montent et descendent de tous côtés en se bousculant. Je reste près de la fenêtre, au milieu de ce remue-ménage nous sommes immobiles toi et moi. C'est alors qu'arrivent le moment et l'occasion, ils arrivent quand deux personnes s'arrêtent : alors la rencontre a lieu.

Si on bouge sans cesse, on impose un sens, une direction au temps. Mais si on s'arrête, en se butant comme un âne au milieu du sentier, si on se laisse emporter par la rêverie, alors même le temps s'arrête et n'est plus ce fardeau qui pèse sur nos épaules. Si on ne le porte pas il verse, il se répand tout autour comme la tache d'encre que ma plume faisait toute seule, droite en équilibre sur le buvard, pour retomber ensuite, vide.

Ceux qui s'arrêtent se rencontrent, même une maman jeune et un fils vieux. Le temps est semblable aux nuages et au marc de café : il change les poses, mélange les formes.

Nous sommes immobiles sur la photographie, mais toi tu sais ce qui va arriver parce que tu es allée plus loin. En revanche, moi je sais qui tu es, mais j'ignore la suite que toi tu connais. Moi je connais ton nom, toi tu connais mon destin. C'est là une bien étrange situation. À l'opposé, il y eut un temps où tu mettais au monde un petit être, lui donnant un nom, mais ignorant ce qui allait lui arriver. Maintenant tu es devant la vitre à travers laquelle tu vois la suite, mais tu ne sais plus à qui elle appartient.

Le moment arrive où une mère va vers le fil de son fils, l'air préoccupé, et ne le reconnaît pas. Elle va comme à travers champs, effleurant de ses doigts l'herbe haute. Moi je suis le fil et le fils que tu regardes.

Je sais que je suis en train de mourir. D'autres avant moi virent leur mère s'approcher sans les reconnaître ; ils l'appelèrent par son nom, mais peut-être y avait-il une vitre. Une mère va dans un champ, le regard fixe dans le vent qui fait ployer la pointe de l'herbe, arrive au fil, au fils, et le recueille. C'est ainsi que tu me préviens : tu viendras vers moi, comme tu venais vers mon petit lit éteindre la lumière.

Vous me taquiniez : vous vous moquiez de moi parce que je ne vous ressemblais pas et vous me disiez que j'étais un enfant adopté.

Il est vrai que j'étais menu, avec des cheveux noirs, une mine de ramoneur et un sourire forcé. Votre jeu me plaisait. C'était une des rares occasions de familiarité, une attention qui m'était accordée en tant que personne dont on parlait pour ce qu'elle était et pas seulement pour ce qu'elle avait fait de bien ou de mal. Quand le jeu commençait je souriais bêtement, mi-figue mi-raisin ; je me surprends aujourd'hui encore à sourire de la sorte distraitement. Je devais feindre la tristesse en apprenant que j'étais un enfant trouvé et me mettais donc à faire la tête. C'était la preuve que j'y croyais et le jeu alors se prolongeait jusqu'à ce que tu décides de me prendre au sérieux, comme si je souffrais réellement de cette nouvelle, et que tu mettes un terme à la plaisanterie. Ou bien je n'arrivais même pas à faire semblant de bouder et restais là à écouter le jeu auquel vous mettiez fin assez vite, lassés de voir que, cette fois-ci, je ne marchais pas.

Nous nous sommes mal compris avec obstination, comme pour nous protéger de quelque chose. Nous avons préservé cette incompréhension par une sorte de discrétion et de pudeur : maintenant je sais qu'ainsi perdurent les affections. Ce fut un renoncement et une réserve respectée comme une norme, inconnue de la volonté comme un instinct. Ne pas se comprendre fut une condition juste, se comprendre ne pouvait nous servir de rien. L'enfance aurait bien pu durer éternellement, je ne m'en serais jamais lassé.

Il est curieux de constater que les choses importantes ne me sont arrivées qu'une fois. Je sais que beaucoup de gens voient les mêmes événements se reproduire, je sais qu'on en surestime la valeur en les nommant occasions. Une fois, un jour : les événements qui ont su tenir dans cet espace sont les seuls dont j'ai tiré quelque expérience.

Une fois papa m'emmena au stade. Je l'avais déjà vu du dehors, une immense tasse privée d'anse. Papa me donnait des conseils, je ne m'en souviens pas mais je sais que je m'agrippais à la ceinture de son manteau. Il n'aimait pas tenir quelqu'un par la main, je n'ai même jamais vu ta main dans la sienne.

La foule était dense, mais tant qu'elle se déplaçait elle paraissait légère, fluide, comme l'eau qui coule dans les canaux, dans les écluses aux débouchés. Lorsqu'elle fut complètement immobile, assise dans le cercle, je vis qu'elle n'était plus liquide, mais qu'elle s'était changée en pierre. Rien ne pouvait la fendre, même un confetti venu du ciel n'aurait pu tomber par terre : c'était un anneau de pierre encerclant le vide, un anneau qui aurait pu aller à un doigt assez gros pour l'enfiler.

Ni les couleurs, ni les maillots, ni la pelouse, ni le terrain, ni même la course des footballeurs ou le parcours fragmenté du ballon : c'était la foule que je regardais. Je l'entendis hurler, ce qui me sembla normal, un éternuement. Une foule hurle, ou elle se décompose. Mais il lui arrivait de retenir son souffle. Cette apnée était effrayante, toute pleine d'attente. L'eau était devenue pierre, les hommes foule, leur silence me donnait le vertige d'un précipice. À ces moments-là, je me tenais à la ceinture de papa.

Au cours de nos promenades au bord de la mer j'avais assisté bien des fois aux arrivées et aux départs des navires. Toi, tu connaissais leurs noms et tu nous les apprenais, c'est ainsi que nous savions reconnaître le *France*, le *Costitution*, l'*Indipendence* et, le plus beau de tous, l'*Andrea Doria*.

C'étaient des villes scintillantes, de la terre ferme nous les regardions glisser dans le golfe comme des reines dans leurs appartements. Pour moi le nom d'Italie évoquait ce bâtiment bleu aux cheminées blanches. L'Italie c'était l'*Andrea Doria*, le monde mobile qui se reposait de temps en temps près de notre monde immobile.

Nous, nous étions Naples, tête de ligne pour l'Amérique. Le bateau allait à New York et les Américains habitaient chez nous. Des hommes vêtus de blanc se répandaient dans nos rues sous leurs bérets ronds comme des boules de pain. Ils avaient l'air bien plus propres que nous, vous les appeliez des alliés. Pour moi enfant ce mot n'expliquait rien, par contre je pensais qu'on aurait dû les appeler des « haleinés », tant ils paraissaient sportifs.

Quand je laissai échapper cette correction, elle vous amusa au point de vous l'approprier et de l'employer régulièrement au lieu du mot exact.

Je rassemble toutes ces choses afin d'arriver à un point fort de mes émotions, lorsqu'un jour de Pâques nous prîmes le petit bateau pour faire une excursion à Ischia, la première. Durant le voyage de retour, à l'heure du coucher du soleil, lui, le plus beau navire du monde, entrait en même temps que nous dans le golfe. Il passa près de nous, je crois me souvenir qu'il dut nous frôler, fit hurler sa sirène si fort que je n'ai jamais rien entendu d'aussi terrible depuis. C'était une muraille qui se dressait en surplomb au-dessus de nous, avec ses fenêtres petites comme des pommes et ses ancres grandes comme des arbres.

Aussitôt après on ne vit plus rien car les vagues se mirent à danser autour du bateau et, le premier étonnement passé, nous fûmes tous assourdis par le son de la sirène puis effrayés par le fort roulis qui nous ballottait de droite et de gauche. Enfin nous vîmes sa poupe, vaste comme une place, tracer une voie blanche sans vagues sur laquelle vinrent se briser les remous. Il déchaînait la mer sur ses flancs, la calmait derrière lui, faisant d'elle un tapis. Au milieu de ce branle-bas d'émotions me vinrent enfin une fierté et quelques larmes pour cette merveille. Ma petite sœur ne fut nullement troublée et tu me citais son courage en exemple devant ma réaction que tu attribuais à la peur. C'était de l'enthousiasme au contraire, l'envie de répondre par un cri à son salut alors que dans ma gorge ne passait plus le moindre souffle et que ma bouche faisait le plus sévère barrage.

Le coucher du soleil prit fin avec les paroles de papa me disant qu'un jour nous aussi nous irions en Amérique sur l'*Andrea Doria*. Dans le port de New York les sirènes siffleraient, sur l'océan nous verrions des vagues immenses, et à bord nous irions au cinéma. Il nous inoculait sa confiance en l'avenir, notre droit de gravir les escaliers de maisons plus belles, et même de navires. Les jours bénis furent pour moi ceux d'un impossible gardé tout au fond du cœur et non pas ceux qui le réalisèrent.

Je regardai longuement le navire tandis que notre bateau longeait ses remparts. Il attendait les remorqueurs à l'extérieur du port. Je ne devais plus le revoir, j'appris qu'il avait coulé. L'Italie avait fini au fond de la mer. Le hurlement de sirène lancé, dans un crépuscule de printemps, à l'entrée du golfe de Naples, à un petit bateau pour les îles, à un enfant, était un adieu. Les choses étaient porteuses d'adieux irréversibles que moi je ne comprenais pas sur-le-champ, mais après, longtemps après.

J'allais à l'école et j'apprenais que l'Italie était une péninsule, une terre ferme, et pas un navire. J'avais six ans et me résignais à tous les démentis que cet âge implique : je corrigeais le profil du monde, bon, ce n'était pas un navire, c'était une botte, mais cela n'avait plus d'importance.

Dans vos conversations, de temps en temps, revenait le souvenir du navire et tu racontais que son capitaine s'était laissé mourir de douleur en mer en provoquant le naufrage de sa barque. Lui aussi au fond de la mer ? Oui, lui aussi.

Une fois tu m'accusas à tort et moi je ne parvins pas à répliquer. Ce ne fut pas seulement l'effet de la surprise, ni l'entrave de mon bégaiement qui redoublait les consonnes sous mon palais.

L'instant d'étonnement passé je continuai à me taire, à ne pas me disculper. Je fis un écran de mon défaut physique pour prolonger cette étrange émotion d'amour-propre qui tenait à ma secrète innocence.

Ce n'est pas ton erreur qui m'y incita, mais la situation inconnue d'être injustement grondé. Je ne souhaitais pas que la vérité fût découverte, comme cela se produisit ensuite, mais que durât le sentiment, renforcé par mon silence, d'être étranger à moi-même.

On grandit en se taisant, en fermant les yeux de temps en temps, on grandit en se sentant tout à coup très loin de tous les autres.

Cette fois-là, j'allai me mettre devant la vitre de la cuisine. Je devais avoir un âge qui me permettait de voir le mur d'en face. C'était ma petite sœur qui avait cassé la bouteille de vin en tirant sur la nappe, et non pas moi avec ma balle. Peu après, candide et franche, elle avoua que c'était elle. Alors tu vins à la fenêtre et tu posas la main sur ma tête, restant immobile un instant, toi aussi, à regarder au-dehors l'obscurité de la ruelle dont le bruit ne cessait jamais. Tu avais balayé les débris, lavé par terre. Il restait dans l'air une odeur de cave à vins et sur ta main celle de la serpillière. Ton odeur était plus forte, et plus rouges tes mains, irritées par l'eau froide. Tu étais contrariée de m'avoir grondé, mais tu souffrais encore plus de mon silence que tu attribuais au défaut qui m'empêchait de me défendre. Ton regret me comprenait mal. Je me mis à pleurer sous ton bras de t'avoir rendue coupable et à cause du bien que tu pensais de moi, parce que tu étais juste et que moi j'avais accentué le poids de ton erreur pour m'être senti étranger à moi-même. L'innocence pouvait être une sorte d'insolence.

Maintenant, sur la photographie qui nous arrête, moi je pourrais descendre à cet arrêt. Je viendrais à ta rencontre en traversant la rue. Pour nous, il pourrait y avoir encore une suite.

Je viendrais te donner le bras. Que ferions-nous ? Nous comprendrions. Bras dessus bras dessous, nous comprendrions toute notre vie. Nous la verrions dans les séparations qui n'ont pas affaibli notre affection, dans les retrouvailles qui ne l'ont pas renforcée. Nous traverserions à pied la Villa Comunale jusqu'à piazza Vittoria. Nous nous trouverions sous les mêmes chênes verts de nos promenades enfantines. Une chèvre tirait une minuscule voiture à quatre places ; on louait de petites automobiles à pédales. Nous n'y montâmes jamais, parce qu'elles étaient sales, nous disais-tu.

Tu verras le banc au soleil du bord de mer où tu t'asseyais et tu protégeras tes yeux du vent. Nous comprendrons les vies, les enfants qui jouent à grandir trop vite, les mamans qui rallongent les vêtements, achètent des chaussures et regardent fixement le temps qui harcèle leurs enfants. Puis les enfants s'arrêtent et ce sont les mamans qui courent vers la soudaine vieillesse, elles qui ont les cheveux en bataille tant elles s'affairent en tous sens à la maison. Puis elles parlent peu et mangent lentement à Noël. Du moins étaient-elles ainsi les mamans.

Nous sourirons de nos défauts. Lesquels ? Ceux d'être sûrs

de nous, comme si nous devions exister toujours tel le son des cloches, comme si nous devions mourir ensemble et être nés ensemble, toujours : défaut apparu parce qu'une petite pelote de jours se dévidait et nous faisait nous retrouver.

Pauvre habitude : il était bien rare de s'apercevoir que l'autre avait changé depuis la veille. Bien rare de s'apercevoir que son humeur marquait alors une pause différente entre le jour déjà prêt et le salut échangé, qu'un rêve avait tiré ses pommettes, qu'une ombre nouvelle tombait de la lampe sur sa joue. Nous sourirons du défaut qui nous fait voir égaux, nous comprendrons nos profonds changements et nous serons étonnés de leur si grand nombre. Nous comprendrons, cela nous arrivera une fois.

Je pourrais descendre à cet arrêt, aller à ta rencontre.

Des premières choses que j'appris seul, je me rappelle celle-ci : j'appris à ne pas attendre.

Je voyais que tu t'impatientais quand l'autobus était en retard, si papa le soir ne rentrait pas à l'heure, ou bien si le printemps tardait à faire son apparition. Pour toi, la vie était assez difficile comme ça, sans que surviennent des contretemps, sans que ce petit nombre d'événements simples sur lesquels on comptait rajoutent eux aussi une dose supplémentaire de désagrément. Pour toi, c'était mauvais signe s'il pleuvait le 4 avril car le proverbe annonçait : « Quatre avrillant, quarante jours autant », prévoyant que s'il pleuvait ce jour-là la pluie durerait jusqu'à la mi-mai. Quelquefois il pleuvait longtemps sur notre printemps.

Tu perdais patience, tu avais des mouvements de découragement et de dépit, de petits gestes brusques ou un ton de voix éraillé, proche de la toux. Moi je m'étonnais, j'étais troublé de voir que d'infimes variations avaient le pouvoir d'ébranler ton comportement, ta résistance.

Je réfléchis au moyen de me renseigner. Comment pouvait-on rester en paix dans l'attente de quelque chose, même si cette chose n'arrivait pas ?

Très préoccupé, je décidai de m'adresser à papa. Il disait que j'étais un enfant qui ne savait pas poser de questions. Je ne voulais pas lui faire mauvaise impression. Je garde en mémoire les bribes d'un court entretien. C'était un dimanche matin et tu étais sortie acheter le journal. Papa était en train de se raser dans la petite salle de bains dont la serrure était détraquée, laissant ainsi la porte entrouverte. Je m'approchai de l'entrebâillement et demandai la permission de poser une question. « Voyons », répondit-il en continuant à se raser devant le miroir.

Je pris au tragique une pensée ridicule qui me vint à l'esprit : au miroir ils étaient deux, c'est pourquoi il disait « voyons ». J'aurais voulu faire marche arrière car cette expression me plaçait devant un auditoire officiel. Cette question, dont j'avais pris l'initiative, devenait en moi interrogation de leur part. Aujourd'hui je sais que toute phrase prononcée renferme l'essence d'une question, mais alors je craignais que toute question ne contînt elle-même une réponse que je ne savais déceler.

Je me tenais là prenant la parole devant les hommes.

Je voulais savoir pourquoi, lorsque les événements tardent, on est en attente. Je pensais à ta réaction : un agacement, une tension, qui transformait inopinément toute une fraction de temps en une fixité, en un durcissement des nerfs, en une attente.

Ainsi donc, je demandai à travers la porte entrebâillée de la salle de bains :

« Pourquoi l'attente existe-t-elle ?

— L'attente de quoi ? »

Il fit une pause, reprit sur un ton plus doux :

« L'attente de quoi ?

— Si maman n'arrive pas, tu l'attends ?

— Bien sûr.

— Si la lumière s'éteint nous attendons qu'elle revienne ?

— Je ne réussis pas à te suivre, mais ça ne fait rien. Oui, nous attendons qu'elle revienne.

— Face à ce qui tarde et que nous devons attendre, nous sommes toujours en attente ? »

À ce moment ma diction se fit plus bafouillante.

« Papa, si moi je ne veux pas être en attente et si je veux être sans attente, est-ce que je peux ? »

Alors il cessa de se raser, ouvrit la porte en grand et, comme s'il avait compris quelque chose, je ne sais quoi, dit ces quelques mots : « Si tu es capable de vivre sans attente, tu verras des choses que les autres ne voient pas. » Puis il ajouta encore : « Ce à quoi tu tiens, ce qui t'arrivera, ne viendra pas par une attente. » Il avait la moitié du visage rasée et l'autre encore pleine de savon, dans une main le rasoir et dans l'autre le blaireau. Il se pencha légèrement vers moi pour se faire comprendre.

Je le regardai de tous mes yeux. Ce n'était pas lui, même sa voix était différente. Quant à moi, je n'étais pas certain d'être celui qui avait posé la question.

Il crut que je n'avais pas compris, avec un léger sourire il se remit devant la glace et me dit de guetter ton retour.

Je ne sus pas poser la question, je ne compris pas la réponse, mais je n'ai pas oublié. De ce jour, je me délivrai des attentes, j'appris à ne pas attendre.

Quand tu t'impatientais, je me mettais à fixer quelque chose de petit, une goutte sur la vitre, une tache sur mon vêtement, ainsi ton exaspération ne m'effrayait pas. Ce refus de partager ton état d'âme te déplaisait. Tu pensais sûrement que je n'étais jamais de ton côté. Ce doit être vrai aussi, en ne partageant pas la tension de l'autre on l'abandonne à son sort. Pourtant je ne te quittais pas, j'étais à la même place qu'avant ; tout doucement ton esprit se libérait de l'attente.

Après la promenade à la Villa ton humeur s'assombrissait un peu en rentrant à la maison. Nous laissions derrière nous l'air du bord de mer qui soufflait en faisant le tour du golfe. Il nous saisissait par-derrière, nous donnait une poussée qui nous faisait courir, toi tu lui résistais en nous tenant par la main et c'était beau d'être ainsi au vent.

Quand nous retrouvions le dédale des ruelles l'air retrouvait sa prison. Le ciel s'élevait au-dessus des immeubles, lointain, alors qu'au bord de la mer il descendait jusqu'à toucher les vagues. À la maison il y avait l'air que nous avions laissé, un air déjà tout respiré, imprégné d'odeurs. Ton humeur s'assombrissait un peu en remontant.

Nous descendions par les ruelles, pavés disjoints que je parcourais toujours les yeux fixés à terre. La prudence commençait là où se posaient les pieds pour continuer là où se posaient les yeux. Il valait mieux ne pas voir toutes les choses de la rue. Nous descendions les marches de la ruelle en pente entre les maisons et un mur de tuf. Nous arrivions au bas de la ville étroite pour déboucher au large, là où la ville s'arrête brusquement devant la mer.

Nous respirions par les yeux, c'est avant tout par là que pénétrait l'air qui se frayait un passage dans notre gorge serrée, dans nos poumons affolés qui toussaient en se dilatant. La mer, avec le ciel à fleur d'eau, lançait un vent tout aérien mais qui s'agitait comme les vagues, sautant sur les arbres de la Villa comme sur des rochers, les secouait, les polissait, et nos visages frottés par son courant devenaient frais et rouges, nos yeux brillaient. C'est toi qui nous conduisais à cette fête.

Pour prendre l'air, disais-tu, et moi je transformais mentalement : pour être pris par l'air. L'hiver nos manteaux n'opposaient à ses courses qu'un bien léger lest. J'aurais voulu céder, larguer l'amarre de ta main, me laisser soulever et rouler par le balayage du vent, mais c'était un jeu, il ne m'aurait pas gardé longtemps en vol dans son mouchoir et m'aurait laissé retomber pour prendre aussitôt un autre enfant, une autre feuille, un autre papier. Le vent touchait avec la même force chaque créature, soutenait le saut d'un enfant comme il lançait les vagues contre le château au milieu du golfe, éclaboussant son faîte. Quand il était si fort nous prenions la fuite, mais même pour échapper à la bourrasque tu n'avais pas envie de la maison.

Alors tu tirais un peu durement les mains de tes enfants en remontant par les trottoirs encombrés d'obstacles, voitures, détritus, chaises, draps. Toi seule savais où tourner puis je reconnaissais moi aussi, à la vue du mur de tuf, le chemin du retour.

Le plus souvent c'était à moi que tu parlais, mais pas de nos privations, de nos difficultés. Non, pas de ça et d'ailleurs je ne les aurais pas comprises, elles constituaient à mes yeux la seule condition de vie connue, aimée, elles étaient pour moi des règles comme l'était ta voix. Tu parlais de tout le reste et tu cachais ta peine due à nos soucis derrière celle des choses du monde. Tu me mettais au courant de tristes nouvelles. Un tremblement de terre avait détruit une population, les anchois avaient augmenté, le propriétaire avait expulsé ces vieux de leur misérable logement au bout de la ruelle. Je ne retenais rien ou presque de ces informations, pourtant je prenais part à la douleur et au péril du monde qui m'entourait et où s'acharnaient les coups du sort auxquels ne pouvait s'opposer aucune bravoure. Le mal allait bon train et s'aguerrir ne suffisait pas. Toi, tu te plaignais de lui, du monde, auprès de moi. Tu faisais des pauses, tu reprenais, nous traversions des rues : nous passions tant de temps ensemble et toi tu ne cessais de raconter, tu ne me demandais rien. Moi je pensais que tu attendais de moi une réponse à tout ce que tu recueillais sur la douleur des gens. Pourtant tu ne me posais pas la question. Ma seule habileté reconnue était de trouver l'équilibre vertical de quelques objets, c'est ainsi que je pensais au mal comme à une toupie que je pouvais faire tenir en équilibre sans qu'elle tombe. Peut-être était-ce cela que tu attendais de moi en me racontant les choses du monde. Pourtant tu ne me le demandais pas. Alors, je ne sais comment cela se produisit, je compris que je n'étais pas témoin de tout ce mal et du monde, mais responsable. Toi, tu en faisais l'inventaire, m'en demandant compte rien qu'en parlant. Oui, maman, derrière son silence rêveur un enfant crut être la dernière parcelle de Dieu, fragment détaché d'un créateur qui avait laissé échapper son œuvre de sa bouche et de ses mains. En cet enfant, Dieu ne savait plus quoi faire ou quoi dire, sinon écouter.

Je ne l'ai pas fait exprès : c'est cela que je pensais, sans arrêt, sous le flot de tes histoires. C'était une bonne formule pour absoudre un enfant, mais bonne aussi pour enchaîner un Dieu aux malheurs du monde. Je ne l'ai pas fait exprès : je comprenais le monde, ne me souvenant plus l'avoir engendré. Je ne m'étonnais pas, puisque je n'avais même pas souvenir de ma naissance. Du reste aucun Dieu n'a souvenir de la sienne.

Si je suis resté catholique c'est parce que cette religion parle d'un rapport entre mère et fils semblable à celui que j'ai connu avec toi durant toute mon enfance. Il advient entre une Marie douloureuse et revendicatrice et un fils qui, en silence, croit être envoyé puis oublié par le père de l'univers. De telles désolations indicibles naissent d'autres mutismes d'enfants. Toi tu racontais et moi je me taisais. Tu ne me demandais rien. Il devait s'être écoulé un temps assez long depuis l'origine dont je me sentais responsable. Le monde avait grandi sans surveillance. L'Écriture parle d'un autre fils de Dieu et d'une mère qui le pria d'intervenir. Il manquait du vin, mais lui comprit qu'il s'agissait de son sang. Il fut incorrect, lui refusa le nom de mère en l'appelant femme, lui dit même que son heure n'était pas venue. Mais il se trompait et lui obéit enfin, car les mères savent quand vient l'heure.

Une grande partie du destin de chacun dépend d'une question, d'une demande faite un jour par quelqu'un, personne chère ou inconnu : on réalise soudain qu'on attend depuis longtemps cette interrogation, peut-être banale, mais qui sonne comme une annonce et on sait qu'on tentera d'y répondre par toute sa vie.

Toi, tu ne me demandais rien. Parlant tristement du monde à perdre haleine, tu rentrais à la maison avec ton convoi, ta petite fille qui dormait dans sa poussette et ton petit garçon à côté qui écoutait, ressassant dans sa tête une rengaine privée de sens : je ne l'ai pas fait exprès.

Peut-être parce que tu ne m'as rien demandé, ni prié de chercher à soulager les misères du monde : peut-être pour cela seulement n'ai-je pas dû me changer moi-même en réponse, écho dilapidé d'un père trop lointain.

Je suis resté catholique, mais je n'ai pas aimé la religion. Prier pour moi ne fut jamais solliciter. Dans les moments les plus brûlants, je suis entré dans une église non pour demander, mais pour me sentir loin. Si Dieu était une circonférence, l'église en serait le centre, le point le plus éloigné possible. De son extrême éloignement, j'éprouve le seul sentiment religieux qui me soit permis, la nostalgie.

Je suis entré à l'église pour me taire en elle, dans la faible lueur des cierges, près du murmure d'un fidèle. Ainsi faisais-je le vide dans ma tête, tout se brouillait au point d'imaginer que la flamme des mèches murmurait et que la prière de mon voisin brûlait. Je le voyais baisser la tête sur l'ombre de sa poitrine et remuer les lèvres du seul souffle qu'on parvient à émettre d'aussi loin.

Tu nous emmenais avec toi quand tu allais à l'église, pour ne pas nous laisser seuls à la maison. Nous nous rendions l'après-midi à l'immense basilique de piazza Plebiscito. Toi tu priais en t'éloignant de nous. Tu changeais de banc, tu t'installais sur une barre de bois, plus à l'écart, à genoux, immobile comme une plante, branche de ce bois. Tes propres mots : « Quand je prie je ne suis plus mère, fille, femme. Je suis moi-même, séparée de tout, comme si j'étais seule depuis toujours. » « Mon fils, je suis heureuse ainsi. »

C'était comme ça. Tu nous laissais assis sur notre banc sous la gigantesque coupole. Tu devenais arbre, nous attendions que Dieu te rende à nous.

Moi je ne regardais pas de ton côté, il valait mieux que je ne te voie pas. Immobile, dans la pénombre qui éloigne : j'étais pris de découragement. L'obscurité était la grille de Dieu, là habitaient toutes les absences, toutes les distances.

Ma petite sœur me tirait discrètement par la manche, elle voulait me faire voir quelque chose, car elle, elle regardait souvent de ton côté, elle en avait assez, il était tard, elle n'aimait pas rester ainsi sans bouger. Je regardais fixement les cierges allumés, points de repère pour garder courage dans le noir, le noir de toujours. Je regardais les cierges jusqu'à ce que tu reviennes. Comme il était agréable alors de sortir de l'église, légers, de remonter les ruelles, même celles qui n'avaient pas de réverbères, en frappant un peu plus fort le sol de nos semelles, pris d'une soudaine allégresse.

La lumière de la ruelle n'atteignait pas le sol. À midi elle descendait jusqu'au premier étage, puis remontait. L'hiver elle restait encore plus haut. La maison était enveloppée d'une ombre constante. Chacun de mes souvenirs reste confiné derrière d'opaques fenêtres, aux rideaux toujours tirés alors qu'elles n'avaient pas de rideaux. Le soleil était bien digne de sa réputation, on s'y rendait comme on descend vers une place avec des seaux vides pour puiser l'eau. On revenait fatigués autant par la lumière qui avait rempli nos yeux que par la montée.

Plus tard j'ai retrouvé le goût de l'ombre, fragile abri ; en m'éveillant, aujourd'hui, la forte lumière matinale me fait l'effet d'un vase qui se brise.

Quand arriva le temps de la nouvelle maison, le soleil nous enveloppa et l'obscurité entra progressivement dans les yeux de papa. Il prenait beaucoup de photographies, il en fit par centaines, jusqu'à ce que son viseur s'offusque et que sa cible lui échappe. Ses gestes devinrent imprécis, brouillés par la cécité rapide qui ne lui laissa pas le temps de se faire à l'idée d'arrêter. Trop vite il ne sut plus marcher dans la rue, reconnaître les gens. Il n'eut pas le temps de se créer un espace mental qui l'aurait guidé vers les objets environnants, du linge dans l'armoire aux verres sur la table. Il était vaincu par le déplacement des objets, rebelle à son contrôle approximatif de la distance. Ses plus malheureuses tentatives le laissaient tout d'abord en proie à un découragement sans remède, puis sur cet échec il brodait une petite histoire dont on souriait entre nous.

À cette époque, mon bégaiement défaisait lentement ses nœuds dans ma bouche.

Avant que ne vienne le temps des récits de ses mésaventures, il nous arrivait souvent d'évoquer un autre personnage pour ses retentissantes méprises de myope. Il fut le souffre-douleur notoire de toute une société, il inscrivit les conséquences de ses dioptries au catalogue des distractions de gens qui ne le connaissaient pourtant pas.

Même l'incident qui faillit lui coûter la vie fut marqué du sceau du ridicule. Tel est probablement le destin des infirmités que d'exposer ceux qui les subissent à une dose supplémentaire de tragique et de comique. Ces personnes-là choisissent au moins une fois dans l'existence d'accroître leur part de risque pour ne pas succomber à ce ridicule.

C'est ce qui se passa pour lui aussi. Arrivé avec sa barque dans la petite baie du Cenito par un matin d'été, il s'apprêtait à jeter l'ancre. Il était habillé comme un gentleman en croisière, casquette de capitaine, veste bleue, pantalon blanc et souliers fermés. De son cercle nautique, en le voyant partir ainsi, les commentaires fusaient : c'est Gabriele D'Annunzio qui lève l'ancre. Conscient de se distinguer parmi les nombreuses embarcations au mouillage dans la baie, il essayait d'exécuter avec adresse et désinvolture les manœuvres nécessaires. Sa perception imprécise des détails allait se révéler navrante. Saisissant l'ancre avec force, il la lança au loin tandis que la corde, se déroulant à toute vitesse, lui attrapait une cheville et l'entraînait à sa suite par-dessus bord, dans la mer. Il disparut, englouti par le fond en même temps que la masse de fer. C'était déjà un homme d'un certain âge et il serait resté trop longtemps sous l'eau sans l'intervention rapide d'un marin qui passait par là et qui avait assisté, curieux, à toute la scène. Il plongea derrière lui et réussit à le repêcher sain et sauf.

Une autre anecdote rapportait que, entrant précipitamment dans les locaux du cercle nautique après une promenade en mer, poussé par un pressant besoin naturel, il avait atteint les toilettes sans se rendre compte qu'entre lui et l'installation hygiénique convoitée se trouvait un colonel qui occupait déjà l'endroit, déversant ainsi sur l'officier, pris à revers, presque tout le contenu de sa vessie. Il s'ensuivit un défi en duel qui ne put être relevé.

Cet homme qui avait vécu seul toute sa vie, souffre-douleur capable d'endurer les mots d'esprit et les plaisanteries d'une des plus féroces sociétés humaines s'adonnant à la caricature, eut l'abnégation d'alimenter les histoires sur son compte en fournissant consciemment des détails plus que personnels.

Il mourut à l'âge d'environ soixante-dix ans, par suicide, en se jetant du haut d'un immeuble. Une infirmité venue s'ajouter aux autres l'empêchait de se rendre au cercle tant aimé qu'il avait fréquenté tous les jours de son existence. Quand j'étais enfant, au récit de ces anecdotes, j'avais un sourire grimaçant et forcé, dû au seul talent du conteur de service. Les bavardages sur sa cécité, qui continuèrent après sa mort, finissaient par un « pourtant ». Pourtant il s'est suicidé. Un seul mot, une fenêtre ouverte, une minute rééquilibrait en gravité, en tristesse, toute une vie qui en avait manqué involontairement. Pourtant. On en faisait un usage adversatif, comme pour dire : contrairement aux prémices d'une vie légère, à part, et devenue prétexte pour les autres, il a conclu avec fermeté. Je n'étais pas convaincu par ce pourtant. En fait, il convient de dire : c'est pourquoi. C'est précisément grâce à l'endurance dont il fit preuve tout au long de sa vie qu'il lui sembla indigne de tolérer d'autres mutilations. C'est précisément grâce à ses nombreuses dioptries que le vide d'un précipice ne lui sembla pas plus effrayant qu'une autre plaisanterie sur son compte.

L'école commença et mes obligations se multiplièrent. Tu étais là pour me les rappeler. Le maître était irascible, il avait la main leste, les tabliers étaient noirs. Nous avions l'air de petits prêtres aux soutanes courtes. Nous étions maigres, avec des jambes raides comme des baguettes. L'hiver, elles devenaient rouges. Ce maître, aux traits burinés, ne tolérait pas que les élèves se moquent de mon bégaiement et, lorsqu'il m'interrogeait, il lançait sur la classe des regards menaçants pour la décourager. Le rire n'est pas aussi spontané ni indifférent aux circonstances, il lui faut bien toutes ses aises pour éclater. J'étudiais de bon cœur.

Dans le secondaire, la situation se modifia, mais à cette époque tout était sens dessus dessous dans notre vie. Nous étions sortis des restrictions et moi je ne m'habituais pas à ces nouveautés, pas plus à la maison qu'à l'école.

Des premiers temps de cette scolarité il ne m'est resté qu'un seul épisode.

L'habituel sujet de rédaction sur la façon dont nous avions passé nos vacances de Noël excita mon imagination et j'inventai une excursion en montagne, à la neige. La chose n'était pas vraie puisque je n'y étais jamais allé, pourtant j'en avais entendu parler et j'imaginais la neige moitié lait, moitié ouate, laine de la terre. Par erreur j'écrivis que la montagne se nommait Maltaise au lieu de Matese, car à cette époque-là, dans notre ruelle, on avait emmené plusieurs personnes à l'hôpital à cause d'une fièvre qu'on appelait maltaise. Je pensais que c'était aussi le nom de la montagne. Beaucoup d'erreurs de ce genre ont eu en moi la vie dure car je ne posais pas de questions aux grands. Papa avait raison, j'étais un enfant qui ne savait pas demander. C'est ainsi que j'écrivis sur le sujet ce que j'avais imaginé. Le maître, qui lui aussi n'était peut-être jamais allé à la neige, apprécia mes inventions au point de lire ma rédaction à toute la classe, ce qui ne s'était jamais produit jusque-là. Je me sentis trahi. Je n'avais jamais pensé que les devoirs d'école étaient des choses publiques que tout le monde pouvait écouter. Pour moi ils étaient des exercices secrets entre le maître et chacun de nous. J'eus du mal à entendre la lecture de mes boniments : tout était plus grand sur la neige, les toits des maisons, les arbres recouverts, même les personnes emmitouflées dans de lourds vêtements. Les skieurs survenaient, rapides comme des canots automobiles, et soulevaient des nuages de neige semblables à de l'écume. Je me jurais de ne plus écrire de mensonges. En dire, non je n'en disais pas et tu étais inflexible sur ce point. Les écrire pourtant ne me semblait pas un péché, c'était beau d'inventer. Puis vint ce sujet et j'eus la preuve que même l'écriture, privée de son secret, devenait un mensonge.

Dans le secondaire, les maîtres étaient nombreux et n'avaient plus droit à ce beau titre, devant se contenter d'être appelés professeurs. Il y avait une réduction dans ce passage de l'enseignant unique au multiple, il y avait une réduction dans mon parcours après l'âge de dix ans, même les choses, alors qu'elles paraissaient plus grandes, étaient plus misérables.

Mes nouveaux enseignants étaient aussi de bons professeurs, exigeants mais pas coléreux comme cet homme maigre et possédé de l'école primaire. Pourtant mon bégaiement les agaçait. Ils faisaient cesser le rire des élèves quand il avait déjà éclaté et seulement parce qu'il était bruyant. J'appris à ne plus y prêter attention. Il devint pour moi un bruit semblable à celui du tram qui passe, il fallait donc se taire tant qu'il ne s'était pas éloigné.

Pourtant, lorsque je discutais avec un camarade devant l'école, mes difficultés ne faisaient pas rire. N'y avait-il qu'au tableau que mon bégaiement devenait ridicule ou était-ce parce que alors j'étais seul exposé à leur jugement tandis qu'eux se trouvaient à l'abri ? Aujourd'hui comme en ce temps-là j'ignore qui est responsable des blessures faites à autrui, la nature même des personnes ou bien celle des institutions qui les gouvernent. Les difficultés de l'école étaient peu de chose face aux grands changements de notre vie. Plus de ruelle, plus de draps tombant de l'étage supérieur et faisant écran à notre cuisine. Ils étaient humides mais ensuite, claquant au vent, ils séchaient. Nous abandonnâmes l'air confiné, la petite pièce où je connus le monde avec la lenteur qui convenait, la fenêtre au-delà de laquelle je regardais, écoutais. Il y avait une nouvelle maison autour de nous, une chambre pour chaque enfant, le salon, une salle à manger, la terrasse. Enfin arriva aussi Filomena. On ne parla plus de l'autre quartier.

Avec le temps j'ai reconstitué les efforts que vous faisiez pour résister au milieu si pauvre où il vous fut donné de vivre. Vous veniez de familles aisées que la guerre avait appauvries. Vos maisons, tous vos biens et vos souvenirs s'étaient écroulés sous les bombardements, qui à Naples furent nombreux. Durant des années vous avez, dans la pauvreté, résisté à la pauvreté. Vous ne vous êtes pas intégrés à la ruelle, vous n'avez plus fréquenté vos amis d'autrefois car vous ne pouviez les recevoir. Vous vous en êtes sortis, seuls tous les deux, et le jour vint où votre aisance perdue vous fut restituée. Vous n'avez changé en aucune manière. C'était comme si justice vous avait été rendue au terme d'un long procès. Vous aviez eu raison, voilà tout. Vous n'avez pas protesté contre les années difficiles, vous n'avez tiré aucune fierté du présent. Pourtant jamais plus un mot sur la ruelle.

Ma petite sœur s'habitua vite aux attraits du changement et fut heureuse. Moi j'avais du mal. Toi, maman, tu as été une enfant puis une jeune fille élevée dans des maisons confortables et de beaux quartiers. Il était naturel que tu souhaites retrouver ces conditions de vie. Mais moi j'avais grandi dans cette ruelle et tous mes sommeils étaient à l'intérieur.

Certes, je n'en faisais pas vraiment partie. Je rentrais à la maison avec mon cartable et mon petit tablier noir alors que les autres enfants se jetaient des pierres, tuaient des rats, travaillaient en tant que commis dans les boutiques. Moi je m'étais déjà baigné plusieurs fois dans la mer, à Ischia, en maillot, eux ils étaient peut-être allés quelquefois barboter nus dans l'eau pestilentielle du bord de mer. Mais il y avait notre maison : elle contint toute mon enfance, tes paroles amères, l'air qui nous manquait, le silence de papa qui rentrait tard le soir, accablé de kilomètres. Nous dormions déjà, vous fermiez la porte, vous échangiez quelques mots, vous écoutiez la radio. Voilà la vie qui nous était offerte, la seule connue, la seule condition aimée. C'était la maison de mon enfance, celle que vous vouliez quitter et pour l'heure vous y viviez, épargniez, attendiez. J'ai compris ces choses-là bien plus tard, je les ai comprises tout seul. Je n'étais qu'un enfant en ce temps-là, dehors il y avait une ruelle inlassablement pleine de voix, de cris, de fumée de charbon de bois et à l'intérieur une famille obstinée qui affrontait les privations, exigeant beaucoup d'elle-même et de ses enfants, beaucoup d'étude, beaucoup d'intelligence, beaucoup d'obéissance. L'enfant mettait tout ensemble et sa vie était pauvreté et lutte secrète pour lui résister, le petit tablier qui se couvrait de craie et les engelures, la fièvre et les caresses. Après rien ne fut pareil.

Rien ne fut pareil. Dans la nouvelle maison s'écoulait une autre vie. Ma petite sœur recevait déjà des amies de sa nouvelle école, papa rentrait plus tôt apportant des livres qu'il lisait au salon, toi tu t'affairais à tant de choses que tu avais toujours négligées. Je ne parvenais pas à étudier. Par la fenêtre je voyais passer toutes les couleurs. De la cuisine de la vieille maison je fixais le mur de tuf d'en face, en levant les yeux de mon livre d'école. C'était de la vieille pierre, aux trous d'écoulement envahis par des touffes d'herbe. Je le connaissais comme un alpiniste connaît sa montagne et sait toujours où mettre les mains. Je savais où poser mon regard pour penser aux couleurs et les voir apparaître. Je fixais un point de ce mur, toujours le même, et de là s'étalait une tache bleue qui recouvrait tout. Je commençais par le bleu, couleur de l'encre que ma plume laissait sur le buvard, puis venaient les autres.

Dans la nouvelle maison, à la fenêtre, les couleurs étaient déjà toutes composées. Le ciel était au-dessous de nous, l'air n'était pas chargé d'odeurs, je regardais par les vitres le monde grand ouvert. La tête vide et le regard soucieux, je ne savais plus rien de ce que je voyais. Le Vésuve était noir avec ses maisons et ses petits villages blanchis. Le ciel avait des espaces sans limites, sans lignes de toits ni de balcons, et je pouvais regarder tous les avions qui faisaient du bruit. Les nuages déconcertaient le vent, se désagrégeant dans leur course, et le vent courait, aboyant comme un chien de berger pour les garder rassemblés en troupeau. Vers le soir, toutes les formes possibles s'apaisaient en lignes de rouge où le soleil descendait, appelant tout le ciel à se déchirer, à disparaître.

Je ne parvenais pas à étudier, je ne parvenais pas à imaginer.

Les choses allaient mal pour moi. Vous me faisiez des reproches que je n'avais jamais entendus. Je sentais croître en moi une obstination à me taire. Je n'aimais plus les repas, l'étude ni mes nouveaux camarades avec lesquels je ne me liais pas d'amitié. Je fus recalé en trois matières. De bon élève je devins une nullité. Je n'avais plus aucun plaisir à comprendre le cours, à lire le suivant l'après-midi pour savoir à l'avance ce que j'allais apprendre. Rien désormais ne viendrait facilement. Les temps nouveaux étaient incompréhensibles : il y avait entre vous des disputes, nous avions une automobile, des gens venaient à la maison nous rendre visite. Moi je n'étais plus intelligent. J'étais indifférent aux nouvelles facilités, je ressassais vos reproches, je m'y plongeais pour essayer de me reconnaître à contre-jour.

Je ne me sentais pas fait pour rester à cette fenêtre face au ciel. Je me mis à étudier à la cuisine. Dans le bruit des travaux de Filomena je parvenais à m'appliquer, mais je ne fus plus un bon élève.

C'est à ce moment-là que je pris l'habitude de ne pas terminer mes devoirs, d'en laisser une partie en blanc. Lors des interrogations aussi je gardais pour moi une partie de la réponse que je devais à l'enseignant. Je me réservais une part d'incomplétude, les choses allaient mal pour moi, je commençais à grandir.

Le quartier où nous habitions se trouvait sur la colline au-dessus de Mergellina. Dans cet ensemble de maisons de construction récente vivait une population d'inconnus réciproques. Nul ne disait d'où il venait, ils semblaient tous avoir poussé en ce lieu en même temps que les maisons. Peut-être étaient-ce des familles comme la nôtre, dont les conditions économiques s'étaient brusquement améliorées. Impossible à savoir. La consigne était de se comporter comme si l'on habitait là depuis toujours. Quelques-uns, insensibles à l'atmosphère de respectabilité, criaient chez eux, étendaient leur lessive non pas à l'arrière où se trouvaient cuisines et salles de bains, mais du côté exposé au soleil, jetaient de l'eau dans la rue. On se plaignait de leur comportement, on s'énervait. Je compris là qu'on peut s'indigner de choses qu'en d'autres circonstances on doit tenir pour normales. Cette nouvelle désapprobation me fit penser au rire que déclenchait mon bégaiement pendant les interrogations en classe. L'indignation elle aussi, comme le rire, devait avoir toutes ses aises pour se manifester. Il en était de même pour la pudeur, comme pour l'amour et toutes les ramifications que renferme le cœur humain. Je compris que certaines circonstances permettent de vivre aussi sans ramifications, sans y perdre en racines, en consistance. Je compris, je compris, je ne sais si je peux m'exprimer ainsi. Ce n'étaient pas de vraies pensées, mais des informations que j'accumulais à la suite d'un déménagement pour moi irréparable.

Dans les maisons neuves seuls les Américains étaient à leur aise. Mais eux sont les étrangers du monde, depuis toujours ils habitent dans des quartiers de construction récente, dans des villes au crépi tout frais. La nouveauté pour eux est une habitude. Ils sont étrangers jusque chez eux. Ils avaient des voitures gigantesques, leurs propres écoles, des vêtements si bien conçus pour les jeux des enfants.

Ce fut là que je découvris la beauté. Jamais auparavant, c'est-à-dire avant l'âge de onze ans, je n'avais pensé qu'il y eût des enfants beaux et des enfants laids. Je savais qu'il y en avait de pauvres et de riches, de bien portants et de malades, mais je ne les avais encore jamais distingués de la sorte. Ma mémoire, qui avec le temps s'échauffe à certains mots au lieu de se refroidir, me renvoie des images de petites filles américaines très belles, expertes dans leurs jeux, aux dents saines, vibrantes déjà de féminité. Elles jouaient entre elles et refusaient tout rapport avec qui n'était pas Américain. Dans un coin de jardinet, les enfants de ces maisons, et j'en faisais partie, descendaient regarder. Nous voyions le gant de base-ball, la balle de cuir que l'un de nous parvenait à toucher quand par mégarde elle tombait de notre côté ; nous étions étonnés de leur dextérité. Nous, nous avions le football et nous tirions contre une porte qui était l'entrée d'un garage. Je restais volontiers à regarder les Américains. À ce moment-là, les autres petites filles me semblaient laides, leurs larmes aussi. La beauté, découverte avec l'émotion de l'étranger, devait forcément être ainsi : parler une autre langue, appartenir à un monde riche, être blasée de l'admiration elle-même. Aucun enfant ne devint l'ami d'un Américain. Certains, vexés, étaient hostiles à ces gens venus de loin qui habitaient chez nous en nous évitant. Moi je ne pouvais pas.

Leur comportement ne me blessait pas. Ils étaient d'une autre terre où les qualités qui me surprenaient étaient sûrement prodiguées à condition de ne laisser approcher aucun étranger. La créature qui passait devant moi me faisait rougir par sa beauté, elle avait les yeux remplis de son monde, elle ne pouvait me voir. Moi j'ouvrais tout grands les miens sur elle, sur les fenêtres qui reflétaient le rouge du soir, et je me laissais entraîner par l'heureux vertige de l'enfant qui rêve d'être invisible. Par le balcon de la cuisine où j'étudiais montaient les sons de leurs jeux, des noms par lesquels ils s'appelaient, de leurs éclats de rire, eux aussi différents des nôtres.

Seul entre tous les enfants je réussis une fois à être regardé. Je jouais avec les pierres en cherchant en elles le point de repos qui permet l'équilibre instable. Je réunissais ces points, j'élevais les cailloux l'un sur l'autre. Alors que j'étais penché sur ce jeu fragile dans un coin du petit jardin, elle arriva. Je levai la tête et sous la mèche lisse de son front ses yeux brillèrent. Je les vis d'en bas, là où j'étais accroupi : contre le ciel sa tête blonde me regardait de ses deux fentes vides. Il me sembla que son visage avait deux trous à travers lesquels on pouvait voir le ciel. Moi je le voyais. À travers les miens peut-être voyait-elle la terre. L'étonnement nous figea, puis elle rit, puis les pierres tombèrent, puis sa mère l'appela d'un nom suave que je ne veux pas me rappeler. Jamais elle ne revint.

Aujourd'hui, les Américains habitent dans des quartiers qui leur sont réservés. Aucun enfant venu d'une ruelle n'habite plus près d'une petite Américaine blonde, ni ne rougit sur son passage, ni ne l'admire.

À cette époque je devins têtu. Il était faux de prétendre que je n'étais plus l'enfant qui écoutait tes nouvelles, faisait bien ses devoirs, marchait d'un pas rapide dans la rue pour suivre ton rythme. Ce n'était pas moi qui changeais, c'était le monde, tout embrouillé, qui se mettait à faire un autre bruit, un autre silence.

Tu ne me parlais plus, tu ne me racontais plus les choses qui arrivaient, les enfants battus, la voiture blanche qui les emportait, le tailleur qu'on ne voyait plus.

Tu disais que j'avais changé, je te l'entendais même répéter à papa en parlant de mes transformations physiques afin de révéler aussi les autres. Mes mesures avaient fait un bond, mes mains s'étaient allongées en même temps que mes jambes. Le défaut de mes pieds plats et de ma démarche en canard s'était accentué.

L'adolescence de mes pieds commença. Pendant cinq ou six ans j'ai porté des chaussures spéciales pourvues de semelles orthopédiques en fer, cambrées, pour corriger ma voûte plantaire.

Chaque année à l'automne nous allions changer la forme qui s'était usée. L'atelier se trouvait dans l'ancienne cour d'un palais seigneurial, où quelques boutiques occupaient les locaux qui servaient autrefois d'écuries. Semblable au ferrement des sabots d'un cheval, ainsi se présentait dans mon esprit ce renouvellement périodique des semelles. Le maréchal-ferrant se baissait de mauvaise grâce sur mes pieds pour en prendre la mesure. Dans ses vitrines étaient exposés des jambes, des bras et des prolongements artificiels. Il était au service de souffrances et d'infirmités atroces. J'avais honte de moi et de mon petit malheur qui consistait à me soumettre au ferrement annuel devant les autres enfants assis, attendant leurs appareils. Tout était silencieux.

C'était déjà bien qu'ils puissent se les procurer, me disais-tu, car ils coûtaient assez cher. Ils avaient la chance de pouvoir ajouter à leur blessure une prothèse, essayant au moins de marcher à nouveau. La poliomyélite avait laissé assis pour la vie toute une foule d'enfants à Naples, durant les dernières années.

J'avais honte deux fois par an : quand on relevait le contour de mes pieds et quand nous revenions dans cette cour chercher le produit confectionné. Seule la douleur des premiers pas, des premiers jours précédant le cal qui allait durcir ma peau sur la nouvelle forme, seule ma modeste douleur me redonnait un semblant de dignité face aux autres enfants.

Toi, tu étais agacée par mes premiers pas mal assurés sur le nouveau fer et tu me rappelais la souffrance de ceux qui supportaient de tout autres contraintes. Toi aussi tu avais honte devant les autres mères et tu supportais mal de ma part le moindre signe de gêne. Dans la rue tu pressais le pas, tirant derrière toi par la main un fils déjà grand, embarrassé de son corps et du spectacle qu'il offrait.

Mes pieds s'allongèrent et je devins grand sur des pas ferrés et un appui instable qui détermina une fois pour toutes ma démarche oscillante. Depuis lors je ne parvins plus à marcher avec légèreté. Cadence et équilibre me firent défaut car mon pied reposait sur son bord externe. Quand je cessai de porter ces chaussures je me sentis adulte : tous les pas faits dans ces formes m'avaient éloigné, comme s'ils avaient tous porté dans une seule direction. C'est injuste, mais de tels déclics se produisent d'eux-mêmes dans la tête d'un jeune garçon. Au lieu de te savoir gré de ton attention, il me sembla dès le début que ces fers étaient la prison où je devais rester pour n'être pas plus intelligent. Ils étaient les fers du prisonnier. Mots exagérés pour dire qu'il est des réclusions mineures où l'on passe finalement un temps très long avant de s'en libérer. Car c'est bien un acte de volonté subit qui décide du terme et l'on se demande pourquoi on ne s'en est pas délivré plus tôt. Pour ma part, je réponds que la volonté est plus impénétrable que le destin et qu'on l'exerce dans des moments si inattendus et cocasses qu'il faut se résigner à cette manifestation de soi comme à des caprices. Je savais que je n'étais plus intelligent, je n'étais pas un bon élève, je le comprenais bien tout seul. Pourtant ce n'était pas moi qui avais changé, mais tous les autres, même toi, et moi je ne réussissais pas à être fort dans ce monde qui avait brusquement surgi après mes dix ans. Moi j'étais toujours le même, je ne parvenais pas à le montrer, mais j'étais vraiment identique à moi-même. Maintenant encore je distingue peu de différence entre cet enfant et moi.

J'étais resté immobile à la seule place connue. Tous les autres étaient allés de l'avant et ailleurs, ils allaient tous plus vite. Avec mes chaussures spéciales j'allais doucement, je donnais légèrement de la bande et j'embarrassais les gens qui me croisaient car ils ne comprenaient pas de quel côté j'allais m'écarter.

Durant ces années d'adolescence le calme se fit en moi. Je parlais peu alors que je bégayais moins. Je trébuchais sur l'initiale de la phrase, surtout le *n*, mais ensuite je poursuivais sans faute. Si quelqu'un m'interrompait je continuais quand même, pour moi seul, pour finir la phrase. Je laissai de côté le jeu des objets en équilibre. Quand il m'arriva de le reprendre, je m'aperçus que je n'y parvenais plus. À dire vrai, ce n'est pas moi qui l'avais oublié, car je ne me souviens pas l'avoir jamais appris, et il me semble y être toujours parvenu. Ce n'est pas moi qui l'avais perdu, mais le jeu s'en était allé comme il était venu, sorte de lutin ami qui accompagne un enfant un bout de sa vie et puis s'en va, en silence, sans crier gare. Le calme se fit en moi, une autre compagnie.

Vous n'appréciiez guère cette nouveauté. Il fallait se dépêcher pour aller à l'école car elle était loin, revenir en courant pour ne pas arriver en retard au déjeuner, étudier plus vite. Non que je fusse lent, mais j'étais calme. Je suivais mal les gens à l'élocution rapide.

Tu me croyais indifférent à mes devoirs. Je pensais au contraire avoir trouvé mon propre pas pour les accomplir. Ça n'était pas suffisant, mais aucune semelle ne pouvait le corriger. Tu m'incitais à réagir avec plus de zèle. Je redoutais tes remontrances, je craignais d'être poussé vers une autre solitude qui ne consistait pas tant à être tenu à l'écart qu'à se trouver démuni de ses propres ressources. Le calme me rendait plus fort, à tes incitations j'opposais secrètement une foule de réfutations.

Tu me montrais en exemple quelque camarade de classe. Désinvolte jusqu'à l'effronterie, il parvenait à être bon élève, même sans étudier, grâce à son habileté à mettre en valeur ses connaissances. Mais moi je grandissais sans modèles capables de susciter en moi des émulations. Il y a des pauvres pour qui le riche n'est pas un idéal. Il y a des pauvres, matériellement et spirituellement, insoumis. Si de mon banc je ne répondais pas au professeur qui me posait la question laissée sans réponse par l'élève au tableau, ce n'était pas par sentiment de solidarité. Je n'en éprouvais aucun envers mes camarades. Par tempérament et non par conviction, j'étais hostile à la méthode qui nous incitait à rivaliser entre nous.

Le mal que tu m'apprenais à reconnaître, moi j'en voyais la cause dans les personnes. Je me surveillais pour ne pas le faire, car éviter à autrui ne serait-ce que le rouge au front relève de notre responsabilité. Tout le monde n'a pas eu de mère qui expliquait le mal.

Le calme m'isolait. J'évitais les fréquentes compétitions auxquelles à cet âge-là on est appelé de force. La concurrence qui, d'après certains, incite à se distinguer, avait sur moi l'effet inverse, me poussant à imiter des comportements. Tendus vers un résultat, mes camarades agissaient et réagissaient de la même façon lors des nombreuses épreuves scolaires. Ils n'apprenaient pas à être les meilleurs, mais s'initiaient à des techniques d'hostilité. Telle était aussi leur attitude au début envers les filles, elles qui disposaient d'un code bien à elles, infaillible et secret, pour décider qui était le meilleur.

Je me tenais à l'écart à cause d'un tas d'inextricables obstinations qui alors n'avaient pas de nom, pas plus que la forme d'explication à laquelle j'essaie aujourd'hui de les réduire.

Outre mon calme ma distraction te déplaisait. Je me laissais absorber par les assonances. Sur la table, à Noël, la clochette du manège entraîné par les bougies allumées me rappelait le tintement des gares de banlieue à l'arrivée du train ; dans les gares ce bruit me rappelait la table de Noël. Bien des choses offertes à mes sens avaient un goût d'ailleurs. J'étais, je le suis encore, souvent absent d'une absence impénétrable.

Tu pensais que je n'avais pas d'amour-propre. Tu voulais retrouver chez ton fils le tempérament de ceux qui cherchent à améliorer leur situation parmi les autres. Tu te désolais aussi que je tarde tant à m'intéresser aux filles. C'était un point délicat. Comme l'école où, pour que tout marche bien, il fallait se mettre en avant, affronter des rivalités, et pas seulement surmonter ses réticences. Je ne voulais pas. L'une d'elles me plaisait beaucoup, mais elle n'avait pas le temps de s'en apercevoir, son regard se portait sur un autre, puis sur un autre encore. Même l'amour allait vite. C'était un âge, peut-être en est-il ainsi aujourd'hui encore, où il fallait sortir de soi pour tenter de correspondre à une image type. Il n'était pas futile ; même si l'évocation de ces usages peut paraître insignifiante, leur ensemble n'en constituait pas moins le monde des grandes personnes et le moyen d'y accéder. On peut s'y déplacer avec aisance ou au contraire hésiter comme devant une foule compacte. Tant pis pour qui restait là, se tenant guindé dans son petit quant-à-soi. Ainsi n'y eut-il pas une fille à attendre durant mes années d'école.

Les mères sont susceptibles, elles ne laissent pas leurs enfants prendre des libertés avec le passé. Lui que j'évoque en ce moment avec exactitude, mais peut-être pas avec vérité. Beaucoup de détails ne forment pas un souvenir, beaucoup de souvenirs ne constituent pas un passé. Que je ne te fasse pas de tort : il n'y avait d'autre passé que celui-là. Tu héritas d'un fils inapte aux devoirs que tu lui réservais, un enfant troublé qui, au jeu de l'incompréhension avec toi, accumulait des bribes d'identité.

Le passé me revient en mémoire avec une apparence d'intégralité, par un besoin d'appartenance à quelque chose, qui ce soir me pousse vers toi, vers une provenance.

Moi aussi j'ai eu vingt ans et j'ai fait le tour des bureaux et j'ai eu froid dans des antichambres, attendant qu'on m'appelle. Les mêmes froids me gagnent en cette heure où nous sommes, l'autobus et nous deux, sur la photographie. Un gel oublié remonte par mes pieds, sans frisson, un gel qui me coupe le souffle, un de ces gels qu'on n'a qu'à vingt ans. Comme si l'on sortait bien réchauffés le soir pour trouver dehors l'hiver, dur comme une pierre, fermé à la voix, le sentir nous arracher la chaleur du dos par petits bouts et une fois nus, vides, sentir son poids sur nos cœurs.

J'ai eu vingt ans et connu le froid des antichambres. Je me souviens de l'une d'elles, la plus étrange. Je m'étais présenté parmi tant d'autres à un bout d'essai cinématographique pour une brève figuration dans un film. Je savais que l'action se passait dans un camp de prisonniers allemand. Quand mon tour arriva, on me dit d'avancer. J'étais sur une scène éclairée et les responsables étaient assis à l'orchestre. Je ne parvenais pas à les distinguer à cause de la forte lumière qui m'inondait. J'avançai de mon pas oblique et bringuebalant. Ils s'attendaient à une entrée martiale car ils passaient en revue les rôles secondaires des gardiens du camp. Je ne pouvais le savoir. Ils rirent. De l'obscurité de la salle montèrent des rires anciens, un bruit qui m'était familier. Je ne m'en allai pas, je ne rougis pas. J'attendis que ça finisse, mais j'avais du mal à bouger. Un gel avait gagné mes jambes, comme il prenait autrefois ma langue. Je restai raide et tordu, mes yeux ouverts scrutant l'obscurité, le vide au-dessus de leurs têtes, jusqu'à ce que l'un d'eux me demande si j'avais fait mon service militaire. Je ne compris pas la phrase, je ne répondis pas. Des hommes dans le noir s'étaient attendus à me voir dans la peau d'un gardien et leur déception allait jusqu'au rire. Je ne me vexai pas, je n'avais rien à voir avec leur travail, je n'étais que le passant d'une équivoque.

« Vous pouvez partir », dit enfin l'un d'eux, une fois le silence revenu, pour me congédier. Comme pour moi-même je répondis : « Je n'ai rien fait. »

Je m'efforçai de remuer mes jambes gelées, la voix répéta : « Vous pouvez partir. » D'un pas martial un autre candidat entrait.

« Je n'ai rien fait. »

« Je ne l'ai pas fait exprès. »

Avec ma femme aussi j'ai continué à réfléchir sur le vide de ces phrases banales. Elles nous troublaient, mais nous réjouissaient également. « Tu m'as toujours aimée », me dit-elle un jour. Elle était déjà malade, moi j'étais à côté d'elle et sans faire attention aux mots je répondis mon « je ne l'ai pas fait exprès ». Ce qui la fit sourire. J'aimais quand cela lui arrivait. Son sourire était une ouverture inattendue dans une rue, une place ensoleillée. Pendant un moment je fermais les yeux pour le retenir dans le noir avant qu'il ne se retire. Je fermais les yeux pour le préserver.

Lorsqu'elle se mit à m'aimer elle s'était lassée de ceux qui courent l'aventure, toujours en voyage. Elle s'étonnait en ce temps-là que les expériences accumulées ne rendent pas les êtres excellents. Elle découvrait en eux des frivolités, des inconsistances. Nous nous connaissions depuis notre enfance, mais un beau jour elle m'observa en faisant un effort de mise au point. Un jour, dans un bar, je pris son expression pour un reproche et m'avançai pour essayer de le dissiper en lui offrant quelque chose. Elle sourit. Je fermai les yeux un instant encore. Elle me prit la main, je lui écrasai un pied.

« Je ne l'ai pas fait exprès, lui dis-je.

— Ça n'est rien.

— Je peux t'écraser l'autre aussi.

— N'essaie pas. »

Elle croyait que je faisais de l'esprit, mais c'était involontaire.

Que j'étais capable d'attentions, mais c'était improvisé.

Je la crus quand elle me dit qu'elle se lasserait peut-être de moi, mais qu'elle voulait m'épouser tout de même. Je la crus quand elle me dit qu'elle ne sortirait plus de chez nous. Elle était si jeune quand elle tomba malade à en mourir et me donna ses clés de la maison en les serrant dans mes mains.

« Pourquoi l'épouses-tu si elle ne t'aime pas ? » me demandas-tu.

C'était justement le faible enthousiasme de ce mariage qui me rassurait, la faible ardeur de sa décision. J'ai eu peur de l'équilibre instable sur lequel reposent les sentiments forts, les yeux fiévreux qui enveloppent la personne aimée, puis la dépouillent.

« C'est aussi bien ainsi, te répondais-je, son affection est sincère. »

« C'est une femme déçue et toi tu es un pis-aller pour elle », disais-tu.

Pour moi c'était une femme que de nombreuses légèretés faites ou subies avaient rendue experte, mais pas désenchantée. Je n'étais pas pour elle l'eau de vaisselle d'un rêve qui avait mal tourné, mais plutôt les gestes lents d'un réveil. Je représentais pour elle la réalité qui est parfois la découverte du banal sous un jour meilleur. Elle s'y sentait prête.

Notre controverse à son sujet eut des développements minutieux.

Toi tu disais des choses sévères, peut-être vraies, mais en exagérant la vérité. Moi j'essayais de réparer tes phrases, retouchant les mots qui cédaient au dénigrement des circonstances. Chacune de nos discussions à son sujet ressemblait à une séance politique dont il fallait rédiger un compte rendu commun.

C'était une marotte de bègue : être attentif au sens des mots, ne parvenant pas à en respecter la lettre.

En réalité ce n'était pas elle qui te déplaisait, mais tu blâmais mon comportement. Mes expériences, d'après toi, portaient toujours la marque d'une condescendance, de trop d'accommodement. C'étaient des occasions ratées de se montrer capable d'obtenir davantage. C'était vrai, je n'ai pas aimé les occasions, les opportunités soudaines renforçant les attentes de ceux qui croient au destin, au hasard ou à l'esprit d'initiative. Ce ne furent pour moi que fortes illusions, insolentes publicités de loteries. C'est pourquoi je n'avais pas, envers les circonstances, de tolérance, comme tu le disais toi, mais un amusement fugace, de qui change de sujet et détourne les yeux. Je ne t'ai pas convaincue. Quand je l'épousai j'avais trente ans et je n'avais pas connu d'autre femme avant elle.

Si nous n'eûmes pas d'enfants ce fut ma faute, les examens le prouvèrent. Quand nous engageâmes la procédure d'adoption, elle tomba malade. Comme il est étrange le temps des maladies qui n'est pas fait de jours, de nuits, de dimanches et de saisons à la fenêtre. Ce fut une succession d'heures, quelques-unes de répit, d'autres au contraire où la douleur virait dans son corps comme une toupie au mouvement perpétuel. Nuits et matins se confondirent dans notre chambre au point d'être indistincts. Elle ne voulut pas de l'hôpital, les dernières semaines elle refusa le médecin, ne tolérant qu'une infirmière quelques minutes chaque fois. Elle ne connaissait plus le sommeil, mais tombait dans de brefs assoupissements aux réveils toujours plus pénibles, car le mal allait plus vite derrière ses yeux fermés. Là où était son sourire persistaient les fils.

Ses yeux vifs grands ouverts et curieux commencèrent à se cacher, se retirant dans le creux aride des orbites. Ils étaient lointains, ils regardaient derrière des rideaux. Je ne les laissais pas en paix, je les cherchais, je m'approchais tout près pour les appeler au-dehors, encore.

Elle maigrissait, perdait du poids, perdait d'amères paroles, des mots qui ne demandaient rien d'autre que d'être entendus. Une fois ses yeux partis, ses mains prirent le relais. Elles étaient infatigables, nerveuses, elles s'agrippaient aux miennes pendant des heures. C'était un nœud étrange qu'elle faisait avec ses doigts entre les miens, un nœud qu'elle tenait étroitement serré même quand elle sombrait dans le sommeil. « Ne dors pas, me disait-elle, attends », c'étaient ses mots dans la nuit de son mal, à la fin elle répétait seulement : « Attends-moi. »

Quand elle mourut je ne m'en aperçus pas. Je dormais sur la chaise, mes mains enlacées aux siennes, mes yeux fermés et les siens, ouverts, tournés vers moi. Lorsque je libérai mes doigts des siens, je fus seul sur terre.

Cette femme venue à moi fut ma part du monde. Nous bâtîmes des joies, étincelles d'une fête mineure mais continue. Elle fut ma part et je ne l'ai pas protégée. Elle est restée peu de temps avec moi, une brève période dans le cours de ma vie, mais elle est venue.

J'ai été une personne dans ce monde, non seulement les dix premières années de ma vie, mais aussi au cours de mes sept années de mariage.

Être au monde, d'après ce que j'ai pu comprendre, c'est vous voir confier une personne et en être responsable et en même temps être confié à cette même personne qui est responsable de vous. Ces sept années ne furent pas rien. N'y en aurait-il eu que la moitié ou la moitié encore, elles n'auraient pas moins compté. On ne peut se plaindre de la brièveté, ce n'est pas juste, mais de la trop longue durée, si. J'ai ressenti de l'embarras à vivre encore. Je n'éprouve plus de douleur à voir le ciel ressembler parfois à celui d'un mois d'août passé ensemble en vacances, mais je rougis de pouvoir le regarder, d'être resté. C'est de cela qu'il s'agit pour moi, d'être le reste de quelques personnes, de leurs effacements. Je porte le vide qu'elles m'ont laissé et, alors que mes mains se serrent, je sens monter en moi l'impatience et le besoin d'arrêter ce temps de la photo et de l'autobus.

Je la connaissais déjà quand j'étais adolescent. Nous descendions à pied de la colline, le matin, et sur le bord de mer nous prenions l'autobus pour aller à l'école. Nous empruntions une rue privée fermée par une grille ouverte dans la journée. On raccourcissait ainsi notre trajet d'un bon bout.

J'arrivais en avance et j'attendais que le gardien ouvre.

Pendant un certain temps elle vint plus tôt elle aussi. Nous ne nous étions pas présentés, pourtant nous nous voyions presque tous les jours puisque nous fréquentions la même école. À l'époque de nos seize ans, d'autres garçons lui faisaient déjà la cour. Nos rapports se limitaient à nous dire bonjour, toute autre phrase avait du mal à se détacher de ma bouche. Mes rares mots lui semblaient peut-être mesurés, peut-être paraissais-je plus mûr à ses yeux. Ma peau mate et ma maigreur pouvaient le laisser croire.

Je voulus espérer que c'était elle qui recherchait des occasions de rencontre, je m'enflammai à cette idée. Je pensais qu'il fallait faire quelque chose, pour la première fois de ma vie je ressentis l'urgence et l'aiguillon de l'initiative. Troublé par l'attirance, je prêtais au temps l'allure d'un galop, il s'enfuyait tous les matins et moi j'avalais avec ma salive les mots les plus beaux que je ne parvenais pas à dire. En tournant dans la rue, je regardais la grille. J'aimais la voir fermée, immobile dans ses gonds. Il existe aussi des grilles qui unissent, pas seulement celles qui séparent. La nôtre était vieille, écaillée mais encore verte, elle avait en son centre des lances qui pointaient vers le haut. Quand elle s'ouvrait, elle émettait un bruit sourd et pesant. C'était à ce bruit que nous disions bonjour plutôt qu'au vieux gardien qui la déplaçait avec peine, refusant notre aide.

Nous avons tous une grille dans un coin de notre mémoire, nous sommes tous restés hors d'un jardin. Il en fut ainsi pour moi lorsque je voulus parler. Je lui dis mes pauvres mots et ma folle espérance que tous les matins à venir demeurent identiques et qu'il y ait à jamais pour moi une grille où m'arrêter avec elle.

Je les prononçai si mal, si raides, et ils vieillirent en un instant.

Je ne trouvai rien d'autre à dire, elle sourit embarrassée.

Elle ne vint plus à la grille.

Pourquoi les mots étaient-ils si lourds de risque, pourquoi valait-il mieux le garçon muet qui scrutait une bouche depuis le tournant de la rue pour la voir se plisser et sourire ? Il y a des personnes à qui l'intention ne vaut rien, seul le hasard leur est propice. Le silence conservait à notre rencontre le bénéfice d'un événement fortuit. Il était la complicité requise. Celui qui la dévoile la fait disparaître. Je le sais, je n'ai pas le droit de déduire de telles considérations de si faibles indices, et puis il arriva qu'un garçon se mit à l'accompagner en vespa à l'école. Elle pouvait avoir changé de route pour bien des raisons, mais moi je tenais à m'en croire responsable, attribuant à quelques mots mal assortis d'amères conséquences. En fait, je ne croyais pas qu'une erreur soit forcément suivie d'un châtiment, non, ce n'est pas ce qui se passe, l'erreur commise me semble contenir en soi une pénitence, une diminution, pourtant à chaque faute correspond une solitude.

Je ne me rendis plus à la grille fermée.

Maintenant l'autobus s'ébranle, la vitre tremble et je frissonne de froid. Je vois encore ton lourd manteau, ton sac, mais pas tes yeux. Je ne sais plus si tu regardes vers moi. Il ne te fut pas permis de reconnaître ton fils vieilli, tu n'as vu qu'un homme qui te regardait à travers une vitre. L'heure qui arrive pour moi sera une heure quelconque de ton temps. Et pourtant tu me l'annonces, immobile sur une photographie, immobile au milieu des années, jeune comme jamais je n'ai réussi à l'être moi-même.

Une seule fois nos temps coïncidèrent, ce fut lorsque je naquis, rejeté hors de ton sac. Tu me vis moi qui étais aveugle. C'est l'heure opposée, toi tu ne me vois pas, moi si. Il y a une vitre et tu ne peux m'écouter même si je crie. Il y a une vitre qui te protège, il y a une vitre dans la mort de chacun.

Mon cœur se dilate d'un seul coup.

Lorsque prenaient fin tes chroniques du monde je sentais se desserrer une étreinte dans ma poitrine. Comme autrefois, maintenant un nœud se défait dans mon sang. C'est une douleur étrange, un brusque soulagement aussi. Elle me donne envie de me lever. L'autobus est bondé, les portes encore ouvertes. Peut-être puis-je sortir. La douleur et le soulagement me mettent debout, la douleur et la hâte me poussent sur les gens, clôture de foule compacte.

Tout contre eux, avant que les portes ne se referment, je m'excuse et je lève les bras pour saisir un appui. Ils se serrent autour de moi, je ne franchis pas la barrière de leurs vêtements, je rate l'appui, je tombe, maintenant je tombe sur eux, doucement comme si je glissais car il n'y a pas un centimètre où tomber.

Les phrases s'émiettent dans ma bouche, je retrouve mon bégaiement. Tout autour un vacarme retentit, mais ce ne sont pas des éclats de rire, j'entends des cris. Les mots aussi se superposent, la sonnerie, le cœur, ouvrez, à l'aide, des choses confuses que disent les gens. Ils s'agitent au-dessus de moi, ils touchent ma gorge, ma chemise, il n'est pas là le barrage de mes mots, que font-ils, ils me remuent, allongent mes jambes. Mes yeux sont au niveau de leurs souliers. Je revois les pieds nus de Massimo qui nage et en quelques battements s'élance au loin. Maintenant mon cœur bat de ces battements.

Tous les mots tombent à la renverse, moi je vais me poser sur le sable du fond.

Un jour, un dimanche, tu revins à la maison et tu racontas que tu avais vu un homme mourir dans un autobus.

ACIDE, ARC-EN-CIEL

1992

Traduit de l'italien par Danièle Valin

Titre original :
ACETO, ARCOBALENO

© *Erri De Luca, 1992.*
Publié en accord avec l'Agenzia letteraria Susanna Zevi.
© *Éditions Gallimard, 2011, pour la traduction française.*

Mon âge, ma bête fauve, qui pourra
te regarder au fond des yeux
et souder de son sang
les vertèbres de deux siècles ?

OSSIP MANDELSTAM

C'est la foudre qui a dû me réveiller. Une mèche de lumière s'est glissée derrière mes paupières fermées, a excité mes nerfs et les a tous parcourus comme un circuit électrique. Je force mes yeux éblouis, je vois ma chambre sous une douleur nouvelle. Des éclairs de chaleur tombent sans pluie, on perçoit une odeur d'air brûlé.

J'ignore depuis combien de temps je suis immobile, mais je ne peux plus bouger. J'ai cessé de manger. Après les premières nuits blanches, j'ai sombré dans le sommeil pesant de la faim. C'est la foudre qui a dû enfoncer la porte. De brusques rafales de vent s'emparent de mon fauteuil à bascule par-derrière, me faisant osciller, à demi bercé, à demi ballotté. Je ne fais pas le poids contre l'inertie, mon corps vidé n'offre pas de résistance. J'ai cessé de manger, j'ai décidé de le faire tant qu'il m'était possible d'allumer un feu, sans attendre la fin du bois. J'ai préféré être pris par le sommeil de la faim que par celui de l'hiver. Les jours, les nuits m'ont décharné, me rendant léger. À chaque respiration, mes côtes émergent. Mon squelette affleure à la surface, sent la lumière sous son ultime enveloppe et me transmet l'angoisse d'un ouvrier qui remonte de la galerie après son travail.

Autour de moi gisent les restes d'un réveil déchiré : les vitres en morceaux par terre, le vent comme un loup dans la maison, les murs fleuris de récentes lézardes. Je ne dormirai plus. Le sommeil qui était un bouchon sur mes entrailles a sauté, j'ai les yeux grands ouverts. La protection est enlevée, mes amis peuvent monter. Ils vinrent me trouver à intervalles très irréguliers, m'apportant des nouvelles de vies aventureuses. Leurs histoires passaient à travers moi, du vent dans la ramure d'un arbre plutôt que des voix dans mes oreilles : elles m'agitaient, puis je les oubliais. Ils entraient dans cette maison qui n'a pas d'escalier, dont l'entrée est au niveau du sol, ils s'asseyaient à la table qui fut pour eux celle d'une arrière-ligne. Ils furent tout ce que j'ai su du monde. Je suis resté dans cette maison à l'écart des routes.

Je viens d'une ville du Sud, une de celles qui s'embrasent chaque année, la dernière nuit. J'ai eu un balcon qui donnait sur une place, des palmiers au bord de la mer, une île étendue au milieu de l'horizon. J'ai eu des petits soldats et des fièvres, dont une endormit à jamais mes désirs. J'en sortis apaisé, n'ayant plus la mémoire des mots. Toute une langue se brûla au soleil vertical de la fièvre. Il en restait un résidu salé qui asséchait ma gorge. Quand les douleurs enserraient mes tempes, la chanson de ma mère me berçait de son interrogation : « Ça te fait mal ? Ça te fait très mal ? » Puis la torpeur se dilua dans les réveils enchantés de la convalescence. Les mots revinrent, un peu moins de pluie sur un champ desséché. Les désirs ne revinrent plus. Les fièvres tombèrent, je guéris et j'enfilai mon tablier d'écolier, uniforme conférant la permission de vivre parmi les autres, tout en restant à l'écart. J'ai pu ainsi rencontrer des gens et devenir leur ami, et c'est une bonne partie de ma fortune.

Je fus incapable de garder en mémoire les visites de mes amis ; l'agitation m'échappait et son souvenir après leur départ. Mais à présent le souffle de ces rencontres passe dans les pièces ; au milieu du vacarme des choses malmenées par les foudres, montent ces voix.

Vie : je ne peux donner ce nom à ma durée, je ne peux nommer ainsi le temps à l'état pur. Vie fut celle de mes amis, celle qui me prenait dans sa ronde et m'éblouissait, me donnant anxiété, émerveillement, crampes. Je restais à l'écoute du monde que j'avais raté. J'avais à peine vingt ans lorsque j'arrivai dans cette maison avec mes parents âgés quittant la ville à la fin de mes études secondaires. Ils ne purent goûter les joies de leur nouveau quartier pour lesquelles ils avaient économisé. Ils moururent la même année, en se suivant, en se hâtant. Se quitter fut pour eux un tort insupportable qu'il fallait réparer sans délai. Je me tenais à leur table généreuse en fils, comme un fruit est un fils, eux, ils étaient la plante tout entière. Ils me laissèrent une rente qui me donne encore aujourd'hui de quoi vivre. Le travail de la terre n'a pas été pour moi l'obsession du gagne-pain, mais une distraction, une façon de respecter les jours.

J'ai beaucoup parlé seul. Soudain une phrase sortait de ma bouche. Je la disais à la maison qui attendait ma voix. J'ai vécu si longtemps à l'intérieur d'elle qu'un échange s'est établi entre ses pierres et moi. Je sens que je fais partie d'une nature minérale commune. Son silence est le mien, il est intérieur. Le silence du dehors, de la campagne, total certains soirs de brouillard, ne ressemble pas au nôtre capable d'absorber les sons, quand même ma respiration et les battements de mon cœur se dissipent et que je ne les perçois plus. La maison me répond. Sa voix n'appartient pas aux hommes : elle jaillit de la pierre volcanique des murs, née au temps où l'écorce terrestre était en fusion et la matière mère de toutes choses. C'est une voix qui a bouillonné dans les fleuves de feu jaillissant en gerbes de la mare des cratères. Quand le vent balaie sa poussière, l'asperge de gouttes grises et bleues, la pierre murmure des comptines. Parfois c'est un timbre sonore où je distingue des syllabes incohérentes, d'autres fois je comprends des phrases entières. Mon oreille s'est exercée à écouter les pierres. Je les ai extraites de la terre, je les ai taillées avec mon ciseau, en forçant la fissure, comme si c'étaient des noix. Un éclatement, un souffle, et elles s'ouvraient à demi, l'air passait pour la première fois sur les pores de la pierre, à l'intérieur. Les pierres sont des huîtres pour ceux qui savent les toucher. Je les ai équarries, j'en ai fait des sentiers, des haies, des sièges, me servant des aspérités de l'une pour l'encastrer dans l'autre. Je les rapprochais suivant une géométrie qu'elles présentaient elles-mêmes, chacune prête à n'accepter qu'une seule autre forme, comme par destin. J'avais la mémoire des aspérités et je prenais dans le tas précisément celle qui allait s'ajuster avec un bruit de mains qui se joignent. Pierre noire opaque qui resplendissait entre les doigts, pleine, lourde, au relief dur et pourtant docile pour celui qui le comprend.

Autrefois, je voyais des lettres éparses entre les branches d'un arbre, sur les vitres mouillées, tracées par le vol des mouches. J'étudiais les alphabets de la Méditerranée pour élargir le catalogue des signes et comprendre toute cette semence d'écriture. Dans les points étoilés de l'univers nos ancêtres ont vu des figures, des bêtes, des chariots, moi je découvrais des lignes d'alphabets. Le monde était écrit, le premier homme n'inventait pas les noms, il les lisait. Sur la matière demeurent les traces résiduelles de cette rédaction, des monogrammes qui ont résisté à un effacement général. La voix rauque de la maison parlait avec ces lettres, prononçait des syllabes simples. Les soirs de tempête, quand je redoutais la force du ciel sur les animaux et les arbres, les murs marmonnaient une complainte et m'apaisaient.

J'ai connu mes amis au cours de mes années d'école, unique lieu où je fus mêlé à tant d'autres, assis sur des bancs étroits, écoutant les maîtres, savants despotes. Nous prenions part à ce monde plein de barrages, de files indiennes, de papier qui bruissait dans le silence, en parvenant à le comprendre. Dans cette communauté exigeante, les caractères jaillissaient comme une ressource, mûrissaient sous l'urgence. Je découvrais chez les autres les sentiments : amour, envie, admiration, imitation. L'un était bon en sport, un deuxième répondait aux questions avec désinvolture, un autre était plein d'esprit et plaisait aux filles : autour d'eux s'agitaient les désirs des autres. Ils essayaient eux aussi d'exister, donc d'atteindre ce qui semblait le sommet d'une habileté à exister. Nous étions des personnes en ébullition constante, fascinées par toute apparence de complétude. Je regardais ce monde, restant en retrait, car il était trop intense.

Si je n'avais pas passé cinq ans au lycée avec les mêmes personnes, aucune ne m'aurait remarqué. Mais cinq ans ont une longueur démesurée de treize à dix-huit ans et quelques-uns finirent par m'accepter comme j'étais, dernier à sortir, silencieux. Comment étais-je encore ? Maigre, osseux, la pomme d'Adam proéminente, le visage allongé et les yeux ronds, difficiles à fermer. Une touffe de cheveux est restée le seul trait indocile de cet aspect.

Comme je n'avais aucune passion et ne prenais le parti de personne, certains se mirent à se confier à moi. Nous étions à un âge où les garçons, faisant l'expérience de l'amitié, livraient leurs pensées secrètes à qui ne savait les garder pour soi. C'était l'âge des petites trahisons. Ce qui ne pouvait arriver avec moi : ces confidences s'envolaient aussitôt, dès qu'elles m'étaient faites, je les oubliais. Ce sérieux secondaire encouragea alors certains à s'attacher à moi.

En dehors de l'école, je voyais les colères subites et les disputes qui dégénéraient en bagarres, dans une pluie de coups. Je tentais de les provoquer en moi, mais je ne parvenais qu'à écarquiller les yeux et à serrer les lèvres pendant quelques secondes, alors qu'en moi il ne se passait rien. Je ne savais pas répondre à l'affront, je cédais aussitôt à la force. Une fois, un de mes camarades de classe prit ma défense dans une affaire de petites vexations que, d'une oreille distraite, je subissais d'un autre. Un conflit éclata entre eux. J'éprouvai de l'embarras, non de la reconnaissance. La tyrannie de l'un ne m'humiliait pas, l'indignation de l'autre ne me consolait pas. Je devenais une affaire entre eux, objet d'une querelle qui finissait loin de moi, causant des dégâts sur nos bancs et excitant les autres.

Le plus arrogant m'attendit à la sortie de l'école et me frappa au visage. Je couvris la blessure de ma main et je croisai son regard étonné par mon manque de réaction. Je ne pleurai même pas, car je suis peu sensible à la douleur physique. Il n'essaya pas de me frapper une seconde fois. On me consola en me disant que j'avais bien fait de tendre l'autre joue. Je ne l'avais pas fait, je n'en aurais pas eu le culot. Je ne réagis pas, c'est tout ; il était impossible de chercher la bagarre avec moi. Ils ne savaient pas me maltraiter, ni m'aider.

Je recueillais confidences, espoirs déçus ; il y avait en ces désirs une température qui les transformait à mes yeux en faits accomplis. Je prenais à la lettre ceux qui se confiaient, ça les rassurait et ne les obligeait pas à exagérer pour me convaincre. L'un me disait qu'il voulait devenir médecin et aller soigner les pauvres de par le monde. Son intention me suffisait pour le considérer déjà comme un missionnaire. Si, quelques mois plus tard, il me disait au contraire qu'il était devenu amoureux fou de la fille aux cheveux roux de la section A et qu'il voulait l'épouser, je croyais à cette impulsion comme si elle venait d'une autre personne. Sans bien comprendre, j'acceptais qu'on devînt quelqu'un d'autre en désirant très fort autre chose. C'était l'âge où mes camarades voulaient souvent être quelqu'un, sans pour autant parvenir à se fixer longtemps sur le même choix. La fièvre du devenir les faisait entrer dans la peau de bien des personnages, mais les mots qu'ils me disaient, lorsqu'ils étaient prononcés avec sincérité, avaient pour moi une force telle que je les prenais pour des faits accomplis. Ils n'avaient nul besoin de trouver une preuve, car ces vérités étaient bien plus fortes qu'une de leurs éventuelles démonstrations.

Mes amis ne pensaient pas ainsi, ils ne ressentaient pas la même chose. Ils croyaient que leurs paroles n'étaient qu'un titre qu'il leur appartenait de développer. Ils les mirent en pratique, ne surent s'en contenter, et telles furent leurs vies.

La maison répondait à leurs récits par un souffle de vent entre les pierres. J'entendais ses consonnes, la voix de la matière n'emploie pas de voyelles, mais je savais les ajouter tout seul. J'écoutais : « En mer il n'y a pas de tavernes. » C'était un conseil pour ceux qui devaient partir en voyage, pour mes amis : qu'ils ne comptent sur aucun abri. C'était une complainte, c'était une sentence, je l'écoutais tandis que mes hôtes remplissaient leurs visites de récits.

J'aurais bien envie de faire courir à nouveau mes doigts sur ma guitare. J'entendrais mes doigts égrener l'accord en *do* majeur, puis ils joueraient par cœur. Mes mains chaudes et sèches commençaient à parcourir les cordes plus fines, faisant sonner le *mi* chanterelle. Puis mon pouce touchait les basses. Depuis longtemps je ne peux plus tenir ma guitare sur mes genoux, je suis pris de brusques tremblements et je dois poser tout ce que j'ai dans les mains. À présent elle pend au mur, couverte de fils d'araignée, autant de cordes qui s'ajoutent aux six autres. Seul le tonnerre a réussi à tirer un son de sa caisse de résonance, se créant un écho. Lorsqu'il éclata, la guitare répondit par une syllabe qui a duré plus longtemps que le tonnerre.

Après dîner j'improvisais des airs, ma voix se chauffait et nous formions un couple, ma guitare et moi. Mon chant courait sur la musique et, la rejoignant en un point, se mettait à l'unisson avec elle. La musique volait dans toute la maison et faisait une ronde dans la cuisine, qui donnait un peu le vertige. C'étaient des chansons sans valeur, des airs que je raclais, mais lorsque j'arrivais à l'unisson, la pierre résonnait. C'est ma mère qui me les avait apprises, des mélodies d'autrefois qui commençaient en mineur et éclataient en majeur dans l'air principal. Pour elle c'étaient des souvenirs forts, des minutes de sa jeunesse, d'un âge devenu vite adulte, sans ligne de conduite, durant les nuits blanches des bombardements. Pour moi, c'étaient des airs de mon enfance, même les plus passionnés contenaient des mots pour enfants, un vent sans force.

Je regarde la table en bois que j'ai construite avec des planches de pin et des poutres de châtaignier : souvent la nuit j'étendais ma couverture dessus pour dormir là, dans la tiédeur des braises mourantes. Sur les murs de la cuisine sont collées les étiquettes des bouteilles de vin que je me procurais pour les boire avec mes amis ou qu'eux-mêmes m'apportaient en cadeau. Après les dernières phrases d'adieu, je détachais des bouteilles vides les étiquettes multicolores aux noms obscurs et je les collais au mur. C'était un peu comme un album, comme des papillons. Maintenant que la pièce est ouverte au vent, les étiquettes commencent à se détacher du mur, claquent en volant, tournent autour du fauteuil à bascule que les bouffées de vent font osciller. Au son du grincement des arceaux de fer sur le sol et du bruissement des étiquettes colorées, les visites d'antan recouvrent leurs voix.

Sois le bienvenu. Tu es absent depuis de longues années. Je reconnaissais l'embarras des premiers moments de ton arrivée. Il nous fallait quelque temps avant de retrouver notre connivence. Nous parlions donc de choses et d'autres, en mangeant les plats que tu aimais, comme les aubergines à la parmesane. Puis on se mettait à parler de tes activités. Tu étais parti après le lycée dans des villes lointaines où tu avais fait les métiers de la fatigue. C'est ainsi que je les appelle car ils laissent en fin de journée un calme corporel. Alors les yeux regardent tout autour avec plus de lenteur et de distance, les mains suivent un peu moins la voix, préférant rester sur la toile du pantalon.

Tu as été ouvrier en usine, manœuvre dans le bâtiment, porteur. Tu as loué ton corps à l'heure. Au temps de tes premières visites tu me rendais compte de ces heures de travail commencées avant l'aube dans le tapage des usines qui travaillent en continu. Tu parlais de rues remplies d'une foule mécontente. Tu en faisais partie, tu l'appelais politique, mais ce mot me gênait. Il était lié pour moi au registre des partis qui s'étaient multipliés à la suite du suffrage universel. C'était bien autre chose l'action convulsive dont tu me parlais et qui contenait, à t'entendre, une part d'un monde futur. Sept ans de cette politique s'écoulèrent pour toi et tu ne me parlais ni de chambres ni de dimanches, ni de sentiments. De ces récits se dégageait un temps sans sommeil.

« C'était une façon de se battre. On ne demandait pas d'être d'accord avec un projet, mais de s'engager dans les luttes. Il y eut des maisons vides qu'on occupa, des loyers qu'on ne paya plus, des quittances d'électricité brûlées dans la rue. On entravait les mesures de rétorsion, coupures de courant, expulsions. On avait cessé de payer les additions, on en arrivait à exiger. Quand le temps de la lutte finissait, avec plus ou moins de succès, on recommençait d'un autre côté. On restait amis ou pas avec ceux qui s'étaient battus avec nous, mais il n'y avait pas de votes à solliciter en échange d'avantages. Ceux qui voulaient continuer étaient les bienvenus, mais il n'y avait pas de cartes.

« Nous n'étions pas convenables, notre méthode était le choc, technique éprouvante pour n'obtenir que peu de choses, parfois rien. Pourtant cela donnait du poids. Il arrive un moment dans la vie où un homme veut poser sur le sol une plante de pied large, un pas qui ne soit point léger. Non pas pour l'écraser, mais pour le charger de tout son corps. Dans ces années-là, personne ne voulait être léger. Il était urgent d'avoir une gravité différente ; elle modifia la démarche de beaucoup. Quand elle prit fin, chacun l'effaça en enfilant des chaussures de gymnastique.

« Durant ces années de chocs personne ne souhaitait être plus grand, plus maigre, pas même plus sain : elles riaient volontiers, les bouches édentées. »

Était-ce un monde sans désirs, comme le mien ?

« Non, répondais-tu à demi sérieux, c'était un monde qui donnait des coups de pied à la lune. »

Je les connaissais, c'étaient les gestes convulsifs mais exacts que doit faire le nageur pris par des crampes loin du rivage. Il doit lancer des coups de pied en l'air, c'est pourquoi on dit à la lune. Ceux qui le voient, sans connaître la raison de ces mouvements, peuvent croire que le nageur est devenu fou.

« Puis les gens se lassèrent des chocs et subitement il n'y eut plus rien à ajouter. Les milliers que nous fûmes s'éparpillèrent tout d'abord en groupes, puis en poussière. Certains reprirent leurs professions d'avant, certains leurs études interrompues, tandis que d'autres s'ouvraient les veines ou s'engageaient dans des guerres clandestines, moi je fus de ceux-là. Je suis resté ouvrier, là où j'avais débuté. Ce qui m'attire dans ce métier c'est uniquement le désir de continuer à le faire jusqu'à mon dernier jour. »

Tu as conservé longtemps un corps tendu, nerveux.

« C'est le fruit du travail manuel, même si le terme n'est pas exact, la fatigue n'est pas dans les mains. Je préfère l'appeler travail dorsal, c'est là que se concentre l'effort. Au lit le soir, je sens dans mes côtes les quintaux qui sont passés sur mon dos. Les mains ne souffrent pas dans le travail, mais une échine restée courbée ou bien sous le poids de la charge toute la journée n'est plus qu'un faisceau de nerfs endoloris. C'est pourquoi je les appelle travaux dorsaux. Avec les années, la cadence de la fatigue est entrée dans mon sang, ma veine bat les coups nécessaires, mon corps se fond dans l'effort régulier. Durant ces heures je parviens à faire place aux pensées, il y a un temps pour elles sous le souffle court, sous la sueur. Des mots en voyage passent, des notes que je garde à l'esprit et qui me tiennent compagnie. Tout à coup sur le chantier, un ouvrier peinant sous un effort intense entonne une chanson, une gaieté impossible. C'est l'évent d'une pensée sortie des coups réguliers pendant qu'il déblaie des gravats ou applique de la chaux d'un rapide revers du poignet : un rythme de respiration lui a rappelé une phrase, une strophe, et il la chante. Personne ne le suit, mais il continue jusqu'au tarissement de l'inspiration née d'un effort. Moi, au contraire, je ne chante pas, je tourne et retourne dans ma tête n'importe quelle phrase que je conserve jusqu'à l'heure de sortie. »

Tu es parti chercher du travail en France aussi, dans les chantiers de la banlieue parisienne. « Le soleil se levait tard, nous étions déjà penchés sur le premier gâchage. Le soleil se levait sur notre dos. Nos visages étaient fermés sous la poussière et nous arrivions à nous ressembler bien qu'étant des hommes de nations différentes. Le soir, sous l'eau du vestiaire, nous reprenions nos visages ; derrière l'égalité de la poussière, à chacun sa peau. »

J'écoute à nouveau le timbre de ta voix ferme qui sortait de lèvres entrouvertes et ton accent méridional qui ne sert pas ceux qui le colportent, mais donne du poids aux mots. « Je suis au moins ça, un homme du Sud, un homme qui dans son enfance a eu les plus belles journées de la terre et qui sous le soleil a vu la misère plus nette qu'ailleurs. »

Misère de la ville, moi aussi je la revoyais. Sur les bancs de l'école primaire, nous, fils de familles aisées, nous avions notre goûter acheté le matin. Les autres attendaient le passage du concierge qui leur distribuait le « goûter scolaire », une tartine de confiture de coings. Chacun à leur tour ils allaient au bureau du maître retirer de sa main la nourriture attendue. Ils revenaient à leur place en regardant leurs pieds. À l'heure permise, ils le mangeaient avec un plaisir si intense que certains d'entre nous finissaient par leur offrir leur propre pain au chocolat en échange de leur ration. Mais il aurait fallu aussi obtenir en échange leur appétit et le besoin de ces goûters d'aumône pour pouvoir y enfoncer les dents avec le même bonheur féroce. Sur leurs têtes rasées, même en hiver à cause des poux, les gifles du maître pleuvaient avec un grand bruit de claquement. Nous, il nous arrivait rarement d'en recevoir et jamais d'aussi sonores. Mais sur leur crâne rasé la trace rouge laissée par les doigts imprimait une marque durable, et le sifflement de la gifle un air plus lourd à avaler. C'était la part d'injustice que les enfants apprenaient à connaître et à admettre.

« Je quittai Paris alors que j'étais malade. Dans les derniers mois je dormais à même le sol avec d'autres ouvriers. C'était le bureau du patron qui nous devait trois mois de salaire et ne nous payait pas. Et il nous a roulés finalement avec des chèques sans provision. Nous occupions les locaux d'une entreprise où nous sommes restés deux mois, nous, ouvriers de dix peuples différents. Ce fut un campement, pour certains il constituait l'unique abri et la seule possibilité de manger. Dans ces pièces nous nous étendions pêle-mêle. Nous respirions nos souffles denses de graisse de chaussures, de cheveux, de mauvaises bouteilles, dans nos nuits de sommeil commun. Ce fut alors qu'entre mes quintes de toux survint la fièvre.

« Auparavant, avec d'autres, j'avais veillé devant les grilles d'une usine pour en barrer l'entrée à l'aube, ou dans les maisons vides que nous avions prises, attendant la troupe qui viendrait nous déloger. C'étaient les nuits de l'insomnie commune où dans le froid chacun pouvait sentir son propre souffle s'échapper vers le ciel, haut et chaud comme une fumée d'encens qui brûle. Que faisais-je donc dans cet automne de France, Noël du Nord ? Je réclamais de l'argent, me battant pour l'obtenir, et je ne le désirais pas. Qu'est-ce qui me liait à ces hommes, à part la nécessité ? Uniquement le souvenir du souffle de ces autres nuits.

« Dormir par terre, mêler dans le sommeil l'odeur de chaussures, de cheveux, de restes de nourriture, devoir s'imposer une démocratie avec des mots difficiles et quelques coups de poing nerveux entre celui qui pleurait d'ivresse et celui qui fuyait de peur. Se contraindre à des sacrifices pour obtenir ce qui était déjà à nous pour l'avoir payé en échange de notre travail et de notre sueur. Pour cette raison je restai, dormant sur mon manteau, avec les puces, les dettes et les fièvres de la toux.

« Nous avions nos visages pour nous reconnaître, nos noms étaient obscurs et ne se gravaient pas dans la mémoire. Certains oui : Mustapha était algérien, il avait quarante ans, un ventre rond et un sourire sans barbe et sans malice. Italie, c'est ainsi qu'il m'appelait, Italie, écoute : ce sont les Italiens qui m'ont appris à travailler quand j'étais un garçon tout juste débarqué à Marseille, tout juste roué de coups, tout juste sorti de prison. Les Italiens m'ont appris à élever des murs, j'aime bien les Italiens, tu as compris, Italie ?

« Mustapha répartissait l'ouvrage entre nous en ces mois de pauvreté et n'oubliait personne. C'était un homme réservé, de ceux qui se révèlent tout à coup dans les moments difficiles et qui sont des chefs-nés. Il possédait un enregistrement sur cassette d'un chanteur de son pays qui se nommait Bhar, qui signifie “mer”. J'aspirais bien le *h* et je le prononçais presque comme lui. J'aimais connaître un autre nom de notre mer commune. Il riait quand je le lui disais.

« Il y avait Daniel, malabar yougoslave. On l'appelait Yougo et il protestait parce qu'il était du Monténégro. Il était si fort que, lorsqu'il voulait menacer quelqu'un, il tapait du pied par terre pour lui faire comprendre qu'il allait l'écraser. Un jour, sur un chantier, il me jeta une pierre. L'après-midi, il était toujours ivre. Alors je vins me placer devant lui, il tapa du pied par terre et moi je mis le fer de ma pelle à un poil de sa gorge, la faisant passer tout droit entre ses bras, de bas en haut. Je ne sais pourquoi je m'arrêtai là, peut-être parce qu'il était ivre. Le premier moment de surprise passé, il me tendit la main et nous devînmes amis. Tous les matins il me criait les seuls mots d'italien qu'il savait : "*Chianti, Beretta, Carabinieri.*"

« Je me souviens de Maurice de Toulouse, moustaches et voix de bandit, capable de faire tordre de rire le wagon qui chaque soir nous ramenait en ville, tirant en rafales sur nous tous ses mots d'esprit, mais sans nous froisser, il n'y avait jamais rien de blessant dans ses expressions, seulement le don inné de la plaisanterie. Il y avait le Turc Kerem, la voix lente et pâteuse, des mains énormes avec un grand anneau d'or ; le grand manœuvre Traore du Mali, solennel comme un prince, un cou de buffle, qui se nourrissait d'une boîte de cacahuètes sur lesquelles il versait du sucre et de l'eau. Je me les rappelle, j'essaie de les nommer comme ça, pour ne pas les oublier, mais je les ai perdus. On vit avec des gens qu'on n'a pas choisis, on échange tant de choses qui finissent par devenir importantes et on regrette tout ce temps passé à côté d'eux pour ne savoir que bien peu de mots, bien peu de choses d'eux. Puis un beau jour on part, on ne les verra plus jamais et certains soirs on voudrait les rencontrer, leur serrer la main, les voir bien mis et se réjouir des bonnes nouvelles qu'ils nous donnent. S'ils sont encore en vie, plus d'un pense comme moi.

« Mais il y a aussi l'envers de la chose, toutes les premières fois où dans un vestiaire mon corps maigre et blanc se trouve seul au milieu des nombreux corps épais, foncés. Avec ceux qui échangent des coups d'œil, il vaut mieux leur faire vite comprendre qu'on est prêt à leur sauter dessus sans attendre une provocation. Alors on guette l'occasion, on choisit la modération, mais on ne laisse surtout pas passer la première impolitesse. Entre hommes, c'est la première impression qui compte, car il s'établit dans ces emplois une hiérarchie qui privilégie la personne en elle-même plutôt que ce qu'elle sait faire. Si on ne gagne pas le respect de tous, fût-ce au risque d'y perdre sa place, de s'exposer à un coup en traître, le travail devient un enfer. Une plaisanterie supportée en annonce deux, une offense tolérée cache une brimade à venir. Si par contre on a la repartie facile et mieux encore le geste rapide, les autres vous apprécient et s'asseyent volontiers à côté de vous à table. Peu importe si on perd, si on reste sur le carreau dans l'inévitable bagarre, ce qui compte c'est qu'on n'ait pas fait semblant de ne pas entendre. Ce n'est pas difficile de vivre au milieu des hommes, partout se répètent les mêmes usages.

« Autrefois on disait que les ouvriers étaient des gens qui n'avaient pas de nation. Cela renforçait les espérances d'extension des luttes à d'autres pays. Maintenant cette phrase est vraie pour moi, d'une façon différente. Partout j'ai constaté les mêmes faiblesses chez les ouvriers. Beaucoup essaient de gagner cinq minutes sur l'heure de sortie. Après huit heures vendues, je déplore cette pauvre hâte, cette impatience dans la queue devant la porte. J'ai aimé le petit nombre qui franchissait le seuil d'un pas lent, j'ai aimé la dignité chez les hommes ; qu'ils sont rares ceux qui la manifestent dans les petites choses. Si je ne me suis jamais dérobé dans le travail à la charge la plus lourde, si j'en ai soulagé les épaules des autres, ce n'est ni par solidarité ni par entraide. Car je prenais une charge dont personne ne voulait, personne ne pouvait rien me faire d'autre, me charger davantage. Certes, j'avais la place la plus inconfortable et je ne demandais pas à en changer, mais aucun artifice, aucune épargne ne pesait sur ma fatigue. Je n'aimais pas chez les autres la petite astuce pour rouler son propre voisin et qui marchait seulement parce que le chef de brigade la tolérait à sa guise. J'ai souffert de colères, d'indignations envers les ouvriers, partout, leurs faiblesses n'avaient pas de nation. Mais pourtant j'ai été invité chez certains devant qui j'aurais voulu avoir une casquette pour pouvoir l'enlever. Quand l'un d'entre eux vous ouvre la porte de sa maison et vous présente à sa femme et à ses enfants, alors on sent qu'un homme peut vous faire un honneur qu'on ne pourra lui rendre. Certains, dans un exil de privations, sont des rois. »

Je t'écoute à nouveau et je pense au châtaignier derrière la maison. Il est dans le champ et se dispute avec la foudre. Au cours de ces nuits-là, je restais à la fenêtre pour le regarder balayer l'air de son épaisse chevelure tenant en respect les éclairs. Je connais ses souffrances plus nombreuses que les années, plus fortes que le gel.

Depuis que je l'ai planté, à chaque saison j'ai remué sa terre, j'ai brûlé les feuilles tombées, je l'ai caressé, comblé par sa vigueur. Les châtaigniers ne poussent pas dans cette région, c'est le seul, le plus haut tronc de la campagne, et je me sens honoré que ce soit arrivé dans mon champ. Dix jours par an les fruits lisses et brillants tombaient, s'échappant de leur bogue mûre. Je ramassais des châtaignes pour moi et mes voisins, je les dégustais grillées sur les braises, avec une goutte de miel. Je fus très ému l'année où je ne parvins plus à l'entourer de mes bras, il était devenu trop large pour mon étreinte.

Je sais qu'il m'attend dehors, mais je ne sortirai plus à sa rencontre. Ainsi de mon corps : je vois la dureté de mes membres allongés et je dois les abandonner.

« Observe le muscle d'un ouvrier : quel rapport d'équivalence, d'infériorité ou de supériorité existe-t-il entre lui et l'effort à accomplir ? » Je ne savais que répondre à cette question. Mon travail quotidien aux champs m'avait rendu maigre et fibreux, sur ma peau se détachaient des veines, des nerfs et pas beaucoup plus. Mon corps était un minéral d'os et de sel recouvert avec parcimonie. Il me semblait qu'un muscle était en équilibre avec l'effort à exécuter, qu'il le compensait.

Tu m'expliquas au contraire : « Dans le travail un faisceau musculaire se tend non seulement pour réussir à l'accomplir, mais pour y parvenir avec le moindre effort. Il ne se contente pas d'égaler sa charge, mais il se durcit pour la dépasser et changer ainsi le rapport de force. Je crois que tout le progrès tient à cette adjonction de puissance qui sert à épargner de l'énergie, exécutant le travail avec un gaspillage minimum. À part ce soulagement, je ne reconnais pas d'autre valeur au progrès. Il est fruit du corps. Dans la forme d'un muscle je reconnais une intelligence héréditaire. Un débutant qui donne un coup de truelle pour étendre la chaux, qui saisit une pelle ou une raquette de tennis le fait toujours d'une façon gauche, assez drôle. À quoi tient cette maladresse ? Au manque d'intelligence physique, celle qui permet d'exécuter le geste en donnant la plus grande efficacité au moindre effort. C'est ça le style, pour un maçon comme pour un joueur de tennis. »

Tu étais patient avec moi, tu voulais que je suive ta pensée. Je t'ai demandé parfois de répéter une phrase, une histoire, mais pas de revenir à cette journée interminable pour nous ; je ne t'ai jamais plus parlé de celle-là. Je sens qu'elle revient et je serai à nouveau près de toi. Je redoute la répétition qui s'approche, je redoute chaque pas qui me pousse vers une compréhension.

« Nous attribuons des tentations au corps, mais le vacarme des désirs vient de l'esprit. Des hommes qui passèrent pour des oppresseurs des sens, des jeûneurs, des mystiques, connurent dans les réductions au minimum, dans l'exercice qui rapproche du rien, l'immensité du corps et de ses ressources. C'est le renoncement qui le fécondait, non le désir ; ceux qui pensaient le contraindre par des privations le trouvaient grand ouvert. Ces hommes surent que les barrages renforcent, que la pénitence donne un sens à chaque heure du jour et permet de ne pas oublier qu'on existe. En ce qui me concerne, j'ai moi aussi connu le vide, lorsque je vivais en soldat clandestin d'une guerre mineure. Je l'avais entreprise à la suite de ces sept années de politique. C'était un désert : toutes les rues étaient bonnes pour se cacher ou se perdre, pour tendre une embuscade ou tomber dans un piège. Peu de monde autour de soi, des noms nouveaux, des habitudes feintes : lorsque prirent fin les années de cette politique des affrontements, il y eut dans notre pays un appel aux armes et j'y ai pris part. Je m'en suis sorti et je suis du nombre des rares soldats restés inconnus qui ne sont pas obligés de se cacher, oublié par qui sait quel hasard. »

Ainsi commença cette journée. Tu parlas non par besoin d'avouer, mais pour impliquer quelqu'un d'autre. Les paroles de mes amis ont eu le pouvoir de me lier à leurs récits, ainsi ne les laissais-je point seuls dans cette deuxième action qu'était leur discours, dans ces secondes vies qu'étaient leurs visites.

Tu cherchais en moi un témoin, appelé à être présent, à écouter le cours du temps sans pouvoir l'arrêter.

Nous étions dans la cour inondée de soleil, tu m'aidais à construire un nouveau toit en bois pour le poulailler. Par habitude nous parlions peu, suivant le plus souvent des pensées fortuites liées à nos occupations du moment, et je ne prêtai pas attention à ton préambule. Nous jouions du clou et du marteau, tu étais habile, rapide. Nous transpirions, c'était un novembre tiède, les journées avaient un ciel bleu fixe, vide, tous les vols d'oiseaux avaient déjà migré.

« Lorsqu'un clou tombe sur le bois il donne l'impression d'être arrivé pile à l'endroit visé, non pas d'avoir fini dans n'importe quel point utile. Il transporte avec lui le centre, comme une douleur physique. Là où elle pénètre, la douleur, comme le clou, organise l'espace autour d'elle. »

Tes pensées me surprenaient : « Ce ne sont pas de vraies pensées, mais des impressions, des choses perçues par les sens. » Tu pointais le clou et en trois coups tu l'enfonçais entièrement dans le bois. Tu avais quarante ans. Dans la splendeur de cette matinée d'automne tu semblais fait de la matière des choses qui nous entouraient : de pierre, fer, bois, coton, pas de chair. J'étais rassuré par ce qui te composait. Pas un bruit alentour, seulement le nôtre. Tu me pris le marteau des mains et le reposas près du tien. Les coups cessèrent. Tu passas tes doigts sur la paume de ta main en disant que les cals vont et viennent et, selon les outils de travail, changent de forme et de consistance. « Après un temps de repos les mains redeviennent lisses, mais n'oublient rien. La peau de la paume a la mémoire tenace, elle rappelle le papier d'un cadeau, la dureté de la première noix écrasée dans le poing, la forme d'un caillou plat lancé à la surface de l'eau et qui fit de prodigieux ricochets. La place de chaque outil se creuse à force de coups : la main conserve la place et les coups. Ainsi, au moment où je sens dans mon poignet le rebond du marteau sur le clou, je retrouve dans la mémoire de ma paume et de mes oreilles le coup porté qui atteint un crâne. Lorsque au cours des affrontements brefs et convulsifs, je parvenais à frapper le premier et que mon bras trouvait le passage libre pour porter son coup, alors le fer, le morceau de bois que j'avais en main, recevait le rebond d'un crâne. Ce coup reste dans la main de celui qui l'assène, comme dans tous les sommeils de celui qui s'écroule en le recevant. La tête d'un homme est dure, pas aussi fragile qu'elle paraît. Moi aussi j'ai reçu des coups, dont un lancé de haut sur mon front me sembla devoir s'enfoncer au plus profond de ma gorge et ne me coûta pourtant que quelques points, quelques minutes d'inconscience. L'animal cherche la gorge, l'homme la tête. Nous l'avons appris tout gosses, tu t'en souviens ? Dans les bagarres à la sortie de l'école montait le cri : Tape-le sur la tête. »

Tu me montras la marque d'un coup reçu à la racine des cheveux qui avait gravé dans ta chair un angle aigu. J'étais gêné par ta voix aigre, par tes yeux qui ne fixaient rien. Il n'y avait aucune place pour la pitié et ce fut un soulagement pour moi, dans la première vague de mon écoute, de te voir renoncer à parler de sentiments, à les mêler à ton récit. Je ne pouvais éviter de penser au mal que vous aviez échangé toi et les autres hommes, j'étais présent à votre sang, je n'aurais pu te voir prendre du recul. Un regret, un remords face aux blessures m'aurait vraiment déconcerté. Si j'ai résisté, c'était parce que le mal montait comme une tempête, les hommes étaient surpris dehors et il n'y avait pas d'abri.

« Quand j'étais petit je voyais des violences partout. Sur les étagères de mon père je trouvais des livres sur la guerre et je grandissais avec le sentiment de devoir rendre compte de blessures, d'offenses qu'une autre génération avait fait retomber sur celles à venir. Le XXe siècle était devenu un siècle antique, chargé de malédictions. Quand je vis dans les rues les coups, les affrontements, j'étais déjà prêt. Dans la première pierre que je lançai était déjà inscrit l'acte de tuer et d'être tué. La politique fut pour moi l'organisation d'une colère, l'épaississement d'un cal. Ce ne furent pas seulement des semaines qui passèrent, mais des années, je connus les armes, j'ai tué des hommes, un et puis un autre. »

Tu repris haleine alors que je m'essoufflais. Je me revoyais tel que j'étais : les yeux à terre, les bras le long de mon corps, les lèvres serrées et la respiration qui allait et venait, haletante. Je tentais de supporter mon poids dans les limites de ma capacité à le recevoir. Une torpeur mentale me protégeait. Tu continuais, mon silence était le bienvenu et te servait. Je peinais derrière ton récit et j'étais secouru par ma faiblesse elle-même, car chanceler sous la douleur est un moyen de ne pas en subir tout le poids. Ce sont des choses que je pense maintenant que je parviens à nous voir tous les deux ce jour-là.

Le bois travaillé dégageait une odeur de coupe fraîche, l'herbe tout juste fauchée pâlissait, embaumant l'air. Tu parlais d'hommes tués sans en faire le compte, disant : un et puis un autre, sans dire deux.

Y a-t-il au monde une raison à cela ? À quelle nécessité t'es-tu plié ?

« Je n'ai pas été le fonctionnaire d'un devoir extrême. Il y a des assassins qui se considèrent comme le point terminal d'une chaîne d'actes d'office, exécuteurs de la dernière ligne d'un jugement. Je ne fus pas de ceux-là, je n'ai pas réglé des affaires, j'ai accompli des actes qui m'appartiennent entièrement. Tu demandes s'il y a une raison pour en être arrivé là. Il y en avait de nombreuses et on en inventera d'autres pour supplanter des mobiles éculés, mais elles ne valent pas la vie enlevée qui, elle, se soustrait à l'échange. Ça, je devais le savoir plus tard, avec la suite qui manquait à cette phrase. J'étais alors soldat volontaire d'une force que nous promettions provisoire. Je ne veux pas reconstituer les motifs d'une sentence de mort envers un ennemi. Je dégage cet acte de tout contexte capable de le justifier, je parle de ses conséquences sur moi.

« Je ne me suis pas abusé, je n'ai pas cru que le monde ne se remette jamais d'une action, qu'il reste marqué et change uniquement par ce qu'on fait. Le monde ne se laisse pas plus faire et défaire par ce genre de coups qu'il ne se laisse troubler par les prières. Moi, au contraire, j'ai cru établir une autre justice, faire partie d'un code qui voulait compter des exemples, non pas appliquer une loi. J'entendais effrayer nos ennemis, les mettre en fuite à défaut de les persuader de se ranger à nos côtés. Vaincre pour arrêter, pour une amnistie, non pour allonger les listes de proscription.

« Nous voulions montrer une autre force à travers des cas uniques, la déployer de façon circonscrite et compréhensible. Il n'en fut pas ainsi. Nous ignorions l'art de cette nouvelle justice que nous croyions pourtant posséder pour l'avoir construite avec nos forces. Il y eut des crimes insensés que nous tolérâmes. Nous avons perdu parce que nous fûmes incapables d'écarter de notre droit le penchant à l'arbitraire. Nous avons laissé le courage se mêler à l'arrogance, pas seulement dans les faits de sang. Je me souviens des cambriolages en masse des grands magasins, actes de complaisance déréglée. Nous avons perdu : le vaste contingent d'une génération se révéla en totale inadéquation à un but, possible malgré tout, car soutenu par de nombreux défenseurs.

« On ne manquait pas de solides intelligences, mais elles se gaspillaient dans des organismes ne cherchant qu'à se distinguer. Dans cette génération nul ne sut comment exhorter. Nous croyions contrôler les étapes de notre politique, nous présidions à ses destinées avec assurance. Dans la disproportion entre les tâches assignées et l'intelligence mise à les réaliser s'est perdu tout un corps expéditionnaire qui s'était avancé dans le désert de l'après pour l'occuper, pour être déjà sur le pied de guerre en temps voulu. C'est ainsi que je m'enrôlai dans la lutte secrète. Nous étions une infanterie légère, nous brûlions les ravitaillements et nous nous déchaînions comme des bandes des Apennins, chacune pour soi. Enfin le dernier détachement n'a pas supporté la lenteur de la défaite et s'en est remis à ses meilleurs officiers pour se faire trahir, pour offrir ses poignets à la première aube avec un soupir de soulagement.

« J'ai échappé à cela et j'ai repris mon métier d'ouvrier. Je n'ai rien renié, mais je ne recommencerais pas à tuer, à blesser ; les deuils, les défaites ont calmé mon esprit. Les personnes qui vieillissent en prison sortiront peut-être un jour, alors on pourra dire à voix basse que les rangs de notre compagnie ont été finalement dispersés. »

Tu m'invitas à faire quelques pas. Tu voulais parler en marchant, ne pas me retenir immobile à ton écoute. Je mis fin à mon mauvais garde-à-vous, je serrai les mains derrière mon dos. Nous prîmes le sentier des ruches qui l'été brassent l'air d'un chant de fond, sonore voix de basse d'usine qui recueille une goutte de miel par journée de fleurs. C'est le chant d'une volonté inexorable d'exécuter. Toute la nature exécute sans répit, poussée par un élan qui m'émeut et m'échappe.

Moi aussi j'essaie de l'imiter dans les tâches quotidiennes, espérant que toute cette agitation est inutile, gratuite, pure restitution d'une énergie prodiguée. Ainsi la nature dépense sans trêve ses ressources, peut-être est-ce une prière, dans les rites minutieux de la tâche exécutée, et en retire des joies qui me sont inconnues.

Le bruit de nos pas sur le gravier faisait du vacarme dans le silence de l'automne immobile. Les yeux fixés à terre, nous nous dirigeâmes vers la pente légère. Nous respirions à pleins poumons, nous étions dans la force de l'âge.

« Je ne me suis pas senti le premier au sein d'une troupe d'hommes préparés, mais le dernier parmi ceux que l'on peut extraire de la corbeille des numéros du loto, le dernier de ceux que je pouvais devenir moi-même : un assassin. J'étais entré depuis peu dans la vie secrète, je ne travaillais plus. Je faisais l'expérience de l'isolement de celui qui reste parmi les autres pour ne pas être vu. J'avais laissé les milliers de compagnons de route et de veilles nocturnes pour entrer dans une tranchée qui me suivait partout. C'était l'isolement, privation plus sévère que la solitude, vie souterraine qui imposait des pas de scaphandrier, chargés de lest pour marcher sur le fond.

« J'avais étudié les habitudes de l'homme à abattre. Il offrait à l'embuscade l'avantage de ses horaires réguliers. Mon plan au point, je me levai un matin avant l'aube. Je déjeunai, je nettoyai mon arme une fois encore et j'allai à la selle, acte nécessaire avant de plonger dans une action. »

Je m'arrêtai sur la pente, la bouche fermée et le souffle court. Je voyais les ronces des mûres sauvages desséchées et je les sentais sous ma peau : pourquoi mélangeais-tu mort, café et chasse d'eau ? Je n'étais pas indigné, je n'en ai jamais été capable, mais un élancement me retenait immobile. Tu t'arrêtas quelques pas plus loin.

« Je ne le haïssais pas. Je n'avais pas besoin de m'exciter pour frapper. Quand j'ai tué par la suite, j'ai senti s'effriter en moi le mobile, la sentence, ce droit exercé à titre d'exemple et tout l'équipement de soldat qui m'avait soutenu jusqu'alors. Je n'éprouvai aucun effroi, je n'éprouvai rien. Pour abattre un corps le geste d'un autre corps suffisait. C'était un acte facile, je l'exécutai comme un réflexe nerveux. Il n'y a pas de mobile qui tienne face à une mort, pour tuer seul le corps suffit.

— Tu sais que tu as tué pour rien ? » La question m'échappa

tout à coup, comme une impulsion partie de la plante des pieds, arrivée à mes lèvres. Elle fut si soudaine que je fis même un pas et m'avançai vers toi.

« Mourir pour rien », tu te remis en route, « et pour quoi d'autre alors ? A posteriori nous attribuons ou ôtons son sens à une mort. Mais mourir n'est porteur d'aucun message, mourir pour quelque chose ou pour rien, dit-on, mais ce n'est pas ça.

« Mourir ne régit rien, mourir se suffit en soi, sans préposition, sans prédicat. Quand une personne trouve la mort physique, à vingt ou à cent ans, c'est pour rien qu'elle meurt, car la vie n'admet pas le droit à l'échange. Personne ne peut ajouter ou enlever quelque chose à une mort, grandeur immuable qui revient à chacun. On meurt dans un lit ou devant un peloton d'exécution uniquement pour soi.

« Je ressens profondément le nom d'assassin, mais pas parce qu'au cours de ma vie il y eut des minutes qui m'ont défini tel. Je suis assassin parce que sous la vie, sous l'écorce d'un être humain, il y a un œil secret. Moi, j'ai été vu par cet œil et mis à nu. Je ne suis qu'un corps qui en a tué d'autres, pas un soldat de guerre mineure, pas d'ennemis. Est assassin celui qui franchit un seuil usé par le temps et en sort dépouillé. »

« Ce fut ainsi. Je pris l'autobus jusqu'au lieu du rendez-vous, là se trouvait l'ami qui allait me servir de chauffeur. Nous avions volé une voiture quelques jours plus tôt. J'attendis quelques minutes en me promenant près de la sortie d'un garage qui montait jusqu'à la rue par une rampe. J'entendis le bruit d'une voiture qui passait en première. Quand elle fut en haut de la montée, elle s'arrêta pour s'assurer que la route était libre. Je comptais sur cette habitude. Mon pistolet était prêt ; sortant à découvert d'un seul pas et d'un seul geste, je tirai aussitôt. Un coup, puis un autre, la voiture eut un soubresaut arrière, l'homme avait peut-être lâché la pédale d'embrayage. Je le suivis faisant deux pas dans la descente et pour finir tirai une troisième fois, en visant toujours le torse. La voiture m'attendait à quelques mètres de là, je la rejoignis et elle démarra brusquement. Il ne faisait pas encore tout à fait jour et tout était fini. J'avais tiré avec un puissant calibre, un seul coup aurait suffi, mais j'en avais tiré trois. Ce n'était pas un excès superflu. La rafale témoignait d'un jugement qui dépassait le condamné et s'adressait à tous ceux qui, dès lors, étaient tenus de se considérer comme des survivants. J'aurais voulu abandonner après le premier coup. Je souhaitai m'arrêter, le laisser tranquille, ne pas maltraiter sa mort. Mais le problème ne se posait pas entre nous, prolongements exposés de deux foules hostiles, nous devions tuer et mourir car l'aversion en était arrivée à ce degré. Je devais achever mon mandat et je continuai pour les autres ce qui avait déjà été consommé entre nous dès le premier coup. J'essaie de parler ainsi : entre nous deux. Il y a un moment où un homme et son assassin s'appartiennent, intimité que seul le sang crée. J'étais devenu partie de ce sang. Avant de m'enfuir, des éclairs d'autres gestes possibles me traversèrent l'esprit, dont celui de le prendre dans mes bras et de l'emporter. Mais ce n'est qu'une des variations enfiévrées de la suite prévue qui, à cet instant, surgirent en masse entre mes pensées et mes nerfs.

« Je ressentis du dégoût et perçus très fort le vacarme des deux tirs suivants. Je n'ai pu mettre qu'après un nom sur ces deux sensations. Sur le moment elles étaient l'interstice vide entre un tir et l'autre. »

Nous parvînmes à un chemin plat. Tu marchais avec légèreté, appuyant avec force et souplesse ta plante de pied, d'un pas qui retenait avec peine son rebond, comme si une morsure entravait son élan. C'était beau de te voir marcher.

J'étais en sueur, tu m'offris un mouchoir. Te souvenant d'une vieille phrase de nos études de philosophie tu récitas : « On ne se baigne pas deux fois dans la même eau », et tu ajoutas « pas plus que dans la même sueur ». De tous ces mots détachés d'un système de pensée, quelques-uns nous restaient en mémoire, ils tenaient tout seuls. En les entendant pour la première fois un adolescent pouvait en sourire, mais il ne pouvait s'en défendre. Cette phrase, pensée pour la première fois avec soulagement ou avec peine, comment savoir, venait d'une émotion contagieuse. Elle finirait dans notre magasin enchanté avec les journées de soleil passées au bord de la mer. Nous la retiendrions comme le reste, en vrac, mais un jour d'angoisse nous la retrouverions en guise de réconfort. Je m'essuyai le front en fermant les yeux : cette phrase lançait un appel au loin.

Je me mis à penser à ma mère, les cheveux cachés dans son foulard bleu. Bien qu'elle eût l'eau courante à la cuisine, elle en usait peu en souvenir des jours de pénurie. Certaines économies s'enracinent dans les gestes et, lorsqu'elles ne sont plus nécessaires, y laissent une mesure exacte comme une règle. Je lui tenais compagnie après le repas pendant qu'elle faisait la vaisselle, ouvrant et fermant le robinet d'innombrables fois, ne laissant jamais couler l'eau inutilement. Je m'écartais quand elle passait, et parfois, elle posait une main mouillée sur ma tête toujours ébouriffée. C'était une femme réservée par pudeur, jamais par contenance. Les mouvements de l'âme s'arrêtaient dans sa gorge. Là, je pouvais la voir rougir. Là, les contrariétés se changeaient en toux réprimée. Elle souffrait d'une peine exacerbée par le temps : avoir mis au monde un fils unique et si calme. Elle critiquait affectueusement mon corps osseux, elle disait qu'elle ne pouvait me toucher sans rencontrer d'aspérités. Si je me cognais contre un obstacle, il se produisait un choc de matériaux et des bleus se formaient, lents à se résorber. Ces incidents la faisaient rire, le rire inopiné s'engouffrait dans sa gorge et finissait en quinte de toux.

Je t'interrompis en parlant d'elle, au moment où le sentier bordé de deux rangées de ronces se rétrécissait. De loin, un bouquet de chênes en marquait la fin. C'était une journée éclatante, nous ne nous en rendions plus compte.

Dans le silence qui suivit tu pensas à ton père et, pour me distraire d'une mélancolie tu me parlas de lui. « *Aceto, arcobaleno*[1] : c'est par ces mots que commençait l'ordre alphabétique de son petit dictionnaire d'anglais et de français qu'il tentait de nous enseigner, à ma sœur et à moi. Il rentrait pour le dîner et trouvait un peu de temps pour nous qui étions en âge d'apprendre de lui. Il s'asseyait dans un vieux fauteuil vert et nous deux, chacun sur un bras, nous écoutions et répétions ces premiers noms capitaux.

1. Titre original du livre : *Vinaigre, arc-en-ciel* (traduit littéralement ici).

Il nous les expliquait : *aceto* se dit vin aigre, *arcobaleno*, lui, se dit en anglais arc de pluie, arc-en-ciel en français. Ces mots nous semblaient plus beaux que les nôtres.

« *Aceto, arcobaleno* : aucun autre mot n'a été sauvé, j'ai retenu ceux-ci parce qu'ils étaient le début et seuls les débuts ont laissé une trace en moi. C'est la raison pour laquelle je n'ai cessé d'abandonner emplois et villes, exécutant chaque fois les préambules comme un devoir. C'est en ça que je me sens partie intégrante de mon temps. Notre siècle a beaucoup entrepris par hâte de commencer, sans réussir à contrôler la suite. Pour nous autres enfants, assis sur les bras de son fauteuil, les débuts arrivaient le soir.

« La pièce, tapissée de livres jusqu'au plafond, avait un son feutré. Après les mots étrangers, on passait aux illustrations des tableaux. Il prenait des feuilles dans une pile de reproductions et nous devions en reconnaître ou bien en deviner les auteurs. Nous criions en rafales ces noms vénérables et extraordinaires : Ghirlandaio, Pinturicchio, Delle Notti. Nous apprenions titres et sujets.

« Un jour, alors que j'étais encore au lycée, il m'emmena à Paris ; nous avions eu la chance de gagner des billets. Nous nous rendîmes aussitôt au musée pour voir nos tableaux. Je ne peux dire mon enthousiasme en retrouvant, grandes et imposantes dans leurs cadres, les figures de mon enfance. Il m'arrivait de crier les noms des peintres, je n'aurais jamais cru que le seul fait de reconnaître pût être si émouvant. Le fond de la salle sur la Renaissance italienne était entièrement occupé par *Les Noces de Cana* de Véronèse. La pièce, aussi large qu'une petite place, était pleine de visiteurs. Il la traversa d'un pas rapide sans se soucier de la foule, comme s'il était là pour me montrer sa collection privée. L'art, pour celui qui l'aime, donne ces vertiges-là. Durant la brève traversée de la salle-place il me dit très vite : "Voici la Renaissance, un bel ensemble d'ateliers d'artisans, rivalisant pour un public restreint de grands connaisseurs. Derrière chacune de ces œuvres il y a un contrat avec un commanditaire exigeant, vigilant, qui serrait les cordons de la bourse, contestait les échéances. La pression, la lettre de change ne nuisent pas à l'artiste, elles l'exercent à une discipline, bonne règle de modestie. L'artiste doit être persécuté par les nécessités."

« Nous arrivâmes à l'énorme représentation des *Noces de Cana.* Il me dit que si j'étais attentif je n'entendrais plus le bourdonnement de la place derrière nous car, dans le tableau, le silence était en train de se faire. C'était le moment fixé par le peintre : le vacarme des invités et de la fête s'atténuait, une éclipse de son se préparait, me dit-il. “Le passage secret de l'eau lustrale en vin se réalise, dans les vases rougit un nouveau liquide. L'homme au centre accomplit sa première manipulation, il déploie pour la première fois l'énergie bouleversante qui préside aux miracles. Il le fait pour mener la fête à son terme. Son regard est déjà absorbé par un autre dîner au cours duquel il prononcera un adieu. C'est un homme à ses dernières Pâques. Pour ce moment de concentration de l'énergie, le peintre fait sentir le silence qui se fige comme le sang répandu dans le monde.”

« Il me parlait avec précipitation, léger, m'expliquait en passant des choses pour lui évidentes. C'étaient au contraire des inventions nées d'une impression du moment, des échappées sur un thème qu'il entrevoyait. Je jouais le jeu en me taisant. Je lui fais crédit aujourd'hui encore de son improvisation, il ne préméditait jamais une idée. Il était excité et imaginatif comme un enfant à sa première visite au zoo. »

Le silence qui se fige : les paroles de ton père évoquaient une chose qui m'était connue. Le silence n'est pas un état de quiétude, mais une tension, celle d'un tourbillon dans lequel vrillent les sons attirés vers le fond. C'est ce qui se passait très souvent le soir, dans la maison et en moi. Je restais le regard dans le vide sur la chaise à bascule après avoir fait la vaisselle du dîner et alors ça se produisait. Ils venaient, c'était toute une foule, des visages vaguement familiers, auxquels remontaient les traits de mes parents. C'étaient mes prédécesseurs, mes ancêtres : ils croisaient leurs doigts, arrangeaient leurs cheveux, marchaient d'un pas lent, avaient des mouvements que je reconnaissais pour les avoir copiés. Ils venaient quand l'absence se faisait en moi, comme si je m'étais retiré dans un coin de mon espace pour leur laisser le champ libre. En chacun d'eux, homme ou femme, je surprenais un détail qui me ressemblait. Je me rendais bien rarement compte que mes parents étaient là aussi, perdus dans la foule. Ils s'arrêtaient dans l'espace que j'avais laissé en me retirant, et la maison devenait tour à tour place, cour, plage, un lieu qu'ils évoquaient. Ils ne formaient pas une procession qui descendait vers moi suivant l'ordre des générations, ils étaient au contraire des contemporains. Les morts se rejoignent dans un temps général et chacun porte en soi ce toujours. Je me retirais encore plus loin et un silence tombait sur la foule de ma famille.

Lorsque je revenais à moi, les sons refaisaient surface. Ton père avait vu un silence se figer dans un tableau et moi, grâce à sa sensibilité imaginative, je me sentais uni à une plus vaste expérience des sensations, où l'événement le plus intime, au lieu d'isoler, rapproche. Des hommes tels que ton père ont eu le don de stimuler grâce à leur intelligence.

« Enfin nous arrivâmes devant le *Baldassarre Castiglione* de Raphaël. “Observe-le, me disait-il, tourne un peu la tête et plonge tes yeux dans le vide sans faire de mise au point. Ce regard ne correspond plus à l'acte automatique de la vue, ce regard est tout un faisceau de particules qui nous traverse et dépasse le diaphragme subtil que nos corps opposent à son champ. C'est le regard de celui qui se détache d'un livre qui s'est déversé dans son âme. Tant qu'il en est imprégné, le monde entier tout autour lui semble la coulisse floue d'un petit théâtre.”

« Tous ces mots, mon père m'en faisait cadeau. Pour lui j'étais l'occasion de pouvoir enfin les dire, les imprimant sur moi plutôt que sur un cahier. »

Il en savait des choses, te dis-je.

« Allons donc, il ne savait rien, il faisait marcher son imagination en inventant ce qu'il voyait. Il anticipait ainsi la cécité qui allait le frapper, il construisait à temps dans sa tête un monde qu'il pourrait feuilleter dans le noir.

« “Tu veux savoir à qui sont ces yeux ? me demanda-t-il encore à propos de *Baldassarre Castiglione.* Ce sont les yeux du grand orang-outan malais que j'ai vu au zoo de Bâle quand j'étais jeune. Ceux-là aussi allaient bien au-delà de l'humanité qui défilait devant eux, plongés dans un autre lieu, absorbés dans un autre temps.

Lumière de bête perdue, regard de grand-père malade qui erre au cours de sa nuit d'insomnie à travers la maison sans se plaindre."

« Tel était-il, maître de pas inventés. Je l'admirais, tout en prenant du recul. On ne pouvait être comme lui, même un fils ne pouvait se tromper là-dessus : ou bien on était exactement lui-même, identique personne calquée, ou bien il fallait puiser dans toutes ses ressources pour se distinguer de lui. Il ne s'exprimait ainsi qu'avec moi. Le jeu de sa tête fertile irritait notre milieu provincial. Une de ses considérations érudites ou à peine moins ordinaires était prise pour cible et pulvérisée par une cascade de répliques jouant sur les assonances les plus vulgaires. Pauvre ville du Sud engourdie par ses terreurs face à une plèbe capable de donner libre cours à une férocité respectable. Sa classe sociale se méfiait par-dessus tout de l'intelligence, instinctivement, l'associant aux émeutes. Il fallait être assez bien élevé pour la dissimuler, ou bien aller l'exercer ailleurs. Mon père, de tempérament doux, respectait l'animosité de son milieu, mais pour moi il désirait une ville moins violée par l'histoire, moins flattée par la géographie.

« Son image sociale, compromise parce qu'on l'estimait trop intellectuel, était réhabilitée par un talent très prisé : émettre des bruits obscènes, les mains sur les lèvres, avec une force de ténor. On lui demandait souvent de faire la démonstration de cette habileté. Un jour dans la rue, je le vis sans être vu, prêtant main-forte à un de ses amis qui de loin avait aperçu une de ses connaissances. Il l'appela à haute voix par son titre professionnel, nom et prénom. Dès que l'homme, interpellé de façon si péremptoire, se fut retourné, mon père fit retentir la plus fracassante détonation, au point de couvrir tous les autres bruits de la rue. Il savait même la moduler, la cabrant dans l'aigu. Tout le monde se retourna, on rit, quelqu'un applaudit l'exécution, tandis que les deux compères s'empressaient de rejoindre l'autre pour lui offrir un café en dédommagement.

« Je filai sans me montrer, pour ne pas le mettre dans l'embarras. J'étais l'auditeur des découvertes, des inventions, des seuls mots au monde qui pour lui valaient la peine d'être dits. J'étais son arrière-ligne. Avec sa voix secrète j'accumulais une rancune envers le monde qui nous entourait et qui acceptait l'exhalation de son souffle si de sa main il comprimait ses lèvres. Ce monde le déshonorait, mais lui ne s'en plaignait pas. Il s'était laissé appliquer un masque et peut-être ne souffrait-il plus de la dissimulation qui moi me torturait. Papa, me dis-je quelquefois, tu devais m'apprendre à être un homme bon, m'exercer à la patience comme toi. Mais tu parlais de tableaux et de livres et tu prolongeais ton repas en trempant les fèves dans l'huile. Je restais pour te tenir compagnie. Toi, en signe de gratitude, tu passais parfois le dos de ma main sur ta joue, une caresse que je n'aurais pas faite. Tu m'apprenais acide et arc-en-ciel, me les signalant sans les juger, à moi de choisir entre eux. Ainsi fait le hérisson montrant à ses petits tous les aliments, même les non comestibles, laissant à chacun le soin de décider de son propre repas. Je ne comprenais pas comment, après chaque offense subie, jaillissait, indomptable, ta gaieté ; je prenais pour de la docilité l'acharnement à ne pas se laisser humilier. Qu'est-ce qui me tourmentait : que tu fusses un homme bon ? Nous n'avons jamais parlé de ça.

« À l'occasion d'un de mes retours à la maison, peut-être pour Noël, nous nous disputâmes, à cause de mon arrogance, à propos des violences qui se produisaient dans les villes. Je les défendais, alors que lui se dérobait l'air accablé. Au beau milieu de notre débat, il baissa la voix pour ramener le calme et me dit : “Tu es d'une génération qui veut répondre à tout. Alors on vous le demandera et vous devrez répondre de tout.”

« La dernière fois que je le vis ce fut au cours d'une de mes visites. J'étais déjà un assassin et lui avait perdu la vue, il ne me voyait plus. Il entra dans la pièce où j'étais en train de lire, il changea de souliers et sortit sans s'apercevoir de ma présence. Il se déplaçait dans la maison de mémoire. Je restai immobile pour lui éviter la surprise et les excuses qu'il m'aurait faites. Les aveugles vivent dans un état de pénitence impénétrable. Je sentais que la seule aide que je pouvais lui apporter était de disparaître. Je dilapidais son héritage en peine et en silence. En tuant, j'étais arrivé loin de lui. Mon père qui ne pouvait plus me voir, telle était ma part : ce n'est pas lui qui avait été enfermé dans le noir, mais le monde et moi. »

Nous nous étions arrêtés à une tache d'ombre. Nous regardâmes le ciel où des nuages bas, très blancs, arrivaient par l'ouest. Dans peu de temps l'automne serait dans la vallée. Nous décidâmes de rentrer pour éviter un orage probable. J'avais laissé les volailles picorer en dehors de leur enclos et je craignais pour elles.

Nous descendîmes d'un pas rapide. Tu étais silencieux, impatient d'arriver. La pluie nous cueillit à quelques minutes de la maison. Ce fut une averse violente qui embourba aussitôt le sentier. Nous entrâmes dans la maison les vêtements trempés, j'attisai le feu et ressortis pour rassembler les bêtes dans l'enclos. Quand je revins, tu avais étendu tes vêtements sur les chaises devant le feu. Je préparai à manger, tu fis honneur à tout, même au vin corsé que je gardais en réserve. Nous restâmes assis à table dans la pénombre d'un soir précoce. L'unique lumière venait de la cheminée devant laquelle fumait le linge mouillé. Nous regardions le feu.

« L'autre que j'ai tué a un rapport avec le premier. C'était cet homme qui m'avait servi de chauffeur dans cette action. Je l'ai tué et il était mon ami, il m'avait sauvé un jour. Je veux te raconter ça aussi.

« Nous étions entrés à quatre dans un appartement fréquenté par un groupe d'ennemis. Nous enfonçâmes la porte sans savoir combien nous allions en trouver. Ils étaient peu nombreux, à peine plus que nous. Sous la menace de nos armes nous les fîmes entrer dans une pièce. Dans les autres, après avoir ouvert les fenêtres, nous mîmes le feu avec de l'essence. Avant l'incendie, je vis dans un reflet huileux sur le sol toutes les couleurs de l'iris, un arc-en-ciel de raffinerie. Les moments de tension laissent à l'esprit des détails futiles et indélébiles. Aussitôt après nous nous retirâmes et je restai le dernier pour couvrir notre fuite. Il y avait de la fumée dans le couloir, j'étais à l'entrée prêt à m'en aller quand j'entendis un coup sec contre le montant de la porte, le fracas d'un tir, puis d'un autre. Je commençai à tirer moi aussi pour m'ouvrir un chemin vers le couloir et je m'élançai vers la fumée. J'étais saisi de fureur, une colère aveugle risquait de compromettre avec des blessés une action qui venait de réussir. Celle-ci se voulait la démonstration d'une force contrôlée, capable de servir d'exemple.

« Je me trouvai déséquilibré, retenu dans mon élan : c'était lui, il était revenu sur ses pas et m'avait attrapé pour m'entraîner plus loin. Je me débattis sous sa prise, il me criait d'arrêter. Au milieu de cette confusion de flammes et de tirs nous échangions des coups violents et des ordres jusqu'à ce que, subitement, ma rage tombe sous le coup d'une étrange sensation : la situation était devenue comique. Ne sois pas étonné, la colère et le sens du ridicule ont des frontières bien floues en moi. Je suis toujours un homme du Sud dont la principale pudeur est le risque du ridicule. Au cours des actions, je n'avais pas peur de rester sur le terrain, d'être arrêté, mais j'avais des sueurs froides à la seule pensée d'une flaque, d'une feuille sur laquelle je pouvais glisser, d'un pot de fleurs qui pouvait tomber d'un balcon, en somme de n'importe quel accident susceptible de changer la situation en farce. »

Tu t'arrêtas. La pièce n'était que silence et vapeur. Il commençait à faire sombre, dehors la brume tombait rapidement. Tous les bruits étaient amortis. Tu t'approchas de la fenêtre.

« À présent que ce temps-là est passé je veux croire que le ridicule est aux aguets dans toute violence. Un rire convulsif se tient prêt à lacérer les nerfs d'un assassin. Si sa peine n'était pas autre chose que ça, une condamnation au dérisoire, cible d'un rire torrentiel, en rafales, en saccades, un homme ne consentirait pas à tuer. »

Après ces mots, le silence fut de courte durée. Au loin, dans le poulailler, éclata le crépitement d'appel des pintades qui se donnent le mot toutes ensemble vers la fin du jour. Leur bruit sec de mitraille, atténué par la brume, arriva comme un long rire mécanique, vulgaire, frénétique. C'est ainsi que toi et moi le ressentîmes. Tu sursautas, je te dis que le bruit venait de l'enclos. La cuisine dans l'obscurité exhalait ses vapeurs, dans la cheminée la flamme se ranimait. Tu te tournas vers moi, ton visage était éclairé par les vacillations de lumière du feu. Les rides affleuraient au coin de tes yeux, tes mâchoires serrées dessinaient des ombres et des creux sur tes joues. Tu regardais dans la pièce avec l'air de chercher quelqu'un dans une foule.

Lorsque le tapage de l'enclos cessa, tu avais les yeux pleins de larmes. Le vent résonna dans la cheminée et je te dis : « La brume se lève maintenant. » Alors, tu essuyas tes yeux avec deux doigts, le pouce et l'index, du même geste que pour se moucher, un geste rapide qui me parut avoir été exécuté tant de fois. Tu revins t'asseoir.

« Ce jour-là il me sauva. Peu après il quitta la vie clandestine. Personne ne l'avait fait avant lui. Les autres me demandèrent de le tuer, moi je me portai garant de lui : il ne trahirait pas. Je donnai ma parole et ils l'acceptèrent. Il commença à se droguer, il se trouva dans le besoin. Un matin je fus convoqué dans le bar d'une gare et la demande me fut renouvelée de façon plus pressante : les autres se sentaient en danger, mon ami savait beaucoup de choses. J'avais répondu de lui, cette tâche m'incombait.

« Je repense à ce matin-là : j'étais assis devant un autre homme, nous avions le même imperméable, nous laissions refroidir deux cafés crème. Une égale tension avait gravé dans nos traits cernes et rides identiques. Nous avions formé nos voix et nos bouches aux mêmes cris et à la lecture des mêmes livres. Nos gestes aussi se ressemblaient. Un masque sommaire s'était appliqué sur nos visages, la tranchée invisible qui nous suivait partout nous avait couverts de son uniforme. Nous étions en train de décider de tuer celui qui l'avait enlevé. J'éprouvai du dégoût à me reconnaître dans ce miroir humain en face de moi, oui, du dégoût, ultime avis des sens qui force la compréhension. Pour moi cette guerre finissait là. J'exécuterais ma tâche et puis je disparaîtrais. Ni lui ni les autres ne me retrouveraient plus.

« On part peu nombreux, on se retrouve en foule, puis les hommes se brisent et on se sent dépositaires de leur vie parce que la nôtre a été placée entre leurs mains. Je ne pouvais laisser mon ami drogué à la dérive. Je revoyais les moments vécus ensemble : angoisse, signes pour se comprendre au vol, intuition, chance, bouffées de soulagement. Cette vie aussi était à ma charge et je l'ai tuée. »

Pourquoi cette mémoire, cette mémoire de tout ? J'étais engourdi, je ne parvenais à entendre que peu de mots et alors, comment puis-je me souvenir ? Je lisais tandis que tu parlais. Je lisais les miettes de pain sur la nappe, les taches de vin, les gouttes dans les verres, tes mains croisées. Étaient-ce par hasard les mêmes mots que tu prononçais, était-ce la sténographie simultanée qui passait dans les fragments des choses environnantes ? Impossible de le savoir, à présent j'ai les mots, j'ai la fatigue qui leur lâche la bride. Ce fut la maison qui reçut ta voix, l'absorbant dans son silence poreux. C'est elle qui aujourd'hui la restitue.

« Je le rencontrai. Nous ne nous étions pas vus depuis des mois et il avait changé. Le visage amaigri, pas un nerf tendu vers l'ébauche d'un sourire. Sa voix était plus dure, plus forte parce qu'il entendait moins bien. Il touchait souvent son bras au niveau de son coude. Je lui proposai de passer quelques jours ensemble. Nous étions en novembre, nous pouvions aller au bord de la mer dans une de ces petites villes qui se vident hors saison. Nous serions tranquilles, je voulais lui parler de l'avenir, pour moi aussi la guerre se terminait, j'allais tout laisser tomber. Je lui disais tout ça et j'y croyais. Oui, je savais que ces mots cachaient un piège, mais il était encore loin, et avant, nous aurions une nouvelle rencontre. L'idée lui plut, j'essayai alors de nous mettre d'accord sur un rendez-vous. Je vis sur son visage la nausée que lui donnait ma façon de conclure, d'établir les détails d'un plan. La nausée de me sentir toujours identique : il ne cachait rien, on pouvait tout lire sur son visage et son visage n'avait plus ni défense ni expression. L'idée me vint que cette nausée pût être la forme d'une conscience. Je voulus malgré tout arriver à un accord. Il accepta en demandant quelques jours.

« Dès le moment où nous nous trouvâmes au rendez-vous fixé pour notre voyage, je devins son gardien. C'était le soir, il avait peu de bagages avec lui. Nous arrivâmes à une petite villa en bord de mer, logement qu'on m'avait prêté. Nous fîmes nos lits, nous allumâmes le chauffage pour chasser l'humidité. Il y avait une sorte de gaieté dans ces préparatifs. Il ne posait pas de questions, il regardait autour de lui discrètement, tel qu'il était au cours des actions que nous avions menées ensemble. Il avait une veine bleue plus accentuée au coin de la bouche, mise en affleurement par sa maigreur.

« Nous dormîmes la mer sous notre fenêtre, sonore berceau des nuits d'été de mon enfance. Le sel se colla à nos cheveux, à nos vêtements. Le mistral agitait fortement la mer, on ne pouvait pas sortir en bateau. Novembre avec les vagues au balcon : où irais-je, quelle fuite de la guerre serait la mienne ? D'abord en France, puis, si j'étais poursuivi, hors d'Europe ? J'en parlais un peu avec lui, un peu avec moi-même. “Je voudrais revenir une dernière fois à Ischia avant de m'en aller, lui dis-je.

— Pourquoi veux-tu arrêter ? me demanda-t-il en m'interrompant.

— Tu connais Ischia ?

— Non, pourquoi veux-tu arrêter ?

— Parce que nous avons perdu, telle est la réponse d'un soldat qui jette son uniforme. Pour ça je mérite le poteau, j'essaierai d'y échapper. J'arrête parce que j'ai raté l'occasion d'être meilleur, meilleur qu'avant, que lorsque j'ai commencé. Je suis pire et j'ai ressenti l'écœurement de ressembler à tous les autres, d'avoir le même visage, les mêmes gestes qu'eux. Ma colère s'est décantée en répugnance, c'est ce qui arrive aux vaincus. Toi, pourquoi as-tu arrêté ?

— Moi, j'ai cessé de vivre. Je vais à la dérive, un degré après l'autre, un trou à la fois. Je n'ai même aucun plaisir quand je la fais glisser dans mon corps, ce que j'aime c'est seulement vouloir le faire.

— Comment te la procures-tu ?

— Ça me regarde.

— Trafic ?

— Oui.”

« Nous échangions des phrases, assis côte à côte, regardant l'écume d'un rouleau de vagues déferler sur le rivage. Après le repas je dormis à nouveau. À mon réveil je ne le cherchai pas, je restai au lit regardant la mer qui se calmait. Il était parti, me laissant un billet avec des phrases comme “Plus rien n'a de prise sur moi ; laisse-moi finir”. Je me rendis à l'arrêt du car, puis à la gare. Il était devant la voie d'un train en retard. Il me vit du bout du quai, vint à ma rencontre, ne dit pas un mot. En voiture, il déchira son billet de train en petits morceaux et les jeta par la fenêtre.

« À la maison, sur la terrasse, un coucher de soleil rouge pointait au milieu des nuages et du vent. En le regardant, il dit que la lumière convergeait par bandes de tous les coins du ciel vers le soleil. Il dit qu'en ce moment même le soleil n'envoyait pas ses rayons mais les rappelait à lui. C'était un courant qui passait à travers le ciel et descendait vers le trou du coucher de soleil.

« Après dîner, il descendit au jardin. Les étoiles les plus distantes étaient visibles, petites lumières émergées des plus lointains amas. "Il manque une femme ce soir, me dit-il en rentrant, une femme qui pose la main sur notre bras, arrivant derrière nous alors que nous pensons être seuls." Je ne voulus pas relever cette confidence, je n'ai jamais aimé parler des femmes. Il serra son coude avec sa main. Je pensai qu'il appuyait ses doigts sur la trace du lien hémostatique, je pensai qu'une de ses veines était en train de gonfler. »

Il n'y avait ni peine ni soulagement dans ta voix lente. Tu étais venu raconter le mal, accomplir un acte de prise en charge, non de libération. Tu le disais, et cela te permettait d'en alléger le poids. Tu le disais à l'ami impotent qui voyait des mots écrits tout autour et n'entendait pas les tiens. Ce soir, moi aussi, je participe à un courant semblable à celui que ton ami découvrait dans le coucher de soleil. Je me sens appelé vers un point qui descend.

Tu poursuivais ton récit. Dans tes gestes de gardien d'autrui, je voyais la dissimulation, mais chaque homme sait, chaque bête sait. À la campagne j'ai vu tuer des animaux. La plupart, au moment de porter leur coup, déploient une force démesurée par excès. Ils ont peur de ne pas y arriver, ils exagèrent même s'ils sont habiles. Une vieille fermière avait par contre la juste mesure, presque légère, dans le tour de main qui brise la nuque du lapin. C'était un coup donné distraitement, les yeux absents du geste précis des mains. Elle exécutait le mouvement non seulement avec le minimum d'effort, non seulement avec ce que tu appelais du style, mais avec grandeur. C'était de la pitié, force lointaine, mais sûrement pas de la compassion. Pitié, sueur, pudeur de celle qui met au monde et supprime bêtes et enfants. Elle immolait ses lapins, le visage impassible sous une cascade de rides. Toi tu parlais et cet homme écoutait, sa main serrant son bras que plus aucune femme ne prendrait par surprise dans un jardin. La pitié que j'ai vue chez cette femme ne cachait pas son geste, ne l'atténuait pas. Tu ne la possédais pas.

Je versai du vinaigre sur la salade et quelques gouttes tombèrent sur mes doigts. Je le respirai en fermant les yeux.

« Je l'ai vu tomber sans même un geste de défense, comme prêt pour une invitation. Ce matin-là, je me réveillai en sursaut. Il était debout devant la fenêtre. Une grande lumière inondait la pièce et son corps s'était placé entre la fenêtre et mon lit. Ce fut son ombre qui me réveilla. Je mis une main sur mon front pour me protéger de la réverbération et je dis : “Me voici.

— Mais je ne t'ai pas appelé”, me répondit-il.

« C'était une journée idéale pour faire du bateau. Nous mîmes le cap au large. Une légère brume, un air calme et dense nous séparait du monde. Après une demi-heure à bonne allure nous nous arrêtâmes, éteignant le moteur.

« Nous eûmes les gestes utiles : hameçons, plomb, appâts, lignes jetées, lui à l'arrière, moi à l'avant. Des vagues molles sans force léchaient doucement les bords de la barque. Pendant un long moment rien ne se passa. Nous n'étions pas ancrés et pourtant nous ne bougions pas, nous étions dans un endroit sans dérive. Je sentis le fil se tendre fortement vers le fond de la mer, je dégageai rapidement ma ligne. De l'obscurité montaient deux reflets blancs, deux d'un seul coup, et je les tirai à bord. Deux poissons aux écailles brillantes scintillaient en sautant sur le plancher de la barque. Je le regardai : il fixait ma prise comme on peut examiner deux intrus. Il ne dit rien. J'ôtai l'hameçon de leurs bouches blessées et les jetai à la mer. Ils se précipitèrent vers le fond, mais la vessie de l'un se gonfla et il remonta à la surface le ventre à l'air, haletant dans le vide. Il était midi. Nous retirâmes nos lignes et mangeâmes un morceau. Nous bûmes du vin rouge presque chaud, pour lui il y avait aussi du café que j'avais drogué avec un somnifère, l'unique chose que je m'étais procurée pour troubler sa vue au moment où je me lèverais et traverserais la barque.

« Je regardai la mer filer au-dessous de nous. La côte s'estompait dans la brume du plein jour. Les bruits étaient tous affaiblis, une détonation serait comme l'éclatement d'un petit ballon. Il me demanda si j'avais quelque chose pour l'estomac, il avait mal au cœur, il bâilla. Il dit que ce n'était pas le mal de mer, qu'il n'y était pas sujet, il bâilla à nouveau, puis eut un hoquet. Il s'allongea sur le côté et ferma les yeux, un dégoût pénible contracta son visage dans une grimace. La bouche ouverte, il cherchait l'air. Je traversai la barque, j'appuyai un coussin sur sa tête et puis, très vite, le canon du pistolet. Alors, d'une main, il prit un bord du coussin et le serra contre lui, comme s'il remontait une couverture. Le coup fut pareil au bruit d'une bouteille qu'on débouche, pas plus, l'air lourd l'absorba. Un peu de sang s'écoula, son souffle devint rauque, fort, sa tête se recroquevilla dans son cou, ses épaules se soulevèrent pour la recevoir et la mettre à l'abri de nouveaux coups. Je ne tirerais plus, entre moi et lui il n'y aurait que celui-ci. Je me hâtai d'attacher une ancre à sa ceinture pour qu'il ne remontât pas à la surface. Je transpirais et mon ami mourait au fil de l'eau. J'attendis sa mort. Je restai immobile près de lui, ayant fini de fixer le lest et vidé ses poches afin de ne laisser sur lui aucune pièce d'identité. Enfin, un frémissement parcourut la barque, si fort que les tolets des rames tintèrent comme des sonnailles. Je repensai soudain à la sonnette de l'école qui annonçait la fin de l'heure. Je le jetai par-dessus bord. Il flotta tandis que ses vêtements s'imprégnaient d'eau, puis je laissai tomber dans la mer l'ancre attachée à sa taille par une chaîne. Il coula la tête en bas, les bras ouverts, dans la position qui offrait le plus de résistance à sa chute. Il ne s'était jamais défendu.

« Durant le trajet de retour je jetai tout en mer, chaussures, coussin, argent, portefeuille, sans négliger la moindre précaution. Le jour était resté immobile.

« Je revins en ville, je pris mon léger bagage et partis pour la France. Pour moi cette guerre était finie. Je laissai les armes là où pourraient les trouver ceux qui voulaient continuer.

« Je m'en allai sans dissiper leur doute sur notre fuite commune. Cela s'est peut-être passé ainsi, j'ai pris cette vie avec moi, je la porte sur mon dos, moitié perroquet, moitié ange gardien. »

J'avais caché mon visage dans mes mains, je respirais du vinaigre. Le silence de la maison était total, tes paroles s'imprimaient en elle, non sur moi. Je désespérais de moi-même, incapable de retenir des voix, de secourir les amis. De tout ton récit je ressassais le geste de l'ami qui avait serré dans sa main un bout de la mort et l'avait appuyé plus fort sur sa tête.

Tu avais fini, tu te levas de table, te mis à laver les assiettes, à retirer le linge sec étendu devant la cheminée.

Tu ouvris la fenêtre. L'air propre, rincé par la pluie, entra. Nous le respirâmes, le retenant pour remplir nos poumons ; c'était un remède contre l'essoufflement de ces dernières heures. Les gouttes tombaient des volets à claire-voie sur la terre trempée, battant la mesure de leur crépitement. Nous l'écoutâmes un moment. Ce soir-là nous ne parlâmes plus. Nous nous serrâmes la main pour nous souhaiter bonne nuit.

Je restai éveillé à l'écoute de ton sommeil. De ma chambre je pouvais percevoir les moments où tu respirais plus profondément. Pendant ce temps, dehors, le vent soufflait dans les peupliers par brusques rafales qui gonflaient leurs feuilles dans un bruissement. Ainsi pensai-je que vous étiez deux moitiés d'une même respiration, la tienne et celle de la maison : toi qui aspirais l'air si fort dans ta poitrine et le vent qui le soufflait dans les arbres. C'est moi qui les ai plantés autour de la maison, j'ai creusé profondément, j'ai fait de nombreuses ouvertures dans la terre, enseveli des racines. Les peupliers ont poussé tout autour pour couper le vent, pour le remplir. Tu respirais indemne, les morts ne venaient pas te poursuivre dans ton sommeil. Je n'arrivais pas à dormir, je sortis. Je tournai autour du poulailler, entre les cages solides des lapins. Les canards marmonnèrent à voix basse près de la petite mare que j'avais creusée pour eux. Tout était à sa place, bien en ordre. Le mal dont j'avais été le témoin ne laissait pas de trace, ne faisait aucun mal au monde, était normal. Là s'arrêta cette pensée née de mes pas nocturnes et de la paix du champ. La suite m'échappait à ce moment-là. Le chien agitait sa queue contre le bois de sa niche en m'entendant approcher. La terre avait absorbé la pluie, quelques flaques gardaient encore la trace de l'orage. Je frissonnai dans le froid déjà mordant, Noël dans l'air, beaucoup de bois à ranger.

Je regardai dans le ciel les étoiles que je connaissais : le lynx, le petit chien, le taureau, le cygne, le dragon, tout le zoo fantastique. Là où les astronomes virent des formes d'animaux en reliant les points, moi je lisais les lettres de l'alphabet hébreu. Le chariot de l'Ourse était le *vav*. Orion était l'*aleph* et Cassiopée le *nun* et toutes les trois ensemble formaient la racine du verbe annuler. J'aimais les alphabets, matière première de l'infinie rédaction de mots qu'ils engendraient. Le ciel tournait comme une page, d'autres lettres montaient à la place de celles que je venais de lire. J'ai eu ainsi quelques nuits heureuses, quelques torticolis. Je revins à la maison pensant au lendemain, faisant des projets.

Ta chambre donne à l'est, le soleil te réveilla de bonne heure. Tu te souvins qu'il y avait un mimosa devant la fenêtre. « Il s'est effondré au printemps, te dis-je, un jour de vent violent. » Sa ramure était déjà pleine de nids, il projetait à terre l'ombre d'un nuage. Il gardait la chambre où mon père est mort et qui fut ensuite celle des amis. « Maintenant il y a beaucoup plus de lumière », dis-tu. Mais moi, tout en sciant la chevelure abattue, j'avais pensé : maintenant il n'y a plus d'abri.

Je venais de distribuer leur nourriture aux animaux et de ramasser les œufs. Tu gobas deux jaunes dans une aspiration rapide, en souriant. Tu devais repartir dans l'après-midi, nous sortîmes donc pour finir le travail que nous avions laissé. Les heures brillantes du matin avaient effacé celles du jour précédent. Seul le travail en souffrance me rappelait un récit, un orage. Nous reprîmes notre ouvrage interrompu, je te regardais faire. Ton front, que deux rides parallèles sillonnaient en largeur, était lisse comme une feuille et formait une portée vide. Peu à peu le travail t'absorba, tes sourcils se rapprochèrent du centre de ton front vers l'attache du nez, dessinant un *u* traversé au milieu par une entaille verticale. Je reconnaissais le *psi*, la vingt-troisième lettre de l'alphabet grec, la plus pauvre du vocabulaire. Lorsque, à table, j'observai à nouveau les traits de ton visage, ton front s'était détendu et la lettre désagrégée.

Tu toussas portant ton poing à ta bouche, puis tu regardas ta main. C'était le geste automatique de qui était passé par les fièvres pulmonaires.

« Elles commencèrent en France sur le chantier où nous démolissions les gradins d'un vieux stade. Nous travaillions à la masse et au marteau pneumatique. La journée passait sous ces coups que seul le déblaiement des gravats venait interrompre. Pendant la pause, je mangeais du pain et des raisins secs en m'allongeant pour regarder les nuages de France. Ils venaient de l'Atlantique, beaux, ressemblant encore à des vagues, par leur allure et leurs crêtes blanches. Ce fut là que pour la première fois j'eus un crachat taché de sang. Il finit sur le mur qui était devant moi, il était rouge, épais. Il formait une belle tache de couleur sur le gris. Je savais ce que c'était, depuis longtemps je toussais même la nuit. Je levai la masse et fis tomber ce mur. Après la lutte, mon déménagement et mon retour en Italie, j'ai soigné ma toux. Je suis allé à l'hôpital dans les Alpes. À cette époque je parlais avec un jésuite qui montait dire la messe le dimanche. Je ne sens pas la foi en moi, mais j'ai admiré les vies des hommes qui ont tenu les promesses faites dans leur jeunesse. En ces vies-là, j'ai eu foi. Nous faisions de longues promenades ; il y eut un automne, puis un hiver et enfin un printemps, je suis resté là-haut huit mois. À Pâques il y avait beaucoup de neige. Je l'écoutais parler, il se reposait de temps en temps dans un sourire, les yeux fermés. Je lui racontais mes histoires d'ouvrier. Une fois, m'appelant par mon prénom, il me dit que son Seigneur s'était plu à déposer ses dons en moi. Je réagis par un frisson à cet innocent blasphème, mais je ne bronchai pas. Il répéta cette phrase à plusieurs reprises, je ne répondais pas, dans sa voix douce passait une certitude invulnérable. Je guérissais, mon crachat redevenait blanc, ne tachait plus la neige fraîche.

« Je lui demandais si sur terre se manifestait un peu de cette justice qu'on attendait du ciel. Il répondait qu'à notre époque elle s'appliquait par des signes difficiles à comprendre. “Tu vois, me disait-il, le Seigneur fait tomber un tas de neige d'un arbre sur la tête d'un malfaiteur, et c'est tout ce qui lui arrive de mal. Il arrache les yeux à un homme honnête, le faisant avancer à tâtons dans le noir pour le reste de ses jours. Cette chute de neige est une punition légère, l'avertissement se cache sous la dérision. L'homme aveugle en revanche est averti au plus profond de sa chair que lui sont impartis la charge d'une souffrance et le don de la force immense pour la supporter. Le monde repose sur sa patience. Le malfaiteur, quant à lui, n'est que timidement averti, car il se trouve à la périphérie de la sollicitude. Même s'il reste impuni, et même s'il est heureux, un voile lui cache le chemin du retour. Il connaîtra bientôt une nuit gelée où les portes seront fermées, où le monde lui semblera pétrifié, de la terre jusqu'aux étoiles." Je me souviens aujourd'hui avec tendresse de la voix qui, sur l'instant, me troublait. Je sais que je croyais en elle. Je me promenais dans les bois et aucune branche ne laissait tomber son tas de neige, je ne trébuchais pas maladroitement sur le pavé, je ne glissais pas sur la glace. Durant des années j'ai attendu la marque d'une dérision qui me fît signe.

« Personne d'autre ne m'a parlé de ces choses-là. Aujourd'hui je pense que ce temps fut celui d'un amour offert ; et je pense l'avoir reçu. »

Tu avais écouté ce prêtre la tête basse et tu m'en parlais dans la même position. Tu avais déjà abandonné la guerre. Tu sentais que cet homme te connaissait, parce que l'amour voit et pour cela se tait, il se tait aussi en parlant d'autre chose. Seul l'aimé peut reconnaître le fil parallèle du discours qui se déroule une ligne plus bas que la vérité et ne veut pas la toucher, ne veut pas empiéter sur elle, mais seulement l'accompagner. Tu avais connu l'amour ainsi. Mon imagination utilise ce mot, moi je n'en ai pas l'expérience. Je comprenais que ce n'est pas l'amant qui apprend l'amour, mais l'aimé, celui qui accepte d'être transfiguré aux yeux d'une autre personne. Tu m'apprenais une nouveauté sur l'amour, non pas celui qu'on éprouve, mais celui d'un autre par lequel on est mis à l'épreuve.

Tu partis ce jour-là, ta visite était terminée. Tu es venu d'autres fois, dans d'autres emplois tu as continué à être le dernier. « Quand on ne me renvoie pas pour quelque litige, il arrive que je m'en aille de moi-même. Quand on me propose de monter en grade, ça signifie que je ne suis plus un étranger, qu'on est prêt à m'accepter et à me considérer comme un membre actif. Pour moi cette offre marque le terme, je ne vais pas plus loin et je prends congé. Je travaille consciencieusement, mais je ne suis fait pour aucun attachement. Je ne prends part à rien, je ne vote pas, je n'économise pas, je ne joue pas au loto. Si je prends des vacances, c'est pour retourner sur les lieux de mon enfance, sur les côtes où j'ai nagé, ramé, et que je connais de bout en bout. Je suis encore ému en reconnaissant chaque fois ces lieux gravés dans ma tête, comme lorsque mon père sortait des images du tas de reproductions. »

Nous ne parlâmes plus de cette visite, de ces récits. À la lumière du feu remontent les derniers souvenirs de ta voix, fatiguée et couverte de rouille. Tu as les cheveux blancs, les dents cassées, je ne vois rien d'autre. Je t'avais proposé de rester chez moi, de t'arrêter un moment. Tu as refusé, ce n'était pas ta manière de finir ta vie, en comptant sur une aide. Tu étais pauvre, tu ne devais pas manger tous les jours, je ne sais où tu dormais. Tu parlais d'autre chose, tu racontais des histoires de tes fatigues.

« J'ai vu se lever et tomber le jour alors que j'étais déjà au travail. Derrière les rideaux de tôle d'un chantier, à travers les petites fenêtres opaques des usines, en sortant des tours de nuit ou bien en les commençant avant l'aube. Je n'y faisais pas attention, ces couleurs éteintes n'étaient qu'ombres indifférentes, jours tombés l'un après l'autre comme la file indienne des aveugles peinte dans un tableau de mon enfance. C'est à peine s'ils avaient un frisson de résistance avant de rouler dans le vide du sommeil. Je m'efforçais d'éprouver de la pitié pour mon corps, je n'y parvenais pas. Tout sentiment envers lui était un abus de confiance. Pour moi il n'a été qu'une bête sous le joug. À moi qui le fatiguais, il a opposé une patience aveugle, se pliant à tous les jours que je lui ai donnés. Je ne peux pénétrer sous son écorce, tout effort le transforme et le maintient à distance. Je tressaille parfois lorsque je sens la mort trafiquer à l'intérieur, mais ce n'est qu'un sursaut de l'esprit. À tout moment le corps est prêt à fondre, chaque jour est prêt à accueillir la vie et la mort de la même main. Il est plus ancien que moi et n'a même pas été le mien, moi je ne suis que le dernier de ses hôtes. Je n'ai pas honte de la manière dont je l'ai traité ni de ce que j'ai fait. »

Comment feras-tu pour vivre maintenant que tu es fatigué, comment feras-tu pour mourir ? C'est la question que je te posai avec insistance pour te retenir une dernière fois.

« Une nuit d'hiver où il fera très froid, je resterai dehors pour dormir. Ce sera quand je n'aurai plus la force de gagner ma journée. Ce sera bientôt. »

Un matin de cet hiver-là je trouvai la mare gelée.

Je suis sur un banc d'école, en train de faire un devoir. Tu viens regarder derrière mon dos et tu me montres du doigt une erreur. Alors je me retourne et je te vois, mais tu n'es plus un enfant, tu es un homme âgé, rentré d'Afrique, tel que tu étais à l'arrêt du car où nous nous sommes quittés la dernière fois. Entre ces deux points il y eut notre amitié, préservée dans les longs intervalles de tes visites. Tu respirais la gaieté, ta voix était troublante. Tu la contrôlais avec mesure et ton application à la modérer la rendait encore plus vibrante. C'était une voix de prédicateur, intense et sonore, de cette espèce rare qui refuse toute emphase, bien que bouillonnante de tensions et qui, plus elle se contient, plus elle enflamme celui qui l'écoute. Elle devenait métallique sous le coup d'un enthousiasme réprimé. Voix de qui pourrait entraîner avec soi églises et places, mais qui, chez toi, par sa nature particulière, appelait à partager de la joie. Au milieu de la foule bruyante à la sortie de l'école on remarquait ton timbre sonore même si tu ne criais pas. Ce n'est pas toujours la voix la plus forte qui s'entend le mieux.

Tu étais doué pour la métrique latine. Le professeur te faisait lire les distiques devant tout le monde et tu ne ratais pas un accent. Tu disais qu'il suffisait d'un peu d'équilibre et qu'ensuite il était facile de courir sur les vers. Ta voix chantait de la syllabe longue à la brève, rapide et sûre comme les pas d'un petit gamin courant sur les rochers.

L'été, quand nous étions enfants, en attendant notre mois à Ischia, fraîchement promus, nous allions faire nos premières baignades sur le littoral qui descendait vers la mer par couches de tuf jaune et râpeux, en pensant aux plages moelleuses de l'île voisine. Tu marchais sur le sol de pierre rugueuse et bouillante, tu sautais sur la roche comme si tu avais des souliers. Par contre, moi je te suivais d'un pas endolori, ressentant toutes les aspérités du sol. Mes os pointaient sous mes pieds, marcher sur le tuf était une torture qui m'arrachait des invocations de miséricorde dont tu souriais. Enfin arrivait le mois de l'île. On restait ensemble sur la plage, à dix heures on mangeait du pain à l'huile avec de la tomate écrasée. On se baignait après le passage du bateau. Ta mère, avec son maillot à fleurs, un chapeau de paille sur la tête, longeait les rochers avec son épuisette et rapportait dans son seau, nageant, bien vivants, des crevettes, des crabes, des petits poissons que nous apprenions à désigner par les noms que leur donnaient les pêcheurs.

L'après-midi, dans la pinède, les cris des jeux étaient couverts par le vacarme des cigales. À cinq heures nous prenions notre glace. Il y avait une heure pour chaque chose et nous les attendions, essayant de les anticiper par nos réclamations, impatients de toutes les joies de la journée. Tout arrivait en temps voulu. Les années se sont succédé jusqu'au moment où nous avons été prêts à faire nos choix. Pour ma part, je me suis arrêté à cette étape et, sans mes amis, je ne me serais pas aperçu qu'un monde entier attendait quelque chose de nous.

Lors d'une de nos soirées à Ischia, en rentrant après avoir eu l'heureuse permission d'aller manger tout seuls une pizza à Ponte, nous regardions au-dessus des balcons le ciel le plus sombre de notre vie, où brillaient les étoiles les plus lumineuses. Nos yeux, grands ouverts, regardaient vers le haut, dans nos nez pénétrait le gaz des nuits d'été qui monte des rues bordées de lauriers-roses. Il n'y avait pas de feux, la lumière venait du précipice des cieux et des barques en mer. Nos pas sur les cailloux, les grillons dans les potagers : le noir nous faisait taire. Le futur était alors un devoir et vous vous sentiez appelés à l'accomplir, quel qu'il fût.

Souvent j'ai regardé de mon champ le ciel sans lune. Il n'a jamais été aussi sombre et étoilé qu'il le fut au-dessus de nous, le souffle court et les yeux pleins de cendre de feux mourants.

Tu me parlas des signes de ta vocation.

« Il y eut un moment au cours de mon enfance où j'ai eu pleine connaissance de moi. J'aimais monter aux arbres et dans notre jardin à Ischia il y avait un grand caroubier. J'y grimpais en cachette aux premières heures de l'après-midi, je restais sans bouger sur une branche large, commode, et la procession des insectes passait sur moi. Je demeurais immobile, pas comme un rocher, mais comme une branche, répondant au vent. Blotti là-haut, j'entendis quelqu'un se présenter à moi en disant : tu es celui-ci. L'annonce laissée en suspens demeura gravée en moi. Je m'en souvins lorsque arriva le moment d'un second appel. C'était mon avant-dernière année d'école, l'été qui précédait la troisième du lycée. C'était à la même heure de l'après-midi, quand, de retour de la mer, on s'étendait au frais. J'étais à l'ombre d'un vieux figuier chargé de fruits et je lisais pour la première fois l'Évangile de Jean. C'était le passage que depuis lors je cite de mémoire, où l'on parle de la constitution du premier noyau de disciples et où on lit : "Pendant ce temps Jésus, voyant venir vers lui Nathanaël, dit de lui : Voici un véritable Israélite, en lui il n'y a point de fraude. Nathanaël lui demanda : Comment me connais-tu ? Jésus lui répondit : Avant que Philippe ne t'appelât, je t'ai vu quand tu étais sous le figuier. Nathanaël lui dit : Rabbi, tu es le fils de Dieu, tu es le roi d'Israël. Jésus lui répondit : Parce que je t'ai dit que je t'avais vu sous le figuier, tu crois ? Tu verras de plus grandes choses que celle-ci."

« Comme si j'étais moi-même Nathanaël, je me sentis regardé de très loin. De ce moment je suis entré dans la foule de ceux qui ont la foi. Moi je crois non parce que je vois, mais parce que j'ai été vu. Un œil se trouve derrière d'antiques paroles et attend celui qui soulèvera sa paupière. Je posai le livre sur mes genoux et prononçai mon nom. Nul ne m'avait jamais parlé aussi directement, ne m'avait voulu aussi sûrement. Permets-moi de t'assurer de cette conviction. Même si cette circonstance pour toi n'est rien de plus qu'une coïncidence, il existe des appels dans la vie de chacun qui ont plus de force qu'une évidence. J'éprouvai de l'enthousiasme et de la honte, deux états d'âme qui se succèdent souvent en moi. Je devais me garder de la présomption de celui qui se sent appelé, choisi parmi beaucoup d'autres. La vanité ne consiste pas tant dans le projet qui pour moi était de répondre à l'appel, devenir prêtre missionnaire, mais plutôt dans le premier pas que chacun fait vers son but. L'enthousiasme d'être appelé céda vite à la honte de m'en croire digne : en cette heure il ne s'était accompli qu'une formalité du destin, rien de plus qu'une consigne.

« Je me sentis appelé, mais appelé au-dehors. J'étais en queue de liste de personnes auxquelles il fut demandé de se démettre de leur charge de simples individus pour devenir un résumé de tous. À l'ombre d'un figuier, aux premières heures d'un après-midi d'été, je prononçai un nom, le mien, que j'allais bientôt abandonner. Je me ferais appeler père Nathan. Là-bas je devins père Natana, qui dans la langue swahili veut dire rester en adhésion, demeurer fidèle. Telle fut cette annonce pour moi. Je dévoilai à mes parents mon intention d'entrer en religion, j'opposai à leurs objections un entêtement muet. Quand les raisons sont aussi fortes que des visions, les dire c'est comme les effacer. »

Tu avais toujours eu besoin d'être pris au sérieux. Tu étais blessé par le manque d'égards des adultes envers les jeunes, ce qui était normal à notre époque. Tu te désolais si tu te trompais et si quelqu'un pouvait t'adresser des reproches. Pour beaucoup ton caractère péchait par excès d'amour-propre. Je ne le pensais pas : tu avais en vue des modèles difficiles. Tu avais cette application constante qui finit par transformer une personne en la rapprochant de ses idéaux. Parmi ceux de ton âge on remarquait ta détermination d'adolescent qu'accompagnait pourtant toujours ta cordialité.

Tu faisais partie de l'Action catholique.

« Nous occupions depuis peu un nouveau siège qui servait avant de dépôt de fromages. Malgré le blanchiment à la chaux, il resta longtemps dans l'air une forte odeur dont nos vêtements s'imprégnaient. À mon retour à la maison, ma mère fronçait le nez comme un lapin et me reniflait. Je voulais devenir pasteur d'âmes ou pasteur sarde ? J'allais à l'église ou dans une fromagerie ? Elle se moquait de moi : si au moins tu m'apportais une *caciotta*[1]. Pour son anniversaire je lui offris au lieu des fleurs habituelles un *provolone*[2] et elle me demanda aussitôt si je l'avais fait moi-même. »

Je revois ta mère : elle entrait à cinq heures dans la pièce où nous étions en train d'étudier pour nous apporter du thé. Son image se fond dans les arômes de cette pause. Ta chambre au contraire sentait l'encre, tu utilisais stylos et encriers. Nous étions déjà dans le secondaire quand les stylos à bille furent autorisés, même si nombre d'enseignants en désapprouvaient l'innovation. Toi, tu continuas à te servir de stylos. Je ressentis moi aussi cette nouveauté comme une perte de valeur. On s'attache à des usages en leur conférant une dignité sans le savoir, et quand une commodité nouvelle vient les supplanter, elle semble les appauvrir. Il faut du temps avant que la nouveauté ne perde son apparence suspecte de billet de banque fraîchement imprimé et n'acquière une sorte de seconde peau, l'authenticité consacrée par l'usage.

Nous passions l'après-midi à étudier sur ta table encombrée de cahiers et de livres. Nous ne faisions rien d'autre, il n'y avait pas de distraction, pas même la possibilité de donner des coups de pied dans une balle pour se dégourdir. Il n'y avait pas de place pour le faire ni dans la cour ni dans la rue. Aux pénuries de notre ville venait s'ajouter le manque d'espace, de liberté à se mouvoir. Le monde autour de nous était compact, déjà tout occupé. À l'école, durant l'heure de gymnastique, nos vêtements se froissaient et nous remontions dans nos classes en nage, soucieux de nous rendre présentables pour ne pas fâcher notre professeur. Tu prenais la couleur d'une pomme d'api, rouge foncé, et pendant toute l'heure qui suivait, tu avais l'air essoufflé. Tu étais comme maintenant : petit, fort avec des gestes mesurés. Ton dos, je le voyais depuis les bancs du fond, était large, souple, et tu te baissais rapide, léger.

Vinrent les années du séminaire. Nous échangeâmes nos premières lettres. Tu étudiais dans un village du Nord, tu regardais

1. Fromage de brebis, tendre, de forme ronde.
2. Fromage de vache, cru, à pâte dure, doux ou piquant.

la neige par la fenêtre en pensant à ta terre de mission où la chaleur était constante. Tu écrivais : « D'ici je me sens prêt à dire la messe aux esquimaux. Pourquoi ne pas avoir mis le séminaire en Sicile ? »

Je te vois le jour où tu vins me trouver. Tu avais été ordonné prêtre, tu portais la soutane noire tombant jusqu'aux pieds sous le soleil brûlant de l'été. De loin, tu enlevas ton chapeau et courus à ma rencontre, tenant dans la main les bords de ta robe. Ta bonne tête cramoisie, ton corps puissant qui sautait sur le sentier caillouteux, ton chapeau agité pour me saluer, ta voix limpide qui disait mon nom : tu apportais le bonheur. Nous nous embrassâmes, je touchai ainsi pour la première fois ce tissu sombre sous lequel se sont ensevelis les hommes de l'Église, vêtements faits pour gommer les corps. Pas le tien : il s'en échappait de larges poignets, un cou de taureau sur des épaules exubérantes qui tiraient sur les coutures. Tes formes sautaient hors du noir et le faisaient même sembler beau. Comment vas-tu, comment te sens-tu maintenant, les questions, le verre de vin frais, la réponse : « J'y suis, je suis arrivé à mon départ. »

Tu m'avais apporté une bible en cadeau. Je n'ai jamais été croyant, l'émotion initiale m'a toujours fait défaut, pourtant j'ai souvent lu ce livre. J'avais l'édition que m'avait laissée ma mère et dont elle avait feuilleté jusqu'à l'usure la partie du Nouveau Testament. Pour cette raison, je lisais l'Ancien Testament qui était la partie la mieux conservée du volume. Mes doigts ont suivi les lignes tant de fois, jusqu'à les effacer, ne laissant que quelques pâles caractères. J'ai souvent pensé avec nostalgie que les générations se sont transmis ce même livre dont la lecture s'appauvrissait chaque fois davantage, comme si un doigt unique, parcourant le même exemplaire, en effaçait lentement les lignes. Tant de fois effleuré : la somme de si nombreuses caresses est une abrasion. Mais avant son accomplissement total une génération de fidélité tente de retracer toutes ces précieuses lettres usées. En de nombreux endroits elle devra les reconstituer par l'imagination. La loyauté la plus intense, dans son audacieuse restauration de l'irréparable, frôle la contrefaçon. Cette nuit, cette pensée ne m'attriste pas, je ne redoute plus la disparition de l'original : maintenant j'y vois l'œuvre d'une providence qui, à travers notre cécité, réécrit son livre. Ainsi la perte a une relation d'échange avec l'acquis, les mots disparus affleurent à nouveau ailleurs. C'est ce qui arrive aussi à notre vie, un doigt qui glisse sur une feuille, l'use tout doucement et dans notre demi-sommeil nous pensons qu'il s'agit de notre respiration. Nous sommes cette écriture qui pâlit, mais la vie, la forme dont chacun a dit avec orgueil : « C'est la mienne », est au contraire la feuille qui demeure au-delà de nous, retrouvant sa blancheur. Et elle n'est à personne.

Je te montrai la nouveauté de ma campagne, nous nous promenâmes au milieu des arbres fruitiers plantés depuis peu : le poirier et le griottier étaient couverts de fleurs blanches et inodores. Tu posais de nombreuses questions pour acquérir des notions qui pouvaient t'être utiles. Tu partais comme missionnaire en Afrique de l'Est, dans un de ces pays à l'indépendance récente. Tu y es resté plus de vingt ans. Sur l'atlas tu me montras la zone où tu te rendais, juste au-dessous de l'équateur. « Ce sera toujours l'été, dis-tu, comme à Ischia. »

Là-bas il n'y avait pas de figuiers, et tu étais loin de la mer. Dans tes premières lettres tu écrivais que l'air n'avait pas nos brumes méditerranéennes : même à midi, en levant les yeux vers le sommet d'un arbre, tu trouvais le ciel limpide, étranger au feu qui emprisonnait la terre.

« Je suis allé voir l'océan. Sur le rivage les corbeaux voltigeaient, leurs ailes immobiles. Pour qui se souvient de notre mer blanche, bruissante de mouettes, ce noir tranquille contre le ciel a quelque chose d'étrange. Les étoiles ont changé ; le soir, basse sur l'horizon, on voit la Croix du Sud, étoile fixe de mon nouvel hémisphère.

« J'apprends à surveiller les phases de la lune, je tente de m'orienter en cherchant le point d'horizon de ta maison. Sur le banc de pierre du village, sous un amandier indien où je passe la soirée en parlant la belle langue de ce pays, je me tourne vers ta terre. Elle se trouve au-delà du puits, au-delà du pont, au-delà du dernier arbre que je peux voir. J'aime à penser que si je ne me mets pas en route pour venir te voir c'est parce que j'ai beaucoup de choses à faire ici, non parce que j'habite à sept mille kilomètres au sud.

« Je commence à faire mes premiers jeux de mots dans la langue locale, ils ont du succès. Rire est pour eux la plus belle courtoisie. J'essaie de traduire des proverbes napolitains : “*Punda mzée anakùfa katika nyùmba ja mtu mjônga*”, le vieil âne meurt dans la maison de l'idiot.

« Le vent soulève la poussière de la plaine pendant des jours, le ciel devient jaune, ligneux, et les yeux s'emplissent d'échardes. Les termites ont mangé les livres que je gardais dans ma valise. À leur place j'ai trouvé de la bouillie, une farine sale. Dans cette terre, la matière est pressée de devenir poussière. Cela touche aussi le fer, les routes, les vêtements : ils se défont sous l'usure du soleil, du vent. Ces jours-là, je frotte mes yeux fatigués par la poussière, je les lubrifie de mes larmes. Il fallait qu'elle me tombe sur le dos par trombe pour que je m'en rende compte : la poussière qui s'élève comme une âme du sol est le stade final de toute la matière, c'est son infini. Dieu en pétrit Adam car elle est éternelle, comme son souffle. Cette pensée me la rend plus supportable. Je suis en train de creuser un puits, bientôt je pourrai la chasser, faire partir un peu d'éternité. »

Je lève les yeux au plafond et j'arrive à imaginer où se trouvent, au-delà des poutres, les nuages et les éclairs, le chariot de la Petite Ourse, l'étoile Polaire qui montre toujours le nord. Nos cieux opposés avaient leurs clés dans la voûte.

Tu fus envoyé dans une mission sur le haut plateau ; on y accédait à travers des forêts. Tu partageais ton service avec un missionnaire plus âgé, homme expérimenté, épuisé par le paludisme. La région qu'on vous avait confiée était très vaste. Le dimanche vous célébriez l'office dans votre église, un hangar au toit de tôle. Vous faisiez le tour des villages à dos de mulet pour dire la messe dehors, à l'ombre des arbres. Tu écrivais : « Les arbres d'un village sont des places. On connaît leur âge, sous leur ombre on fait du commerce, on dit la messe, on tient conseil. On s'y abrite même quand il fait nuit. On est sous leur ombre comme dans la trace d'un sillage. »

Un jour, on vous vola votre mulet. Tu fus indigné, tu menas des recherches en répandant la nouvelle. Le vieil homme ne se fâchait pas, il tentait de te résigner à cette perte en te citant le vers de Kohèlet : ce qui fait défaut ne peut être compté. Vous vous en passeriez, tout irait bien quand même. Tu t'entêtas et menaças si fort qu'une nuit le mulet fut remis à sa place. Le vieil homme s'en réjouit comme s'il n'en avait jamais eu. « Lorsqu'il vit la bête il prononça une bénédiction : “Béni sois-tu Seigneur de l'univers qui, de la même main, retire et donne.” Il disait des bénédictions en toute occasion, en guise de remerciement ou de vœu. J'aimais ces phrases qui avaient une familiarité avec Dieu et qui, sans le prier, l'invitaient à offrir une aide, un prodige. J'appris moi aussi à en dire. Le bien souhaité était ainsi appelé à se manifester, exhorté à exister. Le monde ne m'étonnait pas, lui qui, brusquement assailli comme une brise par une bénédiction, se pliait docilement à accueillir ce bien annoncé. Il faisait de moi un saltimbanque qui suscitait le sourire d'un parterre invisible. »

Tout le monde aimait le vieil homme, mais à ton arrivée il fut encore mieux considéré. De nouveaux dons arrivaient des villages à la mission. Ils appréciaient ta forte carrure, signe certain d'une faveur divine. Une femme te fit cadeau d'une couverture, mais le vieil homme te conseilla de ne pas l'accepter.

« J'étais plein de vigueur en ce temps-là et dans ces régions le vœu de chasteté relève plus du conseil que de l'ordre. On était indulgent pour un homme seul au milieu d'un peuple qui ne comprenait pas cette exigence. Il arrivait même qu'un missionnaire fût mieux accepté par la population s'il consentait à prendre une femme avec lui ; il levait ainsi un obstacle à son œuvre de mission. Le vieil homme m'expliqua tout ça et m'avertit des conséquences qu'il y avait à accepter des cadeaux personnels. Il me dit de choisir en connaissance de cause, de ne me sentir lié ni par mon vœu ni par lui. J'avais détourné mes pensées des femmes. Une autre forme de vie que celle choisie me traversa l'esprit. Je la repoussai, respectant mon vœu. De ce moment, je n'acceptai que les dons indispensables pour nous et notre église. La chasteté que tu connais peut-être n'a pas été pour moi une privation, mais le préambule d'une liberté. Ma vocation à servir m'entraînait bien au-delà des désirs, des intérêts personnels. Se dépouiller de soi, telle a été ma conception de la liberté. Il ne s'agit que de mon expérience. J'ai connu dans ce pays des hommes pieux dont le service s'est renforcé grâce à leur liaison avec une femme de leur terre de mission. Ils ne scandalisaient personne, au contraire, on les aimait bien. Chacun apaise son corps comme il peut, on ne peut mentir à sa propre chair. Nous avons accepté une loi si riche d'interdictions qu'il n'est pas possible de les respecter toutes. C'est un catalogue détaillé de la perfection, donc impossible à réaliser. »

Je connaissais l'absence de femme, mais ce fut par manque de désir et non par renoncement. À la suite de cette fièvre de mon enfance, un sommeil de mon sang m'a gardé à l'abri des désirs du corps. Des hommes comme moi sont des impasses de l'espèce.

Au bout des cinq premières années, tu revins pour quelques mois. Tu prenais tes congés à ce rythme-là, choisissant la saison chaude pour ne pas rencontrer l'hiver que tu avais oublié. Tu avais plutôt l'aspect d'un mercenaire que d'un prêtre. Tu étais encore plus fort, épaissi dans toutes tes fibres. Tu me donnais la main sans la serrer, et rien qu'ainsi je la sentais compacte. Notre ouvrage quotidien terminé, nous nous asseyions sur le banc de pierre devant la maison. Pour te reposer tu te mettais accroupi sur tes talons. Tu te relevais de cette position sans le moindre effort. Dans ta baraque tu n'avais pas de chaises, tu avais appris à te reposer ainsi. Une telle position m'aurait donné des crampes jusque dans les oreilles. J'ai souvent été affligé de ces contractions dans les parties les plus diverses de mon corps, du gros orteil à la mâchoire. Tes pieds étaient massifs, une cheville large les rattachait à ta jambe. Tu les étendais sur la chaise devant toi, j'en voyais les plantes durcies, ouvragées, qui au repos montraient leurs plissures de sourire. Tous ceux qui t'hébergeaient admiraient cette conformation, ils estimaient celui qui foulait la terre d'un pied aussi ferme.

« Dans leurs jeux, dans leurs danses, ils miment les batailles en cherchant le point faible vers le bas. Ils essaient de frapper jambes ou pieds, car un boiteux est plus vulnérable à leurs yeux qu'un aveugle, qu'un manchot. Celui qui se déplace avec difficulté est une bête perdue pour le village en marche. Les nomades honorent les pieds et haïssent les serpents. »

Durant les heures chaudes de la journée nous nous asseyions au frais. J'avais toujours quelque chose à repriser et une question à te poser. Tu m'expliquais la difficulté de faire admettre l'Évangile à des hommes qui pourtant étaient disposés à écouter les histoires. Un chef de village ne voulait pas démordre de son récit sur l'origine du monde que lui avaient transmis ses ancêtres. Aux six jours de la Création, il préférait l'image d'un tourbillon et te montrait une trombe de vent pour t'en donner un exemple. Tu n'insistais pas pour imposer ta version. « L'univers parle aux hommes de multiples façons. À certains il fait voir des tornades, à d'autres la nuit où la première voix dit : que la lumière soit. Un homme ne peut s'arracher à son récit, le christianisme n'est pas venu pour effacer les histoires, mais pour leur donner une autre fin. »

Vous aviez un potager, un verger, un élevage, mais vous ne parveniez pas à être indépendants de votre maison mère en Italie. Après toute une série d'échecs, force vous fut d'admettre que l'apostolat n'avait rien à voir avec une entreprise et ne pouvait se passer de l'aide extérieure. En ces années-là, de l'avis général, les missions devaient se suffire à elles-mêmes. Il leur fallait aussi devenir un exemple d'activités fructueuses, stimulant l'esprit d'imitation. Mais les gens n'imitaient pas : même les plus brillants résultats obtenus par des Blancs étaient à leurs yeux les fruits d'un privilège inaccessible. Ils se dispensaient ainsi d'introduire des nouveautés dans leur système rural qui n'était pas que semailles et récoltes, mais vie tout entière, remplie d'arbres aïeuls et de champs magiques. Après des années d'essais et de reproches que vous adressait le siège central, tu écrivis une lettre péremptoire : « C'est à vous de nous entretenir. Si vous ne nous croyez pas capables de nous en tirer, renvoyez-nous chez nous et envoyez-en d'autres, de meilleurs. » Tel était le ton de ta lettre et tu t'échauffais encore en pensant aux critiques qu'on vous adressait. Ils assurèrent donc votre subsistance, vous étiez des apôtres, pas des pionniers.

Je te demandais si tu pensais à l'Italie, si tu en avais des nouvelles.

« On ne pense pas à l'Italie. La terre de mission absorbe tout et ne permet pas la nostalgie, pas même sous forme de curiosité. Nous sommes des émigrants de l'espèce qui, même fortune faite, ne rentrent pas chez eux. Je reconnais la différence entre nous et ceux qui fuirent la misère : nous sommes partis par libre choix, si l'on peut ainsi définir cette vocation. Mais nous, tout comme d'autres émigrants, nous avons porté en Afrique non seulement la bonne parole, mais aussi le travail italien. Chacun de nous est agriculteur, mécanicien, maçon et souvent les trois à la fois. Nous nous sommes rendus utiles comme nous n'aurions pu le faire en Italie. En cela nous avons des traits communs avec les émigrants. Mais ce n'est pas le fruit de notre labeur qui justifie une moitié de vie passée sous l'équateur, c'est l'apostolat. Notre travail a servi à soulager fatigues et peines, c'est sûr : creuser des puits, soigner, vêtir sont des choses appréciables en soi. Mais ce n'est là que réconfort, tout autre est la preuve qui m'a justifié. »

Est-ce que tous les missionnaires arrivaient à vivre là-bas ?

« Pas tous, la vocation ne suffit pas. On arrive dans un endroit auquel on s'est préparé mentalement, mais auquel aucun exercice ne forme par avance. Il faut y vivre pour savoir si l'on est capable de rester. J'ai vu des hommes pieux et honnêtes flancher jour après jour, se laisser aller doucement à de petites négligences, à la maladie. C'est une terre exigeante, elle nous réclame tout entiers. Si l'on garde quelque réserve, quelque nostalgie, elle y dépose ses œufs et là germe l'échec. Avant qu'une terre ne devienne la nouvelle vie on passe par un vestiaire où l'on se dépouille. Nul ne peut servir d'aide, d'exemple à autrui. C'est un devoir qui revient à chacun, fait d'orgueil et de découragement, soutenu par une foi qui semble ne jamais suffire.

« J'ai entendu parler d'hommes qui se sentent citoyens d'un pays quand ils en aiment une femme. Certains d'entre nous sont devenus du lieu lorsque la maladie leur a fait frôler leurs limites. La fièvre tropicale est un curetage qui atteint l'âme, sert d'antichambre à une terre indifférente qui, de la même main, offre la vie et la mort. Les nuits de délire aident à s'enraciner.

« Dans notre espace réduit, un grabat, un seau pour se laver, on arrive à mépriser le confort. Dispersé à la périphérie du monde, on se sent au centre de sa propre vie. Puis, un jour de grande fatigue et de faible résultat, on ôte ses vêtements imprégnés de notre sel, de l'odeur que seule une épouse pardonne, et au lieu de baisser les yeux, un frisson de fierté parcourt notre échine. Notre épine dorsale se redresse, notre cage thoracique se dilate, on respire à fond, on est devenu homme de Dieu. »

Malgré la distance, nous échangeâmes une correspondance suivie. Je relisais tes lettres jusqu'à les connaître par cœur ; à Noël je t'envoyais des figues sèches et un gâteau. Ils ne te sont pas toujours parvenus. Plus de vingt ans s'écoulèrent pour nous. Mais quel en fut l'instrument de mesure, le battement du pouls, la page tournée le soir, les lunes ? Certes, quelque chose minait nos forces, préservant nos sentiments, mais ce n'étaient ni les jours ni les saisons, c'était le dos de la main qui essuyait notre front en sueur, c'était le geste exécuté chaque fois dans le même sens. C'est le sens, non les jours ni les années, que je reconnais au temps, comme au poil du chien, au courant, au sommeil. J'ai vu vieillir mes arbres, décliner la plénitude de leurs floraisons : j'ai vu passer mon champ, pas les années.

Tu revins une dernière fois, au terme de ton temps de mission. C'était en mars, pour Pâques, tu mourus l'hiver suivant. Tu étais fatigué, mais encore robuste. J'avais préparé ton plat préféré, les aubergines à la parmesane, et j'avais fait mon gâteau à l'orange et aux germes de blé. Tu étais raide dans tes mouvements, les gestes les plus simples te demandaient un effort. L'après-midi tu te reposas et nous nous retrouvâmes à l'heure du thé dans la cuisine. Par la fenêtre nous voyions les arbres déjà couverts de bourgeons, terre dans son tout premier éveil. Nous étions vieux et le printemps apportait un frisson qui n'était pas celui d'une exubérance. Pour moi, chaque année, le désir de recommencer le travail en plein air n'était que plus fin de saveurs et plus lourd de craintes. La pause hivernale affaiblissait les forces, elle ne les préservait pas. Au contraire, le printemps était pour toi la saison sous-entendue qui avait précédé une fois pour toutes celle de l'Afrique. Parfois la nuit, après les grandes pluies, un frémissement et un ciel brillant t'annonçaient à toi seul que passait en courant, pour quelques heures, le printemps rapide, aussitôt essuyé par le jour. « Alors je faisais comme à Ischia : je reprenais mon souffle, le retenant le plus longtemps possible, puis je le laissais échapper comme le gaz joyeux d'une bouteille. Sur les matins tout ébranlés par l'ouragan soudain se levait un nouveau soleil et je pouvais entendre pendant une minute entière le tapage de la lumière qui déferlait. Sur la terre de notre enfance, au printemps, le soleil s'élevait dans le dos du volcan et un premier rayon giclait sur la ville encore calme, en faisant un bruit de scie sur le bois. C'est le vacarme de la lumière dans l'air endormi, une entaille fraîche qui écorce, fend un arbre à sa base, un sommeil à sa racine. La prime lumière est affilée, elle brise, brûle si tu la respires. C'est après qu'elle réchauffe. »

Je te demandai si tu en avais vraiment fini avec l'Afrique.

« Avec l'Afrique et avec tout ce que j'ai fait là-bas », répondis-tu en buvant ton thé les yeux fermés. Tu n'avais pas les tempes dégarnies, tu avais les cheveux gris coupés ras, tu faisais bien plus jeune que moi qui les avais tout blancs. Sur ton visage quelques rides profondes, gravées comme des entailles sur une peau sèche et brunie par le soleil. Tu avais une voix sonore mais plus sombre, voix qui sortait du fond d'un puits.

« Mon ami, ça n'a servi à rien. Mes années, les années des autres hommes tels que moi : à rien, tout va à la dérive. Nos missions construites avec tant de peine qu'on ne peut même pas la formuler, car les mots sont un affront au sacrifice, tombent en ruine. L'Église locale nous remplace, reprend notre œuvre. C'est juste, providentiel, nous sommes allés là avec l'espoir d'être un jour superflus. Mais moi je vois les maisons, les potagers, les vergers, les écoles, les dispensaires, les puits tomber en ruine dès qu'on leur confie le travail de nos vies. Ces réalisations ne sont pas les leurs, ils les trouvent toutes prêtes, comme un cadeau, et ils les laissent se dégrader par négligence. Une machine, un outil, un bâtiment sont des choses qui n'ont pas leur place dans leur mémoire comme dans la nôtre : leurs ancêtres n'étaient pas forgerons, maçons, ne taillaient pas d'arbres ni ne les greffaient. Pour nous ces gestes de soin assidu sont chargés d'un amour transmis, pour eux ils sont vains. Ils considèrent l'entretien comme une sorte de superstition.

« Il ne leur est pas facile d'être des prêtres. Nous recevons tout de l'extérieur, eux doivent l'obtenir en sollicitant les gens, l'évêque.

L'image du prêtre local n'est pas celle du missionnaire, auquel rien n'appartient. Au contraire, un prêtre occupe une position sociale de prestige, redevable de gratitude envers la grande famille qui lui a permis de faire de longues études. Ainsi, un pays pauvre finit par avoir une Église riche.

« Nous bâtîmes seuls une école. Il nous fallut quatre ans, sans aucune aide du diocèse du pays, dépensant les dons venus de nations diverses. Une fois prête, nous demandâmes la nomination d'un enseignant. On nous la refusa, nous devions y pourvoir également. Et c'était peut-être juste aussi, mais maintenant je vois s'imposer l'idée que tout leur est dû. J'en suis arrivé à la conclusion qu'ils doivent se débrouiller seuls, sans nous. Nous ne sommes qu'une agence d'aide à fonds perdu. Nous sommes un chantier perpétuel dont on n'attend pas des œuvres achevées, mais bien au contraire, qu'elles ne s'achèvent jamais. Peut-être s'agit-il du simple désir d'être secouru, peut-être le côté inachevé les rassure-t-il : toujours est-il que l'incurie guette un ouvrage terminé. Ils commencent à zéro, c'est une de leurs façons d'affronter les jours. De tout temps cette terre les a habitués à ne s'attacher à rien, car rien ne dure sous ce soleil de plomb. Mais tout ça ne compte plus pour moi. »

Tu t'arrêtas pour reprendre ton souffle et ta voix prit un ton plus serein. « Voilà nos travaux, notre œuvre : que sont-ils ? Ils sont un prétexte, à peine un signe. Qu'importe qu'ils tombent en ruine ? Ce n'est pas d'eux que je suis fait. La vie d'un prêtre, c'est d'être du côté des gens, sans limites et sans buts, tel est notre vœu. C'est une vie qui exige tout d'un homme, sachant que ce tout ne sera pas suffisant. L'enchère monte continuellement, il faut tirer un peu plus de soi-même, comme dans l'exercice d'un muscle qui se rend chaque jour capable d'un effort supplémentaire. Ce n'est pas un travail qu'on peut évaluer pour l'effectuer avec une fatigue moindre, il prescrit au contraire l'épuisement de toutes les ressources. Seule la dépense totale des forces permet leur régénération, alors que la plus petite économie nuit à leur renouveau. Celui qui a retenu une petite part a tout retenu. Aime ton prochain, mais pas comme toi-même, misérable équivalence, aime-le plus. Cet échange inégal fait de l'homme qui est devant toi, ton prochain, un être auquel tu dois tout et qui n'est pas un autre toi-même, auquel tu dois appliquer un rapport d'équivalence, ce n'est pas un associé en Dieu : c'est ton prochain. Le Dieu de ma religion a offert la vie de son fils sans contrepartie. À son image, nous donnons la nôtre, car tel est le tarif : on ne peut secourir son prochain qu'au moyen d'une autre vie et il n'est pas donné de savoir si elle est suffisante.

« Vaut-il la peine de le faire ? Écoute cette réflexion issue d'un ancien commentaire hébraïque des Écritures : l'homme fut créé seul et unique pour montrer que détruire une vie revient à détruire un monde et que sauver une vie revient à sauver le monde entier. Cette pensée a donné une réponse à ma question précédente : pour moi ça vaut la peine. La charité, c'est de ça que je parle, ne se mesure pas à un résultat, car elle ne trouve son exaucement dans aucune fin. À quoi sert-elle ? À rien, mais c'est bien là pour moi sa valeur. Quand on s'interroge sur sa propre existence, qu'on se perd dans le vertige d'un gaspillage insensé, quand même ce qui fut considéré comme bon apparaît vain, alors la charité offerte devient l'unique geste de sympathie entre un homme et le reste de son univers. Elle ne sert à rien, sur elle on ne peut fonder une ville, pas même une église, mais un homme oui.

« Je n'ai voulu servir d'exemple à quiconque. Personne ne peut vivre en imitant un autre. Mais la charité peut susciter l'impossible. Écoute : soyez donc parfaits comme est parfait votre père céleste, c'est ce que dit Jésus, selon Matthieu. S'il n'est pas possible de suivre l'exemple d'un autre, il est possible d'être comme Dieu. Seule cette imitation convient à l'homme. Est-ce impossible ? Non, c'est là tout notre miracle, reste de l'acte créatif originel.

« J'ai vu le mal que se font les hommes. C'est un usage qui ne fait ni avancer ni reculer, qui n'élève ni n'abaisse. Le mal ne fait rien aux hommes. Mais un amour qui n'admet pas de capituler et ne peut être partagé, un de ceux qui auraient en soi cette sorte de musicien perpétuel peut faire quelque chose aux hommes. C'est ce qui transforme sa propre vie en art. Il y eut ceux qui, pour imprimer leur signe, choisirent comme matière le marbre, la toile, les pages, et ceux qui le gravèrent dans le vide des hommes. »

Le mal ne faisait rien aux hommes, le mal était normal : la phrase laissée en suspens, une nuit lointaine, avait trouvé son achèvement. Seul produirait un effet sur les hommes un amour en pluie, précipité aveugle d'une offrande qui se savait éparpillée, recueillie seulement par hasard et partiellement. Le mot amour sonnait de nouveau à mes oreilles et j'en apprenais de nouveaux signes : qu'il était sans finalité, sans but, c'était un amour errant. Est-ce que seul ce qui est privé d'intention peut être utile ? Qu'est-il arrivé au monde pour se retrouver à un point tel qu'aucun acte direct ne l'aide, mais que seuls les sacrifices le réconfortent ?

J'entends des verrous qui pendent, dévissés ; mon fauteuil à bascule avec ma charge d'os, les yeux ouverts, semble le chariot d'une caravane en marche. Je n'écoute même pas la maison qui répond de toutes ses pièces.

Au-dehors mon linge flottait au vent qui le séchait et le parfumait de ses premiers pollens. Derrière toi je les voyais, tendus, se gonfler et retomber, comme le faisait parfois ton souffle dans ta voix.

Nous sortîmes à l'air libre. Je te montrai le grand pin, le seul arbre que je n'ai pas planté puisqu'il était là avant moi. Il était malade, envahi par les processionnaires qui grimpaient sur lui en rangs très longs pour faire leurs nids dans ses branches. Il fallait détacher les nids, un par un, et les brûler. Avec ton aide nous pouvions faire du bon travail et guérir la plante. Dans sa chevelure, large comme un sourire, de nombreuses dents manquaient, les chenilles avaient desséché beaucoup de branches. Nous nous mîmes à l'œuvre. Tu montas dans l'arbre et avec une perche tu secouas les nids pour les faire tomber. Je tenais l'échelle pour faciliter tes mouvements. Puis nous ramassâmes les nids tombés et y mîmes le feu.

« Nous avons protégé un être plus vieux que nous et il me semble avoir soigné une personne. Dans un passage des Évangiles, un aveugle qui reçoit la vue pour la première fois décrit les hommes comme des arbres qui marchent. C'est la plus belle hallucination qu'il m'ait été donné de lire sur les hommes, parfois je la trouve juste.

« Je pense à la procession que nous avons interrompue : il en fut ainsi de nos ancêtres. Ils connurent les lois de la chaîne et non les droits de chaque anneau ; ils eurent foi, même après leur effacement, dans la continuation par les autres. Je me sens dans leur sillage, maille de leur procession. Pardonne-moi ces rapprochements, s'ils te gênent. Pour moi, il y a dans les choses des informations supplémentaires qui se révèlent quand on les confronte et qu'on en voit les ressemblances. »

Nous attisions le feu des nids avec du petit bois et des pommes de pin, l'odeur de résine brûlée montait comme de l'encens sous la voûte en coupole du pin.

C'était l'heure du coucher de soleil et nous nous arrêtâmes un moment sur le seuil. Tu regardais les nuages lents, tu en trouvais les couleurs ternes.

« Le ciel aussi me semble vieilli. Là-bas il y en avait un, jeune, bleu même à l'heure la plus brûlante, ou bien rapide à retourner les nuages, à les lancer dans des courses entre eux, à les faire crever en pluie. Ils volaient bas au-dessus des arbres, le vent hurlait et les déchirait au milieu des branches et des buissons. Durant la saison des pluies, le soleil en plein ciel et l'orage le plus noir alternaient plusieurs fois par jour. En Afrique, il y avait un ciel pour enfant, un manège effréné qui invitait à se laisser rejoindre. Le ciel d'ici est plus lointain et me semble usé comme un vêtement. »

Brusquement le soleil sombra dans l'obscurité. Un nuage l'éteignit sur la ligne d'horizon, nous rentrâmes alors à la maison. La campagne s'arrêtait pour le soir, nous en écoutions les bruits. Mes canards s'ébattaient dans la mare, plongeant, éclaboussant d'eau leurs ailes. D'une ferme éloignée arrivaient des coups de marteau sur une enclume. Des moutons rentraient de leur journée dans le vacarme joyeux des agneaux. La maison produisait son fond sonore, une seule note s'élevant du sol, mise en vibration par les murs, comme entre des lèvres serrées. Aujourd'hui j'écoute à nouveau la maison jouer sa syllabe en *ré* dièse majeur la bouche fermée, mais avec un timbre plus ferme, un grondement de matière qui ouvre les lèvres, et je ne parviens pas à distinguer en elle le chant du cri, la musique de la douleur.

La brusque tombée de la nuit força l'allure de tes pensées. Tourné vers la fenêtre assombrie tu serras fort tes doigts entrelacés.

« J'ai perdu la force du don de soi pour une coupable indignation. J'ai tenu bon au cours de ces dernières années, mais j'ai toujours eu envie d'abattre mon poing sur la terre. Un sursaut d'amertume face à tout ce gaspillage m'a assailli, rongeant mes os. J'ai mal dans tout mon squelette, je tends mes muscles pour le protéger, mais le mal gagne malgré tout. On m'a convoqué pour des examens, on a trouvé ses morsures partout. Je n'y retournerai plus. J'aurais préféré mourir là-bas, mais j'aurais été une trop lourde charge. On m'a dit que la douleur allait augmenter et qu'on me donnerait des antidotes. Mais la douleur n'est pas un poison, elle est un cri de toutes les fibres qui appellent le corps à se décomposer. J'ai tenu dans mes bras bien des hommes qui n'avaient même plus de souffle pour hurler et je pouvais voir leurs nerfs fouiller à fleur de peau par tout leur corps en quête d'ultimes traces de douleur. Puis leur âme se détachait dans un grand bruit de forêt en flammes et j'y voyais une miséricorde. Pourvu qu'on me laisse crier. »

Tu serrais ton verre ce soir-là, tu buvais lentement et à chaque gorgée tu esquissais un sourire. Nous nous quittâmes pour la nuit. Je n'avais pu te dire un seul mot de réconfort. Ton attitude montrait qu'une consolation certaine, un secours t'accompagnait déjà. Quand je refermai la porte de ta chambre, je vis ta nuque bronzée entre tes épaules massives qui avaient porté le joug de tant de soleil. Le soleil est un fardeau pour celui qui chaque jour, au grand air, se penche sur son travail. Je fus touché par cette nuque brunie, les sillons gravés sur ta peau, je ne trouvais aucun mot d'apaisement pour ton dos voûté dont le cancer avait oblitéré chaque vertèbre.

Plus tard dans la nuit un bruit me réveilla et je sortis pour vérifier l'enclos. On voyait de la lumière sous la porte de ta chambre, tu ne dormais pas. Tu m'invitas à entrer, tu lisais de vieux livres sur notre ville, héritage de mon père. Au temps où nous y grandissions, c'était un lieu qui ne ressemblait à aucun autre, rebelle à toute comparaison. Des images lointaines te revinrent en mémoire.

« Je revois une lumière pâle, étrange souvenir pour le natif d'une ville du Sud. Et pourtant, elle était toujours dans la pénombre : en haut des ruelles passait un soleil rapide dans un ciel étroit. Notre ville ne ressemblait à rien d'autre, n'est-ce pas ? C'était le bout de verre avec lequel Jupiter gratte sa gale, un fragment rongé par un usage immonde et par la sainteté. Si j'avais dit ça à l'époque, on m'aurait lapidé. Par contre, maintenant, c'est dans la bouche de tout le monde, comme un proverbe. Ce n'était qu'une ville du Sud, une de celles qui donnent sur la mer, où les gens sont voués à l'inertie et au danger, acceptant le gaspillage de morts violentes. Les coups qui éclataient à terre se perdaient au large dans un bruit de bouteilles débouchées pour ceux qui étaient en mer dans leurs barques. Le noir des mères et des veuves luisait de larmes dans les cortèges de midi, comme dans tant d'autres villes de la Méditerranée. C'était une terre trop ouverte, aux reliefs dociles. Nul conquérant ne fut repoussé devant sa baie, chacun eut droit aux acclamations. Tout ce faste gaspillé à la hâte et détruit par le suivant a permis de comprendre que les pouvoirs étaient précaires comme l'enduit que l'air salin écaille. Il lui faudrait maintenant le silence, qu'on ne parle plus d'elle. »

Nous feuilletâmes des pages de voyageurs illustres partis en laissant des notes, des invectives, des poésies : fiente de migrateurs. Et pourtant toutes ces pages n'étaient pas ferments d'engrais, mais exhalaisons d'arômes, décoction d'un psaume de louanges. Nous lisions les insultes adressées à la ville en en souriant comme de coups lancés dans le vide qui déséquilibraient maladroitement ceux qui voulaient les asséner. Les éloges en revanche nous embarrassaient, surtout ceux qui s'adressaient à sa population et à son art. Musique peut-être, mais sans partition : de la musique s'était infiltrée dans les voix de colère, de blasphème, de douleur, d'appel, une tonalité pour chaque cri, cadences exactement répétées. Les voix de la ville changeaient sur un rythme de litanie. Nous répétions ces cris en sourdine, tu les refaisais avec la précision que tu avais dans la scansion des hexamètres en classe.

Nous lûmes toute une liste de proverbes. Tu me fis remarquer une ligne : en mer il n'y a pas de tavernes.

« C'est une phrase qu'il faudrait offrir à celui qui entre en religion. Elle pourrait bien l'arrêter brusquement à son point de départ. Une phrase comme celle-ci pourrait sauver quelqu'un, en lui montrant clairement le vide sur lequel il se penche. Cette nuit j'ai la nostalgie de cette mer sans taverne. Bienheureux es-tu, Seigneur des voyages, qui laisse revenir l'homme à sa plage de départ. »

Je pensai que tu prononçais cette phrase contre toi, contre ton retour d'Afrique. Cette voix ancienne que j'avais entendue d'autres fois dans la pierre de la maison s'adressait maintenant à toi comme une sentence. Une émotion me poussa à te défendre. L'aide que je n'avais pas su t'offrir plus tôt se formula dans une pensée dont j'avais l'intuition sans pour autant la maîtriser. Dans une aspiration rapide et profonde j'essayai de la saisir pour la restituer à haute voix. Je me surpris ainsi à dire : « Ce n'est pas ça, ce n'est pas une phrase de justes que tu lis. C'est celle d'un opposant infatigable qui surveille sans amour et tourmente avec des proverbes. Nous sommes tous entraînés à toute force vers un bien impossible à obtenir, porteurs d'une œuvre et de l'incapacité à l'accomplir. Poussière du sol et souffle de Dieu : il y a trop de deux éternités dans un seul sang. Par sa sentence l'opposant te désigne l'échec et t'incite à l'abjuration. Fais silence sur ta vie, ne réponds pas à qui, de sa voix de comptine, te chante que tu as perdu. »

Ces mots venus d'ailleurs me surprennent encore. Je restai la bouche ouverte, avec l'impression de ne pas avoir repris mon souffle, d'avoir parlé d'un seul trait. Ton visage s'ouvrit dans un faible sourire, une craquelure dans la terre sèche. La douleur continue de tes os s'était évanouie l'espace d'un moment, celui d'une respiration. Tes traits reformèrent leur masque de résistance à la douleur, ta voix sortait tendue par l'effort de la garder hors de ce mal.

« En mer il n'y a pas de tavernes : nous ne sommes pas les seuls à le savoir, Dieu lui-même le sait puisqu'il en a fait l'expérience le premier. Depuis qu'il a étendu sa main sur la création, Dieu n'est plus le même. Nous racontons l'histoire des six jours, symbole d'un commencement de l'univers, mais bien avant de sortir de sa voix, avant que la matière ne fût éveillée par ses mots, l'œuvre de création courait parallèlement à l'existence de Dieu, attendant l'heure de monter à ses lèvres, dans son souffle. L'œuvre, cette nécessité d'avoir une limite, pressait. Il fit l'univers : pour nous il est infini, pour lui c'est une impasse. L'histoire du monde est depuis lors celle des efforts de Dieu pour se soustraire à la création. Elle est pour lui un clou, comme celui qui s'est enfoncé en trois coups dans le corps du Christ, clou planté au hasard à une heure quelconque du temps et qui depuis oriente tout l'espace autour de lui. Le Dieu qui fit l'homme n'a pu se détacher de lui. De là naît l'anxiété qui saisit le créateur par vagues et le pousse à défaire univers et créature, mais désormais il est lui-même l'œuvre qu'il a accomplie, il est ce qu'il a commis. La fin des temps ne lui rendra pas le Dieu qu'il était avant, même l'ultime destruction sera un maillon de chaîne. Il est le potier de l'univers ou il n'est rien.

« Les prophètes disent qu'à la fin du monde chacun aura pleine connaissance de Dieu. À cet instant-là nous comprendrons finalement la règle qui a régi un si grand désordre et nous pourrons absoudre Dieu d'avoir fait le monde. »

Ainsi, tout à coup tu t'arrêtas. Le ton de ta voix était lourd d'affection, de familiarité, pas envers moi, mais envers le haut, par-delà les tuiles, les cieux, par-delà l'impasse de la création. Tu fermas le livre et y laissas dessus ta main ouverte. La nuit était finie, par les fentes des persiennes fermées passait la première clarté. Sous les tuiles le trafic des moineaux commençait, l'aube du jour de ton départ se levait. Je ne devais plus te revoir. Tu te rendais dans un foyer où vont les missionnaires qui rentrent pour se soigner, au milieu d'hommes comme toi, même si des hommes tels que toi ne se ressemblent pas entre eux, ne ressemblent à personne.

Je t'accompagnai au car. Nous l'attendîmes debout, sans parler. Enfin tu montas et te retournas pour me saluer de la main. Je me revois, immobile sur le bord de la route, agitant un mouchoir dans la poussière du départ, plissant mes yeux qui ne voulaient pas te perdre et ne voulaient pas pleurer, alors que je te perdais et que je pleurais ; je mettais mon mouchoir sur ma bouche pour ne pas étouffer de poussière et de sanglots.

La pièce est illuminée, blanche, par des éclairs qui explosent sur le sol comme des coups de fouet. J'essaie de fermer les yeux, je vois la clarté même derrière mes paupières. Mon dernier ami s'avance, celui qui donnait toujours la priorité aux autres.

Te voici à la porte : cheveux courts coiffés en arrière, yeux bleus vifs et directs, sourire lèvres serrées. Je vois tes âges successifs : tu étais régulièrement un peu en avance sur tes camarades, ayant déjà franchi les étapes qu'ils étaient à peine sur le point d'atteindre. Je ne sais s'il s'agissait d'un état de grâce, mais tu attirais la curiosité, l'affection et l'amitié. Tu parlais de tes défauts avec exagération pour réduire l'avantage mystérieux que tu avais sur les autres. Tu cherchais le côté amusant de tes exploits, soucieux de minimiser tes qualités physiques. Habile plongeur, tu grimpais sur les rochers les plus hauts, ceux qui se dressaient à pic. De ces hauteurs, tu prenais alors des envols qui nous coupaient le souffle, pour nous le rendre juste au moment où tu surgissais du fond de la mer. Tu étais le seul à t'élever aussi haut, prenant ton élan sans même regarder en bas, sans hésiter. « Comment est l'eau quand tu la touches après un si long vol ? » te demandais-je. Et toi : « Un tapis. » Tu trouvais aussi le moyen de ne pas mettre les autres dans l'embarras avec tes prouesses, inventant chaque fois une blague sur ton courage, feignant une peur que tu n'éprouvais pas. Tu avais la délicatesse de t'écarter du centre d'intérêt où tu finissais souvent par te trouver. Tu détournais l'attention sur une personne présente en racontant quelque chose qui l'impliquait et lui donnait de l'importance. Avec toi la modestie semblait un exercice facile, elle était au contraire fusion d'un seul jet entre délicatesse et insouciance, elle était art et non vertu.

Ton visage prenait part à tout ce que tu disais, soulignant d'une mimique très personnelle la chose la plus banale. Tu portais allègrement un nez prononcé que tu tenais entre tes doigts en te mettant de profil : « Ce sont des nez, ça », disais-tu en te moquant de son contour accentué. Il divisait ton visage, le balayant d'ombres qui donnaient de la force à tes traits. Au bord de la mer, tu me fis remarquer un jour un détail de ton pied : ton pouce était plus court que ton second orteil. « As-tu remarqué que les statues grecques sont ainsi faites ? » et tu te pavanais avec un air de suffisance en remuant ton orteil, conscient comme d'habitude du côté comique de ta vantardise. Tu avais un pas long et bien appuyé, qui te faisait avancer avec une légère oscillation.

Mon admiration pour toi était différente de celle que j'avais pour les autres. Je comprenais que toi, d'une virilité précoce ou plus affirmée, tu étais différent d'eux. Tu étais entouré d'une bande de camarades qui imitaient tes gestes, tes répliques et même ta démarche, cherchant à saisir ce qui les mettrait eux aussi en valeur auprès des filles. Tu plaisais à toutes. Les garçons s'exerçaient à croiser les jambes à ta façon, à se coiffer comme toi, se trouvant ainsi un peu plus désinvoltes, un peu mieux remarqués. Moi j'étais incapable d'une telle énergie, de l'extrême attention nécessaire à celui qui imite par admiration.

Moi aussi j'étais de toutes les réunions qui s'offraient à nous, petites réceptions auxquelles j'allais vêtu avec l'élégance uniforme de l'époque. Très jeune j'avais déjà les mains longues et noueuses, des mains trop encombrantes pour mes poches. Je les cachais derrière mon dos, rouges comme mon nez. Avec d'autres, tout aussi empruntés, je rasais les murs de ces salles où évoluaient les premiers danseurs. À voix basse, des confidences de supériorité parvenaient à mes oreilles, mais aussi des aveux de timidité navrée de ceux qui, dans ces lieux, souffraient de leur manque d'esprit. Je me souviens d'un garçon qui me parlait avec tristesse et qui brusquement se bloqua ; sa voix se brisa dans le saut d'octave de ses pleurs. C'étaient des exclusions, sillons invisibles qu'un doigt léger traçait dans l'air d'une salle de bal d'une classe d'étudiants, sillons qui brusquement devenaient destin. Certains raseraient les murs toute leur vie.

Tu étais le préféré ; les plus belles guettaient ton arrivée. Tu ne parlais pas de tes bonnes fortunes, on ne savait pas avec quelle fille tu sortais parmi celles qui se trouvaient avec toi devant l'école. J'ignore pourquoi tu avais confiance en moi, tu m'adressais souvent la parole pour me demander un avis. Tu savais que je jouais de la guitare et une fois tu voulus m'écouter. « Bien, me dis-tu, si tu n'as rien contre, tu m'accompagneras un soir pour donner une sérénade ? » J'écarquillai les yeux, en disant oui machinalement. Je t'aurais suivi n'importe où.

Ce fut ainsi qu'un soir je demandai la permission de sortir, emportant ma guitare avec moi. Nous devions avoir dix-huit ans. Tu vins me prendre en vespa et nous partîmes. Je n'avais pas à m'inquiéter, me dis-tu, je devais seulement chanter et jouer comme la dernière fois. Mais je n'étais pas inquiet. C'était une tiède soirée de mai qui aurait délié la langue d'un muet et j'étais heureux d'être dans ce vent, le visage fouetté par la course. Ces nouveautés inouïes me comblaient de confiance.

Nous nous mîmes sous une fenêtre. Nous étions dans un jardin et on sentait la mer toute proche. Les citrons embaumaient l'obscurité. Nous nous approchâmes du mur et tu me dis de commencer. Debout, je grattais les cordes et, comme si c'était la chose la plus naturelle, je chantai. Ma voix se fit plus sûre, la guitare courait, légère, sous mes doigts. À certains points d'accord entre la musique et le chant un troisième son s'élevait, effet d'orgue qui se réfléchissait contre le mur. Je chantais pour une femme inconnue, et pour elle j'accomplissais le plus hardi de mes actes. En cette heure peut-être éprouvai-je de l'amour, l'amour aveugle qui n'a pas besoin de se révéler, qui chante d'un coin obscur et qui, du corps, n'offre que la voix. Si amour est pollen d'un soir de mai qui passe dans l'obscurité d'un jardin, si amour est celui qui ne sait pas même pour qui, alors, une fois moi aussi.

J'enchaînais une chanson après l'autre. Quand tu touchas mon bras, j'ouvris les yeux. La lune était haute, la visite était terminée. Je m'éveillai d'une concentration que je n'ai plus éprouvée. Le temps d'une chanson, un sentiment s'était arrêté dans mon corps et il était déjà passé.

Ta spécialité la plus étonnante était les énigmes. Plus qu'une habileté c'était une virtuosité qui te permettait de résoudre rapidement les plus ingénieux problèmes. Tu m'initias aux merveilles des cryptographies mnémotechniques, comme celle formée par le seul mot « miroir » : une phrase entière devait en découler par logique et analogie. La solution était : plan sujet à réflexion. « Comment ? » te demandai-je. « Évidemment : un miroir est une surface plate qui réfléchit. » Je me souviens aussi de cette autre cryptographie encore plus fascinante pour moi, parce que palindrome, phrase qu'on peut lire également de la dernière à la première lettre. Le texte était : Tyrrhénienne et Adriatique ; la solution était : la marine du Sud en ira mal.

L'été on t'appelait à la rescousse sous les parasols pour tirer d'embarras dames et oisifs plongés dans un rébus, dans une grille de mots croisés vide. Quel était le secret de ta réussite, je te le demandai. Tu répondis par jeu : « Les mots sont de mœurs faciles, il est simple de les pousser à la substitution. Ils ont des sens multiples dans un espace limité de lettres, quelques retouches suffisent, juste une invitation et ils se plient à toutes les variantes, à tous les jeux. C'est comme si je pouvais lire toutes les combinaisons possibles. Ce qui arrive à un mathématicien avec les chiffres ou à un joueur d'échecs avec les pièces m'arrive avec les mots. »

Ainsi on trouva un panneau CHUTE DE PIERRES sur le miroir des toilettes des enseignants, légèrement modifié : CHUTE DE PIÈTRES.

Chez toi, là-haut dans les vieux quartiers, régnait un silence vicié de fenêtres closes et de bibliothèques surchargées. On était accueilli par l'odeur de ce savon jaune qui se vendait autrefois à la coupe. C'était un petit appartement que tu partageais avec ton père qui enseignait l'histoire et la philosophie au lycée. Ta mère, morte en te mettant au monde, avait laissé un désert dans le cœur de son mari. Il mit son honneur à ne pas te faire supporter le poids de la substitution. Il avait été attentionné envers toi, prêt à tout, mais pas affectueux. Avec ton habileté d'amateur d'énigmes qui sait combien d'allers-retours tu avais faits entre homme et femme, mots qui communiquaient au moyen de deux passages seulement : homme – gomme – gemme – femme.

Dans ta chambre au bout d'un étroit couloir aux carreaux disjoints, s'empilaient un tas de vieilleries. Je revois les petits bustes en plâtre d'antiques personnages, des tableaux avec des animaux, des fruits en marbre, des solides aux formes géométriques. Sur une table couverte de papiers il y avait des dés, un gros hameçon, un tunnel, vestige d'un petit train électrique. À cette époque, il m'était impossible de le voir, mais aujourd'hui que j'observe à nouveau cet intérieur je comprends qu'il était constitué de l'ameublement négligé et obligatoire des rébus. Il y avait sûrement une clé pour mettre en mots l'énigme de cette pièce. Il en est peut-être ainsi pour chaque maison.

En classe un jour tu me fis passer un billet. Il y était écrit : admire le pédant (phrase anagramme : 6, 2, 6). Il me fallut la journée pour le résoudre : demain le départ.

C'était ma dernière année d'école qui fut suivie par mon dernier été à Ischia. Je prenais mon habituelle teinte rouge cuivré qui jamais ne se délavait en bronzage, mon nez pelait au point de se dépouiller presque entièrement de sa chair. Sur la plage je mettais un chapeau de paille pour me protéger du soleil et ainsi habillé, je ne pouvais me vexer du surnom d'épouvantail. Peut-être était-ce pour contredire ce sobriquet que j'essayais d'attirer les oiseaux en leur donnant des miettes.

Je n'ai pas revu l'île où nous fûmes jeunes. Là, je connus l'embarras des premières libertés. Mes parents me poussaient à me mêler à la vie de mes camarades qui le soir se retrouvaient sur une place, tantôt pour discuter avec les filles, tantôt pour parler d'elles entre eux. Je sentais parfois la tristesse me gagner dans ces lieux qui auraient dû n'être qu'insouciance et qui frémissaient au contraire de parades, de vexations. Les garçons, que la nécessité de s'exprimer pour impressionner les filles rendait nerveux, devenaient fragiles et agressifs. Je ne me froissais pas d'être pris pour cible de quelque facile réplique, je souffrais en revanche de leur gaieté tourmentée. On était accepté ou rejeté suivant une hiérarchie de valeurs, incompréhensible et inexorable. Ce n'était qu'adolescence, mais à cette époque aucun de nous ne le savait et cette place du soir semblait contenir toute notre vie. La place des flatteries et des brimades était le seul monde auquel on pouvait s'attendre. Certains tiraient de là des conclusions sur eux-mêmes qui engageraient le reste de leur vie. Aussi le soir je n'allais pas avec mes amis et je me promenais autour des pinèdes clôturées, attendant l'heure de rentrer à la maison.

Lorsque l'été finit, sur le bateau qui me reconduisait en ville, je ne souhaitais pas une autre saison sur l'île. Je fus pris à la lettre et à la gorge par le destin, nous déménageâmes dans cette maison que je ne devais plus quitter. Avant que cette saison prît fin, je t'accompagnai dans une excursion sur la montagne de l'île, l'Épomée. Nous gravîmes la pente qui part du village le plus haut, là où nous laissa l'autocar. Nous atteignîmes rapidement les bois de châtaigniers et, entre les lacets du chemin, les rangées de vigne plantées sur d'étroites terrasses. La roche du sommet nous apparut de loin. Tu disais qu'un repliement de moines y avait creusé des cellules. Ces minuscules habitations avaient été transformées en chambres équipées d'un petit balcon qui donnait sur le précipice et sur les bois. Nous allions y passer la nuit.

Je me demande encore pourquoi tu m'invitas à cette excursion, la jeune fille anglaise qui t'accompagnait se posait peut-être la même question. Elle était belle. Elle avait des soupirs dans la voix et une invitation dans les yeux qui faisait sourire. Nous atteignîmes le sommet entre ma respiration haletante et tes récits qui dévoilaient ce que nous allions voir. Accoudés aux parapets dominant le vide, nous vîmes le soleil d'août se coucher lentement. Les corbeaux tournoyaient dans le vent autour du sommet.

Nous dînâmes dans la première ombre du soir sur la terrasse de l'auberge. La fraîcheur des hauteurs nous força à passer un pull, le premier de la saison. Nous avions envie de parler doucement. D'en bas, dans le lointain, montaient des bruits atténués, voix, aboiements ; de la cuisine nous parvenaient les grésillements de l'huile qui chauffait dans la poêle. Nous nous souriions sans parler, nous regardions autour de nous, serrant un premier verre de vin d'une fraîcheur de grotte. Nous voyions des lumières de tous côtés. Nous avions au-dessus de nous les premières étoiles. Baissant les yeux vers la mer nous apercevions les reflets des barques parties à la pêche au lamparo. En contrebas on voyait les lumières des maisons éparses dans le noir de la vallée. Du fond de la terre jusqu'au ciel, l'obscurité était percée de pores brillants et respirait. Je n'avais jamais vu tant de profondeur et elle était si proche, tellement à la surface des yeux.

Je me posai une question : aurais-je aimé m'arrêter en ce lieu ? Je me surpris à répondre que non. Le charme d'un endroit devient insignifiant à la longue s'il n'y a pas d'autres raisons d'y vivre. La beauté des pays des autres ne suffit pas à transplanter un étranger, seulement à le retenir. Elle rend nomade, elle pousse vers d'autres paysages. Ces mots en tête, je vous suivis après dîner sur la crête de la montagne, là où, en son point le plus haut, une petite terrasse est creusée dans la pierre. Nous contemplâmes l'île qui descendait à nos pieds sur des centaines de mètres jusqu'à la mer.

Tu pris la jeune fille par les mains pour danser deux rondes avec elle. Vous parliez peu entre vous à cause de l'obstacle de la langue. Vous remplaciez les mots par de nombreux gestes de connivence, comiques, qui mettaient en joie. Dans vos tendresses de sourds-muets passait l'amour, un empressement constant à montrer à l'autre ce que les sens de l'un percevaient. L'amorce de tes gestes envers elle avait l'élan initial du plongeon qui soulève dans les airs. Le silence vous rendait habiles, sans autre dessein que celui de vous plaire. Nous étions au milieu des ténèbres célestes, votre amour se dressait sur la plus haute vergue de la grande île.

Je distinguais mal vos deux silhouettes assises côte à côte devant moi. On peut parfaitement savoir que la Terre est un grain à la périphérie de la création, qu'elle tourne autour d'une étoile et non l'inverse, mais il y a des moments, des lieux, où cette notion évidente fait place à une croyance plus ancienne. Tu dis : « On se sent au centre de l'univers. » Tu traduisis ta phrase pour elle en montrant d'abord le ciel puis ta main et en plaçant sur sa paume son index et le tien. Elle poussa un profond soupir.

Oui, au centre, je le sentais moi aussi, mais pas de l'univers, au centre, au col d'une autre machine : une clepsydre. Au-dessus de nous la cuvette du ciel, au-dessous de nous celle de la terre : nous étions à l'étranglement de cet instrument, l'avarie soudaine qui en arrête le flux. Autour de nous le monde s'était arrêté. Nous, jeunes gens désorientés à la périphérie de tout, étions dans un de ces endroits à travers lesquels s'écoule l'infini, tombant de l'abîme des cieux : dans une étroite gorge entre la terre et le ciel, il devient temps et monde. Nous éprouvions le vertige du centre. Tout autour c'était une nuit pleine de silence, l'immense descendait sur nous avec légèreté.

Sur la terrasse du sommet je ne voyais plus rien. Tu dis encore : « Ptolémée avait raison, il entendait le ciel selon le sens et non selon la lettre. » Tu ne traduisis pas cette phrase, mais dans l'obscurité je sentis que vous vous rapprochiez. Aussi je me levai et vous laissai seuls sur le plus haut point de l'île. Au moment où je me détachais de là, de nouveau le vent se leva. La clepsydre fut chassée de mon esprit et moi de sa gorge.

Dans l'air sans lune tombaient les cendres des étoiles : accoudé au balcon de la petite chambre je souris de mon aventure, passer une nuit loin de la maison. Je m'endormis épuisé, comblé. Le matin arriva, un soleil opaque et rougeâtre pointant derrière les contours de la terre ferme. L'air fumait de vapeurs. À table, au petit déjeuner, la jeune fille avait les yeux fatigués par la fraîcheur de la nuit. De ses deux mains elle portait la tasse fumante à sa bouche, cambrant le dos, heureuse. Notre hôte nous salua d'une grande poignée de main et nous suivit du regard depuis la terrasse tandis que nous descendions le long du sentier. Dans l'air lourd sa voix joyeuse et profonde cria ton nom pour la dernière fois.

Après le lycée, commença ta vie de pèlerin dans les chambres d'amis et de connaissances, chaque fois que l'occasion se présentait. « Depuis que j'ai quitté mon père, je n'ai plus jamais eu de logement à moi. J'ai été hébergé dans toutes sortes de chambres, mais je ne me suis attardé dans aucune, pas même quand je me trouvais bien. Un hôte doit prendre congé au moment où tout le monde désire qu'il reste. Le sens de l'anticipation est la seule vertu utile à un invité. Savoir prendre congé opportunément, c'est laisser derrière soi une porte toujours ouverte. Je peux dire que je suis un expert dans les au revoir et les adieux, un de ceux dont on se rappelle volontiers les départs. L'hiver est la saison où mes visites sont le mieux accueillies. J'ai été un courtisan errant, même si je préfère dire hôte, variante moderne et plus modeste. J'ai appris à m'adapter à la vie des autres, je peux être un locataire qui passe inaperçu. Je règle mes horaires sur ceux de la maison, je ne laisse aucune trace dans la salle de bains, je fais mon lit et range mes bagages hors de vue. Lorsque ensuite je quitte ceux qui m'ont offert l'hospitalité, je recueille des phrases comme : nous ne savions pas que vous habitiez encore chez nous ; ou bien : dommage de se priver d'un fantôme familier. Ce sont les plus beaux compliments. »

Ton caractère sociable s'améliora encore avec le temps. Tu parvenais à être imperceptible et désiré, art suprême de l'hôte. Tu ne trahissais pas l'accueil reçu, tu ignorais les éventuelles tentations des femmes d'une maison où tu étais invité.

« Ce qui fait de moi un courtisan, c'est le respect du toit d'autrui. Une maîtresse de maison, une fille sont sacrées pour moi et il n'est pas question que je les désire. Parfois une invitation pressante est pour moi le signal impératif du moment de prendre congé. Étreindre une femme signifie à mes yeux avoir le cœur libre et le monde vide, comme si chaque fois nous devenions les derniers habitants de la planète. Il y a des femmes qui, pour me rencontrer, se détournaient, en fuyardes, de leurs devoirs envers leurs maris ou leurs fiancés ; des femmes que je n'ai pu apprécier dans ces conditions. » Souvent j'aurais voulu te demander : mais les femmes, comment sont-elles ? Le désir m'a manqué à moi, la beauté que je voyais restait dans mes yeux, s'arrêtait là, ne transmettait aucune impulsion à mes nerfs. Comme dans le coucher de soleil limpide d'une journée d'automne, quand je regardais longuement le soleil se décomposer au fin fond du ciel, vers l'outre-terre, le violet à sa traîne : tant de splendeur éteinte restait dans mes yeux, mais je ne désirais pas la suivre.

Je te demandai une fois en passant, plutôt une pensée muette qu'une question : mais est-ce qu'on trouve encore des femmes ? Tu répondis que tu ne pouvais en parler au pluriel, mais d'une seule à la fois. Le pluriel, dis-tu, convient bien aux hommes et mal à elles. Tu ne ris pas de ma question, mais tu la retournas.

« J'ai été perdu par plusieurs femmes, à commencer par ma mère qui me jeta hors d'elle juste à temps avant de mourir. J'ai été perdu comme cela arrive aux objets. Quand les liens entre une femme et un homme deviennent possessifs, alors on peut être perdu, car on ne perd que ce qu'on possède. »

Je comprenais mal. Il me semblait que tu parlais mal de personnes possédées comme des choses.

« C'est le rang le plus élevé de l'amour. Être pour l'autre une chose entièrement sienne, ornement de son intimité, privé de la liberté d'être différent. Devenir une chose à posséder : à ce niveau d'assignation il arrive qu'on nous perde. Alors on nous place sur l'étagère des objets égarés, on attend qu'on vienne nous rechercher et on reste les yeux ouverts la nuit, guettant le pas de qui reviendra nous réclamer. Mais personne ne revient et après le temps qu'il faut on est à nouveau soi-même, délivré de la possession, libre car on devient libre après avoir été perdu. »

Un sourire étirait une moitié de ton visage ridant le bord de ton œil, un sourire d'échappatoire à des mots sérieux.

Tu avais fait de la prison. Il s'agissait d'une erreur car, par la suite, tu fus acquitté. Ce fut ton comportement avant le procès qui prolongea de deux ans ta détention. Tu refusas de collaborer avec le magistrat qui s'occupait de ton cas. « Ce ne fut pas une impolitesse arbitraire. À cette époque, j'étais l'hôte d'une belle famille. On vint m'arrêter le soir de Noël alors que j'étais à leur table, gâchant à ces gens-là une soirée de paix. Après les fêtes, vers la mi-janvier, après des semaines d'isolement, je fus conduit devant un magistrat. Sa barbe était mal rasée, ses ongles sales, il fumait, posait des questions. Je compris très vite que je ne parlerais pas à cet homme. Je le lui dis : à vous je n'aurai plus rien à dire.

« On peut supporter toutes les peines, pas le manque de respect d'homme à homme. La justice peut être sévère, inconfortable dans ses logements et ses usages, mais elle doit faire preuve d'élégance envers celui qui est dans le besoin. Quand on est face à face avec un autre être, s'il n'y a pas de courtoisie, il ne peut y avoir d'échange. J'avais un bon avocat qui me conseillait d'agir différemment. Il m'expliquait que mon refus de parler avec le juge prolongerait la détention précédant le procès, empêchant aussi la réception d'une demande de mise en liberté provisoire. Je le dispensai de la solliciter et répondis que c'était ma liberté, non pas provisoire mais définitive, de refuser tout entretien avec ce monsieur. Quand on est placé dans l'état d'infériorité de prisonnier, la politesse, les bonnes manières ne sont pas des simagrées mais carrément de la dignité, ultime ressource qui réconforte celui qui souffre. Je n'ai pas pu la troquer contre quelque remise de peine. J'avais déjà les cheveux gris, je ne piaffais pas derrière les barreaux. Il me restait d'autres libertés et elles me suffisaient.

« J'ai rencontré bien des hommes et dormi dans bien des cellules, en prison on est en perpétuel déménagement. Il est étrange qu'un lieu de claustration puisse être si agité. Là aussi, j'ai mis à profit mes connaissances d'hôte, cherchant à être le moins encombrant possible et à ne pas manquer de conversation. La différence était qu'il ne dépendait pas de moi de prendre congé, tout compte fait un soulagement face à mes scrupules d'invité.

« Je considérais mon cas, essayant de dégager ma personne de l'incident. Je pensais : celui qui viole le domicile d'autrui, capture un homme, le retient un temps indéfini, celui qui agit de la sorte doit avoir une forte conviction de culpabilité, des preuves formelles. Aussi me semblait-il déloyal qu'il dût obtenir en plus la collaboration de celui qui est mis en position d'infériorité. Je n'ai pas voulu me prêter à un usage injuste. Il fit demander par l'intermédiaire de mon avocat si je m'étais mis en tête de faire de mon refus un cas. Un cas, certes, mais pas comme il le craignait peut-être, avec des journaux et du bruit autour. Un cas d'une autre espèce, car chacun peut faire de sa propre vie un cas, souvent le pire.

« Enfin j'ai vu à quel point il était décevant d'être accusé. Peu importe que l'inculpation soit fausse, nul n'est innocent, pourvu qu'elle contienne aussi les vraies accusations, celles dont un homme a honte. Je pensais à mes fautes, avoir abandonné mon père, avoir fait pleurer une femme dévouée, à un mouvement d'impatience qui avait fait rougir en public une autre personne.

Tels sont les délits, nul autre que moi n'en demande compte sur terre. En face d'eux, les accusations de ce tribunal étaient des crachats lancés dans le creux de la main pour la lubrifier. Ces délits commis par légèreté parce qu'on est jeune ne passent pas par des cours et des magistrats, ils ne passent pas, tout bonnement.

« Après deux ans de prison j'ai dû répondre de tout autre chose, de bêtises. Le jugement qui m'a lavé des accusations ne m'a pas concerné. »

Tu m'apportais des nouvelles de notre ville. Elle grouillait de musiciens, d'acteurs, d'assassins. Dans sa banlieue, derrière elle, des usines poussaient au milieu des potagers, dans les ruelles il y avait de la richesse. D'un panier inépuisable sortaient des faits inouïs. Tu parlais de bruits, moi je me souvenais d'odeurs. Je voulais savoir si on trouvait encore des *taralli*[1] au poivre sur le bord de mer, mais j'avais honte d'évoquer de telles futilités au milieu de tout ce désordre. Je ne me résignais pas à cette nouvelle ville dont on pouvait dire tant de choses, car elle était devenue indifférente au juste comme à l'arbitraire. On ne mesurait plus ses mots comme autrefois, pour ne pas la blesser et par égard pour ce qu'on ne comprenait pas.

Même les marins américains, en débarquant, étaient gênés parce qu'ils ne trouvaient plus la grande foule qui les accueillait dans tous les ports du monde. La ville était ailleurs, elle ne talonnait plus les derniers conquérants.

Une goutte fuit du robinet de la cuisine. Elle produit une syllabe que je reconnais et qui me reporte loin dans le temps : *louk, louk, louk.* Dans les ruelles de mon enfance, sur la colline qui domine le port, les marins américains remontaient laissant leurs bateaux derrière eux. Le long des rampes dangereuses, ils croisaient des hommes chargés de marchandises, des femmes de passage, et aussi une toute jeune fille, notre domestique, me tenant par la main, moi enfant.

Elle sortait avec la permission de mes parents sous le prétexte de m'emmener en promenade. J'étais petit, maigre, pensif, la tête

1. Biscuit salé de l'Italie du Sud en forme de couronne.

allongée et étroite, l'air égaré que donne la faim, mais je n'avais jamais faim. Je la suivais en silence, mon béret trop large ballottant sur mes oreilles, prêt à faire n'importe quel périple hors de la maison avec elle. J'étais ébloui par sa chevelure en torsade et une verrue sur son poignet que je touchais sans arrêt. Dans ces ruelles, chacun exposait des choses à vendre, ne fût-ce que ses yeux, si l'on n'avait rien d'autre. Comme elle, d'autres filles occupaient ces rampes aux marches disjointes, étudiant des poses voyantes, découvrant des bas nylon sur de solides mollets. De toutes parts on bredouillait l'invitation insistante, l'appel dans une langue facile et brève : « *Louk, louk, evelouk, have a look* », regarde.

Ils passaient, ils passaient presque tous, mais quelques-uns devaient bien s'arrêter si je me souviens d'une antichambre obscure où des après-midi s'écoulaient rapidement sur les bandes dessinées offertes et la boîte de pastilles en chocolat toutes colorées dans le tube de carton bariolé.

Nous nous hâtions en descendant le long de ces ruelles. Alors c'était elle qui évitait la foule de marins qui continuaient à monter en ordre dispersé. Elle avait le dos plus droit et moi je me traînais derrière son pas alerte qui gonflait la torsade de ses cheveux. Sur ma joue arrivait l'onde de sa chevelure défaite, elle entrait dans mes yeux que je ne voulais pas fermer parce que c'était beau de s'aveugler dans cette caresse fauve. Je touchais la verrue sur son poignet, elle me laissait faire, je perdais pied, étourdi par de soudaines béatitudes. Elle ne me demanda jamais de me taire, de ne pas parler. Nous rentrions à la maison en silence. À présent la syllabe de l'eau goutte fort, le bruit de cet *evelouk* continu et étouffé s'amplifie.

J'eus la curiosité, une fois, de connaître la réaction des sens d'un homme qui sort de prison. C'était un jour de notre dernier âge. Tu m'avais fait une surprise, arrivant sans prévenir. J'étais occupé à blanchir à la chaux le poulailler, travail du mois de mai. J'étais couvert d'éclaboussures blanches sur les mains, sur le visage. Tu me demandas de ne pas interrompre mon ouvrage et je continuais donc pendant que tu me regardais faire. Puis nous nous assîmes devant la maison dans le soleil déjà fort et cette question m'échappa. Je n'eus pas le temps de me reprendre ; toi, courtoisie incarnée, tu te lanças dans la réponse. Tu avais l'âge de nos dernières rencontres, tu avais plus de cheveux blancs que moi, ils avaient la couleur laiteuse de la chaux que j'étais en train de mélanger. Il y avait dans tes façons une légère hésitation que je n'avais jamais remarquée auparavant. C'était une prudence physique et même une fatigue. Lorsque tu parlais, tu t'arrêtais pour savoir si par hasard tu n'étais pas trop long, trop ennuyeux à écouter. Je ne m'ennuyais jamais et qui plus est j'étais intrigué par l'air nouveau de tes façons, mi-étonné, mi-reconnaissant. Tu regardais plus souvent droit dans les yeux.

« Des frissons. Ils me prenaient quand je voulais me rendre dans un lieu fermé, au cinéma par exemple ou dans un musée. Après avoir maîtrisé pendant deux ans mon désir de sortir, les premières occasions d'entrer dans des endroits fermés me donnaient la chair de poule.

« Après mon arrestation on me mit au régime d'isolement pendant plusieurs semaines. La nuit du dernier jour de l'année, j'entendis les feux d'artifice de la ville. L'allégresse d'une minute se changea en terreur. Ma cellule se remplit de fumée car dans toutes les maisons voisines brûlait un feu de flambeaux et de pétards. Le trafic frénétique de la fête explosait. Il laissait dans les pièces enfouies en dessous du niveau de la rue le reste d'une combustion, de la cendre pour les poumons d'hommes enfermés. Dans les cellules d'isolement on étouffait, un homme par niche, j'entendais tousser, jurer, taper des poings et des souliers. Ainsi répondait du fond, par des coups aveugles, la soute de la terre, enfer sec sous l'écorce de la rue. Je regardais dans le noir enfumé, je transpirais dans le froid de la nuit essayant de rester calme.

« Les hommes enfermés dans la section d'isolement avaient les sens lacérés : l'un criait, l'autre chantait, un autre tapait sa tête contre le mur cherchant à s'assommer sans y parvenir. Telle sera, pensais-je, la dernière nuit du monde avec les étoiles en flammes et les hommes étourdis de coups sous la fête déchaînée des cieux.

« Ainsi commençait l'année d'une vie nouvelle. Je l'apprendrais, usage après usage, horaires gênants, étrangers fixes. Pour apprentissage, il y avait le régime d'isolement où l'on est privé de tout.

« La cellule était très poussiéreuse, il y avait peu d'air et une odeur de sperme laissée par qui sait combien de locataires avant moi. Je n'avais rien à lire, il n'était pas permis d'écrire. Alors j'eus l'idée de graver des mots dans la poussière du sol avec mon doigt. La pièce était petite, le temps immense : je sentis la responsabilité effrayante qu'éprouvent les écrivains. Je ne pouvais en effet écrire que des mots définitifs, sans aucune possibilité de les corriger, car j'aurais effacé avec eux la pellicule de poussière.

« Je pouvais écrire des vers célèbres restés dans ma mémoire, mais dans le silence glacé des jours mon désir de laisser derrière moi la trace d'une phrase devint de plus en plus aigu. Ce n'était que de la poussière et pourtant elle m'inspirait le respect d'une matière éternelle sur laquelle resterait indélébile le trait que je gravais de l'ongle de mon index.

« Ainsi je m'agenouillai sur le sol-feuille, et là où les autres avaient versé leur semence, je mis la mienne, mots dont je ne veux pas me souvenir. Je ne les effaçai pas au moment de mon transfert dans les cellules ordinaires. Le prisonnier suivant maquillerait à nouveau le tapis de l'isolement.

« J'eus la permission de fréquenter la bibliothèque de la prison. Je lus des livres de géographie, je connaissais mal la configuration du monde. Je fus étonné d'apprendre qu'au XVIIe siècle les navigateurs parcouraient l'hémisphère Sud en pensant rencontrer des terres aussi vastes que celles de l'hémisphère Nord. Ils cherchaient des confirmations à une théorie qui alors postulait la symétrie des continents : à une telle étendue de terre au nord devait correspondre une aussi grande au sud. Durant un siècle entier les hommes s'usèrent à explorer les océans de l'autre hémisphère. Ils scrutèrent chaque jour le profil de l'horizon, ridé seulement par les vagues. Des vies entières se passèrent sur les quelques mètres d'un voilier tandis que dans les cabines des capitaines moisissaient les étoffes colorées destinées à flotter sur les nouveaux rivages. Le monde vers lequel ils avaient appareillé n'était pas là, leur direction était fausse dès le départ. L'erreur tient souvent au premier pas : en mer il n'y a pas de tavernes. Après de si grands risques et un temps si long, seul comptait le bois auquel ils étaient restés accoudés, c'était le Sud recherché, terre intérieure que chacun portait déjà en soi.

« Je comparais cet effarement au mien. J'étais moi aussi à l'étroit dans quelques mètres, au milieu de compagnons malchanceux. J'étais là pour quelque chose que je commençais à oublier, je m'adaptais à la vie qui ne demande pas de raisons. Pourquoi étais-je là ? Je ne le savais plus, ça ne comptait pas. Je vivais sans attente. Au tribunal, quand on ôta les menottes de mes poignets, je pensai qu'on ne m'avait rien enlevé, nul n'avait effacé ces deux années, car moi en attendant je les avais vécues sans vouloir m'en arracher, sans compter les jours. Je frottai mes poignets endoloris, je m'habituai de nouveau à dormir toute une nuit d'affilée. En prison, le sommeil maintes fois entrecoupé était lui aussi endolori. On ne m'a rien enlevé, j'en ai quelque fierté aujourd'hui que je suis vieux et que mes jours sont tous comptés.

« Les hommes que j'ai connus au cours de ces deux années étaient différents, chacun s'adaptait ou se brisait selon sa nature. Dans les privations plus que dans les libertés on peut juger de l'immense variété des êtres humains. En chacun d'eux j'ai trouvé beaucoup de bon, me rendant compte que n'importe qui, par un geste de sympathie, pouvait le susciter. C'est étrange, mais c'est ainsi : le plus souvent notre meilleur côté ne dépend pas de nous, il est confié à l'initiative d'un inconnu qui vient le réveiller par hasard. »

Je te parlais de poules qui creusaient un trou pour faire retomber la poussière sur leurs plumes et se libérer des parasites. Elles faisaient comme les canards avec l'eau, elles se nettoyaient ainsi. Quand le vent soufflait face à la mer, le soir je te montrais le vol bas des mouettes qui retournaient vers leurs abris de l'arrière-pays, passant au ras des maisons de paysans pour affronter un vent moins fort. Je te faisais écouter le bêlement des brebis qui rentraient des pâturages le soir et je te racontais comment il prenait la sonorité d'un cri si les agneaux, qui étaient avec elles la veille encore, subitement n'y étaient plus. Alors, au coucher du soleil, on entendait l'appel de la bête qui avait fait un fils et le cherchait à l'heure où elle avait l'habitude de rentrer dans l'enclos avec son petit qui s'endormait ensuite dans l'odeur de son flanc. Les premiers jours de leur absence, les brebis avaient un bêlement limpide, gelé, déchiré.

Je donnais des nouvelles champêtres en échange des épisodes de ta vie. Il me manquait alors le sens de la disproportion, l'inégalité était sans vergogne. Ce soir je souffre de ne pas m'être tu, d'avoir parfois mis ma voix dans le sillage de celles de mes amis.

La maison a vieilli au cours de ces dernières minutes. L'effort des pierres pour se maintenir a couvert l'enduit de rides, le vent s'est transformé en chant dans les pièces, descendant vers l'accord en *ré* dièse majeur. C'est la musique de la matière, elle devait y être depuis l'origine du monde. C'est un ton bas qui vibre dans mon corps et de sa force me détache de mes nerfs, défait leurs nœuds lentement, un à un.

Tu me demandas si je me souvenais encore des alphabets et quelle était la dernière lettre de l'alphabet hébraïque. C'était le *tau*, notre *t*, je la dessinai dans l'espace. « C'est aussi un mot, te dis-je, il veut dire signe, sigle. La Bible parle d'un ange exterminateur qui passe dans les rues de Jérusalem et met un *tau* sur le front de ceux qui souffrent, ainsi pourront-ils être épargnés. »

Au soleil de mai j'avais frotté à sec mes mains éclaboussées de chaux et la poudre fine s'était détachée comme du sucre glace. Tu avais ramassé sur le sol les pétales d'une rose et avec l'un d'eux, sur la poudre de chaux, tu écrivis le *tau*.

Les visites, les vies s'estompent, la maison cède, aucune histoire ne la soutient plus. La pierre sort de ses encastrements, la poutre du toit éclate. J'oscille encore dans le vacarme de l'écroulement, dernier balancement au milieu de la poussière. De l'air m'arrive en pleine face, par intervalles réguliers, comme une respiration, s'approche, ébouriffe mes cheveux, un souffle fort vient à la rencontre du mien, le domine, l'éteint. La cataracte des éclairs s'est calmée, je suis un souffle au-dessus des décombres.

TROIS CHEVAUX

1999

Traduit de l'italien par Danièle Valin

Titre original :
TRE CAVALLI

© Erri De Luca, 1999.
Première publication par Giangiacomo Feltrinelli Editore, Milan.
Publié en accord avec l'Agenzia letteraria Susanna Zevi.
© Éditions Gallimard, 2001, pour la traduction française.

Gare à ceux qui ne pratiquent pas
leur propre pureté avec férocité.

MARIO TREJO,
Argentine, 1926

PRÉFACE

Argentine est un triangle rectangle qui a pour grand côté les Andes à l'occident, pour petit côté l'irrégularité des fleuves au nord et pour hypoténuse élimée l'océan Atlantique à l'est.

Argentine est longue de trois mille sept cents kilomètres, entre vingt et un et cinquante degrés de latitude sud. Le dernier socle d'Amérique, partagé avec le Chili, est à dix degrés seulement de la terre de Graham, croissant du continent antarctique.

Argentine a accueilli près de sept millions d'émigrants jusqu'en 1939. Presque la moitié étaient des Italiens.

De 1976 à 1982, Argentine a purgé une dictature militaire qui a asséché une génération. À la fin manqueront à l'état civil environ quarante mille personnes, presque toutes jeunes, sans sépulture.

La dictature s'effondre après l'échec de l'invasion des îles Falkland/Malouines, une moitié de Sicile à peu près, à plus de trois cents kilomètres de la côte. C'est le printemps 1982.

L'immensité de ces lieux et de leur histoire est la scène des aventures vécues dans ce récit.

Je lis seulement des livres d'occasion.

Je les pose contre la corbeille à pain, je tourne une page d'un doigt et elle reste immobile. Comme ça, je mâche et je lis.

Les livres neufs sont impertinents, les feuilles ne se laissent pas tourner sagement, elles résistent et il faut appuyer pour qu'elles restent à plat. Les livres d'occasion ont le dos détendu, les pages, une fois lues, passent sans se soulever.

Ainsi, à midi, au bistrot, je m'assieds sur la même chaise, je demande de la soupe et du vin et je lis.

Ce sont des romans de mer, des aventures de montagne, pas des histoires de ville, je les ai déjà autour de moi.

Je lève les yeux, attiré par le reflet du soleil sur la vitre de la porte d'entrée par laquelle ils entrent tous les deux, elle dans un air de vent, lui dans un air de cendre.

Je reviens à mon livre de mer : il y a un peu de tempête, force huit, le jeune homme mange avec appétit tandis que les autres vomissent. Puis il sort sur le pont, se tenant solidement sur ses pieds parce qu'il est jeune, seul, tout à la joie de la tempête.

Je détourne les yeux pour couper de l'ail cru sur ma soupe. J'avale une petite gorgée d'un vin rouge âpre, qui sent le fût.

Je tourne des pages dociles, des bouchées lentes, puis je lève la tête du blanc du papier et de la nappe, je suis la ligne du carrelage qui fait le tour de la pièce et qui passe derrière deux pupilles noires de femme, mises sur cette ligne comme deux *mi* fendus de la ligne basse d'une portée musicale. Elles sont pointées sur moi.

Je lève mon verre au même niveau et je le laisse en l'air avant de boire. Cet alignement force mes pommettes à ébaucher un sourire. La géométrie des choses environnantes fait naître des coïncidences, des rencontres.

La femme, de face, me sourit.

L'homme, de dos, intercepte le toast, tord le buste, tend d'abord le coude, le patron qui m'apporte un plat l'esquive d'un coup de reins. Avant que l'autre énergique termine son demi-tour, je salue la dame d'un raclement de gorge, comme si je la connaissais. Elle me répond de la même manière tandis que l'homme me dévisage.

Pendant ce temps je bois, je remets le nez dans mon assiette, je lis et j'avale.

Le bistrot se vide des ouvriers, moi je reste encore, je n'ai pas d'heure pour reprendre mon travail.

Aujourd'hui je dois finir de tailler et de ramasser les branches. Demain je les brûlerai.

La femme se lève, s'avance et s'approche de ma table, rapide et directe.

Je plisse les yeux pour regarder carrément dans son nez, là où ses narines soufflent un peu d'air sur ses mots : « J'ai changé de numéro, appelle-moi à celui-ci. » Et elle laisse sur la nappe un nom et des chiffres. Je mets la main dessus. Elle est assez propre, je ne m'étrille pas pour la pause de midi.

Je la regarde debout devant moi, je me lève et, pour ne pas être en reste, j'improvise à mon tour en disant : « Ça me fait toujours plaisir de te voir. » Elle pose ses mains sur la mienne, « Bien le bonjour chez toi. — Je n'y manquerai pas merci », l'autre est à la porte, elle se retourne et je me rassieds.

Qu'est-ce qui me prend – je n'y manquerai pas merci –, empaillé que je suis : à qui le dire ? Je n'ai personne.

Que demande une femme magnifique à un jardinier de cinquante ans assis au fond d'un bistrot ? Jamais vus auparavant, elle est jeune et moi je reviens de vingt ans d'Amérique du Sud. Je suis ici par hasard pour travailler dans le jardin d'une villa en haut de la côte et je descends ici à midi pour être au milieu d'autres et me reposer, et elle, elle passe par là pour la première fois.

Je me ressaisis aussitôt, le patron apporte un quart de vin pour le boire avec moi. « Tu es un honnête homme, lui dis-je, tu as du bon vin et un ouvrier peut être sûr qu'il n'aura pas l'estomac en feu le reste de sa journée.

— Moi aussi je viens de ce métier, dit-il.

— Et puis tu donnes aussi de la soupe aux étrangers et il y a toujours un Africain qui vient s'asseoir pour manger ce qu'il apporte et tu le laisses faire.

— Ça ne me coûte rien et ma femme ne râle pas. »

J'approuve d'un signe de tête.

« Et toi ? demande-t-il, j'aime un homme qui lit.

— Je me tiens compagnie comme ça. »

Il me regarde en face, ce qui est une bonne manière d'interroger. « Je vis seul, je reviens de nombreuses années passées en Amérique du Sud et maintenant je suis de nouveau là. Je connais peu de gens. J'habite dans la vieille ville. »

Pour montrer qu'il n'y a rien à ajouter, je lève mon verre. « Merci et à ta vie ! » Il me sert depuis un mois, tôt ou tard il lui faut bien quelque renseignement. Il a l'air de s'en contenter, il sourit, touche mon verre avec le sien et nous buvons.

Il est de mon âge et il est mieux conservé.

La première fois que j'entre chez lui, je demande à goûter le vin. Il me donne un verre et ajoute une assiette avec des olives noires. « Si vous ne l'aimez pas, vous ne le payez pas », dit-il.

Je m'en rince la bouche, je le fais glisser dans ma gorge : il est honnête et nous nous accordons. Je viens tous les jours et il me donne ce qu'il y a, un seul plat et son vin.

« J'ai de la sauge en pot qui sent bon la noix fraîche, demain j'en apporte, dis-je.

— C'est loin pour venir de la vieille ville. » Oui, je me lève à cinq heures, mais volontiers. L'air de la mer fait parvenir ici un peu de son odeur.

La maison craque à cette heure-là, pierre, bois, bâillements. Puis elle se tait au parfum du café. Une cafetière sur le feu suffit à remplir une pièce.

Je m'aperçois que le billet est resté dans ma main, je le mets dans la page du livre. Le patron se lève, pour moi il est temps d'y aller.

Je dois creuser un trou pour un chêne vert qui arrive demain. Je travaille chez un réalisateur de documentaires. Je l'ai connu avant l'Amérique, fils d'un tailleur calabrais monté au Nord pour être ouvrier, pour échanger la précision de l'aiguille contre le fracas de la presse sur la tôle.

Cordonniers, charretiers, tailleurs, forgerons, bourreliers, menuisiers, des gens avec des mains expertes, prises et vendues, réduites à quatre gestes de fatigue.

Il me confie le jardin, il ne veut ni potager ni animaux même s'il y a assez de terre pour tout. Lui, le jeune étudiant, moi, l'ouvrier, communistes à ce moment-là, un mot pendu au portemanteau du siècle passé.

J'éprouve de la sympathie pour son visage : au milieu de tous les autres, si marqués, le sien a un air de bonté et un nez solide comme une proue. Les gens qui ont une cloison nasale aussi importante au milieu de la figure sont forcément bons. Il s'appelle Mimmo.

Il parle volontiers de son père, monté s'enfermer dans une usine pour donner un avenir à ses enfants.

En Calabre il y a le passé, les oliviers plantés par les grands-parents, la maison en pierre taillée au ciseau, maçonnée de façon brute sans enduit. Le soir, il y a quelque chose dans les assiettes, mais pas d'avenir.

La plupart de nos camarades se sont détachés de chez eux ; lui non, il vit avec les dimanches, les économies, les conseils qui réunissent la famille dans une cuisine.

Et aujourd'hui encore je revois ce garçon qui se tait ou regarde par terre, l'os du nez perpendiculaire au sol, pendant qu'on parle grossièrement entre copains. Je suis du Sud moi aussi et j'aime ceux qui disent non en se taisant. Et leur non, ils le font, sans l'agiter avant.

Vingt ans après, le voilà réalisateur. De la chance. Mais il y a des chances qui tombent dans les bras du premier venu qu'elles rencontrent, des putains de chances qui le laissent tomber aussitôt pour aller avec le suivant, et il y a des chances avisées, au contraire, qui guettent une personne et l'éprouvent lentement.

Et les vivants se rencontrent. Lui se souvient des soirées de Turin, du patron qui marque sur mon compte le vin, les olives, un bout de saucisson qu'ils ont pris entre jeunes. Temps à jamais révolus, le patron ferme quand le dernier se lève.

Les derniers sont encore là aujourd'hui, mais ces patrons-là, non.

Et il se souvient de moi à la sortie du deuxième roulement, vers onze heures du soir, quand on se retrouvait aussitôt après pour se raconter l'action du jour, s'il y avait eu du grabuge à l'usine, s'ils avaient manigancé quelque chose de leur côté, à l'école ou dans la rue.

Chaque jour un coup, Turin ville de pions insurgés contre le reste de l'échiquier. Et on ne ferme pas une seule porte, l'infanterie ouvrière ne le permet pas. On ne distingue pas les derniers des premiers, les beaux des laids, les jeunes des vieux, les bohèmes des bien élevés. Il rit à ce souvenir : « Les jeunes gens pauvres qui arrivent à faire bonne figure, c'est alors du communisme. »

Possible alors et plus jamais depuis.

C'est une chance, pas celle d'avoir un bon travail, mais une chance qui est une « première », celle d'être en un temps moins injuste pour des jeunes. Et pour changer de sujet je demande : « Et alors que fait un homme ? » et il sourit sous son nez majuscule, roi de son maigre visage.

« Il y a si longtemps que je n'entends plus ton salut disant : que fait un homme ? Je fais un métier qui doit réunir un tas de gens et qui, à la première erreur, te renvoie chez toi.

— Et où est le problème ? demandé-je, pourquoi veux-tu faire des erreurs ? Tu parles du monde, tu ne peux jamais te tromper. Il suffit que tu l'aimes. »

Puis il me pose des questions sur moi, mais je ne lui récite pas la liste de mes malheurs en Argentine, les injustices effrénées, la chasse à la vie. Il m'offre du travail et je l'accepte volontiers.

Avant de prendre congé, je lui raconte une histoire : « Je suis sur un chantier avec un manœuvre de mon âge, pas encore cinquante ans. C'est un Kurde, autrefois écrivain, il parle anglais. Sur les chantiers on trouve des hommes intéressants, ballottés, de passage, des marins échoués pour toujours. Il est blessé à un œil.

« Comment est-ce arrivé ? Sa réponse est un geste de la main par-dessus son épaule. Ce qui signifie chez nous que c'est du passé, en kurde je ne sais pas.

« À table, je lui demande s'il veut du café, il dit non, je lui en donne tout de même de mon thermos.

« Un jour, il sort une feuille écrite en anglais. La police d'un peuple que je ne veux pas nommer le jette en prison où il est roué de coups. Ses yeux s'abîment, l'un guérit, l'autre non.

« Yeux en anglais se dit *eyes*. Une erreur de frappe sur le papier les transforme en *yes*. À cause des coups il a les *yes* abîmés. Et l'erreur est juste, tous ses oui sont détériorés, il est bien rare de lui en soutirer un, meurtri, en échange de la proposition d'un café ou d'un coup de main pour gâcher de la chaux.

« Les coups abîment les oui plus que les yeux. Il y a des erreurs qui contiennent une autre vérité. »

Je dis cette dernière phrase pour conclure l'histoire.

Et lui cherche à poursuivre en me demandant ce que j'ai dans ma poche. Un livre, dis-je. Lequel ? Un vieux, je lis des livres en fin de parcours. Pourquoi ? Je te le dirai une autre fois. Sa main se tend vers la poche de ma veste, mais ne retire pas le livre, elle soupèse.

Je lis des vieux livres parce que les pages tournées de nombreuses fois et marquées par les doigts ont plus de poids pour les yeux, parce que chaque exemplaire d'un livre peut appartenir à plusieurs vies. Les livres devraient rester sans surveillance dans les endroits publics pour se déplacer avec les passants qui les emporteraient un moment avec eux, puis ils devraient mourir comme eux, usés par les malheurs, contaminés, noyés en tombant d'un pont avec les suicidés, fourrés dans un poêle l'hiver, déchirés par les enfants pour en faire des petits bateaux, bref ils devraient mourir n'importe comment sauf d'ennui et de propriété privée, condamnés à vie à l'étagère.

« Je te le dirai une autre fois », lui dis-je au moment de prendre congé.

Ainsi toute la journée je suis dans un jardin où je m'occupe d'arbres et de fleurs, où je reste silencieux de bien des façons, pris par quelque pensée de passage, une chanson, la pause d'un nuage qui enlève au dos soleil et poids.

Je m'en vais dans le champ avec un jeune pommier à planter.

Je le pose par terre, je le tourne, je regarde ses branches à peine ébauchées prendre leur place dans l'espace qui les entoure.

Un arbre a besoin de deux choses : de substance sous terre et de beauté extérieure. Ce sont des créatures concrètes mais poussées par une force d'élégance. La beauté qui leur est nécessaire c'est du vent, de la lumière, des grillons, des fourmis et une visée d'étoiles vers lesquelles pointer la formule des branches.

Le moteur qui pousse la lymphe vers le haut dans les arbres, c'est la beauté, car seule la beauté dans la nature s'oppose à la gravité.

Sans beauté l'arbre ne veut pas. C'est pourquoi je m'arrête à un endroit du champ et je lui demande : « Ici, tu veux ? »

Je n'attends pas de réponse, de signe dans la main qui tient son tronc, mais j'aime dire un mot à l'arbre. Lui sent les bords, les horizons, et cherche l'endroit exact pour pousser.

Un arbre écoute les comètes, les planètes, les amas et les essaims. Il sent les tempêtes sur le soleil et les cigales sur lui avec une attention de veilleur. Un arbre est une alliance entre le proche et le lointain parfait.

S'il vient d'une pépinière et qu'il doit prendre racine dans un sol inconnu, il est confus comme un garçon de la campagne à son premier jour d'usine. Je le promène ainsi avant de creuser son emplacement.

Chez moi, je rabats la page devant mon assiette et je revois le billet. Elle s'appelle Laila, un accent en forme de tuile résonne sur la première voyelle, deux syllabes de berceuse.

Le billet est là.

Je mâche un bout de fromage et je lis le livre, mais ce petit papier blanc me distrait, il est en travers et interrompt la veine du bois de la table.

Alors je me lève, je sors dans la rue pour chercher un téléphone. Je laisse tout sur la table, même le billet. Je m'en aperçois dans la cabine.

Ces contretemps me semblent sympathiques. Au cours de la journée, mon corps obéit, et il obéit à tout ce dont je le charge, mais ensuite, une fois son office rempli, il m'envoie courir après le vent et me tire à vide, heureux. Je pense qu'il a raison, que c'est un bon âne, quand il rentre à l'abri, il veut y rester.

Je fais un aller-retour et me voici de nouveau avec le numéro.

« Laila ? — Oui ? », j'entends sa voix de bouteille tout juste ouverte, joyeuse et gutturale.

« Je tiens entre mes doigts un numéro et le nom que tu as voulu me donner.

— Je veux te revoir.

— J'ai cinquante ans et je suis jardinier.

— C'est bon. Quand ?

— Je suis jardinier, tous les jours, et j'ai cinquante ans depuis peu. »

Alors elle souffle, j'espère que c'est un sourire et elle me dit que j'ai de bons réflexes. Elle veut me revoir.

Je pense qu'il vaut mieux couper court, je dis oui.

Tu as le téléphone, demande-t-elle. Non, et pas de voiture non plus, ni de phonographe, ni de machine à laver.

Un réfrigérateur, oui.

« Je t'invite à dîner, dit-elle.

— Je n'ai pas l'âge de voir un garçon de restaurant apporter l'addition à une dame plutôt qu'à moi.

— Chez moi. » Je dis oui.

« Tu as un stylo ? — Mais non. — Alors retiens l'adresse. » Elle me la donne avec la date.

« Tu continues à me donner des numéros et des noms. Laila, tu es un code ?

— Tu les as retenus ? — Sinon, je rappelle.

— Alors, d'accord », dit-elle.

Écoute Laila, ça ne t'intéresse pas de savoir mon nom ? Pas tout de suite, répond-elle.

De toute façon, il n'est pas aussi beau que le tien, dis-je.

« Il te plaît ? »

Comme le début d'une chanson : tu en apprends la musique au vol et plus tard les paroles.

Je raccroche. Chez moi je mâche, je lis, il n'y a plus de billet en travers entre moi et les habitudes du soir.

Comment est Laila, j'essaie de l'imaginer. C'est une femme qui regarde les hommes, un général qui, sur une place d'armes, remarque entre mille visages ceux qu'il faut retirer des rangs.

Dans la rue on la regarde, mais elle regarde la première.

J'invente. Laila te pèse sur la balance de ses yeux vifs et te trouve insuffisant.

Qu'ai-je donc pour être regardé ? Un visage de carton d'emballage parce que je travaille en plein air.

Peut-être aime-t-elle quelqu'un qui, au lieu de rouler des boulettes de mie de pain au bistrot, tourne des pages.

Elle est grande, elle ne porte aucun colifichet aux doigts ni autour du cou.

Elle émet une voix trouble, haleinée. Elle est habile de ses mains.

Des pommettes hautes pour appeler un sourire, oui, une bonne géométrie du visage, une bouche pleine, des coups de dents sains, ce doit être beau de la voir manger.

Des tempes douces, soulignées par la courbe des cheveux, des narines fortes pour laisser l'air pénétrer.

Je veux lui apporter un pot de sauge, comme ça je lui raconterai d'où elle vient.

Les jeunes aiment les histoires. Laila doit avoir à peine trente ans.

Je pense aux choses que je ne lui raconterai pas, beaucoup de vie à retirer.

Je lui parlerai de la sauge de l'île de Pag, pâturage des chèvres qui donnent le fromage le plus parfumé de la Méditerranée.

Je lui parlerai des *struffoli* de Noël, d'une grand-mère qui la nuit roule mille boulettes à faire frire et à passer dans le miel.

Du travail dans les marais salants, de l'algue rouge dans le bassin de décantation qui fait mûrir le sel en cristaux et aveugle ceux qui le regardent. L'ouvrier de la saline ne regarde pas sous la ligne d'horizon, il fixe le ciel qui, même à midi, brûle moins que le sol.

Et au coucher du soleil, le rouge est partout, il te traverse de part en part, même l'ombre est une traînée de rouille.

Et puis ça suffit, il ne faut pas étaler ses histoires.

C'est l'aube dans le train qui m'emmène en ville. L'obscurité cède en un point et blanchit. Peu de lumière pour lire, la voiture est vieille, elle grince, elle secoue.

Je regarde les terres, je pense au jardin. Cultiver des arbres donne beaucoup de satisfaction.

Un arbre ressemble à un peuple, plus qu'à une personne. Il s'implante avec effort, il s'enracine en secret. S'il résiste, alors commencent les générations de feuilles.

Alors, tout autour, la terre l'accueille et le pousse vers le haut.

La terre a un désir de hauteur, de ciel. Elle pousse les continents à la collision pour dresser des crêtes.

Elle se frotte autour des racines pour se répandre dans l'air par le bois.

Et si elle est faite de désert, elle s'élève en poussière. La poussière est une voile, elle émigre, elle franchit la mer. Le sirocco l'apporte d'Afrique, elle vole des épices aux marchés et en assaisonne la pluie.

Le monde, quel contremaître !

Telles sont les pensées qui bringuebalent dans la tête d'un passager dans un train. Moi, avec mes comptes de jardinier, élagages, semis, prévisions de floraisons et de fruits, j'ai l'air de l'œuf qui apprend à la poule. Que survienne un crachat de grêle, une vitre de gelée, et te voilà servi, monsieur des jardins.

Je vois les choses comme ça : le travail n'est rien, juste un salaire. Ce qui compte c'est d'avoir la tête entre les pieds, le visage au ras du sol pour s'occuper d'en bas. Ce qui compte c'est de plier la nuque vers la terre, d'avoir pour elle plus d'attention que pour les hommes.

Ainsi, pour le temps qui reste, il est bon d'avoir affaire aux autres, de se comprendre à fleur de visage, de se raser pour une femme, de combattre toute violence.

J'ai plus de vie passée à regarder la terre, l'eau, les nuages, les murs, les outils, que les visages. Et je les aime.

À présent, j'erre sur celui de Laila, ses pommettes astiquées comme des cuivres, une bouderie des lèvres, détails mal assortis. Quand j'y pense, je n'arrive pas à retenir un visage de femme tout entier.

Je descends du train le dernier, sombre vice de celui qui vérifie si quelqu'un le file.

Après dispersion des arrivés, le bout du quai reste vide et on peut mieux surveiller. Il me reste des habitudes d'une autre vie.

Au jardin, j'enfile mon bleu de travail sur mes vêtements. L'oncle hiver est dans l'air et il tient bon, il fait crisser la terre sous les semelles.

Sous les troncs des lauriers, se détache l'orange pâle d'un rouge-gorge, tombé d'une branche comme une feuille étalée à cause du gel.

En face, le vent arrive du nord, et il suffit de ne pas se raser le matin, mais le soir.

J'ai mon rasoir sur moi, après le travail je vais chez Laila.

Je m'apprête à passer la nuit dans la cabane à outils, car il n'y a plus de train après dîner.

Je bêche sous les lauriers. De leurs feuilles épaisses, toujours vertes, ils protègent les moineaux qui, le soir, se disputent la place la plus chaude, près du tronc. Ils se disputent pour vivre. Puis ils ont un murmure de mise en ordre, je pense qu'ils prient.

Ce n'est qu'au printemps que je taille les lauriers, quand ils ne servent plus d'abri aux moineaux.

J'aime brûler les restes de leur feuillage. Ils font une fumée qui étourdit et fait revenir en mémoire les disparus. C'est dans cette fumée que je m'assieds à midi avec des olives noires.

Ces jours-là, je vois clair dans la géométrie. Les vivants ne sont pas à la perpendiculaire des morts étendus, ils leur sont parallèles. La faux n'a pas la courbe de la lune, mais celle de l'œuf. Le pain gonfle en prenant la forme de la paume du boulanger. Le porter à sa bouche, c'est comme serrer la main de qui l'a pétri.

À force de rester silencieux pendant que le corps travaille, des pensées de nage et d'envol vont et viennent à la débandade. D'un mois d'avril, déjà bien lointain, je revois le ciel de Jéricho couvert du blanc des cigognes, migrant d'Afrique vers les toits d'Europe.

Devant la soupe du patron, je termine une histoire qui décrit la ville d'Odessa.

Je n'ai jamais vu la mer Noire : je ne connais rien de la mer Tyrrhénienne si j'ignore l'embouchure des fleuves sans fin qui du bas de la Russie équilibrent l'eau de la Méditerranée.

Je ne sais rien sur trop de choses pour en tenir compte, mais par moments mon ignorance affleure et me rend nostalgique.

Je feuillette des pages d'une ville de figuiers, de bandits, de marins, de Juifs.

Pendant ce temps, la salle du patron se remplit d'hommes sombres, transis. J'en invite certains à s'asseoir aux trois places vides, je demande un litre de vin à partager, je m'excuse de lire.

Ils sont de trois âges et de trois peuples différents. Ils mangent un morceau tiré de leur poche, nos mains occupent la table.

Je lis un livre sur Odessa et j'écoute leur souffle, un bruit de ressac.

Dehors le froid comprime les poumons qui, à l'abri, se dilatent pour réchauffer le sang.

Ils acceptent une tasse de café, puis ils s'en vont ensemble après une poignée de main.

L'après-midi arrive le chêne vert. Je dispose ses racines dans le trou, je l'étaie avec trois piquets, je mets de l'engrais et j'arrose. C'est déjà un beau tronc, il s'enracine non sans effort ni sans risque une fois grand. Il arrive que les arbres s'étiolent et ne veuillent plus vivre. Je chantonne autour de lui un air de bienvenue, je l'attache pour lui donner de la force.

Le soir tombe vite, je me lave la figure, je me rase. Je ne mets pas de savon, il me suffit de laisser l'eau une minute mouiller le poil qui ensuite part facilement.

Je frotte mes mains très fort pour ôter l'ombre de la terre, puis je me mets une vieille cravate autour du cou et j'y vais.

J'entre, je lui serre la main et je me retourne pour poser mon manteau.

Toujours de dos, je sens ses doigts passer sur mon cou d'une oreille à l'autre. Je ne comprends pas son geste, je me retourne lentement, elle dit que j'ai deux rides parallèles comme celles de son père, deux coupures, dit-elle.

Je demande si je lui ressemble aussi de face, ça non, puis il lui vient une autre idée, elle prend mes mains, les retourne, dit que dans les paumes je lui ressemble, mais pas sur le dos. En somme, l'envers est évocateur et l'endroit non.

Elle a une robe étroite qui suit toutes les lignes de son corps et un pull de laine blanche comme une floraison d'amandier. Nous sommes encore debout dans l'entrée.

Elle me fait passer dans une grande pièce, je vois une cuisinière, une table préparée, des chaises, un divan, de grands tableaux et je n'y fais plus attention.

Je me comprends mal moi-même : nullement embarrassé, je m'installe, j'arrange correctement mon pantalon au niveau des genoux et je demande d'où elle vient. De Russie et d'Écosse du côté de sa mère, de Sicile et de Ligurie du côté de son père.

Tu es une princesse, tu portes la géographie dans ton sang.

Son nom est celui de sa grand-mère russe née sur la rive droite de la Néva. *Nébo na Névoi*, le ciel sur la Néva est une chanson, rien qu'un couplet laissé sur le bord de son sommeil de petite fille où s'enracinent les berceuses et la voix d'une grand-mère qui s'effrite dans ses rêves.

Elle demande si je suis aussi un prince de mélanges.

Non, mes parents sont d'un seul endroit, comme mes grands-parents.

Pourtant je m'invente une effervescence d'ancêtres : la nuit, j'éprouve une nostalgie grecque pour les étoiles massées en noms tirés d'un abécédaire, pour les calculs des planètes, pour la règle des comètes.

Laila est assise sur l'accoudoir, ainsi je la regarde d'en bas et elle me plaît.

Je continue : dehors, la nuit, je comprends que la science est née de la beauté, du désir de la comprendre.

Devant une femme, je sens le Napolitain qui a envie de la faire rire.

Sans éclats de rire avant, les baisers sont fades. Je ne le lui dis pas.

Au travail, je suis un homme de cette mer qui a de brusques tempêtes, qui n'est pas connue et prévisible comme l'Atlantique, c'est pourquoi je prends le temps comme il se présente.

Devant le miroir je sens un frisson juif quand je me rase sous les tempes, devant le fromage je me sens un nez français, et avec du vin dans mon verre je sens dans ma paume la chatouille de quelque grand-père qui bêche sur les marnes pelées des collines piémontaises.

Laila glisse des regards rapides sur mon visage, elle est en reconnaissance sur moi. Je lui donne le temps et j'insiste : face à la mer je ressens la prudence d'un paysan insulaire qui compte sur son bateau de pêche quand il lui faut laisser la terre l'hiver et descendre au port pour tenter quelque chose.

Tu te connais bien ou tu inventes, demande-t-elle.

Je m'amuse un peu, je grappille un peu dans mes sens et j'ai aussi un peu soif.

Elle s'excuse. Elle se lève, se lève et paraît bien plus grande ou alors c'est moi qui, affalé, la vois à un pouce du plafond.

Du vin ? Oui. Du fromage ? Oui.

Je me lève moi aussi, je sors de ma poche un paquet au papier argenté, je dépose mes feuilles de sauge sur la table. J'en effrite une sur une tranche de pain.

Comme elle sent fort, dit-elle.

C'est de l'encens qui fait fuir les diables, dis-je.

Elle s'assied tout près, elle me laisse lui écraser une feuille sur une deuxième tranche.

Il faut tes mains pour faire de l'encens avec la sauge, dit-elle en reniflant, et la ligne de son nez fait un angle droit avec le plan de la table.

Je vois les histoires d'angles comme ça : s'ils sont aigus ils sont bons, s'ils sont obtus ils sont mauvais et s'ils sont à quatre-vingt-dix degrés il y a égalité.

Elle veut trinquer avec nos deux verres, je tourne ma main pour toucher les jointures de ses doigts avec les miennes : toast des doigts, puis de verre. Où l'ai-je appris ? Dans un autre monde, dans un temps étrange à vivre, en se retrouvant éveillé le jour suivant, pour continuer à y être.

Tu m'en parleras après, dit-elle. J'ébauche un non de la tête. Elle ne tient pas compte de ce non.

Tu as l'air de quelqu'un qui sait pas mal de choses, dit-elle.

Je le nie : je ne sais même pas de quel côté la tartine est beurrée.

Elle rit.

Et d'une, me dis-je en observant sa bouche s'étirer, sa langue briller entre ses dents, et mon nez me démange quand je me penche sur son éclat de rire.

Elle me demande ce que je fais comme travail. Je suis un ouvrier des jardins, souvent à genoux, et c'est là que j'use mes pantalons. Je les arrange à nouveau sur mes rotules.

Comment est la terre, demande-t-elle, et elle attend la réponse ironique qu'elle est basse, bien trop basse.

Non, je deviens sérieux et je dis autre chose. Il y a deux sortes de terre, dis-je et je me tourne vers elle, assise près de moi. L'une a de l'eau en dessous, on fait un trou et elle affleure. C'est une terre facile.

L'autre dépend du ciel, elle n'a que cette source. Elle est maigre, voleuse, capable de prendre de l'eau au vent et à la nuit, et dès qu'elle en a un peu, elle la dépense aussitôt en couleurs qui se figent dans la moelle des pierres, elle exalte les sucres des fruits et répand effrontément son parfum. C'est une terre de ciel sec, je la préfère. Cette sauge vient d'elle.

Elle m'écoute les lèvres pincées, demande si j'écris ces choses-là.

Non, je n'écris rien, je lis, oui, volontiers.

Et des lettres ? Oui, des lettres. D'amour ?

Sa question me rappelle une histoire qui me sert de réponse. Je la raconte, mais j'ai faim aussi, dis-je.

On s'assied à table et elle verse une bonne soupe de lentilles et de fèves. J'avale deux cuillerées, puis je parle.

Il y a quelque temps, une femme vient me trouver.

Je lui ouvre la porte, elle est intacte, elle arrive tout droit d'il y a vingt ans, une distance qui sur elle a duré le temps d'une course en tram.

Elle veut savoir ce que je deviens, voir si deux extrémités de temps peuvent se rejoindre. Elle sort mes lettres.

Je les parcours pour la première fois. Oui, quand je les écris, je ne les relis pas, je ferme et j'expédie, aujourd'hui comme alors.

Sous le papier jauni, je retrouve mon visage d'avant, avant de changer le monde, et je le sens malléable, encore capable de tout.

Je lui dis que c'est au garçon d'autrefois qu'elle doit apporter le baiser retenu entre ses bras. Qu'elle, elle est encore entière et qu'elle peut en trouver un autre comme ça. En somme, je lui dis : ce n'est pas moi.

Si ce n'est pas toi, ça n'a jamais été toi.

Elle se lève de table, enfile son manteau, sort, calme, splendide, sans un mot. Maintenant encore, je ne sais pas si elle a raison.

Voilà toute l'histoire et Laila demande pourquoi.

Je vois de vieux poètes recevoir des prix pour des vers écrits dans leur jeunesse. Aucun ne dit : ce n'est pas moi. Je ne sais pas faire comme eux. Moi, je dois dire : retire le prix d'une visite de la demoiselle éternelle d'il y a vingt ans, mon oncle. Moi, je suis l'oncle détraqué de celui qui t'écrivait des lettres.

J'arrive seulement à dire : ce n'est pas moi, et à boire le vin laissé dans son verre.

Je pose la main sur celui qui est devant moi et qui est meilleur que l'autre.

Et les lettres ? demande-t-elle. Elle les laisse là.

Tu les as encore ? Je souris, non. Laila caresse le dos de ma main de la jointure de ses doigts.

Aucun geste ne me vient en retour. Je reste calme.

J'aime ce dont tu es fait, dit-elle, une pierre de fleuve.

Je fixe un détail de son visage, j'ai soudain envie de me lever, d'écarter la table, de la rejoindre contre ses hanches. Je reste immobile.

Et moi je te plais, dit-elle, sans interrogation.

Qu'as-tu à faire d'une réponse ? Alors c'est oui, dit-elle.

Mais oui, même à vingt ans je ne me souviens pas d'avoir approché tant de malheureuse beauté, mais ce sont seulement des mots qui ricochent.

Ce n'est pas vrai, mais ça sonne bien, dit-elle.

Et elle se lève pour mettre de la musique et me faire danser. Nous sommes de la même taille.

Je me souviens des bals publics, dis-je, il me manque cette ambiance de fête pour agiter mes pieds autour d'une fille.

Je pose délicatement mon bras derrière elle, je sens tout, même le faisceau de ses côtes. Dans ma main gauche la sienne est du pain frais, je l'approche de mon nez.

Je me balance comme une branche en automne, je perds des feuilles. Tout près, son visage soupire, il ne trouble pas mais suscite des pensées.

Tu penses à quoi, demande-t-elle.

Je regarde tes cheveux, je reconnais le coup de poignet qui les dispose en vagues, je pense que le bois de ta brosse est comme le vent de l'Atlantique qui creuse de longues lames.

Il me semble que nos fronts se rapprochent, je l'écoute maintenant qui me décrit. Elle dit que je suis intransigeant et que ces personnes-là laissent aux autres leur liberté. Nul ne les suit, ainsi font-ils ce qu'ils ont à faire sans se retourner.

Je continue à osciller au son de la musique. Sa voix, un souffle léger, fait pétiller mon sang. Ce sont, non pas sa beauté ni l'occasion, mais ses paroles, et mes narines se dilatent quand nos corps se touchent au centre.

Tu renifles, demande-t-elle. Oui, je renifle tes paroles.

Es-tu vraiment intransigeant ? Moins, bien moins que ça : quand tu penses quelque chose de moi, retires-en un peu, descends d'un degré et je te répondrai « me voici ».

Me voici, dit Laila.

Elle avance son front, une lenteur bouillante, l'appuie contre le mien, ses cheveux flous sur mes tempes au poil court, son haleine qui monte dans mes narines, ma respiration que je ne parviens plus à sentir et nous sommes si proches que nous restons immobiles.

Maintenant, elle pousse ma nuque avec sa main pour écraser nos visages à l'attache de nos bouches.

Maintenant, seuls nos nez respirent.

Puis, c'est au tour de nos mains de s'agiter pour se donner un moment de répit.

Gênés de nous tenir, nous ne disons rien.

J'y vais doucement pour ne pas décharger ma force sur elle. La sienne en est décuplée.

Elle est sur moi, elle frappe ma poitrine de coups sourds. Ainsi abat-on les arbres, un coup pour les fendre et une torsion pour libérer le fer de l'impact. Laila fait résonner ainsi ma poitrine, moi je résiste avec orgueil aussi longtemps qu'un arbre qui mord avec acidité le fer qui le tranche. Alors je m'écroule et elle aussi.

Je perçois sa caresse qui m'essuie. Je dors le temps de quelques respirations.

Puis je cherche mes vêtements, j'habite loin.

Reste, dit-elle.

Si tu veux de la compagnie, oui, sinon je préfère ne pas encombrer.

Je veux que tu encombres mes draps, dit-elle. Puis elle me demande si j'ai envie de parler un peu.

Un peu. Je lui demande pourquoi elle est seule.

C'est pour mon travail.

Tu gagnes ta vie avec la solitude ? Non, avec les hommes, je vais avec les hommes pour de l'argent. Pas dans la rue, je vais à des rendez-vous.

Je me tais, bien sûr, elle n'est pas en train de me présenter l'addition.

Elle me demande si elle me dégoûte. Non.

Comme ça, tu le sais maintenant.

Non, dis-je, maintenant je sais ton intention de me le dire et elle est plus forte que la nouvelle elle-même. Laila, rien en moi n'est comparable à ça.

Tu ne veux pas, dit-elle.

C'est aussi comme ça, dis-je.

Peu importe, il suffit que je ne te dégoûte pas.

Nous restons étendus dans une demi-étreinte. Elle me dit : « Tiens-moi. » Je la prends alors de mon autre bras et je l'étends sur moi. Je la serre un peu : ça va un « tiens-moi » comme ça ? Elle sourit dans un oui tout droit dans mon oreille.

Je vais tomber amoureux de toi, dis-je. C'est un mensonge, mais je le dis tout de même.

Les hommes ne tombent pas amoureux d'une femme qui fait ce métier-là, dit-elle. Les clients non, dis-je, mais ça peut arriver à un parasite de jardinier.

Nous sommes étendus, elle regarde mon nez, moi je fixe le plafond.

Je me souviens de nuits sans la moindre feuille entre mon crâne et le ciel.

Je me souviens de jours et de coups qui suivent le tracé d'une fêlure, ils comptent sur le hasard pour inventer un moyen de durer.

Celui qui s'enfuit n'a pas le large devant lui, mais de nombreuses rues barrées. Je me lance dans des détours, des déviations, la nuit je cherche ce qui est ouvert, je voyage à pied, je mets cap au sud. Le monde me pourchasse, même les étoiles sont des chiens sur mes traces. Maintenant avec toi j'attends le sommeil et je pense à ce ciel du Sud.

Quel Sud ? demande-t-elle. Celui du monde, dis-je : le sagittaire, le loup, le centaure, la voile, la croix.

Si je connais les étoiles ? Je les appelle par leurs noms, je m'autorise cette familiarité mais je ne les connais pas, juste une présentation de loin. Elle sourit : et pourquoi là-bas ?

Une guerre. Laquelle ? Une quelconque, il y en a toujours une.

Les soldats s'entendent bien avec les filles du métier, dit-elle.

Je ne sais pas parler de ça, dis-je.

Tu as un visage plein de ça, dit-elle, et d'un doigt elle le touche et le parcourt. Les visages sont écrits.

Les mains aussi, dis-je, et les nuages, le pelage des tigres, la cosse des haricots et le saut des thons à fleur d'eau, c'est de l'écriture.

Nous apprenons des alphabets et nous ne savons pas lire les arbres. Les chênes sont des romans, les pins des grammaires, les vignes sont des psaumes, les plantes grimpantes des proverbes, les sapins sont des plaidoiries, les cyprès des accusations, le romarin est une chanson, le laurier une prophétie.

Moi, il me suffit de lire ton visage, dit-elle.

Quelle page préfères-tu ?

La dernière, la nuque avec les rides parallèles de mon père. Il y a des hommes, dit-elle, qui racontent des choses intimes après avoir bu. Toi, en revanche, tu es de ceux qui lâchent quelque chose au bord du sommeil.

Sa voix devient rêche, du papier de verre qui frotte du bois, j'ai l'impression d'avoir sommeil, mais je me mets à parler et je sens que je cours derrière les mots, impuissant à les arrêter. Je m'entends dire : « Il y a en moi ce qui se trouve chez beaucoup d'hommes dans le monde, amours, coups de feu, des phrases pleines d'épines, aucune envie d'en parler. Nous sommes ordinaires nous autres hommes. Ce qui est spécial, c'est vivre, regarder le soir le creux de sa main et savoir que le lendemain sera nouveau, que le tailleur de la nuit coud la peau, raccommode les cals, reprise les accrocs et dégonfle la fatigue. »

J'écoute mes paroles venues à la voix sans moi.

Maintenant elle me demande pardon. Sa voix est de nouveau claire et me fait l'effet d'une eau sur le visage. Elle m'embrasse, s'excuse encore, je ne comprends pas de quoi et ne le demande pas, je la tiens sur ma poitrine jusqu'au moment où je m'endors.

Je pars avec l'obscurité. Au jardin, je travaille à un rythme soutenu pour avoir chaud. Je trace un sentier de pierres le long des rangées de vignes.

Un homme grand, âgé, un Africain, me fait signe du portail. Je vais vers lui, il se présente, me serre la main. Il demande comment je vais, comment va le travail. Je réponds à ce bon usage d'échanger deux mots juste avant d'entrer dans le vif du sujet.

J'ignore ce qu'il a à me dire, en attendant je le fais entrer dans la cabane à outils et je l'invite à boire un café que je prépare sur un réchaud.

Il vient volontiers. Il a des dents faites pour sourire. Ici, il est manœuvre, chez lui, il élève du bétail. Il vient souvent en Italie, jamais pour plus d'un an, puis il rentre. Il suce quelque chose. Ce n'est pas un bonbon, c'est un noyau d'olive. Il aime les olives noires, la force de l'huile qui s'enferme dans un bois dur à ronger, il aime le goût de l'os et il le retourne dans sa bouche jusqu'à ce qu'il soit lisse et sans saveur.

Les olives me tiennent compagnie, dit-il.

Une poignée lui fait une journée.

Le café monte, jaillit parfumé dans le gosier de la cafetière. Avant de le boire, il dit une prière, en remerciement. Toi non ? demande-t-il, moi non.

Je prie, dit-il, devant tout ce que je porte à la bouche. Je prie pour lier le jour à son support, comme je le fais avec le roseau près du pied de tomates. Je bénis ce café de l'amitié.

Peut-être est-il plus facile pour un homme venu d'Afrique de lier terre et ciel par une ficelle.

Il tient la tasse blanche dans sa paume grise de pierre.

Nous buvons assis côte à côte sur le banc. Je lui dis que son italien est bon. Il répond qu'il aime la langue plus que tout le reste.

Dure vie ici ? demandé-je. Non, bonne, sans satisfaction du côté des hommes, mais bonne. On sort, on a envie d'échanger deux mots, dit-il, et rien, ici les hommes ne répondent pas. Sans satisfaction, répète-t-il, mais c'est une bonne vie.

J'enlève les tasses, je demande si je peux lui être utile. Oui, dit-il et il me montre les mimosas. Ils sont à leur première floraison, il demande d'en avoir une brassée pour les vendre au détail.

J'en coupe une bonne brassée. Il est content, il demande le prix. Rien, il y en a tant et ça fait du bien à la plante de s'alléger. Reviens tant qu'il y en a. Il veut payer, ne pas avoir de dettes. Alors tu me paieras avec une bouteille à la fin de la floraison, nous la boirons ensemble.

Il s'assied par terre, sort une lame robuste et se met à faire des bouquets. Puis il s'en va, noir plein de jaune, et chaque couleur brille enlacée à l'autre.

Les couvertures laissées dans la cabane me rappellent le lit de Laila. De mon estomac vide remonte la pensée de nos étreintes.

En chemin pour le bistrot, j'essaie de me souvenir. Des bribes seules me reviennent, pour finir par son coude entouré d'une boucle de duvet clair.

Je mets la soupe entre moi et le livre posé contre le demi-litre.

Dehors il fait soleil et dans la salle il n'y a pas le Sud gelé d'hier. Je mange.

La cuillère est amie de la lecture, elle pêche même toute seule dans l'assiette. La fourchette demande plus d'attention.

Je déguste une soupe de pommes de terre aux épices rouges, tout en suivant une aventure de port assaisonné d'odeurs écrites, et je ne remarque pas Laila, debout, attendant que je lève les yeux.

Je la vois au détour d'une page, zut, je bondis sur mes pieds, j'enlève mes lunettes, je lui tends la main, je repousse ma chaise, le livre tombe, bref j'essaie de paraître empressé pour la payer de son attente.

Je ne laisse pas de messages et alors c'est à elle d'essayer de deviner. Attendre un appel après mon travail ? Menteur, dit-elle, elle jette un coup d'œil sur le titre du livre, elle demande une assiette de poisson.

Je la regarde, je dis : « Tu es une merveille Laila, tu mets tes coudes sur la table comme une reine devant le poids de qui tout s'écarte. Tu tiens ton dos droit comme une proue sur l'eau. Que fais-tu à table avec un jardinier ? » À la bonne heure, des compliments, dit-elle, puis elle a l'air ennuyée par quelqu'un qui la regarde, je me retourne donc par curiosité et un monsieur tourne la tête d'un autre côté. Elle dit que c'est pratique d'être avec un homme, un jardinier par exemple.

Je pose le livre sur le bord de la table et je pense qu'on dirait maintenant un signe « égal ».

Elle et moi sommes face à face comme deux nombres avec ce signe à côté. Je ne sais quelle opération nous sommes.

À quoi est-ce que je pense ? Je lui parle du Noir des mimosas, elle s'en réserve une branche. Elle pose sa main sur la mienne, ça me gêne presque, elle non, elle est reine des hommes.

De longs doigts, une main spacieuse qui ressemble à sa bouche, un poignet plein de volonté. Elle garde sa main sur la mienne, dit que c'est comme si elle prenait une pierre à pleines mains.

Elle dit qu'elle a envie de la lancer contre une vitre et de s'enfuir.

Je ne suis nullement gêné, j'aime depuis cinq minutes une femme qui va avec les hommes, je l'aime d'un olé des yeux.

Ça ne durera pas ? Pourquoi le faudrait-il ? Ça durera ce que ça durera, en attendant j'aime : un peu abruti par des compagnies de livres, des ongles jamais nets, des cheveux courts et gris presque tous là encore, des pieds larges, de bonnes dents, un dos épaissi comme du bois creux, j'aime droit devant, à un demi-mètre, une femme survenue dans ma vie.

Je me plonge dans un passe-temps géométrique : je relie les deux points de ses yeux, je trace une ligne qui va d'un tableau de montagnes en haut à un chat qui dort en bas. Tes yeux relient le sommeil d'un chat à un bois de mélèzes. Je n'y comprends rien, dit-elle. Je lui explique, elle prend l'air désolé : « Tu as encore d'autres manies ? » Oui, celle de savoir à n'importe quel endroit, même à l'intérieur, où se trouvent les points cardinaux. La porte d'entrée est au nord, dis-je en baissant la voix comme pour un secret.

Elle prend l'air complice.

Toi, tu es au sud et j'ai l'impression de retourner là-bas.

Je la conduis au jardin, je coupe une branche, maintenant elle aussi a des flocons jaunes sur elle. Irai-je chez elle après, demande-t-elle. Oui.

Je me remets au travail.

Je suis un peu fatigué, le soleil appuie fort par terre et dispense de l'énergie à mettre dans les outils pour se réchauffer.

Je mets la fatigue sur le compte de ma nuit agitée et j'écarte la pensée de remettre ma deuxième visite chez Laila, je ne supporte pas les économies.

Je bêche pour retourner la terre autour des plantes et faire pénétrer un peu d'air sous l'herbe déchaussée.

Je pense aux jours du Sud pleins de malheurs, gâtés par la mort qui nous détache par mottes, qui en glisse des vivants par milliers dans son sac, aussitôt attrapés. L'amour alors est un échange de fortes étreintes, un besoin de nœud. Et au bout de chaque étreinte, au bout de cette paix donnée, il reste le non-dit d'un adieu endurci.

Il est étrange de se savoir perdus tous les jours sans jamais se dire adieu.

Aujourd'hui ce salut échangé me suffirait. À oublier.

Je bêche et il me semble bêcher des noms. Ici, dans cette Europe, antipode d'Argentine, le temps ne se cabre pas comme un cheval, un applaudissement, une tornade : il s'étend comme une petite pluie fine.

Je n'ai rien de moi-même à protéger ici.

J'obéis à ta drôle d'urgence, Laila, pensé-je, en rentrant chez moi au milieu d'hommes découragés de tant de fatigues dans le train du soir.

Nous sommes rembourrés de vêtements, nous sommes des œufs dans des emballages.

Chez moi, sous la douche, je reconnais que je suis trop poilu pour être un œuf.

Un amour arrive, alors je songe au premier, au moment de reprendre le train.

À vingt ans, je me lance dans quelques vagues amourettes. Avec une fille, j'ai envie d'aller au cinéma, avec une autre d'aller me promener dans une ville voisine. Je les cherche, elles m'évitent, je leur écris des lettres.

Elles me manquent, mais n'éveillent pas d'amour en moi.

Je les oublie en apprenant à escalader des montagnes.

Puis, un été, je rencontre Dvora.

Il y a des créatures destinées les unes aux autres qui n'arrivent jamais à se rencontrer et qui se résignent à aimer une autre personne pour raccommoder l'absence. Elles sont sages.

Moi, à vingt ans, j'ignore les étreintes et je décide d'attendre. J'attends la créature qui m'est attribuée. Je suis attentif, j'apprends à parcourir en un instant les visages d'une foule. Certaines méthodes enseignent la lecture rapide des livres, moi j'apprends à lire une foule au vol.

Je la passe au crible, je la rejette tout entière, pas un grain de ces visages ne reste sur ma rétine. Je sais toujours qu'elle n'y est pas, celle qui m'est attribuée.

Je n'ai aucun portrait en tête à coller sur un visage, non, l'attribution ne dépend pas des yeux, même si je ne sais pas de quoi elle dépend. J'attends de la rencontrer pour en connaître la forme.

Attendre. C'est mon verbe à vingt ans, un infinitif sec sans trace d'angoisse, sans bavure d'espérance. J'attends à vide.

Je rencontre Dvora en montagne. Je suis sur la paroi du pilier de la Tofana de Rozes. Il est midi et ma cordée de deux est dans la section des toits.

Dvora monte une via ferrata en face du pilier. Elle débouche par-derrière et, à un moment, arrive juste en face de la muraille où deux petits hommes sont au beau milieu de la paroi, reliés par une corde d'un centimètre d'épaisseur, qui de loin doit ressembler à un fil à linge.

Je suis face à la roche et j'escalade le deuxième toit. Quand je plante mon pied dessus, Dvora crie son salut, plus limpide que l'air de midi : « Olé. » Sa voix me saisit de dos et je la reconnais, c'est elle, celle qui m'est attribuée, je le sais aussitôt et j'ai l'impression de savoir depuis toujours que ce n'est pas un visage, mais une voix, le signe que j'attends.

Je me tourne vers le haut et il n'y a que le ciel, vers le bas et il y a le vide. Elle, du sommet d'en face, relance l'éclat de son olé en levant un bras, moi, je me tords le cou et je vois un petit point de vie tout droit sur un abîme de roches désagrégées.

J'enlève mon foulard autour de mon cou et je l'agite, alors que je suis encore sur la ligne de surplomb et peu importe si mon autre bras souffre de porter pour deux et de ne pas saluer.

Puis je lance en l'air mon foulard rouge qui plane et tombe comme une aile touchée.

Moi aussi je crie olé et mon compagnon me hurle de me dépêcher d'arriver à un point d'ancrage, mais je ne sais dire et faire que olé pendant une minute et crier ensuite le nom du refuge où nous descendons au retour de l'escalade. Et je ne la vois plus.

Nous atteignons le sommet en deux heures, après une violente et rapide ascension. Nous nous jetons dans la descente comme si la foudre tombait, pourtant c'est le début de l'après-midi et il fait grand soleil. Nous arrivons au refuge, elle n'y est pas. Mon compagnon s'en retourne dans la vallée. Je reste assis, le dos contre la porte, car j'attends la voix.

Et elle arrive. Voilà Dvora, je sens des abeilles dans mon sang, un ours dans mon cœur, chaque battement est une patte qui démolit la ruche.

Elle me serre la main et moi je sais que je ne la lui rendrai plus.

Dvora, une Argentine, voyage en Europe en récompense de son diplôme.

Dvora, légère dans de gros souliers de vieux cuir basané, une main rougie par le câble de la via ferrata, des cils blanchis par le sel de la sueur et un sourire fixé sur mes cheveux agités par un vent secret qui leur est propre même à l'abri.

Je viens avec toi, Dvora.

Elle dit : montons sur la Tofana de Rozes.

Oui, demain matin, par la via ferrata qui passe dans la grande chambre d'explosion de la mine du Castelletto. Des histoires de première guerre, quand on a envoyé les soldats s'arracher des centimètres de montagne avec des efforts de géants. Ce sont des centaines de mètres à parcourir dans un trou qui se visse en hauteur et où il faut une lampe frontale de mineur.

Je fais le mouvement de la lumière sur la tête. Comme Moïse, dit-elle, elle rit, elle fait olé.

Nous dormons au refuge, nous nous étendons chacun dans notre sac, côte à côte. Nous nous tenons par la main, nous nous endormons aussitôt.

Le lendemain nous entrons dans la paisible obscurité d'une grotte creusée dans un plafond.

Je parle à Dvora des moteurs des excavatrices qui avalent de l'air et crachent de la poussière.

Je parle des garçons qu'on envoyait là-haut pour tomber dans des crevasses et sous des balles, pour rouler en bas sous l'effet de souffle d'une bombe, ayant vécu pour offrir des yeux aux corbeaux.

Dvora écoute, respire, monte derrière moi attachée à l'autre bout de la corde. Par une fente ouverte pour laisser échapper l'explosion, nous mesurons la hauteur atteinte et reprenons haleine.

Nous sortons de la galerie sur les glacis de la paroi ouest à l'ombre et nous remontons avec la détente d'un élastique dans les jambes. Le cou cherche la hauteur après tous ces mètres la tête baissée.

Nous passons sur des terrasses de pierre, au milieu de restes de tranchées où de jeunes hommes d'un siècle encore enfant rêvent de vieillir avec lui, comme moi à présent je rêve de vieillir avec Dvora. La guerre, c'est quand les jeunes rêvent de devenir grands-pères.

Il y a des pierres noircies par des feux de bivouacs. Nous mettons nos pas dans ceux d'une jeunesse transformée en bois et en barbelé.

Nous remontons la Tofana dans sa largeur, au-dessous de nous s'enfonce la vallée Travenanzes, qui prend sa lumière d'en bas, du blanc de son torrent.

Dvora me demande les noms, elle les répète avec plaisir, savourant une primeur.

Le dernier passage de la via ferrata est un câble équipé qui arrive à la base de la pyramide terminale.

Au sommet de la Tofana, Dvora me donne un baiser et m'appelle *novio*, époux. Et moi je suis plus heureux qu'un lièvre de mars. Elle m'appelle *bashérte* qui, dans une de ses six langues, signifie : personne destinée à quelqu'un. J'aime les noms de l'amour et je l'appelle aussi *novia* et *bashérte.*

Et nous dormons dans nos sacs, chacun dans le sien, mais nos têtes toutes proches. La nuit nous nous donnons un coup de crâne qui nous réveille, ouillouillouille, et nous éclatons de rire.

Un amour de noces entre nous n'arrive qu'en Argentine.

Je suis de nouveau devant la porte de Laila, avec une bouteille sous le bras et une pensée que je brûle d'exprimer dès l'entrée. Je lui dis donc aussitôt que c'est la fin février et que l'abricotier est déjà en fleur. Le froid gèlera ses pousses et il ne donnera pas de fruits.

Pour plaisanter elle demande si c'est grave que le propriétaire du jardin soit privé d'abricots. Non, dis-je, mais je déplore mon impuissance à retenir l'arbre. Je suis jardinier et je ne sais pas l'aider à freiner sa hâte de fleurir en hiver. Et puis je me sens responsable du jardin.

« Comme si tu étais Adam », dit-elle pour conclure.

Je lui donne la bouteille, elle me la rend avec un tire-bouchon, va vers la cuisinière pour tourner la sauce. Le dos élancé, la courbe d'un fouet dans la colonne vertébrale, les bras et les épaules qui se détachent du tronc, quel bel arbre tu es, dis-je, la tenant entre les feux et moi. Tu vois des plantes partout, dit-elle, sans chercher à se dégager.

Tomberais-tu amoureux, jardinier ?

Non, je deviens seulement un peu bête.

Et c'est comment ? Beau.

La sauce et une poignée d'origan annoncent déjà l'été. J'en prends une pincée que je respire pour avertir mes sens. Laila m'applique un baiser de joie, rapide et sonore. Elle porte sur ses vêtements une essence d'amande.

J'émiette sous mon ongle une petite épice rouge, je la répands sur l'assiette tout en lui demandant si notre écart d'âge ne la gêne pas. Au contraire, il n'est pas suffisant, dit-elle, tu réveilles l'enfance dans mon corps, quand j'embrassais les grandes personnes pour la seule joie de l'étreinte.

Et toi, ça ne te dérange pas ? demande-t-elle.

Je vois chez les personnes jeunes la douleur d'aimer peu, dis-je. Toi, tu ne portes pas cette mélancolie sur ton visage. Mais je fais attention de m'adresser à toi sans t'écraser les pieds. Pas comme si on dansait. Comme sur un sentier de pierres où l'herbe a poussé dans les interstices. Elle est forte, mais j'essaie tout de même de ne pas l'abîmer et j'avance prudemment. Dans les maisons musulmanes on laisse ses souliers dehors, c'est ce que je fais avec toi.

Nous mangeons doucement, en silence.

Devant la nourriture, mes gestes se font plus lents. Laila se met à mon rythme et je vois son adagio prendre une grâce intense. Mon désir de la toucher s'accentue.

Puis je sens que sa voix s'effrite, comme les sons au seuil du sommeil. Je l'entends me demander quelque chose et je lui réponds d'une seule partie de moi-même. L'autre, dans laquelle je me trouve, écoute la voix s'en aller, sans gouverne.

Je commence par une musique, puis viennent des phrases d'une vie lointaine et je suis impuissant à les arrêter.

Ils nous massacrent tous, nous, ceux de la révolte.

Nous giclons d'une cachette à l'autre.

Nous portons sur nous l'odeur de la peur. Dans la rue, les chiens la sentent et nous suivent.

Dans la fuite nous cherchons une vengeance.

L'Argentine arrache une de ses générations au monde comme le fait une folle avec ses cheveux. Elle tue sa jeunesse, elle veut s'en passer. Nous sommes les derniers.

Je suis ici depuis des années pour aimer une femme et maintenant je suis en guerre.

Des coups de feu éclatent à un barrage de police. On nous arrête, nous avons des armes. Nous sommes deux, lui blesse un policier et aussitôt une décharge lui transperce la gorge et il meurt à mes pieds.

Son visage est béant sous l'effort. Son visage me donne de la force. Je sens le relâchement de ses intestins et c'est cette puanteur qui me pousse dehors.

Je quitte mon abri, derrière la voiture, je vise la cachette des deux policiers, leur rafale s'enraie, je suis sur eux, je tire sur un corps qui tombe sur un autre, blessé, je vois le visage terrifié d'un jeune garçon, ce n'est plus un ennemi, je ne tire pas sur lui, je m'enfuis.

Tels sont les jours, des jours de course.

On vole de l'argent dans une banque pour continuer à courir.

Avant d'en finir, je vais tirer sur un colonel, un seul coup au milieu de la foule d'un trottoir de dimanche. Aujourd'hui encore, je ne sais s'il est vivant ou mort. Puis je vais vers le sud, là où les terres se resserrent, où il est stupide de fuir.

Ils cherchent ailleurs les derniers d'entre nous.

Je suis dans un bar à matelots et j'apprends à me mouvoir dans le vacarme perpétuel du vent du bas Atlantique. Il couvre, cache, assourdit, ne donne pas envie de parler.

Je ne suis pas pressé, j'ai mis les vêtements du marin qui attend de s'embarquer et qui boit.

Le patron a un nom italien, de ses grands-parents d'Otrante, autre espèce de terre finale au milieu de l'eau. Il me demande quand je pars. Il y a un bateau de pêche à la baleine qui va aux Malouines.

Je suis au fond du sac de ma vie, chaque jour est bon pour en être rejeté.

Le patron veut que je m'en aille. Peut-être cherche-t-il à m'aider. Il s'arrange pour me faire embarquer comme mousse sur un bateau irlandais.

Avant de monter à bord, je me débarrasse de mes armes.

Pour la première fois depuis des années je sens mes vêtements légers, mes mains distraites, le vent frappe et peut me prendre dans ses bras. Sans armes, je ne pèse plus rien.

Je monte sur la passerelle, je ne pense à personne, je suis la dernière feuille de l'arbre et je me détache sans être poussé.

Je ne pense pas à la jeune fille aimée, suivie jusqu'à faire partie de son pays.

Maintenant je sais qu'elle est au fond de la mer, jetée au large du haut d'un hélicoptère, les mains attachées. A vécu pour moi, est morte pour offrir des yeux aux poissons.

Je monte à bord et avant le départ je passe deux jours muni d'un pinceau, de vernis et d'une brosse de fer pour gratter la rouille salée.

J'apprends les noms des dix hommes et leur goût pour les oignons. L'un d'eux les mange en les croquant comme des pommes.

À la sortie de la baie, le vent n'est que force pure, il émiette les vagues et trempe les barbes.

Je dors dans un hamac suspendu aux poutres de la cale, je me balance au-dessus de la salle des machines.

J'ai quarante ans et un sommeil dur qu'il faut bourrer de coups de pied pour l'interrompre.

Ils m'appellent le mort, personne ne dort là où moi je le peux.

Nul ne sait depuis combien de vie je ne dors pas.

Le voyage est une tempête acharnée, le moteur à son régime le plus bas, uniquement pour corriger la dérive.

On pêche mal, avec une fatigue décuplée. Le filet arrache les poissons aux vagues avec plus de difficulté et il se déforme, les marins en perdent le sommeil.

La bière après le vent semble douce.

Le dimanche, ils prient, ils sont catholiques.

Le capitaine a des trous d'éclats sur la figure. Un des hommes a dû se battre avant de prendre la mer.

Ils m'emmènent avec eux parce que moi aussi je pue la guerre.

Je paie mon voyage en travaillant, mais ils n'ont pas besoin de moi.

Il est entendu qu'ils me laisseront aux îles. Le seul livre est la Bible. Je la lis dans une faible lumière, dans une coque de fer, dans une haute mer.

Je m'attache à David qui plante une seule pierre dans le front du colosse et un seul livre, les psaumes, dans la bouche du monde.

Je ne crois pas aux écrivains, mais à leurs histoires, c'est ce que je réponds à un marin criblé de taches de rousseur qui me demande si j'ai foi en Dieu.

On nettoie le poisson, on le congèle, on reste en mer un mois et demi.

Quand je débarque à Soledad, je ne sais plus marcher. Sans la mer sous mes pieds je suis en déséquilibre, et il me manque le vent qui remplit les oreilles d'oubli. Je suis sur un sol anglais.

Je m'arrête dans une auberge, la femme est la veuve d'un pêcheur de baleines, elle s'appelle Maria, Maria Delsol.

Je lui sers de cuisinier, j'entretiens le potager, je surveille les moutons gonflés de laine.

La nuit, nous faisons du bruit. Maria est forte comme une chaloupe investie par une mer contraire. Moi, je suis debout et je pousse sur les rames.

Les pêcheurs rient et boivent avec moi une bière trouble, le soir, Maria les insulte, mais elle écoute leurs plaisanteries. J'échange du poisson contre du fromage.

L'île est humide, elle a des étangs où macèrent du charbon et des plantes.

Pas un seul arbre, le vent fauche comme un jardinier, rien que de l'herbe courte, un cal de lichens et du musc sur les bosses. C'est une terre frottée.

La lèvre des moutons est forte pour arracher le poil court et dur du pâturage.

Les oiseaux de pêche trouvent en l'air leur point d'arrêt, puis se détachent de l'immobilité du ciel et piquent dans une vague.

J'attends. Je n'ai rien à demander au temps.

Il y a plus de bêtes que d'hommes, plus de femmes que d'hommes, tout est en nombre supérieur à un homme.

Et les années se succèdent, moi je travaille, j'apaise Maria, je ne touche pas un sou, je n'y pense pas.

À la radio, je réentends une chanson d'Argentine, le jour suivant c'est l'invasion.

La voix de Laila m'interrompt, elle résonne dans les deux parties de ma tête.

Je comprends que j'en ai beaucoup dit. Je bois alors un verre pour étancher ma soif et me taire.

C'est de ma faute, dit-elle, je t'ai obligé à parler.

Tu sais faire ça, dis-je.

Oui, elle le fait avec sa voix, une voix seconde qui délie.

Que t'importent mes affaires, demandé-je.

Je les aime, dit-elle. C'est mon métier de faire parler les hommes, je tire des histoires de leur tête. Avec toi, j'écoute sans but, j'écoute et j'apprends à aimer la vie qui est écrite sur ton visage.

Tu tiens les hommes dans ton poing, dis-je.

C'est ton poing que j'aime, répond-elle.

Je ne t'en donne pas un coup sur la tête parce que je suis devenu idiot. Elle rit.

Ne me soutire plus d'histoires, si je ne peux pas les garder, il vaut mieux que je les raconte bien éveillé.

Je dois partir demain, dit-elle.

Demain, dis-je, et que sais-je de demain ? Ici, il y a tout l'aujourd'hui qu'il faut. Je me lève, je la soulève dans mes bras et je l'étends.

« Tiens-moi, jardinier, tiens-moi. C'est tout ce qu'il me faut. Tiens-moi. Et ne me demande rien. »

Je ne saurais pas quoi.

Fais comme avec Maria, dit-elle.

Et toi, fais comme Laila.

Et rien n'est assez fort pour nous détacher maintenant.

Puis viennent les jours sans.

Selim vient au jardin pour le mimosa et pour parler un peu de son pays où l'on va pieds nus et c'est pour ça qu'on parle volontiers.

Quand on met des souliers on ne parle pas, c'est ce qu'il pense de nous. Sans la plante des pieds nue sur le sol, nous sommes isolés, dit sa langue qui doit avoir une arête intérieure en argent pour être aussi sonore.

C'est la vérité, dis-je, c'est un pur amen : toute notre histoire est une chaussure qui nous détache du sol du monde. La maison est une chaussure, comme la voiture, le livre. Aller aussi loin me fait sourire : qu'est-ce que tu vas chercher, jardinier ?

Je lui demande où il habite, avec l'idée de pouvoir l'héberger. Il répond qu'il vit dans une maison abandonnée, sans portes ni fenêtres, et ça, il l'apprécie.

Il dit : ici, chez vous, on bâtit avec l'eau de la terre. Vous prenez de l'eau d'un puits, d'une fontaine, d'un fleuve. Chez nous on bâtit avec l'eau du ciel.

Nous la recueillons et, quand nous en avons un peu, nous la gâchons avec la terre. Nos maisons sont faites de pluie, ce sont des nuages plutôt que des maisons.

Et Selim rit, il rit des maisons du monde.

Je me sens détaché de Laila, pas de la terre. Je suis toujours dessus, les mains dedans.

Selim veut payer, avec son bénéfice.

Laisse tomber, sans toi la floraison serait encore là, dans un jardin fermé. Toi, en revanche, tu es l'adjoint du vent, tu la répands au loin, tu l'épingles sur la poitrine des femmes. Je serais un exploiteur si je prenais un pourcentage sur le vent. Tu me paieras un coup à boire un soir où il n'y aura plus de jaune à couper.

Il m'accompagne à la table de midi, il me salue. Il va en Sicile pour la récolte des petites tomates, les tomates cerises.

Je lui dis qu'il suit la terre.

Je suis la tienne qui court sous les saisons alors que la mienne est immobile, dit-il en riant.

Il a un peu de pollen jaune dans ses cheveux gris, le mimosa lui montre son affection.

Et dans sa main il a le rouge à boire de son verre et le blanc de ses ongles. Bref, Selim est bien en compagnie des couleurs. Je pense que c'est ça l'élégance.

Puis il trempe son pain et dit : « De bonnes rencontres se sont produites à force d'aller au-delà des mers. La pomme de terre d'Amérique a trouvé l'huile des olives et la tomate a fini sur le blé. »

Il mâche avec plaisir. Je pense à son dos sombre penché sur le rouge et le vert des plants de tomates, sous le soleil qu'il va porter sur ses épaules dix heures par jour et pour la moitié d'une rémunération normale. Et à la fin je lui dis que c'est un honneur pour moi d'être à sa table.

Je tangue dans le train du soir, à la fin d'un après-midi alourdi par un verre de trop.

À la maison, je croque de l'ail cru avec des tomates. Un œuf dur écalé brille un instant dans le creux de ma main.

Avant que mes pupilles se renversent dans le sommeil, mes pensées se tournent vers Laila. À peine a-t-on partagé une ou deux cuillères de sel avec une personne qu'on en est déjà au stade de l'amour. Mais avant de se livrer, on devrait manger une marmite de sel ensemble.

Je suis avec elle comme en Argentine, sans lendemain. Dans ses étreintes mon nez retrouve la tourbe de l'île de Soledad.

Je ne sais même pas si je suis encore recherché pour le compte de ces années. Il n'y a plus de petits soldats au gouvernement, mais les lois sont bizarres et on oublie sans doute qu'elles sont en vigueur, comme ça, par distraction.

Qui sait si Maria paie une rançon pour mes testicules ou s'il lui suffit de me maudire.

Je n'arrive pas à dormir, je me lève pour faire du café et regarder derrière les carreaux : tout au bout des kilomètres, pas même dix, la mer.

Il fait nuit aussi quand je quitte l'île de Maria et que je prends le bateau pour remonter les parallèles du retour.

Je n'emporte rien avec moi, à part l'argent empoché en échange d'ambre gris, caché sous des crottes de mouton pour couvrir son odeur de musc.

Je vomis dès les premières vagues, c'est tout mon adieu.

On monte vers la panse de l'équateur, plus on s'en rapproche et moins le corps fait d'ombre à midi.

Une superstition m'obsède : que celui qui n'a pas d'ombre n'a pas non plus de passé.

Pendant des jours je reste au soleil pour la voir disparaître.

Je recommence à partir de la ligne d'équilibre entre la nuit et le jour.

Les marins fêtent le passage du parallèle zéro. Nuit de beuverie à bord, la mer pousse par l'arrière en de longues lames, le bateau descend.

Les marins suent l'alcool.

Je suis un passager, je voyage à mon compte. Mais je casse le nez de l'un d'entre eux qui veut se passer un caprice avec l'aide-cuisinier, un jeune créole des Antilles.

J'ai tort. Les hommes doivent être laissés à leur démon et certains endroits ne sont pas faits pour les garçons. Il y a des nuits où les hommes sans femmes s'arrangent entre eux.

Le garçon s'enfuit devant moi, l'homme qui est derrière lui l'attrape, il hurle, il n'y a que moi alentour, voilà que je m'en mêle, l'autre sort un couteau, moi je sais quoi faire, je l'arrête, je lui lance mon coude en plein visage et il s'écroule comme une masse.

Je passe alors le reste du voyage à dormir le jour et à rester debout la nuit pour ne pas me réveiller la gorge tranchée.

Le jour suivant, je lui fais rendre son couteau par le capitaine qui jure contre moi et qui me grogne de me mêler de mes affaires.

Je suis à une fenêtre de l'autre côté de ce monde et de ce voyage, pourtant il me suffit de savoir qu'il y a la mer au bout de la ligne droite de la nuit pour retrouver le goût de l'insomnie de l'Atlantique.

Les premières nuits, je reste éveillé sur le pont pour regarder le blanc de la lune sur le lisse de l'eau. Si le marin songe à m'égorger, il attendra les nuits sans lune.

Pendant des jours, je croise son visage sombre d'affamé, au nez violacé du sang qui s'est écoulé des vaisseaux.

Je lui fais comprendre que je me méfie, que je le crains.

C'est un léger dédommagement, une satisfaction. Parfois ça peut suffire.

Le garçon reconnaissant veut rester avec moi. Il frappe la nuit à la porte de ma cabine, m'apporte une part de tarte, un café épicé. Que des hommes perdent la tête et tout sentiment de honte pour de jeunes garçons, je peux le comprendre, mais pas l'inverse, des garçons pour des hommes.

Il me raconte que le cuisinier l'a vendu au marin la nuit de l'équateur. Et il dit que personne n'a défendu son corps et sa vie depuis qu'il est né. Qu'il est mon débiteur pour tout, même pour l'amour.

Je sens déjà l'air du Nord. Lui est le Sud avec lequel j'ai été lié par l'amour, la guerre et la fuite pendant vingt ans. Ce Sud-là n'existe plus pour moi.

Je lui dis que son empressement est plus que le merci qui me revient et que l'amour n'a rien à voir avec les dettes.

Il demande s'il peut venir avec moi quand nous débarquerons en Angleterre.

Je ne sais pas de quoi vivre, je ne sais plus rien du Nord, ni comment s'y débrouiller, mais s'il en a assez de la mer, il peut venir avec moi.

Il demande à entendre un oui. Oui.

Je pense à présent que Laila et moi n'avons pas encore un oui ou un non derrière nous. Et on ne peut pas être deux sans les oui et les non.

Nous descendons après cent parallèles de latitude, une fois le monde renversé.

Le débarquement a lieu à Londres et on se débrouille. Je travaille dans une menuiserie, lui dans un bar le soir. Il rentre quand je dors, le matin il se lève pour préparer mon café, pour échanger un bonjour.

Le dimanche, nous marchons dans les parcs, nous écoutons des musiques du Sud.

Il me demande : « Si j'étais une femme, tu m'épouserais ? »

Certains soirs il ne rentre pas. Il travaille dans un bar mieux fréquenté. Il a une proposition pour aller vivre avec un homme.

Je lui dis qu'il est temps pour moi de reprendre une activité en Italie. Il m'accompagne au train le soir de mon départ.

Il retire pour la dernière fois un peu de sciure de ma tête. À ce moment seulement, je m'aperçois que j'aime cette sollicitude, que je l'ai acceptée en laissant sur moi ce saupoudrage du travail.

Je souris de moi qui m'arrête à l'écorce des choses et qui ne comprends même pas ma complicité face à son empressement.

Avec son pouce, il trace un signe de croix sur mon front et dit : « Trouve l'amour. »

Et toi, fais-toi respecter par les hommes. Tu es un garçon loyal, tu as des yeux noirs qui ne savent pas dissimuler.

Nous nous saluons, chacun de nous se retourne et va se glisser dans la foule des inconnus qui enveloppe tous les adieux.

Et je pense maintenant que je dois cesser de perdre des gens.

La vitre s'embue sous les regards. J'appuie mon front là où sa croix m'a touché et d'un endroit du bout du monde, à plus d'un an de distance, j'appelle à haute voix son souhait de bonne nuit.

Des jours passent sans Laila.

Je lis une lettre d'Argentine, d'un ami, sorti de prison depuis peu. Le monde, celui de mes années au Sud, crache ses dernières dents.

Il écrit : « Je dois apprendre à marcher en ligne droite, je dois comprendre que les pieds emportent. »

Le monde se raccommode d'un côté et d'un autre il met dans le pétrin des jeunes de vingt ans tout neufs.

Je finis de lire la lettre à la table du bistrot, je la plie et ferme les yeux un moment.

« Que fait un homme, il dort ? »

La voix de Mimmo me fait rouvrir les yeux. Bienvenue, non, je ne dors pas, je pense à cette lettre. Je la lui donne.

Il s'assied, derrière lui se tient une femme, je la vois seulement maintenant, je m'excuse, je me lève, je me présente. Elle sourit et nuance sa voix d'un peu de sympathie.

On s'assied, il lit, et j'explique à la femme la lettre, le retour à la liberté d'un ami sorti d'une prison d'Amérique du Sud.

Bonnes nouvelles, dit-elle.

Mimmo me redonne la lettre. Il me demande pourquoi je mets des pierres dans la vigne, à quoi sert un sentier inégal entre les rangées.

Ce n'est pas pour marcher dessus, dis-je. Les pierres absorbent le soleil dans la journée et le restituent la nuit. L'été, cette chaleur préserve le raisin de la rosée nocturne et l'empêche de pourrir.

Il me demande d'où je tiens ça.

De l'Argentine de ma jeunesse, des vieux Italiens de jadis capables de faire du vin dans les potagers de Buenos Aires. Maintenant il n'y a plus de vieux Italiens, ni de nouveaux. Maintenant ce sont tous des Argentins.

Un ancien, un grand-père qui n'a pas de petits-enfants, m'instruit. Il vit en Argentine depuis que dans l'Apennin on taille son bois de chênes pour en faire des traverses de voies ferrées. Il fuit ce monde qui efface les siècles des montagnes pour les mettre sous les roues des chemins de fer.

Lui, il entend le bois coupé crier vengeance aux étoiles la nuit. Quand la chaudière de la locomotive explose, on accuse les anarchistes. Il s'enfuit de ce monde-là. Il emporte avec lui un petit mortier de grès et le pilon de hêtre pour faire le « pesto », des graines de basilic et un bouquet de cépages d'Erbaluce avec lesquels il tente une pergola dans l'humidité du quartier Palerme de Buenos Aires.

La femme m'écoute attentivement. Pour elle, ce sont sûrement des fables. Mimmo aussi reste volontiers silencieux.

Je continue donc. Grand-Père m'apprend à dépecer le cochon. Il le sale sur une planche en bois de saule, il met de l'ail, du poivre, du vin où il faut. Et la bête à peine égorgée, il recueille le sang chaud, le fait frire, spongieux, et il le mange pour se donner du cœur à l'ouvrage qui doit être fini dans la journée.

Ça la dégoûte. Je ne le lui dis pas, mais moi non plus je n'arrive pas à avaler cette chose-là. Plus personne n'y arrive. Mais si tu veux une place parmi les anciens, il te faut reprendre un peu de leurs coutumes, de leur jeunesse, ne serait-ce qu'un pas de danse un jour de fête si tu ne peux vraiment pas tremper ton pain dans leur soupe.

Ça, je ne le dis pas à la femme et je me tais. Elle regarde mon front et dit : encore.

Je parle de Grand-Père en train de raconter des histoires de femmes hindoues qui, lorsque se lève un vent de tempête, sortent les seins nus pour l'arrêter.

Je parle de Grand-Père en train de frotter sur ses paupières la première violette poussée à la fin de l'hiver. Puis je ne dis plus rien.

Mimmo me parle de lui.

Il arrive d'un voyage sur une des lignes de frontière de la guerre entre Croates et Serbes. Dans un minuscule petit village sur le front, deux Italiens ont apporté, on ne sait comment, un four à pain, une belle machine.

Chez nous, il y en a qui sont capables de se faufiler n'importe où, dit-il. « Je rencontre un vieux Croate qui a été longtemps ouvrier en Autriche. C'est l'un des nôtres d'autrefois, de ceux qui savent réparer une machine en fabriquant la pièce de rechange, qui savent aussi faire le fromage, construire une maison et faire le vin. »

La femme, magnifique, garde le silence, appuie son menton sur ses poings, et rien qu'ainsi elle encourage. Elle offre son écoute, son envie et son temps.

Je la regarde un peu alors que Mimmo dit : « Huit fils, le dernier touché à la tête dans le champ près de la maison, un coup de feu qui lui a brûlé les cheveux, tiré à bout portant. »

Le vieil homme lui raconte comment la guerre peut être séduisante au début. Dettes, vols, prêts, contrats, la guerre brûle tous les papiers. Pour certains c'est comme une amnistie, pour d'autres une occasion de vengeance.

Puis les maisons commencent à brûler, avec les enfants dedans, et tout le monde y perd quelque chose.

La guerre a duré quatre ans dans ce petit village. La vigne qu'il avait plantée est encore pleine de mines et les grappes d'été éclatent comme les tétines des vaches quand on ne les trait pas. Elles enivrent les guêpes.

L'hiver, il prie la neige d'ensevelir la terre et puis il prie le gel de la durcir afin de pouvoir marcher dessus pour tailler.

Tout autour les champs sont immobiles, les mines attendent les pas.

Comment grandissent les enfants avec tant de terre interdite autour d'eux ? demande la femme, mais sans attendre de réponse.

Mimmo laisse un peu de place vide après la voix de la femme, en signe d'agrément.

Il répond que les femmes attachent les enfants quand elles doivent sortir et les laisser seuls.

La femme sait, sur moi et sur l'Argentine, ce que lui a dit Mimmo. Elle est jeune, mais pas une toute jeune fille, et elle cherche à savoir si je pense avoir été utile.

C'est un adjectif pratique, qui me plaît dans sa bouche, mais il ne me concerne pas. « On se trouve aussi dans une guerre par honte de rester à l'écart. Et puis un deuil te saisit et t'y maintient pour être soldat de rage. »

J'aimerais en savoir plus, dit-elle.

Je ne peux parler qu'avec brusquerie, sans donner satisfaction aux pourquoi. Je sens qu'ils ne sont pas de mon ressort, mais de celui qui viendra après et qui, lui, s'il en a envie, cherchera par curiosité et par miséricorde. Moi je n'en ai pas.

« Je ne comprends pas pourquoi vous n'avez pas de pourquoi face à votre histoire. Il me semble qu'avoir une histoire et renoncer aux pourquoi est un gâchis. »

Je renonce, parce que, sur tant de vies perdues, les pourquoi sonnent comme une justification, ils s'affichent atténuants. Je ne sais pas atténuer.

« C'est dommage. Je connais l'un des vôtres qui s'est battu et qui ne parle plus, il ne répond pas. Vous gardez vos raisons pour vous. »

C'est comme ça, dis-je pour ne pas la laisser seule alors que Mimmo déplore le voile de reproche de sa voix. C'est comme ça, nous ne savons pas faire face à une question. Nous sommes le restant d'une réponse. Nous, dis-je, et je ne sais qui je suis en train de mettre dans cette conserve de nous.

J'avale ma salive dans ma gorge et j'y noie ma voix.

Mimmo vient à mon aide, dit qu'un bout d'explication m'a échappé.

Non, Mimmo, elle n'est pas valable pour elle, elle ne suffit qu'à moi. Et à elle je dis que je reste son débiteur. Et je lève mon verre pour le boire, je le vide lentement et je m'essuie la bouche, ce qui veut dire que pour moi la conversation est terminée.

On se lève, on se serre la main.

L'après-midi, je dois peindre les troncs des arbres au lait de chaux. Je dis à Mimmo que la lune sera là cette nuit et que, s'il se met à la fenêtre, il pourra voir un bois de fantômes.

Je passe plusieurs jours à travailler dans un autre jardin. Je dois retirer des pavés de pierre brute et massive, ramener le sol à la lumière et le transformer en terre cultivable. Cent mètres carrés seulement, mais la base est solide et les pierres sont fixées à une dalle de ciment et à un filet métallique.

Je dois la casser en morceaux avec une masse de fer. Je transpire, je m'écorche les doigts et les jointures, le sel affleure sur mon corps.

Je me réconforte avec des pommes et du fromage épicé.

Sous la croûte de pierre la terre est morte, épuisée par l'obscurité. Elle est brûlée par la chaux.

Il lui faut de l'oxygène et de la lumière. Le salin absorbé doit être corrigé par du terreau acide.

En attendant, des jours durant, je frappe avec la masse et le manche de hêtre vibre à chaque coup.

Quand je prends un rythme régulier, j'arrive aussi à me regarder de l'extérieur de mon corps.

De l'intérieur, je sens les coups et les bouffées d'effort, un souffle à l'entrée quand je lève le fer, un autre à la sortie au moment où je l'abats sur la pierre.

Le petit soufflet du corps cadence son allure en cinq temps : deux pour élever la masse, un suspendu en l'air, deux pour l'abattre sur le sol.

De l'extérieur de mon corps, je vois un homme de cinquante ans qui frappe à la porte de la terre pour la faire tomber, pour ouvrir une brèche dans son giron bridé.

J'entasse dans un coin de la ferraille enchevêtrée dans des blocs de ciment, puis je la charge sur un camion qui l'emporte.

À la fin, je suis sur la terre découverte.

Elle est grise, je la retourne par effraction, je la repétris avec du crottin de cheval et de la terre de châtaignier.

Je l'étends bien peignée sous un soleil de fin d'hiver qui l'embrasse tout entière et la fermente.

Les jours se passent comme ça. Le soir, chez moi, j'écrase des tomates crues et de l'origan sur des pâtes égouttées et je grignote des gousses d'ail devant un livre russe. Il rend mon corps plus léger.

C'est ce que doivent faire les livres, porter une personne et non pas se faire porter par elle, décharger la journée de son dos, ne pas ajouter leurs propres grammes de papier sur ses vertèbres.

En fin de soirée, Laila est un souffle dans le mien chargé d'ail au bord du sommeil.

Je pense aussi à Selim qui prie à chaque adieu du jour. Il y a des humilités qui grandissent un homme.

Je retourne travailler dans le jardin de Mimmo. Je trouve un billet de sa main, une femme est venue me trouver et il a refusé de lui donner mon adresse devant son insistance.

C'est Laila, je pense l'appeler dans la soirée. Mais elle entre en trombe dans le restaurant à midi, moitié en colère, moitié heureuse, ses cheveux fraîchement lavés, peut-être encore mouillés, relevés en écheveau branlant.

Elle me souffle des mots au visage, un chatouillis au coin de l'œil. Tu ris pourtant ? Elle proteste et puis sourit.

Elle ne veut pas s'asseoir, je reste donc debout moi aussi, deux jours qu'elle me cherche, elle est furibonde et joyeuse, elle me corrigerait bien à coups de pied et de baisers, dit-elle, elle mord avec rage dans un bout de pain, ce n'est pas ma main, dis-je.

Alors tu verras ce que je fais à ta main et au reste quand il n'y a pas de témoins. Elle m'insulte et avale, puis se tourne pour sortir et m'ordonne d'aller chez elle après mon travail sans passer à la maison, et elle s'en va, moi je m'assieds et je suis pris d'une crampe à l'estomac, je le sais, mon corps aime cette femme, il mord pour le dire et il appelle.

Je me dois d'obéir à ses braiments, même si je me traîne derrière sa queue.

Je passe le racloir de ma paume sur mon visage, je m'adresse à moi-même : nous ne sommes pas égaux, toi tu es un vieux squelette, moi je suis le dernier de tes locataires et je suis lent.

Toi tu t'entêtes comme l'ânesse sous Bilam face au premier ange. À cette différence près : moi je ne suis pas ton maître et je ne brandis pas de bâton pour te faire avancer.

Je te le dois, pour le poids que tu portes et pour le risque, et aussi parce que jamais ta patience n'a eu le moindre écart.

Je retire ma main de mon visage et je la place à l'entrée de mon œsophage pour nous mettre d'accord. Mon corps aime Laila, alors moi aussi.

Ainsi se calme le nerf qui s'est tendu à son arrivée, sous le coup de sa voix et de sa disparition brusque, parfumée.

Parfois, pour mettre deux pas bien en ligne l'un derrière l'autre, j'ai besoin d'écrire un contrat avec moi-même.

Chez Laila c'est la gaieté, elle a mis des fleurs même sur elle.

Je lui demande quel engrais elle utilise pour qu'elles soient aussi belles et j'en touche une, peinte sur sa robe.

C'est toi le jardinier, devine.

Il faut la faire bouger un peu par-dessous et la sentir, et je mets mes doigts entre sa peau et l'étoffe du décolleté. C'est pour ça, l'idée de mettre une robe à fleurs, pour attirer les abeilles et les jardiniers ?

Je retire mon doigt et je souffle dessus feignant de m'être brûlé. Et nous commençons par des plaisanteries avant de nous concentrer dans nos étreintes.

Les jeunes ont l'air absorbé et réfléchi en amour, les vieux le prennent moins au sérieux et se laissent chauffer le sang par les rires. Les rires stimulent.

L'eau bout mais nous n'y plongeons pas les pâtes.

Quand nous revenons à la cuisine, il reste un fond d'eau très salée sur le feu allumé. Comme celle de la mer Morte, dit-elle.

Nous avons faim, nous faisons frire six œufs et nous frottons le pain à même la poêle, face à face, elle avec la mie, moi avec la croûte.

Elle mange plus, elle, moi je ne sais pas avaler rapidement.

Je sers son vin, il est français, de ceux devant lesquels s'incline le palais. Je manque de goût pour ces excellences, elle non, elle le fait tourner dans sa bouche et le berce, moi j'avale d'un trait mon demi-verre.

Après ces passages dans la bouche tu finiras par le cracher. Elle a un sursaut de rire en l'avalant, il passe de travers et elle le crache vraiment, elle me donne un coup de poing sur le bras, puis graillonne toute rouge, enragée.

Les œufs frits, c'est mon plat de jeune homme qui a quitté la maison, la découverte d'arriver à faire la cuisine : des œufs frits, pendant les premiers mois.

Ranger la poêle sans la laver parce que raclée à fond par les morceaux de pain.

Parle, toi, Laila, ne me laisse pas dire des histoires.

« J'ai été dentiste, j'ai de la poigne. Je sais comprendre le caprice d'une racine même sans radiographie. Je la serre dans le davier et je sais de quel côté donner un tour pour l'extraire dans le bon sens. »

Je regarde l'attache de sa main, je comprends la dextérité et la prise, une force qui se trouve plutôt sur le dos que dans la paume. Je comprends mieux les mains que les visages.

Elle n'est plus dentiste. Un jour, elle incise par erreur l'artère palatine sous une canine, la bouche de l'homme se remplit de sang en deux secondes. Elle parvient à tamponner, à refermer, puis elle abandonne le métier. Ce n'est qu'un accident, qui a bien fini, mais elle abandonne quand même.

Je demande si ma bouche est en bonne santé.

Oui, dit-elle, la tienne est pleine d'air, une cave sombre, une cavité de tuf, et le silence.

Sur ta langue je sens le bouchon et tes dents sont des petits graviers usés par le pain, à force de mordre.

Il existe une grande variété de bouches, dit-elle, des bouches gouttières où grondent salive et bavardages, des bouches marsupiales qui abritent toujours un petit qui dort, des bouches enveloppes fermées, jamais expédiées.

Elle parle sans les mains, rien qu'avec les lèvres.

Elle me demande si l'été aussi je travaille avec ma chemise sur le dos, car la marque du soleil sur mon corps s'arrête autour de mon cou.

Oui, dis-je, un ouvrier a la peau foncée sur le visage, la nuque, les mains : le reste c'est de la villégiature.

Elle rit, je ne comprends pas de quoi.

Elle a une trace d'œuf que je lui enlève. Elle avance sa bouche contre mon pouce pour recommencer.

Nos pieds nus se frottent sous la table. Nous sommes des amants qui se tiennent par les pieds et pas par la main.

Nous nous empoignons de nouveau. Je suis à peine tendu, elle, elle est limpide, pas même une ombre trouble dans ses tendresses de sirocco qui fait claquer toute une lessive dans l'air.

Les femmes du métier ont un répertoire et quand elles aiment elles l'évitent et tournent autour de gestes bien connus sans tomber dedans, les esquivant lestement. Elles inventent l'amour au milieu des renoncements, des défenses de faire comme.

L'amour dans les mains de Laila est la chose la plus vierge de chair, elle le cherche en m'appelant par mon nom de sa respiration, en m'appelant dehors dans son plein air.

Enfin sa crue d'étreintes concentre mon sang et elle s'accommode du fond qui me reste.

Elle me dit que c'est plus beau pour elle quand je suis fatigué.

Et moi je sais encore une fois que j'aime cette femme et que cet amour a le droit d'être le dernier pour moi.

C'est la nuit et nos pieds s'entendent toujours bien. Le reste du corps s'est détaché.

Je pense à une île où rester pieds nus, à une île après Laila, lorsqu'il est temps de quitter la terre ferme.

J'ai besoin d'une île après elle, une fois mes pieds déliés des siens.

« À quoi penses-tu ? » demande-t-elle, pour me l'entendre dire.

À une île, à des vagues qui s'écrasent sur des rochers, à un vent qui laisse croître les arbres, à un puits et à une gouttière qui y conduit l'eau de pluie. Je pense au sanglot d'une poulie sur le puits et au bourdonnement de babillage de l'eau dans le fond et à la paix d'en avoir une réserve.

Puis j'invente des choses pour dire : je pense à.

Tu as de l'imagination, dit-elle.

Oui, celle d'un homme qui se rase sans miroir.

Laila m'écoute et elle est si près de mon oreille qu'elle arrive à souffler des îles dedans.

Mais je ne dis pas que c'est un endroit pour l'après elle. On va à l'amour sans retour et ensuite on ne se retire pas dans la même pièce qu'avant.

« J'aime ta drôle de précision dans les choses que tu racontes. Je te demande à quoi tu penses, et toi tu dresses une île, un puits, et tu y places même une gouttière. Te voir aussi farfelu m'émeut. Je crois que c'est une *izvestie* d'amour, une nouvelle d'amour », elle se corrige comme sa grand-mère russe capable de mélanger plusieurs langues dans une phrase.

Moi aussi je remarque les nouvelles d'amour. Mon corps retient des mots de Laila, ceux sur le plaisir qu'elle prend justement sur ma fatigue, et il exulte de gratitude. C'est bien une nouvelle d'amour.

Demain, je dois te parler, dit-elle.

Maintenant si tu veux. Non, demain, à présent il est tard mais demain soir oui, sans étreintes, parler sérieusement rien qu'un moment.

Oui, rien qu'un moment, dis-je, parce que ensuite, si tu ne ris pas, je tombe malade. Nos pieds se frottent pour se dire bonne nuit.

Au jardin je brûle les émondes du laurier, un parfum qui invite à fermer les yeux.

Derrière la grille revient le visage de charbonnier de Selim. Je l'invite à la cabane, tu es l'esprit du café, lui dis-je, tu apparais quand je vais le mettre sur le feu.

« Je le sens à des kilomètres, bien avant que tu en aies envie », dit-il sérieux.

On s'assied, je lui demande des nouvelles de la récolte. Bon travail, mais une demi-paie de bénéfice volée par les couteaux, seulement la moitié envoyée à la maison. Avec les couteaux qui, en se partageant cette misère à quatre, n'en retirent pas une soirée de samedi.

Qui vole les ouvriers ? demandé-je.

Des jeunes sans nécessité, dit-il.

Mal ?

Celui qu'on éprouve sous le coup d'une honte, pas d'une blessure, dit-il.

Puis Selim boit son café, assis avec moi devant le feu de broussailles.

Il en remue un coin avec une branche oubliée. « La cendre dit que tu dois partir. »

Il le dit très doucement et, si je l'entends, c'est à cause du silence sec, enfumé.

Je regarde la braise qui murmure avec un bourdonnement de

petites lumières. C'est comme la voix de Laila, mais qui, au lieu de me faire parler, réclame une écoute.

J'éprouve un peu d'ennui pour cet horoscope de terre, d'yeux baissés, noirs.

J'avale, je dis seulement que je n'ai aucun endroit où aller, ici personne ne me suit et personne ne m'attend dans un autre lieu.

« Tu dois t'en aller. »

Je ne m'en vais plus, à présent mon verbe c'est rester, et puis il y a une femme à aimer.

« La cendre voit du sang, et le tien aussi répandu à côté. La cendre ne parle pas d'amour. »

La cendre ne sait rien de ma vie.

Selim fouille d'un autre côté, renverse, éparpille, me regarde en face et dit avec une veine qui remplit son front : « Moi aussi. »

Je ne sais de quoi il se mêle me concernant, mais je le crois. Je pense qu'une de ses heures passées est peut-être semblable à une des miennes et que, s'il en est ainsi, alors nous sommes vraiment de bons amis.

« Ce n'est pas seulement ça. Nous avons une heure commune devant nous aussi », et sa voix s'éteint avec la dernière flamme des broussailles.

Ne dis rien, Selim, tenons-nous-en plutôt à nos cafés à venir et que la cendre reste cendre. Si elle en a après moi, c'est parce qu'elle était une fibre verte et vivante il n'y a pas longtemps.

« Toi tu soignes les arbres, et eux ils t'aiment. Ce sont leurs mots pour toi, leurs derniers.

— Tu connais un homme, toi, Selim, qui s'en va sur le conseil des arbres ? »

Toi tu le connais, dit-il, et c'est moi, parti sur la cendre d'un nid de vautours.

Moi, en revanche, je suis le dernier à partir, je suis celui qui dessert la table et qui ferme la porte.

Les signes sont nombreux, dit-il, ils arrivent avec des feuilles, des oiseaux, des gouttes. La cendre est le dernier avertissement.

Je me tais, je finis de boire ma tasse.

La voix de Selim est calme, elle vient déjà d'un après, d'un temps qui suit celui où il faut vivre à présent. Il hume un peu de vent et de fumée et dit : « Nous sommes amis, *làzima kuwa rafiki*, il faut être amis. » Il remue la cendre, il efface.

Espèce de saint d'Afrique, pensé-je, tu viens donner ta sagesse à un sauvage d'Europe qui suit la lune sur le calendrier et les nuages d'après le bulletin de la radio, et qui ne sait lire aucun mot sans un alphabet.

La vie est-elle donc ainsi réglée, ainsi mise en transcription au point d'avertir par des signes, des contrepoints ? Mieux vaut pour moi ne rien savoir en temps voulu. Car il faut ta patience pour supporter de savoir. Il faut ton nez épaté, tes dents à l'étalage pour rire, ton front rouillé par la sueur, il faut ton gris calleux et non ma couleur coquille d'œuf.

Selim finit sa tasse et marmonne ses syllabes de bénédiction.

« Tu t'y entends avec la cendre et le ciel, combien de choses connais-tu, Selim ? »

Je ne fais que souffler quelques mercis vers le haut, dit-il.

Je fais monter mon souffle qui se mêle aux nuages et se change en pluie. Un homme prie et augmente ainsi la substance au ciel. Les nuages sont pleins du souffle des prières.

Je regarde vers le haut, ils arrivent de la mer. Je dis : mince alors, ce qu'ils prient en Sardaigne.

Il rit avec moi et dit qu'il est bon de rire, que la foi vient après le rire, plus qu'après les pleurs.

Puis il se lève, moi je sens au fond de mon intestin vide, agité par le café, un gargouillis de tendresse pour Laila arrivée sur mes cinquante ans comme une pierre sur un nid.

En lavant la cafetière, je pense que je ne suis pas rentré chez moi depuis un jour.

Tu sautes un tour et tu ne reviens plus. Ainsi en Argentine, je rate un rendez-vous et je suis sauf, j'arrive au moment où l'on emmène la famille du dernier refuge. Moi je reste dans l'autobus bloqué par les soldats tandis que mes derniers amis disparaissent dans un camion.

La cendre ne peut rien m'apprendre, Selim, je suis la cendre.

Selim fait un petit bouquet avec des branches de romarin et de thym. Il veut essayer de les proposer aux restaurants. Maintenant qu'ils sont en fleurs, on peut les mettre sur les tables à la place des plantes en pots.

D'après lui, le commerce a besoin de marchandise qui n'est pas encore recherchée, et il faut créer la demande. Il lui semble ainsi offrir une primeur.

Je lui demande comment vient une idée.

« Je regarde les jardins. Il y a tant d'informations dans les jardins. Mais il y a peu de jardiniers », et il fait un sourire qui découvre ses dents.

Et moi je pense que la chose la plus importante à son âge et au mien, c'est l'entretien du sourire.

Je répands la cendre sur la terre retournée autour du chêne vert que j'ai planté. J'ai grande envie de lui dire deux mots, de caresser son tronc encore lisse. Il y a déjà un rouge-gorge sur une de ses branches.

La voix de Selim qui salue de la grille arrive derrière moi en même temps que le soleil qui chauffe déjà mon dos. Je déboutonne alors le col de ma chemise de flanelle rouge et je relève mes manches.

Je la porte depuis deux jours, elle est imprégnée de mon odeur comme le livre que je garde dans la poche de mon bleu de travail.

Au bistrot je m'assieds à la même place, celle qui surveille l'entrée.

Pour la première fois, je lève les yeux à chaque entrée.

La nouvelle de Selim, l'avertissement de la cendre, a soumis mes nerfs à une demi-torsion.

La première évidence c'est que je regarde autour de moi. Je n'aime pas ça et je dois veiller à ne pas bouger mon corps.

Un clignement de paupières et je suis repris par une ombre d'Argentine, de coups d'œil rapides, de veste lourde, et un souffle chaud passe dans mon nez. Ma main va vers un geste oublié, je m'aperçois qu'elle est à l'endroit laissé vide par l'arme des années du Sud, et avant de reprendre la maîtrise de mes nerfs je sens son tâtonnement qui cherche l'objet perdu.

Et je mets un moment avant de prendre une profonde respiration, de détachement.

Le patron s'approche et s'assied, il a une bouteille d'alcool de noix, il m'en verse.

« À quoi penses-tu, l'homme ? À une dame ? — Non », dis-je, et je sens la fixité de ma paupière se détendre et un léger sourire s'aplanir. Je pense à un pays du Sud, aux nombreuses années là-bas.

« Tu n'as toujours pas réalisé que tu es rentré, n'est-ce pas ? »

Ici, chez toi, oui, dis-je, ici chez toi on est comme dans une maison d'avant, capable d'ouvrir à tout le monde. Il y a quelque chose à fêter ? demandé-je.

« Oui, dit-il, une sorte d'anniversaire. Aujourd'hui, il y a bien des années, je sortais de prison. »

Je touche son verre avec le mien : bienvenue dehors, dis-je. Et lui : bienvenue chez toi.

Je me jette l'alcool de noix dans le gosier et sur le chemin qui monte vers le jardin j'appuie avec plus de force le talon dans mon pas, et l'Argentine sort de mes pensées.

À la fin de mon travail il fait encore jour, Laila m'attend à la grille. Elle ne veut pas parler dans un lieu clos, nous allons au bord de la mer.

C'est le début de la floraison des glycines sur le sentier qui mène à la plage, à partir de l'endroit où nous laissons la voiture.

Je me déchausse, je marche en faisant plus attention au sol qu'aux premiers mots de Laila.

Nous nous asseyons sur des pierres, la lumière vient d'un angle aigu qui se resserre et attire loin des mots forcés.

Je les écoute et je pense à tout un vacarme de soldats qui fouillent les rochers à ma recherche. Je sais qu'il me faut sortir à découvert.

Laila parle d'un homme à abattre ou qui l'abattra.

Son métier de faire parler les hommes est à son point de rupture. « Le dernier voyage m'a pesé. J'ai mis du temps à le finir, je n'y arrivais pas, j'avais l'empreinte de tes mains sur moi, partout. Il m'a fallu des jours, nausée, nostalgie, et à présent je sais que ça suffit. Je ne peux plus. Lui, il a compris, il me surveille, me harcèle pour un nouveau rendez-vous, et moi je cherche à gagner du temps, mais je n'en ai pas. On ne démissionne pas de ce métier. Quand tu ne peux plus le faire, tu t'enfuis ou tu meurs. »

J'écoute mal, je pense à Dvora, fille de Buenos Aires suivie jusque là-bas, à nos bonnes années, aux dimanches où je la réveille en passant sous son nez une goutte de jasmin pour la voir sourire dans son sommeil. Pendant ce temps les foules passent dans la rue avec des drapeaux et de notre balcon on les prendrait pour un champ de grappes, et leurs têtes pour du raisin. Au début, il ne nous vient pas à l'esprit que cette foule est nôtre et qu'elle chante pour nous qui sommes à la fenêtre la sérénade de ses raisons.

Elle s'écoule et nous restons au balcon, ce qui est une façon de l'accompagner.

D'en bas quelqu'un nous fait signe de descendre et moi, en échange, je voudrais leur faire signe à tous de monter. En attendant je les salue du regard, sans m'apercevoir que Dvora est descendue dans la rue. Elle m'appelle, m'invitant à faire de même, et alors moi aussi je descends. Et un an suffit pour qu'arrive le désastre d'une journée où on la jette dans une voiture, où on me l'arrache de force, et moi je reste plié par les sanglots dans la rue comme un clou frappé de travers. Je reste en vie, écarté de la mort grâce au vert d'un passeport italien en poche. « Où t'ai-je emmené, *novio mio*, ici on nous tue tous. »

Ses yeux se troublent et je passe mon doigt sur ses cils en lui disant : « Hé ! Qu'est donc ce petit chagrin ? » Et ce sont les derniers mots et la dernière caresse devant la porte d'entrée, avant d'être séparés à mort.

Je quitte la maison de notre intimité, j'entre dans la guerre vagabonde où chaque logement est un faux domicile. De la maison des noces j'emporte une seule chose de Dvora, ses chaussures de gymnastique aux lacets encore noués parce qu'elle les retire en prenant appui sur ses talons. Il est de mon devoir d'en défaire les nœuds et de les tenir prêtes.

Je les emporte, sonné par le chagrin, en signe de dette pour négligence de soin, dans l'espoir de les lui voir encore aux pieds.

Puis je les oublie. Un an plus tard je dois débarrasser un de mes logements clandestins et je les retrouve sous un sac au fond d'une armoire. Je n'ai rien de Dvora, car sans elle je ne tiens à rien. Ses chaussures sont là avec leurs lacets bien attachés.

Je m'agenouille et défais les nœuds, libère les œillets. Puis je les laisse là.

Je sais qu'elle est au fond de la mer, les mains attachées. Je peux seulement défaire les lacets de ses chaussures. Je fais cet adieu à genoux devant une armoire vide.

C'est à ça que je pense sous les mots de Laila, et encore une fois je sais qu'il ne reste plus rien de moi.

Dans la banlieue sud du quartier Palerme de Buenos Aires où j'arrive à temps pour connaître les derniers des premiers Italiens arrivés là, je travaille dans une usine de chaussures, j'apprends le cuir et je goûte à l'amour des dimanches au bras de Dvora avec la promesse de devenir vieux et gâteux ensemble.

Je n'ai pas même un râle de regret pour les coups de feu, la petite guerre, la part de vengeance prise et non payée.

Pourquoi suis-je sain et sauf, moi : je ne sais pas le dire, je ne sais pas le maudire.

J'écoute mal Laila, petit retour d'Argentine féroce.

C'est agréable de ne pas être dans une chambre en ce moment, de voir un bras de Tyrrhénienne au lieu de l'immense embouchure du Rio de la Plata.

Laila ne demande pas d'aide, elle parle par loyauté, comme la première fois. Elle veut me laisser à l'écart de ses ennuis. Je la crois.

Je joins mes paumes vides, je pense : toi aussi avec les meurtres.

Mes mains restent fermées, mes mots également, je ne dis rien. En revanche, Laila dit : « Moi aussi avec les meurtres. »

Elle entend mes bourdonnements intérieurs, je ne réagis pas, je n'ai pas une seule phrase à lui cacher. Et puis ce doit être bien incommode d'écouter les pensées, de se remplir du vacarme des autres même lorsqu'ils se taisent. Il est bien dur de savoir que quelqu'un pense à autre chose pendant que tu lui parles.

La mer est violette comme la fleur du romarin, le vent du dernier soleil projette les cheveux de Laila sur mon front.

C'est comme ça que tu prends mes pensées, avec tes cheveux ?

Non, dit-elle, c'est une habileté animale, un reste de cerveau de serpent, de poisson, d'hirondelle, ou du moins c'est l'idée qu'elle se fait de ce don. Mais elle n'entend que les pensées très proches.

Ça ne m'effraie pas ? Rien ne m'effraie dans cet amour.

Elle embrasse mon bras et dit : « Tu me fais oublier qui je suis. »

Non, je te le fais mieux savoir, tu es la femme avec qui je suis en amour. Je pense qu'il n'y a pas de titre plus certain que celui-ci pour toi.

« Tu fais une caresse sur tous mes os, un baiser dans ma moelle, tu mets la paix dans mon corps », dit-elle.

Ses cheveux fouettent mon visage, elle veut se mettre sous le vent, non, je la retiens, je ne veux pas que tes cheveux battent à vide.

Nous restons un moment en silence pour goûter le sel sur le vent qui diminue.

Quel dégoût de tuer, Laila. Tu ne te débarrasses plus jamais du gras de la mort. Il ne s'enlève plus. Tu es jeune, tu penses que ça passera et tu l'oublies un peu dans un sursaut de volonté. Et puis un jour où tu te mets à regarder le monde avec plaisir, que tu sens l'air se mettre à l'aise dans ta respiration, en pensant peut-être à la petite part d'oxygène et à la supériorité de l'azote, au moment où tu es le plus loin de ce sang, le voilà qui revient parce que toi qui respires tu es bien vivant, un maudit vivant.

Et tu appelles en renfort les raisons les plus pressantes pour ce sang répandu, tu te répètes que la nuit tu dors et que tout sommeil contient une absolution, et rien, il est toujours là, collé à toi, l'assassiné.

Et le remords n'y est pour rien, pas plus que l'insomnie, ce sont des chaises vides tout autour de toi, une femme qui change de trottoir quand elle te croise, du pain qui s'émiette mal dans tes mains, des visages qui ressemblent à, la lassitude de sentir des pas derrière toi et, à la première bonne fortune, la pensée que tu peux finir toi aussi sous les coups et que toi-même tu n'as pas le droit de t'esquiver.

Et quand tu admets ça, tu éprouves même du soulagement.

Combien d'assassins se laissent tuer.

Et je continue, je continue à dire à Laila ma branlante conjuration par amour.

« Sinon, c'est lui qui me tue. Parce que je ne veux plus continuer et, libre, je suis un danger pour lui. Il te connaît, c'est déjà un risque que je te fais courir. »

Je ne sais pas te préserver du mal. C'est la deuxième fois que je ne réussis pas, mais la première fois j'y vais assommé, je réagis en retard et par vengeance. Maintenant qu'une moitié de ma vie s'est vidée dans la fuite, maintenant non plus je n'arrive pas à sauver quelqu'un.

« Tu ne peux me faire sortir toute sèche de l'eau. Moi je lui sers tant que je continue et il n'est même pas sûr que ça suffise. Un jour, il décide que la fille en sait trop et c'est dommage parce qu'elle est bien, mais il vaut mieux éliminer le problème.

« Jusqu'ici je pensais durer, puis la simple durée est devenue impossible. J'en arrive carrément à une solution expéditive.

« Tu m'as secouée à temps, à cause de deux rides sur ton cou, d'une façon d'émietter de la sauge et d'en parfumer tes doigts, du silence paisible de tes pensées.

« Maintenant je dois essayer de me sauver. Tuer, m'enfuir et avoir ainsi quelques jours d'avance sur ceux qui me connaissent et que je ne connais pas. »

Qui sont-ils, j'essaie de les imaginer sans poser de question.

« Ce sont des gens rapides au mal. Tu en connais déjà. »

Il te faut de l'aide, ça je le dis.

« Non, et moins tu en sais, mieux ça vaut. »

Ils peuvent venir me trouver.

« Je ne sais pas, ce n'est pas sûr. Ils fonctionnent par secteurs, tu n'es peut-être encore un indice que pour lui. De toute façon tu ne pourras rien dire, je ne te laisse pas d'adresse. »

Laila, on s'arrête là. Au moment où je le dis, mes yeux se

sèchent, je touche le livre dans ma poche en guise d'appui, je sens sur mon front un vent d'autres vagues. C'est l'Atlantique du Sud, mon corps n'est que fuite et furie de ne pas se laisser attraper par les Argentins débarqués pour occuper l'île de Soledad.

C'est le mois d'avril, l'automne, je m'enfuis loin de Maria sans rien dire, elle est des leurs et moi je suis à nouveau sur des terres de chasse et de capture.

Je me cache dans un endroit de la côte découpée de l'île appelé « passage des aigles », le point le plus au sud, avec tempêtes, oiseaux marins, vagues et vent à vous user les oreilles.

Je pêche, je bois l'eau de pluie, je vole des œufs dans les nids, je fais un feu de tourbe la nuit, je sens le piège mordre partout et je résiste, histoire de vivre. Et je découvre une carcasse de voilier, je récupère du bois pour la grotte où je m'abrite.

Je passe la journée à couvert à regarder la mer.

Je sens ma vie se durcir pour encaisser le coup et l'accepter.

Il n'y a pas d'échappatoire, la terre est finie, il n'y a pas d'autre sud vers lequel descendre, il n'y a pas de cale de bateau où bercer un sommeil de salut.

Je vois la mer qui râpe les rochers, et le blanc d'ongle des vagues est la ligne qui la sépare de la terre.

Je vois la ligne rouge du coucher de soleil qui sépare le jour de la nuit, je pense que le monde est l'œuvre du roi du verbe diviser et j'attends la ligne qui viendra me détacher des jours.

La vie est un long trait continu et mourir, c'est aller à la ligne sans le corps. Je vois les piqués des oiseaux dans le creux des vagues, et même le poisson qui a toute la mer pour se cacher ne peut se sauver.

Et les oiseaux qui volent au-dessus : chacun est seul et sans alliance avec l'autre. L'air est leur famille, pas les ailes des autres. Chaque nouvel œuf déposé est une solitude. Et moi, dans l'obscurité des braises, je fais une omelette de solitudes pour me rassasier.

Quand il m'arrive de sentir que mon temps est peu de chose, je pense à celui qui s'écoule simultanément dans bien des endroits du monde et qui passe près du mien : ce sont des arbres qui chassent des pollens, des femmes qui attendent une rupture des eaux, un garçon qui étudie un vers de Dante, mille cloches de récréation qui sonnent dans toutes les écoles du monde, du vin qui fermente au soutirage, toutes choses qui arrivent au même moment et qui, alliant leur temps au mien, lui donnent de l'ampleur.

Des pensées d'outre-vie, Laila, je sais que tu es en train de les écouter.

Ça dure quelques semaines. Ils me découvrent à force de fouiller et je m'enfuis sur les rochers, ils tirent contre le vent et un petit caillou de plomb traverse mon poumon, je crois le voir au moment où il sort devant moi, où il file plus loin, et moi je lui cours après jusqu'à perdre haleine, jusqu'à un calme plat dans mes oreilles. Je sens leurs coups de pied comme dans une porte d'entrée, et l'un d'eux veut m'achever là, mais les autres disent qu'ils feront meilleure impression s'ils m'expédient sur la terre ferme. Et ils me mettent sur le coffre d'une camionnette comme du gibier, traversent la ville en tirant en l'air pour montrer qu'ils ont pris un terroriste, ils m'appellent l'*aparecido* et me mettent en prison où un médecin anglais me coud l'entrée et la sortie du coup en me souhaitant bonne chance, me disant aussi de résister car les siens vont arriver.

Moi j'ignore qui sont les siens, mais au bout de quelques nuits j'entends des canons sur la mer.

Je suis sur le lit de ma cellule et il n'y a plus de gardien autour. On crie de faim des autres cellules et pas de nourriture pendant des jours, puis on vient nous ouvrir, tout le monde est fou de joie et moi je ne respire pas, mais je sais que la mort me crache à la figure cette fois-ci encore.

Toutes ces histoires sont à un centimètre de la tête de Laila.

Et maintenant le temps manque à nouveau et il faut préparer une nouvelle nuit, bonne pour nous séparer.

Nous nous détachons de la mer alors qu'il fait nuit, j'enfile mes souliers et je passe un bras sous le sien.

Tant qu'il restera quelque chose de nous, moi je resterai, dis-je à Laila.

Allons dans une chambre, dit-elle, mettons-nous à l'amour. Je ne veux pas gaspiller la chance d'un projectile qui sort sans tuer.

Nous nous rendons dans mon appartement, non loin de la mer, où aux fenêtres dégouline l'éternelle lessive et où sur les balcons claquent des bras de femmes aux manches retroussées.

Dans la cuisine l'air est flétri, j'ouvre les vitres et laisse entrer le cri étranglé d'une partie de foot dans la cour.

Laila regarde dehors, puis ouvre des tiroirs, trouve le tire-bouchon et sort une bouteille de son sac en bandoulière. Et tandis que je mets les verres sur la table, le bourdonnement dans sa voix commence, je le reconnais, j'essaie de l'arrêter d'une main qu'elle retient en l'air et j'entends encore mes mots s'en aller hors de moi.

Je les vois au moment où je les prononce.

« Il y a une maison dans une avenue bordée de haies de bougainvillées. À l'intérieur, un homme met son uniforme et un autre attend dans la rue pour lui tirer dessus. Il y a un chauffeur pour toute escorte.

« Au moment où il sort, je débouche d'un enchevêtrement de haies, avantagé parce que je suis rapide, seul, et que je tiens les rênes de mes nerfs entre mes dents.

« Une radio attaque une chanson. Et le temps se remplit de notes musicales, je les foule toutes, les secondes sautent comme les pas d'une tarentelle, et je vois le côté droit d'un uniforme, une main qui se porte trop tard vers une arme et le chauffeur qui tente quelque chose, puis qui s'enfuit vers un abri et moi je saute dans sa voiture, je pars et j'entends des coups, mais surtout j'entends la chanson de la radio restée allumée dans l'auto. »

Et moi qui suis en train de recracher une nouvelle heure maudite, voilà que je cesse de parler, que je me mets à chanter cette chanson, et pendant que je chante, le bruit de ruche de la voix de Laila, bouche fermée, cesse. Je chante et le récit s'arrête, je chante et il n'y a plus rien qui me fasse obéir, je suis à nouveau à l'intérieur de ma voix.

Laila dit que je suis le premier à se détacher tout seul et qu'elle est heureuse de ne pas avoir cette prise sur moi. « C'est le chant qui détend et détache du son de ma voix, à présent tu le sais. » Et elle dit que c'est aussi le signe qu'elle doit s'arrêter.

Tu n'as pas cette prise sur moi, dis-je, mais tu as plus, tu as celle de l'étau, et avec toi je suis comme un morceau pris entre deux mâchoires, tu me tiens, je me laisse tenir parce que tu me veux et que je ne trouve personne au monde qui sait vouloir quelqu'un, dépenser toute cette volonté.

Je te veux, dit-elle, tu m'appartiens et il t'appartient d'ouvrir les bras et de me tenir.

Je t'aime par amour et par dégoût des hommes, je t'aime parce que tu es intègre même si tu es le reste d'une autre vie, je t'aime parce que le bout qui subsiste vaut la totalité et je t'aime par exclusion des autres bouts perdus.

Nous sommes calmes, nous buvons son vin de voyage, je coupe du fromage fait, j'y ajoute de la sauge et un filet d'huile.

Elle mange en actionnant fort les maxillaires, elle mâche longuement, avale lentement, respire l'odeur de la pièce.

J'ai déjà du basilic dans plusieurs pots, c'est là le champ des odeurs.

Elle prend une noix, la pose dans ma main, je la mets sur la table et je l'ouvre d'un coup sec du front, un jeu qui amuse les enfants de la cour quand je le leur fais voir par la fenêtre.

Laila rit, dit que les Amériques m'ont rendu un peu dingue.

Puis elle demande sérieusement si l'on peut envisager un assaut sans voie de fuite, s'il faut être cinglé ou bien seulement décidé à se faire tuer en tuant.

C'est l'Amérique du Sud, Laila, des jours sans lendemain, on reste peu nombreux, on part à l'attaque séparément, on va face aux coups sans se baisser, puisqu'il ne dépend pas de soi de vivre, de durer. Nous sommes des poissons à la surface de l'eau.

Ne demande rien, Laila, je ne suis plus le même, nul ne peut rester longtemps le même, c'est pour ça que les guerres cessent et que la génération suivante reprend son souffle devant elle en effaçant derrière. Une voie de fuite, dis-tu, je me souviens de la fuite, mais d'aucune voie. Je suis le dernier et je cours jusqu'au bout de l'Argentine, je ne m'arrête plus.

Je cours sur les plaines pelées du Sud où on est à découvert sur des kilomètres et personne n'irait se fourrer là.

Je cherche le fond, le vide.

Je me sens caché par le vent qui fait cligner les yeux et endort les oreilles.

Je marche la nuit le long de la route. Si une lumière pointe au bout de l'entonnoir de la ligne droite, je me couche avec un buisson sur le dos.

À l'aube, je quitte la route et je m'étends pour dormir, loin.

Un jour, une chèvre me réveille, elle veut qu'on la traie. Je la vide, je bois le meilleur lait de toute ma vie.

Je passe quelques jours avec la chèvre, marchant d'un même pas, les yeux dans les yeux.

J'oublie. Je la regarde et j'oublie.

Elle dort à côté de moi, à l'aube elle me lèche le nez.

Je lui cède un peu de ma provision de sel. Nous buvons l'eau d'un fleuve qui s'est perdu sous terre. Nous le remontons.

De loin, je vois un enclos, la chèvre y va, moi je me retourne et je reviens sur mes pas.

Je passe une journée à me débarrasser des puces dans une boucle du fleuve. Je cherche les poux dans mes vêtements comme des pays sur une carte de géographie. Je lave, je secoue, j'essuie.

J'apprends à ne pas craindre les serpents, des bêtes sages qui lèchent l'air.

En deux jours je retrouve la route, je recommence à marcher la nuit vers le sud.

J'ai confiance dans l'obscurité, elle agrandit les pupilles, ordonne les pensées.

De loin, une nuit, j'aperçois un feu de bivouac sur la route.

Je m'approche sous le vent, pour ne pas offrir d'odeur à un chien éventuel.

J'écoute des voix, deux alpinistes italiens avec leur voiture en panne.

J'attends l'aube, je me montre, je me présente comme un vagabond argentin. Ils m'expliquent leur problème, je le comprends, j'y remédie. J'obtiens une place et une soupe.

Il y a plus d'un mois que je ne mange pas chaud, mon intestin gargouille une rengaine comme le feuillage d'un arbre au réveil des nids.

Ils ne me demandent rien.

J'écoute leurs grands projets, une nouvelle voie sur un pilier de granit au bout de la dernière crête des parois du monde.

Ils ne parlent que de ça tous les deux, sérieux, attentifs.

Leur argent est compté, ils sont en voyage depuis une semaine, ils suivent une carte de géographie, ils regardent uniquement devant eux.

Je n'arrive pas à me souvenir d'avoir été comme eux. Je les écoute en étranger : ce sont des hommes qui ont un seul côté, tournés vers l'avant sans un regard derrière eux. Ce sont des hommes qui ne se retournent pas.

Étendu sur les rouleaux de leurs cordes, je sens sur mon dos les faisceaux de mes nerfs qui, au moment où ils perçoivent des pas derrière eux, me poussent à changer de direction, à me retourner, à aller à leur rencontre.

Je voyage avec des hommes qui ne protègent pas leurs arrières, qui ont tous les risques devant eux. Je les écoute et je me repose. Au-dessous, la route est une affaire de roues, de cartes, non plus de sol et d'étoiles.

Je repère mon chemin sur la carte, pour la première fois je sais où je me trouve et la distance que j'ai mise dans ma fuite.

Avec un moteur au-dessous, l'endroit du Sud que je cherche est à portée d'un jour.

Je m'endors derrière les meilleurs étrangers, dangereux seulement pour eux-mêmes. Ils ont une ligne droite à suivre, ils marchent sur un tracé.

Je profite de leur sillage, pour la première fois je vais en ligne droite, mais ma fuite se fait par bonds, en zigzags de chauve-souris.

C'est le soir quand brusquement je demande à descendre et que je salue.

C'est la route d'une ville de bord de mer, je vais sur le port, j'effleure du dos de la main un cordage d'attache, je sens l'odeur de mon enfance sur la Tyrrhénienne, j'essaie de ressembler à un marin quand je pousse la porte d'un bistrot.

La pièce est enfumée, le vent qui s'engouffre avec moi la secoue comme un chiffon. Une lampe jette sa lumière au visage de celui qui entre. « Que cherches-tu, l'homme ? » demande une voix derrière un comptoir alors que j'essaie de voir si l'endroit me convient.

Je baisse les yeux et je me dirige calmement vers la voix, même si son accueil est une claque sur mes nerfs.

Je m'assieds, je dis que je cherche un endroit pour dormir et un embarquement.

« Pour voyager ou pour travailler ? »

Maintenant que je ne suis plus sous la lumière, je vois le patron, un ours sans poils. Je pose mes mains sur le comptoir et je me mets à parler franchement : je ne suis pas un marin, mais je peux faire n'importe quel travail pour payer mon voyage.

« Du travail pour des jeunes, tu n'as pas l'âge d'un mousse. »

À présent je le regarde. Je vois des yeux violets de veinules éclatées. Il a au moins soixante ans et des cheveux blancs comme de la glace.

« Une vie d'homme dure autant que celle de trois chevaux et tu as déjà enterré le premier.

— J'ai un peu d'argent et je peux attendre, dis-je.

— Je ne crois pas. Tu es pressé. Tu t'es approché trop lentement du comptoir.

— Tu peux m'aider ? » dis-je, et je ne sais ce qui me pousse à parler ainsi au lieu de sortir et de m'en aller rapidement avec mon arme prête à dissuader de me suivre.

« Fais voir tes mains », dit-il.

Je les ouvre devant lui, elles sont sales, fermes. Il les retourne aussitôt sur le dos, découvre mes poignets.

« Il y a encore du bon en toi. Je te mettrai sur un bateau et tu t'en iras. Tu seras sauf. Il t'en coûtera tes enfants : tu n'en auras pas. Ceux comme toi doivent en être privés. »

Et alors que je suis sur le point de lui cracher à la figure, je sens une douleur aiguë au fond de mon intestin et j'appuie vite dessus avec ma main.

Et lui me dit d'une voix différente, très basse, qu'il y a une chambre commune à l'étage du dessus et un lit libre, et que je peux rester là, que je ne dois pas sortir, qu'il appellera lui-même pour les repas. J'ignore pourquoi, mais je fais ce qu'il dit. Je monte dans une grande chambre et je me lave avant de goûter à un lit pour la première fois depuis le début de ma fuite. J'arme mon pistolet car, s'il me donne aux flics, je veux être prêt. Au bord du sommeil, j'ai une sombre pensée : se sauver n'est que s'enfoncer un peu plus dans le piège, au lieu d'en sortir. Seule la mort en fait sortir.

Le patron me réveille pour manger une de ses mixtures, au comptoir. Je défais les poissons avec mes doigts jusqu'à la dernière arête, puis j'avale le potage à petits coups dans l'assiette creuse.

Je mâche difficilement, mon visage est en carton bouilli, il ne se détend pas pour manger, ni pour sourire.

Sur le mur d'en face il y a une carte géographique du monde. Elle est à l'envers, l'Antarctique en haut. Il s'aperçoit que je la regarde fixement.

« Tu es du Nord, dit-il, ceux du Nord n'en reviennent pas de voir leur belle planète sens dessus dessous. Pour nous en revanche le monde est comme ça, le Sud vers le haut. »

Mon regard se perd sur la carte.

« Des marins irlandais viennent se remplir la vessie de bière, ils regardent et remuent la tête comme les chiens quand ils sentent quelque chose d'étrange. Têtes du Nord, têtes aveugles que vous êtes. On ne comprend la terre que si on la retourne comme ça. Regarde les continents : ils poussent vers le nord, ils vont tous finir de l'autre côté. Parce qu'ils se sont détachés de l'Antarctique et qu'ils voyagent vers le bas de la planète, qu'ils dégringolent là-bas. Ils laissent les océans derrière eux. Même les courants marins partent d'ici, du Sud, car c'est ici qu'est le début, le haut de la terre. Et c'est une terre, l'Antarctique, avec des montagnes et des volcans, pas de l'eau refroidie comme votre glaçon. Le Nord dessine de fausses cartes avec son beau pôle au sommet, alors qu'il est le fond du sac. Et puis pour vous c'est l'orient et l'occident qui comptent, tandis que pour nous ce n'est que de l'eau fouettée, océans de ponant et de levant. Nous sommes sur la corne pointue du monde, accroupis sur le sol pour ne pas être emportés par le vent. »

Je l'écoute et je crois à tout ce qu'il dit, même à l'embarquement promis. Un bateau de pêche irlandais doit arriver, il me fera monter dessus.

Espèce de bistrotier du sens dessus dessous, qui ébranle un homme de son seul regard et retourne les cartes. Je m'efforce de lui sourire, je n'arrive plus à faire bouger mon visage. Je m'essuie la bouche du dos de mes mains sales, ou plutôt je la frotte, pour la forcer à une grimace. Je l'oblige à se durcir dans le plus pénible des sourires.

Alors, il me verse un demi-verre d'eau trouble amère, c'est moi qui offre, dit-il, je l'accepte et je la sens descendre dans ma poitrine comme un coup de couteau, je roule des yeux pour ne pas cracher de larmes. C'est une eau d'incendie pour moi qui ne touche pas aux degrés de l'alcool depuis des années.

Un soupçon de cordialité passe dans mon corps, un état de paix face à un autre homme. Je m'en remets à cet ours pelé qui de la même main peut m'expédier au large ou bien me briser la colonne vertébrale et qui sait ce qui, en moi, lui fait prendre une des deux décisions.

La carte renversée me paraît juste maintenant, elle m'apprend à être sur l'antipode. La fuite que je croyais vers le fond se retourne vers le haut. Je suis sur la pointe d'un rocher et j'attends le plongeon.

La nuit, sur un lit de camp d'une chambre commune, je sens les haleines amères de marins échoués en quête d'embarquement, de voyageurs qui attendent un passage de fortune. Nous sommes des hommes dans une cale qui ne prend pas la mer. Personne ne se parle. Le jour, ils restent la tête penchée, comme les tournesols la nuit.

Lorsque le bateau arrive, il me dit : « Tu montes à bord cette nuit. Ne te charge pas, juste tes vêtements. Jette le reste, ça ne te servira plus, jamais plus. »

Et je le fais.

Laila m'embrasse, verse du vin, m'en fait boire une gorgée. Je reste les mains fermées pour entendre les bruits des familles tout autour qui se mettent à table.

Elle dit qu'elle ne connaît personne qui parle du passé au temps présent.

Que m'importent les moulinets des verbes. Je ne suis pas le patron du temps, je suis son âne.

C'est bon pour les écrivains le passé et son « il était une fois ».

Et le futur est commode pour les devins qui s'enrichissent avec les pronostics.

Moi je connais les vies qui durent un jour. Arriver jusqu'à la nuit, c'est déjà mourir vieux.

Pour le futur, les verbes sont inutiles, il lui faut des noms. Le mien se trouve dans le mot gouttière qui recueille dans un puits que je ne connais pas l'eau de pluie d'une île de sécheresse.

Mon futur, dit-elle, se trouve dans un maudit verbe pratique et sale.

Tuer, demandé-je, elle baisse la tête et retire ses bras de mes épaules.

Je ne dis rien.

Une fois employé, ce verbe reste dans le corps ainsi, à l'infini.

Un froid rêche entre. Les voix des télévisions essaient de résonner affectueusement, les maisons marchent à un régime électrique.

Je ferme les vitres, je n'allume pas la lampe.

« Je n'ai plus de force sur toi. Maintenant tu sais que le chant libère de ma voix. Il te suffit d'un couplet pour réagir. »

Même si je chante jusqu'à demain matin comme un pinson aveugle, je ne peux plus me détacher. Je vais vers elle, je la prends dans mes bras, je tourne dans la pièce, je m'arrête près de la fenêtre et je lui chante : « Et toi, gondole, ma belle gondole, dans mes bras berce-toi doucement », et elle se balance dans le hamac de mes bras.

« Si tu es la mer, tu dois me tenir. »

Puis je l'étends sur les draps.

Nous nous dévêtons et nous restons nus sans nous embrasser.

Cette nuit est un abri à garder en mémoire, pas un bateau de noces.

Rester nos têtes l'une contre l'autre, nous dire les mots justes pour enraciner notre affection et faire qu'elle dure quand même.

Elle me regarde du haut de son coude appuyé sur l'oreiller et met son doigt sur le trou recousu de ce coup qui a fui devant moi. Elle dit qu'elle voudrait le chercher et se le passer au doigt comme une alliance.

« Me passer de toi, jardinier, je ne le conçois pas, même si je fais un effort d'imagination. Je peux penser au froid des guets-apens, à me hâter pour arriver avant lui. Je peux même penser aux détails de ma fuite. Mais je ne parviens pas à voir au-delà de toi. »

Laila, pour toi je suis un amour à vapeur, une force de traction capable de tirer les premiers trains, les premiers bateaux sans voiles.

L'amour à vapeur, c'est bien à un certain âge.

Tu en traverses de nombreux et tu es maintenant au début de ton XXe siècle. Tu dois faire ta guerre et, si tu en reviens vivante, ensuite viendront les amours électriques, à turbine. D'ici, tu ne les vois pas.

L'amour que je te porte est celui d'une bonne chaudière qui brûle du bois, du charbon, qui fonctionne lentement. Il est utile pour partir.

Tes trente ans sont immobiles depuis un bon moment.

Je crois à ton histoire, que tu risques d'être abattue. Et je crois à ce que tu m'apprends, que tu sens une poussée venant de moi. Pourtant moi je reste, toi tu vas plus loin, et je te souhaite de sortir de l'autre côté de la vie, même si ça doit être de l'autre côté du monde.

« Mon amour à vapeur, nous regarderons des jours plus légers et moi, si je réussis à vivre, je chercherai l'île de ta gouttière. »

Ce n'est pas le jour qui vient, c'est la nuit qui se retire.

Je connais le point. Tout n'est encore qu'un pavé d'obscurité, puis un papier dans la rue a un frémissement, plus faible qu'un coup de poignet à un éventail, puis la main d'un homme enfile une chaussure sans allumer ni faire de bruit près de sa femme, puis un branlement de tête d'une vieille qui attend le retour du sommeil en lisant un roman, voilà que la nuit se ramasse dans un geste secret en un point, et l'obscurité n'est plus un gaz, mais une huile qui coule vers l'occident.

Je connais le point de la nuit où elle se détache de la terre et glisse sur elle.

Même si un ouvrier, déjà debout depuis longtemps, a envie qu'il fasse jour, une partie de lui-même suivrait bien aussi la nuit, pour faire le tour de l'ouest dans l'obscurité.

À ce moment-là, je me détache du sommeil de Laila qui a fini sur mon bras.

Elle attrape d'abord l'oreiller en échange, puis se réveille. C'est mon heure, dis-je, tu peux dormir. Mais elle veut sortir avec moi et me demande de prendre notre café ensemble.

Dans la cuisine à demi éteinte éclairée par le couloir, nous nous laissons réchauffer par une tasse.

Elle frotte son nez et son sommeil contre mon visage rasé de frais, elle soupire, elle avale, elle ébouriffe ses cheveux et moi je pense que se dire adieu tous les deux c'est comme se tirer un coup de pistolet.

« Ne pense pas à ça maintenant, je n'arrive même pas à me tenir debout. »

Tu manques de sommeil, mais tu continues à entendre mes bourdonnements.

« Et toi, chante, comme ça je n'entends rien. »

Je chante les premières notes de la berceuse de la gondole et elle me frappe la poitrine d'un coup de poing maladroit, « Pas celle-là, je vais m'évanouir », et elle émet un bâillement long comme l'appel du loup.

Elle s'appuie sur moi, nous sortons, dehors l'air est brutal, elle ronchonne : « Quelle vie de chien ont les gens qui sortent à cette heure. »

Laila, c'est ce que font tous les manœuvres du monde, ils se lèvent avant la lumière, ils rentrent après la lumière. Ils vont du noir au noir.

Laila laisse échapper une bouffée d'air, je ne sais si elle soupire ou si elle bâille.

Quelqu'un passe près de nous, je le connais et je lui offre une place dans la voiture de Laila qui se jette sur le siège arrière et se pelotonne pour retrouver le sommeil.

L'homme ne dit rien, il est intimidé. Il va sur un chantier, de sa besace pointent le bouchon d'une bouteille et un parfum de pâtes refroidies. Sa femme se réveille avant lui pour les préparer et les mettre dans sa gamelle.

C'est un charpentier qui travaille le fer, il arme les châssis pour les piliers, il garde les mains croisées sur ses genoux, deux peaux d'orange, rayées de capillaires éclatés.

Je le laisse à un arrêt.

Laila passe devant, elle est réveillée.

« Je ne sais pas quand, mais ce sera dans les jours qui viennent. Et puis, n'importe comment, nous arriverons à nous retrouver. »

Pour couvrir mes pensées, je me mets à chantonner une vieille chanson de Noël et de joueurs de musette. Laila rit, elle s'arrête aussitôt.

En face du jardin où je travaille est garée une voiture avec un homme à l'intérieur. Je ne dois pas demander si c'est lui.

De là où nous sommes nous pouvons le voir sans être vus.

D'une voix rauque, je demande sèchement à Laila de me donner l'adresse de cet homme et je sens mes nerfs faire un tour sur leur axe, monter d'une octave, et j'ai chaud aux pieds et froid au visage.

« Ne me complique pas les choses », dit-elle.

J'insiste et je suis brutal.

Elle dit un nom de rue, un numéro, je n'ai pas besoin de l'écrire, je sors sans la toucher. J'entends sa marche arrière.

Je remonte la rue et, avant d'entrer dans le jardin, je passe lentement le long de la voiture à l'arrêt du côté du conducteur, nous nous regardons, et j'ai un goût de sel dans la bouche. L'un de nous deux est déjà mort et à présent peu m'importe de savoir lequel.

Je traverse la rue et j'entre dans le jardin.

J'ai besoin de faire un tour à cette adresse. Je pense y aller à l'heure de la pause.

C'est le début du printemps, les arbres sentent dans leur bois une pression des racines qui éclatent en bourgeons. Seul le noyer attend.

Je coupe le pré à la faux que j'aiguise, je coupe et j'aiguise, le bruissement rapide de la lame est une respiration courte.

J'aime faucher à la main, le coup vient, précis, de droite à gauche, il égalise l'herbe.

Aujourd'hui je suis moins pris par mon travail et en plus je sens que je me concentre sur ma besogne, que je me confie à ses heures.

L'herbe fauchée sent bon au soleil, je la ramasse au râteau.

À la grille, Selim est heureux à cause de la chaleur et il a une chemise neuve. « C'est le printemps, l'homme, il faut avoir du neuf sur soi. »

Il est grand et robuste, un arbre d'homme.

Il a de l'argent et veut me payer le verre promis.

À midi je dois me rendre quelque part, je ne vais pas au bistrot, dis-je.

Je viens avec toi, dit-il.

Il vaut mieux pas, Selim.

Il vaut mieux, l'homme.

Il dit cela avec tant d'assurance que je me tais.

Il m'aide à entasser l'herbe fauchée, puis nous mangeons tous les deux des sardines et du pain dans l'air d'avril.

De l'herbe bonne pour les bêtes, dit-il, les miennes feraient la fête pour celle-ci, dommage de la jeter. « Les miennes sont maigres, mais ce sont des bêtes saines. Bientôt elles mettront bas et je dois être là. »

Je ne dis rien de l'endroit que je dois chercher, lui ne demande rien.

Nous allons comme deux ouvriers qui se promènent à l'heure du repos. Lui mâche et remâche son noyau d'olive.

Devant l'entrée je reconnais l'auto de ce matin. Nous nous arrêtons pour regarder, j'avance dans la petite allée qui mène à la porte d'entrée, puis je reviens. C'est un petit immeuble neuf, avec quelques noms sur les boutons d'appel.

Ce n'est qu'une rue d'habitations avec seulement un kiosque de fleuriste.

Selim regarde autour de lui le nez en l'air, comme celui qui sent la pluie.

Nous sommes deux ouvriers venus pour un travail et qui ne connaissent pas bien l'adresse. Personne ne passe, seuls deux vieux se promènent, chacun avec un chien.

Nous contournons l'immeuble, je veux le voir de tous les côtés.

Je ne sais pas ce que je dois tenter, mais je sais que mes nerfs me le dictent sur le moment.

Nous revenons sur nos pas, silencieux. Selim enfonce ses pas, sans hâte, il les appuie sur le sol et les soulève un peu plus qu'il ne faut.

Il foule déjà sa terre et conduit son troupeau, pensé-je. Il suce et mordille un noyau d'olive.

Au jardin, je me remets à faucher.

Selim raccourcit l'allée de lavande, puis assis par terre jambes croisées il prépare des petits bouquets avec de la ficelle.

« Ton jardin est mon fonds de commerce. »

D'une poche il tire son couteau, une lame forte et plus experte que ma faux. Il entasse les petits bouquets à faire sécher.

Je l'entends s'adresser à moi, sans vouloir forcer mon attention, regardant ses mains : « Tu ne veux pas mon argent, tu ne veux pas le vin que je te dois. Tu attaches comme ça, tu ne libères pas. Tu dis non à un homme et tu ne lui donnes pas la paix de la dette remboursée. Il faut que je paie mon gage. Il faut être amis entre hommes et on doit être égaux. »

Je l'entends cracher le noyau d'olive.

Je continue à travailler, son propos est fait pour être entendu sans l'indiscrétion de s'adresser à quelqu'un.

Au bord du pré, sa voix m'interrompt à la fin de mes heures. Il me salue. Je lui tends le bras pour lui serrer la main, il ouvre ses bras et les pose sur mes épaules. Il étale toutes les dents de son sourire et m'embrasse.

Le départ est décidé, c'est tout notre adieu.

Un élancement amer me monte à la bouche et je me sens coupable pour le vin promis que je ne lui laisse pas verser.

« Le temps n'est plus au vin, l'homme. J'emporte la dernière brassée de ma dette. Je te rembourse tout à la fois. » Et il sourit, antique, lointain, un souffle d'Afrique, un peu de pollen tombé du voyage du sirocco, une ruche qui émigre, un blanc d'ailes dans la bouche, qui s'éteint.

Et il s'en va vers la grille avec sa brassée de lavande sous le bras.

Alors je ferme les yeux derrière ma main, à l'abri des petits bouts perdus en une seule journée, et je fais une chose stupide. Je me mets à genoux sur le pré et je fouille, je cherche, je trouve le noyau lisse de l'olive et je le mets dans un pot avec du terreau noir.

Je devrais rentrer pour dormir là-dessus et remettre mes mains dans mes poches comme avant Laila. Avant elle, je sais le mal de tuer et alors je peux l'en épargner. J'y vais moi, je dois faire vite et il n'y a rien à préparer. J'y vais et j'improvise ce soir même, comme en Argentine.

En attendant, mes nerfs se durcissent.

Je crois pouvoir l'attaquer, le renverser. S'il a une arme sur lui, je me sers d'elle, sinon je me débrouille.

Je sens une force effrénée monter du creux de mon estomac et un calme dans ma tête plus solide qu'autrefois. Elle ne s'efface pas de mon corps, l'Argentine, peu de poils ont repoussé sur l'ulcère de la guerre et des assassins.

Et une femme arrive qui, à première vue, sait qui je suis et n'est pas dégoûtée, mais elle me choisit et me renvoie à la case infâme.

Cette fois-ci je ne m'enfuis pas, cette fois-ci je reste.

J'emporte des gants avec moi.

Il y a encore de la lumière quand je franchis la grille, et je passe voir le patron du bistrot pour échanger deux mots. Il transvase du vin, je lui donne un coup de main.

Puis il débarrasse une table des chaises qui sont dessus et m'apporte un petit fromage de chèvre, du pain noir et une carafe de rouge.

Il parle d'une maison au bord de la mer où il veut se retirer.

Moi aussi, dis-je, je pense à une maison sur la côte, à une fenêtre à l'est et à une treille au sud. L'ouest et le nord appartiennent à mon dos.

« L'ouest pour moi, dit-il, est le dos de mon père qui part pour les Amériques. Je le vois encore monter sur le bateau et disparaître dans l'occident, pour toujours.

« Il n'existe plus de vies comme ça chez nous, aujourd'hui ce sont des vies d'autres hommes qui arrivent dans n'importe quel coin de notre pays pourvu que ce ne soit pas un port. C'est drôle, non ? Même ceux qui ont un passeport ne passent pas par un port.

« C'est pour ça que chez moi il y a une place et une assiette pour ces vies-là. »

Je mange un morceau et je n'avale que quelques gorgées de vin. Le soir est là et je dois me lever.

Il demande si je vais chez moi. Non, je n'y vais pas.

Je ne sais comment sonne ma réponse. Le patron me serre la main et de l'autre il touche mon bras qui est déjà tendu et dur.

C'est une rue éloignée, il me faut y aller à pied, accorder mon pas à mon sang.

Je surveille ma respiration, mes battements.

Je me calme et je me durcis.

Je sens dans mon bras une force contenue, capable de défoncer un tonneau.

En marchant, j'évite les personnes qui viennent à ma rencontre. J'ai peur d'en frôler une et, rien qu'ainsi, de la blesser.

Je croise une femme, je change de trottoir avant qu'elle le fasse elle-même. Un assassin doit rester dans un vide.

Je marche et mon corps se recharge.

Je fais des pas plus durs, mes bras au contraire accompagnent leur allure en remuant très peu, concentrés dans l'attente de déclics.

Mes mains gardent mes doigts tendus, écartés, pour ne pas qu'ils se touchent.

Je sens l'air léger sur le bout de mes doigts.

Du bord des ongles et de la pointe des cheveux m'arrive le contrôle permanent de la frontière barbelée entre le monde et moi.

Mes yeux voient aussi en moi, ils fixent mon cœur qui bat à coups denses et lents, parcourent ma colonne vertébrale, ce serpent raidi qui est dans tout squelette et qui lui donne sa position droite comme celle d'un reptile à l'attaque.

Et je sais que je suis un homme maintenant car je suis la plus dangereuse des bêtes.

Il ne s'agit pas de chasse pour moi, mais seulement d'une attaque pour détruire.

Quand j'arrive à sentir cela, je suis prêt.

Combien de soldats tombent s'ils n'en arrivent pas là à temps.

Je suis né sous le signe du Taureau, on attache facilement à mes narines un anneau pour tirer.

J'arrive au coin de la rue et je vois un peu d'agitation, un groupe de personnes sous un lampadaire, un accident me semble-t-il, j'avance et c'est justement devant le numéro que j'ai vérifié à midi. Je vois la police et un barrage, j'arrive devant eux et un homme en uniforme m'invite à faire le tour car là on ne passe pas, je demande ce qui arrive et il m'expédie brutalement d'un geste de la main, et la porte que je dois franchir est celle du remue-ménage et moi je suis prêt depuis un bon bout de temps et je passerais aussi bien sur eux et j'arriverais à cette porte de toute façon et je me jetterais sur cet homme et maintenant mon bras est tendu comme un arc et un marteau et je peux creuser un fossé par terre s'il retombe. Et je ne peux le mettre dans ma poche et revenir en arrière.

Je me tourne brusquement en pensant trouver un passage, je fais deux pas et je sens une odeur de soufre qui se dégage de mon nez, un liquide chaud coule sur mon visage et je m'aperçois que c'est du sang et que mes narines lancent des giclées par terre à coups d'artère et un homme m'offre un mouchoir et me dit de garder la tête en arrière, j'obéis en fermant les yeux, j'entends une voix de femme qui parle d'un Noir et je pense à Selim avec sa belle chemise neuve et je m'appuie contre un petit mur, je m'assieds par terre et je dors peut-être.

J'ouvre les yeux à la voix de l'homme au mouchoir qui me parle et je ne sais ce que je fais assis sur un trottoir, appuyé contre un mur avec des gens tout autour.

Je vois du sang sur mes doigts, je le sens étalé sur mon visage et mes forces reviennent.

Je me relève, je remercie de sa sollicitude le groupe qui s'éloigne et l'homme au mouchoir me prend le bras pour me soutenir. Je m'aperçois qu'il est vide, un bras lent, sans ressort, et je me souviens.

L'homme m'invite à entrer chez lui pour me laver, il est médecin et son cabinet est tout proche. Il veut prendre ma tension.

Il me pose des questions, quel métier, où, je lui réponds.

Il s'excuse de parler, de m'ennuyer, mais c'est pour vérifier mes réflexes et les réactions nerveuses.

Chez lui, je peux me laver. Dans le miroir, je suis un clown rouge couvert de taches.

Je lave, je frotte et je ne m'explique pas un fond de joie. La chose décidée reste encore à faire et le temps perdu se resserre autour de Laila. En plus, ma tête est connue maintenant dans cette rue et il m'est plus difficile d'en sortir indemne. Mais le sang perdu me procure un certain soulagement.

Je sors ragaillardi de la salle de bains. L'homme a un beau visage hâlé et émacié de paysan du Sud, et une peau fine sur les os, une peau azyme pourrait-on dire.

Il a une chevelure épaisse et blanche.

Tandis qu'il s'affaire sur mon bras, il me raconte qu'il va se retirer dans son village natal, un endroit qui me rappelle un vin. Je pense que je rencontre seulement des gens qui sont sur le point de s'en aller.

Il est en train de remettre en état une maison et une propriété. Il veut appuyer ses pieds sur la terre.

Il ne veut plus de la ville, des gens aux blessures maudites, de balles, de drogues, de nerfs. Il veut soigner des os, des cœurs, des vieux.

Ma tension est bonne, il me conseille un verre de vin. Puis il pense à l'homme sur lequel il s'est penché avant moi et me dit qu'on l'a tué à l'ancienne comme une bête des champs, égorgée.

Quelqu'un, une femme, voit un Noir attraper un homme qui sort d'une voiture et l'égorger. Et elle le voit s'en aller sans une éclaboussure de sang sur lui, sur sa chemise.

Lui accourt aux cris dans la rue, trouve la femme qui tremble de peur, et par terre il y a une mare de sang, et plus loin un homme étendu, face contre terre.

Il prend son pouls par acquit de conscience et puis monte prendre une serviette pour recouvrir au moins son visage.

« Un homme meurt et sa peau perd sa chaleur comme le sable un soir d'été. On a envie de le réchauffer, dit-il.

« Il n'a pas dû bien se rendre compte, l'entaille est profonde, sans déchirures, faite par une lame très affilée. Il a seulement dû sentir le froid. »

Et puis moi j'arrive et, comme s'il n'y en avait pas assez, j'ajoute mon sang à celui de la rue.

Il m'ausculte avec l'oreille froide de son instrument.

Tandis qu'il compte mes battements, je comprends enfin la cendre de Selim, son salut, et je n'arrive pas à retenir ce que je comprends. Le sang perdu me laisse vide.

L'homme dit que j'ai un muscle cardiaque grand comme une noix de coco. Enfin il se détache de son écoute.

On se quitte bons amis, je le remercie, il dit qu'il viendra me trouver pour demander des conseils sur le travail de la terre et sur les outils.

Je tourne le dos à l'endroit des sangs.

Je vais à la gare, vers un train qui doit me ramener à la maison.

Je reviens, ce verbe me pousse, je reviens du sud d'une heure d'Argentine, je remonte les cent parallèles en une soirée, je me sépare de Laila et je ne veux pas penser à l'ami qui paie une dette par une étreinte et une gorge tranchée.

Je m'interdis son nom. L'avoir à l'esprit, c'est déjà le trahir.

Moi je ne connais aucun nom, je chante des chansons, je couvre mes pensées.

Je me tourne vers le point des champs où devrait se trouver l'Afrique.

Je reste les yeux fermés vers ce point, comme le font les aveugles qui arrivent à sentir les sourires et à se tourner dans leur direction.

Je dois rentrer, m'asseoir à la cuisine, effacer le sang par le vin.

Je m'assieds près de la fenêtre d'un compartiment, il n'y a pas d'ouvriers à cette heure du soir, mais des étudiantes, des employées.

Elles rentrent, plus tard que nous.

Je les regarde, elles ont envie de rire entre elles, d'être gaies pour le peu qui reste de la journée.

Elles rient avec des éclats qui les emportent loin, elles rient comme moi je marche, je bois.

Je touche le livre dans ma poche, un morceau de choix pour le retour, je le laisse où il est, c'est la convalescence des jours à venir.

Je touche l'endroit du projectile passé sans m'emporter.

Les jeunes filles s'apprêtent à descendre, moi je suis en dernier.

Sur le trottoir, je lève le nez au ciel et je sens l'odeur de mon sang séché.

Il y a des soirs où le ciel est un œuf et on peut le regarder de l'intérieur.

Un souffle de mistral apporte de la rouille et du sel, le fer ici tombe malade, le basilic en revanche reverdit, le brigand.

Du palier je sens qu'il m'accueille.

Je prépare quelque chose, j'éteins la lumière, je m'assieds.

Je mâche dans l'obscurité, j'absorbe, j'écoute, j'avale.

C'est un soir propre, sans lune. Je parfume mes doigts de persil et d'ail, un peu d'huile coule de mon pain dans ma paume et je suis content d'être oint par elle et non par le sang.

Je passe le dos de ma main sur mon front pour effacer la journée.

Je ne suis pas innocent, mon soulagement ne vient pas de là, mais du soulagement physique d'une menstruation du nez.

Un autre homme est à ma place d'assassin sans pour autant m'en retirer la faute, n'épargnant que le geste. Dans son bras se trouve à présent la répétition du coup porté à une gorge.

Et son bras se contracte pour répéter dans le vide la forme du geste, jusqu'à la pure ébauche.

Un athlète prépare son exercice par bien des essais pour s'entraîner avant. Un assassin répète après dans ses nerfs jusqu'à épuisement le mouvement de la mort, pour s'entraîner à l'envers à s'en débarrasser.

Je sais qu'il emporte avec lui son couteau pour continuer à couper son pain, faire des bouquets de fleurs, trancher un fruit.

Celui qui aime les objets et connaît leur valeur d'usage ne les abandonne pas à un ultime service maudit.

Dans l'obscurité de la cuisine meurt mon deuxième cheval.

Les personnes d'une année émigrent en une journée, plus de « tiens-moi » ni de noyaux d'olives.

Moi je reste et, du moins pour ce soir, je ne sens pas leur absence.

Je m'endors sur la table, je me réveille un peu avant l'aube.

Je dois recommencer à m'habituer aux journées, la bouche fermée.

Je prends le livre ouvert à la pliure, je me remets à son rythme, à la respiration d'un autre qui raconte. Si moi aussi je suis un autre, c'est parce que les livres, plus que les années et les voyages, changent les hommes.

Après bien des pages on finit par apprendre une variante, un geste différent de celui commis et cru inévitable.

Je me détache de ce que je suis quand j'apprends à traiter la même vie d'une autre façon.

Je me rase dans une faible lumière, le visage mouillé, et le rasoir essaie de passer sur la peau dans un autre sens.

Je mets le livre dans la poche intérieure de ma veste, je l'appuie contre ma poitrine. Dans l'ancien emplacement de l'arme il y a maintenant le tout autre.

MONTEDIDIO

2001

Traduit de l'italien par Danièle Valin

Titre original :
MONTEDIDIO

© *Erri De Luca, 2001.*
Publication originale par Giangiacomo Feltrinelli Editore, Milan.
Publié en accord avec l'Agenzia letteraria Susanna Zevi.
© *Éditions Gallimard, 2002, pour la traduction française.*

Je dois à Elena Broseghini la plus fervente attention à cet écrit.

Je dois à Monica Zunica les détails sur les mélanges de sang et de miracle de Naples, ville des sangs.

« *'A iurnata è 'nu muorzo* », la journée est une bouchée, c'est la voix de mast'Errico devant sa boutique. Moi, j'étais déjà là depuis un quart d'heure pour bien commencer ma journée de travail. Lui, il arrive à sept heures, relève le rideau métallique et dit sa phrase d'encouragement : la journée est une bouchée, elle est courte, il faut se remuer. À vos ordres, lui dis-je, et ça s'est passé comme ça. Aujourd'hui, j'écris ces premières notes pour tenir compte des nouvelles journées. Je ne vais plus à l'école. Je viens d'avoir treize ans et mon père m'a mis à travailler. C'est juste, c'est le moment. L'instruction obligatoire va jusqu'à la neuvième, lui m'a fait étudier jusqu'à la septième parce que j'étais fragile et puis, comme ça, j'avais un meilleur niveau d'étude. Par ici, les enfants vont au boulot même sans être allés à l'école, mon père n'a pas voulu. Il est docker, il n'a pas fait d'études, aujourd'hui seulement il apprend à lire et à écrire aux cours du soir de la coopérative des dockers. Il parle le dialecte, il est intimidé par l'italien et par la science de ceux qui ont fait des études. Il dit qu'on se défend mieux avec l'italien. Moi, je le connais parce que je lis les livres de la bibliothèque, mais je ne le parle pas. J'écris en italien parce qu'il est muet et que je peux y mettre les choses de la journée, reposées du vacarme du napolitain.

Enfin je travaille, même si c'est pour pas cher, mais le samedi j'apporte une paie à la maison. C'est le début de l'été, le matin à six heures il fait frais, nous déjeunons tous les deux et puis j'enfile moi aussi ma veste de travail, je sors avec lui, je l'accompagne un bout de chemin et je retourne sur mes pas, la boutique de mast'Errico se trouve dans la ruelle au bas de notre immeuble. Pour mon anniversaire, papa m'a offert un morceau de bois recourbé, ça s'appelle « boumeran ». Je le tiens dans ma main, sans rien demander, je sens un chatouillis, une petite décharge électrique. Papa explique qu'on le lance loin et qu'il revient en arrière. Maman n'est pas contente : « *Ma addò l'adda ausa' ?* », mais où vais-je m'en servir ? Elle a raison, dans ce quartier de ruelles qui s'appelle Montedidio, si tu veux cracher par terre, tu ne trouves pas de place entre tes pieds. Ici, il n'y a pas de place pour étendre le linge. D'accord, je ne peux pas le lancer, mais je peux m'exercer à faire le mouvement. Il est lourd, on dirait qu'il est en fer. Maman m'offre une paire de pantalons longs, elle les a pris au marché de Resina, du bon tissu, américain. Ils sont raides, foncés, je les mets et je fais le geste de les arranger autour des genoux. « *Mò si' ommo, puort' e sorde a casa* », oui, j'apporte ma paie le samedi, mais de là à être un homme, *ommo*, il y a de la marge. Entre-temps ma voix s'en est allée et je parle rauque.

Mon père a eu le boumeran par un de ses amis qui est marin. C'est pas un joujou, un jeu, c'est l'outil d'un peuple ancien. Pendant qu'il explique, je me familiarise avec la surface, je passe la main dessus, je la caresse dans le bon sens. Chez mast'Errico, j'apprends les lignes du bois, elles ont un fil et un contre-fil. Je lisse le boumeran dans le sens de sa fuite et il tremble un peu dans ma main. C'est pas un jouet, mais pas un outil de travail non plus, c'est entre les deux, c'est une arme. Je veux l'apprendre, je veux m'entraîner à faire un lancer, cette nuit quand papa et maman seront en plein sommeil, *suonno.* J'ai vu qu'en italien il existe deux mots, sommeil et songe, là où le napolitain n'en a qu'un seul, *suonno.* Pour nous, c'est la même chose.

J'ai balayé la réserve à bois et j'ai eu droit à l'attaque des puces. Elles m'ont sauté sur les jambes, au travail je porte des pantalons courts, elles étaient devenues noires. Mast'Errico m'a lavé, tout nu, avec la pompe devant la boutique. On a bien rigolé. Ça va, parce que c'est l'été. Nous avons mis de la poudre empoisonnée, dans la réserve il y avait même des rats, « *'o súrece, 'o súrece* », a crié le patron, il en a peur, moi non. Puis j'ai eu ma paie, il a compté mon argent et me l'a donné. Le soir, je commence à m'entraîner avec le boumeran. J'ai appris qu'il ne vient pas d'Amérique, mais d'Australie. Les Américains ont plein de choses nouvelles, les Napolitains sont toujours là quand ils débarquent pour voir les nouveautés. Un cerceau en plastique vient d'arriver, ça s'appelle un « oulaop », j'ai vu Maria le faire tourner autour de sa taille sans qu'il tombe par terre. Elle m'a dit : « Essaie », je lui ai répondu non, que pour moi c'est pas un truc de mecs. Maria a eu treize ans avant moi, elle habite au dernier étage, c'est la première fois qu'elle me parle.

Je serre le boumeran, je sens la secousse. J'ai commencé à faire le mouvement du lancer. Je le charge derrière mon épaule, je le pousse en avant pour le laisser aller, mais je ne l'envoie pas. Mon épaule est rapide, comme Maria avec ses hanches. Je ne peux pas faire voler le boumeran, nous sommes trop à l'étroit au sommet de Montedidio. Ma main retient le bois à son dernier centimètre et le ramène en arrière. Je fais comme ça, d'avant en arrière, mon dos se dénoue, je transpire, je tiens ma prise serrée, il suffit d'un tour de poignet pour qu'il me glisse des doigts. Au bout d'un moment, je vois que ma main droite est plus grosse que la gauche, je change de main. Une partie de mon corps rattrape l'autre, l'égale en rapidité, force et fatigue. Mes derniers lancers bloqués prennent un élan de plus en plus fort, mon poignet souffre de plus en plus de retenir, alors j'arrête.

Je ne voulais pas y rester à l'école, trop vite grandi pour les bancs de la neuvième. À l'heure du goûter, certains enfants sortaient leurs gâteaux des cartables, et à nous, inscrits à la pauvreté, le surveillant donnait du pain avec de la confiture de coings. Quand il se mettait à faire chaud, les enfants pauvres allaient à l'école les cheveux rasés, comme des melons, à cause des poux, les autres enfants restaient bien coiffés. Trop de différences de toutes sortes, et puis eux, ils continuaient à étudier, nous non. Moi, je redoublais mes classes à cause des fièvres, puis elles sont passées et je ne voulais plus aller à l'école, je voulais aider, travailler. Les études que j'ai faites me suffisent, je sais l'italien, une langue paisible, qui reste sagement dans les livres.

Depuis que je travaille et que je m'entraîne avec le boumeran, j'ai bien plus d'appétit. Papa est content de prendre son petit déjeuner avec moi, à six heures la première lumière glisse sur la rue et se faufile jusque dans les étages les plus bas, nous n'allumons pas la lampe. L'été, la lumière avance toute fraîche à ras de terre et s'élève ensuite pour allumer un four au-dessus de la ville. Je trempe mon pain dans ma tasse de lait noircie avec de l'ersatz de café. Chaque matin il s'est levé tout seul et maintenant il aime bien que je sois là moi aussi, pour dire un mot, sortir ensemble. Maman se lève tard, elle est souvent faible. À l'heure du repas, je monte aux lavoirs pour étendre le linge, puis je le reprends le soir. Je n'étais encore jamais allé là-haut, sur la terrasse, au sommet de Montedidio, où souffle un peu de vent le soir. Personne ne me voit et je m'entraîne là, le boumeran frémit à l'air libre, le manche se tord quand je le serre pour ne pas le laisser échapper. C'est du bois qui a poussé pour voler. Mast'Errico est un bon menuisier, il dit que le bois est bon pour le feu, pour l'eau et pour le vin. Moi je sais qu'il est fait aussi pour voler, mais je ne le dis pas si lui ne le dit pas. J'ai pensé que je veux lancer des boumerans depuis les lavoirs, la terrasse la plus haute de Montedidio.

Les bras fatigués, en sueur, je m'allonge un moment sur la terrasse où sont tendues les cordes à linge. Au-dessus de moi, il n'y a même plus un bout de ville, je ferme mon bon œil, je regarde en l'air avec l'autre à demi ouvert, le miro. Le ciel devient aussitôt plus sombre, dense, plus proche, contre moi. Mon œil droit est faible, pourtant il voit mieux le ciel que le bon, qui me sert pour la rue, pour regarder en face, pour travailler à la boutique. Mon œil gauche est droit, rapide, il comprend au vol, il est napolitain. Le droit est lent, il ne met rien au point. À la place des nuages, il voit les flocons épars du matelassier quand, dans la rue, sur un drap tendu, il peigne et retourne la laine pour en faire des flocons.

Je reviens des lavoirs, je porte le linge dans un panier, dans l'obscurité de l'escalier quelqu'un guette mon passage. Je les sens même dans le noir les yeux des autres, car lorsqu'ils regardent, ils touchent, ils font un léger courant d'air qui passe sous une porte. J'ai dans l'idée que c'est Maria. L'immeuble est vieux, les esprits passent le soir dans les escaliers. Sans leur corps, ils ont seulement la nostalgie des mains et ils se jettent sur les gens avec l'envie de les toucher. Ils y mettent tant d'élan que leur effleurement me parvient. Maintenant que c'est l'été, ils me frôlent la gueule, ils essuient ma sueur. Les esprits se trouvent bien dans les vieux immeubles. Mais si quelqu'un dit qu'il les a vus, c'est un mensonge, les esprits, on peut seulement les toucher, quand ils le veulent eux.

Mast'Errico héberge dans sa boutique un cordonnier qui s'appelle don Rafaniello, moi je nettoie aussi sa place, autour de sa caisse et du tas de souliers qu'il répare. Il est venu à Naples de quelque sommet d'Europe après la guerre. Il est monté tout droit en haut de Montedidio chez mast'Errico et il s'est mis à arranger les chaussures des pauvres. Il les remet à neuf. On l'appelle Rafaniello parce qu'il a les cheveux roux, les yeux verts, qu'il est petit avec une bosse qui pointe dans son dos. À Naples, en le voyant, on lui a collé le nom de *ravanello*, radis rouge. C'est ainsi qu'il est devenu don Rafaniello. Il ne sait même pas lui-même depuis combien d'années il est au monde.

Les enfants ne comprennent pas l'âge, pour eux quarante ou quatre-vingts ans sont un même désastre. Une fois, dans l'escalier, j'ai entendu Maria demander à sa grand-mère si elle était vieille. Elle lui a répondu non, Maria a demandé si son grand-père était vieux et la grand-mère a répondu non. Alors Maria a demandé : « Mais alors, des vieux, y en a pas ? » et elle s'est pris une gifle. Moi, je les comprends les années des gens, mais celles de Rafaniello non. Son visage fait cent ans, ses mains font quarante, ses cheveux vingt, tout roux comme des broussailles. Ses mots, je ne sais pas, il parle peu, d'une voix très fine. Il chante dans une langue étrangère, quand je balaie son coin il me fait un sourire, ses rides et ses taches de rousseur remuent, on dirait la mer quand il pleut dessus.

Il est vraiment sympa, Rafaniello, il répare les souliers des pauvres et ne se fait pas payer. Si quelqu'un veut une paire neuve, il prend ses mesures avec un bout de ficelle, il fait des nœuds à sa façon et se met à l'ouvrage. L'autre revient pour les essayer et il trouve des chaussures qui lui vont, mieux que des gants. Rafaniello aime les pieds des gens. Il ne fait pas de mal à une mouche et aucune mouche ne l'ennuie. Elles volent autour de lui sans se poser, même quand il y en a beaucoup. Mast'Errico, au contraire, remue son cou comme un cheval de fiacre pour les chasser de sa figure quand il a les mains occupées. Il s'ébroue aussi comme un cheval. J'agite mon chiffon autour de lui et elles le laissent tranquille une seconde.

Moi, je porte des sandales même en hiver, mon pied grandit et peut bien dépasser sans qu'on ait besoin d'en acheter une paire neuve. Elles me sont petites, Rafaniello les a prises pendant que je balayais pieds nus, pour ne pas les user. Il l'a fait sans que je le voie. Quand je les enfile à midi, elles sont à ma taille et si confortables que j'ai eu peur de m'être trompé de sandales. Je l'ai regardé et il m'a fait oui, de la tête. Je lui dis merci don Rafaniè, il répond : « Pas de don », mais vous êtes un bon chrétien, vous faites la charité aux pieds des pauvres, vous méritez le don. « Non, non, le don c'est bon pour les autres et puis je ne suis même pas chrétien. Dans mon pays, le nom que je portais était un peu comme celui de Rafaniello. » Je me suis tu, je n'avais pas encore échangé dix mots avec lui. Le cuir des sandales était parfumé, ressuscité entre ses mains. À la maison, maman m'a félicité de me faire aimer des gens. Avec Rafaniello ça ne compte pas, il aime tout le monde.

J'entends des cris et des voix napolitaines, je parle napolitain, mais j'écris en italien. « Nous vivons en Italie, dit papa, mais nous ne sommes pas italiens. Pour parler la langue nous devons l'étudier, c'est comme à l'étranger, comme en Amérique, mais sans s'en aller. Beaucoup d'entre nous ne le parleront jamais l'italien et ils mourront en napolitain. C'est une langue difficile, dit-il, mais tu l'apprendras et tu seras italien. Ta maman et moi non, *noi nun pu, nun puo, nuie nun putimmo.* » Il veut dire « nous ne pouvons pas », mais le verbe ne lui vient pas. Je le lui dis, « nous ne pouvons pas », bravo, dit-il, bravo, toi tu connais la langue nationale. Oui, je la connais, je l'écris même en cachette et je me sens un peu traître au napolitain, alors je me récite mentalement son verbe pouvoir : *i' pozzo, tu puozze, isso po', nuie putimmo, vuie putite, lloro ponno.* Maman n'est pas d'accord avec papa, elle dit : « Nous sommes napolitains, un point c'est tout. » Mmon Italie, dit-elle avec deux *m*, mmon Italie est en Amérique, là où vit la moitié de ma famille. La patrie, c'est celle qui te donne à manger, dit-elle en conclusion. Papa lui répond pour blaguer : « Alors ma patrie à moi c'est toi. » Il ne veut pas donner tort à maman, chez nous on n'élève pas la voix, on ne se dispute pas. S'il est contrarié, il met la main sur sa bouche et cache la moitié de son visage.

Mast'Errico m'a mis à passer du bouche-pores et du papier de verre. Je caresse les portes d'une armoire à vêtements. Mais combien de vêtements possède cette famille ? Nous sommes en train de faire huit portes, deux étagères, c'est une « quatre saisons ». Aujourd'hui, j'ai testé la fermeture de la première porte et elle s'est si bien ajustée qu'elle a eu un bruit de souffle, l'air s'est échappé de l'intérieur. Du coup, j'ai mis mon visage tout près du battant, j'ai senti une caresse d'air. Les esprits frôlent mon visage comme ça. Puis mast'Errico l'a démontée et l'a recouverte, c'est un travail important, qui arrange bien toute une année. Les tiroirs sont en hêtre, les entailles à queue d'aronde, un plaisir de les voir sortir de ses mains. Il vérifie les angles droits de nombreuses fois, graisse les glissières, tire et pousse les tiroirs sans bruit, comme la ligne en mer, dit-il, qui monte et qui descend, muette, dans sa main. Mast'Errì, dis-je, vous êtes un phénomène, un ébéniste pêcheur.

Mast'Errico achète *Il Mattino* tous les jours. C'est une dépense, il en a pour trente lires, il dit qu'un homme doit savoir ce qui se passe dans le monde. Il nous lit les nouvelles à haute voix : l'épée est tombée de la main de la statue de Roger le Normand devant le Palazzo Reale. À Gênes, grosses bagarres entre la police et les ouvriers. La voix de mast'Errico est forte, les faits qu'il lit me restent gravés. Le dimanche, il va à la pêche, à la rame devant le port avec une ligne. Il reste tranquillement au milieu du trafic des navires jusqu'au soir. Il attend jusqu'à ce qu'un sargue se laisse prendre. Un sargue, devant la digue du port, difficile à croire, sous le feuilletage noir de l'eau. Il y en a, dit-il, qui sont malins comme les gosses des rues, et c'est tout un art de les voler à la mer. Il faut une moule comme appât, m'explique-t-il un jour.

Le sargue ne monte jamais sur notre table, nous sommes des mangeurs d'anchois. Le sargue, ça coûte cher, mais lui, il en rapporte tous les dimanches chez lui et le fait cuire dans du bouillon. « Ciel et mer le permettant », dit-il. Il vit seul, à soixante ans il ne porte pas de lunettes, il s'abîme les yeux, il doit prendre plusieurs fois la mesure des coupes, faire plus attention. L'apprenti qu'il employait avant était bien, mais il a grandi avec les voyous et maintenant il est en taule. Alors moi je suis arrivé, je lui prête mes yeux, je lui marque les millimètres. Ensuite il calcule combien vole la coupe et il corrige la mesure.

Je passe mes journées à nettoyer les outils, les machines, j'enlève les copeaux, la sciure. Je deviens assez robuste avec l'exercice du boumeran. Mes épaules poussent contre ma chemise, un éventail de muscles tire l'étoffe dans mon dos et une ligne de cals passe au centre de mes mains, là où je serre le manche du bois. Le soir, aux lavoirs, je force le lancer, je fais le mouvement jusqu'au bout et puis je le retiens au dernier moment, à la fin de la course de l'épaule et du bras. La poussée se renforce, le boumeran frémit d'envie. Je transpire dans ma paume, une odeur de bois amer, plus amer que le châtaignier. Personne ne me voit, seuls les esprits me soufflent au visage de sèches caresses. La rue fait aussi du vacarme le soir, mais moi je suis plus haut que tout le monde, sur la terrasse du linge, et le bruit le plus fort est le coude du boumeran qui fend l'air au passage derrière mes oreilles.

Rafaniello est fatigué, il a un sommeil agité, sa bosse le brûle. Pourtant il est content, c'est bon signe, dit-il. Il se confie à moi quand mast'Errico sort pour acheter du bois. Il m'a raconté son histoire. Il est venu à Naples par erreur, il voulait aller à Jérusalem après la guerre. Il est descendu du train et il a vu la mer pour la première fois. La sirène d'un navire a sifflé et il s'est souvenu d'une fête de son village qui commence par un son identique. Il a regardé les pieds, combien sans souliers, beaucoup d'enfants comme dans son pays, secs, vifs, il les voit comme les siens. Lui vient d'un pays plein de malheurs qui a perdu tous ses enfants, la foule de Naples les lui rappelle. Dans son village, les gens sont devenus si peu nombreux qu'ils ne se saluent plus, à Naples, au contraire, on peut passer sa journée rien qu'à saluer et puis aller se coucher fatigué seulement pour ça.

Rafaniello se promenait dans notre ville étrangère et pourtant presque identique à la sienne d'avant la guerre, identique dans les visages, les cris, les insultes, les mauvais sorts et il trouvait bizarre de ne pas comprendre un seul mot. Il touchait ses oreilles pour voir s'il y avait un problème, et il rit en me le racontant. Il s'est résigné, la ville était étrangère. Ce doit être à cause de la mer qui la retient, la ville, et qui ne la laisse pas partir, donc lui aussi doit s'arrêter, il ne peut continuer à pied vers Jérusalem. Les navires vont en Amérique, pas en Terre sainte. Alors il reste, il dit : je reste un peu. C'est la fin de l'année 1945, on a besoin de souliers, les gens veulent se marier, Naples est pleine de noces, Rafaniello s'arrête et attend. Dans la boutique, je suis sous le charme de ses histoires, je dois me pincer fort pour me remettre au travail.

Chacun de nous vit avec un ange, c'est ce qu'il dit, et les anges ne voyagent pas, si tu pars, tu le perds, tu dois en rencontrer un autre. Celui qu'il trouve à Naples est un ange lent, il ne vole pas, il va à pied : « Tu ne peux pas t'en aller à Jérusalem », lui dit-il aussitôt. Et que dois-je attendre, demande Rafaniello. « Cher Rav Daniel, lui répond l'ange qui connaît son vrai nom, tu iras à Jérusalem avec tes ailes. Moi je vais à pied même si je suis un ange et toi tu iras jusqu'au mur occidental de la ville sainte avec une paire d'ailes fortes, comme celles du vautour. » Et qui me les donnera, insiste Rafaniello. « Tu les as déjà, lui dit celui-ci, elles sont dans l'étui de ta bosse. » Rafaniello est triste de ne pas partir, heureux de sa bosse jusqu'ici un sac d'os et de pommes de terre sur le dos, impossible à décharger : ce sont des ailes, ce sont des ailes, me raconte-t-il en baissant de plus en plus la voix, et les taches de rousseur remuent autour de ses yeux verts fixés en haut sur la grande fenêtre.

L'ange le lui a répété, parce qu'il faut dire les choses deux fois aux hommes : « Oui, tu voleras avec tes ailes jusqu'à Jérusalem et tu feras des souliers avec Rav Iohanàn *hassàndler* » qui serait chez nous don Giuvanne le cordonnier. Comment était l'ange de son pays, lui ai-je demandé. Quelqu'un qui savait faire de la vodka avec de la neige, m'a-t-il répondu. Je la connais la neige, elle est tombée en 1956 et elle a nettoyé la ville, Naples n'a jamais été aussi blanche. « La neige ne nettoie pas, elle recouvre, laisse tout pareil, mais elle ne balaie rien », m'enseigne Rafaniello et je me tais.

J'écoute ses histoires et je voudrais lui dire que moi aussi je sais voler, mais seulement au-dessus de Naples. Je voudrais lui dire comment on fait, comme on doit placer son corps, que ce sont les yeux qui guident, quand tu regardes en haut tu te soulèves, en bas tu descends. Je voudrais lui dire ce que j'ai appris dans mon sommeil, mais je me tais, moi je sais seulement flotter en l'air, le sérieux des ailes lui appartient. Puis mast'Errico revient, je décharge les planches qui sont brutes mais les échardes ne me font rien, désormais j'ai du cuir sur la peau. Les histoires de Rafaniello me rendent joyeux, mettent de l'air dans mes os, une joie d'oiseau voilier. Le soir, aux lavoirs, mon bras veut partir derrière le boumeran. Je ralentis la poussée et le frein durcit mon nouveau muscle, lui donne la forme d'une fronde.

Mast'Errico dit que les pêcheurs ne savent pas nager, que c'est bon pour les estivants qui vont au milieu des vagues pour s'amuser et qui se mettent exprès au soleil. Le soleil est agréable pour celui qui le prend allongé, immobile. Pour celui qui le porte sur le dos de sa première lueur jusqu'au soir, le soleil est un sac de charbon. Comme la bosse de Rafaniello. Je le pense sans le dire, je suis un apprenti et je ne peux pas donner mon avis au patron. Et puis si je me tais, lui continue à raconter et la journée passe plus vite. Les pêcheurs vont en mer sur leur bateau à moteur ou à rames et ne se mouillent même pas le visage. Sur la tête, ils s'enfoncent un béret que même le vent ne peut arracher. Sur les vieux marins, tu sens le tabac, la sueur, mais pas le sel. Le dimanche, ils sortent bien habillés avec leur chemise blanche. On prend peu de poisson dans le golfe, pour rapporter quelque chose à terre il faut rester en mer toute la journée. Tout ce qu'on me dit sur la mer m'intéresse, je ne la connais pas, je la vois mais je ne la pratique pas. Mast'Errico me parle volontiers, l'autre apprenti l'écoutait avec ennui. Lui, il continuerait bien à parler, mais « *'a iurnata è 'nu muorzo* » soupire-t-il, et il dit pour finir que le sel de mer est amer comme celui de la sueur et qu'aucun des deux n'est bon pour l'eau des pâtes.

Maria surgit de l'obscurité des lavoirs. Ses treize ans ont plus vite poussé que les miens, elle est déjà dans un corps formé. Trois doigts sous la frange de ses cheveux noirs, courts, il y a sa bouche aux mots rapides, je les vois sortir de la glissière de ses grosses lèvres. Son sourire entaille son visage d'une oreille à l'autre. Maria connaît les gestes des femmes. Je suis devant elle et je sens mon ventre vide, une faim de pain, de mordre dans sa tranche de pain beurré. Elle me l'offre, je dis non. Elle a découvert que je m'entraîne avec le boumeran, elle est curieuse. Elle m'entend monter, passer devant sa porte. Elle s'approche, la soirée est chaude et apporte ses odeurs, chocolat, origan, cannelle, j'aspire à fond, c'est un parfum français, dit-elle, en faisant sortir le *r* de sa gorge.

Il fait noir, je serre le bois du boumeran, je le lui tends. Maria le connaît, elle sait ce qu'il peut faire. « Mais toi tu ne le fais pas voler. Pourquoi ne le lances-tu pas ? » je le perdrai. « Ça ne sert à rien s'il ne vole pas » je ne sais que répondre, moi je monte ici pour tendre le ressort d'un lancer unique. Un soir, mon bras sera fort, je ne pourrai pas l'arrêter et alors le boumeran volera. Je réfléchis, puis je dis : « Toi, tu gardes bien des canaris sur ton balcon et tu ne les laisses pas s'envoler, moi je garde prisonnier un boumeran. » Eux ils chantent, dit Maria. Lui il siffle, dis-je, et je lui fais entendre près de l'oreille le vent que fend le lancer. Elle n'a pas peur, elle rit. Maria ouvre ma main serrée sur le bois, elle touche mes doigts, j'avale ma salive. Il est dans ses mains, le boumeran. Ça alors, qu'est-ce qu'il est lourd, dit-elle, et elle me le rend. Il est lourd ? Comment lourd ? C'est une aile en bois. Elle insiste en disant qu'il est lourd et qu'il brûle même. Elle comprend pourquoi je m'entraîne, elle touche mon épaule : « Depuis que tu travailles, tu es devenu fort. » Je baisse les yeux. Maria attrape mes cheveux sur mon front et les relève : « Regarde-moi en face quand je te parle. » Il fait noir et Maria joue à la dure avec moi. Elle est un peu plus grande, sa poitrine pointe déjà. Je reste un moment immobile, puis je détache ses doigts restés dans mes cheveux. Elle s'éloigne, se retourne et dit : « Demain je reviens à la même heure, je dois te raconter un secret. » Je reste seul, la soirée fraîchit aux lavoirs rincés par les paillettes de savon. Les mères lavent les vêtements et même les blessures de leurs fils quand le sang coule. Je ramasse le linge sur l'étendoir et je descends.

Maman dort beaucoup, du jour au lendemain elle est tombée malade de la jaunisse, elle est jaune comme de l'ail vieux. Je fais gonfler mon pain avec du lait froid, je n'ai pas la permission d'allumer le gaz, papa est allé chercher des médicaments, avant de trouver une pharmacie ouverte à dix heures du soir, il fait le tour de Naples. Je garde le boumeran tout près sur la table de cuisine, il est toujours avec moi, sur moi même, au boulot je le garde sous ma veste. Des choses nouvelles se préparent, Rafaniello, Maria, la force qui me vient aux lavoirs. Le boumeran vient de la mer, il doit voler, en attendant il donne des muscles à un gamin qui pue encore l'encre d'écolier, qui travaille en juin pour un menuisier et qui écrit les faits de sa nouvelle vie avec un crayon sur un rouleau de papier que lui a donné l'imprimeur de Montedidio, un reste de bobine. Le rouleau tourne et je vois déjà écrites les choses passées, qui s'enroulent aussitôt.

Mast'Errico chante. Quand il fait un travail pénible, il entonne une chanson et ne la lâche plus, il l'use jusqu'au bout. Rafaniello aussi chante, mais en silence, dans sa gorge. Il remue à peine les lèvres, il tient une dizaine de petits clous pour les semelles dans un coin de sa bouche. Je l'entends même sous la voix de mast'Errico qui monte avec la journée et cesse à midi, l'heure de manger, et la pièce s'éclaire d'un tranchant de soleil qui la coupe en deux. Et la sciure s'élève dans l'air à la rencontre de la lumière.

Il chante avec grâce Rafaniello, même quand la scie à ruban ou la raboteuse marchent, moi je sais s'il chante ou non. « Quelles chansons connaissez-vous, don Rafaniè ? » Il en savait beaucoup, maintenant il en chante une et seulement celle-là. On m'a appris à ne pas poser trop de questions et je cache ma curiosité. Lui laisse passer un moment de silence, qui pouvait servir à ma seconde question, et puis il répond quand même. Rafaniello répond même à des questions qui n'ont pas été posées. Il dit qu'il chante une seule chanson, quelques couplets. Les paroles sont un vœu pour la construction de n'importe quelle maison où l'on prie. Une église, dis-je. Non, c'est une maison où on lit, on étudie et où l'on dit une prière. Rafaniello fait un sourire pour clore notre conversation. La journée est une bouchée et des tas de souliers à réparer.

Mast'Errico plisse les yeux à cause de la poussière, de peur des éclats de bois, et il a un faisceau de rides tout autour à force de les fermer. Les yeux de Rafaniello sont humides, il se les essuie du dos de la main. Je suis devenu un peu plus libre avec lui : don Rafaniè, on dirait que vous pleurez. « C'est l'air qu'on respire ici, dit-il, c'est la colle, c'est Montedidio qui presse mes yeux. » Et il les essuie. Il dit que tous les yeux ont besoin de larmes pour y voir, sinon ils deviennent comme ceux des poissons qui ne voient rien hors de l'eau et se dessèchent, aveugles. Ce sont les larmes qui permettent de voir, dit-il. Elles viennent sans raison de pleurer. Je fais oui de la tête et je sens deux larmes me picoter le bout du nez pour sortir. Je sens le chatouillis qui fait pleurer, vite je me retourne, je me mouche dans mes doigts que j'agite sur la sciure, je passe le balai, je mets plus de force dans mes gestes pour cacher ma gêne et je leur assène même un peu de napolitain, toujours bon en cas de besoin, « *che chiagne a ffà* », pourquoi pleures-tu, me dis-je, et je crache par terre, mais les deux larmes se détachent quand même, mast'Errico s'en aperçoit, « *guagliò ti scorre la parpétola* », la soupape de ta paupière fuit mon garçon, il me dit de ne pas rester au fond de la boutique, il m'envoie demander un demi-pot de graisse pour machine à l'imprimerie de don Liborio. Et dans la rue, je vois plus clair sur la peau des fruits, dans les branchies des poissons, dans l'espadon coupé en deux et dans l'assiette en métal du pauvre qui reste debout toute la sainte journée sans s'asseoir parce que les passants sont debout et méprisent ceux qui attendent une aumône assis confortablement par terre. Il a raison Rafaniello, deux larmes suffisent à rendre la vue bonne.

Don Liborio me donne la graisse et une caresse aussi sur mon zizi. Je n'y peux rien, je dois le supporter, d'autant qu'il ne peut rien faire de plus, je suis fort et je m'échappe de ses mains en deux bonds. Lui il est lourd, lent, et il touche les zizis des gosses. Il a un gloussement qui est plus celui d'un pigeon que d'un homme. À l'imprimerie il fait tout lui-même, les apprentis ne veulent pas rester. Les gens le savent, mais chacun pour soi, et puis don Liborio fait des bonnes œuvres, il a payé sa robe de mariée à une orpheline sans dot. Et on dit bien que personne n'en est jamais mort. « *Quanno è pé vizio, nun è peccato* », quand c'est du vice, c'est pas un péché, dit la maxime. Mast'Errico m'envoie chez lui parce qu'il sait que don Liborio me donne la graisse. Mais il me dit : « Reviens vite, ne perds pas de temps avec don Liborio. » Et moi, je reviens vite. Don Liborio se passe l'envie de sa caresse et nous sommes quittes. Il m'a même donné le rouleau de papier sur lequel je suis en train d'écrire. Dans la rue, l'effet des larmes a cessé, je vois plus sale. Je garde le boumeran sur ma poitrine, qui sait ce qui arriverait à don Liborio si je le mettais dans mon pantalon. Le soir, la maison est calme, maman dort, moi je mange de la mie de pain dans du lait, sans elle on ne fait pas de cuisine, papa mâche du pain, avec de l'huile et de la tomate, je le salue et je monte aux lavoirs faire mon entraînement et ramasser le linge.

Maria monte aussi, nous nous asseyons sous les cordes vides, je transpire et le boumeran est chaud de tout l'air qu'il a traversé. Maria me touche, elle ne dit rien, elle me touche, d'abord en passant sur tout mon corps, puis sur mon pantalon. Moi, je ne sais faire aucun geste, seulement regarder, elle me saisit à un endroit et j'ai du mal à garder les yeux ouverts. J'ai envie de les fermer, de respirer fort, mais je tiens bon et je ne cède pas à l'envie de les fermer, je les garde immobiles pour la payer en retour au moins avec les yeux, puisque je ne sais rien faire. Dans l'obscurité, je regarde son visage sérieux, elle bouge la main à un endroit précis, et je ne comprends pas ce qui se passe là, elle ne me regarde pas, moi je ne quitte pas son visage des yeux, je ne cherche pas où elle me touche, elle est sur une partie qui est à moi, mais ce n'est pas le zizi que touche don Liborio. C'est au même endroit, mais c'est une autre chair sortie de moi au rythme de ses doigts qui me pétrissent. Puis Maria ne regarde plus sa main, elle me regarde moi qui la regarde, et tout doucement un sourire lui vient, et quand je le vois, je sens des coups au fond de mon intestin, une toux dans ma chair, un tir de boumeran qui s'est échappé de ma main et qui me vide.

Je le cherche et il est posé là par terre, tout près. Maria s'arrête, prend un mouchoir, essuie sa main, je ne sais pas pourquoi, à cause de la sueur peut-être comme je le fais après mon entraînement. Mon œil droit miro est tout mouillé lui aussi sous l'effort qu'il fait pour rester ouvert. Puis je baisse les yeux et je vois une chair à moi que je n'avais jamais vue avant, un bout sec et long, un peu de travers, à la place de mon zizi, s'il n'y avait pas Maria très calme, je crierais tant je suis impressionné. Mais elle est là et dépose un baiser sur ma lèvre, sous mon nez. Moi, je suis sage avec elle, je me tais, je ne demande pas ce qui s'est passé. Au-dessus de nous, les cordes à linge zèbrent le ciel du mois d'août. Je suis content qu'au-dessus de nous il n'y ait ni draps ni balcons, nous sommes sur la terrasse la plus haute de Montedidio.

« Je fais ça au propriétaire de la maison », dit-elle. Quoi ça ? Ça m'agace de l'entendre nommer le propriétaire de la maison, la personne la plus emmerdante que je connaisse. Il demande aux locataires : « Quand est-ce que vous me payez ? » et il le demande quand il y a du monde autour pour entendre. « Quand est-ce que vous me payez ? » dit-il tout fort, comme ça il leur fait honte.

« Ce que je t'ai fait, je le fais à lui », dit Maria. Je me tais pour ne pas dire de conneries. « Ce soir je voulais toucher un corps propre, regarder un visage qui me regarde, qui me respecte. Tu es mon fiancé maintenant et je ne me laisse plus toucher par le propriétaire de la maison. Je ne lui fais plus rien, même s'il nous chasse de l'immeuble. — C'est ce qu'il t'a dit, qu'il te chasse ? — Non, c'est maman qui le dit, parce que nous avons des dettes, que des gens viennent à la maison nous réclamer de l'argent. » Je me tais, même si je ne comprends pas tout, je vois Maria contente d'être avec moi aux lavoirs, elle aime aussi le boumeran, elle fait un demi-mouvement pour le lancer, elle sent une secousse, elle crie joyeuse et surprise, comment puis-je y jouer s'il est si lourd ? Mais s'il est fait pour voler, lui dis-je, il ne peut pas être lourd. « Toi tu le fais voler ? », oui, lui dis-je, elle demande quand, je ne le sais pas encore. « Quand ce sera le moment, je pourrai être là ? » Je réponds non, le boumeran n'est pas un jeu, c'est un grand secret. Il volera en se détachant de mon bras, avec un adieu de tous les muscles qu'il a développés, et il fera du bruit, il fera peur, il frappera peut-être quelqu'un, on cherchera le coupable, à qui est le boumeran ? Et on viendra ici au sommet de Montedidio et je répondrai que c'est moi, que je suis le lanceur de boumeran. Ce sont des pensées muettes, Maria ne peut les connaître. Elle prend ma tête entre ses mains, l'appuie contre sa poitrine, et sous le gonflement de sa chair qui dépasse je sens sa respiration, puis le battement dur de son cœur : on dirait quelqu'un qui frappe et j'ai envie de répondre « entrez ».

Maria a de profondes respirations, ma tête monte et descend sur sa poitrine. Elle dit qu'à présent ça va, que maintenant elle fait cette chose, du plaisir des hommes, pour moi, comme ça c'est beau, et pas la saleté du vieux corps du propriétaire de la maison, ses gestes sur elle. Le corps de Maria est parcouru d'une décharge, une secousse, comme une nappe qu'on agite. Elle ouvre les yeux, je vois son visage attristé. Alors je prends le boumeran, je place la pointe des ailes en bas et je pousse aussi vers le bas les coins de ma bouche avec deux doigts, pour caricaturer son visage. Puis je retourne les pointes du boumeran qui devient une bouche qui rit, j'y ajoute la mienne et Maria fait comme nous, le boumeran et moi, sa bouche s'étire et ouvre son visage, elle embrasse ma tête. Quand elle la dégage de ses bras, elle s'en va.

Rafaniello frotte sa bosse contre le mur, elle le démange. Il travaille vite, il doit finir de réparer beaucoup de souliers pour les pauvres, août est déjà le début de l'hiver, dit-on chez nous. Les souliers sont importants pour la santé. On vient le voir avec des savates trouées, dépareillées, lui il répare et recommande de se laver les pieds, avec les pieds propres les souliers durent plus longtemps. Ça va, même si on les lave dans la mer, à Naples les fontaines sont rares. Rafaniello ne souffre pas de la puanteur du cuir pourri, des plaies de pieds noircis, son nez doit être saint. Mast'Errico au contraire ne veut pas sentir et il lui fait déplacer le sac de souliers d'un autre côté. Moi je l'aide, mais quand je le charge sur mon dos, je retiens ma respiration.

Il travaille dur, le rouge de ses taches de rousseur est plus vif alors que ses yeux verts sont calmes. Il me dit que la nuit les os des ailes craquent dans sa bosse, elles essaient de remuer et font mal. Ça va bientôt arriver.

J'ai fait le compte que de Naples à Jérusalem il y a deux mille kilomètres de vol. Vous pensez voler au-dessus de la mer jusque-là ? Il ne me répond pas. Vous devez vous remonter, vous devez manger comme le font les oiseaux migrateurs avant de partir. Puis je pense, sans le lui dire, que si tout va bien il arrive jusqu'à Castellamare di Stabia de l'autre côté du golfe, on le prend pour un griffon et on lui tire dessus pour l'empailler. C'est trop moche de penser ça, non, non, avec ses ailes toutes neuves Rafaniello fait le tour du monde, il y arrive, il suffit qu'il se nourrisse mieux. Faites-vous deux œufs battus, avec un peu de sucre moi aussi je me sens la force de voler. Rafaniello me regarde du vert de ses grands yeux : « De la façon dont elles bougent, ce sont sûrement de grandes ailes. » Nous nous remettons au travail, lui avec ses petits clous dans la bouche, moi avec le balai, je nettoie son coin et pendant que je suis derrière lui j'entends un craquement d'os dans sa bosse et je pense au boumeran. Lui aussi frémit dans ma main pour s'envoler vers le ciel. Je dois le lui présenter. Lui, il m'a déjà dit le secret de sa bosse et moi je ne lui ai pas rendu la pareille.

Là où il habite, une chambre qui était un débarras, il n'y a pas de lumière électrique. Le soir, il allume une bougie. Il la pose sur une chaise, il dit qu'il faut qu'elle soit basse car la lumière veut monter. Il dit aussi que la bougie éclaire l'obscurité, elle ne la chasse pas. Au feu de la mèche, le verre de vin s'allume, l'huile brille, le pain sent le feu et se met à sentir bon. Qu'est-ce que vous mangez d'autre ? lui dis-je. Un oignon, dit-il, comme il est beau près de la bougie, on a plutôt envie de l'embrasser que de le couper. Puis il y met de l'origan, le sel scintille quand il en fait tomber une pincée sur l'assiette devant la lumière. Pendant qu'il me parle de ces choses connues, je m'aperçois que je ne les ai pas encore vues sous une bougie. Elles semblent meilleures. Elles sont nourrissantes, elles lui suffiront pour voler jusqu'à Jérusalem. Puis il dit que la pièce devient plus grande avec une seule petite flamme, les ombres bougent sur le mur et lui tiennent compagnie et il dit que l'hiver une bougie arrive même à réchauffer. En fin de soirée, j'écris les histoires de Rafaniello, puis j'éteins la lumière. Papa et maman n'aiment pas les bougies, on s'en servait pendant la guerre.

On a emmené maman à l'hôpital. La maison est silencieuse, immobile, j'ai du mal à y rester. Je lave par terre, je mouds un peu de café pour papa, pour faire un bruit à moi. J'ai la permission d'allumer le gaz, je fais cuire des pâtes, comme ça il les trouve prêtes ce soir en rentrant. J'ai même la clé de la porte de la maison. Il m'a suffi d'arriver à treize ans et aussitôt j'ai eu ma place parmi les hommes, j'ai perdu la mauvaise odeur de l'enfant. La voix aussi, maintenant j'ai un souffle rauque, je le racle dans ma gorge mais il n'est pas sonore en sortant. Il est sous la cendre de ma voix d'avant, j'essaie de libérer mon gosier, en vain, il en sort une voix de sommeil, la voix de quelqu'un qui se réveille et dit son premier mot de la matinée. Je suis rauque tout le temps.

Plus que le reste, ce sont mes mains qui changent, maintenant elles sont capables de tenir, elles se sont élargies pour serrer le boumeran. Le bois perd du poids, il le passe aux bras, aux poings, aux doigts. Moi je n'ai pas de cible, je ne dois pas frapper, j'ai l'air libre, le ciel tiède avec l'odeur des paillettes de savon. Un soir d'automne, quand le temps se rafraîchit et que les maisons ferment leurs vitres, je ferai un lancer, je ne verrai même pas un centimètre de vol, pourtant, tous les soirs, je le prépare cent fois par bras.

Maria monte aux lavoirs avec l'obscurité, elle ne me touche pas, elle n'appelle pas mon zizi à sortir de sa peau. Elle a dit assez au propriétaire de la maison, et il l'a mal pris, il a brandi la menace de l'expulsion, les parents de Maria lui doivent tout un arriéré de mensualités. Maria lui a craché devant les pieds et elle est partie. Elle montre tout son courage, elle est femme jusqu'au bout des ongles et elle connaît déjà le dégoût. Finie la comédie, dit-elle, que lui l'appelle princesse, lui fasse porter les vêtements de sa femme morte, lui mette toutes sortes de choses précieuses et puis la touche et se fasse toucher, maintenant elle ne veut plus parce que je suis là moi. Je suis là moi : en même temps je deviens important. Jusqu'ici, présent ou pas, ça ne changeait rien. Maria dit que je suis bien là moi et voilà que je m'aperçois moi aussi que j'existe. Je me pose la question : je ne pouvais pas m'en apercevoir tout seul que j'existais ? Il semble que non. Il semble que ce doit être quelqu'un d'autre qui le signale.

Assis par terre sous le rebord des lavoirs, Maria me fait poser les mains sur sa poitrine. Je suis un peu de travers, dans une position inconfortable, mais je les laisse là. La frange noire sur son front prend un peu de vent d'ouest léger et frais, il lui essuie le visage, nous nous regardons en silence des minutes entières. Je ne savais pas que c'est si beau de regarder, de se regarder tout près. Je plisse mon bon œil, avec l'autre je vois moins nettement, mais mon nez se réveille et fait monter à bord l'odeur de transpiration de Maria et celle amère du bois du boumeran qui est sur mes genoux. Elle aussi ferme un œil à demi, puis alterne avec l'autre, nous nous regardons intensément et on a envie de rire de nos grimaces qui font changer la lumière des yeux. Ce soir, elle a dit : « Tu comptes pour moi. » Moi aussi je tiens à elle, mais je ne sais pas le dire de façon aussi juste et je ne peux même pas répondre : pour moi aussi. Alors je me tais.

Le propriétaire de la maison est allé frapper chez Maria, elle a ouvert et lui, il l'a priée, priée, il se mettrait à genoux pour qu'elle vienne chez lui. Maria lui a fait « ntz » la tête en arrière, un crachat de non. De la cuisine, sa mère a demandé qui c'était, alors le propriétaire a fait la scène des huissiers du tribunal qu'il allait envoyer pour saisir les meubles et la mère l'a prié de ne pas le faire et elle aussi voulait se jeter à ses genoux et seule Maria ne se jetait pas, elle savait que leurs genoux étaient tous inutiles, parce que de toute façon elle ne retourne pas chez le vieux. Je demande si sa mère sait pour les visites, elle ne répond pas, elle ouvre les mains et me pose un baiser sous le nez : « Toi tu es mon fiancé, ma famille, si on nous expulse, je m'enfuis et je viens chez toi. » Être fiancés donne des pensées culottées.

Du linge est encore étendu, des femmes peuvent monter le ramasser. « C'est le mien, dit Maria, je l'ai apporté pour avoir l'excuse de sortir. Je me suis mise à laver, repasser, comme ça maman peut aller chercher de l'argent pour le loyer. » Je lui demande comment ça se fait que sa famille n'arrive pas à payer le terme et qu'elle vive mieux que la mienne. Ils se fourrent dans le pétrin avec le jeu, le loto, les paris sur le foot, les chevaux, ils ont des dettes, me dit-elle. « Mais moi je ne vais plus porter l'argent qui manque au propriétaire de la maison, qui le compte et dit que c'est pas assez. Qu'elle le porte elle-même. »

Maria ne va pas à l'église le dimanche, elle dit qu'elle ne peut pas parler à son confesseur de ces choses des visites, elle ne peut pas demander la communion. Je lui dis que le propriétaire y va, qu'il se confesse et prend l'hostie. « Le curé a le même âge, ils s'arrangent entre eux. Moi, il me faut un confesseur de treize ans qui comprend le dégoût, notre âge, que nous sommes des pantins aux mains des grands, qu'on ne compte pas. » Le Père éternel voit tout Maria, lui dis-je. « Oui, il voit tout, mais si c'est pas moi qui pense à arranger les choses, il reste à regarder le spectacle. »

J'avale le blasphème de Maria, je deviens rouge, comme si c'était moi le Père éternel qui a vu et n'a pas aidé.

Les muscles du lancer deviennent durs, maintenant moi je suis là pour toi, nous sommes fiancés, dis-je et d'ailleurs, au fait, Maria, que font les fiancés ? « Ils font l'amour, se marient, s'enfuient ensemble », dit-elle avec assurance. Je ne demande rien d'autre, il me suffit qu'elle le sache elle. Nous nous regardons, nos yeux sont agrandis par l'obscurité. Elle ouvre son sourire et la pointe de mon zizi remue toute seule. Quand elle ouvre la bouche et découvre ses dents, ça me picote et je sens du chaud justement là. Je passe le bras autour de son épaule, je serre un peu. C'est la première fois que je la touche moi, qu'un mouvement commence par moi. Maria appuie sa tête sur mon bras, je ne vois plus son visage, la démangeaison du zizi se calme. Je sens une drôle de force, la puissance des lancers a formé aussi le muscle qui tient Maria. Elle se lève, entasse dans ses bras le linge étendu et me salue en tendant son cou en avant pour un baiser. Alors j'avance ma bouche droit vers la sienne, comme ça nous sommes pareils. Les fiancés font des gestes pareils.

À la boutique, je retire le boumeran de dessous ma veste et je le laisse en vue. Mast'Errico le serre, le retourne, le renifle. « Il est épais », dit-il, puis il crache dessus et frotte avec son pouce. Sa familiarité m'effraie, le boumeran est ancien, il est étranger, c'est une arme, comment ose-t-il faire ça ? Il me fait voir l'endroit qu'il a frotté, il a pris une teinte violette, il met sa bouche dessus : « Il est plein de tanin, c'est de l'acacia. » Je lui raconte comment je l'ai eu. On ne peut pas le travailler, il est trop dur, tu peux casser le rabot dessus, tu n'en tires même pas une béquille, il n'est pas bon pour le poêle. Il doit bien servir à quelque chose, mais lui ne le sait pas. En me le rendant, une décharge électrique lui brûle la main au passage, il a un sursaut d'étonnement : il conduit le courant ? Moi je ne l'ai pas sentie, dis-je en mentant, parce que je me suis habitué au frisson du boumeran. Le visage de mast'Errico devient sombre comme lorsqu'il ne comprend pas un problème, puis il s'en tire avec son couplet : « Allez, au boulot, la journée est une bouchée. »

Je laisse le boumeran près de Rafaniello. Le tas de chaussures trouées diminue, sous ses mains elles marchent toutes seules, la graisse les fait briller, on sent un parfum de cuir heureux. À midi, quand mast'Errico va déjeuner, les gens passent chercher leurs souliers réparés. Avec les premières nuits fraîches, les pauvres semblent encore plus mal lotis, ils se mettent sur le dos une couverture en laine de l'armée, deux vestes ou bien toutes leurs chemises, s'ils n'ont pas autre chose. « *Don Rafaniè, o pateterno v'adda fa' diventa' ricco comm' 'o mare* », Don Rafaniè, le Père éternel doit vous faire riche comme la mer, lui disent-ils en échange du travail qu'ils ne peuvent payer, avec les bénédictions sur la santé, contre les mauvaises langues et le mauvais œil. « Puissiez-vous échapper au feu, à la terre et aux gens méchants », « puisse l'or sortir de votre bosse », Rafaniello est content, il dit qu'il vaut mieux des bénédictions que des sous parce que au ciel on les écoute. Et les malédictions aussi on les écoute, dit-il, et il crache par terre pour se rincer la bouche de ce triste mot.

Un marchand de peignes ambulant lui avait laissé ses souliers et s'en était allé pieds nus. Il revient pour chercher sa paire de chaussures, s'assied, retire les chiffons sales qui entouraient ses pieds. Rafaniello sort les souliers, l'autre ne les reconnaît pas tellement ils sont neufs, alors il le prend dans ses bras, le serre lui et sa bosse, et Rafaniello souffre à cause des ailes qui sont comprimées dedans. Le marchand de peignes a apporté une cuvette, il y met de l'eau et lave ses pieds couverts de crasse, il leur rend leur propreté pour enfiler avec respect la paire de souliers parfumés de graisse et de chromatine. Il le fait pour Rafaniello qui recommande toujours la propreté. Il veut lui offrir un peigne en os, mais pour la tignasse rouquine de Rafaniello il faut au moins un peigne en cuivre. Il l'étreint et l'embrasse encore une fois, puis s'en va en braillant par tout Montedidio le cri de son métier qui me fait rire : « *Pièttene, pettenésse, pièttene larghe e stritte, ne' perucchiù, accattáteve 'o pèttene* », qui va bien en napolitain très à l'aise dans l'insolence, mais en italien il ne vend même pas une épingle à cheveux celui qui fait toute l'Italie en disant : « Peignes, petits peignes, larges et étroits, vous les pouilleux, achetez-vous un peigne. » La voix est forte et ajoute au bout de son cri : « *Don Rafaniello 'o scarparo è 'o masto 'e tutt'e maste e fa cammena'pure li zuoppe* », Don Rafaniello le cordonnier est le maître de tous les maîtres et il fait marcher même les boiteux.

D'autres pauvres font moins de tapage, mais de leurs voix rauques, fines, jaillissent des bénédictions puissantes comme des coups de canon. Rafaniello répond : *Mirzashè* qui dans sa langue signifie : si Dieu veut. Aucun prince n'a les bénédictions que les pauvres ont dans leurs os, qui partent des pieds, prennent leur élan le long du corps et jaillissent de la bouche. Les pauvres ont une gratitude qu'aucun roi n'a jamais entendue, et ils lui donnent une poussée vers Jérusalem : c'est ce qu'il dit et j'y crois. À l'heure du déjeuner, je ferme la boutique, Rafaniello retire sa veste, me demande ce que je vois sur sa bosse. Je vois une blessure, un point violet au sommet. Elle commence à se fendre, dit-il, comme une coquille d'œuf. Je glisse le boumeran dans le bout de corde que j'ai cousu sous ma veste et je remonte à la maison.

Dans l'escalier, je croise le propriétaire de la maison, je me mords la langue pour ne pas le saluer, il ne me remarque pas, il monte vite, tout essoufflé, il dépasse l'étage de son appartement, il va chez Maria, je vois qu'il porte un petit paquet de gâteaux. Pour la première fois, je pense au boumeran que j'ai sur moi comme à une arme, je le lui lancerais bien. Cette mauvaise pensée rend le bois plus lourd. Je rentre à la maison, elle est vide, silencieuse, j'ouvre les fenêtres et je fais entrer l'air d'automne humide de vent du sud-ouest. Maman ne revient pas et papa tourne en rond dans la maison sans dire un mot, il n'entre pas pour voir si je suis dans ma chambre, si je dors, nous nous sommes détachés. Je prépare le dîner avec l'argent qu'il pose sur la table, je marque les dépenses sur un papier et je laisse la monnaie. Pour le moment, je garde pour moi la paie de mast'Errico. Je me souviens des couplets de maman qui s'asseyait une minute sur mon lit pour me les chanter après les prières : « *Oi suonno vieni da lo monte / viènici palla d'oro e dàgli 'nfronte / e dàgli 'nfronte senza fargli male.* » Ohé sommeil viens de la montagne / viens ici boule dorée et frappe son front / et frappe son front sans lui faire mal. La musique pesait sur mes yeux et les fermait. Maintenant je me couche sans bonne nuit, je m'expédie tout seul sur un côté, c'est ce que dit Rafaniello quand il va dormir.

Je dis encore mes prières. Dans le débarras où je dors il n'y a pas de fenêtre et, pendant que je prie mon ange gardien, il me semble être aux lavoirs, là-haut, avec tout un ciel bien dégagé pour plafond. Je ne crois pas que c'est de la foi, je le fais par habitude, pour ne pas effacer les derniers mots du soir. Rafaniello dit qu'à force d'insister Dieu est contraint d'exister, à force de prières son oreille se forme, à force de larmes ses yeux voient, à force de gaieté son sourire point. Et je pense : comme le boumeran. À force d'exercices le lancer se prépare, mais la foi peut-elle venir d'un entraînement ? Je répète ses mots en les mettant par écrit, plus tard peut-être je les comprendrai. Il dit aussi qu'il faut chanter pour donner de l'air aux pensées, sinon, enfermées dans la bouche, elles moisissent. Si je me mets à chanter moi aussi de cette voix éteinte que j'ai là-dedans, ce sera un festival. Mast'Errico tient à se faire entendre malgré la raboteuse. Don Rafaniè, à force de vivre à Naples vous ne seriez pas devenu napolitain par hasard ? Non, dit-il pour rire, c'est que les Napolitains sont peut-être une des dix tribus perdues d'Israël. Comment ? Vous avez perdu dix tribus ? Et il vous en reste combien ? « Deux seulement, une est celle de Judas qui nous donne le nom de Juifs, un nom qui vient du verbe remercier. » Alors, vous les Juifs, vous vous appelez : merci ? « C'est ce que dit le mot, mais tous les hommes devraient s'appeler comme ça, avec un mot de remerciement. »

Aujourd'hui, avec le petit soleil tiède de novembre, la ruelle se mettait dehors, poussait les chaises dans la rue près du bâton du linge et du brasero. « *È asciuto'o pate d'e puverielle* », dit mast'Errico, le père des pauvres est sorti. C'est le soleil des mois de froid qui met sa couverture sur le dos de ceux qui n'en ont pas. Les voix des marchands ambulants, qui profitent des fenêtres ouvertes pour appeler dans les maisons depuis la rue, sont montées à Montedidio. « *Olive di Gaeta, tengo olive pietr 'e zucchero, calate 'o panaro.* » Olives de Gaeta, j'ai des olives pierres de sucre, envoyez le panier. Les cris ont une telle force que les gens se mettent à la fenêtre. Du regard, je suis allé du côté de la rue pendant que je travaillais. J'avais envie, non pas d'olives, mais de sortir. J'apprends, c'est ça le boulot, à rester sagement à le faire quand dehors passe un soleil bas qui s'éteint aussitôt, le soir vient et on est toujours enfermé dans la boutique et on l'a vu passer sans le saluer. Chante, dit Rafaniello, les pensées doivent s'évacuer, elles doivent trouver un trou pour sortir, je fais oui de la tête mais il ne sort même pas un souffle rauque de ma bouche. Si je suis là dehors entre les pieds des autres, alors j'arrive bien à sortir une chanson, mais dehors je ne peux y mettre que les yeux. La porte est ouverte, le vent de la mer arrive à décharger une odeur de port jusqu'ici, je crois sentir la veste de mon père, pleine de graisse, de sel, de rouille et de goudron. Il chasse ma mélancolie. Au lieu de chanter, de souffler, j'aspire par le nez un peu d'air de la mer et du vent. Le cri des olives se rapproche. Je pense à mon père qui est dans les soutes et lui aussi a sans doute bien envie de sortir à l'air. Il le mérite plus que moi qui en suis à ma toute première mélancolie.

L'été avec maman nous allions l'attendre devant la grille à la sortie de son travail. On ne savait pas s'il finissait à l'heure ou s'il avait d'autres heures à faire. Je restais là dehors, je regardais les gens sur le quai Beverello qui montaient sur les bateaux blancs de la Span. Ils partaient pour les îles, ils montaient et débarquaient avec des chapeaux de paille. Il y en avait qui étaient rôtis tout crus par le soleil, maman riait parce qu'ils ressemblaient à des tomates : « *Sbarcano 'e pummarole* », les tomates débarquent. Elle, elle ne s'est jamais mise au soleil et n'est jamais allée à la plage. Moi, je ne suis pas encore monté sur un bateau, mais si j'y vais je ne mets pas de chapeau de paille. Nous attendions papa et lorsqu'il sortait lavé et coiffé, avec sa belle veste et sa chemise blanche boutonnée jusqu'au cou, nous étions la plus belle famille du bord de mer. Nous allions nous promener jusqu'à Mergellina en passant par Santa Lucia, il m'achetait un *tarallo* de Castellamare. Maman lui donnait le bras, moi j'étais de l'autre côté dans sa main ouverte. Les gens s'écartaient pour ne pas déranger notre formation. À Naples, on respecte les familles, si deux familles se croisent, elles se saluent.

Papa est aussi grand que l'armoire et il passe de justesse sous le montant de la porte, dans la rue il est impressionnant à côté des autres, maman aussi est grande, avec des cheveux très noirs. Elle est maigre, ses nerfs se voient sur son visage. Lorsqu'un geste brusque lui échappe, elle est dangereuse, son mouvement est un ressort, elle casse ce qui l'entoure. Elle tord sa fourchette quand elle mange, s'il lui vient une idée biscornue. Je ne lui donnais plus la main dans la rue, car parfois, perdue dans ses pensées, elle me l'a serrée à me faire pleurer. Papa dit qu'elle a plus de force que lui. Il n'y a jamais eu d'enfant plus fier que moi sur le bord de mer. Même devant les clubs nautiques où vont les messieurs qui sont très riches, moi, sous mes deux géants, je me sentais plein d'une fortune que rien ne pouvait égaler.

Sur la promenade du bord de mer le long de la Villa Comunale, nous passions à l'heure où les pêcheurs tiraient à terre les deux bouts de câble du grand filet. Il y avait six hommes à chaque bout, ils tiraient d'un coup tous ensemble, le plus vieux leur donnait le signal. Le câble tournait sur leurs épaules, les pieds croisés, ils poussaient de tout leur corps, ils traînaient la mer à terre. Le filet s'approchait, large, avec lenteur, tandis que les deux câbles s'entassaient en anneaux sur la route. Quand il arrivait en bas, les poissons lançaient des étincelles, tout le blanc de leur corps éclatait, ils tapaient de la queue par centaines, le sac renversait au sec tout le tas de vie volée aux vagues, papa disait : « Voici le feu de la mer. » L'odeur de la mer était notre parfum, la paix d'un jour d'été une fois le soleil couché. Nous restions silencieux, serrés les uns contre les autres, ça a duré jusqu'à l'année dernière, jusqu'à l'année dernière j'étais encore un enfant.

L'odeur du port est montée jusqu'à la ruelle et j'oublie ma mélancolie. Mast'Errico m'a vu un peu abattu et il me dit de boire du bouillon de poulpes : « *Te magne 'a capa e metti giudizio.* » Tu manges la tête et tu deviens sage. Un marchand de poulpes se tient en haut de la ruelle d'en face, il ne vend que ça, *'e purpe.* Mast'Errico le connaît, il sait qu'il va les chercher entre les blocs de pierre de la digue foraine. « Ce n'est pas qu'il les pêche, dit-il, il les attrape avec les mains, comme un éleveur de poulpes. Il les nourrit de moules et le poulpe se console avec ça, il ouvre les coquilles, met les moules sur sa main et les poulpes viennent les prendre. Il les connaît tous un par un, il les appelle par leur numéro, il avance dans l'eau, dit un numéro, un poulpe arrive et s'accroche à sa main. Il le tue sans lui faire mal et on n'a pas besoin de battre les poulpes qu'il te vend, ils sont très tendres, même les gros. Chez lui tu ne trouves pas de petits poulpes, de tout jeunes, seulement des adultes. Va chez lui et bois du bouillon. »

À l'heure du déjeuner, Rafaniello me parle du temps où il était dans son pays et où il s'appelait mastro Daniele, Rav Daniel. Quand il était jeune, lui aussi était apprenti chez un cordonnier. C'était un homme rude, rien à voir avec mast'Errico. Il ne lui apprenait pas le métier, au contraire il le lui cachait. Rafaniello regardait un peu à la dérobée, le reste il l'apprenait en rêve d'un cordonnier qui est dans les Saintes Écritures de son peuple. Il venait la nuit et lui enseignait l'art de la cordonnerie. Quand il était jeune, Rafaniello étudiait les choses de la foi, il s'endormait sur les livres ouverts. Il était donc facile qu'un saint sorte de là-dedans pour l'aider. Le cordonnier du rêve s'appelait Rav Iohanàn *hassàndler*, mastro Giovanni le cordonnier, et il lui montrait l'art que l'homme ne lui enseignait pas. « J'ai appris le métier des souliers dans le Talmud », un gros livre de choses saintes de son pays. Don Rafaniè, vous alliez à l'école même dans votre sommeil, vous ne vous reposiez jamais. Moi, la nuit, je ne veux rien savoir, même si la fortune s'amène avec les numéros du loto en poche, je lui dis : repasse demain. Moi, la nuit, je n'y suis pour personne, je dors comme un mort, je ferme les yeux, puis je les rouvre, dans la même position. Chaque matin est une résurrection.

Nous nous asseyons devant la caisse des souliers, il frotte sa bosse contre le mur, moi je la lui masse un peu. Sous sa veste les os remuent, des os d'ailes. Nous sommes entre nous, je lui dis : les femmes accouchent par-devant et vous par-derrière. « Les hommes n'ont pas l'honneur d'accoucher », répond-il. Nous mangeons assis l'un près de l'autre, il se rince la bouche, il crache, il fait ça quand il va parler de choses saintes : « Dans mon pays, je lisais les psaumes, où est écrite la question : "Qui montera sur la montagne de Dieu ?" et la réponse dit : "Celui qui a les mains innocentes et le cœur pur." Puis la guerre a frappé mon pays, elle venait de l'Ouest, elle passait sur nous, brûlait vifs les gens et la terre. C'étaient des ennemis que j'ignorais avoir. Je me suis caché dans du fumier, sous un plancher, dans une carrière de chaux abandonnée, je résistais, sans savoir pourquoi je voulais vivre alors que tous mouraient. J'étais un rebelle à ne pas mourir moi aussi, j'étais un blasphémateur à vivre. Je me suis caché, j'ai mangé et bu toutes sortes de substances, j'ai fait bouillir l'écorce des arbres, j'ai volé du miel aux ruches, j'ai bu mon urine mélangée à de la neige. La femme de Job lui dit : "Maudis Dieu et meurs", je ne l'ai pas fait, et Job non plus. Je n'ai pas maudit et je ne suis pas mort. La guerre a nettoyé mon cœur et lavé mes mains avec de la chaux. Quand elle s'est terminée, j'étais prêt à monter ici, au Montedidio, sur la montagne de Dieu. »

Le reste, il me le raconte le jour suivant, alors que dehors il pleut tant d'eau qui se gaspille, de l'eau bonne et propre qui finit en mer sans que personne ne sorte une casserole pour y faire cuire des pâtes. Donna Speranza, la concierge, recueille celle de mai, elle dit qu'elle fait du bien aux yeux. Elle s'accompagne de la descente d'eau le long de la ruelle, elle coule elle aussi, la voix fine de Rafaniello. « Avec moi, d'autres personnes de mon peuple sortaient des cachettes, elles aussi avaient été frottées à la chaux et rendues prêtes à la montée. Nous nous dirigeons vers le sud, descendant toute l'Italie, si longue au milieu de la mer, si belle que c'est un péché qu'elle s'arrête, qu'elle n'aille pas plus loin. Nous essayons de nous embarquer pour la terre écrite dans nos livres saints, nous sommes sans passeport, sans droits, nous sommes des vivants refusés par la mort. Les Anglais ferment la mer, ils ne nous laissent pas passer. J'ai une mauvaise pensée : "Garde-la ta montagne, garde les Anglais à Jérusalem, prends-les pour peuple." Alors, lui il y repense, il retire les Anglais et à moi il me donne une punition sous forme de blague : le Montedidio, la montagne de Dieu, oui, mais à Naples. Il est vrai qu'ici on sait reproduire tels quels les meubles anciens, les montres de luxe et les paquets de cigarettes américaines, mais la montagne de Dieu est impossible à imiter, elle n'existe qu'à Jérusalem. Ici, en haut de la montée où l'on voit la mer et la bosse du volcan, il peut y avoir une terrasse panoramique, mais pas l'escabeau de Dieu. On a tout de même voulu appeler cette colline Montedidio et, tant qu'on y était, celle d'à côté on l'a appelée Montecalvario, et donc ça fait deux », dit Rafaniello, et il le prend à la rigolade, car il faut accepter les punitions amusantes, parfois Dieu remet les hommes à leur place avec une pétarade, comme il dit. « Avec tout le respect qu'on lui doit, la Terre sainte n'a pas de succursales. Et moi, je suis resté ici, au sommet d'un Montedidio, mais pas celui de la montagne de Dieu, comme un touriste qui s'est trompé de réservation. » C'est sans doute sa voix frêle, sans doute aussi l'effort pour bien écouter qui fait sortir ses mots une nouvelle fois, et moi je les écris de mémoire le soir sur le rouleau, avec la pluie insistante qui m'empêche de monter aux lavoirs.

Un cordonnier étranger sait parler de façon si précise en italien que je suis ému pour mon père qui s'efforce d'apprendre et ne sait pas la moitié des mots de Rafaniello. « Le vocabulaire italien aussi, vous l'avez eu en songe ? » Non, il dit qu'il l'a pris dans les livres, en lisant plusieurs fois *Pinocchio*. Moi aussi je l'ai lu, lui dis-je, heureux d'une chose que nous avons faite tous les deux. Il dit que dans son pays Pinocchio s'appellerait Iòsl et resterait de bois toute sa vie par fidélité à son créateur. « Maintenant tu sais ce qui m'est arrivé, à moi et à mes compatriotes qui n'y sont plus, à l'époque où j'étais Rav Daniel. Ceux qui meurent laissent l'histoire en héritage à leurs enfants, à leur famille. Mon peuple me l'a laissée à moi et à quelques autres. Moi, je te la dis parce que je pars bientôt, quand se fendra cette bosse de plumes et d'os. » Don Rafaniè, comment est cette Jérusalem pour que nous ne puissions pas l'imiter ? Il se rince la bouche, crache, puis dit qu'il ne la connaît pas encore, mais quelqu'un lui a dit : « Dans cette ville, la mort a peur d'être engloutie par la vie. C'est la seule ville au monde où la mort a honte d'exister. » Il ferme les yeux, balance le cou, il est déjà là-bas. Il doit être très spécial ce pays, à Naples la mort n'a honte de rien.

Rafaniello aime l'ail, l'huile, pas la tomate. L'heure du repas se passe entre son pain avec des légumes et le mien avec des anchois. Il dit que je garde mes secrets. Il sait me deviner, moi je ne dis rien. Il demande comment va maman. Ça fait un mois que je ne la vois plus, papa ne veut pas, il dit qu'elle est sous une tente avec des tubes attachés et que lui seul peut y aller. Pour changer de sujet, je lui dis : vous savez don Rafaniè, vous avez fait le voyage de santa Patrizia. Elle aussi voulait aller à Jérusalem et une tempête l'a fait débarquer à Naples. Je lui raconte l'histoire de la sainte, elle est morte jeune à Naples et a laissé du sang miraculeux, il se liquéfie et se coagule continuellement, bien plus que celui de san Gennaro. Rafaniello est intéressé. Vous voulez savoir comment est sorti le sang de santa Patrizia ? Une nuit, un fidèle a forcé la sépulture et avec une pince il a extrait une dent de la sainte, pour la garder comme relique, et celle-ci, cent ans après sa mort, s'est mise à cracher du sang par la gencive. On l'a recueilli dans du verre et c'est ainsi que le miracle a commencé. Don Rafaniè, ici il arrive des choses qui font passer celui qui les raconte pour un idiot, et pourtant elles arrivent vraiment. Cette ville est tout un secret. « C'est une ville de sangs, dit-il, comme Jérusalem. » Oui, oui, on est obsédé par le sang, les gens le mettent dans leurs blasphèmes, dans leurs insultes, ils le mangent même cuit et puis vont le vénérer dans les églises. Les femmes surtout prononcent frénétiquement ce mot, le sang. Et même la sauce du dimanche est si noire, si épaisse, qu'elle lui ressemble. Rafaniello s'amuse de ce que je raconte d'une voix mystérieuse, parce qu'elle est rauque.

Aux lavoirs, Maria raconte que le vieux est monté avec des gâteaux, sa mère est descendue acheter du café et il a remis ça avec ses prières, que si elle ne va pas chez lui il meurt : « Alors je lui ai dit : meurs. Il meurt tant de gens plus jeunes que toi, tu peux mourir toi aussi. Il est passé du gris au rouge, il a essayé de m'attraper, moi j'ai tourné autour de la table et il ne pouvait pas me prendre. Tu es méchante, disait-il, et il haletait si fort qu'il en crachait. Puis il s'est arrêté, il s'est mis la main sur le front, il s'est calmé et il est parti. Les gâteaux, il les a laissés et on les a mangés. » Maria a dit qu'il meurt, qu'il a vu la mort en face quand elle lui a dit : meurs. Il suffit d'un mot et tu peux casser un homme. Maria sait beaucoup de choses, elle sait par exemple qu'elle est plus forte qu'un adulte. Moi, ils m'intimident, elle non, elle peut même les attaquer. C'est peut-être parce qu'elle est une femme et qu'elle a connu le dégoût. Elle a treize ans et ses seins grossissent plus vite que mes muscles de boumeran. Elle me laisse les toucher, ils sont durs, elle dit : « Ils sont à toi. » Alors mon zizi se met à pointer et ma bouche salive. Elle demande si je veux ses mains, je dis non Maria, ne me fais pas les choses du vieux. Elle dit ça va, tu as raison, nous devons faire l'amour, mais elle me le dit en napolitain : « *Avimma fa' ammore* », avec deux *m* pour faire plus culotté, plus matériel. Et moi je dis : nous le faisons déjà, elle dit non, c'est un autre amour, tous les deux nus dans un lit comme des époux.

Il fait frais le soir aux lavoirs, dans le ciel les nuages s'étirent en forme d'arête de poisson, sous les coups de vent de là-haut. J'accélère les pirouettes de l'entraînement, comme ça je me réchauffe. Le mois de Noël est bientôt là, à Montedidio les joueurs de musette montent dans la journée. Maria apporte une couverture sur la terrasse, nous nous asseyons par terre à l'abri. Quand nous cessons de parler, elle pousse sa bouche droit dans la mienne, c'est notre salut, nous ne nous disons pas bonsoir, au revoir, à demain, rien, un baiser sur la gueule et nous sommes d'accord. Je m'entraîne encore un peu, le boumeran s'échauffe. Le bois tremble, déjà prêt, il fend l'air, pousse contre le ciel, moi je garde les pieds bien écartés sans me laisser déporter par la course du bras qui se détend et serre brusquement le frein du vol. Mon bras droit grandit autant que le gauche, comme les seins de Maria. Le rouleau grandit du côté qui est écrit, je ne relis pas en arrière, je vois qu'il est lourd. La partie qui reste devient légère. Maria ne sait pas qu'à l'intérieur d'un rouleau quelque chose a été écrit sur elle.

Le propriétaire de la maison est passé chez mast'Errico pour toucher le loyer. Lui l'a vu venir et il a dit : « *Vene chillo che tene* », il arrive celui qui possède, pour dire qu'il y a des hommes qui travaillent et font, et puis il y a ceux qui possèdent, qui sont propriétaires et ne font rien. Il arrive celui qui possède. Il ne dit pas un mot, il est abattu, il a le visage éteint de celui qui a passé une nuit blanche. Mast'Errico non plus ne dit rien d'autre que « bonjour », il paie avec les lires mises de côté, puis lorsqu'il est sorti, il dit : « Ça lui ronge la cervelle, le vieux, avec toute son avarice, c'est la première fois qu'il ne compte pas ses sous. » Je demande si c'est vraiment une personne avare. « Avare c'est peu dire, lui il a la main vierge, *nisciuno l'ha potuto arapi' 'e ddeta* », personne n'a pu lui ouvrir les doigts. Au nom de Maria je me suis risqué à en placer une, moi aussi, en disant que c'est un méchant homme. Mast'Errico m'a aussitôt repris : « *Guagliò, chi parla areto se fa' risponnere d'o culo* », mon garçon, celui qui parle derrière, dans le dos d'un autre, se voit répondre par le cul. Je me suis pincé les joues, honteux d'avoir parlé derrière. Ou on parle en face ou on se tait.

Tout le reste de la journée, j'ai pensé à l'oncle Totò que je n'ai pas connu. Il a été tué devant la poste centrale à midi par une bombe aérienne. Papa était son frère aîné, il allait décharger au port et oncle Totò partait avec lui et s'arrêtait sur le trottoir de la rue Medina pour cirer les chaussures des gens. La bombe l'a coupé en deux morceaux. Papa est sorti en courant après le bombardement et l'a trouvé à sa place, sa caisse de cireur était restée intacte, oncle Totò coupé en deux. On était en juillet, il y avait plein de poussière sur les corps des morts et pas une mouche, elles étaient mortes aussi celles-là. Ce détail lui est resté en mémoire et il le répète quand il veut se rappeler oncle Totò. Chaque année, papa m'emmène déposer une fleur sur la fosse commune, le cimetière est le jardin zoologique des morts. Ils sont enfermés là-dedans. Je suis allé au zoo avec papa et maman, un dimanche d'automne. Nous avons apporté du pain sec, j'en ai donné à l'éléphant qui le prenait dans ma main avec sa trompe et il le faisait si délicatement que c'était une caresse. Papa était content de m'entendre dire les noms difficiles des bêtes. Le reste du pain allait à l'hippopotame qui ouvrait son armoire de bouche et je lui en jetais un morceau dedans. Papa ramassait des baies d'eucalyptus, un nom qu'il n'arrive pas à prononcer, calyppus dit-il. Il les garde dans sa poche, il aime leur parfum, il les renifle quand il est dans les soutes.

Les cages ont les noms dehors, les bêtes dedans, immobiles. C'est leur résistance face à nous, rester immobiles sans donner satisfaction. Seul le loup nostalgique fait de l'exercice, il tourne en rond, à l'intérieur du grillage, et il regarde fixement un point dans le lointain, même s'il n'y a aucun lointain devant lui. Il attend en courant l'arrivée d'un chasseur, d'un sauveur, c'est ce que je pense moi. Les morts sont des bêtes enfermées, ils attendent la résurrection. Oncle Totò est un loup, avec l'envie de s'échapper loin de la rue Medina, du jour où on l'a enfermé. Je suis plus vieux que lui qui s'est arrêté avant ses dix ans, juste la veille. Il n'a pas été à l'école, c'est pour ça que mon père tient beaucoup à l'instruction, pour ne pas me voir forcé de vivre dans la rue.

De belles soirées froides arrivent, fouettées par le vent qui franchit le Vomero et san Martino et passe au-dessus de Montedidio avant d'aller astiquer la mer. J'attends que Maria monte, je m'entraîne et je regarde le ciel pour trouver une cible. Je lancerai le boumeran en fermant mon bon œil et en ouvrant le miro qui peut fixer le lointain sans pleurer. Puis, avec Maria, nous nous mettons à parcourir le ciel étoilé le nez en l'air, elle dit que c'est un couvercle, moi je dis que c'est un filet, chaque étoile est un nœud. Elle dit que nous vivons dessous, moi je dis que nous sommes à la même hauteur, nous aussi ceux de la terre nous flottons dans le ciel, comme des bouées.

Noël arrive, les créanciers frappent à sa porte, ils font des scènes, dans l'escalier on entend des cris, la mère n'ouvre pas, le père est parti. À la maison, je vois papa à six heures quand je réchauffe son café, j'en bois moi aussi, il ne dit rien. Tant que maman était là je prenais de l'ersatz, maintenant si je me mets à fumer, il ne s'en aperçoit même pas. Les grands sont pris par leurs soucis et nous, nous restons dans les maisons sourdes qui n'entendent plus un seul bruit. Nous n'entendons que le nôtre et il fait un peu peur. Les esprits frôlent mon visage dans la cuisine vide et ils me calment. Le boumeran est toujours en contact avec moi et il me réchauffe, son bois doit avoir poussé sous une poêle de soleil, et il en a gardé un peu. Maria s'abrite du froid avec un manteau et avec moi. Moi, je suis au vent de Maria et je la protège. Noël arrive, dit-elle, on achète un poulet et on le fait cuire, on se passe d'eux. Ce sera le plus beau de tous les Noëls, je fais des biscuits au four, dit-elle, et elle me met un baiser sur mes cheveux froids. Des baisers pleuvent de la tramontane.

Papa me prévient que le soir de Noël il sera avec maman à l'hôpital. C'est une chose à eux cette maladie, mon rôle à moi est de m'occuper de la maison et d'attendre, moi j'attends. Que vienne le vol du boumeran, qu'il se détache du lancer de mon épaule et se perde dans l'obscurité, qu'il aille taper contre les étoiles, contre leur couvercle d'après Maria, dans leur filet d'après moi. Je me sens la force de l'envoyer jusqu'aux nuages. Le boumeran est plus léger, il est prêt. Ce doit être bientôt. En attendant, Rafaniello ressemble à un oiseau, il devient maigre, les os ressortent sur son visage. Don Rafaniè, vous devez manger, le pain, l'huile, l'ail et l'oignon ne suffisent pas, le voyage est long et vous le faites en hiver. Les autres oiseaux sont déjà partis et arrivés. Je le sais, répond-il. Dans son pays, en septembre, il voyait les cigognes se grouper dans le ciel pour aller en Afrique, elles passent même tout près de Jérusalem. « Dans ma tête est en train de pousser un œil de cigogne qui connaît le chemin. » Je lui demande pour quand ce sera. « Quand volera le bois de l'arche de l'alliance, c'est ce que m'a dit l'ange. Je me tiens prêt pour la dernière nuit de l'année. Les Napolitains lancent par la fenêtre leurs vieilleries. Un d'entre eux jettera sans le savoir un bout de bois de l'arche. » Puis il ajoute d'une petite voix d'oiseau : « Il le jettera parce qu'à l'intérieur de l'arche il n'y a plus ni tables de la loi ni commandements. » C'est juste, cette nuit-là personne ne s'apercevra du vol de Rafaniello.

Je reste le balai à la main, préoccupé, mast'Errico rentre en avance, il fait : « Tu es déjà là ? Tu aimes le boulot ? », oui, dis-je, je mange avec Rafaniello. Mast'Errico se souvient qu'il n'y a personne à la maison et il m'invite chez lui à midi pour manger quelque chose de chaud. « Demain m'arrive la tresse d'Agerola, tu en as déjà mangé, mon garçon ? C'est spécial, Agerola est sur la hauteur, là les vaches mangent *'e ffoglie de' chiuppe*, les *chiuppe* sont les peupliers. Les feuilles de peuplier donnent à la tresse ce léger goût amer, spécial. Tu veux venir ? » Je remercie, mais ça va bien comme ça, je reste volontiers à la boutique à midi. « Fais comme tu veux, je ne te le dirai pas deux fois », dit mast'Errico, il allume son demi-cigare et fait partir la scie. Entre lui et Rafaniello, il n'y a que des saluts, mais ils les échangent bien, avec intention. Ils se respectent : « Don Rafaniello a fait des souliers à tout Montedidio, avant ils allaient pieds nus. » « Et vous, vous m'avez donné du bois pour me chauffer et un endroit pour dormir, sans vous je me perdais dans les ruelles du port. » « *Vuie cu' chella capa rossa che tenite nun ve sperdite manco int' a'na sporta 'e purtualle.* » Je lui traduis : « Vous, avec la tête rouge que vous avez, vous ne vous perdez pas, même dans un panier d'oranges. »

À la boutique, mast'Errico nous lit dans le journal l'histoire d'un monsieur qui a la réputation d'être un jeteur de sorts et qui, désespéré, décide de se jeter par la fenêtre et va tomber sur un pauvre malheureux qui passe juste à ce moment-là. Le passant meurt et le jeteur de sorts, qui s'est jeté, se casse deux côtes. « *Guagliò, chiste so' nnummere* », dit-il, il faut les jouer au loto ces numéros et, en même temps, il va toucher la corne rouge qui est suspendue à l'entrée de la boutique. Rafaniello grommelle une conjuration dans sa langue et crache par terre. À la maison, la superstition n'est pas entrée, papa dit que c'est une affaire de femmes, maman dit que ce sont des foutaises et que, pour ça, les hommes sont plus enragés que les femmes. Nous, dit mast'Errico, déjà que nous sommes vivants par erreur et que nous existons en cachette de Dieu, il ne nous manque plus que l'œil qui regarde de travers, qui sèche d'envie, et nous sommes ruinés. Chez nous, on n'en trouve pas un pour dire à un autre : « Tu es un veinard », il passe aussitôt pour un jeteur de sort s'il arrive quelque chose à cet autre. Il se tord le pied et s'en prend à celui qui lui a dit la phrase. C'est comme ça que commence une réputation. Rafaniello dit que dans son pays le mauvais œil se dit *anóre*. Il se rappelle que sa mère était belle, on lui faisait des compliments même quand elle était enceinte et elle les acceptait, elle ne faisait pas de conjuration, et c'est ainsi que lui est né un fils bossu. Chez elle, on lui en voulait, si elle disait *cananóre* son fils naissait normal. L'œil envieux abîme, dit mast'Errico.

Don Liborio, lui, craint même les vœux. Pour la semaine de la mi-août, il ferme l'imprimerie et va prendre l'air sur le Matese. Alors qu'il place sa valise dans le taxi pour aller jusqu'au car, il rencontre don Ferdinando, celui des pompes funèbres, qui lui envoie des clients pour les faire-part de deuil et qui est aussi un bon ami à lui. Ce dernier voit la valise et lui dit : « Don Libò, faites bon voyage » et don Liborio répond : « Merci, mais moi je ne pars pas, je viens d'arriver », il reprend sa valise dans le taxi et rentre chez lui. Il part le jour suivant. Il l'a raconté lui-même à mast'Errico qui a vu l'imprimerie ouverte le soir et lui a demandé pourquoi il était encore en ville. « *E ppe fforza, comme partivo co' ll'augurio d'o schiattamuorte ?* » Et bien forcé, comment je partais avec les vœux du croque-mort ? Puis mast'Errico s'est débarrassé du journal et des bavardages et il a fait sa conjuration de menuisier : « *San Giusè, passace 'a chianozza* », pour dire : passe-nous le rabot, sur ces discours.

J'ai parlé à Rafaniello de Maria et du propriétaire de la maison. Il est resté un moment sans rien dire, puis il a fermé les yeux très fort et il a dit : « Qu'il ait le sort du chien qui lèche la lime. » Il lui est venu une voix froide comme un vent de tramontane, un frisson m'est passé dans le dos. Qu'est-ce que vous dites don Rafaniè ? « Une malédiction », a-t-il répondu, mais avec sa voix retrouvée. « Moi je la dis, mais elle ne m'appartient pas, elle se sert de moi pour sortir. Ton histoire a été écoutée et une boule de grêle a plu sur cet homme. » Il y a beaucoup de choses que je ne comprends pas, celle du chien non plus. Don Rafaniè, elle est mauvaise la malédiction du chien ? « Mauvaise, le chien qui lèche la lime est en train de lécher son sang, mais ça lui plaît plus que la douleur et il continue jusqu'à se vider de tout son sang. » Le soir est venu, c'est l'heure de fermer, j'ai fini le ménage, je donne un coup de main à Rafaniello pour ranger sa caisse. Sa bosse fait un bruit d'os, lui il regarde en haut rejetant son sac d'ailes en arrière. Ses yeux verts, ronds, cherchent en l'air un point pour monter, la ville n'est que murs et balcons, le ciel n'y est pour rien. Mais lui, désormais, il arrive à s'orienter même dans un endroit fermé, il a dans sa tête la boussole des cigognes. Je baisse le rideau métallique, nous nous saluons, il dit que c'est beau d'avoir des ailes, mais plus beau encore d'avoir eu des mains bonnes pour travailler.

Mast'Errico a mis toute la rue sens dessus dessous avec sa voix. Il s'est mis en colère, il a sorti ce qu'il avait de plus mauvais. Un ouvrier travaillait sur un balcon du dernier étage, il réparait une corniche. À un moment, on a entendu un coup dans la rue, mast'Errico est sorti en courant et il a vu les plâtras. Il s'est mis à crier à l'ouvrier qu'en bas il y a des enfants, des gens. L'autre a répondu que lui il doit travailler, alors mast'Errico lui en a dit de toutes les couleurs et il a hurlé : « *Scinne* », descends. Descends et rentre chez toi sur tes deux jambes, sinon moi je monte et je te les casse. Il l'a dit à la napolitaine et si fort que la ruelle s'est tue. L'ouvrier a vu que ce n'était pas son jour et il est descendu, les gens étaient aux fenêtres et mast'Errico se tenait au milieu de la rue. Moi je suis sorti pour balayer les plâtras : « *Statte fermo tu,* m'a-t-il dit, *l'adda fa'chillo.* » Reste tranquille toi, c'est lui qui doit le faire. La chose devenait sérieuse. « Laissez tomber, mast'Errì, ne vous retournez pas les sangs, laissez faire le gamin », la voix de don Liborio l'imprimeur a calmé mast'Errico. « Venez, allons prendre un café », il l'a pris par le bras et l'a emmené en haut de la rue. Moi j'ai balayé les plâtras, l'ouvrier a pu s'en aller.

Les femmes parlaient entre elles, elles disaient qu'il avait bien fait. Les femmes à Naples ne mettent pas la paix entre les hommes. La plus vieille disait que mast'Errico a un tempérament de camorriste et à l'époque des journées de septembre contre les Allemands, il avait entraîné toute la ruelle pour les chasser de Naples. Une autre a dit que, lorsqu'il y a un homme comme mast'Errico dans une rue, les voyous ne se montrent pas. Les femmes parlaient, comme ça j'ai appris des choses passées. Pendant ces journées-là, mon père était au port pour défendre son travail. Les gens de Naples étaient déchaînés, ils étaient au milieu de la rue, criaient « *iatevenne* », allez-vous-en, et leur montraient la sortie par le feu. Il y avait même eu des morts pour ça. Alors l'après-midi, j'ai interrogé mast'Errico. Il m'a répondu qu'ils étaient tous dans la rue, don Liborio, don Ciccio le concierge, les femmes, les gosses, et toute une foule de gens. « Les Allemands nous ravageaient, ils faisaient pleuvoir des bombes chez nous, pour finir ils voulaient emmener tous les jeunes en Allemagne, les faire travailler pour eux, et ceux qui ne se présentaient pas étaient fusillés. Dans les rues, on voyait seulement des vieux et des femmes. Nous voulions les chasser, nous ne voulions pas rester cachés. Les Américains n'entraient pas dans Naples, ils attendaient, *e nuie ce simmo scucciate d'aspetta'*, et nous, nous en avons eu marre d'attendre. »

Je voulais en entendre plus, au bout d'un moment j'ai continué à poser des questions. Mast'Errico était bien disposé : « Même don Petrella le curé est descendu avec nous. Sous les bombardements, il avait appris à dire la messe rapidement, un quart d'heure maximum. L'habitude lui est restée, si bien qu'on l'appelle don Frettella, don Pressé. Une sirène se mit à retentir juste au moment où il terminait l'office, après la communion. Au lieu de dire l'habituel : "*Ite missa est*", il dit : "*Fuite* (fuyez), *missa est !*" Il était le premier à s'enfuir comme un lapin, il étrennait l'abri en courant sa soutane à la main, suivi de peu par le propriétaire de la maison qui arrivait le deuxième, troisième le général en retraite De' Frungillis. Au cours des journées de septembre, don Petrella aussi descendit au milieu du feu, non pas pour faire du mal aux Allemands, mais pour nous réconforter, il donnait l'absolution à ceux qui mouraient sous les balles, il la donna même à un soldat allemand. Tout Montedidio, un quartier tout entier était sorti, quand ce fut fini j'ai dit : "*mo' chesta città è 'a mia*", maintenant cette ville est la mienne. » Rafaniello écoutait et retenait ses larmes dans ses yeux ronds, mais elles ne sortaient pas, elles arrivaient au bord et retournaient en arrière.

Mon père m'a parlé, on a donné un peu d'espoir à maman. Devant le café, à six heures, avec la ruelle silencieuse et sombre, il s'est expliqué. Cette année, Noël est absent. « Je tiens seulement à elle et elle s'appuie sur moi de toute la force qui lui reste. Elle est faible, mais pas dans ses mains, elle serre fort, elle a même cassé un verre et elle s'est coupée. Nous avons un travail à faire ensemble. Ne te mets pas au milieu, c'est une chose entre nous, une chose ancienne de l'époque où nous allions nous mettre à l'abri sous les bombardements et où nous nous jurions que rien ne nous séparerait, pas même les bombes : *nisciuno c'adda spàrtere*, personne ne doit nous séparer. Quand une bombe éclatait tout près, le souffle la faisait vomir, je lui tenais la tête, elle rendait entre mes pieds, moi j'étais content de voir que notre amour savait faire ça aussi. Nous étions fiancés alors et nous étions plus liés que des époux. La guerre nous donnait la permission de faire comme ça. Si elle s'en va, moi je reste une poignée sans porte. » Il s'est forcé à utiliser l'italien, il a voulu me parler, il m'a accordé de l'importance. Je n'ai rien dit, je l'ai regardé bien en face. C'est peu, rester seulement devant lui et lui donner toute l'écoute que je pouvais, immobile et avec les yeux. Puis il a chassé ses pensées : « Nous recommencerons tous les trois, comme si rien ne s'était passé, on va recommencer avec nos dimanches. Tu te souviens de la Solfatare ? » C'était l'heure de sortir et ce fut tout, il s'est levé, a rincé sa tasse dans l'évier. C'est la première fois qu'il le fait, il s'est éclaboussé, s'est essuyé, m'a fait un sourire.

Sa confiance a été grande, il m'a bien expliqué, en y mettant toute la patience de son italien appris. Dans sa bouche, c'est une langue du dimanche. Quand il lui manque un mot, il devient rouge sous l'effort et si je le trouve, il dit aussitôt : bravo, et il le répète, même si ce n'était pas celui qu'il voulait lui. Oui, j'y pense au dimanche de la Solfatare. « Tu y penses, hein ? *'A tieni mente ?* », oui, je m'en souviens bien. Il voudrait monter aussi sur le Vésuve, un dimanche d'hiver quand il y a de la neige dessus. « *E t'a ricuorde 'a neve ?* », quelquefois il me demande si je me souviens de la neige, moi je fais oui de la tête et maintenant, devant mes yeux qui regardent dehors dans le noir, passe la neige de 1956, la pluie molle du nord, blanche, silencieuse. Et nous en parlons encore et lui dit chaque hiver : « Cette année, il neige même sur la mer », avec l'envie de la revoir. Le port devient propre, on ne voit plus la saleté, l'huile, la rouille et quel silence s'étend sur la ville, même le tram oublie qu'il est en fer et il passe muet comme un trolleybus. « Et même *'e muntune 'e munnezza*, les tas d'ordures, paraissent beaux. » Et les chênes verts de la Villa Comunale sont sous une calotte blanche et moi je pense : comment font les aveugles sans le blanc ?

Papa est sorti avec du linge de rechange pour maman, enveloppé sous son bras, j'éteins l'électricité, je suis seul, il fait froid, je serre le boumeran dans ma main et je me réchauffe. Bien sûr, papa, que je me souviens de la Solfatare de Pozzuoli. Il m'a emmené un dimanche, sans maman qui ne supporte pas les odeurs fortes et ne se met pas de parfum. Le tram jusqu'à Bagnoli, puis à pied, il tombait une pluie fine, des gouttes de tête d'épingle, elles faisaient des chatouilles à la mer calme, à la plage moisie de goudron. Sous le parapluie, j'avançais à ton pas, je me dépêchais, je ne faisais pas attention à l'eau, je me mouillais les pieds. Dès l'extérieur, l'air était chargé de soufre. Nous sommes entrés, papa, tu t'es mis à lire le panneau qui expliquait que « la solfatare est une exaltation volcanique ». C'était « exhalaison », mais je ne t'ai pas corrigé. Quand un volcan meurt, la dernière chaleur qui s'échappe c'est le sel vert du soufre. C'est la couleur des yeux de Rafaniello. Nous arrivons au cratère qui est creusé dans une plaine, des croûtes de la terre monte une paisible fumée. Un puits de boue cuit à gros bouillons, papa ferme le parapluie, la vapeur de la solfatare arrête la pluie, l'essuie en l'air. Seuls les souliers font du bruit sur le sol. Sans le mouvement de la ville tout autour, la tête me tourne un peu.

Je vois un papillon noir, je lis les noms écrits sous les plantes près du cratère : laurier, myrte, arbousier. Je retire mes souliers près d'une fumerolle, je fais sécher mes chaussettes, la terre est chaude et, dans le dos, c'est agréable. Une odeur de brûlé vient du fond de mon pantalon, je m'aperçois trop tard qu'il a grillé au niveau du postérieur, papa rit, puis il pense à maman qui doit l'arranger et il arrête. Nous tournons autour du cratère, je ramasse des petits cailloux verts pour écrire comme avec les craies de l'école. Je crois que je les ai toujours, si je les trouve, je les porte à Rafaniello pour voir leur ressemblance avec ses yeux. Au retour, papa achète un morceau de museau, la lèvre cuite du veau. Maman aime ça, il nous servira d'excuse pour le pantalon. Puis nous remontons Montedidio et près de nous passent des élèves de l'école militaire de la Nunziatella, les boutons dorés de l'uniforme, l'épée de cérémonie au manche blanc, pendue à la ceinture. Au milieu des vêtements usés de la foule, les leurs brillent, ce sont des garçons jeunes, à peine quelques années de plus que moi, ils marchent en bombant le torse sans regarder dans les yeux. Ça doit être moche de se distinguer ainsi des gens, de s'écarter d'eux. À la maison, maman ne dit rien pour le pantalon et pour le museau, ni reproches ni remerciements, nous avons égalisé.

Rafaniello a le visage tout chiffonné, il n'a pas dormi, les ailes ont cassé l'étui de sa bosse. Elle s'est fendillée comme un œuf, sans une goutte de sang, sa veste est plus gonflée. Il dit qu'il les a ouvertes, elles sont plus grandes que celles de la cigogne. Il a décidé d'attendre la nuit des feux d'artifice, entre-temps il s'entraîne le soir dans sa chambre. Autrefois, les coups de Naples lui faisaient peur, il retrouvait le vacarme de la guerre : « Cette fois-ci, ce seront des feux de salut. » Je lui dis que moi aussi j'ai décidé, je lance le boumeran cette même nuit, le boumeran aussi a les ailes prêtes. « Combien de temps reste-t-il ? » demande-t-il, deux semaines. Je sors de ma poche le petit caillou de soufre, c'est la couleur de vos yeux, dis-je. Il le place devant la lumière : « Soufre et feu, il pleut du soufre et du feu le jour de Sodome et Gomorrhe. Des yeux verts, des cheveux roux, le Père éternel m'a fait comme un tison d'incendie. » Il me demande si ses yeux sont vraiment aussi verts. Bien plus, dis-je, ils ont gardé la lumière des larmes, le soufre non. Rafaniello est en train de terminer le tas de souliers, les gens viennent les chercher, il ne les laisse pas en déposer d'autres. À Naples on marche maintenant chaussés.

J'aide mast'Errico à passer le rabot sur des tables en bois de mélèze, il en sort une odeur de résine, un parfum qui dilate le nez. Mast'Errico regarde les premiers copeaux, il hoche la tête : « On ne peut pas le faire à la machine, dit-il, nous devons les finir à la main. » Il me fait voir les grumeaux de résine, il dit qu'ils ont durci et qu'ils peuvent casser la lame de la raboteuse. La résine du mélèze, quand elle est sèche, c'est de la pierre. J'apprends ainsi à me servir du rabot à main en imitant mast'Errico. Les copeaux de mélèze sont blonds, pas très bouclés, j'ai l'air d'un coiffeur pour bois. À midi, je m'aperçois qu'une plume est tombée sous la caisse de Rafaniello, je la ramasse, elle est légère, dans ma paume je ne la sens pas. Don Rafaniè, celle-là je la « tiens » en souvenir de vous. « Tu as raison de dire tenir au lieu de garder. Garder est présomptueux, en revanche tenir sait bien qu'aujourd'hui il tient et demain qui sait s'il tiendra encore. Tiens la plume en souvenir. » Je pense au boumeran, je le tiens bien serré, puis je dois le quitter. Je le sors de ma veste de travail, regardez don Rafaniè comme il est bien fait pour voler lui aussi. Nous mastiquons du pain avec des brocolis et nous regardons le boumeran. Lui s'arrête de manger, me demande sérieusement de quel bois il est fait. D'acacia don Rafaniè, un bois dur. Un hoquet lui échappe, une toux forte, il crache même un morceau de brocoli, puis il se calme et, toujours assis, il agite son corps d'avant en arrière en répétant « acacia, acacia », en larmes, le visage aussi rouge que ses cheveux et un bruit d'os derrière le dos.

Tandis que j'écris sur le rouleau, je ne me rappelle plus comment on dit en italien : il a éclaté en larmes ou bien les larmes ont éclaté. Bref, c'était tout un bazar à midi, moi je n'ai rien compris et je n'ai rien pu faire, j'ai attendu à côté de lui sans manger. Je ne le regarde pas, j'attends, au bout d'un moment le bruit de ses quintes de toux change, elles deviennent des éclats de rire, un rire plus muet que ses larmes d'avant, il rit et je me mets à rire moi aussi en le voyant se tordre et répéter le mot acacia, avec les *a* qui sortent étranglés, il rit, il rit, il ne s'arrête pas et moi je ris avec lui en pensant que si mast'Errico entre et nous trouve comme ça, il nous lance un seau d'eau dessus pour qu'on s'arrête. Rafaniello se calme et je suis content de ce fou rire qui me donne la permission d'avoir de l'appétit. Je finis le pain avec les brocolis en quatre bouchées. Je range le boumeran dans ma veste à côté de la plume tombée des ailes de Rafaniello.

Aux lavoirs en décembre, le vent joue au dur, il balaie la poussière par terre, astique la nuit dans le ciel, retire la chaleur des maisons. Le boumeran est déchaîné, il brûle l'air qui soutient son vol et mes bras n'arrivent pas à le contrôler, c'est une aile avec des plumes. Je remonte le ressort du tir deux cents fois par bras sans me lasser, je suis un lanceur et je m'efforce d'attendre. Il n'y a pas de lune, Maria regarde émerveillée le couvercle de la nuit au-dessus de Montedidio. Moi, je n'y vois que la mer. Je prends tous ces points brillants là-haut pour un banc d'anchois et, de ma voix éteinte, je refais le cri du marchand de poissons : « *'O ppane d'o mare* », le pain de la mer, quand il passe avec son panier sur la tête et sa balance en bandoulière. « Tais-toi, tu me fais penser au poisson qui pue », dit Maria qui ne le supporte pas et le laisserait bien tout entier dans la mer. Tous les deux, sur le toit le plus haut du quartier, nous sommes les sentinelles de la ville. Assis l'un près de l'autre, par terre, contre le parapet, à l'abri de la couverture, nous passons le temps, compères du vent qui se moque des fils vides des étendoirs et des antennes de télévision. Il siffle au-dessus de nous, trouve notre abri et nous donne une bourrade, pour qu'on se serre encore plus fort.

Maria m'embrasse, sa tête s'appuie contre ma gorge, nous parlons en soufflant les mots, elle dit : « Tu grandis tous les jours et moi je m'accroche à toi pour grandir aussi vite que toi. Hier encore ce muscle n'était pas sur ta poitrine, hier encore tu n'étais pas fait pour moi comme aujourd'hui. » Je n'ai rien à dire sur hier, aujourd'hui est déjà passé et raboté avec les copeaux jaunes du mélèze et la forme du rabot dans la main, le bruit de souffle de la coupe qui écorche le millimètre du bois. Ce n'est qu'au bout de la journée que la main retrouve sa place autour du boumeran et sur l'épaule de Maria. Hier, c'est le morceau de rouleau déjà écrit et enroulé. Maria, c'est le même ammour celui des chansons ? « Non, dit-elle, celui-là c'est un ammour de mélancolie, un torchon de larmes et de soupirs, hou ! que c'est chiant. Notre ammour est une alliance, une force de combat. » Nos bavardages si proches s'enfuient dans le vent qui les chipe sur nos lèvres.

Dans l'obscurité, nous devinons sur la terrasse la silhouette d'une personne qui avance, battue par le vent, qui appelle Maria, Maria. C'est le propriétaire de la maison, elle se raidit contre moi, ne répond pas, je me glisse hors de la couverture, j'ai dans mes bras la force du boumeran, j'attaque le vieux de front, je le pousse en arrière tandis que lui appelle toujours Maria et il bute contre moi comme contre le vent, comme s'il ne voyait pas, il avance, il dit Maria, rebondit contre mes mains qui le repoussent par à-coups, sans rien dire, le rejetant seulement de toute la force qui monte en moi, et le boumeran sous ma veste le pousse aussi. Autour, le vent m'attaque par-derrière et m'envoie contre lui, je le bouscule, je le fais reculer dans un sanglot d'effort et lui, repoussé par le coup, tente à nouveau d'avancer, moi je suis déjà reparti et je le charge, courbé comme l'arc du boumeran. Je ne vois pas son visage, je regarde au niveau de sa veste, je vise sa poitrine. D'une dernière poussée, je le lance contre la porte de l'escalier qui s'ouvre dans son dos et alors il comprend qu'il n'y a rien à faire, il se plie en deux, sous la douleur des coups sur sa poitrine, à cause de Maria, je ne sais pas, il se plie, se met à descendre, à pleurer, je vois un vieux battu, foutu dehors et dedans, et malgré tout je ne trouve aucune pitié. Je reviens près de Maria qui est debout, elle m'embrasse, gelée, m'enfonce un baiser de neige de force dans la bouche, dents contre dents, ses frissons se calment.

Le vieux est salement malade, il lui est arrivé la malédiction du chien qui lèche la lime. Je l'ai vu pleurer, Maria. « Moi aussi je l'ai vu pleurer : au-dessus de mes cuisses. » Nous ramassons la couverture, nous quittons le toit, nous refermons le vent derrière nous. Elle dit : « Tu l'as chassé pour toujours. » Hors du plein air, sa voix claironne dans la cage d'escalier. Le soir de la veillée, dit-elle, nous resterons ensemble chez toi et nous ferons notre fête sans les adultes, nous deux alliés et c'est tout. Ça va, dis-je, avec la paie de mast'Errico j'achète un chapon et des pommes de terre. « Moi je fais des biscuits et je m'habille pour le soir. » Elle ouvre sa porte avec ses clés, moi je descends, je passe devant l'appartement du propriétaire, mes mains me brûlent encore, je remarque un bouton qui est resté accroché à ceux de ma manche, je le laisse par terre devant sa porte.

Tout en comptant dans ses mains l'argent de la semaine, mast'Errico demande si maman va mieux, si elle revient pour Noël, je fais non avec la tête. « Alors pas d'anguille ? », non mast'Errico, c'est trop difficile, elle s'échappe, même après avoir été coupée. J'achète un chapon. Je lui demande s'il va à la pêche le lendemain, « Hé ! c'est au temps de décider. » Rafaniello me dit ensuite de ne jamais poser la question à un pêcheur, ils sont jaloux de leurs projets, ça porte malheur d'en parler. Ils racontent après ce qu'ils ont pêché. Rafaniello connaît le napolitain, il dit qu'il ressemble à sa langue. Pour lui, l'italien est comme une étoffe, un vêtement sur le corps nu du dialecte. Il dit aussi : « L'italien est une langue sans salive, le napolitain au contraire garde un crachat dans la bouche qui fait bien tenir les mots entre eux. Tenue avec la salive : pour une semelle, ça ne va pas, mais pour le dialecte c'est une bonne colle. Dans ma langue aussi on dit la même chose : *zigheclèpt mit shpàiecz*, collé avec la salive. » Je me le fais répéter pour pouvoir l'écrire sur le rouleau. Je lui demande ce qu'il fait le soir de la veillée. Il ne fait rien, il n'est pas chrétien, je l'invite à la maison, je prépare le chapon pour lui, sans parler de Maria. Il remercie, sourit de toutes les rides de son visage amaigri, au milieu des taches de rousseur il y a le vert frais de ses yeux. Un sourire lui vient en retour pour mon invitation et pour dire non.

Je ferme la boutique à la dernière heure, un peu avant les commerces, je vais chercher le chapon chez le boucher et les pommes de terre chez le marchand de quatre-saisons. « *È scesa Napule'nterra* », toute Naples est descendue, dit la blanchisseuse accoudée à la fenêtre de son *basso*. Elle a ramassé le linge étendu, la foule s'accrochait dedans, le salissait. « *Simme assaie, nuie simme tropp'assaie* », nous sommes bien trop nombreux, dit le professeur de musique De Rogatis devant la poissonnerie attendant son tour de se faire envelopper l'anguille vivante. « C'est moi qui dois le choisir, pas toi », rouspète une dame avec le marchand de poissons, « *Signò, so' tutt' eguaglie, tutt'o stesso* », elles sont toutes pareilles, madame, dit-il expéditif en tenant par la tête le poisson qui se tord. Une dame est passée en voiture dans la ruelle et a emporté avec elle don Gaetano le tailleur qui raccommodait un pantalon sur une chaise au bord du trottoir, sous le réverbère, pour économiser le courant électrique. Elle l'a emporté, lui et la chaise, le faisant rouler dans la rue. Hurlements, la dame s'est évanouie, tout le monde en train de l'aider elle, et don Gaetano restait par terre à demi étourdi, il n'avait encore rien compris et disait : « Mais qu'est-ce que c'est, qu'est-ce qui s'est passé ? » Dans cette foule, on ne sent pas le froid, c'est mieux qu'un manteau. Devant la porte, donna Speranza la concierge me salue la première : « Bon Noël, mon garçon », encore meilleur pour vous donna Speranza, lui dis-je en lui faisant voir quel beau chapon j'ai acheté.

J'entre dans la maison, un froid pesant, muet, à se mettre au lit. Je prépare le chapon avec du sel et du poivre, je le mets au four avec des pommes de terre, c'est une prise de chaleur. Dans la cuisine m'arrive la radio d'une maison d'en face. Rue Santa Maria della Neve, une vieille mendiante est sortie dans la rue et a jeté toutes les pièces recueillies avec l'aumône, un attroupement s'est formé, la force publique est intervenue. Le sang de sant'Andrea Avellino s'est liquéfié. En dehors de Naples, en Amérique, un jeune homme a été fait président. Les Russes ont envoyé un chien dans une fusée, les Américains, eux, ont envoyé un singe. J'éteins la lumière, je regarde dehors. C'est Noël, des pièces éclairées, les familles se mettent à table. Sur la mienne est préparée la place du boumeran, celle du chapon, celle de Maria avec les biscuits. L'an passé, je ne rêvais pas de demander tout ça, c'est arrivé tout seul, sans un désir. Mon corps grandi, la bouche de Maria, les ailes de Rafaniello, quelle abondance est arrivée sans demander, en dehors de Noël. La lumière éteinte, des caresses de fantômes me passent sur la nuque, dans l'obscurité ils bougent mieux. Je profite du réverbère de la rue pour écrire, appuyé au rebord de la fenêtre, le bruit du crayon sur le papier fait le résumé du vacarme de la journée.

Quand elle frappe à la porte, je range le rouleau et j'allume la lumière, et entrent en même temps sa robe rouge, un parfum qu'elle a mis sur elle et la chaleur des biscuits sortis du four juste avant. « *Stasera faccimm' ammore* », ce soir nous faisons l'ammour, dit-elle, j'ai fait cuire le chapon avec des pommes de terre nouvelles, dis-je. Elle pointe le nez vers la cuisine et me pousse devant elle, de ce côté-là. La pièce est sombre. Maria m'embrasse par-derrière, elle me tient solidement comme ça, sans me laisser me retourner. Elle me met des baisers sur la nuque, là où on attrape les jeunes chiots, ça me chatouille, je me retiens. Puis elle m'en met sur la gorge, ils me piquent de l'intérieur, dans mon nez monte son parfum d'arbre de Noël, plus fort que celui du chapon qui est dans le four. La salive me vient à la bouche, je suis gêné d'être en train de déglutir alors qu'elle couvre mon corps de baisers et comme je n'ai pas faim, d'où me vient l'eau à la bouche ? Maria me tient par-derrière et fait aller ses mains sur mon côté face, elle me les passe du visage à la gorge, sur la poitrine et puis sur le bas où je ne me hasarde pas à regarder, en attendant je déglutis en espérant qu'elle ne s'en aperçoit pas. Elle respire fort, elle serre, donne libre cours à sa belle force sur mon corps, décharge la fraîcheur de ses mains aux endroits durcis des muscles qui sont tendus pour lui répondre.

Elle dit : « De la chair dure », elle me tient enlacé et frotte son visage contre mon dos, puis elle me retourne, me fait reculer vers le mur, je me cogne contre une poêle suspendue, elle rit, pousse, maintenant je peux l'embrasser moi aussi. Elle s'est lavé les cheveux, ils tombent sur mon visage, je suis sous le linge étendu de ses cheveux défaits, ses mains tiennent mon visage et y appliquent des baisers, dans ma bouche ouverte. Je ne sais pas quoi faire de mes bras, je cherche à me détacher un peu d'elle, je les pose sur sa poitrine, ses proéminences se frottent contre mes mains, alors je ne la pousse plus, je la masse, elle s'échauffe et finalement nous retirons nos vêtements, nous sommes nus sur le sol de la cuisine, j'ai juste le temps d'éteindre le four pour ne pas brûler le chapon. Maria fait, moi je suis. Elle me met comme elle veut sur elle et je me demande où est passé mon zizi, c'est elle qui l'a pris, elle le balance dans ses jambes, moi je ne peux plus le rattraper. Je me laisse porter par elle, elle me lève et me baisse, elle fait la vague, j'ouvre les yeux et je vois les siens fermés au-dessous de moi, sa bouche ouverte, ses cheveux noirs en désordre tout autour, et la vague s'agite et moi j'essaie de rester en équilibre, quelle force de serrer et de tenir, c'est ça qui doit être beau, alors je sens un chargement à l'extrémité de mon corps, il me semble que le boumeran s'échappe de l'intérieur de mon zizi, j'ai un « oh ! » d'étonnement, elle s'agrippe encore plus fort à mon dos et souffle à coups secs dans mon oreille et moi je me déchaîne en mouvements qui ne sont pas à moi.

Maria s'arrête peu à peu, je l'ai fatiguée, je lui ai fait mal, qu'est-ce que j'en sais. Qu'avons-nous fait Marì ? « Ammour », dit-elle. C'est ça ? C'est ça que tu m'as appris ? « Non, dit-elle, je ne te l'apprends pas, moi je le commence, c'est toi qui fais le reste. » Je pense que faire l'ammour doit être mystérieux, que ça arrive tout seul. En attendant, mon zizi est rentré, il est à sa place. J'ai envie de lui demander en napolitain : « *Arò si' gghiuto ?* », où es-tu allé ? mais je ne le dis pas. « Je me suis consolée de toutes les fois où ça me faisait horreur », dit Maria avec une petite voix, sans ce ton de gouape qui est lourd dans sa gorge et durcit ses mots. L'appétit lui est venu, nous nous détachons du sol, nous mettons nos vêtements, elle se recoiffe, je n'allume pas la lumière. La cuisine a un peu de chaleur de four et nous sommes encore tièdes d'ammour. Nous nous servons de chapon et de pommes de terre, assis l'un près de l'autre, nous mangeons avec les mains, nous donnant des coups de coude pour nous regarder et rire de nous deux dans le noir, nous éclairant avec la lumière de l'extérieur. Nous avons mis nos serviettes autour du cou, des rots nous échappent, le boumeran est à table avec nous. Elle me fourre les pommes de terre nouvelles dans la bouche, moi je fais semblant de m'étrangler, nous nettoyons le fond du plat avec la mie de pain.

« C'est bien d'être nous deux et basta », dit Maria la bouche pleine. Nos yeux se sont habitués à l'obscurité, une lumière de bougie qui vient de l'extérieur nous suffit, nous nous sommes mis une couverture sur le dos et nous mangeons les biscuits aux amandes, elle en a fait plein et nous les mangeons tous, il ne reste rien. « La prochaine fois je fais une tarte », dit-elle. Entre-temps, d'une maison voisine commence une chanson de joueurs de musette, une famille les a appelés pour faire un peu de musique, elle nous arrive distinctement, dans cette maison elle est sûrement si forte qu'il doit falloir se protéger les oreilles. Nous avons même la fanfare ce soir, je lui mets un bras sur l'épaule, nous tirons la couverture sur nos têtes, nous frottons nos bouches sales l'une contre l'autre, nous nous léchons comme des chats. Plus tard, nous nous mettons au lit, dans mon petit lit du débarras, nous nous endormons entrelacés, de telle façon que si l'un se réveille il doit réveiller l'autre pour se dégager. Nos corps alliés font des nœuds.

Don Ciccio le concierge parlait avec un locataire, il disait que, cette nuit, le propriétaire de la maison a perdu la tête, il a frappé une heure à la porte de Maria. Les voisins se sont réveillés et se sont disputés avec lui. Nous, au premier étage, nous n'avons rien entendu. Même si c'est Noël, je vais ouvrir la boutique, les meubles vernis de frais sèchent mieux à l'air. Rafaniello arrive après moi et se met à sa caisse. Les ailes remplissent sa veste, elles sont plus grosses que sa bosse, comment tenaient-elles enfermées là-dedans ? Personne ne s'aperçoit de rien, personne ne le mesure des yeux, et mast'Errico, qui à tous les coups voit le millimètre hors champ dans un angle droit, ne fera même pas attention si un jour Rafaniello vient sans sa bosse. Nous sommes seuls dans la boutique, la journée est belle et mast'Errico est sûrement allé à la pêche. Rafaniello me demande comment va le boumeran, je le sors de ma veste et je le lui donne, il fait semblant de le sentir et y dépose un baiser. Je vois, mais je ne dis rien. Le bois est devenu encore plus léger et Rafaniello aussi.

Je mets les meubles à l'air, donn'Assunta la blanchisseuse ouvre la porte de son *basso* et commence à étendre son linge, ce matin il n'y a pas beaucoup de monde, il y a du soleil et il sèche vite. Je lui dis bonjour, elle me demande pourquoi nous sommes ouverts pour Noël. Je réponds qu'il faut aussi sécher les meubles, donna Assù, pas seulement le linge. Elle a été à la messe de minuit, don Frettella a fait un beau discours, il a dit que les fusées qu'on lance dans l'espace ne vont nulle part, elles se perdent au milieu du ciel. En revanche, l'étoile du Berger, elle, est descendue près de la terre pour annoncer la naissance du tout petit enfant : « Plus que ça, qu'est-ce que nous attendons des étoiles ? Il a bien parlé, mon garçon, à toute vitesse comme il fait lui, mais très bien, et toi tu dois venir aux offices, tu ne dois pas grandir comme un vaurien. L'autre jeune de mast'Errico n'allait jamais à la messe et maintenant il est en taule, à Poggioreale, tâche de comprendre mon garçon », dit donna Assunta, les mains gonflées par les engelures, rouges, brûlées, étendant sa lessive avec des pinces à linge sur toute une moitié de la ruelle. Je fais oui de la tête, elle cherche des bonnes paroles pour moi. Puis elle s'éloigne et moi je conjure le mauvais sort pour Poggioreale, « *sciòsciò, sciòsciò* », va-t'en, va-t'en, et j'ajoute *cananóre* que je connais depuis peu.

Je parle avec Rafaniello, aujourd'hui nous avons le temps, je lui demande si son pays ne lui manque pas. Son pays n'existe plus, il n'y est resté ni vivants ni morts, on les a fait disparaître tous ensemble : « Je ne sens pas le manque, dit-il, mais la présence. Dans mes pensées ou quand je chante, quand je répare un soulier, je sens la présence de mon pays. Il vient souvent me trouver, maintenant qu'il n'a plus une place à lui. Dans le cri du marchand d'eau qui monte avec son charreton à Montedidio pour vendre de l'eau sulfureuse dans des pots de terre cuite, de sa voix aussi me parviennent quelques syllabes de mon pays. » Il se tait un moment, ses petits clous dans la bouche et la tête penchée sur une semelle. Il voit que je suis resté à côté et il continue : « Quand tu es pris de nostalgie, ce n'est pas un manque, c'est une présence, c'est une visite, des personnes, des pays arrivent de loin et te tiennent un peu compagnie. » Alors don Rafaniè, les fois où il me vient la pensée d'un manque, je dois l'appeler présence ? « C'est ça, et à chaque manque tu souhaites la bienvenue, tu lui fais bon accueil. » Alors quand vous vous serez envolé, je ne dois pas sentir votre manque, moi ? « Non, dit-il, quand il t'arrive de penser à moi, moi je suis présent. » J'écris sur le rouleau les paroles de Rafaniello qui ont mis le manque sens dessus dessous et il est mieux comme ça maintenant. Lui, avec les pensées, il fait comme avec les chaussures, il les retourne sur sa caisse et les répare.

Papa est venu changer de chemise et il a trouvé Maria. Elle lui a dit qu'elle vient ranger la maison pour me donner un coup de main, lui l'a remerciée, il a pris le linge de rechange de maman et il est parti. Il est passé à la boutique pour me saluer, il n'a rien dit pour Maria, il avait le regard figé par le sommeil. Je ne demande pas, lui ne parle pas, son alliance avec elle s'est durcie et moi je suis dehors. Mon alliance avec Maria aussi est une clôture. Des choses changent, mais nous plus encore. Aucun autre visage n'est fané comme celui de mon père. D'aucune autre bosse ne pointent des ailes, aucun autre corps n'est aussi prêt à lancer un boumeran et c'est maintenant que Maria devait se débarrasser de la crasse de mains vieilles et se laisser prendre par les miennes lissées par la sciure sur la plus haute terrasse de Montedidio. Le filet, quand il approche du rivage, est moins lourd et se tire plus vite, c'est ce qui nous arrive. Même le rouleau tourne plus vite, tiré par le poids de la partie écrite.

J'accompagne Rafaniello sur le toit aux lavoirs, il sautille dans l'escalier, il ne sait pas marcher. Il s'accoude au parapet, il regarde au sud et au nord. Il ouvre le blanc de ses yeux, le cercle du vert qui fixe la route se détache, nous nous saluons rapidement, je lui demande à quoi il pense. Il est midi le jour de Noël, tout le monde est chez soi, nous seuls en plein ciel et l'air de la mer brille. Appuyé sur le rebord, il dit comme ça, sans me regarder : « Il y a un proverbe chez nous qui dit : “Ça c'est le ciel et ça c'est la terre” pour indiquer deux points opposés. Ici, tout en haut, ils sont voisins. » Bien sûr, don Rafaniè, du haut de Montedidio, d'un saut vous êtes déjà au ciel. « Il en faudra plusieurs, une forte poussée. Quand tu rêves de voler tu ne pèses rien, tu n'as pas à convaincre ta force de te maintenir en l'air. Mais quand les ailes et le corps arrivent, il faut faire vite pour prendre son envol, alors il faut une violence pour te détacher de terre, un saut comme un couteau qui doit arracher du sol d'un coup sec. Je suis un cordonnier, un *sàndler*, disait-on dans mon pays. Je répare les souliers, je m'y connais en pieds, je comprends où ils s'appuient, comment ils font pour tenir en équilibre, tout un corps dressé au-dessus d'eux, je comprends l'utilité de la cambrure, la dureté de la cheville, le ressort de l'astragale qui accompagne les sauts en longueur, en largeur, en hauteur. Je connais les douleurs du pied et le bonheur de se tenir sur toutes les surfaces, même sur une corde tendue. Un jour, j'ai fait une paire de chaussures en peau de daim pour un funambule. Ici, à Naples, j'ai appris que les pieds savent naviguer, j'ai réparé des souliers de marins qui doivent compenser le pendule de la mer. Les pieds m'ont porté jusqu'à ce Montedidio, eux ils m'ont sauvé. Chez nous on dit que ce sont les pieds, non pas les dents, qui donnent à manger aux loups. J'ai aussi une bosse qui me pousse vers le bas et alors que fait dans le ciel un homme si terrestre, en train de battre des ailes sous les étoiles ? »

J'écris ses paroles parce que je les entends répéter et non pas de mémoire. Je ferme mon bon œil et, tandis que je vais de travers avec mon crayon sur le rouleau, la voix de Rafaniello chuchote à nouveau, en même temps que les esprits m'effleurent. « C'est bon pour les anges, les ailes, pour un homme, elles sont lourdes. La prière doit suffire à un homme pour voler, elle monte au-dessus des nuages et des pluies, au-dessus des plafonds et des arbres. Notre manœuvre de vol, c'est la prière. Moi j'étais voûté, un clou rabattu, tourné vers la terre. Une autre volonté contre nature me retourne et me pousse vers le haut. Maintenant j'ai des ailes, mais pour voler il faut naître d'un œuf et non pas d'un ventre, couvé sur des branches, et non par terre. » Il se penche au-dessus du parapet, les ailes battent contre sa veste, un geste pour l'arrêter m'échappe. Touché, il se retourne, retrouve le sol, sourit de tout son visage, mais pas de ses yeux, qui sont ceux d'un oiseau, immobiles, lointains en pleine face. Sous ma veste, le boumeran est chaud, brave bout de bois.

Tandis que nous descendons, nous parvient un bruit d'assiettes qu'on casse dans l'appartement du propriétaire de la maison. Rafaniello s'arrête et, sans savoir qui habite là, il dit : « L'homme s'est enivré de son propre sang. » C'est la malédiction du chien, don Rafaniè ? Il dit oui et une secousse de froid passe dans mon dos. Je l'ai repoussé hors de la terrasse dans l'escalier, je l'ai frappé les mains ouvertes et les bras tendus. Je l'ai chassé et j'ai droit au froid dans le dos. Je descends l'escalier derrière les sauts de Rafaniello tandis que continue, régulier, le bruit des assiettes brisées. À la maison, Maria s'est mis un tablier, elle attend mon retour, elle prépare une sauce à l'oignon, elle a les yeux mouillés de larmes et elle rit. Don Ciccio le concierge frappe à la porte, nous le faisons entrer dans la cuisine, il s'assied avec nous et se met à parler : « Vos familles se déglinguent et vous vous mettez ensemble. Vous êtes encore des enfants mais vous avez raison, il faut s'entraider et chez nous, à Naples, on grandit vite. »

Don Ciccio parle doucement, les mains croisées sur la table et le béret enfoncé sur la tête même à l'intérieur. « Toi, Maria, je te connais depuis le berceau, je sais ce que tu as déjà passé », Maria le regarde fixement, elle souffle fort par le nez, signe de colère, « Marì, si chez toi personne n'est là pour te protéger et qu'en plus on te met dans le pétrin, nul ne peut t'aider. Il s'est passé la même chose dans ma famille, c'était pendant la guerre, on mangeait peu, ma petite sœur montait dans le même appartement de l'immeuble et rapportait du pain à la maison. Marì, ne me regarde pas de travers, ne te mets pas dans tous tes états si je te dis que je sais ce que tu as passé. Maintenant il y a ce garçon, un jeune, brave, travailleur, qui respecte ses aînés, il s'entend bien même avec ce cordonnier étranger, don Rafaniello *'o scartellato*, le bossu, avec cette bosse sur le dos aussi grande que lui. Vous avez raison de vous mettre ensemble. Mais faites les choses raisonnablement, ne courez pas, vous ne pouvez pas vous marier, vivre dans la même maison. Commencez par vous fiancer, faites savoir vos intentions, sinon vous ferez scandale et vos parents devront intervenir. Même si maintenant ils ne se souviennent pas que vous existez, quand vous serez sur toutes les bouches, ils se mettront contre vous. Je vous parle comme ça parce que je vous aime bien et que vous avez raison. Marì, je suis content que tu ne descendes plus dans cet appartement-là. » Don Ciccio dit ces derniers mots avec un léger étranglement dans la gorge et il devient tout rouge.

Au printemps, j'étais encore un enfant et maintenant je suis en plein dans les choses sérieuses que je ne comprends même pas. Il a raison don Ciccio, chez nous on doit grandir au pas de course et moi j'obéis, je cours. Rafaniello, Maria, le boumeran, moi je me précipite derrière eux, entre-temps le rouleau de papier est presque tout écrit et je ne vais pas chez don Liborio pour en chercher un autre s'il lui en reste. Maria, assise en face de don Ciccio, ne dit rien, dans la casserole la sauce bout à petit feu. Elle me prend la main sous la table et la met sur la nappe avec la sienne, moi je la regarde, mais elle, elle regarde don Ciccio. « Vous me le dites maintenant, don Ciccio, *m'o ddicite mò ?* » Maria passe de l'italien au napolitain, qui lui sort avec la force d'une gifle, plus il est court, plus le napolitain prend le tranchant du rasoir, don Ciccio déglutit en silence. Maria rentre dans le fourreau de l'italien et dit : « Vous voulez nous faire plaisir, don Ciccio ? Une assiette de spaghettis », don Ciccio se lève, remercie, il doit descendre à la loge : « Faites les choses avec bon sens, je vous ai parlé comme un père, étant donné qu'ici il n'y en a plus. » Maria se tourne vers la cuisinière, je raccompagne don Ciccio à la porte, je lui serre la main et le remercie de son intérêt. « Du bon sens, mon garçon, du bon sens », dit-il, et il rajuste son béret en descendant l'étage.

À la cuisine Maria dit que personne ne doit se mettre entre nous. Je lui parle des assiettes cassées, « on voit bien qu'il en a trop », Marì, il est devenu fou, celui-là, « Non, il est seulement en avance, les vieilleries se cassent le dernier jour de l'année, lui il casse avant, c'est le propriétaire, pas vrai ? Le propriétaire de tout l'immeuble : que lui coûtent quelques assiettes ? » Elle verse la sauce sur les pâtes égouttées, nous mangeons assis tout près l'un de l'autre, nos jambes se touchent, moi je comprends que c'est elle qui a raison, personne ne doit se mettre entre nous.

À la boutique, Rafaniello finit la dernière paire de souliers, il ne reste pas assis sans bouger à sa caisse, il lève la tête, la tourne à travers la pièce, les yeux en éveil, il est devenu encore un peu plus un oiseau, resté en arrière pour la migration. Il ne descendra plus à la boutique, la nuit du 31 nous nous retrouverons au-dessus, aux lavoirs, nous sommes d'accord. Il me demande comment va le boumeran, il est toujours avec moi, don Rafaniè, je le tiens prêt à voler. Le déclic de son cou se dirige vers la porte, je me retourne pour voir entrer mast'Errico. « "*'A ricciola guagliò, stamattina aggio piscato 'na ricciola davanti Santa Lucia*", une liche, mon garçon, ce matin j'ai pêché une liche devant Santa Lucia. Il faisait encore noir, je tenais ma ligne souple à la traîne et elle m'a attrapé, moi, un coup qui m'a entaillé la main » et il fait voir la marque rouge du sang. « J'ai lâché pour ne pas casser l'hameçon qui était tout petit, je l'ai laissée s'ébattre, elle s'est fatiguée et entre-temps peu à peu je la tirais plus près et, quand elle a été contre le bateau, je l'ai hissée avec le harpon, trois kilos, trois kilos, mon garçon, la première lueur du jour se levait sur la mer et "*'a ricciola era cchiù lucente 'ell'alba*", et la liche était plus brillante que l'aube. "*Magno pesce pe' na semmana*", je mange du poisson pendant une semaine, je laisse les sargues en paix jusqu'à l'année prochaine. Ce matin je me prépare la tête, "*'na capa tanta*", une tête grosse comme ça » et il montre sa taille, entre ses deux paumes il laisse la place d'un ballon de foot.

Je lui fais mes compliments, vous êtes un spécialiste mast'Errì, un ébéniste pêcheur. Il aime bien que je l'appelle ébéniste, mais il n'en veut pas : « "*So' sulo 'nu falegname che va a pisca', nun ce sta niente 'e speciale*", je suis seulement un menuisier qui va à la pêche, il n'y a rien de spécial. Tu veux que je te parle de spécialité ? "*Papele 'o marenaro*", Papele le marin, celui qui passe avec son panier de poissons qu'il va prendre frais tous les matins : celui-là, il y eut un temps, pendant la guerre, où il sortait en mer et revenait avec des poulets. Tu as bien compris, il pêchait des *pullaste*, des poulets. Il montait chez ses clients avec son panier plein de poulets. "*Papè avite cagnato mestiere*", Papè vous avez changé de métier lui faisaient les clients. "*No' signurì, io esco sempre pe' mmare tutt'e iuorne*", non messieurs, moi je sors en mer tous les jours. En fait, les Américains étaient arrivés après nos journées de bataille et ils avaient interdit la pêche, car le golfe était dangereux à cause des mines allemandes. Papele sortait quand même avec sa barque, il allait devant les bateaux américains et ils lui lançaient des poulets en mer qu'ils conservaient dans la glace.

“*Accussì Papele se mettete a fa’ ’o pescatore ’e pullaste*”, c’est ainsi que Papele se mit à faire le pêcheur de poulets. »

Mast’Errico est gai, il salue Rafaniello avec retard, il dit qu’il lui envoie une tranche de liche pour goûter, il regarde si l’armoire est sèche, c’est parfait, nous pouvons visser les ferrures, poignées, serrures, charnières. Avec la fraise, il prépare le logement des serrures, moi j’approche le morceau de la machine, mon bon œil est attentif, le miro, je le garde à moitié fermé, au repos. Nous livrons l’armoire après le jour de l’An. Tout en travaillant, je parle de don Ciccio, je lui demande si lui aussi est un brave homme. « Brave, courageux, pendant la guerre c’était un jeune garçon qui aidait en cachette ceux de la résistance. Il leur rendait des services pendant les bombardements, quand il ne passait personne dans les rues, je ne l’ai jamais vu descendre dans un abri. » Je lui demande aussi s’il se souvient d’une sœur de don Ciccio. « Que sais-tu toi, petit morveux, de la sœur de don Ciccio ? » Pas grand-chose, mast’Errì, je sais ce qu’il m’a dit lui, qu’elle était domestique. « Elle était domestique chez le propriétaire de la maison qui était marié et qui avait la main baladeuse. C’était *’na piccerella*, petit morveux, une belle petite. » Il allume un demi-cigare et ça veut dire qu’il ne parlera plus.

À la fin de la journée, je ferme la boutique, j’accompagne Rafaniello chez lui, je le prends par le bras, il marche mal. Don Rafaniè, en quelques mois nous nous sommes mis à courir, vous avec la bosse, moi avec le travail, le corps grandi, la voix qui est devenue sourde. Je lui demande où nous sommes en train de courir tous les deux, et lui, de sa petite voix tranquille me répond : « Chez nous, il existe une histoire drôle qui parle d'un cavalier qui ne sait pas faire de cheval et qui passe au galop à travers champs. Un paysan lui demande où il va et l'autre lui crie dans sa course : "Demandez au cheval." » J'éclate de rire, je n'ai pas compris, je ris. Il est léger Rafaniello, on peut le soulever facilement, ses os doivent s'être vidés, il y a de l'air sous sa veste, je vois la courbe des ailes pliées, je passe une main dessus pour mieux les couvrir. À Naples, les gens appellent la bosse *scartiello* et ils pensent que ça porte chance de la toucher. Combien de fois ont-ils posé leur main dessus sans demander la permission ! Lui, il laisse faire : « Dans mon pays, on m'appelait *gorbùn* et personne ne m'effleurait, ici j'aime la familiarité des gens avec ma bosse. Je ne crois pas avoir porté chance, toutes ces mains qui m'ont touché m'ont servi plutôt à moi, pour réveiller mes ailes. »

Don Rafaniè, il faudrait bien qu'on touche ma gorge aussi pour ressusciter ma voix, celle d'avant est morte et la nouvelle reste enfermée. Il sourit, me dit que la voix me viendra d'un seul coup et qu'elle sera très forte. Il me raconte : « Dans ma descente en Italie après la guerre, je marche sur une route de campagne et j'entends derrière moi un terrible hurlement, un cri déchirant, une imploration déchaînée, à faire saigner les oreilles. Je pose mes bagages par terre, je me retourne et je vois pour la première fois un âne, attelé à une charrette, et un homme qui le frappe. La bête allongeait le cou, les cordes tendues et le mors dans la bouche, elle lançait le plus loin possible sa protestation de douleur. Si je pouvais savoir prier ainsi. Dans l'Écriture sainte on trouve beaucoup de passages sur l'âne, une bête estimée, utile. Son cri, en revanche, est inutile, gigantesque, il ne regarde que Dieu et lui, l'homme est exclu. C'était le mois de mai, j'avais les oreilles pleines de guerre, des pires bruits. Le braiment attira des réponses d'autres endroits des champs tout autour et dans ma bosse me sont passées des décharges de frissons et je me retrouve brusquement avec les yeux mouillés. Pendant toute la guerre, ils ont été secs et, sur une route de campagne italienne, ils se sont réveillés pour répondre à l'appel des ânes. Quand ta voix sortira, elle aura la force de celle de l'âne. » Je vous remercie don Rafaniè, c'est une bénédiction, avec ma voix sourde de maintenant j'ai l'impression d'être un conspirateur. Vous savez, don Rafaniè, que l'équipe de foot de Naples a un âne sur son drapeau, ce doit être parce que la foule du stade crie aussi fort qu'un bourricot, quand un but est marqué. Moi, je l'ai entendu le cri du stade, une fois en passant devant, et les larmes me sont venues à moi aussi, sans m'en apercevoir. Ce cri avait une force exagérée, il était trop important pour un but, trop puissant. Entre-temps, en parlant, nous sommes arrivés devant sa pièce, j'allume la bougie et nous nous saluons d'un oui de la tête.

Je monte aux lavoirs pour m'entraîner, il y a peu de lune, une queue de sargue au-dessus du Vésuve, elle est décroissante. Elle est trop basse pour servir de cible, je vise une étoile plus élevée, je ferme mon bon œil, je lance à vide mon bras en comptant mentalement jusqu'à deux cents fois l'exercice du lancer. Le boumeran est recourbé, l'épaule fait une courbe et le poignet aussi en fait une et tous ensemble combinés ils auront une poussée droite. D'un mélange de muscles et de nerfs doit sortir une claque de tir, qui serrera terre et ciel dans un angle aigu, le boumeran est chaud, affûté par tous les lancers retenus, il attend l'ouverture des doigts pour monter dans le noir. L'œil miro voit le ciel tout proche, que manque-t-il pour voler ? Je pense à Rafaniello et je vois déjà le ciel qui baisse le pont-levis et qui les laisse passer, le boumeran et lui. Chaque soir, il descend un peu plus et puis il suffira d'un saut de la terrasse pour monter dessus. C'est le ciel lui-même qui fera battre les ailes, vous ne devez faire aucun effort don Rafaniè, seulement les garder ouvertes. Avec l'œil miro, on voit bien les choses d'après.

Malgré le froid, je transpire tandis que mes muscles frappent dans l'air et que de rapides caresses essuient mon front. Les esprits aiment jouer avec le sel des corps, ils le lèchent, goûtent le jus de la vie qui s'agite, qui bat. Mais quand sort le sang, ils ne veulent pas le voir, ils courent l'arrêter, appuyer sur la blessure. Ils font sécher mes coupures en un instant. L'œil miro regarde fixement dans le ciel la place de l'étoile à la verticale de Castel dell'Ovo pour la garder en mémoire, si jamais il la rencontre la nuit du 31.

Maria veut aller au cinéma, au Lux on passe un film avec Totò. Totò est dans le désert, il crie : « Ce terrible soleil africain » et nous rions. Pourquoi rions-nous ? Parce que nous sommes au cinéma assis au fond de la salle, parce que nous avons attendu debout que deux places se libèrent, parce que c'est la première fois que nous allons quelque part ensemble, parce que l'obscurité nous fait des chatouilles, parce que les gens rient, alors nous rions nous aussi à la voix de Totò qui, en sortant, lui déforme la bouche et il doit remettre son menton en place après son cri. Maria rit encore plus que les autres. Quand ils s'arrêtent, elle continue et son rire fait rire les autres. Dans le film, il ne se passe rien de marrant, mais les autres rient des rires de Maria qui éclatent comme une mitrailleuse, à coups brefs, hachés. Un monsieur assis se met à rire avec Maria, on dirait qu'il s'étrangle, il vide son rire dans une traînée sifflante, à en tomber malade, « *chisto mo' more* », il va mourir celui-là, dit une dame derrière nous, pas du tout, il ne s'arrête pas, il se pisse dessus et comme il reprend son souffle, Maria, en traître, de dos, l'attaque avec sa rafale et lui, il recommence avec un « hi, hi », un hennissement de douleur et alors la salle repart à la charge, en éclats de rire, et le film n'y est plus pour grand-chose.

À la sortie, tout le monde est content, même s'il pleut et qu'on n'a pas pensé à prendre de parapluie. Un vieux rit en repensant aux fous rires, une femme dit : « *Accussì adda essere 'o mbruoglio int'o lenzulo, c'adda fa' spassa'* », c'est comme ça que doit être l'imbroglio dans le drap, il doit amuser. L'imbroglio dans le drap c'est le film, le cinématographe. Ils l'appellent ainsi parce que c'est un mot trop étrange, ils n'arrivent pas à bien le dire et ils ont honte de patauger, « cimétanocraphe ». « *'O mbruoglio int'o lenzulo* » est plus expéditif et dit bien qu'il s'agit d'un imbroglio étalé sur une toile. Maria me prend le bras et nous partons sous la pluie, tout frais de rires. À la maison, dans le petit lit du débarras nous sommes à l'étroit, c'est même inconfortable. Maria dit : « C'est mieux ici, on se tient chaud. » Elle veut dire que nous ne profitons pas du grand lit, nous, nous trouvons notre place l'un dans l'autre et nous nous endormons enlacés après une bonne quantité de baisers. J'apprends à faire les lèvres molles, avant je les gardais dures comme des cals.

Maria n'est pas gênée par ma voix enfumée, elle dit qu'elle l'aime bien, qu'elle veut l'entendre pendant que nous nous embrassons. Demande-moi quelque chose et moi je te réponds, lui dis-je. Elle rit et dit : « Comment je m'appelle ? », moi je réponds, elle insiste : « Répète mon nom, répète mon nom » et moi je l'embrasse, je l'appelle par son nom et alors l'ammour arrive à nouveau et son corps est secoué de coups et de sanglots, tant elle aime que je l'appelle par son nom. Maria doit être un nom magique, elle passe tout de suite des baisers au sommeil, le temps que mon zizi redevienne comme avant. Je ne lui dis plus : « *Arò si' gghiuto* », maintenant je le sais. Alors que je finis de dire encore un peu son nom, elle aspire par le nez, déglutit et ronfle tout doucement.

Je me réveille, elle, elle est déjà à la cuisine, elle a fait bouillir l'eau et la verse sur le filtre à café. Chez elle, on se sert de la cafetière moka qui fait sortir le café par en haut. Moi je l'ai toujours vu descendre, le café, dis-je, s'il monte, il arrive fatigué. Maria rit, tu as de l'esprit, dit-elle. Ce n'était vraiment qu'une pensée affectueuse pour le café que je connais depuis peu et que j'aime bien, noir et sans sucre. J'enfile ma veste de travail avec le boumeran et je vais relever le rideau métallique, je laisse de l'argent sur la table pour acheter ce qui manque à la cuisine. Maman, me dis-je en descendant l'escalier, dépêche-toi de rentrer, j'ai des questions à te poser sur les femmes. Il fait froid, un frisson de tramontane dans l'escalier me fait fermer les yeux et je comprends que la réponse est non. Mon père arrive à la boutique, mast'Errico va à sa rencontre, papa pleure, moi je suis immobile le balai à la main, je le serre fort, je garde mon bon œil fermé comme ça je vois flou et je ne distingue pas le visage de mon père qui a honte de ses larmes devant moi. Mast'Errico m'enlève le balai des mains, il me l'enlève de force, nous sortons, il ferme la boutique pour cause de deuil, il nous accompagne à l'hôpital, maman n'y est plus, on l'a enfermée, moi je garde les bras serrés sur ma poitrine et je prends de la chaleur du boumeran, et il y a aussi une odeur de *şfogliatelle*, d'un lit voisin un homme ouvre un paquet de gâteaux pour un malade et nous en offre à nous aussi, alors les larmes éclatent, maintenant je sais que ça se dit comme ça en italien, parce qu'elles sortent et se détachent des yeux avec une explosion de l'intérieur, un coup qui les pousse.

Papa a cessé de pleurer, il éteint tout son visage, il n'y a pas un seul nerf éveillé, il ne fait pas attention aux gens qui arrivent, qui lui parlent et lui serrent la main à lui et à moi aussi. Moi, je garde mon bon œil mi-clos et je me laisse faire par la procession des gens de Montedidio. Puis Maria arrive, elle va droit vers mon père, le prend par le bras, l'accompagne dehors, et lui va tranquillement prendre un peu d'air avec elle, et moi je reste pour monter la garde devant le corps de maman enfermée qui n'a pas voulu se laisser voir, pas même par moi. Les parents de Maria sont passés chez eux prendre des valises, ils ne l'ont pas trouvée, ils lui ont laissé de l'argent et ont prié don Ciccio de la garder un peu avec lui, eux ils doivent faire un voyage urgent, ils reviendront vite. « Ils sont dans le pétrin », dit Maria, qui a appris pour maman par don Ciccio. Elle a fait le marché, elle est venue à la maison nous porter quelque chose de chaud à manger. Nous allons à pied, mon père entre nous deux ne lève pas les yeux de ses souliers, nous le guidons dans le défilé de trottoirs et de gens aussi serrés que des olives dans un sachet. Il a maigri, il se laisse porter par nous et par le vent qui nous envoie ses gifles en pleine figure et nous la durcit.

Maria fait une omelette de macaronis, moi je mets la table. Papa s'assied tout raide sur le bord d'une chaise. Ses mains sont posées sur ses genoux, comme ça elles restent tranquilles, en se frottant là-dessus. Il est un peu penché sur ses jambes, le dos en avant, des larmes se détachent de son nez et vont tout droit par terre. Maria verse l'omelette directement de la poêle dans l'assiette, elle dit : « C'est prêt », elle se met à table. Papa approche sa chaise, il mange toute sa part en silence avec appétit. Maria voit son assiette vide, sans demander elle la lui remplit, lui la finit, il mâche et peu à peu les muscles de son visage, ses nerfs, ses yeux, son front se remettent en mouvement. Maria dit que les commerçants augmentent les prix à Noël et profitent des gens qui, une fois par an, veulent faire bonne impression : « Le marché, il faut le faire le 15 août. » Papa s'occupe seulement de son assiette, il la nettoie avec du pain, puis se lève, dit qu'il va à la coopérative des dockers pour reprendre son travail, il avait pris des jours de vacances. Il me dit d'acheter une fiasque de vin, il me laisse trois cents lires. Maria débarrasse, lave, range. Maria fait les choses tranquillement, elle montre qu'elle s'y connaît en matière de cuisine et que même si la vie est triste il faut s'occuper, au moins il n'y a pas de saleté qui est une humiliation de plus, mais au contraire on vit en ordre, même avec les larmes en suspens.

L'après-midi est libre, je propose à Maria d'aller ensemble à pied à Mergellina vers la jetée qui s'étend sur la mer avec un phare et des blocs de pierre tout au bout, où l'on peut être en plein air mais sans la ville autour. Je veux aller là parce que les maisons, les rues s'arrêtent d'un coup et que soudain Naples n'est plus là. L'étendue de la mer, son remue-ménage la dissimulent, il suffit de marcher sur la jetée. Maria met son manteau, son écharpe, et elle est déjà devant la porte, sa rapidité est une caresse dans mes os. Sur la promenade du bord de mer, je lui achète un *tarallo* au lard et au poivre, le vent emporte notre chaleur, nous la récupérons en marchant vite, peu de gens se risquent jusque-là, des soldats américains avec leurs chaussures en caoutchouc passent en courant, le porte-avions est le seul bateau dans le golfe qui ne bouge pas sur la mer blanche déchirée sur la crête des vagues. Maria regarde les soldats américains, elle dit : « C'est une belle race, mais ils courent, ils courent pour rien, sans raison. Nous, avant de nous mettre à courir, il faut qu'un tremblement de terre nous flanque hors de la maison. » Marì, courons, nous aussi. « Noon », fait-elle et d'un bras elle me remet à son pas.

Sur le môle de Mergellina sifflent les câbles des bateaux à voiles, les chiens ont peur, ils se cachent sous les bateaux de pêche au sec. Tous les deux seuls, nous allons sur la jetée au milieu de la mer sombre. Les blocs de la digue jettent de l'eau en l'air, la vague tape, s'étire en pointe et éclate à pleins seaux. Dans ma veste, le boumeran frémit sous l'air puissant, il me charge de son courant, je voudrais le lancer contre la mer, la tramontane, le porte-avions, contre ce qui bouge alors que maman non, elle ne peut plus bouger. Restez tranquilles, restez tous cloués une minute : si seulement j'avais une étincelle de voix dans la gorge pour me faire entendre, pour que le vent la répande au-dessus de la ville et que la ville s'arrête une minute. Maria me tient le bras solidement, je ne me dégage pas d'elle, je ne défais pas le nœud de ma main sur le manche du boumeran. Au bout du môle, le phare est le lieu le plus éloigné de la ville et, vue de là, étendue en quart de lune, elle semble immobile. Elle m'écoute, elle reste tranquille une minute. Des lumières scintillent sur l'île d'en face, dans les villages côtiers, derrière, Naples est couverte par le vent et on ne l'entend pas. J'avale de l'air salé pour cause de deuil, Maria dit : « Rentrons. »

Papa rentre pour dîner, il trouve le vin et avant de se verser à boire il explique, il cherche l'italien : « Tant qu'elle a été vivante, j'ai été le gardien de sa vie, je l'ai chipée à la mort jour et nuit. » Il boit une gorgée et dit sèchement : « *Mo' nun pozzo fa' niente cchiù* », maintenant je ne peux plus rien faire. Maria fait oui de la tête, à moi il me suffit qu'il cherche la paix, il a accompagné maman jusqu'au bout de ses respirations, il n'a pas voulu aller plus loin, même pas au cimetière. Il se verse un autre verre, il demande si nous buvons nous aussi, Maria dit oui, moi non. Elle en boit une larme pour goûter, papa lui dit : « *Chillo nun è 'nu surso, è 'nu respiro, tu accussì sfotti 'o vino* », ça n'est pas une gorgée, c'est un souffle, toi comme ça tu te moques du vin. Maria y remédie d'un coup de poignet. Nous mangeons doucement, on entend les bruits des autres maisons, papa boit, il se passe une main sur le visage, se frotte le front, « Merci pour le dîner », il se lève, nous dit bonne nuit. Au lit nous nous tenons l'un près de l'autre, pas enlacés. Elle dit que son sang coule, mais ce n'est pas une blessure, c'est un rechange propre aux femmes. Elle a bu du vin pour se remettre en sang. Avant de dormir, elle me dit sa phrase précieuse : « Tu comptes pour moi. » Comme d'habitude, je ne sais que dire en retour.

Mast'Errico et Rafaniello se sont dit au revoir, je n'étais pas présent. C'est le dernier jour de l'année, demain c'est fête, alors aujourd'hui on travaille dur. Nous passons au rabot tout le bois brut des prochains travaux, nous faisons du bruit, mais aujourd'hui la rue ne fait pas attention à nous. Personne ne se montre à la boutique pour dire à mast'Errico de faire plus doucement, plus tard, parce que quelqu'un dans la maison n'a pas pu dormir cette nuit, « *nun ha potuto azzecca' uocchio* », il n'a pas pu coller l'œil. Dans les ruelles, on fait marcher les machines en cherchant les heures qui ne dérangent pas. Aujourd'hui, ils sont occupés par la fête et peu importe le fracas des lames qui emportent les millimètres des planches et les pulvérisent en sciure. Mast'Errico vérifie des angles droits, répare, sauve, répartit le matériau travaillé d'après le sens des veines. Il rouspète contre ceux qui ont coupé le bois, qui ne l'ont pas fait suivant la lune, et maintenant le bois est faible et se vide de sa résine. Mast'Errico me dit que Rafaniello s'en va, il a trouvé un billet de bateau pour la Terre sainte, parce qu'il a une dévotion pour Jérusalem. On ne répare plus de souliers à Montedidio, dit-il, maintenant on les achète neufs ou bien le maire les offre pour les élections, un soulier avant le vote et l'autre après. J'oublie tout, je pense à mon travail, je me couvre de sciure, le boumeran bat sur ma poitrine contre mon cœur. On n'arrête même pas pour déjeuner, nous terminons à quatre heures et il fait déjà nuit. Nous échangeons nos vœux, mast'Errico me donne une paie double. « Tu l'as bien gagnée, mon garçon, c'est sûr. » Je lui demande s'il tire des fusées à minuit, non, il dit qu'il se met au balcon, fume un cigare et regarde les tirs des autres, il aime les feux de Bengale : « *Don Ciccio appiccia 'e meglio biangale 'e Montedidio* », don Ciccio allume les plus beaux feux de Bengale de tout Montedidio.

Je chasse la sciure de mes vêtements, je me secoue comme un tapis, le boumeran cogne contre mes côtes et il craque en faisant le bruit des ailes sous la veste de Rafaniello. Je me souviens de lui, cette nuit j'accompagne son vol avec le boumeran. À la maison, j'écris tout au bout du rouleau, quelques tours encore et plus rien, je dois le tenir solidement, car il est tiré du côté qui est écrit. Je taille la pointe de mon crayon, j'attends Maria qui est sortie. Elle revient essoufflée. Elle est montée chez elle pour faire le ménage et changer de linge. Le propriétaire l'a attendue à la sortie et s'est jeté sur elle dans l'escalier, elle, elle n'a pas crié, elle lui a donné un coup de pied dans la cheville et s'est enfuie : « Si tu étais là, tu le jetais dans l'escalier », dit-elle. Elle est agitée, elle a eu peur, l'autre la serrait fort avec ses doigts et son haleine sentait mauvais, il a perdu la tête, mais elle, elle s'est défendue. Mes pensées se font si tristes que mes nerfs chargés comme un boumeran sont pris de rage, ils veulent lancer des coups et des claques à tous tant qu'ils sont. Maria, « *nun succere n'ata vota* », ça n'arrivera pas une autre fois, ce sont des mots bien noirs qui me viennent en napolitain, je sors ce que j'ai de plus mauvais, c'est la première fois et c'est pour ça que je ne comprends pas quelle tête j'ai, car Maria la prend entre ses mains et dit : « Ne fais pas cette tête-là, ce n'est rien, c'est déjà passé, ce n'était qu'une connerie, je ne devais même pas t'en parler », elle cherche mes yeux et moi je ne sais pas où je les ai posés car elle me dit : « Regarde-moi, regarde-moi en face » et elle le secoue, mon visage, jusqu'à ce que je me détache de mes sombres pensées, je la regarde et je prends ses poignets avec lesquels je me donne deux gifles sur la figure en serrant les dents, alors elle se met à avoir peur et m'embrasse et à présent oui, à présent tout est fini.

Ça n'arrivera pas une autre fois, lui dis-je sans napolitain, calmement pour la tranquilliser. Aujourd'hui, je sais une chose sur moi, une chose triste qui se mêle à la chance d'être avec Maria. Il n'y a pas que du bon dans la croissance du corps, la découverte des choses nouvelles que j'apprends à faire. Le mauvais grandit aussi en même temps. En même temps que moi, que la force de mon bras qui libère le boumeran, grandit une force amère, capable d'attaquer. Un étang de solfatare s'est mis à bouillir dans ma tête et m'a rendu triste d'intention. C'est comme ça que sont les hommes brusquement ? La fausse manœuvre d'un autre décloue un couvercle et le sang mauvais jaillit. Mon père rentre, Maria lui demande s'il veut manger une pizza ce soir, nous allons la prendre chez Gigino *'o fetente*, Gigino le dégoûtant, qui fait la meilleure pizza du quartier. Il dit oui tout de suite, une margherita. Pour nous aussi, et nous mettons la nappe sur le marbre de la cuisine, comme ça en rentrant nous pouvons la manger encore chaude. Il est fatigué, aujourd'hui il a travaillé au fond de la soute sans relève, une chose que les vieux ouvriers ne font jamais. Il s'assied, le journal sur les genoux, l'ampoule électrique est de vingt bougies, il doit forcer, il plisse les yeux.

Puis nous sortons en saluant, il ne répond pas, il lit et remue les lèvres pour suivre les mots. Maria et moi savons lire mieux que lui et ça, c'est injuste. Nous, les derniers arrivés, simplement parce que nous avons eu la facilité d'étudier, nous en savons plus qu'un homme adulte qui s'est fait valoir à la force de ses bras toute sa vie, qui ne nous a jamais privés du nécessaire et n'a jamais manqué de respect à sa femme. Je ferme la porte de la maison en sortant derrière Maria et je réalise que je suis fier d'un père qui pour lire doit battre des lèvres et rafler un peu d'instruction à un âge avancé. Marì, nous devons acheter la meilleure pizza de Naples. « Pour moins que ça, nous ne sortons même pas, au minimum la meilleure de Naples, puis nous voyons si c'est aussi la meilleure du monde. » Maria, lui dis-je, tu comptes pour moi. « Ça, c'est moi qui le dis, toi, tu dis autre chose », répond-elle, et elle me laisse tout bête encore une fois.

Gigino le dégoûtant est en train de faire des pizzas pour tout Naples, il y a du monde devant le four. Il fait froid et lui, bras nus, travaille la pâte à coups de claques et de pirouettes tout en pivotant distraitement vers le feu où, au vol, avec la pelle, il retourne dix pizzas en deux secondes. Pour appeler les gens, il fait son cri : « *Song 'e ppizze 'e sott 'o Vesuvio, nc'è scurruta 'a lava 'e ll'uoglio* », pour dire qu'il met autant d'huile qu'il coule de lave du Vésuve. Comme ça les gens attendent plus volontiers et se mettent en appétit avec les exagérations de don Gigino. On l'appelle *'o fetente*, le dégoûtant, parce qu'il porte la barbe et qu'on trouve parfois un poil noir dans la pizza. Il porte la barbe parce qu'il a le visage balafré. Je me mets de côté sur le trottoir, Maria va devant le comptoir et se fait entendre bien fort : « Don Gigì, trois de vos margherita, que nous devons nous consoler », lui crie-t-elle au milieu de la foule, affichant un air canaille de chanteuse de cabaret. « *Nenne', i' m'arricreo quanno te veco* », petite, moi, je me console quand je te vois, répond don Gigino au comptoir, noir de barbe, d'yeux et de cheveux et blanc de farine, plus qu'un anchois. Et il nous expédie avant les autres, il nous remet les trois margherita l'une sur l'autre avec du papier huilé au milieu et il crie pour se faire entendre de tout le monde : « *Facite passa' annanze 'a cchiù bella guagliona 'e Montedidio* », laissez passer la plus belle fille de Montedidio, et Maria se fraie un passage et les prend des mains de don Gigino qui lui dit aussi qu'elle peut payer une autre fois : « *Cheste m'e ppave ll'anno che vene* », tu me les paieras l'année prochaine. Maria, droite et toute fière d'un tel honneur, vient vers moi, passe son bras sous le mien et nous montons à Montedidio, les yeux des gens braqués sur nous. Comme c'est important d'être deux, homme et femme, dans cette ville. Celui qui est seul est moins qu'un.

Dans la rue, on tire déjà des coups, les gens rentrent en vitesse chez eux pour s'enfermer dans la fête. Les pizzas emballées fument dans les mains de Maria, ses pas font un bruit de bois, je m'aperçois qu'elle porte des chaussures à talons. Le fait est que moi je vois Maria plus grande et que je ne regarde pas ses chaussures, je crois aussitôt qu'elle a grandi rapidement d'un jour sur l'autre. Maintenant je vois ses talons, mais je sais bien qu'elle est plus grande, même sans. Nous sommes dans une poussée de rapidité, nous nous trouvons en haut sur le toit de Montedidio où nous regardons les étoiles face à face. Don Gigino aussi s'en est aperçu et il nous a fait passer avant tous ses clients, parce qu'il nous voit courir, grandir et courir. Maria est plus grande, elle est passée d'un bond d'une silhouette de fillette à celle de femme pour ceux qui la regardent. Je ne dis rien, ce qu'elle fait est bien fait.

À la maison, papa s'est endormi le journal sur les genoux. Je le lui enlève, il se réveille, regarde autour de lui ahuri, se passe une main sur le visage, pour redescendre : « Je croyais que j'étais près du lit de ta mère », Maria ne lui donne pas le temps de s'arrêter là-dessus : « C'est prêt, à table », elle crie et fait du bruit avec les assiettes. Je retire ma veste, je pose le boumeran sur la table. « Tu l'as toujours ? Alors il t'a plu ? Je l'avais oublié » et pendant qu'il coupe le plus savoureux morceau de toutes les pizzas, d'abord de Naples et puis du monde, il me demande s'il vole. « Comme la pizza dans la main de don Gigino », lui répond Maria, mais lui, il mâche et déjà il oublie. Je lui raconte que don Gigino nous a servis avant tous ceux qui attendaient. « Avec nous aussi il faisait la même chose, don Gigino aime voir les couples mariés », dit-il en se souvenant, sans intention. Il boit un verre de vin, en verse un à Maria, dit qu'il ne reste pas éveillé pour minuit. Il casse une noix en l'écrasant dans sa main, il la mâche avec plaisir. Maman aimait bien les amandes, il n'y en a pas, je n'en ai pas acheté. À table, il faut un peu de deuil.

À son travail, il remplace un collègue demain pour qu'il puisse fêter le jour de l'An en famille. Lui, il veut travailler, se fatiguer, et il dit que ça lui fait très plaisir de trouver la maison habitée et quelque chose de chaud. Il se lève, dit bonne nuit, puis, devant la porte de la cuisine, il se retourne et dit : « Merci pour la pizza », Maria lui fait un sourire et moi, ma vue se brouille, j'avale ma salive, je me retourne, je prends le boumeran, je le serre, comme ça je me calme. Ils vont trop vite, je n'arrive pas à courir derrière eux, ils changent d'une heure à l'autre, fallait-il qu'il dise aussi « merci » pour si peu alors que sa vie d'avant est finie et que son cœur est tout entier dans les années passées et jetées toutes à la fois. Je me suis mis à débarrasser la table, Maria lave les assiettes et dehors la fête monte, pour un soir la ville imite le Vésuve en lançant du feu et des flammes. Nous éteignons la lampe, derrière les vitres nous regardons les fenêtres, la rue.

Sur ma poitrine, le boumeran rebondit contre les coups de mon sang, Maria appuie son oreille entre mon épaule et mon cou, elle répète doucement : « Boum, boum, ton cœur court même si tu restes sans bouger, dans ta poitrine un gamin lance des pierres contre un mur. » Je ferme mon bon œil, les balcons, les fenêtres allumées en face prennent plus de distance et deviennent des lamparos sur la nuit, boum, boum, pour vivre il faut forcément des coups, pour voler aussi, pour se détacher de terre, pour faire monter un bout de bois en l'air, des coups durs. « Boum, boum, boum », Maria continue, sa voix concentre le sang dans mon ventre, la salive dans ma bouche, Maria, lui dis-je, à minuit je monte aux lavoirs, je lance le boumeran. « Je monte avec toi. » Rafaniello volera et tous les esprits viendront le saluer, nos esprits sont curieux, un cordonnier avec des ailes, ils veulent l'effleurer. Les esprits ne savent pas voler, ils peuvent faire seulement un peu de vent. On tire dans la rue, Maria n'entend pas les choses que dit ma voix sourde, elle pense à son sang : « Le vin m'a fait du bien, c'est la première fois que j'en bois, c'est bon. J'ai aimé le geste de ton père, quand il l'a versé. Il tenait la lourde fiasque d'une main ferme et le faisait couler doucement. »

Elle est belle Maria avec le sang qu'elle perd et le vin qui le remplace, avec ses cheveux noirs qui me chatouillent dans le cou, avec sa bouche qui, pour faire boum, boum, s'ouvre et se referme avec le mouvement des baisers. Pour imiter le bruit du cœur, elle envoie des baisers à la nuit. Nous restons à la fenêtre, la frénésie des coups parvient jusqu'à nous, Montedidio essaie les mèches, fait monter la poudre des coups. Ils viennent même de loin, du bord de mer, Rafaniello est en train de chauffer ses ailes dans son débarras, Maria c'est l'heure de monter, nous nous écartons de la fenêtre, le boumeran s'écarte de la côte du cœur. Montons Maria, elle se met à mon bras, distraite, elle est songeuse. L'escalier résonne de vacarme, un souffle de courants d'air tourne autour de nous, ils nous font fête et nous chatouillent, enfoncent leurs souhaits froids dans nos oreilles. Ils se sont attachés, et moi aussi à eux. Peut-être que maman a eu le temps de venir elle aussi, même si au début les esprits restent près de leur corps et lui tiennent compagnie. Ce n'est qu'après qu'ils s'en séparent et reviennent dans les maisons. La porte du propriétaire de la maison n'est pas fermée, dedans il fait noir, Maria s'appuie un peu plus fort.

Au-dessus de la terrasse, une grand-place de lumières colorées s'est ouverte dans le ciel, on tire des terrasses et des balcons, on tire et il n'est pas encore minuit. Je fais un essai pour échauffer mes bras au lancer, ils sont déjà prêts, ils n'en ont pas besoin, le boumeran décharge ses secousses, il se frotte dans ma paume, sa force est la mienne, je veux en mettre au point de me décrocher le bras : lequel ? Droit ou gauche : gauche, du côté de mon bon œil qui restera fermé. Je regarde l'étalage des étoiles, je cherche celle que j'ai vue sur le volcan, je la reconnais, elle tremble plus que les autres. Je la montre à Maria de la pointe du boumeran, c'est l'Orient, je tire de ce côté-là. Maria va vers le parapet, appuie ses coudes dessus, pour voir loin, elle entend et n'entend pas, ce doit être le vin, la fatigue, le sang. Rafaniello arrive, ses ailes sont sous une couverture, dans sa veste, elles n'entraient plus. Don Rafaniè, comment allez-vous ? Il ne répond pas, m'embrasse avec une chaleur de plumes, me dit très doucement : « *Blib ghezìnt, statte buono* », garde-toi en bonne santé ; puis il retire ses souliers. Don Rafaniè, vous voyez cette étoile, vous et le boumeran vous passez dessous, il vous trace le chemin entre les tirs, lui. Maria reste immobile, accoudée, elle ne se retourne pas. Voilà que minuit s'est dépêché d'arriver, Naples s'embrase, tire, casse, jette des objets dans la rue, on ne peut entendre aucune voix, c'est tout un déchaînement de force qui veut lancer en l'air, à terre, contre les murs. Je serre le manche de bois qui ne s'est pas usé dans ma main.

Il est brûlant dans ma main, il le fait exprès sinon au dernier moment je ne le lance pas, il me brûle les doigts pour que je le laisse partir, je souffle dessus, c'est pire, je contracte mes nerfs, ma bouche mord à vide, j'aspire à fond pour prendre mon élan, je charge le boumeran derrière mon dos, j'éteins mon bon œil, je vois en coin un ciel qui tremble de lumières comme la mer d'août tremble d'anchois, un souffle m'échappe sous le coup de la douleur du feu dans mes doigts, la queue en flammes le boumeran s'enfuit avec un coup sec d'os, une poussée que je n'ai jamais eue, le bois brûle, flotte, vole, fouette l'air, je n'ai rien dans la main. Derrière moi, les draps claquent, mais il n'y en a pas, je me retourne, c'est Rafaniello, les ailes ouvertes de toute leur envergure, ses pieds nus se soulèvent, retombent, une fois, deux, le vent battu par ses ailes se renforce, les esprits se mettent eux aussi à pousser par en dessous et, au troisième saut, Rafaniello s'élève et va vers la trace enflammée du boumeran, et c'est tout un vacarme de tirs, de sifflements, de valses de courants d'air en face qui s'efforcent de me faire fête, et moi je lève les bras dans une dernière poussée d'adieu.

Je touche la main du lancer, aucune brûlure, elle est fraîche, à terre la couverture de Rafaniello, deux plumes et une paire de souliers au milieu des coups de feu, des fusées dans le ciel, des coups sur les murs, Montedidio résonne, je rouvre mon bon œil, Maria crie à cause d'une ombre qui est sur elle, moi je cours vers le parapet, je saisis l'ombre aux épaules, mes bras brûlent de force, je la détache de Maria et de terre, je la jette, je la jette loin si durement qu'elle vole, elle vole en bas, elle vole de la terrasse de Montedidio sous le déluge de vases et de vieilles assiettes jetés des balcons, tout vole du haut de Montedidio, nous deux non, nous deux enlacés sous la couverture de Rafaniello, Maria tremble, moi je crache un caillot tout chaud d'air, c'est une voix, c'est ma voix, un braiment d'âne qui me déchire les poumons, moi je crie et pour ce cri il n'y a pas de place sur le rouleau ni sur Montedidio.

LE CONTRAIRE DE UN

2003

Traduit de l'italien par Danièle Valin

Titre original :
IL CONTRARIO DI UNO
© Erri De Luca, 2003.
© Giangiacomo Feltrinelli Editore, Milan, 2003.
Publié en accord avec l'Agenzia letteraria Susanna Zevi.
© Éditions Gallimard, 2004, pour la traduction française.

Titre original :
I COLPI DEI SENSI
© Erri De Luca, 1993.
© Éditions Payot & Rivages, 1996, pour la traduction française.

Aux mères,
parce qu'être deux commence par elles.

LE CONTRAIRE DE UN

MAMM'EMILIA

En toi j'ai été albumen, œuf, poisson,
les ères sans limites de la terre
j'ai traversé dans ton placenta,
hors de toi je suis compté en jours.

En toi je suis passé de cellule à squelette
un million de fois je me suis agrandi,
hors de toi l'accroissement a été immensément mineur.

Je suis éclos de ta plénitude
sans te laisser vide parce que le vide
je l'ai emporté avec moi.

Je suis venu nu, tu m'as couvert
ainsi j'ai appris nudité et pudeur
le lait et son absence.

Tu m'as mis en bouche tous les mots
par cuillerées, sauf un : maman.

Celui-là le fils l'invente en battant ses deux lèvres
celui-là le fils l'enseigne.

De toi j'ai pris les mots de mon lieu,
les chansons, les injures, les blasphèmes,
de toi j'ai écouté mon premier livre
derrière la fièvre de la scarlatine.

Je t'ai aidée à vomir, à cuire les pizzas,
à écrire une lettre, à allumer un feu,
à finir tes mots croisés, je t'ai versé du vin
et j'ai taché la table,
je ne t'ai pas mis de petit-fils sur les genoux
je ne t'ai pas fait frapper à une prison
pas encore,
de toi j'ai appris le deuil et l'heure où y mettre fin,
je ressemble à ton père, à ton frère,
je n'ai pas été fils.
De toi j'ai pris les yeux clairs
pas leur poids
à toi j'ai tout caché.

J'ai promis de brûler ton corps
de ne pas le donner à la terre. Je te donnerai au feu
frère du volcan qui orientait notre sommeil.

Je te répandrai dans l'air après l'averse
à l'heure de l'arc-en-ciel
qui te faisait ouvrir grands les yeux.

VENT DE FACE

Les premières fois, tu fais l'expérience du vent que font les corps en course. Tu vois la fuite qui t'arrive dessus, les tiens se sauvent, tu restes sur un bord pour ne pas les avoir sur toi. Ils courent en silence, pas de cris, le souffle sert tout entier pour les jambes. Tu regardes leur course. C'est du vent de face, des corps de garçons et de filles giclent plus loin, personne ne fait attention à toi. Puis quelqu'un dira oui, je l'ai vu, il était immobile dans un coin, appuyé au mur.

Derrière, arrivent les troupes en uniforme. Toi, tu attends le peu de terrain neutre entre ceux qui s'enfuient et ceux qui leur courent après, tu te détaches du bord, du mur, tu lances ce que tu as dans la main, tu tires vers le bas pour faire trébucher, puis c'est ton tour de gicler. Tu as eu le temps de regarder où il faut aller, où est ton avantage, de préférence en montée. Les poursuivants sont déjà essoufflés et n'ont pas le courage de courir dans une côte. Même s'ils veulent te tirer dessus, une cible en hauteur est plus malaisée.

Tu as peu d'avance, quelques mètres, mais avec ta sortie tu as dérangé leur galop, pour quelques secondes, tu les as surpris. Ils ne voient que toi, mais le doute qu'il y en ait d'autres les effleure, et une seconde encore ils regardent autour d'eux. C'est un vieux vice de la peur de ne pas se fier à ses propres sens dans un moment d'excitation. Tu en profites et tu gagnes des mètres. Ils ont enfin compris que tu n'es qu'une esquille, celle qui frappe les jambes écartées de ceux qui abattent un arbre à la hache. Derrière toi éclate leur colère qui les entraîne à ta poursuite, tu entends quelqu'un hurler de t'attraper, tu penses : tant mieux, ils gaspillent leur réserve d'air en cris, en vents, dans trente mètres ils auront le souffle coupé, ils devront s'arrêter en pleine course pour reprendre haleine. En attendant, tu as dérangé leur poursuite, les tiens sont à l'abri et tu peux ralentir, essayer de les rejoindre plus loin à l'endroit convenu en cas de fuite. Toi : qui es-tu ?

Tu es quelqu'un qui, un jour, est resté sans bouger dans une charge des troupes. Tu as eu peur en voyant la course bancale de ceux qui t'entouraient, car si l'un d'eux tombait, les autres, pris de panique, risquaient de lui passer dessus. Tu souffrais de voir la course maladroite de tant de filles qui alors n'allaient pas dans les gymnases ou dans les parcs pour s'entraîner. Quand ce fut ton tour d'être jeune, un jeune de la rue, le sport avait été l'heure d'éducation physique dans une grande salle d'école. Les garçons savaient courir parce qu'ils jouaient au ballon dans le parc municipal, interrompus par les agents de police. Les filles ne savaient pas courir. Elles apprenaient alors, dans les manifestations attaquées, enfumées, poursuivies.

La première fois que tu ne t'es pas échappé, ils t'ont pris ou plutôt tu les as pris dessus. Tu t'es recroquevillé par terre, un coup de pied a fait voler ton bonnet, mais ton instinct t'a bien conseillé. Entre leurs pieds, il était plus difficile d'être frappé, alors que le coup est plus facile et plus fort sur celui qui se plie en restant à mi-hauteur. Ils se défoulent sur toi, puis l'un d'eux te pousse vers l'arrière, tu reçois encore des coups, un autre plus dur te fait de nouveau tomber, il vient de derrière, apprends, oui, ainsi tu apprends qu'une fois arrêté, quand tu t'es rendu, tu n'es pas à l'abri, tu dois d'abord passer au milieu d'eux. Ce n'est pas comme lorsqu'on était petit et que celui qui était fait prisonnier restait sans bouger pendant un tour, personne ne le touchait. Ici, tu es dans le purgatoire de leurs arrière-lignes, les coups surgissent à froid, en voyous de pacotille comme on dit dans ton pays.

Ainsi, la première fois tu t'es fait prendre, mieux qu'un poulet, qui lui du moins tente de glisser entre les jambes. Rien, tu les as attendus la tête vide, uniquement parce que tu ne voulais pas t'en aller. Poussé à l'intérieur d'un fourgon, tu es surpris de ne pas être seul. Près de toi dans la maigre lumière, il y en a un autre, à peine mieux habillé que toi, sans trace de sang sur le visage ni sur les vêtements. Il demande comment tu vas, si tu es conscient, si tu sais compter. Il cherche à savoir si tu n'as que des dégâts extérieurs et pas dans le crâne. Il dit que c'est dur une tête, pas si facile à casser, mais à peler oui. Il regarde ton trou, écartant le mouchoir que tu tiens dessus, dit qu'elle sera comme neuve avec quelques points.

Ils l'ont pris, pourtant il est resté debout, il a évité des coups, ils n'ont pas réussi à le faire tomber par terre, ils l'ont porté sous les bras comme un poids mort jusqu'au fourgon, ainsi ils avaient les mains occupées. Ça lui est déjà arrivé. Il demande pourquoi tu ne t'es pas échappé. Tu ne le sais pas, mais oui, tu le sais, mais tu ne veux pas dire que tout à coup tu as eu honte de fuir, une honte plus forte que la peur. Si tu pouvais le dire dans ton dialecte « *me so' miso scuorno 'e fuì* », j'ai eu honte de fuir, ce serait précis, mais en italien ça fait bizarre l'intimité d'une honte, alors tu appuies plus fort le mouchoir sur le trou et tu te tais. Maintenant tu le sais, mais alors non : une quantité de courages naissent de la honte et sont plus tenaces que ceux venus des colères qui sont des élans vite refroidis. En revanche, les hontes sont faites de blé dur et ne sont jamais trop cuites.

Entre-temps, ils ouvrent et en lancent un autre dedans qui reste par terre sans bouger, lui se lève et l'aide à s'asseoir, l'autre résiste, il a peur de prendre d'autres coups, lui insiste, s'il reste par terre ils entreront et frapperont de plus belle : pourquoi ne restes-tu pas chez toi où tu peux dormir par terre comme un chien que tu es ? Il arrive ainsi à le convaincre et l'installe sur le dernier banc au fond dans le noir du fourgon. Les deux portières s'ouvrent en grand et, sous les cris et les gifles, arrive un petit groupe de six, dont une fille, pris tous ensemble, ils ferment, le fourgon part, avec sa sirène et son escorte.

Où nous amènent-ils, demande quelqu'un, au commissariat, dit-il. Ils nous arrêtent, s'informe-t-on, quelques-uns oui, au hasard, parfois, répond-il. Un autre se souvient qu'il n'a rien dit chez lui. En arrivant à la caserne lui te dit : quand ils ouvrent, moi je sors en premier, toi tu viens derrière, reste collé à moi, marche le plus vite que tu peux, ne t'arrête pas, surtout ne tombe pas, regarde seulement par terre, où tu mets les pieds, ils nous font passer au milieu d'eux, si tu tombes tu en prends plus qu'avant et tu en fais donner à ceux de derrière qui ne peuvent pas passer.

Et c'est comme ça, il prend les premiers coups de poing et va droit au bout du couloir des coups sans trébucher dans les pieds, les croche-pattes, tu es contre lui et tu parviens à entrer dans la grande pièce sans d'autres coups sur la tête, rien que des coups de pied. Il t'a ouvert le passage, tu ressens envers lui une gratitude à pleurer. Derrière toi, le premier a trébuché, tu as entendu ses cris, tu ne t'es pas retourné. Quand ils arrivent eux aussi dans la salle tu t'es mis les mains sur les yeux et tu ne veux pas regarder. Mais il te faudrait deux autres mains pour les oreilles. Tu lui dis merci, il répond qu'il ne l'a pas fait pour toi, mais pour lui, car si tu étais passé avant et que tu t'étais arrêté, lui en prenait plus.

Combien de fois t'ont-ils pris, demandes-tu, plusieurs fois, répond-il. Vous êtes assis côte à côte. Ne demande pas d'aller aux waters, dit-il, si tu ne peux pas te retenir fais sur toi, de toute façon ça sèche vite. Tu lui demandes s'ils vont nous arrêter. Si nous passons la nuit ici, non, ils nous relâchent demain matin ; sinon dans la soirée ils nous conduisent en prison et au moins là tu peux pisser en paix.

Tu ne t'es pas enfui, te demande-t-il. Non. Lui non plus, ceux qui ne veulent pas fuir commencent à se trouver. Une file d'obstinés commence à se former. Ils sont encore dispersés, mais on se connaît. Vous échangez vos noms. Ainsi passe ta première nuit au poste, à parler de demain, des prochaines fois, de comment arrêter les assauts. Voilà, toi tu es quelqu'un qui a commencé comme ça. Le matin, ils vous mettent dehors. Tu ne vas pas aux urgences, mais chez un médecin qui aide les blessés des manifestations, c'est lui qui t'y conduit, l'ami de moins d'un jour, à qui tu confierais tes deux yeux, car ce sont des jours où la confiance, la loyauté et même le destin vont vite.

Dans les réunions, beaucoup en connaissent beaucoup. On parle de ne pas se laisser envoyer les quatre fers en l'air, de préparer des défenses avec ceux qui se sentent capables de serrer un rang. Le plus clairvoyant d'entre nous dit qu'il n'y a pas de différence entre violence d'agression et violence de défense, qu'une barricade est violence pure, une pierre et une bouteille d'essence aussi. Il dit que toute la différence est entre violence d'État et violence du peuple, l'une est abus de pouvoir, l'autre non. Et puis il dit qu'il faut s'enlever de la tête les mots exotiques venus des autres continents, par exemple guérilla qui veut dire petite guerre. Chez nous, dit-il, on fait une bataille de rue, pour pouvoir rester dans la rue même contre les interdictions, pour ne pas se laisser disperser, pour ne pas se faire arrêter. Ce n'est pas une guerre la nôtre, ni petite ni grande, c'est un adroit vol à la tire de quelques heures de manifestation. Nous ne libérons pas des territoires, nous prenons seulement la liberté d'être contre tous les pouvoirs constitués.

Cela paraît peu à certains, et la révolution ? Elle vient, si elle vient, au bout de nombreuses journées de démocratie volée. Celui qui a étudié le latin, dit-il, sait comment la règle de la *consecutio temporum* court après les verbes, comment elle enchaîne les phrases l'une après l'autre avec une suite de verbes. Telle est la révolution, une subordonnée pour nous aujourd'hui. Mais il nous incombe d'agir comme si nous l'avions à l'ordre du jour et d'être au monde en révolutionnaires. Non pas pour la révolution mais pour la plus élémentaire forme de la démocratie qui est le droit de manifester. Trouver des logements où puissent vivre ceux des nôtres qui sont en fuite, des avocats qui défendent au tribunal les raisons politiques de nos mouvements mis en accusation, des médecins qui soignent les blessés hors de l'hôpital.

Les arrestations augmentent à la fin des manifestations, mais la fuite n'est plus la pagaille d'avant. Il y a une ligne qui absorbe et repousse le choc. Tu apprends à rester là, parmi ceux qui ne se mettent pas à l'écart. Si quelqu'un se retrouve isolé avec la troupe sur le dos, on va le reprendre et on le chipe de force. Toi, tu as connu ce soulagement d'être arraché de haute lutte à la troupe qui venait de t'arrêter. Tu te souviens d'un ami qui attaqua tout seul un fourgon arrêté à un feu rouge, sans escorte, qui prit les clés du chauffeur, ouvrit les portières et libéra tout le monde en criant « But », comme les enfants.

En même temps, tu t'apercevais que les troupes en uniforme préféraient s'attaquer à des personnes isolées, non pas à toute la ligne. À travers eux, tu t'es aperçu que les rapports de force dans les rues commençaient à changer.

Tu as continué car ça continuait et durcissait en années, tu as pris part aux affrontements, pas mal, car la foule des insubordonnés augmentait et qu'à ceux comme toi incombait une responsabilité envers eux, les venus après. Dans les réunions, tu parlais du droit d'avoir peur, car elle est saine et fait raisonner correctement. Il ne fallait pas vouloir se l'arracher, la violence sur soi ne donne pas du courage, mais seulement quelques minutes d'audace hystérique. Nos rangs étaient de ceux qui tiennent à rentrer chez eux, ce n'étaient pas des entreprises pour audacieux mais pour confiants, pour ceux qui se fient à qui ils donnent le bras, qui restent à côté. Cela suffisait-il ? Pas toujours, mais dans les bagarres il valait mieux le calme que l'enflammé, un discipliné plutôt qu'un héros.

Les rapports de force évoluèrent jusqu'en 1975, lorsque, pour redonner l'avantage à la force publique, le parlement, à une large majorité, donna en dot aux agents la loi qui leur permettait de tirer dans la rue sans menace de danger ni besoin de légitime défense, d'entrer dans les maisons et dans les sièges politiques sans mandat de perquisition, de garder un prévenu pendant deux jours et deux nuits sans avertir ni avocat ni magistrat. En somme, elle permettait l'ainsi de suite, sévissant dans la prairie brûlée des droits personnels et publics. À partir de ce moment-là, se mettre en travers des rues fut le choix des prêts à tout.

Aujourd'hui tu le reconnais, il était impossible de négocier avec cette jeunesse. D'où avait-elle surgi d'un seul coup ? Si opposée à toute autorité, se moquant des délégations, des partis, des votes, si bien implantée dans le peuple, rompue aux moyens expéditifs, contagieuse. Elle entrait dans les prisons, arrêtée par paquets, elle se liguait avec les détenus, et les révoltes contre le traitement carcéral commençaient. Elle allait faire son service militaire et des casernes partaient des soulèvements pour un meilleur ordinaire et une paie décente. Dans les stades, les supporters adaptaient les chœurs et les rythmes des manifestations à leurs incitations. D'où avait-elle surgi cette génération impardonnable qui paie encore la dette pénale de son XXe siècle ? Tu ne le sais pas, tu imagines plutôt que dans un système houleux il y a une vague plus large et plus forte, qui ne s'explique pas par celle d'avant ni par celle d'après. Tu imagines donc que tôt ou tard les générations reviennent.

Elles reviennent, elle est revenue, à présent il y en a une autre qui agit comme un corps, qui se met en mouvement en tant que génération. D'autres venues avant elle se sont arrangées en filles de leur temps auquel elles ont adhéré avec une obéissance convaincue. Celle de maintenant, comme la tienne, fait du contretemps, elle passe à rebrousse-poil, et par conséquent elle est contemporaine d'elle-même, extemporaine au reste. Elle s'occupe du monde, plutôt que de la copropriété. Toi, tu la suis, tu suis ses mouvements et les libertés que les autorités prennent contre elle. Toi, avec tes histoires passées de rues grillées enfumées tu es près d'elle, périmé : cette génération admet de subir la violence mais ne veut pas se salir avec elle en réagissant. Elle veut que l'agression soit d'un seul côté, elle met leur droit à nu et le montre à l'état de nature, pour ce qu'il est : abus de pouvoir.

Mais que fais-tu, toi et les autres de ton espèce et de ton âge, au milieu de ces nouveaux ? Tu fais peu et rien qui puisse leur servir, mais tu y es quand même, rappelé dans la rue en juillet 2001 par le rouge de Gênes, de la place Alimonda, de la nuit à l'école de Diaz, du reste à la caserne Bolzaneto, par le rouge répandu exprès qui, par des chemins mystérieux, remonte à tes artères et t'appartient.

FIÈVRES DE FÉVRIER

Quelque part au-delà du champ, à la verticale d'une étoile que je ne pouvais voir, ma mère était en train de faire frire des anchois farinés. L'odeur traversait la cuisine, puis la mer, franchissait une moitié d'Afrique, coupait l'équateur et m'arrivait fraîche, garnie même d'un demi-citron à presser dessus.

Les délires des fièvres ne sont pas vagues, mais au contraire méticuleux, pointus de détails. La tête devient un mécanisme d'horlogerie, elle bat des syllabes de vie connue et perdue. Autour de la friture de ma mère dans l'hémisphère boréal c'était l'hiver, mois de février. Certes, les mimosas se hérissaient de petites boules jaunes, suaient la vanille. La glace raidissait la boue du chantier, l'année d'avant encore, le matin à cause du froid, j'enfilais mon bleu par-dessus mes vêtements pour me mettre au travail. C'était l'autre février d'un autre monde. Celui-ci était d'une chaleur acide, une essence de térébenthine qui dissolvait la couleur du corps. Je blanchissais goutte à goutte. Me voilà au diable, cherché et trouvé, me voilà à la fièvre de malaria sur un lit de camp d'Afrique, sous une moustiquaire qui ne me protégeait pas, mais qui me séparait.

Le soir tombait à six heures précises, je ne m'en apercevais plus. Je tremblais sous une couverture militaire alors que les autres êtres humains ruisselaient de chaleur de la tête aux pieds. Drôle de blague que de claquer des dents à l'équateur, drôle de corps plongé dans ses quarante et un degrés, quand pour tous les autres le thermomètre marque trente-six.

Février, c'était février, mais j'avais cessé de le savoir, de compter les jours. Je battais les petites secondes dans mes tempes. Mes yeux ne parvenaient pas à regarder dehors, ils transmettaient des visions, un pêle-mêle de visages joyeux et puis éteints de bien des nôtres morts à trente ans, avec des aventures pires que la mienne, accompagnés par nous autres sans un mot de réconfort, non pas pour eux, mais pour nous, les coupables de tout, d'un siècle entier de révoltes.

Les voilà, les nôtres à trente ans, après dix de luttes politiques foudroyantes, morts en courant, sautés dans un trou d'héroïne : quel sursaut, quelle esquive à la loi de la pesanteur et de retour à la normalité. Aucun de nous portant sur l'épaule le poids allégé de son compagnon n'apprenait de lui la grâce de la reddition, au contraire il durcissait les pommettes et alourdissait le pas. La caisse que nous portions devenait celle d'un mort à bord, prête au lancement en mer.

Maintenant c'était mon tour, mais pas comme eux : je m'en allais à l'écart. Ce n'était que la malaria, attrapée pour avoir voulu racler l'ombre du mur, telle était du moins la sentence qui battait à mes tempes, sans l'effort de la comprendre. Se mettre à un service, trouver sa consistance dans une œuvre : c'étaient des puits, des pales à vent pour remonter l'eau avec l'énergie de l'air, des réservoirs, des fontaines, en somme entraîner un peu de nuages à terre, les apprivoiser pour une traite.

C'était mon tour, mais je ne passerais sur les épaules d'aucun des miens. Il m'arrivait de brûler de fièvres comme une parturiente de septicémie avant que le XXe siècle découvre la prévenance de la désinfection. Je mourais d'une mort antique qui secouait les corps dans son frisson comme on secoue un chiffon de sa poussière. Qu'était donc cette vie au sec, sinon de la poussière ? Ce n'était pas le corps qui était poussière, mais l'âme. Le corps était de l'eau versée, l'âme de la poussière en suspension. Par les gorgées enfoncées de force dans ma bouche j'avalais du fer, du charbon, du sable de silicium, je buvais la décomposition du corps en éléments.

Quelque part dans l'hémisphère nord, février apportait le carnaval dans les rues, les garçons lançaient des poignées de farine sur les filles. Là où j'étais, les femmes du village l'auraient recueillie à la petite cuillère la grattant sur le sol et sur la semelle des souliers, la secouant des vêtements, la léchant sur le visage avec l'excuse d'un baiser. Elles allaient à l'eau avec un pas de chameau, revenaient avec un pas de girafe, le cou tendu sous l'équilibre de la jarre pleine. Des femmes autour du feu de brindilles, des enfants pendus à leur cou, endormis à leurs pieds, les mains au pilon en train de broyer la poudre des racines de manioc, une polenta qui m'avait rassasié et affaibli. Des femmes enterraient des hommes décharnés jusqu'à l'arête, maintenant c'était mon tour, les cordes de ma voix étaient un fil de fer rouillé qui répondait un « rien » éraillé à la visite de ceux qui demandaient ce qu'ils pouvaient faire, si j'avais besoin de quelque chose.

« *Si kitu* », rien, les mots d'une langue de la côte de l'océan Indien m'avaient aidé à m'enraciner parmi les hommes, à avoir une place dans leurs voix le soir sous le plus grand arbre du village. C'est bien de raconter des histoires dans une langue que chaque soir tu t'efforces d'élargir en y ajoutant des mots nouveaux. Ainsi, même les histoires s'agrandissent. « *Si kitu* », rien, était le mot juste, reste ultime d'un vocabulaire qui s'était asséché comme un puits, laissant une corde se balancer légèrement au-dessus du rien précis.

Quelque part une femme attendait une réponse à une de ses lettres : « Si tu ne reviens pas, j'avorte, j'ai déjà fixé l'heure dans un hôpital. » Adieu fiancée, mes noces s'envolent en fumée, je t'envoie mon bon souvenir, des cartes postales d'une fièvre panoramique, d'un lit de camp safari, avec des timbres illustrés d'antilopes et de lions, va dans ton hôpital volontaire. Pour l'éloigner, je fourrais mes doigts dans le creux de mes aisselles, puis je les portais à mon nez, et me parvenait alors l'odeur grillée des lacrymogènes, le vacarme des cris dans une mêlée, des coups, quelqu'un par terre, c'est moi, les policiers sur moi, une brèche ouverte entre eux par mes camarades qui m'arrachent à leurs mains, me remettent debout, en liberté. Je replonge mes doigts dans mes aisselles, voilà l'odeur des lubrifiants blancs qui mouillaient les outils du tour sur une plate-forme d'usine, voilà le tranchant de l'acier sur le fer serré dans l'étau, le contrôle du calibre, les boucles de métal brillant dans l'arc-en-ciel de l'huile. Et nulle jalousie envers qui se trouvait à ce moment-là à ma place aux machines de dégrossissage.

Une chanson de De André toquait à mon front fermé, apportait la voix du larron en croix à côté du Christ. Lui, le voleur sans résurrection, s'adressait aux vivants : « Ce soir je vous envie la vie. » Non et pas moi ; la fièvre avait purgé les désirs, elle ne laissait aucun résidu de regret, elle ne contestait pas sa distance de la vie passée ni ne voulait revenir à aucune station, sur aucune plate-forme d'usine, dans aucun autobus de cinq heures du matin parmi des hommes écroulés avant même d'accrocher leur journée à son croc de boucher.

Ma tête cessait de bouillir lointaine, elle n'était qu'une des parties de mon corps dans le four de la fièvre, elle avait perdu centre et commandement. « Si tu ne reviens pas, j'avorte. » Pas seulement toi, moi aussi j'avorte la vie, mais les cuisses serrées, blotties contre ma poitrine, les bras enlacés, les doigts dans mes aisselles sous le froid.

Froid, ange gardien de mes nuits à la belle étoile, bienvenu, merci du voyage fait pour venir me retrouver jusqu'en Afrique. Froid du nord fourré avec mon souffle sous les couvertures, froid d'une gare d'arrivée dans une ville étrangère où chercher tout, d'une chasse d'eau à un travail de manœuvre, froid d'escaliers, froid de femmes, froid de bancs, froid soude mes os qui claquent, serre-moi fort, fais cesser l'étreinte de moi-même, je me suis déjà assez salué.

Dans un demi-sommeil, je desserrais l'étau, mes bras se détendaient tout seuls, les rêves ne venaient pas, mais des pas, quelqu'un touchait mon poignet, essuyait mon front, mes cheveux mouillés, me trouait un bras, cherche toujours, tu ne trouveras rien, *si kitu*, *rafiki*, rien, ami.

Oui, j'aime l'hiver et février noix de glace, j'aime les neiges que le vent détache par petits paquets des branches des sapins et réunit à la neige avec le léger bruit d'un baiser, j'aime février qui grignote de la lumière au soleil, qui le retient chaque jour un peu plus, j'aime février qui remonte l'horizon, j'aime le rouge-gorge qui a résisté sans migrer vers le Sud, j'aime l'amandier qui ouvre sa fleur blanche de pupille et la sème sur l'herbe décolorée par le givre, j'aime la vie qui continue sans moi, j'aime la vague qui passe et saute par-dessus moi, j'aime, j'appuie sur le verbe aimer, fais-moi sortir du côté sale, je suis prêt, je n'ai ni urine ni selles, je suis un poids égoutté, au nu, au net, déchargé de fautes. Se mourir, je crois, n'est pas une condamnation, mourir c'est être absous. Avec toute la colère de la fièvre, moi j'aime, j'aime l'oreiller trempé de mon odeur, j'aime la moustiquaire qui fait un cocon de mon corps de larve, j'aime, j'aime.

Ne jamais se mettre à prononcer le verbe aimer. Je me le donnais comme un élan pour me détacher, pour charger mon plongeon et chasser la vie de deux coups de talon. En revanche, il me clouait à nouveau les pieds au sol, les pieds, justement eux les premiers revenaient en arrière. Eux qui étaient en avance sur le corps, toujours en avant : de leur plante repartait la chaleur, le sec. Ils pointèrent hors de la couverture pour sortir, ils voulaient se détacher et s'en aller tout seuls se promener sur l'Afrique, nus sur la terre rouge. Mes pieds revenaient déjà, alors que ma tête répétait sa rengaine : rien, *si kitu*, je n'ai besoin de rien.

Et puis des pieds le verbe aimer remonta jusqu'aux genoux, je sentis à nouveau ma vessie, la pulsion de l'urine, pas de force pour me déplacer, je la déversai donc dans le lit de camp entre mes jambes, foncée comme mon sang, chaude aussi comme lui. Et mes doigts se retirèrent du creux de mes aisselles, allèrent à sa rencontre pour s'y tremper et vinrent à mon nez pour donner la dernière nouvelle, urine chocolat, urine vinaigre, la poussière se décolla de mes yeux et ma première mise au point fut un visage de sœur noire, noire, mais blanche sur sa coiffe et dans sa bouche qui disait : « *Apona* », il guérit, parce que j'avais trempé le lit de camp, parce que le verbe aimer m'avait retourné, me redonnant la vie, pas la même, mais celle prise à un autre, car on vit à la place, au lieu de quelqu'un, le verbe aimer avait doublé le cap de février et le calendrier annonçait le premier jour de mars de l'année 1980…

LA JUPE BLEUE

Chemise blanche, jupe bleue, avec sa tenue d'école sans passer chez elle l'après-midi, elle arrivait dans la salle et venait dans le coin où j'imprimais les tracts. Elle aimait la machine, elle avait appris à s'en servir et me remplaçait quelques heures. Avec une pointe, elle dessinait sur la matrice les lettres les plus grandes, celles du titre, les mots forts. Elle ajoutait le dessin d'un poing, d'une étoile. Je lui confiais la ronéo, elle était en de bonnes mains. Si elle s'enrayait, elle savait la réparer. Sur le banc, je lui laissais les rames de papier déjà triées par tas à remettre aux militants.

En ce temps-là, le tract était notre journal, il relatait le fait du jour et notre avis sur l'action à mener.

La jeune fille à la jupe bleue mettait ma blouse, posait la nouvelle matrice, vérifiait l'encre et faisait repartir la voix de la machine et la nôtre. La nuit, c'était moi qui m'occupais de la ronéo. Dans la grande pièce encore enfumée par la dernière réunion, les tours du moteur recrachaient les feuilles à un rythme soutenu. Dans ma tête ensommeillée j'associais ce bruit à celui des pas, aux syllabes d'une chanson, ainsi je restais éveillé.

Je me proposais volontiers pour le tirage de nuit, à cette époque j'étais hébergé par un militant, dans sa chambre exiguë. Il venait de rencontrer l'amour et la nuit leurs étreintes étaient fortes. Ils n'étaient pas gênés de s'aimer pendant que je dormais deux mètres plus loin. Rester dans le noir à écouter les coups et les souffles émus de deux qui s'aiment, sans désir d'avoir son tour, j'en étais capable, mais il était plus utile de surveiller les pistons de la ronéo plutôt que ceux de l'amour des autres. Et donc la nuit, je tournais volontiers autour de la minuscule rotative, une Gestetner, de notre groupe d'agités politiques.

Poussés tous à la fois à l'intérieur d'une génération, comme si nous nous étions donné rendez-vous au berceau : dans dix-huit ans dans la rue. Pasolini l'appelait excédentaire, cette génération, un surplus dû à la découverte des antibiotiques, n'ayant subi aucune sélection et foisonnée par l'excès de mariages de l'après-guerre. Ce n'était pas grand-chose comme explication, mais lui du moins se posait la question : d'où étions-nous sortis, nous autres étrangers, différents de tout ? Je ne savais que répondre, je faisais partie de ces sortis et il me manquait la distance d'un point d'observation. Par esprit de contradiction, je me forgeais une pensée différente de la sienne et de la providence de la pénicilline. Notre génération était la première d'Europe qui, à dix-huit ans, n'était pas prise par la peau du cou et envoyée à la guerre contre une autre jeunesse déclarée ennemie. C'était la première qui s'affranchissait des conséquences catastrophiques du mot patrie. C'est ainsi que nous étions patriotes du monde et que nous nous mêlions de ses guerres. Sur une grande partie de ces tracts était écrit le nom d'un lointain pays de l'Asie : Viêt-nam.

La jeune fille à la jupe bleue le traçait en lettres d'imprimerie pointillées, qu'on aurait dites cousues sur le papier. Elle dessinait le drapeau, par amour pour son étoile. Entre nous il y avait un peu d'entente, c'était un moment propice, la différence de revenus, d'instruction, d'âge comptait peu. Elle me parlait de l'école, elle aimait la chimie. « Aujourd'hui, j'ai étudié l'ozone, il se forme autour des éclairs, il est bleu, il pique le nez. » Et puis, brusquement : « Tu irais te battre, toi, là-bas ? » Et moi : « Tout de suite même. — Mais tu sais tirer ? — Non. — Et alors ? — J'apprendrais, comme tu l'as fait avec la ronéo. »

Elle restait un moment pensive, puis revenait sur le sujet : « Et la peur ? — Je suis un révolutionnaire, disais-je, la peur je dois la chasser. — Moi, la peur me gagne même dans les charges de la police, je m'enfuis, je pense à mes parents qui ne se doutent de rien. Je ne crois pas être une révolutionnaire. »

Je ne savais pas répondre à la jeune fille et puis j'avais tort : ce n'était pas nous les révolutionnaires, mais le temps et le monde tout autour. Nous, nous aidions le mouvement qui dégondait colonies et empires. Avec toute la disproportion entre nous et ce qu'il fallait faire, nous voyions aussi augmenter le nombre de tracts à distribuer et celui des volontaires venus les retirer. Les écoles étaient affamées de ces feuilles, les écoles étaient en continuelle effervescence, il n'y avait pas un quadrimestre oui et un autre non, c'était toute une assemblée d'octobre à juin. « Si tu n'es pas une révolutionnaire, qui es-tu ? — Une fille qui aide la justice, qui est du côté des gens opprimés par les manques et les abus. — Alors tu es une fille qui veut aider son prochain ? » Ma question sonnait faux dans un siège et un après-midi de révolutionnaires. Elle s'en aperçut. Elle resta silencieuse, et je pensai l'avoir vexée. Elle se tourna pourtant vers moi, car nous étions côte à côte, et elle dit, à peine plus fort que le moteur de la ronéo : « Mais toi, tu ne veux pas être le prochain de quelqu'un pour une fois ? » Je détournai mon regard, je crois que la confusion gagna mes mains.

Elle fréquentait une institution privée, elle en portait l'uniforme jusqu'aux souliers et aux chaussettes blanches, qu'elle retirait cependant en arrivant dans la salle du quartier de San Lorenzo. Elle mettait des bas en nylon et des mocassins. Elle seule de son institution et en cachette s'était mise à prendre part aux mouvements et aux raisons d'une jeunesse inapaisée et dépareillée, ennemie des pouvoirs constitués, secouée par les affaires du monde.

En secret, elle apportait un peu de ces feuilles dans son école à ses seuls risques, sans aucun espoir d'adhésion. Et elle doutait d'être révolutionnaire ? Le degré de rupture à l'intérieur de l'ordre social d'alors ne se mesurait pas à des personnes prêtes à partir pour un front, mais à des citoyens comme elle qui se mettaient à saboter des pouvoirs dans les endroits les plus étranges et les plus difficiles. Le degré de fièvre de cette Italie n'était pas donné par les surexcités, mais par le pouls des doux, des pacifiques qui collaboraient aux révoltes. Quand ce sont les pensionnaires qui vont à l'aventure, un pays est proche de l'incandescence.

La jupe bleue, la chemise blanche, les bas en nylon, les mocassins et les manières : elle était élégante par rapport au reste de nous autres. C'est ce qui me plaisait : qu'elle ne voulait pas mettre un second uniforme, celui des révoltés.

Elle avait de la sympathie pour moi qui venais du Sud et qui avais l'air dépaysé des émigrants, eux qui n'auront plus jamais de pays. En dessinant un poing sur la matrice, elle disait que c'était le mien. Je ne me permettais aucune familiarité, mais je regardais sa jupe, sa belle couleur bleue apaisait mes yeux trop rivés sur le blanc et noir des polycopiés sous la lumière du néon. Ce n'était pas le bleu des salopettes ouvrières qui sortaient de leurs usines à l'air libre pour une grève improvisée. Celui-là, je l'ai porté et je l'ai appris ensuite. Sa jupe était du bleu qui entoure le lamparo dans la pêche nocturne au calmar, au *tòtano*. C'était le bleu qui enveloppe la lumière et l'accompagne tandis qu'elle s'enfonce dans la mer.

Avant de nous relayer, nous sortions boire un café. Le quartier était plein de boutiques, typographes, marbriers, menuisiers, couturiers, cordonniers, il y en avait toujours en pause pour discuter avec nous au bar. Et nous ne parlions ni de sport ni de la pluie et du beau temps, mais d'un événement quelconque et de ce qu'il fallait en penser. Ils demandaient volontiers un avis à cette nouvelle jeunesse qui avait décidé d'en avoir un à part et bien à elle sur tout et n'importe quoi.

Le préalable était de tout retourner, mettre sens dessus dessous. C'était une insolence méthodique et elle avait des conséquences. La police venait perquisitionner, contrôler les identités, dénoncer à la justice. Une de ces occasions fut brutale et elle était là elle aussi dans la salle. La surveillance spontanée du quartier avait eu le temps de prévenir de l'arrivée de la colonne. Je cachai dans un appartement voisin la ronéo, le seul trésor à sauver. Nous étions peu nombreux et nous fûmes maltraités. Le fonctionnaire était mécontent de n'avoir rien à saisir et il décida de nous conduire au commissariat.

Pendant qu'avait lieu le remue-ménage qui servait à intimider aussi le quartier, elle resta toute raide, pâle de peur mais aussi de dégoût devant l'exhibition de coups de pied aux chaises et aux tables, devant les ordres pour nous mettre face au mur hurlés dans nos oreilles, avec l'accent méridional qui était le mien et pourtant si opposé au mien. Le fonctionnaire la remarqua, elle si différente, lui demanda ses papiers sur un autre ton en disant : « Mademoiselle, que faites-vous ici, laissez tomber ces quatre vauriens et retournez chez vous aux Parioli. » Il la laissa partir. Entre-temps, elle était passée de la pâleur à l'échauffement, au rouge d'un effort pour réprimer de tous les muscles de son visage les larmes au bord de ses yeux. L'attention du commissaire adjoint la séparait de nous. Elle avait honte du privilège de pouvoir s'en aller et elle avait honte aussi de son soulagement de ne pas voir ses parents convoqués au commissariat pour venir chercher leur fille mineure. Au milieu des uniformes des agents, je vis sortir sa jupe bleue. Si elle voulut me saluer du regard, je ne peux le savoir. Je regardais le bord de sa jupe disparaître dans l'obscurité de la cour.

Ainsi s'éteint le lamparo, s'estompe le bleu et les yeux peinent un moment dans le noir. Quand tout autour il y a de l'agitation, de lointaines pensées me reviennent. C'est ce qui a dû arriver bien des années après à Carlo Giuliani avec son extincteur à restituer.

Lorsque nous sommes sortis empaquetés pour monter dans le fourgon, il s'était formé un petit groupe sympathique d'habitants de San Lorenzo, sortis de leurs boutiques, silencieux et sérieux, accoudés aux balcons. Pas de circulation, la rue était bloquée par l'opération de police, pas de bruit, les gens ne parlaient pas et encerclaient ceux qui nous encerclaient. Nous allions revenir d'ici peu, encore plus ancrés à notre poste, mais elle non. La jeune fille à la jupe bleue s'éloigna ce jour-là et qui sait qui a mérité de l'avoir entre ses bras.

AIDE

« Vous avez besoin d'aide ?

— De quelqu'un qui me tue. »

À cette réponse, je m'arrête. Elle est plus accroupie qu'assise par terre sur le bord du sentier. Sa position contractée, comme si elle souffrait de l'estomac, a tiré de moi l'offre d'une aide. Et puis en montagne ça se fait. Et puis elle est attirante, mais ça je l'ai vu à sa réponse quand elle lève vers moi un visage de mariée laissée sur l'autel. Je m'arrête, mon sac à dos léger d'une journée en balade sur les sommets sans corde ni ferraille d'escalade ne pèse pas lourd. Je ne m'approche pas encore, je me retourne et je répète : « De quelqu'un qui vous tue. De quelqu'un qui vous aime, c'est pareil ? » Une femme qui répond drôle et amère a besoin d'un impudent.

« Non, de quelqu'un qui me tue. Un assassin ça se trouve, un homme non. » Cela s'adresse au genre masculin et à moi qui suis le seul dans les parages. « Je suis un assassin. J'ai avec moi un bon couteau, si vous voulez nous nous mettons dans un coin et je vous égorge. »

Ses yeux passent de mon visage à mes mains en quête d'une confirmation.

« Gratis ?

— Oui.

— Généreux.

— Nous sommes en montagne, il y a plus de solidarité que dans la vallée. »

Finalement, elle souffle dans un sourire et puis fond en larmes.

J'enlève mon sac à dos, je m'assieds par terre un mètre plus loin, je respire très fort, de façon équivoque, entre la compassion et la contrariété.

Elle arrête, dit merci.

« De quoi ?

— De n'avoir rien dit, rien demandé.

— Venez en montagne avec moi, tout ça passera.

— Pas si vite », dit-elle pour faire comprendre que je deviens trop familier. Je fais semblant de comprendre de travers. « C'est garanti : tout ça passera vraiment aussi vite. » Elle me regarde, les sourcils furibonds. Alors j'insiste : « Demain vous serez si pleine d'Alpes dans les os, de la tête aux pieds, que vous dormirez en paix de tout votre corps, cœur compris. » Elle ne réagit pas. Je lui dis mon prénom. Elle réagit : « Une imprudence pour un assassin.

— Si c'est le mien, oui. » Je ne lui donne pas de temps et je conclus : « Je suis au refuge du col de Duran, demain à sept heures je pars faire le tour des sommets de la Moiazza. Si vous ne trouvez personne avant, moi je vous aiderai. » Je me lève, je mets mon sac sur mon dos et je continue.

Au refuge de San Sebastiano, je me débarrasse de ma fatigue sous une douche à pompe. Je passe ma chemise en laine à carreaux blancs et bleus. Je l'ai achetée après avoir lu un récit où elle était importante. En montagne, je porte toujours celle-là. Je l'ai trouvée dans un livre, elle est chaude et littéraire. Elle me rend présentable pour le dîner.

À sept heures du soir vient l'heure muette pour les montagnes, on va à table. Dehors le vent éparpille les nuages, par la fenêtre j'en regarde un qui n'arrive pas à enjamber le sommet et s'y écrase, se démaillotant, en l'emmaillotant. Ils devraient faire comme les bulles de savon qui éclatent au contact. En revanche, ils font de l'ouate. Je suis à une table près de la vitre, ainsi ai-je de quoi regarder au-dehors plutôt que dans la salle. Je suis seul, en montagne c'est bien, au cinéma aussi. Je ne m'aperçois donc pas qu'elle est entrée et qu'elle parle avec le gérant. Elle a pris un lit dans la chambrée et mangera avec moi si elle ne me dérange pas. Elle me le dit après s'être assise.

Les vitres font du vacarme quand elles prennent les premières gouttes qui battent sur du sec, puis elles se mouillent et font moins de bruit et de résistance. Je voudrais le lui dire, soudain je suis gai comme une vitre à peine mouillée. Ce n'est pas le moment, je l'ai vue cracher ses sanglots à un mètre d'un inconnu, il ne manquerait plus que je lui fasse fête.

« Ça passera vite ? demande-t-elle, pour dire quelque chose.

— Avant le coucher du soleil. »

Elle se renseigne sur le trajet. C'est un massacre d'énergies, lui dis-je, puis je redeviens sérieux et je m'informe sur son équipement. Il lui manque un casque et un baudrier. J'en ai deux en réserve dans la voiture.

« Un assassin prévoyant, dit-elle.

— Mais oui, dans mon genre je prémédite.

— Je suis désespérée.

— Rien à voir avec la santé ?

— Non, rien à voir. »

Je me mords les lèvres pour ne pas céder à la réplique de Totò : « Quand il y a la santé… » Sous l'effort, mon nez me démange, je le frotte, je fais une ou deux grimaces.

« Un visage de montagne, dit-elle.

— Merci du compliment.

— Et le mien, comment est-il ? se risque-t-elle à demander.

— De mariée envoyée seule à l'autel.

— Plus compliqué que ça, mais c'est bon », elle ajoute mon prénom. Je ne réagis pas. « Tu ne t'appelles pas comme ça ?

— Je m'appelle comme ça et ne gaspille pas tes forces avec des doutes, je ne te dirai pas de mensonges. »

Nous mâchons affamés, moi par ma course de la journée sur les rochers, elle par un repas sauté. Un peu de vin lui brûle les joues.

« Tu n'as plus la tête d'une mariée, mais d'une paysanne maintenant.

— Quel est ton métier ?

— J'écris des histoires et puis je les vends.

— Tu es écrivain ?

— Quelqu'un qui fait l'écrivain.

— Ton nom ? »

Je le prononce avec résignation.

« Je ne l'ai jamais entendu.

— Justement.

— Alors, tu n'es pas un assassin ? »

Je bois une gorgée.

« Le couteau, tu l'as au moins ? »

Je le sors de ma poche, je le pose sur la table près de ses couverts.

Elle le prend, l'ouvre, le ferme. Puis elle fait le geste de se le passer sur la gorge. Elle le repose, ennuyée d'avoir fait quelque chose de drôle.

« Tu es un homme ? », et elle n'attend pas la réponse, elle bute déjà sur une pensée qui la flétrit. « Je n'y arriverai pas, dit-elle.

— Avec le baudrier et le casque rouge, demain tu y arriveras.

— Si c'est vrai, tu me sauves la vie, mais ça ne peut pas être vrai. » Et, pour se détourner un peu de ses pensées, elle ajoute : « Sauvée par un assassin. »

Je suis content qu'elle ait déjà oublié mon autre qualification.

Autour de nous, des voix d'un groupe d'Allemands âgés nous aident à rester à l'écart, dans un lieu étranger.

Je prends l'air stupide qui me vient facilement et je dis : « Où avons-nous atterri ce soir, dans une brasserie près de Munich, au milieu des tilleuls ?

— Ne me fais pas voyager, ne me fais pas changer de place, je suis montée jusqu'ici pour m'enlever. Tu le comprends ce verbe : s'enlever ? Moi, je le comprends depuis peu.

— S'enlever, ça me plaît : s'enlever, s'extraire comme une dent de la mâchoire, oui, d'accord, mais si tu veux dire banalement quitter le monde, alors ça pue le moisi, c'est éculé et ça ne peut pas te servir.

— Non, c'est pour ça qu'il me faut quelqu'un qui me tue.

— Tu l'as trouvé. Demain soir, ou toi ou ta douleur, un des deux n'y sera plus.

— Affaire conclue.

— Une tranche de tarte aux pommes ? demandé-je.

— Non, c'est trop.

— Alors demain matin, insisté-je, car nous raclerons le fond de nos énergies, et pour ça il faut les avoir.

— J'ai de l'énergie de colère à revendre.

— Non, celles-ci sont des toxines et tu les expulseras avec ton premier tee-shirt de sueur. Emportes-en trois. » Elle me regarde l'air sérieux pour voir si je plaisante.

« Je ne te mens pas.

— Je m'appelle...

— Ne me le dis pas. Demain soir, si tu as envie de le dire, je serais heureux de l'entendre. » Elle se vexe. Je l'ai blessée en ne recevant pas son nom. Elle se lève, dit juste : « À sept heures. » Je confirme de la tête. Je ne sais pas ce qui me prend parfois de m'écarter des confidences comme un âne. Je reste assis, je regarde dehors, quel idiot, pensé-je, de quoi vais-je me mêler ? De ce que le voyage place devant toi, me dis-je agacé par ma question : et veille à t'en mêler correctement. Je mets mes mains sur mon visage pour le frotter et je laisse sortir le rot contenu à outrance pendant tout le dîner. Je paie l'addition, je m'aperçois qu'elle est pour une personne. Elle a même partagé le vin.

Elle est plus fatiguée qu'hier, sept heures, ce n'est pas dans ses habitudes. Elle boit les yeux fermés dans une solide tasse, avale à grosses bouchées la part de tarte aux pommes. Je l'attends dehors où les nuages sont encore blottis sur les montagnes. Quand le soleil les brûle et qu'ils ne peuvent plus rester en bas, alors ils se sauvent en haut. Je lui donne quelques détails sur notre trajet du jour pour accompagner ses premiers pas. Elle suit les miens en haletant. En montée, j'appuie par terre un demi-pied, la pointe et un peu plus. Ça donne plus de poussée et ça maintient le corps droit. C'est l'heure du métatarse, os de l'aller. Une heure plus tard, nous atteignons le départ de la via ferrata. J'enfile mon baudrier le premier, ainsi voit-elle comment on fait et je n'ai pas à le lui mettre. Je réduis au minimum les gestes d'intimité physique d'une journée où il nous faudra être plus proches qu'hier. Elle enfile son baudrier toute seule, je le ferme devant et je fixe la sangle avec le mousqueton. Elle devra le faire glisser le long du câble en acier qui accompagne les passages difficiles de l'ascension. Elle enfonce son casque sur sa tête sans un geste pour arranger ses cheveux. Je les regarde disparaître, plats et prisonniers. Une mèche pointe devant. L'attaque de la ferrata est brutale. On part en suivant une traversée en montée avec peu de prises pour les pieds. Je commence le premier pour qu'elle voie les premiers mètres.

Elle essaie, n'y arrive pas, glisse, reste suspendue.

« Je ne peux pas, je n'arrive même pas à partir. Laisse-moi ici, vas-y toi.

— Sans toi, je ne monte nulle part aujourd'hui. Je t'aide à démarrer. En haut, la suite est plus facile. » Je descends. Je me place derrière elle, je lui cache le vide et je la soutiens en allégeant son poids. Aussitôt elle apprend à bien appuyer ses pieds et à gagner des mètres. Sur la paroi, nous prenons la forme compacte d'un scarabée. De ses mains, elle s'accroche au câble en acier et moi je la double par-derrière. Avançant ainsi à huit pattes, nous sortons du passage et du découragement. Elle s'appuie beaucoup sur moi. Je transpire, je halète, ça marche. « Tu es bien ? demande-t-elle pour plaisanter.

— Non, mais la traversée est bientôt finie.

— Dommage, c'est amusant, j'ai l'impression de ne pas porter de poids. » Elle le décharge dans l'anse formée par mon bassin et ma poitrine.

« Voilà, lui dis-je à la fin du passage oblique, maintenant on monte tout droit, c'est plus facile. On se met en rang, le plus petit rang du monde, deux en tout. Le scarabée se transforme en chenille, toi tu avances, moi je suis dessous, je vérifie la prise de tes pieds. Toi, pense toujours au mousqueton et au câble. »

Nous commençons ainsi la montée, à l'intérieur d'une cuvette de rochers qui rebondissent en hauteur sans montrer ni sommet ni fin.

« On ne voit pas où on arrive, dit-elle.

— Nous sommes trop bas, même au bout de deux heures de montée nous ne le verrons pas. »

Elle est svelte, elle a pris goût au mouvement, elle monte plus avec les rochers que sur le câble. Nous produisons du vide sous nos pieds. L'escalade est une fabrique de mètres sur des mètres, une accumulation d'air. Quand le câble se termine et qu'il faut franchir des passages sans être attachés pour atteindre l'ancrage suivant, elle regarde au-dessous : « C'est s'enlever ça, n'est-ce pas ? » dit-elle. Je ne réponds pas, pour moi c'est se mettre. Se donner à la matière première minérale, la mesurer du bout des doigts, se mettre au vent, aux pierres, demander le passage à tout, même aux nuages.

Elle transpire. « C'casque me brûle le cerveau, pire que chez le coiffeur. J'aurais pu mettre des bigoudis. » Elle parle toute seule. Elle sait que je l'écoute, que je suis un mètre en dessous, mais elle se passe de moi.

Après une longue montée verticale, il y a de nouveau une traversée difficile. Cette fois-ci, elle veut la faire toute seule. Je la précède et je lui épargne seulement les mouvements du mousqueton, pour qu'elle ne lâche pas le câble des mains. Elle a le front qui se plisse sous l'effort, une bouderie de concentration sur les lèvres. Elle ne pense à rien d'autre en ce moment, rien qu'à ces quelques mètres difficiles à franchir et c'est tout. L'escalade redevient verticale, elle reprend son souffle et nous montons à la file rapidement le long du bastion à midi.

« Elle est brave notre chenille », dit-elle. Elle est brave, elle vient de naître et elle sait déjà où aller. Aucun de nous deux n'ajoute qu'elle pourra devenir papillon. Il est sûr qu'elle aussi pense à cette repartie, mais elle se retient. Nous restons une bonne chenille, c'est ce qui compte maintenant.

Au bout de trois heures, nous sommes sur la Cathédrale, c'est le nom d'un des sommets. Nous avons sur la tête des nuages et des giclées de ciel, nous la libérons du casque. Au premier vent, la tête laisse échapper ses pensées prisonnières, l'air passe dans les cheveux, un plaisir de les ébouriffer, de les dégourdir. Nous mangeons du pain avec des carrés de chocolat. Des bouchées chargées d'appétit, vite avalées, notre haleine sent le cacao. Des oiseaux du sommet viennent toquer aux miettes avec de petits cris stridents, nous en lançons, ils les ramassent à petits sauts. Elle demande le nom des montagnes, je les lui indique, la Moiazza aussi au bout d'une balançoire de crêtes.

Elle me demande de me retourner. Elle change de tee-shirt. Pendant qu'elle est nue, le soleil ouvre boutique sur la Cathédrale, écartant des nuages mouchetés. Il réchauffe et sèche. Elle s'allonge, une ombre passe sur son visage, j'ignore si c'est le ciel ou bien une pensée : debout, sacs au dos, on continue, dis-je brusquement pour filer de là. Il vaut mieux que nos muscles ne se refroidissent pas, aujourd'hui nous ne sommes que ça. Elle obéit. Nous descendons la Cathédrale le long de ses pentes effritées par des éclats de foudre. La foudre est un enfant qui cherche l'âme des jouets à coups de marteau. Mais celle-ci n'est pas sous la croûte, si elle existe, elle est à la surface où rampe notre chenille à deux. Si elle existe, elle est dans le courant chaud qui pousse les craves vers le haut, les ailes immobiles. Et ça, ce sont des pensées de descente, elles roulent toutes seules. Elle, elle trébuche au contraire pour regarder autour, j'entends ses semelles gratter le pierrier, elle glisse derrière moi, je me retourne et je l'arrête d'un bras : « Regarde par terre et fais des pas courts en descente, comme ça si tu rates une prise, tu la retrouves, à pas courts, de chenille.
— Bien chef. »

Et ainsi va le jour à travers crêtes, descentes, remontées, passages en traversée sur des petites côtes de traces à peine dessinées sur la ligne du vide. Aujourd'hui elle y arrive, aujourd'hui est un jour de priorité à la vie. Si elle veut quelqu'un qui la tue, il n'y a qu'à sauter, il suffit du faux pas. Aujourd'hui c'est tour de vie, parcours à compléter nettement sans erreurs, aujourd'hui nous sommes des cavaliers sans selle de nous-mêmes. La prairie a seulement changé d'inclinaison, devenant muraille.

Sur le sommet de la Moiazza, elle retire son deuxième tee-shirt, elle met le troisième sans me prier de me retourner. Je regarde d'un autre côté, je lorgne à l'ouest d'où arrive l'orage, quand il arrive. D'habitude, une virgule de noir, plus tache que nuage, l'annonce, mais aujourd'hui non, seules des grappes de condensation flottent sur les montagnes.

Ses gestes sont devenus plus lourds de fatigue, elle enlève ses souliers, elle est fatiguée, sans épine de tristesse, seulement fatiguée. Son ombre va et vient, bat au vent, disparaît. Nous restons un moment sur le sommet, reprenant des forces pour le chemin du retour. Puis un passage sur un fil de crête, deux vents de montée venus des versants opposés s'en prennent à notre équilibre, nous donnent des bourrades. Nous serrons notre chenille, ses mains appuyées sur mes hanches, son mousqueton accroché au mien. Le jour pointe en descente, nous le suivons en perdant de l'altitude sur le long trajet qui nous ramène en arrière par une autre voie. Les pas courts se détendent sur de meilleures traces, plus faciles, nous mettons quelques mètres entre nous. En descente, j'oublie. Je retourne au panier d'où je suis sorti. C'est l'heure du talon, os du retour, c'est à lui d'appuyer le pas qui ramène en arrière. Et ça, c'est s'enlever.

Nous arrivons en silence au refuge. Dix heures de balade sont passées et nous sommes vides. Se laver et se mettre à une table pour reprendre des forces. Nous nous retrouvons sur les mêmes chaises que le soir précédent, après une friction à l'eau froide. L'eau chaude a été consommée par ceux arrivés plus tôt. Elle est dans une bonne laine, elle a froid. Je porte ma chemise à carreaux et je bois lentement un grand verre de bière. Nous ne disons rien. Elle sourit à quelques bouchées qui lui plaisent. À un bon degré de chaleur et de satiété, elle demande à quoi je pense. « Aux montagnes de demain. » Elle a un bâillement qui me fait sourire.

« Merci », dit-elle.

En réponse, je la regarde.

« Je n'étais jamais montée sur un sommet en l'escaladant. »

Que de choses ai-je à dire, souffler aussi sur la gratitude qui est dans les fatigues propres, que de choses pour m'approcher. Aucune ne passe, je reste les poings fermés, je baisse les yeux. Elle se lève, pose un baiser sur ma tête en la tenant entre ses mains, « Bonne nuit », dit-elle.

Le jour suivant, je pars à la première lueur, je change de col et de vallée à la recherche d'une autre ascension à quatre pattes. Je lui laisse un mot : « Ne lave pas tes trois tee-shirts mouillés de sueur. Jette-les, c'est de l'eau qui a coulé. »

Et maintenant j'écris. À la place de tout autre chose possible j'ai en substitution, comme reste, l'écriture. Quel con !

LA CHEMISE AU MUR

Roma-Amor. Dans les jeux de mots, on appelle palindromes les mots et les phrases qu'on peut lire aussi en sens inverse. Ils m'arrivèrent tous les deux avec une force de primeur loin de chez moi. Dix-huit années, de la première à la dernière, j'ai vécu à Naples, ma ville de naissance, stérile, sans aimer aucune fille dans les quartiers de mon adolescence. Ce n'est que sur l'île d'en face, un été, que m'est venu un amour pour une fille de Rome. Et quand à dix-huit ans je me suis évadé de mon lieu de fondation et du Sud, je me suis rendu dans cette ville, parce qu'il m'était resté de l'amour, un peu, mais assez pour faire passer par là celui qui se détachait de son centre et qui était équidistant de toute gare d'arrivée.

Elle, elle était déjà grande, elle étudiait l'architecture, elle fumait. Moi, jamais capable de tabac, dérivés et composés, j'avais envoyé promener ville, études, maisons, famille. J'étais dépaysé et possédé. Les décisions prises à un âge âpre ne cèdent plus, enfoncées dans on ne sait quel os.

Comme pour beaucoup arrivés sans invitation, Rome fut au début gare de chemin de fer. Dans ses parages, je trouvai des lits de camp dans des chambres meublées, parmi des inconnus. Je n'ai jamais été aussi seul, une bonne condition pour tomber amoureux ou se perdre. Je ne fus pas égaré parce que tout autour il y avait une étrange colère de jeunesse, politique, mais rien à voir avec les partis. Divisée, irrégulière, sans congrès, affiliations, cartes, elle avait pour terrain la rue et pour parlement les assemblées. Elle se heurtait aux polices, tribunaux, prisons. Je fus des leurs, c'est pourquoi je ne me suis pas égaré. Je suis tombé amoureux, non pas de la première, celle de l'île, mais de sa sœur, seize ans, effrayante de volonté et de beauté. Elle avait les mains abîmées par une maladie, la seule que j'ai aimée. Je vénérais ces doigts crevassés, rouges, endoloris, elle ne l'a jamais cru. Eût-ce été la lèpre, je l'aurais léchée pour me la coller à la langue, eût-ce été la mort, je l'aurais voulue moi. Moins que ça, l'amour n'est rien.

Arrivait l'année 1969 plus dure et plus longue que l'année d'avant-goût 68. Des jeunes commençaient à penser à eux-mêmes d'après les biographies de révolutionnaires du début du XXe siècle. Nous étions nombreux à apprendre le pleur artificiel des lacrymogènes, les bagarres des charges, les coups et le drôle de transport dans des cages à poules, les fourgons cellulaires. Qui étais-je, que pouvais-je dire de moi : rien. Je n'étais de rien et d'aucun lieu. J'étais un parmi tant, qui parfois n'étaient pas bien nombreux à compter dans une cour de commissariat, au milieu des représailles endurcies d'hommes en uniforme. J'étais un, même moins qu'un. Pourtant j'aimais. J'aimais la fille aux cheveux plats, prise de profil sur une photographie de printemps aux forums romains, une de nos promenades. J'aimais la fille qui m'avait accueilli dans ses larges épaules, comme le fait une tempête avec un bateau.

Je comptais mes muscles, mes os, comme j'étais peu de chose, je comptais mes années, mon argent : comment pouvais-je la garder ? Elle grandissait, c'était un été de figues de Barbarie et une chaîne de baisers exaucés. Je n'avais rien d'autre à désirer en dehors du seuil des baisers. Plus que la liberté, j'ai attendu la minute bouillante où quatre lèvres suspendent leur souffle, se mêlent pour se goûter elles-mêmes à travers deux autres et se confondent pour s'appartenir.

Elle vivait dans une maison, moi dans des chambres, nous nous rencontrions rarement seuls. Les baisers ne sont pas une avance sur d'autres tendresses, ils en sont le point le plus élevé. De leur sommité, on peut descendre dans les bras, dans les poussées des hanches, mais c'est un effet de traction. Seuls les baisers sont bons comme les joues du poisson. Nous deux, nous avions l'appât sur nos lèvres, nous happions ensemble.

C'était l'hiver et j'étais dans une petite chambre, la première que je louais, près de la Villa Ada. J'avais cloué au mur une chemise. Les boutons s'ouvraient et à l'intérieur il y avait deux photos, les siennes. Elle vint me voir en cachette, j'étais tombé malade. Une de ces fièvres épaisses, violentes se calmait peu à peu en moi. En ouvrant la porte, je me suis tenu solidement à la poignée. Elle m'a serré fort, comme si elle embrassait l'hiver, des frissons insistants, du marbre dans les pieds. Il n'y avait pas de chauffage, mais je m'en suis aperçu à ce moment-là. Mon corps était dur de froid, alors que j'aurais voulu dans mes veines plus de chocolat que de sang. Elle me garda dans son manteau en peau de mouton doublé de laine. Elle ferma la porte de son talon et me poussa en arrière vers le lit sans relâcher son étreinte.

Elle m'allongea, puis retira ses vêtements en gardant une chemise blanche, légère. Elle entra dans le noir des couvertures et couvrit tout mon corps du sien. J'étais au-dessous d'elle, tremblant de bonheur et de froid. Les parties de notre corps trouvaient une coïncidence, main sur main, pied sur pied, cheveux sur cheveux, nombril sur nombril, nez près du nez, ne respirant que par lui, nos bouches unies. Ce n'étaient pas des baisers, mais la jonction de deux morceaux. S'il existe une technique de résurrection, elle était en train de l'appliquer. Elle absorbait mon froid et ma fièvre, matières brutes qui, pétries dans son corps, me revenaient sous un poids d'amour. Le sien tenait le mien sous lui et le mien portait le sien, comme fait une terre avec la neige. S'il existe une alliance entre femelle et mâle, je l'ai ressentie alors.

Cela dura une heure, plus qu'un quelconque toujours. Avant de partir, elle rit de la chemise au mur. C'est ma crucifixion boutonnée. Je ne lui dis pas qu'elle y était, à l'intérieur. Elle ne vint plus. L'hiver nous détachait. Elle était venue pour me quitter et au contraire s'était allongée pour me guérir. Les meilleures choses de l'amour arrivent par hasard, on les comprend ensuite. Je croyais que cette visite était pour nous un début de plus vaste vie à deux, c'était au contraire un terme. Dans ma tête battaient comme des coups de cloche les syllabes du poète espagnol :

« Pour aller au nord, il alla au sud. / Il pensa que le blé était eau / il se trompait. / Il pensa que la mer était ciel / et la nuit le matin. / Il se trompait. / Que les étoiles étaient rosée / et la chaleur une chute de neige / il se trompait. » Chez nous, un chanteur avait mis ces vers en musique. La musique, comme le sel, conserve mieux. Je me trompais et entre-temps je guérissais de l'amour, de ses attaques de bonheur. Je m'habituais à la ville, une conduite qui perdait de l'amour par toutes les fontaines. Je la traversais avec les yeux que j'aurai à nouveau une fois vieux : la Villa Ada était pleine d'enfants et de mères qui ne me concernaient pas.

À cette époque, les ouvriers du restaurant universitaire et les étudiants avaient décidé que tout le monde pouvait venir et manger, même sans carte. Avec trois cents lires, j'étais à l'abri. La fièvre et le jeûne étaient finis, je me nourrissais rue De Lollis avec tous ceux qui inventaient de nouveaux droits, en les retirant aux pouvoirs. La ville était un lieu pentu pour nous qui descendions dans les rues du centre et des banlieues, encerclés par des troupes que nous ne craignions plus.

Je l'ai revue quelquefois à certaines manifestations, dans les tas que nous formions. Elle s'était vite mariée. Elle devenait une femme, une, et elle en avait contenu tant, et moi je les avais connues. J'avais aimé en elle toutes ces filles qui essayaient des vêtements de femme au cours de l'année des baisers. Plus tard, j'en ai aimé d'autres avec l'illusion que c'était encore elle. Je me donnais cette illusion pour pouvoir tomber amoureux.

Quelques années plus tard, je quittai en courant cette chambre louée, sans rien emporter, pas même un caleçon. La chemise clouée aux poignets resta là, à personne. Et peut-être est-il bon de s'en aller comme ça, en vitesse, poursuivis. Mais ça ce fut après, quand se durcissait la haine civile et que nos sangs et ceux des autres n'avaient pas le temps de sécher.

Dans la fureur des deuils, j'oubliai la jeune fille qui m'avait tenu debout dans son manteau et qui s'était détachée de moi pour devenir une femme. Rome était pleine de guerre. Ceux qui disent qu'elle était inventée l'ont au contraire désertée. Il n'était pas obligatoire de se battre, mais il y avait de quoi. Cette génération des si nombreux ne cherchait pas à recruter, elle se suffisait. Elle n'aspirait pas à des majorités, elle déplaçait sa charge par à-coups de minorités. Elle ne me manque pas, car elle n'est jamais sortie de mes pensées. Pas plus que ne me manque cette heure de résurrection sous le corps de la fille aimée. Moi, je l'ai eue cette heure illimitée. Moi, je l'ai eue.

UNE MÉCHANTE HISTOIRE

Aujourd'hui, je sais que même vieux je suis resté méchant.

J'étais allé sur la Cima Dieci, un sommet de 3 000 mètres qui se monte à pied avec un dernier saut de roche où il faut mettre aussi les mains. Un câble en acier accompagne l'indécis jusqu'en haut. La journée était sincère, je montais avec mes sandales, que je retire dans les passages plus doux pour aller pieds nus. En vieillissant, je suis devenu sauvage, je laisse plus d'air au corps. Je suis encore agile mais je n'ai pas envie de paraître ingambe, je préfère l'adagio, qui me rend léger.

En chemin, j'avais dépassé plusieurs groupes. Ils parlaient. Ils en ont besoin même s'ils sont essoufflés. Le solo de la respiration les effraie. Ils souffrent de vertige buccal. Je salue de la main, sans un mot.

Les nuages de vallée remontaient en rafraîchissant mon souffle. C'est l'heure où, enveloppés de leur vapeur, les indécis déjà fagotés dans leur harnais se laissent impressionner par l'ombre et décident de rentrer de peur de l'orage. « Ne va-t-il pas y avoir une perturbation ? » disent-ils, et cela suffit à les décourager. Ils s'aperçoivent ensuite que la journée fulgure d'un soleil de plomb et ils se consolent avec sagesse : « Oui, mais la prudence ne fait pas d'éclopés. »

Le nuage monte et m'accompagne à l'heure du démarrage. Je sens une bonne poussée dans mes intestins et je m'arrête pour les vider sur les graviers. Ici en haut, les citadins sont gênés et vont faire ça dans une anfractuosité. Ainsi la pluie ne peut rien laver et tout reste sec. Et je trouve ça là quand l'orage me surprend et que je vais m'abriter.

La Cima Dieci est à plus de 3 000 mètres, c'est la plus haute alentour. À la base des derniers cent mètres où commence le câble, deux garçons tentent de persuader une fille de se lancer. Ils me voient de loin et alors ils se décident. En montagne, quand les citadins voient quelqu'un approcher, ils accélèrent, ceux d'en haut en revanche laissent volontiers la priorité au plus leste pour ne pas l'avoir derrière.

Ils sautent tous les trois sur le câble, la fille au milieu. Ils n'avancent pas. Je me mets à la file, puis, comme ils restent accrochés au câble, je passe là où il n'y en a pas. La roche est parfaite, elle se laisse escalader partout. J'arrive au sommet, non pas sous la croix, mais quelques rochers plus loin. La journée est bonne, les nuages de vallée sont tous montés et se sont blottis sur les cimes comme des vaches repues. Je retire mes sandales et je pose mes pieds nus sur la pierre de cime. Les craves planent autour des rochers.

Sous la croix, des personnes se photographient mutuellement, elles écrivent sur le livre du sommet. Elles n'ont rien pour les oiseaux. Ça ne va pas. Ici, en haut, nous sommes les hôtes de l'air et de ses navigateurs. Chaque coup d'aile a plus de légitimité et d'élégance que le pas le plus expert. Il faut apporter quelque chose en hommage aux ailes noires, même un reste de nourriture. Je coupe la croûte du fromage, je la coupe épaisse, et d'un appel complice, un claquement de la bouche, je les avertis, puis je tire au-dessous d'eux. Les morceaux de croûte tombent un peu plus bas, les craves vont les prendre. De la croix on me regarde. Mais oui, je suis le gardien des oiseaux, je monte donner la ration. Je finis le pain et le morceau de fromage, puis je m'allonge pour regarder le plafond. Aujourd'hui, le maître maçon a forcé sur le bleu dans le mélange, il est si intense qu'il fait jaillir des larmes.

Je regarde le ciel depuis l'enfance, depuis que la postière m'a dit que si on regarde toujours les bois les yeux prennent leur vert. Elle, elle les avait noirs à force de lire les adresses. Moi, pour les garder clairs, je me suis mis à fixer les cieux. Il y a si longtemps qu'ils voyagent sur mes yeux, traversent leur champ, en franchissent les cils. Quelle chance de se trouver sous leur gratis, de ne pas voir un mur, une serrure, une haie. Je suis vieux et je ne comprends plus ni les gendarmes ni les voleurs.

Autrefois, je comprenais les braconniers qui allaient à la chasse clandestine parce qu'on était des hommes et qu'on vivait dans les bois et que les femmes attendaient la viande d'un bon coup. Aujourd'hui, je bois avec les braconniers, ils ont arrêté, presque tous. Entre-temps, le ciel passe sur ma tête et sur mes pieds, je les lève et je les vois de sa couleur et de celle de ma chemise à carreaux bleus. Les craves respectent ma tête rejetée vers le ciel, aucun ne passe au-dessus de moi. Ils braillent avec ceux qui sont sous la croix, venus les mains vides.

Je me redresse pour m'asseoir, je nettoie mon couteau et je le referme.

Je ne le glisse pas dans mon sac à dos, j'ignore pourquoi, je le mets dans ma poche.

Je descends, mes sandales bien plantées sur les prises, avec des forces franches. Je laisse de côté le câble en acier qui descend bien ancré. Je vais sans ancre. J'avance, laissant battre au vent les quelques mèches blanches de mon front. Il est une heure, l'heure de rentrer, j'ai deux heures et demie de descente.

Je repasse sur la longue ligne qui accompagne le bord de l'abîme. Le Grand Mur, la muraille que tout grimpeur rêve et veut parcourir de fond en comble : je suis dessus, le sentier longe en haut les points d'arrivée des fameuses escalades.

Je mets les pieds là où se trouve la dernière prise du dièdre de Mayerl, je vois plus bas le point de sortie de la magnifique voie de

Messner sur la roche noire. C'est l'heure la plus tiède, tout autour pianote le petit moteur en *ré* mineur des grillons. La tête basse, je suis avec mes pensées quand, je ne l'ai pas entendu, arrive sur moi le pas brusque d'un jeune qui monte. Il est assez costaud, habillement technique, lunettes de soleil. Il a l'allure forcée de celui qui a de l'énergie à revendre et veut le faire savoir. L'endroit où nous nous croisons est étroit mais suffisant pour passer à deux, il ne s'écarte pas, ne m'évite pas, me bouscule. « Connard, marmonné-je dans un souffle sec en descendant.

— Qu'est-ce que t'as dit ? » Je sens qu'il s'est arrêté et qu'il s'est retourné. Je m'arrête moi aussi et je le regarde. « Qu'est-ce que t'as dit, vieux de m… ? » Mais non, je me suis vidé tout à l'heure, la jeunesse est mal informée et puis je ne suis pas de ceux qui discutent en se querellant et je n'ai pas besoin de m'exciter. Pour toute réponse, je sors mon couteau de ma poche. C'est une bonne lame, large et bien effilée. Je l'empoigne et je reste là. « Ça tu peux te le fourrer dans le c… », et il nomme mon maigre point d'appui. Le fourreau peut-être, pensé-je, mais ce bout de fer que j'ai en main a pour l'heure un tout autre destin en tête. Je ne lui parle pas, je continue à le regarder et il n'a pas l'intention de laisser tomber. Il a enlevé ses lunettes. Tant mieux, ainsi je le regarde où il me faut. Il descend vers moi. Je recule, mais pas vraiment vers le bas, plutôt vers le bord du Grand Mur. Il doit avoir une assez mauvaise intention s'il veut se battre avec moi à un mètre du précipice.

Lui ne le sait pas, mais je suis sur le point de sortie de la voie de Mayerl, où la paroi est raide mais double : une contre-paroi est adossée à la principale. D'en bas on l'escalade comme une cheminée. Au pire, je tombe dedans et avec un peu de chance je ne crève pas. Je ne veux pas lui donner cette satisfaction. Il la veut, il a tiré vers la main du couteau un beau coup de pied sec, frontal, genre art martial. Mais je suis agile et je dois exploiter à fond cette qualité. Et puis, il a retiré ses lunettes, comme ça je peux braquer mes pupilles sur les siennes. De là, je comprends quand son geste va partir.

Entre-temps, il parle d'une voix sourde, déclare ce qu'il veut me faire et l'endroit où il veut m'envoyer. Il est loquace en duel.

Je ne lui fais pas entendre ma voix. Je tiens bien mon couteau sans répondre à ses coups de pied, j'esquive seulement. J'ai appris le maniement de l'arme d'un Sicilien qui savait s'en servir. Il a voulu me l'enseigner pour me remercier de je ne sais plus quoi. Il me donnait des leçons dans l'arrière-boutique d'un bistrot de Turin. Nous transpirions en quête du premier sang. Le couteau doit être tenu bas. Il tente de me l'arracher des mains à force de coups de pied.

Je l'ai appelé connard : en voilà deux qui vont se tuer comme ça, juste parce qu'ils sont vivants. Non pas qu'on ait besoin de motifs plus valeureux, car céder le pas ou non est un vieux signe de respect ou d'offense. Je n'ai pas envie de frapper, je ne veux pas porter ce sang jeune sur ma chemise bleue. De quels yeux regarderais-je le ciel ? Mais là je ne décide guère et ce sera déjà quelque chose si je me retrouve en vie entre les deux parois derrière moi.

En attendant, j'évite les coups de pied, je les vois partir de ses yeux avant qu'ils se détachent de terre. Il en veut à mon couteau, aussi en a-t-il peur. Alors, je le lance d'une main dans l'autre pour le désorienter. Il est malin, il a compris qu'il peut essayer ainsi de l'intercepter au vol quand il change de main. Je vois dans ses pupilles le point fixe de l'idée. Je ne regarde que ses yeux. J'ai mon couteau, un peu de calme encore pour le moment où je devrai m'en servir, mais je ne sais plus où je suis, si j'ai déjà le talon sur le précipice. Je n'ai pas encore décoché de coup, il ne sait pas jusqu'où arrive mon bras. Il ne sait pas si je suis seulement en train de me défendre ou bien si j'ai la force de frapper. Il ne sait rien de moi, sauf qu'il veut me jeter en bas. Je continue à changer le couteau de main. Il est concentré sur le point mort de l'échange. Alors j'écarte un peu plus mes bras pour faire croire à un passage plus ample entre mes mains, je fais semblant de lancer le couteau et lui tire un coup de pied à l'endroit où doit se trouver le couteau en changeant de main. Mais il n'y est pas. Il est resté dans ma main droite qui, à mi-course, lui attrape le pied entre la cheville et le talon, la pointe passe, sort de l'autre côté, puis glisse rapidement. Il a senti une piqûre, il tombe, pousse un râle de douleur et de colère, met les mains sur son cou-de-pied, les voit tachées de sang, il veut se relever et reste à terre, le tendon doit être coupé. Je l'ai laissé là. J'ai repris ma descente au point où elle s'était arrêtée et j'ai continué. Je ne me suis pas retourné, je n'ai pas pressé le pas. Je l'ai laissé là, chercher de l'aide, demander à quelqu'un la charité d'une épaule. Même vieux je suis resté méchant.

« Tu as bien fait. »

Tu dis ça parce que je t'offre un verre et parce que tu es vieux toi aussi et qu'un garçon t'a peut-être humilié. Je n'ai pas bien fait, j'ai fait. J'ai fait celui qui était sous le ciel. Si c'était juste, je devais sentir le vent de face. Quand arrive la justice, elle rafraîchit et renforce. J'ai seulement soufflé de m'en être sorti. Mon intention était-elle bonne ou mauvaise ? C'est ce qui décide si c'était bien ou mal. Je me cherche un bon prétexte sans le trouver, à part que je suis en vie. Tu es là sur un bord et tu paies ta vie sans savoir si ton prix est suffisant. Pour nous les vieux c'est comme ça tous les jours. Nous sommes plus guerriers que les jeunes qui ne sont pas entraînés à mourir.

Ma chemise bleue n'est pas tachée, ainsi est-elle bonne pour une autre montagne demain. Le couteau non, il est poissé de sang, il n'est plus bon pour couper le pain. Je l'ai nettoyé, je te l'offre, moi il m'en faut un autre.

Le vieux braconnier le pose dans sa main, l'ouvre, le renifle. « Il me donne envie de retourner à la chasse. »

ANNONCE JAMAIS ENVOYÉE

« Je cherche la fille qui le soir du… est entrée dans le magasin de fruits et légumes de la rue… Elle avait les yeux gonflés, un pantalon troué aux genoux. » Ainsi commencent les lignes d'une annonce jamais envoyée, qui a fini dans les désirs inassouvis et pour cela intacts.

Ses cheveux étaient longs, couleur des châtaignes quand elles sont mûres et qu'on monte sur la colline secouer les branches. Elle était secouée, comme il fallait pour ce temps-là.

Ses cheveux dénoués s'accrochent et il lui manquait une mèche, arrachée. Elle me dit qu'elle voulait les couper le lendemain. Sa voix était basse, enrouée. Autres détails : une blessure à la lèvre supérieure, une trace de rouge en un seul point. Pas de fard, on n'en mettait pas. De ses yeux je ne sais quoi dire, c'était noir, il y avait de la fumée. Je cherche cette fille-là, jamais revue. Aujourd'hui, elle n'est plus de cet âge-là, c'est du reste un temps court et alors il durait encore moins. Par exemple, j'ai été jeune pendant quelques semaines, deux fois, l'été. Dans tout l'entre-temps nous étions des adultes involontaires.

Je cherche la fille qui entra en courant dans le magasin de fruits et légumes, au cas où elle se souviendrait de la tiède soirée d'une guerre locale, dans un seul quartier, une soirée de guerre un peu mondiale aussi parce qu'elle voulait déranger la séance de la grande alliance guerrière de l'Atlantique Nord.

« *La meglio zoventù* », disait une chanson d'Alpins apprise de mon père. La fleur de la jeunesse de la ville de Rome se donnait rendez-vous, endurcie et effrontée, autour de la basilique Saint-Paul, contre la réunion des chefs de l'OTAN dans le quartier de l'EUR[1].

Les partis de la gauche assise, au parlement et dehors, dictaient des formules de conjuration : c'est une manifestation provocatrice (la nôtre, non pas celle de l'OTAN), l'œuvre de groupuscules extrémistes. Ils prescrivaient à leurs adhérents la vigilance dans les sections, c'est-à-dire : se calfeutrer à l'intérieur. Cette jeunesse-là n'était pas gentille, elle n'obéissait à personne, elle était envahissante, sans représentants même dans la loge de concierge des institutions.

Nous venions juste de nous rassembler, un beau tas de quelques milliers autour de la basilique. La manifestation n'était pas autorisée, et après ? Nous ne voulions pas ouvrir une exploitation

1. Quartier de l'Esposizione universale di Roma.

commerciale, pour avoir besoin de leur licence. Il s'agissait de manifester, un point c'est tout, un droit intraitable. Alors c'était plutôt une aimable concession, très révocable. La démocratie dominante était celle du parti unique, au gouvernement sans relâche déjà depuis un quart de siècle. Ainsi donc, après les premiers affrontements et les premières arrestations, la plupart d'entre nous montèrent vers le quartier voisin de Garbatella. En ordre dispersé et hors d'haleine, nous bloquâmes la rue avec tout ce qui nous tombait sous la main, panneaux de signalisation, bidons, gravats d'un chantier voisin.

C'étaient de brusques mouvements masculins, pourtant quelques filles restaient et, si elles n'avaient pas la force de lancer des pierres, en échange elles les ramassaient et te les mettaient dans la main. Tu n'as jamais eu dans la main une pierre donnée par une fille ? Ce sont les meilleures, tu y mets dedans une telle force en les lançant que tu te prends pour une catapulte. Et tu lui en demandes encore pour sentir à nouveau le toucher du passage de main. Et, pendant que tu penses à ça, la charge avance et tu restes un peu en arrière par rapport à ceux qui se sont retirés plus haut, tu restes en arrière parce que cette sacrée fille ne s'enfuit pas, elle t'attend et tu ne veux pas t'enfuir avant elle et alors les autres approchent et tu pourrais peut-être encore filer car ils sont essoufflés par leur course en montée et aussi par la trouille de tomber sous une météorite volante, mais rien, la fille ne se déplace pas et toi tu es là en train de tirer sans rater un coup tant ils sont près, il y aura bientôt une mêlée, et toi ne fallait-il pas que tu te trouves à côté d'une Jeanne d'Arc, et maintenant ils sont arrivés à la distance où l'on peut se regarder en face et, ça alors, ils s'arrêtent, font demi-tour, l'assaut est fini, ils ont eu l'ordre de se retirer.

Ce qui se passe, et tu ne t'en es pas aperçu, c'est que les gens sont en train de lancer leur maison par les fenêtres, toutes leurs vieilles affaires, on se croirait le jour de l'An, des pots de fleurs, des pots de chambre, de la ferraille, des chaises cassées, des briques, des carreaux, des boîtes, des bouteilles et des seaux d'eau. Le quartier s'est mis à la fenêtre, a bombardé la charge, l'a réexpédiée en bas. Les gens descendent de chez eux, ceux des nôtres qui avaient pris position plus en arrière reviennent vers la barricade, de grandes couvertures à brûler surgissent, un vieil homme en pousse une enflammée dans la descente par où se sont enfuies les troupes de l'ordre public. Et moi il me semble que l'ordre public est celui de l'insurrection inattendue de gens qui ne nous connaissent pas, qui ne savent pas pourquoi nous leur apportons la guerre chez eux, mais qui décident au vol et à la majorité que nous avons raison et que les troupes ont tort. Ces gens-là font leur ordre public en se mettant avec la fleur de la jeunesse et en faisant son bonheur. Car le bonheur pour nous a été un quartier insurgé à l'improviste à nos côtés et tout autour.

Nous appelions ces choses-là du communisme, mais nous cherchions à deviner, c'était surtout un bonheur, âpre et enfumé.

Je cherche la fille du magasin de fruits et légumes, qui n'est pas celle de la barricade tête contre tête, pierre contre pierre, non, celle-là je la connais, elle a toujours été dans la rue et elle a remonté les degrés des affrontements jusqu'à la plus violente forme de la critique. Ces affrontements étaient la critique, des actes d'une raison dotée d'une force de démolition, car elle est bonne à ça, la raison. Et ceux qui ne faisaient pas comme ça ? C'étaient des gens qui niaient l'évidence, ils s'excluaient du champ. Ils choisissaient l'État, qui n'est en aucun cas une indication de mouvement.

Au terme de ce jour et de cette nuit de la critique, nous devions compter cinquante d'entre nous emprisonnés, un hôpital de blessés, mais pas un dans une salle commune, chacun dans une chambre des habitations du quartier. La critique était coûteuse. Je cherche la fille saisie au vol à la sortie du magasin de fruits et légumes.

Les troupes revenaient à la charge à partir d'autres points d'encerclement. Ils parvenaient à entrer, capturer, emmener en courant, mais ils ne pouvaient pas se planter au milieu du quartier. Les magasins restaient ouverts. Ils fermaient aussitôt si l'un d'entre nous était poursuivi et s'y réfugiait, alors le patron baissait brusquement le rideau de fer et dehors les troupes donnaient des coups de pied, nous lançaient une grenade. Mais ils devaient vite se retirer, des balcons ça grêlait dur.

Tu n'as jamais vu des commerçants se comporter ainsi avec la clientèle ? C'était un effet de cet étrange bonheur : si par erreur l'un d'eux fermait son rideau devant un garçon en fuite, le laissant se faire tabasser dehors, le jour suivant et ceux d'après il pouvait rester chez lui, personne n'entrait dans sa boutique pendant un bon bout de temps.

Je cherche la fille qui se sauva dans le magasin de fruits et légumes, les yeux gonflés de gaz lacrymogène, son pantalon troué. Le patron n'eut pas le temps de fermer, les agents relevèrent le rideau de fer déjà à moitié baissé, excédés de courir sous la grêle des balcons, enfin à l'abri pour une capture facile, bonne pour se dégourdir aussi les membres supérieurs. Ils s'en prirent à la marchandise, un méli-mélo de coups sur brocolis, chicorée, tomates, jambes du commerçant qui avait fini la tête en bas, pommes, courgettes, bras de la fille qui se protégeait sous les paniers renversés. Ils l'attrapèrent par les cheveux, la traînant dehors abrutie de coups et de peur.

Ils avaient soufflé trop longtemps dans le magasin, le reste de la troupe s'était retiré. Ils sortirent en courant et tombèrent sur un groupe des nôtres. La fille passa devant moi, je la pris par un bras. Ainsi pendant deux secondes, trois tout au plus, nous formâmes un beau trio primitif, deux mâles qui se battaient pour la possession de la femelle en la tirant de deux côtés opposés. Puis l'autre céda, touché par un coup de pied de la fille, brusquement ranimée par la bagarre en son honneur et décidée à faire valoir son droit de choix entre ses prétendants. L'agent s'enfuit en serrant dans son gant un bout de scalp. « Je jure que je me les rase à zéro, je jure que je ne me ferai plus prendre comme ça. »

Je cherche la fille qui disait ça sous une porte cochère où nous avons passé une heure à reprendre notre souffle, à dégonfler nos yeux avec du citron, à compter les bleus qu'elle avait, à retirer les légumes de ses vêtements et de ses cheveux. Je la quittai alors qu'elle était calme, elle avait sommeil et elle voulait rentrer chez elle, avertir quelqu'un. Moi non, le soulagement du solitaire dans ces échauffourées était de ne pas avoir d'arrière-lignes à prévenir.

Le reste des nôtres resta toute la nuit dans la rue avec le peuple de Garbatella pour raconter, se compter, boire du café, des petits verres de cordial, mâcher du pain tout frais, s'échanger des poignées de main. Le commerçant avait remis en ordre son magasin et la marchandise épargnée, aidé par plein de gens. Il avait gagné une bonne part d'estime, aujourd'hui on dit de marché. Même si aucun expert en la matière n'aurait pu lui donner le bon conseil qu'il sut se donner tout seul au milieu de la petite guerre qui lui était tombée dessus.

Je ne l'ai plus vue pendant les jours, les semaines, les assemblées, les manifestations qui suivirent. À distance de la maigre assurance de plus d'une demi-vie plus tard, je rédige de mémoire une annonce jamais envoyée. « Je cherche la fille… » Je ne la cherche pas et, l'annonce, je ne l'ai même pas écrite. Mais pendant les jours, les semaines, les assemblées, les manifestations qui suivirent j'ai regardé s'il y avait celle qui m'avait juré sous une porte cochère d'aller chez le coiffeur, tout en enlevant la salade de ses souliers. Pendant plusieurs semaines m'est resté tendrement gravé le serment de couper court.

IN NOMINE

Avant de me fourrer dans l'immense impasse de l'Afrique, je me préparais dans une communauté de volontaires qui allaient effectuer un travail gratuit là-bas. Assurés seulement du vivre et du couvert, c'étaient des gens d'une espèce plus exposée que celle que recouvre aujourd'hui le terme de bénévolat. Nous étions ensemble pour nous exercer à nos tâches et pour apprendre à bien nous comporter en terre de besoin. Pendant quelques mois, nous avons mené en laïcs une vie de monastère, le temps scandé par les prières et les offices religieux. Je suivais le rythme en muet, je m'adaptais aux usages en étranger. J'avais déclaré ma distance, je n'adhérais pas au culte, je ne me joignais pas aux voix. J'étais en attente de destination.

Un prêtre s'occupait de nous, âgé de trente ans environ comme moi. Je ne pouvais pas l'appeler père pas plus que don, parce que chez moi dans le Sud le don était un titre de respect chez les gens du milieu. Je m'adressais à lui par son nom. Il parlait volontiers, j'écoutais mais en réponse aucune histoire ne s'amorçait en moi. J'étais dans la trentaine, l'âge le plus désertique pour moi après les années des révoltes vaincues. Ça me faisait du bien de me taire. À cette époque-là, je pensais qu'on va voir un prêtre pour se confesser et ce besoin me manquait, et m'a toujours manqué.

Lui confessait longuement, il restait une heure avec chacun. Je me l'expliquais par la nécessité de bien examiner les consistances humaines : le service en Afrique durait des années et demandait de la ténacité. Mon tour aussi venait, assis à côté de lui sur un banc. Je lui présentais le sommaire le plus bref de mes années, comment j'étais arrivé chez eux, du métier d'ouvrier exercé au milieu d'une décennie de militantisme révolutionnaire finalement écrasé, en déroute. Il demandait si je m'en repentais. Non. Qu'est-ce qui me dissuadait alors de continuer : la réduction à un pur affrontement militaire d'un si grand nombre de raisons de justice. Avais-je envie d'en parler ? Non. Il insistait sur le prodige de la rémission des dettes, l'abîme de grâce prêt en soi si l'on parvenait à dire les torts commis.

Son oreille était pure, offerte au service d'une écoute, un dispositif qui ne retenait rien. Il était l'entonnoir par où transvaser ses propres paroles dans l'oreille de Dieu. Le Dieu qui te revêt, lui disais-je, sait déjà. Bien sûr qu'il sait, mais il a besoin de ton sacrifice de parole. Il ne peut délivrer tout seul. Il veut que toi tu fasses ce que lui a fait au monde, se révéler.

Il avait des arguments et une droiture de manières, on pouvait parler, explorer longuement. Je ne connaissais pas encore d'hommes comme ça. C'est justement ce qui me décourageait : lui était pour moi une nouveauté, primeur de personnes consacrées comme soutien, moi j'étais pour lui un parmi une douzaine d'entêtés, un cas dans son répertoire. Il savait cacher la disproportion et se montrer mon égal. Égal en âge sûrement, nous étions du même âge, mais lui où était-il pendant que l'Italie était un quartier en flammes, que les prisons débordaient d'insurgés, que les rues crépitaient de paroles chauffées à blanc ? Où était-il s'il n'était pas dans ces carrefours en train de jouer en quatre secondes à pile ou face le futur tout entier ? Que pouvait me demander un homme qui n'avait pas été là ? Avec le reste de latin conservé à contrecœur, je répondais : « *domine non sum dignus* », je ne suis même pas digne de t'appeler *domine*, avec la désinence du vocatif. Lui insistait : « Libère-moi des sangs », même David le demande à Dieu.

Je ne sais rien de ton droit de pardonner, de délivrer, je ne peux te le reconnaître. Tu ne peux m'absoudre de la douleur que j'ai causée et moi je ne remets pas aux autres les torts reçus. Andrea, moi j'oublierai et cela sera un jour mon pardon, si j'y arrive. En attendant, Andrea, moi je me souviens de tout, c'est ma pénitence et toi tu ne peux me l'ôter. Je vais dans le monde avec cette lèpre sur le visage qui fait s'écarter les gens, qui fait changer les femmes de trottoir, car les femmes savent d'un coup d'œil. Tu sais, Andrea, les hommes comme moi finissent d'habitude par se confesser à une femme. Ça ne m'est pas arrivé. Je suis un parmi tant d'autres qui n'ont pas d'abri, laisse-moi à ma dérive, tu ne peux me sauver, mais si cet acte de confession est indispensable au service et aux devoirs de l'Afrique, alors je me retire sans te faire l'injure de verser une réticence dans ton oreille.

Voyons ! dit-il, nous n'extorquons plus de confessions depuis plusieurs siècles et pour qui me prends-tu, pour un juge d'instruction ? Tu ne veux pas te libérer, va-t'en donc lourd dans ton cœur, mais moi face à ma conscience et au sacrement qui m'a été confié, je t'absous, *in nomine*... Et il fit le geste des doigts, si vite que ma main ne put l'arrêter. Deux doigts, index et médius, les mêmes qui se levaient dans les défilés pour imiter le canon des pistolets, deux doigts en croix pointaient contre moi leur force opposée, de décharge. Tu ne peux pas, Andrea. Et lui : si.

Je me levai du banc sans soulagement. L'air déplacé par ses doigts en croix était devenu plus lourd. Il m'avait chargé d'une absolution plus écrasante qu'un acte d'accusation. Je sortis de la pièce à pas ralentis, de celui qui gravit la montagne. Nous ne nous sommes plus parlé. Je partis pour l'Afrique avec le lest que d'après lui je voulais conserver sur mon cœur. Certes, je n'étais pas léger et en Afrique il faut être léger, et fort comme une feuille de bananier. Il faut le dos bien droit des femmes qui portent l'eau sur la tête. J'étais voûté au contraire, un clou qui ne s'enfonce pas, mal rivé, j'offrais au soleil à pic un angle plus grand. Mon ombre était plus longue que les autres. Là-bas, on sait le danger couru par qui traîne trop long derrière soi. Je tombai malade de fièvres, à serrer les dents pour ne pas les laisser claquer. Andrea m'avait absous, l'Afrique non. Le poids de son soleil enlève aux hommes leur couvercle et, s'ils ne sont pas intègres, il les fait fondre.

À la fin du voyage, dans un lit de retour et de convalescence, mon corps avait déposé pour toujours deux dixièmes de son poids et ce n'étaient pas ceux qui pesaient sur mon cœur.

LES COUPS DES SENS

Je place ici comme intermède la réimpression d'un petit livre consacré aux premiers coups gravés sur les sens, les cinq. Le petit éditeur Fahrenheit 451, place Campo dei Fiori à Rome, les a accueillis il y a dix ans[1] et les a semés parmi les amis.

Ils sont ici pour défaire le temps de quelques pages le nœud lâche et le nœud serré des récits sur l'aventure du deux, le contraire de un.

1. En 1993.

Je suis d'un siècle et d'une mer mineurs. Je suis né en leur milieu, à Naples en 1950.

De ce faux centre, apparence de tribune numérotée, je n'ai connu aucune profondeur de champ ni de détail. J'ai compris peu, mal, le temps et les actions. En hôte embarrassé, j'en ai retenu des signes. Je veux les laisser à un petit-fils curieux, peut-être touché par l'atrocité et la modestie des vies qui l'ont précédé.

J'aligne, un pour chaque sens, les coups qui se sont arrêtés par hasard et à dessein dans mes souvenirs. Je n'ai nulle disposition pour le témoignage, aucune vocation de chroniqueur, je ne sais rien des étoiles filantes, des pistes sonores, mais je pense à deux dés, un champignon, une petite dame, une fiasque : pions d'un Monopoly autour duquel passer ses dimanches.

Entre un cri et un bouillon, il est resté ce que je sais. Autour de moi, il y avait un monde distant, expert, qui refaisait à l'aveuglette des gestes de seconde mère.

OUÏE : UN CRI

Mon oncle, né en 1910, fils d'un Napolitain sombre et d'une Américaine lumineuse, portait avec élégance la beauté de hasard que les croisements produisent au moins sur une génération.

Quand il était jeune, il était au service d'une compagnie de navigation. Muni des derniers papiers, il se rendait au départ des bateaux. Il voyait rester sur le quai des bouts de familles mutilées par les séparations. Tous les adieux du Sud aboutissaient à ce quai, là se rompaient tous les liens.

Il s'était habitué à voir les séparations, il ne s'en souciait pas, d'ailleurs il y avait déjà de nombreuses années que les gens de chez nous s'étaient mis à écouler leur misère aux Amériques. À de précédentes époques, on avait même vu des colonnes humaines aux embarquements de la White Star Line.

Ce fut lui qui raconta à ma mère le cri. C'en était un parmi tant d'autres. Il ne put s'expliquer pourquoi celui-là, pas un autre ou même aucun, s'était gravé dans la membrane acoustique de son âme.

L'habituel paquebot chargé d'hommes s'éloignait dans l'ultime clarté d'un jour d'avril tiède, resplendissant. Sur le quai les adieux se taisaient, rendus inutiles par la distance, car la poupe du bateau, noire de visages, était déjà à la hauteur de la digue foraine.

Alors, une femme aux cheveux blancs et à la robe noire, douleur et années partout sur elle, cria de tout l'air qu'elle avait retenu. Sur le premier silence de la fraîche séparation, elle lança un cri de sirène, de chienne, de mère, aux syllabes déchirées : Sal va to re e. Rien qu'un nom, appelé et perdu dans une gorge brisée, blessa à jamais mon oncle, jeune employé, beau, élégant, doué pour chanter et jouer de la guitare d'oreille. Quand il le racontait, sa voix descendait dans un ton cassé et répétait en sourdine, mais très exactement, ce cri. Il en avait la chair de poule. Il savait chanter par cœur et répéter des airs entendus ne serait-ce qu'une seule fois. Il savait refaire ce cri d'oreille. Les douleurs ont une clé de *sol* pour qui est musicien de l'intérieur. Une vérité peut être saisie par un passant, un étranger peut la transmettre plus fidèlement que celui qui la connaît et en souffre. Il n'aurait rien pu changer, il refaisait ce cri, une syllabe après l'autre, en sirène, en chienne, en mère. La douleur des autres s'imprime à chaud et par hasard sur nous.

Ma mère l'entendit de sa bouche. Si l'ouïe fait couple avec un autre sens, c'est avec la peau. La sienne aussi, dans le cri, se hérissait. Elle aussi chantait juste et connaissait de vieilles chansons, elle savait le répéter, accroc de drap sec qui se déchire. À travers elle, il est arrivé jusqu'à moi qui le confie au silence définitif d'un compte rendu. Je n'essaie pas de le reproduire, je chante faux, je ne retiens pas les airs, leurs paroles exactes. Il me faut du temps pour apprendre une chanson.

J'aime celui qui n'a pas perdu le cri. Ne gaspille point la semence, prescrit un difficile commandement. En recueillir quelqu'une est une consigne plus accessible face à l'incessante dispersion de la vie. Pour un homme, cela pourrait suffire.

Le cri, la voix participent de la nature de la semence. Laisser dit, plus que laisser écrit, incite la mémoire des autres à préserver. Il le savait celui qui répandit dans le vent et sur les hommes ses rares paroles, celui qui pensa que tel était l'acte de fécondation et que les oreilles étaient des fleurs pour les abeilles.

Salvatore : le nom crié dans le port de Naples vers 1930 s'est retiré de la douleur qui le prononça, comme de la personne qui l'emportait avec elle. Face à la mer, au bateau, aux hommes arrachés et nommés en vain, ce cri revient à son origine de blasphème général.

VUE : UN VOLCAN

C'était l'hiver 1944. Les Allemands avaient quitté Naples quelques mois plus tôt, emportant avec eux Nicolino, surnom donné à la pièce d'artillerie antiaérienne qui dominait la colline du Vomero. Sous ses détonations, les Napolitains avaient éprouvé le sens impropre de protection que donne un paratonnerre en mauvais état : attirer les coups sans pouvoir les neutraliser.

Nicolino avait une vraie voix de canon, il résonnait comme une grosse caisse frappée de coups de poing. C'était un vacarme entré dans le sommeil et l'intimité des habitants. Il répondait dans le ciel aux coups de tonnerre qui explosaient à terre entre les maisons et les rues. Naples encaissa plus de cent bombardements. L'un d'eux arriva sans même l'alarme de la sirène. Il eut lieu à haute altitude et sans objectif précis, le 4 août 1943, dernier jour pour trois mille personnes surprises dans la rue par l'enfer.

Durant toutes ces années, faisant la course avec son chien vers les abris, mon grand-père avait réussi à sauver un service à thé en porcelaine anglaise. Il était bien rangé dans une grosse valise, juste à côté de la porte, prêt au décollage. Il était persuadé que ces tasses valaient une fortune. Une fois la guerre finie, il les transformerait en camion. Elle cesserait bien un jour cette pagaille.

Et elle prit fin. En ce mois de septembre 1943, les Allemands évacuèrent Naples, repoussés vers le nord par les forces alliées et par le brusque sursaut d'une ville en miettes, excédée de leur présence. Quatre journées de coups de feu hâtèrent le rejet d'un corps expéditionnaire qui s'était répandu, là comme dans le reste de l'Europe, telle une épidémie. Un peuple est bien des fois un corps. Son système immunitaire peut être miné par des misères extrêmes, des terreurs spécifiques que propage la guerre. Les Allemands réussirent à supprimer le sentiment d'identité de beaucoup de peuples, à bloquer leurs réactions immunitaires. Ils imposèrent à Naples le recrutement total des hommes, parvenant ainsi à mettre hors la loi le genre masculin.

Tels furent ces jours-là. Les Alliés étaient arrivés à Capri, à Sorrente, mais ils s'étaient arrêtés. Le golfe était traversé par une invisible frontière qui séparait la guerre de la paix, la liberté de la tyrannie. Pompéi était libre, Portici non.

Il y eut un coup de pistolet, un ratissage, un tir de pierres, un mensonge disant que les Alliés étaient en marche : la hâte se condensa, cette urgence qui quelquefois parcourt les fibres lésées d'un peuple, comme celles d'un malade qui retrouve la sensation d'être organisme, corps et nom. Tout à coup, en plein été, les Allemands furent sous le froid qui souvent déjà avait libéré un pays de l'épidémie. C'était ce froid général qui fait la force des peuples qui se battent sur leur propre terrain, celui qui à Stalingrad avait arrêté et effacé pour la première fois le corps étranger, l'antigène. Maintenant on le traquait de tous les points de l'horizon.

Les Américains arrivèrent et montèrent un nouveau canon, une batterie antiaérienne qui résonnait différemment de Nicolino, avec un bruit de rideaux de fer abaissés violemment. Il tirait vers le ciel des rafales rapprochées. Le service de porcelaine anglaise qui avait résisté aux coups de ses consanguins anglo-américains s'effondra avec toutes les cloisons de la maison sous l'unique bombardement allemand. Le camion de porcelaine anglaise finit défait sous les décombres.

Privée de maison, la famille de ma mère se dispersa chez des parents. Au milieu des Américains à peine installés, réfugiés qui rentraient et trafic de meubles, Naples était une ville mouvante. Mais mon grand-père et son chien ne couraient plus, les sirènes se taisaient. Au sud du Garigliano, l'après-guerre avait commencé.

Ce fut au cours de cet hiver 1944 que le Vésuve s'ouvrit et que le feu s'en échappa. Du cratère volaient dans le ciel les flammes, les pierres ; les laves descendaient en longs sillons s'ouvrant un chemin à travers champs. Certaines arrivaient jusqu'à la mer, pénétrant dans l'eau qui bouillonnait. « Cette ville est une marmite et nous sommes la viande », est-il écrit à propos de Jérusalem dans le livre d'Ézéchiel. La première terreur de l'immense, angoisse sacrée des peuples sismiques, volcaniques, périodiques, se décanta en émerveillement. Le vent silhouettait le panache de fumée en forme de champignons et de cloches. Le coucher de soleil embrasait de tous les noms de rouge les cendres voletantes. Même les comètes ne valaient pas les soirs de ce mois de janvier avec la montagne rayée de traînes en flammes.

Ce n'était pas le sang recueilli sur les champs de la guerre qui convergeait de toutes les sources jusqu'au jaillissement du volcan ; le sillon en flammes ne renvoyait pas de lumière, ne rendait pas de son. Aucun lien, aucune ressemblance n'existait entre celui-ci et le mal que les peuples se faisaient. C'était tout autre chose. La destruction minutieuse des hommes entre eux était une fois de plus dépassée par le trafic intérieur de l'immense.

Dans un logement de fortune, ma mère, à une fenêtre nouvelle, tout juste âgée de dix-neuf ans, regardait les feux d'une guerre éteinte. Ces derniers coups du dedans, voix d'entrailles indifférentes, répandaient sur les décombres la couche de cendre de l'après-guerre et des privations. Elle n'avait pas encore vingt ans, les avoir ne lui importait plus.

ODORAT : BRIOCHES ET AUTRES GAZ

Les enfants scrutent les tatouages. La virile vanité des marins, comme la nostalgie des détenus, laisse le corps se prêter comme la feuille ou la toile à la plume pointue du graveur.

Au temps de la mer d'été je connaissais les dessins et les couleurs sur la peau des pêcheurs, noms, cœurs, bateaux, lunes. Quand j'étais enfant, j'allais à la pêche avec mon oncle. Il avait un bateau à moteur que pilotait Nicola, le pêcheur qui partageait avec lui le produit de la journée. Le plus souvent on y allait tout seuls, mais parfois avec un invité.

On se levait de bonne heure, moi je passais par le seul bar ouvert et j'arrivais à la plage apportant les brioches encore tièdes à peine sorties du four. L'odeur appétissante se mêlait à l'odeur salée du bois de la barque et aux bouffées cadencées du vieux moteur diesel. Pour moi, c'était une odeur d'hommes et j'éprouvais un certain orgueil à la partager.

On partait de la plage des pêcheurs d'Ischia pour atteindre le bras de mer que l'on disait poissonneux à cette époque de la saison. Une fois, un homme maigre, d'une quarantaine d'années, l'âge de mon oncle, nous accompagna. Avant de monter à bord, je lui fus présenté et il me donna une poignée de main lente, distraite. Je faisais attention aux mains des hommes, à leurs cals, à leur façon de les tendre, de les croiser à l'état de repos : formes dans lesquelles j'essayais de reconnaître le caractère. Cet homme n'était pas de Naples, il parlait peu et tenait ses mains sur ses genoux. Il avait un tatouage sur le bras. Je le vis sur le bateau, car là seulement il retroussa ses manches, plongeant la main dans l'eau pour se mouiller les cheveux tandis que la barque avançait. Il n'était composé que de numéros.

Je ne posais pas de questions aux hommes, je savais qu'un enfant ne pouvait rester parmi eux qu'à condition d'être silencieux. Avec le temps, j'ai apprécié de tels usages. Les enfants qui posent des questions en rafales goûtent plutôt la sonorité péremptoire du ton de leur voix que les vagues réponses. Jamais je n'aurais demandé à l'invité ce qu'était le chiffre qu'il portait gravé. Je pensais d'abord à un numéro de téléphone, puis à un message secret, enfin j'imaginais qu'y était inscrite la somme des jours d'une vie, peut-être la sienne.

Les hommes parlaient peu entre eux, le moteur faisait sauter les lignes sur le payol en bois du fond de la barque. Le voyage vers le périmètre de pêche était fait de peu de gestes. Nous nous arrêtâmes au large de Procida. Nous plongeâmes les fils de nylon amorcés avec des bouts de *tòtano,* sorte de calmar, en essayant de deviner le niveau de profondeur moyenne à laquelle pouvaient se trouver ces poissons qu'on appelle *vope*[1] chez nous. L'homme au bras marqué imitait nos gestes en novice, mais avec assez de précision.

Je vis le coup sec que mon oncle donna brusquement, levant au ciel la main qui tenait la ligne. *Tatata*, les trois coups violents donnés par la *vopa* à l'hameçon, je les entendis et Nicola aussi. Debout tous les trois, nous tirions nos fils avec l'habileté nécessaire. Il fallait que la remontée fût rapide mais régulière, sans secousse. On devait aussi veiller à ne pas piétiner l'écheveau de nylon qui s'entassait entre nos jambes pour ne pas le retrouver ensuite tout emmêlé. Les belles *vope* argentées montèrent à bord et commencèrent leur frénétique batterie caudale sur le bois, son qui rend les pêcheurs tout joyeux.

Notre invité n'avait pas deviné la bonne profondeur, deux mètres suffisent parfois pour se trouver à l'écart du groupe. Nicola la régla pour lui et il commença lui aussi à sentir les petits coups brusques qui, du fond de la mer, transmettent au bout du doigt le frémissement de la prise.

Les poissons s'entassaient dans le baquet alors que le soleil montait au milieu du jour. Nos doigts imprégnés de poisson et d'eau salée, nous portâmes les brioches à nos bouches, les savourant sous le coup d'un féroce appétit. Les hommes avaient une odeur d'appât et de four. À cet âge-là, je me sentais membre d'une virilité commune du monde, muette, parfumée. Adulte, je ne l'ai pas retrouvée chez les hommes.

Nous revînmes vers Ischia. Mon oncle au gouvernail, Nicola nettoyait les poissons, moi à l'avant, loin d'eux. Notre invité mettait son bras dans l'eau, traçant un sillon parallèle à la barque qui avançait. Le bras tatoué fendait les vagues, proue de rien, derrière laquelle rien ne suivait.

Nous passâmes devant Procida à quelques encablures du pénitencier. D'une fenêtre à barreaux sortit un chiffon blanc, un bras nu agita ce linge. Ce signe nous était destiné, il n'y avait pas d'autre bateau à proximité. Je repassai en courant à l'arrière pour attraper mon maillot à rayures et je revins aussitôt à l'avant. La mer calme me permettait de rester debout : ainsi j'agitai mon vêtement de

1. Bogues : poissons méditerranéens au corps allongé, rayé de couleurs vives.

toutes mes forces, en équilibre. J'avais l'âge de raison, environ dix ans, je connaissais cet endroit et les réclusions avaient déjà mis leur germe dans ma pensée. Les hommes me laissèrent faire, ne répondirent pas au signe, ne s'occupèrent pas de moi. Tant que je vis ce bras j'agitai le mien. L'invité retira le sien de l'eau et enfila sa chemise.

Je raconte les petites choses qui se sont fixées dans mes sens. Avant tout, je garde en mémoire une odeur masculine, une appartenance à un monde d'adultes. Plus tard j'ai su qui était cet homme avec nous. Il faisait partie du petit nombre de rescapés des camps d'extermination. Ce numéro sur son bras n'était pas un tatouage, mais l'infamie d'un marquage. Il appartenait à cette humanité exterminée au gaz Zyklon B, dont l'odeur a empoisonné notre siècle, et que personne ne connaît.

Lorsque nous débarquâmes, il me tendit sa main, serrant la mienne avec une certaine fermeté. C'était une étreinte légère, mais sur son bras les chiffres remuèrent sous la poussée des tendons. Je répondis avec ma faible force à sa main. Comme la mienne, elle sentait le poisson et les brioches.

TOUCHER : L'ANNEAU AU MUR

Lorsque arrivait septembre, le vent changeait de sens et la saison d'odeur. Au vent du nord-ouest des jours de soleil et de mer moutonnante succédait le vent de sud-ouest qui soulevait de hautes vagues. La pluie essuyait la poussière, les rues exhalaient la brûlure de l'été. Nous sortions dans les ruelles de l'île, nous abandonnions les habituels itinéraires des jours de mer. Notre premier lainage sur le dos nous avertissait que dans l'air parfumé passaient l'odeur de la pinède humide et celle des cahiers neufs, aux feuilles toutes blanches. Sur les plages désertes courait le ciel sombre et c'était le temps des promenades. Une fois par an, au cours des jours venteux de septembre, nous montions revisiter le château aragonais, imposant récif armé comme une forteresse et relié à la terre ferme par un isthme étroit.

Sur une terrasse au sommet, un phare explorait la mer la nuit. De là, on pouvait embrasser du regard le profil sinueux de Procida et, derrière, plus loin, le golfe écrasé sous le volcan.

Nous montions vers cinq heures, à l'heure de l'après-midi qui permettait un rendez-vous et un déplacement de notre bande jusqu'au village des pêcheurs, derrière lequel se dressait le château. Dans les magnifiques pièces en ruine, les fissures des plafonds donnaient sur le ciel, celles des murs donnaient sur la mer. L'azur jaillissait en gerbes des parois. Les premiers sentiments, le désir de vouloir se retirer dans une secrète mise aux quatre vents, étaient d'une intensité brûlante.

On s'arrêtait à l'entrée de la crypte des religieuses. Tous ne voulaient pas descendre dans la pièce qui abritait encore dans un coin un amas d'os poreux. On les asseyait, une fois mortes, sur des sièges à haut dossier en pierre, troués au centre pour permettre au corps de se décomposer. On les mettait à « égoutter », le corps perdait sa forme assis, dans l'obscurité, comme dans une cave. Nous descendions en silence, certains se tenant par la main. La mort était crue et proche, ni adoucie ni masquée, nous lui rendions visite, nonne noire de septembre, décomposition de saison en mer.

Aujourd'hui, les os ne sont plus là et la crypte aux sièges alignés le long du mur, éclairés par le courant, ressemble à un salon de pierre. Aujourd'hui, le cercle de chaises à haut dossier, trouées au centre, ressemble à des latrines communes. La mort est maintenant un déchet organique paré pour une cérémonie. Lorsque nous la touchions dans l'obscurité de la crypte à la lueur d'une bougie achetée pour l'occasion, elle était l'ombre assise de la vie, crânes et clavicules, anatomie sèche, échafaudage résiduel du temps de tous. Nous lui rendions visite avec crainte, sans dégoût, sans honte.

Nous sortions à la lumière par l'étroit escalier et soudain personne ne voulait être le dernier. Notre voix qui s'était éteinte en murmures redevenait aiguë et nous criions, en respirant fort.

Nous continuions notre tour à travers les boyaux du rocher et dans le château. Dans les couloirs de tuf, la fraîcheur lavait notre souffle. Sur le chemin du retour, nous entrions dans les cachots. Sous un arc de pierre nue une petite grille aux lourds barreaux tournait péniblement sur ses gonds. Nous passions par une cour dont les murs, autrefois élevés, prenaient encore par endroits la forme d'une fosse pour vivants. De là, on accédait aux vastes pièces communes dont les meurtrières laissaient passer, trop en hauteur, d'étroites bandes de lumière. Des parois de pierre lisse saillaient des anneaux ancrés, assez solides pour retenir une barque. À l'autre bout de l'amarre, il y eut des hommes soudés à la chaîne. Ils étaient l'ultime maillon d'un fer, ils consommèrent le temps comme un ordinaire, toujours au milieu des autres, maigre ration pour se garder en vie. Les pensées d'enfants en excursion devenaient soudain sérieuses. Sans aucun livre pour servir de voile, l'histoire se montrait à nu : épidémies, brûlures, neiges, guerres, battement régulier d'un jugement exécuté sèchement là-dedans, dans l'enceinte du temps perdu. Il y avait des murs comme ceux-là partout, une prison par île, notre Tyrrhénienne pleine de geôles. Nous touchions le fer pris dans la pierre, certains apprenaient tout à coup, dans le vacarme extérieur et un brusque silence intérieur, la dose d'horreur rituelle que chaque époque condense en une forme : la prison, pour nous.

Nous grandissions sur l'île l'été. Nul présage ne se faisait sentir dans ce destin, la pièce aux barreaux semblait si antique. Ce n'était pas la crypte, magasin final de la nuit de chacun, qui nous menaçait. C'était la plaie aux poignets, aux chevilles, la chaîne, l'homme bête pour l'homme, morsure d'un fer sans sommeil dans la chair. C'était la vie infâme, la sentine où le poisson pêché stagne et où on l'oublie sous le payol en bois de la barque, fruit de mer perdu dans le lest en eau de la quille. Hommes, âge féroce, guets-apens, barreaux, nous encore loin de notre destin, incapables de croire à la pièce qui nous entourait, immense pour y vivre. Sur certains, elle se refermerait comme une cellule.

Les murs étaient couverts d'inscriptions. Tant qu'il resterait un espace blanc à remplir avec un nom, une date, la prison ne finirait pas. Je touchais l'anneau enfoncé dans le mur, poli par l'usage, fer variolé de rouille, salé par la graisse des peines. Je tirais fort, il ne venait pas.

En descendant dans l'ultime lumière, nous courions dans les couloirs en spirale qui conduisaient aux dernières rampes et à la porte d'entrée. Les cris résonnaient dans le vide, la terreur gagnait les plus petits et ils fuyaient à toutes jambes pour retrouver l'air libre, sa sombre lumière. Enfin, du viaduc de l'isthme on se retournait vers la masse noire de l'îlot fermé. Dans notre dos, derniers à sortir, la grande porte refermait ses battants, presque d'elle-même ; personne ne nous suivait le long du pont. Le phare pointait sur la mer son faisceau de lumière, demi-tour de manège, deux secondes. Nous étions enfants sur l'île maîtresse.

Le regard tourné vers la terre, je me tenais fermement à la main courante du bateau qui nous ramenait en ville à la fin septembre. Je tirais fort, elle ne venait pas, tout était solide et l'âge suivant semblait un autre maillon de chaîne.

GOÛT : UN BOUILLON DE POULE

J'ai passé plusieurs mois, il y a des années, dans un endroit sous l'équateur, un pays appelé Tanzanie. Avant de m'y rendre, j'avais appris la langue swahilie qui est un moyen de communication valable pour une bonne partie de l'Afrique orientale.

Je vivais dans un petit centre. Les heures du soir se passaient sous un vaste amandier indien à boire du thé. Je parlais avec les hommes, mais les conversations les plus gaies je les avais avec les sœurs locales aux noms sereins : Mélanie, Léocadie. C'étaient des voix d'une langue qui met toujours l'accent sur l'avant-dernière voyelle, qui n'est faite que de paroxytons. Elles avaient un large sourire, toujours prêt, je parvenais sans effort à les faire rire en parlant de neige, de spaghettis, de tremblement de terre. Je traduisais pour elles des proverbes de ma ville : en mer point de tavernes, *katika bahari hapana nyumba.* Mélanie était comme moi, au cœur de la trentaine. Ses dents saines brillaient, le blanc de ses prunelles aussi, car elle riait les yeux ouverts. Elle marchait en oscillant à cause de ses pieds gonflés. Je n'ai jamais vu ses cheveux, toujours sous sa coiffe bleue.

Le jour de mon arrivée dans le petit centre, je vis un serpent à quelques pas de moi. Il était mince, vert vif, long d'un mètre. Il m'aperçut en passant, s'arrêta et après un moment d'hésitation se glissa sous une pierre. J'étais resté immobile, assis sur un banc, ne pensant qu'à essayer de contrôler ma respiration. Je voulus appeler, mais je me ravisai : de quoi aurais-je l'air ? Et voilà l'Européen pas plus tôt arrivé qui appelle à l'aide au premier petit serpent. Je ne voulais pas commencer ainsi. Mais à la première personne que je vis, je racontai d'un air détaché que j'avais vu ce genre d'animal. « Où ? » demanda aussitôt l'ami. En quelques minutes s'était formée une petite troupe de personnes avec des bâtons. Elles soulevèrent la pierre et tuèrent le reptile que les livres appellent mamba vert. Sa couleur brillante se ternit rapidement, sa peau tendue se plissa comme si elle lui était trop large. Je devais revoir plusieurs fois la scène qui suit la découverte d'un serpent au milieu des maisons. Ils ne plaisantaient pas avec les choses de la nature, ils ne l'apprivoisaient pas.

Le soir, j'allais me promener après dîner le long d'un cours d'eau. Dans le tapage des animaux nocturnes, j'entendais par moments du côté des broussailles le son délicat d'une clochette ; quand elle commençait, elle n'en finissait plus. Dans le noir des soirées sans lune elle sonnait, sonnait et moi je me sentais prévenu par ce tintement. De quoi, je ne sais plus ; je me souviens seulement que c'était un gracieux carillon, de ceux qui, dans une gare de province, précèdent l'annonce du passage d'un train en marche qui ne s'arrêtera pas.

Je retournais dans mon lit de camp, attendant le sommeil de neuf heures du soir. Dans le vacarme des nuits de marécage, je rêvais sans aucun son.

Un soir, au cours d'une promenade je sentis sur mon visage l'imperceptible caresse fulgurante d'une aile de chauve-souris, le contact le plus doux qui soit passé sur mon visage. J'avais eu l'occasion les années précédentes d'oublier les caresses. Je n'eus pas le temps de mobiliser mon dégoût, sous le coup de la surprise j'éprouvai une confuse gratitude pour l'obscurité et son léger doigté. Une nostalgie instantanée me fit oublier mon alarme. Si le corps a le sens de l'exil, c'est dans la peau.

Vinrent les fièvres. Sous la dysenterie amibienne s'annonça le paludisme. Je perdais de l'eau et du poids par tous les pores, je ne parvenais à rien avaler que je ne rejetais. Le trajet jusqu'aux cabinets était pénible, rendu incertain par le fait que la malaria avait aussi enfiévré mes yeux, rendant ma vue floue. À la fin de la première semaine, je n'étais plus en état de me lever.

Les sœurs venaient me voir, je les entendais parler du temps derrière le voile de la moustiquaire. Il était ma frontière et il s'épaississait.

Mes sens étaient tournés vers l'intérieur, je m'écoutais. Au cours de ces nuits sans sommeil se dégagea soudain une odeur jamais sentie jusque-là. Elle venait de l'aine, des aisselles, je la respirais continuellement, plongeant mes doigts et les reniflant. C'était une lointaine senteur, une balle de caoutchouc mou, le premier chewing-gum et l'acide cru de l'herbe coupée. Je devins anxieux de la sentir. Singe véloce qui caresse les branches en vol, mon nez courait dans cette odeur sur mes nerfs tendus et les touchait de l'intérieur. Pas lentement : je m'éteignais en hâte. Le temps passait et j'étais proche du blocage rénal, un peu d'urine foncée le signalait. L'odeur remplit mes narines, elle passait comme de l'encens frais sur mon délire tranquille. Sur la mer il n'y avait pas de tavernes.

Mélanie vint un soir. Elle apporta du bouillon de poule. Je ne crois pas qu'elle me dît ce que c'était, je ne crois pas qu'elle me dît grand-chose. Elle souleva le voile de la moustiquaire. Dehors il y avait cette chaude obscurité de toujours, moi j'étais sous une couverture militaire anglaise en laine. Elle envoya tout en l'air, je frissonnai, confus, plus de ses manières que de froid. Elle me fit asseoir au milieu du lit, poussa en dehors mes jambes maigres et, assise près de moi, elle me tint solidement immobilisé dans une étreinte dont je ne pouvais glisser. Mon corps blanc osseux disparaissait dans sa prise, dans sa main brune mon épaule tenait tout entière. Puis, une cuillerée après l'autre, elle me fit tout boire, même ce que je rejetais et qu'elle recueillait dans une cuvette sur mes genoux.

Qui sait où elle avait trouvé ce poulet, qui sait combien il lui avait coûté. Je sais aujourd'hui que c'est l'aliment le plus efficace contre la déshydratation. À ce moment-là, j'étais trop faible pour être capable de le refuser, je le subissais comme une torture à laquelle je ne pouvais échapper. Mourir devient malaisé si quelqu'un veut vous sauver de force, pensais-je, bouillant de fièvre contre elle.

Elle revint m'en apporter jusqu'à ce que le poulet entier fût consommé, jusqu'au dernier pressurage. Je me mis à le goûter en appuyant ma langue contre mon palais. Il avait plus de saveur que je ne suis prêt à en attribuer à un bouillon de poule. La pression de son épaule contre mon corps transmettait plus de force qu'il n'était nécessaire pour me soutenir. Dans son zèle secret bouillonnait un excès, un gaspillage qui ne laissait aucune trêve. Elle était sévère, brusque dans ses manières, comme un reproche de qui vous entraîne sans parler.

Les fièvres cessèrent, seule la dysenterie persistait, je pris un avion, je lui ai écrit quelques cartes postales, de temps en temps. La vie qui s'évaporait hors de moi distraite, parfumée, fut remise en moi par cuillerées, plus mienne qu'avant, imméritée, dépensée.

L'ADDITION

À chaque déménagement, mon père orientait à nouveau son lit les pieds vers le Vésuve. C'était le sens de son sommeil, profond en tout cas après les gorgées de vin du soir. Une nuit de secousses et de pirouettes des carrelages et des lampes, on ne parvint pas à le réveiller et on le laissa à la maison tandis que les *tarentulés* de la ville campaient dans la rue.

Vésuve, tremblement de terre, solfatare, le sol, ce ventriloque, fait suinter en surface la mixture constipée de ses viscères. Qui de nous, en regardant la mer encore un peu azurée, n'a pensé qu'elle est un refuge plus sûr que les immeubles de tuf ? Des myriades d'entre nous ont confié à la mer leur voie de fuite. Nous avons la morsure de la terreur dans la gorge, nous devenons des chanteurs célèbres à force de crier sauve qui peut dans nos sommeils, nous devenons enroués à cause des cendres et des lapilli tombés dans nos rêves. Et notre saint protecteur est un petit soldat en sentinelle face au torrent de l'incendie le long du plan incliné du volcan. Le peuple courrait avec la statue avocate au pont de la Madeleine pour le dernier barrage. Un de ce coin-là, sans pouvoir rien y faire, sans se rendre compte, grandit, construit par un volcan.

Ainsi, je regardai de son côté, sa forme de miche gonflée, par la fenêtre d'un train qui me détachait de l'endroit, et seulement vers sa grosse caboche en forme de cratère sortit de ma bouche : adieu. Je quittais ma place, celle qui nous est échue à la naissance, où l'on devient minéral à force de grandir en os et où l'on devient bois à force de racines de cheveux et de poils sur le visage et le pubis, où la voix blanche de l'enfance se rouille et gronde en raclant la trachée. Je partis en les trahissant tous, père, mère, sœur, maison, études, les rares amis et les mille semaines de résidence, tant il en faut pour faire dix-huit ans.

Aucune fille ne se mouchait sur le quai de la gare, je n'ai trahi alors que cette aucune. Traître à une vie apprêtée, déjà affublée d'un titre, qui n'avait qu'à se dérouler, et pourtant rien, on se saisit au collet et on se tire sans l'ombre d'une lettre, d'un métier dans les mains, d'une nouvelle adresse, muet et bourré de jamais plus. N'importe où sauf ici, n'importe quelle faillite plutôt que cette demi-heure de patience tous les trois quarts d'heure. Trahir et ne pouvoir le faire avec le soulagement de la lâcheté, mais quand même forcé de recourir au plus absurde courage jamais possédé avant, demandé en prêt au futur, s'endettant envers lui. Trahir c'est sentir ses poumons en feu, l'air de la fuite brûle dans les alvéoles, la liberté volée doit être féroce, sinon elle ne résiste pas au remords de la douleur de ceux qui restent.

La ville bannissait ses absents. Ceux qui n'y vivaient pas étaient inscrits sur le registre secret des expulsés. Napolitain est un titre seulement pour les résidents, la naissance ne suffit pas. C'est ceux qui restent qui comptent, tous les autres sont des étrangers. Napolitain : vient assez peu d'une journée passée au soleil, mais dépend bien plus de sa montagne, pandoro au levain de fusions. Dans chaque maison se trouve l'aquarelle nocturne des laves incendiaires, la mer éclairée au sang. Napolitain est adorateur du volcan au point de lotir ses flancs, de remonter à son cratère et même d'y construire dedans un stade aux gradins déjà évidents. Des pensées de celui qui se détache, jeune, sans saluer et regarde par la fenêtre de droite le volcan qui lui tourne le dos avec sa traîne de pentes douces sur Caserte.

Je n'ai repensé au verbe trahir que bien plus tard, au cours de l'automne 1980. J'avais trente ans, non plus comptés en semaines mais en villes et distances. J'étais à Turin où finissait en une seule saison de feuilles secouées tout le commencement de politiques âpres, antagonistes, d'une génération. Avec d'autres ouvriers, je bloquais les grilles d'une usine pour affronter et résister à un déluge de licenciements. Nous avons tenu le temps d'une quarantaine, une quarantaine de jours et de nuits, autant que la cataracte de Noé, nous sans arche.

Quand les eaux se retirèrent, les ouvriers restèrent dehors.

L'histoire de la décennie de force et de soulèvement ouvrier finissait là. L'histoire sait trahir, il n'y a pas à rouspéter, il suffit d'avoir été dedans et de lui avoir donné la bonne pesée. Des pensées d'un homme qui arrivait en train de Turin à la ville du volcan. Je n'apportais pas avec moi le verbe revenir, celui qui part de là perd son droit au verbe. On peut aller, là-bas, revenir, non.

De la fenêtre de gauche, le matin, le volcan était doré sur les bords. Il est à bonne cuisson, à midi il sera prêt sur la table du golfe.

De la maison, je revis l'ouverture sur le large. Du grand-angle de son balcon, je tournais la tête du Vésuve jusqu'à la pointe du Pausilippe, enserrant au milieu la côte de Sorrente et l'île de Capri, étendue comme une digue du golfe. Moi, je n'étais plus moi, trente ans, douze au loin, un étranger passé à d'autres usages, un ouvrier du Nord.

La ville qui, enfant, me semblait violente était en beurre, mes mains n'arrivaient pas à la toucher. Serrer la poignée du vieux tram et ne rien sentir, pas même le moindre appui : l'organe du toucher décidait de la séparation au nom de tout le corps. Je tanguais sur le siège du funiculaire de Mergellina qui glisse sur sa poulie dans l'obscurité du tunnel de tuf. Je t'ai trahie et c'est tout. Il me reste l'honneur secondaire de l'avoir fait gratis, non pas pour faire fortune, non pas pour de l'argent étranger. Pour le rien de mes vingt ans exposés aux bagarres politiques du monde, au passe-partout des affrontements de rue, le simple levier des insurrections. J'ai trente ans et j'arrive à mon point de départ les mains vides. Sur le quai aucun mouchoir de fille, ainsi je souris de la symétrie.

Je descendais des avenues du Nord emmitonnées de brouillard pour rester un dimanche face au môle, aux voiles, aux proues des bateaux qui conduisent aux îles. Je regardais le bien connu que j'avais oublié. Luca, mon jeune cousin, m'invite ce soir-là dans une pizzeria de Fuorigrotta et ainsi je la vois, elle, la fille à se frotter les yeux. Et je m'assieds, je parle et bois avec elle comme une chose établie depuis bien longtemps et ces minutes-là remplacent des années. Je l'accompagne chez elle et l'écheveau de ses cheveux ne se retire plus de mes mains, elle ne se détache pas et pourtant je dois partir, remonter. Alors commencent les lettres et les trains allers-retours de Turin, de Naples, de nuit, une vitre de fenêtre pour oreiller, toute ma paie aux billetteries, il en restait pour un soir, un cinéma, un prétexte.

C'est l'automne du tremblement de terre, elle me trouve un emploi de manœuvre sur un chantier de la ville secouée et pleine de béquilles. Je quitte le Nord pour vivre avec elle. Ville et fille, je les confondais, montraient que j'étais parti à vide, tu vois, tu pouvais rester ici, à trente ans tu ne devais pas commencer de zéro, par le blanc de chaux, la pelle qui retourne le mortier sous tes coups de souffle et l'hiver dans la rue tu ne te retrouvais pas la gueule ruisselante face à la tramontane.

Ville, fille, faites que je sois un étranger, que mon « me voici » soit celui d'un inconnu, un des nombreux tombés dans les environs, artistes et crève-la-faim, échappés d'une marmite de prison, de quelque Amérique ratée. Conduisez-moi à Santa Lucia et dites : ça c'est le bourg maritime, ça c'est Castel dell'Ovo.

Le dimanche, nous allions en quête de balcons, où nous accouder de profil, Cumes, Ravello, Baia, l'Épomée, où pouvoir rester côte à côte, frôler les nœuds de nos doigts, appuyer nos tempes. Nous ne faisions pas de longs discours, mais nous étions là et être là était toute la durée promise.

Les autres jours, je sortais de sa chambre alors qu'il faisait encore nuit, je me glissais dehors en laissant quelques traces de café, je la revoyais le soir.

La ville était encombrée d'étais, le travail à faire datait d'avant l'avènement des machines. Pas de bétonnières, on mélangeait à la main dans la rue la colline de sable, gravier et ciment, déchargée des camions.

Les ouvriers étaient vieux, ils venaient des villages de la plaine, des visages de paysans. Le soir, ils rentraient achever chez eux une besogne laissée en suspens. Ils étaient forts, de ceux qui se brisent d'un coup pour ne jamais s'être épargnés. Solidaires entre eux, ils faisaient peu confiance à l'étranger. Eux oui, ils me faisaient la grâce de me prendre pour un homme débarqué de loin. Ils ne s'arrêtaient pas à l'heure, mais juste un peu plus tard pour ne pas montrer qu'ils avaient hâte de finir. À midi, pour ne pas me mêler de leurs affaires, je sortais un livre et je mastiquais au-dessus. Je touchais vingt-cinq mille lires par jour. C'était une bonne vie, maigre, mais avec ville et fille.

Elle me demandait : change, tu n'es pas fait de ça. Je ne répondais pas. Dans le métier, j'y serais resté seize autres années. De mes silences, elle repartait avec un sourire ou avec la menace feinte d'un coup de poing sur la tête. Certains soirs, elle rentrait tard, pour une fête, une réunion entre amis, un concert. Nous sautions un jour, je lui laissais une lettre à la cuisine. C'était beau de lui écrire de près, de poster mon courrier sous sa serviette.

J'avais une belle veste, héritage d'un oncle mort jeune. Elle lui plaisait, une fois elle me demanda de la porter pour une soirée, une invitation à une fête. Je n'y allais pas, je ne connaissais pas, je ne savais pas comment y être. Je me cuisinais une mixture quelconque, je lisais une histoire d'outre-mer, puis le sommeil m'abattait d'un coup de marteau entre les yeux. L'aube suivante, je retrouve ma veste sur une chaise de la cuisine, elle s'était déshabillée là pour ne pas faire de bruit, que de toute façon je n'aurais pas entendu. Je la soulève pour la replier et une feuille sort de la poche, une note de restaurant, deux couverts, à Sorrente, une belle somme, la date, celle du soir précédent. Pas de fête, seulement le souci de me raconter une craque pour ne pas m'inquiéter. Trahi ? À ce moment précis oui, une gifle en pleine figure, au point de poser la main dessus pour ne rien laisser voir. Trahi, mais ce n'était pas le verbe entier, elle était là, dormait dans les draps achetés en même temps que les assiettes, trahir c'était si elle n'était pas là. Je m'en rends compte, j'arrive à le dire maintenant, alors non, je sortis de la maison avec deux feuilles en poche, l'addition et la lettre reprise sous la serviette, en oubliant le livre qui sauvait mon voyage dans le wagon entre les Champs Phlégréens et la place Cavour. Je postai ma lettre dans une poubelle et de l'autre papier il m'est resté le détail ridicule d'un vin blanc, une marque réputée.

Sans le livre du voyage, mes pensées s'embrumaient : l'addition est arrivée, c'est une feuille de départ, urgent comme un « va-t'en », que veux-tu d'une ville et d'une fille, tu es parti au loin liquider le meilleur de ton temps, ici tu ne connais personne et personne ne peut résumer tes années ratées. Pourquoi viens-tu t'arrêter dans la ville déblayée et couverte de gravats, où il suffit d'un coup de sirocco pour détacher tuiles, corniches, crépis ? Ce n'est pas un lieu de noces. La fille doit se pencher sur l'avenir comme sur un balcon de montagne, toi tu peux lui offrir une ruelle. Qu'elle t'aime ne suffit pas à arriver au jour suivant, et que toi tu l'aimes : merci, elle, elle est la fête, la fortune, ta place, toi tu es la dent extraite d'une mâchoire qui retrouve son point de départ dans le creux de son étreinte. Elle, elle est ta place, mais toi, tu n'es pas la sienne. Des pensées de cheval, agité, sans jockey, qui tourne en rond dans le sens contraire de la course. Je m'épuise exprès dans les heures de chantier. « *Chiano, guagliò, c'amm'arriva' a stasera ancora vive* », doucement, garçon, nous devons arriver encore vivants jusqu'à ce soir, me dit le vieux manœuvre en s'arrêtant un moment.

Mais aujourd'hui la pelle bouge toute seule dans ma main, c'est elle qui tient les bras et pousse dans le dos. Il insiste : « Qu'est-ce que t'as mangé hier soir, de la poudre à canon ? »

Et un instant après : « Tu veux aussi ma pelle ? »

Il a raison, je vais deux fois plus vite que ses coups de pelle, ça le vexe et moi je n'arrive pas à lui répondre, pas même avec un souffle de sourire. Je décroche tard moi aussi, pour une fois je ne suis pas pressé de rentrer, de l'attendre et de m'asseoir en face d'elle. C'est drôle de se sentir comme une dent, mais pas celle de la sagesse.

La cuisine est éteinte, je ne prépare pas le dîner, je ne mets pas les assiettes, pas de vin. Je m'assieds avec la feuille de l'addition dépliée et j'attends. Elle rentre, salue, voit et s'assied.

Combien de temps sommes-nous restés en silence, puis quelles paroles envoyées à la mort dans le champ des centimètres que nos mains ne pouvaient traverser : j'ai oublié. Elle a dû me dire de ne pas faire comme ça, mais moi je ne sais plus de quelle matière était ce comme ça, s'il brûlait ou s'il était éteint.

Maintenant que c'est de la vie passée, je récite l'acte de contrition : je me repens et je regrette, je regrette et je me repens de lui avoir présenté la note. L'arrogance d'être dans mon droit gonflait la veine de mon front. J'avançais ma réclamation éraillée et plus elle était sacro-sainte, plus elle était ridicule : je lui demandais des comptes, on ne doit jamais le faire entre ceux qui sont en amour. Il n'existe ni trahi ni traître, ni juste ni impie, l'amour existe tant qu'il dure et la ville tant qu'elle ne s'écroule pas. Puis il existe les bagages et on redevient réfugiés, sans l'excuse de la malédiction d'une guerre, sans un malheur à partager avec d'autres. De cette addition, tout a été déjà payé et le solde était qu'il fallait se lever de la chaise, de la chambre et de la ville.

LE POUCE ARLEQUIN

Pour Noël de l'année 1956, il s'offrit tout l'équipement, toiles, palette, tubes d'où sortait le double concentré des couleurs et un chevalet en bois, mais grand comme un cheval. Une fois ouvert, il n'était pas à son aise dans le faible espace de la maison. La peinture est une bête de grand air.

La dépense avait été forte et il en avait honte, ce qui le rendait bourru : « On ne touche pas », nous dit-il à nous les enfants, ajoutant un nouvel article à l'ordre des choses interdites. Avec les années, elles croissaient en nombre comme nous en hauteur. Puis vient l'âge où diminuent et cessent les ustensiles interdits. Si l'on s'approche de l'arbre défendu on est chassé du jardin, mais si justement on ne s'en approche pas, cette plante meurt et de toute façon il faut quitter l'enclos.

À la différence de l'histoire ancienne, ma sœur n'était pas attirée par cet arbre chevalet planté de travers au milieu de la pièce des livres. C'est moi qui effleurais la soie des pinceaux, la bandelette colorée qui entourait les tubes, le bord du cadre, mais je touchais surtout le bois solide qui portait dans ses bras la toile à peindre. Aujourd'hui je sais qu'il était en hêtre, à ce moment-là c'était un bout de bois au beau milieu de la pièce. Mon père fit peu de choses, il avait besoin de regarder loin pour peindre, il attendait l'été.

Nous apportâmes ce chargement en plus sur l'île. Face aux protestations de ma mère, je fus pris comme complice avec le rang d'auxiliaire. Lui se chargea du chevalet et des toiles, moi des pinceaux et des couleurs. Ainsi, en récompense, j'obtins d'assister, en silence, aux séances de peinture. Il dessinait au crayon sur la toile, puis il pressait les couleurs, les mélangeait sur la palette et se mettait à courir derrière le paysage. Il faisait un tableau en deux jours, des barques, des pins, le château, des rochers, la mer, pas de visages, pas de personnes, pas d'intérieurs, mais de l'air éclairé.

À la fin des vacances, la palette était incrustée des plus belles couleurs. Des tubes avaient jailli lumière, vacarme, abus de puissance. Là où se posait la boucle d'huile, commençait une lutte avec les autres couleurs tout autour qui voulaient écraser l'intruse, la recouvrir. Le blanc était celle qui excitait le plus : les autres voulaient la manger, puis en tombaient malades, pâlissaient. Le noir était la plus dangereuse, toutes l'évitaient, comme faisaient les gens avec le charbonnier qui passait avec ses sacs dans les escaliers. Je ne regardais pas tant le lissé du pinceau sur la toile, j'observais plutôt la querelle des couleurs sur le marché de la palette qui avait un trou pour le pouce et le sien trempait dans la sauce de l'arc-en-ciel.

De retour en ville, maman ne voulut pas du tas encombrant des toiles, chez nous l'espace se comptait en centimètres. Lui ne se prenait pas pour un artiste et songeait encore moins à avoir le dernier mot avec elle. Il se résigna à sauver deux ou trois toiles. En ville, il abandonna le chevalet, pour empêchement de vue.

Il se mit à faire des aquarelles qui encombraient moins. Privé d'arrière-plan, de poussée du regard vers le large, le soleil d'hiver était un passage de pinceau sur les derniers étages.

Il feuilletait les livres de peintres et essayait de refaire leurs tableaux sur des feuilles à dessin. Pour moi, ce fut un adieu à la palette, au pouce arlequin : les nouvelles couleurs étaient une terre dans un godet, à ranimer avec un peu d'eau. Il n'y avait ni bruit de source ni cris d'émaux querelleurs.

Je ne pouvais pas me mettre derrière lui, il n'y avait rien à voir. C'était ça la ville, un débarras étroit partout, un fils ne pouvait se tenir derrière un père par manque d'espace. Le jeu large de l'été s'était recroquevillé, l'huile étincelante des couleurs s'était éteinte dans la boue colorée des petites eaux. Dans le nez ne piquait plus l'acide de l'essence de térébenthine. Lui ne se décourageait pas, moi si, j'étais un enfant souvent prisonnier et je résistais au désespoir avec la première ressource de l'enfance, la patience, une promesse physique de grandir, de prendre consistance après.

Un soir où il avait fini de refaire à l'aquarelle la chambre de Van Gogh, il se sentit peut-être heureux. Il m'appela pour la regarder en la comparant avec la reproduction du livre. Elle était humide des dernières touches et par rapport au modèle elle était plus mouvante, plus saccadée dans les lignes. Mais elle était belle, il y avait de l'espace dans cette pièce, même si elle était étroite on voyait qu'il y avait aussi de la place pour un chevalet, qui pourtant n'y était pas. « Il y est, dit-il, il est en train de peindre sa chambre de l'intérieur. Nous ne le voyons pas mais lui tourne le dos à la porte et se tient derrière son chevalet. » Je compris pour la première fois que dans tous les tableaux on se met près de son auteur, derrière lui, au même endroit. À force de lire beaucoup de livres, de voir beaucoup de tableaux, on prend si souvent la place de l'auteur qu'on devient comme l'un d'eux. Cela dure peu, mais on garde l'impression d'une coïncidence. Je lui demandai : « On devient peintre à force de regarder ? » Il fut contrarié par ma question, il me répondit sérieusement : « Non, à force de faire. »

Pour lui faire plaisir, je lui dis que sa chambre était devenue plus propre que celle du livre. Ça lui plut, il posa la main sur ma nuque et puis : « J'ai oublié de peindre la poussière. »

Le ton de sa voix m'encouragea à demander encore : « Pourquoi tu copies ? » Je savais pourquoi, il n'y avait pas de monde autour, pas un centimètre d'horizon, rien n'était loin, mais tout serré sur nous.

Il ne répondit pas ça. « Je ne copie pas, j'imite, je répète un dessin, j'essaie de le refaire, pour rester près du peintre, pour l'accompagner. Moi, j'ignore par où il a commencé, peut-être par la fenêtre, moi au contraire par le lit, mais à la fin je le rejoins à force d'imitation, par admiration. »

Et encore : « Tu sais ce que veut dire admiration ? » J'ouvris la bouche pour dire oui, que je l'admirais lui, mais il me semblait qu'il n'éprouvait pas la même chose pour les peintres. « Voilà, tu suis une autre personne non pas pour lui être semblable, mais parce que tu ressens de l'affection pour ses gestes, pour ses pantoufles, pour la paille de sa chaise… », il se troubla, ne poursuivit pas. Je ne comprenais pas. Pour moi, faire comme un autre c'était copier et à l'école on était grondé. Faire comme un autre : je ne pouvais pas, c'était jouer un rôle et je n'ai jamais su agir ainsi.

Ses aquarelles séchaient sur les gradins de la bibliothèque, je ne les regardais plus. Je les ai retrouvées dans un vieil album à dessin après sa mort. Ce sont quinze reproductions de peintres impressionnistes. Je les ai encadrées et maintenant elles sont ensemble sur un de mes murs.

Elles forment un balcon de couleurs, dernier fruit de sa vue entière et penchée au-dehors. Ce sont les preuves manifestes de sa force d'admiration, avant que se trouble l'eau de ses yeux et que ses pupilles restent sèches, une aquarelle, sur le lointain. Pour admirer ainsi, il faut de l'amour, et qui ne sait pas le faire, comme moi, en manque.

LE PILIER DE ROZES

En géométrie il n'existe pas de solide à une seule face, en montagne oui. Le pilier de Rozes est adossé à la vaste muraille de la Tofana et offre un seul côté, au sud, droit et à plomb.

Durant l'été 1944, deux jeunes gens pensèrent y ouvrir une voie d'escalade en plein centre. D'autres du même âge mouraient de guerre mondiale et de guerre civile, la vie des jeunes ne coûtait pas cher alors. Ils pensèrent donner de la valeur à la leur en escaladant ce triangle aigu géant. Ils accomplirent un chef-d'œuvre d'alpinisme, ils montèrent sans éviter ni toits ni surplombs, filèrent droit au sommet sur plus de cinq cents mètres. C'était juillet, des journées longues de lumière. Ils plantèrent des clous là où l'égratignure du calcaire offrait une invitation au fer doux frappé par le marteau. L'ensemble de ces coups pointille une escalade qui porte leur nom : Costantini-Apollonio. Si une pierre tombe du sommet, sait-on jamais, elle arrive à terre sans rebondir sur la paroi.

J'avais déjà essayé de l'escalader, mais arrivé à la moitié la journée s'était obscurcie de nuages, le vent s'était attaqué aux cordes comme un carillonneur, le tonnerre grondait sur des cimes voisines pour nous avertir de nous dépêcher. On n'avait pas le temps de sortir sur le sommet, il fallait se retirer et vite. Le renoncement en montagne est un acte d'humilité, et donc difficile. La moindre cordée de deux, même si elle s'entend bien, en a toujours un qui encaisse moins bien la retraite, qui voudrait risquer un peu plus. C'est triste de descendre avec la corde et de glisser des toits qu'on venait juste de franchir en obéissant au style du grimpeur qui tire parti de la roche et des seules prises, et non pas des pitons.

Tu te distrais avec les éclairs. Ils s'enracinent dans l'air à l'aveuglette, par attraction de la terre, ils frappent les parois en quête de l'âme de fer des montagnes. Quelque chose, une petite décharge les appelle et, fous de lumière, ils courent sur les cibles. Celui qui dans l'escalade porte l'acier des mousquetons est une luciole à éclairs. Il a suffi parfois de la poussée de l'air frappé par une décharge voisine pour détacher une cordée de la paroi. Ce sera pour une autre année, te dis-tu, tandis que le pilier n'est plus qu'un biscuit trempé, et qu'il ne te reste de sec que la pensée d'y revenir. Puis on arrive au refuge et on mâche en silence au milieu de familles en vacances qui crépitent de leurs bavardages plus forts que l'orage.

Et ainsi j'y suis revenu, une aube de trois ans plus tard, avec une fille svelte et vive. Elle est contrariée que je ne porte pas de casque. Le sien, elle se l'enfonce bien sur la tête, une caboche rouge qui me rendra tout joyeux en la voyant monter. « Si tu te casses cette tête vide, je te plaque ici », me dit-elle avant de partir, tandis que je fais autour de ma taille le nœud que les marins appellent nœud de chaise. Je lui réponds : « Je sais que tu pourrais planter un époux sur les marches de l'autel, mais un idiot de compagnon de cordée avec un trou dans la tête, ça non. — N'y compte pas, dit-elle. Terminé ! »

C'est une aube chaude, le ciel ouvert, mais du fond de la vallée monte la condensation. J'escalade les quarante mètres de la fissure d'attaque, je suis un peu lent, j'arrive au relais, je regarde autour de moi et je ne vois rien, je suis dans un nuage. Le pilier est capitonné d'air trempé. Sous les pieds quelque brèche de lumière sur les graviers : ce sera comme ça pendant toute l'escalade.

Je tire trois coups secs sur la corde pour lui signaler qu'elle peut commencer l'ascension. En montagne, j'essaie de ne pas faire de bruit, de ne pas appeler mon compagnon de cordée. Je désire passer sur la pointe des pieds et des doigts, en silence, parce que sur la paroi je suis un corps étranger à la matière. Pour moi, c'est une créature gigantesque et moi je suis une de ses puces qui voyage en cachette. Je ne plante aucun piton, non par respect, mais parce que je veux passer inaperçu. J'utilise ceux qui sont déjà sur la paroi. Je ne l'apprivoiserai jamais, je ne pourrai jamais risquer une intimité. Je la remonte seulement pour sa beauté. La fille avance avec agilité, de la fissure pointe le coquelicot rouge de son casque.

Je repars, je vais lestement sur les points dont je me souviens, le nuage donne du poids à mon souffle, protège mon silence. Du fond de la vallée ne monte aucun bruit.

À chaque relais, nous échangeons rapidement notre matériel, nous ne parlons pas, je repars dès qu'elle est prête à me donner de la corde. Au bout de quelques mètres déjà elle ne me voit plus, elle confie à la pointe de ses doigts l'intelligence de la bonne mesure de sécurité. Sans me rendre compte du trajet parcouru, je débouche sur la terrasse de la première vire. Au-dessus de ma tête, un encombrement de toits barre la suite. Nous nous regardons en face, à partir de maintenant on avance en surplomb, on va en baver. J'y vais, collé à la roche je me frotte contre elle, je serre une écaille jaune qui me conduit sous le premier toit. Il déborde de deux mètres, je passe une corde dans les mousquetons, je me replie au-dessous, à partir d'une prise je m'allonge, j'attrape le bord, une entaille qui le fend, je plante mon talon près de ma main, je suis dessus, je m'arrête.

C'est à son tour. Elle n'aime pas les surplombs, je l'entends bougonner parce qu'elle n'arrive pas à dégager un mousqueton, puis elle souffle fort, je vois sa main dépasser du bord à la recherche de la prise sur le toit, dix à droite, lui dis-je, elle l'empoigne, y colle son autre main, tient fort et se hisse, voilà le rouge qui apparaît sur le toit, un pied s'agite en l'air, puis trouve un appui et en un instant elle est à côté de moi, sans s'être suspendue à la corde, pas même un peu. Je suis gêné de lui dire qu'elle est forte, car c'est comme me le dire à moi aussi, et en fait nous sommes seulement justes pour ici en haut, très très justes. « Tu pourrais bien dire que je suis forte », proteste-t-elle, moi je reste silencieux, je fais mine de regarder en l'air, vers le prochain toit qui nous attend. Nous sommes venus pour ça, nous nous y engageons et nous le passons.

Nous sommes à mi-paroi, sous le surplomb qu'on appelle dos de mulet. Le nuage est dense, nous ne savons pas le temps qu'il fait derrière lui. Nous nous regardons : nous sortons. Dans le jargon ça veut dire : au sommet, on va tout droit, on continue l'escalade. Nous nous en remettons à la consistance de notre nuage, qu'il ne se défasse pas en pluie et ne mouille roche et corde.

Nous sommes deux : sur une paroi c'est bien plus que le double de un. J'attaque les vertèbres basses du dos de mulet, je souffle sur des prises glissantes, je passe la corde dans tout ce qu'offre la voie, même un coin de bois qui est là depuis cinquante ans. Je surmonte la difficulté, elle suit, avec une agilité croissante. Hors de la section des toits, elle est plus sûre d'elle. Elle me rejoint. Nous sommes dans une cheminée coupée dont on ne voit pas la fin, droite et étroite. Je monte en évitant sa tête, notre deux se détache à nouveau pour dévider une bourre de corde entre nous : nous sommes une unique bête qui se faufile, recule, s'entortille autour d'un ancrage et puis se glisse vers le haut. Au sommet de la cheminée, elle rate une prise, son pied glisse, elle s'agrippe d'un coup sec des nerfs, elle laisse échapper : « Tiens », bien sûr que je tiens fort, mais ça n'est pas nécessaire, cette fois-ci non plus elle ne se suspend pas à la corde, elle se rattrape toute seule.

Nous allons tout droit au-dessus, là où la paroi s'incline et où la ligne de montée est moins évidente. Le nuage enrobe le pilier, nous allons un peu à tâtons, je trouve des traces, je consomme toute la longueur de corde qui nous sépare, cinquante mètres, je m'aperçois qu'elle ne peut pas m'en donner plus, je m'arrête sur un éperon. Du sac du nuage s'écoule une pluie fine qui pique les yeux, je vois son point rouge qui brille et arrive en remontant du fond gris de vapeur et de pierre. Nous regardons nos visages dégoulinants. Nous sommes presque sortis, même si on ne voit pas le sommet. Nous sommes deux, le contraire de un et de sa solitude suffisante.

La corde s'entasse sur nos pieds, elle s'approche et moi je regarde le nœud serré autour de sa taille. Non pas pour vérifier si tout va bien, mais par affection envers une alliance de corde. « Qu'est-ce que tu regardes ? dit sa voix. — Je regardais ton nœud. » Elle le vérifie : « Tout va bien, non ? Peut-on savoir à quoi tu penses ? » Je réponds : « Au nombre deux. — Eh bien ! Quand tu arrives au trois, fais-moi signe, dit-elle pour dire quelque chose. — Pour aujourd'hui, je me contente du deux », dis-je, acceptant la réplique en me remettant à escalader le bord du pilier. J'arrive dessus après un dernier saut de roche, je regarde autour de moi et il n'y a rien d'autre, plus de paroi, hop là ! Des signes de passage indiquent la descente. Elle arrive, elle aussi, nous sommes vraiment sortis sur le sommet, il n'y en a plus, elle s'assied, nous prenons du pain, du fromage, un couteau, le temps d'avaler, puis le nuage, qui en a assez de nous, s'émiette en grêle. Le crépitement pique mon crâne dépourvu de casque et ça c'est la punition pour rire de mon insouciance. Nous rembobinons à nouveau les cordes, comme deux domestiques qui débarrassent la table, nous retirons nos souliers d'escalade et nous enfilons nos savates du retour. Nous plaisantons sur la grêle répandue par poignées comme du riz devant une église de noces, nous descendons sans nous retourner, étrangers après avoir effleuré la pierre le bon nombre d'heures, la bouche toujours à un souffle de l'embrasser.

Tous nos pas ont suivi un désir. Pour l'exaucer, il a fallu mettre nos pieds dessus et le piétiner.

L'USINE DES VOLS

« Nous construisons des maisons pour les autres, mais la nôtre est encore en projet », je traduis cette phrase de maçons du Sud, entendue sur les chantiers. Dans sa langue c'est : « *Fravecammo 'a casa all'ate, sulo 'a nosta sta 'n prugetto.* » Pendant presque vingt ans de métiers ouvriers j'ai accroché bien des fois mes vêtements dans des vestiaires avec des hommes de tous âges et de toute géographie. La majeure partie était du Sud et j'ai entendu cette phrase de leur bouche, prononcée avec un entêtement de mélancolie.

Elle me revenait à l'esprit au temps où j'étais ouvrier sur la rampe de chargement des avions à l'aéroport militaire de Sigonella, au milieu des plantations d'agrumes de la plaine de Catane. J'avais été embauché par une entreprise qui s'occupait de tous les services à terre de cette grande base aérienne, la plus importante de la Méditerranée au milieu des années 1980. On travaillait la journée tout entière, par poste de neuf heures, souvent deux d'affilée. Je vivais avec un groupe d'ouvriers de Naples placés, déplacés, dans un logement de banlieue. On était trois par chambre, chacun son lit de camp, son roulement différent. J'ai appris là l'empressement à s'aider entre hommes.

Nous nous aidions : celui qui était de repos faisait les courses pour les autres, cuisinait, nettoyait le logement. En rentrant du travail on faisait doucement pour ne pas déranger le sommeil de ceux qui se reposaient. Ils souffraient de dure nostalgie ces Napolitains transférés dans un faubourg de Catane, ouvriers sur la rampe de chargement des avions. C'était une rage de dents de leur âme, il rendait douloureux leurs visages, leurs sourires. J'avais de la chance, sans femme ni enfants nulle part, je n'avais aucun lieu vers lequel me tourner, je vivais sans leur torticolis. Les nostalgies sont des malarias qui ont besoin de l'humide des yeux. Les miens étaient secs comme un appât de calmar. Ceux qui ont quelqu'un d'autre ailleurs ont inventé les ponts. C'est une construction qui ne me serait pas venue à l'esprit.

C'est mal de voir des hommes qui le soir se passent une main sur le visage pour s'essuyer un rouge de paupières. C'est bien que les hommes aient des sentiments à larmes.

Sur la rampe nous étions au service de toutes sortes d'avions de fret et pour passagers. Les DC 8 amenaient des soldats qui partaient ou revenaient de permission et qui avaient des sacs militaires terriblement lourds. Nous les chargions et les déchargions à la main. Comme j'étais agile, c'était moi qui entrais dans la soute basse des bagages. Il y avait de gros avions de transport : les C 130 Hercules, les C 141 deux fois plus grands, et puis le plus puissant de tous, le C 5 Galaxy, un grand navire du ciel qui avait besoin d'une piste spéciale. Quand il arrivait, c'était toujours sans prévenir, en dehors de la fiche de travail du jour. On entendait de loin dans le ciel un bruit métallique de moteurs marins, sur la rampe on avait l'impression d'être près de la salle des machines d'un bateau. Il avait une voix différente de tous les autres avions. Pour nous, ces vacarmes mécaniques étaient des voix et nous les connaissions par leurs noms estropiés au passage de l'anglais au napolitain : *'o siuantùri* était le C 130, *C one thirty* dans sa langue.

Nous vidions et remplissions à force de poussées : les chargements étaient organisés sur des « pallets » en acier, des plateaux coulissants qui glissaient sur les rails de la niche de chargement. Nous, nous poussions, nous étions des machines de poussée. Hors de la plaine c'était un gril d'asphalte à perte de vue, l'été il fumait d'air brûlé.

J'y ai passé deux étés, un de ceux très chauds d'événements. La Libye devait avoir fort irrité les États-Unis et l'OTAN, aussi dans la Méditerranée du Sud s'était concentrée une vaste flotte avec deux porte-avions. Ceux-ci venaient s'approvisionner pour tout à Sigonella, faisant la navette avec les hélicoptères géants, noirs, les Chinook. Ils arrivaient par vagues. Charger et décharger au vol un Chinook est une expérience semblable à celle d'un morceau de fruit dans un mixeur. Les moteurs allumés, on entrait dans la soute qui vibrait et sursautait en crachant un boucan de tous les diables. Sur les deux côtés, les jets de l'hélicoptère lançaient un vent bouillant qui, si tu ne te baissais pas, te jetait par terre, pas encore cuit, mais plus tout à fait cru. La consigne était la plus frénétique rapidité. Ils partaient aussi parfois sans avoir terminé leur chargement, ils te jetaient dehors et au suivant. Quand c'était fini, nous nous retrouvions trempés de sueur dans nos combinaisons et l'air chaud de la rampe d'été nous semblait frais pendant cinq minutes.

Ce fut une saison de travail exaspéré par ce supplément de trafic. Nous, les ouvriers, étions possédés, des grillons qui sautaient d'une carcasse à l'autre de ces machines variées qui, du ciel, s'abattaient sur nous. Nous étions plus de cent, la majeure partie Catanais. Avec certains d'entre eux s'établit une amitié, de celles qui arrivent dans les moments d'urgence. Ce sont des rapports forts, loyaux, mais fondés sur l'état d'exception. Ils sont uniques, ils ne survivent pas. Ils laissent un souvenir comme un trou dans le mur, une cicatrice.

Dans les moments de pause, je voyais les nuages en forme de bol, nets et violets, autour de l'Etna. Les volcans s'entendent avec les nuages comme un berger avec ses brebis. Ils les appellent, les rassemblent, pressent leur lait sur les rides du feu. Ainsi un homme de Naples, un ouvrier maigre sans gras de nostalgies, regardait le volcan au bout de la plaine et pensait aux routes secrètes des flammes qui unissaient le Vésuve d'enfance à l'Etna des cent bleus de travail des ouvriers. Un tracé de fourneaux souterrains apparentait les plus colossales bouches à feu du Sud, en passant par les Éoliennes. Avant de remonter à un Dieu unique qui remettait à zéro d'un seul coup dieux et divinités, ce devait être beau de s'adresser à l'épaule d'un volcan pour lui demander une aide, même rien qu'une prorogation.

Et quand il débordait de feu et carbonisait l'air, il devait être juste de lui offrir le sentiment de la terreur, par dévotion et non par esprit de conservation. Chez moi, on avait fait fortune avec les éruptions. Herculanum, Pompéi s'étaient parés comme des musées d'histoire foudroyée. De Sigonella, l'Etna nous appelait à nous retourner pendant nos roulements de nuit. Le bas du ciel sur le volcan était brûlé jusqu'au sang, comme nos yeux.

« *Fravecammo 'a casa all'ate, sulo 'a nosta sta 'n prugetto* », le proverbe amer des maçons me revenait à l'esprit à Sigonella. Nous étions au service des vols, mais nous, nous ne volions jamais. Ces Napolitains restaient cloués au sol et regardaient partir des moteurs vers toutes les destinations, même pour Capodichino, aéroport de leur ville. Que de fois ne les ai-je entendus dire par plaisanterie et par essoufflement : « Je me cache dans le chargement et d'ici une heure j'arrive à la maison. » Et, l'espace de cinq secondes, passait devant des yeux vides le visage de surprise des leurs s'ils les avaient vus débarquer à l'improviste. Et quand l'un d'eux me demandait : « Toi non ? », je répondais non mais de la tête seulement, car dire ce non-là était trop dur à entendre pour eux.

Enfin nous fûmes tous transférés, nous les Napolitains, et Catane prit fin.

Nous avons pris un avion, et nous sommes montés dedans sans bleu de travail. Pour eux, ce fut comme sortir d'une détention, pour moi rien qu'un changement de lit de camp. J'allais faire l'ouvrier de chantier à Milan, je changeais de bruit. L'usine des vols était finie.

LA CONJONCTION « ET »

À l'entrée du bois, je coupe les fils d'araignée qui enveloppent ses confins. Ce sont des sceaux tendus la nuit, ils dénoncent l'intrus. Je monte entre les premiers sapins ancrés comme des piliers et des fondations, j'appuie mon pied là où il ne fait pas de bruit. Pour être accueilli dans un bois, il faut chuchoter ses pas. Tant que j'avance, je suis un laissé passer. Si je m'arrête et que je m'assieds adossé à un tronc, je vois des familles d'arbres en mouvement. Quand je m'arrête c'est le bois qui bouge.

« Encore. »

Tous les fûts ne s'élancent pas à la verticale en suivant la ligne la plus droite pour monter vers la lumière. Certains forment un angle incliné vers le bas, ils pointent leur cime à l'oblique. Ils font un plus grand effort de racine. Ils risquent d'autres lignes, offrent un appui à la foudre qui a besoin d'invitation. Les arbres de haute mâture ont des branches vertes jusqu'au sol, les autres en haut seulement. C'est une hiérarchie. Dans le bois tu ne comprends pas la règle, les troncs sont disposés pêle-mêle, mais rien ne pousse sans leur permission.

« Encore. »

Celui qui venait avec un mulet et une hache savait enlever au bois. Celui qui vient avec un camion et une scie à moteur le laisse à nu. On ne le voit pas, mais le bois tremble quand le fer s'approche. Il n'a aucune défense. Contre la foudre, le bois sacrifie un arbre comme cible. Puis sur le pied brûlé s'enracine le champignon du souvenir, rouge de regret.

« Encore. »

Chaque gousse de lumière qui arrive jusqu'à terre est comptée, elle tombe comme d'un goutte-à-goutte. L'épaisseur des branches ouvre un chemin au rayon qui arrive à présent sur ta main. Les sapins ont déplacé la grille de l'ombre vers le haut. Pour laisser tomber sur tes cils le largo de lumière d'une feuille. Dans le bois, l'assemblée des arbres décide de tout. Ils t'ont accueillie, maintenant tu es la bienvenue parmi eux.

Ces mots sortaient de moi pour te tenir compagnie, ils faisaient sourire ton souffle arrêté pour se reposer. Tu laissais un moment les autres courir derrière les champignons. « Ce n'est pas une cueillette qu'ils font, mais une battue au cèpe. »

Nous nous étions dispersés, ou plutôt toi tu t'étais dispersée et moi je te suivais de loin, toi dépareillée du groupe. Je n'aime pas détacher des champignons de la terre, cette fois-là je venais pour te regarder. Ainsi les voix s'estompaient en haut et sur le côté, et toi, tu étais le dos appuyé à une pierre rembourrée de courtes aiguilles du mélèze. J'arrivai derrière toi sans bruit, mon pied sait le faire en montagne, il le cherche, pour être précis et de passage. Tu avais des yeux sur ta nuque aussi, les femmes ont un don de vue sur celui qui les suit. Les hommes, eux, ont ce sens orienté uniquement vers l'avant. Tu étais assise le visage en amont, je vins m'asseoir juste en face. Comme si c'était la chose la plus ordinaire nous nous trouvions dans le bois parfaitement à l'écart, ce qui n'était jamais arrivé avant et ne se reproduisit jamais. C'était le rendez-vous le mieux fixé, qui n'a nul besoin d'être pris, tranquille comme à l'heure habituelle. Je parlai du bois. Et toi tu demandais encore et tu écoutais les mots bohèmes qui lisaient au bois son dessin. « Comment sais-tu ? »

J'ai dormi dedans. J'y ai allumé un feu dans un cercle de pierres, j'ai brûlé des pommes de pin et des branches cassées. La neige est venue, le matin j'y ai lavé mes mains et mes yeux.

Arrivé au moment du récit où la lumière fut introduite par le bois et laissée étalée sur ta main et sur tes cils, tu m'as regardé droit, plus sur le front que dans les yeux. « Tu as dans la voix une ardeur réprimée, de celui qui vient d'un froid. » Et, à la naissance de mes cheveux où descendait une touche de lumière aussi pour moi, tu pointas une ouverture de sourire à faire fermer les yeux. Ainsi, tu t'es levée, ta respiration maîtrisée, la mienne coupée, et tu es montée avec ton panier au bras encore vide. Je suis resté un peu. Le coin de lumière à ta place se recouvrait d'ombre.

C'était en août, il y a bien des années, tu étais une épouse, une mère d'enfants petits. Ce soir-là une occasion de chanter, une tablée de personnes en vacances réunies par une fête et puis deux voitures partent et un petit groupe s'en va continuer la musique sur un instrument à cordes dans une cabane à l'orée du bois. Tu vois, il est en sapin, nous le rapportons chez lui, dis-je de la guitare. Et avant d'arriver à la pièce des troncs, nous serrés l'un contre l'autre dans la voiture, toi tu as cherché ma main sous une couverture et tu l'as gardée. J'ai plissé les yeux pour étrangler le temps. Avec les yeux on y arrive. Quelqu'un se tourne vers nous et dit que le musicien s'est endormi.

J'ai aimé et connu les corps échauffés et pris dans l'enlacement, mais ton geste est un petit drapeau planté sur un sommet en plein vent, là où l'on ne peut monter vers une plus grande intimité, où celle qu'on a atteinte est inhabitable. De là, il faut descendre. Ça, je sais le dire maintenant. Alors, ta main a été la conjonction « et », la particule qui est entre deux noms et qui les accouple mieux que les étreintes et les baisers. Ta petite main serrée dans la mienne inutilement large, serrée à double tour, nous enfermait tous les deux dedans, tous les autres dehors.

À l'arrivée, je ne voulais pas la quitter, pas moi le premier, tu devais le faire toi. Tu l'as retirée tiède de caresse, tu l'as remise à sa place, en haut du poignet, du corps séparé. Nous avons fini par chanter dans la cabane, je cherchais ta voix dans le gonflement du chœur pour la rejoindre avec une troisième note, un contre-chant qui de deux gorges en faisait une et la guitare était un orgue de sapin parmi les sapins. La nuit avança et prit fin la cantate qui s'était prolongée dans le soir. Nous sommes remontés en voiture, sans nous mettre à côté, c'était normal. Nous deux, pas à côté et rien d'autre à ajouter au jour du bois et de la main offerte en conjonction.

J'en ai mis du temps à me répéter que c'était tout, que ce peu-là portait la plénitude de l'entier. Je ne comprends pas à temps, j'ai besoin d'aller et de repasser sur l'évidence pour l'admettre et l'oublier.

J'ai revu récemment la pièce des troncs, en revenant d'une course en montagne où, par amour de la montée, je mets un rythme de fanfare dans mes talons. J'y suis passé au retour en descendant, titubant de fatigue. Je suis entré. Nous étions là, sur le banc, nous deux vingt ans de moins au moins, il n'y avait pas les autres ni la guitare. Il y avait la couverture avec nos mains cachées dessous faisant leur conjonction.

Meydl, o meydl ikh'l bay dir fregn
vos ken vaksn, vaksn on regn
vos ken brenen un nit oyfhern
vos ken benken, veynen on trern ?
Narisher bokher vos darfstu fregn
a shteyn ken vaksn, vaksn on regn,
libe ken brenen un dit oyfhern
a harts ken benken, veynen on trern.

Hé ! toi la fille dis-moi si tu sais
ce qui peut naître aussi sans eau,
ce qui peut brûler sans extinction,
et souffre et pleure sans les larmes.
Stupide garçon, que me demandes-tu ?
Sans eau pourra grandir une pierre,
sans extinction brûle l'amour
et sans larmes souffre et pleure un cœur.

(Chanson populaire yiddish)

VIN

Abstème jusqu'à dix-neuf ans et plein de jours, je n'aimais pas boire, même les boissons à la mousse retenue sous le bouchon. Je trouvais du goût aux eaux, je les reconnaissais : l'eau de pluie, de la fontaine publique, du robinet, du puits, de la neige et puis celle de mai, une eau à part qui faisait du bien aux yeux et sentait la foudre. L'eau bénite je ne l'ai pas bue, j'ai résisté à la tentation.

Autrefois, les aqueducs remplissaient les cruches des tables, on versait à boire par le tuyau de la cuisine. J'étais abstème, un bon goûteur d'eaux. Pas calme du tout, j'étais devenu sauvage tout jeune en quittant brusquement ma maison d'origine, en mangeant dans une autre ville les repas d'une cantine qui aigrissait les viscères. En quittant la table où il a grandi de tous les centimètres et les repas d'obligation, un homme se crée un vide à l'estomac, un angle aigu qui ne peut être atteint.

À la cantine aussi, pas de vin, je prenais part à d'autres fermentations. Tout autour piaffaient les révoltes de rue et elles m'avalaient. Avec tous ceux qui avaient poussé en même temps, j'étais pressé comme du raisin dans cette année 1969, indécente et décisive. Des ouvriers agricoles fusillés par la police au sud, des bombes dans les banques au nord, des anarchistes inculpés à tort et exprès : c'était l'année de la colère, une colère pure. Pour beaucoup, elle devenait un tournant de non-retour à la suite de paroles impitoyables, de réplique. Les dire obligea à leur obéir. En tant qu'abstème, je peux dire à froid que ce ne fut pas une cuite, mais l'avènement à sec de la haine.

Dans le désordre nouveau, il y avait une place pour chacun. Pour tous, pour moi aussi, s'était même ajoutée l'aventure des amours tout neufs, qui n'excluaient personne, ni les pauvres ni les laids. Les filles, les femmes tombaient amoureuses dans un élan de générosité, elles répandaient du bonheur parmi ceux à qui ça n'arrivait jamais. C'est arrivé alors et jamais plus. C'était l'amour des insurgés, un cadeau de la fièvre politique, sans laquelle il ne pouvait naître. Étreintes et arrestations, lacrymogènes et baisers, et puis les nuits sur la colline du Janicule, aller pour chanter en chœur et se faire entendre des nôtres enfermés à l'intérieur de Regina Cœli. C'étaient les nouvelles sérénades, les voix des filles fendaient le noir.

Au bistrot, les camarades buvaient le vin pâle et soufré des Castelli, faible en degrés, tournant facilement en vinaigre. Sur la nappe en papier tachée de gras, j'écrivais un billet doux et je le remettais à ma petite amie, à son école, le jour suivant. Les nouveaux amants déchaînés n'avaient pas besoin de facteurs.

Je voyais boire du vin, une substance qui troublait les yeux des anciens et finissait en sanglots. Aux jeunes, il donnait une envie de bagarres, un peu de courage, mais il enlevait agilité et précision. Après le premier coup de poing sur la figure, il rendait honteux, parce que le vin, et non pas moi, avait repoussé l'insulte et l'insolent. Être abstème était un avantage déloyal.

Une autre fois, j'ai eu honte d'une gueule en sang, mais il était sobre lui aussi. Il se trouvait dans un groupe d'ouvriers qui voulait enfoncer de nuit la barrière où d'autres ouvriers veillaient pour garder fermée une usine en grève à outrance contre les licenciements. Nous les avons surpris dans les allées une nuit de brouillard et il y eut un premier sang, pas si grave que ça, mais du sang amer, dur à admettre même quand tu lui donnes raison. La jointure écorchée sur le visage frappé, prête à recommencer, et pourtant une douleur te saisit et désarme ta colère. Sans arriver au terminus de la pitié, tu t'arrêtes à la honte et tu laisses tomber.

L'amour était abstème, une pizza entamée entre les doigts à la tablée où nous étions serrés entre les autres et seuls avec plus de force encore, le vacarme de nos camarades protégeait notre intimité, la renforçait. La même chose est arrivée plus miraculeusement dans les salles des procès politiques à l'intérieur des grandes cages des enfermés en masse. Ils se mettaient debout, bien serrés et entre leurs souliers un couple s'allongeait pour se donner l'amour. Tout autour se tenait le cercle des carabiniers, puis venait le polygone de barreaux et dans le dernier anneau les corps des camarades faisant une haie à l'amour acharné et béni qui s'accouplait dans l'endroit le plus hostile, se glissant entre les mailles des chaînes. C'était ça le miracle, un coup de sainteté donné à la vie. Et des enfants sont même nés comme ça. Il arrive qu'on fête la naissance en captivité d'un petit panda, on fait mine de rien avec nos petits accouchés en prison.

Pour nous deux serrés dans la cohue des camarades, la confusion du bistrot bondé était semblable à une niche dans un bois où rester invisibles, à l'écart. Nous nous parlions à deux centimètres entre bouche et visage, chaque mot était un demi-baiser, arrivé à l'autre avec un goût de salade, de potage. Si un baiser nous échappait, c'était pour conclure notre dialogue. Une gaieté très grave développait l'amour. Il était loyal, sans l'effort de faire bonne impression, sans excuses ni grâces ou autres parties doubles. Et s'il finissait, tu le prenais en pleine figure qu'il finissait, qu'un des deux passait son chemin et pas de questionnaires, mais comment, pourquoi, comment est-ce arrivé, mais tu m'avais dit, écrit, fait : rien, car le monde éclatait en révoltes à suivre et toi avec tes coronaires constipées tu étais à gifler avant de faire rire. C'est juste, mais en attendant ça ne m'était encore jamais arrivé et je ne savais pas quel dégât faisait son absence. La fille poursuivait son chemin loin de moi et un dégoût de douleur me saisissait, j'étais abruti à force de m'endolorir autant, de pleurer derrière mes poings serrés. Celui qui choisit d'être du côté de la multitude peut-il donc rester éclopé par la perte d'intimité avec une seule personne ? Faire couple avec la multitude ne lui suffit-il pas ? La surprise de ne pas m'asseoir à côté, de m'asseoir et c'est tout, de parler aux autres et de ne pas la regarder tandis qu'elle m'écoutait, la surprise de parler et c'est tout, et le reste du travail sans un mot d'elle, le travail et c'est tout, elle me faisait tituber, la surprise. La solitude qui dresse les pires embûches dans la jeunesse, l'avais-je combattue avec elle ou avec la communauté des nombreux enragés de justice ? Alors je ne le savais pas et aujourd'hui je ne le sais plus, mais il a bien dû exister pour moi une heure où j'ai connu de quoi était fait l'envers des solitudes, le contraire de un.

En attendant, j'étais furieux contre moi qui tombais malade de mélancolie de ne plus la sentir à mon côté. Je devenais querelleur, au milieu d'une assemblée, si celui qui était debout sur l'estrade en train de parler ne me revenait pas, je l'attrapais par ses chaussures et je le tirais en bas. Il s'ensuivait une bagarre et il y avait ceux qui me donnaient raison. La colère politique s'infectait de mouvements enragés, d'ulcères enflammés. Le sommeil était mort, la nuit à la ronéo, à l'aube aux tracts, à midi aux chantiers pour s'entendre avec les ouvriers sur ce qu'il y avait à faire, et puis des réunions, et puis, et puis, sans pouvoir m'enlever quand même la paille des yeux.

Alors, un soir de décembre de l'année d'impatience 1969, j'allai à Naples pour me remettre dans le cercle des visages. J'étais déjà un intrus. Je regardais à contrecœur l'endroit d'où je m'étais détaché. La mise au point réglée sur le tout près du visage aimé et sur l'ampleur d'une foule en cortège ne se fixait pas dans les pièces quittées, dans les usages. La nourriture de la maison était bonne, d'une bonté d'âme, elle contenait le soin, les assiettes ne faisaient pas de bruit, accompagnées et non pas brutalement posées. J'y trouvais un air d'hôpital : une année loin d'eux et j'étais tout retourné jusqu'à l'étourdissement, mais où avais-je été, de quelle guerre punique revenais-je aussi amoché ? Les yeux meurtris, j'accusais l'amour qui ne relâchait pas sa prise même dans les affrontements de rue. Dans ceux-là justement au contraire, je voulais montrer que tout était fini, que je me foutais bien d'elle et je montrais en revanche que c'était de ma vie que je me foutais.

Ainsi, un soir de Naples et de décembre, avec la circonstance aggravante de l'année, dans le sous-sol de mon cousin Danny on fêtait un de leurs exploits. Je m'assis confortablement, toujours avec cette douleur aiguë d'absence à mon côté, et ils me présentèrent une belle jupe de paille entourant une bouteille, du nom de Chianti, je la pris par le col et me versai de sa bouche le premier verre de vin de ma vie. Je le goûtai, âpre, moi à jeun et traître envers l'eau : le dégât dans ma bouche affleura sur mon visage avec une grimace crispée sur les pommettes. Je la retins, c'était un masque qui m'était utile, bride et mors.

Un début de douceur détacha ma peine de mon flanc, il dura moins que rien. Je bus la deuxième gorgée, une pâte de crachat entre la bouche et le nez qui pouvait devenir un éternuement mais qui monta aux yeux : non, des larmes non, vite une autre gorgée me les fit ravaler. Mélangées au vin, elles l'adoucirent, ainsi vidai-je mon verre. Danny, le sous-sol, ses amis chantaient appuyés à une guitare, moi j'oscillais en mesure en serrant dans ma main la jupe de paille.

Danny m'avait appris les bons mouvements des doigts pour ma première chanson à la guitare, la première et non pas les autres qui viendraient toutes seules sous la pincée des cordes. Lui commençait, puis la suite m'appartenait. Je m'appuyai sur son vin et je titubai fort. Chaque gorgée était un coup de hache sur mes pieds, sous la table un bûcheron était en train de m'abattre. Quand je voulus me lever, je m'écroulai, les branches étalées, par terre. Ils me firent la grâce de ne pas s'occuper de moi, c'était un soir de leurs amours en cours. Au contact du sol, ma fureur fit une pause. C'était drôle d'entendre tout autour un chant de jeunes amoureux qui s'aimaient comme ça, à l'intérieur d'un soir, en chœur. Planté là sur le sol, je refusai d'être transporté. Ils me laissèrent sous une couverture. Je n'étais plus abstème, du tout.

Dans la période qui suivit, j'ai tenté de faire avec mon corps le miracle des noces de Cana. Plein d'eau, je voulais le transformer en plein de vin. Pas d'un seul coup, mais par une régulière substitution des liquides, en buvant autant que mon poids en eau. Ça m'a en partie réussi, avec mon crâne seulement. À la fin de l'expérience, je l'avais noyé. Avec lui, au fond du même étang de vin, il y avait le corps de l'amour perdu, une fille aux cheveux défaits était immobile, ne donnant plus de coups de griffes à mes tendons, à mes nerfs.

Il a fallu plus tard une hépatite virale pour me ramener à l'eau et aux papilles vierges. Ce fut une année d'intervalle et point à la ligne. Depuis lors, le vin n'est rien qu'une compagnie, pour équilibrer la journée avec un verre levé au niveau des yeux. Pour celui qui boit le soir, les gorgées sont des baisers à toutes les femmes absentes, et les yeux qui se baissent, une révérence.

LE DERNIER VOYAGE DE SINDBAD

2003

Traduit de l'italien par Danièle Valin

Titre original :
L'ULTIMO VIAGGIO DI SINDBAD

© *Erri De Luca, 2003.*
Première publication par Giulio Einaudi Editore S.p.A., Turin.
Publié en accord avec l'Agenzia letteraria Susanna Zevi.
© *Éditions Gallimard, 2016, pour la traduction française.*

PRÉFACE

J'ai écrit ce *Sindbad* en 2002. Les poissons de la Méditerranée se nourrissaient déjà de naufragés depuis cinq ans. Cela se passait à Pâques en 1997. Sur l'Adriatique, un navire de guerre italien essayait de bloquer la route d'un gros bateau albanais en éperonnant sa coque. Il coula à pic immédiatement et plus de quatre-vingts Albanais périrent. Le bateau s'appelait *Kater I Rades* et son naufrage inaugurait l'infamie.

J'ai emprunté un marin aux *Mille et Une Nuits* pour le faire naviguer sur Notre Mer avec le chargement de la plus rentable des marchandises de contrebande : le corps humain. Il n'a pas besoin d'emballage, il s'entasse tout seul, son transport est payé d'avance et pas à la livraison.

Ce *Sindbad* est un concentré de marins et d'histoires, depuis celle de Jonas, prophète avalé vivant par la baleine, à celles des émigrés italiens du XXe siècle avalés vivants par les Amériques.

Ici, Sindbad en est à son dernier voyage. Il transporte des passagers de la malchance vers nos côtes fermées par des barbelés.

Premier temps

SCÈNE I

La nuit, un petit bateau, une cale où entrent un par un des passagers de fortune, des futurs citoyens d'Europe. L'embarquement terminé, une voix brusque dicte les premiers ordres.

LE CAPITAINE : Malvenue à bord. Vous resterez dans la cale pendant toute la traversée. Les hommes ne sortiront qu'un seul à la fois et une heure par jour. Aucune des femmes ne sortira. Il y a des satellites qui vérifient jusqu'aux poux qu'on a sur la tête. C'est clair ?

Personne ne répond.

LE CAPITAINE : Bien, maintenant je me présente, je m'appelle Sindbad, marin depuis que le monde existe. Je suis le capitaine, celui qui vous fera débarquer dans la gueule de l'Occident, de la civilisation. Vous verrez quelle civilisation, quel accueil. C'est là que vous voulez aller et moi je vous y emmène, mais sur ce bateau c'est moi qui fais les lois et celui qui ne les respecte pas se retrouve à la mer. La bouffe passe une fois par jour. Si la mer est agitée on ne mange pas, comme ça on ne vomit pas et on ne gaspille pas la nourriture. Pour se laver, il y a l'eau de mer à volonté, le seau est là, vous le descendez par cette ouverture sur le côté. Pour boire, un litre par jour et par personne. Il n'y a pas de toilettes, jetez dehors tout ce que vous évacuez.

Après le discours, remue-ménage de ceux qui prennent possession de l'espace qu'ils garderont durant toute la traversée. Ils ont l'air d'être de plusieurs nationalités.

LE MATELOT : Capitaine Sindbad, il y a une femme enceinte, pleine jusqu'aux yeux. Probable qu'elle accouche à bord.

LE CAPITAINE : C'est pas moi qui l'ai remplie. Qu'elle accouche, mais elle ne sortira pas de la cale.

UN PASSAGER : Nous sommes pauvres et prisonniers comme dans notre pays. Et nous avons même payé pour ça.

UN AUTRE PASSAGER : Moi, j'ai payé pour la liberté. Peu importe comment je voyage, on peut aussi me mettre dans un cercueil, pourvu qu'on me fasse débarquer vivant. La liberté doit bien être quelque part et si elle existe de l'autre côté de la mer, je la trouverai.

UN AUTRE PASSAGER : Nous avons tellement souffert que là-dedans ce sera des vacances.

LE MATELOT : Taisez-vous, oh !

Les femmes sont plus à l'aise que les hommes, qui sont perdus et ne savent pas où se mettre. Elles se répartissent vite et simplement les places et les aménagent. Elles sortent une ficelle qu'elles tendent pour y mettre un tissu en guise de séparation. Un chiffon sert à nettoyer, on aide la femme enceinte à s'installer là où il y a un peu d'air.

SCÈNE II

LE CAPITAINE, *terminant de donner les instructions après la première installation* : Je ne veux jeter personne à la mer, je veux vous décharger tous sur la terre ferme, mais je ne veux pas vous entendre. Pas de disputes entre vous, vous êtes des caisses, c'est ce qui est écrit sur le livre de bord et ce ne serait pas la première fois que je jette une partie du chargement à la mer. Celui qu'on trouvera sur le pont sans permission finira dans l'eau.

Après un moment de silence, un passager demande :

UN PASSAGER : Capitaine Sindbad !

LE CAPITAINE : Qu'est-ce que tu veux ?

UN PASSAGER : Où est l'Orient ? Enfermé là-dessous, je ne sais pas de quel côté tourner ma prière.

LE CAPITAINE : La proue est tournée vers l'Occident, l'Orient est en poupe du côté où tu entends le bruit des hélices.

UN PASSAGER : Merci, capitaine Sindbad.

LE CAPITAINE : Pas de mercis. Le voyage sera long et vous serez nombreux à vous maudire de vous être embarqués. Remerciez votre Dieu qui vous a conseillé de vous mettre dans ce trou au milieu de la mer.

Tant que nous ne serons pas au large, vous devez vous taire. Quand nous aurons la mer sous les pieds, alors vous pourrez parler, chanter, vous raconter vos histoires.

Brève coupure qui fait comprendre qu'ils sont déjà en mer, et on entend s'élever le murmure des histoires, des prières, de l'un d'eux qui chantonne, bouche fermée, tout en réparant quelque chose.

SCÈNE III

La nuit, dans la cabine de commandement près de la barre du gouvernail. Le capitaine écoute le maître d'équipage faire le compte des passagers. À la fin, le maître d'équipage conclut :

LE MAÎTRE D'ÉQUIPAGE : Des gens de peuples ennemis, qui à terre se sont égorgés et s'égorgeraient tout de suite, dorment ici côte à côte et se donnent même un coup de main. Quelle étrange humanité.

LE CAPITAINE : À part les guides, il n'y avait personne d'autre au moment de l'embarquement ? Quelqu'un qui n'a pas voulu monter au dernier moment ou quelqu'un qui n'est venu que pour accompagner ?

LE MAÎTRE D'ÉQUIPAGE : Personne.

LE CAPITAINE : Il n'y a pas de témoins ?

LE MAÎTRE D'ÉQUIPAGE : Non.

LE CAPITAINE : Tant mieux. Quand l'émigration était légale, ils descendaient par milliers dans les cales de troisième classe et ils remontaient à l'air libre de l'autre côté de l'océan. À l'époque, le quai du port de Naples était noir de mères. J'étais chauffeur dans la salle des machines des paquebots. Les émigrants voyageaient mieux que moi, ils avaient de l'espoir. Moi, j'avais seulement envie de manger ma paie avec les putains de New York, des filles russes qui envoyaient au ciel les hommes qui leur montaient dessus. Je ne me souviens d'aucune, seul mon nez a conservé l'odeur de leur savon de Marseille mélangé à ma sueur noire de charbon.

De ces années de début du XXe siècle, je garde en mémoire le quai Beverello de Naples noir de gens qui saluaient, saluaient, saluaient à vide alors que ceux de la troisième classe étaient déjà dans les grandes pièces sous le pont. Le bateau se détachait de la ville à la traîne des remorqueurs. Il partait le soir, les moteurs au ralenti, on pouvait entendre les voix qui appelaient encore de loin les beaux noms du Sud. Un jour, alors que nous étions déjà à la hauteur du phare, détachés de terre, mais pas encore en navigation, j'entendis le cri. J'étais accoudé à l'arrière près de la bitte du câble d'amarrage, je regardais les lumières des feux à gaz, le silence était tombé comme un rideau baissé et soudain le cri, un coup de couteau qui déchire un drap. Une femme que je ne pouvais pas voir cria depuis le quai le nom, Salvatore, comme quelqu'un qui s'arrache la poitrine et fait sortir sa voix de ses tripes et pas de sa gorge. Elle cria en mère, en sirène, en chienne. Un nom arraché à son cœur et jeté au large en syllabes désespérées : Sal va to re e e e.

J'ai appris la musique quand j'étais jeune et j'arrive à reproduire ce cri. Qui sait pourquoi la douleur se fixe mieux dans un solfège, dans une rengaine ? *(Il répète ce nom plus fort cette fois avec la même violence.)* SAL VA TO RE E E E. *(Quelqu'un se bouche les oreilles dans la cale.)*

En le répétant, j'ai à nouveau la chair de poule. Cette femme inconnue a cousu dans mes oreilles le nom d'un étranger et m'a laissé une cicatrice musicale dans la tête. Un nom seulement et c'est tout, arrivé dans le tympan d'un marin indifférent qui n'était pas un facteur et ne pouvait apporter le message à ce Salvatore, pour lui dire que sa mère l'appelait avec la dernière voix capable de l'atteindre, avec sa dernière force charnelle. Fallait-il qu'elle fasse saigner aussi mes oreilles ? Maudite soit-elle. À chaque voyage, elle me revient en tête et me fait toujours aussi mal. Cette brûlure ne s'est pas atténuée, pas même d'un dixième de degré.

À l'époque, les vies se brisaient sur un quai, de vrais adieux s'échangeaient, certains de ne plus se revoir. On pouvait entendre le bruit des adieux, un bourdonnement de recommandations et un déboîtement d'os. *(Pause.)*

LE MAÎTRE D'ÉQUIPAGE : Avec l'émigration de contrebande, on se salue avant, on embarque déjà salués.

LE CAPITAINE : Merci, tu as toujours le mot juste pour atténuer les retours d'émotion.

SCÈNE IV

LE MAÎTRE D'ÉQUIPAGE : Le vent se renforce, une tempête approche.

LE CAPITAINE : Préviens les passagers, fais-leur bien attacher leurs bagages et dis-leur de rester couchés.

Dans la cale, il y a beaucoup d'agitation, hommes et choses roulent, on essaie de rester ancré à sa propre place. La tempête est violente et dure depuis longtemps. Un des hommes propose de tirer au sort pour savoir qui porte malheur et irrite la mer.

HOMME N° 1 : L'un d'entre nous a semé le vent et a fait récolter la tempête à tout le monde.

Aucun ne se dérobe à l'expérience. Ils la font avec des brins de paille, le plus long désignera le coupable. Les femmes n'y participent pas. La paille la plus longue est tirée par un jeune garçon. Tous les regards se fixent sur lui.

LE JEUNE : Je me suis embarqué pour ne pas aller à la guerre. Je fuis l'armée qui envoie se battre contre des villages.

HOMME N° 2 : Tu es un déserteur. *(Il crache devant ses pieds.)*

HOMME N° 3 : L'un de nous a sûrement commis une faute plus grosse que celle-ci, s'il s'agit bien d'une faute.

HOMME N° 2 : Parle pour toi.

HOMME N° 4 : Le sort l'a désigné.

HOMME N° 3 : C'est un sort de paille.

HOMME N° 4 : Ne jure pas. Nous avons demandé et nous avons eu une réponse.

HOMME N° 2 : Et toi, déserteur, tu ne dis rien ?

LE JEUNE : Faites de moi ce que vous voulez.

HOMME N° 2 : Décidons quelque chose, sinon on risque tous de mourir. Moi, je dis qu'il doit sortir.

HOMME N° 3 : Qu'est-ce que tu dis ? Tu veux le faire mourir ?

HOMME N° 4 : C'est vrai, le capitaine a parlé clairement.

HOMME N° 3 : Tant que je serai sur ce bateau, le garçon restera ici, sinon jetez-moi à la mer moi aussi.

Un vieil homme, resté jusqu'ici à l'écart, intervient en voyant que quelqu'un regarde de son côté.

LE VIEIL HOMME : En cas de vie et de mort, on ne décide pas à la majorité. Si un seul n'est pas de cet avis, le jeune garçon doit rester avec nous dans la cale.

Une fois la discussion terminée au milieu des fortes secousses des vagues, le plus calme demande au jeune garçon :

HOMME N° 3 : Tu es opposé aux armes, tu es une colombe ?

SCÈNE V

En haut, dans la cabine de commandement, le capitaine et le maître d'équipage.

LE CAPITAINE : Un jour, il y a bien des années, j'ai connu un marchand de colombes pendant une tempête. Il s'était embarqué à Jaffa et voulait aller en Occident. J'étais alors un jeune moussaillon et quand les paquets de mer se sont abattus sur nous, on m'a mis sur le pont pour jeter l'eau des plus grosses vagues par-dessus bord avec un seau. Je rendais la mer à la mer, c'est ce que je pensais à chaque lancer pour me donner du courage : voilà, reprends-la, elle est à toi. Je n'avais pas d'expérience et je tutoyais tout le monde, le ciel, le vent et la mer. Puis la tempête se fit plus forte et on me retira du pont pour m'éviter d'être balayé par une lame. Le capitaine ordonna de jeter une partie du chargement, des pierres taillées de Jérusalem pour un marchand qui voulait construire sa maison avec un matériau de Terre sainte. Mais ce n'était pas le grief qui faisait se déchaîner la mer. Une croyance voulait alors que toute tempête ait un coupable à bord. Le capitaine réunit l'équipage et les quelques passagers. Le marchand de colombes dormait si profondément qu'on dut le réveiller à coups de pied. Il s'appelait Jonas, ce qui veut dire colombe dans sa langue. On tira au sort et il fut désigné. Le capitaine l'interrogea devant tout le monde et il répondit qu'il était juif et qu'il s'enfuyait loin de son Dieu appelé Elohím qui lui avait confié une mission spéciale, mais dans la direction opposée. J'étais un garçon impressionnable et sa belle voix de crieur de marché m'est restée : « Jetez-moi à la mer et la tempête qui est sur vous se calmera. » « Gare à nous, dit aussitôt le capitaine, jamais de la vie », et il ordonna de sortir les rames pour tenter de gagner au plus vite la côte abritée d'une île. Les marins se jetèrent sur les rames de toutes leurs forces, mais la mer poussait au large. J'étais trop faible pour tenir une de ces longues rames. Je voyais les hommes souquer ferme. Ils mettaient toute leur énergie à creuser la mer du plat de leurs rames. Ils piochaient de l'écume dans les vagues. Mais cela non plus ne servit à rien – au contraire cela irrita encore plus la tempête et celui qui nous l'envoyait. Les vagues devinrent un troupeau enragé, le grand mât craquait sous ses coups de corne. Le danger d'une fin prochaine nous guettait tous. Le capitaine et les marins retirèrent les rames, sortirent sur le pont en soulevant Jonas au-dessus de leurs têtes, ils crièrent au ciel : « C'est ça que tu veux ? » Un grondement de vent s'éleva et une vague plus haute qu'eux arracha le marchand de colombes à leurs bras et l'emporta en mer. Au même moment, la tempête cessa, d'un seul coup. Nous nous retrouvâmes dans le calme plat le plus total tandis que tout autour le tourbillon élargissait son cercle en écartant les vagues loin du bateau. Même si je vivais mille ans de plus, je n'oublierais jamais la terreur des marins devant cette accalmie. Les hommes courageux qu'ils étaient encore une minute plus tôt devinrent pâles et tremblaient. Plus que la tempête, c'était la peur de l'omnipotence, du souffle bouillant d'un Dieu au-dessus d'eux qui les glaçait. Il y avait plus de violence dans le miracle de l'accalmie que dans le danger d'avant. Le salut peut être effrayant. Nous sommes restés dans ce calme, mieux qu'ancrés au port, tandis que le cyclone élargissait son anneau jusqu'à le dégager du doigt de Dieu. Nous regardions la mer pour chercher Jonas le déserteur d'Elohím, mais rien, l'eau était immobile, fermée. Un marin jura avoir vu en poupe la queue en croissant d'une baleine, mais c'était une invention de sa terreur. Les baleines évitent les tempêtes. Nous avons réussi à récupérer le chargement qui flottait dans des caisses en bois. Combien de fois t'ai-je raconté cette vieille aventure ? Cent fois ?

LE MAÎTRE D'ÉQUIPAGE : Vous la racontez quand il y a de la tempête, au milieu de l'adversité, il est bon de se rappeler quelque chose de pire.

SCÈNE VI

Plus tard, toujours dans la cabine de commandement. Un marin frappe et entre.

LE MATELOT : Capitaine Sindbad, un passager demande à sortir.

LE CAPITAINE : S'il a le mal de mer, il peut se le garder.

LE MATELOT : Non, capitaine, il demande à sortir pour calmer la tempête.

LE CAPITAINE : Qu'est-ce que tu dis ?

LE MATELOT : Il dit que s'il sort, il arrêtera les vagues.

LE CAPITAINE : Quel est le plus stupide, toi ou lui ? Nous avons embarqué un autre Moïse. À chaque voyage, on en a toujours un qui délire, c'est le prix à payer.

LE MAÎTRE D'ÉQUIPAGE : Encore heureux qu'il n'y en ait qu'un. Et puis la tempête s'y met aussi et elle n'aide pas à bien réfléchir.

LE CAPITAINE : À Jérusalem, il y a un hôpital qui soigne les messies. Tous les ans, une dizaine de pèlerins se laissent impressionner ou prennent un coup de soleil et chacun se met à hurler dans les rues en se prenant pour celui qu'on attend. Une dizaine par an, ils ont un service spécialisé en messies.

LE MAÎTRE D'ÉQUIPAGE : Ici, on ne peut pas se le permettre. Les fous finissent en mer. À bord, la folie est contagieuse, si on ne l'arrête pas tout de suite, elle sème la pagaille dans un bateau.

LE CAPITAINE : Matelot, dis à ce Moïse que s'il sort de la cale, ou bien il arrive à calmer la tempête, ou bien il finit dans les vagues. Comme ça, l'envie de jouer au bras droit de Dieu le Père lui passera. Fais-toi entendre de tous les autres et on verra s'il y en a qui veulent faire le voyage à la nage.

LE MATELOT : Oui, monsieur. *(Il sort.)*

Le maître d'équipage sort une figue sèche de sa poche et la mange. Puis, voyant que le capitaine le regarde :

LE MAÎTRE D'ÉQUIPAGE : Vous en voulez ? Elles viennent d'Odessa.

LE CAPITAINE : Ah ! Odessa, merveille de la mer Noire. J'y étais, du temps de Mishka Yaponchik, le Robin des Bois d'Odessa, le bandit qui protégeait les pauvres. Le tsar ne pouvait rien faire. Puis est venu Lénine et Mishka a été assassiné dans un guet-apens. Pour le nouvel ordre, ça ne collait pas. Quelles belles femmes et quels fleuves : une ville de mer placée entre deux colosses d'eau, le Dniestr et le Dniepr, comme Bagdad entre le Tigre et l'Euphrate. Odessa ! La mer, c'est presque de l'eau douce et on y trouve les meilleures écrevisses de la Méditerranée. Sans la mer Noire et ses fleuves gigantesques, l'eau de la Méditerranée baisserait. J'ai vu le delta du Danube, du Don : ce sont des montagnes d'eau qui s'embrassent. Odessa : du vin, des figues, des bandits…

LE MAÎTRE D'ÉQUIPAGE : Vous savez que c'est à Odessa qu'a été composée la musique d'*O sole mio* ?

LE CAPITAINE, *commençant à siffler l'air, interrompu par le regard interloqué du maître d'équipage* : Qu'y a-t-il ?

LE MAÎTRE D'ÉQUIPAGE : Le fou est bien sorti.

LE CAPITAINE : Matelot !

LE MATELOT : À vos ordres, capitaine Sindbad.

LE CAPITAINE : Tu lui as bien dit que nous allions le jeter à la mer ?

LE MATELOT : Oui, monsieur.

LE MAÎTRE D'ÉQUIPAGE : Il faut sortir, courage, matelot. Au diable le fou et la tempête.

Le déserteur est appuyé au bastingage, les jambes écartées, il fait face à la tempête qui l'a déjà trempé. Les bras levés, il hurle au vent qui ne diminue pas et qui se renforce au contraire. On dirait des bribes de conversations, un duo entre le déserteur et le vent. Le maître d'équipage et le matelot arrivent derrière lui, ils l'attrapent chacun par une jambe et le lancent par-dessus bord. La tempête commence à faiblir. Ils rentrent tous les deux dans la cabine de commandement.

LE MAÎTRE D'ÉQUIPAGE : À chaque voyage on en perd un, ou qui devient fou ou que la mer emporte.

LE CAPITAINE : Pourtant j'ai connu un bon fou qui arrivait à nous calmer nous et pas les vagues dans les tempêtes. C'était Paul, il venait de Tarse et on lui a coupé la tête à Rome. Il était sur mon bateau, deux semaines de tempête au large de la Crète, à la dérive, sous les rafales de l'euraquilon, un vent de nord-est. Il parlait beaucoup de langues, il rassurait chacun de nous : « Aucun de vous ne perdra la vie, seul le bateau se perdra. » Sa voix stridente et claire dominait la mer. En lisant ses lettres rassemblées à la fin du Nouveau Testament, je retrouve son cri volé aux mouettes, qui le lancent même contre le vent. Il était prisonnier, il voyageait attaché, mais face à ses certitudes, c'étaient nous les détenus, nous qui étions assiégés par les vagues et les terreurs. Lui en était affranchi. Quand un homme a un but et un destin, il va dans le feu sans se brûler, dans l'eau sans se mouiller.

LE MAÎTRE D'ÉQUIPAGE : Puis, il va à Rome et on lui coupe la tête.

LE CAPITAINE : Les saints doivent la perdre. En somme, il arriva ce qu'il avait dit, nous avons fait naufrage à Malte, le bateau s'est échoué, la proue ensablée, la poupe battue par les flots, puis éventrée. Nous avons gagné le rivage à la force de nos bras. Nous étions presque trois cents et nous nous en sommes tous sortis.

LE MAÎTRE D'ÉQUIPAGE : Trois cents, capitaine ?

LE CAPITAINE : Environ. Et tous sains et saufs.

LE MAÎTRE D'ÉQUIPAGE : Une chance extraordinaire.

LE CAPITAINE : Grâce à lui qui nous avait donné confiance et nous avait même persuadés de manger quelque chose au milieu de la tempête, car il y avait des jours que nous jeûnions. Ainsi nous avons fait naufrage rassasiés.

Chaque fois que Sindbad prononce le mot de naufrage, le maître d'équipage fait les cornes[1] *en cachette pour conjurer le sort, en levant les yeux au ciel, pendant que Sindbad regarde fixement au loin droit devant lui, là où il entrevoit le signe de fin de la tempête.*

LE CAPITAINE : À l'avant, le ciel blanchit, une brèche de jour est en train de percer. Dieu le Père s'est mis à découdre le sac.

1. Faire les cornes la main tournée vers le bas est une coutume répandue en Italie du Sud pour conjurer le mauvais œil.

SCÈNE VII

Dans la toute première lumière du nouveau jour passe une mouette en vol rasant dans la même direction que le bateau. La lumière éclaire son dos. De la cale, ils la voient à travers l'ouverture sur le flanc. Les passagers sont occupés à se donner un coup de main après leur nuit blanche.

LA FEMME ENCEINTE : C'est la colombe de la paix.

HOMME N° 2 : Si c'est une colombe, après le déluge de cette nuit, ce bateau est l'arche de Noé.

HOMME N° 3 : Si c'était vrai ! Alors, nous débarquerions sur le rivage d'un monde vide, qui commencerait par nous.

UNE AUTRE FEMME : Ce n'est pas une colombe, c'est une mouette.

LA FEMME ENCEINTE : Comme elle est blanche, on dirait qu'elle est poussée par la lumière de l'aube, elle bouge à peine les ailes.

HOMME N° 4 : J'ai faim, aujourd'hui avec la mer calme on nous donnera à manger.

SCÈNE VIII

Le jour à peine levé, un soleil bas, rouge, dans la cabine de commandement un matelot est au gouvernail pendant que maître d'équipage et capitaine, mal installés, essaient de récupérer un peu de sommeil.

LE MATELOT : Vedette côtière à l'ouest !

LE CAPITAINE, *se réveillant en sursaut et réagissant aussitôt* : Vite aux filets, descendez-les en mer, tournons en rond doucement, moteur au ralenti, aucun passager sur le pont, pas un bruit dans la cale.

SCÈNE IX

Dans la cale, le silence est devenu pesant.

HOMME N° 4 : C'est lui qui a voulu monter, personne ne l'a forcé, nous ne l'avons pas chassé. Il a cru au tirage au sort, il a cru être coupable de la tempête et que Dieu était fâché contre lui.

HOMME N° 3 : Il a vu les femmes en danger, il est sorti pour les sauver. Ce n'était pas un déserteur.

UN VIEIL HOMME : Il est sorti parce qu'il n'arrivait pas à rester ici, à l'intérieur, avec nos regards fixés sur lui. Les regards sont pesants.

Les femmes regardent les hommes, elles ont l'air sombre, elles sont en train de les juger.

HOMME N° 2 : Qu'est-ce que vous avez à nous regarder ?

Voix de matelot par l'écoutille. Silence, vedette côtière qui s'approche, pas de bruit dans la cale.

SCÈNE X

Dans la cabine de commandement, le capitaine avec les jumelles.

LE CAPITAINE : La vedette s'en va, elle s'éloigne, manœuvre réussie.

LE MATELOT : Capitaine Sindbad, le filet est plein de poissons.

LE CAPITAINE : Bravo, notre sœur la mer, tu emportes la patrouille et tu nous offres à manger. Parfois tu es vraiment très forte.

LE MATELOT : Il y a sûrement plus d'un quintal de poisson.

LE CAPITAINE : Il faut fêter ça. Descendons dans la cale avec les passagers et faisons-le cuire là-dessous. Eux aussi doivent remercier la mer. Donne-leur des couteaux à eux aussi et dis-leur de nettoyer le poisson.

Deuxième temps

SCÈNE XI

Tous dans la cale, un gros chaudron fume, la vapeur monte droit vers l'écoutille par où entre la lumière.

LE CAPITAINE : La mer nous a sauvés de la tempête, du garde-côte et elle nous a offert notre repas. Elle nous paie à tous de sa poche un plat de poisson. Nous devons remercier et faire la fête. Pour ça, il faut de la musique et de la danse. Que ceux qui ont un instrument se joignent à nous. Nous avons un accordéon. Vas-y, matelot.

Un matelot attaque un air, un passager sort un harmonica de sa poche, un autre sort un violon d'un sac. Les femmes tapent sur une caisse qui produit un vrai son de tambour. (C'est elles qui commencent, du rythme de leurs coups part le premier instrument, les hommes suivent.)

DÉBUT D'UNE PETITE CHANSON : « *Kol hannehalím holekhím el hayyam vehayyam enennu malé* », tous les fleuves vont à la mer et la mer ne se remplira pas. *(Elle devient une tarentelle, un chœur, tout le monde la chante.)*

On jette le poisson dans le gros chaudron et pour chaque variété, on entend tous les noms sous lesquels on la connaît.

LE CAPITAINE : C'est un cadeau de la mer, tout le monde doit en manger, sinon elle se vexe. Il est abondant parce que la mer est riche. La récompense est à la mesure des nombreux dangers courus.

Sindbad et le maître d'équipage regardent les préparatifs.

LE CAPITAINE : Je ne descends jamais dans la cale. Ça me fait drôle de voir des femmes à bord. Elles font penser à la terre ferme.

LE MAÎTRE D'ÉQUIPAGE : C'est sûr, capitaine, avec elles on a l'impression d'avoir débarqué. Ma bonne femme est toujours prête quand je reviens. Je passe la porte et il y a déjà une poule au four, le plat que j'aime. C'est une sorcière, elle sait le jour et l'heure de mon arrivée. Moi, je ne le sais pas, mais elle oui, elle me sent de loin.

LE CAPITAINE : Eh ! C'est pas difficile. Essaie de te laver un peu plus souvent.

LE MAÎTRE D'ÉQUIPAGE : En se lavant à l'eau de mer, on développe encore plus son odeur.

LE CAPITAINE : Elle se développe aussi avec l'ail que tu croques tout cru.

LE MAÎTRE D'ÉQUIPAGE : Contre les vers et contre les esprits, les vieux bateaux ont plus de fantômes que de rats.

LE CAPITAINE : C'est à peine s'ils te chatouillent, tu les fais fuir en crachant dessus. Tu t'en tireras toujours, toi. Car ceux qui ont une femme qui les attend se sauvent toujours des malheurs et des tempêtes. Au moment du danger, leurs forces redoublent, ils sont deux à se battre. La mort se lasse contre deux à la fois, elle préfère les solitaires.

LE MAÎTRE D'ÉQUIPAGE : Vous aussi vous revenez toujours, vous avez donc une femme sur la terre ferme.

LE CAPITAINE : Je l'ai eue et je l'ai perdue. C'était la femme de la jeunesse, la femme destinée à la rencontre, celle avec qui faire alliance et devenir deux. *(Pause.)*

Après tant d'années ensemble, je ne sais plus quels gestes et quelles pensées m'appartiennent et lesquels viennent de mon échange avec elle. Nous avons été unis comme deux bouts d'un nœud de cabestan. Quand il est serré, va-t'en le défaire.

LE MAÎTRE D'ÉQUIPAGE : Eh oui, moi aussi avec ma bonne

femme nous sommes bien ensemble, on est contents d'être un peu tous les deux. Mais ensuite, j'aime bien aller au port et rester avec d'autres matelots au bistrot. À deux, à la fin on se dispute. Et puis, elle, elle ne me veut pas dans ses pieds et me dit d'aller boire dehors. Quand je reviens, elle me veut à nouveau. Comme nœud de cabestan, nous sommes un peu lâches. Ah ! cette femme sait encore y faire.

LE CAPITAINE, *en regardant les femmes dans la cale* : La mienne, je l'ai perdue. Je l'ai enterrée. Depuis, je ne sais où revenir, j'ai raté le voyage du retour. D'autres matelots ont bien une femme dans chaque port. Moi, je n'ai eu qu'elle. Aujourd'hui, j'aime monter au cimetière sur la colline quand il pleut et me tremper avec elle, assis sur son bout de terre. Dans la pluie, nous sommes de nouveau ensemble. *(Pause.)*

Tu sais aussi ce que j'aime faire quand je débarque ? Monter dans un train, me laisser emporter, rester une nuit à la fenêtre. Le train à pleine vitesse est léger, il glisse bien et se balance. Ses bras ne sont pas autour de mon cou et les miens restent croisés. Laissons faire le train. Quand il court, il nous enlace tous les deux. *(En regardant les femmes dans la cale.)* Chaque femme me la rappelle et pas une qui ne soit elle. Tant de femmes et pas une n'est elle : des pensées stupides me viennent à l'esprit en regardant les autres. Il est inutile qu'elles fassent semblant d'être elle, aucune n'y arrive.

UNE FEMME, *en chantant* : Chaque arbre est tous les arbres, mais le fruit est seulement un fruit. Chaque femme est toutes les femmes, mais l'homme est seulement un homme.

Le rythme est repris par le reste de la musique. Sindbad fait son unique sourire de tout le voyage.

Les hommes dansent avec sérieux, ils participent à une cérémonie de remerciement. Les femmes tapent des pieds sur le sol avec une force de tonnerre. Un homme reste à l'écart.

LE CAPITAINE : Danse, l'homme. *(Il donne l'ordre à l'homme isolé tout en conduisant la danse et il danse lui aussi.)*

L'homme regarde pour comprendre s'il s'adresse bien à lui.

LE CAPITAINE, *plus fort* : Danse, l'homme, tu es l'hôte de la mer, tu vas la vexer.

L'homme se lève, obéit, danse avec rudesse, rage, par saccades, les larmes aux yeux.
On fait une pause, le capitaine s'approche de l'homme.

LE CAPITAINE : D'où viens-tu ?

L'HOMME : Je suis kurde, je viens d'un pays qui n'est sur aucune carte de géographie, seulement dans les pensées, le Kurdistan. Je n'ai jamais vu la mer et je n'ai pas mangé de poisson jusqu'à aujourd'hui.

LE CAPITAINE : N'aie aucun scrupule, si tu finis dans l'eau, les poissons te mangeront jusqu'à l'os et le poulpe se réfugiera dans ton crâne.

L'HOMME : Mieux vaut lui que la haine qui pèse sur nous.

LE CAPITAINE : Mieux vaut la haine, l'homme, mieux vaut n'importe quelle vie. Même une vie dans une cale sans voir la mer, c'est mieux.

L'homme regarde au loin droit devant lui, vers la mer cachée derrière les cloisons de la cale.

LE CAPITAINE : Que crois-tu qu'il y ait là dehors ? Rien, un désert de vagues qui vont où le vent les déplace. Un prisonnier connaît la prison mieux que le maton, le malade connaît la maladie mieux que le médecin, et la mer, tu la connais mieux toi qui te trouves dans une pièce au-dessous de la surface de l'eau, mieux que moi qui navigue depuis une immensité d'années. Dis-le-moi, toi, comment est la mer ?

L'HOMME : C'est une allure de chameau. C'est une avalanche de vent, c'est un troupeau de moutons qui se jettent dans un ravin poursuivis par les loups. C'est la peau d'une pomme de terre pleine de nos yeux. C'est une marmite de poissons, une bouche qui saigne d'épines. Maintenant qu'elle est calme, elle fait le bruit du blé mûr abattu par la faux.

LE CAPITAINE : Tu la connais mieux que moi. Pour moi, c'est l'endroit où les terres s'arrêtent, où il n'y en a plus, et tout le boulot consiste à arriver là où elles commencent à nouveau.

L'HOMME : Où allons-nous ?

LE CAPITAINE : Au sec, l'homme, tu as payé pour ça et tu l'auras, si Dieu veut, « *inch' Allah, im yirtseh hachem* ». *(Le capitaine s'éloigne de l'homme. Autour d'eux, la musique et la danse continuent.)*

SCÈNE XII

Le soir, dans la cabine de commandement, le capitaine au gouvernail, le maître d'équipage entre.

LE MAÎTRE D'ÉQUIPAGE : Capitaine Sindbad, la femme a accouché, nous avons un autre enfant Jésus.

LE CAPITAINE : Dommage, l'enfant va pleurer et une fois à terre, les autres l'abandonneront.

LE MAÎTRE D'ÉQUIPAGE : Il ne pleure pas, il est mort.

LE CAPITAINE : Fais-le mettre à la mer.

LE MAÎTRE D'ÉQUIPAGE : La femme veut l'emporter à terre.

LE CAPITAINE : À terre, c'est un infanticide, en mer c'est de la vie restituée, prends-le et mets-le à la mer.

Il reste seul, du fond monte un début de chœur bouche fermée. Le maître d'équipage revient.

LE MAÎTRE D'ÉQUIPAGE : La femme demande de le mettre elle-même à la mer.

LE CAPITAINE : Fais-la monter, mets-lui une veste d'homme sur les épaules.

Tandis que se déroule la petite cérémonie d'une mère qui accompagne son enfant au cimetière des vagues, on entend un chœur de femmes.

LES FEMMES :
Il naît parmi les clandestins,
son premier cri est couvert par les moteurs,
on coupe son cordon avec les dents,
on le confie aux vagues.

Les matelots les appellent Jésus
ces petits nés
sous Hérode et Pilate à la fois.
Rien de ces vies n'est une parabole.
Aucun marteau de menuisier
ne frappera les heures de l'enfance,
puis les clous dans la chair.
Il naît parmi les clandestins le dernier Jésus,
il passe d'une eau à l'autre sans terre ferme.
Car il a déjà tout vécu, et dire il a dit.
Il ne peut enlever ou mettre
une épine de plus aux ronces de ses tempes.
Il est avec ceux qui existent le temps de naître.
Il va avec ceux qui durent une heure.

SCÈNE XIII

La cabine de commandement, le capitaine et le maître d'équipage, la nuit.

LE CAPITAINE : À deux milles de la côte, nous trouverons le bateau. Les matelots et toi vous descendrez, moi je vous rejoindrai après.

LE MAÎTRE D'ÉQUIPAGE : Comment, capitaine Sindbad ? Vous ne venez pas vous aussi ? On avait décidé de quitter le bateau, de l'envoyer s'échouer sur la côte qui n'est qu'une plage. Vous voulez le sauver ? C'est trop dangereux.

LE CAPITAINE : Non, le bateau s'échouera quelque part, il est trop déglingué pour naviguer encore. Il ne tiendra même pas la moitié d'une tempête.

LE MAÎTRE D'ÉQUIPAGE : Et alors ? Vous ne pouvez pas vous mêler aux passagers. Si la gendarmerie les arrête, ils vous dénonceront.

LE CAPITAINE : Je sais, je dois prendre le risque. Il y a de la houle et même si je cloue la barre du gouvernail, les vagues peuvent tourner la proue vers le large ou vers les rochers.

LE MAÎTRE D'ÉQUIPAGE : J'ai vu, mais ça ne vaut pas la peine de rester à bord pour tenir le cap vers la plage, où le bateau arrivera tout seul avec un peu de chance.

LE CAPITAINE : Va et prépare-toi à descendre. Nous nous reverrons à l'endroit habituel.

SCÈNE XIV

Le capitaine, le maître d'équipage et les matelots s'apprêtent à se séparer dans la cabine de commandement : dehors il pleut, c'est la nuit.

LE CAPITAINE : Il pleut et on n'y voit pas à un mètre. C'est une nuit idéale pour débarquer.

LE MAÎTRE D'ÉQUIPAGE : Tant de soif à terre et toute cette bonne eau gaspillée en mer. Si au moins elle était plus douce, mais elle est toujours amère.

LE CAPITAINE : « *Kol hannekhalim holekhim el haiam vehaiam enennu male* » *(en chantonnant comme une rengaine le vers de l'Ecclésiaste/Kohèlet).*

LE MAÎTRE D'ÉQUIPAGE : Tous les fleuves vont à la mer et la mer ne se remplira pas. *(La rengaine se transforme en un chœur de pirates à voix basse.)*

De la cale du bateau, on écoute. La musique éclaire l'obscurité et s'élève au-dessus du bruit de la pluie.

LE CAPITAINE : Ces gens que nous transportons et qui sont rejetés sont encore plus gaspillés que l'eau douce en mer. À terre, on a besoin d'eux, pourtant on les rejette à la mer.

LE MAÎTRE D'ÉQUIPAGE : La terre ferme est plus folle que la mer. Nous allons débarquer sur le sol de l'asile d'aliénés Europe. Alors c'est décidé ? Vous ne venez pas avec nous ?

LE CAPITAINE : Allez, disons-nous au revoir et descendez le canot.

LE MAÎTRE D'ÉQUIPAGE : Vous ne restez pas parce que vous vous êtes amouraché d'une femme dans la cale ? Celle qui chantait : « Une femme est toutes les femmes » ?

LE CAPITAINE : Ce serait une bonne raison pour rester. Tu me fais meilleur que je ne suis. Oui, ce serait une bonne raison.

LE MAÎTRE D'ÉQUIPAGE, *l'air soucieux, puis avec un demi-sourire* : C'est vrai. Bonne chance, capitaine Sindbad.

LE CAPITAINE : Encore plus pour toi.

Ils s'embrassent. Le capitaine serre la main des matelots, ils ne se disent rien d'autre. Ils sortent, ils disparaissent après avoir enjambé le bord du bateau. Sindbad met le moteur au ralenti, bloque le gouvernail, sort sur le pont. Il pleut, il reste et se laisse tremper exprès.

SCÈNE XV

Dans la cale : Sindbad vient de descendre, le passager le plus âgé vient au-devant de lui.

LE PASSAGER : Capitaine, nous avons entendu le chœur et puis nous avons vu l'équipage qui quittait le bateau. Nous croyions que nous étions restés seuls, que vous nous aviez abandonnés.

LE CAPITAINE : Nous sommes près de la côte, c'est pour ça qu'ils descendent avant. Il est inutile pour eux de courir le risque d'être arrêtés. Il suffit que je sois sur le bateau.

(S'adressant à tout le monde.) Hommes et femmes, écoutez. Le voyage va bientôt se terminer. Nous allons débarquer sur une plage. Le bateau s'échouera, peut-être s'ouvrira-t-il comme une coquille, mais n'ayez pas peur, il se posera sur un haut-fond. Nous descendrons à terre et à ce moment-là je vous quitterai. Voici la

carte de la côte, avec les routes et les villages. *(Il la tient en l'air pour la faire voir, puis la remet au plus âgé.)*

Vous trouverez des braves gens et des prisons, c'est une question de chance. Si vous êtes nés sous une bonne étoile, tout ira bien, sinon, enfermés quelque part, vous serez plus à votre aise que là-dedans et vous mangerez quand même. Préparez vos bagages.

Au bruit du moteur à bas régime du bateau se superpose le bruit d'un autre moteur qui approche.

LE CAPITAINE : Je ne peux vous donner un port, vous n'êtes pas attendus.

UNE VOIX AU MÉGAPHONE : Stoppez les moteurs, déclinez vos identités.

LE CAPITAINE, *ignorant la nouvelle présence* : Alors, en attendant d'arriver sur la plage, mettez-vous près de moi pour que je vous raconte une histoire.

LE MÉGAPHONE : Vous êtes dans des eaux territoriales, stoppez les moteurs et laissez monter à bord.

UN PASSAGER : Que disent-ils, capitaine Sindbad ?

LE CAPITAINE : Qu'ils viennent nous saluer.

UN PASSAGER : Qui sont-ils ?

LE CAPITAINE : L'Europe.

LE MÉGAPHONE : Stoppez les moteurs ou nous ouvrons le feu.

LE CAPITAINE : Il était une fois, à la cour d'un tyran, une jeune fille qui savait raconter les histoires. Le roi avait décidé de la tuer, mais elle, chaque nuit, le distrayait avec le récit d'une nouvelle aventure et ainsi le roi renvoyait-il la condamnation d'un jour sur l'autre.

Une première explosion à l'avant du bateau, un éclair et une grande secousse, des hurlements de peur parmi les passagers.

LE CAPITAINE : N'ayez pas peur, c'est l'accueil occidental, leur façon de vous souhaiter la bienvenue.

UN AUTRE PASSAGER, *avec anxiété* : Cet accueil ne me plaît pas, capitaine Sindbad. Ne vaut-il pas mieux sortir et aller à leur rencontre ? C'est bien beau d'écouter des histoires, mais on a tout le temps pour ça…

LE VIEIL HOMME : Écoutons le capitaine, il est resté avec nous.

LE CAPITAINE : Il y a des moments où il faut perdre du temps, le faire passer. Les histoires de la jeune Shéhérazade lui servaient à rester en vie, à repousser l'échéance. Elle perdait du temps et ainsi elle en gagnait. Parfois, la vie dure le temps qu'on perd.

LE MÉGAPHONE : La prochaine fois on touche le bateau : arrêtez-vous ou on vous coule.

LE CAPITAINE : Pendant mille et une nuits, elle réussit à détourner le roi de son intention de la tuer, car alors les paroles d'un récit produisaient le miracle de sauver la vie...

Un coup plus fort éclaire la scène, puis l'éteint.

PRIÈRE LAÏQUE

Notre mer qui n'es pas au ciel
et qui embrasses les confins de l'île et du monde
béni soit ton sel,
bénis soient tes fonds.
Accueille les bateaux surbondés
sans une route sur tes vagues
les pêcheurs sortis la nuit,
leurs filets parmi tes créatures,
qui reviennent le matin avec la pêche
des naufragés sauvés.

Notre mer qui n'es pas au ciel,
à l'aube tu as la couleur du blé
au couchant du raisin de la vendange.
Nous t'avons semée de noyés plus
que tout autre âge de tempêtes.

Notre mer qui n'es pas au ciel,
tu es plus juste que la terre ferme
quand même tu élèves des vagues-murailles
puis les abaisses en tapis.
Garde les vies, les visites tombées

comme des feuilles dans l'allée,
sois pour elles un automne,
une caresse, une étreinte, un baiser au front,
une mère, un père avant le départ.

MORSURE
DE NOUVELLE LUNE

Récit pour voix en trois tableaux

2005

Traduit de l'italien par Danièle Valin

Titre original :
MORSO DI LUNA NUOVA

© *Erri De Luca, 2005.*
Première publication par Arnoldo Mondadori Editore.
Publié en accord avec l'Agenzia letteraria Susanna Zevi.
© *Éditions Gallimard, 2023, pour la traduction française.*

Puisses-tu un jour ressusciter
réveille-toi, réveille-toi, Naples, Na.

SALVATORE DI GIACOMO
(1860-1934)
Nouvelle Lune

PERSONNAGES

GAETANO, concierge d'un immeuble

ROSARIA, sa femme

ELVIRA, sa fille

EMANUELE, marchand de morue

OLIVIERO, menuisier

LE GÉNÉRAL, vieil homme à la retraite

SOFIA, veuve aisée

ARMANDO, jeune, belle prestance

BIAGIO, son ami bègue

NOTE DE LA TRADUCTRICE

Cette pièce est écrite en napolitain. Mais les personnages utilisent le dialecte ou l'italien en fonction de leur statut social et selon leurs interlocuteurs. Tout au long du texte original, des parenthèses proposent la traduction en italien de certaines phrases en napolitain. La pièce est traduite ici en français sans report du napolitain ni des parenthèses.

Premier tableau

Abri en temps de guerre, ce sont les mois d'été 1943.

Une table, des bancs, un escalier qui mène vers l'extérieur, une ampoule qui s'allume tandis qu'un jeune homme entre d'un pas alerte, après avoir descendu l'escalier, tenant une cage recouverte d'un linge dans une main et un sac dans l'autre. Un deuxième jeune homme entre à sa suite. Une musique de fond exécute Luna nuova, *la partie en mineur qui précède le refrain. Elle n'appartient pas à la scène, elle ne vient pas d'une radio, personne ne la joue, les personnes présentes ne l'entendent pas. Elle apparaîtra au hasard, par intermittence.*

ARMANDO, *deuxième arrivé* : Mais comment tu fais pour arriver toujours le premier ? On dirait que la défense antiaérienne te passe un coup de fil avant de déclencher la sirène.

BIAGIO : T' t' t'as pas encore compris ? Je t t t'l'ai déjà expl pl pl…

ARMANDO, *tout en rangeant sa valise qu'il a apportée lui aussi* : Tu vas pas encore t'en sortir avec l'histoire du canari. « C'est le petit oiseau qui me l'a dit. »

BIAGIO, *souriant* : C'est c'est c'est ça. Lui, il entend les bombardiers *(Il arrive à sortir d'un coup toutes les syllabes)* a a avant la la défense antiaérienne. Il arrête de chanter et il se se met met à sautiller dans sa ca ca cage. *(Il se met à sautiller comme le canari.)*

Entre-temps sont arrivées Rosaria, femme du peuple, et sa fille Elvira. Elles sont sur les marches de l'escalier et ont vu Biagio sautiller pour imiter le canari.

ROSARIA, *s'adressant à sa fille* : La guerre nous fait virer folles.

BIAGIO, *s'apercevant de leur présence, s'arrête, salue en s'inclinant et caresse la cage* : Et ssi si s'il n'y avait que que que ça a...

Arrivent Sofia, le général, Emanuele, Oliviero.

OLIVIERO, *dernier à entrer, entendant le « que » répété et entonne la chanson* : « Que de soupirs n'ai-je eu pour toi, mon cœur brûle comme une chandelle[1]... »

Fortes détonations venant de l'extérieur, premières réactions des personnes présentes : Biagio couvre la cage de son corps, Elvira et Rosaria se prennent par la main, le général sursaute exagérément, Oliviero se met plus près du mur sous une poutre portante, Emanuele se bouche les oreilles, Armando essaie de se donner une contenance devant Elvira, Sofia – qui est entrée juste derrière Emanuele et qui désapprouve du nez son odeur de morue – réagit au contraire par un cri mélodieux modulé comme une litanie.

SOFIA : Santa Ritaaa, sant'Alfonso Maria de Liguori, san Pasqualeee.

ARMANDO : Et dire que la même scène se répète dans mille abris de Naples.

BIAGIO : Nous sssommes une ville qui qui a trou trou vé asile.

OLIVIERO : Chez les fous.

BIAGIO, *regardant la cage maintenant découverte et où l'on voit un canari qui sautille* : Quand il chante, je ne bégaie plus.

ARMANDO, *regardant Elvira* : Qui ?

BIAGIO : Le ca, le ca.

ARMANDO, *inquiet du début de ce mot et craignant des reparties car Oliviero signale déjà le danger d'un geste de la main* : Le ca, le canari ?

BIAGIO : Eh eh oui !

1. Chanson napolitaine, *Fenêtre basse*.

ARMANDO, *s'adressant aux personnes présentes et en particulier à Elvira* : Quand le canari chante, mon ami ne bégaie pas. Et ce n'est pas tout, il le prévient aussi des bombardements avant la sirène d'alarme. *(Il essaie d'intéresser l'auditoire qui écoute distraitement.)* C'est pour ça qu'il est toujours le premier dans l'abri. Et en plus, quand c'est une fausse alerte, le canari ne le prévient pas.

BIAGIO : Cccelle-là *(Armando lui fait un clin d'œil pour ne pas être démenti, alors Biagio baisse le ton)* tu t'l'es inventée.

ARMANDO, *voyant l'attention retomber, s'adressant à Biagio, faisant allusion à la jeune fille* : Je l'adore !

BIAGIO, *croyant qu'Armando parle du canari* : Eh oui, c'est une memerveille.

ARMANDO, *l'air inspiré, soupirant* : Je l'achèterais bien.

BIAGIO, *le canari gazouillant, sans bégayer* : Il n'est pas à vendre.

ARMANDO, *renchérissant* : Je la chiperais bien.

BIAGIO : Voleur ! Il y en a tant d'autres.

ARMANDO : Je n'en dors pas la nuit.

BIAGIO : N'exagérons pas ! Les bombes se chargent déjà de nous empêcher de dormir et toi tu perds le sommeil pour un canari.

ARMANDO, *l'écoutant d'une oreille distraite* : Toute la journée enfermée dans la cage de cette loge…

BIAGIO : Eh oui, maintenant je l'emmène au théâtre.

ARMANDO : … ne sortant que pour venir dans l'abri, ne pouvant sortir que sous les bombes. Je voudrais un bombardement par jour, même deux ou trois.

BIAGIO : Avant ou après le repas ? Arrête ton cirque, de toute façon je ne peux pas te l'offrir.

ARMANDO, *revenant sur terre* : Mais quoi donc ?

BIAGIO, *le canari s'étant tu* : Le ca, le ca…

ARMANDO, *agacé* : Encore ce canari ? Il est bien où il est, on n'en a rien à faire de ton canari !

BIAGIO : Maintenant il fait comme s'il n'en voulait plus.

Dans un coin, Rosaria s'adresse à sa fille Elvira en essayant d'arranger son napolitain avec un peu d'italien.

ROSARIA : Tu ne dois pas les regarder ceux-là, c'est deux crève-la-faim. Celui qui a des bourgeons…

ELVIRA : Qui a quoi ?

ROSARIA : Des bourgeons, des bourgeons sur la figure…

ELVIRA : Ah, des boutons.

ROSARIA : Des moutons ?

ELVIRA : Des boutons, de l'acné, maman, on dit « acné ».

ROSARIA : Et qu'est-ce que j'en sais, moi ? Celui qui a des bourgeons, bref celui qui a le canari, il a même été réformé. L'autre, c'est le fils d'un monsieur qui a joué aux cartes toutes ses propriétés. Il jouait au chemin de fer. Il a perdu des immeubles entiers avec les familles et les concierges dedans. Un monsieur qui a voulu devenir un crève-la-faim, pas un pauvre malheureux comme beaucoup, mais un crève-la-faim volontaire. Un gaspilleur.

ELVIRA, *pour changer de sujet et détourner l'attention de sa mère* : Général, quand finira la guerre ?

LE GÉNÉRAL : Quand nous l'aurons gagnée, mademoiselle Elvira.

ARMANDO, *intervenant* : Quand ils bombarderont Rome.

LE GÉNÉRAL : Jeune homme, faites attention à ce que vous dites, c'est le sort de la patrie qui est en jeu.

ARMANDO : Je répète ce que disent les gens. Tant qu'ils ne bombarderont pas Rome, la guerre ne s'arrêtera pas.

LE GÉNÉRAL : Rome est sacrée, l'ennemi lui-même n'ose pas y toucher.

OLIVIERO : À Rome, les gens vont au théâtre, au cinématographe. Ils ne connaissent ni les bombardements ni les sirènes d'alarme.

À ce moment-là, entre Gaetano, concierge d'un immeuble, mari de Rosaria et père d'Elvira.

ARMANDO : Quand viendra le tour de Rome, ce sera le signe de la fin de la guerre.

LE GÉNÉRAL, *s'échauffant* : Propos défaitistes, de femelettes.

ELVIRA, *se levant pour aller affectueusement au-devant de Gaetano* : Papa !

GAETANO, *embrassant sa fille, se plaçant entre le général et Armando, pour éviter que la conversation ne tourne mal entre eux* : L'alerte est bientôt terminée. Ils ont frappé fort cette fois, il y avait toute une armée dans le ciel.

LE GÉNÉRAL : Mais vous, don Gaetano, vous n'arrivez jamais à vous mettre à temps à l'abri ?

GAETANO : Excellence, je dois surveiller l'immeuble pour que les pillards ne profitent pas de l'alerte. Mais ne vous faites pas de souci pour moi, l'immeuble est solide, du tuf qui a résisté aux tremblements de terre, il ne me tombera pas sur la tête.

LE GÉNÉRAL : S'il y avait d'autres hommes comme vous, dévoués et courageux.

GAETANO : C'est mon devoir, Excellence, rien que mon devoir.

Dans un autre endroit de l'abri, Oliviero et Emmanuele discutent tous les deux.

OLIVIERO : Mais tu sais qu'à l'abri du Chiatamone les filles du bordel arrivent en courant à moitié nues ? Quand la sirène retentit, elles s'enfuient avec ce qui leur tombe sous la main, sans rien sur le dos. Maintenant que c'est l'été, ce doit être un beau spectacle là-bas.

EMANUELE : C'est ça, maintenant je vais emmener ma famille voir les danseuses. Ma femme m'arracherait les yeux.

OLIVIERO : Mais elle ne va pas à l'abri de l'hôpital ? Les infirmières doivent rester sur place.

EMANUELE : Oliviè, tu parles sérieusement ? Tu as vraiment le cœur à plaisanter ? Et si jamais elle l'apprenait ? C'est pas une ville ici, c'est un village. « J'ai vu votre mari à l'abri du Chiatamone » et c'est la fin de tout !

OLIVIERO : À la prochaine alerte, je me tire et j'y vais, au Chiatamone. Je veux bien me prendre un bombardement sur la tête, mais je dois aller voir de mes yeux.

EMANUELE : Oliviè, ne fais pas de bêtises pour quatre femmes nues.

OLIVIERO : J'en ferais bien rien que pour la moitié. Et puis la guerre va bientôt finir, on va la perdre. Plus tôt on bombardera Rome, plus tôt elle finira.

EMANUELE : Tais-toi, tu risques gros. Si la milice l'apprend, tu passeras un sale quart d'heure et c'est la taule à coup sûr. J'en ai vu un se faire arrêter dans la rue juste parce qu'il pleurait. Il avait tout perdu sous une bombe et il jurait comme un damné. Ils l'ont bourré de coups devant tout le monde et ils l'ont emmené, Dieu sait où.

OLIVIERO : On ne peut même pas pleurer. Au moins, si je vais à l'abri du Chiatamone, je vais rigoler.

Détonations proches.

SOFIA : Santa Ritaaa, sant'Alfonso Maria de Liguori, san Pasqualeee.

OLIVIERO : Excusez-moi si je me mêle de vos affaires.

SOFIA : Je vous en prie, dites, n'importe quoi pour me distraire de ces coups. *(Une déflagration sèche.)* Santa Ritaaa…

OLIVIERO : Excusez-moi, madame, il faut appeler les saints séparément, un à la fois. Vous, vous les appelez tous ensemble, ils vont s'énerver. Le saint est pointilleux. J'ai l'impression de les entendre, là-haut : « C'est toi qu'elle a appelé », « Non, c'est toi ». Ça les agace et personne ne bouge.

SOFIA : Je ne suis pas d'accord. Moi je prie seize saints et pour les bombardements, il en faut au moins deux, et justement santa Rita et sant'Alfonso Maria de Liguori.

OLIVIERO : Je ne dis plus rien. Vous connaissez les saints spécialisés, moi je sais seulement que ma mère me disait : « Les saints, un à la fois. »

SOFIA : En temps de guerre, c'est différent, on a besoin d'une alliance de saints.

EMANUELE, *à voix basse à Oliviero* : Ils font aussi le pacte d'acier là-haut. *(À haute voix.)* À nous, il nous faudrait un peu de bonne défense antiaérienne. Même la sirène ne marche pas, elle nous prévient au dernier moment quand les bombardiers sont déjà sur nous.

OLIVIERO : Exactement. La nuit je peux comprendre, on ne les voit pas arriver, mais maintenant ils bombardent de jour. Qu'est-ce qu'il vous faut de plus ? Avant-hier, le bombardement de la place de la Poste a eu lieu à midi, pas même un hurlement de sirène ni un avertissement, les gens ont été pris par surprise.

LE GÉNÉRAL, *intervenant sur un ton péremptoire* : C'était un bombardement à haute altitude et sur un objectif libre, un acte de lâches. À ces hauteurs-là nos détecteurs sont impuissants.

OLIVIERO : Pourquoi ? On n'a pas de jumelles, nous ?

LE GÉNÉRAL : Ne faites pas le malin, c'était un acte de terrorisme et la population ne doit pas tomber dans le découragement et le défaitisme. Elle doit réagir.

OLIVIERO : Général, mille morts avant-hier, mille âmes de Dieu prises et jetées aux ordures parce qu'une cloche ne sonne pas, comment faut-il réagir ? On n'a même plus le droit de pleurer maintenant. Place de la Poste, il y a des bouts de chair humaine jusqu'au troisième étage.

GAETANO, *tirant Oliviero par la manche* : Le général sait de quoi il parle, l'ennemi est lâche et nous devons être courageux. Avec votre permission, je vous salue, je n'attends pas la sirène de fin d'alerte, je retourne à ma loge. *(Il prend congé, monte l'escalier, sort.)*

OLIVIERO : Ceux qui s'en sont tirés sont sortis dans la rue tout blancs de poussière, on aurait dit des anchois farinés, prêts à être jetés dans la poêle.

EMANUELE, *solennel* : Cette ville est une poêle.

OLIVIERO : Et les chiens cherchaient un morceau de notre chair au milieu des pierres. Il y en avait un qui tenait le bras d'un enfant dans sa gueule.

EMANUELE, *philosophe* : Cette ville est de la chair de boucherie.

OLIVIERO, *agacé* : Hou, Emanuè, d'abord la poêle, maintenant la boucherie, et cet abri qu'est-ce que c'est, une boîte de sauce tomate ? Nous avons échoué à la cuisine ? Ce n'est qu'une ville sous la guerre. Ce doit être pareil à Milan.

ARMANDO, *intervenant* : À Rome non, Rome on n'y touche pas.

ROSARIA, *à Elvira* : Tu m'as fait venir les palpitations, tu es allée te baigner à Mergellina, tu n'es pas rentrée à la maison et tu n'es pas allée à l'abri quand la place de la Poste a explosé.

ELVIRA : Je suis restée dans l'eau, maman, j'y étais plus en sécurité qu'ici dans cet abri. S'il s'écroule, on finira comme des rats. Dans la mer, on était bien, je n'entendais pas les bombes, je mettais la tête sous l'eau. Si je pouvais faire comme ça, mettre la tête sous l'eau et que la guerre soit finie quand je la sortirai pour respirer.

ROSARIA : Toute seule ici, moi j'ai passé une heure épouvantable sans nouvelles de toi.

ELVIRA : Viens aussi te baigner, maman, au lieu de descendre à l'abri, on court et on plonge tout habillées. La mer est notre meilleur refuge. Même si le Vésuve explose, nous avons la mer qui nous protège du feu.

SOFIA, *intervenant* : Pour les éruptions, nous avons san Gennaro, qui nous a toujours protégés.

ARMANDO, *enthousiasmé par ce qu'a dit Elvira* : Excellente idée, mademoiselle, vous êtes une artiste, la dernière du mouvement futuriste. J'imagine déjà votre signature sous l'affiche : « Contre les bombardements de juillet, déshabillez-vous et plongez dans la mer. »

ROSARIA : Jeune homme, je ne crois pas avoir demandé votre avis. On ne se connaît pas et ne vous mêlez pas à nos conversations, s'il vous plaît.

ARMANDO : Excusez-moi, je vais me rattraper. Je me présente : mon nom est Armando Solimena, en permission à Naples, et lui c'est mon ami Biagio Ribeira.

BIAGIO : Enchchanté.

ELVIRA : Très heureuse.

ROSARIA : Mais comment très heureuse ? Ici, personne n'est heureux et pas question de parler au premier venu.

ELVIRA : Maman, il y a des mois qu'on se voit tous les jours avec les messieurs de cet abri.

ARMANDO, *encouragé* : Pour être précis, le premier venu c'est lui, Biagio, bègue et propriétaire d'un canari miraculeux, qui le prévient des bombardements avant la sirène et c'est pour ça qu'il est toujours le premier arrivé, moi je suis le deuxième.

LE GÉNÉRAL : Que se passe-t-il, madame Rosaria, ces jeunes gens vous importunent ? Dans ce cas, nous prendrons les mesures qui s'imposent.

ROSARIA : Merci de votre amabilité, général, mais non, ces jeunes gens ont voulu faire les présentations, maintenant elles sont faites et ils retournent à leur place. *(Pendant cet échange, les jeunes gens se sont regardés avec sympathie, sans écouter la conversation.)* N'est-ce pas ?

BIAGIO, *tirant Armando par la manche* : Si si si.

OLIVIERO, *à voix basse* : Il a fait un brelan de six.

BIAGIO, *entraînant Armando* : Si vous permettez, madame.

ROSARIA, *à Elvira* : Remercie monsieur le général pour son amabilité.

ELVIRA, *distraite* : Merci, Excellence.

LE GÉNÉRAL, *à Rosaria* : C'est mon devoir, et puis en l'absence de votre mari, ce patriote et honnête homme, je me permets de vous servir de tuteur. *(Il se retire.)*

ROSARIA, *à Elvira* : Et ne fais pas la coquette avec ces deux-là.

ELVIRA, *à voix basse mais avec animation* : Je ne peux même pas regarder ? Je suis enfermée là-dessous, dehors il y a le soleil, l'été, la vie et moi je dois compter les fois où je lève les yeux de terre ?

ROSARIA : Dehors c'est la guerre, pas les vacances.

ELVIRA : Ah ça, je sais que c'est la guerre, mais ici c'est un abri pas un couvent.

ROSARIA, *pour changer de sujet et ne pas se fâcher avec sa fille* : Tu te souviens du professeur Marotta, ce qu'il était bien élevé, jamais un mot en napolitain, toi tu fais comme lui. Il a vécu toute sa vie à Naples et rien, il ne disait même pas un mot, seulement l'italien, et moi souvent je ne comprenais pas. Ce qu'il était instructionné. Lui disait : « Non, Rosaria, on dit instruit. » Ah, il était très instructionné. Et que de livres, que de papiers chez lui, des plumes et de l'encre.

OLIVIERO, *écoutant et commentant à voix basse* : Oui, encre de seiche, calmars, poulpes, rougets, c'était un poissonnier.

ROSARIA, *continuant sans relever le commentaire* : Il vivait seul, qu'est-ce qu'il en faisait de toutes ces plumes ? Même dans sa chambre et aux toilettes il en avait à portée de main. Même assis là-dessus il fallait qu'il écrive. Ce qu'il était chic, élégant. Les derniers temps, il était devenu philos'…

ELVIRA : La peau et les os ?

ROSARIA : Non, philos', il était devenu philos', c'est comme ça qu'il disait : « Rosaria, je suis prêt, si la bombe qui doit me frapper a déjà été favriquée… »

ELVIRA : Fabriquée.

ROSARIA : Oui, favriquée, si la bombe avait déjà été faite, bref si cette bombe existait déjà, il ne pouvait pas l'éviter. Et il disait : « À mon âge, on devient philos'. »

OLIVIERO, *toujours à voix basse* : Philos'[1] avec ou sans mozzarella ?

ELVIRA : Philosophe, il était devenu philosophe.

ROSARIA : Oui, c'est ça. Il ne se déplaçait pas, il était devenu philos', qui doit être quelqu'un qui ne bouge pas même sous les coups de canon. Moi, je montais en courant à son étage quand la sirène démarrait, j'essayais de le faire bouger. « Professeur, les bombes ! Descendons dans l'abri. » Rien. « Vas-y toi, Rosaria, si ma bombe est déjà en vol, moi je l'attends ici. » Il pensait avoir un rendez-vous. Je m'étais attachée à lui et je montais tous les jours faire son ménage. Et s'il mourait, je perdais un revenu assuré.

ELVIRA : Ça ne se dit pas, maman, si papa t'entend il en fera tout un plat.

ROSARIA : Moi je suis honnête, je dis la vérité, je tenais à lui et à mon salaire aussi. C'était fatigant, c'était bien gagné, de quoi j'ai à m'excuser ? Moi, j'insistais : « Excellence, c'est dangereux », et je criais parce qu'il était devenu sourd. Il ne bougeait pas : « Rosaria, vas-y toi, moi je ne vois pas l'horizon. »

ELVIRA : Quel horizon ?

ROSARIA, *continuant sans répondre à la question* : « Excellence, vous avez la vue basse, c'est normal que vous ne voyiez pas l'horizon. »

ELVIRA : Mais on peut savoir à la fin ce que vient faire ici l'horizon ?

ROSARIA, *se corrigeant encore* : L'oraison.

ELVIRA : La raison ? Il ne voyait pas la raison pour descendre dans l'abri ?

ROSARIA : Je ne sais pas. Il disait : « Rosaria, je ne vois pas l'horizon de descendre dans l'abri. » Moi, je le tirais par la manche : « Excellence, c'est pas le moment de parler de ces choses-là. Allons dans l'abri et nous parlerons de tous les horizons que vous voudrez. » Rien, il ne voyait pas l'horizon et il n'entendait rien parce qu'il était sourd et les bombes dans ses oreilles c'étaient comme les tirs du dernier jour de l'année. Bref, je le laissais seul, là-haut, et je descendais dans l'abri.

1. *Filosc* est une omelette en napolitain.

SOFIA : C'était un monsieur, mais il avait honte des défauts de la vieillesse. Comme il était sourd, quand les premiers bombardements ont commencé, il n'entendait pas la sirène d'alarme, mais il lui arrivait d'entendre celle de la fin d'alerte. Alors, on voyait le professeur Marotta qui courait tout essoufflé vers l'abri avec sa valise quand tout le monde en sortait lentement. Certains prenaient même la liberté de se moquer de lui : « Professeur, le spectacle est terminé à l'intérieur de l'abri, repassez plus tard. »

LE GÉNÉRAL : C'est vrai, il était vexé, et c'est ainsi qu'il a décidé de ne plus descendre.

EMANUELE : Il y a des hommes capables de se faire tuer pour ne pas qu'on se moque d'eux. Qui aurait le courage de rester chez soi quand tombe ce déluge de feu ? Parfois, la honte donne un courage de lion.

ROSARIA : Et avec tout ça, il a réussi à mourir dans son lit, il s'est endormi et il ne s'est plus réveillé.

LE GÉNÉRAL : La fin d'un homme en paix avec le monde.

EMANUELE : Amen. Si nous pouvions trouver un peu de paix nous aussi.

LE GÉNÉRAL : Nous l'aurons après avoir gagné la guerre.

ARMANDO : Nous sommes vraiment en train de bien la gagner cette guerre. Encore un peu de ces victoires et tout sera réglé.

LE GÉNÉRAL : Bien sûr, jeune homme, et si par hasard votre affirmation est ironique vous en répondrez.

BIAGIO, *intervenant pour justifier son ami* : Non, exc exc...

OLIVIERO, *commentant à voix basse* : Donnez-lui un mouchoir.

BIAGIO : Excellence, il paparle comme ça paparce qu'il est aamer, mais c'est un pa, un pa, un pa a...

OLIVIERO : Un parent.

EMANUELE : Proche.

BIAGIO : Noon, un pa un pa... *(Il fait un geste de la main vers le bas pour aider le mot à sortir.)*

OLIVIERO : Un papillon.

EMANUELE : Aux ailes d'or.

BIAGIO : Noon, un pa, uun pa...

OLIVIERO : Un panettone *(Biagio fait non de la tête)*, un palmier *(Biagio fait toujours non)*, un paparazzi, un Palermitain...

EMANUELE : Le dictionnaire est terminé.

BIAGIO, *enfin* : Un patriote.

OLIVIERO, *soulagé* : Ah ! Le verdict est tombé.

LE GÉNÉRAL : Trêve de chagrins et haut les cœurs.

De l'extérieur, détonations qui font taire tout le monde. Une pause interrompue par Emanuele.

EMANUELE : On ressemble aux bergers de la crèche.

SOFIA : Je ne suis pas d'accord. Les bergers de la crèche dorment, et nous ici on ne dort plus.

EMANUELE : Vous avez raison, j'ai oublié comment est fait le sommeil. Faut dire que nous ne sommes pas nombreux à être restés. Ceux qui ont pu, ont quitté Naples pour un endroit plus sûr et plus frais. Il y a des villages tout autour qui ne la voient pas et ne l'entendent pas, la guerre. M. Strumillo a déménagé à Cassino avec toute sa famille.

OLIVIERO : À Cassino ?

EMANUELE : Oui, il dit que c'est un endroit sûr.

OLIVIERO : Et les De Luca ?

EMANUELE : À Agerola, au milieu des vaches. Le pauvre père n'en pouvait plus, lui qui est si attaché à ses trois filles encore jeunes, dès que la sirène retentissait, il attrapait la première qui lui tombait sous la main et s'enfuyait en laissant derrière lui sa femme, ses deux filles et la maison grande ouverte. La pauvre petite hurlait dans les bras de son père tant elle avait peur de tomber, parce qu'il descendait si vite les marches qu'il ne serait pas arrivé plus tôt en bas s'il s'était carrément jeté dans la cage d'escalier. Et en effet, il arrivait parmi les premiers, même s'il habitait au dernier étage. Dans l'abri, il prenait les meilleures places pour sa famille. Moi, je le saluais et je le félicitais : « Monsieur, vous êtes toujours l'athlète d'autrefois, toujours agile. »

OLIVIERO : On aurait dû mesurer le temps avec un chronomètre pour voir en combien de secondes il faisait le cent mètres. La médaille d'or des fuites.

EMANUELE : Mais il n'y avait pas que lui, ici c'est les Jeux olympiques tous les jours.

OLIVIERO : Ma spécialité, c'est le saut de repas.

Sirène de fin d'alerte. Tandis que les personnes présentes se préparent lentement à sortir, chacune avec sa propre valise, Gaetano entre pour chercher sa femme et sa fille.

ELVIRA : Quelle chaleur ici papa, on ne respire pas. Je voudrais rester avec toi dehors moi aussi.

GAETANO : Je ne serais pas tranquille et puis ta mère ne resterait pas une minute sans toi ici.

ROSARIA : L'alerte est finie, c'est sûr ? Nous n'allons pas faire comme hier quand nous sommes sortis et que l'alarme a sonné encore une fois ?

ELVIRA : On ne comprend pas quand finit une alerte et quand une autre commence. On ne dort plus. Et cette chaleur, si au moins il pleuvait, ça chasserait la poussière. Mais non, il ne pleut que des bombes.

EMANUELE : Nous avons perdu le bonheur d'avoir un ciel. Il nous est resté la terre pour nous cacher et la mer pour nous enfuir.

ROSARIA : On s'habitue à tout. Plus ça empire, plus on s'y habitue. Mais de quoi on est faits, nous, de fer ?

EMANUELE, *pendant qu'elle part* : De fer battu. *(De la main il fait le geste des coups.)*

GAETANO : Mieux vaut rester ici. Après ce que j'ai vu à la poste, je bénis cet abri. Notre chair, notre peuple écrasé comme une tomate pourrie. Le sang répandu, la puanteur des brûlés et le soleil qui nous écrasait comme une injure. Moi, je suis allé buter contre un garçon dont il ne restait que la moitié, il lui manquait toute la partie du dessous. Heureusement pour lui qu'il était mort et qu'il n'a pas vu que je lui étais tombé dessus.

La voix de Gaetano se brise, sa femme le prend par un bras.

ROSARIA : Gaetà, tu te fais mal tout seul. Tu dois descendre toi aussi dans l'abri quand il y a les bombes au lieu de faire le tour de la ville. Il faut attendre que cette maladie de la guerre finisse. Les guerres finissent. Et moins on en a vu, mieux ce sera pour nous. Nous oublierons tout, et le premier qui se mettra à se souvenir nous le chasserons de Naples. Nous oublierons les bombes, les sirènes, les courses aux abris.

De l'extérieur un vacarme de voix et de cris, dans l'abri seuls Rosaria, Elvira et Gaetano sont restés.

GAETANO : Qu'est-ce qu'ils disent ? Quels sont ces cris ? La défense antiaérienne a peut-être touché un bombardier…

DES VOIX : La guerre va finir, ils ont bombardé Rome, la guerre va finir !

ROSARIA : Sainte Mère, ils ont jeté des bombes sur le pape.

ELVIRA : Ce n'est pas possible.

ARMANDO, *entrant en courant dans l'abri, apparaissant en haut de l'escalier* : La guerre est finie. Ils ont bombardé Rome, tout le monde le crie dans la rue ! *(Il disparaît.)*

GAETANO : Le bombardement de Rome ne veut pas dire que la guerre est finie.

Pendant qu'ils montent l'escalier, d'autres voix se font entendre.

DES VOIX : Rome, Rome, ils ont bombardé, maintenant la guerre va finir.

GAETANO : Mais on perd la tête ? Ils ont bombardé Rome, ils ont tué encore un peu des nôtres, c'est ce qui s'est passé, y a-t-il de quoi se réjouir ? On a perdu la tête ?

ROSARIA : Et le pape, ils l'ont tué lui aussi ?

ELVIRA : Qui sait s'ils ont touché aussi le Colisée, moi je ne l'ai jamais vu.

GAETANO : Rentrons à la maison, écoutons les nouvelles à la radio.

DES VOIX : Rome… le pape… Rome…

ROSARIA : C'est la fin du monde, pas de la guerre.

Deuxième tableau

Abri éclairé par une ampoule, tous présents sauf Gaetano.

EMANUELE : Moi, l'alarme m'a surpris quand je venais de jeter les macaronis dans l'eau bouillante. J'ai éteint et je suis sorti en les laissant dans la casserole. Tu vois un peu ce que je vais trouver en rentrant à la maison !

OLIVIERO : T'as de la chance de trouver quelque chose. Moi, je me suis préparé des cosses de fèves et ça remonte à hier soir. Et pour changer, ce soir je suis à jeun.

EMANUELE : Oliviè, c'est simple, il y a chez moi une assiette de macaronis bombardés.

OLIVIERO : J'accepte volontiers, j'apporte un peu de vin, je l'ai eu en paiement d'une armoire que j'ai réparée.

ROSARIA, *à Emanuele* : Don Emanuè, vous qui êtes dans le commerce, vous savez si on trouve du café quelque part ou s'il a disparu ? Moi, j'ai oublié le goût que ça avait. Je me souviens seulement de la couleur, noir comme le noir de poulpe.

EMANUELE : Pas un seul gramme, moi je bois du café d'orge.

OLIVIERO : Mieux vaut encore la chicorée.

ROSARIA : Aujourd'hui, c'est l'anniversaire de mon Elvira et je n'ai pas pu lui mettre une tasse de café sur la table.

On entend de nouveau la musique de Luna nuova.

OLIVIERO, *à Elvira* : Tous mes vœux, mademoiselle Elvira.

EMANUELE : Pour cent ans.

LE GÉNÉRAL : Mes hommages les plus empressés.

SOFIA : Et vous ne dites rien ? J'aurais pu au moins acheter des gâteaux. Mes vœux les plus sincères.

ELVIRA : Merci, mille fois merci, il n'y a pas grand-chose à fêter.

BIAGIO, *le canari se mettant à chanter, sans bégayer* : Que ce soit votre dernier anniversaire de guerre.

ELVIRA : Merci, c'est le vœu que je préfère.

ARMANDO, *à Elvira* : Vous savez que les lunettes vous vont très bien ?

ELVIRA : Je suis myope. Merci pour le compliment, mais j'aurais préféré m'en passer.

ARMANDO : Parfois, les défauts deviennent un élément du charme. Vous savez que les Vénus de la Grèce antique avaient un léger strabisme ?

Elvira ne répond pas, elle regarde par terre gênée.

BIAGIO, *le canari s'étant tu, en bégayant* : Trrrès vvvrai, je coconnais une fefemme légggèrement boiboiteuse qui marche aussi et et…

ARMANDO : Parce qu'elle boite, elle ne doit pas marcher ?

BIAGIO : Nooon, elle maaarche en se déhanhanchant et c'est trrrès attirant.

Le dernier effort de Biagio pour dire « attirant » a été si violent qu'on aurait dit qu'il éternuait.

OLIVIERO, *commentant à voix basse* : Le pauvre, c'est à coups de pied qu'il fait sortir les mots de sa bouche. Moi je dis : tu es un mot ? Et alors sors, qu'est-ce que tu fais enfermé dans ma bouche ?

ELVIRA, *aux deux jeunes gens* : Bon, loucheuse, boiteuse, ça suffit. Je porte des lunettes et c'est tout.

Des explosions plus sourdes et plus dures provoquent une certaine agitation, des invocations, quelque chose tombe par terre. Biagio se dépêche de le ramasser et de le remettre à sa place.

ARMANDO, *à Elvira, au milieu du remue-ménage* : Excusez-nous, Elvira, nous voulions simplement être aimables.

BIAGIO : Vous aimez le ca le ca…

ARMANDO : Le canari ? Mon ami aime tous les animaux, mais particulièrement ce canari auquel il est très attaché et qu'il emporte toujours avec lui dans l'abri.

BIAGIO : Vous vou voulez le voivoir ? Je le le soors.

ARMANDO : Ça recommence ! Il le garde à couvert pour le protéger.

BIAGIO, *prenant la cage derrière le banc, s'apprête à soulever le tissu noir, un grondement lui fait mettre les bras autour de la cage pour la protéger, avant de la tendre à Elvira avec délicatesse* : Je vous en priiie.

ELVIRA : Je peux ? Merci. *(Elle soulève le tissu, le canari se met aussitôt à gazouiller.)* Quelle merveille !

Tout le monde écoute le chant qui semble plus fort.

EMANUELE : Ça alors ! Les bombes se sont arrêtées.

OLIVIERO : Ce canari est plus fort que la défense antiaérienne.

ELVIRA, *tenant la cage sur ses genoux et regardant le canari en souriant* : Comment une gorge si petite peut-elle avoir une musique aussi forte ?

ARMANDO : On dirait qu'il s'adresse à vous, qu'il vous chante une sérénade.

BIAGIO : Quand il chante, je ne bégaie plus.

ELVIRA, *à Biagio* : Je vois que vous avez fait quelque chose pour vos boutons. *(Effectivement ils ont presque totalement disparu.)*

ARMANDO, *se moquant de Biagio* : À force de sauter les repas, ses boutons ont maigri eux aussi. *(Biagio sourit.)*

Tandis qu'ils continuent à bavarder entre eux, Emanuele et Oliviero se racontent quelque chose du côté opposé.

EMANUELE : Alors, tu y es allé ?

OLIVIERO : Je suis allé à l'abri du Chiatamone, histoire de satisfaire ma curiosité.

EMANUELE : Et qu'est-ce que tu as pu voir ?

OLIVIERO : Je suis arrivé tard, c'était plein de gens qui avaient pris les meilleures places, près des demoiselles. J'étais loin. Il y avait un groupe de filles de putes à moitié nues qui riaient entre elles. Pour elles, un bombardement c'est une occasion de sortir et de ne pas être à la disposition de la clientèle. C'est un moment de liberté.

EMANUELE : Quelle vie elles doivent mener pour profiter d'un peu de liberté sous un bombardement !

OLIVIERO : C'est vrai et je n'irai plus. D'abord c'est loin et puis il me vient des pensées et des fantaisies que je ne peux pas chasser. Mais à part ça, il faut que je te raconte quelque chose de bizarre. J'étais encore à mi-chemin et j'ai vu don Gaetano qui courait avec deux valises à la main en rasant les murs. Tu as compris ? Don Gaetano, qui soi-disant ne peut pas laisser sa loge, ferait un peu de contrebande.

EMANUELE : Je n'arrive pas à croire qu'un homme comme don Gaetano mette en danger sa vie et le nom de sa famille pour un peu de marché noir. Je n'y crois pas.

OLIVIERO : C'était lui, je ne peux pas me tromper.

EMANUELE : Je ne dis pas, mais c'est une chose qui ne s'explique pas par la contrebande.

OLIVIERO : La guerre change la tête des hommes. Après le bombardement de Rome du mois dernier, la guerre semblait finie, ce n'était plus qu'une question de jours. Et pourtant, le 25 juillet le fascisme est tombé, on a arrêté Mussolini, et cette foutue guerre ne s'est pas arrêtée, pas même un jour.

EMANUELE : La guerre est une question de mois, les Américains ont débarqué, ils vont bientôt arriver ici aussi.

OLIVIERO : Tais-toi. Il ne faut pas que le général t'entende !

Mais le général est très ébranlé, son autorité s'est affaiblie, les explosions provoquent chez lui des contrecoups nerveux plus accentués que chez les autres. Entre-temps, madame Sofia continue ses invocations à demi chantées aux saints.

EMANUELE : Et ce serait un général celui-là ? Il tremble encore plus que moi. Si les commandants sont comme ça, quelle confiance peut avoir un pauvre soldat ?

OLIVIERO : Il est en retraite.

EMANUELE : Et qu'il y reste, au lieu de menacer à tout-va d'envoyer la milice.

OLIVIERO, *sur un ton ironique* : Il soigne le front intérieur.

Entre-temps le général a entamé une conversation avec Sofia.

LE GÉNÉRAL : Chère madame Sofia, les guerres ne se gagnent pas seulement sur le front, mais dans les arrière-lignes, en soutenant le moral de la population, en suscitant le sentiment de la victoire. Car la victoire est avant tout un sentiment, un élan de la volonté, après seulement elle devient un fait concret, une bataille gagnée.

SOFIA : C'est sûrement comme vous dites, mais moi je vous dis que j'ai l'impression que la population est en train de perdre confiance. Vous voyez, général, à vous les gens n'osent pas confier leurs doutes ni leurs craintes.

LE GÉNÉRAL : Il ne manquerait plus que ça. Les confessionnaux sont là pour ça.

SOFIA : Justement : vous ne pouvez pas mesurer le moral du peuple, qui est à zéro, je vous assure.

LE GÉNÉRAL : Pour ça, il y a la milice qui agit sur le territoire et intervient pour soutenir la confiance, la certitude de la victoire.

SOFIA : Mais quelle victoire, général ? Encore bien beau si on arrive à conclure un armistice en profitant de l'absence de Mussolini.

LE GÉNÉRAL : En trahissant notre allié allemand ? En violant nos engagements, en déshonorant ceux qui sont morts au combat pour la victoire ? Madame Sofia, vous dites des absurdités. Je me vois dans l'obligation de vous contredire avec véhémence.

SOFIA : Mais bien sûr, c'est comme vous dites, ne vous en prenez pas à moi, je répète ce que j'entends dire.

LE GÉNÉRAL : Des défaitistes, des factieux. *(Il regarde autour de lui.)* Vous pouvez donner des noms ?

SOFIA : Non, que dites-vous, général ? Ce sont des bruits qui courent qu'on peut entendre dans la rue, à un arrêt de tram, dans le funiculaire, au marché de la Torretta. Les gens murmurent.

LE GÉNÉRAL : Et nous, nous veillons à faire cesser ce murmure.

Détonation qui fait trembler le général plus que d'ordinaire, jusqu'à la crise de nerfs.

SOFIA : Santa Ritaaa, sant'Alfonso Maria de Liguori, san Pasqualeee. Sainte Mère, épargnez-nous. Général, je vois que vous aussi vous souffrez de ces explosions.

LE GÉNÉRAL : C'est à cause d'une défaillance nerveuse que j'ai eue sur le front une nuit de pilonnage intense. Mon unité était sur une ligne avancée et toute la nuit elle a été la cible du feu de notre propre artillerie. Le feu ami, dit-on, en termes militaires. Ce fut le pire que j'aie jamais subi. Ma colère contre l'imprécision de notre artillerie m'a donné une crise de nerfs. Et depuis, à chaque coup rapproché, je sursaute et je tremble de colère.

SOFIA, *dubitative* : Je comprends.

Entre-temps, Rosaria s'est assoupie. La conversation continue entre les jeunes gens, interrompue seulement par les explosions et les réactions de chacun.

ARMANDO : Votre père ne vient jamais dans l'abri, ce doit être un homme courageux, d'une autre trempe que ce général qui crève de peur même ici.

ELVIRA : Je n'ai jamais vu mon père avoir peur ou dire qu'il avait eu peur de quelque chose. Mais je n'aime pas qu'on dise du mal d'un homme qui a peur. Moi, je respecte la peur, et ici elle est justifiée. *(S'adressant aux jeunes gens.)* Et vous aussi vous la ressentez.

BIAGIO, *profitant du chant du canari* : Moi, j'en ai pour tous les trois, si vous voulez un peu de ma peur, ne vous gênez pas. Ma bonne demoiselle Elvira, avouons-le : nous avons peur. C'est notre faute si la guerre est tombée sur notre *(Le canari s'est interrompu)* jeu jeu nesse ?

ARMANDO : Vous m'avez donné une leçon en me disant ça, mademoiselle Elvira. Vous n'êtes pas seulement belle, vous avez bon cœur aussi.

ELVIRA : Assez de compliments. Monsieur Biagio a raison, nous sommes jeunes et on nous a empêchés de l'être. Mais je vous dis que nous la récupérerons, notre jeunesse, et avec les intérêts. Nous verrons l'après-guerre, nous vivrons. Et je dois vous avouer une chose moi aussi : je viens avec plaisir dans l'abri. Ici, les gens se rencontrent, échangent un mot, un coup de main.

ARMANDO : Depuis que vous y venez, moi aussi je viens avec plaisir. Me permettez-vous une question ?

ELVIRA : S'il vous plaît, ne me demandez pas si je suis fiancée.

ARMANDO : Je ne me permettrais pas. Non, je voudrais vous demander, j'ose demander, si vous pouvez retirer un instant vos lunettes.

ELVIRA, *surprise* : Vous voulez me voir sans ?

ARMANDO : Oui.

Musique de Luna nuova.

ELVIRA, *retirant ses lunettes et regardant vers le plafond d'un air serein* : Vous savez quand je les enlève ? Quand il y a une nuit étoilée dehors. Avec mes lunettes je vois les étoiles bien précises, pointues comme des épingles, mais sans lunettes les étoiles deviennent floues et répandent leur lumière autour d'elles, elles la déversent hors de leur petit point. Et comme ça, moi je sais qu'elles sont vraies, les étoiles. Et même le ciel pâlit, il n'est pas noir. Voilà, je retire mes lunettes certains soirs en plein air. C'est la première fois que je les enlève devant d'autres personnes.

ARMANDO : Je peux vous demander comment vous me voyez ?

ELVIRA, *baissant les yeux pour les fixer sur Armando* : Comme un épouvantail.

ARMANDO, *amusé* : Merci du compliment.

BIAGIO : Et moi, cocomment me voyez-vous ?

ELVIRA : Vous, comme un acrobate de cirque.

BIAGIO : Hé ! C'est trop beau ! C'est trop beau !

ELVIRA : Maintenant je les remets.

À côté, commence une conversation entre Sofia et Emanuele.

SOFIA : Ce mois d'août passé là-dedans est une éternité. Et cette odeur de morue si forte. Je ne vous en veux pas, moi j'aime bien la préparer, j'en achète souvent chez vous, mais ici, avec cette chaleur, votre morue aussi est à l'abri avec nous. On dirait même qu'elle nous précède, quand j'arrive, je la trouve déjà là, toute prête, dès que j'entre.

EMANUELE : Madame Sofia, la morue est mon soutien et ma peine. Ma fille se parfume quand elle va à l'école, pour ne pas qu'on sente cette odeur. Ma femme lave tous les jours mes vêtements, mais c'est inutile, il n'y a rien à faire. L'été, elle est encore plus tenace, on dirait qu'elle a des ailes et qu'elle s'envole dans toute la rue. On la sent jusqu'au dernier étage. On a déposé une pétition, mais je suis en règle et on ne peut pas me chasser.

SOFIA : Je m'en souviendrai de ce mois d'août. Mais où sont votre femme et votre fille ?

EMANUELE : Je les ai envoyées loin de Naples, à la campagne, en sécurité. C'est devenu trop dangereux ici, les bombardements de jour, les Allemands qui sont furieux de perdre la guerre. Ceux qui le peuvent, mettent leur famille en sécurité.

SOFIA : Moi, je suis seule, je suis veuve, ma maison est tout ce que je possède, à part la pension de mon mari. Je suis obligée de rester pour la surveiller, sinon, avec tout ce qui manque et les gens sans toit, quand on rentre, on trouve chez soi une famille bombardée. Et on fait une autre guerre. Même le général a envoyé sa famille à la campagne.

LE GÉNÉRAL, *agacé d'être mis en cause* : J'y ai été forcé. Je suis contre le fait de quitter la ville, qui se dépeuple et donne une impression d'abandon et de désolation aux habitants. Et c'est de là que viennent le découragement et la contestation. Je suis contre, mais j'ai dû le faire. La santé de ma fille, faible de poitrine, m'a obligé à prendre des mesures.

SOFIA : Et votre fils ?

LE GÉNÉRAL : Il est dans l'armée de l'air.

SOFIA : Il est au front ?

LE GÉNÉRAL : Non, il est dans les bureaux de recrutement.

OLIVIERO, *à voix basse* : Planqué.

LE GÉNÉRAL : Que dites-vous ?

OLIVIERO : Je parlais tout seul : On est planté là. On ne sait plus si c'est la nuit ou le jour dehors.

ELVIRA : Quelle que soit l'heure, dès que l'alerte est finie, je vais tout droit à Mergellina et je plonge dans la mer. Je dois chasser l'odeur de l'abri, la poussière, la sueur.

SOFIA : L'odeur de la morue.

OLIVIERO, *à Emanuele* : Encore une fois ! Madame a l'odorat délicat.

ELVIRA : Non, celle-là c'est une odeur de gens qui travaillent, comme celle de la sciure, du bois. Ce sont de bonnes odeurs.

ARMANDO : Qui vous apprend ces belles phrases ?

ELVIRA : Personne. Il n'y a pas besoin de professeurs pour apprécier ceux qui travaillent. C'est vrai que j'aime lire et qu'une phrase d'un livre s'est peut-être glissée dans mes pensées et s'est arrêtée, attendant l'occasion de se montrer.

LE GÉNÉRAL : Et que lisez-vous de beau, mademoiselle Elvira ?

ELVIRA : Des auteurs russes, ce sont mes préférés.

LE GÉNÉRAL : Je vous félicite ainsi que votre père qui veille à votre éducation.

Une détonation soudaine, très forte, rapprochée, provoque un déplacement d'air dans l'abri. Des objets tombent, quelque chose tombe du plafond, de la poussière se soulève, on entend des cris, il n'y a plus de lumière. Quelqu'un parvient finalement à allumer une lampe dans le noir, Biagio la tient dans sa main et l'installe en hauteur. Avec ce guide de lumière, Oliviero en allume une autre. Chacun vérifie ses propres affaires, Biagio est attendri par le canari qui va bien et sautille dans sa cage. Le général a roulé par terre, Emanuele se tâte la tête, Rosaria s'est réveillée dans les bras d'Elvira, Armando tremble, Sofia se sent mal.

SOFIA : Sainte Mère, je me sens mal. *(Haut-le-cœur, toux.)*

Emanuele retire la main de sa tête, essaie de l'aider, mais l'odeur de morue aggrave la situation. Sofia s'évanouit.

EMANUELE : Évanouie, elle s'est évanouie !

ELVIRA, *se précipitant à son secours* : Vite, donne-moi le vinaigre qui est dans le sac, maman, dépêche-toi. *(On le lui donne, elle le fait respirer à Sofia qui revient à elle.)*

SOFIA : Que s'est-il passé ?

LE GÉNÉRAL, *qui a eu une crise de nerfs dans le noir – « Ne tirez pas », criait-il sans arrêt –, au retour de la lumière, se ressaisissant et s'adressant à Sofia* : C'est le déplacement d'air de la bombe, elle est tombée tout près et vous avez pris l'onde de choc parce que vous étiez près de l'escalier.

ELVIRA : Il faut que je sorte, il faut que j'aille voir ce qui est arrivé à papa.

ROSARIA : Attends un moment, ne me laisse pas seule ici.

ARMANDO : Pour l'amour du ciel, Elvira, attendez encore que passe cette vague.

ELVIRA : Mais je ne peux pas attendre, il faut que je sache, il faut que je voie papa.

BIAGIO, *continuant à consoler le canari qui se cogne dans la cage* : Du cal, du cal, chante un peu, du cal, du calm.

OLIVIERO : Maintenant il cherche du calmar, Emanuè, tu t'en occupes.

EMANUELE, *après s'être remis la main sur la tête* : Oliviè, heureusement que tu es là. Toujours la tête à plaisanter, toi. Cette fois, c'est ma tête qui en a pris un coup.

Du sang coule de sa tête.

OLIVIERO : Fais-moi voir, mince ! Il y a un trou, le sang coule, il faut aller à l'hôpital. Il faut une bande ou un mouchoir.

SOFIA, *en sortant un de son sac et le tendant à Oliviero* : Prenez ça.

OLIVIERO, *le mettant sur la blessure* : Ça ne suffit pas.

BIAGIO, *retirant sa chemise et la déchirant en deux pour faire des bandes, restant torse nu et découvrant un corps étonnamment athlétique* : Prenez ça.

ARMANDO : Qu'est-ce que tu fais, tu te mets tout nu ?

ELVIRA : Merci Biagio, vous êtes spécial.

Pour faire quelque chose, Armando retire sa veste lui aussi, la pose sur les épaules de Biagio et reste en chemise.

OLIVIERO : Bon, le pansement tient.

LE GÉNÉRAL : La bombe a dû tomber au milieu de la rue, c'est pour ça qu'elle a dégagé une onde de choc aussi forte.

ROSARIA : Dieu sait ce qui s'est passé dehors.

ELVIRA : Maman, maintenant il faut que j'aille voir ce que fait papa.

Bruit de pas qui descendent l'escalier, en haut duquel apparaît Gaetano.

GAETANO : Tout le monde va bien ?

ELVIRA, *plus fort que les autres qui s'adressent à lui* : Papa, papa, tu es sain et sauf ! C'est mon plus beau cadeau d'anniversaire. *(Elle court vers lui et l'embrasse.)*

ENSEMBLE DES VOIX : Don Gaetà, don Gaetà, qu'est-ce qu'il y a eu, qu'est-ce qui s'est passé ?

GAETANO : Un immeuble entier écroulé, la bombe est tombée au milieu de la rue, à cinquante mètres d'ici. Il y a des décombres partout. Je suis venu ici en craignant que vous ne puissiez sortir. Mais tout va bien.

EMANUELE : C'était quel immeuble ?

GAETANO : Le numéro 46. Maintenant il n'y est plus, on passe du 44 au 48.

OLIVIERO : Si c'était vrai, le 48[1], un coup de tête de la ville.

SOFIA : C'est le bouquet, une révolution et pour ce qui est des malheurs on est servi.

Musique de Luna nuova, *un peu plus fort.*

OLIVIERO : Madame Sofia, quand il le faut... Et même si c'est un malheur, au moins ce sera le dernier, et on en finira avec ce désastre.

LE GÉNÉRAL : Qu'est-ce que c'est que ce genre de propos ?

GAETANO, *intervenant et entraînant Oliviero avec lui* : Ce sont des moments de confusion, général, les mots vont et viennent. Ne faisons pas attention aux bavardages, tâchons de rester unis tous ensemble.

LE GÉNÉRAL, *peu convaincu, mais il est clair qu'il a perdu toute autorité sur les personnes présentes et que Gaetano a grandi dans l'estime de tous* : Vous êtes un homme de bon sens. *(Mais il regarde avec suspicion du côté d'Oliviero.)*

1. « *Fare un 48* », faire un 48, expression qui signifie créer du désordre. Son origine remonte aux mouvements révolutionnaires de 1848 en Europe.

ARMANDO, *éclatant* : Arrêtez cette comédie, tout le monde sait que la guerre est perdue, que le fascisme est fini, que les Américains vont bientôt arriver, assez de bobards !

LE GÉNÉRAL : Je savais bien qu'il y avait un factieux, un agitateur. C'est peut-être même un déserteur. Mais vous avez mal fait vos comptes. Une fois l'alerte passée, je vous ferai arrêter et pour le moment considérez-vous aux arrêts et à ma disposition.

ARMANDO : Vous ne me ferez pas taire, les choses sont telles que je les dis, tout le monde le sait, la guerre est perdue, le fascisme est fini.

La musique s'arrête.

GAETANO, *s'emportant d'un seul coup* : Assez ! Ici on ne parle pas de politique, on ne se manque pas de respect. *(Il attrape Armando fermement par un bras, l'entraîne dans un coin et, profitant de la confusion du moment, il lui parle à voix basse.)* Taisez-vous, nous avons besoin de gars dégourdis et non de têtes vides. Maintenant je vais vous donner deux gifles et faites-moi le plaisir de ne pas les rendre, et puis après nous parlerons. *(À haute voix, en lui donnant deux bonnes gifles qui font chanceler Armando.)* Prenez ça pour le moment, ce n'est qu'un avant-goût. Le reste, vous l'aurez des camarades fascistes.

LE GÉNÉRAL : Bien fait !

BIAGIO : Moon Ddieu, quels coups.

GAETANO : Celui-ci, je m'en occupe personnellement, général, il vient avec moi. *(S'adressant à Biagio.)* Et vous aussi, jeune homme, vous allez me suivre.

BIAGIO : Ààà voos ordres, don Ga. *(En même temps il retire la veste d'Armando et la lui rend.)*

GAETANO : Vous êtes tout nu ?

OLIVIERO : Il a enlevé sa chemise et l'a déchirée pour en faire des bandes pour Emanuele qui a reçu un bout de bois sur la tête.

GAETANO, *remarquant la tête bandée d'Emanuele* : Mais il faut se dépêcher, vite, tout le monde dehors.

Par ces derniers gestes, il a pris en main la situation. Le général est le premier à ramasser ses effets personnels et à monter l'escalier.

ELVIRA, *à voix basse, comprenant que Gaetano fait semblant et qu'il veut aider les deux jeunes gens, reste en arrière* : Bravo papa.

GAETANO, *lui faisant les gros yeux et non de la tête, bourru* : Rentrons à la maison.

OLIVIERO, *soutenant Emanuele dans l'escalier, encore impressionné par la violence de Gaetano* : Don Gaetà, permettez-moi d'emmener Emanuele à l'hôpital. *(Il se sent coupable de sa phrase sur 48 qui a déclenché la discussion.)* Je suis désolé, je vous demande pardon, mon garçon, je ne voulais pas, rien qu'une réplique, pauvre de moi qui ne me mords pas la langue avant de parler. *(Il sort avec Emanuele qu'il soutient sous les bras.)*

GAETANO : La situation est grave, vous ne pouvez plus rester ici, vous devez vous éloigner au plus vite ou bien accepter de vous cacher. Rosaria, va devant pour voir si le général ou madame Sofia se sont arrêtés devant l'abri. *(Sans attendre le résultat de l'exploration de Rosaria il lui emboîte le pas.)* Suivez-moi.

ROSARIA, *qui n'a pas compris ce qui se passe* : J'y vais tout de suite.

GAETANO : Si je ne te vois pas revenir, ça veut dire qu'ils sont partis, sinon reviens me le dire.

ROSARIA : C'est ça. *(Elle monte l'escalier, elle sort.)*

Armando monte derrière Gaetano, mais avant il prend la main d'Elvira pour l'aider à monter. Elvira accepte, mais aussitôt elle prend la main de Biagio et ils sortent ainsi de la pièce.

Troisième tableau

Emanuele et Oliviero, debout, se préparent à jouer une petite farce devant Sofia, le général, Rosaria et Elvira. Pendant le déroulement de la farce on entend par moments des coups, mais lointains.

OLIVIERO : Eh ! On ne se rappelle pas tout, on ne l'a vu que trois fois.

EMANUELE : Moi je fais l'idiot, lui fait l'homme du monde.

OLIVIERO : On est prêts, lui il m'attend, moi j'arrive et je dis : « Dis-moi une fois pour toutes pourquoi on t'appelle Commentça. »

EMANUELE : Parce qu'à l'école le maître spliquait la leçon…

OLIVIERO : Spliquait ?

EMANUELE : Oui monsieur, il spliquait la leçon aux enfants. Puis il nous demandait : « Vous avez compris ? » et ils répondaient oui.

OLIVIERO : Et alors ?

EMANUELE : Puis il me demandait à moi aussi.

OLIVIERO : Et alors ?

EMANUELE : Moi je répondais : « Non. » Et le maître disait : « Comment ça ? » C'est ainsi qu'on m'a appelé Commentça.

OLIVIERO : Et pourquoi tu répondais non ?

EMANUELE : L'italien est une langue picoreuse.

OLIVIERO : Elle est quoi ?

EMANUELE : Picoreuse, qui picore, qui n'a pas faim, pas comme notre napolitain qui mange les mots à belles dents tellement il a faim. Bref, l'italien c'est une langue un peu constipée. Mais elle me plaît, c'est une langue précise.

OLIVIERO : Parce qu'il existe aussi des langues imprécises ?

EMANUELE : Oui monsieur. Prends l'espagnol. *(Il fait un geste de la main pour désigner quelque chose derrière Oliviero. « L'espagnol » devient pour lui une personne à attraper et qui est derrière son dos.)*

OLIVIERO, *se retournant brusquement* : Où est-il ?

EMANUELE : Qui ?

OLIVIERO : L'Espagnol, celui que tu as vu.

EMANUELE : Non monsieur, j'ai dit : prends l'espagnol. *(Et il fait le même geste qui a fait se retourner Oliviero, alors plus bas.)* Prends l'espagnol, la langue : quand c'est le soir, il dit que c'est tard. Moi je dis que ça dépend, mais lui dit que non.

OLIVIERO : Lui qui ?

EMANUELE : L'espagnol, lui, il dit que quand c'est le soir c'est toujours tard. Bon, ça va, moi je dis comme tu veux, le soir pour toi c'est toujours tard, mais tu n'es pas une langue précise.

OLIVIERO : Laisse tomber l'espagnol. Dis-moi plutôt, tu as vu ce qu'il fait chaud cet été ? La sécheresse a mis les fleuves à sec. C'est impressionnant de lire dans le journal que le Piave est tari.

EMANUELE, *réfléchissant à ce que vient de dire Oliviero* : Le piaf est parti ? Pour aller où ?

OLIVIERO : Qui ?

EMANUELE : Le piaf, celui dont tu parles.

OLIVIERO : Le Piave, le fleuve, oui, le Piave est tari. *(Il répète, inquiet.)*

EMANUELE, *refaisant la voix inquiète d'Oliviero* : Le piaf est parti ? Pour aller où ?

OLIVIERO, *agacé* : Il est tari, il n'est pas parti. Il n'est allé nulle part. Il est tari, *t*, *a*, *r*, *i*.

EMANUELE : Il est tari, *t*, *a*, *r*, *i* ?

OLIVIERO : Oui, tari.

EMANUELE : Je ne connais pas.

OLIVIERO, *presque à bout de patience* : Commentça, je suis en train de dire que le Piave, le fleuve, est tari, qu'il est à sec.

EMANUELE : Ah ! À sec.

OLIVIERO : Enfin ! Pauvres fleuves, pauvre Piave, pauvre Po.

EMANUELE, *attentif, essayant de partager l'inquiétude de son ami, répétant* : Pauvrepo, pauvrepo.

OLIVIERO, *agacé* : Perepepe, perepepe. *(Il fait semblant de taper ses mains dans celles de son ami comme le font les enfants. Emanuele répond aussitôt au jeu.)* Arrête ! C'est une chose sérieuse. Pense au Piave, le fleuve de la chanson patriotique[1]. *(Il chante.)* « Le Piave murmurait serein et placide au passage des premiers fantassins le vingt-quatre mai. »

EMANUELE, *enthousiasmé par la chanson répétant* : « Le piaf murmurait, serin timide au passage. »

OLIVIERO : C'est ça, il n'osait pas chanter. Il s'agit bien d'un serin timide, il n'était pas sans voix, il était serein et placide. *(Il imite le mouvement du fleuve qui coule avec solennité.)* Tu te souviens de la chanson de E.A. Mario ?

EMANUELE : Oui monsieur. J'allais la chanter après toi. *(Il chante.)* « Le piaf murmurait seringue au paysage. »

OLIVIERO : Tu lui en veux à ce pauvre Piave, une seringue maintenant.

EMANUELE : Il est picoreux. C'est de l'italien vieux.

OLIVIERO : Il a des rhumatismes. On dit italien ancien.

EMANUELE, *répétant* : talienancien.

OLIVIERO, *scandant* : Italien ancien.

EMANUELE : Hi talienancien.

OLIVIERO : Et puis il n'est pas si ancien que ça, ce n'est pas Dante, Dante était bien ancien lui.

EMANUELE, *répétant* : Tantetaitbiengnancien.

OLIVIERO : Dante était bien ancien.

EMANUELE : Tantetaitbiengnancien.

OLIVIERO, *découragé* : Tantetaitbiengnagna.

EMANUELE, *recommençant le petit jeu avec les mains de pauvrepo* : Tantetaitbiengneugneu.

OLIVIERO : Arrête ! Vas-tu comprendre que c'est une chose sérieuse ? La sécheresse. Si c'était arrivé pendant la Première Guerre mondiale, les Autrichiens passaient le Piave à pied. Ils

1. Composée en 1918, la chanson du Piave célèbre la revanche des troupes italiennes sur le front de la Vénétie à la fin de la Première Guerre mondiale.

pouvaient jouer aux boules, au milieu du fleuve. *(Il se remet à chanter.)* « Les fantassins passèrent la nuit muets, que jamais plus l'ennemi ne fasse un pas en avant. »

EMANUELE : Qui l'a dit ?

OLIVIERO : Quoi donc ? *(Il regarde autour de lui pour savoir si quelqu'un a dit quelque chose qu'il n'aurait pas entendu.)*

EMANUELE, *chantant* : « Jamais plus l'ennemi… *(Il fait une pause, bute sur les mots)* ne passe face en avant. »

OLIVIERO : Et comment doit-il passer, face en arrière ? *(Il chante en répétant.)* « Que jamais plus l'ennemi ne fasse un pas en avant. »

EMANUELE : « Que jamais plus l'ennemi ne chasse d'un pas lent. »

OLIVIERO : Aussi lent que toi, on va gagner la guerre !

EMANUELE *se corrigeant en chantant* : « Que jamais plus l'ennemi *(pause)* moi je fais un pas en avant *(avec un point d'interrogation dans la voix)* ».

OLIVIERO : Assieds-toi. Commentça, tu ne feras jamais la paix avec l'italien.

EMANUELE : Il est vieux.

OLIVIERO : Il est ancien.

EMANUELE : Oui monsieur. Bref, qui a dit ce couperet pour que je m'embrouille en le disant ?

OLIVIERO : Maintenant tu tranches les têtes, le couperet est tombé. On peut savoir ce qui ne te revient pas.

EMANUELE : Ton couperet.

OLIVIERO : Couperet à la gomme ! Tu me donnes chaud. Le couplet : *(Il chante.)* « Que jamais plus l'ennemi ne fasse un pas en avant » : qu'est-ce qu'il a ce couplet ?

EMANUELE : Celui que tu dis, qui le dit ?

OLIVIERO : La chanson.

EMANUELE : La chanson chante ?

OLIVIERO : Oh là là ! Commentça, qu'est-ce que c'est que ce pastis ? C'est un couplet prononcé par celui qui chante.

EMANUELE : Mais tu as dit au couperet d'avant…

OLIVIERO : Bien sûr, maintenant les chansons coupent.

EMANUELE : Oui monsieur, au couperet d'avant tu as dit *(Il chante)* : « Enfin ils passèrent minuit muets. »

OLIVIERO, *corrigeant* : « Les fantassins passèrent la nuit muets. »

EMANUELE : Bravo, c'était ça, alors moi je dis s'ils sont muets, qui parle, qui dit : « Que Bambou l'ennemi ne passe pas avant » ? *(Perplexe devant ce qui est sorti de sa bouche.)*

OLIVIERO : Commentça, mais tu t'écoutes quand tu parles ou bien c'est moi qui entends mal et qui dois me déboucher les oreilles ? D'où sort ce bambou ?

EMANUELE, *un peu vexé* : De terre.

OLIVIERO : Avec les poivrons ! Bref, par cet été torride, je suis en train de me remémorer une chanson patriotique et alors que le Piave est à sec je rappelle les vers où il était en crue et où il arrêtait les ennemis à lui seul…

EMANUELE : Pourquoi ? Les nôtres s'étaient enfuis ?

Le général tousse, désapprobateur.

OLIVIERO : Le Piave à lui seul arrêta l'envahisseur : *(Il chante)* « L'étranger ne passe pas ».

EMANUELE : Et qui la dit la phrase, s'ils étaient muets ?

OLIVIERO : C'est le Piave qui la dit.

EMANUELE : Le piaf parle.

OLIVIERO, *excédé* : Oui, le Piave parle, il chante, il siffle, qu'est-ce que ça peut te faire ?

EMANUELE : À moi rien, mais les muets ne peuvent pas dire : *(Il chante)* « L'étranger dépasse ! »

OLIVIERO : À droite, mets ton clignotant…

Ils s'interrompent brusquement.

OLIVIERO : Excusez-nous, on ne se souvient plus.

EMANUELE : Excusez-nous.

Applaudissements très fournis des quatre personnes présentes. À la fin des applaudissements, s'élève à nouveau le bruit des explosions.

ELVIRA : Merci, merci, vous nous avez fait oublier où nous étions. J'avais l'impression d'être au théâtre. Merci, vous avez été très bons.

SOFIA : Félicitations pour l'effort de mémoire, ça semblait si spontané.

ROSARIA, *amusée plus que les autres, essuyant les larmes de ses éclats de rire étouffés, car elle rit en essayant de ne pas faire de bruit* : Vous m'avez fait pleurer, j'allais éclater.

LE GÉNÉRAL : Une bouffée d'air frais, d'insouciance, bravo.

SOFIA : J'ai même oublié la morue.

ELVIRA : Mais ça ne va pas s'arrêter là, maintenant nous voulons d'autres représentations, papa y a droit lui aussi.

Sirène de fin d'alerte.
Le général sort.

OLIVIERO : On recommencera en plein air. Peut-être que nous y sommes cette fois-ci, ils ont signé l'armistice, l'Italie s'est rendue.

EMANUELE : Mais nous avons toujours les Allemands chez nous et ils n'ont signé aucun armistice. Au contraire, ils nous en veulent de les avoir lâchés. Ils se comportent à présent en occupants, ils ne sont plus nos alliés. Tant qu'ils seront là, la guerre continuera, pire qu'avant.

SOFIA : Mais les Américains, où sont-ils maintenant ?

OLIVIERO : À Salerne. Songez donc, madame Sofia, à Salerne la guerre est finie. C'est comme si une partie de mon corps était guérie. Une partie d'Italie a fini de souffrir.

SOFIA : Et que se passera-t-il quand ils arriveront ici ? Les Allemands et les Américains se battront, avec nous au milieu. Ce sera terrible.

OLIVIERO : Pendant quelques jours peut-être, mais après ce sera fini, plus de sirènes, de bombes, de courses aux abris, je veux oublier ce trou.

SOFIA : Ce mois de septembre se présente encore plus mal que juillet et août à la fois. *(On entend des pas, Gaetano apparaît en haut de l'escalier.)* Ah ! Don Gaetano, qu'est-ce que vous avez raté ! Une farce jouée ici par nos deux chers compagnons d'abri. Ils ont voulu nous divertir.

ELVIRA : Papa, maman riait aux larmes.

ROSARIA, *honteuse* : Ils ont voulu nous distraire.

GAETANO : Félicitations, mais les nouvelles ne sont pas bonnes.

EMANUELE : Qu'est-ce qui se prépare ?

GAETANO : Les Allemands raflent les hommes, les jeunes, entre dix-huit et trente-trois ans, ils les emmènent en Allemagne. L'annonce est sortie il y a des affiches dans les rues. Ceux qui ne se présentent pas seront fusillés.

OLIVIERO : Ils ont bien calculé : jusqu'à trente-trois ans, comme ça ils peuvent même arrêter le Christ.

EMANUELE : Celui-là, ils l'ont déjà pris, il est juif.

SOFIA : Qu'est-ce que je vous disais ? Les choses vont de mal en pis. Il faut que je me dépêche de faire des provisions, on va vers des jours à rester chez soi ou dans l'abri. Messieurs, je vous salue. *(Elle sort, elle salue les personnes présentes.)*

GAETANO : Rosaria, Elvira, vous aussi, allez faire des provisions, si on trouve encore quelque chose.

ROSARIA : Viens Elvì, allons voir à la Torretta. *(Elles sortent.)*

OLIVIERO : Nous sommes arrivés au dernier acte. Je vais voir si je peux sauver quelques outils, ils sont capables de venir les prendre. Excusez-moi si je vous précède. *(Il s'en va. Il reste Gaetano et Emanuele.)*

EMANUELE : Don Gaetà, quelle aventure, quel danger, à vous je peux le raconter. Les Allemands m'ont arrêté hier, « Toi, Juif », moi ? Jamais de la vie, « Oui, toi Juif », moi je disais non, je vous le jure sur la tête des enfants, des vôtres pensais-je, car je n'aime pas jurer sur la tête de mes enfants. Rien à faire. Ils m'ont emmené à la caserne, « Déshabille-toi », qu'est-ce que vous me voulez, moi je vends de la morue, sentez l'odeur, je suis napolitain. « Toi Juif napolitain, déshabille-toi. » Bref, il a fallu que je me mette tout nu. Ils m'ont regardé là. *(Il baisse la tête vers son bas-ventre.)* Puis ils m'ont dit que je pouvais rentrer chez moi. Don Gaetà, quelle aventure, quel danger.

GAETANO : Ils agissent en maîtres, l'autorité italienne n'existe plus, c'est eux qui commandent. Mais en fait, tout s'est bien passé. Quand on dit que les Allemands n'y bitent rien, en fait ils ne pensent qu'aux bites. Ils ont voulu voir si vous étiez circoncis. *(À voix basse.)* À propos, comment se fait-il que vous ne soyez pas circoncis ?

EMANUELE, *surpris, effrayé* : Parce que vous savez que moi…

GAETANO : Je suis concierge, je sais tout ce qui se passe à Naples.

EMANUELE : Vous saviez et vous ne m'avez pas vendu ?

GAETANO : Je ne suis pas un boucher, je ne vends pas de viande.

EMANUELE : Mon père n'a pas voulu. Il disait qu'on pouvait être juif même sans cette marque. Lui, il avait fui Odessa où les Cosaques tuaient tous les circoncis. Béni soit-il là où il est, hier il m'a donné la vie une deuxième fois.

Musique de Luna nuova, *l'air en majeur du refrain commence en sourdine.*

GAETANO, *changeant de ton, plus décidé, plus pressant* : Nous avons besoin de gens comme vous. Nous sommes en train de former un groupe de combat pour chasser les Allemands de la ville avant l'arrivée des Américains. Une bataille entre deux armées dans Naples finira d'achever la ville. Il faut les chasser, il faut libérer Naples. Et puis il y a des entrepôts pleins qui doivent être partagés entre les Napolitains avant que les Américains les réquisitionnent. Nous avons besoin d'hommes comme vous, don Emanuè.

EMANUELE : Avec vous, j'irai en enfer. Vous saviez et vous m'avez sauvé. Je suis des vôtres. Où en êtes-vous ?

GAETANO : En bonne voie. Nous avons pas mal d'armes légères, des munitions, ça suffit pour commencer. Ensuite, il nous faut prendre les armes des mains des Allemands. Des gars qui ne se sont pas livrés sont cachés et se tiennent prêts. Naples est une poudrière, il existe une autre ville dans les souterrains. Il y a aussi des familles et des gens comme vous. La Naples qui est dessous est prête à renverser la Naples qui est dessus. C'est comme le Vésuve, ce sera une éruption, le feu qui sort de terre.

EMANUELE, *ému* : Vous me faites pleurer, don Gaetà, c'est trop beau, je ne peux pas y croire. Donnez-moi une arme à moi aussi, je sais tirer. Et après la guerre, je veux écrire sur les affiches que je suis juif, et je veux me faire circoncire.

GAETANO : Pensons au présent. Je dois transporter des armes pendant la prochaine alerte. Le trajet est long et je le ferai en deux fois. Votre boutique est à mi-chemin, je laisserai le chargement chez vous. Jusqu'à l'alerte suivante.

EMANUELE : C'est pour ça que vous ne venez jamais dans l'abri.

GAETANO : Je profite que la ville soit déserte.

EMANUELE : Je suis avec vous. Allons ensemble à la boutique, je vous donnerai les clés et je vous ferai voir où vous pouvez mettre tout ça.

GAETANO : Je vous rejoindrai après. Ne nous faisons pas voir ensemble dans la rue. Je passerai sous prétexte d'acheter un morceau de morue.

EMANUELE : Don Gaetà, le maître de la hache, le menuisier, Oliviero, est un brave homme, il est au courant lui aussi ?

GAETANO : Ne posez pas de questions, don Emanuè, à la fin on verra bien qui est avec nous et qui ne l'est pas. Mais ne parlez à personne, même pas à votre meilleur ami. Quand ce sera le moment, il y en a beaucoup qui viendront avec nous. J'insiste : pas un mot.

EMANUELE : Parole d'honneur. Nous nous verrons à la boutique. *(Il embrasse Gaetano et sort.)*

Après une courte pause, Armando et Biagio entrent avec des bagages.

GAETANO : Vous avez tout apporté ? À la prochaine alerte, on déplacera le chargement et je vous conduirai au dernier point de ralliement avec les autres, où vous attendrez l'ordre de sortir armés. Vous serez avec d'autres gars qui ne se sont pas présentés au commandement allemand.

ARMANDO : Je suis prêt.

BIAGIO : Moi aussi.

GAETANO : Excusez-moi encore pour ces deux gifles, mais je ne pouvais pas vous laisser arrêter et perdre ainsi une force vive. Le général y a cru, que je vous conduisais au poste.

ARMANDO : Vous m'avez sauvé la vie. J'ai été stupide de faire cette sortie. Mais j'ai retenu la leçon et je suis à vos ordres.

BIAGIO : Comcombien de temps attendrons-nous ?

GAETANO : On ne sait pas. Ça se décidera au dernier moment, sans préavis. *(Sifflement de la sirène d'alarme.)* Vite, sortons avant que les gens arrivent dans l'abri. *(Remarquant la cage recouverte d'un tissu noir dans les bagages.)* Mais vous avez pris le canari ?

BIAGIO : Je ne pouvais pas le laisser.

Ils sortent, la lumière s'éteint, quelques secondes s'écoulent avant l'arrivée de voix et de la lumière d'une lampe qui vacille dans la main de quelqu'un qui apparaît sur l'escalier.

OLIVIERO : Doucement, faites doucement, tenons-nous par la main.

LE GÉNÉRAL : Je vous en prie, madame Sofia, appuyez-vous sur moi.

SOFIA : Merci, nous sommes même restés sans lumière.

Ils s'installent, allument des bougies.

OLIVIERO : Sans lumière et pas nombreux. Les gars de Naples ont disparu. Ceux qui ne se sont pas livrés se sont cachés, dans la rue on n'entend pas une voix qui chante, on ne voit pas un seul couple d'amoureux, Naples est devenue triste.

SOFIA : Mais que font les Américains ? Qu'est-ce qu'ils attendent ? Ils sont à Sorrente, ils ont occupé Capri, ils sont en vacances ?

LE GÉNÉRAL, *accablé, les vêtements froissés* : C'est la fin. Les Américains attendent que les Allemands s'en aillent. Les deux armées savent que la ville est indéfendable du point de vue militaire, c'est pour ça qu'une bataille pour Naples n'a pas de sens tactique. De toute façon, les Allemands doivent se poster au nord pour mieux se défendre. Les Américains attendent. Mais pas pour longtemps : si les Allemands font la folie de rester en ville, alors les Américains attaqueront.

SOFIA : Et comment attaqueront-ils ?

LE GÉNÉRAL : La manœuvre la plus logique est un débarquement, précédé d'un pilonnage. Ils placent leurs cuirassés au milieu du golfe et ils se fraient un chemin avec des gros calibres.

SOFIA : Très Sainte Mère, un bombardement naval ?

OLIVIERO : Il ne manquait plus que cette nouveauté, un bombardement en face du Pausilippe, un beau débarquement sur la Riviera di Chiaia, et quoi encore ? On pourrait ajouter une bataille dans la Villa Comunale ?

LE GÉNÉRAL : Ce n'est qu'une hypothèse, mais la logique militaire veut que les Allemands se retirent. Ils ont le champ libre derrière eux, ils ne sont pas encerclés.

OLIVIERO, *avec calme et sans ressentiment* : Et comme ça, on deviendra américains. Cher général, adieu fascistes, Mussolini.

Maintenant, vous ne pouvez plus appeler la milice. Elle s'est déjà enfuie.

LE GÉNÉRAL : C'est la fin de l'Italie, c'est la fin de tout. Nous avons perdu. Mais je ne m'enfuierai pas. Quelles qu'en soient les conséquences, moi je reste.

OLIVIERO : Si j'étais vous, j'enlèverais mon uniforme et j'irais chez un de mes amis.

LE GÉNÉRAL : C'est un bon conseil, mais je ne peux le suivre. Je ferai face à la défaite, je ne me cacherai pas.

SOFIA : C'est tout à votre honneur.

LE GÉNÉRAL : C'est la seule chose que je peux laisser en héritage à ma famille, un nom honorable, et pas celui d'un lâche.

OLIVIERO : Si vous pouviez faire quelque chose de plus.

LE GÉNÉRAL : Que voulez-vous dire ?

OLIVIERO : Général, une insurrection populaire se prépare ici pour chasser les Allemands. Naples se soulève, elle se libère toute seule. Mettez votre expérience de soldat au service de cette insurrection.

LE GÉNÉRAL : Une émeute contre nos alliés allemands ?

OLIVIERO : Général, vous avez vu quelle sorte d'alliés ils sont. Ils ont miné toute la bande côtière, ils ont attrapé nos garçons, ils les ont enfermés dans des trains, et ceux qui ne voulaient pas y aller, ils les ont fusillés. Ils sont en train de vider les entrepôts, les magasins, ils volent tout. Ce sont des alliés, ça ? Non monsieur, ce sont des pilleurs, des vandales. Ils nous font la guerre. Naples résiste tant qu'elle peut et puis elle explose. Vous avez de l'expérience, vous pouvez retrouver votre honneur en combattant.

LE GÉNÉRAL : Je suis un vaincu. Je ne peux passer du côté des vainqueurs par intérêt.

OLIVIERO : Ce n'est pas de l'intérêt, général. Il y aura une bataille, il s'agit de risquer sa vie. Mais au moins vous ferez ce que vous savez faire. Ce peuple est le vôtre et vous faites partie de ce peuple.

Le général est ému et troublé.

SOFIA : Mais pourquoi une émeute, une effusion de sang pour hâter une retraite qui aura lieu de toute façon ? Pourquoi se faire tuer à quelques jours de la fin de la guerre à Naples ?

Musique de Luna nuova,
refrain en majeur.

OLIVIERO : Parce que la ville veut se libérer elle-même, parce que nous sommes un peuple, que nous sommes unis. Ce peuple se réveille une fois tous les cent ans, mais quand il s'est réveillé, malheur à celui qui l'a réveillé. Sous cette ville, les caves et les galeries sont pleines de gars qui sont cachés et qui attendent le signal de l'insurrection. Même si le signal ne vient pas, ils sortiront malgré tout. Quand c'est comme ça, madame Sofia, il ne s'agit pas d'hommes qui veulent faire une émeute, mais d'un peuple qui n'en peut plus. C'est un peuple qui ne regarde plus le danger en face, qui attrape un bout de fer, une pierre, une mèche et qui brûle tout. S'il n'a pas d'armes, il va les prendre aux mains des Allemands. Aujourd'hui, demain, après-demain, les Napolitains seront un peuple. Après, chacun retournera à ses affaires. Mais maintenant nous sommes une masse, des vieux et des jeunes, des femmes et des hommes, des soldats et des généraux. Naples est en train de sortir la tête du sac. Il y a une place pour vous, général.

LE GÉNÉRAL, *troublé, ému* : Vous, le peuple, vous avez besoin de moi ? Moi je fais partie du peuple ? Mais oui, mais oui, je vous remercie de ces paroles. *(Il se lève, fait quelques pas dans la pièce.)* Si les choses sont telles que vous dites, je suis prêt à mettre mes compétences au service de cette insurrection. Dites à qui de droit qu'il peut compter sur moi.

SOFIA : Ce sera un massacre inutile, un acte absurde.

OLIVIERO : Non, nous effacerons d'un coup toutes les claques sur la gueule, toutes les tyrannies subies depuis des années. Donna Sofì, je ne vous dis pas de descendre vous aussi dans la rue, mais mettez-vous au balcon, mettez-vous-la bien dans les yeux cette ville en révolte. Ce peuple, vous ne le verrez plus jamais comme vous le verrez maintenant.

Entre-temps, le général fait de grandes enjambées à travers la pièce et réfléchit à ce qu'il convient de faire.

LE GÉNÉRAL : Il faut disposer des équipes d'attaque le long des voies de repli de l'ennemi. Il n'y a pas meilleur moyen de convaincre une armée qui se retire. Avec des attaques surprise au moment où elle se mettra en marche, elle préférera accélérer sa retraite plutôt que revenir se battre en ville.

OLIVIERO, *frappé par les propos du général et ses intentions tactiques, essayant de se donner une contenance, d'agir en officier* : Je vous présenterai au commandant du quartier aujourd'hui même.

LE GÉNÉRAL : Je dois savoir sur combien d'effectifs nous pouvons compter.

SOFIA : Alors, général, c'est décidé, vous aussi vous voulez... ?

LE GÉNÉRAL : C'est l'heure où même un vaincu peut servir à quelque chose, à une cause qui concerne l'avenir des autres. Je n'attends aucune récompense de la part des vainqueurs, mais je ne me dérobe pas à un appel du peuple.

SOFIA : Je ne vous reconnais pas, général, vous n'êtes plus le même.

OLIVIERO : C'est ça un peuple, madame Sofì, il change d'un moment à l'autre comme la surface de la mer quand le vent souffle. Ne fermez pas votre fenêtre, même si une vitre se casse, c'est la liberté qui entre.

Gaetano, Rosaria, Elvira entrent avec des bagages.

GAETANO, *à Oliviero* : On commence à se battre. Les Allemands ont arrêté des jeunes qui se rendaient à un point de ralliement. L'un d'eux était armé et a tiré, ils ont réussi à s'enfuir, poursuivis par les Allemands. Maintenant, ils assiègent le quartier.

OLIVIERO : Et les nôtres, que font-ils ?

GAETANO : Ils se préparent à sortir. Nous voulions attendre la nuit, profiter de l'obscurité avant la nouvelle lune, mais maintenant il faut se dépêcher. Le moment est venu.

LE GÉNÉRAL : Don Gaetano, vous ?

OLIVIERO : C'est le commandant de quartier. Je vous le présente don Gaetà, le général est des nôtres.

GAETANO : C'est à mon tour de m'étonner, vous avec l'insurrection ?

LE GÉNÉRAL : C'est ma dernière mission. J'ai perdu la guerre, mais cette insurrection me permet de sauver mon honneur, servez-vous de moi.

GAETANO : Chaque homme en plus est précieux. Il faut attaquer les Allemands par-derrière.

LE GÉNÉRAL : Pour l'attaque par surprise, le mieux est le feu, l'essence. La fumée dérange. Il faut une attaque centrale avec des bouteilles incendiaires et pour contrer l'ennemi deux groupes de feu sur deux côtés opposés, décalés entre eux. Quand les Allemands réagiront à l'attaque des bouteilles incendiaires, un premier groupe ouvrira le feu sur leur flanc, l'autre attendra qu'ils se remettent de cette embuscade pour frapper à son tour.

GAETANO : Nous ne disposons pas de deux groupes de feu. Après l'attaque aux bouteilles incendiaires, un seul les surprendra de côté. Il faut faire vite. *(À Rosaria et Elvira.)* Restez là, vous, je vous enverrai des nouvelles. Et vous aussi, madame Sofia, il vaut mieux que vous restiez dans l'abri.

SOFIA : Non, don Gaetano, je rentre à la maison, je m'y sens plus en sécurité.

GAETANO : Comme vous voulez.

SOFIA, *à l'adresse d'Oliviero* : Je laisserai la fenêtre ouverte. *(Elle sourit.)* Bonne chance. *(Elle sort.)*

ELVIRA : Papa, je voudrais venir avec vous.

GAETANO : Pas maintenant, mais je vous enverrai chercher.

Armando et Biagio (avec la cage) entrent en courant.

ARMANDO : Don Gaetà, les gars vous attendent.

BIAGIO : Nous avons fait les bouteilles avec l'essence.

GAETANO : Vous deux, avec ceux de Pallonetto, vous attaquerez les Allemands par-derrière dans dix minutes, vous faites deux tirs de bouteilles et vous vous retirez. N'allez pas trop près, il suffit qu'ils sentent le feu derrière eux, inutile de chercher à les toucher. Nous, nous tirerons sur les Allemands qui vous poursuivront.

LE GÉNÉRAL : Vous avez imaginé le même plan que le mien, vous êtes un stratège, don Gaetano.

GAETANO : Il ne faut pas grand-chose pour devenir stratège. On ne peut faire que ça. Et le bruit de la bataille fera bouger les autres quartiers.

Armando et Biagio parlent avec Elvira qui leur raconte que le général s'est rallié à l'insurrection.

ELVIRA : Venez me chercher, je veux participer moi aussi.

ARMANDO : Après l'attaque, on se verra à Santa Maria Egiziaca.

ELVIRA : N'oubliez pas.

BIAGIO : S'il arrive quelque chose, Elvira, je vous prie de garder mon canari avec vous.

ELVIRA : Vous ne bégayez plus.

BIAGIO : De moins en moins, c'est arrivé après l'explosion devant l'abri, le mois dernier. Je vous confie mon canari. Il adore la sauce tomate. Si son chant vous dérange, il suffit de le recouvrir avec le tissu. Dans le noir, il se tait.

ELVIRA, *le regardant avec une tendresse particulière et comme perdue dans ses pensées, avant de s'occuper de la cage* : Vous n'avez plus de boutons. *(Biagio sourit.)* Je le garde bien volontiers, mais pas longtemps, car je veux vous voir très vite de retour. Vous viendrez bientôt le reprendre vous-même. *(Avec élan.)* Vous devez vivre. *(Et s'adressant aussi à Armando.)* Nous devons tous vivre, maintenant que nous avons mérité notre libération.

GAETANO : Allons, les gars, c'est le moment de sortir.

ROSARIA, *à Gaetano* : Sois prudent.

GAETANO : Jusqu'à présent, j'ai été prudent, maintenant c'est aux autres de faire attention.

Les jeunes gens se serrent très fort les mains, puis sortent. Il ne reste qu'Elvira et Rosaria.

Musique du refrain de Luna nuova, *chœur de voix qui chantent le couplet : « Puozze na vota resuscità / scétate, scétate, Napùle, Na. » (Puisses-tu un jour ressusciter / réveille-toi, réveille-toi, Naples, Na.)*

ROSARIA : Même le général s'est mis avec le peuple. Qui aurait pu l'imaginer ? Ça, ce sont des numéros. Quand le bureau du Loto ouvrira, faut que je les joue. Un garçon qui ne bégaie plus, il se passe des choses comme si elles s'étaient donné rendez-vous pour arriver toutes en même temps. Les Américains qui attendent là-dehors et qui n'entrent pas, les Allemands qui ouvrent toutes les boutiques de Naples pour voler le peu qui nous reste. Il fait bien, le peuple, de les jeter dehors. Qu'est-ce que tu dis, Elvì ?

ELVIRA : Je dis que nous avons raison, mais je dis aussi que personne ne devrait mourir maintenant. Maintenant que nous allons sortir de ces caves, de ces grottes, de ces catacombes comme les premiers chrétiens, maintenant que se termine notre persécution, celle d'une ville, d'une jeunesse qu'on a envoyée se faire tuer, maintenant plus personne ne devrait mourir. *(Elle retire ses lunettes, regarde les bougies. Elle continue.)* Maintenant, nous devons vivre, parce que dans quelques jours, dans quelques heures, d'un moment à l'autre, une voiture, un tram va passer avec quelqu'un qui criera : « La guerre est finie, les Allemands sont partis, les Américains sont entrés. » J'ai attendu ce moment-là toute une jeunesse. Et ces gars que j'ai vus grandir ici ne peuvent pas mourir juste maintenant devant la liberté.

ROSARIA : Allez, allez... *(Gestes pour conjurer le mauvais sort.)* Ôte-toi ça de la tête, dehors il y a ton père qui a subi tous les bombardements en courant dans tous les sens pour arriver à ce jour-ci.

ELVIRA : Papa sait ce qu'il fait. Mais ces gars qui se jettent sur les Allemands à mains nues avec des bouteilles d'essence, qu'est-ce qu'ils savent faire ? Hier encore, ils étaient cachés, risquant d'être fusillés pour la simple raison qu'ils étaient jeunes, parce que maintenant c'est un crime d'avoir vingt ans.

ROSARIA : Tu n'es pas un peu amoureuse, Elvì ?

ELVIRA : Et quand ça serait, maman ? Ce n'est pas un caprice, nous avons le devoir de tomber amoureux et d'avoir une heure de bonheur au milieu de toute cette saleté de guerre. Tu sais ce qu'on va voir apparaître dans le ciel ces prochains soirs ? Une morsure de nouvelle lune. Avant qu'elle soit pleine, cette ville sera une autre ville.

Des voix excitées de l'extérieur, de la rue, des coups de feu. Les deux femmes s'abritent dans un coin, Elvira protège la cage du canari qui se met brusquement à chanter avec des petits cris même sous la couverture. Des voix en allemand, une rafale, le cri d'un garçon, des coups de pistolet, puis Armando fait irruption dans l'abri.

ARMANDO, *un pistolet à la main, bouleversé* : Je l'ai tué, Sainte Mère, je l'ai tué !

ELVIRA, *se précipitant au-devant de lui, la cage du canari dans les mains* : Qui ?

ARMANDO, *essoufflé* : Un Allemand. Ils nous ont poursuivis jusqu'ici, Biagio et moi. Biagio s'est arrêté avant, pour que les Allemands n'arrivent pas jusqu'ici, il a tiré. Moi, j'étais arrivé ici, j'ai entendu la rafale, je me suis retourné et je l'ai vu par terre, Biagio… *(Elvira écarquille les yeux de terreur)* alors je suis ressorti les yeux injectés de sang et je me suis mis à tirer. J'ai tué l'Allemand, et un autre s'est enfui.

ELVIRA : Et Biagio ? Ils lui ont tiré dessus ? *(Armando ne répond pas.)*

ROSARIA : Les pistolets, qui vous les a donnés ?

ARMANDO, *qui s'est un peu ressaisi* : On les a ramassés par terre sur deux soldats morts. *(Puis de nouveau bouleversé.)* Je n'avais jamais tiré jusqu'à aujourd'hui. *(Il se couvre le visage en se laissant tomber sur une chaise.)*

Elvira est restée debout, raidie, le canari dans ses bras fait du bruit dans le noir, pendant un moment on n'entend que son cri sous le tissu qui recouvre la cage.

Aussitôt après cet instant de pause, entrent Gaetano, Oliviero et Emanuele.

Musique, la même, sans chœur ni voix, plus basse.

GAETANO : On les a chassés, le quartier est libre, sortons, Rosaria, Naples s'est réveillée, on entend tirer du côté de la voie ferrée. Il faut libérer le reste de la ville. *(Ils s'embrassent.)*

EMANUELE : C'était une vraie bataille, le peuple lançait des maisons entières sur les Allemands, ils jetaient de l'eau bouillante, des matelas enflammés.

OLIVIERO : C'était l'éruption du Vésuve.

Armando s'approche d'Elvira mais s'aperçoit qu'il ne trouve rien à dire et il se retire.

ARMANDO : Il faut continuer, ce n'est pas encore fini.

GAETANO, *à Elvira et Rosaria* : On se verra à la maison quand tout sera fini.

Il sort avec Armando, Emanuele, Oliviero.

ROSARIA : Elvì, on peut sortir, fini l'abri, sortons à l'air libre. C'est du bon air, il est à nous enfin, viens, Elvì.

ELVIRA, *à voix basse* : Non.

ROSARIA : Comme tu veux. *(Elle se dirige vers l'escalier.)* Je t'attends à la maison. *(Elle sort.)*

Le chant du canari continue, un solo désespéré.

ELVIRA : Non, noon, nooon. *(Un cri qui s'étrangle.)*

Elle serre dans ses bras la cage du canari. Elle retire le tissu noir et sa voix devient violente, se déchaîne. Elvira s'aperçoit qu'elle a encore dans les mains ses lunettes qu'elle avait retirées, elle les remet, mais se met les mains sur les yeux. Le canari s'arrête.

NAPOLIDE

2006

Traduit de l'italien par Danièle Valin

© Edizioni Dante & Descartes, 2006.
Publié en accord avec l'Agenzia letteraria Susanna Zevi.
© Éditions Gallimard, 2023, pour la traduction française.

NAPOLIDE

C'est ainsi que se détachent les feuilles, les cheveux, les gouttes, les pages.

Je suis parti de chez moi en 1968, l'année de mes dix-huit ans, après une enfance passée comme une quarantaine.

J'ai choisi le train, l'horaire, je ne m'en suis pas remis au hasard d'une place en voiture : je voulais être maître de mon départ. Je me suis assis près de la fenêtre et je me suis mis à regarder fixement dehors la procession de mon adieu. Tandis que je me détachais, la ville se glissait sous ma peau comme ces hameçons de pêche qui, entrés par les blessures, voyagent dans le corps, inextirpables.

Dans le vacarme des nombreuses portes claquées, j'ai fermé la mienne doucement. Mon père pleurait à petits sanglots réguliers dont le rythme, enfoncé comme un clou dans mes oreilles, m'est revenu sur le chantier quand je tapais avec le marteau sur le ciseau et qu'il a résonné dans mes mains. Il m'a laissé partir sans un juron.

Sa dépouille se trouve sur une colline près d'une voie ferrée locale, avec vue sur un lac.

Si le verbe revenir a pour moi un sens et une adresse, si j'ai moi aussi un endroit où revenir, c'est cette colline. Revenir pour moi est un verbe de chuchotements, pas de géographie.

À Naples, quand je descends les marches du train, je ne me sens pas revenu. En revanche, je me sens seul, avec un droit plus intime que celui que j'éprouve ailleurs. Une ville ne pardonne pas le détachement qui est toujours une désertion. Je suis d'accord avec elle, avec la ville : celui qui n'était pas là, qui était absent, n'est plus là maintenant, déchu de son droit de citoyenneté. Maintenant, il est un des nombreux passants qu'elle accueille, sans opposer de résistance, l'étranger ahuri que personne ne chasse, regardé comme une marchandise d'escroquerie. Je respecte le droit de régurgitation que la ville applique à ceux qui s'éloignent d'elle. Si je réponds de moi auprès d'elle, c'est parce que je prends le rôle de l'invité, pas de l'habitant. Et si je n'ai pas le droit de me définir comme apatride, je peux me dire Napolide, apatride de Naples, quelqu'un qui a gratté son origine de son corps, pour se livrer au monde.

Je n'ai jamais pris racine ailleurs.

Celui qui se détache de Naples se détache ensuite de tout : il n'a même plus le crachat qui lui permet de se coller à quelque chose, à quelqu'un.

Je n'ai jamais plus craché, j'ai seulement avalé, avalé.

Le tampon sur mon billet de train avait le coup de colère d'une porte claquée dans le dos. C'est moi qui étais annulé, pas le billet.

Ischia possède un cépage, « *pér 'e palummo* », pied de pigeon, qui donne un rouge sombre, plutôt extrait d'un goudron de vin que d'un pressage de raisins. En bouche, il fait serrer la langue comme un poing, il ne la délie pas. C'est un vin qui adoucit les voix et donne de la profondeur aux yeux. À la fenêtre du train, j'étais ivre de ça.

Rome était un bon lieu de triage. J'ai gravi un long escalier et en haut j'ai frappé à une porte d'un quatrième étage : chambres meublées. Un vieil homme sentant le vin et le tabac m'attribua un des trois lits de camp d'une chambre. L'ameublement se résumait à une armoire commune. La chambre était près de l'université où j'apprendrais à courir, à respirer des gaz lacrymogènes, à arracher des pavés, à garder mon calme au milieu de la mêlée.

Dans les jardins publics, l'automne 1968 était resplendissant de paix, de tiédeurs, de filles en promenade.

Dans la rue, l'automne était encombré du gris des brigades mobiles de la police. Je venais d'une ville qui m'avait enseigné la densité de la foule, l'habileté à me faufiler au milieu d'elle, par bonds et écarts. Je m'adaptais facilement à une autre qui incitait à courir, à charger, à fuir dans un espace vide. Et s'ouvrait tout grand le rien, l'espace ouvert entre les irréguliers et les troupes.

Nous avions de la chance cet automne-là, le vent soufflait dans notre dos et renvoyait la fumée dans les yeux des troupes.

Naples s'est évanouie derrière ce rideau de larmes chimiques. Je n'étais plus à elle, ni à aucun lieu ni à aucun avant. J'appartenais à la révolte qui grattait le passé de chacun de nous et instaurait le jour numéro un d'une ville nouvelle.

Je pense aux gaz, aux fumées derrière lesquelles j'ai vu s'estomper la ville. Chaque génération de ce siècle a eu ses propres gaz. Nos grands-parents d'Europe se sont étouffés avec l'ypérite, gaz moutarde pour ceux qui l'ont goûté, un sulfure qui tuait en laissant des cloques sur le corps. Nos pères ont assisté à l'utilisation du Zyklon B dans les camps d'anéantissement, mais personne n'est revenu parler de son odeur. Nos émigrants ont appris le grisou dans les mines de charbon, un gaz de méthane capable d'exploser.

Pour nous, ça s'est mieux passé. Nous avons goûté aux lacrymogènes, nous nous en sommes tirés avec des inflammations chimiques des glandes lacrymales, atténuées par l'antidote des citrons. La prochaine génération sera peut-être dispersée par des gaz hilarants. Pour le moment, elle reste bien sage grâce à la musique qui, à fortes doses, est un gaz innervant.

Les gaz que j'ai connus : quand au beau milieu de mon temps de travail à l'usine s'élevaient le cri mécanique du changement de fraises et le nuage de poussière d'huile lubrifiante, quand le tour fumait sous l'effet de son liquide de refroidissement blanc comme du lait, alors je retrouvais sous mes pieds le balcon de ma maison de Naples. La plate-forme des machines-outils qui m'était attribuée était longue et étroite comme ce balcon. Je marchais là dans ma jeunesse, perdu dans mes pensées, l'air buté face au lacet de l'horizon qui me retenait enfermé. La plate-forme de l'usine était ma promenade de huit heures, un va-et-vient avec le palan qui portait un arbre moteur de cent quatre-vingts kilos. Dans quel gaz était la liberté ? Dans ceux de l'usine ou dans ceux qui s'évaporaient à l'aube sur la terrasse avec vue sur la mer et où l'on entendait le bruit étouffé des diesels des bateaux de pêche de Mergellina, bien avant celui des habitants à moteur ?

Le geste avec lequel je déchargeais la pièce du palan pour l'emboîter dans les fraises : j'essayais de le faire en imitant, avec plus d'effort, le geste du barman qui relâchait le levier du café et qui avait une vitre et la mer devant lui. Quand je mettais la pièce sous la vieille presse américaine pour la redresser, le choc des milliers de kilos que je descendais au centre de la table en acier faisait le bruit d'amarrage du pont-levis du ferry pour les îles. Et quand la première pièce étrennait les nouvelles fraises que j'avais montées et que dans toute l'usine on entendait le sifflement sourd des ongles d'acier à la première découpe, la sirène de l'*Andrea Doria* entrant dans le golfe résonnait à mes oreilles. Mon corps faisait des rimes physiques.

J'avais les mains pleines d'huile et d'éclats de fer, je ne portais pas de gants parce que je n'avais jamais vu les pêcheurs ni les maçons en porter, seuls ouvriers croisés dans mon enfance. Je ne voulais pas protéger mes mains. Mes camarades riaient en me disant qui si un aimant passait près de moi, j'y laisserais mes doigts dessus.

D'autres gaz se sont superposés : je ne reconnais plus ceux de ma ville d'origine, faisant le trafic des matériaux de rebut et enduite de graisse et de cendre des pavés jusqu'aux toits. Là, seul le libeccio[1] d'automne avait le dessus dans sa grande scène du deux au bord de la mer, passant par-dessus les rochers et clapotant dans la rue Caracciolo et la Villa Comunale quand la mer était démontée.

Naples ne s'est jamais contentée de respirer uniquement de l'oxygène et de l'azote. Elle y intégrait un mélange de fermenta-

1. Vent violent du sud-ouest qui traverse l'Italie et la Corse.

tions de tabac, de café, de saindoux, de cuissons interminables à feu susurré.

Avant d'être une sauce du dimanche, le *ragù*[1] était une nécessité de produire une odeur, une vapeur suave, un encens de cuisine à l'œuvre. Plus que d'avaler des macaronis en sauce, il s'agissait surtout, et depuis la veille, d'annoncer le *ragù* : répandu dans tout l'immeuble et dans la rue. L'air devait être habillé, même de haillons, jamais laissé nu. Pendant les hivers secs, les fenêtres toujours fermées, l'aération était confiée aux courants d'air des châssis en mauvais état et dans chaque pièce se concentrait l'odeur d'une asphyxie domestique, chaque fois différente.

Maintenant, je respire l'air de Naples épuré de cheminées d'usine, de poêles à charbon de bois, de casseroles incrustées de tomates noires et de linge lavé dans la rue. Je ne sens que l'insipide hydrocarbure des pots d'échappement qui rend toutes les villes identiques. Les nez tout neufs qui s'en remplissent, les petits poumons nouveaux qui se promènent sous des arbres bien rares s'entraînent à une asphyxie homogénéisée.

Il n'y a plus d'odeurs et mes sens ont été usés ailleurs, par des hasards survenus loin de la ville. Je ne sens plus l'écume de soufre qui s'élevait de Pozzuoli avec le mistral et se mêlait à la bouche d'aération des hauts-fourneaux. Et les cheminées des bateaux qui déchargeaient de la ferraille. Un minéral qui n'était pas à nous, qui n'était pas une veine de nos excavations. Il venait de loin et repartait loin, après s'être purgé sur la rive de Bagnoli, côte de lavandiers du Sud qui battaient sur le sable les scories du monde.

Le goût du goudron grillé adouci de sel, celui-là je le sens encore dans le vent de la mer. Et l'oxygène salé du port, la corde trempée dans l'arc-en-ciel du mazout avant de s'enrouler autour de la bitte d'amarrage. Et le sulfate hydraté de calcium du plâtre avec lequel on pétrit le peuple de figurants de la crèche, le long

1. Sauce faite essentiellement de tomates, oignons, viande et aromates, qui doit cuire pendant vingt-quatre heures à tout petit feu, sans cesser d'être agitée pour ne pas attacher.

des chemins des bergers : le plâtre, qui est la seule poussière de travail qui ne ronge pas la peau et qu'on peut laisser dans les rides.

Si Naples est baroque, ma vie et mon corps non, ils se sont meublés dans un autre style : mais le nez du retour, qui respire des matériaux inertes, d'usines éteintes, le nez qui préside aux souvenirs, lui est baroque. Il cherche les déchets, la puanteur, le vernis écaillé, le bateau coulé tous les printemps pour bien imbiber d'eau le bois avant de le réutiliser.

Le nez ne connaît qu'un seul amour et commande aux yeux. Les oignons ne font pas larmoyer parce qu'ils irritent les yeux, mais parce qu'ils attaquent le nez : si on ne respire pas, on ne pleure pas.

Même si le mien est cassé à cause d'une chute en montagne et qu'il sent mal, c'est une muqueuse baroque et il me fait pleurer quand je respire en les coupant.

Je m'arrête à ça, je ne vais ni ne vois plus loin que la surface, le toucher, *tactus* en latin : ce qui nous a touchés, qui d'ailleurs est une grande part de ce que nous avons touché.

La chair de poule est une réaction de surface. Naples est une ville à rebrousse-poil, de celles qui raclent les ongles sur le tableau et la lame du couteau sur le marbre. Elle provoque des éruptions cutanées à ses locataires.

Quiconque s'arrête à Naples le sait à l'avance : il lui arrivera d'être touché bien des fois. Les villes qui donnent sur la mer descendent généralement vers les flots à travers des passages étroits. Peut-être pour se défendre, pour que l'ennemi pénètre plus difficilement en elles par des entonnoirs, des étranglements, des gorges.

L'aisance des mouvements a été bannie de Naples. Le passant s'enfonce dans le labyrinthe aveugle du touche-touche, de l'empiétement du prochain sur soi-même. Frottement, esquive, recul et percussion sont des techniques primaires de la progression. En revanche, il est vain de simuler la hâte, pantomime efficace ailleurs pour se frayer un chemin. Ici, la hâte est considérée comme la manifestation d'un trouble nerveux. On fait partie d'une viscosité générale incontournable, dans laquelle ceux qui se faufilent en profitant de la poussée des autres corps au lieu d'exercer la leur sont ceux qui s'en sortent le mieux. Dans la rue, on est plongés dans une dynamique des fluides. Que les rues de Naples soient des flux régulés par une crise est un phénomène dont on n'a tiré aucune formule. Au comble des entraves se crée une fluidité qui suspend en partie la gravité des corps, en les dotant de légèreté et d'oléodynamisme. C'est l'effet que l'on constate dans un baquet d'anguilles.

Ce n'est que dans la seconde moitié du XXe siècle que, pour la première fois de son histoire, la classe aisée s'est éloignée de la densité du centre-ville. Dans des zones relativement plus spacieuses, elle parvient à ressembler aux nantis des autres villes et leurs enfants partagent l'honneur douteux d'être pris pour des jeunes bien élevés de Rome ou de Milan.

Autrefois, nous étions un peuple dense. Toute notre agitation de gestes sous les mots servait à élever la voix au milieu des autres, à leur ménager une place et une écoute. Les gestes montaient de la termitière, ils devaient donner de la force au dialecte, à la sténographie des insultes, des affaires, des annonces, des exclamations, des problèmes.

Mais là où Naples conserve encore sa densité, le mélange précieux de la promiscuité la préserve de ressembler à autre chose qu'à elle-même. Toucher, parler, ne jamais laisser le corps inerte : c'est une thérapie pour les cas de coma. À Naples, c'est une prévenance que les habitants se dispensent gratuitement les uns les autres.

Mon enfance passée dans une ville de réanimation m'a fait du bien, non pas moral mais sanitaire. Dans la ville de mon enfance, il y avait tant de cette vie infestée et invincible au point de rendre prêt à tous les métiers un garçon grandi dans un tonneau de livres.

Elle a formé mes sens, c'est ainsi que j'ai pu garder ma place dans la mixture acoustique d'une usine, dans la poussière perpétuelle des chantiers. L'étranglement des pores appris dans mon jeune âge m'a donné une indifférence aux rats qui dansaient entre mes pieds lors de certains travaux dans des caves ou des greniers, la résistance au vomissement dans le débouchage des égouts et aux chauves-souris des soirs d'Afrique, plus denses que les moustiques.

La ville effleurait, heurtait, entraînait et ne cessait de frapper à l'oreille. À l'époque où j'étais une de ses matières premières, elle tatouait sur moi des frayeurs, des maladies, des bonheurs. Elle les traçait sur le tapis de ma chair de poule, défoulement de mes simagrées exagérées, de mes répugnances.

J'ai connu le dégoût très jeune. Quand un adulte me grondait, j'étais pris de nausées : s'il me frappait, le contrecoup retombait sur mon estomac. J'étais pris d'un haut-le-cœur au point de pouvoir vomir par la bouche les mots qui étaient entrés dans mes oreilles. L'expérience des adultes ne m'était d'aucune utilité. Les reproches n'étaient qu'une tentative de m'aveugler. Je ne réagissais pas à l'extérieur, j'acceptais avec calme, mais je n'ai jamais été aussi révolté intérieurement qu'enfant, réagissant par une insurrection physique, des vomissements et de la fièvre contre le camp des adultes. J'en admirais certains, mais je les ai tous connus sous la forme de la répulsion. Je faisais voler en éclats leurs reproches en me les répétant par cœur et en les réfutant mot pour mot. Plus je connaissais l'italien et plus je désarticulais à froid bien souvent leur phrase prononcée au vol dans un moment de correction. Les livres amélioraient mes arguments d'accusation. J'avais un aspect docile et un tribunal dans le corps.

Avec le temps, j'ai perfectionné la distance entre intérieur et extérieur : il me semble avoir maintenant une tête qui révèle ma clôture en surface.

Pour me réconforter, j'avais une idée bizarre qui est généralement un cauchemar pour un enfant : celle de ne pas être le fils de mes parents, d'avoir été adopté et que des ancêtres qui leur étaient inconnus réagissaient en moi. Je ne cherchais pas d'autre appartenance, je ne rêvais pas d'une autre famille, il me suffisait de me croire à d'autres. Je me défendais en étranger, je devenais inexpugnable. Me taire sous les reproches était pour moi la forme achevée de l'extranéité. J'étais un autre, ils me prenaient depuis toujours pour un autre enfant. Malheureux parents : quelle sorte de champignon avait poussé sous leur arbre. Aujourd'hui, ma mère me dit : « Je n'arrive plus à me souvenir de toi enfant. » C'est sa tranquille et involontaire malédiction, d'avoir accouché d'un étranger.

Il existe des dégoûts qui façonnent le caractère, qui le forment et le déforment plus que les goûts, les désirs. C'est ainsi que j'ai peu appris de l'expérience constituée et plus de son opposé, l'imagination. Je revenais sur les innombrables sortes de difficultés et de dangers et je m'équipais d'une réaction. Je m'imposais ainsi de l'ajouter à mon répertoire comme une expérience acquise. Je me suis ensuite comporté selon un programme. Les cas étaient nombreux mais le temps pour les affronter mentalement était plus grand. « À quoi penses-tu ? », « à rien », et c'était vrai, c'était le rien de mes gestes futurs qui allait se déposer dans mes archives. Je remplaçais l'expérience par la variété des réactions. C'était la vie simulée, préfigurée à sec, plus vaste et risquée que la vraie vie. De là, et de la ville tout autour, est venue mon envie d'écrire des histoires.

Quand je faisais partie des habitants de la ville, ils avaient fermé le marché des expériences : ils les possédaient déjà. Ils détenaient tous les comportements, un répertoire de réflexes automatiques, dont je n'ai retrouvé la perfection que dans les espèces animales. Dans la rue, les enfants savaient tout ce qu'il fallait faire, vivre, jouer, esquiver, prendre des claques, des coups au vol. C'étaient de grands encaisseurs, comme on le dit de certains boxeurs. Ils étaient tous expérimentés, rien ne pouvait les surprendre, *aucun* n'était idiot ni par naïveté ni par défaut. Les idiots étaient morts tout petits.

Dans la ville, il y avait un arbre de la connaissance du bien et du mal, et le feuillage du mal était plus grand, exposé au Sud. C'était un arbre local et il n'avait jamais été interdit, c'est pourquoi tout le monde en avait mangé. Et tout le monde savait quoi faire et comment.

La ville avait sa propre expérience d'espèce et elle n'accueillait rien qui ne soit déjà à elle. Ainsi, un enfant en révolte contre l'expérience des adultes se trouvait dans une ville expérimentée, pleine d'examens physiques d'appartenance dans lesquels faire preuve de sa propre rapidité d'apprentissage, d'habileté à réagir, de gestes et de tons de voix, de fugues et de crapuleries.

Plus j'apprenais et plus je me détachais de mon appartenance. La ville appliquait sur ma peau sa devise : « *T'aggia 'mparà e t'aggia perdere* », je dois t'apprendre et puis je dois te perdre.

Jamais maternelle, indulgente : je n'ai pas le souvenir qu'elle pardonnait aux siens, ni que les siens se pardonnaient entre eux.

À la maison, on ne laissait rien passer aux enfants sans qu'ils aient expié, réparé par de publiques excuses, des promesses de ne plus recommencer. À travers tout un alphabet de corrections, nous apprenions à bien nous conduire, à ne pas nous cogner dans tous les coins de la maison et de la ville, à exécuter des parcours bien nets, sans faire tomber d'obstacles.

Naples m'a formé aux autres. J'ai pu vivre pendant plus d'un an à Catane dans deux pièces avec cinq autres ouvriers, six lits de camp et trois tours de travail, mélangés entre nous nuit et jour. Chacun de nous dormait, faisait la cuisine, lavait son linge, écrivait chez lui à des heures différentes. Comme exemple de politesse, je peux citer nos pas sur la pointe des pieds en rentrant à l'aube de notre travail de nuit, alors que dehors il y avait déjà du vacarme, et nous déshabillant dans l'entrée pour ne pas réveiller les autres dans les chambres.

Par la suite, j'ai écrit dans des lieux exigus, avec peu de confort, condition propice aux histoires. Ceux qui écrivent ne doivent pas occuper trop de place ni trop de silence autour d'eux. J'ai écrit dans des lieux exigus, avec peu de confort car je viens du cœur de l'humanité d'une ville bondée : aucune porte, aucune fenêtre à barreaux ne sauvait de la soupe sonore des bagarres, des repas, des chasses d'eau, des fêtes, des deuils et des insomnies des autres. On ne pouvait s'y opposer, boucher ses organes : la densité débordait, usait l'air. Le dialecte était une langue d'asphyxiés, brève pour user moins d'air.

De là m'est venu mon amour pour le vent, même pour celui qui frappe les cordées en montagne et souffle pour les arracher à la paroi.

Le vent, le *rùah* qui étouffe Kohèlet et le désespère, me sert de chanson, remplit mes narines, mes poumons, mes cordes vocales, mes oreilles, et tout ce qui fait d'un corps une voile. Il nettoie l'air même si c'est du sirocco et qu'il fait pleuvoir des grains de désert sur les géraniums. Sur les chantiers, quand il se levait plus fort, qu'il faisait des courants dans les vides des pièces et que tout le monde fermait les yeux et les lèvres, ma gorge s'ouvrait à un chant à contrevent : j'avalais la poussière jusqu'à ce que cesse le travail ou le vent. Et même si je grognais dans mes poings contre la tramontane qui faisait éclater mes capillaires sur mon visage, même ainsi le vent, qui dépouillait le ciel et tuait les vieux la nuit avec une rengaine de vents coulis, était normal.

Chez nous, autrefois, les vieux mouraient chez eux, respirant avec le dernier azote le souffle endormi de leurs petits-enfants.

Mon père a parlé à nouveau en napolitain au moment de son agonie. Le ton de sa voix avait une gravité que seul le dialecte pouvait supporter. « *Manco so' mmuorto* », je ne suis même pas mort, me dit-il un matin, en sortant d'une nuit passée à frôler la fin sans parvenir à s'y engager. « *Manco so' mmuorto* », il était si fatigué de se retrouver cloué à une autre journée, si ingrat de vivre encore. S'il existe des silences en napolitain, c'est ainsi que je me suis tu, baissant les paupières sur mes yeux et faisant un léger signe de tête en arrière. Sous-titre pour ceux qui ne connaissent pas le napolitain muet : « Tu n'es même pas mort. »

Le dialecte est comme le sport : on doit l'apprendre en bas âge. Il contient une adresse musculaire, une habileté, des pas et des raccourcis inadmissibles hors du champ. Je l'emploie par habitude avec ma mère et c'est un usage pratiqué par de nombreuses communautés. Les Juifs de l'Europe de l'Est appellent le yiddish *mamelòshn*, langue de maman. Je l'emploie par agressivité envers les inconnus, par brièveté sur les chantiers, par gaieté dans des tablées, par nécessité d'exactitude quand je manipule un paquet de cartes napolitaines, par identité quand des étrangers parlent de Sud.

Ceux qui ont cessé d'employer le dialecte sont ceux qui ont

renoncé à un degré d'intimité avec leur propre monde et qui ont établi des distances. J'en ai marqué beaucoup moi aussi, mais je garde pour mon salut un reste de ces brusques plongeons de sens et de contact qui ne sont possibles que dans *mamelòshn*, le napolitain pour moi.

Naples dans les livres impairs et l'Ancien Testament dans les livres pairs, ce pendule d'écriture oscille dans mon corps. Je suis à l'écart des deux, j'écris d'ailleurs, pas de ma ville de naissance, pas de la foi.

Dans mes comptes rendus de petites découvertes de lecteur des Saintes Écritures, je plaçais Naples en contrepoids et en face des lieux des histoires saintes : le napolitain de naissance rencontrait l'hébreu définitif de la divinité. En non-croyant, je me suis laissé éblouir. Si j'avais la foi, je considérerais l'hébreu comme un merveilleux moyen, mais privé de celle-ci je l'ai aimé pour sa finitude, non pour son éternité. Je n'ai pas cherché asile dans cette langue, pas plus qu'une appartenance.

« Celui qui est donné, ne peut se donner plus » écrit Jacopone da Todi dans un de ses vers d'amour. Moi, je suis donné, assigné. Je reste un apatride de Naples, quelqu'un qui a consommé sa petite part d'appartenance en naissant dans ce lieu et en s'en détachant ensuite de force : aucune nouvelle alliance ne pouvait se substituer au destin de naissance. Arrivé à l'hébreu des Écritures par besoin de m'en tenir éloigné.

Naples vient de l'Orient, la Tyrrhénienne fut un sillon de voiles depuis la mer Égée. Les marins du vent du nord-est vinrent fonder une *polis* toute *nea* et lui donnèrent un nom de fille : depuis lors pour celui qui y est né, *Napoli*, Naples, est une côte du corps humain. Celui qui perd ce lieu est forcément désorienté. Il m'est arrivé de voir Naples sous d'autres villes. Sous Jérusalem, non pas celle de la géographie, mais celle qui est écrite dans les histoires saintes, la ville au sommet des montées : quand elle ne la maudit pas, la langue hébraïque la nomme avec une affection parallèle, et néanmoins supérieure, à celle des chansons napolitaines dédiées à ce lieu.

Il y a dans cette langue sacrée une particule d'encouragement qu'on ajoute d'habitude à un verbe et qui doit être comprise comme un « allez », « s'il vous plaît », dans le but d'atténuer un impératif. Cette particule est *na*. La plus terrible requête de Iod/Dieu, celle faite à Abraham de sacrifier son fils, est accompagnée d'un *na* qui transforme un ordre en une demande, en une prière du haut vers le bas, en sens contraire par rapport au sens unique de marche des suppliques. J'aime que ce soit *na* : chez nous aussi les ordres s'émoussent en requêtes. La véritable différence entre Allemands et Napolitains tient justement à la façon de manier les ordres. Les Allemands sont habitués à déployer beaucoup d'inventivité et de zèle pour traduire en pratique des ordres parfois génériques. Les Napolitains mettent toute leur intelligence à entraver, à contourner des ordres méticuleux et des procédures. Chez nous, un ordre est administré avec tout l'apparat de la discrétion et de l'invitation ; ce n'est qu'ainsi qu'il suscite un sentiment de collaboration et qu'il obtient une réponse. Si même la divinité met un *na* d'exhortation dans sa requête, nous sommes autorisés à considérer les ordres comme des invitations.

J'ai détourné sur Naples une phrase du prophète Ézéchiel sur Jérusalem assiégée : « Elle [la ville] est la marmite et nous sommes la viande. » J'ai été enfant dans une ville marmite, mais il m'a fallu lire l'Ancien Testament pour le savoir.

Ainsi, Naples est devenue dans ma lecture une doublure de Jérusalem. Un second arc-en-ciel plus pâle se forme parfois à côté du premier, telle est pour moi Naples derrière les vers écrits pour Jérusalem. Ma ville d'origine et d'Orient, mon *tabbùr haàretz*, nombril de la terre, apparaît en deuxième position derrière la ville sainte. Le nombril n'est pas un centre, ce n'est qu'un nœud et un point de séparation. Je me suis détaché de là d'un coup sec, la corde s'est perdue mais le nœud m'appartient, serré sur moi. Je me suis extrait de là comme une dent de la mâchoire.

Et si je ne sais plus voir la ville comme elle est, il m'arrive de la sentir sous d'autres lieux et d'autres noms. Je vois parfois le visage de mon père sous les traits d'un vieil homme et je l'ai vu une fois sous ceux d'un jeune détenu de Regina Cœli. Quand je m'en aperçois, je ne le trahis pas, pour conserver un peu plus longtemps sa présence. Car je suis persuadé à ce moment-là qu'il s'agit bien de lui, venu me frôler pour me saluer, par nostalgie.

J'ai lu Naples sous Jérusalem, et je l'ai vue à Mostar dans les maisons pilonnées, sur les visages magnifiques, misérables des musulmans slaves de la rive est, seigneurs d'une autre époque au milieu des ruines irrémédiables et des morts enterrés dans les jardins. Dans les bandes de gamins, j'ai revu celles de mon enfance. Les enfants napolitains de Mostar-Est sortaient dans les rues pendant la trêve incertaine de mai 1994 à la rencontre de nos camions. Ils gambadaient sous le soleil de la guerre qui les avait contraints à rester tant de mois dans l'obscurité des caves glaciales.

Les plus étrangers sur terre étaient les vieux. C'est eux qui portaient le poids du tort de survivre à des fils enterrés, des petits-enfants explosés ou morts de faim. Ils rasaient les murs, les yeux au sol sous prétexte de ne pas trébucher. Pour eux, vivre était une honte et chaque repas un vol qui retirait du poids à un fils, à un petit-fils. Les grands-pères musulmans de Mostar-Est sortaient de leurs pauvres logis à la rencontre des croix imprimées sur nos camions, les premières croix qui n'apportaient pas de massacres de l'Ouest. J'ai vu sur eux les visages de mes parents qui allaient au-devant des Américains à la fin de l'été 1943, au-devant de ceux qui les avaient bombardés cent fois.

J'ai vu Naples sous d'autres chairs et d'autres alphabets. Je crois ne la reconnaître que sous des déguisements.

On veut que la ville appartienne au Sud, même si elle se trouve au centre de la Méditerranée, qui est le continent et le conteneur de la péninsule. Nous sommes d'Europe uniquement par la crête de coq des Alpes, nous sommes de mer par tout le reste du corps. Pour celui qui est né ici, exactement dans ce centre, se dire du Sud est une erreur géographique récente, due à l'unité de l'Italie.

Si l'on trace une ligne de Marseille à Beyrouth, de Trieste à Tripoli, du delta du Nil à celui du Rhône, de la Vjosa à l'Èbre, là on trouve la ville, bissectrice de la mer qui fait de l'Afrique et de l'Orient, des Slaves, des Arabes et des Latins, des peuples d'un seul bord de mer, tous des gens de côte. Cette mer est la pièce sur laquelle s'ouvrent nos portes, y compris les eaux de la mer Noire et la ville d'Odessa, chargée de vignes et de figues, de pages méridionales écrites par son Isaac Babel.

L'Amérique est venue à Naples, c'est là qu'elle a choisi d'implanter le centre de guerre de la Méditerranée. Pendant l'après-guerre, la ville est devenue un bordel de passage pour les marins américains. Ailleurs en Italie, c'étaient des alliés, en ville c'étaient encore des occupants, libérateurs permanents avec leurs quartiers, bases, marchandises, voitures, fêtes, tribunaux. Tous les délits commis par les marins étaient jugés par leur cour. Naples était exclue du droit italien ; elle n'était plus la capitale de la Question méridionale, mais d'une question militaire entre puissances lointaines. Elle était devenue comme Saigon ou Manille, une escale stratégique, arrière-ligne d'une marine militaire.

Je remonte à un mélange de deux odeurs : le cirage et les urines torrentielles versées contre le mur par une armée en permission. Un noir brillant aux pieds d'uniformes blancs et de la bière drainée par les reins et traite dans les ruelles par des géants chancelants qui se tenaient d'une main au mur et de l'autre à leur appareil.

C'était l'Amérique à la maison, non pas celle des dollars expédiés par les émigrants partis comme des marchandises de soute, non pas des dollars de souffrances. C'était l'argent facile des ports militaires du monde.

Une patrouille de la Shore Patrol vit sur moi le quart de sang américain que ma grand-mère Ruby Hammond épouse De Luca m'a transmis en dépôt. Je ne peux dire en héritage car je ne l'ai jamais touché : je l'ai laissé se flétrir, j'ai refusé ce quart de sang pendant les années de révolte contre les nombreux tyrans du monde, en criant notre « *go home* » aux soldats américains en déplacement partout et qui ne rêvaient de rien d'autre. Et alors que je le criais, un quart de ce cri était dirigé contre moi, contre ma part d'origine qui devait aussi me servir d'explication : si je ne me sentais pas de

Naples au sens génitif, je le devais à la semence de ces dépaysés, fondateurs de villes en carton bouilli, clients de saloon, bons à faire d'une prostituée d'outre-mer le revenu minimum d'une famille, prêts à vomir dans la rue les bières du mal de terre et à se laisser faire les poches par les gamins.

En revanche, rien : ce sang américain s'était perdu. Mais pas à cause de ceux de la Shore Patrol qui m'ont croisé dans une ruelle pendant un ratissage. J'avais seize ans et un corps de nageur. Ils m'ont collé contre un mur avec une file chaotique de jeunes américains menottés. Je n'ai rien dit. Je reconnais avoir souhaité qu'ils m'emmènent, n'importe où : si on n'est pas capable de le faire tout seul, il faut bien que quelqu'un vous attrape et vous lance loin de chez vous. Autrefois, c'est ce que faisaient les guerres. Ce n'est que lorsqu'ils ont vidé mes poches et qu'est apparue ma carte d'identité, que l'un d'eux, un noir imposant comme un roi de la place Plebiscito, m'a dit : « *Sorry, mister De Luca* » et il a retiré sa matraque de derrière ma nuque.

J'avais déjà appris à être américain à Naples. Dans la rue on m'avait déjà souvent demandé et offert de tout avec cet accent bizarre, car s'ils le voulaient les Napolitains parlaient aussi un excellent américain. Ils se trompaient avec moi, mais par nécessité, par habitude d'aborder l'étranger. Je ne pensais pas que les Américains aussi pourraient se tromper avec moi. Je l'ai pris comme un hommage à ma grand-mère.

Tant que je suis resté à Naples, j'ai eu un corps d'adolescent. Loin de là, dans les travaux ouvriers de l'âge adulte, ma silhouette s'est simplifiée. Toute précision contient une perte. Je sentais un manque de souplesse dans mes épaississements, les fibres de mon cou se durcissaient, j'avais du mal à tenir mes mains à plat, même vides elles restaient à moitié fermées, comme si elles avaient toujours une pierre à porter. Je ne voulais pas me raidir comme les ouvriers. Après mes huit heures de travail, je rentrais dans ma chambre et j'y ajoutais une heure de gymnastique. J'assouplissais mes duretés par une autre fatigue. Il me fallait une dose de violence pour m'infliger ça.

Sous la charge de la journée, le corps se construisait, résistait, changeait d'habitudes. Je l'ai transpiré, blessé, épuisé sans qu'il s'éloigne de moi ou ne tombe malade. J'avais déjà vingt-six ans quand j'ai commencé à faire de mon corps un ouvrier. Et les années suivantes furent des cercles qui élargissaient un peu mes épaules, ma respiration, mes mains : des cercles, ceux des arbres qu'on peut compter quand on les coupe. J'apprenais à découvrir mon corps et à comprendre qu'il n'était pas à moi. Il venait d'une foule de squelettes masculins et féminins, de labeurs, de calamités. Il n'était pas à moi, il existait avant moi, je l'ai habité, je l'ai forcé vers des limites qu'il déplaçait sans se laisser coincer entre moi et une frontière. Il ne se laissait pas rattraper. Je n'ai pas réussi à le connaître quand je m'étais acharné d'amour sur le corps d'une femme ou sur le vide léger d'une paroi de montagne. Là, il se refermait absorbé par sa tâche et toute jubilation n'était que mienne.

Naples a été ce corps travaillé par les peuples, par son sous-sol, ayant fait ses preuves tant de fois et découvert plus grand que l'épreuve. Sa patience est le fruit d'un volcan qui est là pour l'enliser dans ses cendres. *Pacienza* : c'est un mot local qui comprend pâtir et se faire une raison ; vertu du système nerveux capable de supporter des vies impossibles. Ce n'est pas une résignation, mais l'état civil le plus élevé de l'expérience, une sainteté de marins à terre qui savent dormir dans les tempêtes. *Pacienza* les yeux secs *comm' all'esca*, comme l'appât : qui était un calmar, un poulpe qu'on coupait en petits morceaux et qu'on faisait sécher sur le bois du bateau pendant qu'on pêchait. *Pacienza* de vivre *accussì* qui ne veut pas seulement dire « comme ça », mais aussi aller au-devant et contre le « comme ça », vivre à la « comme ça », par attachement au lieu. Celui qui part ou meurt a perdu la *pacienza* et l'*accussì*.

D'autres villes ont des corps d'ouvriers, des corps de lutte avec la fatigue, des corps sortis battus, raidis, gonflés. Sur les chantiers, j'étais différent d'eux, je ne ressemblais pas à ces échines d'arbres coupés. Ma soupe, reste de la veille, ne ressemblait pas à midi à leurs sandwichs et à leur incroyable litron éclusé et payé ensuite par un essoufflement et des veines gonflées pendant les heures de travail suivantes.

Aujourd'hui, ces habitudes ont disparu et sur les chantiers les ouvriers suivent les régimes des médecins et de leurs épouses. Autrefois, c'étaient des hommes calmés par les fatigues, des pores de leur peau étaient sortis l'eau d'un fleuve et le sel d'un récif. Ils étaient un minéral extrait chaque jour avant l'aube. Ils ne faisaient pas de rêves, ni moi non plus. Quand j'étais jeune, j'avais le sommeil léger, la nuit était une fragile coquille et se cassait bien des fois. Les rêves ressemblaient pour moi à des œufs. Alors je rêvais, je participais au chœur des nuits, à la couvée, qui sait quelle part de la ville entrait dans cette coquille. Loin de là, j'ai appris le sommeil fossile des pierres. Les rêves étaient des tiroirs fermés, des lettres non ouvertes, comme dit le Talmud. La nuit n'était qu'une déposition du corps, un ravitaillement. J'ai cessé de savoir si je rêve depuis un déluge d'années.

Rien de ce que je suis devenu physiquement ne remonte à mon origine. Seul un coup de matraque, encore en bois, qui cherchait ma tête et que j'ai esquivé instinctivement, offrant mon épaule en sacrifice, seul ce coup encaissé en ville fut une avance sur tous les chocs futurs. J'ai réagi avec la foule, ruant comme un troupeau d'ânes sauvages, avec des braillements brefs dans la courte mêlée de l'impact. Ce fut une décharge électrique dans mes nerfs qui fit tinter toutes les sonnettes dans ma tête, celles de l'école à la fin des cours. Le temps évoquait des pas de charge, le pouls des années battait une tachycardie de tarentelle et le compte se réduisait à : nous ou eux. Depuis lors, je n'ai jamais eu honte d'aucun affrontement, parce que je ne sais pas les juger. Je sais seulement que j'ai eu de la chance, loin de mon origine.

Avec les baisers aussi : je n'ai aimé aucune fille de Naples tant que j'ai vécu là, durant toute mon adolescence jusqu'à dix-huit ans. Ce n'est qu'en étranger, bien des années plus tard, de passage en ville, que je l'ai connue sous la forme des bras ouverts. Dans ces baisers tardifs, j'avalais une salive qui soignait mes manques, la lèpre sèche de mes désirs de jeune garçon. J'ai goûté à des baisers de consolation, des prix pour le dernier arrivé. C'étaient des lèvres sans avenir, mais elles apaisaient.

Après dix-huit années, une autre : je suis revenu durant l'hiver tellurique de 1980. J'ai commencé par des déblaiements, décombres et poussière, une décennie de chambres vides pour hommes dispersés. Un grand nombre des miens vivaient en prison, moi dehors. Mon domicile était alors un adverbe de lieu : dehors. Naples était une ville épuisée et flageolante, des frissons et des gerbes de feu se déchargeaient sur les mottes de tuf.

Dans les années de mon enfance, la poussière du tuf, le musc des façades nord, la pariétaire, les rigoles, les trous étroits où les pigeons faisaient leur maison, ces oiseaux qui n'ont pas de nids, tout ça m'étouffait. Des collines de tuf me sont ensuite passées entre les mains par petits blocs, à maçonner, à façonner avec une hache, avec une scie, à mouiller pour y faire adhérer la chaux. J'ai bien aimé le tuf loin de Naples et il ne m'a pas fait le mal qu'il me faisait là sans le toucher.

Au cours de cet hiver sans toit, personne ne se fiait plus à ses pierres : béquilles, bastions, troncs, tuyaux, mors, grilles élevées jusqu'au ciel, un obstacle après l'autre et une foule qui faisait le vide devant elle, pressée d'obtenir l'argent des aides et les faisant pleuvoir sur elle.

J'étais de nouveau là mais je n'ajoutais pas une année à ces dix-huit premières. Elles étaient une plante entière, cette dernière était en revanche un bâton tombé de ce bois. Je n'étais là ni dans l'intention de secourir ni pour répondre à un appel de ma patrie écroulée, mais par amour, mot du hasard qui se déguise en nécessité. Un soir d'hiver, dans une pizzeria de Fuorigrotta, j'étais tombé amoureux d'une fille assise à côté de moi. Serais-je jamais parti si j'étais sorti avec elle ? Toute une autre vie passait devant moi et se superposait pour effacer treize ans de distance. Je ne suis jamais parti : je suis resté ici, toi tu es ma ville, c'est ce que je lui disais à elle.

Je confondais son nom avec les lieux de Naples, son corps étendu avec le golfe, ma transpiration et son parfum d'herbe fumée. Le trille de joie de sa voix chantait dans ma tête toute la journée, me caressait intérieurement sur le chantier, me rendait muet. Je l'attendais le soir en préparant le dîner dans la maison où nous vivions ensemble. Le dimanche, nous parcourions les virages de la côte amalfitaine pour grignoter du poisson frit, et le digérer dans un lit. J'avais des mains de papier de verre, elle une peau délicate. Aucune fille ne s'est dévoilée, écorchée et gâchée avec moi autant qu'elle. En échange de son offre totale, je lui donnais une vie bien maigre. Elle dépérissait à cause de moi, elle perdait lentement sa lumière, elle s'étiolait. Quand l'année s'est terminée, elle m'a demandé de ne plus la toucher. Elle s'en allait avec sa peau rougie et sa voix qui s'éteignait au bas de l'escalier, tandis que de là montait la ville, avec des sanglots débridés d'enfant. J'ai associé ville et fille, vie disparue, je n'étais pas leur habitant.

Il était tard. Ce n'était pas la fille qui me demandait de ne pas la toucher, mais la ville : car les villes coïncident avec un amour, on est un habitant grâce aux étreintes et moi je l'ai été pendant un an. Et ensuite, rien d'autre à toucher.

Mon père ne me regrettait plus, ses yeux secs regardaient bien du balcon mais ils ne parvenaient pas à voir la place éclatante de l'azur. Il ne distinguait pas le ciel de la mer. Ainsi, Naples s'est refermée dans mon dos, retirant sa lumière derrière ses rideaux, comme dans la rétine déchirée de mon aveugle à la fenêtre.

NERFS

L'école s'appelait, et s'appelle, Edmondo De Amicis, et elle a peut-être inspiré ce geste. La dernière année de l'école primaire et du tablier noir, uniforme des écoliers des années 1950, touchait à sa fin. Les mères d'élèves se sentirent le devoir, et même le plaisir, de témoigner leur reconnaissance par un cadeau. Elles se cotisèrent toutes pour l'achat d'une montre en or à remettre en mains propres au maître de leurs enfants, celui qui leur avait appris à lire, à écrire et à compter.

L'idée nous surprit, nous enfants âgés de dix ans, par son

audace : se permettre une telle familiarité avec cet homme terrible, aller jusqu'à son logement, frapper à sa porte. Nous demandâmes de rester en bas, de ne pas suivre la procession jusqu'à sa porte. Terrible le maître : pourquoi donc ? Quand pour un soudain bourdonnement, alors qu'il était plongé dans ses pensées, sa main maigre s'abattait sur le bureau avec une fréquence de coups digne d'un virtuose de percussions, se faisant sûrement mal à cause de la violence des coups, nous coupant le souffle en nous faisant sursauter, était-il terrible pour autant ?

Et si après ça, il avait ce regard brûlant de colère, de fièvre nerveuse qui tordait les traits de son visage et syncopait ses gestes, cela suffisait-il à le déclarer terrible ? Et s'il se levait précipitamment, fulminant et tout raide, prenait l'un de nous par les épaules ou par un bras, le secouant comme pour le débarrasser d'un tas de poux, le jetait hors de la classe ou derrière le tableau ? Oui, ça suffisait, à nous enfants, ses élèves pendant cinq années interminables, la catapulte de sa colère suffisait à nous le rendre terrible.

Ses accès étaient devenus le détonateur commun de nos mauvais rêves. Mais, réveillé la nuit par l'explosion intérieure d'un de ses hurlements, par la décharge électrique d'une claque sur la nuque, je n'osais plus me plaindre d'avoir rêvé du maître pour qu'on ne se moque pas de moi. J'accusais directement le diable et je n'avais pas l'impression de mentir beaucoup.

Comment était-il autrement : maigre, osseux, un visage creusé entre les pommettes et la mâchoire, une peau parcheminée sur les nerfs et les muscles. Il avait de beaux cheveux blancs, raides, rejetés en arrière, qui dans ses éclats de colère s'agitaient entre son front et sa nuque comme ceux de certains chefs d'orchestre quand ils dirigent un passage rapide d'une partition.

Il portait toujours sa chaussure gauche avec le lacet défait et nous la regardions hypnotisés, n'osant pas lever les yeux plus haut. Nous regardions ce point négligé en bas à droite. Les vaisseaux éclatés de ses yeux coloraient de rouge ses pupilles. C'était normal, d'après la justice de l'époque. Les années 1950 défilaient, ou plutôt passaient avec une lenteur jamais plus ressentie par la suite, et les enseignants avaient un large pouvoir de correction, dont ils sont aujourd'hui exonérés. C'était normal : il avait une attention particulière pour les fils de bonne famille, une prédilection pour les doux et les obéissants, une générosité envers les écoliers pauvres qui s'affichaient tels. Mais les coups les plus forts pleuvaient très exactement sur les vêtements de la classe la moins riche. Il ne tombait jamais malade, ses colères l'immunisaient.

Que ce fût le nom de l'école, que ce fût s'imaginer la scène émouvante du vieux maître, même s'il me semblait encore athlétique, qui saluait ses élèves, le fait est que nos mères réunies en comité voulurent accomplir un geste adapté aux circonstances. Chaleureuses, un peu émues, elles gravirent l'escalier d'un immeuble du Vomero jusqu'au dernier étage. Nous les vîmes disparaître après la première galerie. Arrivées au sommet, elles reprirent leur souffle, se disposèrent en bon ordre et frappèrent. Il apparut sur le pas de la porte, les cheveux en bataille comme toujours. Méfiant, il ne les reconnut pas tout de suite et ne les invita donc pas à entrer. Elles ne s'attendaient pas à devoir jouer leur rôle là sur le palier. La déléguée officielle s'avança et prononça les premiers mots d'un discours qu'elle avait appris par cœur. Il écouta le début, comprit brusquement et se mit à crier dans un élan de fureur, le cou gonflé et les veines saillantes, « Allez-vous-en ! Allez-vous-en ! », faisant voler en l'air l'étui qu'on venait de lui offrir. Comme ces cadeaux surprise à ressort dont le couvercle s'ouvre et qui terrorisent ceux qui les reçoivent, ainsi de la boîte rose de leur livre *Cœur* de De Amicis[1] nos mères virent surgir le rictus infernal de l'ingrat. Il ne poussa pas vraiment le petit groupe au bas de l'escalier, mais au bord des marches, en le chargeant à coups de petits pas rapides d'avant en arrière. Il continua à les suivre avec ses hurlements, tandis que nos mères veillaient à ne pas se bousculer mutuellement dans leur fuite. La plus hardie parvint à ramasser le cadeau avant de saisir la rampe de la descente. Je me souviens d'une impression de soulagement pour ce dernier cri étouffé dans la cage d'escalier et qui ne s'adressait pas à nous. Au rez-de-chaussée,

1. Roman classique pour enfants, mêlant narration, correspondance et journal, *Cuore* parut en 1886.

nos mères riaient déjà aux larmes, le bord de leurs jupes encore dans leurs mains.

Pourquoi avait-il agi ainsi notre terrible ? Parce qu'il considérait ce cadeau comme un acte de corruption. À cette époque, certaines personnes étaient dotées de semblables scrupules dans la fonction publique. « Ce n'est pas le *Cœur* qu'il doit soigner, dit une des mères en s'éloignant pour toujours de cet endroit et de ce livre, c'est son système nerveux. »

Cette réplique qui m'a poursuivi au fil du temps m'explique aujourd'hui une chose à laquelle je n'avais pas pensé : l'expérience scolaire de ces années-là, à part l'instruction, n'a pas transmis de sentiments ni ne les a éduqués. Elle a inculqué une discipline sans fierté, un devoir sans drapeau, laissant une empreinte sur les nerfs d'une génération d'étudiants et non sur leurs élans. Nous avons appris à maîtriser nos peurs, à raisonner nos colères. Rien à voir avec *Cœur* : cette école a arpégé et gratté sur les nerfs de ses élèves. Ils exploseraient un jour.

COMÉDIES

On distribuait les rôles. Quand nous étions enfants, il nous arrivait de faire du théâtre le samedi soir. Les comédies venaient des belles éditions Einaudi, *Cantate des jours pairs* et *Cantate des jours impairs*[1]. L'étoile fixe de la télé brillait peu dans les maisons d'alors. On inventait toujours quelque chose en famille, ne serait-ce que raconter des histoires.

Sik-Sik, le maître de magie et *Ces mauvais garçons d'il y a trente ans*[2] étaient nos pièces préférées, répétées jusqu'à les dire par

1. Recueils des comédies de Eduardo De Filippo : *Cantata dei giorni pari* (1959) et *Cantata dei giorni dispari* (1975).
2. *Sik-Sik l'artefice magico* (1929) et *Quei figuri di trent'anni fa* (1929).

cœur. Mais avant une telle perfection, que d'erreurs et de confusions qui nous faisaient rire de nous avant même de rire de la comédie. Le nerf du comique, cette merveilleuse habitude à ne jamais prendre au sérieux l'ego diabolique qui rugit d'orgueil en chacun de nous, s'éveillait et se ramifiait. Les répliques d'Eduardo dites par nous, crachées au milieu de l'engorgement de nos éclats de rire, nous ont formés au second sérieux qui est la rapidité à la plaisanterie, au croche-pied du tragique. Nous avions autour de nous la Naples d'après-guerre, et avait-elle de quoi faire rire ? Bien assez pour tenter le contrepoids, arriver à égalité avec les malheurs. Ce n'était pas une pièce de monnaie, un côté pour le comique et un pour le tragique, un pile ou face selon le lancer en l'air, mais la même face avec très peu d'écart de muscles. Eduardo portait cette égalité froissée sur son visage.

Les soirs plus lents, nous attaquions une pièce plus longue, en trois actes. Mais nous ne la jouions pas en entier, d'habitude un acte, le deuxième ou le troisième, était supprimé ou résumé. Pour moi, les comédies d'Eduardo sont donc composées de deux actes plus un, une formule différente de trois. J'ai gardé un faible pour celles qui donnent libre cours à l'animisme effervescent et tropical des Napolitains. La ville grouillait de spectres restés collés à la vie, aux maisons. Non seulement dans *Ces fantômes* avec le héros naïf qui obéit à la vie en la prenant pour une vision, parvenant ainsi à la supporter avec une dignité de Rossinante, le cheval malmené de Quichotte. Avec *Je ne te paie pas*[1], il revient sur la foi aveugle dans l'alphabet des nombres, le code chiffré des visites célestes, de l'infini gisement de spiritisme qui exhale continuellement des messages, comme des vapeurs de la Solfatare[2].

C'est une terre d'« assistés », de personnes dotées de contact avec des âmes d'ailleurs. Le grouillement de leurs présences complétait la densité de population, les vivants étaient doubles, multiples d'esprits, nocturnes et diurnes. De là, l'insomnie d'une ville qui ne se repose jamais. Était-ce l'irrationnel, était-ce l'excès ? Au contraire,

1. *Questi fantasmi* (1945) et *Non ti pago* (1940).
2. Volcan à proximité de la ville de Pouzzoles, à l'ouest de Naples.

c'était le raisonnable, le recours ordinaire à toutes les ressources de l'esprit et du lieu, une façon de frapper à la porte de l'au-delà pour tenir bon ici-bas et accepter aussi pleinement que cet autre monde, providentiel ou vindicatif, frappe à notre porte. Ce n'était pas un excès, mais un besoin naturel.

Je place en tête des comédies *Dites-lui toujours oui*[1], violente irruption de la folie, désastreuse pour soi, bénéfique pour les autres. Michele Murri, récemment sorti de l'asile de fous, s'agrippe aux mots, à leur sens littéral, comme un aveugle à sa canne. Lorsque quelqu'un lui dit qu'une pauvre fille « n'a ni père ni mère », il réfléchit et répond : « Qui l'a faite ? » Et il reproche à son interlocuteur de ne pas lui avoir dit tout de suite : elle est orpheline. « Les mots existent, il faut les utiliser, sinon je m'embrouille. » Son inlassable attachement au vocabulaire réussira le prodige de réconcilier deux frères brouillés. Puis, il sera de nouveau envoyé chez les isolés. Le visage d'Eduardo n'est plus ici la carte topographique de la ville, mais le fruit d'une réclusion qui cherche des ouvertures et rencontre des barreaux entre les hommes. Dans ces pommettes, on retrouve le désespoir implacable d'un Buster Keaton du Sud avec tout l'athlétisme des nerfs à la surface de la peau.

Le rire qui éclate entre les dents de cette comédie est le rire le plus utile du théâtre. Ici, il n'est le contrepoids de rien, mais il se mêle à la miséricorde et met de la lumière dans les yeux.

QUAI DE MERGELLINA

La pointe du quai de Mergellina : d'un côté c'est un décor de yachts, une allée de châteaux dans l'eau avec leur pont-levis, entourés d'un fossé. Ils sont amarrés dans un étang paisible avec leurs cordes brillantes, leurs chaînes d'argent pour les ancres,

1. *Ditegli sempre di sì* (1927).

leurs hublots de cristal. De l'autre côté s'étend la jetée de blocs de pierre blancs entassés en forme de digue pour protéger la richesse de l'assaut des vagues soulevées par le vent habituel, agitateur d'émeutes, le libeccio du sud. De toute sa fureur, avec la cavalerie des lames projetant des poignées de sel jusque sur la colline, elles ne déplacent ni ne troublent de la moindre oscillation le verre de vin sur la table des yachts.

Par dépit, le libeccio hurle dans les haubans et les drapeaux panaméens des châteaux sur l'eau sa force de sud, de déserts et d'assiettes vides, de puits à sec et de maigres Bédouins : « Je vous attends dehors, au large ! » Mais les messieurs et les dames à l'abri de la digue, avec les cordes d'amarrage bien tendues autour de la bitte, stables et doucement bercés par les vaguelettes qui rident l'étang de la baie, sourient à l'effort des lames. Quel gâchis, dit la plus sage, laisse-le se défouler, lui dit l'autre en costume d'amiral, le peuple ébouriffé par un mauvais vent est une foule ingénue de vagues qui vont s'écraser contre la jetée alors que le vent subversif qui les agite reste toujours indemne.

C'est ainsi qu'un garçon imaginait les propos tenus à l'intérieur des demeures flottantes à l'ancre, tandis que de tout le front du golfe avançaient les lignes des vagues. Il est seul au bout du quai, pendant qu'elles chargent à coups de bélier, tapent contre les blocs de pierre blancs et se fracassent en répandant partout leur écume. Le garçon sait que la mer est blanche, c'est sa vraie couleur quand elle s'ouvre et se brise sous une proue ou dans le vent, comme la tramontane qui écorche la crête des vagues. Les messieurs et les dames attendent la fin de l'émeute, que la mer retrouve sa couleur bleue, étendue sous les chevaux à moteur et les voiles gonflées.

Le garçon va sur le quai lorsque la mer est blanche. Pour lui, le libeccio c'est Masaniello[1], il entraîne un peuple de vagues qui n'a pas peur des gendarmes blancs en rang, tout un morceau de calcaire taillé en brise-lames. Que la volonté du vent soit faite,

1. Tommaso Aniello d'Amalfi dit Masaniello (1620-1647), révolutionnaire napolitain, pêcheur d'origine amalfitaine qui s'est insurgé contre la Couronne d'Espagne.

l'été et le calme plat sont finis, c'est le temps des eaux agitées, les proues tapent dans le golfe, les échines des bateaux se hissent et s'abaissent sur la mer qui enfle. Les pêcheurs gardent leurs barques au sec, les yachts offrent avec dédain leur poupe à la tempête. Le ciel est bas et lourd, ceux qui ne restent pas chez eux sont bossus dans la rue. Le garçon essaie de se tenir droit, mais il penche un peu contre le vent.

Le libeccio sur le quai de Mergellina est un appel pour lui qui cherche le point où la ville sort de ses gonds, où le gouvernement des hommes s'éboule sur la vie tout entière. En montagne, c'est la neige, l'écorce de glace qui protège la terre et la sépare de nous. Là, c'est le libeccio qui gifle et frappe les balcons et les corniches, les terrasses avec leurs melons suspendus et leurs jeunes pousses de basilic. Bien emmitouflé, il se détache de l'arrière des rues et va à la rencontre du vent sur la première ligne du quai. Il tourne ainsi le dos à la ville et elle n'est plus là, elle cesse tout entière, pas un bruit venant d'elle, la plus célèbre pour son vacarme. Le vacarme, c'est le tonnerre des eaux, le remous de la vague qui recule et se cabre avant de s'abattre, qui se soulève le plus haut possible avec le vent qui la pousse, l'entraîne, la dépasse et fait le bruit du monde sans nous.

Un garçon pouvait descendre à Mergellina, traverser la rue et aller sur le quai face à la force pure de la marée en effervescence. L'énergie marine chargeait comme un troupeau, les cornes baissées, la ligne de défense des terres émergées. Les flots comprimés grondaient, lançant des seaux de tempête par-dessus les blocs de pierre, un garçon pouvait s'imaginer être aux côtés de Manuel, comme un mousse à bord du livre *Capitaines courageux*[1].

Seul face aux tempêtes, un garçon rêve de devenir matelot. C'est la même chose avec le feu, l'incendie incite à s'imaginer habillé en pompier. À l'heure impétueuse du libeccio, la pointe du quai de Mergellina était le cap Horn, vagues-baleines et fouet de sel. Le garçon sentait monter un renvoi de cris retenus dans sa gorge, étouffés au fond de ses sommeils. Ils remontaient à la surface de sa

1. De Rudyard Kipling (1897).

respiration et il pouvait répondre au libeccio par un cri sourd, sans voyelles et sans écoute, un cri de *h* aspiré, unique lettre rebelle de l'alphabet, sans aucun son. Là, il en avait un, c'était un hurlement arraché aux os, il passait le long de la colonne vertébrale jusqu'au crâne, ouvrait grand la bouche, les bras ouverts. À la pointe du quai de Mergellina, là où une étroite rotonde encercle un petit phare, un garçon était une proue de rien, échauffé par ses cris qui répondaient aux coups des vagues. Il devenait enroué et quand il s'arrêtait, il avait respiré la mer, et ses poumons étaient devenus des branchies.

Il n'y avait pas d'amoureux sur le bord de mer, ni d'athlètes au trot agile, on ne voyait pas le moindre déchet abandonné sur la jetée. Elle était nettoyée au balai de fer, dégagée de toute empreinte. Les rafales apportaient un oxygène vierge, qui n'était encore passé dans aucune respiration, ne s'était fourré dans aucune hémoglobine, qui donnait à la tête et aux pieds la certitude d'être loin. C'est comme la neige pour les prisonniers, la nuit pour les aveugles.

Dans le golfe, les pétroliers au mouillage attendaient d'être vidés. Le porte-avions de la Sixième Flotte laissait son pont dégagé, c'était une rue vide, commencée et terminée sans suite. Vus de terre, les bateaux ont une solitude d'églises. L'appel rebelle du libeccio entrait dans la tête du garçon jusqu'à la dure-mère de son cerveau : c'est ainsi qu'on peut se déraciner comme un pied de brocoli et aller se faire voir.

Il faut s'être trouvé dans le libeccio pour arriver à s'arracher d'un endroit sans rien laisser derrière soi. Il fallait rester sur la pointe du quai de Mergellina, sel dans la gorge, dos à la ville, bras ouverts et vides comme un cerf-volant, mais sans la ficelle. Un garçon a besoin d'être trempé jusqu'aux os, de n'avoir rien de sec en lui. Peu de jeunes ont eu la chance d'avoir la pointe d'un quai pour se former au dépaysement. Ils se sont débrouillés avec d'autres substances, ils ont galéré avec plus de solitude. Tant que le garçon était sur le bord d'enfilade du libeccio, il ne pouvait tomber. Cet équilibre lui a permis d'apprendre ensuite à marcher sur la crête effilée des sommets des montagnes, une jambe à droite et une à gauche de deux abîmes. À cheval sur une corniche de neige compactée par le vent, il a salué le quai des vagues. Une fois adulte, il est parvenu à en chevaucher une, à rester en selle sur le blanc qui est leur vérité.

Quelque part, le garçon est devenu un homme, et un soir il a faim - il s'agit bien de faim et non d'appétit - et il est normal qu'il la connaisse à temps et non pas une fois vieux. Bref, un soir d'estomac et de conscience vides, il pense à l'endroit dont il s'est détaché. Il se souvient du quai, de son libeccio, avec une irritation de conscience et de faim, qui peuvent être la même chose et se trouver au même endroit. Et il referait tout depuis le début. Et puis il entrerait dans le bistrot qui se trouve à l'intérieur du petit marché de la Torretta et il s'assiérait pour manger un petit pain rond évidé, garni de brocolis.

RUMEURS

« Voir Naples et mourir » : c'est par ces mots que se termine une nouvelle écrite par Conrad en 1906, qui se passe dans cette ville. L'événement principal a lieu le soir au milieu des allées de la Villa Comunale où un vieux monsieur étranger se fait dévaliser par un jeune armé d'un couteau. Ce banal fait divers aurait pu se passer dans n'importe quelle ville, mais pas la suite de l'histoire qui, elle, est bien propre au lieu. Le vieux monsieur avait donné son portefeuille, mais il avait réussi à sauver une pièce d'or qu'il avait sur lui. Une fois remis du choc, il décide de la dépenser dans un élégant établissement public pour se restaurer. Là, il rencontre à nouveau son agresseur et c'est alors qu'a lieu la scène inverse de celle qui serait arrivée dans n'importe quelle autre ville. Le jeune qui est un mafieux de la Camorra menace sa victime pour ne pas lui avoir donné tout ce qu'elle avait, « je n'en ai pas encore fini avec vous », lui dit-il. Puis il sort, imperturbable. Le vieux monsieur se voit contraint de quitter la ville et avec elle le seul climat bénéfique à sa santé. « Voir Naples et mourir », en concluant ainsi son récit, Conrad tourne en peine capitale la formule touristique.

C'est ainsi qu'apparaît une ville où les habitants doivent agir avec habileté face à la menace publique des caïds. Dans ces pages de début de siècle, Conrad évoque une particularité de Naples qui s'est renforcée au fil du temps dans le comportement de ses habitants. Ils agissent dans la clandestinité, fréquentent les banques avec circonspection, vont retirer leurs pensions escortés de membres de leur famille, glissent des billets de banque entre les piles du linge. Dans la rue, ils sont attendus par les rondes de jour qui les dévisagent sévèrement de leurs yeux à rayons X et leur donnent à tous le sentiment enivrant d'être du gibier. Une expression judicieuse disait « *ascì p' o bosco* », sortir dans le bois, pour ceux qui erraient dans la foule en quête d'une proie.

Des pages, tout à fait différentes, d'un autre grand écrivain du XXe siècle, se situent à quelques mètres du lieu du vol raconté par Conrad. Ernst Jünger a vécu à Naples dans la Villa Comunale, invité de l'Aquarium, en qualité de « docteur ès pêches » titre que les Napolitains donnaient aux zoologistes marins qui y résidaient. Avant l'aube, le bateau de l'Institut levait l'ancre pour une battue quotidienne avec des filets de soie dans les eaux du golfe. Jünger raconte le faste éclatant des couleurs de ces proies vivantes qui étaient répertoriées et étudiées tous les jours. « Un œuf de requin dans lequel on voit l'embryon vivant dans un coussin de corne transparente comme du verre. » Un monde de scientifiques, de pleine mer et de faune brillante coïncidait dans le même espace avec l'outrage subi par le vieil étranger agressé deux fois dans la soirée rapporté par Conrad. Entre ces deux histoires séparées de quelques mètres, on peut placer la renommée de la ville du nom de Naples. Les rumeurs, éloge ou calomnie, sont les ingrédients qui au fil du temps se sont transformés en renommée. Celle-ci est constituée de la faim et des techniques pour la tromper, de la façon dont on verse le sang et dont on le pleure, des coups que la nature lance d'un sol qui bout plusieurs fois par siècle, de la manière dont on rit et des instruments à cordes ou à percussion qui entraînent le chant. Renommée de ville maudite, les soldats de Charles, huitième roi des Valois, lui attribuèrent la paternité de la syphilis qui commençait à sévir parmi eux. Ils en repartirent contaminés, prêts à infecter le sexe du monde entier, appelant mal napolitain la nouvelle maladie.

Dans le quadrillage par lequel les cartographes emprisonnent la planète, Naples se trouve là où le méridien quatorze (valeur de *smorfia*[1] : l'ivrogne) croise le parallèle quarante et un (valeur de *smorfia* : le couteau). C'est pourquoi ce fut là qu'un maître d'armes et de guet-apens attendit le Caravage à la sortie d'une auberge et qu'il trempa son épée dans son sang tiède de vin. Il se releva avec moins d'un an de vie laissée à son crâne impétueux, moins d'un an à la main qui avait conduit par la main la lumière elle-même en peinture. Et si elle fut une ville violée par un nombre exorbitant de vainqueurs, si ce golfe grand ouvert fut militairement indéfendable, par réaction elle rendit ses habitants inexpugnables : chacun d'eux est la ville entière, conscient de l'être et de la représenter.

Après les soldats, vint la foule des voyageurs les plus illustres qui y séjournèrent et lui donnèrent toutes sortes d'attributs. Il n'y a pas d'invective qui soit une nouveauté, ni de louange qui n'ait été exclamée, ni baisers ni crachats. Les gens illustres arrivèrent : en fuite, pour se reproduire, pour respirer, par dérive noble ou mesquine. Ils repartirent en laissant des pages qui se situent dans le champ assez large que les regards distants de Conrad et de Jünger peuvent délimiter. L'accumulation de ces écrits est à la ville ce que les fientes des migrateurs sont à une île. En les raclant une fois sèches sur le sol, on constate que l'effet produit, aussi bien par les invectives que par les louanges, est de donner une renommée, du fumier qui sent l'encens. La renommée de Naples oscille entre une île incrustée de sédiments et l'icône devant laquelle fume la résine des cultes.

1. La *smorfia napolitaine* est le livre des rêves qui donne un sens aux numéros de la loterie.

HISTOIRES DE VIVE VOIX

J'ai eu une enfance acoustique, l'ouïe était l'organe majeur. Après la guerre, Naples criait à gorge déployée : des injures, des malédictions, des pleurs, des coups, des rappels pour des soldats d'Amérique en sortie alcoolique et en rut montaient jusqu'aux fenêtres. Nous étions très nombreux à Naples, entassés dans la plus haute densité d'Europe.

Face à cette insomnie de cris à crever les tympans, j'ai aimé les voix. Elles racontaient : il y avait eu *'a 'uerra*, une guerre, *'e mbomme*, des bombes, *'e ffuiúte*, des courses aux abris, les Allemands d'abord, puis *ll'americane*, les Américains.

Elles parlaient de malheurs et de sauvetages, de malchance et de miracles qui depuis toujours doivent aller de pair, comme la faim et la contrebande. Dans le golfe, on ne pouvait pas pêcher, il y avait les mines. Seuls les poissons vivaient tranquilles.

J'ai ainsi appris des voix les faits et les anecdotes, ma matière première de l'histoire. Parce que l'histoire passe comme ça, non pas grâce aux livres et aux feuilletons à la télé, mais de bouche à oreille le soir, lors des fêtes d'obligation quand les adultes se réunissent et se mettent à raconter. Notre dame l'histoire passe par la voix d'une tante, d'une grand-mère, parce que ce sont les femmes qui ont subi la guerre en ville, les hommes éparpillés sur un front ou en prison.

L'histoire passe de vive voix, en s'exagérant un peu dans les répétitions ou bien en se dégonflant, et un enfant la comprend en faisant une moyenne, en retirant son poids brut. J'ai eu la chance d'écouter, d'appartenir à une époque encore de vive voix. Les adultes ne voulaient pas nous raconter à nous, tous des gamins, au contraire lorsque quelqu'un déclarait que ce n'étaient pas des histoires pour les enfants, on nous chassait. Mais les portes fermaient mal et on pouvait quand même entendre. C'est pour ça que l'ouïe a été l'organe de mon enfance. Ces voix ramifiaient l'histoire dans les quatre autres sens ; elles suscitaient l'empathie, émue et comique, la chaleur et le froid, elles faisaient écarquiller les yeux, débouchaient le nez, mettaient du sel dans la salive. L'histoire passait par contagion physique.

C'est pourquoi j'aime par exemple le théâtre municipal de Marco Paolini[1]. Je le vois comme une cuisine où prolonger le dîner en hiver, emmagasiner la dernière chaleur en écoutant un parent, un invité qui a le don de la parole.

Par opposition, je pense au théâtre politique de Dario Fo dans les années 1970. Alors, on envoyait à chaud à la figure des pouvoirs de l'époque la vérité niée à outrance officiellement. Un déni arrivé jusqu'à aujourd'hui avec l'absolution de tous les coupables du carnage du 12 décembre 1969 dans la Banque de l'Agriculture à Milan. Ces années-là, en dehors des salles des toges, dopées de « omissis », la vérité battait les places publiques et utilisait le théâtre, de plus en plus réactif et plus démocratique que le cinéma. Dario Fo avec son *Mystère bouffe* semait une conscience civique dans le pays.

Mais notre époque ne prend pas le grand pouvoir par le col. Aujourd'hui, les torts et les injustices sont dispersés dans d'infinis cas, dans de tristes histoires non communicantes. La lointaine catastrophe chimique de Bhopal en Inde avec une conséquence légale encore plus insultante que le massacre, les leucémies dues à l'uranium appauvri de petits soldats contaminés par un produit de la dernière trouvaille spirituelle de l'Occident, la guerre humanitaire.

Il reste aujourd'hui le théâtre pour remplacer les cuisines, les fêtes, les dimanches en ville. Mais les histoires orales changent-elles avec le temps ? Non, les histoires orales changent le temps.

1. Né en 1956, Marco Paolini est l'auteur et l'interprète d'un répertoire de théâtre marqué par des questions politiques et sociales, traitées de manière ironique.

BON VENT

« La vue est le premier de tous les sens vaincu au combat » écrit le Latin Tacite, en parlant du peuple des Aryens, en Germanie. Ils leur apparaissaient si sauvages et belliqueux qu'ils décourageaient l'armée romaine. Leur défaite commençait par les yeux, par l'apparence, par la surface.

Lorsque commença mon âge des douleurs et des souvenirs, j'étais enfant dans les années 1950 à Naples, une ville dont on sentait les habitants vaincus d'avance. Son crépi usé et écaillé était un tracé de lézardes qui se ramifiaient et se creusaient d'un tremblement de terre à l'autre. Le visage de la misère, commune à une grande partie de l'Italie d'après-guerre, était balafré chez nous par un arrêt monarchique, par le profil pirate d'un Onassis de banlieue qui en pleine république recueillait la majorité des votes citoyens en faisant des génuflexions devant les modestes descendants d'une dynastie expulsée. L'amiral assujetti et sa suite les souhaitaient. L'arrière-pays était l'arsenal de guerre de l'OTAN et la ville était une capitale militaire de la Méditerranée, avant-poste et objectif nucléaire.

Nous avons ignoré la gloire d'être le centre d'une cible pour autrui, nous voyions seulement que nous étions un mouillage et un quartier libre pour le délassement à terre des soldats. Les pétroliers étrangers raffinaient le pétrole brut d'Europe sur nos côtes. Et le but social des puissants sur la ville était : moins d'ouvriers et plus de contrebandiers. Ce fut la Naples que j'ai connue et qui s'est imprimée à chaud de sirocco et à froid de tramontane sur les frissons et les sueurs d'un enfant. Le crépi noir des défaites pesait sur les élections achetées à coups de pâtes et de chaussures et sur le chemin de fer qui emportait des émigrants de bras et de pensées. Et pour l'oublier, il n'y avait qu'à lui tourner le dos sur le bord de mer, là où elle cessait enfin et où commençait le plein air, le grand large des vagues.

Aujourd'hui, je me rends compte qu'une seule retouche de crépi, une seule place publique nettoyée de son fond de teint d'huile de moteur et de la solfatare des échappements, est déjà signe de résurrection, comme le vent qui attrape le prophète Ézéchiel et l'entraîne pour réanimer des ossements dans une vallée. Et si Tacite a raison en temps de guerre, il a raison aussi en temps de paix : la vue est le premier sens à vaincre en politique. On ne peut pas juger une administration à l'effet optique qu'elle produit ni l'évaluer avant la fin de son mandat. Seulement alors, une fois ses poches retournées, on saura à quoi s'en tenir. Pourtant, il faut un nouveau crépi, qui n'est pas une écriture, mais l'effacement des précédentes rédactions. Pourtant, il faut une petite ferveur, une gaieté de réveil, une consolation des yeux. Et c'est déjà beaucoup.

Galilée a démontré le premier que l'air avait un poids. S'il refaisait ses calculs aujourd'hui à Naples, il verrait qu'il pèse plus lourd ici. Il s'est alourdi de gaz, certains bénéfiques à la respiration comme l'espoir, d'autres volubiles et moins sains comme l'orgueil et la revanche. Ce sont les gaz des attentes, ils viennent d'un gisement de royauté souterraine, de fierté humiliée. Sous les hardes d'un chef-lieu de région règne la délinquance impudente d'un des rares centres fondamentaux du polygone Europe. Il en a été ainsi par droit de siècles et de géographie. La ville se soulève et s'abaisse, selon un bradyséisme politique indépendant du reste de l'Italie. Un fait divers peut exploser dans la pyrotechnie d'un symbole. Le présent est un câble découvert qui grésille au contact de l'air. Ici, c'est la fréquence de la chance qui compte. Aucun art ne peut l'enseigner ; il n'y en avait pas pour Icare afin de le maintenir en vol et en altitude et lui éviter de tomber.

VOLCANIQUES

Par audace, par manque de choix, ce qui revient parfois au même, un peuple finit par habiter des endroits inconfortables et dangereux. L'humanité est pleine de téméraires qui tolèrent le risque. Une tribu de Peaux-Rouges insensible au vide et au vertige a trouvé du travail dans la construction des gratte-ciel. Les Napolitains ont apprivoisé et amorti au cours des siècles le cauchemar d'une vie sous un four gigantesque. Ils héritent d'une génération à l'autre d'un bagage d'histoires catastrophiques, d'avertissements, de miracles, de menaces et d'un vaste recueil d'éruptions illustrées. C'est un peuple tellurique et donc inventeur de la tarentelle près du bord de mer, sur la plage. Car c'est là qu'est la frontière, et nous, nous vivons sur une bande de terre entre un volcan et les poissons. C'est pour ça que nous avons des nerfs communs avec les *tarentulés* du monde, nous appartenons à l'internationale des malmenés, plus proches des Chiliens et des Japonais que des habitants de la vallée du Pô.

On reconnaît un peuple tellurique à la façon dont il regarde la mer : avec confiance. Chez nous, même démontée, elle est considérée comme une issue de secours. Face à l'incendie du sol et du ciel, unique salut : la mer. Même si les boyaux ardents de l'enfer se vident, la mer saura les arrêter. Un peuple tellurique voit dans les vagues qui balaient le golfe une force de paix contre l'insurrection périodique du feu. Il s'est donné un saint spécialisé, Gennaro, expert en éruptions, stratège défensif qui a donné le meilleur de lui-même non pas tant par la liquéfaction et la coagulation de sa relique bénie, mais au pont de la Madeleine où, à la tête du peuple, sous forme de statue, il a arrêté le fleuve de flammes. Pour notre peuple, le volcan est plus sûr que l'étoile Polaire. Tous les Napolitains ne savent pas forcément indiquer le chariot de l'Ourse au-delà du plafond de leur maison. Mais, de n'importe quelle pièce, ils sont tous capables de dire avec certitude où se trouve le Vésuve. De là vient le reste de leur orientation. Car le volcan est un phare planté dans leur système nerveux.

Pour celui qui est du Sud et qui vit au bord de la mer, la neige relève de la légende. Pour Naples, non, c'est l'élégant col de l'hiver, quand soudain le matin le volcan se dresse comme un sommet des Alpes, et le blanc des yeux qui le regardent ricoche sur la neige et devient plus blanc. Les couches volcaniques de tuf sont la maison où nous avons vécu. Je veux croire que le caractère d'un peuple s'affermit pendant son sommeil. Le nôtre a dormi dans la pierre éteinte des éruptions. Le tuf est notre intimité commune, dans nos rêves il y a la poudre jaune corrodée par l'air marin, par les vents qui frottent le sel contre son écorce. De temps en temps, un journal publie un classement sur la qualité de la vie en ville, où Naples ne brille pas. C'est la faute des paramètres pris en considération. Il manque la rubrique « mer » qui console et parfume, il manque la rubrique « vent » qui transporte le sable et les épices lointaines, mais surtout il manque la rubrique « volcan » qui donne un poids de cendres et une agilité de chauffeur à la forge d'un peuple, et quel peuple !

FOOT

Le sexe de la ville est incertain, il y a ceux qui la chantent au féminin : « *Addio mia bella Napoli*[1] » et ceux qui la mettent au masculin : « *Chist' è Napule sincero ca pur' isso se ne va*[2] ». Aucun doute n'est permis sur le genre de l'équipe de foot : « *'o Napule* », le Naples.

Quand j'étais enfant, je n'aimais pas son symbole de l'âne, « *'o ciuccio* ». Sur les autres drapeaux s'agitaient des loups, des tau-

1. « Adieu ma belle Naples. »
2. « Ça c'est le Naples sincère qui lui aussi s'en va. »

reaux, des griffons, des zèbres, pourquoi avions-nous hérité de ce quadrupède tant insulté des salles d'école ? Puis l'Écriture sainte a réhabilité l'âne à mes yeux, de l'étable de Bethléem à l'élégante monture blanche de l'entrée de Jésus à Jérusalem. Maintenant j'aime bien l'espèce et il m'arrive de désigner mon corps par le nom affectueux d'âne, en souvenir de mon métier d'ouvrier. Et le péjoratif « âne bâté », venant du bât qu'il porte, est pour moi aujourd'hui le mot honorable d'une vertu. J'aime le voir flotter sur un drapeau.

Je me souviens de la construction du stade, le San Paolo, un théâtre aux capacités supérieures aux mesures de l'époque. Dans d'autres villes on protestait parce que ce n'était pas une façon de dépenser l'argent et que la capitale du Sud avait d'autres priorités. C'étaient des voix sages, assaisonnées avec un peu de vinaigre. Nous devions les entendre régulièrement à chaque dépense détournée de la survie. Mais il est de fait qu'à Naples l'économie a toujours été épicée du hasard, du superflu même infime, de la dette usurière, du loto clandestin dit « *'o iuoco piccolo* », le petit jeu. L'économie locale investissait dans des paris, des rêves, des retards. « *'O iuoco grande* », le grand jeu, le foot, relevait d'un besoin de chance, dans des dépenses mystérieusement indispensables pour lesquelles on s'endette.

La ville de l'après-guerre était giflée : défoncée par les bombardements alliés, occupée par les marins de la Sixième Flotte américaine. Elle se vidait encore d'hommes qui émigraient et se remplissaient d'enfants apprentis. Par hostilité à la république, elle était monarchique, même si elle était plus attachée aux Bourbons qu'aux Savoie. Elle se faisait représenter par un maire armateur qui acceptait le grade illégal d'« amiral » et faisait sa campagne électorale en offrant des pâtes et des chaussures en échange des suffrages[1]. Le vote était une marchandise, la ville vendait la précieuse occasion de ceux qui avaient quelque chose à lui demander. Elle vendait ses urnes à prix modiques. Et puis l'amiral était aussi

1. Achille Lauro (1887-1982), maire de Naples de 1952 à 1957.

propriétaire de l'équipe de foot et de temps en temps il faisait des acquisitions spectaculaires de célèbres avants-centres. Les habitants étaient alors reconnaissants à un flatteur d'orgueil, qui se substituait à la dignité abrogée.

Le dimanche des matchs à domicile, la ville traversait à pied le long tunnel qui débouche à Fuorigrotta. Mon père m'y emmenait parfois, avec des recommandations de départ au front, rangs serrés, tambouille anticipée pour sortir de la maison à midi. C'est là que j'ai appris, en regardant plus les tribunes que le terrain, ce qu'est une foule avec toute la poudre à fusil qu'elle contient, valable pour les feux d'artifice comme pour les coups de canon. Cette foule était plus grande que n'importe quelle équipe, c'était King Kong tenant dans sa main la poupée blonde.

Le premier infarctus de mon père a interrompu nos dimanches. Je ne suis plus allé au stade et j'ai suivi les résultats des matchs depuis les arrière-lignes. Même les exploits du roi du foot, la suprême expression de ses vertus de dribbleur comprimées dans un petit taureau d'Argentine, m'ont réjoui sans m'émouvoir, sans me pousser à accourir[1]. Le Naples qui raflait les championnats était alors dans une ville bien différente, qui élisait des maires de gauche et qui, après le tremblement de terre de 1980, était ressuscitée sous un déluge de milliards. Même les blancs marins américains partaient pour toujours, décrétant la fin de l'après-guerre à Naples aussi.

Aujourd'hui, l'équipe et la ville ont des aventures communes à d'autres lieux. La capitale blessée du Sud s'est transformée en une des diverses métropoles d'Europe, avec les nouveaux visages du vrai Sud de la planète venus vendre leurs marchandises et leurs bras sur ses trottoirs. Le revenu et l'âge moyen augmentent, comme augmente la taille des joueurs de foot contraints à une jauge athlétique plus qu'aux exigences de caresseurs du ballon rond. Il n'y a plus de place pour des funambules bas du garrot et dont la pointure ne dépasse pas le quarante. Il n'y a plus la poudre

1. Voir plus loin « Maradona », p. 640.

à fusil d'une foule phlégréenne incandescente et de ses encouragements revanchards, détonatrice d'illusions.

LE MOT « PATRIE »

Je suis né et j'ai grandi dans un endroit du Sud allégé de millions d'émigrants et j'ai souvent entendu répéter que « *'a patria, è chella ca te dà a mangia'* », la patrie est celle qui te donne à manger. La réduction de son lieu de naissance en distributeur alimentaire était la plus amère des définitions, mais pas si péjorative. Travailler et gagner son pain est un droit élémentaire, il donne une dignité et ancre une appartenance. Marâtre est la patrie qui le nie, qui distingue entre fils et beaux-fils. Le Sud était très beau-fils. Ses patries furent les Amériques, l'Australie. Les émigrants s'expatrièrent sans connaître le verbe, en saluant d'un mouchoir blanc et non tricolore. Ils emportaient avec eux un dialecte dans lequel exprimer leur nostalgie, l'italien était la langue de ceux qui pouvaient s'offrir le luxe de parler différemment du peuple, des peuples réunis sous le chapeau Italie.

Chez nous, le mot patrie était inexorablement associé à l'expérience maladroite et tragique du fascisme. Mes parents avaient connu les samedis du régime, les rassemblements obligatoires dans les rangs des fils de la louve, les défilés avec les bannières et les aigles romaines, caricatures et décorations dépoussiérées d'un squelette de l'histoire. Cette patrie avec un point d'exclamation s'était prise au sérieux au point de se croire guerrière. Naples a entendu la sirène d'alarme aérienne le soir de la déclaration de guerre, le mot patrie présentait bien vite l'addition. Il y a des mots qui deviennent inutilisables. Avec le *Lebensraum*, l'espace vital, réclamé par l'expansionnisme allemand, la patrie s'est retrouvée aussi sous les décombres et les tanks des vainqueurs, avec une monarchie prompte à déserter.

Quand j'étais jeune, j'ai longtemps fait partie d'une jeunesse rebelle et communiste qui répétait la devise : le prolétariat n'a pas de nation. Les ouvriers, les exploités, d'après cette conviction, étaient des compatriotes d'autres comme eux au-delà des frontières, bien plus que de leurs concitoyens de la classe bourgeoise. C'est pourquoi patrie est un terme étranger à mon dictionnaire et je l'écris peut-être ici pour la première fois. À cette désaffection s'ajoute aussi mon peu de goût pour l'hymne de Mameli[1], dont je n'ai pas encore décidé si le plus mauvais était le texte ou la musique. Où est la victoire ? Ils sont allés la chercher où elle n'était pas : en Russie, sur les montagnes de la Grèce, et même en Afrique. Ma mère dit que patrie est un mot qui vous est cher seulement si on vit à l'étranger et qu'on entend quelqu'un dire du mal de son pays. Ce qui provoque le déclic de la défense. Je suis d'accord avec elle, ça m'est arrivé à moi aussi et j'ai dû repousser l'offense. Je protégeais ainsi mon lieu d'origine, la langue que j'ai appris à parler et à aimer après le napolitain, l'assiette dans laquelle j'ai mangé et les recettes apprises, la géographie, le nom de mes parents, l'huile, les oranges, Vittorio De Sica et Fabrizio De André, le sang que j'ai vu se répandre, un baiser sur un quai de gare. Ces choses-là m'ont laissé une empreinte et non pas un maillot bleu, une cocarde, une institution. Alors, oui, de loin, m'est revenu le résumé de l'Italien que je suis, un homme sans le mot patrie, auquel je préfère des variantes comme : matrie, fratrie, histoire de changer des pères, monnaies usées qui n'ont plus cours.

1. L'hymne national italien, *Canto degli Italiani*, composé en 1847 et connu sous le nom d'*Hymne de Mameli*, il est aussi nommé d'après son incipit, *Fratelli d'Italia*.

SACRÉ DE SUD

L'expéditive intimité de Troisi et de son faire-valoir Arena avec le saint d'une église se prête au comique[1]. Dans un duo enchevêtré, ils chuchotent leurs requêtes mesquines et exigeantes, ils se disputent, flattent et menacent le saint en s'adressant à lui avec le « tu » effronté et nécessaire des prières. Le méli-mélo de leurs suppliques au pied du saint fait sourire, justement parce qu'il vient d'un attachement concret à la puissance surnaturelle. On s'en remet à elle parce qu'elle est sentie proche de soi, sur soi, en soi, et pour les Napolitains, au-dessous. L'effet comique n'est pas une invention, mais il bénéficie de la réalité, il en est débiteur.

Certes, Naples jouit d'un vaste horizon, d'un panorama. « *Lùceno 'e 'llastre d'a fenestra toia* », les vitres de ta fenêtre brillent, dit une strophe moins chantée d'*O sole mio*. Pourtant, derrière le rideau lumineux du golfe il y a l'obscurité. Il y a les ruelles qui voient moins de lumière que les parois nord des montagnes, sur leur tuf prospère la mousse, bonne matière première des crèches, avec le liège. Et puis, il y a le dessous. Naples a un double fond, la ville est la croûte de surface d'une trappe immense. Au-dessous elle est vide, creuse, une chambre d'air où se défibrent les tremblements de terre.

Les anciens la percevaient. Ils placèrent l'entrée de l'enfer près de la ville : par une galerie près du lac d'Averne, au milieu de ses étangs sulfureux et sans oiseaux, Énée entre vivant à la rencontre des morts.

1. Sketch intitulé « San Gennaro », interprété par Massimo Troisi et Lello Arena, duo d'acteurs napolitains qui, après avoir joué dans un trio comique « La smorfia » avec Enzo Decaro, à la fin des années 1970, partageront l'affiche de plusieurs films célèbres (*Ricomincio da tre*, 1981 ; *Scusate il ritardo*, 1983),

À Naples, le sentiment du sacré a jailli du sous-sol, il n'est pas descendu du ciel. Il ne s'est pas inspiré la nuit sur les terrasses de la contemplation des comètes, des éclipses, des constellations, mais en respirant le gaz des champs ardents, phlégréens, en écoutant gronder la terre secouée, en regardant descendre à flots le feu viscéral du volcan. Le sacré de ce Sud affleure à la surface comme la Solfatare qui émet du soufre vert.

C'est ce qu'ont appris les générations qui ont vu pleuvoir la cendre, qui l'ont balayée des toits, des balcons et l'ont jetée à la mer. Ici, le sacré est sacré non pas parce qu'il fait évaporer de l'encens sur les autels, mais parce qu'il cuit lentement comme le *ragù*. *Peppèa* est le verbe du dialecte qui imite les petits tressautements du couvercle sur la sauce. Le sacré ici *peppèa*, bouillotte.

Quel espoir avait les jacobins locaux de 1799, ces « têtes glorieuses » d'une république insouciante qui croyait pouvoir abolir Dieu et ses saints par décret ? Ainsi, il y a deux cents ans, le peuple les a abattus et fait cuire dans la rue. Chez nous, le sacré a su être cruel. Abolir les saints ? Non, le peuple ne peut pas se passer d'eux, de ses meilleurs employés, toujours en service, guichets ouverts jour et nuit, où l'on va demander n'importe quoi. Troisi et son compère libèrent au pied du saint le gaz souterrain des prières, le sous-sol humain qui a besoin de miracle comme une mesure minimale d'urgence. En échange, le jour de la fête des saints, pour les remercier, nous tirons contre le ciel toute une artillerie pyrotechnique de coups de canon : à blanc certes, mais en visant bien contre.

Au sommet de tous les saints à Naples il y a San Gennaro du sang. Si Naples est une « ville des sangs », une « *ir haddammìn* » comme on peut le lire dans les histoires saintes à propos de Ninive et de Jérusalem, c'est à lui qu'on le doit. Si Naples a droit à ce rang redoutable, c'est à cause de sa relique grumelée qui, plusieurs fois par an, doit se produire dans le passe-passe miraculeux de la liquéfaction : un saint sang qui fond comme du chocolat sous un ciel de cris de femmes dans une église, se liquéfie sous leur sueur de térébenthine, seul solvant convenant au miracle. Lui, San Gennaro du sang, contracté en « *sangennà* » dans la sténographie du dialecte, est la fertilité du sacré au milieu du golfe, la menstruation du ciel qui doit couler et donner de la puissance aux femmes, au sol, à la mer, à la sauce rouge des tomates et des poissons dont est faite la soupe de notre propre sang.

Le sang est notre sous-sol. Il préside au sacré et donc à ses plus âpres invectives : « *Mannaggia 'o sango 'e chi t'è*... », maudit soit le sang de celui dont tu es (vivant ou mort) ; *puozzittosàngo*, puisses-tu jeter du sang. C'est là que puise la colère, au gisement d'artères et de veines à gaspiller, à verser par terre.

La griffe féminine sur le saint intervient dans le patient prodige du sang qui se dissout. L'injonction des cris des femmes le force à obéir, à reproduire à nouveau l'événement réalisé une fois par générosité, inconscient de s'enchaîner à un déluge de représentations régulières. Devant ces femmes, ses farouches prêtresses, Gennaro répond par son grumeau, par son dernier reste, au besoin infini de demander d'un peuple. Puis, dans la ronde finale des baisers, le verre de la relique s'embuait du souffle des bouches qui s'y posaient. La providence mélangeait ainsi les maladies et renforçait l'immunité d'un peuple fertile et décimé par les épidémies, qui a offert à la terre le plus haut taux national d'enfance enterrée.

Ainsi dans le sourire, dans le rire déclenché par la simple arrogance de Troisi et Arena devant leur saint, on peut voir une trace de l'aventure sanguine et souterraine du Sud, saint et brutal.

TOTÒ

Le grand comique est un résumé. Tout un répertoire de gestes, de phrases et de contractions nerveuses disséminées dans un peuple se concentre en lui. Il ne les imite pas, ne les copie pas, il les possède. Un peuple cède rarement son héritage à un de ses habitants pour qu'il le conserve. Le plus souvent, le legs s'éparpille en fragments, dans la poussière des témoignages. Comme en poésie Salvatore Di Giacomo fut le dépositaire du patrimoine héréditaire de la langue napolitaine, Totò[1], prince de ses bottes mais non des miennes, fut le saltimbanque général d'un peuple théâtral. Ce dernier reconnaît en lui ses propres traits et lui confère le rang que Quichotte a accordé à Sancho Pança : être un écuyer.

Ainsi, son visage est devenu une carte, un plan cadastral des caractères héréditaires du lieu. Le menton déglingué est l'asymétrie naturelle du territoire sismique, évoluant selon le profil d'un volcan qui change de silhouette au fil des siècles, en cédant aux explosions des cratères. Son menton est une figure héraldique d'une laideur qui se rachète à force de gaieté. Et sa voix est un son filtré par des ruelles asphyxiées, rauque par la nécessité d'élever son souffle au-dessus des autres. C'est une voix de chanteur qui sait se faire écouter à bas régime : pas celle des briseurs de vitres d'un Caruso, d'un Tamagno, mais la voix brumeuse et fluette d'un Murolo. Même quand il chante, Totò a des couplets bizarres : « Quand tu as vingt ans, il te faut une femme, pour agrandir la famille de papa », drôles aussi quand il s'enflamme d'amour : « Pas du tout, tu n'es pas une femme, tu es une corbeille de roses, tu es un panier de fraises parfumées. »

Sa précision mimique vient de la gymnastique des avant-spectacles quand il fallait donner un déclic aux mandibules d'un public froid, à peine installé, et faire découvrir leurs mâchoires, alors monstrueuses à une époque ignorant tout de l'art dentaire. Il exécutait le numéro du mouvement mécanique, fruit d'une identification physique avec la marionnette. C'était un athlète, comme les plus grands comiques du siècle, Chaplin, Keaton. Dans un tourbillon de salle, il entraînait la compagnie en petit train derrière lui et derrière la fanfare des bersagliers car il était la fête nationale. Comme après les processions, il terminait par l'exécution manuelle et faciale des feux d'artifice. Et ses mots déformés, ses déraillements d'orthographe sont la récolte d'un peuple qui, au service des seigneurs, essayait de parler un peu leur langue

1. Antonio Vincenzo Stefano Clemente, dit Totò (1898-1967), auteur, poète, parolier, scénariste d'origine sicilienne est l'une des plus grandes figures du théâtre et cinéma italien, proche par son art de Buster Keaton ou de Charlie Chaplin.

pour s'améliorer, pour se doter d'un peu d'instruction. Et on prélevait la taxe du ricanement sur cet effort. À l'époque, le théâtre dédommageait ses victimes par un mauvais comédien expiatoire sur lequel recharger avec les intérêts, dans le public, les ricanements subis au milieu des autres. Ça aussi c'était un comique à Naples : quelqu'un qui supportait les moqueries que les êtres humains encaissaient hors du théâtre quand on riait d'eux et de leur degré zéro d'alphabet.

EDUARDO

Quand j'étais jeune, je lisais les comédies d'Eduardo De Filippo comme des romans asséchés, réduits à la simple action des voix. Elles suffisaient à soutenir l'ensemble du récit, avec quelques indications sur le cadre. Puis, je les ai vues se réaliser sur scène avec la précision d'une démonstration. À la fin, le rideau se fermait dans le bruissement d'une dernière page.

On a dépeint Eduardo De Filippo comme un tyran d'acteurs. Des anecdotes ont renforcé cette réputation, dont une, la plus glaciale, tient en une seule réplique : « Pourquoi ? » Destinée à un acteur qui lui demandait de le faire travailler et qui à la fin de sa requête avait ajouté : « Il faut bien que je vive moi aussi. » « Pourquoi ? » avec le sens de : pourquoi le faudrait-il ? Si elle a jamais été prononcée, la phrase répond à un besoin de démonter le cliché, la formule rituelle, plutôt qu'à une claque face à une prière. L'anecdote ne dit pas la suite, si l'acteur obtint un rôle, mais le caractère d'Eduardo porte à croire que cette réplique précédait d'un cheveu une réponse favorable à la requête.

J'ai lu dans une interview qu'il était impitoyable avec les acteurs car il l'était d'abord avec lui-même. Ça ne se passe pas comme ça. Ceux qui se sont infligé la plus grande rigueur, la pire sévérité, sont généralement indulgents avec les autres parce qu'ils ne souhaitent à personne la persécution qu'ils se sont infligée à eux-mêmes. Les solitaires, ceux qui se sont imposés dans un art à force d'acrobaties, sont doux avec les autres par contraste. Eduardo De Filippo était seulement exigeant jusqu'au dépouillement du geste et de la phrase récitée. Il voulait la nudité de l'expression à atteindre. Pour lui, être acteur était un exercice d'ascèse, qui en grec veut dire seulement entraînement, application jusqu'à l'épuisement.

Il ne supportait ni les clichés ni les automatismes. Au cours des innombrables répétitions des gestes, des rôles, soir après soir, dans des théâtres solennels ou délabrés, l'acteur a tendance à enclencher le pilote automatique. Avec Eduardo sur scène, ça ne pouvait pas arriver. Là, le fouet de son exemple empêchait tout relâchement de tension.

On dit d'un acteur qu'il doit avoir de la présence sur scène. C'est le minimum et ça ne suffit pas. Se poser sur scène n'est pas suffisant, il faut aussi ordonner l'espace tout autour de soi, comme le fait la douleur avec le corps, qui même lorsqu'elle occupe la périphérie d'un pied le pousse à devenir le centre des sens, à force de pulser. Eduardo De Filippo était cette présence qui donnait du poids et de la géométrie à tous les autres corps. Il ne pouvait être réduit à l'acteur, au metteur en scène, au dramaturge, il n'était pas la somme des composantes, mais la transfiguration d'une ville en machine théâtrale. Il installait Naples sur l'espace réduit d'une scène en l'agrandissant. Son théâtre a été une volonté de justice, rendre justice à la détresse d'un peuple et d'un lieu qui apparaissait par à-coups sur son visage, par des gestes identitaires. Naples montait avec lui sur les théâtres du monde. Et donc, y vivre ne pouvait l'aider, au contraire c'était elle, domiciliée en lui, qui se déplaçait dans le chariot des acteurs. C'est ce qui arrive aux villes légendaires et aux saltimbanques surnaturels.

PAYSAGE

Un paysage, c'est là où l'air ne se cogne pas aux murs, là où les yeux peuvent libérer leurs dioptries librement jusqu'à l'horizon. Un paysage, c'est là où notre espèce humaine est en minorité face aux oiseaux, aux arbres et aux poissons.

Mon pays d'enfance a été la mer, la Tyrrhénienne, des îles volcaniques poussées du fond des abysses pour émerger dans un élan ascendant, une matière phlégréenne répandue et durcie au soleil. Le fond marin tombe à pic de la côte, quelques pas et le vide infini sous les pieds. Celui qui plonge se pose sur l'immensité et s'aperçoit qu'il est soutenu, qu'il est au sommet de la mer. On flotte grâce au principe d'Archimède, mais aussi, sans faire de tort à sa science, grâce à la profondeur qui pousse par en dessous, parce qu'elle veut affleurer à la surface.

On plonge dans le creux des vagues et on est à l'entrée de l'immensité qui nous a précédé et qui nous recouvrira. Voilà la vague d'Ulysse qui le poussait au large, loin du retour, voilà le vent d'Éole qui le poursuit, voilà le fromage de brebis de Polyphème qui, une fois aveugle, ne pourra plus le voir blondir à l'ombre dans la cave. Les paysages s'accrochent à une enfance et ne se détachent plus de là.

Dans quelque lointain où je passe, grâce au déclic d'un seul de mes sens, je peux habiter de nouveau les lieux où j'ai vécu. Un bruit métallique suffit à faire sortir la rame prisonnière dans le tolet, une odeur d'asphalte vient m'offrir la plage au printemps et les pêcheurs avec l'étoupe et le goudron. Une piqûre est aussitôt la pointe de l'oursin qui se venge d'être éventré par le couteau et avalé tout cru.

Mon pays, où que je sois, par une grâce visionnaire de mes sens, je l'habite de nouveau au vol, entier, indemne. Le temps l'efface plusieurs fois par de nouvelles rédactions, mais pas à l'intérieur de moi. La baie de Bagnoli effilée, avant l'Italsider[1], fut ensuite couverte par les hauts-fourneaux à coulée continue, par la fumée charbonneuse des fusions. Puis de nouveau, huit jeux olympiques plus tard, explant de l'implantation et la plage est rendue à la marée de corps nus au soleil. Je ne succombe pas à la mélancolie de tant d'angoissantes versions. Dans une page, tant que j'écris, je peux me replacer à l'époque précédente, à l'avant que j'ai reçu en héritage : un bord de mer défiguré, une fourmilière d'enfances sous-alimentées, du jus de protéines d'anchois, une descente en fuite par la horde des ruelles vers le sud-ouest, là où la ville s'arrête brusquement et où commence le large. En face de la digue foraine, la mer encourageait les yeux à la traverser, à débarquer d'un seul coup de cils sur l'île d'en face, Capri d'empereurs romains, de demi-dieux du cinéma, d'exilés russes et de Nordiques en extase. L'espace immense de quelques minutes, les lucioles de mes visions scintillent, puis je ferme les yeux et un rideau tombe sur mon pays intact.

PÊCHER

C'était un honneur d'être admis sur un bateau de pêche. Un garçon qui voulait en faire partie devait montrer qu'il ressemblait à un homme. Première règle, rester silencieux, ce n'était pas un passe-temps mais un long travail, avec des gestes d'entente à la place de la voix. Le vent, le fracas de la mer décourageaient les bavardages. Un garçon ne devait pas montrer de signe de fatigue, grimacer de bâillements parce qu'il s'était levé quand il faisait encore nuit. Il devait avoir le pied marin, savoir rester debout sur un bateau qui prenait le large. Ramer s'il le fallait, démonter la barre ou être prêt à jeter l'ancre, préparer des appâts, laisser faire

1. Société sidérurgique italienne, une des plus grandes d'Europe, dont Naples-Bagnoli était l'un des pôles principaux.

ensuite les hommes, en surveillant le poisson qui montait du sac de la mer.

La prise était un cadeau et non la contrepartie d'un travail. Les pêcheurs faisaient ce qu'il fallait, au bon moment, mais ils ne se sentaient pas pour autant en droit d'exiger de résultat. Celui-ci appartenait à la mer, à son humeur du jour, aux courants, au sens que leur donnait le vent, au fond noir qui se fichait bien des tempêtes de surface du monde, des coups de tonnerre, des famines, des malheurs.

Aux pêcheurs était réservée la plus vieille prière du corps, la patience. Pour compagnie, ils avaient la fumée du tabac qu'ils mêlaient à leur respiration, se rinçant les mains à chaque amorce d'hameçon, car les poissons ne mordent pas à la nicotine.

Les pêcheurs devaient s'entraider en mer. Les hommes qui ont pour métier le large et ses dangers forment une société de gens solidaires, prêts à secourir les autres. Et à terre, des orphelins, des veuves d'hommes de mer avaient autour d'eux un réseau qui les aidait à vivre. Les vieux qui ne pouvaient plus pêcher réparaient sur le rivage des filets, des bateaux, des moteurs, ils parlaient aux enfants encore petits pour aller en mer. Ils n'avaient pas sur leur peau les broderies des tatouages, mais une carte écrite par des dents de poissons, des hameçons incarnés, des aventures dans lesquelles leur valeur personnelle comptait moins pour eux que la chance. Et de la silhouette rampante d'un nuage au bout de l'horizon, ils savaient prédire une tempête ou une bonne pêche. Les vieux n'étaient pas un poids, en revanche ils en avaient.

Pêcher n'était pas seulement le verbe à l'infinitif d'un métier de mer, mais une société de terre. On reconnaissait aussi le pêcheur à sec, au milieu des autres, à ses gestes expéditifs et courts, calibrés sur le peu d'espace du bateau, à ses pas courts pour garder l'équilibre. Et quand il était immobile, ses pieds s'écartaient un peu. Le dimanche, il portait une chemise blanche repassée avec un peu d'amidon et d'amour qui resplendissait au soleil et lui donnait la noblesse d'un seigneur qu'aucun dandy ne pouvait égaler. Celui qui sait porter ainsi une chemise blanche et un pantalon bleu est un des nombreux rois incognito du monde.

Aujourd'hui, la moitié du poisson que nous mangeons ne vient pas d'une pêche mais d'une récolte : c'est du poisson d'élevage, ramassé dans des bassins. Une autre partie encore vient des mers des autres, importé. Et donc les pêcheurs arrêtent. Ils désarment leurs bateaux, le magnifique hêtre descendu des collines pour se laisser fouetter par les vagues, goudronné, parfumé de sel, fleuri d'algues sous la ligne de flottaison, poussé par les rames ou le diesel, vers l'aube. Ce n'est pas une profession qui efface son propre registre pour entrer dans l'archéologie du travail humain, mais une civilisation qui accepte de sombrer en silence car le silence a été leur règle, bénie avant d'être bénédictine, pour rester au large. Ils sont muets comme les poissons. Les hommes pieds nus, les manches et les pantalons retroussés, brûlés par le soleil sur le dos et par le reflet des vagues sur le visage, s'effacent sans un salut public. Et du paysage côtier disparaissent leurs bateaux portant les noms de tous les saints et saintes, protégés à l'avant par un rameau d'olivier, hérités, unique propriété, finalement enfoncés dans la plage pour moisir sous l'eau de pluie qui n'est pas douce, mais diablement amère.

GIANCARLO SIANI

Je n'ai jamais aimé le métier de journaliste. Parce que je suis quelqu'un qui ne sait pas poser de questions. La curiosité est toujours une indiscrétion pour moi. J'ai tort et je le sais. Mon père s'intéressait beaucoup aux gens qu'il croisait et il les harcelait de bonnes questions. Ses attentions donnaient de l'importance aux interrogés, ils se sentaient au centre de la conversation. Il n'interrompait pas les réponses, au contraire il les encourageait quand elles étaient brèves.

Je sais grâce à lui que la curiosité humaine envers les autres est la meilleure forme de courtoisie. Je ne sais pas la pratiquer. « Occupe-toi de tes affaires », réplique qui est propre à bien des caractères méridionaux, est l'exact opposé de l'esprit journalistique. Le reporter est un fouineur, il doit s'occuper des affaires des autres. Il s'immisce dans le malheur, dans l'accident, et le rapporte en l'adaptant au format de l'information. Il donne une forme typographique aux innombrables collisions entre les êtres humains, entre eux et contre la planète qu'ils envahissent.

Il m'arrive de collaborer à des journaux, mais en intervenant final du point de vue du journalisme. Je tiens déjà le fait pour acquis et j'y ajoute le complément d'une opinion.

J'ai connu Giancarlo Siani tout jeune[1]. De 1980 à 1981, j'étais de nouveau à Naples, descendu des usines du Nord pour servir de maçon sur un chantier de l'après-tremblement de terre. J'envoyais quelques pages, sismiques elles aussi, au journal *Lotta Continua*. J'ai rencontré Giancarlo du côté de la poste centrale. C'était un garçon qui voulait faire un métier impossible. Il voulait connaître les faits de l'intérieur, il voulait intervenir en chirurgien. Je ne comprenais pas. Pour quelqu'un qui écrit des histoires, il est normal de connaître les personnages racontés. Mais comment Giancarlo pouvait-il prétendre connaître les personnes concrètes de ses reportages à la manière d'un auteur dont le seul effort est d'inventer ? Je lui disais de se contenter des apparences, de se limiter aux descriptions, il s'agissait d'événements du jour, non de pages définitives. Il insistait : si je cite les prénoms et les noms je dois en savoir plus que n'en savent leurs propres mères.

Aucune de ces informations examinées à la loupe en s'exposant sur le terrain sans le moindre titre, pour le couvrir, pas même celui

1. Né à Naples en 1959, le journaliste Giancarlo Siani a été assassiné par la Camorra le 23 septembre 1985. Il est connu pour avoir enquêté sur les collusions entre le crime organisé et la politique locale, ainsi que pour avoir mené l'enquête sur les marchés publics liés à la reconstruction après le séisme de novembre 1980 qui a ravagé la Campanie.

de stagiaire, ne valait un gramme de son application, de son honnête volonté. Mais qui étais-je pour décider ce qui valait la peine ou non ? Pour 25 000 lires par jour, sans contrat ni cotisations, je mélangeais du sable, du ciment et de l'eau jusqu'au soir, jusqu'à tituber de fatigue dans le wagon du retour. Je ne savais rien de ce qui valait la peine ou non. Et puis Giancarlo se forgeait un avenir, il deviendrait tôt ou tard officiellement titulaire du métier qu'il souhaitait. En revanche, ce qui m'attendait c'était une succession de jours, d'années, à remuer avec une pelle un mélange de béton.

Ça ne s'est pas passé comme ça, non, ça ne s'est pas du tout passé comme ça aurait dû se passer. Il s'est fait avoir par deux assassins venus jouer aux gangsters contre un reporter désarmé et seul.

J'ignore s'il prenait des précautions, si notre expérience à nous de la gauche révolutionnaire des années 1970, toujours attentifs à nos arrières, lui était familière. Comme un grand nombre de ceux de ma génération politique, j'ai été recherché par des ennemis armés. J'ai pu m'en sortir parce que je n'étais pas seul. Giancarlo l'était, personne ne l'accompagnait chez lui pour le protéger.

Peut-être avait-il déjà réussi à éviter un guet-apens et celui-ci n'était que la maudite dernière embuscade. Giancarlo n'est pas devenu celui qu'il devait devenir, et il avait mille fois mérité d'être reconnu. Giancarlo est mort et moi je ne suis plus maçon. Ça ne s'est pas passé comme ça aurait dû. Je n'ai jamais compris cette concoction de courage, d'enquête sur le terrain et de dénonciation, qui était en lui et dans l'esprit journalistique.

En lisant la presse d'aujourd'hui, ankylosée par l'autocensure, soucieuse de ne déranger aucun dirigeant, avec le renoncement à la place de la dénonciation, je sais du moins que ne reviendront ni un Giancarlo Siani, ni un Peppino Impastato[1], pour se faire couper la route. Néanmoins, je n'arrive pas à féliciter notre époque qui n'est pas plus moderne que celle de Giancarlo, mais plus modeste.

1. Giuseppe Impastato, journaliste italien d'origine sicilienne activement engagé dans la lutte contre la mafia, assassiné par celle-ci le 9 mai 1978. En 2000, le film *Les Cent Pas*, de Marco Tullio Giordana lui rend hommage.

FEMMES AU SUD

Sur le blanc d'une page d'un livre, il m'est arrivé d'écrire une dédicace à une amie : « Bienvenue dans le siècle sans hommes ». J'ai l'impression d'assister et de participer à un déclin du genre masculin, de le voir vaciller devant le féminin avec angoisse jusqu'à se déchaîner avec fureur contre lui. De jeunes femmes sont ainsi tuées par rage d'infériorité de sous-hommes.

L'arrogance virile était asphyxiante dans le Sud de mon enfance. Le rapport de sujétion, le gouvernement masculin, avait un seul point faible : face à la *mamma* napolitaine, qui avait le talent proverbial de pouvoir suffire à une centaine d'enfants. Ce Sud bercé et endurci dans des rapports de force et de violence qui prônaient l'acquittement pour le crime d'honneur a été rejeté. L'acquisition d'une dignité féminine a été ressentie comme une perte de prérogatives et non comme une grandiose libération de ressources. Si le masculin se voit repoussé, il s'engouffre dans le ressentiment. Il se sent lésé dans son droit d'amour, ce puissant contrat d'alliance, merveilleux à établir, blessant s'il est refusé. Il s'agit d'amour et le masculin ne sait plus comment s'y prendre.

Dans le livre sacré Genèse/*Bereshìt*, au moment de l'expulsion du jardin, Ève est condamnée à éprouver une forte attirance pour l'homme.

Une « crue/*teshukà* », tel est le mot impétueux choisi par l'ancien hébreu. La femme est providentiellement sujette à cette force, sans laquelle le genre humain ne subsisterait pas. Notre masculin est aujourd'hui confronté à une autre puissante dignité féminine conjuguée à une nouvelle capacité de séduction physique, induite par une société qui contraint à la beauté des formes. Mais si la femme plus forte et plus belle qu'avant n'est pas d'accord, n'obéit pas à la condamnation de l'attirance et peut réagir avec de nouveaux droits, alors le masculin vacille, se sent perdu, intimement bafoué. C'est ainsi que des jeunes femmes sont assassinées.

La chanson napolitaine, écrite par des hommes, ruisselle de cœurs malmenés par des femmes impitoyables. L'homme avait alors la force virile de chanter, de s'accrocher à des sérénades pour allumer des fenêtres fermées, forcer des volets. Il était à la hauteur de sa peine et de la femme qui se refusait, inexpugnable. À côté de son éternel couteau, l'homme avait sa guitare, la musique, la voix et, au pire du désespoir, la dignité de s'en aller, d'émigrer aussi. Aujourd'hui, on lit des histoires de fureurs éclatées dans l'impuissance, d'hommes rendus haineux par un nouvel analphabétisme sentimental, par le désarroi, face à une femme désirée, d'être l'appendice du rien.

QUATRE-VINGT-DIX-NEUF

Dans ma vie je me suis passionné pour les révolutions. Les tristes événements de 1799 à Naples ne rentrent pas dans cette catégorie. Il s'est agi en fait d'un changement de régime introduit par les armes françaises qui se sont retirées dès qu'il s'est effondré. Les révolutions ne peuvent pas faire de sous-traitance. Les Français ont agi à Naples en occupants et en prédateurs : ils ont empêché la formation d'une armée républicaine indépendante, ont imposé des taxes à leur seul bénéfice et ont emporté une grande partie de notre patrimoine artistique. Alors je me permets d'avoir deux mots d'estime pour le peuple de Naples, non pas plèbe mais peuple, qui seul et désarmé empêcha l'entrée de la plus forte armée d'Europe. Pendant deux jours, il barra toutes les rues et ne capitula que parce qu'il fut trahi par les jacobins locaux qui remirent frauduleusement le fort de Sant'Elmo aux Français.

Je crois que le peuple avait raison d'être du côté de ses rois, car avec eux ils étaient des citoyens d'une capitale européenne et avec les Français ils devenaient une province d'outre-mer. Naples s'est mal adaptée à toute réduction de rang. Je n'ai pas peur de mettre aussi les Italiens au bout de la liste des occupants du golfe, car c'est ce que furent les Savoie que les Mille avaient transportés. Garibaldi ne venait pas libérer Naples mais la prendre et il se hâta de mieux s'expliquer en nommant comme préfet le tristement célèbre Liborio Romano, chef de la police des Bourbons.

Il a manqué à Naples un semblant de roi qui comprenne que dans l'Europe des nations l'Italie était un destin inéluctable. Il lui a manqué un roi pour conclure avec les modestes Savoie, seigneurs d'une province subalpine, un contrat d'Italie au moins sur un pied d'égalité, non pas entre occupants et occupés. Depuis lors, Naples est une capitale européenne abrogée, non pas déchue mais supprimée, comme si Londres avait été supplantée par Édimbourg. Il en fut ainsi et telle est la matière de sa raisonnable insolence envers son statut de chef-lieu de région. Si l'on ne voit pas la preuve de l'énorme orgueil assoupi dans ses citoyens, ce n'est pas d'elle qu'on parle.

MARADONA

Le foot est un jeu de banlieue qui s'apprend sur des terrains accidentés au bout des dernières maisons, au milieu des gravats des immeubles en construction. On apprend pieds nus à encaisser des coups sans les sentir, protégés par le plaisir de maîtriser d'un pied le lancer du ballon. Chaussures de foot, arbitres, surfaces en gazon arrivent tard, après la plus joyeuse sélection naturelle. Le foot est un jeu qu'on n'arrêterait jamais, rentrant le soir avec l'envie de recommencer tout de suite. L'été, c'était merveilleux d'avoir la permission de descendre à nouveau dans la cour après dîner pour les dernières poursuites. Le foot est un jeu qu'on apprend aussi tout seul contre un mur en s'exerçant aux reprises de volée à l'infini. Au foot seulement, la banlieue est une mine d'or, réservoir de talents légendaires.

Pour toutes les autres professions, il faut les Bocconi, les Harvard, il faut les accréditations fournies par l'appartenance à un milieu et à un recensement. En revanche, le foot fait naître la gloire au milieu des baraques des humiliés, près des décharges de Buenos Aires, sur des plages surchauffées du Brésil. L'éclair le plus rapide, voyou et magicien du foot de tous les temps, arrive des maigres Amériques du Sud, soumises au Nord, il arrive des tyrannies fratricides. Maradona, Armando Diego, argentin comme le tango, est venu pour que le vieux continent écarquille les yeux et s'écorche les mains d'applaudissements. Son pied gauche a été le plus sophistiqué des instruments de précision de la géométrie et du jonglage du foot.

Venu pour gagner ? Oui, pour ça aussi, mais pas autant qu'il le pouvait. La grandeur ne s'obtient pas sans gaspillage. La grandeur consiste aussi à se moquer des résultats, des conclusions qu'on tire. Penser plutôt à l'heureux instant du dribble, de la détente, de la passe qui laisse bouche bée. Ce ne fut pas que du talent. Maradona a été un athlète en avance sur son époque, avec son double entraînement qui mettait un ressort dans ses jambes courtes lancées en moulinets plus que dans une course, pour dévorer l'espace. Naples l'a eu dans ses années 1980, à l'époque où il changeait d'apparence, il se détachait du Sud pour saisir un bout de Nord. Naples a eu Maradona non pas comme roi, mais comme une bague au doigt, un anneau nuptial. Les rois appartiennent aux villes monarchiques, Rome, Turin.

Naples, ville anarchique, a eu Maradona en cadeau de l'Amérique latine, en contrepartie des millions d'émigrants qui ont levé l'ancre du quai Beverello pour Rio de la Plata. Naples a eu les précieux carats de ses pieds en guise de restitution. Maradona lui ressemblait. Comme lui, la ville s'est laissée aller ensuite, repue du triomphe, qui doit être bref, sinon il opprime.

Le triomphe bref reste parfait dans la mémoire ; pas pour des douzaines de championnats remportés, mais deux. Aujourd'hui,

Maradona est redevenu mince. Il s'est dégraissé des intoxications de l'âge mûr. Aujourd'hui, c'est un homme de la nouvelle Amérique du Sud, avant-poste de démocraties récentes, affranchies des dictatures asservies au dollar. Dans sa taille retrouvée, on voit la libération et l'image d'un continent ressuscité.

PÂTES

Un homme met la table pour dîner dans sa cuisine. Il est seul, tous les soirs il met un couteau, une fourchette, une assiette, des gestes mécaniques. Quand il prend son verre, il se rend compte qu'il n'y a que lui. Le verre accuse, il ne se lèvera vers personne.

L'homme vit dans peu d'espace, il y a celui dont il a besoin, le reste qu'il pourra laisser. Il est d'un âge avancé et ne se souvient plus du temps où il vivait à deux.

Il est rentré dans ses mètres carrés qui lui semblent ronds et profonds quand il boit. Le vin corrige la géométrie.

L'homme n'allume pas de voix électriques, radio et autres ondes, il vit avec ses bruits. Dehors, le jour est éteint, la lumière d'une lampe fait briller le couteau avec lequel il hache l'ail. Entre-temps, il a mis une casserole sur le plus grand feu. Il y a mis peu d'eau, ce n'est pas vrai qu'il en faut beaucoup pour cuire les pâtes. Il a ajouté une pincée de sel. Il coupe une tomate, du céleri, il met de l'huile, du persil, le rouge sec d'un piment, et laisse le tout cru.

En entrant dans la maison il a retiré ses chaussures, il est pieds nus, une habitude d'enfant à laquelle il est attaché. Le sol n'est pas balayé de frais, il se lavera les pieds avant de se coucher.

Il va à la fenêtre, regarde dehors. La pluie le protège de la mélancolie. Les gouttes brillent sur la vitre comme des boules de Noël. C'est Noël. Il se souvient maintenant qu'il a croisé son visage opaque dans le reflet, entouré des confettis des gouttes lumineuses.

L'eau bout, il y plonge une poignée de spaghettis qui s'étalent en couronne autour du bord. Il a une marque préférée, des pâtes de Naples, Garofalo, un souvenir d'enfant, envoyé les acheter dans la ruelle avec l'argent compté et recompté. Elles avaient disparu, puis on les a remises en vente. Quel plaisir de voir revenir les paquets de l'enfance !

L'homme se verse du vin, il boit une petite gorgée et la fait tourner dans sa bouche. La première dégustation desserre ses yeux qui se reposaient derrière ses paupières fermées. Il voit maintenant les couleurs de la sauce crue, la nappe qui est bleue, il avale la gorgée qui glisse dans sa poitrine et pas dans son estomac. Il tousse, ce soir aussi la première gorgée de vin a fini en crachat sur son cœur. Mais oui, c'est la mélancolie, il ne repousse pas la main qui monte toute seule à ses yeux, il la laisse les frotter. Ils brûlent et il doit aussitôt calmer ses paupières touchées avec les doigts du piment. Tous les soirs il lui arrive d'irriter ses paupières, de les forcer à deux larmes épicées.

Il s'approche de la cuisinière, il goûte, « encore un peu », dit-il. Il l'a vraiment dit, à voix basse. À qui ? Ça lui a échappé, un déclic qui se produit pour entendre un mot dans la pièce. « Encore un peu », la phrase reste en suspens. Il est agacé par la stupide prétention d'une phrase qui s'éternise, pour faire semblant de contenir autre chose : encore un peu. Mais de quoi ? Ça suffit. Il ne le dit pas, il le fait, il éteint le feu, soulève la casserole, égoutte, mélange les spaghettis dans l'assiette avec la sauce. Il s'assied, enroule les pâtes sur sa fourchette et mâche. C'est un peu fort, *al dente*, mais c'est la meilleure chose de sa journée, l'heure de remise des dettes à son corps.

Il mâche doucement, il avale, son visage actionne ses muscles en bois, ses rides s'étirent, sa langue tourne entre ses gencives pour ramasser le reste à avaler. Ces pâtes égouttées sur la sauce crue lui procurent un sentiment de paix. Il lève son verre, le vide et ne remarque plus maintenant que ce verre est seul.

Il le remplit, il touche le pain en posant sa main dessus, comme on fait avec celle d'une épouse. Il mâche ses pâtes, respire par le nez, ses pieds sous la table sont croisés et tranquilles.

Ce n'est pas le vin, ce sont les pâtes qui chassent les absences de cette heure du jour où l'homme se suffit à lui-même. Il ne s'en lasse pas, car on doit toujours désirer encore un peu de pâtes quand l'assiette est vide. Encore un peu : à la table de son enfance il n'y en avait pas. Les pâtes terminées, on remerciait la nourriture. Il se souvient des derniers mots : « parce que nous avons mangé de lui ». Lui était le vivandier universel. Pourquoi n'en donnait-il pas un peu plus ? Les invités ne posent pas cette question, ce n'est pas bien élevé.

Il frotte la croûte du pain dans le fond de son assiette, il finit le vin. Il se lève, c'est Noël, il décroche la guitare de son clou et il chante. Maintenant oui, la voix n'a pas à s'excuser de sortir solitaire, adressée à personne. Avec son souffle brûlé par l'ail, le chant se répand dans la pièce, adoucit les angles, les bords, arrondit la fin de la journée d'un homme.

LE CHANTEUR MUET DES RUES

2006

Traduit de l'italien par Danièle Valin

La première édition de ce titre avait paru accompagnée d'une série de photographies de François-Marie Banier.

© *Éditions Gallimard, 2006, pour la traduction française et la présente édition.*
Publié en accord avec l'Agenzia letteraria Susanna Zevi.

HISTOIRE D'UN DÉBUT

Il ne s'appelait plus maître, mais professeur. Après avoir quitté la caserne de l'école primaire, nous portions encore des pantalons courts, marque de l'enfance. Ceux qui en portaient des longs paraissaient plus adultes et plus empruntés.

Dans le secondaire, les dissertations avaient pour sujet les matières d'étude et perquisitionnaient notre niveau d'apprentissage. Nous nous en tenions à un italien officiel, raide comme un formulaire. Sans pouvoir me l'expliquer, il me dégoûtait.

La langue embaumée faisait partie d'une soumission générale au pouvoir adulte. À la récréation, nous nous défoulions avec le dialecte, une voie de fuite. Nous nous rincions la bouche avec le napolitain.

Un jour, on nous donna un sujet libre, inventer une fable. Nous en étions à nos premières traductions, celles d'Ésope et de Phèdre. Beaucoup s'inquiétèrent parmi nous et demandèrent des explications, un plan, de crainte de se perdre dans cette vaste improvisation. Il fallait inventer une histoire d'animaux. Cette soudaine liberté me démangeait le crâne. J'écrivis d'un seul jet, en serrant mon stylo jusqu'à me faire mal aux doigts, seule partie entraînée d'un corps encore mollusque. J'écrivis en descente, la pente du bureau s'inclinait vers moi avec des troupeaux en marche et des nuages de poussière. Les bêtes aiment la soulever, déranger les insectes qui les tourmentent. Chez nous, la poussière est chassée tous les matins, là elle montait au ciel exaltée par le tambour des sabots. La poussière était l'âme du monde. J'écrivais et mes pensées piaffaient pour sortir et courir elles aussi. Ce fut un précipice d'écriture, j'eus même le temps de recopier mon devoir pour l'emporter chez moi. Je le rendis dans les premiers. D'habitude, je m'en libérais tard, en quête de prolongations pour arriver à la mesure minimum accordée.

À la maison, je fis écouter ma dissertation. On fut surpris de mon élan plus que de mon écrit. J'avais appris ce jour-là avec certitude que l'écriture était un champ ouvert, une voie d'issue. Elle pouvait me faire courir là où il n'y a pas un mètre pour les pieds, elle m'expédiait au large pendant que j'étais écrasé sur une feuille. Je suis quelqu'un qui, de ce jour-là, s'est mis à écrire pour forcer les fermetures qui l'entouraient. Elles cédaient, me laissaient aller tout le temps que durait l'écriture.

Le professeur revint quelques jours plus tard avec les devoirs corrigés et avec les notes. La mienne était au-dessous de la moyenne parce que, évidemment, échappant à son contrôle, j'avais copié dans un manuel de sujets traités. Une insolite liberté de langage et un abus de fantaisie m'accusaient. Le fait d'avoir si vite rendu un exposé d'une longueur nettement supérieure en était la preuve.

Ce ne fut pas une claque en pleine figure, plutôt un coup au creux de l'estomac, porté à froid. Je me révoltai en me taisant face à cette accusation. Je ne répliquai pas. Je faisais l'expérience pour la première fois de l'incompétence des pouvoirs constitués. Ils avaient besoin d'espaces étroits, la rase campagne les désorientait. De ce sujet libre s'était échappée une heure d'air pur qu'il fallait faire rentrer dans l'ordre. Ces pouvoirs avaient besoin d'espaces fermés, de corps ankylosés pour imposer leur version du savoir. Le simple fait d'arriver en cours légèrement échauffés après notre si rare heure d'éducation physique leur déplaisait.

C'est à ce point de friction entre ma vérité et la leur que se forma dans mon corps une noix de résistance opposée à la domination, qui abuse par instinct. Aujourd'hui, je sais qu'avec leurs fausses accusations les pouvoirs peuvent rendre le plus grand honneur à celui qui écrit. Faire de l'écriture un corps de délit qui dérange leur discipline. Seuls les pouvoirs parviennent, en insultant, à accroître la valeur d'une écriture.

Aujourd'hui, je connais l'inconsistance des autorités, des hiérarchies officielles. À l'époque en revanche, elles étaient intègres et indiscutables. De l'injustice de ce jour-là, s'ouvrit la fissure, la lésion qui les a démolies en moi avec le temps. À ce moment d'enfoncement dans l'estomac, mon squelette réagit. Je demandai avec insistance et j'obtins mon premier pantalon long.

Il doit y avoir chez Banier un contrecoup encaissé dans sa jeunesse, un choc d'injustice jamais réglé. Avec la photographie, il redresse un tort contre lequel, en son temps, il n'eut pas droit à la parole, seulement à la douleur. J'en parle par fraternité.

LE « CANTASTORIE » MUET

Le photographe et le tireur d'élite au moment de la visée sont d'une totale vulnérabilité. Leur champ visuel se réduit à la cible, un œil fermé, ils doivent rester immobiles : n'importe qui peut les frapper. Ils sont recueillis sur un invisible prie-Dieu. Le passant qui les voit essaie de les contourner, comme le faisaient les habitants de Sarajevo avec les francs-tireurs.

L'usage veut que l'instrument dans les mains du photographe soit le prolongement de son œil. Un autre usage veut que le cheval tire la charrette, mais parfois c'est la charrette qui tire le cheval. Rien d'étrange à cela, c'est ce qui arrive en descente. « Ah, c'est vrai, je n'y avais pas pensé. » Toi non, mais le cheval oui. Au bon moment, le photographe doit être la charrette, non pas le porteur, mais celui qui est porté. C'est en cela que se manifeste la vocation : la limite au-delà de la technique où l'appareil porte le photographe, qui se borne à cet instant-là à la fonction de trépied sapiens. Il y a un moment où il n'y a pas de photo sans la capitulation du photographe.

Banier fait le porteur de l'instrument. On le voit à la violence maîtrisée avec laquelle il le soulève, le tient, le dépose. Si l'on y voit de l'élégance, on confond l'éthique avec l'étiquette. Il s'agit d'une habileté manuelle de couturier, de cordonnier, qui prend des mesures. Banier s'immobilise en animal braqué, non pas en chasseur. Il faut croire qu'il n'est pas homme à gaspiller un photogramme, même s'il est bien connu qu'il en imprime des milliers. Mais quand, au milieu d'un gaspillage de tant d'autres, sort le photogramme indemne, il n'en existe plus d'autres, ils n'ont jamais existé.

Banier est dans ces vers de Yeats :

« A line will take us hours maybe
yet if it does not seem a moment's thought
our stitching and unstitching has been nought. »

Banier fait le porteur sans urgence de livraison, sans le mors aux dents fébrile de celui qui court et se hâte à la poursuite de l'instant. Lui sait que l'instant vient tout seul à la rencontre de celui qui ne le traque pas, il sait qu'il ne vient jamais à la suite d'une prière ou autre cérémonie propitiatoire. Un instant est un point de rencontre entre un espace et un temps qui se heurtent paresseusement et qui, le plus souvent, s'ignorent. Le frottement distrait entre les deux immensités produit le crachat de l'instant photographique.

Dans la plus longue liste de verbes à l'infini de tous les livres sacrés, Kohèlet/Ecclésiaste le raconte (3, 2-8). Les traductions courantes ratent leur coup quand elles répètent devant chacun des vingt-six verbes : « temps de ». L'effet produit donne l'idée de se trouver sur une roue panoramique qui répète en boucle les événements d'une vie : temps de, temps de. Pas du tout. Le mot hébreu *et* (lettres *ain* et *tav*) n'est pas cyclique, au contraire il est critique, il dénonce un choc qui laisse une suture. C'est un point d'impact entre deux lignes qui se croisent là et peut-être jamais plus. Je traduis « point de » l'accident des vingt-six verbes à l'infini. « Point d'étreindre et point de se détacher de l'étreinte », Kohèlet raconte une autobiographie de cicatrices.

Il n'existe pas de signe de régularité, de tour de cadran dans ces deux points (non pas temps) de Kohèlet. Banier court parallèlement aux vingt-six verbes du chapitre 3, son photogramme veut être le *et, quod scripsi, scripsi*, définition de l'irréparable.

Les visages de Banier n'ont pas de rédemption. L'amour, s'il y en eut, a donné au cœur par frottement la rougeur que mes mains de chantier laissaient sur la peau délicate d'Alessandra. Là, j'ai appris à enlacer les poings fermés.

Comme *et* (*ain* et *tav*) veut dire « point », l'adjonction d'une lettre forme le mot *attà*, le « maintenant » hébraïque. *Attà*, maintenant, est un présent foudroyé, le bruit que fait le déclic d'un vieil appareil photo à miroir relevable. Il ne crache pas qu'une syllabe, mais deux. Aussitôt après le tour de manivelle, il recharge le photogramme suivant avec le bruissement d'une fermeture Éclair. La pression de l'index transforme le *et* d'une scène en un *attà*, maintenant, gramme de temps. La photo me l'a appris : un mécanisme de la modernité m'a expliqué un détail de l'ancien hébreu, l'avènement de l'*attà*, maintenant.

Voilà, j'arrive à comprendre en arrière. Je n'ai aucun don de prophétie, je ne sais pas écouter le futur qui chuchote son cours à l'avance aux purs d'ouïe. Pourtant, j'arrive à comprendre en arrière, à atteindre une ligne antique et à la lire au bout de cent fois sous une lumière nouvelle, plus rasante. Quel plaisir de ressentir la surprise d'une première fois. Le passé contient des primeurs. C'est une émotion recommandée dans le livre d'Isaïe : « Et il écoutera en arrière » (42, 23).

Banier a connu une foule d'écrivains, moi d'ouvriers. Banier vient vers les miens sur la pointe des pieds et à distance focale. C'est un intrus autorisé par un accueil établi auparavant. Il s'approche des ouvriers avec l'affection de celui qui veut toucher l'étoffe, mais qui, par pudeur, se tient derrière le seuil de l'appareil. La photo n'est pas une fenêtre, c'est au contraire une porte derrière laquelle on reste, même si l'on est invité à entrer. Banier se refuse l'entrée, la photo doit être un acte de chasteté. Et donc plus physique, plus fraternelle, du fait de l'absence de poignée de main, d'étreinte, c'est le corps imprimé dans ses vêtements de travail, dans les heures de la force vendues en échange de salaire. L'ouvrier est le plus vieux métier du monde, pour le genre masculin.

Devant cet homme curieux de lui, l'ouvrier tente la dignité, qui consiste à rester immobile, s'interrompre, faire voir, le temps d'un déclic, que c'est lui le maître du temps vendu, qu'il n'y est pas enchaîné. À ce moment-là, *et* fixé dans un maintenant *attà* est libre de ne pas faire le métier. Dans ce passage, Banier est l'ange rapide d'un soulagement, un revers de manche qui essuie le front, redonne la maîtrise du souffle.

Pour l'ouvrier, Banier est une occasion de fierté. Celui qui courbe l'échine pour un salaire la redresse devant lui. Il ne sait pas pourquoi cet homme s'est arrêté, au lieu de poursuivre son chemin comme tous les passants, qui le remarquent moins qu'un fantôme. Cet arrêt est pour lui un certificat d'existence, comme celui que délivrent certains sourires de femme. Banier ignore qu'il offre une miséricorde, il s'est arrêté sous l'effet de ces brusques coups d'admiration qui clouent sur place. L'admiration est une émotion sacrée, mêlée d'aucun désir, imitation ou possession. Banier s'arrête et fait ainsi s'arrêter la journée d'un homme.

Emmaüs est une localité qui n'est pas identifiée avec certitude, mais qui se trouve de toute façon à l'ouest de Jérusalem. C'est la halte où trois hommes qui marchent à bonne allure arrivent après bien des heures et s'asseyent pour se reposer. Ils ont parlé d'Écritures saintes pendant tout le voyage. Le sujet s'est avéré un bon moyen de transport. L'un des trois est Jésus, ressuscité depuis peu et non reconnu. Il se révélera à eux au moment de couper le pain à table. Alors seulement les deux verront.

Emmaüs est situé à mi-chemin entre la mer Morte et la mer vivante, la Méditerranée. C'est un bon endroit pour quelqu'un qui est ressuscité, une gare de triage entre la vie d'avant, encore attachée au corps, et l'éternité, volatile et lointaine. Le photographe est à Emmaüs, à cette table, et il attend le moment du pain. Son déclic doit coïncider avec la soudaine reconnaissance. Il doit être un des deux pèlerins qui à ce moment-là connaît et reconnaît, tout à la fois. Reconnaître, c'est connaître deux fois, la seconde avec un plongeon du cœur. La première fois, au Louvre, dans la salle de la Renaissance, mon sang ne fit qu'un tour devant les toiles que j'avais si souvent feuilletées en reproduction. « Ce n'est qu'au sommet de l'enthousiasme que l'être humain voit le monde exactement. Dieu créa le monde dans un enthousiasme. » Voilà Marina Tsvetaïeva, ma préférée, qui m'a poussé à déchiffrer le russe pour trouver la formule de la fleur (en russe : *tsvet*).

La photo donne l'intimité inconvenante mais nécessaire avec des inconnus. Je ne tutoie que dans les lettres ou à une table où l'on boit à la même bouteille. En photographie, comme en religion, le pronom de la relation est le « tu ». On peut adresser à la divinité cette audacieuse syllabe, pronom personnel qui franchit l'abîme et force l'invisible à l'écoute. Le « tu » forme l'oreille de Dieu. Quand le croyant prie, il l'oblige à être là. La photo sollicite le « tu ». On se trouve devant une personne, une foule, un paysage à la place du photographe, en l'évitant, en plantant son propre « me voici » frontal.

Chaque photo augmente mon savoir en ajoutant une image à mon catalogue. Chaque photo en détruit une précédente par superposition. C'est ce que font aussi les cellules qui remplacent celles qui sont mortes. La photo est un mécanisme de la biologie.

Et puis la photo est le format mental du témoignage. Appelé à déposer au tribunal, le témoin s'efforce de reconstruire une succession de mouvements, mais sa mémoire retient à peine quelques photogrammes épars qu'il doit remplir de récit. Ce sont des déclics isolés, car un témoignage n'est rien de plus. Souvent, l'impliqué est troublé et ne retient qu'un maigre reste de giclées émotives.

Dans les années 1990, j'ai connu des villes en lambeaux au-delà de l'Adriatique, dans les Balkans en furie. De ces voyages de chauffeur de convois humanitaires, plus de trente en trois ans, j'ai gardé un résidu d'images à l'intérieur de jumelles renversées, format timbres-poste. Je regardais des heures durant la route criblée de coups et de trous à éviter, les yeux baissés et les mains sur le volant, direction et frein le long des pistes à vingt kilomètres à l'heure, je levais rarement les yeux. Si je devais témoigner, je parlerais des formes des trous ouverts par les obus, des yeux plantés dans les nôtres par les musulmanes de Bosnie, veuves et orphelines d'hommes anéantis. Des timbres-poste échoués dans la rétine d'un chauffeur, aucun dans un album. Bizarre qu'une pupille ronde garde en archive de petits périmètres carrés. De ces jours de poussière et de pierres, je conserve sur le mur de ma chambre un éclat d'obus qui se ficha dans le mur où était mon ombre.

Le photographe est la conjonction « et ». Il tient deux bouts ensemble, une scène vivante et une autre fixe. L'écriture hébraïque, mère et matrice du monothéisme, fourmille de « et » en début de phrase. Ils marquent la continuation, non pas le début d'un récit sacré.

Quand on lit dans les Bibles : « Et X dit », en hébreu il est écrit : « Et dit X », la conjonction collée au verbe et ensuite le sujet X. Même s'il s'agit de la divinité, elle est en deuxième position. Dans cette langue, la conjonction « et » préside au récit. Le photographe est la conjonction entre sa vue et ce qu'il a fixé. Il convertit ce passé en un présent. C'est une alliance entre un avant et le voici.

Le mal et le bien : ici aussi « et » tient ensemble deux extrémités, mais non pas par alliance, par disjonction au contraire. Le « et » sépare ici. Le mal et le bien sont accouplés, étroitement, trop proches et on se trompe. Mais là réside notre effort d'êtres humains. C'est à nous de les distinguer, de démêler leurs entrelacs. L'arbre de la connaissance du bien et du mal, planté en Éden, est unique. Il pouvait en mettre deux, éloignés même, mais non, il en existe un seul et c'est tout. Ainsi, nous savons que la connaissance du bien et du mal a une unique racine, qu'elle pêche dans la même terre. C'est à nous de séparer, de décider, le choix est une expérience de feuillage, d'inflorescence, de fruits, il faut une compétence botanique, il faut apprendre des arbres. Banier les aime et écrit serré sur leur ombre.

Le photographe se trouve aussi en disjonction. Il est le « et » entre l'insupportable mis au point et le regard furtif d'un passant. Le blanc et noir aide à séparer. Bien des mammifères voient ainsi et s'ils ignorent notre étonnement devant un arc-en-ciel ils savent mieux que nous pénétrer les gris des ombres. J'aime les couleurs, mais encore plus la livrée du pingouin qui est celle de l'encre et du papier. C'est un oiseau qui a renoncé au vol, le contraire parfait de nous, bipèdes tentés par les ailes. Son « garde-à-vous », le torse bombé face au vent, sait se tenir sur la terre mieux que moi.

Banier va à pied. Seul celui qui va à pied voyage. Tout le reste prend le nom de déplacement. Pendant ces prolongations de 1900 (et on voudrait le faire passer pour un siècle court !), les myriades de migrateurs du sud et de l'est de la planète voyagent à pied. Ils arrivent au bord de la Méditerranée et montent sur n'importe quel bout de ferraille flottant. Au large, des bateaux à voile croisent de gros bateaux bourrés de destins. Ce n'est pas une coquille : des destins, non pas des clandestins. Ils viennent s'échouer sur des îles et des côtes, un dixième d'entre eux fait naufrage. Leur traversée de la planète, déserts et mers, est la plus grande épopée du monde. Nous les traitons avec des camps de concentration. Banier va à pied, usage qui se perd, c'est pour ça qu'il voit. Le paysage, les gens viennent seulement à la rencontre de celui qui marche. À la bonne lenteur, les pas rythment l'approche. Banier avance droit comme un arbre, il s'arrête avec son vieil appareil en bandoulière, il se plie sur lui comme la pointe d'un sapin sous le vent. Il y a un vent secret qu'il connaît et sous lequel il penche la tête. Ses photogrammes abritent le souffle qui l'a forcé à s'arrêter, ils sont imprimés par le vent. Techniquement, dites-vous, c'est plutôt une lumière qui les impressionne. Bien sûr, la lumière, le plus rapide des vents.

Nous sommes dans un temps de borgnes. Des expéditions militaires d'invasion sont considérées comme des missions de paix. Le seul journalisme autorisé est celui qui suit les troupes. Les communiqués militaires sont la vérité à envoyer sous presse. J'accuse de trafic du mot guerre les gouvernements qui envoient des troupes à l'étranger à titre de placement, pour acquérir des parts de marché, un partage de butin. Ils font passer le mot guerre pour inoffensif, une intervention chirurgicale, qu'on promet rapide, et après chacun chez soi. Alors qu'en fait ils croupissent dedans. Je me sers du mot guerre comme d'un juron pour qu'il redevienne maudit. Je l'isole du mot paix avec un « et » fait de fil barbelé. En un temps de borgnes, je rêve du gouvernement d'un aveugle. Je demande à celui qui, pour son métier, doit fermer un œil et ouvrir l'autre derrière un objectif, de maudire le mot guerre.

La faux est une idée prise à la lune. Le dessin était là, depuis le début, l'invention humaine a seulement ajouté le manche. Le photographe est un homme qui met un manche à la lune, qui donne à la silhouette bien connue une prise, une valeur d'usage. Le visage d'une personne saisi dans la rue devient une page de roman. Le photographe est un *cantastorie* muet.

Vélasquez appartient au plus théâtral des siècles, le XVIIe. Alors que Shakespeare meurt, Calderón, Corneille, Lope de Vega sont au boulot. Vélasquez ne pouvait se contenter du théâtre, il rêva du cinéma. Certaines inventions attendent pour se produire et ne décident de se donner qu'après avoir été longtemps rêvées.

Avant les ailes de Dédale, le vol traversa les yeux fermés les nuits des hommes. L'invention n'est que le dernier acte de la nuit, le réveil. Le cinéma fut la vision nocturne de Vélasquez, il déposa ses œufs dans ses sommeils.

À vingt-quatre ans, il est déjà peintre du roi. Il n'existe pas de sujet plus éminent à peindre, si ce n'est faire poser Dieu. Il n'est pas mystique, pas assez pour ce désir-là. Les autres représentations de la divinité étaient des approximations par défaut, donc des idolâtries.

Vélasquez rêve au cinéma, carrément sonore et en couleurs. Dans ses tableaux, il veut qu'ait lieu intrigue, développement, fin. Dans *La Forge de Vulcain* peint à Rome (un hommage anticipé à Cinecittà) Apollon en visite est sous la lumière d'un phare qui l'irradie de l'extérieur, alors que l'atelier est déjà éclairé a giorno. Le battement de la forge s'est interrompu à son arrivée, le dieu du chant est en train de parler et charme les oreilles endolories par les marteaux. C'est une pause de paix sonore pour l'ouïe, et une pause de grâce, le glabre au milieu des barbus. Apollon raconte à Vulcain que sa femme Vénus prend du bon temps avec son meilleur client, le divin Mars, patron de la guerre, qui se fournit en armes justement dans son atelier. C'est une scène qui contient un film. Le peintre, contrairement au photographe, ne restreint pas le champ. Ce qu'il met en scène est grand ouvert aux sens, l'angle du regard dépasse les cent quatre-vingts degrés. Devant une toile de Vélasquez, le passant ne demande jamais ce qu'il pouvait y avoir en dehors du champ. Comme dans une bonne histoire, ce qui n'est pas écrit n'existe pas.

Vélasquez regarde la scène comme un metteur en scène. Il ose faire tourner le regard de ses acteurs droit vers l'appareil, comme dans *Le Triomphe de Bacchus*, dans *La Reddition de Breda*. Il laisse dans ses tableaux un triple concentré de pellicule, une densité de récit pour contenir les milliers de photogrammes des trois siècles à venir. Le cinéma fut inventé par Vélasquez. Rien qu'un mot sur *Las Meninas*, œuvre qui à elle seule est au sommet de cette vision. Ici, le peintre est en scène en tant que figurant et metteur en scène, le miroir narrant de la scène (Hitchcock abusa de *Las Meninas* par coquetterie). Ici, Vélasquez sait que les spectateurs sont au-delà d'une vitre réfléchissante.

Dans le format de la photo, le cadrage essaie de faire oublier tout ce qui n'a pas été inclus. On arrive à la maestria quand le regard ne cherche pas à élargir le champ, à lorgner au-delà des contours du cadrage. Cartier-Bresson m'agace parce qu'il me donne toujours envie de regarder plus amplement la scène qu'il a mise à l'étroit. Banier non, il fait oublier qu'il existe dans ses cadrages un reste exclu. Chez lui, on retrouve la même frénésie de récit complet à l'intérieur d'un seul tableau, la dîme de Vélasquez.

En descendant de la Cime 9 dans les Dolomites de Fanes, une vipère se rétracta à mon passage, prête à la détente. Je l'esquivai avec un mouvement de torero en l'apercevant au dernier moment utile. J'étais à 2 500 mètres d'altitude, je saurais retrouver l'endroit parce que là je me suis trompé de ligne de descente et c'est à partir de là que je suis revenu en arrière. Il y a une expérience des erreurs qui ancre des points fixes dans la géographie. Le photographe sait revenir sur les lieux de ses photos, mais seulement à la même heure, saison, lumière.

Vélasquez choisit pour lui le nom de sa mère. Il voulut prendre le nom de fils de femme, au lieu de celui de fils d'homme. Jésus dit de lui-même : fils d'Adam. À une certaine occasion, il renie sa mère (Matthieu 12, 48 ; Marc 3, 33 ; Luc 8, 21). Dans le christianisme, la maternité de Marie s'efface en faveur du devoir de consolatrice et d'intermédiaire. Jésus fut un intrus depuis sa conception. Il ne fut pas acheminé par une semence d'homme, il est entièrement fruit de sa mère et d'une annonce d'ange de l'avent. « *Shalòm Miriám* » a dû être en hébreu le salut que nous lisons : « *Ave Maria* ». « *Shalòm Miriám* » : trois fois la labiale, une avance de baiser.

Intrus en elle, mais aussi intrus dans le monde, celui qui vient pour remettre les dettes. Le monde repose sur elles, les puissants se soutiennent en percevant des crédits, en prêtant à usure sol, eau, air et feu. Jésus nie sa mère, mais la nativité est œuvre totale d'elle seule. Aucun Évangile ne parle de sages-femmes dans l'étable de Bethléem. Miriám/Marie accoucha donc sans aucune aide. De ses muscles expulseurs, elle poussa dehors le paquet de placenta, de ses mains elle saisit le corps qui avait glissé, elle le prit par les pieds pour amorcer la respiration, elle coupa le cordon peut-être avec le couteau de Joseph, fit le nœud/nombril, le lava à peine, c'était l'hiver, l'accrocha à son sein. L'âne et le bœuf approuvèrent d'un braiment et d'un mugissement.

Miriám/Marie agit en femme expérimentée. C'est le prodige le plus certain de la nativité, tout autre chose qu'étoile, comète et Rois mages sur des pistes de chameaux, qui ne servent que de toile de fond et de décoration. Miriám/Marie est à l'épicentre des secousses qui se propagent encore dans le monde. L'acte de naissance qui expédia à la belle étoile le plus parfait des intrus lui appartient.

Jésus se dit fils d'Adam. Les mères sont habituées à être effacées des documents. Sage Matthieu qui, en ouverture du Nouveau Testament, dans la descendance masculine d'Abraham à Joseph, met quelques noms de femmes. Matthieu ose les nommer dans cette généalogie précieuse qui va vers le Messie. Luc les ignore dans sa liste.

Vélasquez choisit le nom de sa mère, son acte est un toast qui signifie : Vive Marie. Celui qui donne à sa mère le juste poids s'affranchit d'elle par la suite et ne dépend plus d'elle. Celui qui l'écarte de l'acte de naissance la retrouve sous forme de bride sous la mâchoire. À la fête de Cana, Jésus doit obéir à sa mère qui lui demande de pourvoir au vin qui manquait. Elle le contraint au plus futile de ses prodiges, mais aussi à son premier acte public, selon Jean. Elle le dénonce au monde.

Il y a chez Banier une dette réglée avec sa mère. Les femmes de ses photos sont intouchables, pensives, ce sont des animaux sacrés. Banier est fils de femme, comme Vélasquez.

On est fils d'une expulsion, tel est l'acte de naissance. Celui qui se dit fils de père désigne un détail et déclare plutôt une inscription : à un registre, à un patrimoine héréditaire, à un métier. Mais on est en fait la récolte ensanglantée d'une sortie de vive force, expulsion de viscères.

Nous ne venons pas d'un œuf, de l'impatience hardie qui perce la coquille pour gagner l'air. Nous, nous ne voudrions jamais sortir à découvert, jamais soulever le bord du couvercle de notre mère marmite. Il y faut tout son travail, le spasme des contractions, pour nous acheminer vers la porte. Et certains d'entre nous pointent les pieds, se campent là et se pendent au cordon devant la porte, désespérés, pour ne pas se jeter dans le ravin du monde. Nous ne naissons pas volontiers comme les poissons, les reptiles, les oiseaux, pour nous il faut une mère qui nous chasse. C'est pourquoi nous sommes de mère, de son sac vidé.

Le photogramme est un point, un recueil de photos est un parcours pointillé. Si l'on trace une ligne, on obtient le caractère du monde. Non pas celui du photographe, mais le caractère que celui-ci attribue au monde. Banier voit l'humanité mise sous la presse d'une représentation théâtrale.

Dans le camp d'anéantissement de Treblinka, un groupe de musiciens juifs était obligé de jouer une marche, une musique légère pour accompagner aux fausses douches le convoi arrivé. Cette représentation se répète partout, sur une échelle bien plus réduite. Banier isole des acteurs involontaires, mais pas moins forcés de l'être pour autant. Chacun se jette dans un rôle et le défend au prix de sa vie. On est prêt à tuer pour ne pas se laisser prendre son rôle, on est même prêt à jouer de la musique à Treblinka, parce que le rôle coïncide avec la vie. En réunissant les points de Banier on obtient les archives d'un Balzac. En littérature cela ne peut exister aujourd'hui, en photographie oui.

En réunissant les points de Banier, émerge l'image non géométrique de l'œuf, échappé au catalogue d'Euclide. Dans l'œuf de Banier, l'humanité est avec ses graisses denses, les protéines colloïdales, le blanc d'écume et la rouille épaisse des instincts, le tout enveloppé dans un cadrage comme à l'intérieur d'une coquille de calcaire. J'en parle par fraternité, qui avec liberté et égalité forment la trinité terrestre qui m'est chère.

En fin de licence, je l'ai dans ma main.

Le siècle est un oiseau qui dépose des œufs. Des vies s'en échappent, fourmillent, puis vont se décomposer. La photo est la fécondation d'un œuf, une forme dans le blanc de l'albumen. À travers les petits points de Banier, je ramène à une coquille les existences, je les reconnais, elles sont l'humanité qui me contient.

IN FINE

Dans un marché en plein air, l'été en Finlande, j'ai vu sur un panier de pommes de terre un écriteau portant le nom de la variété : Van Gogh. Ces pommes de terre portaient son nom. Parce qu'il peignit le plus émouvant hommage à cette nourriture héroïque et solitaire dans le tableau : *Les Mangeurs de pommes de terre*.

Quel honneur, son propre nom sur l'éventaire d'un maraîcher. Les noms illustres finissent d'habitude dans des listes de rues, sur la porte d'une école, sur un timbre-poste : ils finissent dans un somptueux rebut. Mais quelqu'un dont le nom retentit sur les places de marché, là où l'espèce humaine se dispute, sourit, se salue, celui-là a reçu le plus grand des prix à la mémoire.

Je rêve moi aussi d'être un jour associé à un légume, j'aimerais que quelqu'un demande un céleri « De Luca ». Aussi, je souhaite à Banier la chance qu'on se souvienne de lui sur les marchés, plus que dans les musées.

Celui qui rien qu'une seule fois a flotté en vol avec un parapente sait que le vent est un moyen de transport et que l'air est un ascenseur. Dans la nature, tout va volontiers contre la force de gravité, des herbes aux marées. Le soleil chauffe un versant de montagne, une colonne d'air s'élève comme une catapulte. Le courant ascensionnel est un chant qui se détache d'une gorge et porte vers le haut. En l'air, l'homme en parapente est sa marionnette. Raidie dans un harnais, elle se dirige avec une poignée de fils.

Au moment de décoller, le sac en forme de parapluie se soulève dans le dos. Par contraste, des pas se précipitent dans une descente et quittent le sol. Sur la photo, il y a le moment où l'image se détache du reste, elle demeure seule imprimée par le coup de lumière qui frappe la pellicule aveugle. Chaque photo tente un détachement du sol. Quand la main ne traîne plus le cerf-volant, mais le retient.

Un de mes amis a été réfugié en France pour des motifs politiques pendant un quart de siècle. Le temps d'exil lui a donné raison, sa capture est définitivement arrivée à échéance. Il a maintenant une carte d'identité, il la sort volontiers de sa poche, il la montre, comme d'autres font avec la photo de leurs enfants.

Il dit : « Ce qui est émouvant pour moi, ce n'est pas tant de posséder de nouveau un passeport, avec mon nom, mais de savoir que je peux le perdre. »

Je crois que ce sentiment est à l'opposé de celui de l'artiste qui a un talent provisoire et redoute de le voir s'évanouir. Il faut aller à l'école de l'exil pour connaître la joie de perdre ses propres papiers.

LE POIDS DU PAPILLON

2009

Traduit de l'italien par Danièle Valin

Titre original :
IL PESO DELLA FARFALLA

© Giangiacomo Feltrinelli Editore, Milan, 2009.
Publié en accord avec l'Agenzia letteraria Susanna Zevi.
© Éditions Gallimard, 2011, pour la traduction française.

LE POIDS DU PAPILLON

Sa mère avait été abattue par un chasseur. Dans ses narines de petit animal se grava l'odeur de l'homme et de la poudre à fusil.

Orphelin avec sa sœur, sans un troupeau voisin, il apprit tout seul. Adulte, il faisait une taille de plus que les mâles de son espèce. Sa sœur fut emportée par un aigle un jour d'hiver et de nuages. Elle s'aperçut qu'il planait au-dessus d'eux, isolés sur une pâture au sud, là où subsistait un peu d'herbe jaunie. Sa sœur voyait l'aigle même sans son ombre à terre, sous un ciel bouché.

C'était sans issue pour l'un des deux. Sa sœur se mit à courir, donnant l'avantage à l'aigle, et elle fut attrapée.

Resté seul, il grandit sans frein ni compagnie. Quand il fut prêt, il partit à la rencontre de la première harde, défia le mâle dominant et fut vainqueur. Il devint roi en un jour et en duel.

Les chamois ne vont pas jusqu'au bout dans un combat, ils décident du vainqueur aux premiers coups. Ils ne se cognent pas de front comme les bouquetins et les chèvres. Ils penchent la tête vers le sol et tentent de glisser leurs cornes, légèrement recourbées, sous le flanc de l'autre. Si la reddition n'est pas immédiate, ils accrochent le ventre et le déchirent en tirant le cou en arrière. Ils arrivent rarement à cette fin.

Avec lui, ce fut différent, il avait grandi sans règles et il les imposa. Le jour du duel, ils avaient au-dessus d'eux le magnifique ciel de novembre et par terre des mottes de neige fraîche, encore peu abondante. Les femelles sont en chaleur avant l'hiver et mettent bas au milieu du printemps. En novembre, les chamois se défient.

Il entra à l'improviste dans le champ du troupeau, surgissant d'un bond du haut d'un rocher. Les femelles s'enfuirent avec les petits de l'année, le mâle resta et racla furieusement l'herbe de ses sabots antérieurs.

En haut, se massèrent des ailes noires de corneilles et des croassements. Planant dans les courants ascensionnels, elles regardèrent le duel ouvert comme un livre au-dessous d'elles. Le jeune mâle solitaire avança, tapa du sabot par terre et souffla sèchement. Le choc fut violent et bref. Les cornes de l'attaquant s'ouvrirent une brèche dans la défense et sa corne gauche accrocha le ventre de son adversaire. Elle le déchira dans un craquement et plus haut les ailes claquèrent avec fracas. Les oiseaux acclamaient le vaincu qui leur était destiné. Le chamois éventré s'enfuit perdant ses viscères, pourchassé. Les ailes quittèrent le ciel pour descendre à terre les dévorer. La fuite du vaincu se brisa d'un coup, il buta et tomba sur le flanc.

Sur la corne ensanglantée du vainqueur se posèrent des papillons blancs. L'un d'eux y resta pour toujours, pour des générations de papillons, pétale battant au vent sur la tête du roi des chamois durant les saisons d'avril à novembre.

Ce matin de novembre, il se réveilla fatigué. Depuis bien des années, il dominait son territoire et nul ne l'avait jamais défié. Ses fils avaient grandi en compagnie de leurs mères et ne connaissaient pas son âpreté. Avec lui, les duels n'existaient pas. Une fois grands, les mâles s'exilaient en quête d'autres troupeaux.

La paix régna dans leur royaume, on mourait chassé par l'homme et par l'aigle. Les chamois payaient le prix aux prédateurs du fond de la vallée et du ciel, pour vivre dans ce royaume. L'homme chargeait sa proie sur son dos et l'emportait, l'aigle consommait sur place, puis prenait son élan en descente pour s'envoler.

L'aigle est maladroit à terre. Alourdi par son repas, il a tout du dindon. Il s'en va sur ses pattes courtes et avant de pouvoir s'élever, il touche le sol en rebondissant plusieurs fois. À terre, un aigle repu est vulnérable.

Le roi des chamois en avait tué un sur un haut plateau. Il avait attendu qu'il s'alourdisse et puis il l'avait attaqué. L'aigle n'arrivait pas à prendre de l'altitude, il s'agitait au ras du sol. Le troupeau médusé avait vu de loin leur roi foncer tête baissée sur l'aigle qui s'enfuyait et retombait. D'un coup de sa corne gauche, le roi l'avait transpercé en l'air au moment où il perdait de la hauteur. Il avait sauté sur l'oiseau blessé et l'avait piétiné de ses sabots, le laissant mourant. On n'avait jamais vu ça au royaume des chamois.

Ce matin de novembre, il se réveilla fatigué et sut que c'était la dernière saison de sa suprématie. Ses cornes allaient se rendre face à celles d'un de ses fils plus résolu. Il avait déjà dû en blesser un au ventre, sans aller plus loin, un qui piaffait. Un d'entre eux répandrait ses boyaux sur l'herbe et il ne serait plus qu'une carcasse vaincue et vidée. Il ne devait pas finir ainsi, mieux valait disparaître cet hiver-là, et qu'on ne le retrouve pas.

Il ne dormait pas avec le troupeau, pas même pendant l'automne de l'accouplement. Il avait plusieurs refuges pour la nuit, sous des pins de montagne creux, dans des grottes sur de hauts rochers friables où ni l'homme ni son odeur ne pouvaient monter. Il descendait vers la harde à des heures différentes, avec le brouillard, avant l'aube, après le coucher du soleil. Il ne donnait à personne la chance de le prévoir. À son arrivée, les femelles allaient à sa rencontre et les jeunes mâles pliaient le genou pour s'incliner.

Ce jour de novembre, le roi reconnut son déclin. Son cœur battait à moins de deux cents coups par minute, cette poussée qui donne de l'oxygène aux élans en montée et les rend plus légers.

Les sabots des chamois sont les quatre doigts d'un violoniste. Ils vont à l'aveuglette sans se tromper d'un millimètre. Ils giclent sur des à-pics, jongleurs en montée, acrobates en descente, ce sont des artistes de cirque pour le public des montagnes. Les sabots des chamois s'agrippent à l'air. Le cal en forme de coussinet sert de silencieux quand il veut, sinon l'ongle divisé en deux est une castagnette de flamenco. Les sabots des chamois sont quatre as dans la poche d'un tricheur. Avec eux, la pesanteur est une variante du thème, pas une loi.

Il les posa à l'aube dans un brouillard épais à ne pas voir le sol, et les trouva mal assurés. Aussi attendit-il que son cœur pousse ses battements jusqu'à la pointe de ses ongles et que le jour croisse en même temps que les coups. Il ne voulait pas céder, baisser sa corne gauche devant un mâle plus jeune, aux forces seulement plus neuves.

Il flaira l'horizon pour savoir où ne jamais plus revenir, ni se laisser surprendre. Le jour au franc soleil sécha vite le brouillard, un ruisseau de lumière, venant de l'est, parcourait le troupeau qui s'y abreuvait, museaux levés. Ils étaient bien des mètres au-dessous de lui. De son abri à l'ombre, il en vit la force, la quantité, qui supporte les pertes. Ils n'étaient pas courageux, ils étaient nombreux, valeur qui donne de la force aux plus faibles.

C'étaient ses fils, sortis des poussées de ses flancs. Il n'en était pas fier, il avait fait ce que voulait la vie. Ils pouvaient s'exposer en pleine lumière.

Braves femelles qui mettent bas au mois de mai en montant sur les plus hauts pâturages. Elles accouchent dans la solitude, puis elles se mettent en groupe avec d'autres mères. Les petits grandissent dans des jardins d'enfants clôturés par les cieux et les ravins. Leurs cornes servent de bouclier contre les piqués de l'aigle, sans l'aide d'aucun mâle.

Braves femelles, chacune avec un marmot collé à son ombre et à ses mamelles. Le roi les surveillait de loin, heureux de voir naître plus de femelles que de mâles.

L'odeur de l'homme et de son huile lui arriva dans la montée. Elle appartenait à l'assassin de sa mère. C'était lui, il montait pour abattre tout seul des chamois, il cherchait leur roi depuis des années.

Il donna un coup de patte dans une pierre et l'envoya cogner loin au-dessus des éboulis escarpés. Le choc fit rouler une petite salve de cailloux. Au bout de la pente, l'homme se tourna pour la repérer plus haut, pour remonter à la bête qui l'avait déclenchée. Il regarda du mauvais côté. Dans l'ombre, le roi des chamois se moquait de lui depuis des années.

L'homme en avait tué plus de trois cents. Il visait en haut de la cuisse, un endroit qui abattait l'animal sans abîmer sa fourrure. Il le vidait sur place, puis chargeait sur son dos la carcasse allégée. Un chamois mâle adulte pèse entre quarante et soixante kilos maximum. Le roi, hors gabarit, était sûrement plus lourd.

L'homme vendait la peau aux tanneurs, la viande aux restaurants qui l'achetaient sous le manteau. Il montait souvent en novembre quand les mâles se battent et que la barbe de la maturité pousse sur leur dos jusqu'à trente centimètres.

L'hiver, il chassait pour les tables des skieurs, l'été pour l'appétit des randonneurs et des alpinistes, mais en novembre pour le trophée de la crinière dorsale qui, à elle seule, valait le reste du chamois. Il cherchait leur roi depuis des années, il reconnaissait qu'il n'en avait jamais rencontré de semblable.

Bête assassine, l'homme qui abattait les fils du roi des chamois de loin, bête qui grouillait dans la vallée et grondait comme le tonnerre quand il faisait beau. Bête solitaire, celle qui montait vers eux pour les surprendre, les emporter. Même ainsi, les chamois le préféraient à l'aigle, qui arrive par surprise sans s'annoncer par l'odeur, les jours de nuages et de brouillard, et qui pousse les petits dans le vide pour les dévorer en bas, fracassés. Mieux vaut l'homme, qu'on sent de loin et qui fait fuir l'aigle. Les chamois s'aperçoivent toujours de sa présence.

L'homme avait déjà un certain âge, une grande partie de sa vie passée à monter braconner en montagne. Il s'était retiré pour faire ce métier après une jeunesse passée dans la ville avec les révolutionnaires, jusqu'à la débandade.

Pendant une période du siècle dernier, la jeunesse s'était donné une loi différente de celle qui existait. Elle avait cessé d'apprendre des adultes, aboli la patience. En montagne, elle grimpait sur des cimes nouvelles, en plaine elle se donnait des noms de bataille. Elle voulait être une primeur de temps opposés, déclarait fausse toute monnaie. Elle n'avait pas droit à l'amour, bien peu d'entre eux eurent des enfants pendant les années révolutionnaires. On n'a plus jamais vu une jeunesse s'acharner à ce point pour renverser son assiette. Une assiette à l'envers ne contient presque rien, mais elle a une base plus large, elle est plus stable.

Il s'était retiré dans les montagnes de sa naissance et avait recommencé à braconner. Il avait vécu dans des cabanes de bergers abandonnées, des bivouacs d'alpinistes. Puis, quelqu'un lui avait cédé un abri en pierre tout en haut d'un bois et il l'avait adapté à ses besoins. Il était composé d'une seule pièce, du feu et de l'eau. Le seul confort : une double fenêtre au milieu de laquelle il mettait de la mousse qui absorbe le vent. Il chargeait les chamois sur son dos, les abattant du haut de rochers effrayants à voir, le long de sentiers invisibles foulés par leurs légers sabots, juste une trace au crayon au-dessus des précipices. Il avait peu de rapports avec le village voisin, mais il connaissait tout le monde, ce qui le protégeait tout de même. Chaque village a son saint et son bandit. Il n'était pas sous mandat d'arrêt, il était braconnier, mais aucun garde-chasse n'avait réussi à le cueillir sur le fait.

Il arpentait les montagnes avec un 300 Magnum et une balle de onze grammes. Il ne laissait pas l'animal blessé, il l'abattait d'un seul coup. Il savait arriver du côté du vent, il restait sans bouger pendant des heures dans le froid glacial, il montait, descendait, escaladait avec agilité.

Ce jour de novembre, il se leva les jambes lourdes, au réveil il sentait déjà le poids d'une fin de journée. Ce fut le soleil qui le poussa à prendre son sac. Son arme était près de son lit depuis la veille, celui qui vit seul doit savoir se tenir prêt. Il sortit, le café tout fumant dans la tête.

La veille au soir, le vin avait coulé au bistrot du village dans une effervescence de gens venus le saluer. On fêtait l'anniversaire d'une de ses escalades qui avait fait beaucoup parler ses admirateurs vingt ans plus tôt.

Pour lui, l'alpinisme était une technique au service de la chasse, un moyen d'arriver là où d'autres étaient incapables d'aller. À ses débuts, il y avait d'autres braconniers, mais ils avaient tous disparu : ils avaient abandonné ou bien étaient trop âgés.

Vingt ans plus tôt, il avait escaladé un versant encore impossible pour surprendre par en haut une harde de chamois, inaccessible par le meilleur côté parce que trop à découvert. Il avait grimpé tout seul, le fusil à l'épaule, sur la paroi vierge. Il était descendu par le versant opposé, un chamois sur le dos.

Au village, après avoir vendu la viande, il avait rencontré des alpinistes venus d'autres régions qui se préparaient à ouvrir la première voie sur cette face. Il dit qu'il l'escaladerait avant eux, le lendemain, tout seul et sans cordes, sans protections. Ils parièrent le contraire et misèrent une belle somme. Le lendemain, il refit l'escalade sous leur nez en l'air, sans l'entrave du fusil et du sac. Pour eux, c'était un exploit sans égal, pour lui une astuce lui évitant d'être flairé par les chamois. La grandeur des exploits consiste à avoir tout autre chose en tête.

Le pari gagné, il n'avait pas voulu toucher la mise, en leur révélant qu'il avait déjà escaladé la paroi. Il gagnait sa vie avec les chamois, pas avec les alpinistes.

Ce soir-là, il avait joué de l'harmonica pour l'assistance. C'était sa façon de rester avec les autres sans répondre aux questions.

Ce jour de novembre était brillant, un jour fait pour ceux qui sont jeunes et rayonnent de toutes leurs énergies. Il se remémorait leur parfum de cuir nourri et de première neige. Maintenant, il volait ses énergies à l'air, il les absorbait par le feu, il les protégeait du vent. Il était un morceau de pain sec à frotter avec le hareng pendu à la poutre, pour lui redonner du goût.

Ce jour-là, le lubrifiant de son fusil l'incommodait. Il ne voulait pas le camoufler en l'enveloppant dans sa housse enduite d'excréments de chamois, pour tromper leur flair prophétique. À plusieurs centaines de mètres de distance, ils lèvent leur museau, aspirent l'air par une narine à la fois, une drôle de grimace moqueuse : repéré, le chasseur.

Le soleil de novembre couvrait tout alentour d'une odeur d'homme, une graisse rance que même les crottes de chamois ne pouvaient camoufler. L'air de novembre dénonce l'homme à toute la montagne.

Il sortit, une allure endurcie accompagnait ses pas, sa douleur au genou le prévenait du changement de saison. La neige, celle qui se fixe, allait arriver. La fumée du café se mêla aux derniers champignons du bois. Il n'allait pas les cueillir, il les ignorait. Il devait monter à 2 300 mètres en tournant à mi-montagne. Il était fatigué. Un mois plus tôt, il avait abattu son trois cent sixième chamois. C'était un mâle robuste, blessé par une entaille au ventre. Elle n'était pas profonde, le coup n'avait pas atteint le paquet de boyaux. Le roi des chamois était sûrement encore le chef du royaume pour avoir battu un mâle aussi fort. Il l'avait vu deux fois avec ses jumelles : deux cornes, les plus belles qui aient jamais poussé sur une tête, et une barbe sur le dos dressée en l'air comme la queue d'un coq. Cette blessure au ventre lui avait appris que le roi était encore en vie. Ce devait être sa dernière saison, il ne restait plus assez de temps pour le vaincre. Il disparaîtrait, caché dans un trou pour mourir.

Le roi des chamois : c'était drôle qu'on l'appelle ainsi dans la vallée, lui le chasseur. Il laissait dire, mais il préférait pour lui le titre de voleur de bétail. Il volait au maître de tout, qui laissait faire, mais qui tenait les comptes. Chaque jour pouvait être celui du règlement du solde de la somme totale, même ce jour tiède et rapide de novembre. Il avait vécu aux crochets du maître. Il s'était servi là où il trouvait table mise, sur des à-pics, dans la neige où l'on s'enfonçait jusqu'à la taille, au milieu des rochers pointus et des couloirs creusés par les éboulements.

Il avait suivi des cerfs, des chevreuils, des bouquetins, mais plus de chamois, ces bêtes qui courent à la perfection au-dessus des précipices. Il reconnaissait une pointe d'envie dans cette préférence. Il avançait sur les parois à quatre pattes sans une once de leur grâce, sans l'insouciance du chamois qui laisse aller ses pieds, la tête haute. L'homme pouvait aussi faire des ascensions bien plus difficiles, monter tout droit là où eux devaient faire le tour, mais il était incapable de leur complicité avec la hauteur. Eux vivaient dans son intimité, lui n'était qu'un voleur de passage.

Il avait vu les chamois franchir les précipices en pleine course, l'un derrière l'autre, exécutant une séquence de pas identique dans leur prise d'élan. Leur saut était un raccommodage entre deux bords, un point de suture au-dessus du vide. Il enviait la supériorité de l'animal, il reconnaissait la bassesse du chasseur qui invente un expédient, l'embuscade à distance. Sans la certitude de son infériorité, l'élan pour se mettre à la hauteur fait défaut.

Le pêcheur est différent, il n'envie pas l'habileté du poisson, il ne cherche qu'à la dominer. C'est un prédateur qui capture en masse, il ne suit pas un spécimen unique, comme Achab dans *Moby Dick*. Il ne charge pas la bête sur son dos. Le pêcheur est l'opposé.

Quand il était jeune, il allait braconner avec un vieil homme qui le prenait avec lui comme porteur. Ils remontaient des torrents impétueux au milieu des rochers, il fallait grimper sur des bords qui s'éboulaient, dans des gorges assourdies par le grondement de l'eau. En haut, vers les sources, se formaient des mares. Le vieil homme y jetait des bouts d'explosif amorcés d'une courte mèche. C'était de la cheddite, une variété de dynamite utilisée dans les carrières de marbre. Il en suintait des gouttes de glycérine qu'il valait mieux ne pas agiter, attention de ne pas tomber avec. Quand on est jeune, on ne pense pas qu'on va tomber, plus tard oui. Le garçon portait l'explosif, l'adulte les détonateurs. Tout l'art consistait à provoquer une explosion à fleur d'eau, pas plus haut, pour ne pas disperser l'onde de choc. Le coup creusait un trou dans la mare, qui se refermait en ramenant toutes les truites à la surface.

La première fois, il s'était fait attraper : « Espèce d'idiot, pour les poissons il faut un panier-réserve qui laisse passer l'eau et pas un sac à dos. »

Vider les fleuves à la dynamite n'était pas un métier pour lui. Des années durant, plus rien n'y poussait.

Le roi des chamois : il savait bien à qui revenait ce titre. Le vrai avait été meilleur que lui, plus fort et plus précis. Lui était un roi des chamois juste bon pour les hommes.

Ce jour-là, il s'appuyait sur une canne en bois de charme pour supporter la marche. L'air montait, tiède, faisant flotter les ailes immobiles et apportant une odeur d'homme droit dans les narines des chamois. Il devait s'en approcher en montant plus haut qu'eux.

Les bêtes l'avaient senti, elles savaient qu'il était là et savaient aussi qu'elles se trouvaient dans une pâture à découvert, difficile d'accès. Si l'odeur s'intensifiait, elles s'égailleraient vers le sommet.

Elles engraissaient pour supporter l'hiver, elles stockaient dans leurs flancs les calories de la résistance. Leur pelage noircissait, brillant, rembourré, en novembre elles étaient au mieux de leurs sens.

La harde savait qu'un jour comme celui-ci, le roi ne venait jamais lui rendre visite, pas avant qu'il fasse nuit. Les mâles faisaient mine de mesurer leur force sans parvenir au degré du duel. L'un d'eux réussit à monter en cachette une femelle à ses premières chaleurs. Son odeur titillait leurs narines. Sur leur dos, près du cou, une glande sexuelle sécrétait une odeur d'amande.

L'homme franchit deux cents mètres d'air au-dessous du troupeau. Il ne pouvait le voir, à tant de sauts de roche plus haut. Aucun sens ne lui donnait la certitude qu'il y était. L'espèce humaine est dotée de bien peu de sens. Elle les améliore grâce au résumé de l'intelligence. Le cerveau de l'homme est un ruminant, il remâche les informations des sens, les combine en probabilités. L'homme est ainsi capable de préméditer le temps, de le projeter. C'est aussi sa damnation, car il en retire la certitude de mourir. Ce jour de novembre, l'homme savait qu'il frôlait le terme. Il suivait peut-être le troupeau pour la dernière ou l'avant-dernière fois. L'homme ne supporte pas la fin, une fois qu'il la connaît il pense à autre chose, il espère s'être trompé dans ses prévisions.

Il était normal pour lui de finir dans les rochers, comme un roi des chamois, mais un roitelet. Il sourit, car il savait souffler le cri de l'oiseau dans son harmonica.

Un des refuges du roi des chamois se trouvait sous un pin mugho, qu'il avait lui-même creusé de ses cornes et de ses pattes. C'était un talent inconnu du troupeau, qu'il avait acquis pour se cacher. Son espèce savait gratter la neige à l'aide des sabots pour chercher un peu d'herbe fanée. Lui avait appris à remuer la terre.

La première fois, il s'était glissé sous un pin pour échapper à l'odeur d'un homme tout près. Quand il était passé, il avait déplacé des cailloux avec ses pattes pour se creuser un bon abri. Sous le toit des branches, il levait son museau la nuit vers la voûte du ciel, un pierrier de cailloux lumineux. De ses grands yeux et le souffle fumant, il fixait les constellations, où les hommes voient des silhouettes d'animaux, l'aigle, l'ourse, le scorpion, le taureau.

Lui y voyait des brisures d'éclairs et les flocons de neige sur le pelage noir de sa mère, le jour où il avait fui loin d'elle avec sa sœur, loin de son corps abattu.

L'été, les étoiles tombaient comme des miettes, brûlaient en vol pour s'éteindre dans les champs. Alors, il s'approchait de celles qui étaient tombées près de lui pour les lécher. Le roi goûtait le sel des étoiles.

Il gardait ses expériences pour lui. Ayant grandi sans troupeau, il ne savait pas transmettre. Il pouvait répandre dans sa descendance sa force et sa taille imposante, rien d'autre. Sa puissance venait de deux aliments différents : il creusait pour mordre les racines, et puis il avait appris à manger la touffe sommitale des mélèzes et des sapins. Il cherchait dans les endroits inconnus à son espèce, sous terre et en hauteur. Les chamois mangent ce qui est à la portée de leur museau, lui avait trouvé autre chose. La touffe du sommet des arbres : il n'avait pas un cou de girafe pour les atteindre. Il avait appris à suivre à distance les bûcherons. Ils coupaient la plante, débarrassaient le tronc des branches latérales et laissaient la pointe. Car le sommet de l'arbre sentait la fin de la lymphe et suçait toute celle du tronc, qui séchait plus vite ainsi.

Le roi des chamois allait manger la touffe du sommet qui contenait l'ultime concentré de vie de l'arbre.

Dans chaque espèce, ce sont les solitaires qui tentent de nouvelles expériences. Ils forment un quota expérimental qui va à la dérive. Derrière eux, se referme la trace ouverte.

Il allait aussi dans les bois, détachait de ses lèvres les fleurs violettes et les jaunes qui séduisent les abeilles. Il aimait la raiponce qui fleurit sur les parois à pic, se contentant d'un ongle de terre. Sur sa corne gauche s'agitaient, tels de petits drapeaux, les ailes d'un papillon blanc.

Tandis que le jour passait de l'est au sud, le sang du roi réchauffa les ongles de ses sabots. Il en éprouva l'équilibre en soulevant ses pattes antérieures, restant sur celles de derrière, position peu commode pour une bête pourvue de quatre appuis.

L'espèce humaine avait libéré ses mains, en se dressant sur ses pieds, mais elle avait perdu en rapidité. Dans l'escalade, elle se retrouvait à quatre pattes, mais en analphabète. Le roi des chamois reposa ses pattes antérieures à terre. Sa fatigue dépendait du cœur, non pas des quatre leviers prodigieux. Il sortit de sa tanière au creux du pin en sentant l'odeur de l'homme monter avec les courants ascensionnels, odeur de l'assassin de sa mère et des siens.

L'homme contourna une moitié de la montagne, puis il escalada une fissure qui s'élargissait jusqu'à laisser passer le corps tout entier. Elle devenait aussi large qu'un conduit de cheminée et le souffle dans l'ombre sortait en vapeur. Dans son ascension, il dépassa le niveau du troupeau, continua jusqu'à une petite terrasse. De là, un étroit sentier longeait la paroi. Il le parcourut et finit par apercevoir plus bas le pâturage des chamois. Son odeur se dégageait vers le haut, loin de leurs muqueuses.

Le roi n'était pas là. Impossible qu'il soit là par un jour de visée si facile. La paroi était au soleil, l'air montait d'en bas avec une poussée d'ascenseur. Des ailes noires se laissaient soulever jusqu'au sommet.

L'homme s'allongea sur les cailloux au-dessus du précipice, il tendit son cou au-delà du bord, renifla l'air que respiraient les chamois.

Il fut surpris de sentir le parfum d'amande des glandes, venant de si bas. Les sens donnent une dernière acuité dans le temps final de la vie, une flambée. Il le savait et ajouta l'étrange capacité de son odorat aux fatigues de ces derniers jours. Ce n'était pas l'effort qui l'essoufflait, mais un début de fléchissement.

Étendu sur les pierres, il reprenait sa place de suprématie, il épiait sans être vu. Au-dessus de lui, se perdaient les cris des oiseaux. Ils ne prévenaient sûrement pas les chamois de la présence de l'intrus. Les oiseaux, au-dessus de lui, étaient du côté de la chasse.

Le canon du fusil avait ramassé des fils d'araignées dans les passages. Il les laissa, ils étaient de bon augure, œuvre du plus grand chasseur du monde, qui dessine des pièges dans l'air pour capturer des ailes. L'araignée était une collègue. Dans sa cabane, les fils des toiles d'araignées étaient tendus autour de la fenêtre. Ils brillaient au soleil pour accrocher les vols. Les araignées fixaient des filets avec un centre et attendaient. Les proies viennent à elles. L'homme devait escalader pour aller au centre des proies. L'araignée était le plus fort des chasseurs. Dans sa position encore à l'ombre, l'homme voyait briller au vent un fil de toile d'araignée collé sur le canon de son fusil.

Un papillon blanc alla se poser dessus. Il le chassa d'un léger mouvement, pour l'enlever sans le toucher. Son vol saccadé, en zigzag, était l'opposé de la balle en plomb chargée dans l'obscurité du canon brillant, avec sa ligne droite vers la grosse cible. Un papillon sur un fusil le tourne en dérision. Sa visée est tournée en ridicule par le vol saccadé qui, où qu'il tombe, porte en lui le centre atteint. Là où se pose le papillon, c'est le centre. L'homme le chassa d'un geste lent et d'un souffle de rejet.

Sa vue n'avait nul besoin de lunettes. Il la rinçait dans un torrent qui était tiède même en hiver, qui ne gelait pas à sa source, mais plus bas. Il buvait quelques gorgées et abreuvait aussi ses yeux. Ses dents étaient toutes bien à lui. Il scruta l'horizon, vit le village dans la vallée et crut entendre un tintement de cloche. Il était encore bien entier, mais ses sens aiguisés trahissaient un effondrement. Il sourit, il avait pris rendez-vous l'après-midi avec la femme qui avait su le décider. Il lui avait permis de venir le rejoindre dans sa cabane à l'orée du bois. Ça aussi était le signe d'une fissure.

Considéré comme le dernier braconnier, sa réputation avait grandi alors que les autres se retiraient, vieux et moins vieux. Les gardes-chasse n'arrivaient pas à leurs fins avec lui. Il allait là où eux ne se risquaient pas.

La montagne cache, elle a des ruelles, des greniers, des souterrains, comme la ville de ses années violentes, mais elle est plus secrète. Il avait des cachettes à droite et à gauche, des dépôts avec fusils et cartouches, des abris et des bivouacs invisibles. Il sortait de chez lui avec son arme déclarée, se rendait dans un de ces endroits, changeait d'arme et partait pour sa battue.

Tôt ou tard, un braconnier rencontre un obstacle, est poursuivi par la justice, lui non. L'alpinisme lui avait servi à perfectionner ses voies de fuite. Il montait pour effacer ses traces, un alpinisme à l'opposé de celui des grimpeurs qui laissent des signes de passage, des pierres entassées comme des balises, des clous dans les parois, des croix sur les sommets. Il ne comprenait pas les croix : sans le Christ crucifié, elles étaient une signature d'analphabète, au bas d'un acte de géographie. Sur la pointe Miara du massif de Sella, en revanche, on a accroché un christ en bois de trois mètres. Exposé aux matières, immobile les bras ouverts, il arrête le temps, comme une digue, pour qu'il ne précipite pas tout à la fois dans le vide.

Il connaissait son territoire mieux que tout autre spécimen animal. L'homme est doué pour la géographie, c'est la mesure qu'il apprend le mieux même sans école.

À une époque, il avait partagé la montagne avec un ours. Ils se rencontraient souvent et s'arrêtaient à quelques pas de distance. L'ours flairait l'homme, l'homme regardait par terre, de côté, en haut. Puis, ils se séparaient. L'ours mangeait les viscères des bêtes abattues. L'ours et sa fourrure étaient bons à vendre, mais on ne tue pas un spécimen unique. Puis, l'animal était mort de vieillesse, il avait trouvé sa carcasse dans un bois du versant nord et il l'avait enterrée.

Il rencontrait aussi l'aigle, qui descend récupérer le petit du chamois qu'il a fait tomber. L'aigle qu'on dérange reprend son vol, lent au décollage. Il ne tirait pas sur cette merveilleuse créature. Quand il était jeune, il était allé voler un aiglon dans son nid, dans la vallée on lui en donnait un bon prix. Le nid n'est pas sur les sommets, l'aigle n'est pas fou, il le fait à mi-paroi. Il va chasser plus haut et redescend en portant sa proie capturée. Quelle puissance dans ses pattes : elles ouvrent la poitrine du chamois et la déchirent pour manger son cœur.

C'est le mois de novembre, l'homme entend tomber le rideau métallique de l'hiver. Dans les nuits où le vent arrache les arbres les plus exposés à leurs racines, la pierre et le bois de la cabane se frottent entre eux et lancent une plainte. Le feu fait claquer des baisers de réconfort. L'âpreté extérieure donne des coups d'épaule, mais la flamme allumée garde unis le bois et la pierre. Tant qu'elle brille dans le noir, la pièce est une forteresse. Et l'harmonica est là aussi pour dominer le bruit de la tempête.

L'hiver, l'homme taille des branches de cerisier sauvage qui pousse dans le fond de la vallée, pour en faire des cannes. L'été, il va les vendre au village. Il grave sur la poignée une tête de cheval, un champignon, un edelweiss. L'écorce du cerisier remplit la pièce d'une odeur de four éteint.

Quand la tempête se calme, elle laisse la neige accroupie sur la cabane comme une poule qui couve. La pendule à la voix de coucou en bois frappe des coups de poussin dans son œuf. Le coucou en bois a la voix de mai, la voix dépaysée d'un prophète dans la ville qui fait la fête.

L'hiver, l'homme doit seulement résister dans sa coquille. Il pense : aucune géométrie n'a calculé la forme de l'œuf. Pour le cercle, la sphère, il existe le *pi* grec, mais pour la figure parfaite de la vie, il n'existe pas de quadrature. Pendant les mois de blanc sur lui et tout autour, l'homme devient visionnaire. Avec le soleil dans ses paupières éblouies, la neige se transforme en bris de verre. Le corps et l'ombre dessinent le pronom « il ». L'homme sur la montagne est une syllabe dans le vocabulaire.

Pendant les nuits de lune, le vent agite le blanc et lance des oies sur la neige, un vieux moyen pour dire qu'à l'extérieur se promènent des fantômes. Il les connaît, à son âge les absents sont plus nombreux que ceux qui sont restés. À sa fenêtre, il regarde passer leur blanc d'oie sur la neige nocturne.

C'est le mois de novembre, devant lui l'hiver à venir, immense à accueillir. Cette année, il a songé à descendre dans la vallée, passer l'hiver au village. C'est la première fois que lui vient cette pensée, dans ses pas en montée. L'homme donne un coup de pied à une petite pomme de pin mugho. Sans lui, la cabane s'écroulerait de mélancolie.

L'homme raconte peu de choses. C'est ce qui pousse les autres à ajouter des détails, en les grossissant. Une journaliste s'était mis en tête de le suivre, de l'épier. Elle avait payé un guide de montagne pour qu'il la conduise sur ses traces. L'homme les détachait facilement de ses pas. Là où ils étaient obligés de s'encorder, lui grimpait en libre, rapidement. Alors, la journaliste s'était manifestée, l'abordant au village où il se ravitaillait. Elle lui avait offert une rétribution. C'étaient les mois d'été. L'homme l'avait écoutée, puis il lui avait répondu : « Je vais réfléchir. »

Il avait perdu l'habitude d'être devant une femme, son nez était gêné par l'odeur parfumée dont les femmes marquent l'air. Des humeurs s'étaient réveillées dans son ventre.

Un homme qui ne fréquente pas de femmes oublie qu'elles ont une volonté supérieure. Un homme ne parvient pas à vouloir autant qu'une femme, il pense à autre chose, il s'interrompt, une femme non. Devant elle, il se sent pressé. Si elle était garde-chasse, il se débrouillerait. Mais une femme est ce fil d'araignée tendu dans un passage, qui se colle aux vêtements et se laisse porter. Elle avait mis sur lui ses pensées et il ne s'en débarrassait pas.

Un homme qui ne fréquente pas de femmes est un homme sans. Il n'est pas un homme un point c'est tout, et rien à ajouter. C'est un homme sans. Il peut l'oublier, mais s'il se retrouve devant une femme, il le sait de nouveau.

« Je vais réfléchir. » C'était vrai, il pensait à cette femme, à sa volonté de lui extorquer une histoire, à lui qui écoutait celles des autres au bistrot et il répondait à la question « Et toi ? » en levant son verre à la santé de l'assistance, pour avaler sa réponse. S'ils insistaient, il sortait son harmonica de sa poche et y soufflait sa musique. Il ne pouvait ajouter son histoire aux leurs. Il avait fait bien pire que tout ce que les autres racontaient. Risques, mésaventures, cruautés, les récits des autres lui disaient qu'il était le plus mauvais. Mais à la femme, il ne pouvait répondre par le souffle de l'harmonica. Il y réfléchissait.

À soixante ans, son corps était bien accordé, compact comme un poing. Et la femme, comment était-elle ? Comme la main ouverte au jeu de la mourre chinoise, la main qui gagne parce qu'elle devient feuille de papier autour de la pierre et l'enveloppe. La femme était la feuille où son histoire finirait emprisonnée. Et la troisième figure de la mourre, les ciseaux ? C'était le chamois, il vaincrait le papier avec ses cornes, qui sait comment.

Il y réfléchissait et reportait. Cet automne-là, il sentit la fatigue dans sa poitrine et ses jambes. Il se décida à lui dire qu'il était prêt. Ils se mirent d'accord au village, elle monterait à sa cabane à 1 900 mètres d'altitude, là où le bois s'éclaircit avant de s'interrompre. Là, au milieu de ses choses muettes, il essaierait de répondre.

La femme refréna une expression de satisfaction pour la brèche ouverte et lui serra la main, en signe d'accord. La paume refermée sur les doigts n'était pas une feuille de papier. C'était une impudente intimité cachée sous un geste de salut. Pour un homme sans, toucher la main d'une femme, c'est un bond dans le sang. Une femme et un homme ne devraient pas se toucher et faire semblant qu'il s'agit d'autre chose. Le geste de la femme, et c'était elle qui avait cherché sa main, dépassa la limite des corps, déjà un échange entre amants pour lui.

Il regarda sa main et la mit dans sa poche avec l'autre. Ils s'étaient mis d'accord, elle viendrait sans magnétophone. Sur le chemin du retour, il frotta sa main sur un mélèze, non pas pour effacer, mais pour conserver le contact sous résine. C'était pour le lendemain, quand il rentrerait de son tour dans les montagnes.

C'était le dernier pas de l'automne, ensuite viendraient la neige et son silence magnifique. Aucun autre silence que celui de la neige sur le toit et sur la terre ne vaut ce nom-là.

Une pierre de fleuve lui sert à briser la forme ronde du pain de seigle, il l'émiette dans du lait. Avec un bout de fromage, c'est là son dîner.

L'hiver est une mâchoire autour de la cabane, dehors il plonge ses pas au-dessus de la cime des arbres. Il va se ravitailler en fromage et en lait dans la dernière ferme restée en altitude. Il faut traverser deux couloirs exposés aux paquets de neige prêts à s'écrouler. Il y va la nuit, quand le froid serre le nœud des avalanches.

Il descend au village si le temps se dégage, une fois par mois pour remplir son sac à dos de pommes de terre, d'oignons, de riz, de lentilles. Il fait le tour des saluts, écoute les discours habituels, les projets pour la route, le téléphérique : ça ira mieux, et qu'en penses-tu, ça ne marchera pas. On lui dit également si quelqu'un est mort, et alors il y a une visite à faire.

Il attend la sortie des enfants de l'école, le nouveau monde, les voix continueront quand son harmonica se taira. La vie sans lui est déjà en chemin. Il remonte à la cabane alors qu'il fait nuit, laissant la trace de ses crampons sur le dallage de la glace. Sa canne en cerisier est munie d'une pointe en fer pour goûter le sol, elle a le son ami des pas d'aveugle.

Avait-il un jour regretté quelque chose ? Ce matin-là, tout en marchant, il cherchait à deviner une question de la femme. Non, et puis on ne répare rien après un tort commis. On peut seulement renoncer à le refaire. Ça lui était arrivé avec les bouquetins, il les chassait autrefois. Il aimait le caractère de ces animaux, plus affectueux que celui des chamois. Dans le troupeau, les bouquetins s'échangent des caresses, des frottements, ils nettoient mutuellement leur pelage. Entre mère et fils, il existe un lien à la vie à la mort.

Il avait cessé de les chasser après ce qui s'était passé. Il avait tiré sur un bouquetin dans le brouillard sans voir que c'était une femelle avec son petit. La bête frappée sur le versant escarpé avait essayé de rester agrippée à la paroi en enfonçant ses pattes incertaines, puis elle était tombée à la renverse, un saut de vingt bons mètres. Le petit avait sauté sans hésitation dans le vide du brouillard derrière sa mère, retombant sur ses pieds. Sa mère avait roulé à nouveau et avait fait un saut encore plus grand. Le petit avait encore volé derrière elle.

Quand l'homme atteignit l'animal tué, le petit était là, un peu tordu sur ses pattes, les yeux grands, calmes, désolés.

Il n'avait pas eu le courage d'éventrer la bête sur place, là, devant son petit, de vider par terre les kilos de viscères pour alléger le poids, il l'avait chargée tout entière sur ses épaules.

Ce fut alors qu'il choisit son titre de voleur de bétail, sous les yeux du maître de tout, grands, calmes, désolés. Il faut regarder dans cette paire-là pour savoir qu'on a été pesé. Il décida que sa chasse aux bouquetins était terminée. On prend des leçons avec les animaux. Elles ne servent pas à réparer, seulement à s'arrêter. Il n'avait pas de remords, il ne pouvait réparer le tort fait, il pouvait renoncer. Les dettes se paient à la fin, une fois pour toutes.

Il avait donné leur juste poids aux hommes. Il repensa au pire commis, pour conclure encore une fois : il fallait le faire. Il revenait sur ce pire pour lui garder sa fraîcheur, lui éviter de sécher. Un homme est ce qu'il a commis. S'il oublie, c'est un verre renversé, du vide enfermé.

Il ne le regrettait pas, car il ne pouvait se jurer jamais plus. Avec les bouquetins, oui, il était sûr qu'il ne tirerait plus sur eux. Avec les hommes, le pire était de nouveau possible.

Vieillir et ne pas presser le pas, ne pas s'appuyer à un arbre, à une épaule. Couper la même quantité de bois d'un automne à l'autre. Il avait son tas de l'année précédente, bien sec. Il venait de couper le bois frais à laisser sécher.

Habiter tout en haut du bois suppose la fatigue de remonter cette charge. Il lui en fallait soixante-dix quintaux, coupés, équarris, mis dans la hotte et remontés. Ce mois d'octobre, il avait fait plusieurs voyages pour alléger le poids sur son dos. Il se disait que l'année suivante il commencerait sa provision dès septembre. Les vieux doivent rallonger les temps de travail, alors que les journées raccourcissent en même temps que leurs forces.

Il était essoufflé pendant cette coupe d'octobre. Il s'étendait souvent sur le sol pour regarder au ciel l'ébouriffement enfantin des nuages. Il se mettait à penser que la matière environnante était composée de vie précédente et expirée. Dans les nuages passait le souffle humide des bêtes qu'il avait abattues et d'ancêtres d'hommes. Leur poussière et leurs cendres étaient l'engrais du sol qui le portait.

Quand un homme s'arrête pour regarder les nuages, il voit défiler le temps au-dessus de lui, un vent qui enjambe. Alors, il faut se remettre debout et le rattraper. Il se remettait au travail, débarrassait les troncs des branches latérales, laissant la touffe du sommet. À la fin de la coupe, il était épuisé. La dernière hotte accrocha une petite branche, la cassa et ce peu de poids en plus suffit à le faire vaciller et tomber à genoux.

Chez lui, avec le premier feu allumé, il retrouvait ses forces et la patience de mener le jour à sa finition. Le soir perfectionne l'œuvre brute commencée au réveil, le ciel encore noir. Le soir émousse, polit une dernière fois au papier de verre le jour fait à la main.

Sa vie au gré des saisons était allée avec le monde. Il l'avait gagnée tant de fois, mais elle ne lui appartenait pas. Il fallait la rendre, froissée après avoir été utilisée. Quel était ce créancier indulgent qui la lui avait prêtée neuve et la reprenait usée, à jeter.

Avait-il besoin de croire qu'il existait un contremaître et que le monde était son produit fini ? Il n'en avait pas besoin pour lui parler, pour le croire à l'écoute, mais c'était une pensée qui lui tenait compagnie. S'il existait un maître de tout, il n'aurait pas laissé son bien se gâter, livré aux mains de l'espèce des hommes. S'il existait un maître, il s'était enivré et avait perdu le chemin de sa maison. Il valait mieux qu'il n'existe pas. L'homme prospérait en son absence. Il avait appris le bien et le mal en se servant tout seul. Un maître de tout était impossible, mais cet impossible tenait compagnie. Face au ciel qui, le soir, descendait jusqu'à terre il aimait dire un merci au contremaître.

C'étaient de bonnes pensées devant le feu pour accompagner les bavardages du bois s'effritant dans les flammes, et elles réchauffent le sang. Il laissait monter la tiédeur par ses pieds nus qui avaient un droit de priorité. Le feu dansait une ronde avec le bois en lançant des étincelles sur les dalles de pierre de la pièce.

Au-dessus de la cheminée, le coucou lui rappelait la voix du printemps : il faudrait attendre encore longtemps avant que ne revienne la voix du vrai coucou. Mais ce faux oiseau de toutes les heures imitait bien celui qui se cachait dans les bras des mélèzes. Dehors, un avant-toit canalisait l'eau d'une petite cascade jusqu'à une vasque en pierre devant la porte, qui débordait ensuite. L'eau était pressée de s'en aller, elle ne tenait pas compagnie. Il fit fondre du fromage, ranima une tranche de pain sec sur le feu et vida une petite carafe. Puis il souffla la fin du jour dans son harmonica.

Le lendemain, il rencontrerait la femme et sa volonté. Mais il monterait d'abord viser une bête. Pas une femelle, même si elle est plus légère, fin novembre elles sont pleines. Bien des années plus tôt, il en avait abattu une, avec deux petits sevrés, ce qui l'avait étonné. Elles ne mettent bas qu'un seul fils à la fois et lui avait tué la mère de deux chevreaux.

Le roi des chamois avait appris à ne pas craindre la foudre. Son espèce s'en abrite quand la tempête tombe sur la montagne comme un rideau métallique. Alors, la foudre attaque la roche et lui laisse le blanc de sa morsure. Son groupe s'abritait sous une saillie, le roi non. Il savait que la foudre suit la montagne en descente et se glisse aussi dans le sec des grottes et des cavités. Il avait vu des troupeaux de moutons foudroyés ainsi tous ensemble. L'endroit le plus sûr est à découvert, loin des arbres et des abris. Il restait ainsi, laissant le ciel se déverser sur lui. Au cœur de la bourrasque, il ruminait mieux sa nourriture préférée, les pousses de pin mugho et de genévrier.

Le roi savait que la foudre prévient. Avant de s'abattre, elle prépare un champ électrique dans une zone du sol où passe d'abord un courant qui fait vibrer l'air avec un vrombissement de frelons en vol. Le poil se dresse tout seul, signe qu'on est dans le champ de la foudre. Le roi attendait la friction de l'air électrique sur son corps, l'odeur de métal qui picote sèchement les narines, alors il se déplaçait pour sortir de la zone de cible. Pas tout de suite : le frottement de l'électricité sur son corps faisait gicler les puces hors de sa fourrure. Il se déplaçait à temps vers la hauteur. La foudre s'abattait devant lui, élevant une fumée d'enclume et de forge.

Le roi aimait voir la montagne tenir étroitement enlacés l'orage et le vent. L'aigle ne vole pas et l'homme ne grimpe pas. La tempête efface les traces des chamois, emporte leur odeur, rend sa pureté à la terre. Le roi restait à découvert jusqu'au dernier grondement.

Si la foudre mettait le feu au bois, il descendait à sa rencontre. Avant de brûler, certains arbres lancent au vent leurs graines dans un ultime don de fertilité. Il allait à leur rencontre, croisant en descente les chevreuils et les cerfs qui montaient à l'aveuglette, glissant sur les rochers trempés. Loin dans la vallée, l'eau déversée par les nuages se jetait dans une course chaotique avec les pierres et les troncs. C'était la queue d'arc-en-ciel de l'orage en déroute. Sur sa corne gauche revenait se poser un papillon blanc.

Dans l'Écriture sainte, il existe la formule : vêtu de vent d'Elohìm. Elle concerne un homme touché par une prophétie à transmettre. Personne d'autre que lui ne sait de quel vêtement il s'agit. Le roi des chamois était vêtu de vent. Dans la tempête, il se laissait envelopper par les rafales, c'était son manteau. Son pelage brillait, gonflé par l'explosion des éclairs, le roi fermait les yeux et se laissait étreindre par l'air déchaîné. Il était en sûreté là où toutes les autres créatures sentent une menace. Il était en alliance avec le vent, son cœur battait, léger, se chargeant de l'énergie lancée par le ciel sur la terre.

Ce jour de novembre et de fatigue, le roi flaira la neige toute proche, derrière la courbe rapide du jour de soleil. Il flaira la neige amie qui pousserait son espèce à se pelotonner dans les tanières de glace. Le soleil faisait son tour d'adieu sur les hauts pâturages, le troupeau de chamois était nerveux. Il avait flairé l'homme, puis l'avait perdu. Les mâles ne broutaient pas, ils bondissaient dans des courses saccadées pour voler une odeur à l'air immobile. Ils soufflaient leur respiration comprimée dans un sifflement. On aurait dit de brefs défis interrompus, sans victoire, qui ne leur appartenait pas.

En octobre et en novembre, les mâles s'approchent des femelles et se battent pour établir un classement. Les mâles en sortent affaiblis par la fièvre des combats, perdant la graisse utile pour affronter le violent hiver des sommets. Il n'y avait pas de duels dans le groupe du roi, les mâles adultes attendaient que le roi finisse de couvrir toutes les femelles, puis c'était leur tour. L'un d'entre eux prendrait sa place, ils savaient que c'était la dernière saison de suprématie de leur maître. Quelque part, le roi surveillait. Plus haut, l'homme couché sur les pierres, son fusil près de lui, attendait que sa cible monte. Il visait le plus grand mâle pour le trophée de la barbe et des cornes. La viande de l'animal en chaleur était immangeable.

L'homme avait assisté aux duels de chamois d'autres hardes. Il admirait leur loyauté, jamais deux contre un. Il portait dans son flanc l'entaille d'un couteau perfide, un coup donné par un de ceux qui l'avaient agressé. Les hommes ont inventé des codes minutieux, mais à la première occasion, ils s'entre-déchirent sans loi. Il avait reprisé sa chemise, l'entaille avait été recousue par un infirmier, sans passer par un hôpital. C'étaient des temps privés de justice. Ils en exerçaient une à appliquer au jour le jour, entre les guets-apens qu'ils subissaient et ceux qu'ils tendaient.

« Des yeux de faucille », il avait entendu quelqu'un adresser ce compliment à une femme. De l'acier poli par l'affûtage, telle était la matière des yeux de la femme. Elle savait l'attraction que son corps éveillait chez un homme. Combien avaient défilé pour obtenir un regard, combien s'étaient flattés de parvenir jusqu'à ses yeux. De sa jeunesse agitée, l'homme se rappelait la maladresse de ceux qui cherchent à se faire remarquer par une femme. Prendre un risque dans une bagarre pouvait servir une réputation, une voix forte, une réplique dure pouvaient trancher dans une tablée. Devant les femmes, les mâles se rengorgeaient comme des pigeons. Les hommes dérapaient devant les femmes, entre aumône et fanfaronnade.

Lui se contractait pour résister à cette exhibition. Alors, il avait rencontré des femmes qui l'avaient voulu et pris comme un caillou par terre. Oui, on l'avait ramassé quelquefois. Puis, il y avait eu la débandade, la montagne, la cabane en haut du bois où aucune n'était montée.

À la dernière qui venait chez lui, il avait vu faire le geste de rejeter ses cheveux raides derrière son dos. Comme un mouvement d'ennui qui éloigne, mais aussi comme une demande de caresse sur les cheveux. Les femmes font des gestes de coquillage, qui s'ouvre pour expulser comme pour attirer à l'intérieur.

Lors de cette rencontre au village, il avait évité ses yeux, son visage. Il était resté les mains croisées, le regard posé dessus. La femme voyait qu'il se refusait à toute attraction. Elle ne savait pas si c'était facile ou non pour lui. C'était une résistance à ne pas forcer par la séduction. « Mon parfum vous dérange ? — Je répondrai à vos questions en une seule fois, pas maintenant. » Il le dit en essayant de ne pas être désagréable, d'une voix basse que la femme eut du mal à comprendre. L'homme vit qu'elle n'avait pas bien entendu et qu'elle ne demandait pas « Pardon ? ». Le « Pardon ? Qu'avez-vous dit ? » l'aurait fait reculer et il l'aurait laissée là.

La femme resta perplexe le temps de goûter une gorgée, un geste qu'elle fit bien.

Elle l'observa un moment, puis elle eut envie de dire : « Vous avez le visage d'une chaussure en cuir qui a longtemps marché et qui s'est adaptée au pied comme un gant. »

Il ne réagit pas, mais il avala sa salive. Il pouvait le cacher en buvant une gorgée, mais il ne voulut pas et déglutit à sec. Il détourna les yeux de ses mains et regarda la fenêtre derrière la femme. Un tuyau d'eau se jetait d'un rocher dans le lointain, une ligne blanche sur une page noire, le bruit ne parvenait pas jusqu'à eux.

La femme se retourna pour voir elle aussi le point qu'il fixait. Elle lui offrit ainsi sa nuque, un rideau de cheveux défaits tombés raides sur son dos en sautant la courbe de son cou. Comme le vol de l'eau sur le rocher, ils tombaient sans bruit.

La femme se tourna de nouveau vers lui, une torsion de vis sur la gauche. « Vous regardiez l'eau ? » L'homme plissa légèrement les yeux, les rides aux coins, ébauche de sourire. Il lui avait répondu. C'était une éraflure dans la résistance de sa tension.

Il ne s'était pas marié. À cette pensée, il se voyait, petit bonhomme en pâte d'amandes, vêtu de blanc et noir au sommet d'un gâteau de noces.

Il démêla ses mains, atteignit son verre. Dans sa poitrine monta l'essoufflement de la coupe d'octobre.

Certaines caresses ajoutées à une charge la font vaciller. Il but une gorgée et laissa sa main autour du verre. Si la femme l'effleurait maintenant, sa résistance, la charge et la hotte, s'écroulerait. Elle ne le fit pas. Sa respiration retrouva son allure, il finit son verre, retira sa main et se leva. Il paya son vin, pas celui de la femme, sinon le patron du bistrot en aurait parlé tout l'hiver. Il faut savoir vivre dans un village. Dans un endroit où tout le monde se salue par son prénom, il existe des usages inconnus à la ville.

Il s'était endormi. Allongé à plat ventre sur les cailloux, le fusil à gauche, la tête sur son bras, il avait fermé les yeux tandis qu'il regardait un petit nuage déboucher tout noir d'une montagne d'en face, à l'ouest. Une tache d'encre, pas plus, mais c'était le signe de l'arrivée du changement. Elle avait atterri dans sa pupille et il s'était endormi. À l'intérieur des yeux, le sommeil est une tache d'encre qui s'élargit.

L'enfant commence à connaître sa main droite par le signe de croix. Il apprend à le faire de la bonne main et il sait ainsi que c'est la droite. En montagne, il est important de le savoir vite.

L'homme sait se servir aussi bien des deux mains. Tout petit, il avait appris à faire le signe de croix de la main gauche. Cela tient au fait que les enfants apprennent en miroir. La droite du curé devant lui correspondait à sa main gauche. Le vieil homme mourut et un jeune prêtre monta au village. Il parvint à corriger l'erreur en se signant devant les enfants de la main gauche. Il apprit donc à se servir aussi bien de ses deux mains. Aux croisements des sentiers, il s'orientait en appelant la gauche « première main », et l'autre « seconde main ». Il tirait des deux mains.

Le roi des chamois était au-dessus de lui. Il avait l'odeur de l'homme et son huile dégoûtante dans le nez, qu'il rejetait pour ne pas altérer l'air qu'il respirait. C'était un jour parfait, d'horizon limpide entre un temps échu et un autre inconnu. La fatigue du corps s'unissait à l'adieu de la bonne saison. La neige arrivait de l'occident, encore invisible, et se mêlait à la bonne odeur des femelles en chaleur, qu'il avait couvertes pour obéir à la fertilité. Il se cabrait sur leur dos pour répondre à leur appel, il faisait leur volonté de renouveler la vie et l'espèce, couvant des naissances dans leurs flancs, l'endroit le plus en sûreté et le plus chaud de l'hiver.

Une fois les femelles couvertes une par une, il permettait le défoulement des autres mâles. Mais une des dernières en chaleur lui avait été volée par un de ses fils. C'était un coup qui le jetait à bas du trône avant l'heure, un outrage à laver en duel. Le roi était las de courir et de sauter derrière une canaille de fils adulte. C'était la dernière saison de sa vie, son règne à l'exceptionnelle durée de vingt ans était fini.

Pour l'homme aussi, le temps de la chasse devait cesser. Dans la nature, la tristesse n'existe pas, l'homme écartait la sienne en pensant que le roi des chamois était en train de mourir lui aussi quelque part sans un souffle de tristesse, sa fierté intacte. L'homme essayait d'être capable. Un hiver, il mourrait lui aussi de faim et de froid, sans arriver à allumer un feu. C'était une bonne fin pour les solitaires, une fin de bougie.

Le roi des chamois sut brusquement que c'était le jour. Les animaux vivent dans le présent comme du vin en bouteille, prêts à sortir. Les animaux savent le temps à temps, quand il est utile de le savoir. Y penser avant est la ruine de l'homme et ne prépare pas à être prêt.

Il regarda en haut pour saluer l'air et se mit à descendre. Les coussinets de ses pattes foulèrent le précipice sans déplacer le plus petit caillou. Son ongle partagé entre le troisième et le quatrième doigt s'ouvrait et s'adaptait aux quelques centimètres d'appui. Ce n'était pas une descente, mais un arpège. Il arriva dix mètres au-dessus de l'homme allongé, le fusil à son côté.

Entre-temps, il s'était réveillé et regardait en bas, là où le troupeau baissait le museau sur la pâture. Le roi des chamois resta immobile, bombant le torse au-dessus du vide, le papillon blanc sur la pointe de sa corne gauche. Une volée d'ailes noires s'abattit du sommet sans un cri. Le roi respira calmement, partagé entre la colère et le dégoût pour l'assassin de sa mère et des siens.

L'homme savait prévoir, croiser l'avenir en conjuguant sens et hypothèses, son jeu préféré. Mais l'homme ne comprend rien au présent. Le présent était le roi au-dessus de lui.

L'homme était un dos facile à piétiner. En sautant sur lui, il pouvait l'expédier tout en bas. Le roi pesait aussi lourd que l'homme, on n'en avait jamais vu de cette taille. La barbe de son dos se redressa en signe de combat. Il agita sa corne en l'air pour libérer le papillon, il tapa sur le rocher de l'ongle de son sabot, un bruit pour que l'homme se retourne. Il ne le voulait pas de dos, mais de face.

L'homme, tel un serpent, se tourna vers son fusil juste à temps pour voir le roi des chamois se précipiter sur lui en deux bonds. Il était force, furie et grâce déchaînées. Un fracas de cris et une foule d'ailes s'élevèrent dans la montagne. Les sabots antérieurs effleurèrent le cou de l'homme, les postérieurs firent voler son chapeau. Le roi avait sauté sur lui en l'effleurant sans une égratignure et il volait tout en bas vers le troupeau qui avait dressé oreilles et museaux.

C'était le vent vêtu de pattes et de cornes, c'était le vent qui déplace les nuages et balaie les étoiles. S'il avait été debout, l'homme se serait jeté par terre pour se retenir, mais déjà au sol s'agripper aux pierres ne lui servait à rien. S'il tombait sur sa poitrine, il le défoncerait avec ses pattes, l'entraînant jusqu'en bas. Le roi avait sauté sur lui sans le toucher, il lui avait coupé le souffle et le soleil le temps de se sentir perdu et de se retrouver indemne.

Il vola en piqué dans la pente, ses ongles cliquetaient sur les pierres en lançant des étincelles tandis que l'homme épaulait son arme du côté gauche et le suivait de son écran de mire. De petites avalanches crépitaient à la suite du roi, une traîne blanche.

De son œil ouvert, il le voyait gicler, insaisissable, déjà hors de portée. Le roi avait gagné encore une fois. Le troupeau voyait courir vers eux leur roi comme une avalanche, en plein jour, au soleil. Ils ne pouvaient pas voir l'homme. Tous les chamois s'arrêtèrent là où ils étaient pour regarder cette singulière nouveauté de leur maître des tempêtes, sorti à découvert à leur rencontre. Le roi ne les rejoignit pas. Il s'arrêta soudain, se cabra sur ses pattes de devant et revint en arrière. Il escalada une pierre pointue, plantée sur un tas de rochers suspendus dans le vide. Et il resta là.

C'était un jour parfait, il ne se battrait plus contre aucun de ses fils et il ne devrait pas attendre l'hiver pour mourir.

Il attendit là, sans bouger, bombant le torse, la balle de onze grammes qui traversa son cœur de haut en bas. Il mourut avant d'entendre le fracas de la détonation, un coup de marteau contre la tôle du ciel. Il tomba du haut de la pierre et roula vers les chamois. L'homme vit alors une chose jamais vue jusque-là. Le troupeau ne se dispersa pas en s'enfuyant, il fit lentement le mouvement inverse. D'abord, les femelles, puis les mâles, puis les petits nés au printemps montèrent vers lui, à la rencontre du roi abattu. Un par un, ils penchèrent leur museau sur lui, sans une pensée pour l'homme aux aguets. Ils touchèrent de leurs cornes, d'un léger coup, le dos roux et épais de leur père à tous. Les femelles donnèrent deux coups, les petits frottèrent timidement leurs premiers centimètres sur le manteau hivernal, déjà sombre, de leur patriarche.

Rien n'était plus important pour eux que cet adieu, l'hommage rendu au plus magnifique des chamois qui eût jamais existé. L'homme regardait, l'arme encore sur l'épaule, le corps sur ses coudes. Il baissa son fusil. La bête l'avait épargné, lui non. Il n'avait rien compris de ce présent qui était déjà perdu. C'est à ce moment-là que la chasse prit fin pour lui aussi, il ne tirerait plus jamais sur d'autres animaux.

Le présent est la seule connaissance qui est utile. L'homme ne sait pas vivre dans le présent. Il se leva et descendit lentement vers la bête tuée. Basse au-dessus de lui, une foule d'ailes attendait tandis que venait à sa rencontre de l'occident le front de la neige, précédé par une tache de nuages noirs.

L'homme arriva près du roi, le troupeau était encore là et regardait. La victoire la plus attendue était la sœur jumelle d'une défaite qu'il n'avait encore jamais connue. Il méprisa l'instinct qui l'avait poussé à ajuster son tir. Un crachat monta dans sa gorge et de l'eau dans son nez, tandis que ses yeux s'embuaient. Voleur de vie insoumise, souveraine, laissée sans surveillance sous le soleil du maître de tout. Mais c'était peut-être à lui qu'en revenait la garde, lui qui devenait le voleur. C'était à lui de défendre. Il compta les anneaux des cornes, les années accumulées en cercle. Elles avaient plus de valeur que les siennes, il avait tué un ancien. Un élancement à l'épaule gauche lui rappelait le recul.

Il était à genoux au-dessus du roi des chamois qui regardait dans le lointain, au-delà de lui, de ses yeux habitués au ciel. L'homme se retourna pour regarder dans cette direction, il ne vit que des ailes noires attendant le repas des viscères. Il leur obéit, releva ses manches et ouvrit le ventre du chamois avec son couteau. Il creusa dans la tanière de la vie et la répandit toute chaude et fumante, le cœur en dernier. Son geste répété des centaines de fois couvrit de sang son bras jusqu'au coude. Il décida de ne pas le laisser là et de ne prendre que la barbe dorsale et les cornes. Même si la chair était inutilisable, il ne voulut pas la laisser au carnage des ailes noires. Seuls les viscères leur revenaient. Le roi des chamois ne devait pas finir les yeux picorés par des croassements. Il décida de le charger sur son dos et de l'emporter quelque part, pour l'enterrer, après avoir pris son trophée. Il ne tirerait plus. Il savait à présent ce qu'il raconterait à la femme.

Il tenta de soulever la bête, jamais une aussi lourde. À genoux, il serra d'abord les deux pattes postérieures et les posa sur une épaule, puis il essaya de lancer le reste du corps sur son dos. Deux coups violents furent nécessaires pour charger la bête, les pattes pendantes sur sa poitrine.

Il prit son fusil et se mit à descendre à pas courts, le souffle écrasé. Le troupeau regardait sans bouger, les oiseaux étaient suspendus en vol les ailes immobiles. Il tourna et ne fut plus en vue, entre les rochers et les pins mugho. La tête magnifique du roi pendait sur une de ses épaules et oscillait.

Une cloche sonna au milieu de ses pas lourds, celle de midi, mais ses coups se perdirent dans l'air. Il s'arrêta, il haletait. Il resta debout pour voir s'il arrivait à reprendre son souffle ou bien s'il devait poser la bête pour récupérer ses forces. Il devait atteindre un névé au nord, où le chamois se conserverait bien. Puis il monterait avec une pelle pour creuser sa fosse.

Il resta debout, la bête sur le dos, pour sentir si son corps se ressaisissait. Un papillon blanc vola à sa rencontre et autour de lui. Il dansa devant les yeux de l'homme dont les paupières s'alourdirent. Les hottes pleines de bois, les animaux portés sur son dos, les prises tenues avec les dernières phalanges de ses doigts : le poids des années sauvages lui apporta sa note sur les ailes d'un papillon blanc. Il regarda le vol en zigzag qui tournait autour de lui. De son épaule pendait la tête renversée du chamois. Le vol alla se poser sur la corne gauche. Cette fois-ci, il ne put le chasser. Ce fut la plume ajoutée au poids des ans, celle qui l'anéantit. Sa respiration s'assombrit, ses jambes se durcirent, le battement des ailes et le battement du sang s'arrêtèrent en même temps. Le poids du papillon avait fini sur son cœur, vide comme un poing fermé. Il s'effondra, le chamois sur le dos, face contre terre.

Un bûcheron les trouva là au printemps, l'un sur l'autre, après un hiver de neige fantastique. Ils étaient encastrés au point de ne pouvoir être séparés qu'à la hache. Il les enterra ensemble. Sur la corne gauche du chamois, la glace avait laissé l'empreinte d'un papillon blanc.

VISITE À UN ARBRE

De la roche, il se penche sur un abîme. Sa souche initiale était sur un bord et fut détruite par la foudre. Alors, la racine a rejeté à l'extérieur, au-dessus du vide, une branche horizontale. Et de là, il est reparti vers la hauteur : l'arbre s'appuie ainsi sur l'air, un coude sur une table.

C'est un pin des Alpes, parent du sapin, mais plus touffu et solitaire, inapte au service de Noël de ses semblables décimés dans les bois des pentes plus faciles. Il vit à 2 200 mètres, avec les derniers troncs qui se risquent en altitude, posés tout tordus sur des versants abrupts, offrant un angle droit au ciel.

Nul ne monte pour le couper, trop dangereux de se pencher sur le vide, il entraînerait le bûcheron avec lui. L'été, il reçoit le premier soleil de six heures qui se lève derrière une cime des Fanes. Une fois par an, je monte saluer l'arbre, j'emporte de quoi écrire et je m'assieds à son pied.

À deux mètres de lui, vers l'ouest précisément, pointent au-dessus des pierres quatre étoiles d'argent, un début de constellation. Encore deux mètres plus à l'ouest, un pin mugho accroupi sur le sol étale ses branches en cercle. Une vipère vit à l'intérieur, je l'entends souffler, puis se calmer.

Un arbre solitaire a une clôture invisible, aussi large que son ombre à poser tout autour. Avant d'y entrer, je retire mes sandales. Je m'allonge sous sa lumière.

Le pin des Alpes est capable de se diviser en deux branches principales, impossible pour le sapin et le mélèze. Le tronc de celui qui est là-haut a deux bras levés, parallèles, dont un pour la foudre. Il sait qu'il sert de cible, la hauteur solitaire l'implique. Il est né de la décharge qui a tué le tronc précédent. Le feu du ciel est son deuxième père. Plusieurs paternités se réduisent à des causes, leurs enfants à des effets. La terre est sa mère où il s'attache comme un poulpe de roche.

Quand le nuage s'épaissit, tout gris, qu'il s'ébouriffe autour de la montagne, un courant passe comme un frisson à la surface. Si l'alpiniste se trouve là, il le sent glisser sur lui, une caresse de coton imbibé qu'on frotte sur la peau avant la seringue. La foudre est précédée d'une friction du ciel sur la terre.

Le pin des Alpes connaît le frémissement qui éclaire ses branches d'une auréole. À ce moment, il cesse de respirer, de faire monter la lymphe : il incline ses aiguilles et attend. Il arrive que le nuage se déplace pour décharger ailleurs sa fièvre. L'éclatement sur d'autres rochers est le signe qu'on peut de nouveau respirer.

Entre un arbre et un homme, la conversation tourne autour des histoires de foudre. Je raconte les miennes. Je grimpais déjà depuis plus de mille mètres sur la Tofana de Mezzo. Je vais souvent seul, je suis de l'espèce du pin des Alpes, et pas de celle du sapin.

Les nuages s'amoncelaient autour de la montagne, je montais à l'intérieur. J'aime me trouver ainsi, plutôt qu'à ciel dégagé. Ils ajoutent un silence comprimé, ils épaississent la solitude. La solitude est un blanc d'œuf, la meilleure partie. Pour l'écriture, c'est une protéine.

Le nuage collé à la Tofana commença à s'émietter en grêle. La solitude qui rend les pas agiles cessa. Les prises à saisir se couvrirent d'un granité blanc, les appuis de mes sandales étaient bien assurés pour ne pas glisser.

Il faut des doigts rapides sur la grêle, s'ils s'attardent à évaluer la prise ils perdent leur sensibilité. Les gants sont inutiles, il faut le contact des phalanges pour donner un peu de précision à des gestes qui ne peuvent se tromper.

Le pin des Alpes connaît ces choses-là, il porte la neige et la cristallerie de la glace sur ses aiguilles. Il n'héberge pas de nids, pas à cette altitude.

Je montais dans le nuage et la grêle redoublait. Un passage un peu abrupt, facile par temps sec, me donna une poussée de colin-maillard. J'essayai de regarder vers le haut, mais le grondement dans les yeux me les ferma. Je pris mon élan et posai un genou sur une petite terrasse glissante. C'était un geste gauche qui déplut au pin des Alpes. L'élégance de mouvements est une nécessité pour lui. Un arbre n'est jamais maladroit, même quand il s'écroule sous le fer du bûcheron.

À partir de là, sa vie est une vie de bois, il voyage loin, vers les scieries, il devient maison, bateau, guitare, manche, sculpture. Il sera élégant même tombé dans les mains d'un assassin. À partir de là, il est promis à la cendre.

Je lui dis que nous serons bientôt tous les deux des ouvriers de Babel, licenciés par l'entreprise. Mais si on nous interroge, nous dirons que nous avons vu l'œuvre achevée. Notre tour dans les airs aura été entière.

Vers la cime de la Tofana, cent mètres plus bas, le plastique de ma veste fait du bruit, s'agite, grésille. Le courant électrique qui précède la foudre se répand à la surface de la roche mouillée. Je suis dans le champ de la décharge, qui crépite, qui vibre. La montagne prévient qu'il faut ficher le camp. Vers où, elle ne peut me le dire.

Dans ces moments-là, j'ai envie de pencher la tête sur ma poitrine, de courber le dos et de partir en biais. Le pin des Alpes remue sa cime, il sait que baisser la tête ne sert à rien. La foudre n'est pas une chauve-souris qui s'accroche aux cheveux. Elle cherche le fer qui est dans le sang.

Il faut au contraire se raidir et se coller au sol. Si elle ne tombe pas dessus, il suffit que ce soit tout près, pour produire un appel d'air, si fort qu'il soulève et projette à terre. Dans le champ de la foudre, le pin des Alpes penche ses aiguilles mais pas la pousse plus haute, qu'on appelle bougie dans la vallée.

Moi, en revanche, je me suis écarté comme un soldat sous le tir ennemi. Le coup de massue de la foudre a explosé dans mon dos sur la roche, mille fois un forgeron sur l'enclume. J'ai vu sa flamme par-derrière, par la nuque. L'éclatement était celui d'une grenade tombée dans une cour, mais ça, le pin des Alpes ne peut le savoir, il ne connaît ni les grenades ni les cours. C'est pourquoi je ne le lui ai pas dit.

La foudre ne m'a pas projeté à terre, mais l'espace d'une seconde j'ai perdu le contact avec le sol. Je suis resté cloué là où j'étais, pieds et mains glissés dans le blanc granuleux de la grêle.

Ça, le pin des Alpes le sait, après la décharge on reste immobile, la lymphe attend pour repartir, les branches font l'appel pour se compter et les racines demandent aux feuilles si le feu a pris quelque part.

Le froid dans mes doigts m'a remis debout et j'ai continué à grimper. La bringue de la grêle battait son plein, les pas crissaient, je balayais les prises. C'est une étreinte de ciel et de terre, les extrémités exposées se touchent. C'est une étreinte nuptiale. Celui qui se trouve là s'excuse de s'être glissé dans leur intimité. Tout autour, la foudre monte la garde et chasse les intrus sous le fouet de leur lumière.

La grêle donnait des coups de baguette sur le dos de mes mains qui cherchaient la roche. J'étais arrivé à dix mètres du sommet, je voyais sa croix paratonnerre. Elle serait bien utile au pin des Alpes, alors qu'on les place toutes sur les cimes, là où il n'y a aucun arbre à protéger. J'ai vu la croix, terme d'ascension pour qui va à travers monts, terme de descente sur terre de la vie racontée par les Évangiles.

L'élan d'alpiniste me fait grimper encore pour l'atteindre, terminer mes pas, mais le plastique que j'ai sur moi se remet à grésiller, je suis de nouveau dans le champ de la foudre. Tout autour, la surface grogne son avertissement et alors je m'excuse, je me recroqueville et loin d'ici en vitesse, la tête basse vers un abri sec, où la respiration lance sa vapeur, contente de s'élever.

J'ai fini mon histoire, entre-temps le pin des Alpes a déplacé son ombre. À l'heure du coucher de soleil, il imprime sa forme sur la roche d'en face, aussi nette que sur de la neige fraîche. Les arbres de montagne écrivent dans l'air des histoires qui se lisent quand on est allongé dessous.

J'attends la première obscurité, qui efface l'ombre de la roche d'en face. Dès qu'elle est partie, la première étoile pointe au-dessus des Fanes et les degrés de tiédeur descendent joyeux et rapides de l'échelle. Je me décide à me lever quand le début du soir picote mon nez. L'hôte d'un arbre doit disparaître à l'heure où les ombres se retirent.

En montagne, il existe des arbres héros, plantés au-dessus du vide, des médailles sur la poitrine des précipices. Tous les étés, je monte rendre visite à l'un d'entre eux. Avant de partir, je monte à cheval sur son bras au-dessus du vide. L'air libre sur des centaines de mètres vient chatouiller mes pieds nus. Je l'embrasse et le remercie de sa durée.

LA DOUBLE VIE DES NOMBRES

2012

Traduit de l'italien par Danièle Valin

Titre original :
LA DOPPIA VITA DEI NUMERI

© *Giangiacomo Feltrinelli Editore, Milan, 2012.*
Publié en accord avec l'Agenzia letteraria Susanna Zevi.
© *Éditions Gallimard, 2023, pour la traduction française.*

L'ÉCOLE DE L'*AMMUÌNA*[1]

Le théâtre est une histoire où l'écrivain disparaît. Il ne peut écrire : « C'était une belle nuit de lune. » C'est un des personnages qui doit le dire. Les événements sont racontés et se déroulent à travers leurs voix. Le théâtre expulse le narrateur de la page, la parole passe en exclusivité à celui qui la prononce.

Une grande partie de ce que je mets par écrit a son précédent dans la voix, vient d'une écoute. Les histoires que je raconte frôlent l'oreille avant de devenir bruissement du stylo sur le cahier. Elles ont un point de départ en forme de théâtre personnel qui évolue à la lenteur de la main et de la transcription.

Je suis passionné par le dialogue, l'échange de répliques où la parole est une boule de billard qui rebondit dans son élan entre les bandes, sans maîtriser ses caramboles. Dans le dialogue, il m'arrive de me donner tort à moi-même, de trouver des objections imprévues, bienvenues. Je pratique l'esprit de contradiction, indispensable anticorps d'un isolement.

Autrefois, le dialogue était un instrument de la philosophie : de Platon à Giordano Bruno, les dialogues mettaient en scène un débat contradictoire entre thèse et antithèse, menant le lecteur à une synthèse. Soumis de la sorte à une démonstration, le pauvre dialogue se déroulait menotté face à un tribunal invisible. Au

1. « Branle-bas général » en napolitain.

contraire, le dialogue doit être une créature à l'état sauvage et ses parties peuvent toutes avoir tort ou être d'accord sous l'impulsion d'instincts, de sentiments ou d'autres variables. Un dialogue s'instaure entre un rocher et les ailes qui y font leur nid, entre la semence et la terre, entre les nuages et le vent, entre les vagues et un bateau en panne, un dialogue est le détachement d'une feuille en automne jusqu'à son dernier balancement et à son abandon au vol. Un dialogue n'est pas un interrogatoire.

Un monologue, c'est celui du feu dans la cheminée, qui marmonne, crache, craque, souffle et dit une berceuse, une prière, un plaidoyer d'avocat de la défense.

Un chœur c'est le marché, pas le grand magasin où le client marche à la file, muet, derrière son chariot, mais celui en plein air où l'on vante la marchandise en criant et où l'on discute le prix.

Je viens d'une ville qui joue de la musique à l'oreille. Naples est toute *ammuìna*. Ce n'est pas seulement un mot dialectal, il existe en italien *ammoinare*, faire des simagrées. Naples est un branle-bas de voix et de conversations simultanées, et le citoyen sait qu'il participe à toutes celles qui l'entourent. Je m'étonne quand je vois à la télé deux personnes qui parlent en même temps et les autres incapables de comprendre. À Naples, tout le monde parle en même temps et chacun peut suivre une douzaine de conversations. Question d'entraînement : c'est ce que font les bons joueurs d'échecs quand ils jouent plusieurs parties à la fois et sans avoir besoin d'échiquier.

Dans un endroit bondé, l'oreille est l'organe dominant. La vue, la pauvre, est cernée et elle ne peut que loucher un peu devant. Le nez sait faire mieux, il peut savoir ce qui passe derrière lui. L'oreille est supérieure, elle reçoit même à travers les murs. C'est pour ça que Naples a été remplie de théâtres, comme la Varsovie juive qui parlait yiddish. Le théâtre se développe au milieu d'une foule sur peu d'espace, par nécessité de mimique et d'échange. L'*ammuìna* est sollicitée par la densité.

Sur les bateaux des Bourbons, c'était même un ordre donné aux matelots : « *Facite ammuìna.* » Alors ceux qui étaient à l'avant couraient à l'arrière et de l'arrière ils couraient à l'avant, tandis que ceux qui étaient en bas des voiles montaient et ceux qui étaient en haut descendaient. « *Facite ammuìna* » servait à donner de loin l'impression de manœuvres fébriles. Le théâtre napolitain est une école d'*ammuìna.*

À Naples, la mimique est inflexible, on ne peut se tromper sur l'angle du poignet, l'assemblement des doigts, le rythme syncopé du geste qui doit signifier : « *Tu che bbuo' ?* », qu'est-ce que tu veux toi ? L'étranger se trahit tout de suite, avant d'ouvrir la bouche, il ne sait pas l'exécuter. « *Tu che bbuo' ?* », c'est une exécution et qui laisse peu de place à la réponse.

J'ai grandi avec le théâtre sur le pavé des trottoirs et des pas de porte, j'ai été inscrit à l'état civil du lieu plus en spectateur qu'en habitant de la ville. Même dans les disputes sanglantes, je me laissais distraire par le spectacle rituel. Il fallait que je me concentre pour réagir. Et j'ai donc pris plus de coups que je n'en ai donné. À Naples, le spectateur paie toujours un prix.

Après *Morsure de nouvelle lune*[1], histoire de trois actes et d'un abri, pendant les bombardements sur Naples de l'été 1943, me voici à nouveau sur place avec *La Double Vie des nombres.* J'ai reçu l'histoire de cette guerre en napolitain, et j'en ai donc été profondément contaminé. Ce dialecte a accordé mon système nerveux, en faisant vibrer les cordes de mon corps. L'italien, silencieux, qui a suivi, m'émeut moins. *Morsure de nouvelle lune* contient mes seules pages en napolitain.

La Double Vie des nombres vient des fêtes de ma petite famille d'origine, quand on était au complet. Le soir du jour de l'An, on installait la tombola et on assistait au prodige des numéros extraits du panier avec toutes leurs histoires dans une langue mélangée.

Eduardo De Filippo : aucun Napolitain né au XXe siècle ne peut l'ignorer. Je garde une émotion joyeuse pour deux de ses innombrables personnages : oncle Nicola des *Voix de l'intérieur*[2], qui s'exile de sa famille sur une mezzanine et qui communique

---

1. *Morso di luna nuova*, 2005, ici p. 533 et suiv.
2. *Le voci di dentro*, 1948.

de là par un alphabet Morse fait de pétards, que seul son neveu déchiffre. Oncle Nicola, ermite au milieu de l'*ammuìna*, incarne la sainteté laïque et indignée, la plus vaillante des vertus napolitaines.

Mon autre personnage préféré, c'est Michele Murri de *Dites-lui toujours oui*[1], qui retourne à la vie civile après un séjour dans un asile de fous. Il ne peut s'empêcher de prendre tout à la lettre, s'agrippant comme un naufragé aux mots pour ne pas se laisser submerger par l'usage absurde qu'en font les sains d'esprit. Il provoque des malentendus, des problèmes, il favorise une réconciliation entre deux frères, avant de retourner dans le quartier des aliénés. Les situations d'Eduardo m'ont fait rire comme tout le monde jusqu'à en avoir mal au ventre, mais je reste particulièrement attaché à ces deux meurtris opiniâtres.

De Filippo était un auteur, mais plus encore un immense acteur. Pour moi, il est du même niveau que Chaplin, sans pouvoir en ajouter un troisième. Naples a été et reste à l'affiche de tous les théâtres du monde grâce à lui. Comme tous les immenses acteurs, il n'a pas laissé d'école ni de successeurs. Ceux qui se risquent à l'imiter n'arrivent même pas au rang de perroquet, créature capable d'une bonne imitation.

Où en suis-je avec Eduardo ? Le bilan est positif pour moi qui reste son spectateur sous le charme. Je ne trouve pour lui aucun terme de comparaison ni d'équivalence : j'admire et c'est tout.

Les fantômes de *La Double Vie des nombres* ne sont pas des parents de *Ces fantômes*[2] très célèbres d'Eduardo. Les siens étaient un reste de superstition, le monde les avait déjà licenciés. Ceux de ma nuit du jour de l'An sont au contraire prêts à être convoqués, à jouer une partie de tombola, assis à la table des vivants.

Les fantômes répondent à ceux qui ont besoin d'eux, comme les saints. Les femmes connaissent la formule.

Elle n'est pas secrète, c'est une sagesse bien plantée dans le cœur, siège plus sûr que le cerveau. « Le cœur est un devin », dit

1. *Ditegli sempre di sì*, 1927.
2. *Questi fantasmi*, 1945.

un proverbe russe. Et un autre confirme en yiddish : « Le cœur est un demi-prophète. » Des phrases testées par une expérience de peuples et de générations sont plus convaincantes pour moi que le jugement de maîtres de raisonnements.

J'ai lu avec intérêt les philosophes qui ont précédé Socrate, scrutateurs du monde et de ses énergies. Je ne vois pas l'histoire de la pensée comme une évolution, Hegel n'est pas plus adulte que Thalès. C'est la même chose pour le Siècle des Lumières : il a servi à ébranler des colonnes et à démolir le palais des Philistins, mais il y est resté enseveli avec Samson. Les fantômes ne peuvent pas être abrogés. Les Lumières ne les ont pas effacés mais les ont gardés dans l'ombre. Dans ces pages, ils viennent en visite et par égard pour l'invité il ne faut manifester aucun étonnement. Leur présence est rare comme la neige au Sud, qui arrive en flocons et se retire en gouttes.

Tout autour, la ville du Nouvel An célèbre son incendie rituel.

Première partie

Une femme d'une soixantaine d'années est en train d'essuyer une casserole avec un torchon près de l'évier d'une cuisine placée dans le fond de la scène. Au premier plan, une table avec les restes d'un dîner pour deux. C'est le soir. Un homme du même âge regarde dehors près d'une fenêtre fermée qui se trouve sur un côté de la scène. On entend des détonations assourdies, on ne comprend pas si ce sont des tirs ou des explosions.

LA FEMME *(puis seulement* ELLE*)* : Qu'est-ce qu'il y a ? Tu rêves ou quoi ?

L'HOMME *(puis seulement* LUI*), perdu dans ses pensées, ne répond pas.*

ELLE : Avec toi, ça ne marche jamais du premier coup. Il faut toujours te demander les choses deux fois. *(Elle répète en détachant les syllabes et plus fort.)* Qu'est-ce qu'il y a ? TU RÊVES OU QUOI ?

LUI, *réalisant enfin* : Qu'est-ce qu'il y a ?

ELLE : C'est ce que je te demande. Qu'est-ce qu'il y a ? Tu rêves ou quoi ? Qu'est-ce que tu vois dehors ?

LUI : Je vois d'autres villes, je n'arrive pas à voir simplement Naples. Cette fenêtre s'ouvre pour moi sur d'autres endroits du passé. Je vois Sarajevo, Mostar, Belgrade et je vois même New York.

ELLE : Rien que ça ! *(Ironique.)* C'est une fenêtre magique. Tout à fait pour toi. Moi, quand je me mets à la fenêtre je vois toujours la même chose. Avec ce chancre de Vésuve juste en face, comment fais-tu pour voir une autre ville ? *(Brusquement, elle crie d'une voix stridente, aiguë et agacée.)* Italia !

LUI, *le visage tourné vers la fenêtre, sursautant* : Qu'est-ce qu'il y a ?

ELLE : Non, rien, c'était la femme de ménage. Je m'étais habituée à l'appeler. J'oublie qu'elle n'est plus là.

LUI, *haletant, une main sur son cœur* : Elle s'appelle Italia ?

ELLE : Elle s'appelait. Elle est morte.

LUI, *se ressaisissant* : C'est triste, pauvre Italia.

ELLE : Une attaque d'apoplexie. Elle me rend folle. Elle me cache les choses. Ça suffit, de quoi parlions-nous ? Ah, de la fenêtre. C'est une carte postale avec le cachet de Naples, et toi tu vois New York ?

LUI, *tournant toujours le dos à la pièce* : Il fait noir, on ne voit pas le Vésuve. Et puis, pour moi les sons comptent plus que ce que je vois. Un seul bruit suffit à me donner une vision. À Mostar-Est, la zone musulmane, les enfants jouaient au milieu des décombres pendant la guerre. Leurs cris me transportaient à Naples, au milieu des enfants de Montedidio. Et ici, ce soir, j'entends les coups que j'entendais là-bas. Le sifflement d'une grenade, avant qu'elle explose dans une cour.

Bruit de pétards.

ELLE, *allant dans les coulisses pour répondre à une sonnerie de téléphone.*

LUI, *tournant dans la pièce, prend un cadre, met des lunettes pour regarder la photo, on voit que c'est un invité.*

ELLE, *apparaissant sur le bord de la scène, fait un geste pour lui demander s'il veut parler au téléphone, lui fait non de la main* : Merci ! Merci ! À vous aussi, oui, je le salue de votre part. Tous mes vœux, et pour cent ans ! *(Elle raccroche.)* Tu ne veux parler à personne ?

LUI : Je te l'ai dit et redit, ne me passe personne. Ne prononce même pas mon nom, ce sera mieux.

ELLE : Bien sûr ! Je ne le nomme pas : l'innommé est arrivé ! Le soir du dernier jour de l'année on m'appelle pour les vœux, on me demande ce que je fais et je dois répondre : je fais une retraite spirituelle ? Je suis avec l'innommé ? Je n'ai jamais eu autant d'invitations que cette année. Mais j'ai répondu. *(Elle fait semblant de parler au téléphone. Elle ne mime pas, elle se mêle à une conversation qui n'existe pas.)* Merci, mais cette année je passe la soirée du dernier jour de l'année avec mon frère. Il y a si longtemps que nous ne fêtons pas le jour de l'An ensemble. Que dites-vous ? Que je l'emmène avec moi ? Je me demande comment j'ai pu lui extorquer la promesse de venir chez moi ! Non merci, nous restons seuls, disons en famille. *(Elle fait le geste de raccrocher. Brusquement, elle laisse échapper un autre cri comme un éternuement.)* Italia !

LUI, *sursautant à nouveau, se retourne en colère* : Oh, mais qu'est-ce qui te prend ? Tu m'as encore fait sursauter. *(Il se passe une main sur le front.)* Mon cœur a fait un bond dans ma poitrine ! Tu sais que je suis cardiaque ! *(Essayant de se calmer.)* Le cri patriotique me donne de la tension. *(Repensant au nom.)* Il fallait qu'elle s'appelle Italia ! Et à Naples en plus. Elle a dû vivre l'enfer. « Nous étions mieux avant, sans toi », tout ce qu'elle a dû entendre !

ELLE, *comme si de rien n'était* : Où tu as mis le couvercle ? *(Elle cherche dans l'armoire.)* Le voilà, caché sous la soupière !

LUI, *encore agacé* : Mais c'est toi qui l'as mis là, non ? Et tu as oublié.

ELLE : Eh oui, j'ai pris le couvercle de la casserole et je l'ai glissé sous la soupière retournée où on ne le voit pas ! Elle n'arrête pas de déplacer les choses. *(Elle change brusquement de ton.)* On me demande sans arrêt de tes nouvelles. Où est-il, qu'est-ce qu'il fait ? *(Elle change de ton.)* Il est toujours célibataire ? *(Elle recommence à parler dans un téléphone imaginaire.)* Il n'appelle pas souvent, oui, il va bien. Non, je ne crois pas qu'il soit marié, j'espère que j'aurais reçu un faire-part.

LUI, *inquiet devant la scène de sa sœur qui parle toute seule à un téléphone imaginaire, l'interrompant* : On te demande de mes nouvelles pour te faire plaisir.

ELLE, *interrompue, regardant un instant la main qui devrait tenir le récepteur et faisant le geste de raccrocher comme si la ligne avait été coupée.*

LUI : Sans toi, ils auraient oublié. Et c'est normal. On doit rester au même endroit, sinon on vous efface. *(Il fredonne la chanson* Larmes napolitaines.*)* « À table mettez mon couvert : quand c'est la veille de Noël, faites comme si j'étais avec vous moi aussi. » Moi, ça ne me va pas. À table, enlevez mon couvert. *(Il voit qu'il y a encore son assiette sur la table et il l'enlève pour la mettre dans l'évier.)*

Coupure d'électricité.

ELLE : Bonsoir ! Heureusement qu'ils nous ont laissés finir de manger. J'ai une lampe de poche de secours. *(Elle avance à tâtons.)* Ne me dis pas qu'elle l'a mise ailleurs.

LUI : Ne t'avise pas de crier encore une fois.

ELLE : La voilà. *(Elle l'allume, une lumière blanche, froide, suffisante se répand dans la pièce. Elle jette un coup d'œil par la fenêtre.)* Pas de lumière dans le quartier.

LUI : Les tirs aussi se sont arrêtés. On a déclenché le couvre-feu. Ils ne savent pas tirer dans le noir.

ELLE : Il ne faut pas s'y fier. Ils vont s'équiper et ça va repartir. *(Le téléphone sonne.)* Donc, je ne te passe personne ?

LUI, *de nouveau devant la fenêtre, ne répond pas.*

ELLE : Hé Mario, comment vas-tu, comment allez-vous ? Qu'est-ce que vous mangez ? Nous on s'est régalés avec une sauce à la génoise qui fondait dans la bouche. Oui, oui, Mario, embrasse tout le monde, on se voit l'année prochaine, c'est sûr Mario, je le salue de ta part. *(Elle rentre.)* C'était Mario, il t'envoie ses vœux. Il t'a envoyé du café et une boîte de stylos.

LUI : Merci. Mario m'offre des stylos. Mauro des cahiers : il y a des années que je ne suis pas entré dans une papeterie.

ELLE : Et toi, tu écris, tu écris. Tu t'es inventé ce métier, marchand de mots. Quelle est ta définition de l'écrivain ?

LUI : Le marchand de livres d'un seul auteur.

ELLE : C'est ça. Et qu'est-ce que tu écris en ce moment ?

LUI : Une comédie.

ELLE : Bravo, j'ai justement envie d'aller au théâtre. Et quel est le titre ?

LUI : *La Nuit de la Saint-Sylvestre.*

ELLE : Bingo ! C'est celle-ci.

LUI : Oui.

ELLE : Donne-moi des détails, sans que j'aie besoin de t'arracher les mots de la bouche. Il y a une fête ? Beaucoup de personnages ?

Eh oui, c'est ça, le réveillon, on attend minuit. *(Elle réfléchit.)* ON ATTEND MINUIT. Ne me dis pas que tu vas aller dormir et que tu me laisseras seule.

LUI : Il faut que ce soit minuit heure locale ?

ELLE : Qu'est-ce que ça veut dire ? De quel local parles-tu ? Tu veux aller dans un local ?

LUI : L'heure locale, l'heure italienne : on ne peut pas dire qu'il est minuit, heure de Moscou ?

ELLE : Ah, on plaisante ! Minuit du 31 décembre est une heure importante et on doit la respecter à la seconde près. Heure de Naples.

LUI : Un compromis, prenons l'heure d'Athènes ?

ELLE : Naples centrale, un point c'est tout.

LUI : Elle me tape sur les nerfs cette heure de minuit. Par convention, c'est devenu une heure qu'on aime plus que onze heures, par exemple. Et puis, je n'aime pas attendre l'arrivée d'une heure. Ce n'est pas un train et je n'ai personne à attendre, encore moins les minutes d'un horaire. Minuit n'est le sommet de rien, ce n'est pas une pointe d'où l'on voit les étoiles de plus près. Et puis moi, je saute cette heure-là tous les jours les yeux fermés.

ELLE : Tu as fini ? Tu t'es défoulé sur cette pauvre heure de minuit qui ne t'a rien fait, vu que vous ne vous fréquentez pas ? Bravo. Maintenant, dis-moi : combien y a-t-il de personnages dans cette comédie ?

LUI, *réticent* : Pas beaucoup.

ELLE : D'accord, mais combien ?

LUI : Deux.

ELLE : Deux ? Mais c'est nul ce jour de l'An.

LUI, *regardant autour de lui* : C'est justement ce que je dis.

ELLE, *se reprenant* : Quel rapport ? Je parle de la comédie, deux personnages seulement, c'est trop peu. Tu es paresseux. Dans une fête du jour de l'An, le public s'attend à une belle bande d'amis. Au moins six. Six personnages en quête d'auteur.

LUI : J'en ai renvoyé quatre.

ELLE : Comme ça, il y a quatre personnages au chômage en quête d'auteur, et s'ils le trouvent ils lui passeront un savon. La vérité, c'est que tu es paresseux. Bref, qu'est-ce qu'ils font ? Qui sont-ils ? Un homme et une femme ? Mari et femme ?

LUI : Frère et sœur.

ELLE : Tu te moques de moi ? Frère et sœur, le dernier jour de l'année ? Nous deux ? Tu écris une comédie sur nous deux ce soir ? Mais ça ne t'arrive jamais d'avoir un peu d'imagination ? Invente une histoire, au moins une fois dans ta vie ! Qu'est-ce que j'irais faire au théâtre pour nous voir tous les deux ? Quelle barbe, tu sais !

LUI, *sortant de sa poche un carnet de notes, écrit quelque chose.*

ELLE : Qu'est-ce que tu fais ? Tu prends des notes ? Hé, donne-moi ce carnet. *(Elle le lui fauche, arrache la page du carnet, l'agite sous son nez.)* Tu dois inventer, pas copier ! Fais l'écrivain, pas celui qui écoute derrière la porte ! *(Elle lit la feuille, à voix basse, en changeant de ton jusqu'au plus étouffé.)* « Dans le noir, les explosions sont plus profondes. Je colle ma tête contre le mur. Le déplacement de l'air d'une bombe peut la fracasser. Il suffit seulement d'un centimètre de distance du mur. Le vers d'un poète russe que j'ai appris par cœur me tient compagnie : "Cette nuit est irréparable, alors que chez vous il fait encore clair dans le ciel." »

NOIR

Deuxième partie

Dans le noir, on distingue deux chaises de chaque côté d'une pièce, les lumières sont étroitement concentrées sur les deux places où Elle et Lui sont assis. Une conversation à distance entre eux deux se déroule sans téléphone.

ELLE : Écoute, cette année tu dois me faire la grâce de venir fêter le jour de l'An chez moi.

LUI : Mais pourquoi le jour de l'An ? Tu sais que pour moi les fêtes d'obligation sont terminées. Je ne le fêtais déjà pas quand il y avait maman. J'allais me coucher après dîner et je la laissais seule dans cette cuisine en pleine campagne à regarder minuit à la télé. J'y pense sans arrêt et je m'en veux. Elle vivait avec moi, mais moi je continuais à vivre seul. À Noël, j'avais du mal à faire quatre paquets pour elle et pour toi. Après la mort de papa, les fêtes ont disparu pour moi. Maintenant qu'elle n'est plus là elle aussi, je passe Noël tout seul.

ELLE : D'accord pour Noël, mais moi je parle du jour de l'An. Il faut que tu viennes, je veux passer cette soirée avec toi. Ne dis pas toujours non.

LUI : Nous passerons une autre soirée ensemble, je viendrai peut-être à Naples avant. Je ne veux pas entendre le charivari de la fête d'obligation. Je déteste le jour de l'An, et la Saint-Sylvestre aussi. Avec lui, à l'époque de Constantin, l'Église est passée de la clandestinité à la religion officielle de l'Empire, en perdant ses plus belles particularités.

ELLE : Nous, nos plus belles particularités c'est le temps qui les a changées. Écoute, nous sommes restés tous les deux, les nôtres ne sont plus là. Nous devons respecter le peu de vie qui nous reste. Tu es seul et moi aussi. Certains jours, j'ai besoin de savoir que tu es là.

LUI : Ces jours-là, moi je ressens leur absence, elle me saute dessus comme la tramontane, elle arrache ma chaleur par petits bouts. Je reste recroquevillé dans un coin et j'attends que ça passe. Pour moi chaque jour est le premier jour de leur absence. Les années défilent et je suis toujours immobile au jour suivant, avec leurs corps qui viennent de sortir par la porte de la cuisine. Si je viens te voir, je t'inonderai de ce froid et je gâcherai ta fête. Tu es plus forte que moi face à la vie, tu respectes la vie qui continue. Moi, je n'y songe même pas.

ELLE : Nous ne ferons pas de fête, nous passerons la soirée à bavarder jusqu'à minuit. C'est la ville qui fait la fête. Elle restera de l'autre côté de la fenêtre. Tu me tiendras compagnie ce soir-là. Je ferai des pâtes à la génoise. À propos, tu sais pourquoi ça s'appelle comme ça ? Gênes n'a rien à voir là-dedans.

LUI : Non. Il y a une explication ? C'est le cuisinier qui s'appelait comme ça ?

ELLE : Non, génoise est une déformation napolitaine de *genevoise*, « de Genève ». Un cuisinier suisse qui travaillait pour une grande famille a oublié les oignons mis à revenir à petit feu. Au bout de plusieurs heures, ils sont devenus foncés et épais avec ce goût sublime.

LUI : Une bonne explication. Naples a eu des Suisses qui sont venus travailler au XIXe siècle, des pâtissiers, des cuisiniers, des chocolatiers. Ils émigraient à Naples, les Suisses. Rien que ça montre déjà quelle ville elle était alors.

ELLE : C'est ta ville. Tu es estampillé Naples, comme ma fenêtre. Ta provenance est écrite sur ta figure. Des rides napolitaines, des mains qui font des gestes napolitains, même quand tu te tais, tu as un silence napolitain. La ville est tatouée sur toi.

LUI : Il faut croire que je suis napolitain au point de ne pas avoir besoin d'y habiter. J'y viens souvent, mais je ne peux pas employer le verbe revenir. L'endroit d'où je me suis détaché à dix-huit ans n'existe plus.

ELLE : Elle est bien là. Ferme les yeux et tu l'entends par tes oreilles qu'elle est là. Ferme aussi celles-là et tu le sais par ton nez. Bouche-le et tu le sais par ta langue. Ferme aussi la bouche et c'est ta peau qui te dit que tu es à Naples. Elle est telle quelle, tu es parti et elle est restée embaumée.

LUI : On parie que tu es encore plus visionnaire que moi ? Tu te mets au balcon et tu vois encore le porte-avions de la Sixième Flotte ? Tu vois dans la rue les soldats avec leur casquette blanche qui titubent, ivres et dévalisés par les gosses de la rue ? Il n'est plus là l'endroit qui m'a rendu étranger bien avant que je parte, en me prenant pour un des matelots débarqués pour faire la fête. Tu sais qu'un jour, à seize ans, j'ai été arrêté par les types de la Shore Patrol qui voulaient me faire monter sur leur porte-avions ?

ELLE : Oui, je le sais. Et alors ? Ce n'est pas parce que ces vareuses américaines ne sont plus là que Naples n'existe plus. Il y a d'autres gens, d'autres peuples, on a même des Chinois maintenant. Naples a toujours eu des hôtes chez elle. Quelle différence si ce sont des Suisses, des Américains, des Africains ?

LUI : Tu m'enlèves les mots de la bouche. Maintenant, il y a des immigrés comme dans n'importe quelle ville du Nord. Les ordures aussi sont les mêmes en quantité et en qualité. C'est le système de ramassage qui change : maintenant elles partent en croisière, elles embarquent sur des bateaux.

ELLE : Tu sais quelle est la différence entre nous deux ? Moi, j'aime Naples et toi non. Tu as toujours été avare de sentiments. Tu as l'écriture et tu mets tout là-dedans. En dehors de ça, tu n'aimes personne, même pas toi.

LUI : Je n'y ai jamais pensé : si j'aime Naples. C'est comme me demander si j'aime mes ongles, mes cheveux. Ce sont des parties de mon corps qui ne me font pas mal si je les coupe. Un coup de ciseaux et elles repoussent. Je ne sais pas si j'aime ces parties de mon corps. Dans l'ensemble non, je ne suis pas attaché à ma carcasse. Je suis dedans, c'est tout.

ELLE : Moi, j'aime beaucoup Naples. Quand je descends le matin faire les courses, je l'embrasse du regard. Je m'arrête pour parler dans les boutiques, s'il y a la queue à la poste je suis contente de me trouver au milieu des gens, d'échanger deux mots, d'entendre leurs impressions sur les événements. Je lis les faits divers locaux. Je ne pourrais jamais dire comme toi : je ne sais pas. Moi je sais. J'aime cette ville de tout mon cœur. L'autre jour, dans la ruelle d'en bas, j'ai vu une dame passer la porte d'entrée avec des chiens. Elle en tenait trois ou quatre en laisse. La ruelle est étroite, il passe aussi des voitures, les *bassi*, les rez-de-chaussée n'ont pas de balcon et ils mettent sur le trottoir deux bâtons avec un fil pour étendre leur linge. Un petit vieux sort une chaise, lit son journal, fume son cigare. Bref, la dame arrive suivie de sa meute et ces chiens se faufilent autour de la chaise, derrière un bâton du linge. En un instant, le petit vieux est bousculé, secoué sur sa chaise, le linge atterrit par terre, les laisses se croisent et s'emmêlent, les chiens tirent, la dame s'agite énervée par ce contretemps et les obstacles qu'elle a trouvés sur son chemin, une femme sort du *basso* et se met à dégager le linge des pattes des chiens, le petit vieux essaie de se retenir à la chaise pour ne pas être emporté et personne ne dit rien : c'est une scène muette et frénétique. On aurait dit une danse tribale pour chasser les démons. À la fin, la dame rassemble sa meute de chiens et repart sans un mot. Un petit vieux assis sur le trottoir d'en face dit pour conclure la scène : « Ce matin une dame est allée à la chasse. » C'était digne d'applaudissements. Je les aurais tous embrassés, même la dame.

LUI : Tu as décrit le théâtre.

ELLE : Tiens, encore une différence entre nous deux. Tu vois du théâtre et moi je vois Naples, son existence pleine de gens qui doivent plaisanter pour survivre.

LUI : C'est toi qui évoques le théâtre en décrivant la scène. Tu viens juste de faire du théâtre et tu ne t'en es pas aperçue. Si tu n'avais pas vu la scène et que tu ne l'avais pas racontée, elle serait restée seulement de la vie. Mais toi tu la dis, tu la fais revivre, tu la redoubles et elle devient du théâtre.

ELLE : Oui, d'accord, comme vous voulez, professeur. Avec toi, on ne peut pas rivaliser avec les mots. Mais maintenant, tu dois me faire la grâce de venir chez moi le dernier jour de l'année.

LUI : Je viendrai, je viendrai, mais ce n'est pas une grâce, c'est seulement une soirée et le lendemain je repartirai à la première heure pour chasser de mes oreilles les explosions.

Des tirs qui sortent à nouveau du silence, puis de nouveau le noir.

Troisième partie

Retour sur la scène de l'appartement. Lui à la fenêtre, Elle à table. L'électricité est revenue, mais la lampe de poche est à portée de sa main à elle.

LUI : Mais pourquoi est-ce qu'ils tirent avant ? Ils gâchent des munitions.

ELLE : Ils en ont beaucoup. Il faut qu'ils montrent qu'ils en ont plein. Celui qui tire le premier se place au-dessus des autres. *(Elle est en train de mettre les cartons de la tombola sur la table.)*

LUI, *se retournant en entendant le bruit* : Qu'est-ce que tu fais ?

ELLE : Ça ne se voit pas ? Je prépare la table pour la tombola.

LUI : La tombola aussi ! Et à deux !

ELLE : À quatre.

LUI : Tu attends des invités ? Pas de surprises, sinon je prends mes cliques et mes claques et je me tire.

ELLE : Pas question d'invités, assieds-toi. Nous allons faire une partie de tombola avec papa et maman.

LUI, *la regardant tendu* : Qu'est-ce qui te prend ? Une séance de spiritisme ?

ELLE : Ne fais pas de chichis. On met leurs places, avec les cartons, on leur prête de l'argent pour payer et on est de bonne humeur tous ensemble. C'est toi qui dis les numéros, comme lorsqu'on était tous là.

LUI : Oublions ça, je ne suis pas d'humeur.

ELLE : On oublie tous les jours. On les oublie. Ce soir, au contraire, on les dérange, on les fait sortir.

LUI : Les numéros ?

ELLE, *à haute voix, en les appelant* : Papa et maman.

Nouvelle coupure de courant.

ELLE : Encore ! On a décidé de gâcher le jour de l'An à tout le monde. *(S'adressant au lustre pour le gronder.)* Ils en sont encore aux hors-d'œuvre.

LUI, *de nouveau tourné vers la fenêtre* : Mais ils se sont équipés, ils continuent à tirer.

ELLE, *allumant la lampe de poche, la lumière est plus blanche et violente* : Viens t'asseoir.

LUI : Écoute, jouons à autre chose, prends les cartes napolitaines, faisons une belle petite scopa.

ELLE, *froide* : Ne les vexe pas, ils arrivent.

LUI : Tu perds la tête juste au moment du jour de l'An ?

ELLE : Toi, tu dis qu'avec eux tu es comme au premier jour de leur absence. Eh bien, c'est mon tour et cette soirée, c'est la première soirée de leur présence. *(Péremptoire.)* Et nous sommes tous ensemble. *(Un long sifflement de pétard suivi par une violente explosion. Lui sursaute. Elle lui ordonne.)* Assieds-toi.

LUI, *déconcerté, un peu effrayé par l'explosion et par l'atmosphère spectrale, obéit.*

ELLE : Choisis deux cartons pour toi et deux pour papa. Moi, j'en prends deux pour maman et deux pour moi.

LUI, *prenant les quatre cartons, les dispose horizontalement devant lui.*

ELLE : Pas comme ça, les cartons se mettent l'un au-dessus de l'autre, pour vérifier plus facilement ce qui sort. Tu ne sais même plus jouer à la tombola ?

LUI, *s'exécutant, pendant qu'elle farfouille dans un petit sac.*

ELLE, *brusquement* : Italia !

LUI, *faisant un bond sur sa chaise* : Encore ! *(Dans les moments de spontanéité, c'est le napolitain qui sort.)* Ah toi, alors ! Quelle mouche te pique ? Tu l'as fait mourir de chagrin cette pauvre Italia ! Et moi aussi !

ELLE : Elle me cache mes affaires, je ne retrouve plus rien. *(Elle se lève et va fourrager dans les tiroirs d'un bahut.)* Ils étaient avec les numéros et les cartons.

LUI, *encore perturbé, mesurant les battements de son pouls* : Qui ?

ELLE : Les pois chiches.

LUI : Les pois chiches ?

ELLE : Eh, pour marquer les numéros sur les cartons. Elle me les a subtilisés.

LUI : Italia ?

ELLE : Elle déplace mes affaires, elle me rend folle.

LUI : Je vois ça.

ELLE : Les voilà, regarde où elle les a cachés : derrière le sel. Si elle pouvait mourir une fois pour toutes. *(Elle revient s'asseoir, étale les pois chiches sur la table.)* Sors ton portefeuille. Combien tu as ?

LUI, *sortant son portefeuille de sa poche, prend un billet de 100 euros.*

ELLE, *le prenant pour le vérifier au toucher et à contre-jour.*

LUI : Il est bon ?

ELLE : Avec toi, on ne sait jamais. On peut te refiler du papier toilette à la place des euros, tu n'y verras que du feu.

LUI : La différence n'est pas grande.

ELLE, *sortant d'une poche de sa robe dix billets de 10 euros, les compte, les met sur la table et empoche rapidement le billet de 100 euros.*

LUI, *suivant la manœuvre, fait un geste d'adieu à son billet.*

ELLE, *fixant les mises* : 40 la tombola, 30 la cinquina, 20 la quaterna, 10 il terno[1]. Tu as 5 euros ?

LUI : Non.

ELLE : Ça ne fait rien, je les mets moi. *(Elle sort un billet de 5 euros d'une autre poche et le met à côté des autres.)* L'ambo, c'est important.

LUI, *ne résistant pas à faire un stupide jeu de mots* : Il est flatteur. Il embo-bine.

ELLE : Quand tu as une envie pressante de dire une pareille idiotie, tu n'es pas capable de la garder pour toi ?

LUI : Je regrette, quand j'ai une envie pressante, je me pisse dessus.

1. 40 le carton avec tous les numéros, 30 pour cinq numéros, 20 pour quatre, 10 pour trois, ambo pour 2.

Un couple entre en silence. Ils sont jeunes, ils portent des vêtements des années 1950. Elle a un petit chapeau de l'époque, lui un chapeau de paille genre panama. Ils vont s'asseoir aux deux places vides. Ils passent inaperçus pour lui, tandis qu'elle sent leur présence même si elle ne les voit pas et elle leur fait un sourire de bienvenue, mais du mauvais côté.

LUI, *la regardant les yeux écarquillés :* Qu'y a-t-il maintenant ?

ELLE : Rien. Ils sont arrivés. *(Elle lui passe le panier avec les numéros.)* On peut commencer.

LUI, *pris d'un léger tremblement qu'il essaie de contrôler en serrant le panier à deux mains et en le secouant. Ce qu'il fait pendant tout le dialogue qui suit.*

PAPA : Comme ils ont vieilli !

MAMAN : Que dis-tu ? Ils sont en pleine forme. À leur âge, nous étions en plus mauvais état qu'eux. Moi, j'avais déjà les cheveux blancs, toi tu avais déjà perdu la vue. Tu ne conduisais plus. Tu as arrêté le matin où tu es monté en voiture pour aller au bureau. Et tu disais : d'où vient tout ce vent ?

PAPA : C'est vrai, qu'est-ce qu'il y a comme vent ce matin !

MAMAN : On avait volé le pare-brise.

ELLE, *s'adressant à Lui* : Alors, il sort oui ou non ce premier numéro ? Tu es en train d'user les numéros là-dedans.

LUI, *cessant de secouer le panier et faisant sortir le numéro* : 31 ! Le propriétaire.

ELLE, *posant un pois chiche sur un carton* : Il est déjà passé pour toucher le loyer.

MAMAN, *s'adressant à Papa* : Tu te souviens de celui que nous avions à Montedidio ? Le baron Scagliola.

PAPA : Ah celui-là ! Il jaillissait comme un diable de sa boîte à la fin du mois.

MAMAN : Avec moi, il faisait le galant, il enlevait son chapeau.

PAPA : Une sangsue : s'il ne trouvait pas le locataire prêt à payer en liquide, il élevait la voix au milieu de l'escalier, il l'humiliait devant tout l'immeuble.

MAMAN : Paix à son âme.

PAPA : À la sienne, non.

LUI : 42 ! Le café.

ELLE : Ambo ! Maman a fait l'ambo. *(Elle empoche les 5 euros.)*

LUI : C'est toi qui les prends.

ELLE : C'est normal, c'est moi qui les ai invités. Raconte-moi l'histoire.

LUI : Quelle histoire ?

ELLE : Celle des numéros : le propriétaire, le café.

LUI : Tu veux la tombola en histoires.

PAPA : Elle a raison notre fille. *(Sur un ton pédant.)* La tombola napolitaine sort les numéros en même temps qu'une histoire. C'est le parcours inverse de celui des rêves qui à partir d'une histoire venue en rêve suggère les numéros à jouer au Loto.

MAMAN : Ne fais pas ton savant.

PAPA : Laisse-moi parler, ce soir nous avons quartier libre.

MAMAN : Pourquoi ? Les autres jours, nous sommes consignés dans une caserne ? Nous sommes toujours dehors, sauf qu'à une certaine heure nous devons rentrer.

PAPA : Ce soir, c'est le dernier jour de l'année, nous pouvons rentrer plus tard.

Pendant les dialogues entre Maman et Papa, Lui secoue le panier des numéros, Elle vérifie continuellement ses nombreuses poches.

ELLE : Bien sûr que je veux la tombola en histoires. La tombola, ce ne sont pas seulement des numéros, ce sont des faits qui s'emboîtent. Alors, qu'est-ce que vient faire le café avec le propriétaire ? Écoutons voir.

LUI : Le propriétaire était sorti et il était allé prendre un café au bar.

ELLE : Et c'est tout ?

LUI : Et qu'est-ce qu'il te faut ? On vient à peine de commencer le tirage.

ELLE, *prenant l'air déçu* : Allez, continue.

LUI : 75 ! Polichinelle *(Il met un pois chiche sur le carton de Papa.)*

ELLE : Et qu'est-ce qu'il fait ?

LUI : Il est au bar lui aussi. Il demande au propriétaire de lui offrir un café.

PAPA, *ironique* : Il a trouvé un mécène.

ELLE : Et c'est tout ? Fais un effort pour qu'il se passe quelque chose, tu es paresseux.

LUI : 71 ! L'homme de merde. Non seulement il ne lui offre pas un café, mais en plus il l'insulte.

MAMAN : C'est un malotru.

PAPA, *philosophe* : C'est la faute de la propriété. Elle engendre l'arrogance.

MAMAN : Bravo le philosophe, la propriété engendre l'arrogance. Et la misère ?

PAPA : La faim dans le ventre.

LUI : 38 ! Les coups. Polichinelle s'était vexé et avait porté la main sur le propriétaire.

PAPA, *philosophe* : La lutte des classes.

MAMAN : Au bar.

LUI : 4 ! Le porc.

PAPA : Le port ?

MAMAN : Le porc, le cochon.

PAPA : Très bien ! On en fait des saucisses.

LUI : 61 ! Le chasseur.

PAPA : Le casseur !

MAMAN : Chasseur ! Tu étais aveugle, pas sourd.

PAPA : Ce sont les tirs. Ils troublent mon acoustique.

ELLE : Terno ! Papa a fait le terno. *(Elle empoche rapidement l'argent.)*

LUI : Moi, je n'ai pas encore mis de numéro sur mes cartons.

ELLE : Que fait le chasseur ?

LUI : Il poursuivait le porc.

ELLE : En plein milieu de Naples.

LUI : Bien sûr : les gens s'écartent. Il y en a un qui se met à courir lui aussi derrière le porc, le chasseur le talonne avec son fusil.

PAPA : Quand j'étais chasseur alpin en Albanie nous campions près d'un fleuve. Nous voyions nager dans l'eau des truites bien grasses. Nous n'avions rien pour les pêcher et nous essayions de les tirer au fusil. Mais les projectiles se déplaçaient dans l'eau et nous ne prenions rien. Mais je peux dire que j'ai été chasseur de poissons.

LUI : Papa nous racontait comment il tirait sur les poissons en Albanie.

ELLE : Il n'a jamais été capable de pêcher. Maman nous parlait du temps où ils vivaient dans un appartement près des rochers, à Pausilippe. Nous n'étions pas encore nés. L'été, papa descendait dans l'eau équipé de pied en cap. Les vieux pêcheurs avec leur canne assistaient à la préparation : armement à ressort d'un fusil arrivé d'Amérique, qui servait pour les requins et qui aurait désintégré un mulet. Puis, il mettait ses palmes, son masque, son tuba et même son pince-nez. Et enfin, il partait. Un jour, maman a assisté à cette scène : papa nageait à la surface et ne s'apercevait pas qu'il se dirigeait vers un gros bateau amarré. Des rochers, les pêcheurs se sont mis à l'appeler pour le prévenir : « Monsieur ! », « Monsieur ! », « Un bateau, devant », « Levez la tête ». Maman l'appelait elle aussi à grands cris depuis les rochers : rien, il avançait tout droit, inexorablement, contre le flanc du bateau et il a fini par se cogner très fort le crâne. Il a levé la tête, sonné, a retiré son tuba, son masque et son pince-nez, tandis que d'un rocher un pêcheur lui criait : « Monsieur, il faut aussi un appareil pour les oreilles ! »

MAMAN : Et la fois où tu as pris un poulpe à Ischia avec le truc de la boîte de conserve vide que t'avait appris un pêcheur. Tout excité, les palmes encore aux pieds, tu es venu sur la plage pour me le montrer et la bête a attendu d'être devant moi pour me cracher dessus tout le réservoir d'encre qu'elle avait dans le corps. Je venais d'étrenner mon maillot de bain blanc. Tu m'as regardé dans les yeux et tu as filé avec tes palmes aux pieds.

LUI, *entre-temps, restant pensif à cette évocation* : Il était maladroit.

PAPA, *satisfait du jugement modéré* : J'étais maladroit.

MAMAN : Comment ça maladroit ? Tu étais un désastre.

PAPA : J'étais maladroit.

LUI : 62 ! Le régiment. Notre armée avait enrôlé Polichinelle.

PAPA : Ils ont trouvé le bon combattant.

MAMAN : Ne sois pas défaitiste. Mis au pied du mur, le peuple de Polichinelle a été capable de faire les quatre journées et de chasser les Allemands de la ville. J'y étais, mon cher, alors que toi tu avais débarqué à Capri, qui était déjà libérée, aux mains des Américains.

LUI : Les histoires de guerre de papa : il rentre d'Albanie en permission pour maison bombardée et il se trouve à Naples en uniforme le 8 septembre. Il le retire et se cache avec d'autres soldats à Sorrente dans une ferme. Et une nuit sans lune, il se met à ramer sur une barque en direction de Capri avec un petit groupe. Ils débarquent et pour eux la guerre est finie.

ELLE : La guerre, ce sont les femmes qui l'ont faite sous les bombardements aériens. Naples a été pilonnée à cause de son port comme si elle était au front. Les femmes ont combattu plus que les hommes. Maman a fait plus de jours de guerre que papa. Même pendant les quatre journées de fin septembre 1943, elle y était et papa non. Les femmes n'ont pas pu retirer leur uniforme.

PAPA : Je ne la savais pas féministe, notre fille.

MAMAN : Quel rapport avec le féminisme ? Elle a raison, un point c'est tout.

LUI : 76 ! Le tram. Pour aller s'enrôler Polichinelle avait pris le tram.

PAPA, *mimant une chanson comique napolitaine* : « La première fois que je t'ai rencontrée / c'était dans le tram de la Torretta. »

MAMAN, *l'aidant en chantant la strophe suivante* : « Toi tu étais assis juste devant moi… »

PAPA : « J'inaugurais alors un canotier. » *(Il fait semblant d'enlever son chapeau de paille.)*

ELLE : Et quel tram ?

LUI : Et tu veux savoir quelle était la ligne ?

ELLE : On doit la connaître.

LUI : C'était le tram Torretta-Chiatamone.

ELLE : Pourquoi ? Polichinelle habitait à Mergellina ?

LUI : Oui, il habitait à Mergellina, à Piedigrotta, viale Elena, qu'est-ce que ça peut te faire ?

ELLE : L'histoire doit être précise, circonstanciée, comme les numéros. Mets le pois chiche sur le 76 de papa.

LUI : 19 ! San Giuseppe.

ELLE : Quaterna, maman a fait quaterna. *(Elle l'empoche.)*

LUI : La quaterna aussi a disparu. C'est bien, comme ça la tombola finira plus vite.

ELLE : C'est logique que ce soit eux qui gagnent, ils savent déjà tous les numéros qui doivent sortir. C'est eux qui les font sortir.

LUI : On voit qu'ils sont pressés, ils veulent rentrer avant que minuit se déchaîne.

PAPA : Tu es pressé, toi ?

MAMAN : Non.

PAPA : Et moi non plus.

MAMAN : Il croit que nous avons le pouvoir de faire sortir les numéros. C'est nous les numéros et nous sommes extraits chaque fois que quelqu'un se souvient de nous et nous nomme. Alors on vient nous chercher pour nous dire : on vous appelle, montrez-vous. C'est elle qui nous a fait venir ce soir.

ELLE : Le 19 mars, papa arrivait à la maison avec des beignets. Il aimait ceux au four, maman les aimait frits. Lui, il aimait la croûte du pain et maman la mie. Ils étaient opposés en tout. Tu te rappelles ce poème de Galdieri ?

LUI : Vaguement.

PAPA, *le récitant sommairement par cœur* :

« Toi tu veux dormir avec la lumière et moi je n'arrive pas à dormir,

mais la lampe, c'est inutile, elle s'allume.

Toi, tu aimes la sfogliatella à la pâte brisée et moi à la pâte feuilletée.

Toi, tu te mêles de tout et moi je n'aime pas ça.

Toi, tu n'as pas d'heure et moi je suis ponctuel.

Toi, tu aimes marcher dans la foule et moi la solitude me rend heureux.

Comment nous sommes-nous unis ? Qui peut le savoir.

Je ne m'explique pas comment ce matin-là quand j'ai dit "oui", ce matin-là tu n'as pas dit "non". »

LUI, *faisant un effort pour se souvenir et de temps en temps ajoutant un mot au poème que Papa dit sans qu'on l'entende. Dans la strophe finale, c'est le même texte et ils le disent ensemble.*

ELLE : Alors ? Qu'est-ce qui se passe avec san Giuseppe ?

LUI : Dans le tram, il avait rencontré Polichinelle qui allait s'engager et il l'avait félicité. « Bravo, tu vas défendre la patrie. » San Giuseppe est un patriote, il met la main sur sa poitrine en entendant le chant de Mameli.

PAPA : Le sang de Mameli ?

MAMAN : Mais tu as les oreilles bouchées ?

PAPA : Il parle tout doucement, il sort le numéro avec un silencieux. Il faut le proclamer, un son de trompette.

ELLE : Continuons.

LUI : 65 ! Les âmes du Purgatoire. Elles aussi étaient montées dans le tram.

PAPA : Elles sont en semi-liberté, le jour elles sortent dans Naples, le soir elles doivent rentrer. Naples est le siège officiel du Purgatoire.

MAMAN : Et même du Jugement dernier : tu te souviens du film de De Sica qui le situe place Plebiscito ?

LUI : 77 ! Les diables étaient montés eux aussi dans le tram.

ELLE : Quel genre d'arrêts fait ce tram ?

PAPA : Ce n'est pas un tram c'est un tram-poline !

MAMAN, *dégoûtée du jeu de mots* : Heureusement qu'il n'y a que moi qui t'entends.

Dehors, les coups qui n'ont jamais cessé pendant la scène augmentent d'intensité.

LUI : 32 ! L'anguille. Les diables avaient acheté une anguille et la laissent échapper dans le tram. Tout le monde essaie de l'attraper, Polichinelle, san Giuseppe, les âmes du Purgatoire. Attrape-la ! Prends-la ! Malheur, elle a glissé des mains !

MAMAN : Quelle imagination il a notre fils !

PAPA : On le sait, il écrit des romans.

LUI, *poursuivant la scène imaginaire* : « Ah ! Je me suis cogné la tête contre les cornes du diable », dit san Giuseppe. Entre-temps, les diables s'étaient disputés avec les âmes du Purgatoire : « Allez en enfer ! » Les autres criaient : « Allez-y vous-mêmes, tas de cocus ! » Tous criaient : « L'anguille, l'anguille ! » Le tram poursuit son chemin.

ELLE : Moi je prends le suivant.

PAPA : Chez nous, on n'en a jamais vu entrer.

MAMAN : De tram ?

PAPA : D'anguille.

MAMAN : C'est logique, ta mère était américaine, que savait-elle des anguilles ? Chez nous, on en achetait des kilos et il s'en échappait toujours deux ou trois.

ELLE : Un jour de Noël, tandis qu'elle faisait sa toilette dans la salle de bains, la tante de maman en voit sortir une sous le panier à linge. Elle pousse un cri, s'évanouit et tombe sur l'anguille. Ma grand-mère arrive et, avant d'aider sa sœur, elle attrape l'anguille en fuite et la traduit en justice. Ils ont joué les trois numéros pendant un an : 32 l'anguille, 90 la peur, 56 la chute.

LUI : 79 ! Le voyou, il y en a forcément un dans le tram.

ELLE : Cinquina, papa a fait la cinquina. *(Empochée comme les autres.)*

LUI : Je viens seulement de faire un ambo.

ELLE : Continue, il faut savoir où est passée l'anguille.

MAMAN : Frite à la poêle.

PAPA : Je n'ai jamais aimé ça.

LUI : 24 ! Les gardes, ils montent contrôler les billets.

ELLE : Personne ne descend de ce tram ? On y monte seulement ?

LUI : Maintenant, ils descendent tous ensemble. Les diables sans billet s'enfuient, les âmes du Purgatoire elles aussi sans billet négocient une amende avec le tarif de groupe, Polichinelle a été le premier à s'enfuir, avant les diables, et san Giuseppe a un abonnement.

ELLE : Maintenant il faut savoir où est passée l'anguille.

LUI : 16, le cul.

ELLE : Vraiment ? Le 16 est sorti ?

LUI : Tu as demandé où était passée l'anguille et la tombola t'a répondu.

ELLE : Ne fais pas l'idiot, donne-moi ça, fais-moi voir. Menteur ! C'est le 13 qui est sorti, sant'Antonio.

LUI : C'est bon, je plaisantais. Sant'Antonio avait trouvé l'anguille et se l'était mise dans...

ELLE : Dans ?

MAMAN : Là on arrive au blasphème.

PAPA : À la vulgarité.

ELLE : Dans ? Où l'a-t-il mise ?

LUI : Dans le cu... !

MAMAN, *scandalisée* : Ça devient impossible ! Quel débauché !

PAPA : Tu as fait un malotru.

MAMAN : Il tient de toi.

PAPA : C'est toi qui lui as appris le napolitain, moi je lui parlais en italien et sans accent.

MAMAN : C'est la ville qui lui a appris le napolitain, moi je lui ai appris les chansons.

LUI : L'anguille devait bien finir quelque part.

ELLE : Dans la poche de sant'Antonio ?

LUI : J'avais proposé une variante.

ELLE : Allez on continue ! Une variante ! Mets-la toi-même dans une variante, l'anguille.

MAMAN : On joue pour la tombola maintenant, il te manque deux numéros, à moi un. S'il sort, la visite est finie. Je ne gagnais jamais, on parie que je vais gagner maintenant que je ne suis plus là.

PAPA : Écoute comme on tire dehors et il n'est pas encore minuit.

LUI : 7 ! Le pot de chambre.

ELLE : Mets-le. *(Elle désigne le carton de Papa.)* Le pot de chambre sur le carton de papa.

PAPA : Malpolie ! Le pot de chambre sur mon carton.

ELLE : Regarde, il manque un seul numéro à papa pour la tombola, et à maman aussi. Oh, ils ont le même numéro. *(Elle se fige, respire l'air, se raidit, puis à voix basse.)* Italia.

LUI : Enfin ! un appel résigné. Qu'est-ce que tu as perdu ?

ELLE, *glaciale* : Rien. Italia est là aussi.

LUI, *effrayé* : Elle aussi ! Où ?

ELLE : Ici. Je sens son odeur, elle pue des pieds.

Lui, agité, renifle nerveusement. Des coulisses, une petite femme s'avance en pantoufles, un fichu sur la tête, elle porte un tablier.

ELLE : Elle est là.

LUI, *agité maintenant, perturbé par le brusque changement d'humeur de sa sœur qui regarde dans le vide à présent. Il regarde autour de lui. Il fait un nouvel essai avec son nez, mais un éternuement lui échappe. Il s'effraie de son propre éternuement, se retourne brusquement sur sa chaise, sa veste s'accroche dans son mouvement et il lui semble que quelqu'un le retient, il a un léger cri et se lève d'un bond de sa chaise en tapant du bras le bord de sa veste comme pour chasser quelqu'un d'invisible. Il émet des voyelles étranglées. Papa et Maman le regardent, amusés. Elle est restée immobile le regard dans le vide. Lui essaie de se donner une contenance, il se rapproche de la table, hésitant sur ses jambes, il s'appuie et puis s'écroule sur la chaise. Il parvient enfin à dire à sa sœur* : Qu'e-e-est-ce qui t'a-a-rri-ive ? Tu ne te sens pas bi-i-en ?

MAMAN : Mais regarde ça : un grand gaillard, et vieux même, qui a peur d'une présence. *(Elle salue Italia de la main.)*

PAPA, *lui aussi saluant Italia, puis s'adressant à Maman* : Qui est-ce ?

MAMAN : Italia, la femme de ménage, elle est morte de chagrin dans cette pièce.

PAPA : Quel malheur ! C'est récent, il n'y a pas longtemps qu'elle est morte, elle n'a pas encore la permission de parler.

ITALIA, *acquiesçant et posant un doigt sur sa bouche.*

LUI, *n'ayant pas terminé sa phrase pour Elle, essaie à nouveau mais le souffle lui manque. Il regarde autour de lui l'air perdu tandis que dehors éclatent les éclairs de fête d'une tempête artificielle. Dans la pièce, la lumière est éblouissante par moments, colorée par les feux d'artifice extérieurs. Il parvient enfin à dire* : Je te prends un verre d'eau ?

ELLE, *ne répondant pas, toujours plongée dans ses pensées.*

LUI : Je le prends moi. *(Il se lève, sa jambe se dérobe sous lui, il avance à tâtons vers la cuisine, Italia s'écarte ; en passant près d'elle il renifle et fait une grimace de dégoût, il arrive à l'évier, fait couler l'eau, se la passe sur le visage et sur le front avant de la boire avec peine. Italia va se mettre derrière Elle. Lui revient à la table, reprend le panier, le secoue devant le visage raidi d'Elle.)*

ELLE, *se ressaisissant brusquement* : Qui est là ? Qui êtes-vous ?

LUI, *le réveil de sa sœur lui faisant faire un bond en arrière, manque de tomber de sa chaise, le panier contenant les numéros vole, il le rattrape ; d'une voix étranglée* : Qui est-ce, qui êtes-vous ? Que vois-tu ?

ELLE, *reprenant rapidement ses esprits, d'une voix très normale* : Ah, c'est toi ? J'étais ailleurs. Où en étions-nous restés ? Dans le tram ?

LUI, *soupirant à plusieurs reprises, d'une voix vexée en se tenant le front* : Non, nous étions descendus. *(À voix basse.) Puozze passa' 'nu guaio*[1] *!* maudite sois-tu ! *(La peur le fait parler en napolitain.)*

ELLE : Mais tu transpires ?

LUI : Noon. Oui. Il fait chaud ici.

ELLE : Je ne trouve pas.

LUI, *en essayant de comprendre si Elle a vraiment retrouvé ses esprits* : Nous y voilà ! Nous sommes en train de jouer à la tombola. C'est le jour de l'An, n'est-ce pas ? Tu entends comme ils tirent ! Non ?

ELLE, *acquiesçant.*

LUI : Nous avons mangé un beau plat de pâtes à la génoise, comme seule tu sais les faire. Non ?

ELLE : Tu fais un reportage radio ? Nous sommes en direct ?

LUI : Bravo ! *(Soulagé.)* La repartie toujours prête ! On voit que tu vas bien, n'est-ce pas ? Tu vas bien, ouiii ? *(Sa voix monte dans un aigu étranglé.)*

ELLE, *l'imitant* : Et toi tu vas bien, ouiii ?

LUI, *pas encore convaincu* : Nous sommes ici, ce soir : nous DEUX. Et bien sûr, tu n'as invité que moi, il ne peut y avoir personne d'autre, hein ?

ELLE : C'est ce que tu m'avais demandé.

LUI : Oh, bien ! Et nous jouons à la tombola avec quatre cartons chacun.

ELLE : Et alors ?

LUI : On avait envie de faire comme ça. On prend combien de cartons ? Un ? Deux ? Non, quatre. Quatre chacun, quatre pour moi et quatre pour toi. *(Il se met à faire comme les enfants.)* Quatre pour moi et quatre pour toi. Quatre pour moi, quatre pour toi. *(Sérieusement.)* Nous, on aime jouer à la tombola avec quatre cartons chacun.

ELLE : Oui.

LUI : On s'amuse comme ça la nuit du dernier jour de l'année, nous deux et c'est tout.

ELLE : Tu te sens bien ?

LUI : Moi ? Très bien ! Alors, on peut continuer la tombola,

1. Chanson de Pino Daniele.

voyons qui prendra la dernière mise, toi ou moi. Et oui, forcément ! Il n'y a personne d'autre que nous. Entre-temps, minuit arrivera et on se dira au revoir.

ELLE : Bien sûr ! Je t'ai préparé le lit dans la chambre, moi je dors ici.

LUI : Noon ! Moi je dois m'en aller. Je ne te l'ai pas dit ? Excuse-moi, j'ai réservé à l'hôtel. Je ne voulais pas te déranger.

ELLE : Mais tu ne me déranges pas ! Où vas-tu la nuit du dernier jour de l'année sous les tirs, avec les gens qui lancent des vieux trucs dans la rue. Il n'en est pas question, tu restes ici et tu dors ici.

LUI : Noon, moi je m'en vais, je dois m'en aller.

ELLE, *péremptoire* : Toi tu restes ici.

LUI : Je ne peux pas. Eh oui, je ne peux pas, j'ai un rendez-vous.

ELLE : Cette nuit ?

LUI : Eh oui, tu sais… *(Il fait l'homme du monde, il sort un italien impeccable.)* J'ai rencontré une dame, nous nous sommes donné rendez-vous après minuit.

ELLE : Bravo, Casanova ! Mais tu n'as pas honte à ton âge ? Tu fais encore le joli cœur ?

LUI : Je me défends encore un peu.

ELLE : Mais ne me fais pas rire ! Toi au lit : tu t'endors rien qu'en le regardant. Si tu n'as pas le temps d'enlever tes chaussures, tu te couches avec. Allez, sors ces numéros, il va bientôt être minuit.

LUI, *secouant le panier* : 20 ! La pétarade.

PAPA, *toujours prêt, fait exploser entre sa main et sa bouche une pétarade sèche, brève, très bruyante.*

ELLE, *sursautant* : Quel genre de tir c'était ? Ici, tous les ans ils lancent une nouvelle bombe.

MAMAN : On t'a entendu ! Tu es content ? C'est la seule chose qu'on nous recommande : allez rendre visite, mais ne faites pas trop de bruit. Eux s'aperçoivent de la présence à travers l'ouïe ou par le nez. Tu le sais et tu as lancé cette pétarade ?

PAPA : Je n'ai pas pu me retenir quand le 20 est sorti.

MAMAN : Quand tu ne peux pas te retenir, va les faire dehors ces pétarades.

PAPA : On ne peut pas faire une pétarade même le jour de l'An ? Elle se confond avec les autres tirs.

Changement de lumières : deux spots, un sur Maman et Papa, un sur Lui. Elle reste à l'écart. Lui commence à les voir apparaître lentement. Il se frotte les yeux, puis en ouvre un, le referme et essaie avec l'autre. Il les reconnaît. L'étonnement se peint sur son visage, puis l'émotion.

LUI, *à voix basse* : Comme en rêve, une visite comme dans les rêves ! *(Il fait mine de se lever pour aller vers eux, ils l'arrêtent d'un geste.)* On ne peut pas ?

MAMAN ET PAPA, *secouant la tête* : Dans les rêves oui, pas dans les visites. *(Ils le disent en chœur.)*

LUI : Comme vous êtes jeunes.

PAPA : On peut choisir l'âge qu'on veut.

MAMAN : À cet âge-là, nous étions heureux.

LUI : Je peux vous poser une question ?

MAMAN ET PAPA, *se consultant, le spot sur Lui s'éteint, il reste exclu de la conversation.*

MAMAN : Que dit le règlement ?

PAPA : Une question est permise, mais la réponse interrompt l'entretien.

MAMAN : On peut le prévenir ?

PAPA : Le règlement l'interdit.

MAMAN : On le laisse faire ? De toute façon, il faut qu'on parte.

PAPA : Eh oui.

LUI, *spot sur lui aussi* : Je peux ? Quand est-ce que je viendrai vivre avec vous ?

MAMAN, *sourit* : Bientôt.

PAPA, *fâché* : Oui, bientôt.

La lumière redevient comme elle était avant.

LUI : Merci. *(Il s'adresse à eux deux qu'il ne voit plus.)*

ELLE : De quoi ?

LUI : Quoi ?

ELLE : Tu as dit merci : de quoi ?

LUI : Ah oui, de cette soirée, de m'avoir fait jouer à la tombola avec papa et maman.

ELLE : Ce n'est pas grand-chose, il suffit de quelques cartons. Papa ? Il faisait des pétarades épiques.

LUI : Il faisait tomber les murs de Jéricho ! On venait le chercher pour ça. Un jour, via Roma un ami lui a demandé de faire une pétarade contre une de ses connaissances…

ELLE : Contre ?

LUI : Oui, la pétarade est une arme contondante qu'on peut pointer contre quelqu'un. Papa a accepté. Son ami a appelé à voix haute celui qu'il connaissait sur le trottoir d'en face, prénom et nom. Celui-ci n'a même pas eu le temps de se retourner, papa a lancé un de ses coups de canon, un tonnerre de mars ! La circulation s'est arrêtée. Les gens se retournaient pour voir d'où était partie la bordée, mais papa s'en était déjà allé. L'autre est resté figé sur place.

ELLE : Il avait une pétarade légendaire, de ténor !

MAMAN : Dans quelle situation tu m'as mise ? Au beau milieu de la rue.

PAPA : On exagère, ce devait être un pied de nez.

LUI : Il n'a pas voulu me l'apprendre : il posait le creux de sa main avec les doigts en l'air sur ses lèvres. Il prenait sa respiration et soufflait d'un coup, très concentré : ça durait deux secondes. J'ai essayé souvent, mais rien ne sort, une flatulence.

PAPA, *portant la main à ses lèvres avec les doigts en l'air.*

MAMAN : Ne bouge pas ! On nous chassera d'ici avec le balai.

PAPA : Minuit va bientôt éclater, laisse-moi faire ma pétarade.

MAMAN : Non.

LUI : 1, l'Italia ! *(Italia salue avec le bras et avance d'un pas comme répondant à l'appel.)*

ELLE : Tombola ! Maman et papa ont fait tombola avec le même numéro. Pour une fois, ils ont eu le même goût. *(Dehors la fête du jour de l'An bat son plein, minuit a sonné. Elle empoche son gain.)*

Par-derrière, Italia lui pique l'argent des gains.

MAMAN ET PAPA, *en chœur* : Merci pour cette belle soirée, nous devons partir maintenant. *(Elle et Lui n'entendent pas, Italia les salue de la main. Un tir plus fort fait ouvrir la fenêtre, Maman et Papa l'enjambent avant que Lui aille la fermer.)*

LUI, *fermant la fenêtre et restant à regarder dehors la girandole des lumières qui se reflètent aussi dans la pièce.*

ELLE, *se mettant à fouiller dans ses poches avec des gestes de plus en plus frénétiques, puis s'arrêtant d'un coup. Cette fois-ci sur un ton désespéré* : Italiaa !

RIDEAU

LA PAROLE CONTRAIRE

2015

Traduit de l'italien par Danièle Valin

Titre original :
LA PAROLA CONTRARIA

© Erri De Luca, 2015.
Publié en accord avec l'Agenzia letteraria Susanna Zevi.
© Éditions Gallimard, 2015, pour la traduction française.

Chronologie

Septembre 2013, la LTF[1], société de construction de la ligne TAV[2] Turin-Lyon, annonce qu'elle a porté plainte contre moi pour des phrases dites et publiées par le *Huffington Post* Italie et l'Ansa[3]. La plainte est déposée le 10 septembre 2013 auprès du parquet de Turin.

24 février 2014, des agents de la Digos[4], préfecture de Rome, se présentent le soir à mon domicile et me remettent un exemplaire de la notification de ma mise en examen. « Pour avoir, par plusieurs actions procédant d'une intention délictueuse unique, incité publiquement à commettre un ou plusieurs délits et infractions aux dépens de la société LTF SAS et du chantier TAV LTF situé à La Maddalena di Chiomonte (To), zone d'intérêt stratégique national, aux termes de l'article 19 de la loi n° 183/112. »

« Erri De Luca en particulier, au cours d'interviews accordées au site web *Huffington Post*-groupe Espresso, en date du 01/09/2013 et à l'Ansa en date du 05/09/2013, incitait à saboter et à

1. Lyon-Turin ferroviaire.
2. Train à grande vitesse.
3. Équivalent de l'AFP en Italie.
4. Division investigations générales et opérations spéciales.

dégrader le chantier TAV LTF en déclarant : (*Huffington Post*) "[...] la TAV doit être sabotée. Voilà pourquoi les cisailles étaient utiles : elles servent à couper les grillages. Pas question de terrorisme [...] elles sont nécessaires pour faire comprendre que la TAV est une entreprise nuisible et inutile [...] les discussions du gouvernement ont échoué, les négociations ont échoué : le sabotage est la seule alternative [...]." (Ansa)"[...] je reste persuadé que la TAV est une entreprise inutile et je continue à penser qu'il est juste de la saboter [...]." »

5 juin 2014, l'audience préliminaire se déroule en présence des procureurs Paladino et Rinaudo, des avocats de la défense Gianluca Vitale et Alessandra Ballerini, de l'avocat de la LTF qui s'est constituée partie civile. La défense refuse le recours à la procédure abrégée, l'audience n'aboutit pas, elle est renvoyée au 9 juin.

9 juin 2014, le juge Ruscello fixe le renvoi en jugement au 28 janvier 2015. Je n'assiste à aucune des deux audiences puisqu'elles ont lieu à huis clos.

Influences

En tant que lecteur, je n'ai pas eu de préférence pour la littérature sociale et politique. Les labyrinthes érudits de Borges ont ouvert mon troisième œil en me faisant découvrir les profondeurs des sagas et des mythologies.

J'ai lu de la même façon les histoires de la Kolyma de Chalamov, en apprenant l'infinie patience et la résistance d'un prisonnier condamné aux travaux forcés. La littérature est un point d'arrivée qui ne répond ni aux genres ni aux thèmes. Il survient, et alors c'est une fête pour celui qui lit.

Quand j'étais jeune, je suis devenu anarchiste après la lecture d'*Hommage à la Catalogne* de George Orwell. J'ai choisi mon camp à cet âge qui contient toutes les possibilités. Mes sentiments à cette adhésion n'ont pas changé. La littérature agit sur les fibres nerveuses de celui qui a la chance de vivre la rencontre entre un livre et sa propre vie. Ce sont des rendez-vous qu'on ne peut fixer ni recommander aux autres. La surprise face au mélange soudain de ses propres jours avec les pages d'un livre appartient à chaque lecteur.

Orwell ne m'a pas touché avec son roman *1984*, où il invente le personnage de Big Brother, abusivement cité par un programme télé. En revanche, il a changé la direction de ma vie avec les anarchistes espagnols de la guerre civile dans laquelle il fut combattant volontaire.

Il se peut qu'une prédisposition à la résistance contre les autorités soit inscrite dans mon éducation émotive napolitaine. Il se peut que cette ville qui m'entourait ait contribué à m'inculquer un sens de fraternité envers les anarchistes espagnols plus qu'envers les bolcheviques russes.

Hommage à la Catalogne a été le premier piquet de ma tente, planté loin de tout parti et parlement.

La mort du cheminot anarchiste Giuseppe Pinelli, tombé le 15 décembre 1969 par la fenêtre ouverte du quatrième étage de la préfecture de police de Milan, a enfoncé à nouveau ce piquet. Au cours des années suivantes, ma génération s'est battue pour l'innocence des anarchistes accusés du massacre de la Banque de l'Agriculture à Milan le 12 décembre 1969. Et nous avons gagné : les anarchistes furent blanchis. Et nous avons perdu : aucun vrai coupable ne fut condamné.

À travers le moi-même de cet âge-là, j'essaie d'imaginer ce qui pousse un jeune d'aujourd'hui à s'exposer dans une lutte massivement attaquée et réprimée comme celle du val de Suse. Un jeune venu d'autres régions d'Italie met en danger son nom, sa réputation, son casier judiciaire pour se ranger du côté des NO TAV du val de Suse.

Peut-être que cette personne n'a besoin d'aucun Orwell qui lui parle de la grande lutte d'un peuple. Il lui suffit de savoir qu'il existe une volonté de résistance civile, populaire, pour adhérer.

Mais si elle avait l'occasion de lire un Orwell d'aujourd'hui qui l'accroche, je voudrais que ce soit moi.

C'est bien ça, je voudrais être l'écrivain rencontré par hasard, qui a mêlé ses pages aux sentiments de justice naissants, formateurs du caractère d'un jeune citoyen.

J'introduis ainsi comme je peux l'accusation portée contre moi : l'incitation.

Inciter à un sentiment de justice, qui existe déjà mais qui n'a pas encore trouvé les mots pour s'exprimer et donc être reconnu.

Et qui fait soudain se mettre debout et lâcher le livre en cours parce que le sang est monté à la tête, que les yeux piquent et qu'il est impossible de continuer à lire.

Aller à la fenêtre, l'ouvrir, regarder dehors sans rien voir, parce que tout se passe à l'intérieur.

Respirer profondément pour sentir la circulation d'une volonté nouvelle en même temps que l'oxygène.

Commencer à être un apprenti d'une justice nouvelle, qui se forme au bas de l'échelle et se heurte à la tout autre justice qui siège au tribunal.

Inciter, comme cela m'est arrivé avec *Hommage à la Catalogne* d'Orwell.

Face à cette incitation à laquelle j'aspire, celle dont on m'accuse n'est rien.

Incitations

Un écrivain incite tout au plus à la lecture et quelquefois aussi à l'écriture. Pasolini m'incitait à me former une opinion en désaccord avec lui. C'était un intellectuel, qui a pour fonction de frôler les limites d'une pensée, fournissant ainsi au lecteur le périmètre de son sujet. Celui qui suit au contraire l'opinion dominante, le mouton du centre, retire à sa pâte le levain et le sel.

Pasolini était doté de surcroît du courage physique qui consiste à être seul en terre de personne. Je le revois assistant aux manifestations de la gauche révolutionnaire : entre nos rangs serrés et ceux des troupes se créait le vide. Les boutiques baissaient leurs rideaux, les passants disparaissaient. Dans ce vide comprimé, on pouvait voir un homme qui était là pour témoigner. Il portait un imperméable clair, une veste, une cravate et une chemise blanche. Il se tenait là où aucun de ses semblables n'osait être. Il savait être là.

J'insiste sur lui pour comparer ces temps-là avec les temps actuels. Expulsé du PCI (Parti communiste italien) parce que homosexuel, il a soutenu les idées de la gauche révolutionnaire. Il a accepté de servir de directeur responsable de *Lotta Continua*, mensuel à l'époque, pas encore quotidien. Pour pouvoir être imprimé et diffusé, un journal devait avoir un journaliste officiel comme directeur responsable. C'est à lui qu'arrivaient les plaintes. De nombreux intellectuels de l'époque acceptèrent de signer un journal dans lequel ils n'écrivaient pas et dont ils ne partageaient pas les idées, mais qui avait besoin d'eux pour paraître. Ils assumèrent les plaintes et affrontèrent des procès au nom de la liberté de la presse.

Pasolini signa avec Giovanni Bonfanti la mise en scène d'un film de Lotta Continua *12 décembre*. Ce jour-là, de l'année 1969, une bombe massacrait des clients de la Banque de l'Agriculture à Milan. Un an après, le documentaire *12 décembre* racontait les mois cruciaux d'une Italie en pleine transformation de conscience. On tourna quatre-vingts kilomètres de pellicule.

Tel était le climat civil de ces années-là : le plus grand intellectuel italien était du côté de la gauche révolutionnaire tout en écrivant dans la presse officielle et en étant invité régulièrement par la télévision publique.

Autre hasard des temps et du rapport entre culture et luttes civiles : 11 septembre 1973, le coup d'État militaire au Chili renverse le gouvernement démocratique et tue le président Salvador Allende. Lotta Continua lance immédiatement une souscription publique pour des fonds destinés à la résistance, titre : « Des armes pour le MIR » (la gauche révolutionnaire chilienne).

On a recueilli des millions de l'époque, destinés à l'appui de la lutte armée et de la résistance clandestine. De grands noms du cinéma apportèrent immédiatement leur soutien : Marco Bellocchio, Luigi Comencini, Roberto Faenza, Mario Monicelli, Elio Petri, Salvatore Samperi, Paolo et Vittorio Taviani, Cesare Zavattini.

Essayez donc aujourd'hui de demander au firmament du tapis rouge une signature pour la plus innocente pétition.

De grands noms de l'art : Schifano, Vespignani, D'Orazio, Angeli, Mulas, Boetti, Baj, participèrent en donnant des œuvres.

Ces intellectuels souscrivirent à la campagne d'une organisation de la gauche révolutionnaire italienne pour soutenir la lutte armée au Chili.

Un écrivain possède une petite voix publique. Il peut s'en servir pour faire quelque chose de plus que la promotion de ses œuvres. Son domaine est la parole, il a donc le devoir de protéger le droit de tous à exprimer leur propre voix. Parmi eux, je place au premier rang les muets, les sans-voix, les détenus, les diffamés, par des organes d'information, les analphabètes et les nouveaux résidents qui connaissent peu ou mal la langue. Avant d'être amené à m'intéresser à mon cas, je peux dire que je me suis occupé du droit à la parole de ces autres-là.

Ptàkh pìkha le illèm : « Ouvre ta bouche pour le muet » (Proverbes/Mishlé 31, 8). Telle est la raison sociale d'un écrivain, en dehors de celle de communiquer : être le porte-parole de celui qui est sans écoute.

Avec son livre *Les Versets sataniques*, Salman Rushdie a déchaîné des manifestations de masses islamiques contre un blasphème ressenti dans son récit. Des gens sont descendus dans la rue et sont morts à cause de cet effet de réaction.

Le livre de Goethe *Les Souffrances du jeune Werther* provoqua une vague de suicides chez les jeunes Européens.

Avec de moins graves conséquences, par ses publications, Messner a poussé des lecteurs à grimper en montagne et des alpinistes à tenter de reproduire ses exploits.

Mauro Corona a donné envie à ses lecteurs d'aller voir Erto et le barrage de Vajont.

S'agit-il là de cas d'incitation ? Ou bien, dans un langage plus approprié et sans aucune retombée pénale, de simples suggestions dues au verbe « inspirer » ? Si la parole publique d'un écrivain est suivie d'actions, c'est un résultat involontaire et qui échappe à son contrôle.

Les mots ne peuvent que ça, même lorsqu'ils incitent à des engagements plus impétueux : « Aux armes citoyens » est une incitation présente dans *La Marseillaise*, hymne national français, le plus beau que je connaisse. Il incite à la guerre civile, à prendre les armes contre le tyran. Il sert de bande-son sous-entendue à toutes les insurrections. Claude Joseph Rouget de Lisle, auteur du texte, attend depuis deux siècles une plainte contre lui pour incitation.

L'utopie n'est pas un point d'arrivée, mais un point de départ. On imagine et on veut réaliser un lieu qui n'existe pas.

Le val de Suse se bat depuis une génération pour la raison inverse : pour que le lieu existe encore. Non pas celui imaginé par ceux qui, du moment qu'ils réalisent un profit sur un des nombreux grands travaux, sont indifférents aux préjudices causés à la santé publique. Une utopie, et des pires qui soient, est l'asservissement d'un territoire à une spéculation déclarée stratégique pour de plus grands abus. Le percement et la pulvérisation des gisements d'amiante horrifient tous ceux qui sont au courant des terribles méfaits d'une dispersion de ces fibres toxiques. Pour moi, c'est un viol de territoire.

Le val de Suse se bat contre le désastre environnemental pour le conjurer, afin de ne pas avoir à le regretter par la suite. Il s'agit de la lutte de prévention populaire la plus intensive et la plus durable.

Il paie cette volonté par une répression à grande échelle et par la militarisation de sa vie civile.

On prétend écraser par la violence les raisons et les corps d'une petite vallée. Ils résistent depuis une génération avec une émouvante détermination. Ému à mon tour, j'ai adhéré à leurs raisons en ajoutant souvent et depuis bien des années ma présence physique à leurs manifestations.

Notre pays a besoin de se renouveler en se débarrassant des parasites des corruptions, des intérêts privés au détriment des dépenses publiques, des privilèges. L'organisme est sain, mais son manteau est attaqué.

En val de Suse, le corps réagit et empêche le creusement des acariens nuisibles, des vers qui rongent la montagne. La résistance civile produit les anticorps nécessaires.

À Lampedusa aussi, une communauté réagit à la dégradation imposée par des lois criminelles. Les ordres venus du continent ont voulu serrer un nœud coulant autour de l'île et en faire une terre fermée. Les Lampédusains l'ont dénoué et ont fait une terre ouverte.

Donner à manger, à boire, de quoi se vêtir, de quoi se loger, assister les malades, les prisonniers, les morts : les sept œuvres de miséricorde ont été accomplies par eux, qui vivent sur la mer et se servent des lois inverses. Et ce ne sont pas des LampéduSaints, mais simplement des LampéduSains. La rime Nord et Sud, val de Suse et Lampedusa, rachète aujourd'hui le titre de citoyens à des tyrans qui les veulent sujets.

Pour parler d'incitation à la violence, il faut démontrer le rapport direct entre les mots et les actions commises. Dans une déclaration rapportée dans *Left*, supplément de *L'Unità* (21/06/2014), Gaetano Azzariti, professeur de droit constitutionnel, affirme : « L'article 21 de notre Constitution permet la plus grande liberté d'expression de nos opinions. Dans un cas comme celui d'Erri De Luca, les procureurs devront donc démontrer le rapport direct entre les mots et l'action… Si l'on ne peut démontrer un enchaînement direct d'événements entre mots et actions, alors le délit n'existe pas. »

Incitation à la violence : au cours des années passées d'importants responsables de parti, forts de nombreux adhérents et militants, ont régulièrement menacé publiquement d'employer les armes pour atteindre leurs objectifs. Dans d'autres circonstances, ils ont annoncé le recours à l'évasion fiscale de masse. Ils n'ont pas été poursuivis par la magistrature pour délit d'incitation.

Je suis d'accord : même s'ils étaient investis d'autorité et donc de la faculté de pousser leurs nombreux disciples à commettre des actions délictueuses, ils ont exercé leur droit de parole.

Dans mon cas, l'accusation publique affirme que mes paroles ont été suivies d'actions. On m'attribue un rôle que les autres responsables de parti n'ont même pas eu.

Je n'appartiens à aucune formation politique. En tant que citoyen, je participe à des manifestations que je soutiens ou bien comme témoin intéressé.

Mais l'accusation publique affirme que j'aurais influencé le comportement de personnes et l'accomplissement de délits.

On est arrivé à dire que certains faits se sont produits à la suite de mes phrases. Et avant mes phrases ? La comparaison manque par omission. Après la fabrication des mouchoirs en papier, les gens se sont mouchés. Et avant ?

Le sujet relève de ceux tournés en ridicule depuis un bon millénaire et immortalisés par la phrase latine « *Post hoc, ergo propter hoc* » : « Après ça, donc à cause de ça. »

Les procureurs ont présenté une liste de faits accomplis par des militants NO TAV, établis par la Digos de Turin. Ils se sont tous produits à partir de septembre 2013. Tous ces faits étaient revendiqués par des militants NO TAV anonymes qui déclaraient avoir agi par solidarité avec quatre de leurs militants arrêtés. Tous les auteurs des faits de cette liste ont agi pour soutenir la cause de leurs camarades. Au moins un, un seul, pouvait éventuellement ajouter, en note dans la marge : « Et puis parce que Erri De Luca l'a dit dans le *Huffington Post.* »

Les procureurs produisent comme preuve une liste incomplète, où manque la comparaison avec la période précédente et qui démontre en plus le contraire. Ces faits n'ont rien à voir avec les phrases pour lesquelles je suis inculpé.

Pour moi, il existe un autre type de responsabilité de la parole. Quelqu'un souhaite le pire à un autre à qui il arrive ensuite un accident. L'oiseau de mauvais augure est tenu responsable de ce qui s'est passé et ainsi débute sa réputation de jeteur de sort.

Lorsqu'on provoque la nature par l'invocation « Allez le Vésuve » dans un stade du nord de l'Italie, on incite un volcan à l'éruption. La réaction du côté du Sud n'a pas été de porter plainte, mais un geste pour conjurer le mauvais sort.

Que la ligne TAV en val de Suse puisse être sabotée, qu'elle puisse ne déboucher nulle part, ni de l'autre côté, ni ailleurs.

Que puissent s'épuiser les fonds publics destinés à l'affairisme de sociétés liées aux partis.

Qu'un gouvernement digne de ce nom la laisse inachevée, comme 395 (trois cent quatre-vingt-quinze) autres grands travaux en Italie.

Qu'elle puisse être déclarée catastrophe écologique et que ses responsables soient poursuivis pour ça.

La TAV doit être sabotée : la phrase fait partie du droit de mauvais augure.

Des ministres de ce gouvernement et d'autres ont déclaré « œuvre stratégique » la ligne TAV en val de Suse. « Stratégique » est un adjectif d'origine militaire, le stratège était un commandant de l'armée grecque. L'effet est également militaire : le chantier du percement et la vallée sont sous la protection des forces armées qui s'ajoutent aux corps de police et de carabiniers. Zone d'intérêt stratégique veut dire simplement zone soustraite à dissension, où l'on ne peut protester et où, par conséquent, on peut utiliser l'armée pour faire respecter l'ordre public. La définition de zone d'intérêt stratégique est pompeuse mais récente. Appliquée au chantier TAV de Chiomonte par la loi du 12 novembre 2011, elle a été d'abord inventée pour la région de Campanie, dans le but de protéger des protestations civiles la construction d'usines de traitement des déchets. On comprend que l'adjectif « stratégique » glissé dans la loi de 2011 a été pris dans les ordures (DL 23/5/2008 n° 90 qualifie de « zone d'intérêt stratégique national » des sites, des zones, des usines liés à la gestion des déchets).

Je suis inculpé pour avoir exprimé la nécessité de saboter une œuvre stratégique pour l'État. Mais c'est une société privée, LTF SAS, qui s'est portée partie civile. N'est-ce pas à l'État et son corps d'avocats de le faire ? L'État ne se considère-t-il pas offensé par mon insubordination envers une œuvre aussi déterminante pour les destinées du pays ? Il se cache derrière la partie civile d'une banale société privée ?

À propos, la société en question n'est pas italienne, mais française. Son siège est à Chambéry : LTF est le sigle de Lyon-Turin ferroviaire. Bizarreries du sort : comme par hasard, en France, nos réglementations antimafia dans l'assignation des adjudications n'existent pas.

Comme par hasard, pour la France, la ligne Lyon-Turin n'est ni stratégique ni prioritaire. L'enthousiasme de la société LTF n'est pas partagé dans son pays.

Je demande que ce soit l'État qui se constitue partie civile contre moi. On me fait un procès pour une déclaration contre une œuvre solennelle et stratégique de notre territoire et, en cas de condamnation, je devrai rembourser une entreprise étrangère et non pas l'État italien ?

Je demande à la publique et distraite autorité de se constituer partie civile contre moi. Je serai condamné à m'être opposé à une entreprise d'État et non pas à une quelconque entreprise étrangère venue causer des dégâts chez nous.

À la sortie de l'audience préliminaire du 5 juin 2014 à Turin, les procureurs déclarent au *Corriere della Sera* : « Au barbier de Bussoleno, nous pouvons pardonner s'il dit de couper les grillages, à un poète, à un intellectuel comme lui, non. » Les procureurs se sont attribué le pouvoir spirituel du pardon. Dans un moment de dysenterie de puissance (mieux vaut ne pas parler de délire), les procureurs, réunis par le pluriel « nous pouvons », se sont oints de l'huile du pardon. Ils peuvent pardonner : par exemple au barbier de Bussoleno ou d'ailleurs, peut-être même au buraliste et au pharmacien, mais ce n'est pas sûr. Sont exclus les poètes et les intellectuels, impardonnables par statut. Mais l'action pénale est-elle obligatoire ou bien soumise à l'humeur sentimentale du magistrat ?

Pardonné par les procureurs ? Heureusement, ce n'est pas mon cas : chez moi, on se serait franchement moqué de moi.

Je remarque entre autres qu'un barbier a un pouvoir de persuasion supérieur à celui que je pourrais avoir moi-même. Il a en effet entre les mains des têtes dociles, confiantes dans ses lames affilées qui effleurent les gorges. Avec son pouvoir de poil et contre-poil, le barbier apparaît donc bien plus convaincant qu'un homme comme moi.

Ce petit détail fait partie d'une dérive générale des histoires concernant la ligne TAV en val de Suse. Ces dernières années, on a créé au parquet de Turin un département spécialisé de quatre procureurs plus un adjoint chargé de s'occuper à plein temps et exclusivement de poursuivre des militants NO TAV. Leur produit intérieur brut se monte à plus de mille inculpations.

N'importe quel organisme d'information définirait une telle activité comme la répression judiciaire d'un mouvement de masse, mais le département bénéficie d'une affectueuse bienveillance de la part de la presse locale et nationale.

Un exemple de bizarrerie préférentielle : la plainte présentée contre moi le 10 septembre 2013 par la société LTF a été adressée directement aux procureurs Paladino et Rinaudo. La société sollicite leur attention, donc elle choisit elle-même les magistrats auxquels confier la procédure.

Les plaintes sont normalement présentées au parquet, auquel revient la charge de les confier aux magistrats. L'entreprise bénéficie d'un parcours favorisé et se débrouille seule. Existe-t-il au parquet de Turin un bureau de magistrats affecté à la défense privée de la société LTF ?

Il y aurait de quoi demander le transfert du procès dans un autre siège pour incompatibilité de l'environnement. Nous ne le ferons pas. Avec Alessandra Ballerini et Gianluca Vitale, nous affronterons le curieux siège judiciaire de Turin pour y prononcer bien clairement notre plainte. Oui, l'inculpé dénonce l'abus de pouvoir d'une société privée qui fait la loi dans un lieu public et commet des actes indécents.

Pour relever la sauce et seulement pour les palais aguerris, j'ajoute une anecdote. La LTF, société de construction de la ligne

TAV en val de Suse, s'est empressée de payer les frais de logement de 400 (quatre cents) membres des forces de l'ordre.

C'est elle-même qui l'a déclaré ouvertement à la suite d'une requête émanant du parquet de Turin dont voici les termes : « [...] nous informons que l'intervention de la Force publique pour l'assistance et le déroulement des opérations de sondage prévues pour le 12 janvier 2010 concernera un ensemble de 400 unités, pour lesquelles il semble difficile de trouver rapidement un logement correct proche des zones d'intervention. Nous demandons par conséquent, dans un souci de collaboration la plus étroite déjà éprouvée, que la société LTF puisse trouver des logements pour ce personnel, en prenant en charge les dépenses y afférentes. »

Oui : il existe une très étroite collaboration entre une entreprise privée et les troupes de l'État italien enrôlées pour l'occasion « en prenant en charge les dépenses y afférentes ».

Nous connaissons le montant des dépenses : 36 272 euros (trente-six mille deux cent soixante-douze). Un peu cher, on comprend donc que certaines entreprises s'installent à l'étranger.

Je revendique le droit d'utiliser le verbe « saboter » selon le bon vouloir de la langue italienne. Son emploi ne se réduit pas au sens de dégradation matérielle, comme le prétendent les procureurs de cette affaire.

Par exemple : une grève, en particulier de type sauvage, sans préavis, sabote la production d'un établissement ou d'un service.

Un soldat qui exécute mal un ordre le sabote.

Un obstructionnisme parlementaire contre un projet de loi le sabote. Les négligences, volontaires ou non, sabotent.

L'accusation portée contre moi sabote mon droit constitutionnel de parole contraire. Le verbe « saboter » a une très large application dans le sens figuré et coïncide avec le sens d'« entraver ».

Les procureurs exigent que le verbe « saboter » ait un seul sens. Au nom de la langue italienne et de la raison, je refuse la limitation de sens.

Il suffisait de consulter le dictionnaire pour archiver la plainte sans queue ni tête d'une société étrangère.

J'accepte volontiers une condamnation pénale, mais pas une réduction de vocabulaire.

Bref, avec mes mots, j'aurais incité, convaincu, poussé d'autres à causer des dégâts. Une de mes interviews au récent *Huffington Post* en ligne aurait déchaîné des personnes non identifiées, violentes, mais qui consultent attentivement le *Huffington Post* dans l'attente qu'un intellectuel leur donne le feu vert pour causer des dégâts.

Les procureurs se sont lancés dans un procès expérimental : ils introduisent dans l'audience préliminaire du 5 juin 2013 une distinction philosophique entre opinion statique et opinion dynamique. Si je dis que le chantier de la TAV a été saboté, c'est une opinion statique, donc autorisée. Si je dis qu'elle doit être sabotée, voilà que l'opinion est dynamique, donc susceptible d'entraîner des poursuites.

En conclusion, les verbes au passé sont permis, ceux au futur et au présent continu sont condamnables.

Les procureurs, qui tiennent pour criminelles mes phrases publiées dans un journal, n'ont pas demandé qu'elles soient retirées par l'organe de presse et n'ont pas assigné en justice le directeur responsable de ce dernier.

On constate que, pour monter ce dossier, les procureurs ont eu soin de se concilier la presse pour se concentrer sur un seul écrivain isolé.

En frapper un pour en décourager cent de collaborer à la lutte du val de Suse et de se mêler des affaires des partis et des sociétés affiliées. Sous un prétexte quelconque, ils ont mis en examen le philosophe Vattimo qui a désobéi à la consigne de s'occuper de ses affaires.

Mais la tentative d'en frapper un isolément ne fonctionne pas. Une solidarité de masse et de base, spontanée et née dans des petites et grandes villes, même à l'étranger, s'est manifestée à propos de ma mise en examen. Et la lutte du val de Suse a étendu son droit d'écoute auprès d'une foule qui en savait peu, et ce peu était terni par l'image d'une communauté qui s'oppose à la ligne TAV parce que rétrograde et ennemie du progrès.

Je suis en règle avec mes arguments, avec ma conscience de citoyen et avec ma responsabilité d'écrivain.

La ligne TAV en val de Suse ne se fera pas (opinion dynamique) et j'aurais pris ma petite part dans la défense de la santé publique, de l'air, de l'eau et du sol d'un territoire menacé.

Il est faux que l'Europe nous impose le percement de ces montagnes. Mais même si ce mensonge répandu par la presse intéressée était vrai, on devrait résister quand même : pour le droit de souveraineté et de sauvegarde d'un peuple sur sa terre.

The Times They Are a-Changin, « les temps changent ». C'est ainsi, ils changent toujours et l'accordéon des droits se resserre parfois jusqu'à rester sans souffle. Mais ensuite les bras s'étirent et l'air revient dans le soufflet.

Dans ce procès, le droit de la parole publique est serré au point le plus fermé de l'instrument en accordéon qu'est une démocratie. Et pourtant les temps changent, qu'on le veuille ou non. Chacun d'entre nous a le choix d'y prendre part, droit, souvenir, ou bien de laisser aller les temps à leur dérive et de rester à l'abri.

Le 28 janvier 2015, dans la salle du tribunal de Turin, ce n'est pas de la liberté de parole qu'on débattra. Celle qui est obséquieuse est toujours libre et appréciée. C'est de la liberté de parole contraire, inculpée pour cette raison, qu'on débattra.

Je suis sur le banc des accusés pour ce droit. J'ai dit mes convictions à un organe de presse et les procureurs les ont fait rebondir sur tous les autres. Si ces phrases étaient incitatrices, l'accusation publique les a divulguées encore plus, en mettant l'accent dessus et en leur offrant une audience bien supérieure.

Ces mots prononcés au téléphone ont été mis entre guillemets et déclarés chef d'inculpation. Ces guillemets autour de mes mots sont des menottes. Je ne peux les dégager de là, mais ces menottes n'ont pas le pouvoir de les étouffer. Je peux continuer à les répéter et c'est ce que je fais depuis ce mois de septembre sur papier, dehors et partout. Si mon opinion est un délit, je continuerai à le commettre.

C'est bien que le juge appelé à prononcer le jugement soit informé des intentions de l'accusé : si je suis déclaré coupable de mes paroles, je répéterai le même délit en criminel endurci et récidiviste. Si je suis condamné, qu'on m'exonère sereinement du bénéfice du sursis, étant donné qu'il s'applique à l'hypothèse que le coupable ne récidivera pas.

Si je suis condamné, je ne prétendrai pas à d'autres niveaux de jugement en quête de sentences plus favorables. Subir une condamnation pour mes opinions est une offense suffisante pour ne pas y revenir avec un autre procès, une autre répétition de mes arguments.

Je continuerai mon opposition derrière le mur prescrit par le jugement. Mon corps est d'accord avec moi, comme d'habitude lorsque j'escalade une paroi. Notre liberté ne se mesure pas à des horizons dégagés, mais à la cohérence entre mots et actions.

J'écris ceci contre l'avis de mes brillants avocats, Gianluca Vitale et Alessandra Ballerini, qui prennent la peine de défendre un client intraitable.

Pour confirmer le danger social de mes paroles, on a parlé de ma vie, de mon passé de militant de la gauche révolutionnaire italienne pendant les années 1970. Je n'ai pas l'intention de prononcer un seul mot sur ma vie dans une salle de tribunal. Je ne suis pas inculpé pour avoir fait, mais pour avoir dit. Je ne dois pas défendre une circonstance de mon passé, mais mes phrases.

Je réponds en prenant la défense de mes livres : quel est celui où j'ai incité à commettre des délits ? Ce n'est pas dans ma vie, mais dans mes pages que les accusateurs sont tenus de trouver des preuves de précédentes incitations.

Je considère comme un abus de pouvoir tout argument qui impliquerait ma biographie de citoyen. On fait ici le procès d'un écrivain pour ses phrases. Les témoins que je peux présenter sont ceux qui ont lu mes pages. Je ne dérangerai personne. S'ils le jugent bon, ils témoigneront par un geste, une signature, une lecture dans la rue.

À propos de ma mise en examen, quelqu'un m'a qualifié de mauvais maître. C'est un titre que je ne peux usurper. Je n'ai pas fait d'études après le lycée. À dix-huit ans, j'ai pris définitivement congé des examens et des maîtres. Même si je veux apprendre une nouvelle langue, je le fais tout seul.

La qualification d'enseignant, même mauvais, ne me revient pas. Mais si par maître on veut faire allusion au rôle de mandant occulte de quelqu'un, alors il faut expressément s'inscrire en faux contre cette idée. Ni mandant, ni mandaté, ce que j'ai dit et fait est l'œuvre de ma seule volonté et en m'affichant personnellement. Aucune circonstance de ma vie ne peut servir à me faire passer pour mandant ou mandaté. S'il faut m'envoyer au diable, je m'y expédierai moi-même. Si j'avais employé le verbe « saboter » dans le sens de dégradation matérielle, après l'avoir dit je serais allé le faire.

Mais je reconnais qu'à l'école j'étais médiocre. J'étudiais beaucoup et j'avais de mauvaises notes : le pire rapport qualité-prix. Il est donc normal pour cette raison d'être rétrogradé de mauvais maître en mauvais élève.

Je ne me rendrai pas au tribunal pour me disculper, mais pour m'opposer à la censure qui veut mettre le mot « contraire » sur une voie de garage.

Je n'ai pas choisi de m'occuper de cette tâche et je sais que je suis bien peu apte à le faire, mais il faut affronter les tâches quand elles se présentent. Je saurai me tenir sur ce banc d'accusé. J'ai pris le parti d'une petite communauté en lutte compacte et intransigeante contre une oppression. Je suis heureux que mes paroles de soutien aient été considérées d'un intérêt tel qu'elles ont été portées au tribunal.

L'importance attribuée à mes phrases est pour moi une reconnaissance littéraire. En Italie, je n'en ai reçu aucune pour la bonne et suffisante raison que je n'en souhaite aucune. Cette inculpation est mon premier prix littéraire en Italie. Peu importe que la remise ait lieu dans une salle de tribunal plutôt que dans une salle des fêtes en présence de maires, adjoints et cortège de marraines et de présentateurs. Peu importe que je sois le seul candidat à recevoir le prix de la déclaration la plus dangereuse d'Italie.

La parole contraire a été mise sur un piédestal de valeur : pénale pour les juges, constitutionnelle pour moi. La liberté de l'affirmer est une question qui dépasse mon cas. Aujourd'hui, elle est sous la menace d'une arme à silencieux. Je ne crois pas qu'on arrivera à la soumettre en dehors de cette salle, je sais qu'on n'y arrivera pas avec moi. J'ai été formé à l'école du XXe siècle où les écrivains, les poètes ont payé le prix fort pour leurs paroles. De nombreux exemples m'ont appris la ligne de conduite à tenir face aux silencieux.

Aujourd'hui, ma parole gêne les manœuvres frauduleuses des travaux publics en val de Suse, demain elle pourra faire plus. Avec la ligne TAV en val de Suse, on pourra saboter la volonté de censure.

En marge du droit de parole contraire, je souhaite écrire qu'il s'agit pour moi de devoir.

Si je ne le faisais pas, si je me taisais par convenance personnelle, préférant m'occuper de mes affaires, les mots se gâteraient dans ma bouche. Mon vocabulaire d'écrivain tomberait malade de réticence, de censure. Je perdrais la belle compagnie que me tient l'écriture depuis l'âge lointain de ma première petite histoire. Pour moi, en tant qu'écrivain et en tant que citoyen, la parole contraire est un devoir avant d'être un droit.

Tort : je ne subis pas un tort qui concerne un comportement incorrect entre personnes privées. Un tort, un automobiliste peut le faire à un croisement. Je subis un abus de pouvoir de la part de l'accusation publique qui veut empêcher, et donc saboter, mon droit de manifestation verbale. Je subis un procès pour ça et non pas l'affront d'un inconnu.

Le Salaire de la peur est un film de 1953, qui a pris le titre chez nous de *Vies vendues*. La réalisation est d'Henri-Georges Clouzot, en noir et blanc. Quatre hommes désespérés acceptent de conduire deux camions de nitroglycérine sur une piste défoncée et sur une longue distance. Ils acceptent un risque mortel en échange d'une grosse somme d'argent. Le titre français, *Le Salaire de la peur*, comme le titre italien, *Vies vendues*, sont exacts. Je pense à ce film quand je vois des ouvriers soumis à des travaux qui mettent en péril leur santé ou leur sécurité. Des galeries des mines aux échafaudages suspendus sur le vide, ils affrontent un risque tous les jours avec l'espoir obstiné d'arriver au soir. Je me suis déjà trouvé dans ce genre de situation. Je l'ai même raconté dans un de mes livres.

Le val de Suse commence à recevoir ses doses quotidiennes de poussière d'amiante crachée par le percement d'essai géognostique. Les ouvriers qui travaillent au chantier et les unités en uniforme engagées pour la protection du site sont les premiers à la recevoir concentrée sur eux. Et il n'y a rien d'étonnant à ce que le ministre de l'Intérieur ignore les conditions néfastes pour la santé de ses sujets. Les syndicats de police s'en sont préoccupés, obtenant pour seul remède à la contamination l'arrosage des routes qui entourent le chantier. Une facétieuse autorité les a peut-être convaincus que l'amiante est soluble dans l'eau. Mais il est terriblement certain qu'il n'existe aucune exposition sans danger à l'amiante, aucun seuil minimum n'est inoffensif. « Consciente et lucide omission » : c'est avec cette formule qu'on a condamné les dirigeants de l'ILVA[1] de Tarente pour avoir mis en contact les ouvriers et les habitants des quartiers voisins avec de l'amiante. On peut faire mieux en l'évitant à temps.

Comme un malheur ne vient jamais seul, on apprend que ces montagnes à percer sont aussi un gisement de pechblende. Il s'agit d'un matériau radioactif plus concentré que l'uranium appauvri à des fins militaires, responsable des tumeurs de nos soldats engagés dans les Balkans.

Informés ou non, les agents engagés pour surveiller le chantier de la ligne TAV sont une des tristes variantes du film de Clouzot.

1. ILVA : société sidérurgique du groupe RIVA spécialisée dans la production et la transformation de l'acier.

Ils suivent les traces de ce salaire de la peur, payé un prix modique par-dessus le marché.

À la différence d'autres travaux dangereux, dont on a du moins le droit d'espérer sortir indemnes, ceux qui sont exposés à la poudre de l'amiante sont intoxiqués irrémédiablement. Arrêter ce percement aura pour effet d'allonger la vie de ces hommes, condamnés en échange d'un salaire.

Me voici poursuivi en justice. Si je suis condamné, la peine pourra aller de un à cinq ans. Même dans le pire des cas, je ne me déclare pas victime. Je ne suis pas un malchanceux dans cette affaire. Une tuile ne m'est pas tombée sur la tête tandis que je passais au-dessous. Au contraire, je suis témoin et partie en cause d'un dommage fait à ma liberté constitutionnelle garantie par l'article 21 : « Chacun a le droit de manifester librement sa propre pensée par la parole, l'écrit et tout autre moyen de diffusion. »

J'ai exprimé mon opinion et on veut me condamner pour ça. La victime pour le moment c'est l'article 21 de la Constitution italienne.

Je suis et je resterai, même en cas de condamnation, témoin de sabotage, c'est-à-dire : d'entrave, d'obstacle, d'empêchement de la liberté de parole contraire.

NOTE JOINTE

Quelques amis s'emploient à garder ouverte une page Internet, « iostoconerri » (jesuisavecerri), où ils recueillent les manifestations de soutien, d'affection, de partage.

Née spontanément, l'initiative « iostoconerri » a donné une preuve concrète que ma mise en examen ne m'a pas isolé, mais a incité à la réaction inverse. Les procureurs peuvent inciter à leur insu.

Beaucoup de gens ont souscrit à « iostoconerri ». Et moi, avec qui suis-je ? Je suis avec eux tous et avec le val de Suse. Le procès qui m'est fait est une annexe aux innombrables procès contre le peuple de la vallée.

On me place seul sur le banc de l'accusé, mais on ne pourra le faire que là.

Dans la salle et au-dehors, l'accusation est isolée.

LA NATURE EXPOSÉE

2016

Traduit de l'italien par Danièle Valin

Titre original :
LA NATURA ESPOSTA

© Erri De Luca, 2016.
Première publication par Giangiacomo Feltrinelli Editore, Milan.
Publié en accord avec l'Agenzia letteraria Susanna Zevi.
© Éditions Gallimard, 2017, pour la traduction française.

PRÉFACE

« À partir de maintenant, tout ce que vous direz pourra être retenu en ma faveur. » Ce préambule, parfois sous-entendu, préside à mon écoute. Une phrase au double sens involontaire, un proverbe inconnu, une mésaventure peuvent se transférer dans mes pages.

La Nature exposée vient d'une écoute. C'est un récit théologique : si le monde et les créatures vivantes sont l'œuvre d'une divinité, tout récit l'est forcément. Pour ma part, j'exclus l'intervention divine de mon expérience, pas de celle des autres. Avec le tutoiement des prières, des colères, des compassions, je ne peux m'adresser qu'à l'espèce humaine.

C'était un soir de juillet au val Badia dans le *maso*[1] de Lois Anvidalfarei et Roberta Dapunt, lui sculpteur sur bronze, elle poète en trois langues. À leur table, nous prolongions notre dîner à trois par le récit de notre année. Roberta annonça que Lois avait une histoire à raconter. Je l'ai écoutée et je l'ai oubliée.

L'année suivante, j'étais de nouveau à leur table ou eux à la mienne dans le restaurant Tabarel à San Vigilio di Marebbe. Nous sommes revenus sur le sujet, je me suis souvenu des détails qui m'avaient intéressé.

Pendant l'automne 2015, au terme d'audiences chargées au tribu-

1. Ferme traditionnelle de haute montagne en Italie du Nord.

nal de Turin, je me suis remis à écrire. Comme lorsque j'escalade une paroi, mon écriture exige que je tourne le dos à tout et que je me concentre sur la surface étalée devant mon nez, avec la plus grande précision possible. Je suis allé à la ligne et j'ai commencé.

Je ne crois pas que Lois reconnaîtra son histoire dans les pages qui suivent. Mais je dois quand même en déclarer l'origine et ma dette de gratitude. Lois m'avait déjà offert l'image de couverture de *La Parole contraire*, un bronze prisonnier.

Dans ces pages, j'entre dans son domaine avec l'histoire d'un sculpteur.

La prochaine fois que nous nous rencontrerons, je ne viendrai pas les mains vides.

J'habite près de la frontière, au pied de montagnes que je connais par cœur. Je les ai apprises en chercheur de minéraux et de fossiles, puis en alpiniste. Le commerce de ce que je trouve et de petites sculptures en pierre et en bois me procure un gain aléatoire.

Je grave des noms pour les amoureux endurcis qui les préfèrent sur des branches et des cailloux plutôt que sur des tatouages. Ils durent plus longtemps sans pâlir. Je cherche des racines sèches, des pierres qui ressemblent à des lettres de l'alphabet. Faciles à dénicher celles en forme de cœur, en remontant le lit des torrents à sec. Les autres formes plus irrégulières je les trouve dans les pierriers, où s'entassent les débris des parois. Dans la nature, il existe des abécédaires.

On fait appel à moi pour de petits travaux de réparation de sculptures, le plus souvent dans des églises. Chez nous, on tient à impressionner avec des décorations d'artistes. Moi, je n'en suis pas un, je répare des nez, des doigts, les parties les plus fragiles. Quand j'étais jeune, j'ai pu étudier au lycée artistique. Le bac en poche, je suis parti travailler ensuite à la mine de charbon. Depuis qu'elle a fermé, je me débrouille avec ce que je trouve.

Je sortais de mes heures de travail dans la galerie et, au lieu de descendre au village, je grimpais dans la montagne. Poussé par un désir de neige, je me lavais les mains et le visage avec. Je montais en courant dans le bois, une saine transpiration sortait par tous les pores de ma peau. Je me hissais dans les branches d'un pin cembro en me poissant les mains de résine. De la scène la plus haute, je regardais l'horizon pour me débarrasser de la mine. Un ébrouement de chien sorti de l'eau parcourait mon dos.

J'ai gardé mon admiration pour les artistes, un sentiment de spectateur et non de collègue. Proche de la soixantaine, je monte encore bien sur les échafaudages et les montagnes. J'habite la dernière maison hors du village. Pour moi, c'est la première en descendant des bois, à quelques mètres d'une petite cascade qui me donne de l'eau courante. Un petit filet coule même quand il gèle.

Depuis quelque temps, des étrangers désorientés arrivent au village. Ils essaient de passer la frontière, les autorités laissent faire pour ne pas avoir à s'occuper d'eux. Nous vivons sur une terre de passages. Certains d'entre eux pourraient s'arrêter, mais aucun de ceux qui sont arrivés jusqu'ici ne l'a fait. Une adresse en poche leur sert de boussole. Pour nous qui n'avons pas voyagé, ils sont le monde venu nous rendre visite. Ils parlent des langues qui font le bruit d'un fleuve lointain.

On a créé pour eux un petit service d'accompagnateurs au-delà de la frontière. Nous sommes trois, des vieux, parce que ici on est vieux à soixante ans. Nous trois seulement savons par où passer, même la nuit.

Ils sont cocasses ces États qui mettent des frontières sur les montagnes, ils les prennent pour des barrières. Ils se trompent, les montagnes sont un réseau dense de communication entre les versants, offrant des variantes de passage selon les saisons et les conditions physiques des voyageurs.

Nos pistes à tous les trois débouchent de l'autre côté sans rencontrer âme qui vive. Les frontières fonctionnent dans la plaine. On dresse des barbelés et personne ne passe. Impossible en montagne.

Se faire accompagner a un tarif. Chez nous, ce sont les deux autres qui l'ont fixé, et moi je préfère que ce soit eux qui décident de la rémunération. Les voyageurs paient comptant, forcés de faire confiance. On utilise un anglais de dix mots, le jargon des déplacements.

Certains essaient de passer sans nous et se perdent, ils s'épuisent et nous les trouvons morts, picorés par les corbeaux. Nous leur donnons une sépulture. Nous emportons une pelle à chaque voyage.

De loin, on croit voir un passage, puis de près, de l'intérieur, on ne le trouve plus.

On voit arriver des femmes, des enfants seuls, pas question de réduction, l'accompagnement n'en est pas plus léger, il est même plus long. S'il s'agit d'hommes costauds, je les emmène sur un chemin difficile qui raccourcit le trajet. Dans certaines parties plus raides, je leur attache une corde autour de la taille et je les hisse. C'est pour ça que je leur demande d'avoir un sac à dos et les mains libres.

Avec les enfants et les femmes, on suit une piste plus lente. Je contrôle leurs vêtements et leurs chaussures. Je ne pars pas sans une bonne paire de chaussures et des vêtements chauds, même en été. Les deux autres les prendraient même les pieds nus. Ils se font plus d'argent maintenant que tout le reste de leur vie.

L'un est forgeron, l'autre boulanger. Nous nous connaissons depuis notre enfance turbulente. Ensemble, nous avons fait de l'escalade, fouillé sous toutes les pierres quand on nous payait les vipères capturées.

Nous avons dormi dans les montagnes et sous les arbres. Le forgeron est grand et trapu, il laisse des empreintes d'ours. Le boulanger est le plus âgé de nous trois, ses mains sont cuites comme des miches de pain, plus bonnes à rien. Mais ses pieds marchent bien et avec eux il s'en met plein les poches.

Nous ne partons pas ensemble, chacun fait son propre voyage. Il nous arrive de nous croiser dans nos allées et venues.

Nous sommes sortis de la même avalanche qui nous a traînés sur des centaines de mètres dans sa soudaine obscurité en plein jour. À la fin de sa course, elle nous a recrachés comme des noyaux dépulpés.

Quand on tombe, la lenteur des premiers mètres est effrayante, puis on accélère, on roule, on se cogne et on se dispute avec la mort. J'ai revu l'air au bout de la descente, une fois expulsé du sac, stupéfait d'être vivant et entier. Je me suis levé, j'ai vu le forgeron la tête en bas dans la neige, les pieds qui sortaient. Je l'ai extrait de là et j'ai soufflé dans ses poumons jusqu'à ce qu'il me crache à la figure sa première expiration. Le boulanger était plus loin, mais le visage à l'air libre, évanoui. Quelques gifles ont suffi. Il avait un bras cassé. Vivants tous les trois, mieux qu'impossible. Le soir, nous avons vidé une bonbonne de vin de cinq litres, ce n'était même pas trop.

Notre village n'est pas un village pour les femmes. Elles sont parties en ville, mariées ou non. Elles ont par tradition une beauté de croisement avec des gens de passage. Elles ont une caravane dans le sang. Les hommes restent, ici chez nous le monde vit avec cette inversion et il s'en porte bien. Nous sommes restés un pays d'hommes et de bêtes.

L'été, je vends aux vacanciers mes trouvailles et les sculptures que je fais en hiver. J'installe tout ça sur une table en bois brut devant chez moi. Ils s'arrêtent par curiosité. Le temps est lié pour eux à l'achat, ils ne s'arrêtent pas s'ils n'ont pas d'argent. Ils le disent, et s'excusent même, en passant leur chemin, comme s'ils s'adressaient à quelqu'un qui tend la main. Ils n'imaginent pas que je puisse offrir mes objets à ceux qui s'arrêtent pour regarder, pour toucher, pour une question.

Ici, il y avait des poissons, des coraux, des coquillages. Les montagnes sont faites de leurs restes. À ceux qui disent que nous sommes des montagnards, je réponds qu'avant nous avions la mer. Je le prouve avec les poissons gravés sur le plat d'une pierre, l'empreinte d'une arête ou d'une valve d'huître.

Je fais prendre l'air aussi à mes bouquins, je les offre en lecture, je fais office de bibliothèque municipale qui n'existe pas.

Les livres m'ont servi à connaître le monde, la diversité des personnes, qui sont rares dans le coin. Compacts contre la paroi au nord, ils gardent la maison au chaud.

Ma vue a baissé et je lis moins, je repousse l'achat d'une paire de lunettes. Le corps a ses générations, la dernière va un peu à l'aveuglette. C'est pour ça que je sais m'orienter la nuit en montagne.

Les rencontres avec les voyageurs se font à l'auberge. D'habitude, un seul entre, il vient au nom des autres. L'un de nous se trouve là, sinon il attend.

Il n'est pas nécessaire de se mettre à l'écart, ici on sait tout sur tout le monde, les torts, les compétences, les trahisons. Ils font un ensemble avec les os. On laisse vivre sans mettre son grain de sel.

Le patron s'occupe d'installer les nouveaux arrivés dans l'étable. Si le temps n'est pas au rendez-vous, il faut l'attendre.

Ce ne sont pas des mendiants, ils ont assez d'argent pour voyager en première classe. Au lieu de ça, ils doivent nous suivre, en cachette, à pied, en payant chaque mètre parcouru. Ils sont habitués aux bandits, nous sommes les derniers qu'ils rencontrent, et pas des pires.

Je parle au pluriel pour ne pas m'exclure, mais je fonctionne différemment. Je me fais payer comme les autres et, une fois que je les ai conduits de l'autre côté, je rends l'argent. Il leur est plus utile. Je ne leur dis pas avant que j'ai l'argent sur moi, pour qu'ils n'aient pas l'idée de le reprendre de force.

Ne soumets pas à la tentation : cette phrase du catéchisme est restée plantée dans ma tête. Si tu as soumis à la tentation, c'est à moitié de ta faute.

De l'autre côté de la frontière, je leur indique où s'arrêter pour se reposer et où ils trouveront des moyens de transport. Je leur remets l'argent et je tourne les talons. Je me bouche les oreilles, ils comprennent ainsi que je ne veux pas de remerciements. Je suis allergique aux *thank you.*

Je suis content d'être utile à un âge où, dans cette région, on est voué au pilon, au délire alcoolique, à l'hospice. L'avantage de ne pas être père, c'est de ne pas avoir un fils qui veuille m'enfermer là-dedans.

La montagne est mon hospice. Un jour, ce sera elle qui me fermera les yeux et qui les donnera aux corbeaux, leur morceau préféré.

Les montagnes du village ont connu la guerre de mes aïeux. De retour d'une traversée, je m'arrête sur un champ de bataille. Je m'allonge près des corps qui n'y sont plus et je ferme les paupières.

J'attends jusqu'au moment où j'imagine être l'un d'entre eux, compagnon de malheur du même âge. Cela dure le temps de quelques respirations.

En montagne, l'imagination et la mémoire se mélangent. Quand j'escalade une paroi, je mets mes doigts sur les mêmes centimètres et les mêmes prises que les alpinistes qui l'ont gravie pour la première fois. Mes gestes correspondent aux leurs, je glisse le mousqueton dans l'œil du piton qu'ils ont planté, mon nez est à la même distance de la roche.

Si mon frère jumeau était encore vivant, il approuverait. Il avait six ans quand il fut effacé par la vague de crue du torrent au printemps. Il pêchait la truite sur une langue de terre au milieu du courant. Du village, nous avons entendu le bruit de tempête produit par la vague de crue quand elle fauche les arbres et les pierres des rives, ravageant tout. Nous avons trouvé une de ses chaussures des kilomètres en aval.

Il y a plus de cinquante ans : sa pensée me tient compagnie. Il était courageux sans ostentation, il grimpait aux arbres, il plongeait dans l'eau glacée. Encore maintenant, je le considère comme mon frère aîné. Je pense à lui dans mes décisions, je l'interroge. Il a droit au dernier mot. Je ne suis pas sûr de reconnaître ce mot, il me suffit de penser que c'est le sien.

Il était gaucher, moi non. En mémoire de lui, j'ai voulu apprendre à me servir aussi de ma main gauche. Sur mon cahier, j'écris une page avec la mienne et une autre avec la sienne. À table, je change les couverts de place. Ainsi nos mains restent jumelles.

En attendant, voilà la dernière : la télévision étrangère est venue me chercher. Ils sont allés chez l'aubergiste. Il savait que j'effectuais une traversée et il leur a donné une chambre. Il est venu à ma rencontre sur le sentier du retour. Il m'a dit que j'étais devenu quelqu'un d'important. Un de ceux que j'avais accompagnés un an plus tôt est écrivain, il a publié un livre sur son voyage, qui a eu du succès. Il parle de notre village et de la traversée nocturne. Il raconte qu'à l'aube, de l'autre côté, j'ai rendu l'argent.

Et comme ça, il m'a mis dans de beaux draps. L'aubergiste se frotte les mains pour la publicité faite au village et à son auberge. La veille au soir, ils ont filmé l'intérieur et même notre table vide où nous concluons les accords.

« Les touristes vont venir, il faudra autre chose que l'étable. » Il m'entraîne à sa suite, je sens le poids de la nuit sur mon dos, mais je ne passe même pas chez moi.

Je m'arrête, je me campe devant lui. Un écrivain ? Tout est faux, il a inventé cette histoire. Qui peut croire que je rendais l'argent ? On les connaît les écrivains, ils vendent des histoires.

L'aubergiste me regarde de travers : « Ne sois pas rabat-joie. Pour une fois que ce fichu pays intéresse quelqu'un. »

Quels bobards puis-je lui débiter ?

« Avec le succès du livre, d'autres témoins interviewés ont confirmé eux aussi les passages gratis. Ils veulent faire une émission pour nous inviter eux et moi. »

C'en est fini de ma petite satisfaction d'être encore utile. L'attention, la publicité mettent fin aux traversées par ici.

Je réponds à l'aubergiste que même sur mon lit de mort je ne reconnaîtrai jamais l'avoir fait gratis.

Il ne me reste plus qu'à faire l'imbécile, nier, dire qu'il s'agit d'une pure invention de l'esprit. Je répète cette phrase le reste de la journée à ceux qui me posent des questions. Jusqu'ici, jamais un inconnu ne m'avait demandé mon avis et, brusquement, c'est toute une foule qui s'y met.

Le forgeron et le boulanger ne me saluent plus, l'acte le plus grave entre gens du pays, une expulsion du registre des vivants. Je suis d'accord avec eux, je refuserais de me saluer moi-même.

L'écrivain. Il fallait qu'il y ait un écrivain parmi les centaines de personnes que j'ai accompagnées, il fallait qu'il en fasse un livre et qui ait même du succès : tous ces hasards réunis sont quasiment impossibles, et pourtant ils sont là qui propulsent un homme hors des rangs.

Il a dû croire me faire plaisir. Il pouvait me le demander, revenir ici et me demander si ça me faisait plaisir. Mais non, il se met à écrire : « Il m'a fait traverser les montagnes dans le noir, avec une boussole dans la tête et pas dans la main. Il nous a traités en êtres humains et pas en troupeau à tondre. Il nous a rendu notre argent, il s'est retourné et il est parti très vite en se bouchant les oreilles pour nous faire comprendre qu'il n'avait pas besoin de remerciements. Nous sommes restés bouche et mains ouvertes, certains étaient touchés aux larmes. J'écris ces pages par gratitude. »

C'est de la camelote, les lecteurs d'aujourd'hui ne sont pas difficiles. Il m'a payé, non ? Il m'a donné son argent et je l'ai pris. La restitution ne change pas les choses. Je l'ai empoché et j'ai fait le contrebandier de personnes contre paiement. De l'autre côté de la frontière je me suis allégé d'un poids pour le voyage de retour.

Je parle sérieusement, je revenais léger sans cet argent, sans le poids de la fatigue de la nuit de l'aller. Je rentrais à temps pour dîner et dormir. Il m'arrivait de repartir la nuit d'après. La stimulation de l'argent ne m'aurait pas suffi pour repartir.

Ce sont mes affaires et elles devaient le rester. Au lieu de quoi, elles sont exposées, avec impudence. Le saint des montagnes, le gentilhomme contrebandier : la célébrité est une dérision.

Les jours suivants, un groupe monté faire un tour en car s'arrête à ma porte devant mes objets étalés sur ma table en bois brut. Ils viennent pour moi, ils ont vu l'histoire au journal télévisé. Ils achètent en une seule fois ce que je ne vends même pas en une saison. Je ne fais pas de photos, ils les font entre eux.

Je continue à nier l'affaire, ils ne me croient pas. On dirait que même mes dénégations leur plaisent. Je ne le dis pas pour qu'on me croie, mais pour qu'on me laisse tranquille.

Quelqu'un me dit à voix basse qu'il a aidé lui aussi un réfugié. Il prend un air de conspirateur, conscient de commettre une transgression. C'est peut-être comme ça dans la plaine, ici on fait autrement. Ils les appellent des réfugiés. Pour moi, ce sont des voyageurs d'infortune qui en ont eu trop à la fois. Ils tentent de s'en débarrasser avec le voyage. L'infortune est une gale à gratter. Nombre d'entre eux ne parviennent pas à s'en défaire, elle pèse lourd sur leur dos, elle les écrase.

Un autre me demande de le conduire de l'autre côté de la frontière, il souhaite tenter l'expérience. Je dis non, certaines nuits de route se font par nécessité. Si c'est par curiosité, elles portent malheur. Il s'agit d'un journaliste, jeune, il veut raconter. Pour ça, lui dis-je, il est inutile de se mettre à faire, il suffit de se mettre à inventer. Avec un peu d'imagination, il économisera une nuit.

Il dit qu'il me paiera. Je l'envoie à mes deux amis à l'auberge. Lui voulait aller avec moi. Rien à faire.

Après ça, le reste du village aussi me regarde de travers. « Nous avions un saint chez nous et nous ne le savions pas. »

À l'auberge, c'est la rupture. Je suis assis à notre table habituelle, en train de boire un quart de rouge. Les deux autres arrivent, ils restent debout. C'est le boulanger qui parle.

« Qu'est-ce que tu t'es mis en tête ? Tu prends tes poux pour des chamois ? »

Chez nous, ce proverbe signifie que celui qui se donne de grands airs croit que ses poux sont des chamois. Je ne réponds pas.

Puis c'est le forgeron qui parle :

« Tu nous as mis dans la merde, toi le saint et nous les bandits. »

Vous me connaissez depuis le siècle dernier et vous écoutez les bavardages des étrangers. « Tu n'as pas le courage de reconnaître que tu nous as roulés », dit le boulanger.

J'ai pris l'argent comme vous.

« Et ensuite, tu le rendais. »

Ce que je fais de l'argent, ça ne vous regarde pas. Est-ce que je vous demande où vous l'avez mis ?

« Ça te regarde jusqu'au moment où on en parle à la télé. Le passage est foutu, personne ne traversera plus d'ici. »

C'est du cinéma, une poignée de douaniers qu'on envoie déambuler dans le village. Dans une semaine, ils seront partis.

« Alors, dans une semaine, tu feras le passage avec l'argent en poche et tu ne le rendras pas. »

Vous persistez à vous occuper de mon argent. Prenez-le, vous, moi je fais le passage à ma façon.

Le forgeron pose ses deux poings sur la table et me dit d'une voix changée, basse comme un grognement : « On n'a pas besoin de ta charité. On a besoin que tu descendes de ton piédestal. »

Je n'y suis pas monté.

« On t'y a mis, essaie de redescendre. »

Déjà fait, j'ai nié.

« Avec tous ceux qui ont dit la même chose sur les passages gratis, c'est toi qu'on doit croire ? » dit le boulanger.

Ils croient ce qu'ils veulent.

Je les regarde assis sur ma chaise, je ne les invite pas à s'asseoir. Le forgeron se met à parler comme on bat le fer, il martèle ses mots.

« Tu fais le passage et tu gardes l'argent. Comme ça, tu prouveras que tu es encore un des nôtres. »

J'ai compris. Je ne suis pas un des vôtres. Je suis un tout court et c'est tout. L'envie de faire des passages m'est passée.

Le forgeron lève une main fermée.

« Je ne te frappe pas parce que un jour tu m'as sauvé la vie. Nous sommes quittes aujourd'hui. Tu peux t'en aller sur tes deux jambes. »

Je suis assis ici et j'y reste. Vous pouvez vous en aller, vous.

Le forgeron lève son poing et frappe la table en faisant sauter le verre et le quart de vin.

Que doit faire un homme, même s'il a du blanc dans les cheveux ? Je glisse ma main dans la poche intérieure de ma veste et je sors lentement mon couteau à lame fixe. Le boulanger se met devant le forgeron.

« Je te le rembourse, ton verre. Patron, apportes-en un autre. Maintenant, on s'en va et toi, demain, tu quittes le village. »

Il nous était arrivé plusieurs fois de nous bagarrer, mais on avait bu. Une fois l'ivresse retombée, on redevenait soi-même. Cette fois-ci, on est sobre et il n'y a pas un avant auquel pouvoir revenir. Le couteau coupe même si on ne s'en sert pas. On l'a en main et il coupe déjà. On regarde l'autre en face et il a déjà coupé.

Ils se retournent, ils sortent, leurs pas lourds sur le bois sont des coups de pied. Le patron s'approche avec le quart de vin et avec un chiffon pour essuyer.

« Tu l'aurais fait ? » demande-t-il en désignant le couteau.

Tu veux une réponse d'un type bien connu pour dire des mensonges ? Tu le sais mieux que moi, ce que j'aurais fait.

Je bois mon quart de vin, le dernier de mon temps au village.

Le lendemain, je suis en chemin avant l'aube et à l'écart de la route, à travers bois. Personne ne me verra en train de quitter l'endroit où je suis né et où j'ai vécu.

J'emporte mes outils de travail, je vais passer l'hiver dans une ville du bord de mer, tout au bout des descentes. Je ne la connais pas, je pense trouver des réparations à faire.

Avant le logement, je cherche un bistrot pas trop cher où avoir un repas chaud le soir. Ce doit être un endroit où on se salue mutuellement. J'en trouve un juste au port, tenu par une femme que j'appelle tout de suite patronne. Je me présente et je demande combien me coûtera un repas tous les soirs. Le prix est correct et elle me conseille un logement. C'est une femme forte, aux manières directes et expéditives, des cheveux noirs dans un fichu à fleurs, plus jeune que moi.

Ses clients sont des marins de passage et des ouvriers algériens d'une carrière de marbre. De braves gens, dit-elle d'eux, mais pas de vin. Une seule table, on s'assied à côté de ceux qui sont déjà là, sur le même banc.

Ainsi, je connais quelques-uns de ces voyageurs qui se sont arrêtés chez nous.

Il ne me restait plus qu'à pouvoir parler avec eux. Autrefois, il y avait les explorateurs qui découvraient des peuples inconnus, en fouillant à travers le monde. Aujourd'hui, il y a ces visiteurs qui débarquent sur une terre ferme, qui demandent comment elle s'appelle et où elle se trouve. Ils sont inquiets d'être loin de l'endroit qu'ils ont écrit dans leur poche. Puis ils trouvent un travail qui a besoin d'eux et uniquement d'eux, à défaut d'autres.

Je parle avec celui qui me répond plus longuement que par monosyllabes. J'écoute les histoires de destins bizarres, des façons nouvelles de mourir : dans une soute asphyxié par les gaz du moteur, gelé dans le compartiment du train d'atterrissage d'un avion, étouffé dans un camion garé l'été en plein soleil.

« Pour que la mort soit juste, il faut que la façon de mourir, sa manière de conclure soit la même. Ce n'est plus comme le dit le poète persan, que la mort est juste parce qu'elle frappe le misérable et le roi. »

Je lui raconte ce que je sais des fossiles marins sur les montagnes. Il aime la géographie, la vie de la Terre avant nous. C'est un bon connaisseur d'histoires, de celles qui n'ont pas d'auteur. Comme les proverbes et les blagues, l'initiateur est inconnu.

C'est bien de se parler côte à côte, en se tournant de temps en temps vers son voisin. La patronne sert la tablée selon l'ordre d'entrée dans son bistrot. Elle n'oublie pas les noms et les épices préférées de chacun.

J'écoute les miettes de la journée de l'homme près de moi, les poids, les économies, la femme au loin, les enfants élevés sans lui, la maison en construction sur le haut plateau avec la paie du marbre. Je lui dis que ma maison est le fruit de mes années passées à extraire du charbon. Nous sourions de notre travail en noir et blanc.

Pendant la journée, je fais le tour des boutiques pour voir s'il n'y a rien à réparer. Puis je fais le tour des petites églises, d'habitude on y trouve quelque chose. Ici rien, elles ne tiennent pas à leur mobilier.

Je ne peux pas m'attarder, si rien ne se présente, je dois repartir. Une fois terminé le tour des petites églises, je me risque aussi dans la grande. C'est un endroit solennel, imposant. Je n'ai pas foi dans le haut des cieux, je les ai vus de près, ils sont froids. Je frappe aussi à cette porte, pour n'en négliger aucune. La chance m'attendait justement dans la dernière.

Le curé est un homme d'Amérique latine d'environ quarante ans, il me regarde pensif, me demande ce que je sais faire. Je le lui dis. Il pense que je pourrais tenter une réparation. C'est très délicat, précise-t-il, une statue de marbre, un crucifix grandeur nature.

Il demande si je connais le marbre. Oui, je l'ai travaillé, je me débrouille.

Il a une voix calme, grave, des mains puissantes, pas de joueur d'orgue. Je regarde les mains d'un homme pour comprendre qui il est.

Il m'accompagne pour me montrer la sculpture. Elle est à l'intérieur d'un dépôt qui donne dans la cour du presbytère. Elle semble parfaite, un bloc d'albâtre sculpté avec une intense précision. Je suis en admiration, je tourne tout autour, elle doit dater de la Renaissance, je pense avoir exagéré en parlant de mes capacités.

« Qu'en dis-tu ? »

J'aime ce tutoiement. Je réponds qu'elle est merveilleuse et en bon état, rien à réparer, tout au plus à nettoyer.

Il me raconte l'histoire.

« Le sculpteur est un jeune artiste du début du XXe siècle. Il réalisa son chef-d'œuvre dès son retour des fronts de la Première Guerre mondiale. Il reçut la commande périlleuse et inouïe de sculpter un Christ nu en marbre. L'après-guerre fut un temps de bouleversements et l'Église sentit la nécessité d'être en harmonie avec l'époque.

« Tu dois savoir que dans les crucifixions le condamné était hissé nu. Il fut un temps où l'on admettait cette représentation du supplice. Un crucifix nu en bois fut même sculpté par Michel-Ange. Après le concile de Trente, l'Église se mit à recouvrir les nudités. »

Tandis qu'il me parle, j'admire le chef-d'œuvre qui n'est pas du tout nu.

« Le jeune sculpteur exécuta l'œuvre en une année seulement de travail acharné, sans fermer l'œil. Mais l'année suivante, les temps avaient déjà changé et l'évêque aussi. Le nouveau ordonna de recouvrir la nudité par un drapé. Le sculpteur refusa, il fut évincé. Un autre ajouta cet affreux tissu qu'on voit maintenant. Le sculpteur mourut peu après en montagne. »

Je continue à ne pas comprendre ce que je dois faire.

« Comme tu peux le voir, il s'agit d'une œuvre digne d'un maître de la Renaissance. Aujourd'hui, l'Église veut récupérer l'original. Il s'agit de retirer le drapé. »

J'examine la couverture en pierre différente, elle semble bien ancrée sur les hanches et sur la nudité. Je lui dis qu'en la retirant on abîmera forcément la nature.

« Quelle nature ? »

La nature, le sexe, c'est ainsi qu'on nomme la nudité des hommes et des femmes chez moi.

« C'est bien là le problème. Plusieurs sculpteurs consultés avant toi ont renoncé. »

Je ne sais pas d'où me vient la réponse, mais je lui dis que je pourrais reconstituer la partie abîmée par le descellement. Jusqu'ici, j'ai reconstruit des nez, des doigts et même une main manquante.

Le curé me dévisage à nouveau pour voir si je suis la bonne personne. Il m'accompagne au presbytère, nous nous asseyons devant sa table. Il me demande d'ouvrir les mains. Mes paumes sont sèches et rêches, c'est un signe suffisant pour lui.

Depuis un an, l'évêque l'a chargé de trouver un sculpteur compétent. L'Église est consciente de la grande valeur artistique de l'œuvre, qui lui permettrait d'approcher d'une manière nouvelle et naturelle la vérité du sacrifice.

Il m'apprend que je suis le dernier d'une longue liste d'artistes, confirmés ou non, qui ont été consultés. L'un d'eux a dit que l'enlèvement traumatique de la couverture suffirait déjà à représenter la nudité et son histoire censurée. Ceux qui ont accepté d'essayer ont proposé des solutions bizarres. À la place de la partie détachée, quelqu'un a imaginé un oiseau, plus précisément un coucou, parce qu'il met ses œufs dans le nid des autres. Un deuxième a pensé à une fleur. Une jeune artiste a eu l'idée d'un robinet.

« J'aurais dû enregistrer les conversations. On aurait pu en faire un livre intéressant. »

Bref, je suis le dernier et l'année se termine. Je le remercie de sa sincérité, un bon point de départ. Je l'assure que je me comporterai de la même façon. Si je ne me sens pas capable, je le lui dirai.

Il me demande de faire un essai. J'accepte et nous retournons dans la grande salle. Je prends les mesures du bassin et de la hauteur du corps. Nous nous saluons en serrant nos quatre mains.

Je lui ferai une copie en plâtre de la partie couverte.

Le soir, je me regarde nu dans la glace. J'imite la forme étirée du corps en torsion, ma nature s'incurve en suivant la tension des muscles ventraux. Je fouille dans mon sac de bouts de racines et j'en trouve une de pin cembro qui pourrait convenir. Je l'écorce, je la nettoie, je lui donne la même forme. Je prépare le moulage en plâtre.

Entre-temps, je lis les versions de la crucifixion dans le Nouveau Testament. Écrites bien après les faits, elles attestent de l'obstination de témoins directs. Ils veulent être là. Ils incitent de la sorte le lecteur à être là lui aussi.

À la bibliothèque, j'étudie la courte vie du sculpteur. Il a été jeune pendant la Première Guerre mondiale. Je lis des pages de son journal tapées à la machine pour une thèse écrite sur lui. Bizarrement, la thèse ignore le crucifix, elle parle en revanche de ses sculptures d'animaux sauvages et domestiques en terre cuite. Je tombe sur cette phrase importante : « Je considère l'encre comme la doublure du sang, on trempe sa plume dans l'une à la place de l'autre. Les deux contiennent le fer nécessaire. »

Il a vécu dans les tranchées de boue, mélange de terre, d'eau, de sang, de peur, engrais de la première jeunesse du siècle passé. À partir de 1919, il a commencé à sculpter des corps humains. La guerre lui a enseigné l'anatomie. Il a appris à travers la pitié et le dégoût. Il a écrit que les deux choses forment la connaissance. La sculpture du crucifix en marbre est sa dernière œuvre. Précédée d'un modèle en terre cuite, égaré par la suite, qui avait servi pour l'approbation.

L'esprit d'après-guerre était grisé de vitalité, une réaction à la vie blessée et à la jeunesse décimée. On osa imaginer la modernité d'un Christ représenté nu sur la croix pour rappeler les jeunes corps détruits.

Le sculpteur travailla comme un forcené et, en un an à peine, il fut prêt à remettre son œuvre. Le reste correspond au récit du prêtre, le refus d'exposer la sculpture déjà approuvée, l'ordre donné ensuite de couvrir la nudité à un anonyme qui utilisa une pierre différente.

Je lis le journal de l'époque réédité en reprint. Il rend compte de l'affaire et du scandale. Un an plus tard, le sculpteur est retrouvé mort de froid au sommet d'une montagne voisine.

Dans sa poche, on découvre un mot que je recopie.

Je lis dans un poème de Pouchkine : « J'ai survécu à mes désirs. » Moi non. Je n'ai jamais été là. Quand vous pensiez que j'étais là, je n'étais pas avec vous. Quand je vous parlais, je me taisais intérieurement.

Quand je marchais parmi vous, j'étais en fait immobile sous un vent qui avançait à ma place. Quand j'étais à votre table, j'étais à la cuisine où je multipliais des poissons. Vous ne vous apercevrez pas de mon absence, car à ce moment-là je serai présent. Je serai pour vous l'absent inévitable.

Il y a beaucoup à lire dans une bibliothèque et en attendant je préfère réaliser le moulage que je dois apporter au prêtre.

Je lui dis d'où je l'ai tiré. « D'une racine ? Bon départ », dit-il. Il le montrera à l'évêque.

À l'auberge, il y a des marins russes, plutôt des buveurs que des mangeurs, bruyants, ils plaisantent avec la patronne qui les connaît et sait comment les contrôler. À côté d'eux, les ouvriers algériens sont silencieux, sobres, le nez dans leur assiette, ils parlent leur langue intense de lettres aspirées qui dressent une haie entre eux et les autres du même banc. Je suis assis avec eux, muet au milieu des syllabes opposées.

Les jours suivants, je retourne à la bibliothèque. Je lis des revues de l'époque. On crée la Société des Nations pour résoudre les motifs de conflits. La proposition d'un homme politique français, Léon Bourgeois, de doter l'organisation d'une force militaire susceptible d'imposer une solution aux controverses entre deux États n'est pas retenue.

Tandis que je respire la poussière du papier feuilleté, un coup de chance. Un mensuel a publié la photo de la statue originale. L'image occupe une demi-page, mais j'ai besoin de la loupe que je garde dans ma poche pour améliorer ma vue. J'observe la forme de la nature exposée.

Sous le coup de l'étonnement, je sursaute sur ma chaise. Dans ce corps mourant se manifeste un début d'érection. Je ne peux détourner mon regard de l'image. Puis je me parle, comme cela m'arrive dans les moments de surprise. Mon jumeau intervient.

Le condamné est en train de mourir, secoué de spasmes qui culminent souvent dans une érection mécanique. C'est ainsi que la mort se déchaîne dans un corps jeune. Le cœur lance ses coups terminaux, le sang reste bloqué au centre, le souffle sort pour ne pas revenir, envoyé comme un salut.

Le jeune corps cesse de résister à la douleur. Le cou ne supporte plus le poids de la tête qui tombe sur l'épaule gauche au-dessus du cœur. Le sculpteur se souvient des corps de ses camarades tués, l'engorgement de la circulation qui se manifeste avec la mort. C'est la dernière volonté du sang, qui en a beaucoup.

Dans une statue, on doit entrevoir le sang. Ici, les veines sont gonflées jusqu'à l'impossible. Ici est représentée la mort d'un athlète en plein effort.

Sa beauté est telle qu'un tribunal de femmes ne le condamnerait pas. Non par désir de l'étreindre, mais par respect de la perfection. Il serait absous par admiration.

La chose n'est pas prévue par la loi, mais elle s'applique quand même. Au lycée artistique, nous écoutions avec enthousiasme l'absolution de Phryné, modèle de Praxitèle, accusée d'impiété et dénudée dans la salle du tribunal d'Athènes, pour prouver son innocence.

Je fais une photocopie de la page avec la photo, année 1921, jour 24 décembre. La veille de Noël, le sculpteur invite la presse locale à une visite privée. Il sait déjà que la statue sera abîmée par le drapé. Il retire le voile.

Le journaliste rapporte qu'on attendit l'heure du coucher de soleil pour voir l'effet de lumière rougie sur le marbre. Il prit l'aspect de la chair, les ombres firent bouger les formes.

Une fois passé le moment parfait, des bougies furent allumées pour éclairer la fin accomplie.

Le journaliste reconnaît son émotion et découvre pour la première fois, comme il l'écrit, qu'une sculpture a besoin d'une source de lumière, d'une seule, pour occuper l'espace.

Je vais chez le curé, mais j'entre d'abord dans la grande salle où se trouve la statue. Je me mets à imaginer les doutes du sculpteur sur la forme de la nature. Il devait supporter l'échange des regards, l'événement historique du retour d'un crucifié à sa nudité.

Avait-il froid ? Il était sûrement parcouru de frissons, en perdant sa chaleur en même temps que son sang. Il avait soif à cause de l'hémorragie. Il avait de la résistance, il resta en vie plus longtemps que les deux autres.

Il avait quelque chose à dire : les pardonner, non pas les deux condamnés, mais tous les autres. Il demandait à la divinité d'absoudre les assassins. Et lui ? Il les avait absous, mais ça ne lui suffisait pas. Il devait obtenir le pardon suprême.

Sa requête, étouffée par sa faible respiration due à la position comprimée de son thorax, monta comme une vapeur.

Personne avant lui n'était allé jusqu'à la limite d'une telle requête : les pardonner. Ces mots élèvent sa mort au rang de sacrifice. Sans eux, la croix reste la poutre de supplice d'un innocent.

Je me souviens d'une scène décrite par Primo Levi qui évoque un condamné à la pendaison dans la cour du camp de concentration, en la présence forcée de tous les prisonniers. Aucun d'eux n'a la permission de baisser la tête, il faut qu'ils voient. La guerre est presque finie, le condamné crie une dernière phrase en allemand : « Camarades, moi je suis le dernier. »

C'est une déclaration de salut différente pour ceux qui restent. Elle ne se charge pas de la force de sauter les générations, elle se borne à encourager les présents. Leur point commun, c'est la volonté de s'adresser, de laisser dit.

Après les paroles du crucifié, la poutre devient une rampe de lancement pour les générations. Elles devaient être dites depuis ce lieu. Elles ne fonctionnent pas du haut d'une chaire ou d'une estrade. Il faut monter sur un échafaud pour les prononcer.

Je cherche les pensées du sculpteur, je les mêle aux miennes, en tournant autour de la statue.

J'ai pris une bougie, bonne idée suggérée par la lecture de l'article. Sous sa lumière, même les tendons étirés projettent des ombres. Je fais un geste instinctif, je mets ma main tiède sur ses pieds cloués, par désir de transmettre de la chaleur.

Le curé me rejoint. Il m'informe aussitôt que j'ai l'autorisation de commencer à travailler. Nous montons chez lui et je lui donne la photocopie et ma loupe, il observe attentivement. Il me rend ma loupe, hoche la tête. Je ressens le besoin de défendre le sculpteur. Il a doté le crucifié d'une puissante nature, et son exagération rend plus fort le contraste avec la mort. Il incite à vêtir le corps nu, exposé au vent. Non pour recouvrir sa nature, mais pour mettre une couverture sur ses épaules, envelopper ses pieds dans un tissu de laine. C'est un sentiment terrestre qui n'a rien à voir avec la foi, avec la dévotion pour l'image sacrée.

Il m'écoute, alors je poursuis. Cet élan d'affection vient directement de la nature exposée. La nudité fait vibrer les fibres les plus anciennes de la compassion. Vêtir ceux qui sont nus, est-il prescrit dans une des œuvres de la miséricorde étudiées au catéchisme. Qu'est donc la miséricorde que j'éprouve devant cette figure ?

C'est une poussée soudaine dans mon sang. Cette miséricorde ne vient d'aucune requête. Ce n'est pas la charité d'une aumône tombée dans une main ouverte. La statue ne me demande rien, elle ne s'avance pas vers moi. C'est mon impulsion qui me fait franchir ma distance de spectateur et me permet d'approcher.

Je ne la connaissais pas jusque-là. Je la découvre en ce moment précis. J'ai accompagné des gens pour franchir la frontière. La miséricorde n'a rien à y voir, eux demandaient, moi je répondais. Une fraternité a suffi.

Le curé continue à m'écouter tout en prenant une bouteille de vin et deux verres. Il remplit le mien à ras bord. C'est l'usage chez les ouvriers. Si on offre du vin, on remplit le verre. Ce sont les riches qui en versent peu. Eux, ils ne boivent pas, ils sirotent. Si on en offre à un ouvrier, on en verse jusqu'à ce que le verre déborde.

Les prêtres ont des mains lisses d'employés, lui non. D'où viennent-elles, lui demandé-je. D'une mission en Afrique, dit-il. Où ? Au Mozambique. Il répond par politesse et pour couper court, il veut que je continue. Nous buvons une gorgée, puis je réponds à sa question.

« C'est la première fois que tu éprouves cette miséricorde ? »

Je la découvre devant ce crucifié nu.

« Jamais avant pour un vrai corps ? »

Pas de façon aussi forte : il existe des livres qui font ressentir un amour plus intense que celui qu'on a connu, un courage plus grand que celui dont on a fait preuve. C'est l'effet que doit produire l'art : il dépasse l'expérience personnelle, il fait atteindre des limites inconnues au corps, aux nerfs, au sang. Devant ce moribond nu, mes entrailles se sont émues. Je sens un vide dans ma poitrine, une tendresse confuse, un spasme de compassion. J'ai mis la main sur ses pieds pour les réchauffer.

« Je n'avais pas remarqué auparavant une différence entre charité et miséricorde. Ses sept œuvres s'accomplissent sans la nécessité d'une requête. »

Je lui dis qu'il m'est arrivé au moins une fois de réaliser une de ces actions. Je ne les appelle pas œuvres. Mais je ne peux les comparer à ma réaction devant cette image. Celle-ci, déclenchée par l'œuvre d'art, je ne pourrai l'oublier, alors que les autres, oui.

Le curé se lève, s'approche de la cuisinière et allume le feu sous une casserole. Il me propose de rester pour dîner. Je me lève et je dis que je suis en pension à l'auberge du quai des pêcheurs.

Il connaît la patronne, il est au courant de ses prix modiques. Il me dit de commencer au plus vite le descellement du drapé.

Je reviens avec mes outils et je commence à retirer la couverture au ciseau. C'est du granit qui se détache par éclats. Il est encore bien ancré sur les hanches, avec un peu de vide au niveau du ventre maigre. Je glisse mon ciseau dans cet espace, je donne des coups précis, je casse et j'enlève. Il en reste sur les os du bassin et sur la nature.

J'essaie de la sauver, mais le drapé est bien accroché à cet endroit. Je donne des coups de ciseau tout autour. Ils résonnent dans mon corps, comme si je frappais mon bassin.

C'est de la solidarité masculine, me dis-je pour continuer. Je reprends et l'effet persiste. Je dois m'adapter. Je frappe et je sens à nouveau le rebond. Je tape tout autour pour affaiblir le granit. C'est ainsi que s'est détachée la femme qui a été ma compagne, d'un coup sec à la fin. Mes entrailles continuent à répondre aux coups.

Un avant-dernier coup de marteau me signale que le bloc est en train de céder. Je frappe plus doucement et le morceau se détache tout entier, mes bras le retiennent pour éviter qu'il tombe. Je le pose par terre.

Il s'est retiré en emportant presque toute la nature qu'il recouvrait. Je regarde la forme donnée à la mort par le sculpteur à cet endroit. Une veine en relief court jusqu'en haut de la nature blanche. Elle est circoncise.

Je retire mon pull en laine et j'enveloppe le bloc dedans. Je l'emporte chez moi.

Tout en marchant avec son poids, celui de la valise de la femme que j'accompagnais au car revient dans mon bras. Elle m'incitait à obtenir davantage.

Mon caractère ne me porte pas à me mettre en avant, à m'imposer. Vivre avec elle a été le point culminant de ma carrière d'homme.

Elle me voyait meilleur et plus important que je ne l'étais. Elle écrivait aux galeries d'art en envoyant des photos de mes compositions de pierres et de bois ramassés et retravaillés.

Elle a réussi à organiser une exposition, en payant de sa poche l'impression d'un catalogue. Elle a obtenu un article dans un journal national.

Elle me poussait à me mettre en valeur. Pour moi, ce qui comptait c'était d'être avec elle, d'aller tous les deux dans les bois et les pierriers pour chercher des formes, imaginer quoi en faire.

Elle s'y connaissait en art, elle me comparait à des artistes qui m'étaient inconnus.

« Si tu vivais à Milan, tes sculptures seraient dans les musées. »

Si j'habitais une grande ville, je fouillerais dans les poubelles au lieu de le faire dans les montagnes. Elle n'acceptait pas mes réticences. Elle s'emportait contre moi, dans ces moments-là elle était incandescente.

Elle disait d'elle qu'elle n'avait aucun talent artistique, mais qu'en revanche elle savait le reconnaître à coup sûr chez les autres.

Je ne suis pas un artiste.

« Plus qu'un artiste, tu es un créateur. Quelqu'un qui force les limites en s'écorchant les mains pour ouvrir un nouveau passage. Je comprends que tu dois être humble, mais sans dépasser l'humilité. En fait, tu démissionnes, tu renonces, tu te dérobes au devoir de te faire connaître. »

Elle m'amenait dans les musées, nous voyagions avec son salaire d'enseignante. Elle m'initiait à l'art contemporain, à l'architecture. J'apprenais des noms que j'ai oubliés. Je la suivais pour lui faire plaisir. Quand nous allions au concert, elle m'expliquait la musique moderne à moi qui ne connais que les chants de la montagne.

Pour elle, c'étaient des choses importantes qui l'exaltaient. Je traînais les pieds en la suivant dans les musées qui me fatiguent parce qu'on marche trop lentement, on s'arrête tous les deux pas pour lire le nom d'un tableau, d'un peintre. Les musées ont le défaut pour moi d'être sur du plat. Je les préférerais avec des montées et des descentes, des passages étroits, des balcons où rester accoudé pour regarder loin.

Je gardais pour moi ces fadaises de peur qu'elle m'envoie promener.

Elle l'a fait, j'ai seulement gagné du temps. Elle voulait. Et j'aimais sa volonté, en sachant qu'elle la gaspillait avec moi. Volonté d'améliorer, de donner de la valeur à ce que je faisais, persuadée que cette valeur existait et qu'il fallait l'encourager.

Elle n'existait pas. Je peux le lui dire maintenant qu'elle n'entend pas. Rien en moi ne valait le mal qu'elle se donnait. Il y avait ma chance de vivre avec elle et de la faire durer.

Elle commença à lâcher prise. Elle se coupa les cheveux, elle était plus belle. Elle retira ses talons hauts, elle était plus belle. Elle arrêta de se maquiller, elle était plus belle.

« Je reste si tu décides de devenir pour le monde ce que tu es déjà. »

Je ne sais pas le faire.

« Ce n'est pas vrai. Tu as un saint respect pour ce que tu sais faire, mais un maudit orgueil à ne pas vouloir le montrer. Tu penses que la chance devra se plier à tes conditions, venir te prier comme je le fais moi. Regarde-moi bien, c'est moi ta chance et je te quitte. »

C'était de la colère, de l'exaspération devant mon inertie. C'était la fin de ses efforts pour me traîner.

J'avais commencé à faire mes premières traversées sans le lui dire pour éviter qu'elle me reproche de me distraire de mes devoirs d'artiste. Pour elle, c'était sacré, le reste était profane. Quand elle l'apprit, elle dit qu'elle avait vécu avec un artiste et qu'elle ne voulait pas vivre avec un contrebandier.

Je regarde mes mains vidées des siennes, j'empoigne ciseau et marteau par besoin de tenir quelque chose. Je me mets à sculpter un petit tronc d'arbre, je tape jusqu'à ce que je n'arrive plus à tenir les outils. Je respire par le nez, la bouche serrée dans le mors de mes dents.

Je me dis que j'ai eu de la pluie sur mon champ et que j'en ai profité tant qu'il y en a eu. Inutile de regarder les nuages maintenant, maintenant il faut regarder par terre. Je me donne quelques bonnes raisons, aucune ne m'aide.

Nous jouions aux cartes, j'étais fort pour les compter, je gagnais souvent. Quand c'était elle qui gagnait, c'était la fête, elle se moquait de moi, elle disait que je faisais la tête quand je perdais.

« Tu ne sais pas perdre. »

Je ne répondais pas, mais dans mon for intérieur je pensais le contraire. Je sais le faire, je sais tout perdre.

Maintenant qu'elle n'est plus là, je le lui dis dans le noir. Tu avais raison, je ne sais pas te perdre. Je continue à crier dans mon cœur comme un poulet égorgé.

Il n'arrive pas deux fois d'être aimé avec l'intensité d'une mission. Pour beaucoup d'entre nous, ça n'arrive même pas une seule fois.

Sans elle, même le désir s'en est allé. Deux femmes que j'ai accompagnées de l'autre côté de la frontière ont offert de me payer avec leur corps. J'ai accepté, en disant que j'encaisserais leur dette après la traversée. Elles ont vu que je rendais ensuite l'argent et qu'il n'y avait pas de dette. Elles avaient bien assez payé pour arriver jusque-là.

À présent, j'évite de regarder les femmes que je croise dans la rue. Je suis devenu neutre, moins qu'abstenu. C'est sans doute pour ça que je me sens apte à la tâche que j'ai acceptée. Il s'agit de réparer un bout d'anatomie, sans la valeur du plaisir.

J'apporte au curé le bloc détaché, je lui demande si je dois continuer, compte tenu du détail. Il est en discussion avec l'évêque, ils m'invitent à me joindre à eux.

Je me trouve devant un homme de mon âge, plus pâle et plus maigre. C'est la première fois que je m'adresse à un évêque, je demande si je dois l'appeler Éminence.

« Laissons tomber les titres. Devant une personne, ils sont comme l'âne devant sa charge. Venons-en à nous. Vous vous rendez compte qu'il s'agit d'une matière sacrée. Croyez-vous pouvoir la traiter comme telle ou bien n'est-ce pour vous qu'une simple sculpture ? »

Je réponds que les mots du crucifié sont sacrés, son corps non, il a dû naître et mourir comme tous les êtres vivants. Vous êtes maintenant face au détail de la nudité originale. J'attends votre décision.

« Ce corps qui n'est pas sacré pour vous le devient sur la croix, transformée en objet de dévotion. Je vous demande si le détail du raidissement ne vous semble pas excessif. »

C'est à peine une ébauche qui coïncide avec les spasmes de la fin. Ce n'est pas un détail, c'est le point culminant du supplice. Je me permets de vous demander si vous avez l'intention d'exposer la statue. C'est ce qui fait la différence pour moi. Si elle reste secrète, le travail perd de l'importance à mes yeux. Pardonnez cette sincérité que nous avons établie avec monsieur le curé.

« Vous parlez comme le porte-parole du sculpteur et ce n'est pas le cas. Vous êtes un excellent artisan, ne vous prenez pas pour l'auteur. »

Vous avez raison, jusqu'à présent j'ai réparé des nez, des doigts et même une main. Ici, il s'agit du centre de la statue où se fixera l'attention. C'est justement là que la vie exprime son signe ultime. La tâche que vous me confiez n'est pas celle d'ajouter une prothèse à un mutilé, mais de compléter un chef-d'œuvre. En retrouvant l'original, le scandale est assuré.

Le curé écoute le dialogue sans manifester le désir d'y prendre part. C'est une journée pluvieuse, l'eau ruisselle sur les vitres. L'évêque vient lui aussi d'Amérique latine, ce n'est pas un fonctionnaire d'apparat. Il a été en prison pendant la répression d'une révolte paysanne.

« Vous êtes croyant ? »

Pas dans la divinité, je crois à quelques représentants de l'espèce humaine.

« Qu'entendez-vous par sacré ? »

Ce pour quoi une personne est prête à mourir.

« Considérez-vous l'homme de la statue comme sacré ? »

La raison pour laquelle il accepte le sacrifice sans se dérober est sacrée.

« Alors continuez. Je ne peux vous promettre que cette œuvre sera exposée dans un lieu sacré, la décision ne m'appartient pas. Mais je peux vous dire que, grâce à elle, le nom de l'artiste est voué à devenir aussi respecté que celui d'un maître de la Renaissance. L'attention de la critique internationale faisant autorité se concentrera sur ses sculptures. L'Église possède un bon service de presse et de publicité qui contribuera à cette reconnaissance. J'ai été chargé de confier la restauration à une personne compétente. J'ai interrogé un grand nombre d'artistes sélectionnés par notre ami curé, mais je cherchais un homme avec un passé, avec des qualités autres que sa valeur artistique. L'histoire de vos traversées de la frontière est arrivée jusqu'ici. L'œuvre sera exposée dans les musées. L'Église donnera son consentement, mais je ne saurais vous dire si elle l'accueillera dans son espace. »

Je regarde la fenêtre derrière lui. Avec ce temps-là, je n'accompagnerais personne pour franchir les montagnes. Une question me vient à l'esprit, à quelle altitude se trouve Jérusalem.

« Environ 800 mètres. »

Je demande s'il neige.

« Presque tous les hivers. »

J'ai brusquement envie de connaître la température de ce vendredi de supplice, entre mars et avril. Le corps s'est réchauffé en gravissant la colline avec la charge du bois sur le dos. Puis, hissé immobile dans l'air, dans le vent, il avait froid. Les spasmes de l'agonie laissaient échapper la dernière calorie.

Je fais part de ces pensées aux deux hommes. J'ajoute que je ne souhaite pas que mon nom apparaisse en tant que restaurateur.

L'évêque a suivi le zigzag de mes phrases, il regarde le curé qui acquiesce à ma demande. « Vous allez dévoiler la nudité de ce corps et vous voulez cacher le détail de votre nom ? »

C'est comme ça, je ne suis pas un artiste, la signature est déplacée. Il ne reste pas le nom de celui qui a appliqué le drapé, il ne restera pas le nom de celui qui l'a retiré.

Je demande qu'on éteigne le chauffage dans la grande salle de la statue. Pour me rapprocher de l'intention du sculpteur : je crois qu'il a travaillé à température extérieure.

Le marbre de la croix est lisse, poli, mais pas celui du corps qui a presque la chair de poule. C'est ce qui contribue aussi au désir de le réchauffer.

Je serre la main du curé, l'évêque, lui, me fait un signe de bénédiction.

C'est le mois de janvier, les nuages glissent tout effilochés. Le soleil se faufile entre les interstices et ceux qui passent dessous sont touchés par sa sollicitude. Je vais marcher sur la plage, j'ai ma musette pour ramasser des coquilles de mollusques, des bouts de bois blanchis. Je marche pieds nus, mes plantes de pieds reçoivent le massage de mes pas.

Le crucifié n'a pas vu la mer. Il vivait avec des pêcheurs de lacs qui sont entourés de rives. Une étendue sans fond devant soi est un régal des yeux.

C'est la première fois que je suis tout près de la mer. J'ai lu l'*Odyssée* et les livres de Stevenson, je l'ai vue au cinéma avec *Moby Dick*, j'y plonge les pieds pour la première fois. Je la croyais déchaînée et en fait c'est un pâturage, les vagues sont lentes, elles avancent en rang comme les vaches de retour à l'étable. J'emporte la montagne avec moi. Je regarde la mer et j'observe aussi le gravier de petits cailloux qui frotte mes plantes de pieds. Je les mouille, elle est froide mais moins que l'eau d'un torrent.

En haut d'un sommet, je peux voir loin, l'horizon se trouve au-dessus de la ligne d'arrivée de l'ascension. Mais ici, l'horizon s'abaisse au niveau de la mer. Il est dégagé, ouvert sans s'élever d'un mètre.

Je ramasse un coquillage en forme d'oreille. Je l'approche de la mienne, on dit qu'on entend les vagues. Ce n'est pas l'impression que j'ai. Je perçois comme l'écho d'une citerne qui reprend le bruissement intérieur de mon oreille, le glissement des sons dans un labyrinthe.

De l'autre oreille, j'entends le bruit amplifié de la vague qui passe et repasse sur le gravier. C'est le plus vieux bruit du monde, il est là depuis les premiers âges de la Terre. Il y était quand personne ne pouvait l'entendre. Il a mis des millions d'années avant de se glisser dans une ouïe. Ce sont des pensées qui montent de mes pieds nus sur le gravier de frontière entre la terre et la mer.

Quels rêves fait-on quand on dort tout près ? À l'intérieur des miens roulent des avalanches, la foudre incendie l'arbre, je frappe à la hache un tronc qui ne cède pas, je me bagarre avec un ours qui continue à me tuer.

La différence entre ceux qui vivent à la montagne et ceux qui vivent au bord de la mer doit se trouver dans les rêves. Et ceux des villes surpeuplées ? Je décide qu'ils rêvent les uns des autres.

Il y a des pêcheurs sur le rivage, ils installent deux ou trois cannes à pêche, ils attendent assis. Je passe derrière eux. Le vent souffle de la terre, il aide les appâts à avancer dans la mer.

Une femme se promène avec un petit chien qui court dans tous les sens, en aboyant après les vagues. Je la croise, elle ne porte pas de lunettes de soleil, et donc je lui souris. Elle me répond, s'arrête, demande si c'est bien moi. Elle a vu ma tête dans le journal et une émission sur les passages de frontières à la télé. Elle me demande ce que je fais à la mer. J'y passe l'hiver. Cette publicité a attiré l'attention des autorités, fini les passages.

Nous nous mettons à parler, nous nous asseyons sur le sable. Le petit chien se couche à mes pieds. Elle s'en étonne, moi non, les chiens m'aiment bien, ils sentent l'odeur des bois sur mes vêtements.

Je lui montre ce que j'ai ramassé, ce que j'en fais. Elle me demande de deviner sa profession. J'essaie : astronome, joueuse d'échecs, biologiste de la vie marine.

« Rien de bien merveilleux, j'organise des voyages. »

Sans partir.

« Parfois une présence est nécessaire. »

Nous sommes collègues, dis-je pour plaisanter.

« Les miens sont riches, les tiens pauvres. »

Merci du tutoiement, une courtoisie de la part d'une personne jeune. Ceux que j'accompagne ont de l'argent, ils doivent payer le moindre de leurs déplacements. Les pauvres ne peuvent pas s'enfuir.

« Alors la différence est dans la destination, mes clients savent tout avant. »

Ceux que j'emmène ne connaissent pas le trajet, mais le point d'arrivée, oui. Ils sont effrayés et courageux, hésitants et impossibles à arrêter. Un homme de Guinée-Bissau a voyagé dans une soute, caché derrière une cage de lions. Ils l'ont bien accueilli, se frottant contre les barreaux pour qu'il les touche. Il a débarqué à Naples, où l'on ne faisait pas attention à sa peau.

Elle parle de voyages, nous marchons sur la plage jusqu'à la tombée de la nuit. Nous allons chez elle pour laisser le chien. Elle m'invite à monter, j'attends dans la rue. Nous allons au cinéma, puis au port manger des calmars frits. Elle aime le ton de ma voix. Les hommes en jouent pour se rendre intéressants. « Ils font roucouler leur virilité, toi non. Tu parles de personne à personne, pas d'homme à femme. Tu ne cherches pas à te rendre intéressant. Et tu ne souris pas, pourtant tu as des rides au coin des yeux. »

Je ne souris pas, je n'y pense pas.

« Tu dois y penser pour sourire ? »

Il me semble que le sourire est une pensée. C'est elle qui sourit. J'étire mes pommettes, je plisse les yeux, mais ce n'est pas un sourire. C'est la contraction défensive de mon visage quand je manie le ciseau. Je fais des sculptures, dis-je.

« Les sculpteurs ne sourient pas ? » demande-t-elle, surprise de mon explication. Nous mangeons des anneaux de calmars en regardant le port. Les bateaux de pêche se balancent dans le vent, ils font un bruit étouffé de cordes et de mécanismes.

On sent un calme de village, de gens chez eux, de fourneaux allumés. Je croise les doigts autour de mon verre. Elle met ses mains dessus.

« Parfois, j'ai envie de tenir un arbre dans mes mains. J'ai l'impression de sentir couler sa lymphe. Tu ne te vexes pas si je te traite comme un arbre ? »

Je prends une inspiration dans ma poitrine et je la souffle sur nos mains réunies. Je les dégage du verre et des siennes. Elle veut payer l'addition. Nous partageons. Je l'accompagne.

Tôt le matin, je vais retrouver la statue. L'encastrement de la croix dans le sol devait prévoir un mètre de profondeur, bien rempli de pierres, pour éviter qu'elle bouge ou tombe. Ce devait être un bois fraîchement coupé dont on venait juste d'enlever les branches et l'écorce. Le sculpteur l'a voulu lisse par opposition à la peau du condamné, rêche de froid et de blessures.

Que faisait-on du bois ensuite ? On l'utilisait pour d'autres exécutions ? Je regrette de ne pas savoir des choses élémentaires, son espèce botanique. Le crucifié l'a reconnue, il était du métier. Il a dû éprouver un peu d'intimité avec son odeur, les nœuds du tronc, un souvenir d'atelier.

Il a dû penser aux clous plantés pendant de nombreuses années, les plus durs dans le châtaignier. Maintenant c'est lui que les clous fixaient. Il me manque des détails de chroniqueur.

Je commence à réparer les endroits abîmés par le descellement, je les égalise avec plusieurs outils, je finis au papier de verre. Il fait froid, je me réchauffe avec ce que font mes mains.

Le soir, je vais dîner, je m'assieds à côté de l'ouvrier algérien. Je lui parle de la restauration du crucifix. Il est musulman, l'islam le reconnaît comme prophète. Les prophètes ont souvent des vies et des morts difficiles.

L'islam aussi s'est servi d'atroces poteaux de supplice. Nous parlons de tout le mal que l'espèce humaine a inventé pour elle-même. Aucun animal ne se rapproche de notre pire. Aucune autre créature vivante n'a imaginé le supplice de l'empalement. L'habileté du bourreau consistait à prolonger l'agonie.

Nous cessons de manger pendant un moment, nous nous regardons, nous baissons les yeux. Il y a peu de temps encore, nous aurions assisté à ces exécutions dans la rue sans détourner le regard. Décidées par les autorités : cela suffit à leur donner force de loi.

Il finit par dire : « Je préfère les temps d'aujourd'hui. »

Le petit ouvrage à exécuter prend possession de mes sens. Je vois les choses qui m'entourent à travers sa fente. Le nettoyage de l'endroit descellé est plus laborieux. Je dois travailler avec les mains, je mets une lampe frontale pour vérifier ce que j'enlève.

Je ponce autour des hanches, des heures de frottement silencieux, je m'accroche à son corps comme une plante grimpante. Je lis dans les pages de Jean qu'il se compare à un reptile.

« Comme Moïse éleva le serpent dans le désert, ainsi faut-il que soit élevé le fils d'Adam. » Moïse mit un serpent de cuivre sur une perche comme antidote à la morsure des serpents dans le désert. Ceux qui levaient les yeux vers l'image guérissaient. Ainsi devait-il être hissé en haut d'une poutre, à des fins de salut.

Je cherche qui peut m'expliquer l'association de l'homme et du serpent, animal à la mauvaise réputation. Une vieille femme qui habite comme moi au rez-de-chaussée s'y connaît en reptiles rencontrés dans ses rêves. Elle m'en dresse la liste :

« S'il apparaît devant toi sans rien te faire, c'est signe que tu vas gagner de l'argent. S'il te mord, c'est signe de bonne santé et deux fois plus d'argent.

« Si tu le tues, plus question d'argent.

« Si c'est toi qui le vois, une personne cherche à t'aider. S'il est venimeux, c'est toi qui dois aider.

« Si tu lui marches dessus, tu découvriras un piège.

« S'il t'encercle, tu ne dois pas te venger. »

Le serpent est une figure populaire, chacun a eu le sien. Le curé en a fait l'expérience en Afrique. Dans le village où il vivait, on entendait souvent le cri d'avertissement. On cessait le travail pour tuer le danger.

« Avec le recul du temps, je pense que ces serpents cherchaient un accord avec les hommes. Pouvoir vivre de la chasse aux rats qui abondent dans les zones où nous sommes installés, sans déranger. Mais les enfants mettent les mains partout. Un homme ne soulève pas une pierre pour voir ce qu'il y a dessous, il ne met pas les mains dans un tas de bois sans un bâton. C'est pour les enfants qu'on tuait les serpents. J'ai gardé un souvenir désagréable du moment où j'entendais le cri d'alarme. »

Je lui demande comment il interprète la comparaison de Jésus avec le serpent.

« Celui de Moïse guérissait ceux qui levaient les yeux vers l'emblème. Jésus s'attribue la même capacité de guérir de la morsure, celle des péchés. L'explication est de saint Augustin, pas de moi. »

Au dîner, je revois la femme de la plage. Comment m'a-t-elle retrouvé ? Elle a cherché dans le coin avec une photo qu'elle avait prise de moi. Elle m'invite à l'accompagner pour manger dans un autre endroit. Volontiers, mais pas trop loin, le soir j'ai faim de bonne heure, lui dis-je. Elle conduit en direction de la colline.

Je parle de mes rythmes décalés, j'ai des sucs gastriques d'un homme du Nord, à sept heures ils veulent reprendre du service. Son parfum à la bergamote me pique le nez. J'ouvre la fenêtre, la soirée est fraîche, froide pour elle.

Nous nous éloignons, mon estomac proteste. « Nous sommes arrivés », me dit-elle.

Nous descendons les marches qui conduisent à une cave de tuf aux murs nus et aux tables recouvertes de nappes blanches. Elle a réservé. Elle savait que j'accepterais ?

« Je serais venue quand même. »

Quatre verres sont disposés devant moi, j'essaie de comprendre quel est celui pour l'eau. Elle choisit les plats. Le garçon est vêtu avec l'élégance d'un témoin de mariage.

Ils discutent, je regarde autour de moi, je touche les couverts, je retourne mon assiette peinte à la main. Je devrais comprendre ce que voit cette femme dans un échalas comme moi.

Après le premier verre de vin descendu dans mon vide, je lui raconte à rebours ce que je suis en train de faire, en commençant par la conversation sur le serpent.

Ça l'intéresse et elle me conseille de demander l'avis d'une de ses relations. Ce n'est pas un zoologiste, c'est un rabbin. Dans l'Ancien Testament, le serpent est fréquent. Ma rime involontaire l'amuse et elle la répète : « Le serpent est fréquent. »

Elle me parle du sien. Dans un jardin en Arizona, elle a vu un serpent à sonnette enroulé sur lui-même, à un mètre d'elle. Sa queue ne vibrait pas, il ne bougeait pas, il était de la couleur de la terre. Elle était en train de regarder un citronnier. Mais elle a quand même senti sa présence en se retournant.

Elle n'a pas été gagnée par la panique, mais par un calme immobile. Le reptile non plus n'a pas bougé. Puis, très lentement, un centimètre après l'autre, elle a déplacé son corps. Le serpent a continué à la regarder.

« J'ai peur des reptiles, je ne comprends pas pourquoi je n'ai pas eu peur à ce moment-là, aussi près. »

Parce que tu étais dans un jardin, lui dis-je. Il est bien connu depuis Ève qu'une femme près d'un arbre et d'un serpent sait quoi faire.

« Je ne comprends pas si tu es sage ou stupide. »

Je suis vieux, un compromis entre le corps et son ombre.

« Au contraire, tu me sembles très corps et pas du tout ombre. »

Chez moi, une ombre est un verre de vin. J'en bois encore un, rouge clair. Je ne sais pas quel poisson j'ai dans mon assiette, avec la sauce.

D'autres couples s'asseyent aux tables voisines. On dirait que les nombres impairs ne sont pas admis ici, lui dis-je.

« Je voudrais faire la traversée des contrebandiers avec toi. »

Je ne demande pas pourquoi. J'imagine qu'elle veut la proposer comme destination touristique, vérifier si le chemin est praticable.

Je ne demande pas pourquoi, ce n'est pas bien de demander à une femme de s'expliquer. Il est moins inconvenant de lui demander son âge que ses raisons. Cela oblige à en inventer une. Je me parle à moi-même tandis que j'attends avant de répondre. Je suis partagé : je n'ai pas accompagné le journaliste, pourquoi devrais-je le faire avec elle ? Ce débat intérieur dure le temps d'un silence encombrant. Je trouve la solution dans un compromis.

Ça peut se faire à la fin du printemps, en fonction de l'épaisseur de neige tombée en hiver.

« C'est impossible en hiver ? »

Ça devient de l'alpinisme. Elle s'informe sur la distance, les heures, les dénivelés. Je reste évasif : cent mètres raides sont pires que cinq cents en pente.

Elle est allée dans l'Himalaya, pour accompagner des excursions. Elle parle de l'Island Peak, 6 000 mètres, avec son sommet qui donne sur la gigantesque face sud du Lhotse.

Tu es meilleure alpiniste que moi, lui dis-je.

« Non, j'y suis allée avec des guides, accrochée aux cordes fixes jusqu'au sommet. »

Elle parle des aéroports et de leurs pistes courtes au milieu de ces montagnes. Les atterrissages se font en montée, l'avion monte au lieu de descendre et il touche terre en freinant sur une rampe. Les décollages font au contraire plonger l'avion jusqu'au bas de la piste, pour remonter ensuite.

Tu as vu une bonne partie du monde, lui dis-je.

« Vu, oui, mais seulement vu, le moins important des sens. Il faut rester dans le monde pour y comprendre quelque chose. Le thé que nous préparaient les porteurs, là où il n'y avait pas de végétation, était fait en brûlant le crottin sec des yacks. Ils le ramassaient pendant que les bêtes avançaient sous leur charge. Moi, il me faut un guide aux quatre coins du monde pour pouvoir emmener un groupe derrière moi. C'est pour ça que j'admire ceux qui savent se débrouiller seuls dans les vastes espaces. »

Je lui demande l'adresse du rabbin. Nous quittons la salle sans nous occuper de l'addition à régler. Elle est assez délicate pour ne pas payer devant moi. Merci madame, lui dis-je.

« De rien, monsieur le contrebandier. Je t'emmène chez moi ? »

Je me tais, je n'arrive pas à croire que cette femme désire fouiller sous mes vêtements. « Je ne te demande pas si je te plais. Je te demande si ça te va. »

Je n'ai pas pris de douche depuis trois jours, ou peut-être quatre, dis-je. « Tu la prendras chez moi. »

J'ai un rendez-vous avec le rabbin, on se voit au port. Il est jeune, marié, il s'occupe d'art moderne, est astronome à ses heures. Il a découvert des étoiles.

« On sait que leur catalogue est infini, en ajouter une nouvelle n'est pas si extraordinaire, mais quand ça arrive, je me surprends à applaudir le ciel. Il ne nous est pas permis à nous autres hommes de mettre au monde une nouvelle vie. Mais nous pouvons ajouter une étoile au catalogue. »

Je lui demande si connaître plus d'étoiles, plus de distances, sert à enrichir nos connaissances ou seulement nos archives.

Il dit que nous voulons fouiller les limites de l'univers.

Il semble que ce ne soit pas à nous de le faire, dis-je.

« C'est exact, mais nous ne sommes pas libres de cesser la recherche. Nous appartenons à une espèce d'entêtés. »

C'est une journée limpide, nous marchons le long de la mer. Je lui parle de mon travail, il est déjà au courant. Il connaît l'artiste du crucifix, il a vu dans une maison une de ses sculptures, un chien droit sur ses pattes postérieures, un hymne à la joie.

Il est curieux de connaître celui qui a finalement été chargé de restaurer la gêne. Son père, qui était tailleur, l'appelait ainsi quand il prenait les mesures pour un pantalon. Il demandait au client de quel côté, droit ou gauche, il portait la gêne. Il avait noté dans un cahier les meilleures réponses.

Je ne saurais pas répondre, je passe de la droite à la gauche, là aussi.

« Je suis curieux de savoir de quel côté la statue porte la gêne. »

Je l'ignore, à cause du début d'érection. Il est stupéfait.

« Ne vous mêlez pas de ça, laissez tomber. Vous n'imaginez pas dans quel guêpier vous vous fourrez. »

Je ne peux plus me dérober, j'ai retiré le drapé, en abîmant les parties recouvertes. Comme dans une escalade, dans une sculpture aussi il y a un point de non-retour, au-delà duquel on ne peut qu'aller de l'avant.

« Remettez le drapé. »

Il était en granit et il est en morceaux à présent.

Nous marchons à contrevent tandis que je lui parle de mon désir de partager le point de vue du sculpteur : il a voulu s'identifier à son sujet, monter avec lui jusqu'à la dernière marche. L'ébauche d'érection est le détail le plus émouvant de toutes les images chrétiennes, le jaillissement de vie qui s'oppose. Le sculpteur n'a rien fait d'autre ensuite, on l'a retrouvé mort de froid en montagne, à moitié nu. À haute altitude, pas chez nous, un alpiniste atteint d'œdème cérébral commence à se déshabiller même dans une tempête. Il croit qu'il fait chaud.

Dans le cas du sculpteur, il n'est pas question d'œdème. Il s'agit de volonté d'imitation. La statue a la chair de poule.

Nous inversons le sens de notre marche. Nous sommes poussés dans le dos par le vent, les mots courent devant nous. Je lui parle de la comparaison de Jésus avec le serpent.

« Pour nous, l'explication se trouve dans la valeur numérique des mots en hébreu. Nous n'avons pas les chiffres arabes et nous avons utilisé les lettres de l'alphabet pour les représenter. Un mot est aussi une série de chiffres, une somme. Deux mots avec le même nombre forment un couple fixe, comme pour les rimes. Et le mot “serpent” a la même valeur numérique, la même somme de lettres que le mot “messie”. Jésus est un Juif instruit et il parle à un autre Juif instruit, en mesure de saisir le sens de la comparaison. Comme fut élevé le serpent, ainsi sera élevé le messie. »

Pour vous, comme pour les chrétiens, il s’agit ici d’une réhabilitation du serpent.

« L’important est que, là, cet homme déclare être le messie. À son époque, cela n’avait pas la même valeur de point final du monde. Il pouvait être prêtre ou roi, oint d’une huile spéciale. “Messie” vient du verbe hébreu “oindre”. Il s’opère là un changement de sens du titre qui devient l’aboutissement de l’histoire. Là, on met une majuscule au messie, absente en hébreu. Le scandale est puissant pour les oreilles de ses contemporains. Il a des conséquences politiques : si la fin du monde est proche, à quoi sert de se battre pour l’indépendance, contre l’occupation étrangère ? Si le messie est le samedi du monde, aujourd’hui c’est déjà vendredi, on règle ses comptes avec sa propre conscience et on attend.

« C’est sa nouveauté, insupportable. Nul ne veut être contemporain de la fin du monde. »

Je le remercie, j’en ai assez entendu pour accroître ma confusion. La phrase lui plaît, car il me dit ensuite qu’il a changé d’idée.

« Faites la restauration. »

Nous nous saluons sur ma promesse de le tenir au courant.

À l’heure du dîner, un pêcheur apporte un exemplaire du Coran, remonté avec les filets. Il le remet à l’ouvrier algérien. Les pages sont gonflées d’eau de mer et de sel séché au vent. L’ouvrier les reçoit les deux mains ouvertes comme un plateau, il embrasse le papier. Le pêcheur dit qu’on remonte à bord toutes sortes de bagages, même les corps défaits de ceux qui les portaient. Ceux-là, ils les remettent à la mer avec une prière pour leur repos éternel.

Je pense que je n’ai rien eu à dire en enterrant les restes de ceux qui ont tenté de traverser seuls. J’ai mis dessus un tas de pierres, pour laisser une trace.

Le pêcheur a rapporté aussi des livres. Il s'étonne qu'ils en ajoutent au strict minimum autorisé par les contrebandiers, à la place d'une paire de chaussures ou d'un pull en laine. L'ouvrier algérien interrompt son dîner, tourne les pages et les lisse. Le pêcheur ne s'en va pas, il attend peut-être une récompense. L'ouvrier algérien est ému, il ne dit rien d'autre que merci.

Le mot de « contrebandier » me pousse à intervenir. Je pense que moi aussi j'ai réduit le bagage des traversées. Je dis qu'un livre sert de porte-bonheur, de compagnon de voyage, d'ange gardien. Il sert même de passeport à ceux pour qui il est sacré. Chez moi, à la frontière, des hommes passent avec ces pages imprimées.

« Comment le sais-tu ? Tu es douanier, tu contrôles les bagages ? »

Il n'apprécie pas mon intervention, je distrais l'ouvrier, il n'aura pas son pourboire.

Je ne suis pas douanier. Le pêcheur s'en va, mécontent.

« C'est notre livre saint. Sauvé des eaux, il est encore plus saint. Il y a un pharaon moderne qui noie à la fois les femmes, les hommes, les livres et les enfants. »

Il me parle pendant que je termine ma soupe. La sienne est froide dans son assiette. Il continue à tourner et à lisser les pages, une par une, du dos de ses doigts, la partie la moins rêche de sa main. Il me dit qu'il est venu chez nous par la mer avec ce livre dans son sac.

Dans la grande salle, je suis emmitouflé dans quatre épaisseurs, avec un béret enfoncé jusqu'aux oreilles. Je l'ai pris au port, tous les pêcheurs en ont un vissé sur la tête.

Je polis les parties abîmées par le descellement. En contact avec la surface, je perçois l'étirement des muscles abdominaux de la statue, dû à l'allongement forcé de la position. Sous le papier de verre, je sens les fibres ébauchées, invisibles pour ceux qui observent.

En frottant, je parcours les faisceaux sous la peau, l'anatomie recopiée sur le corps du sculpteur et transférée à l'œuvre. J'atténue, j'égalise, j'élimine lentement la trace du drapé, encombrant même une fois tombé. Les hanches sont creusées, les os du bassin dépassent comme deux parenthèses. Au milieu, se dessine la cavité du jeûne d'un athlète.

Je travaille sur les bords pour effacer le tissu, là où la peau de la statue est écorchée par les coups de fouet. Sur le dos, en partie seulement collé à la croix, le cuir a laissé des blessures en forme de fjord. Là où le coup s'est enfoncé, la surface est karstique.

Le curé vient me voir, enveloppé dans son manteau. Il s'inquiète du froid, il a un thermos de thé chaud. Je suis habitué aux hivers et le polissage me réchauffe. Au travail, le corps produit sa meilleure chaleur, celle qui tire son origine de l'intérieur. La statue aussi transpire de la poussière de marbre.

Je lui fais toucher les muscles du ventre, invisibles, dans les parties cachées par le tissu. Il s'étonne de sa perfection. C'est le signe patent de la volonté d'imitation du sculpteur, prêtant son corps à la statue.

Le curé cite une phrase d'un traité du XVe siècle, *L'Imitation de Jésus-Christ* :

« Que me deviennent précieuses, et désirables, en ton nom, toute épreuve et toute tribulation. » Et il commente : « Ainsi les souffrances du crucifié deviennent un entraînement pour ascètes, des exercices refaits par admiration. »

Je lui explique que, selon moi, le sculpteur s'est suspendu par les mains à une poutre pour sentir l'effet de l'étirement prolongé des abdominaux. Cette position qu'il a prise permet de comprendre la précision des muscles pectoraux de la statue. Ils permettent au corps de résister à la compression du thorax.

Je lui montre un endroit sous la dernière côte où la peau est contractée, un pincement produit par une crampe. Nous n'assistons pas là à une leçon d'anatomie, mais à l'expérience d'une identification physique entre sujet et auteur. Il n'a pas utilisé de modèles, il ne s'est pas dérobé à la souffrance de la position pour la copier à distance. Il voulait la connaître de l'intérieur. Il s'est persécuté plus qu'entraîné pour arriver à l'imitation extrême.

La vapeur sort avec mon souffle dans le froid quand je parle.

C'est le mois de février, le givre reste collé aux vitres. Il me verse du thé chaud, il veut que je le boive. De mon côté, je comprends que je suis en train de chercher à imiter le sculpteur. La tentative est de seconde main, j'imite l'imitateur. Comme ça aussi je me donne une température inconnue jusque-là.

À la fin de la journée, je sors pour me dégourdir les jambes. Mes mains se reposent dans mes poches. J'ai besoin de mettre des kilomètres sous mes pieds. Le vent souffle de la terre, les vagues arrivent en bataille. Mon visage se détend de la grimace du travail, les yeux fermés, la bouche serrée. Il se laisse défroisser par les rafales de l'air, un massage qui tire des larmes.

Le soir, je sors pour dîner, je m'assieds près du joyeux poêle à bois qui crépite et étincelle. On voit la flamme par une petite fenêtre vitrée. Pendant que j'attends mon plat, je m'endors, les bras croisés, la tête appuyée sur ma poitrine. La patronne me laisse me reposer, elle garde mon assiette au chaud.

Un bruit de toux me fait rouvrir les yeux, la femme est assise devant moi. Je frotte ma figure, je déglutis à sec. Elle a les cheveux serrés dans un bonnet de laine. Je soupire.

« Je me suis invitée. »

Tu as bien fait, je te dois un dîner.

Elle va bientôt partir, elle accompagne un groupe pour aller voir les baleines sur les côtes de l'Argentine. Elle me demande si je viens avec elle, une place s'est libérée, rien que le vol à payer, quinze jours.

Je préfère les anchois, mais merci d'y avoir pensé.

« L'autre nuit, j'ai aimé ton dos. Il ne pèse pas sur tes hanches, fort à l'attache du cou. Si Jésus avait été crucifié à soixante ans, il aurait eu ta taille. »

Je la remercie du compliment qui me donne une alternative à la sculpture. Je pourrais servir de vieux modèle. Avec elle, il m'arrive de plaisanter.

La patronne arrive avec deux assiettes. Elles se sont parlé pendant que je dormais, elles se sourient. J'écoute son histoire de baleines vues de près.

« Elles sentent le musc, elles viennent avec leurs petits pour les présenter, elles ont confiance en nous. Elles avancent doucement pour ne pas soulever de vagues. Tu préfères encore les anchois ? »

Non, maintenant je préfère les baleines, combien coûte le kilo ? Je me surprends à dire des bêtises. Alliées à mon visage sérieux, elles la font rire. Un homme peut être fier du rire d'une femme. Ou bien elle rit pour me faire plaisir, par une sorte de charité moins courante.

Elle prend un deuxième plat, moi je m'arrête au premier. Le vin de la carafe vient de la colline derrière mon dos. C'est la patronne qui le tire de sa vigne. Elle aime les compliments sur sa vendange, plus que sur sa cuisine. Je lui suggère de lui dire qu'elle le fait bien.

Elle me demande si ça ne m'ennuie pas de manger seul le soir dans un lieu public.

Je suis un homme qui peut se permettre un repas cuisiné, assis à une table déjà mise. Je n'ai même pas de casserole ni d'assiette à laver. Je peux m'offrir ce luxe grâce à un métier appris à force de faire et de regarder faire. Je me paie un dîner et une chambre : pourquoi ça devrait m'ennuyer ?

J'ai été favorisé par le sort qui m'a même offert une bonne santé. Combien d'hommes au monde s'en tirent aussi bien ? Je parle à voix basse pour ne pas attirer l'attention sur cette étoile qui me protège. Un philosophe de l'Antiquité recommandait de vivre caché.

« Épicure. »

Oui, c'est lui, vis caché, à voix basse, sans te faire remarquer en clamant ta chance. J'ai plus que le nécessaire et s'il me manque quelque chose, je ne m'en aperçois pas.

« Donc, c'est de ça qu'est fait un homme ? De ce qu'il a en poche ? » demande-t-elle irritée. Pas un homme, mais sa dignité de se suffire à lui-même, sans peser sur les autres. Elle remarque la distance entre son ton et le mien, elle essaie de changer de sujet.

« Alors, tu m'accompagnes gratis, même si je ne suis pas en cavale ? »

Je t'accompagnerai. Je n'ai pas à savoir pourquoi tu le fais. Je t'accompagnerai parce que là-haut, à la frontière, les montagnes s'entassent les unes sur les autres et occupent la terre et le ciel. Seuls ceux qui savent marcher dans le brouillard s'en tirent, et nous ne sommes pas nombreux. Je t'accompagnerai pour te remercier de ta gentillesse.

Cette fois-ci, elle est désolée. Elle me tend la main entre le pain et les verres.

La salle se vide, les ouvriers se retirent. Nous nous levons pour ne pas gêner la fermeture. Je tente de faire la même chose qu'elle au restaurant, de payer l'addition à un autre moment.

« Ce soir, c'est la maison qui régale », dit la patronne, et les sourires suffisent à remercier.

Dehors, je lui demande quel compliment elle a fait sur le vin pour qu'on nous offre le dîner. « Je lui ai dit qu'il lui ressemblait. »

Joli coup, tu es une femme du monde, tu sais y faire même dans les tavernes.

« Oui, je suis une femme de ce monde. Toi, tu es de quel monde ? »

Je pense être de celui-ci, mais pas de cette époque. Je suis du XXe siècle. Il me semble parfois que je suis du XXe siècle avant Jésus-Christ.

« C'est probable. Un homme de cette époque-ci viendrait avec une femme de ce monde pour caresser les baleines. »

J'ai du marbre qui m'attend.

« Une matière millénaire qui ne peut attendre deux semaines. C'est vrai, tu n'es pas de ce monde. »

Nous laissons tomber le monde et nous allons au cinéma.

Nous voyons l'histoire d'un homme qui sauve un jeune étranger, un voisin, avec une fin inattendue. Je suis ému.

« Tu pleures au cinéma ? »

S'il m'émeut à ce point-là, je me laisse aller.

Elle non, elle regarde le film en observant les prises de vue, le jeu des acteurs, le montage. Elle est attirée par la construction. Moi, tout m'échappe, sauf l'histoire. Elle reste pour lire toute la liste de noms du générique, en hommage au travail des participants. J'apprends que c'est comme ça qu'il faut faire.

Nous allons chez elle pour la deuxième fois. Devant la porte d'entrée, nous croisons un homme. Il est sur le point de lui dire quelque chose, il m'aperçoit derrière elle, s'arrête, nous laisse passer. Je le regarde du coin de l'œil, il se dérobe. Il sent l'après-rasage. Le croisement dure une ou deux secondes.

Alors que nous nous enlaçons étroitement dans sa chambre, l'idée de me faire circoncire me vient à l'esprit avec l'évidence d'un souvenir. Cette intention me donne de l'élan pendant l'heure suivante.

Je cherche un médecin, un dermatologue, pas pour moi. J'ai fait une découverte sur la statue. Avec ma main, je retire la poussière de marbre tombée sur les pieds du crucifié. Et là, je sens au toucher comme de petites écailles. Je ne les sens que sur les pieds.

Que l'artiste ait pris une liberté déplacée me tracasse. Aurait-il imaginé une maladie, la lèpre ? Comment l'expliquer : parce qu'il prenait sur lui les plaies des autres ? Alors, il fallait qu'il ajoute une cécité, une surdité, une paralysie. Même si un spectateur ne peut voir ce que j'ai découvert, je dois prévenir le curé. Je lui demande l'adresse d'un dermatologue.

« Un dermatologue pour une statue, je n'avais encore jamais entendu ça », et il vient vérifier. Il tâte, souffle sur ses doigts et tâte à nouveau. Il me regarde et sourit.

« Ce n'est pas une maladie, ce n'est pas la lèpre. Ce sont des écailles. Il est en train de devenir poisson, d'après le sculpteur. » Il voit que je ne comprends pas.

« Le poisson est le premier symbole chrétien. On le trouve dans les catacombes. Il vient du grec *Iesus Christos teu' uios soter*, "Jésus-Christ de Dieu fils sauveur". Les initiales de la phrase en grec forment le mot *ichtus*, "poisson". Le sculpteur voit la transformation du corps en symbole de salut au moment de la mort. »

Je commence à comprendre. D'abord avec la chair de poule à cause du froid, ensuite avec les écailles : le crucifix ne doit pas être admiré de loin, il faut le toucher. Il s'agit d'une œuvre qui se révèle seulement sous la caresse.

Au lycée, j'ai étudié *Apollon et Daphné* du Bernin. La nymphe se transforme en laurier pour échapper à l'étreinte du dieu. Elle ne veut pas. J'ai aimé son caractère.

Mon jumeau, le penseur, réplique. Le crucifié ne se dérobe pas, il renonce à sa volonté, en devenant la greffe d'un homme sur un arbre.

Dès que je me retire dans un souvenir, il apparaît avec ses conclusions farfelues. Je les garde pour moi, mais son intérêt pour ce travail me fait plaisir. Il ne s'est pas manifesté depuis de nombreuses années.

Le curé m'invite à poursuivre cette conversation au presbytère où l'on est au chaud.

« Cette découverte ajoute de la valeur à l'œuvre. » Il me félicite, il m'embrasse, sa soutane se couvre de la poussière blanche du marbre. Il ne l'enlève pas. Quel drôle de type, ce sculpteur qui veut être perçu par les aveugles.

Nous nous mettons à parler du crucifix.

« Je crois à la vérité de cette histoire parce qu'elle est impossible à inventer. Je crois à sa vérité qui est à la limite de l'invraisemblable et sans compromis avec l'acceptable. Je lis les plus grands écrivains et aucun n'arrive à la température de la révélation. Pour l'accueillir, il ne suffit pas d'être un lecteur, il faut une catapulte d'amour qui répond. À ce moment-là, on fait aussi l'expérience de la plus grande crainte. »

Que vient faire la crainte avec l'amour ?

« Si tu ne le sais pas, c'est que tu n'as pas encore aimé. L'amour obtenu coïncide avec la plus grande crainte, celle de le perdre. En tant que prêtre, ma crainte est dans le danger de perdre la foi. Je ne suis pas propriétaire de ce sentiment, je suis un intérimaire à l'essai. Tous les jours je peux être licencié pour incapacité. Toi, tu es un homme et tu n'as pas éprouvé dans l'enthousiasme de l'amour la crainte de perdre la personne aimée et donc de te perdre aussi toi-même ? »

Je ne pense pas. Je ne me crois pas capable de suffire à une femme. Je l'ai perdue, mais sans crainte.

« Écoute ce que dit le Cantique : "Tu es un jardin fermé, ma sœur, un jardin fermé et une fontaine scellée." C'est la plus grande crainte de l'homme face à la femme, rester exclu de l'enceinte, assoiffé devant une source tarie. »

Je n'ai pas connu cet amour. À mon air confus, le curé pense avoir exagéré, il s'excuse. Il ne faut pas, j'apprends avec plaisir ces dernières nouvelles sur un célèbre sentiment.

Il va en référer à l'évêque, moi je retourne à la statue. Là où le dos s'appuie en haut contre la croix on voit une adhérence entre le corps et le bois. À cet endroit, le travail de sculpture a été difficile. Encore plus dans l'étroit passage entre le buste qui se tord en avant et la croix. Il y a de la place pour glisser la main et toucher les vertèbres. Les faisceaux musculaires de chaque côté de la colonne vertébrale sont la marque d'une grande pratique.

Son rapport idéal entre puissance et poids l'amènerait aujourd'hui à faire de l'escalade. Le sculpteur a été alpiniste avant la guerre, puis il s'est battu dans les montagnes avec les chasseurs alpins. Il a prêté son corps au crucifié. L'imiter en se permettant l'intimité d'échanger son propre corps avec le sien a dû lui donner le vertige.

Je retire ma main de l'espace entre les vertèbres et la croix, là où est sculptée la courbe d'un effort pour se détacher de la position qui lui écrase le thorax. Il se cambre afin de voler la gorgée d'air nécessaire pour mourir.

Dans une chambre où un homme agonisait, j'ai entendu une femme dire : « Ouvrez la fenêtre, sinon il ne meurt pas. »

Là, le crucifié, même avec le vent qui souffle sur lui, sur son visage, meurt d'asphyxie. Oui, il y a du vent, ses cheveux en désordre sont agités dans une direction.

J'informe le rabbin de mon intention de me faire circoncire. Mon but est de me rapprocher. Il ne fait aucun commentaire, il me donne l'adresse d'un médecin et ajoute un mot d'accompagnement.

Je rencontre un homme de mon âge, proche de la retraite, chaleureux, bien habillé. Il m'explique l'intervention et la durée de la convalescence.

Il commente ma volonté de me rapprocher de la statue.

« Comme si, afin d'interpréter un personnage musulman ou juif, un acteur se faisait circoncire pour se fondre dans le rôle : une méthode Stanislavski poussée à l'extrême. »

C'est un spectateur passionné de théâtre. Quand il était jeune, il a joué dans une compagnie amateur. Il aimait la tragédie, son identification au caractère du personnage durait plusieurs jours après la fin des représentations.

« Il faut un nouveau personnage pour se débarrasser de l'autre. » Il m'explique que l'intervention se fait au laser.

« C'est l'arrivée de la machine à coudre là où avant on opérait à main levée. Le patient gagne du temps et nous de la précision. En médecine, les techniques changent, mais nous seuls, qui avons appris à faire à l'ancienne, savons intervenir quand la machine à coudre tombe en panne. » Je dois faire des analyses, puis l'intervention aura lieu en ambulatoire, dit-il. Je suis d'accord, je prends congé de ma nature précédente.

Je vais lire l'histoire de la première circoncision à la bibliothèque. C'est Abraham qui l'inaugure en tant que sceau de l'alliance avec la divinité. Il a quatre-vingt-dix-neuf ans quand il pratique cette intervention, d'abord sur les hommes de sa maison, puis sur lui. Le jour même où il rencontre la divinité, il aiguise son couteau.

J'imagine l'étonnement de ses serviteurs, puis leur soumission. Ils se soumettent à la chirurgie sommaire du premier praticien. L'histoire sacrée va vite, elle ne s'intéresse pas à eux. Un écrivain aurait rédigé cent pages entre l'ordre et l'exécution.

Je pense au premier serviteur qui se déshabille, qui ne sait rien de ce qui lui arrive. Son nom devrait être écrit et conservé.

La statue est grandeur nature, le corps fait environ un mètre quatre-vingts en position d'allongement forcé. La partie supérieure de la poutre le dépasse de vingt centimètres. À l'aide d'une échelle je monte voir d'en haut. J'observe les faisceaux musculaires du cou, les biceps étirés, les triceps en relief sous l'effet de la torsion.

Je regarde en bas, je m'aperçois que le point de vue est panoramique, de là on voit Jérusalem. C'est l'heure du coucher de soleil d'un vendredi, le soir du samedi va bientôt entrer. Les bruits s'éteignent, dans l'attente de l'arrêt total des activités. Il meurt juste avant, tandis que la dernière lumière embrase le blanc des remparts.

Je pose ma main au sommet de la croix, je touche quelque chose qui est gravé. J'allume ma lampe frontale, je pense qu'il s'agit de la signature qui manque. Je nettoie la poussière, je vois trois signes que je ne connais pas. Je les recopie sur une feuille.

Je vais à la bibliothèque pour voir s'il s'agit de lettres grecques, mais elles ne correspondent pas. Je vais chez le rabbin, il les regarde.

« Ura, réveille-toi. » Ce n'est pas à moi qu'il le dit.

« C'est l'invitation adressée à la divinité dans le psaume 44. C'est sur la statue ? »

Je demande ce qu'elle fait là, au sommet de la croix.

« Par ce verbe, le sculpteur demande au crucifié de se réveiller. C'est une invitation à la résurrection, qui est la nouveauté du christianisme, son commandement ajouté. »

D'après lui, Ura a donné ensuite le cri de joie « Hourra ! ». Gravé sur la croix, le bois devient une écriture.

« Le corps du crucifié sert de pont entre l'Ancien et le Nouveau Testament. Pour ma part, je considère les quatre Évangiles comme des livres de l'Ancien. Le Nouveau commence avec la mort du crucifié, avec les Actes des Apôtres. »

En entendant ses explications, c'est comme si j'étais à nouveau dans la mine, dans les galeries éclairées à l'acétylène. Au lieu du charbon, j'ai l'impression d'extraire des significations. Les détails s'agrandissent comme dans les tunnels à cause des ombres du faisceau de lumière. Je ne le lui dis pas, il se vexerait peut-être.

Je lui parle des écailles des pieds. Il voudrait voir la statue. Il faut que je demande l'autorisation.

L'intervention a été courte, une piqûre d'anesthésiant et moins d'une demi-heure. Je rentre les jambes écartées, comme si j'avais mouillé mon pantalon. Ça fait mal, je dois résister. J'ai voulu la modification et il faut quatre semaines d'ajustement. Maintenant je peux dire où je porte la gêne.

Je me procure une canne, je simule une entorse. La femme est partie voir ses baleines. Me voilà circoncis. Je me sens inscrit dans une confraternité. Ça me brûle. J'ai besoin de froid. La première nuit, je dors mal. Je me rhabille, je sors dans la rue.

Je vais me promener au bord de la mer, je descends sur le sable, je mouille mon visage. Je pense à mes traversées. À l'aller, je m'arrête à un torrent. Ils croient qu'ils doivent le traverser, ils ne voient pas de passerelle. Je m'assieds, ils comprennent que c'est une pause. Je veux qu'ils écoutent le fracas des eaux, en gardant le silence, une sorte de minute de recueillement. Je mets mon visage dans le torrent, je rince mes oreilles.

Nous remontons le long du torrent jusqu'à l'endroit où il disparaît. Nous passons du bruit de l'eau au crissement de nos pas sur les gravillons.

Les vagues toutes proches me ramènent à cet endroit et à cette heure-là. Je marche jusqu'au bout de la nuit. Je croise les pêcheurs qui vont vers leurs bateaux. Un bar ouvre pour eux. L'obscurité s'estompe, l'aube arrive avec un effet de solvant, puis la nuit se laisse soulever comme un rideau métallique. Ici, il n'y a pas de coq pour monter sur un tas de fumier et crier vers l'orient. Ici, crépite le moteur diesel des bateaux qui sortent.

J'entre dans le bar, je me réchauffe avec un café allongé, j'écoute les conversations sur l'hiver et les aubes qui gagnent de la lumière. Pas une seule femme n'entre. Les gorges des hommes croassent en se raclant la voix avec les premiers bonjours.

J'explique au curé que je dois m'arrêter. Les traces du tissu ont été éliminées, je dois passer à la reproduction de la nature manquante. Je n'ai pas encore trouvé le marbre qui convient. Je lui dis que j'ai besoin de voir des statues de nus de l'Antiquité, et je vais au Musée archéologique de Naples. J'y suis déjà allé au cours du siècle précédent pour étudier les terres cuites et les bronzes de Vincenzo Gemito, après le lycée artistique.

Au temps de ma jeunesse, j'avais besoin de maîtres. Naples

et Paris m'attiraient. Le change entre les lires et les francs était humiliant, je ne suis resté que deux jours et une nuit sans bouger du musée Rodin de l'ouverture à la fermeture.

Avec la même somme d'argent, je suis allé à Naples pendant un mois. Gemito n'aimait pas le marbre parce qu'il ne se laisse pas modeler par les pouces. Ses œuvres sont de petit format, les critiques lui reprochaient d'enfermer son talent dans des miniatures. Il voyait la réalité à échelle réduite mais précise. Il ne l'a trahie qu'avec la statue monumentale de Charles Quint sur la façade du palais royal, son œuvre la moins réussie. Il respectait les autorités royales. Il s'en sentait consanguin parce qu'il n'était le fils de personne, il pouvait l'être de tout le monde, même d'un roi.

Gemito avait besoin de la cuisson dans un four pour reproduire l'empreinte du soleil sur la peau de ses modèles d'enfants déchaînés par la misère. Le bronze brillait de leur sueur.

Pour lui, l'art était païen, il n'exécuta pas de sujets sacrés, ne travailla pas pour des églises. C'est bon pour moi de me tourner vers un temps préchrétien, vers la ville au nom grec, Naples, et au plan romain. Il y a quarante ans, j'étudiais les petits sujets nus de Gemito. Maintenant, je m'occupe de nus adultes.

Je me souviens de ce mois-là. Un porte-avions gris étendu en forme de fer à repasser devant le Castel dell'Ovo. Des avions giclaient avec des bonds de sauterelle sur son pont. L'Amérique dans le Golfe, théâtre, cinéma et boucan.

Un homme qui vient des bois et d'un village se retrouve à Naples, sorti du train au milieu de la place de la gare. Il doit étudier la situation. La difficulté immédiate, c'est la traversée. J'observe ce que font les passants pour atteindre la rive opposée du trottoir. Le courant d'automobiles est continu.

Ils font comme ça : ils descendent du bord tandis que le flux s'écoule indifférent à eux. Ils avancent dans le gué, frôlés et contournés par les voitures comme des rochers qui affleurent. Ils avancent rapidement jusqu'à la berge d'en face. Il ne faut pas croire que la mer Rouge s'ouvre en deux pour eux, mais c'est une mer rouge locale, élastique, qui coule en évitant le peuple en marche. Elle l'incorpore et le repose indemne de l'autre côté. Je regarde sans bouger. Je prends des notes visuelles étonnées sur la dynamique du lieu, sans me décider à tenter l'expérience. Il est impératif de ne pas hésiter une fois dans le courant. La mer Rouge s'adapte à l'intrus si son pas est décidé, mais devient coléreuse et impétueuse s'il hésite ou change d'avis.

La traversée doit être décidée, comme en montagne lorsqu'on retrousse son pantalon jusqu'aux genoux avant de passer à gué un torrent les chaussures à la main. Il faut faire vite pour ne pas se geler. Je n'ai qu'un léger bagage, un petit sac à dos que je retire pour me fondre dans la masse. J'attends que quelqu'un d'ici descende avant moi dans le courant. Un vieil homme comprend que je n'ai pas l'habitude.

« Venez avec moi. »

J'obéis avec l'adhésion d'une ombre et la canne à la main pour tenir en respect la crue. Je me vois frôlé par deux voitures, pris dans les bras par un motocycliste. Je me retrouve indemne, je remercie. Pour la suite, je sais comment faire.

Je compare la ville que je vois à celle d'avant. Les hommes de couleur ne portent pas l'uniforme blanc des marins américains, mais ils se tiennent devant leurs marchandises étalées par terre sur un drap.

Je n'entends pas les voix qui s'appelaient d'un balcon à l'autre. Je retrouve le libraire Raimondo qui m'avait trouvé le texte de Salvatore Di Giacomo sur la vie de Vincenzo Gemito.

Il me servait de guide dans mes visites des collections privées. C'était un admirateur du sculpteur et il était sensible à l'attention d'un étudiant du Nord venu partager sa préférence.

Il a toujours la même librairie, petite, avec la grande enseigne Dante & Descartes. Quelle idée de rapprocher ces deux noms illustres ?

« Dante explore l'au-delà du terme de la vie, Descartes l'en-deçà. »

Comme autrefois, il donne des réponses brèves, habituées aux questions des clients. Je le retrouve à sa place toujours aussi rapide avec les titres demandés, pêchant par cœur dans un immense catalogue mental. Sa voix est restée aussi sur le demi-ton de la politesse.

Il se souvient de moi : grande vertu des princes, entraînés depuis l'enfance à reconnaître la physionomie de leurs sujets, qui sont récompensés par l'importance que leur souverain donne à chacun. Sa Majesté me connaît : les royaumes se sont maintenus ainsi, comme les clients.

À l'heure du déjeuner, il m'accompagne sur l'esplanade devant le palais royal. Nous revenons sur le lieu de ma première visite, la statue de Charles Quint, un des huit rois sculptés sur la façade. Le dernier est Victor-Emmanuel II, ajouté plus par nécessité que pour sa résidence effective. Un squatter à Naples, me fait remarquer mon frère jumeau dans ma tête.

Charles Quint fut exécuté en marbre par un sculpteur à partir de l'original en plâtre réalisé par Gemito. Le résultat de la copie déplut à l'auteur au point qu'il l'agressa physiquement.

Nous nous promenons devant les sept autres statues plastronnantes, en commençant par Roger le Normand. Charles Quint fagoté dans son armure se détache par ses boucles en désordre et l'expression concentrée de celui qui s'imprègne de l'horizon du haut d'une falaise. Il serait mieux face à la mer que sur la lourde colonnade en demi-cercle qui met la place devant une parenthèse.

J'explique au libraire le but de ma visite aux nus antiques. Il est au courant de mes traversées, il me demande s'il est vrai que je les fais gratuitement. J'explique encore une fois la différence, j'empochais puis je rendais. Il approuve cette nuance, il dit qu'elle est cartésienne. C'est sa façon de me taquiner, rapide et à voix basse. Je lui dis que les traversées des rues de Naples sont plus dangereuses.

Son fils a suivi ses traces en ouvrant une librairie du même nom piazza del Gesù. Une véritable filiale, lui dis-je, il sourit pour me faire plaisir, la boutade ne doit pas être neuve pour lui.

Nous parlons de Gemito, de ses personnages d'enfants. La gravité est toute dans le sourire forcé, commercial, du petit vendeur d'eau sulfureuse.

La nudité du corps est la chasteté de la misère. Ce sont sans doute les pédophiles qui la comprennent mal, les étrangers de l'époque venus se payer cet abus. Pour nous, l'enfance des sujets de Gemito, soumise à un travail, est un acte d'accusation. Les corps amincis par la faim sont des apprentis de survie.

Nous retrouvons intactes nos remarques d'autrefois, définitives.

Je le raccompagne à la librairie. Auparavant, nous réglons le problème du déjeuner avec deux chaussons napolitains à la pâte brisée pour lui, feuilletée pour moi.

J'arrive au Musée archéologique, isolé dans un cercle de moteurs allumés. Dans l'entrée, leur vacarme cesse.

Me voici dans un lieu sacré, un sacré disparu. Les statues des divinités se sont désengagées du culte et du commerce avec l'espèce humaine. Il est resté une grandeur qui ne dépend pas de la fumée des autels. Elles ne sont pas en exil, elles sont réunies en assemblée à l'intérieur du musée, par opposition au dieu exclusif et unique du monothéisme. Plus anciennes que sa révélation, elles conservent un sentiment de supériorité envers l'ultime divinité arrivée, qui leur fit le tort de les ignorer. Elles n'éprouvent aucun ressentiment. Elles ont été honorées par des poètes, des philosophes, des dramaturges, des mosaïstes et des sculpteurs. Elles ont parlé les langues savantes, le grec et le latin, en habitant les entrailles des volcans, les sommets enneigés, les fonds marins. Elles ont habité le monde, pas le ciel.

Avec mon sac à dos et ma canne qui m'aide à marcher les jambes écartées, j'avance dans les salons tièdes et déserts. Dans l'un d'eux, est planté un Hercule démesuré appuyé sur une énorme massue. Il est nu comme les autres personnages. Je calcule à vue d'œil la proportion entre la masse corporelle et la nature : la centième partie. Plantée au centre, elle est comme un feu à un croisement. Le visiteur masculin évalue et compare.

Dans une salle, je découvre le buste d'Épicure. Je m'arrête, mes pas butant sur mes pensées. Avec mon sac à dos et ma canne, je dois avoir l'air d'un pèlerin arrivé à destination. Un gardien s'approche, il me demande si je suis un admirateur. Il ajoute aussitôt que lui en est un. Épicure est son préféré.

Il a environ quarante ans, des cheveux retombant sur son front, coupés comme ceux de la statue. Dans les environs du musée, un coiffeur s'est spécialisé dans les coupes philosophiques.

« Il vous fait la barbe et les cheveux à l'Épicure, à la Socrate, les frisettes à la Cicéron. Allez-y de ma part, il vous fera un prix. »

Au pied levé, devant Épicure, il me raconte sa vie. Il a fait ses études au lycée classique, puis il s'est engagé comme volontaire dans l'armée, il a été envoyé en Irak. Puis il a démissionné, il s'est marié et il a obtenu ce poste de gardien. Sa passion, ce sont les échecs, mais en solitaire. Il invente des problèmes, des fins de partie. La difficulté est de construire une seule solution.

Il a appris à jouer en Irak en regardant deux vieux chauffeurs de camion du pays qui travaillaient pour l'armée italienne. Ils faisaient des coups rapides, presque sans réfléchir. Ils précédaient les convois militaires, ils vivaient avec eux. Ils jouaient aux échecs à chaque pause. Ils sont morts sur une mine.

Lui, il joue chez lui, au milieu du boucan de ses quatre enfants. Lui dit *ammuìna*[1]. Ce tapage lui est nécessaire pour se concentrer. Le silence le distrait. Des heures passent sans que personne n'entre dans les salles du musée. Le bruit de ma canne lui a fait plaisir. À l'occasion, il échange deux mots avec un visiteur. Deux mots : il me fait penser à un torrent de montagne.

Il me pose des questions, de la part d'Épicure, dit-il. Car les philosophes interrogent continuellement les passants, comme le font les enfants. Je réponds que j'étudie les nus antiques.

« Ils sont différents de ceux qui ont suivi ? »

C'est ce que j'étudie, je l'ignore.

À l'heure de la fermeture, il m'accompagne jusqu'à la sortie. Il

1. En napolitain : pagaille. Voir « L'École de l'*ammuìna* », *La Double Vie des nombres*, ici, p. 707.

m'invite chez lui. Il ne me connaît même pas. « Les amis d'Épicure sont mes amis. »

Je le remercie, je dois chercher à me loger. Nous nous reverrons au musée.

Et voilà le montagnard perdu dans la grande ville. C'est ainsi que je devrais me sentir, mais non, je me trouve bien. C'est sans doute à cause du contact physique, les gestes rapprochent même s'ils ne touchent pas, ils font un bon vent. Chacun va à son rythme, on n'a pas l'impression d'être dans un mouvement uniforme. Ceux qui sont pressés ne peuvent pas l'être ici. On a le temps de se regarder en face. Je deviens un spectateur de visages. Mon pas lent avec ma canne est bien accueilli, je croise des sourires d'encouragement.

J'ai bien fait de venir, j'ai l'impression que la gêne se porte mieux. Je trouve une pension, je prends une chambre. Je mange une pizza aux anchois et je rentre. La pension est dans une ruelle fréquentée, le bar reste ouvert la nuit.

Depuis ma fenêtre, je vois le mouvement, la pension loue aussi à l'heure. Les clients sont des hommes, pour moitié habillés en femme. Ils parlent peu, à voix basse, mais ils se déplacent lourdement. Les lits grincent. Leur bruit dans mon oreille se transforme en un vacarme de cigales et je m'endors.

Le matin, il pleut. Je reconnais la pierre noire du sol, l'eau l'éclaire et la nettoie. Elle est restée telle qu'elle était dans mon souvenir. Au bar, je bois un café serré qui est réduit à une gorgée. J'en demande un autre, on ne me le fait pas payer.

« Le deuxième, c'est la maison qui l'offre. »

À tout le monde ? Non, seulement à qui bon leur semble. Pouvoir de ma canne, je lui dois mon deuxième café. Même Moïse ne parvenait pas à faire jaillir du café du rocher avec la sienne. Je demande s'ils restent ouverts toute la nuit.

« On se remplace, on ne ferme jamais, l'avantage d'une famille nombreuse. La nuit, on travaille mieux que le jour. La clientèle est calme, elle boit un petit verre, elle dépense volontiers. Nous servons aussi dans les chambres, on apporte tout ce que vous demandez. Si vous voulez une pizza, un journal, de la compagnie, on s'en occupe. Vous précisez l'article et on vous livre aussitôt. »

Je remercie et je me dirige vers la colline de San Martino. J'arrive au fort de Sant'Elmo, qui est une forteresse de tuf.

Tommaso Campanella, le philosophe le plus incarcéré d'Italie, y a été emprisonné. Il a feint d'être fou pour éviter la condamnation à mort. On l'a torturé pendant des jours pour qu'il avoue son manège sous le traitement. Il a eu la force de résister et même de chanter à gorge déployée. On a fini par abandonner, le laissant à moitié mort. Il arrive que les simulations dépassent l'original. Charlie Chaplin a participé au concours des imitateurs de Charlot et il est arrivé troisième.

Depuis les remparts du fort, la ville est une coulée de lave de maisons qui ne s'arrêtent que face à la mer. À l'est, le Vésuve porte un collier de neige, c'est une sculpture en forme d'autel à l'état brut. La bouche des cratères a l'arrondi des fours. Sur leurs aquarelles, les peintres l'ont représenté déversant ses flammes. J'en achète une à peine plus grande qu'une carte postale. On y voit un écoulement de lave nocturne, une hémorragie qui se reflète sur la mer.

Raimondo associe le sentiment religieux de la ville aux éruptions. « La miraculeuse liquéfaction du sang de la relique de saint Janvier reproduit sous verre la fusion volcanique. Le saint est l'exorciste du Vésuve, sa statue est portée en procession contre l'avancée du feu. À Naples, le sentiment religieux ne vient pas du haut des cieux, mais des entrailles de la terre. »

Voilà un peuple qui, au lieu de fuir du côté opposé, avance vers l'éruption derrière le paravent d'une statue. La foi pousse aux risques les plus fous.

J'avance à pas lents le nez pointé vers le bas. Je sais marcher sur des terrains difficiles, mais ici je sens que je foule les braises à peine éteintes d'un incendie.

Du haut du fort, je comprends le renouvellement des couches successives, une croûte sur l'autre. En l'appelant Naples, ville nouvelle, les Grecs l'ont destinée à se renouveler, d'une éruption à l'autre, d'un tremblement de terre à l'autre.

Je descends la colline, j'entre dans le sous-sol en suivant une visite guidée de la ville souterraine. Des jeunes du quartier Sanità ont organisé cette activité. Ils étaient dans la rue et maintenant ils sont dessous. Je passe à travers des vides vastes comme des cathédrales, des carrières d'où le tuf était extrait depuis le premier âge, quand il était encore tiède. La ville est double. Vue d'en dessous, celle de la surface repose sur l'air. En vagabondant ainsi, la journée s'est envolée.

Je reviens à l'air libre qui est noir, la densité de la foule étourdit après la descente souterraine. Mon estomac vide est réveillé par les vapeurs d'une friterie. Je m'assieds et je me brûle la langue avec une pizza frite fourrée à la ricotta. J'essaie de trouver une paire de lunettes dans une pharmacie. Celles qui me vont font ressortir les angles vifs des choses qui m'entourent, sans nuances. C'est comme une gifle et je les ôte de mon nez. Je les achète.

La ville me fait oublier ma circoncision. Je pourrais déjà me passer de la canne, je préfère la garder. Il me semble que les passants m'acceptent mieux avec elle. Elle me rend inoffensif et donc respectable. Il fait nuit quand je rentre à la pension. Le bar est plein de clients. Au comptoir, les hommes offrent à boire aux dames, puis on leur donne la clé d'une chambre. Je monte l'escalier avec un couple que je laisse passer. Je me mets à la fenêtre et je remets mes lunettes. Le contrecoup des détails trop nets me force à les retirer.

L'effet cigale des lits des chambres voisines est plus fort cette fois-ci.

Je m'endors et je suis réveillé par une dispute, des coups, des cris, des gens qui interviennent. Il y a un blessé, une ambulance arrive. On frappe à ma porte. Un policier me demande mes papiers. Ils n'ont trouvé personne dans les chambres. Je lui dis que je suis un client pour plusieurs jours, pas pour quelques heures. Ça ne l'intéresse pas. Il veut savoir ce que j'ai vu. Rien, seulement entendu, je dormais. Avec qui ? Tout seul. Il ne me croit pas.

Qu'est-ce que je fais ici ? En vacances. Comment je suis arrivé à la pension : je cherchais un logement bon marché. Je n'ai pas vu quel genre d'endroit c'était ? Oui, mais ça ne me dérangeait pas jusqu'au vacarme de tout à l'heure. Je lui parle des bruits, pas de coups de feu. Il écrit et s'en va enfin.

Le lendemain, je refais mon sac à dos, la pension ferme sur ordre de la police.

Je retourne au musée. Cette fois-ci, je le parcours sans m'arrêter devant les statues. Je passe entre elles, concentré sur une pensée : la différence entre ces nus et le crucifix. Elle doit exister, je ne la distingue pas encore.

Je croise le gardien, il me salue gravement, il ne s'approche pas. C'est sans doute parce que je ne m'arrête pas devant Épicure.

L'éruption a recouvert Herculanum de lave, et Pompéi, plus loin, de cendres. Puis la résurrection des fouilles a libéré les statues de leurs couvercles, en les dispersant dans les couloirs et les salles. Elles ont passé plus de temps sous terre qu'au-dessus, elles sont encore un peu perdues.

Je sors du musée avec une idée de leur nudité. Elle voulait suggérer aux corps vivants un modèle à atteindre. Les regarder tous les jours portait les fibres musculaires à l'imitation. La nudité des statues était un objectif pour le miroir de chacun.

Les mannequins des vitrines, utilisés comme portemanteaux pour les vêtements à vendre, ne parviennent pas au même résultat.

Ma visite à Naples se termine. Au soleil, la ville est plus physique, redoublée par les ombres qui se frottent aux corps des autres, se frôlent, se touchent, s'accouplent. Même l'air dense participe à l'échange.

Je marche lentement en direction des trains, pour prendre le premier qui va au nord. Sur le trottoir de la place, un garçon est assis avec un livre. Devant lui sont posés un bol et un écriteau : « Merci de me permettre de continuer à lire. » Sous le coup de l'admiration, je vide la monnaie de mes poches.

La gêne a disparu, il reste le pansement. Dans le train, je m'endors. La ville se referme derrière mes paupières avec le cri d'un vendeur de pizzas chaudes sur le quai.

La salle du crucifix est glaciale, le marbre est comme de la neige. Je le regarde et je ne sais que faire. Il est prêt, mais je dois trouver et travailler le bloc de la nature.

Je vais voir dans les carrières. La majeure partie du marbre extrait est vendue concassée pour le papier couché des journaux. Son éternité finit au pilon des périodiques périmés. C'est comme transformer un olivier millénaire en papier hygiénique.

L'ouvrier algérien m'explique qu'on extrait seulement des débris de marbre pour les fabriques de papier. Les déchets versés dans le torrent se mélangent à l'eau et la blanchissent.

Il sort un petit bloc d'albâtre d'un bout de tissu, prélevé dans une carrière utilisée uniquement pour les sculptures. Il a des veines de moutarde, c'est du travertin d'Acquasanta, pour être précis. Il ne veut pas être payé. L'usage est sacré et sa religion prescrit les offrandes.

Il existe une économie de la gratuité, quelque chose en échange de rien, mais comme symbole de beaucoup. J'accepte, c'est un bloc rare.

Je lui demande ce que veut dire vivre en musulman.

« Adorer Dieu comme si on devait mourir demain, travailler comme si on ne devait jamais mourir. » Dommage qu'il soit impossible de boire ensemble un verre de vin en l'honneur de ces paroles.

Il me dit que je suis tenu de faire un chef-d'œuvre. Comment le puis-je, je ne suis ni brillant ni génial.

« Qui crois-tu être si tu n'es ni brillant ni génial ? Nous sommes les enfants de la divinité. Jouer le rôle des incapables ne rend pas justice à notre créateur. Ce n'est pas bien de nous rabaisser, pour ne pas déranger ceux qui nous entourent. Nous sommes conçus pour briller comme le font les enfants. Nous devons afficher avec gratitude les dons reçus. Quand tu es brillant et génial, tu encourages les autres à l'être eux aussi. »

Et toi, tu es un ouvrier ? Toi, tu es un prédicateur.

« Je suis un ouvrier et je lis le Coran. »

Je reste sans paroles. Je pense à la femme, repoussée par mon inertie, qui me voulait ainsi. Elle aurait applaudi si elle avait été à table.

« Le bloc de marbre que je t'offre, je ne l'ai pas pris dans les déchets. Je l'ai extrait du centre de la coupe. Tu dois faire ton chef-d'œuvre. »

Des familles transies de froid arrivent au port, parties pêle-mêle de plages et non de ports, de tentes et non de maisons. On les installe dans des centres de stockage, le temps pour elles de comprendre dans quel endroit du monde et de leur voyage elles se sont fourrées.

Les hommes savent se tourner les pouces et étendre les jours comme du linge à sécher. Les femmes non, elles n'arrivent pas à couver l'attente, accroupies par terre. Les enfants courent vers n'importe quel passage, sans crainte des ogres. J'en rencontre un, dix ans peut-être, il ne me dit qu'un seul mot :

« Düsseldorf. »

Je lui fais signe d'attendre là. Je vais acheter une carte de géographie. Je reviens et il n'y est plus. Je comprends mon erreur dans un sursaut de honte. Il n'avait pas besoin qu'on le renseigne, mais qu'on l'emmène. Ma réaction à retardement me désole. J'ai promis d'être brillant et génial : à la première occasion, je retombe dans mon inertie. Je devais l'accompagner à Düsseldorf.

Lui est arrivé jusqu'ici, je devais ajouter la dernière partie. Je le cherche à la gare, il n'y est pas. On a dû le rattraper et le remettre dans un des centres de stockage.

On les appelle des mineurs, on les traite comme des objets trouvés. C'est moi qui suis mineur devant un mètre trente d'homme qui ne m'a pas laissé le temps de me raviser.

Ils prennent un repas, glissent un bout de pain et de fromage dans leur poche et ils filent. C'est de l'eau courante, on ne peut pas l'arrêter. S'il y a un saut à faire, ils se précipitent en cascade, s'il y a un mur ils ont des pattes de grillon.

Düsseldorf, pourquoi n'ai-je pas obéi à l'ordre de voyage ?

Je croise un homme qui regarde autour de lui. Il est à peu près de mon âge, il porte un manteau qui lui arrive aux pieds. Je lui demande où il veut aller. À la gare, dit-il. Je l'accompagne et je lui demande sa destination. La gare. Et après ? Après il revient au campement. C'est un Tzigane, arrivé avec sa famille hier, il doit envoyer un mandat au bureau de poste.

Pas de Düsseldorf, j'ai raté ce train-là.

Je rentre chez moi. J'ai encore deux heures pour faire du bruit avec mes outils, puis je dois m'arrêter pour ne pas déranger mes voisins. Après les premiers coups de ciseau sur le bloc, j'entends la musique d'un accordéon. Quelqu'un s'exerce dans les environs. Je cesse de taper, la musique m'en empêche. Si je continue, le coup de marteau arrivera sur ma main.

J'ouvre la carte de géographie, je cherche Düsseldorf. Un musulman de dix ans, avec en poche l'adresse d'un parent ou d'une mosquée, ou même rien, a dû entendre prononcer un nom par quelqu'un, l'a appris et le répète de bas en haut devant un ahuri.

De Amicis m'attendrit avec son voyage des Apennins aux Andes. Je pleure au cinéma, sur un livre aussi, et pas devant celui qui me dit Düsseldorf. Qu'a de moins puissant la réalité par rapport à la fiction ? Je ne me comprends pas. Je suis une personne concrète, je connais les histoires des gens et je pleure aux mauvais endroits. Un enfant devenu très vite un homme en un voyage, avec trois syllabes à la bouche et deux yeux droits et noirs, m'a cloué net.

Je reste vidé devant la carte.

J'ai accompagné beaucoup d'enfants, certains dans les bras de leurs pères, agrippés à leurs vestes. J'en ai porté un sur mes épaules. Il avait de la fièvre, il m'a fait pipi dans le cou. Il ne s'en est pas aperçu, il dormait.

Il faisait chaud et la sueur s'y est ajoutée.

Mineurs, si j'avais été une seule fois aussi grand qu'ils sont mineurs, eux. Je ne suis pas un père. Sans cette expérience, je vois aux pieds des enfants en voyage les souliers des prophètes. Leurs pas annoncent le présent parmi les ogres, les uniformes, les abrutis.

Je referme la carte, j'enveloppe le bloc de marbre dans un bout de tissu, je le glisse dans ma musette. Je décide de l'emporter avec moi, pour qu'il fasse partie intégrante de mon poids.

Dans la salle, je mets le morceau près du blanc de la statue. C'est une autre matière, d'une couleur différente. L'ajout sera évident. Mais le cadeau du bloc n'admet pas d'objections, c'est forcément celui-ci. Même si c'est invraisemblable. Ce travail l'est aussi, comme mon hiver dans une ville de mer, ma rencontre avec la miséricorde pour une statue.

Je suis un homme qui ne sait pas poser de questions, même pour une information. C'est sans doute pour ça que j'ignore la foi. La divinité veut qu'on frappe à sa porte, qu'on l'interroge. Il faut une catapulte à l'intérieur de soi pour arriver à cette intimité de s'adresser avec le tu.

En quelques mois, j'ai fréquenté un curé, un ouvrier musulman, un rabbin. Aucun contact avant, et puis les trois à la fois. Ils m'ont permis de me mettre à leurs balcons, où j'ai éprouvé des vertiges qui me sont inconnus lorsque j'escalade des précipices. De leurs balcons, j'ai regardé en bas : la divinité ne se trouve pas dans les atmosphères célestes, pauvres en oxygène. Elle se trouve en dessous, comme fondement du vide et du balcon.

Les paroles de leurs Écritures sont des prises pour aller et revenir de l'abîme.

Ces pensées me viennent pendant que je me promène avec le travertin dans ma musette. Ce sont des pensées liées à son poids.

Dans les jardins, la floraison des mimosas explose. Leur jaune claque face au gris des nuages et brille plus qu'en plein soleil. Il déconcerte le nez qui sent aussi une odeur de vanille. En montagne, pendant l'orage, l'air grésille de rouille et le sol se prépare au choc de la foudre. La terre est un organisme vivant, c'est toute la foi qu'il m'est possible.

Je retourne dans mon logement, je retire le pansement, je lave, j'évite de regarder. Je vais montrer le petit bloc de marbre au curé. Il a peur que sa couleur différente le rende trop voyant.

Je défends mon choix. De toute façon, le crucifié nu sera voyant, les regards concentrés sur cet endroit-là. La couleur de peau de la nature n'est souvent pas la même que celle du reste du corps.

« J'ai besoin de te croire. Cette œuvre doit être finie et prête pour inaugurer le nouveau cours de l'église à l'image du crucifix. Je crois à la valeur sacrée de cette œuvre. Je crois que tu es la bonne personne pour le résultat final. L'aide de la foi m'a exercé à saisir les signes de la providence. »

Il voit mon air incrédule à l'idée de pouvoir être impliqué dans un dessein. Je m'en retirerais pour ne pas le gâcher.

« Il existe un plan dans l'enchevêtrement des nœuds d'un tapis. »

Les nœuds : je sais les faire. Je les connais. Je pense à un en particulier, je retrouve un peu d'assurance.

« La science étudie les événements et les subdivise entre hasard et nécessité. La providence les contient, les deux font partie de ses manifestations. Elle apparaît sous des formes casuelles, mais ceux qui pratiquent la foi reconnaissent l'intention, la trace d'un projet. Toi, tu es un instrument de la providence dans cette entreprise. »

Je préfère ne pas le savoir. Je connais les outils, les instruments. Ils ont un manche et ils agissent grâce à une énergie extérieure. Je me sens au contraire sans obligation et imprévisible envers moi-même.

« Il vaut mieux qu'un artisan ne sente pas qu'il exécute une volonté différente de la sienne. Il vaut même mieux qu'il lui reste un doute sur la source de son inspiration. Il lui arrive souvent de se sentir possédé. »

Je lui parle de Naples, du musée. C'est là que m'est venue l'idée que la nature devait être d'une pierre différente. Le blanc uniforme de ces corps nus faisait de la nature exposée une partie quelconque de l'anatomie. Et ce n'est pas ça. C'est une partie différente parce que protégée. Les civilisations l'ont couverte non par pudeur, mais pour la défendre de chocs, d'agressions, de risques. C'est la plus vulnérable. La nudité du crucifié suscite la vieille pitié pour la nature sans défense. Ses mains ne peuvent pas la couvrir, ses jambes ne peuvent l'accueillir entre elles. La torture de la position crucifiée culmine dans cette partie dénudée.

Je prononce des mots jamais pensés jusque-là. Ce ne sont pas les statues du musée qui m'ont donné l'idée d'un marbre d'une autre couleur. Elle m'est venue à l'instant où je l'exprimais. J'ai inventé son origine pour donner le poids de la réflexion à une pensée jaillie sur le moment.

Le curé trouve intéressante mon explication improvisée. Il regarde le bloc brut, le place en hauteur pour le revoir sous une autre lumière. Nous décidons d'aller dîner au port pour terminer cette conversation. Devant une soupe de poissons, il me demande de lui parler de Naples qu'il ne connaît pas.

C'est une ville de corps qui bougent au rythme d'une danse. La densité de ses habitants est si forte qu'ils ont appris un rythme pour se déplacer. Quand on les voit, on comprend qu'ils suivent une onde sonore, un mécanisme musical qui se déclenche au contact du trottoir.

J'invente pour lui une impression qui m'est venue en remuant ma cuillère dans ma soupe. J'applique à la ville ce qui se passe dans mon assiette. Naples se prête à devenir casserole et marmite. Je la lui décris ainsi à lui qui n'y est pas allé, mais qui connaît sûrement des histoires et des légendes.

Ils parlent une langue serrée comme leur café, des syllabes de sténographie. S'ils doivent s'appeler très fort, ils se servent alors d'une mélodie traînante. Les noms sont prononcés intégralement, avec des voyelles allongées : Fran-ci-schiel-lo-ooo !

Il vaut mieux y aller en hiver, la ville est plus franche. Ils ne savent pas feindre avec le froid dans les os. Le curé écoute et boit un bon demi-litre de rouge, moi un quart me suffit. La soupe est composée de poissons variés, nos doigts retirent de nos bouches un buisson d'épines. Il y en a une qui lui reste en travers. Je lui dis d'avaler tout de suite de la mie de pain pour la faire descendre. Il y parvient secoué par les convulsions d'une quinte de toux. Il me remercie.

Ma grand-mère disait qu'à table on se bat contre la mort. L'exagération servait à calculer ses bouchées, à bien les mâcher avant de les glisser dans la gorge. Il approuve et avale un demi-verre de vin pour étrenner de nouveau le passage. En entendant parler de Naples, il s'étranglait. C'est une ville dangereuse. Il faut marcher avec la même attention que lorsqu'on mange une soupe de poissons.

« Comme je te l'ai dit, cela fait un an que je cherche le sculpteur pour la restauration du crucifix. Un an que je rencontre les artistes les plus divers, célèbres ou non, vieux et jeunes. Ils ont en commun une certaine vanité, le rang qu'ils croient posséder. Je n'en ai pas rencontré un seul effrayé ou ému devant cette tâche. Leur unique préoccupation concernait la place de cette commande dans leur carrière. Ils pensaient d'abord au texte de présentation du travail, au risque de s'exposer à l'obscénité et donc au ridicule. Ce qui va parfois de pair. Leur inquiétude les concernait eux et non pas l'œuvre à exécuter.

« Le dernier m'a demandé de faire figurer sur le contrat un pourcentage en cas de vente de la statue. Il demandait un pour cent, évaluant ainsi la portion ajoutée. J'avais déjà écrit une lettre à l'évêque pour me décharger de cette tâche. Et tu es arrivé, toi qui ne veux même pas le titre d'artiste. Tu t'es approché de la statue comme d'une personne malade. En bon médecin, tu as demandé de ne pas signer la guérison. Que penses-tu de mon point de vue sur cette histoire ? »

Je reste sans réponse. Je lève mon verre pour me fermer la bouche, il prend mon geste pour un toast.

« À ta nature exposée. »

Je réponds : À la sienne.

À la table voisine, cinq vieux jouaient à *briscola chiamata.* J'explique au curé les quarante cartes et les quatre couleurs du jeu italien. Pour lui, ce sont des jeux de hasard. Et le nôtre, c'est de montrer un crucifix nu ? Nous nous quittons de bonne humeur.

Je serre le bloc entre deux mâchoires de bois pour amortir les coups de ciseau et éviter les vibrations qui pourraient l'abîmer. Je tape pendant des heures, des coups de pendule détraquée. Je suis concentré sur les centimètres devant mon nez, comme lorsque j'escalade.

Je suis les veines. Je sculpte le morceau à l'envers, la pointe en bas. À la fin de la séance, je polis, même si c'est inutile puisque je dois encore enlever. C'est pour me rapprocher du résultat.

Je travaille sous une couverture en laine pour atténuer le bruit. Coups et respiration, coups et respiration, et rien d'autre, pendant que de petits éclats se répandent entre mes pieds.

Je m'interromps quand mes mains endolories risquent de se tromper. Je les dégourdis, je sors de la couverture pour quatre pas dans la pièce. Je retourne sous la couverture et je continue tant qu'il y a de la lumière dehors.

La fin de l'hiver étire les minutes de la journée. Le soir, mes mains sont enflées.

« Les veines sur le dos de tes mains ressemblent à deux fleuves parallèles, un Tigre et un Euphrate qui vont vers la mer. »

C'est-à-dire vers toi, dis-je. Elle est revenue de sa visite aux baleines. Sa peau a foncé, ses cheveux ont éclairci. Elle les a coupés, ils lui couvrent à peine le cou. Je ne pose pas la question stupide : tu les as coupés ? Dans une comédie vue à Naples au bon moment, un homme se faisait la barbe devant son miroir. Un ami entre et lui demande : « Vous vous faites la barbe ? » Non, je me coupe les cors aux pieds.

La réponse a éliminé pour moi les questions évidentes, et je ne la lui pose donc pas. J'ai tort. Une femme exige qu'on remarque un changement de coiffure, une nouvelle robe. Elle me reproche ma distraction.

Elle, en revanche, remarque mes mains enflées, les deux veines en relief sur le dessus. Elle raconte son voyage, qu'elle a imaginé ma présence. Les impressions des clients se ressemblent, elle aurait écouté mes variantes. Elle dit que je suis un inventeur de variantes.

Elle me demande si je veux voir des images du voyage. Je regrette d'être impoli, mais je dis non. Cette fois-ci, elle ne se vexe pas, elle s'y attendait.

Devant une image, je sens le manque de ce qui est resté hors du périmètre cadré. L'image dresse des bords comme une frontière et moi j'ai envie de les dépasser.

Nous sommes assis à une table dans un bar, nous voyons la mer agitée et les nuages chargés par le vent. Elle prend un thé, moi un cappuccino.

« Les hommes qui boivent du lait sont restés des enfants. »

Je suis d'accord, le lait me ramène à mon enfance deux minutes par jour. Je le prends entier. À la montagne, je me procure du lait tiède, qu'on vient de traire. Il bout en laissant monter deux doigts de crème. Il sent l'étable. Le lait chaud suscite en moi un bonheur immédiat. On devrait l'offrir sur l'autel à la place du vin. S'il avait dit au cours de son dernier dîner que son sang était du lait, il n'y aurait pas eu d'ivresse en son nom. Ce vin-là a tourné la tête à plusieurs fanatiques.

Je dis des phrases venues à l'improviste. Je les dis pour voir si elles tiennent à l'air libre et pas seulement dans mon crâne. Elle n'est pas croyante. Moins que ça même : elle est indifférente. Pour elle, les religions sont la réponse au besoin de se sentir poussé par une cause importante. Pour elle, la seule cause dont nous sommes les effets, c'est la vie, rien d'autre. Elle cite de mémoire la phrase d'une écrivaine :

« La chance du trèfle à quatre feuilles commence et finit avec le fait de l'avoir trouvé, et rien d'autre. La religion c'est l'idée qu'un trèfle à quatre feuilles signifie plus que le hasard de l'avoir rencontré dans la masse des autres. La mort est un trèfle à quatre feuilles, tôt ou tard on la trouve et il n'y a rien d'autre », dit-elle sérieusement en conclusion d'un sujet qui l'ennuie.

Nous nous saluons après avoir laissé un peu d'espace à sa dernière phrase. Elle ne m'invite pas chez elle, nous nous séparons sans nous dire au revoir.

Je ne lui ai pas montré le petit bloc dans ma musette. J'aime sentir son poids, y penser constamment. Je m'y attache. C'est ce qui arrive parfois avec un livre. Je l'emporte avec moi, même dans les traversées, ne pouvant l'ouvrir que rarement à l'aller, un peu plus au retour. C'est une fenêtre dans ma poche, pour changer l'air.

Le dernier que j'ai lu était un livre de Balzac, un petit traité sur l'art de payer ses dettes. L'écrivain explique que l'art consiste à ne pas les payer du tout. Il s'est inspiré d'un oncle dépensier et arnaqueur. Sur moi, il produit exactement l'effet inverse, il me pousse à rechercher mes dettes dans mes souvenirs. Ce sont des dettes de reconnaissance, insolvables, qui vont de mes parents au cadeau de l'ouvrier algérien.

Pour la femme qui voulait faire de moi un artiste, je n'arrive pas à imaginer de dédommagement pour le temps qu'elle a perdu.

Les thèmes de mes lectures se prolongent en écho dans mon couloir de statues. Je me promène la nuit sur la départementale qui longe la mer. Mes pas me portent hors des lumières de la route, là où je retrouve le ciel qu'on voit en montagne.

Le royaume des cieux, écrivent les Évangiles qui en connaissent le roi. Moi qui suis incompétent, je vois en revanche l'anarchie, qui n'est pas du désordre, mais le gouvernement indépendant de chaque lumière. Des masses, des météorites, des comètes tournent comme des catapultes en frôlant des satellites, des planètes. Elles se désagrègent de temps en temps dans l'atmosphère, en renouvelant par leur chute les semailles de l'univers.

On dit que c'est ainsi qu'est née la Lune, un bout de terre projeté par un choc énorme. Pour avoir dit que la Lune était faite de terre, un philosophe grec écopa de la peine de mort à Athènes. Certaines phrases doivent être dites au bon moment. Il vaut mieux ne pas faire savoir qu'entre-temps la Lune s'éloigne lentement.

Moi aussi, je m'éloigne dans mon chemin nocturne avec des pensées qui vont le nez en l'air.

Je rentre et je dors profondément. Je suis réveillé par le rideau métallique de la poissonnerie qui se lève. Je bois mon café versé dans un bol de lait, je mange une tranche de pain avec de la confiture. Je débarrasse, je fais la vaisselle, je me lave les dents qui me restent, j'aiguise mes ciseaux sur la meule à eau.

Je tape sous la tente faite de la couverture près de la fenêtre. Je vérifie le résultat avec mes doigts. Ma nature circoncise est juste à quelques centimètres de celle que je suis en train de sculpter. Je la fais à sa ressemblance.

Tout en frappant, j'ai l'impression d'enlever de la matière d'une enveloppe en pierre autour de ma chair. Je sculpte pour retirer un emballage. Sous la croûte de marbre, il y a ma forme. Ces pensées m'aident à ne pas rater mon coup.

Je m'arrête pour polir et égaliser la surface provisoire. Les heures passent sous la tente, je ne m'en aperçois pas. Je deviens ce que je suis en train de faire. Voilà que je suis deux mains qui empoignent des outils anciens et font ce qu'elles connaissent le mieux.

J'écris ce qui m'arrive cet hiver. Quand j'écris, je parviens même à comprendre quelque chose. Je le comprends au moment où j'écris, pas au moment précédent. Le temps s'écoule sans horaire, comme un moine qui recopie un manuscrit.

Je termine la forme de la nature au bout de je ne sais combien de jours. Je mange des boîtes de conserve, je ne sors pas. Je suis l'artisan le plus lent de l'histoire. Si j'étais dans l'atelier d'un maître et que je passais autant de temps sur un travail, il me jetterait dehors à coups de pied.

Fin mars, je reviens à la taverne du port, le bloc enveloppé dans ma musette. Ils sont tous à la même place.

Je salue l'ouvrier algérien, je lui dis que j'ai fini. Il me demande si j'ai sculpté le trou de sortie. Il me demande ce que ça a donné. C'est un petit trou de sortie.

« C'est une pupille fermée, pas un robinet. Une pupille qui a l'honneur de produire la semence de la vie. C'est ce que dit un de nos commentaires. » Il me salue, il a fini de dîner.

Une pupille fermée, je le remercie de l'idée. Je voulais lui montrer le bloc terminé, j'y renonce. Je m'assieds à ma place, la patronne m'apporte le plat du jour, de la morue avec des pommes de terre. Elle me dit que la femme est passée deux fois. Elle lui a demandé de la prévenir de mon retour.

« Il faut que je l'appelle ? » Je suis sur le point de dire oui, mais c'est un non qui me vient. C'est ce qui se passe pour celui qui a un jumeau en lui. Parfois, il arrive le premier à la sortie des lèvres.

Une paupière serrée, c'est ce que je me répète tout en mâchant lentement le poisson fumant. Je vois bien que mes gestes sont au ralenti. J'ai marché lentement dans la rue, entouré de gens qui passaient en accéléré. Les jours de sculpture m'ont isolé, en me mettant à une autre allure.

J'ai pris un livre avec moi, un essai sur Vincenzo Gemito. Je l'ouvre, je lis. Les pages devant mon assiette conservent ma lenteur. Quand je finis, je suis le dernier client, alors je débarrasse mon assiette, mon verre et mes couverts que j'apporte à la cuisine.

Je décide de montrer le bloc au rabbin. Nous nous donnons rendez-vous le lendemain sur le quai des bateaux de pêche. La jetée est vide, ils sont sortis en mer. Nous nous asseyons sur un banc, je lui remets ma musette. Il l'ouvre, voit le résultat. Il s'étonne de la couleur, des veines. Pour lui, c'est une œuvre en soi et non une partie.

Il remarque le trou de sortie, à peine ébauché. Il dit que cet endroit-là n'est pas très maîtrisé. Je lui donne la définition de l'ouvrier musulman.

« C'est aussi comme ça en hébreu. "Œil" et "source" sont un même mot. Le commentaire de notre maître Maimonide explique que l'œil ne subit pas, mais domine ce qu'il voit. C'est une source de larmes et de vie, ce n'est pas une cuvette. »

J'arrive à suivre ses commentaires, mais je m'y perds assez vite. Je dois revenir à la sculpture pour changer le trou de sortie en œil fermé. De l'autre côté de la digue, les mouettes s'agitent dans le sillon d'un chalutier. Elles plongent sur les déchets de la première sélection du poisson. Le bateau entre au port suivi de la traîne blanche des mouettes.

« C'est ce que nous faisons nous aussi quand nous lisons les pages sacrées. Nous suivons lentement, puis nous nous jetons sur un mot pour l'approfondir, sans savoir pourquoi justement celui-là. Nous faisons comme les mouettes, nous allons grappiller dans le sillon. »

Il sourit, signe qu'il est tard maintenant. Je le remercie pour le temps qu'il m'a consacré.

Je reviens dans la salle, j'aiguise la pointe du plus petit des ciseaux. Je creuse plus profondément, j'ajoute de petites rides tout autour.

C'est le printemps, j'ai passé l'hiver avec une statue. Comme je passe mes outils d'une main à l'autre, je peux dire que j'ai sculpté à deux mains. Nous avons fini, mes mains et moi, la main de mon frère et la mienne. Sa vie balayée continue en moi. Il y a de la place en chacun de nous pour accueillir les absents.

Ce n'est pas un locataire à qui je loue une chambre. C'est le copropriétaire de ma vie. Cet hiver, il a pris la parole.

Je vais dîner pour montrer le résultat à l'ouvrier. Il ne veut pas le voir. Il m'a offert le bloc, il m'a poussé à faire de mon mieux et plus, et il ne veut pas voir.

« Tu es venu me montrer ton travail. Je sais donc que tu as réalisé ton chef-d'œuvre. Je n'ai pas besoin de vérifier. »

Je pense qu'il s'abstient par pudeur.

« J'éprouve de la pudeur pour le corps sacré de la foi chrétienne. Mon regard étranger serait profane. »

Tu n'as pas toujours été ouvrier, lui dis-je.

« Je suis allé à l'école coranique, j'étais le meilleur étudiant. J'ai dû abandonner. L'Afrique répand son sable au-delà de la mer. Tu le vois après la pluie, sur les vitres des voitures. On devient laveur de vitres pour effacer les traces. Je suis un grain qui a été transporté. J'ai trouvé ici un endroit pour retomber. Je travaille le marbre, sa poussière blanche efface mon lieu de départ. Notre prophète dit que le Paradis se trouve sous les pieds de notre mère. Pour moi, cet endroit n'est plus sur terre. Mais je ne suis pas en exil. Je reviens à mon lieu d'origine cinq fois par jour, quand je prie. Il est là où j'étends mon tapis de prière. »

Je regarde ses mains foncées saupoudrées de blanc dans le grillage des rides, autour des ongles. Dans sa barbe, on ne distingue pas la couleur de son âge de celle de la poussière. Ses mains envoient l'argent gagné à sa sœur, dans un village du haut plateau.

Il a entrevu la mer la première fois quand il est monté de nuit sur un chalutier dans un petit port près d'Alger. Une fois à bord, caché au milieu des filets, il ne la voyait même plus. Il a débarqué en Sardaigne et s'est glissé dans un camion qui attendait d'embarquer pour Civitavecchia.

« C'est ici que j'apprends la mer. Je la sens à la fenêtre, elle me tient compagnie, mais elle ne m'appelle pas. Avant la carrière, j'ai travaillé sur un chalutier. La nuit, la mer me donnait la nostalgie de la terre. »

Je ne crois pas connaître les nostalgies, je n'éprouve pas le désir de revenir à un moment du passé. J'ajoute quelque chose de personnel à ses confidences, pour ne pas le laisser seul.

« Je ne connais personne sans nostalgie d'une heure et de quelqu'un. Sur le chalutier, la nuit, j'en avais tellement que les vagues se changeaient en voix. Et je répondais en berbère, la langue de mon enfance. En mer, on est à l'étroit au-dessus d'un désert infini. Ce n'est pas un endroit pour moi, on doit la traverser et c'est tout. »

Nous trempons notre pain dans l'assiette en terre cuite posée entre nous. Nous venons de villages d'un arrière-pays et nous mangeons ensemble un mélange de poissons défaits par la cuisson. Par pudeur, je ne bois pas de vin. Par pudeur, je ne demande pas de quelle tempête de sable vient son voyage.

« J'ai appris chez vous à n'être personne. Je garde les yeux baissés et ainsi je disparais, je les lève et j'apparais à nouveau. Je me tais et je suis accepté, je parle pour demander un renseignement et je suis repoussé. Vous préférez personne. C'est bon, disons que nous n'existons pas les uns pour les autres. Toi non, tu t'assieds, tu parles, tu poses des questions. Tu es quelqu'un et tu me fais aussi devenir quelqu'un. »

Le soir, la mer du port est un bassin de gros bateaux attachés, des animaux de trait qui ruminent leur pause dans le noir, en se balançant et en frottant leurs flotteurs les uns contre les autres.

Nos yeux vont de l'assiette aux vitres qui donnent sur le port. Nous mâchons en trempant notre pain. Nous terminons en sauçant ensemble ce qui reste. Nous mettons nos manteaux et nos bonnets et nous nous saluons.

Je tourne au coin de la rue et je tombe sur la voiture de la femme.

« Monte, je t'accompagne. »

J'ouvre la portière, je m'arrête, je dis non, je préfère marcher.

Alors elle sort, ferme la voiture, vient à pied. Elle me demande d'avancer la traversée. D'aller au moins sur place et d'essayer. Nous avançons côte à côte séparés, ma musette du côté opposé.

Elle dit qu'elle veut payer son voyage, que je ne dois pas le faire en dédommagement des soirées passées ensemble. Elles ont eu lieu parce que je lui plaisais. Elle n'a pas insisté pour m'inviter parce qu'elle a senti dans mon corps un vide laissé par une autre femme.

« Tu étreignais un autre corps. Je n'étais que l'imitation. Tu as même dit pardon, sûrement pas à moi. »

Je ne m'en souviens pas. Je continue à ne pas lui demander ce qu'elle cherche. Nous marchons sans but, pas vers mon logement. Je ne veux pas qu'elle sache où j'habite. Je lui dois une réponse. Je lui dis que je vais me renseigner sur l'état de la neige et que je lui ferai savoir demain quand nous pourrons partir. Elle me remercie, me demande si je passe la nuit avec elle. Sa respiration se déplace et se met tout près devant la mienne. Je l'aspire par le nez et je sens un bouillonnement au bas de mon bassin. C'est la première réaction depuis l'opération. J'avale ma salive de surprise. Cela dure le temps d'un miaulement de chat.

Je lui réponds de ma voix éteinte que nous dormirons ensemble pendant le trajet. Je souris de mon renoncement, ma circoncision me donne une deuxième virginité. Nous revenons à sa voiture, nous nous disons à demain.

Je sens de nouveau le poids de la musette à mon côté tandis que je me dirige vers ma chambre.

Le matin, je me rends chez le curé, je lui remets le travail fini, enveloppé dans le bout de tissu. Je lui demande de l'ouvrir quand je serai sorti. Je ne vais pas faire l'essai sur la statue. Il verra l'effet et le résultat. Je prends quelques jours de distance. À mon retour, il me fera savoir si je dois procéder à l'assemblage.

C'est à l'évêque que revient la décision. S'il ne tenait qu'à lui, le curé me laisserait terminer le travail dans la journée, sans le voir avant. Pour des raisons administratives, il ne pourra me payer qu'une fois le travail achevé. Il me demande si j'ai besoin d'un autre acompte. Non, celui que j'ai déjà reçu me suffit encore largement.

Les prévisions donnent quelques jours de beau temps, il faut y aller tout de suite. On part en car, bizarrement elle ne prend pas sa voiture. Nous arrivons le soir dans le village désert.

Chez moi, dans les deux pièces fermées depuis des mois, le froid s'est incrusté dans la poussière. J'allume le feu dans la cheminée. La femme est étonnée par la vapeur qui sort de la bouche à l'intérieur d'une maison.

Elle me demande si c'est ainsi que je passe mes hivers. Je lui prépare une camomille faite avec des plantes ramassées l'été. Dans le lit, nous nous glissons tout habillés sous les couvertures, pendant que la flamme ranime lentement le bois du toit et du plancher, qui se mettent à craquer.

Elle m'embrasse dans le dos, le meilleur système de chauffage. Deux corps froids se réchauffent par contact, sans aide d'autre énergie. Les étreintes produisent des calories.

Je lui dis qu'il nous faut prévoir un bivouac si elle pense rentrer après la traversée. Dans ce cas, la nuit sera plus dure que celle dans la maison. Moi, je rentrerai aussitôt, de toute façon.

Elle ne me répond pas, elle ne me dit pas si elle restera de l'autre côté de la frontière. Il faudra que j'emporte une tente et un réchaud à gaz.

Elle me demande si elle pourra rebrousser chemin au cas où elle se sentirait incapable de continuer. C'est possible, mais, si c'est à plus de la moitié du chemin, il faudra bivouaquer. Le froid ne permettra pas de faire de pauses. En cas de fatigue, nous ralentirons, mais sans nous arrêter. Nous sommes début avril et chez nous l'hiver ne lâche pas prise avant le mois de mai. Je m'endors avec sa respiration dans ma nuque.

Il fait nuit quand je me réveille, elle dort. Je ranime le feu dans la cheminée, je réchauffe le pain sec sur le reste de braise, je prépare le café, j'ouvre un pot de confiture. Les bruits ne la réveillent pas. Je m'approche, je lui remets son bonnet de laine qui a glissé, ses cheveux sont comme du crin à cause du froid.

Elle se réveille, fourre sa tête sous les couvertures. De là, je l'entends dire qu'elle n'a pas dormi à cause des bruits de la maison. Un concert de fantômes, de grognements, de coups secs, de bruissements et même les syllabes d'une langue inconnue.

Je lui dis que c'est la contraction du bois qui se réchauffe.

« Ne parle pas de chauffage, il n'a jamais existé dans cette maison », crie-t-elle en colère sous la couverture.

Je lui dis que le bois est une substance vivante, qu'il réagit à l'humidité, à la sécheresse, au froid, à la chaleur. « Tu continues à parler de chaleur ? J'ai entendu des voix, cette maison est un repaire de fantômes. » Ce sont les loirs dans les combles, ils commencent à remuer après leur hibernation.

« Je ne passerai pas une deuxième nuit avec ce concert d'ogres. »

Tu veux dire d'orgue, lui dis-je en lui apportant le café bouillant.

« Ce sont bien des ogres et tu dois en être un pour vivre ici. »

Il faut se bouger, lui dis-je en lui tendant sa tasse.

« Pose-la sur la cheminée, j'arrive. »

La couverture sur le dos, elle s'approche du banc devant le feu dont la flamme grandit. « Je n'avais pas remarqué que le feu parvient aussi à éclairer. »

Elle vide la moitié du pot de confiture sur le pain grillé, elle boit son café. « Du sucre ? »

Il n'y en a pas. Elle met une petite cuillère de confiture dans son café et la tourne nerveusement.

Dehors, le gel renforce l'obscurité. La maison craque comme un corps qui s'étire après le sommeil. Je remplis mon sac à dos de l'indispensable, pas d'eau, nous nous débrouillerons avec la neige.

Quelle est la raison qui la force à une telle pénitence ?

Elle se couvre de toutes les couches possibles. Son sac à dos s'affaisse sous le poids. Elle me le prend brusquement des mains quand je le soulève pour le lui donner.

Ceux qui n'ont pas l'habitude d'aller en montagne se chargent de poids inutiles.

Je pense aux bagages des traversées : leur poids est tout l'opposé, il contient le double concentré de la vie en voyage.

J'éteins le feu pour qu'on ne voie pas la fumée le matin, qui signalerait ma présence. Nous sortons, un début de clarté entame la nuit. C'est l'heure la plus froide du jour, les premiers pas raclent la glace. Elle est emmitouflée jusqu'aux yeux. Elle est furieuse, elle marche d'un pas pressé en montée. Dans quelques minutes elle sera essoufflée, le corps a besoin d'une mise en train.

Elle s'arrête, elle souffle, je lui dis de ralentir sans cesser de marcher. Elle ne bouge pas. Je lui dis que si elle s'arrête encore, je reviendrai en arrière. J'avance d'un pas lent pour lui faire prendre son rythme. Le chemin traverse le bois en diagonale, le passage oblique force les chevilles. J'ai un bâton qui me permet de me soulager d'un peu de poids.

Elle, elle a deux bâtons de marche modernes, pointus, peu pratiques pour ceux qui n'y sont pas habitués. Elle trébuche sur l'un des deux. Après le second croche-patte, elle les jette, j'entends le bruit, je ne me retourne pas pour regarder.

Le bois de mélèzes, de sapins et de pins cembro est un labyrinthe entrecoupé de petits précipices qu'il faut contourner.

Dans un passage raide, je me retourne pour lui proposer mon aide. Elle tient quelque chose dans sa main qu'elle se dépêche de glisser dans sa poche. Je crois qu'il s'agit d'un GPS. Dans cette épaisseur d'arbres, de pierres et de neige, je crois qu'il ne sert pas à grand-chose pour retrouver son chemin, mais je ne m'y connais pas. Il se peut que ça marche.

Elle n'a pas confiance ? Ce n'est sûrement pas la raison. J'ai soudain l'idée de prendre le passage plus difficile, en haut, à la sortie du bois. Qu'il s'agisse de mon instinct ou de celui de mon frère, il vaut mieux décourager une répétition.

En haut, le jour est limpide, mais le versant nord que nous remontons reste dans l'obscurité à l'ombre. Nous n'échangeons pas un mot. Je sens derrière moi le bruit de ses pas irréguliers. On se fatigue bien plus en les faisant irréguliers. Ils doivent être courts et égaux. Je ne me mets pas à expliquer comment on marche en montagne, ceux que j'accompagne ne doivent pas apprendre, ils doivent passer de l'autre côté.

Je ne compte pas les heures, je les connais. Il en faut trois pour sortir en haut du bois au milieu des rochers du vieil éboulement. Nous allons mettre plus de temps.

Aucune trace sur la neige dure, de la pointe de ma chaussure je creuse quelques marches dans les endroits plus raides. Je l'attache par la taille à une corde et d'en haut je l'aide à monter.

Je me conforte moi-même dans mon choix du chemin le plus mauvais.

À midi, nous sommes dans une clairière sous un surplomb. Le soleil entre de biais. C'est un bon point d'observation sur l'ascension accomplie. Une horde de chamois avec leurs petits est perchée sur une crête voisine au milieu d'une langue de soleil sans neige.

La femme est fatiguée, j'enlève mon sac à dos, elle se jette par terre avec un soupir de soulagement. Je m'éloigne, je prends mes jumelles et je regarde.

Quelqu'un apparaît et disparaît du pierrier, au milieu des rochers. Il est seul, il porte un fusil. Il suit nos traces.

La femme retire une barre énergétique de son papier et la mange. Elle demande où nous sommes, à quelle distance. Il faut franchir un passage vertical. Elle lève les yeux.

« Par là ? C'est impossible. Ne me dis pas que tu fais passer les réfugiés par cette paroi ? Où m'emmènes-tu ? »

Je ne réponds pas. Elle s'énerve, hausse la voix. Je baisse la mienne, je la ralentis. Je n'ai pas demandé à quoi servait la traversée. Nous restons ainsi, deux personnes qui ont décidé de se faire confiance.

Même lentes, mes paroles sont sorties sur un ton plus dur que je ne voulais. Alors j'explique, pour diminuer la tension. Au sommet de la paroi, nous suivrons un long chemin de crête qui monte et qui descend. À partir de là, nous resterons tout le temps attachés.

Elle se lève, sort des jumelles de son sac. Elle fait semblant de regarder le panorama, elle cherche quelque chose. J'ignore la raison de ces manœuvres, mais elle doit savoir qu'un homme nous suit. Sur la crête, nous serons visibles à distance et on pourra nous rejoindre d'un bon pas. J'imagine qu'elle fait exprès de ralentir.

Dans ce cas, je me détacherai et je me jetterai dans un pierrier. Je ne veux pas savoir qui est derrière nous ni pourquoi. Je n'ai pas de goût pour le mystère et chez nous on préfère en savoir le moins possible.

Je laisse mon sac à dos avec la tente et le réchaud à gaz dans une niche. Je le retrouverai au retour. J'attache la corde autour de ma taille et elle à l'autre bout. La paroi en surplomb a un point faible, une faille verticale qui s'élargit vers le haut en cheminée. Je commence à escalader, la roche est froide, mes doigts perdent de la sensibilité. J'y suis habitué, j'ai des cals qui servent de coussinets.

En serrant les bords de la cassure froide, la peau s'entaille. Je ne peux pas mettre de gants, la prise les ferait glisser. Je lui dis de s'en servir, je la hisserai, il suffira qu'elle pose ses pieds.

Je commence à peiner, ce n'est pas une saison pour faire ces excursions.

Plus haut, la paroi est au soleil. Quand j'y arrive, à cinquante mètres au-dessus du point de départ, la corde a donné toute sa longueur, je m'arrête et je me cale bien. Je l'appelle pour qu'elle commence à monter. Au début, elle avance péniblement, elle glisse, se suspend, jure. Le poids de son sac à dos complique ses mouvements et rend plus pénibles mes efforts pour la hisser.

Elle a de la bonne volonté, elle se calme, se concentre, domine son découragement et coopère.

Elle n'a pas eu peur, dit-elle quand elle arrive au point d'arrêt, parce qu'elle était en colère. Tant mieux, ce n'est pas une partie de campagne.

Je l'assure à un solide rocher en saillie et je repars vers le haut. Au soleil, l'ascension est plus légère, les pieds s'appuient plus sûrement sur le sec et supportent mieux le poids du corps. J'arrive tout en sueur au sommet de la paroi. Je la récupère, elle et la corde entre nous. Cette fois-ci, elle suit sans faux pas ni glissades. Une fois en haut, elle me dit qu'elle a presque aimé ça. Nous échangeons des sourires que nous effaçons aussitôt.

Bien que je sache qu'il y a un malheur en vue, le seul fait d'être attachés à la même corde me donne l'illusion d'une entente entre nous deux. C'est une erreur, mais je n'arrive pas à vouloir du mal à cette femme qui est en train de me trahir. Je lui montre la ligne de crête que nous allons suivre.

C'est l'après-midi et nous grimpons depuis neuf heures.

Les crêtes ne sont que montées et descentes sur de la neige et de la pierraille. À certains endroits, elles sont minces avec deux gouffres de chaque côté. Cette fois, nous avançons encordés court. Si elle glisse sur un versant, je me jetterai par terre de l'autre côté pour faire contrepoids.

Nous avançons lentement pendant une heure. J'ai l'espoir que la difficulté de la paroi à escalader décourage l'homme au fusil. Elle se met à ralentir, elle dit qu'elle n'en peut plus. Je m'attendais à ce coup-là. Je cherche le meilleur endroit sur la crête pour me détacher et plonger la tête la première dans la descente. Je vois un éboulis assez raide que je pourrais tenter. Pas de je pourrais, je dois tenter.

Il est à une cinquantaine de pas. Je me dis que je vais me détacher sans un mot et escalader en descente les rochers qui mènent à l'éboulis. Pendant que j'échafaude ce plan, un tir claque, je me baisse instinctivement. Nous nous retournons sans comprendre d'où est parti le coup. S'il est contre nous, nous pourrions être exposés à d'autres tirs. Nous voyons quelque chose qui chute d'une crête que nous avons traversée. C'est un corps, d'abord lent puis qui accélère en rebondissant sur la pente raide des pierres et des rochers. Elle met les mains devant sa bouche pour étouffer un cri.

Le corps d'un homme disparaît en se fracassant, une centaine de mètres plus bas. Elle crie un nom qui s'étrangle dans sa gorge. Nous sommes sur une bande étroite entre deux précipices. Je la tiens encordée court, je la tire vers un endroit sûr.

Nous sommes debout, attachés à la taille par la même corde. La première chose que je fais est de délier le nœud. Elle s'est raidie et regarde vers l'endroit plus loin, sans se rendre compte que je la détache. Je défais également mon nœud et je récupère les cinquante mètres de corde, je les enroule en écheveau et les mets sur mon dos. Elle se rend compte de mon manège. Un silence impossible est tombé entre nous. Je dois revenir sur mes pas, voir ce qui s'est passé. Je fais un effort pour le dire. Je voudrais le faire et c'est tout, qu'elle s'en sorte toute seule sur cette crête.

Elle me regarde sans un mot. Je ne suis pas capable de la laisser sans alternative. Je lui indique le chemin à suivre, encore un peu de crête facile, en descente, puis les bois pleins de sentiers bien signalés qui mènent dans la vallée. Nous sommes déjà de l'autre côté de la frontière. Elle a encore trois bonnes heures de lumière, c'est suffisant. Je ne parviens pas à dire autre chose tout en terminant mes préparatifs pour revenir en arrière.

« Il faut qu'on parle tous les deux. »

Il est tard pour discuter.

« Quand as-tu eu des soupçons ? »

Je ne suis pas très fort avec les soupçons.

« Dépêchons-nous, on n'a pas le temps de jouer à cache-cache. Tu as compris que je serais suivie. Tu as prévenu quelqu'un pour protéger tes arrières. Tu as pris la responsabilité d'un homicide, un des tiens a tué l'homme qui nous suivait. Tu n'es pas la personne naïve que tu veux faire croire. »

Je ne comprends pas un mot. Je n'ai aucune vocation pour les histoires policières. Je reviens en arrière et sans elle, parce que je dois aller vite.

« Tu me laisses ici ? »

La traversée est terminée, de toute façon je l'aurais laissée un peu plus loin.

Je suis pressé, je passe devant elle et je me lance en courant sur les pas que nous venons de faire lentement. Dans mon dos me parvient un merci crié, répété deux fois. Le bruit de mes pas m'empêche de comprendre s'il est dit sérieusement ou avec colère.

Sans elle, je vais à toute vitesse, j'arrive à l'endroit où est tombé le corps. Il y a plusieurs empreintes sur la neige en dehors des nôtres, au moins deux personnes, peut-être trois. Elles ont piétiné notre trace pour ne pas laisser des semelles de chaussures de montagne isolées. À l'endroit d'où le corps est parti, on distingue des taches de sang. Il a été traîné jusqu'au précipice. L'homme a été jeté en bas, les traces ont été recouvertes avec une pelle.

Quelqu'un a suivi l'homme, lui a tiré dessus et il avait même une pelle.

L'endroit où il est tombé se trouve au milieu des ravins et des crevasses, impossible de descendre pour chercher.

Je me dépêche, j'accélère en descente, je me laisse tomber le long de la corde au bas de la paroi escaladée. Je dois presser l'allure, je récupère mon sac à dos et je cours pour rentrer et éviter le bivouac. À l'ouest, menace un rouleau de nuages violets, en avance sur les prévisions. C'est une tempête de neige. Une furieuse énergie se déchaîne en moi, je cours et j'arrive en haut du bois à la nuit tandis que la tourmente déverse sa charge dans le vent.

Je descends à l'aveuglette, de mémoire, au milieu des arbres, je me bats avec les rafales, je me crie à moi-même que je suis dans mon élément, je suis chez moi, la tempête est un chien qui me fait des fêtes en sautant sur ma poitrine avec ses pattes. Je suis dans un demi-délire de fatigue et d'obstination, je tombe, je me relève, je me cogne contre des branches, la neige se soulève au-dessus de la terre, je la bois, je la crache, je l'écarte, je l'engueule. Je ne me trompe pas une seule fois en chemin, j'arrive à ma porte et je dois déblayer pour entrer.

Je me jette sous les couvertures, la neige encore sur le visage, sans une pensée. Je n'allume pas le feu, j'arrive juste à retirer mes chaussures et mes vêtements mouillés. Je suis vidé. Rien de ce qui s'est passé dans la journée n'affleure au-dessus de la fatigue. Mon corps n'autorise aucune distraction, concentré sur lui-même, sur le froid, sur l'estomac à jeun. Le sommeil me tombe dessus comme une avalanche tandis que la neige écrase la montagne dehors.

Le matin, il y en a un mètre et un reste de tempête tombe à lents flocons. J'allume le feu, je réchauffe tout près de l'eau pour me laver, puis le café et un reste de pain et de confiture avec la cuillère dont elle s'est servie. Elle a dû descendre à temps. Que transportaient-ils donc ces deux-là, la bombe atomique ? Pour tuer un stupide montagnard qui n'en a rien à faire. Quelques questions à vide pendant que l'eau se réchauffe, puis je me déshabille et je me nettoie par petits bouts de la tête aux pieds.

Maintenant, il faut que je réfléchisse, me dis-je.

Depuis quand mes pensées fonctionnent-elles comme ça ? Elles arrivent quand elles veulent et passent au large de ce dont j'ai besoin sur l'instant.

La vapeur se dégage de mes vêtements d'hier devant le feu. Le café fume, le pain aussi, je regarde hébété les étincelles du bois sec. Quel beau penseur, une demi-minute et je suis déjà distrait. Épicure me cracherait dessus.

Les planches du toit craquent comme des coques de noix, la cheminée souffle, les loirs font la course dans les combles. Je suis dans mon hiver habituel, hier n'a été qu'une de ses journées en plein air. Ici, à la montagne, avril n'entre pas dans le compte du printemps.

Je ne veux pas savoir, comprendre. Contrordre à la pensée : laisse tomber.

Je regarde autour de moi, je vais à la fenêtre. Mon sac à dos a laissé son poids sur mes vertèbres, mes mains ont les entailles de la fissure escaladée la veille. Elles disparaîtront vite, le corps fait comme la neige, il efface les traces.

Je sors faire des courses, je veux rester quelques jours. Le village est tout recouvert, la rue a disparu, les cheminées fument. Le chasse-neige ne vient pas chez nous, c'est le mois de mai qui se charge de nettoyer. Je fais mes achats à la boutique, je dis bonjour à quelques personnes, pas une seule ne pose de questions, on fait comme si j'étais absent depuis hier. J'apprécie cette discrétion de village, qui ressemble à de l'indifférence.

Je pose mes provisions à la maison, je passe à la taverne.

Le patron dégage la neige devant l'entrée, il me salue et me fait signe que mes deux amis sont à l'intérieur. Je lui dis de préparer ma table, je vais finir de déblayer à sa place. Il accepte volontiers, je me mets à balayer la neige. Elle est légère, elle n'a pas eu le temps de se compacter.

J'entre, mon couvert est mis à la table où sont assis le forgeron et le boulanger. J'hésite, ils m'invitent à m'asseoir d'un geste de la main. Ils me versent du vin, lèvent leurs verres. « Contents de te revoir. »

Je ne m'y attendais pas, mais je suis heureux qu'il n'y ait pas de rancune entre nous. Je bois une gorgée, le forgeron attend que je pose mon verre.

« Nous sommes quittes. »

Je le regarde lui, puis le boulanger qui fait oui de la tête.

« Pas quand je te l'ai dit la dernière fois, que nous étions quittes parce que je ne te tuais pas. Maintenant nous sommes quittes. »

Je l'écoute me raconter ce que j'ignore d'hier.

Ils ont vu la fumée de ma cheminée dont ils avaient d'abord senti l'odeur que le vent emporte de ma maison, la dernière du village. Le forgeron voulait venir s'excuser. Le soir, il a vu arriver un camping-car inconnu. Il s'est arrêté en dehors du village, personne n'en est descendu. Avant l'aube, il m'a vu sortir de la maison avec la femme et me diriger vers la montée. Un accompagnement pour une seule personne et hors saison : il voulait comprendre ce que je faisais. Un homme est sorti du camping-car avec une carabine de précision, pas un fusil de chasse. Il s'est mis à marcher derrière nous. Le camping-car est reparti.

« J'ai prévenu mon copain, j'ai pris mon fusil, lui sa pelle et nous vous avons suivis. À propos, pourquoi as-tu pris le chemin le plus difficile ? »

Je ne voulais pas montrer le meilleur. Nous parlons à voix basse, mais c'est inutile, personne n'entre.

« L'homme connaissait la montagne. Il est monté le long de la fissure sans être encordé et avec son fusil. »

Ils lui ont donné une longueur d'avance, puis ils ont grimpé eux aussi le long de la paroi. Arrivés en haut, ils l'ont vu monter un trépied entre les rochers et y fixer son fusil.

« Il a vissé dessus un viseur. Je n'ai pas attendu qu'il le règle. À cent mètres, j'ai visé le crâne et j'ai tiré, un seul coup. C'était aussi l'endroit idéal pour le faire disparaître. Sur notre versant de crevasses, où nous allions chasser les chamois. Il a dû glisser dans un trou, nous irons voir quand la neige de cette nuit aura dégonflé. »

Je demande qui c'était. On n'en sait rien, il n'avait pas de papiers, il ne voulait pas passer de l'autre côté. « Il avait une cicatrice sur le visage, la quarantaine et un très beau fusil. »

« Sans nous, il te tuait », dit le boulanger.

« Tu m'as sorti vivant de l'avalanche, je t'ai sorti vivant d'un piège. Maintenant nous sommes quittes », dit le forgeron.

Je dis oui.

« Cette histoire se termine là. Nous n'en parlerons plus entre nous ni avec personne. D'accord ? »

Nous vidons notre verre. Nous le retournons, il ne doit pas tomber une seule goutte, ainsi pas une syllabe ne tombera de nos lèvres.

Cette histoire se termine là.

Les traversées aussi sont finies, ils ont changé de vallée. C'est comme ça en montagne, les étrangers, les touristes viennent à l'improviste et à l'improviste ils s'en vont tous ensemble.

Ici, en montagne, on applique des lois différentes de celles des plaines. Ici, la vie est en contact plus étroit avec la mort. On vit au milieu des avalanches, des éboulements, des précipices, des hivers transis. Les hôpitaux sont loin. Un cal de survie se forme sur la peau. On est moins sensible aux vies perdues, hommes et bêtes vivent ensemble dans les étables et on ne s'attache pas trop les uns aux autres.

Ici, en montagne, la réputation compte plus que la vie. On peut prendre à un homme sa maison, sa terre, le forcer à émigrer, mais on ne peut lui enlever son honneur. Pour ça, il existe la peine de mort. Il ne faut pas se fier à celui qui a l'air le plus doux, le plus résigné. Si on l'humilie, il vous tendra un piège. Il est facile de disparaître ici. Les torts se règlent sans dénonciations, juges et uniformes. Les dettes se paient au prix de la vie.

Ici, en montagne, tout le monde a une arme cachée. Certains ont des explosifs, récupérés dans une carrière ou sur des bombes qui n'ont pas explosé. La montagne est un coffre-fort de secrets.

Les histoires de sorcières, d'ogres, d'animaux sont la chronique locale sous forme de légendes. Ce qui arrive chez nous se transforme en inventions. L'histoire du crucifié était sans doute aussi une relation d'événements transformés par la suite en légende sacrée. Sa condamnation à mort, l'agonie d'un homme jeune ont ensuite changé une colline de Jérusalem en autel.

Ces pensées tournent dans ma tête, je les attribue à mon frère tout en refaisant mes bagages. Après l'histoire racontée à la taverne, mieux vaut quitter les lieux, au cas où quelqu'un viendrait chercher le disparu.

Je monte dans le car, je retourne à la ville de mer. Les courbes des virages en descente rembobinent une pelote dans ma tête. Fatigué par ma journée de la veille, je m'endors sur mon siège.

J'arrive la nuit, je me dirige vers mon logement. Sans lune, les constellations étincellent dans le ciel. Sans sommeil, je m'assieds sur un banc la tête en l'air, posée sur mes mains croisées derrière ma nuque. J'entends le bruit des vagues, la respiration forte de la mer, celle d'un asthmatique.

En haut, brillent des épingles de lumière, elles piquent les yeux. Pour arriver jusqu'à mes cils, elles consument des réserves infinies d'énergie, en traversant les années-lumière.

La veille au soir, je courais à l'aveuglette dans la neige, maintenant je règle ma respiration sur le rythme des vagues. La veille au soir, exposé au viseur d'un fusil, maintenant à l'abri d'une nuit de printemps : puissance de la géographie qui en quelques heures sépare des bouts de vie opposée.

Je reste la tête en l'air pour prolonger la distance de mes courses d'hier. La femme a dû s'en tirer ou bien elle dort dans une cellule. Elle aussi fait l'expérience de la distance qui la sépare des pistes d'hier. Elle s'est sûrement plongée elle aussi dans un sommeil fleuve.

Les dangers cessent toujours au moment où les paupières tombent comme un rideau de théâtre. On est toujours sauvé dans un sommeil.

La nuit, les pensées sont volontiers changeantes, la tête vide est un pâturage pour leur paisible rumination. La silhouette du crucifié réapparaît entre les branches de la Voie lactée.

Celui qui meurt ne se sent pas mourir lui-même : il sent mourir le monde, les personnes tout autour, les jours, les nuits, les planètes, les mers. Celui qui meurt sent s'éteindre l'univers hors de lui. C'est la miséricorde offerte à chaque mort qui dissout le désespoir dans l'immensité de toutes les extinctions.

Je vois gicler en l'air une étincelle qui s'éteint aussitôt. Elle voyageait depuis des millions d'années avant de s'effriter en miettes brûlantes dans le frottement avec une atmosphère, maintenant. Maintenant : je viens d'assister à l'événement le plus ancien que je connaisse. « Maintenant » est pour un instant un mot gigantesque.

L'univers mélange ses fragments, rien n'est étranger. La seule fois où le crucifié a parlé d'étoiles, ce fut pour annoncer leur chute. Elles sont encore là, plus émiettées mais à leur place, comme les montagnes. Il ne parlait pas de leur écroulement, mais du sien.

Il savait que la fin du monde coïncide et se répète avec la mort de chacun. Le ciel se repliait comme un rouleau en même temps que ses râles.

Cette nuit, mon frère est en forme, il allume ses pensées comme des feux de Bengale. Je respire profondément, cassant le rythme des vagues. Je cherche dans l'air une autre étincelle. Elle ne se produit pas. Je souris de me voir dans l'étrange attente d'un événement cosmique privé, l'à-présent d'une autre extinction.

Je me ressaisis avec un frisson de froid. Je baisse les yeux à terre, je mesure l'effort nécessaire pour distinguer nettement le sol entre mes pieds, après avoir voyagé dans les galaxies. C'est le vertige inverse de l'astronome. Les premiers pas sont ceux d'un ivrogne qui trébuche sur lui-même.

Le matin, je me rends au presbytère, le curé est sorti, occupé par les préparatifs de Pâques. Il va dans les maisons pour les bénir. Dans la grande salle de la statue, je suis surpris par une lumière plus forte. On a changé l'éclairage, il est vif, il efface les ombres. La nudité est plus violente, la mutilation plus tragique.

Je passe un linge humide sur le corps pour enlever la poussière, le linge n'est pas sale. On l'a déjà fait en mon absence.

La blessure de l'entaille intercostale semble plus large, les ronces des tempes plus pointues. La lumière excessive est une erreur. Au moment de la mort, le ciel était noir de pluie condensée.

Je passe le bout de mes doigts autour des clous. Je m'étonne de ne pas l'avoir fait. Sur la tête du premier, celui des pieds, je sens quelque chose de gravé sous mon doigt. Je monte vérifier les deux autres. Je sens aussi sur eux comme un petit sceau. Je regarde mieux avec la loupe, ils sont différents. Je recopie ces signes sur un cahier pour les montrer au rabbin.

Je me reproche de ne pas avoir procédé plus tôt à une inspection complète de toute la surface avec ma loupe et mes doigts. Je fouille chaque centimètre pendant une heure, sans trouver d'autres signes.

Je vais chez le rabbin. Leur Pâque est déjà passée. Pour eux, c'est la célébration d'une traversée. Ils franchissent la frontière de l'Égypte et de l'esclavage. Ils entrent dans la liberté qui, au début, est un désert grand ouvert. Derrière eux, le passage se referme à double tour, ils inaugurent le voyage. C'est la première fête d'égalité des histoires sacrées, aucun d'eux n'est esclave.

C'est ce qu'il m'explique, en me recevant chez lui cette fois. Il m'offre un café turc, sa famille vivait à Istanbul.

Son bureau est une fortification de livres, qui forment partout des tours, des gradins, du sol au plafond. Sa table de travail est un pont-levis. Pour la plus grande partie, il s'agit de littérature. Il me présente d'un geste les parois surchargées.

« Je suis leur hôte, dit-il sans plaisanter.

« Ils me préparent à l'étude des histoires sacrées. Ils sont l'antichambre, la cour. Après leurs pages, je peux entrer dans l'enceinte. »

Je lui montre les trois signes gravés sur la tête des clous. Il hoche la tête, cette fois-ci encore il s'agit de lettres hébraïques.

« Ce sont *alef*, *dalet*, *mem*, ils forment le nom Adam. C'est lui l'auteur, c'est ce que veut dire le sculpteur par ce message. Adam, l'espèce humaine tout entière, a planté ces clous en laissant sa signature. Dans les Évangiles, on rapporte la phrase “Pourquoi m'as-tu abandonné ?". C'est la répétition d'un vers de David dans un psaume. En hébreu, on peut lire sans point d'interrogation : "À quoi m'as-tu abandonné". Comme un acte d'accusation, regarde à quoi tu m'as abandonné. À quoi : en hébreu, on peut lire l'équivalent en valeur numérique : "À un Adam tu m'as abandonné". Voici son nom sur les clous. »

Le sculpteur a voulu être écrivain. Il a semé des lettres sur la surface pour ajouter une ligne à cette histoire.

Son identification physique avec le crucifié lui avait imposé la connaissance de l'alphabet hébraïque. Il avait gravé une écriture sur la statue, mais loin des yeux. Non pas pour le spectateur qui observe, mais pour celui qui s'approche, qui traverse la frontière de la distance et arrive à toucher avec la main. Les signes sont là pour qui est disposé à se laisser contaminer.

Je me retrouve devant le gouffre des significations, j'ai besoin de m'appuyer sur une gorgée de café turc. Le rabbin me laisse le temps de le déguster. Puis il conclut.

« Être condamnés à mort nus. Tel fut le sort de mon peuple au siècle passé, dans le désert d'Europe. Dévêtus avant d'être tués : les assassins répétaient en automates les préparatifs de la crucifixion d'un Juif. »

Troublé par ces informations, je me cogne à une pile de livres qui s'écroulent par terre. Je suis confus, je les ramasse, je m'excuse. Il m'aide, en disant de ne pas m'inquiéter pour les livres.

« Ils ne sont pas fragiles, ils se laissent maltraiter. Ils résistent mieux que nous à l'usure, au gel, aux exils et aux naufrages. Leur prodige est de savoir prendre le temps de celui qui lit. On ouvre Homère et on le trouve à côté de soi. On le referme et il s'en retourne dans ses siècles. »

Je repasse chez le curé en pensant à Homère. Il n'en va pas de même pour le crucifié, pour son discours de la montagne, sur les égalités, sur le bonheur. Je referme les pages de Matthieu et elles ne retournent pas dans leur millénaire. Elles se sont glissées dans l'écoute, elles font du lecteur un témoin, quelqu'un qui était là.

Telle est peut-être la distance entre Homère et Matthieu.

J'en parle avec le curé rentré de sa tournée de bénédictions. Il range l'eau bénite, l'instrument qu'il appelle aspersoir, il retire ses ornements religieux.

Il frappe consciencieusement à chaque porte. Une moitié refuse, un quart ne répond pas, le reste accueille l'eau et les paroles. C'est son marathon de Pâques. Il bénit aussi les portes fermées.

Il lit rarement Homère. Pour lui, Matthieu est son journal quotidien qui lui raconte la dernière nouvelle, tandis qu'Homère a le charme de la légende.

« Matthieu, c'est la terre ferme. Homère, la mer, pas la vôtre, aimable même quand elle enfle. Ma mer, c'est l'Atlantique furieux des Antilles, les ouragans et les coups de patte des tourbillons de vent qui arrachent les toits des maisons. Mais revenons à nous. »

Il est allé faire un essai avec l'évêque pour voir ce que donnerait l'assemblage. La première impression est celle d'un ajout voyant. Puis l'impression s'inverse, la pièce appartient au corps.

« En regardant plus lentement, on n'y fait plus attention. Le début d'érection est estompé, il faut vouloir le trouver. Sur l'original, sur la photo de l'époque, le blanc accentuait le détail. Le marbre différent attire au contraire l'attention sur les veines, qui rappellent la torsion du corps. Le marbre que tu as trouvé et travaillé est une idée d'artiste, nous le reconnaissons. La nature, comme tu l'appelles, se révèle plus dissimulée qu'exposée. »

Je lui demande la raison du nouvel éclairage.

« Nous avons ajouté de la lumière pour mettre en évidence la peine supplémentaire de la nudité, la volonté d'humilier ainsi le condamné. Cette nudité veut ajouter de la honte. Il y a des femmes autour, une assemblée. Mais ici, sur la statue et sur la croix, on assiste à un retournement. Le corps blessé se transfigure et sa nudité passe de la honte d'un être humain à la pureté d'un agneau sacrifié. La croix devient autel et le corps son offrande. »

Je peux procéder à l'assemblage.

Je lui parle des trois lettres hébraïques gravées sur la tête des clous, de l'aide que m'a apportée le rabbin. Il en parlera à l'évêque, mais il peut déjà me dire que ces signes ajoutent une profondeur à la sculpture et qu'ils seront rendus publics comme les autres découvertes que j'ai faites sur la surface. Le rabbi, comme il l'appelle, sera invité à l'inauguration. Je demande d'inviter l'ouvrier algérien de la carrière de marbre qui m'a donné le bloc. Même s'il ne vient pas, il sera content de recevoir l'invitation.

Il me remet la nature enveloppée dans un délicat tissu en lin.

J'ai envie de marcher, je vais sur la plage. Le vent me frictionne le visage, il se glisse dans mon nez, dans mes oreilles, tire quelques petites gouttes de mes paupières. Les pupilles se lavent avec le vent, pas avec le savon.

Je marche quelques heures, je ramasse de petits bouts de bois tordus, de la nacre, par habitude de regarder par terre. Des algues sèches s'émiettent sous les pieds. Les miens sont deux bouts de bois fins et maigres, ils pourraient appartenir à Pinocchio. Mes jambes aussi sont décharnées, au large dans n'importe quelle paire de pantalons. Le vent s'abat sur elles en faisant flotter l'étoffe superflue.

Je retrouve l'endroit où nous nous sommes assis la femme et moi, sous l'enseigne d'une plage privée. Le sable est égalisé, sans trace de notre poids. Il faut le glissement d'un glacier pendant des millénaires pour laisser sur la face des montagnes la marque de passage d'un frottement. Il faut d'énormes catastrophes pour graver un souvenir sur la face du monde. La prétention de laisser un signe n'est pas à notre portée.

Il n'y a pas de pêcheurs à la ligne. Le rivage aussi est une frontière et je pourrais la franchir en entrant dans la mer. Je poursuivrais mon chemin, je descendrais sur le fond.

La pensée de mon frère n'est pas d'accord : pas sur le fond, car dans l'eau une force opposée à celle de la gravité pousse, en ôtant du poids, en soulevant le corps pour qu'il flotte. Le Syracusain Archimède s'en était aperçu, lui qui s'occupa de terre, de ciel et de mer.

Il fut tué vieux par un jeune soldat de Rome. Le renouvellement des générations peut être une catastrophe. Les vieux devraient mourir d'amour, en tombant d'une échelle appuyée au balcon de leur bien-aimée.

Mon frère parle avec le vent qui entre dans mon nez et va droit dans mon crâne pour lui rendre visite. Il me renvoie des pensées de l'espèce des éternuements, soudains, qui piquent pour qu'on les chasse.

Je ramasse une pierre creusée par des mollusques, un de leurs immeubles abandonnés. Je mettrai un peu de terre et une graine dans ses trous ronds. J'invente une variante de son logement.

Je marche jusqu'à ce que j'aie soif.

Pendant le dîner, je m'informe sur les résines modernes pour coller le marbre. L'ouvrier algérien me recommande une résine époxy et de bien nettoyer les deux surfaces de contact. Il est préférable de les rendre poreuses. Ce sont des conseils évidents, mais je suis content de les entendre de sa bouche.

J'achète la résine et du papier de verre à gros grains pour donner plus de rugosité aux deux parties à assembler.

Il reste à réaliser cette facile opération et ma tâche sera terminée. Je me suis approché de l'œuvre dans un corps-à-corps, jusqu'à l'imitation de la circoncision.

Avant de descendre dans la grande salle pour la dernière fois, je passe chez le curé. Je lui redis mon désir de ne pas voir figurer mon nom en marge de la restauration. L'œuvre est celle du sculpteur, moi je suis son adjoint dans un détail.

Il me fait remarquer que mon nom sur la restauration me procurerait d'autres commandes. Peu importe, je n'ai pas besoin d'augmenter mon chiffre d'affaires, dis-je pour plaisanter. Je n'assisterai pas à l'inauguration, je connaîtrai le résultat final avant les autres, puisque c'est moi qui l'inaugurerai.

Je m'en vais. Je me sens un peu étourdi, comme après une fièvre de plusieurs jours. Je retire le bloc de marbre du morceau de lin, le contact fait vibrer mes doigts. C'est ce que j'ai su faire de mieux, mon chef-d'œuvre. Je souris de moi-même.

Je rends rugueuses les deux surfaces de contact avec le papier de verre. J'approche le bloc pour faire un essai. Je sens la résistance de deux aimants qui se repoussent. L'enchantement du moment me trouble, une faiblesse sous le coup de l'émotion. J'essaie à nouveau avec un peu plus d'énergie, le bloc glisse de côté.

Je ne comprends pas et, comme d'habitude, je ne cherche pas à comprendre, je dois seulement exécuter. Je me calme et j'essaie à nouveau. Une force repousse.

Suis-je devenu fou ? De quelle force est-ce que je parle ? Je parle, je suis en train de parler, avec une voix qui bafouille. Mes lèvres bredouillent toutes seules. Je ne sais pas ce qu'elles disent. Je touche mon front pour mesurer ma température. Il est frais. Je le touche encore, il est brûlant. Je suis en colère contre moi. D'un bond, je me jette brusquement sur le point de jonction. Mon effort est intense, un corps-à-corps, mais j'appuie si fort que je finis par glisser de côté et tomber par terre.

Repoussé. Ce n'est plus un enchantement, impossible de terminer l'œuvre. Je me suis même fait mal aux côtes en protégeant dans ma chute le morceau serré à deux mains. La sculpture ne veut pas de mon ajout.

L'explication est bancale comme mon état.

Repoussé. Fin du chef-d'œuvre, de mon arrogance. J'ai atterri les quatre fers en l'air et un élancement sur le côté m'empêche de me relever. Je suis dans une position ridicule, en boule par terre, avec la nature que je n'ai pas lâchée et que je serre encore. Je suis recroquevillé sur moi-même et tout endolori au pied du solennel crucifix. Il y a de quoi être fier. J'espère que le curé ne va pas entrer.

J'imagine la tête du curé entrant à l'improviste : un début de fou rire et un accès de toux arrivent en même temps. Je suis pris de légers soubresauts, puis plus forts, un rire convulsif me secoue et me lance dans les côtes. Une d'entre elles a dû s'intéresser au carrelage. Mon rire exacerbe la douleur et me fait rire encore plus. Des larmes coulent, je ne sais si c'est l'effet de la douleur ou du comique de la situation. Rire et larmes se confondent et ne cessent qu'au moment où je halète, à bout de souffle. Je me calme, épuisé, mais le rire repart convulsivement. Je ne parviens pas à l'arrêter, je crois que j'ai même mouillé mon pantalon.

La tête du curé me surprenant dans cet état continue à donner de l'énergie à mes secousses. Il n'est pas entré, il n'est pas entré : je tente cette phrase d'exorcisme et mon rire atteint son paroxysme.

Il s'arrête par épuisement d'énergies. Je suis trempé jusqu'aux os de tous les liquides de mon corps, il ne manque que le sang. Je serre encore des deux mains la nature de marbre. Je relâche ma prise, je laisse rouler le morceau sur le sol, mes doigts restent contractés.

Même après l'avalanche, je ne m'étais jamais senti aussi épuisé. Je me relève lentement, en m'appuyant sur la base du crucifix. Impossible de me redresser plus haut que sur mes genoux. De cette pieuse position involontaire, je lève les yeux vers la statue. Je lui demande pardon. C'est la première fois que je l'observe de ce point de vue vertical. Les paupières entrouvertes, le pli des lèvres : d'ici on dirait qu'elles ébauchent un sourire. Je suis tellement meurtri que j'imagine l'avoir fait sourire.

« Tu n'as pas encore compris ? »

Ce n'est pas la statue qui parle. C'est mon frère, un enfant de six ans. C'est la première fois qu'il sort à découvert, à haute voix, hors de mon crâne. Je reste muet, sans parvenir à me mettre debout.

« Tu exécutais ce travail avec orgueil et tu as été repoussé. Tu dois l'exécuter en tremblant. »

Je ne le remercie pas. Je m'appuie au pied de la statue, je me remets debout. Je fais un geste que j'aurais dû faire en entrant ici. Je retire mes souliers. Puis j'enlève le reste de mes vêtements. J'ai des frissons. Je ramasse le morceau.

Je mets de la résine sur les deux surfaces de contact. J'approche la nature de son point de jonction. Je ne maîtrise pas le tremblement de mes mains, j'ai peur de mal l'attacher, d'être imprécis. Les deux parties s'attirent toutes seules. J'approche. J'unis. Fin.

LE TOUR DE L'OIE

2018

Traduit de l'italien par Danièle Valin

© *Éditions Jacques Brel, Bruxelles, 1967,*
pour l'extrait de La Chanson des vieux amants.
Auteur : Jacques Brel – Compositeurs : Jacques Brel & Gérard Jouannest.

Titre original :
IL GIRO DELL'OCA

© *Erri De Luca, 2018.*
Première publication par Giangiacomo Feltrinelli Editore, Milan.
Publié en accord avec l'Agenzia letteraria Susanna Zevi.
© *Éditions Gallimard, 2019, pour la traduction française.*

PRÉFACE

L'espace d'un tiers de seconde, les paupières descendent brusquement sur les yeux. Environ quinze ou vingt fois par minute. La vue ne s'interrompt pas, car le cerveau réunit les points lumineux.

C'est ce que doivent faire ces lignes, courir sans percevoir les points, les alinéas.

La ligne à lire doit se situer entre deux battements de cils.

C'est un soir sans électricité, la foudre l'a éteinte, comme un rugissement fait taire un moineau. La flamme de la cheminée éclaire la table à manger tandis que j'allume une bougie.

Je ne sais de quelle mère tu pouvais venir au monde, fils que je ne peux dire mien.

Ce soir, tu écoutes tandis que je te parle.

D'autres fois, je parle à une assiette, dans mon verre, au mur. La voix sort désireuse d'en écouter une.

Ce soir, tu es présent, c'est à toi que je parle.

Je lisais un livre où un vieil homme s'invente un fils. C'est un menuisier et il le fait en bois. Il aimait l'idée qu'on l'appellerait papa.

Tu es apparu comme ça, côte d'une autre histoire, fils de quelqu'un qui joue avec les mots, matière qui ne vient pas d'un arbre coupé. Le papier sur lequel j'écris, lui, oui.

Tu es adulte, je ne sais pas comment tu étais avant. Je ne t'ai pas grondé pour un jeu dangereux quand tu étais petit, ni mesuré la température sur ton front. Ce soir, nous nous trouvons à table, pour dîner.

Quand j'étais jeune, une femme m'a dit qu'elle avait avorté. J'ai gardé le silence, je ne comptais pas dans sa décision prise et suivie.

Nous étions ensemble et avec une foule de jeunes de notre âge. C'était un amour et un temps qui ne pouvaient s'occuper d'une vie privée.

Une grossesse voulait dire alors donner un fils en pâture au monde.

Tu n'es pas ce fils, bout de vie en voyage, retiré à la cuillère. Ensuite, elle n'a plus pu en avoir.

Tu es un étranger, fils, autant que la lune dans le ciel le matin, qui reste encore après le déclin de la nuit.

Je te raconte un peu de vie qui a filé. Mon père, ton grand-père, depuis qu'il était presque aveugle disait qu'il sentait les nuages de la pointe de ses cheveux. Des caresses passent sur le crâne de ceux qui ne peuvent les voir.

À nous ses enfants, il nous fit signer chez le notaire notre renoncement à son héritage. Il se dépouillait de toute possession. Il me demanda de signer.

Je lui dis qu'il était impossible de nier, de renier son héritage de livres, de montagnes, de langue italienne et ses leçons sur la vanité des questions d'argent.

Il me demanda de signer. Je fis ma plus fausse signature.

À toi, fils, je ne laisse rien. Tu renonces à ton héritage sans que je te le demande. Je ne pèserai pas sur toi dans ma vieillesse, qui n'est pas obligatoire.

Jusqu'ici, ce n'est pas le temps qui m'a usé, c'est moi qui l'ai usé. Je l'ai balayé dans le col d'une clepsydre horizontale. Clepsydre est un mot qui vient du verbe voler. Qui est le voleur, le temps ou nous ? Je me dénonce, c'est moi qui l'ai volé.

Je m'arrête parfois pour voir comment est le temps sans moi. Il s'écoule quand même, il se laisse voler par quelqu'un d'autre.

Si je te serre la main maintenant, il s'interrompt.

Je sens ta main de pierre dans chaque caillou lisse que je lance sur l'eau pour le faire rebondir.

On peut regarder la lumière d'une bougie, elle n'aveugle pas. Elle brille dans tes yeux noirs, elle ne fait pas pleurer.

Dans les vieux livres, les chevaux pleuraient la mort de leurs cavaliers. C'était une époque qui donnait du poids aux larmes. Aujourd'hui, les yeux restent secs sans effort pour les contenir.

Je suis d'une époque révolue, je pleure pour un deuil, un sauvetage, le souvenir de ceux que je vois en rêve.

Les larmes sont différentes entre elles, légères, chaleureuses, joyeuses, graves, inutiles.

Mes yeux vieillissants se réveillent avant le jour, ils mettent en route le premier café alors qu'il fait encore nuit.

Je parle tout seul ? J'invente ta compagnie ?

Je l'invente si fort que la réalité ne peut l'égaler. Ta présence suffit ici et ce soir pour créer ma paternité.

Les femmes que j'ai tenues dans mes bras ont voulu un enfant, mais pas de moi. Je ne leur reproche rien ni à elles ni à la vie, j'ai eu plus qu'il n'est juste, ce qui est déjà beaucoup en soi, car le juste, comme le nécessaire, manque à la plupart.

J'ai eu les montagnes touchées de la pointe des pieds et des mains, leur immensité effleurée en surface. J'ai eu les mots. Sans eux, je me cogne contre les murs. Je me cogne aussi avec eux mais les murs je les vois bien et je me prépare au choc.

J'ai eu un corps entier qui recoud la nuit les déchirures du jour, qui respire et bat ses coups même quand j'oublie d'exister.

La nuit dernière, ma mère est venue me rendre visite dans un rêve. Elle était assise sur un banc au fond d'un salon, je suis allé vers elle, elle s'est levée, nous nous sommes serrés fort. Comme d'habitude, je pleurais et pas un mot.

Née en 1925, sa mère en 1900, moi en 1950 : en 1975 c'était mon tour.

C'étaient des femmes, elles mettaient au monde en temps conçu et convenu.

La gestion des naissances ne nous revient pas à nous, du genre masculin. Nous exprimons notre désir, comme lorsqu'on goûte une primeur.

En 1975, l'échéance des naissances s'est interrompue. Mon nom se trouvait avec bien d'autres dans les registres de la police. Il ne pouvait qu'empirer et c'est ce qu'il fit, il empira.

Je me suis rappelé l'échéance en 2000, mais il n'y avait pas la femme qui voulait être ta mère. Tu serais un jeune garçon et non pas l'homme que tu es.

J'étais dans une ville d'Amérique du Nord, écrivain invité sur un piédestal provisoire.

Par la fenêtre d'un dixième étage, je regardais la foule effilochée, chacun pour soi, sur les trottoirs.

Je connais la foule qui va d'un bloc dans une direction, en marchant au milieu de la rue. Je connais la foule qui descend du trottoir. Elle devient troupe, classe, carrément peuple.

Je regardais du dixième étage et je me disais le vers d'Izet Sarajlić à sa femme Miki : « Aucune toi ».

Elle était devenue un nom sur la pierre au cimetière.

Lui ne se résignait pas à ce que dans le monde plein de femmes, aucune ne pouvait être elle.

Aucune toi, répétais-je à la foule des trottoirs de cette ville. Aucune n'était ta mère.

J'avais inauguré mes cinquante ans en écrivant un conte sur une bosse qui contenait des ailes.

À table, il y avait encore des aubergines à *la parmigiana*, sans mozzarella, parce que je les préférais froides, reposées et sans grumeaux caoutchouteux.

C'était la bienvenue de maman à mon vagabondage *après* les livres. On dit derrière, mais elle disait *après*, comme c'est l'usage à Naples.

J'avais cessé depuis peu les métiers ouvriers, je touchais des droits d'auteur, drôle et illégitime qualificatif pour celui qui écrit des histoires. Elles ne sont pas à moi, elles appartiennent à la vie et au vocabulaire, moi je les mets ensemble. Seul me revient le droit d'assemblage.

Ces pensées en tête, je me mettais au balcon d'une ville de cinéma, posée sur le parallèle qui passe aussi par Naples.

Une fois interrompue la série des naissances, j'étais un rameau sans bourgeon ou, comme dit un de mes amis pêcheurs : un rocher qui ne fait pas de patelles.

Je te parle à toi ce soir qui n'est même pas celui-ci. C'est un soir.

Toi, tu es là, plus vrai, plus proche et consistant que le plafond. Je te parle à toi et non à moi-même.

Je le sais parce que avec moi je parle napolitain.

Je bois à présent une gorgée au goulot de la bouteille, je ne me lève pas pour prendre un verre. Si je me levais, tu pourrais disparaître. Ça ne t'ennuie pas si nous continuons ? Juste un peu, je ne tiens pas longtemps éveillé le soir.

Dans la chambre de mon enfance, il y avait un tapis délavé. Au printemps, on le battait au soleil, puis on l'enveloppait dans du papier journal en compagnie de la naphtaline. Son odeur prévenait du changement de saison.

Je ne crois pas aux tapis volants. D'autres choses peuvent voler, un ballon, un boomerang, une petite fusée en papier.

Un peintre faisait voler des chèvres, des violonistes et des vaches.

Je m'en souviens, j'étais assis sur le bras d'un fauteuil astronef, papa aux commandes feuilletait un livre d'art.

Il m'apprenait à regarder les tableaux.

Il me donnait une minute pour que je retienne bien, puis il m'interrogeait sur les détails : combien de chaussures voit-on, de quelle couleur le vêtement, quels animaux.

Une fois, je lui ai demandé ce qu'il y avait en dehors du cadre. Il m'a répondu : rien.

Impossible : il y a, il devait y avoir l'immensité exclue. Je le sais maintenant. L'objection me manquait alors.

Seuls Vélasquez et Raphaël rassasient ma vue et je ne pense pas à chercher au-delà de l'encadrement.

Chaque reproduction était un endroit visité avec lui. Ce fut prodigieux d'avoir un père.

Maman était réelle, quotidienne, lui était sporadique, prestidigitateur de sa présence.

Quelquefois, les livres aussi volent, les pages s'ouvrent, retombant comme les chats sur leurs pattes.

À la seconde même où maman est morte, il en tomba un de l'étagère la plus haute. Je l'ai ramassé plus tard.

La première minute, j'avais crié une longue syllabe, la négation brève. Je ne suis pas du genre à crier.

Aussitôt après, le livre était tombé, avec les poèmes de Keats. L'un d'eux disait, oui, disait, car les poèmes disent ou bien se taisent :

Poésie, Gloire et Beauté sont éclatantes, c'est vrai,
Mais la mort est plus éclatante encore[1] – …

Le corps de maman a brûlé avec sa robe de chambre. J'ai pris la boîte des cendres au dépôt des crémations. Maintenant, elles sont sous le pin fendu.

Je pense à elle quand je fais mes deux solitaires avec les cartes napolitaines. Elle est assise sur une chaise, tournant le dos à la cheminée allumée, elle lit un livre, s'arrête quand je dispose les cartes.

On les appelle des solitaires, mais les miens sont accompagnés par elle.

Vous m'accompagnez dans mes isolements, vous qui n'êtes pas là officiellement.

Elle lisait la nuit, quand la sirène de l'alerte aérienne coupait son sommeil.

Elle fut la meurtrière de ses sommeils, le hurlement, le coup de pied qui jetait dehors avant le déluge des bombes.

La sirène retentissait toutes les nuits et elle, elle réagissait avec ses pieds, en les posant par terre.

Ce fut la nouveauté du XXe siècle, l'avant-dernier cri de la modernité.

Ça me fait peur : elle me l'a dit, une seule fois, la voix brisée. Elle l'a reconnu comme un reproche au monde et à moi aussi.

Elle m'avait inculqué le contraire, le devoir d'attaquer de front les peurs.

Elle disait : « *S'adda tene' curaggio.* »

Il faut avoir du courage : je ne suis pas arrivé à en avoir, mais j'ai persécuté mes peurs jusqu'à les étourdir.

Elle n'admettait que les terreurs de la nature : tempêtes, incendies, tremblements de terre, éruptions.

J'ai retrouvé son idée fixe dans un psaume de David, qui se

1. Traduction de Paul Gallimard, *Poèmes et poésies*, Gallimard, 1996.

demande ce que pourrait lui faire un être humain, un bout de chair.

Lui, il craint la divinité, et il ne peut donc craindre autre chose.

C'est ce qu'elle exigeait d'elle-même et elle se maudissait pour sa terreur des bombardements.

Que pouvais-je faire ? J'ai pris sa sirène, je l'ai glissée dans mes nerfs avant de l'entendre et quand je l'ai rattrapée, une nuit de printemps au bout du siècle, elle n'avait pas sa morsure de peur et d'angoisse. Elle ne vient jamais me réveiller dans mon sommeil.

Je n'ai pas su faire la caresse du père qui console sa fille effrayée par l'ogre dans son rêve. Je n'ai pas su faire cette caresse.

Ainsi, je suis allé là où retentissait la sirène terminale du XXe siècle, son adieu.

Ainsi, je me suis enfermé dans une chambre de l'hôtel Moskva et je ne suis pas descendu dans les abris. Parce que je n'ai pas su faire cette caresse.

Avant de mourir, elle le savait. Elle m'a dit qu'elle espérait trouver des livres là-bas, de l'autre côté. Sinon, ils lui manqueraient, plus que moi.

J'étais défaillant, je n'étais pas à la hauteur. Les livres lui tenaient compagnie mieux que moi.

Et je ne peux pas dire : je ferais mieux aujourd'hui. Je ne peux pas me croire.

Être avec toi, fils, me retire du passé. Tu me fais déboucher dans le présent d'un soir réchauffé par le bois de mimosa, qui pousse tout seul dans le champ.

Cet hiver ne mord pas jusqu'à l'os comme il le faisait auparavant. Les hivers aussi vieillissent.

Les vieux et les écrivains sont comme ça. Ils répètent les histoires, avec un ajout ou un oubli.

Un jour, j'étais à un bout du monde pour un festival, comme on dit, de littérature.

Je suis allé au zoo.

Deux tigres s'accouplaient en soufflant, des lionceaux se poursuivaient, un singe demandait l'aumône, tendant la main à travers la cage pour qu'on lui donne à manger.

J'étais venu pour rencontrer l'orang-outan roux cuivré, retiré des forêts d'Indonésie, les forêts elles aussi retirées.

L'orang-outan était assis, immense, royal, à l'abri.

Je le voyais à l'autre bout de son enclos, séparé par un fossé et un parapet. Il est venu vers moi.

Si un arbre avait des yeux, ce seraient les siens.

Planté de tout son poids sur ses jointures, il contenait le gisement des générations et me rappelait l'époque où mon corps aussi se balançait suspendu à une branche.

Les yeux de l'orang-outan m'ont accompagné au fond de moi-même, au temps où nous vivions ensemble.

Dans une des nuits primitives, nos yeux astronomes regardaient le manège des étoiles depuis les arbres les plus hauts et à travers nos pupilles nous absorbions le corps de la nuit.

L'hypnose de ses yeux a duré moins d'une minute.

Mon instinct me poussait à sauter le fossé et à me faire adopter. Mais j'ai regardé par terre et je suis parti.

J'ai éprouvé le vertige de remonter au vague présent à partir d'un passé lointain.

Fils, je ne t'ai pas emmené au cirque, ni au zoo, dans aucun de ces esclavages d'animaux.

La nature soumise n'est pas le bœuf à la charrue, le yack sous le bagage de l'expédition, le chameau sellé : c'est le zoo.

J'y allais avec mes livres sous le bras, désertant le lycée.

J'usais en semi-liberté les heures que les étudiants passaient sur les bancs.

Pour qu'on ne me voie pas dans la rue, je m'enfermais là. J'étais le premier à l'ouverture des grilles.

Les employés me regardaient de travers, eux privés de la chance d'étudier, moi qui la gaspillais.

Une fois franchie la réprobation, je marchais dans les allées d'eucalyptus, j'inspectais les enclos.

Au milieu des cages, je reconnaissais mon privilège, mais il ne me suffisait pas.

Je lisais des livres d'autres libertés, prises de force, des histoires de rebelles américains.

M'en aller : le verbe à l'infinitif solitaire tapait dans ma tête.

J'étais un fils ingrat, penser à ce détachement était de l'ingratitude.

J'inaugurais mes âpretés.

Ma mère allait rencontrer les professeurs, elle les écoutait, revenait avec des reproches. J'encaissais en silence, j'accumulais des élans d'expulsion.

L'adieu à la maison, à leur table préparée, au lit fait, à l'argent pour le bus s'était planté en moi.

Adieu à la ville pour n'importe quel ailleurs. Aucun lancer de monnaie pour me donner une direction.

La liberté est une ruelle étroite, je l'ai compris alors, au milieu des cages du zoo.

Certains animaux me reconnaissaient.

J'apportais en cachette de chez moi des bouts de pain sec. L'éléphant allongeait son nez préhensile pendant que je tendais mon bras au-dessus du fossé de séparation.

L'échange avait lieu en un quart de seconde. De ses narines il touchait mon cadeau, le prenait délicatement et le portait à sa bouche.

C'était le contact entre deux attentions. À l'époque, on pouvait apporter de la nourriture aux animaux.

J'offrais un autre bout de pain à l'hippopotame qui s'approchait du parapet, ouvrait sa gorge béante qui exhalait une odeur de viscères. D'un geste vif, je visais le centre.

Je passais d'une cage à l'autre. Le lion lançait son appel, un renvoi d'air comprimé qui fumait l'hiver.

Je l'ai de nouveau entendu les soirs d'Afrique dans un village de Tanzanie, au cours de ma sombre trentaine.

Il rugissait après le coucher du soleil, de l'autre côté du fleuve. Il couvrait l'essaim des moustiques.

Une fois terminé le tour des cages, je m'arrêtais pour lire mon livre caché au milieu de mes manuels scolaires.

Le zoo était l'enclos des odeurs, de foin, d'excréments, de viande avariée. Elles débouchaient mon nez, fermé par une rhinite chronique.

Mes narines fermées contre les gaz de ville se libéraient au milieu des cages.

C'est ce qui m'arrivait aussi l'été quand j'aspirais de l'eau de mer par le nez.

C'est mon sens sauvage, il ne supporte pas les odeurs de ville, ni les parfums, ni les savons. Je me rase sans mousse, l'eau chaude me suffit.

Mon nez fasciné reste hébété par l'eau saumâtre d'un port, le mélange des gasoils, des cordes, des voiles, des poissons, du fer rouillé.

La fumée du laurier mettait en extase les sibylles, chargées de prédire les événements. Moi, je pourrais le faire dans un port de pêche.

J'ai élevé des animaux à la campagne et appris à les abattre, en forçant mes mains.

Puis, j'ai arrêté, quitté les champs, je suis allé à l'usine. J'ai libéré de leurs cages les derniers lapins, ils sont morts libres.

Maintenant, pour fuir la chasse, les bêtes se réfugient autour de ma maison. Je trouve des traces du hérisson, de la huppe, du faisan.

Je me pose la question : ne pouvais-je m'abstenir de tuer, épargner mes mains, la grimace sur mon visage, quand j'étais propriétaire d'un élevage ?

Je réponds non. Je ne pouvais rien éviter, je devais en passer par là, de mes os et du bout de mes doigts, pour le savoir. Chaque coup a son contrecoup, chaque faute aussi, ce n'est pas du remords, mais du désarroi.

J'apprends seulement de ce que je commets. Ainsi je le désapprends.

Toi, tu ne serais pas aussi médiocre. Je t'imagine enfant qui m'entends et dis : « Je ne ferai pas comme ça. »

Je savais le dire moi aussi par réaction aux adultes. J'apprenais à repousser.

Avec la vie animale, tu serais vétérinaire et tu te servirais d'un microscope.

Au cours des années de la guerre en Bosnie, je n'étais pas libre de me contenter de regarder, ni libre de détourner les yeux des actualités.

Je devais m'exposer. La liberté était de devoir y aller.

Le tunnel creusé sous l'Igman, la montagne, conduisait à Sarajevo.

Un kilomètre étroit en file indienne, les sacs à dos bourrés de médicaments et de riz. On passait sous les godillots des assiégeants.

C'était un kilomètre de claustrophobie. Je n'aurais pas été un bon mineur.

Ceux qui en souffraient plus que moi entraient quand même dans le boyau. À la sortie, l'air empestait le plastique brûlé par les incendies des grenades explosées dans les maisons.

À Sarajevo stagnaient les gaz de l'encerclement.

La ville était un peu moins fracassée que Mostar, rive est du fleuve Neretva, où j'ai découvert que les incendies des maisons ne réchauffent pas. Il existe des feux qui font geler.

Nous ravitaillions les réfugiés, partis avec leur maison dans une valise, la clé autour du cou comme une amulette, jurant de revenir. Ils ont juré en vain.

La liberté que j'ai connue a été celle d'aller et de rester là où je ne pouvais faire autrement.

Je t'ennuie avec ces histoires ? Prends-les comme des jeux de l'imagination où l'on peut intervenir sur la trame, changer les personnages.

L'air brutalement déplacé a deux causes : les avalanches et les bombes.

Quand il part en descente, le front de la neige projette devant lui une catapulte d'air. Elle est si compacte qu'elle peut déplumer un bois avant même la masse de neige.

L'air de l'explosion au contraire est plus concentré et détruit dans son rayon plus que les éclats de fragmentation.

J'en conserve un retiré tout chaud du mur derrière moi.

Je me baissais juste avant. L'obus émet un sifflement, on peut savoir s'il tombe tout près.

En me relevant, j'ai vu le fragment enfoncé et je l'ai mis dans ma poche.

Cela se passait en Bosnie. À Belgrade, quelques années plus tard, même les pierres brûlaient à cause des températures absurdes des nouveaux explosifs, testés à chaud au milieu de la ville.

Il pleuvait du feu du haut des cieux, comme il est écrit dans Sodome et Gomorrhe, de missiles lancés de loin.

J'ai vu que la guerre est l'humanité contre elle-même, par anéantissement. C'est la volonté de rester en petit nombre, pour la satisfaction des survivants.

Nous sommes habitués aux tremblements de terre, aux inondations, aux secousses de la surface.

C'est autre chose de devoir craindre le ciel limpide qui décharge des avalanches de projectiles et qui enfume la terre.

En tombant, ils font le bruit de la ville attachée à une chaîne qui gronde contre une agression.

En tombant, ils résonnent dans les viscères et donnent la diarrhée. La sirène des pompiers hurlait en courant sans attendre la fin de l'attaque.

Ce printemps-là, le Danube et la Save firent un intense travail de balayeurs de la mort.

Avec l'aide des pluies fluviales, jusqu'à déborder, ils la déversèrent dans la mer Noire.

Le XXe siècle s'en est allé ainsi, dans les bras du courant en crue. Ce fut un siècle cyclope, gigantesque et aveugle.

Une comptine dit que la vie d'un homme dure autant que les vies de trois chevaux. Dans cette ville de fleuves, j'ai salué le deuxième cheval de l'écurie, dans le plus assourdissant de mes printemps.

Le reportage que j'écrivis fut publié par un journal français. En Italie, la presse n'appréciait pas qu'on aille à rebrousse-poil des bombardiers qui décollaient du Frioul.

Le week-end, les familles pique-niquaient autour de la base d'Aviano, elles assistaient au décollage des vols chargés à bloc, légers à leur retour une heure plus tard.

Une fois rentré à la maison, maman a posé sur la table ses aubergines à *la parmigiana*. Le chien-loup m'a salué avec son habituel détachement.

Dans le champ, l'herbe montait jusqu'aux genoux, deux tuiles du toit étaient à remplacer, il avait plu dans la maison.

Elle m'a dit qu'elle, elle n'avait pas pu éviter la guerre, arrivée par l'air dès juin 1940.

« Toi, tu es allé te la chercher et ce n'est pas la même guerre. »

Oui, je suis allé là où on bombardait des villes.

« Non, ce n'est pas la même », lui ai-je répondu. Là, personne ne parlait napolitain. Seule la sirène était identique.

Nous ne sommes plus revenus sur le sujet.

C'est alors que j'ai commencé à écrire l'histoire de la rue de Naples, d'un boomerang et d'un après-guerre. Avec la date toute fraîche de l'an 2000, j'ai écrit en arrière.

Le poète de Sarajevo disait de nous deux que nous étions les frères Grimm. Nous racontions des contes au milieu des convulsions.

Il m'a offert un morceau du fronton de la Bibliothèque de Sarajevo, ramassé sur un tas de décombres. Un jour, il faudra que je le lui rende.

Je bois, ma langue se sèche.

À table, lui buvait de la vodka et moi du vin. Puis il récitait par cœur des vers de Mandelstam, d'Essenine.

Il lançait les syllabes du russe dans son haleine chargée d'alcool. Au comble de l'écoute, je croyais les comprendre.

Je les entendais crépiter, il les avait pêchées dans les fleuves immenses, dans les plaines où l'Asie se mêle à l'Europe.

J'en ai appris moi aussi, mais celles que je récite par cœur ne crépitent pas, elles clapotent.

De la voix de mon frère Grimm chauffée par la vodka m'est venue l'acquisition de ma première grammaire de russe.

À la table où nous sommes à présent, il s'asseyait là où tu es assis.

Il y avait d'autres personnes, elles parlaient entre elles, mais sa voix avec les vers scandés m'isolait. Il n'y avait que lui, le souffle court pour ne pas basculer dans le chant, freiné comme un trot qui ne doit pas monter dans le galop.

Sa voix repartait vers les sous-sols du siège où il rassasiait de poèmes les intestins vides de ceux qui venaient l'écouter pour oublier. Les oreilles se laissaient prendre par ses vers et se laissaient transporter loin de là.

Soirées et veillées de poésie dans la ville brisée : l'espèce humaine invente les divagations les plus impensables.

Si vous avez faim, regardez loin, chante un couplet de nos soldats en guerre, la première, celle qui se passait dans les montagnes.

À Sarajevo, si on avait faim on allait écouter les poètes la nuit à la lumière des bougies.

Je n'aime pas le goût de la vodka, mais il m'est resté un attachement pour son odeur pétrie de russe dans la voix de mon frère Grimm.

Je me suis rendu sur sa tombe à Sarajevo. J'ai imaginé avec précision son sourire de désespoir, celui avec lequel meurent les vieux.

Tu dis que le vin c'est mieux. Noé le pensait aussi, la seule plante à bord était la vigne qu'il repiqua aussitôt dans la terre émergée du déluge.

C'est ce que pensaient aussi nos paysans qui émigraient vers les Amériques. Enveloppée dans une motte de terre, la vigne voyageait avec eux, qui espéraient bien s'enraciner avec elle dans leur nouvelle vie.

Il y a eu aussi une vigne de retour. Quand le phylloxéra a séché les racines des plantes en Europe, un pied de vigne américain, résistant, est arrivé, sur lequel effectuer les greffes.

Portons un toast aux racines qui ont traversé les océans pour faire des vagues dans nos verres.

Je bois aussi aux souvenirs de toi que je n'ai pas eus, à la santé de ta mère que je n'ai pas connue.

La troisième gorgée va au souvenir du baiser numéro un à la fin de l'été 1964. J'étais emprunté au point de le demander par écrit, je n'aurais pas pu de vive voix.

Elle avait quatorze ans elle aussi, elle a dit oui, un bref rendez-vous dans une pièce.

C'était l'après-midi, les volets fermés, les cigales en chœur. Elle m'attendait debout au milieu d'une salle à manger.

Je me suis approché, les bras raides comme un soldat à la parade et je me suis arrêté devant elle dans un garde-à-vous qui manquait de tenue.

Pas assez près, mais maintenant je m'étais arrêté et faire un pas de plus pouvait frôler le ridicule.

Dans mon nez montait le parfum chaud et intense de ses cheveux lavés et séchés au soleil.

Elle me regardait, elle attendait. Je tendis le cou, ça ne suffisait pas.

Je continuai à m'étirer, perdis l'équilibre et tombai sur ses lèvres dans un atterrissage d'urgence. Elle fit contrepoids, elle me retint.

Puis elle se détacha, elle ne rit pas.

C'est ce qui me permet de m'en souvenir encore : elle ne rit pas.

Sinon, j'aurais fait voler en éclats ce souvenir, je l'aurais dispersé en mer.

Non, je frime, en frimeur de pacotille.

Je l'aurais gardé ce souvenir, avec le commentaire sonore de la pétarade de papa.

Différente des autres, celle qu'il faisait était assourdissante, elle ébranlait les nerfs.

La fille ne rit pas, miséricordieuse, bénie sois-tu où que tu vives dans ta vieillesse.

Je rouvris les yeux, je dis même merci.

Elle me donna un baiser, doux, précis, sans étreinte, pour être à égalité.

Elle sortit de la pièce, moi je suis resté encore un peu dans la pénombre des volets verts.

J'entendis à nouveau les cigales.

Nous ne nous sommes pas revus. Le lendemain, nous retournions aux villes et à l'automne.

Je n'ai aucun souvenir du baiser numéro deux.

M'aurais-tu raconté le tien ? Non. Il faut de la patience pour te faire desserrer les dents.

J'espère y parvenir en bourdonnant dans tes oreilles avec mes histoires.

Je bois une autre gorgée, l'évocation des baisers donne soif. J'ajoute un peu de bois dans le feu, c'est du cerisier sauvage.

En mai, il donne des fruits aigres, je crache le noyau et je l'enfonce dans la terre.

Le bois du cerisier est dur d'abord sur un mètre, puis si fragile qu'il vaut mieux ne pas s'y appuyer.

Il donne de la bonne braise pour la cuisine.

Le matin, je la ramasse et je la répands autour des arbres.

Tu dis qu'il y a du silence dans cette pièce ? Il est oppressant quand j'arrête de parler.

Je ne l'entends pas, je suis sourd au silence.

Le feu fait craquer le bois, la flamme souffle, de quel silence parles-tu ?

De l'humain.

Miracle, le muet a parlé !

Cette phrase fut celle de mon père.

Dans les années des mandats d'arrêt, il avait accepté, à ma demande, d'héberger à la maison l'un des nôtres qui était recherché.

C'était un des responsables et il prenait de grands airs. Il mangeait à table sans adresser la parole à mes parents. Je l'ai su après.

Nous avions un jeu, un puzzle artisanal fait de plus de mille petites pièces de bois. Il était posé sur un panneau de contreplaqué. Le soir, nous nous mettions tout autour.

Mon père y voyait encore. L'invité participait aussi au jeu. Il ne savait pas s'y prendre, il ne plaçait pas une seule pièce.

Un soir, il réussit à emboîter une pièce et, sous le coup de la surprise, il laissa échapper quelque chose.

Alors mon père dit : « Miracle, le muet a parlé. »

Après quoi, ils arrivèrent à échanger quelques mots de conversation.

Un homme recherché était en sûreté quelques semaines dans un appartement, puis il devait se déplacer dans un autre. Nous avions un réseau de protection efficace.

Le miracle s'est reproduit, tu as ajouté deux mots à la mosaïque de ce soir. Je les mets de côté.

Donc, le silence que tu perçois est seulement le silence humain.

Le bruit du feu, le bruissement du vent dans les arbres, même la foudre qui a coupé le courant, ne sont pas des voix pour toi. Tu as des sens de citadin.

Ma mère devenait mélancolique lorsque les éclairs nous forçaient à l'obscurité. Les bougies sont pour moi un remède, elles étaient pour elle le retour aux soirs de guerre, sans musique à la radio, sans compagnie.

J'étais jeune fille à l'âge de pierre, disait-elle.

Pour elle, une bougie n'était pas simplement une bougie.

Alors, je lui prêtais ma lampe frontale des nuits en montagne pour qu'elle puisse lire sans souvenirs de mélancolie.

La campagne a été un exil pour elle, l'hospice chez son fils.

Mi-sérieuse, elle disait que le chant des oiseaux lui tapait sur les nerfs.

Elle lisait trois quotidiens le matin, elle écoutait la radio, elle me tenait au courant.

Tu lui ressembles, tu suis les informations, les analyses plus approfondies. Je te définis comme un paysagiste, tu mets au point les détails.

Je me sens un *macchiaiolo*, d'une faible précision dans les contours.

Que sais-tu de moi ?

Tu as un caractère particulièrement sociable. Tu parles volontiers avec tous ceux que tu croises, tu prends l'initiative, tu échanges deux mots aimables dans la rue, même au milieu de la circulation.

Tu es doué d'une cordialité spontanée et tu la suscites en retour.

Ça ne me coûte rien.

Mais tu n'es pas comme ça maintenant et tu n'es pas comme ça avec toi-même. Le matin, tu te réveilles de mauvaise humeur, tu te sens souvent découragé. Pourtant, dès que tu sors, tu te transformes.

Tu aimes offrir un peu de ta vivacité aux inconnus.

On pourrait croire à une mission, un engagement que j'appellerais politique, car sous son meilleur jour un engagement politique repose sur un comportement plutôt que sur un idéal.

Un engagement politique, saluer les gens d'un sourire, demander comment il va au garçon de café, au marchand de journaux ?

Tu ne t'en rends pas compte, mais c'est ce que tu fais avec un mot d'esprit, quand tu te présentes, que tu souris.

Tu fais ça naturellement et en citoyen privé, mais le résultat est public. Tu laisses derrière toi un air meilleur sur le visage croisé. C'est pourquoi je dis que ta cordialité est une mission, un engagement politique civique.

Bien sûr, on peut tomber aussi sur un acariâtre, un méfiant qui ignore ta gentillesse, qui la repousse. Mais toi tu passes ton chemin, pour garder intact ton empressement à être aimable avec la rencontre suivante.

C'est ton tempérament et je l'admire. J'essaie de t'imiter parfois, mais sans y parvenir vraiment.

Je t'admire parce que je connais aussi ton côté prudent, réservé.

Tu l'es avec les personnes que tu connais mieux, celles que tu fréquentes. Je crois savoir pourquoi. Parce que tu es vulnérable, tu as peur d'être déçu, mal compris. Alors, tu te retiens.

Ce soir aussi, tu fais comme ça.

Un inconnu que je croise seulement une fois m'est instinctivement sympathique. Je sais que son comportement ne pourra pas m'affec-

ter. En revanche, avec les personnes que je connais, il m'arrive d'être jugé envahissant ou trop disponible. Je me sens vexé et c'est pour ça que je me retiens.

Tu parles de l'envie des autres, sans la nommer parce que tu ne la perçois pas.

Elle existe, c'est un défaut répandu et elle nuit généralement à celui qui en éprouve.

Ceux qui n'éprouvent pas d'envie ne la reconnaissent pas chez les autres.

C'est en ça que tu ressembles à papa. Il était cordial avec tout le monde. Il posait des questions à la personne qui était près de lui, il la mettait au centre de son attention.

Elle se sentait importante grâce à lui. Il était sincèrement intéressé, il voulait savoir.

Ce n'était pas un prétexte pour parler de lui ensuite.

Mais quand il était question de peindre, alors il ne demandait jamais qu'on pose pour lui.

Là, il se serait agi de retenir.

Aussi peignait-il des lieux et non pas des personnes.

Il avait lu une vie de Cézanne. Il lui avait fallu cent quinze séances pour faire le portrait d'Ambroise Vollard.

Il n'aurait jamais pu. Pour lui, ce n'était pas le moyen de mettre une personne au centre de son attention.

J'ai lu ce livre récemment. Il y avait mis son nom et la date : 1946.

Il admirait les peintres autant que les écrivains.

Il acheta un chevalet en bois clair, en hêtre, des pinceaux et une palette.

Il faisait sortir des tubes des couleurs limpides et absolues. Puis, il les mélangeait. Ça ne me plaisait pas, elles perdaient du caractère.

J'ai encore une de ses vues, conservée par hasard : un bâtiment rose à l'entrée du port d'Ischia. Les autres tableaux ont été jetés par ma mère au fil des déménagements.

Qui sait où est passé le chevalet, je le rachèterais à prix d'or.

Il ne regrettait pas ses toiles jetées aux ordures. La peinture lui tenait compagnie, elle devait durer le temps de l'exécuter.

Je tiens de lui mon détachement des choses faites.

C'est un trait de superficialité qui ne permet pas à la vanité de s'installer. S'il m'en vient une, je l'oublie aussitôt.

Ce qui m'importe c'est la page qui me tient éveillé pendant que je l'écris, non pas celles déjà écrites, jamais plus relues.

C'est moi qui regrette ses toiles perdues. Si je mettais le nez sur l'une d'elles, je respirerais le reste d'un de ses coups de pinceau.

Il mit le nez dans mon premier livre publié. Il prit l'exemplaire, l'ouvrit et respira le papier.

Il ne pouvait pas lire. Je revois maintenant son geste. En respirant, il sourit.

Il sentait une suite différente de son fils, débarrassé de la graisse de son bleu de travail, un usage différent de ses mains.

Il referma le livre et se mit à mourir en quelques mois.

Il maigrit, comme s'il devait passer dans un goulot d'étranglement.

On appelle ça cancer, tumeur : ce n'est qu'un nom clinique.

C'est la mort, antique, personnelle, urgente.

C'est ma mère qui le lui avait lu, comme elle m'avait lu mon premier livre, pendant les accès de fièvre de la scarlatine.

Je sais que tu lis Proust. Maman l'a relu si souvent que j'ai dû donner les volumes à relier.

Moi, je ne l'ai jamais ouvert.

Je pratique des abstinences littéraires de grandes signatures du XXe siècle.

J'ai abandonné Joyce, Beckett, Musil, Brecht, Sartre dès les premières pages.

Je lis à la manière des navigations, je passe au large de certains promontoires.

Je crois que seul Borges est obligatoire.

Plus que des goûts, j'avoue des réticences.

Tu désapprouves, je le vois, tu critiques ma conservation d'ignorances.

Je ne lis pas pour rendre visite à des auteurs, savoir que je les ai lus.

Chez moi, posé sur le sol, j'ai un buste en bronze d'un homme qui tombe, la main ouverte et la paume tournée vers le haut pour protéger son visage du choc avec le sol.

Sur cette main ouverte, j'ai posé une pierre, un pavé, souvenir d'une époque de lancers.

Telle est ma façon de lire, l'ajout personnel qui change le résultat.

Chaque livre se prête à la variante de celui qui le lit.

En tant que lecteur, je sais qu'entre l'auteur et moi le rapport est à égalité, un à un.

Je sais que tu as un sacro-saint respect des livres, que tu ne te permets pas de corner une seule page.

Tu dis que c'est un privilège d'en poser un sur ses genoux et de le parcourir.

Tu dis que beaucoup de gens, des multitudes même, ne peuvent le faire et n'imaginent même pas ce qu'est un livre.

Tu dis que je ne mérite pas d'en avoir un peu partout dans la maison au point de ne pas réussir à retrouver ceux que je cherche.

C'est vrai, j'aime bien faire le tour de mes étagères, même un tour à vide, et abandonner sans avoir trouvé.

Je respecte ceux qui ont des livres bien rangés. Moi, je les laisse en désordre, au hasard de mes lectures.

C'est ce qui arrive aussi aux amours. Tu les gardes bien en ordre ?

J'ai au moins réussi à te voler un demi-sourire.

Je me suis aperçu que j'étais dénué du sentiment de la jalousie.

Une femme me mentait sur certaines de ses sorties le soir. Elle laissa un indice par étourderie. Je le trouvai par hasard.

Désemparé, je cherchai en moi la colère du jaloux et elle n'y était pas. J'étais pris d'un abattement inconnu.

Peut-être ai-je peu aimé, sans arriver à la température de la possession.

Je n'ai pas la prétention de suffire à une femme, l'exclusivité ne me concerne pas.

Tu dis que je triche avec moi-même ? Que je censure ma jalousie pour montrer ma supériorité ?

Je me souviens bien de la douleur d'une rage de dents diffuse dans mon corps : j'aurais bien voulu la censurer. J'aurais pu alors aspirer à une supériorité.

J'étais en fait inférieur et insuffisant envers la jalousie.

Dans une chanson sur deux vieux amants, Jacques Brel fait dire à l'homme, bien sûr elle s'est pris quelques amants : il faut bien que le corps exulte.

Et il ajoute dans une de ses rimes parfaites : pour être vieux sans être adultes.

Pour moi, ce fut moins que ça, je n'ai pas eu à faire sa généreuse concession au corps de la bien-aimée.

Tu me regardes avec résignation. Tu dis qu'avec moi il est inutile de jouer à qui se sert le mieux des mots.

Il ne s'agit pas d'habileté de vocabulaire, mais d'une volonté de puissance et de possession que je n'ai pas.

C'est une volonté d'impuissance.

Il faut que je réfléchisse. Une volonté d'impuissance, donc une maîtrise du désir, jusqu'à ne pas le vouloir.

C'est une formule exigeante. Je demanderais trop à moi-même.

Une volonté d'impuissance, c'est ce que demande le commandement : « Tu ne désireras pas la femme de ton camarade. »

On ordonne de ne pas créer le désir, de couper la pensée à la première syllabe.

Si tu crois que la femme de ton camarade est à la portée de ton désir, tu es déjà sur la pente glissante, et l'effort pour le refréner devient impossible.

Si tu permets au désir de se planter dans tes pensées, il est trop tard.

Il le sait et c'est pourquoi il commande : « Tu ne désireras pas. » Ici, je reconnais la volonté d'impuissance.

Bien au contraire, ici se manifeste la volonté de puissance sur toi-même. Celui qui domine ses propres désirs est le maître de lui-même.

Je laisse tomber les définitions. Il ne m'en coûte aucun effort, je n'éprouve pas de désir pour la femme unie à un homme. Je ne dois pas me retenir, je ne la regarde pas.

Tu souris de nouveau.

Tu as des yeux volontaires qui l'excluent de ton champ visuel ?

Oui, je la vois, mais je cesse de la regarder, j'évite la rallonge du regard.

Le verbe voir sert à mesurer la distance.

Le verbe regarder déclenche le désir de rapprochement.

Je ne sais pas s'il correspond à des définitions de vocabulaire. C'est à moi qu'il correspond, je reconnais la différence en moi. Elle vaut pour mes sens.

Une volonté d'impuissance : qu'est-ce que je ne veux pas vraiment ?

Je ne veux pas le pouvoir, sous aucune forme.

En tant qu'écrivain, c'est la faculté de parole qui me revient. Je l'écris, je la prononce, j'agis en haut-parleur de moi-même et de certaines causes publiques, de certaines parties lésées, qui ne sont pas écoutées.

Je n'exerce aucune fonction, je ne me charge d'aucun mandat.

Je ne suis pas un délégué et je ne confie de procuration à personne pour agir en mon nom.

Dans les assemblées d'usine au cours des années 1970, les ouvriers scandaient en chœur : « Nous sommes tous des délégués. »

Ce fut un privilège d'être là où naissait cette volonté de démocratie intégrale.

Ce fut un honneur d'y être admis.

Si tu avais été un frère au lieu d'un fils, je serais curieux de savoir ce que tu aurais fait.

En tant que frère aîné, je ne t'aurais pas suivi dans tes actions. En tant que frère cadet, je les aurais approfondies, poussées plus loin. Tu ne m'aurais pas aimé comme frère.

J'aurais su du moins me situer entre deux possibilités.

Quand je vivais ces temps-là, je ne connaissais pas de variantes, il n'y avait qu'une seule chose à faire.

Littéralement, anarchie voulait dire contre l'autorité. Avant d'être un mot politique, ce fut un mot personnel.

Pour moi, il est resté inchangé. J'ai admiré les mouvements anarchistes en Espagne, en Italie, mais je ne m'y serais pas inscrit.

Je me considère inscrit au vocabulaire. Je me vois comme un instrument de transformation, la vie écoulée entre d'un côté, de l'autre sort celle écrite.

Les mots ne sont pas des instruments, ils ont une histoire, leur biographie, ils sont vivants, c'est pourquoi ils sont mourants.

C'est une déclaration mystique. Tu ne crois pas dans une divinité créatrice, mais tu crois dans un vocabulaire. Tu perds beaucoup au change.

Je préfère croire à l'œuvre d'un créateur, auteur de particules nucléaires et de galaxies.

Tu sais que l'univers s'agrandit ? Tu ne trouves pas génial que la vie existe parce qu'elle va à la dérive avec la Voie lactée ?

N'est-il pas génial que notre corps soit composé d'hydrogène, le gaz le plus répandu dans l'univers ? Que nous soyons faits du même élément ?

Une fois parvenu au seuil de ces évidences, ne faudrait-il pas féliciter le contremaître ?

Reconnaître un auteur serait pour moi ouvrir un procès permanent, je l'accuserais de la moindre injustice, du moindre tort ou dommage, même de la mort.

Je l'appellerais à la barre en tant qu'inculpé, non pas en tant que témoin.

C'est ce qui a déjà été fait, depuis Job, mais le tribunal lui appartient, c'est pourquoi il se donne un acquittement plein et entier.

Quand mon cœur s'est arrêté sur le brancard des urgences, j'ai senti le noir, ce n'était pas une couleur mais une densité.

J'étais comme une goutte dans de l'encre. J'ai eu juste le temps d'une seule pensée : alors c'est ça la fameuse mort.

Puis le défibrillateur a rouvert ma circulation sanguine et aussi mes yeux, j'ai vu des visages inconnus. Puis de nouveau dans le noir encore deux fois.

Mais jamais la pensée de trouver quelque chose au-delà de la fin.

Il y avait le verbe perdre et le regret de ne pas revoir ma mère.

Puis les sommeils artificiels des sédations dans le service de soins intensifs, la pointe d'un arbre à la fenêtre de ce sixième étage, le temps rythmé par le goutte-à-goutte dans mes veines.

Les jours étaient des points de suture entre la vie d'avant, terminée, et le prolongement ajouté à la dernière seconde.

Tu me regardes, tu cherches une mélancolie, le point d'appui d'une foi, qui n'y est pas.

La foi sert à rester modeste envers sa propre vie. La foi sert à être reconnaissant pour le don d'exister.

À l'entrée du temple d'Apollon à Delphes, il est écrit « Connais-toi toi-même ». Connais-toi pour convenir de ta toute petite mesure devant le dieu auquel tu rends visite. Considère qui tu es et, après, entre.

Tu te sens le maître de toi-même, mais nous sommes des hôtes.

Tu le lis dans les pages saintes que tu fréquentes, la terre et la vie sont prêtées. Nous sommes des locataires de la divinité et non pas des copropriétaires.

Cette image de l'entrée dans le temple est intéressante. Elle m'aide à dire que je reste dehors, sans savoir précisément de quoi.

J'ai écrit un jour : hors du campement. J'en reconnaissais les limites, pour savoir que je restais à l'extérieur.

Ce sont des limites nettes. Une personne s'adresse à la divinité, demande audience, l'obtient. Un autre renonce. C'est de ça qu'il s'agit dans ton cas, d'un renoncement et non pas d'un manque.

La foi n'est pas une des intimités qui te manquent, c'est ton renoncement à la recevoir.

Je lis les Saintes Écritures à chaque réveil, je serais le plus acharné des renonciateurs.

C'est plus simple, je ne peux m'adresser à une divinité et je m'en suis rendu compte sur le point de mourir.

Je reconnais que la phrase « *Agnus Dei qui tollis peccata mundi* », « Agneau de Dieu qui enlève les péchés du monde », est merveilleuse.

Le petit animal immolé se charge de leur poids par son sacrifice.

C'est une phrase inouïe, nul besoin de la foi pour la comprendre. Mais je ne peux la recevoir comme une vérité. Si elle l'est, elle est au-delà de mon horizon.

Pourquoi est-ce invraisemblable ? Mais c'est justement ça, la manifestation habituelle de la vérité : elle est invraisemblable. Elle ne se manifeste pas de façon agréable, acceptable par le plus grand nombre, au contraire elle produit du scandale. Elle ne se prête pas non plus à une vérification.

L'apparition de la vérité est carrément insupportable. Joseph croit à la vérité de Marie, à la version invraisemblable de sa grossesse hors la loi. Il croit par amour et il est ainsi à la hauteur de la vérité. Il sait alors que Marie ne l'a pas trompé avec un inconnu.

Je n'arrive pas à la température de cette vérité et elle n'arrive pas jusqu'à moi.

Je n'ai pas été mis à l'épreuve comme lui.

J'ai connu d'autres aventures qui ne m'ont pas rapproché de l'énergie de la foi.

Et maintenant assez avec ces sujets démesurés.

Encore un instant. Comment fais-tu sans un credo pour te souvenir de tes parents, comment supportes-tu de ne pas les retrouver, de ne pas te relier à eux ?

Je les rencontre en rêve et dans les pages que j'écris. Dans ces moments-là, je continue à être avec eux. Mais où et quand : je n'ai ni la force ni la prétention de le savoir.

Il faut que je te parle d'un cousin de mon âge, totalement différent de moi. Né à Milan où il a vécu et où il est mort, tombé dans la boisson. Doux, alcoolique, affectueux. Quand il était petit, la poliomyélite avait raccourci une de ses jambes. Il boitait sans vouloir l'admettre. Mais il ne pouvait pas faire semblant de courir et il disait qu'il n'aimait pas les jeux où il fallait courir.

Il s'intéressait au sport automobile. Un jour où j'étais à Milan pour une affaire de Lotta Continua, il a voulu m'emmener au Grand Prix de Monza.

Nous nous sommes installés gratuitement sur un passage du circuit et je l'ai aidé à monter sur un grand panneau publicitaire.

Il était enthousiaste, moi non. Ces voitures qui tournaient en rond m'étaient indifférentes. Je ne voyais que des bourdons à moteur, sans pouvoir distinguer qui était devant et qui était derrière. Il n'y avait rien à voir. Ce qui était spectaculaire, c'était la foule accrochée en hauteur, même dans les arbres.

Certains soirs, je me souviens de lui. Son nom rimait avec chardon, mais ses épines étaient tournées vers l'intérieur.

Pendant les années de violence politique, il se déclarait anarchiste, mais c'était sa façon à lui de rester à l'écart.

Il se détruisait en buvant du vin dans les gargotes le long des canaux, il jouait sur les guitares pendues à leurs murs, il ne mangeait presque rien.

Ses os étaient devenus fragiles et il se les cassait. Il est mort depuis plusieurs années déjà.

Il commençait sa journée battu d'avance. Il ne parlait que le dialecte, uniquement pour protester contre le monde.

Pas de travail régulier, pas de femme, pas d'enfant, il n'a rien construit et n'a pas fait le moindre mal ni le moindre tort à personne, si ce n'est à lui.

Certains soirs, il arrive dans une de mes pensées, et je le vois qui sourit et qui fume.

Tu me demandes où ils sont tous, ces disparus. Je sais où il est, lui. Il est ici pendant que je te parle de lui, il est dans un verre laissé à moitié vide.

Réponses littéraires. On voit que tu as un trou en toi et que tu le recouvres de sornettes. Tu ne t'en tireras pas avec des histoires, tu sais ?

Comme ton cousin avec le vin, il n'y a pas de réponses dans son verre et dans ton trou. Il y a l'étourdissement.

Je n'arrive pas à t'imaginer enfant, un soir de Noël par exemple. Depuis la mort de maman, je le laisse passer comme un soir pareil à celui-ci.

Tu ne célèbres pas la fête. Par esprit de contradiction ou par déformation révolutionnaire d'opposant aux usages ?

J'ai été un militant révolutionnaire jusqu'au moment où une foule s'est mise à agir ainsi.

Depuis, je ne peux employer le terme « révolutionnaire » pour un comportement individuel.

Alors, il s'agit d'une variante obstinée de comportement. Reste à savoir si tu le décides à froid ou dans un élan émotif.

Pour Noël, il s'agit d'abstention due au deuil. Après la mort de papa, ce soir-là a été réduit au minimum.

Maintenant, je fais de Noël mon jour des morts en allant escalader une paroi.

Pour le dernier jour de l'année, mon abstention remonte encore plus loin et j'en ai oublié la raison. Faire la fête ne m'attire pas.

À la fin de l'année, Naples était une éruption de feux échappés du cratère.

Les balcons rivalisaient de vacarme des plus fortes explosions.

Chez nous, les pétards étaient exclus, étaient seulement admis quelques feux de Bengale.

J'évite le jour de l'An. Le matin du 1er janvier, cette année, je suis allé me promener sur la plage du bord de mer.

Pendant quelques heures, j'ai été le seul survivant du monde.

Imaginons qu'aujourd'hui soit une veille de Noël pour nous deux. Tu ouvres ton paquet et tu découvres un chapeau de chasseur alpin avec une plume de corbeau.

Ce fut un cadeau inoubliable quand papa me l'a offert.

Il m'avait enrôlé dans son passé, transmis une consigne.

C'est ce que je fais maintenant avec toi. Je te vois avec ce chapeau sur la tête.

Dans un autre petit paquet, tu découvres un casse-noix avec des bras de bambou. Il était dans le tiroir d'un meuble sauvé de la maison bombardée. Nous nous le passions en prolongeant nos dîners d'hiver.

Je ne sais pas où on l'avait mis. Je le retrouve ce soir parmi les objets égarés et je te l'offre.

À une époque, j'ouvrais les coques de noix avec le front.

Je les posais sur la table et les frappais de tout le poids de ma tête.

Je le faisais s'il y avait un enfant à table pour voir son étonnement et son éclat de rire.

Sers-toi du casse-noix, goûte une amande qui a poussé à quelques mètres de la table.

L'amandier est un arbre sérieux, le premier à fleurir en plein hiver, le dernier à donner des fruits.

Son bois dure longtemps dans le feu.

Je l'ai planté au siècle passé, en ouvrant la terre avec une pioche pour retirer les pierres du terrain volcanique, calleux.

Les amandes sont pour moi le cadeau de la terre. Son automne a été généreux cette fois-ci.

Je remue les braises pour une tranche de pain. Grillée, avec un filet d'huile, elle nous permet de rester encore un peu ensemble.

J'apprécie ceux qui aiment le pain et l'huile.

Ils ont une bonne odeur de frais. J'y sens le mistral.

Les oliviers tirent aussi leur substance du vent.

Les doigts se graissent, parfaits pour les empreintes digitales.

Les enquêtes d'aujourd'hui se fient à la trace génétique. Je préfère la vieille signature laissée par les sillons du bout des doigts. Les miens sont abîmés par les prises en montagne.

Toi, tu préfères le tennis, le bruit de sabot de la balle frappée au centre de la raquette.

Escalader est un jeu muet, mais je chantonne tout en me hissant.

Ça m'aide à régler mon souffle, à ne pas oublier ma respiration dans une apnée.

Cette année, dans les Dolomites, je suis arrivé sur un sommet sans croix.

C'est une montagne difficile, secrète. La voie d'escalade a été ouverte par un Allemand, Hermann Buhl, l'année où je suis né.

Le siècle en était à sa moitié, le pire avait cessé depuis peu. Les montagnes étaient le retour aux raisons de la terre, au bonheur de la mesurer à l'empan.

Dehors, le vent s'est levé.

Il vient du nord, il fait un bruit sec de toux dans la cheminée.

Le poivre de la galette de pois chiches qu'on nous apportait toute chaude quand nous étions de faction devant les portes bloquées nous brûlait la gorge et nous faisait tousser.

Il y a eu trente-sept nuits d'automne au cours de l'année 1980.

La ville offrait à manger et fournissait du bois pour nos bivouacs d'ouvriers.

La nuit, des groupes essayaient d'attaquer nos postes de garde, de les enfoncer.

Ils surgissaient du noir à l'assaut, ils ont réussi une fois, pas une de plus.

Car ensuite nous leur donnions la chasse.

La nuit, dans les allées autour du gigantesque établissement, avaient lieu des bagarres amères.

Le poivre de la galette nous brûlait la gorge et dans notre corps bouillait la colère d'hommes renvoyés des usines.

Mis à la porte de l'usine, ils la bloquaient, fermée par leurs corps.

La plus grande usine d'Europe se trouvait derrière nous, muette et vide.

Nous n'étions pas une minorité. Nous étions la majorité de nous-mêmes.

Nous décidions en assemblée en plein air le barrage à outrance.

Ce fut pour moi le dernier avant-poste qui précéda le désert des années 1980.

Aucun arrière-pays n'existait pour nous.

Au bout de trente-sept nuits, ce fut terminé. Nous sommes restés dehors, mais plus serrés devant les portes et plus ensemble.

C'est là qu'a pris fin notre appartenance à l'époque dite vulgairement : jeunesse.

C'était un âge qui en intégrait d'autres, les années suivantes d'ouvrier de jour et de nuit, les années de certains des nôtres dispersés dans les prisons, scellés sous vide.

Quand un jeune d'aujourd'hui en rencontre un, il ne remarque rien.

Si, par hasard, le sujet vient sur le tapis, il lui demande éberlué : « Tu as été en prison ? »

L'autre acquiesce, mais il ne se sent pas capable de l'étonner davantage, en lui disant qu'il y est resté vingt ans.

Un tas de personnes que je connais ont passé un tiers de leur vie dans une cellule et pas par intérêt personnel.

Je ne dois pas être recommandable moi non plus, avec de telles connaissances.

Je n'aurais pas pu t'élever, je me suffisais à peine à moi-même.

J'avais une sombre tension, indéfinissable. Je passais d'un travail pénible à un autre.

J'ai sauté à la gorge d'un contremaître, je l'étranglais de mes mains, on m'en a empêché en me détachant de force.

Je lui avais sauté dessus comme une catapulte. Je me souviens des raisons, elles sont ici sans importance.

C'est le vent dans la cheminée qui m'a rappelé la toux et la gorge.

Bien des années plus tard, mon cou a tapé sur le sable à cause d'une vague mal prise et je me suis déplacé une vertèbre. Ma gorge s'est enflammée, je n'arrivais même pas à avaler une goutte d'eau.

Tel fut le contrepoids de l'étranglement avec les mains, mesure pour mesure.

Tu ne crois pas à ces choses-là, moi non plus, mais elles arrivent quand même.

Laisse-les arriver, mais les mettre en corrélation c'est de la superstition.

Tu n'aimes pas la superstition ? Elle sert à conjurer un problème, elle fait de la prévention.

Quand donc as-tu été superstitieux, toi ?

De temps en temps. Par exemple, je ne laisse pas mon portefeuille sur mon lit, sinon l'argent s'endort.

Et alors ? Il doit souffrir d'insomnie ?

Il paraît que oui, l'argent ne doit pas dormir. Le lendemain, on en a moins dans la poche, pendant qu'il dormait il a perdu une partie de sa valeur d'échange.

Ça s'appelle inflation. Qu'est-ce que le lit vient faire là ?

Je n'en sais rien, c'est un geste de conjuration dont j'ai hérité, ne pas poser mon portefeuille sur mon lit, et je le respecte.

Tu en as d'autres du même genre ?

J'en ai et je les garde pour moi, sinon tu vas rire. Ce n'est pas bien de te moquer de ton père, même si je ne le suis pas.

Pour une fois, raconte-moi quelque chose de toi qui soit ridicule. Je promets de ne pas me moquer.

Je vais te mettre à l'épreuve, si tu arrives à te retenir.

Un dimanche matin de bonne heure, je me suis arrêté sur une aire de service de l'autoroute avant d'aller escalader. J'étais le seul client.

J'ai pris un café, j'ai acheté un sandwich et une bouteille d'eau. Je suis allé aux toilettes et j'ai fermé la porte.

Le temps de me soulager et j'ai entendu un tas de voix.

Elles étaient féminines.

Je m'étais trompé de toilettes.

C'était un car de religieuses, elles s'appelaient sœurs entre elles.

Elles avaient besoin des W-C et j'en occupais un sur quatre.

Elles ont essayé d'entrer. Puis elles ont frappé.

Je me taisais, désemparé, en apnée.

Elles se demandaient s'il était hors service, si quelqu'un ne se sentait pas bien, puisque personne ne répondait.

La porte n'allait pas jusqu'au sol, j'ai eu peur qu'elles puissent regarder.

Je me suis perché sur la cuvette.

Le sandwich dans une main et la bouteille dans l'autre, j'étais le monument à l'inconnu malchanceux.

Si elles avaient ouvert la porte, elles auraient trouvé un maniaque s'apprêtant à passer son dimanche caché dans les toilettes des dames avec ses provisions.

Qu'aurais-je pu dire si elles avaient ouvert ? Que j'attendais le bus ?

Je n'avais jamais pensé jusque-là que j'avais une réputation à défendre.

Debout sur la cuvette de cabinets d'autoroute, elle était vulnérable.

À quelques centimètres du sol, j'étais au-dessus d'un abîme.

J'ai passé le quart d'heure le plus ridicule de ma vie.

Lentement, le groupe a fait ce qu'il avait à faire et m'a laissé seul.

Je suis descendu du plus inconfortable piédestal, j'ai ouvert la porte et je me suis élancé vers le salut.

Une dernière sœur était restée devant un lavabo.

Ma rapidité ne lui a pas laissé le temps de réagir.

Je ne suis jamais sorti aussi vidé d'une installation sanitaire.

Si tu avais un peu d'esprit, tu ferais se tordre de rire toute une salle avec cet incident. Mais tu n'en es pas capable, tu ne m'as pas fait rire, au contraire tu m'as transmis ta tension.

Tu ne sais pas raconter le ridicule, un déficit pour un écrivain. Je parie que tu ne racontes pas de blagues.

Tu as deviné. Ce qui me déplaît dans les blagues, c'est l'idée de devoir provoquer les rires.

J'aime bien quand j'y parviens, mais avec un mot d'esprit venu à l'improviste.

L'histoire drôle est rigide, elle se déroule selon un mécanisme.

J'éprouve le même blocage avec les romans policiers. J'y sens tout le dispositif qui tient la réalité en laisse pour l'amener vers la conclusion.

Selon moi, il s'agit plus de démonstrations que d'histoires. À la place du mot fin, il devrait y avoir CQFD, ce qu'il fallait démontrer.

Je ne raconte pas de blagues et je n'aime pas en écouter.

Je continue à penser que c'est un déficit pour un écrivain.

Je l'admets. Je ne peux raconter que mes histoires. Si quelqu'un me raconte la sienne et me demande de l'écrire, je ne sais pas le faire.

Je ne suis pas un professionnel du genre scénariste qui prête son talent à une histoire.

Je ne comprends pas que tu arrives à vivre d'un métier que tu ne maîtrises pas.

Je suis d'accord, fils, je ne comprends pas et je ne cherche pas à savoir de quelle équivoque il s'agit.

J'ajoute que ce n'est pas un métier pour moi.

C'est une activité avec laquelle je me tiens compagnie de la meilleure façon.

Comme ce soir avec toi : c'est mon divertissement préféré.

Certains passages de mon premier livre concernaient les gaffes d'un oncle de mon père qui voyait mal.

Pendant que j'écrivais les histoires qui nous faisaient rire en famille, il m'arrivait de m'attendrir quand il essayait de se donner une contenance pour échapper au ridicule. À Naples, on est aussi impitoyable avec les défauts qu'on est clément avec les vices.

Il tenait à s'habiller avec élégance pour se donner une allure impeccable, mais le dandy qui trébuche est encore plus drôle.

Il se prénommait Gennaro, et son surnom, Gennarino l'aveugle, en disait déjà long sur le manque de considération de son entourage.

En costume d'amiral d'apparat sur un bateau à voile l'été, avec casquette et chaussures, il voulut se rendre utile à l'amarrage en lançant l'ancre.

Il n'avait pas vu que la corde était enroulée autour de sa jambe. Il fut aspiré en mer et coula sans un cri.

Un marin d'une autre embarcation vit l'incident et se jeta à l'eau pour le repêcher.

Il n'avait pas crié.

La honte de prêter de nouveau le flanc à l'hilarité publique avait étouffé son cri dans sa gorge. Il avait préféré se noyer plutôt qu'attirer l'attention sur sa maladresse.

Cette histoire répétée continuait à faire rire en famille. J'ai dû rire moi aussi.

Mais en l'écrivant, non. En la racontant en silence sur une page, c'est le fond de désespoir d'un homme tentant de se sauver du ridicule qui ressort.

C'est pourquoi dans l'écriture perce le reste d'amertume qui existe sous la surface du rire.

Petite compensation, il est encore présent aujourd'hui quand tu en parles. Le ridicule aide à immortaliser une personne, plus que son histoire tragique.

Gennarino l'aveugle est devenu une légende familiale. Aucun autre de son époque ne réapparaît dans les souvenirs. C'est sa revanche.

Chacun devrait se porter volontaire pour laisser de soi une mésaventure, un souvenir drôle.

Tu n'es pas de Naples. Ton système nerveux ne dispose pas de l'alerte qui préserve du ridicule.

La personne tombée dans la dérision des autres devient un excommunié public, pire qu'un cocu.

Être un objet de moquerie à Naples, c'est endosser le cilice de la pénitence à perpétuité.

La ville admet tous les vices et les absout avec l'acquittement de la phrase : « Si c'est par vice, ce n'est pas un péché. »

C'est la règle d'une religion à part.

En revanche, la personne ridicule se trouve dans un cercle de l'enfer encore plus dur que celui du jeteur de sorts, lui aussi évoqué longtemps après sa mort avec des gestes de conjuration, parce qu'il est toujours risqué de le nommer.

Je vais te raconter une histoire qui donne bien l'idée de l'endroit que c'est.

Une vieille dame écrivait des poèmes dans des cahiers et elle en était si fière et jalouse qu'elle les avait toujours dans son sac.

Un soir, en rentrant chez elle, elle est agressée devant sa porte par un voleur qui veut la dévaliser.

La pauvre femme réagit, elle se bat de toutes ses forces démultipliées par le désespoir de perdre ses vers.

Le corps-à-corps, bref mais intense, ne la sauve pas de la perte. Le voleur s'enfuit avec le précieux sac bourré de poèmes.

La femme, triste et désemparée, se retrouve avec la Rolex du voyou dans les mains.

Où ailleurs qu'ici voit-on rôder de téméraires voleurs de poèmes ?

Je ne suis pas de Naples, ni même d'ailleurs, si tu ne le sais pas toi-même. Celui qui naît ne s'occupe pas de géographie. On lui en fait porter le poids plus tard.

Tu parles de Naples comme d'un mélange d'argile, tu me fais imaginer les Napolitains sortis des mains d'un fabricant de santons, chacun unique et nécessaire au paysage. À t'entendre, je comprends qu'à Naples il y a des personnages et non des personnes.

Le métier d'acteur doit être difficile dans un endroit où tout le monde l'est.

Et voilà l'équivoque de Naples ville théâtrale : si la scène est partout, il n'existe pas de scène, qui est un plan surélevé au-dessus du public.

Au tribunal, le faux témoin donne sa version des faits, sommairement mis au courant juste avant. Du juge à l'huissier, tout le monde le sait, mais la comédie est admise parce que la vérité judiciaire n'est qu'une version. Il suffit qu'elle soit bien jouée.

Est-ce qu'elle fait rire ? Surtout pas. C'est une dérision amère de la justice administrative au tribunal.

Dans la rue, les disputes suivent un rituel en crescendo de voix et de menaces.

À l'église, on attend un miracle du saint et de son sang, encourageant le prodige par des insultes s'il tarde.

On représente la dévotion avec l'insolente manifestation de l'impatience.

Comment ose-t-on ? Dans les affaires de foi, on doit oser le *tu*, droit au but.

Ce n'est pas la ville qui imite le théâtre, mais l'inverse : le théâtre singe la ville la plus grouillante de caractères et de personnes au kilomètre carré.

Où chacun est soi-même avec une précision d'horloger et où les troubles de la personnalité sont des dons et non pas des symptômes auxquels remédier.

Effet du volcan qui les presse.

Dans un de ses tableaux, Vélasquez montre la forge caverneuse de Vulcain recevant la visite d'Apollon.

Telle est la ville : échange de politesses entre le dieu du Feu et celui à la tête des Muses.

Chaque Napolitain est une pièce travaillée par cette rencontre. Mais la ville n'est pas la somme des deux, elle est leur système nerveux et aussi le mien.

À propos, Vélasquez a vécu à Naples.

Il semble qu'on puisse dire n'importe quoi sur Naples sans qu'il soit possible de le contester. On dirait que toutes les impressions sont permises, les bonnes comme les mauvaises. C'est un lieu qui s'est affranchi de toute vérification.

C'est comme ça.

J'ajoute même que c'est une ville de mer, et c'est pourtant là que j'ai gravi ma première montagne.

Papa m'emmena sur le Vésuve, c'était l'hiver, il y avait de la neige. Mes chaussures se sont mouillées, la lumière me piquait les yeux.

Il m'indiqua les noms de l'horizon, le mont Faito, Sorrente, Capri, Procida, Ischia, Misène.

Le golfe était lisse comme une page de géographie.

La hauteur était panoramique parce que de là-haut tout était loin.

Il m'avait préparé : ce n'était ni un jeu ni une promenade.

C'était la montagne, une puissance sérieuse.

Du bord du cratère on voyait le fond, une faible fumée s'en dégageait qui n'arrivait pas jusqu'au nez.

J'ai su pour la première fois que les montagnes sont à la portée des pas.

À dix-huit ans, je suis retourné seul sur le Vésuve. Mais pas pour admirer le panorama, j'y suis monté pour un adieu, avant de me détacher de la ville.

C'était une saison opposée, la fin de l'été, je transpirais les toxines de la séparation.

Je surveillais mes pas, je regardais par terre, là où le lichen effrite les roches de la coulée et prépare le terreau pour les plantes pionnières, les genêts.

Je regardais en bas, je mesurais les pas de la distance.

Sans savoir pour où, je me retirais, comme on enlève un caillou d'une chaussure.

La ville ne retenait pas les siens. Elle se libérait des infidèles, gardait ses dévots.

Vue d'en haut, elle était immobile et calme. S'en aller ou rester n'avait aucun sens.

Redescendu au cœur de ses croisements, la crampe de partir me reprit.

De l'intérieur, la ville était un buisson ardent, elle brûlait sans faire tomber la fièvre.

Je me permets de conseiller à quelqu'un sur le point de quitter Naples d'aller la saluer de là-haut.

J'ignore ce que signifie s'en aller ou rester.

Si je dois me construire un passé, je choisis d'être fils de ta variante américaine. Imaginons que ton père, en voyage à New York après la guerre, se soit fixé là et qu'il ait appelé ta mère à le rejoindre.

Tu aurais grandi à Brooklyn et non à Montedidio. À dix-huit ans, tu serais allé te battre au Vietnam, au lieu de manifester contre cette guerre.

Moi, je serais né là. J'aurais voyagé à travers le continent, de la Patagonie au Canada. Je connaîtrais deux océans et pas la Méditerranée.

Mais je suis ici à ta table, en exil de toute géographie et d'aucun lieu.

Dans tes histoires, je cherche une correspondance avec moi, qui puisse m'expliquer de qui je tiens, qui je suis.

Je n'en trouve pas. Tu n'es pas un père. Tu es un récit. T'écouter, c'est feuilleter un almanach.

Il existe un mot allemand qui ne se trouve pas dans le dictionnaire allemand : *Luftmensch*, composé de *Luft*, air, et *Mensch*, être humain.

Le mot se trouve dans le dictionnaire yiddish, c'est une personne d'air, déracinée, inconsistante.

Ce caractère existait chez les Juifs d'Europe de l'Est, au point qu'ils lui ont donné un nom.

Me voici. Tu es le fils d'un *Luftmensch* napolitain.

Je me suis obstiné à donner du poids, une force de gravité à ma substance évaporée.

Quelqu'un qui écrit des histoires : existe-t-il une activité plus effilochée ?

Je vis au milieu d'un nombre limité de mots.

J'ai essayé d'augmenter leur masse en apprenant d'autres langues.

Je suis une personne d'air.

En contrepartie, j'ai mené une vie concrète.

De cette façon, j'ai cru pouvoir donner un caractère concret du moins aux mots.

De nous deux, c'est toi qui as le plus de consistance.

Tu n'es pas un accident littéraire, ce soir tu existes, tes coudes sont plus larges que les miens sur cette table.

Ton front est coupé en deux par une ride profonde. Tes yeux verts sont ceux de ma sœur, de son fils.

Tu as de fortes mâchoires.

Souris pour que je te décrive. C'est pour te faire savoir que tu n'es pas le fruit de mon imagination, mais de mes sens ouverts.

Exister d'un père inexistant te rend mélancolique ce soir.

Pour me donner une contenance, je jette deux pommes de pin dans le feu, nous entendons éclater les pignons.

Tu as fait des métiers manuels pour donner corps aux mots ? Tu t'es consacré à ce point au vocabulaire ? Je ne pense pas.

J'ai fait ces métiers pour vivre, par nécessité, sans autre but que de gagner ma vie.

J'ai arrêté quand j'ai tiré un revenu de mes livres.

Avec le recul du temps, je reconnais que ces travaux ont donné le lest nécessaire à une personne d'air.

Je n'ai pas été emporté par le vent.

Cette pièce aussi est faite de ces travaux, comme l'oxygène contenu dans ses mètres cubes.

Les fenêtres ont été faites par un menuisier de San Lorenzo, quartier de marbriers près du cimetière.

Nous fréquentions le même bistrot, nous mangions à des tables voisines. Son crâne chauve et son visage étaient toujours couverts de sciure.

À côté de lui, un vieux marbrier, bigleux et trapu, était blanc de la poussière des découpes.

Avec le menuisier, j'ai acheté des planches de douglas, un pin des forêts américaines, parfait pour les châssis, toujours intacts quarante ans après.

Pour les volets, nous avons pris du pitchpin, un bois pour bateaux.

Nous avons acheté des troncs, nous les avons réduits à une épaisseur de cinq centimètres, devenus quatre après rabotage.

J'ai porté le plus élégant des parfums masculins, l'odeur de la résine et de la sciure.

Les planches en plus forment le plateau de cette table.

Les pieds sont le reste des montants en châtaignier des poutres.

Tous les morceaux de cette maison sont passés entre mes mains.

Je sais d'où vient le moindre grincement.

Sans moi, elle se défera rapidement. Je te la confierais volontiers en te conseillant de la vendre.

Sa pierre vive a l'air massive avec ses murs extérieurs de soixante-dix centimètres indifférents aux tremblements de terre.

Et pourtant, elle est fragile. Il suffit que les fourmis arrivent et elle s'en ira avec elles.

À la campagne, l'air a un poids, il appuie sur le toit. Les arbres agités par les rafales de vent s'accrochent sous terre à ses fondations comme une pieuvre.

Les racines des peupliers ont soulevé le plancher. J'ai dû les abattre.

Un été, les rats se sont glissés par le toit et il m'a fallu l'arracher et le refaire.

Par un beau mois d'août bien sec, nous avons gâché à deux une coulée de ciment.

La maison est une usine précaire.

L'hiver, j'entends les murs faire corps avec le bois qui se gonfle.

De rares chutes de neige forcent la charpente et alors je sens l'efficacité de sa protection.

Tu t'appliques à parler de choses concrètes, mais ce n'est pas la peine. Je sais bien que tu as mis dans tes mains plus d'outils de travail que de stylos.

Tu dis ta maison fragile, pour moi c'est une forteresse aux murs épais qui font le silence à l'intérieur.

Je ne pourrais l'accepter en donation de ta part. Elle ne pourra être à personne d'autre.

Tu devrais écrire qu'il faudra la brûler, mettre en liberté les fantômes enfermés à l'intérieur.

Les fantômes sont une espèce déclarée éteinte au XXe siècle.

À Naples, il y en avait dans toutes les vieilles maisons. Ils suivaient les familles dans leurs déménagements.

D'autres peurs les ont remplacés. La modernité se distingue par l'invention de craintes nouvelles.

J'ai perdu mes vieilles frayeurs sans pouvoir m'adapter aux autres.

Celles qu'on propose aujourd'hui n'atteignent pas mon système nerveux.

À Naples, j'ai senti les fantômes effleurer ma sueur dans le noir d'un escalier et laisser une caresse sur ma nuque.

De nos cinq sens, seul le toucher leur était resté.

Aujourd'hui, je reconnais dans cette maison les présences de papa et maman.

Ils sont morts dans deux pièces différentes.

Ils viennent quand ils veulent, ils restent un moment, le temps que j'arrive à les percevoir.

Puis, ils retournent dans la coquille de l'absence.

J'ai lu les lettres de Gramsci à ses fils. Il n'a même pas vu le deuxième, sa femme était enceinte quand il a été arrêté et elle s'est réfugiée en Russie.

Il les voyait grandir à travers les lettres.

Quelles tâches ingrates doivent accomplir les mots : tout remplacer.

Eux ne savaient pas que leur père était en prison, condamné à vingt ans par un tribunal fasciste.

Ils savaient qu'il était retenu en Italie.

Deux lettres par mois, la correspondance autorisée.

La prison l'a mangé tout cru, à commencer par les dents, car la bouche tombe malade en prison.

Il imaginait ses fils, en inversant le temps.

Ses jours rapetissaient, eux grandissaient en taille et en savoir, l'un en musique, l'autre en mathématiques.

Il leur parlait de ses préférences pour Pouchkine, Tolstoï, sans aucune allusion à des lectures politiques.

Il parlait des navigateurs anglais découvreurs d'îles qu'il pensait visiter plus tard quand il était jeune.

Il crevait de tristesse, abandonné par le parti qu'il avait présidé.

Il crevait de tristesse en imaginant ses fils qui grandissaient et dont il ignorait le moindre centimètre.

Maman ne se rappelait pas comment j'étais enfant.

À force de me fréquenter adulte, mon enfance s'était effacée.

Si une mère ne s'en souvient pas, alors c'est qu'elle n'a pas existé.

Les pigeons, les rats, un magasin de jouets en caoutchouc, le maître en colère à l'école primaire qui envoyait des claques fulgurantes sur les nuques en les frappant par-derrière pendant qu'il faisait le tour des bancs, et le contrecoup faisait jaillir des yeux des larmes mécaniques, sans la grimace du pleur : ces choses-là ont existé mais pas l'enfant qui les a enregistrées.

Pure invention, puisque sa mère ne s'en souvient pas.

La fable du père Noël muet, parce que c'était notre tante qui se déguisait et qu'elle devait se taire pour ne pas se trahir.

La découverte joyeuse que sa barbe était en coton et qu'il était une femme.

Elle a bien existé aussi, comme la vive qui m'a piqué deux fois à la mer sous le pied et sa douleur aiguë dans les tempes.

La vive a bien existé parce qu'on ne peut l'inventer.

Il y a bien eu l'eau bouillante des pâtes qui s'est renversée sur moi, tête et cou, quand celle qui les égouttait a trébuché.

Il y a bien eu le frein de mon vélo qui s'est fourré dans mon œil droit ; il a fallu des points de suture et il est resté plus fragile.

Je lui rappelais ces détails, elle répondait oui, que c'était arrivé à son enfant, mais que ce n'était pas moi.

« Parce que toi, je ne sais pas qui tu es. »

C'était sa façon de protéger cet enfant de moi, de l'homme silencieux qui dînait tôt le soir, pour lequel elle faisait frire des courgettes et des aubergines.

C'était une personne dure. Il me semblait naturel qu'une mère le soit.

Une partie du cerveau lui est dédiée : la dure-mère. À l'intérieur, il existe des seins où coule, non pas du lait, mais du sang veineux.

Elle ne m'a pas allaité. Ainsi, j'ai bu du lait jusqu'à l'année dernière.

En bon fils, j'ai dû exterminer mes peurs, elles ne devaient pas affleurer.

Elles ont leurs racines dans les nerfs : à extirper comme le chiendent du potager.

Dans mes sursauts, mes tressaillements, j'ai atteint la rapidité des animaux, un déclic automatique de réaction sans battements accélérés.

C'était une mère qui n'embrassait pas, ne faisait pas de câlins à ses enfants.

Même avec papa le contact était minimal, un coup de poing pour plaisanter, une tape, pas de jeux à la mer.

Les rares fois où maman me battait, elle le faisait avec une tapette en osier.

Ainsi, le toucher a été pour moi un sens mineur. C'était ma peau qui s'épaississait au soleil, après la brûlure et les cloques obligatoires.

C'était une écorce qui se blessait et se cicatrisait.

Je n'aimais pas la laver avec du savon, ensuite elle était sèche comme du carton, je devais mouiller de salive le bout de mes doigts.

Habitué à ne pas être touché, je ne touchais pas.

J'ai eu la révélation du toucher à quatorze ans. Une fille me prit la main que j'avais posée sur mon genou.

Le matin, sur la plage, nous avions parlé de nos goûts sur le cinéma, la musique, les livres.

Nous nous étions regardés descendre et remonter de la mer.

Je souriais en moi-même, rien à l'extérieur. Les sourires aussi appartenaient au sens mineur du toucher.

Quand elle me prit la main sous la table, ce fut la révélation. Sa main douce sur le dos de la mienne sèche éveilla la connaissance.

De la main, elle s'étendit comme une inondation aux autres pores, des cheveux aux pieds, un désert irrigué pour la première fois.

Mes yeux se fermèrent et je vis la nuit en plein après-midi, une étendue de points lumineux. C'étaient mes pores.

Ce fut ainsi que le toucher dépassa les autres sens.

Nous l'avons cherché encore, en nous baignant ensemble, en nous tâtant sous l'eau à l'aveugle.

Le bonheur était dans chaque centimètre de contact.

Mon sexe qui se dressait était gênant, il fallait qu'il se remette en place avant que je sorte de l'eau.

Il était exclu de notre contact, un intrus entre les corps.

D'autres années passèrent avant de trouver où le caser.

Depuis cette main de fille, le toucher est pour moi le plus haut point de la connaissance.

Depuis lors, je sais que le centre du corps est partout, chacun de ses points est un sommet au moment du contact, de l'enthousiasme à la démangeaison, à la douleur.

Quand j'ai été opéré éveillé pour ma prothèse de hanche, l'anesthésie locale m'a coupé en deux. Du nombril jusqu'en bas, je ne sentais rien si je touchais.

Tandis que l'excellent Lucio Catamo travaillait avec sa perceuse, sa scie et son scalpel, j'étais déconcerté d'être privé du toucher.

À présent, je peux te toucher, tu es tout près. Mais je reste sans bouger, par manque d'habitude. J'imagine que tu te retirerais.

Je ne sais pas, ça n'est pas arrivé avant. Gardons-nous d'essayer, je ne suis pas curieux. Pour moi, c'est un sens qui maintient la distance même quand il sert à une étreinte.

Ce soir je bavarde comme une pie.

Je concentre mes histoires pêle-mêle avant que tu disparaisses.

Au cours des journées de mars avant sa mort, elle parlait à sa mère. Elle était lucide, elle ne délirait pas.

« *Mammà* », disait-elle avec l'accent napolitain et elle se tournait vers la fenêtre.

« Viens me prendre. »

J'étais là et je ne lui servais à rien.

Par stricte pudeur, je ne l'ai pas vue pleurer.

Elle est morte avec un souffle de porte d'armoire qui se ferme.

Quelle puissance la vie, elle passe au-dessus de tout.

Une autre journée s'annonce et on se sent tiré en avant, au-delà de sa mère morte.

On n'a pas bougé du tapis par terre où l'on a passé les nuits près d'elle.

On tourne dans les pièces devenues le désert, on offre ses vêtements à une amie pour les voir encore sur le dos de quelqu'un.

Tiré en avant par une corde, le corps inerte, on laisse une trace par terre.

Tout nous irrite.

On entend le présentateur du journal télévisé qui raconte un fait divers : « Les agents ont ouvert le feu. »

Et on lui répond, oui on répond en colère à la télé : « Et quand est-ce qu'ils l'ont fermé ? »

Et puis, je me suis levé du tapis au pied de son lit.

Et les jours passaient sans sa voix qui me parlait de l'actualité, comme elle le faisait quand j'étais petit.

Et ce soir, je ne me souviens plus de sa voix.

Quelle puissance la vie, impudente, à lui cracher au visage. Et je peux le faire parce que le visage sur lequel cracher est le mien.

Et le crachat n'enlève pas un gramme de la peine.

Que faisait ton père à New York ?

Il a monté un commerce de produits alimentaires avec l'Italie.

Il aurait fait fortune, tu aurais hérité. Tu m'aurais payé l'université. J'aurais choisi la médecine vétérinaire, épousé une fille de la campagne. Nous aurions élevé des abeilles. Nous aurions soigné des tigres.

Sais-tu dans quel État du monde il y a plus de tigres qu'en Inde ?

Au Texas, il y en a deux mille.

Le monde est étrange, merveilleux.

Merci d'avoir changé de sujet. D'accord, il est étrange.

Mon ami libraire m'a expliqué l'origine du mot mariole.

Dans les processions consacrées à la Madone se glissaient des pickpockets, profitant de la foule et de la piété.

Mariole vient de Marie, c'est le voleur de ses cérémonies religieuses.

J'en ai connu un, il s'appelait Umberto, un Romain du quartier Primavalle.

Il avait vingt ans de plus que nous, de Lotta Continua, qui avions une permanence devant chez lui.

Nous lui étions sympathiques, il venait à nos manifs, il partageait nos manières expéditives et dépourvues de théorie.

Il vivait d'escroqueries, il disparaissait de temps en temps. Nous ne lui demandions pas pour où.

Un jour, une de ses arnaques avait bien marché et il avait de l'argent en poche.

Pendant un mois, il nous a offert à dîner dans un bistrot, à moi et à une fille qui lui plaisait, jusqu'à ce qu'il ait tout dépensé.
C'était ça la valeur de l'argent pour lui.

Une fois terminées les années de cette vie de rue, bizarre, politique et brutale, je suis allé à l'usine à Turin.
Et depuis, plus de nouvelles de lui.
Je lui garde ma reconnaissance pour sa générosité dissipée, mon admiration pour son indifférence princière envers l'argent, ses reparties à la camarade de nos dîners, son sang-froid dans certaines occasions.

Tu racontes mal, tu n'as pas fait que dîner avec cet Umberto.

Je n'ai pas fait que dîner. Inutile de parler de choses illégales. Il y en a eu et c'est tout.
Ça n'apporte rien ni à lui ni à nous.
Alors, c'était ce qu'il fallait faire et sans profit personnel.
Je vais te raconter une petite histoire. Un jour, je courais, poursuivi par la police.
À bout de souffle, je me suis engouffré dans un immeuble de logements sociaux.
J'ai couru dans l'escalier en tapant du poing à chaque porte pour semer le désordre, faire sortir les gens sur les galeries intérieures.
Ils auraient gêné mon arrestation.
Une porte pouvait être ouverte par hasard et je pouvais me glisser à l'intérieur.
Ma tête fonctionne bien dans le feu de l'action, elle invente, elle prévoit.
Personne n'ouvrait, certains criaient dans les appartements.
J'enregistrais les détails tout en sautant les marches de l'escalier.
J'entendais monter les pas de ceux qui couraient derrière moi.
Je suis arrivé à l'avant-dernier étage, il s'en fallait de peu que je ne sois rattrapé.
Je décidai que je me jetterais dans la cage d'escalier.

Je ne devais pas tomber entre leurs mains. Inutile d'expliquer pourquoi maintenant.

À l'avant-dernier étage, j'ai poussé une porte qui s'est ouverte. Je suis entré et j'ai fermé.

Je vois encore très nettement l'intérieur.

Une petite entrée, tout de suite à droite la cuisine où un jeune homme préparait son repas.

Je lui ai dit : « Ils me poursuivent, aide-moi ou je me jette en bas. »

Sans lui laisser le temps de réagir, j'ai longé un couloir, je suis entré dans une chambre à coucher.

Je suis allé à la fenêtre et je l'ai ouverte.

Il m'a suivi et s'est arrêté à la porte.

Il m'a dit de me calmer et de rester là.

Mes poursuivants frappaient aux portes, questionnaient et continuaient.

Ils frappèrent à la sienne.

Il ouvrit, je les entendais parler, mais je ne comprenais pas ce qu'ils se disaient.

J'étais devant la fenêtre ouverte, s'il me livrait, je sautais.

J'entendis la porte se fermer. Il revint seul.

Les autres avaient continué, je les entendais à l'étage du dessus.

Il me dit de fermer la fenêtre et de lui expliquer.

Ce que je lui répondis lui suffit.

Il regarda par la fenêtre jusqu'à ce que la voie soit libre pour moi.

Avant de m'en aller, je lui ai demandé quel était son métier.

C'était un agent de la police des douanes, rentré de son service de nuit.

Peux-tu imaginer de quelle époque je te parle ?

C'était le XXe siècle.

Une époque d'écervelés, et de vous deux lui l'était plus que toi, parce que je comprends bien qu'à une époque de ce genre vous pouviez croire à l'impossible, en faire l'expérience et le voir fait.

Le mot expérience ne convient pas à ce qui m'est arrivé.

Expérience sous-entend qu'on devienne des experts. Je reste un inexpérimenté chronique, même si je suis doué pour certaines choses.

En 1968, une de nos phrases déclarait : « Ce n'est qu'un début, continuons le combat. »

Ce n'est qu'un début : et pour moi ça a continué ainsi. Je suis resté un débutant, quelqu'un qui se jette dans une mêlée sans rien apprendre.

Face à la réalité, je reste un apprenti.

À cette époque, nous utilisions cette expression : sans précédent. Tous les événements qui nous touchaient étaient complètement nouveaux, sans expérience précédente.

Nous aimions dire ça et nous l'utilisions même à tort et à travers, comme souvent avec les superlatifs.

Le temps dont je te parle avait des bizarreries qui justifiaient nos prétentions d'unicité.

Nous buvions à Umberto, mariole avec beaucoup de précédents.

Tu dis que tu as été un révolutionnaire, mais que tu ne peux rien raconter de concret. Au moins un détail, pour me faire comprendre. Que fait un révolutionnaire avant d'entrer en action ? Un geste, une préparation quelconque ?

Il prend une douche, change de sous-vêtements, vide son intestin si possible et, avant de sortir de chez lui, il lace bien ses souliers.

C'est un geste de recueillement, se pencher et faire soigneusement les deux nœuds.

Rien de spécial : c'est ce qu'on fait après qui compte.

Que vouliez-vous faire, prendre le pouvoir ? Car si c'était ça, ce fut un fiasco total.

Le pouvoir importait peu, c'était nous battre pour des objectifs simples, accessibles, qui nous intéressait. À l'usine, on gagnait des droits d'allégement, comme la demi-heure de cantine incluse dans les huit heures quotidiennes. On volait de force une demi-heure de pause payée.

Nous résistions à l'obligation d'heures supplémentaires, et ainsi l'entreprise qui avait besoin d'une production plus importante était obligée d'embaucher des chômeurs.

Dans un quartier, nous organisions maison par maison l'autoréduction des factures d'électricité. L'industrie payait huit lires le kilowattheure et une famille en payait vingt-quatre. Alors, on organisait le paiement sur la base de huit lires.

Si on coupait l'électricité, nous résistions aux coupures.

En somme vous faisiez des améliorations, des réformes ?

Oui, mais d'en bas, nous faisions valoir nos propres droits, en diffusant la conscience de posséder une force civique indépendante.

Je ne vois là rien de révolutionnaire.

Il ne s'agissait pas pour nous de nous contenter du résultat. Car il ne mettait pas un terme à notre tâche.

Nous pratiquions une société de réciprocité, de l'un pour l'autre.

Nous visions au-delà de la cible.

Tu as raison, ces conquêtes étaient des améliorations, pas une révolution.

Ce mot concernait nos méthodes. On n'obtenait rien par les bonnes manières. Être révolutionnaire n'avait rien de romantique.

Les pouvoirs voulaient nous réprimer, police, magistrature, arrestations : ils n'arrivaient pas à nous stopper.

Nous avions un gigantesque réseau de personnes qui hébergeaient ceux des nôtres qui étaient recherchés.

Nous étions partout.

Et comment faisiez-vous pour l'argent ? Cette activité à temps plein coûtait cher.

Oui et non : pendant des années j'ai logé chez ceux qui étaient prêts à soutenir notre activité comme ils pouvaient.

On inscrivait sur le journal *Lotta Continua* les noms et les petites sommes versées par souscription.

De nombreux peintres connus nous offraient leurs œuvres pour nous financer.

Elles étaient tout de suite vendues. Si nous en avions conservé la moitié, nous aurions un musée d'art moderne plus fourni que n'importe quel autre.

Des journalistes professionnels se proposaient comme directeurs responsables de notre quotidien, parce qu'il en fallait un comme garantie aux yeux de la loi.

Ils n'écrivaient pas une ligne, ils donnaient leur nom pour que nous puissions paraître en kiosque.

Ils se chargeaient des plaintes qui tombaient à verse sur nos pages, ils se relayaient.

L'un d'entre eux, par exemple, s'appelait Pasolini.

C'est une époque incompréhensible, inventée. Entre-temps, le vent est tombé.

Le silence de ta campagne est différent de celui qui se produit à l'improviste en ville, sous l'effet d'un soudain arrêt des bruits.

Ce silence ressemble à celui d'une salle d'enregistrement, avec des murs habillés de liège.

C'est un silence habitué, enfermé. On ne s'attend pas à ce qu'il cesse.

Les oreilles désorientées pourraient avoir des hallucinations sonores, imaginer entendre des voix. Est-ce que tu en entends, parfois ?

La pendule murale qui rythme les secondes te semble silencieuse ?

Écoute la petite pluie qui pique la vitre de la lucarne et les tuiles du toit.

Elle frappe des coups plus forts que ceux de la pendule. Elle sert de contrepoids à notre temps rythmé par le mécanisme d'intervalles égaux.

La pluie dit au contraire qu'il n'y a pas deux secondes égales. Elle le sait par ses gouttes.

À force d'être à l'écoute des choses qui m'entourent, je découvre des musiques, des philosophies, des sciences naturelles.

Je découvre qu'elles s'expriment, même si c'est dans une langue que je ne comprends pas.

Mais ce sont des voix, pas seulement des bruits.

Voilà ce qui arrive quand on reste enfermé dans un endroit isolé. Tu as tellement besoin de compagnie que tu inventes une langue de la pluie et peut-être du vent. Ce sont des bruits de fond et rien d'autre.

J'ai besoin de voix, d'une radio allumée, de voisins qui parlent au téléphone, qui se disputent, qui font grincer leur lit pendant qu'ils s'aiment. Je suis attaché à cette sacrée espèce humaine. L'avoir tout autour de moi me fait me sentir vivant.

Toi, dans cette campagne, tu ressembles à une plante, à une chambre, plus qu'à un homme. Tu t'es fait absorber par le paysage.

Ce n'est qu'une soirée à la maison. Ce n'est pas comme ça tous les jours. Je me réveille souvent dans le lit d'une auberge sans savoir où je me trouve.

Je vais dans des lieux publics, j'ai un calendrier de rendez-vous dans différentes villes. Je n'évite pas l'espèce humaine. Ici, autour de cette maison, il n'y en a pas.

Mon ouïe s'est habituée à des voix de choses et non de personnes.

Tu insistes ? Les choses n'ont pas de voix, elles font des bruits. Tu n'es pas loin de croire à un créateur qui te parle à travers différents signes.

La nature c'est Dieu dans les choses : c'est l'avertissement de ton Giordano Bruno.

Alors, fais un effort, réagis et reconnais que tout ce qui nous entoure est la doublure d'un créateur.

La foi que je vois en toi, dans les autres, ne vient pas de votre bonne volonté de croire.

Les voix que j'écoute le soir ne s'adressent pas à moi, elles parlent entre elles.

J'ajoute aussi la mienne à leur chœur, elle bourdonne dans ma tête même si je me tais.

« Le vent est ce qu'hier nous entendions grincer des dents », écrit Paul Celan, Juif de Roumanie, en allemand, la langue de sa mère et des assassins de sa mère.

L'allemand maternel fut plus fort que celui des massacres. La littérature parvient à sauver une langue même de l'usage qu'en font les bourreaux.

J'écris en italien, langue privée de mon père, plus que langue officielle de l'État.

Je lui dois l'usage appris de sa voix, la scansion des syllabes différentes des syllabes locales, à prononcer sans cadence dialectale.

C'est lui qui a mis une barrière entre son italien paisible et le napolitain brûlant.

On pouvait parler les deux mais sans les mélanger.

Elles n'ont pas été deux langues, mais deux usages.

J'écris dans l'une et je me parle à moi-même dans l'autre.

Avec le dialecte, je récite un poème, je dis un proverbe, je lance un mot d'esprit.

Quand je suis en colère contre moi, je m'insulte en napolitain.

En italien, je n'ai pas envie de me disputer.

En italien : j'ajoute *en*, parce que je suis dedans, en locataire. C'est ma résidence, j'habite rue de la langue italienne, sans numéro.

Tu passes de la mystique du vocabulaire à la géographie. Maintenant, c'est une adresse.

Pour moi, oui : supposons que nous soyons forcés à l'exil, à quitter l'Italie.

Je ne serais pas un exilé, parce que j'emporte avec moi la langue italienne qui me permet de vivre partout.

L'exil serait pour moi d'écrire dans une autre langue.

Je peux en parler d'autres, les lire, mais l'italien est ma patrie, littéralement, parce que c'est la langue transmise par mon père.

Les jours où il mourait, je l'ai entendu dire des phrases en napolitain. Il l'utilisait pour abréger.

Cet italien que nous nous échangeons est un fleuve. Dans son lit, se déversent les dialectes affluents qui descendent en torrents de plus haut.

C'est notre fleuve Amazone, cette langue.

Elle débouchait dans la Méditerranée, maintenant elle se jette dans toutes les mers et les océans de la terre, partout où les nôtres sont allés pour trouver mieux.

Dans chaque ville où je vais, je goûte l'eau d'une fontaine. Je bois et je deviens un hôte en ingérant le mélange local qui change de saveur, de consistance.

Il y a des eaux légères, des eaux de pluie, qui coulent vite, et des eaux de puits, de citernes qui sont reposées et qu'il faut boire à petites gorgées.

Je vois un rapport entre la langue d'un endroit et son eau.

J'ai lu quelque part qu'environ une vingtaine de langues s'éteignent par an.

Une dernière personne meurt et la fontaine d'un vocabulaire s'assèche.

La dernière syllabe prononcée coïncide avec la dernière goutte.

C'est toi qui m'as mis dans cet italien. Il simule entre nous une intimité que nous n'avons pas.

J'aurais plus volontiers utilisé une de ces langues que tu as apprises, par exemple le russe d'Isaac Babel dans les récits du quartier de la Moldavanka à Odessa.

Il existe un terme qui décrit le rapport qui nous lie ce soir. Tuneiadez *: parasite. Nous sommes tous les deux parasites l'un de l'autre.*

Tuneiadstvo, *parasitisme, était un délit en Russie.*

Brodsky fut condamné à cinq ans de travaux forcés sous cette accusation. Dans la transcription de son interrogatoire au tribunal, le juge lui refuse le statut de poète, en lui disant qu'il n'a obtenu aucun diplôme qui le prouve.

L'histoire est grotesque mais pas sordide : ce juge ne pouvait pas condamner un poète. Il devait d'abord lui refuser ce statut.

À moi, personne ne me donne le statut de fils, je suis un tuneiadez. *Et toi aussi, ce soir, tu es un père parasite.*

Les parasites exploitent un corps qui les accueille. Il n'y en a pas ici. Il y a nous et c'est tout.

À moins que tu ne veuilles dire que nous sommes les parasites d'un soir. Alors, chaque vie l'est, quand elle exploite le corps le temps de son accueil.

Alors oui, avec toi, ce soir, je puise tout ce que je peux de l'occasion de parler avec mon fils.

Tu ne sais pas le dire, tu ne sais pas dire « mon », tu l'as dit doucement, une rapide syllabe de passage.

Mon : c'est une déclaration d'affection, de certitude, de lien du sang. Tu es Mon père, tu dois dire Mon fils. Fais entendre dans ta voix la lettre majuscule.

Mon fils. Tu as raison, je ne sais pas le dire, je n'arrive pas à claquer le *m*, à le détacher nettement de mes lèvres. C'est une labiale embarrassante, elle me rappelle maman, un mot qui n'existe plus.

L'autre labiale aussi, le *p* de papa, n'existe plus, mais il ne me gêne pas.

Je vieillis en perdant des dents et des labiales.

Essaie avec une autre, avec le b *de Babel. Il a écrit* Cavalerie rouge *au milieu des cosaques de la révolution russe, sous un faux nom parce que juif. Les cosaques ne les aimaient pas.*

Ce doit être bizarre de participer à une grande entreprise et de devoir se camoufler comme un infiltré parmi ses propres camarades d'idéal.

T'est-il arrivé de cacher une partie de toi-même pendant les années d'affrontements politiques ?

Babel, un nom parfait pour un écrivain, un nom qui se perd dans une quantité de voix.

Non, ces années-là, je n'ai pas eu à mettre un masque, à jouer un rôle.

Je n'aurais pas su le garder. Seuls nos noms étaient un masque.

Nous utilisions des surnoms pour éviter de connaître l'identité exacte de chacun.

C'était une mesure de protection, on disait alors de vigilance.

Dans la campagne indienne on pratique un curieux usage des masques.

Les paysans les mettent derrière leur tête, de façon à présenter un visage humain sur leur nuque. Il sert à se protéger du tigre qui attaque instinctivement dans le dos et qui est dupe de l'artifice.

J'ai utilisé celui de sécurité pour les soudures. La lumière de l'électrode irrite les yeux.

Une nuit, j'ai senti mes pupilles me brûler.

J'avais comme du sable chaud sous les paupières. Je connaissais le remède des vieux soudeurs, couper des tranches de pommes de terre et les poser sur ses paupières.

Elles absorbent lentement la douleur.

Le lendemain je les ai fait cuire, une recette assez rare. Couper des pommes de terre et les faire cuire sur les yeux enflammés par la soudure.

À propos de masques, comment t'habillais-tu à carnaval ? Pour moi, c'est la seule fête qui mérite son nom. Les autres veulent rappeler quelque chose, celle-ci veut au contraire tout oublier. On retire les vêtements graisseux de sa propre identité et on en revêt une autre pour s'amuser. Personne ne juge, les hiérarchies n'existent pas. C'est une fête anarchique, elle devrait te plaire.

La première fois, j'ai été obligé de m'habiller en Pierrot pour cette fête. Je voulais un masque plus connu, un simple Polichinelle aurait suffi. Il y en avait d'autres, je me serais caché au milieu d'eux.

Pour moi, cette fête c'était me cacher. L'idéal était un drap de fantôme.

Alors que Pierrot, personne ne le connaissait, et j'étais tout triste de devoir répondre de l'exotique dont je portais le masque.

J'évitais les fêtes, les anniversaires, où se manifestait forcément mon isolement.

Me soustraire à ces cérémonies a été un de mes premiers actes de liberté.

Elle était amère, elle me préservait du malaise d'être à l'écart au milieu de la gaieté tapageuse, danse, musique, exubérance ambiante.

Plus tard, elle est devenue un soulagement.

Je fais partie des abstentionnistes qui maigrissent à Noël.

Moi, j'aime assister à une fête où les personnes expriment leur joie, font du tapage et célèbrent quelque chose.

Je vais aux fêtes de village qui portent en procession une statue sainte.

J'aime voir une foule contente. Celle qui est renfrognée est monotone, elle affiche la même mine ombrageuse.

Alors que les visages des personnes en fête sont mouvants, variant les grimaces de l'insouciance. Ce sont des visages sortis de la ville assiégée, des visages de Troyens qui franchissent les portes pour se rendre sur la plage que les Grecs ont enfin abandonnée.

J'apprécie la gaieté des autres.

Me voici de nouveau le parasite qui profite des heures joyeuses des autres en spectateur, impliqué par ricochet.

On fait aussi d'heureuses rencontres dans les fêtes. Tes parents se sont connus lors d'un anniversaire.

Ils se sont parlé la première fois accoudés à la balustrade d'un balcon qui donnait sur le port de Mergellina.

Les balcons existaient autrefois.

La guerre était finie, personne n'en parlait. Les décombres, restés sur place pendant des années, étaient ignorés des regards.

La consigne était d'oublier. Ceux qui se risquaient à évoquer un épisode devaient le faire sur le mode de la plaisanterie, sinon on les faisait taire.

Ces deux-là au balcon d'une tiède soirée se parlaient d'avenir. Ils se le réservaient comme un voyage dont on achète le billet.

Il y avait des Américains partout, c'était un temps d'affaires, d'argent rapide.

Lui savait l'anglais, il lui parlait d'Amérique, de l'endroit d'où était venue sa mère.

Il cherchait à la séduire pour sonder son esprit d'aventure.

Elle, elle voulait Naples.

Ils buvaient du vin, fumaient du tabac américain, promirent de se revoir.

Tous les deux avaient des amours en cours, qui cessèrent par la force majeure d'un soir au balcon.

J'ai des photos de maman jeune.

Je ne l'aurais pas abordée à une fête, je n'aurais pas eu la désinvolture de l'après-guerre.

Quelqu'un pouvait vous présenter. Tu n'as pas l'habitude des fêtes, mais ça se passe comme ça.

Même avec ce coup de pouce, j'aurais toujours été emprunté. La beauté d'une femme m'intimide.

Il fallait une guerre derrière soi pour pouvoir se regarder droit dans les yeux et imaginer des noces, une maison, des enfants.

Eux parlaient de l'avenir, toi tu ressasses le passé.

Leur avenir me croisait. Il est normal que je parle d'eux maintenant. J'ai été leur avenir.

Je te parle, mais si ça ne t'intéresse pas, je laisse tomber.

Eux deux m'intéressent. Je voudrais les connaître, qu'on me parle d'eux. Toi, tu m'intéresses moins.

Tu sais que tu réduis tes personnes à des personnages ? Ton père, ta mère, moi-même, ce soir nous passons de vie à papier. Cette réduction ne te gêne pas ?

Réduction de quoi ? De taille, de format ? Alors oui, je réduis. Mais la vie ne perd pas en grandeur en passant de personne à personnage.

La vie se concentre dans des pages, elle se densifie, comprime les années en lignes, les villes en centimètres et pourtant on la retrouve.

C'est ce qui se passe dans un autoclave, où l'air est sous pression.

La littérature est un autoclave ? De l'air comprimé comme dans un pneu ? Un sous-vide ?

Maintenant tu démultiplies l'image. C'est un procédé littéraire. Un mot en amène d'autres par association, chez un lecteur comme chez un auteur.

« Une chose a prononcé Elohìm, j'en ai entendu deux », écrit David dans un psaume.

Celui qui lit ou qui écoute n'est pas un récipient vide à remplir, mais un multiplicateur de ce qu'il reçoit. Il ajoute ses propres images, souvenirs, objections.

Oui, ce soir je réduis des vies à ce que je peux dire d'elles, de vous.

Ils t'intéressent ces deux-là ?

Tu les trouveras dans des histoires que j'ai écrites.

J'imagine leur vie sans moi, si je n'étais pas né.

J'ai des livres qu'il avait offerts à maman, ils portent des dates qui me précèdent.

Je n'y étais pas. Ils étaient bien sans.

Mais l'avenir pour eux était un devoir de noces, maison, enfants.

Je n'ai pas pu éviter de me mettre dans leurs pattes.

Je n'ai pas eu et je n'ai pas de pensées suicidaires. Une fois né, j'étais inévitable.

Les quitter à dix-huit ans n'a rien changé. Ils ont vécu sans moi, au lieu de vivre avec, et c'est tout, sans devoir me connaître et m'expérimenter.

Aujourd'hui tu voudrais ne pas exister ?

Aujourd'hui j'existe, un point c'est tout. Il y a bien des années, ça pouvait ne pas arriver.

Une phrase de mon époque politique disait que personne n'était indispensable et que chacun était nécessaire. C'était un jeu de mots pour moi.

Exister, ici et maintenant, n'est ni nécessaire ni justifié par un devoir d'exister.

Je parle pour moi. En revanche, toi tu es nécessaire ce soir. Sans toi, cette conversation n'aurait pas lieu.

Sans moi, toi tu existes quand même. Sans toi, moi je ne serais même pas une hypothèse. Mais là, nous jouons à celui qui existe le moins.

Ils pouvaient sauter mon tour.

Comme tu as sauté le mien. J'aurais voulu naître à ta place. Je ne les aurais pas quittés. C'est peut-être eux qui m'auraient demandé d'aller faire un tour, vers quarante ans, l'âge auquel tu as décidé de me convoquer ce soir.

Jouons à celui qui existe le moins de nous deux.

D'autres soirs, j'ai prononcé quelques phrases en regardant en l'air, les murs, les veines de la table.

Cette fois-ci, je parle en m'adressant à toi, j'écoute, je réponds, je raconte.

Tu me permets d'exister en tant que père d'un soir, à égalité d'existence avec son fils.

Mais si nous réduisons cet échange à celui qui existe entre personnage et auteur, alors il est certain que des deux c'est toi qui l'emportes.

Achab, le chasseur de la baleine blanche, est mieux planté dans le monde que Melville.

En tant que lecteur, j'aurais voulu rencontrer Achab, pas son auteur.

J'ai cru parfois le reconnaître sur la terre ferme dans une assemblée houleuse, dans un refuge de montagne, dans une bagarre de rue.

L'homme d'une seule intention, à la recherche de l'heure fixée. Pas une au hasard, mais celle du rendez-vous décidé par le destin en personne.

Qu'ai-je à faire d'un Melville quelconque, si je peux rencontrer Achab ?

J'offrirais à boire à Santiago, le pêcheur du *Vieil Homme et la Mer*, pas à Hemingway.

Cervantès s'est servi de Quichotte, mais Quichotte a bien plus utilisé Cervantès pour se manifester.

Et donc, si tous les deux nous nous réduisons à un écrivain et à un personnage, ton existence est plus avérée que la mienne.

Dans la même veine fantaisiste, tu pourrais dire que les personnages de Billy Wilder, de Frank Capra, sont plus vrais que leurs metteurs en scène ? Que Charlot a plus d'existence que M. Charlie Chaplin ?

C'est ainsi, à la différence près que, contrairement aux écrivains, j'aurais plus volontiers rencontré Capra et Wilder que les personnages de leurs histoires.

Je ferais une exception pour Buster Keaton, le héros accablé et accablant de mésaventures colossales.

Je l'aurais attendu au bout de la pellicule, avant qu'il se retire de l'écran, enfermé dans le cercle du fondu.

Je l'aurais invité à boire une bière, je me serais présenté comme son lecteur.

Car le noir et blanc de ses films était de l'écriture pure.

Le noir et blanc muet a été le sommet de l'art de l'acteur.

Le son et la couleur sont des concessions à la technique et à la paresse.

Quoi qu'il en soit : béni soit le cinéma, et plus encore ce cinéma-là.

Je comprends que tu n'aimes pas les écrivains, que tu préfères leurs livres. Mais le cinéma leur doit ses histoires, alors qu'aucun livre n'a été écrit à partir d'un film. J'admire certains metteurs en scène, mais j'ai plus de respect pour ceux qui écrivent.

Ils espèrent que leurs pages aillent au cinéma. Ils encaissent plus de droits et sont flattés par la publicité des images d'acteurs célèbres qui disent leurs phrases.

Ils écrivent leurs histoires en pensant aux scénarios.

S'il arrive que le cinéma prenne certaines de mes pages, je suis un spectateur comme un autre. Je cède le titre d'auteur avec le droit.

L'écriture reste pour moi une activité antique. J'écris à l'encre sur le papier d'un cahier, je recopie pour voir si ça me plaît encore. Rien qu'un dernier cliquetis sur un clavier.

Elle reste pour moi le contraire d'une profession. C'est un temps festif de ma journée.

Dans l'obscurité du jour qui ne s'est pas encore levé, je suis une voix légère qui raconte, en se mêlant au crissement de la pointe d'un stylo sur une ligne.

Ma main gauche, analphabète, tient le cahier.

Quand je m'arrête, l'obscurité extérieure commence à se diluer. Le jour est l'effacement de la nuit. Je la vois se dissiper par les vitres, elle indique l'heure de s'arrêter.

Je nettoie la cheminée, j'enlève les cendres, je prépare le bois pour le feu du soir.

Je réponds au courrier, je lis les nouvelles, tout ce que je fais est très loin de l'écriture.

Et tout ce que je fais me rappelle que je pourrais l'écrire.

La page est l'aujourd'hui dont j'ai besoin.

Dans une école, une enseignante m'a demandé si je voudrais être encore lu dans cent ans.

J'ai répondu non, intéresser la postérité ne m'intéresse pas.

L'écriture est mon aujourd'hui et je suis content qu'elle soit, quelque part, l'aujourd'hui d'un lecteur.

Les lecteurs suivants auront leurs auteurs suivants, car je reste persuadé que, tant que l'espèce humaine existera, elle continuera à se faire raconter des histoires.

Les enfants sont les plus gourmands, ils naissent avec une sarabande de terreurs à calmer par les histoires.

Tu exclus vraiment l'idée d'être un écrivain transmis ?

Dans quelques milliers d'années, la Terre effacera toute trace de notre présence.

Nous ne faisons qu'accélérer notre passage à l'archéologie.

Nos descendants très lointains se référeront à notre époque comme à celle de la grande extinction.

Quelques lignes de leurs livres d'école liquideront notre prétention à être inoubliables.

Napoléon, Tolstoï, Raphaël partageront la fosse commune de milliards d'anonymes de notre époque.

S'occuper d'une matière appelée histoire sera le reste d'une superstition.

Une fois oubliés les verbes au passé et au futur, seul le présent existera.

Tu es apocalyptique.

Non, je suis optimiste du seul fait d'imaginer que pourront exister des descendants, après nous posthumes.

Les générations sont des effacements de celles venues avant.

La mienne s'est penchée pour ramasser des mots tombés, des phrases commencées et pas finies.

Celles après moi sont passées tout droit, sans se pencher. Elles veulent s'éloigner. Elles regardent avec méfiance les jeunesses agitées du passé.

Les révolutions sont incompréhensibles pour elles.

La jeunesse la plus récente est circonspecte, porte-parole d'une prudence inconnue.

Elle n'est pas séduite par les aventureux du même âge, marcheurs de déserts, à la rame sur les océans, attachés à la vie les dents serrées.

Elle ne va pas vers eux pour se faire raconter.

Les voyages des acrobates sans tente de cirque n'entrent pas dans ses chansons.

Je ne connais pas cette jeunesse et d'après moi elle ne ressemble à aucune du passé.

Tu t'attends à ce qu'elle recopie la tienne.

Non, je m'attends à une arrogance nouvelle, qui ne soit pas une oppression du plus faible.

Je m'attends à des verbes à l'impératif, à un acte de douleur. Je ne les vois pas pleurer même au cinéma.

Qu'est-ce que tu fais ? Tu hoches la tête, tu désapprouves ? Fouille au contraire dans les crevasses, les fissures, les talons où se trouve l'impulsion pour se lever sur les pointes. Ils s'entraînent à l'écart pour innover un temps de revirements.

Ils étudient, ils s'y connaissent en agriculture moderne, en réparations, en sauvetages.

Ils font breveter des récoltes de plastique dans les océans, ils testent des épis féconds en période de sécheresse.

Dans les laboratoires, ils s'occupent des dégâts et du lendemain, sans fanfares dans la rue.

Tu ne vois pas qu'une autre civilisation est en marche ?

Des barbares saccageurs ont brûlé la terre, l'eau, saupoudré l'air de poussières mortelles.

Des assainisseurs arrivent pour les racheter. C'est l'époque des sans-défense qui remédient à l'apocalypse.

Ainsi soit-il. Les signes que tu entrevois m'échappent. Tu prétends infondée ma mélancolie.

Tu ne souffres pas de mélancolie. Ta colère sous-cutanée, qui gronde soumise, t'en empêche.

Tu n'as pas autour de toi tes assemblées qui autorisaient ta colère. Sans cette communauté d'unanimes, la colère se réduit à une irritation cutanée, à un érythème.

Tu es d'une espèce bizarre, un isolé qui n'agit que sur mandat d'un grand nombre.

Je ne sais pas dénoncer tout seul. Je n'ai pas l'inspiration du journaliste qui accuse des malfaiteurs publics et privés après avoir recueilli des documents.

Il en existe et ce sont ceux qu'on assassine le plus dans le monde.

À l'époque précédente, c'étaient les poètes qui mouraient ainsi.

Je peux apporter mon soutien à ceux qui réunissent une assemblée pour réparer un tort, décider quoi faire.

Sans l'alarme donnée par une volée de cloches, surgissent des sentinelles de l'incendie, elles le sentent dans leur nez. Elles prennent la parole, qui doit être prise et tenue.

Dans ces cas-là, j'ajoute alors ma part de citoyen porteur de raisons d'intérêt public.

Mais pourquoi parlons-nous de tout ça ?

Je gaspille l'occasion d'être avec toi.

Les pères voient partir leurs fils, ils ne peuvent les arrêter.

Je ne t'ai pas vu partir. Je t'ai vu venir à la table mise pour un seul.

Je t'ai vu assis. Je ne me souviens pas si je t'ai vu entrer, si je me suis levé pour t'ouvrir.

Tu as retiré ton manteau ? Tu l'as suspendu au crochet sur le mur ? Je ne m'en souviens pas.

Ça veut dire que tu étais dans la maison, que tu es venu pour rester ?

Non papa, je ne reste pas. Demain matin, à ton réveil, tu ne me trouveras pas. Ta table continuera à être mise pour toi seul.

Mais tu ne parleras plus au mur, à la vitre séparatrice d'un verre. Tu te tourneras vers le coin où je suis maintenant, tu parleras avec moi.

À partir de ce soir, tu es le père d'un absent.

Ton fils extrait d'un dîner d'hiver t'est donné une fois pour toutes.

Demain tu repenseras à ce soir et tu ne pourras plus dire : celui que j'attendais hier n'est pas encore venu.

Ton passé, proche ou lointain, c'est moi et je suis venu hier.

On ne pourra retirer cette nuit du registre des nuits, faire qu'elle ne soit jamais arrivée.

C'est irrémédiable, comme toute action commise.

Cette nuit est irréparable : tu citais Ossip Mandelstam dans la chambre de l'hôtel Moskva à Belgrade.

« Cette nuit est irréparable et chez vous il y a encore de la lumière », écrivait-il.

Je le répétais comme une rengaine dans mon russe laborieux, par conjuration, dans une nuit de mai.

La ville brûlait d'incendies, le Danube lui servait d'extincteur.

C'était aussi une nuit de mai quand maman m'a expulsé d'elle.

On naît d'un étranglement qui se referme derrière soi, sentant plus une perte d'espace qu'un apport.

Celui qui naît la nuit reste fidèle à l'obscurité.

Pour moi, le sommeil est encore un ventre, je dors dans le placenta de la nuit.

Toi, tu es né à l'heure où le soleil se couche, quand s'allument les lampes dans les maisons et les phares dans la rue.

Tu es né en hiver, dans une maison de campagne, sans sage-femme.

Les petits des mammifères naissent dans une chute, leurs mères mettent bas en tirant profit de la descente.

Les mères humaines accouchent allongées et doivent pousser plus.

Nous naissons en montée, on nous soulève avant de nous déposer.

Toi, tu es né en descente, en glissant au milieu des eaux du placenta rompu.

Je te vois apparaître, mes mains sont prêtes à te prendre au vol.

J'ai un linge pour t'envelopper. Je vois ta tête, prolongement du corps de ta mère.

La lumière du coucher du soleil rougit le sol. Mes paumes de mains ouvertes attendent ton poids de lapin.

Mes bras tendus pour porter je ne sais quelle charge démesurée ne s'aperçoivent même pas que tu es déjà sur eux.

C'est une scène muette, entre deux adultes débutants et un nouveau-né expert, un athlète lancé la tête la première.

Je ne vois rien d'autre au fond du verre vide.

J'y verse du vin, parce qu'il n'y a rien d'autre.

Tu m'as fait sentir le vide de ce moment-là.

Je me suis laissé aller ou quelqu'un m'a laissé aller. J'hésite entre le passif et l'actif. Je ressens le vide sur moi, un rude contact.

Les mains ouvertes que tu as senties pleines étaient vides pour moi.

Que suis-je censé faire de ton souvenir ? Tu es en train de rédiger ton testament ?

Aucune consigne, aucune instruction pour l'enterrement. Qu'on se débarrasse de mes restes et c'est tout.

Je ne dois pas me confesser ni rendre mon âme, que je n'ai pas connue.

Je rendrai mon souffle, le premier, celui qui a forcé mes poumons fermés, tout juste sortis à l'air.

Les rapports médicaux déclarent la mort causée par arrêt cardiaque. C'est ce qu'on voit de l'extérieur.

De l'intérieur, c'est une apnée, due à la restitution du dernier souffle.

J'ai un corps et j'ai joué au jeu de vivre dedans.

Quel jeu ? Le jeu de l'oie. On lance un dé et on se déplace dans un circuit en spirale.

C'est un jeu de parcours, les stations ont des noms communs : auberge, puits, prison, labyrinthe, squelette.

Le corps est le jeu, moi je suis le pion.

La table, le banc de ce soir sont une case.

Nous sommes dedans et c'est à toi de lancer le dé. Moi, je m'arrête ici.

Tu essaies de simplifier la vie et la mort, mais ensuite tu y glisses un plateau de jeu, des cases précises, un dé avec des côtés de un à six. Et ainsi, sans le vouloir, tu construis les instruments d'un projet qui prévoit un concepteur.

Tu ne simplifies pas, tu ajoutes une image à l'album des divinités. Ici, il y en a une à toi qui invente le jeu et donne le dé.

Laisse-moi le jeu de l'oie, il m'aide à repasser. J'ai parcouru une voie tracée, comme je le fais en montagne. Je suis quelqu'un qui repasse.

La liberté a été d'avoir un dé en main avec le choix de le lancer ou pas, comme devant un mur, à escalader ou pas.

Pour tout alpiniste, il existe un passage obligé quand on doit se servir aussi des mains pour continuer à grimper.

On s'approche des montagnes en marchant, puis on arrive devant la pente raide et on doit choisir de la contourner ou de commencer le quatre-pattes de l'escalade.

C'est le passage d'une frontière. Les mains se lèvent au-dessus du corps, le premier pas détache le pied de terre, en le pointant sur la paroi.

Le premier pas, et non pas les suivants, contient le hasard tout entier.

Comme la piste du jeu de l'oie, la terre aussi est donnée.

Ceux qui l'explorent ne l'ont pas inventée. Ils la parcourent péniblement.

À quoi te servent ces pensées déguisées en images ?

Elles servent de contrepoids aux présomptions. Pour maman, c'était un vice capital.

Son aversion envers les présomptueux m'a appris à en surveiller les symptômes.

Ce n'est pas un exercice de modestie, il s'agit de la chasse aux différentes formes de la présomption.

Elles ne me gênent pas chez les autres, c'est en moi que je les pourchasse.

La présomption est une furonculose. Elle affleure sur la peau et il faut la gratter avant qu'elle se répande.

Tu m'as raconté que tu avais réprimé tes peurs, mais ça ne te rend pas courageux. À présent tu continues avec ta partie de chasse aux présomptions, mais ça ne te rend pas modeste. Ça te gêne d'avouer des vertus ?

La modestie, le courage sont des qualités spontanées. En ce qui me concerne, je traque mes défauts.

Je les réprime avec obstination et avec la volonté de m'imposer.

Les persécutions personnelles ne peuvent se confondre avec les vertus, qui constituent une personnalité.

Chez moi, il s'agit d'efforts d'expulsion de la personnalité.

« *This living, this living, this living*

was never a project of mine », écrit Dorothy Parker au nom de beaucoup d'autres.

Elle aussi, avec le jeu de l'oie, rejette la faute sur le dé.

Le jeu ? Plutôt le cercle infernal de l'oie, une marche forcée. Si vivre c'est comme tu le dis toi, il faut le courage de la mangouste qui se défend du lion et attaque le serpent à sonnette.

Cercle infernal sonne mal, disons que c'est le tour de l'oie.

Pour te donner un exemple, je te raconte une histoire de courage.

J'étais sur une paroi des Dolomites, un orage m'est tombé dessus. J'étais seul.

Les éclairs frappaient contre la roche, toute une cascade d'eau et de pierres dégringolait.

J'étais accroupi et trempé, attendant une accalmie.

Mon corps et même ma bouche étaient parcourus de frissons, que j'attribuais au froid.

Je n'admets pas que j'ai peur.

Le sommet était juste un peu plus haut, bombardé de coups. De là-haut, je serais descendu par un sentier facile.

Je devais franchir les derniers sauts de roche. Je n'arrivais pas à bouger.

Une femelle chamois avec son petit derrière elle a débouché près de moi.

Au milieu de ce vacarme démentiel, elle grimpait d'un pas tranquille et mesuré avec son petit.

Ils m'ont vu et puis m'ont ignoré, en continuant à monter.

Leur calme m'a fait sourire de tendresse pour eux et de dérision pour moi.

Je me suis levé et j'ai remis les mains sur la roche.

L'orage continuait, j'allais à l'aveuglette, mais avec l'exemple de leur passage.

Un courage peut venir d'une imitation.

Je ne l'avais pas avant et il m'a plu de l'emprunter à cette créature.

Je connais une armée dont le capitaine marche à découvert précédant ses soldats avec l'ordre : « Derrière moi. »

J'ai suivi l'ordre d'une femelle chamois capitaine.

Pour elle, c'était un bon moment pour déplacer son petit, aucun aigle en vue.

Ce pourrait être une qualité pour moi : apprendre à partir des exemples.

Ce n'est pas une mince qualité : tu serais docile, mot qui à l'origine désigne quelqu'un de disposé à se laisser enseigner, littéralement il serait un « enseignable ».

Je dis l'inverse de moi, pour apprendre quelque chose je dois étudier, répéter souvent. Je n'apprends pas au vol, comme toi.

Tu citais le vers de Dorothy Parker, la vie n'a jamais été son projet. Moi au contraire, je fais en sorte que le parcours devienne le mien et sans lancer de dé. Moi, je suis quelqu'un qui a voulu exister.

J'ai aimé les femmes que j'ai rencontrées et que j'ai persuadées de vivre avec moi. J'ai vécu dans des villes que j'ai choisies, parcourues d'un bout à l'autre, comme on fait avec les livres.

Je n'approuve pas qu'on se laisse aller au hasard et aux circonstances. Tu peux te le permettre, toi qui te compares au cheval de Quichotte, forcé à l'obéissance due au chevalier.

Je fais partie de l'espèce vivante à laquelle est permis le libre arbitre et je l'utilise du mieux que je peux.

Je ne te ressemble pas. Jusqu'ici, ce soir, tu n'as pas sorti une seule fois le mot amour de ton cher vocabulaire.

Tu as raison, je me rattrape. Agrippino Costa, détenu de longues années dans des prisons spéciales, raconte son histoire à Piero Cannizzaro, metteur en scène.

Qui sait où tu vas en venir à présent.

Après une évasion malheureuse, un pied cassé en tombant du mur d'enceinte, il est repris.

Au lieu de le remettre en cellule, on l'enferme dans un asile de fous.

Un jour, il demande à l'un de ceux qui étaient enfermés ce qu'est l'amour pour lui. Il reçoit cette réponse à voix basse dans une oreille : « Oxygène, oxygène. »

Je ne me souviens pas d'une meilleure définition de l'amour : oxygène deux fois, oxygène au carré, à dire en cachette.

Quand j'étais jeune, j'ai connu l'inverse, un sentiment qui coupe la respiration, qui essouffle, qui met en apnée.

Mais une fois adulte, une femme miraculeuse pour moi m'a fait connaître l'amour sous la forme de la plus intense des tutelles.

J'ai dû m'étonner de la place que j'occupais dans le cœur d'une personne. Je n'en connais toujours pas la mesure.

Je suis d'accord avec l'enfermé de cet asile, il s'agit d'oxygène à l'état pur.

Et avant de le respirer, on ne sait pas qu'on était en état d'asphyxie.

Il faudrait rappeler le nom de celui qui a répondu plutôt que le nom de celui qui a demandé. Ici, il faudrait un droit d'auteur et un baiser sur le front.

Buvons à la santé du prisonnier inconnu, à sa réponse définitive.

J'y ajoute la dernière bouchée de ma tranche de pain à l'huile.

Vers la cinquantaine, j'ai pratiqué l'abstinence de nourriture pendant vingt-deux jours. Peu importe maintenant les raisons.

On l'appelle grève de la faim, mais je ne m'autorise pas le mot faim, la pire humiliation pour un être humain.

On souffre de la faim, on ne la choisit pas.

Je m'abstenais de la nourriture qui était à portée de ma main. Je buvais du thé, du bouillon.

Personne ne pouvait alors m'en dissuader. Je ne connaissais pas encore l'existence de l'oxygène.

J'ai eu le temps d'explorer mon corps.

C'est un squelette reçu d'une préhistoire de générations qui l'ont testé dans les plus sévères épreuves d'adaptation et de survie.

Durant ma vingtaine d'années de travaux ouvriers, je voyais bien déjà que je vivais dans un labyrinthe.

Quand j'étais épuisé, vidé de toutes mes énergies, je découvrais que mon corps me cachait une réserve.

Il me trompait sur le niveau du réservoir pour m'obliger à m'arrêter.

Puis, il m'accordait une nouvelle dose de forces.

Pour un travail pénible, il me fournissait une augmentation musculaire, me permettant de l'effectuer en épargnant des calories.

Quand la période intense se terminait, ces fibres se résorbaient.

La nuit, un couturier de la peau recousait mes paumes de main usées.

Il cicatrisait les coupures encore plus vite que sur les autres parties du corps.

C'est une machine antique et mystérieuse, je l'habite en locataire et non en propriétaire.

Quand je croyais toucher la limite de sa résistance, elle se déplaçait plus loin et ne se laissait pas toucher.

Le corps a été pour moi un espace grand et secret, impossible à explorer pleinement.

Ces expériences ont précédé mon voyage vers le fond du jeûne.

J'ai su dans les premiers jours que j'étais capable de m'épargner et d'éliminer de mes viscères la stimulation de la nourriture.

Je m'engageais dans son vide en sentant une tension dans mes nerfs, une clarté de pensées et un rythme ralenti de battements et de respirations.

Les deux premières semaines, j'allais faire de l'escalade. J'avais de la force mais pas de résistance.

Puis, ce fut seulement de l'attente.

D'habitude, je ne rêve pas la nuit. Dans ces nuits de jeûne j'avais des rêves récurrents de nourriture.

Une fois réveillé, ils disparaissaient.

Je mettais de l'eau sur le feu avec des cubes de bouillon.

Tu souris. Bien sûr, parce que revoilà le cube, la figure géométrique du hasard.

Mais je l'utilisais pour manger et pas pour lancer : les jeux de mots servent à faire tomber la fièvre.

Je n'allais plus à la selle. Je perdais du poids et la distance entre le monde et moi s'épaississait.

Je regardais de loin même quelqu'un tout près.

Je ne savais plus la raison de cette épreuve. C'était l'épreuve en soi, la découverte de la profondeur du corps qui réclamait toute mon attention.

Je continuais à me brosser les dents.

Je me lavais plus souvent que d'habitude. Je changeais de vêtements plus souvent que d'habitude.

J'étais plus attentionné envers moi.

J'expérimentais la puissance orgueilleuse de vivre, et de faire, sans les aliments.

Pour arriver jusqu'où, pour résister jusqu'où ?

Je ne l'ai pas su. J'ai arrêté le vingt-troisième jour, pour des raisons extérieures à l'épreuve.

Ceux avec qui je partageais cette abstinence décidèrent d'arrêter.

Ce soir-là on boit du thé avec une cuillerée de miel et un biscuit.

Je n'ai pas réussi à dormir. Mon corps était en léthargie et ce premier aliment faisait irruption brutalement dans la quiétude de sa caverne.

La réponse fut un haut-le-cœur à vide. Mes intestins vidés réagissaient à l'intrus.

Il a fallu réhabituer mon corps lentement et contre son gré.

Tu m'as rappelé ces moments-là quand tu as parlé de ceux qui se laissent aller.

Tu parles avec respect du corps, mais tu l'as malmené inutilement. Je comprends qu'on le mette en danger en montagne, au service de jours de fête à l'air libre. Mais le persécuter par une faim solitaire ? L'usage que tu en as fait, toi qui avais la chance d'être doté d'une bonne santé, m'exaspère.

Je ne comprends pas ce tête-à-tête avec ton corps comme si vous étiez deux. C'est un redoublement inventé.
Tu es un, désespérément rien qu'un.
Tu te tutoies toi-même et en plus tu y crois, tu ne te rends pas compte que tu vis dans ta fiction littéraire.

Je tutoie une des parties de moi-même. Je suis plus nombreux que le simple deux.
Je suis le reste de ceux qui sont devenus des absents, qui se retrouvent dans mes souvenirs et qui continuent leur existence en moi.
Je suis les cases sur lesquelles je suis passé et où j'ai laissé chaque fois quelque chose, comme souvent dans les déménagements.
Je suis une assemblée de moi-mêmes, devenus autres et différents.
Tu me reproches les mauvais traitements de mon corps : ce fut pour moi un usage approprié.
Ceux qui le gardent emballé comme un objet fragile le détraquent.
Quand ils doivent le faire marcher à plein régime, ils l'amènent tout au plus dans une salle de sport pour un défoulement artificiel de son expression.
Dans une salle de sport, ils peuvent lui donner une forme, mais sans substance ni connaissance.

Si je l'ai maltraité, il ne s'en est même pas aperçu, tant il est supérieur en capacité.
Le tutoyer et le reconnaître indépendant de moi c'est peut-être bien un truc, une invention littéraire.
C'est ce que je sens.
Après mes infarctus, encore en convalescence, j'ai recommencé à escalader. Je ne voulais pas me laisser intimider par cet accident.
Mon idée était alors de continuer à faire comme avant ce qui me donne une satisfaction physique. Si ça ne convient pas à mon corps, restons-en là tous les deux.
À ce moment-là, mon corps était ma contrepartie.

Ce n'est pas un animal domestique, il ne remue pas la queue et ne ronronne pas.

C'est une espèce sauvage, j'ai l'impression de cohabiter avec un porc-épic, avec une cigogne.

Le résultat n'a pas été de l'apprivoiser, au contraire mon corps m'a rendu sauvage.

Je suis à l'écoute de ses exigences, je le soutiens, j'apprends.

Je le connais mieux et je le soigne mieux maintenant que lorsque j'étais jeune.

Je suis son élève, à la longue son enseignement est passé.

Quand j'étais gamin, je me cachais au zoo pour échapper à mon devoir d'écolier.

Je partageais avec les animaux une séparation du reste de l'espèce.

Je ne savais pas que j'étais leur hôte, le dernier arrivé d'une chaîne de vertébrés.

J'admire leur intégrité, aucune différence entre eux et leur corps, aucun dédoublement.

Aujourd'hui, je regarde des émissions sur leur vie à la télé. C'est pour moi un bulletin d'informations, le reportage en direct des jours de la Terre.

Par rapport à la société des antilopes ou d'une ruche, celle d'un parlement m'intéresse peu.

Ils sont le plus grand spectacle répandu sur la planète Terre.

Le plus grand spectacle du monde : c'était la définition que Phineas Taylor Barnum donnait de son cirque à trois pistes, construit en plein XIXe siècle.

Je suis d'accord avec Barnum. Le cirque est le plus grand spectacle du monde.

Quand on le compare aux modestes exercices verbaux des promesses électorales, on ne sait pas qu'on leur fait un grand compliment.

Le cirque est la maison de jeux des funambules, des acrobates, des clowns, des jongleurs, des illusionnistes.

J'aime le mot illusion du latin *in ludere*, entrer dans le jeu. On y entre volontairement, en spectateur de l'adresse de ceux qui nous émerveillent.

Différente de l'escroquerie qui embobine en douce les malchanceux, l'illusion est un spectacle pour chanceux.

Son contraire, désillusion, c'est sortir du jeu quand il finit.

Le cirque fait revenir à l'enfance et ouvrir grandes les paupières devenues paresseuses.

Au cirque, notre espèce humaine donne le meilleur d'elle-même.

Barnum est mon préféré. Au début de sa carrière, il donnait le nom de Musée américain à ses premières représentations.

Il disait que dans la rue, il pouvait y avoir sept ou huit personnes cultivées sur cent, et qu'il travaillait pour divertir les autres quatre-vingt-douze restantes.

Je me souviens de sa phrase d'homme riche : « L'argent est un terrible maître, mais un excellent serviteur. »

Il arrive aux riches d'imaginer leur argent sous forme de personne. Mais ce n'est qu'une liquidité et un pouvoir d'achat, valable tant qu'il reste un pouvoir. Ensuite ne reste que l'encombrement de l'acquisition.

C'est pour ça que le riche est avare. Il sait que chaque acquisition est une perte de pouvoir.

Excuse-moi, je m'écarte du sujet.

Au cirque, celui qui se produit dans un numéro touche à la perfection avec son corps entraîné, parvenant à l'intégrité des animaux.

Au summum de ses capacités, il doit faire passer son exercice pour un jeu d'enfant, une cabriole.

Quand on ne distingue plus l'acrobate de son acrobatie, l'illusionniste de son trucage, on atteint la perfection du spectacle.

C'est la plus grande œuvre d'art, produite sur l'instant, qui disparaît avec l'applaudissement.

L'œuvre d'art parfaite se fait pour les présents sur l'instant et sur place, pas pour les descendants.

C'est pourquoi j'admire le cirque, autant que le théâtre.

Je partage tes préférences. Tu n'as pas parlé des dompteurs et des animaux réduits à des marionnettes. Je te remercie de les avoir laissés hors de ton admiration.

Je suis allé au cirque quand j'étais petit, j'ai vu des lions et des tigres sauter dans un cercle de feu, contre nature et contre instinct. Les applaudissements étaient l'amplification des coups de fouet. C'étaient eux les proies.

Maintenant, les cirques ne montrent plus de numéros de dompteurs.

En dehors du cirque, j'ai partagé l'enthousiasme d'une foule dans la rue, puis d'un petit groupe sur un bateau de sauvetage pour naufragés, puis d'une femme devant un désert américain, enfin avec moi-même seul devant une page de Borges.

Dans ces moments-là, le corps s'enflamme et irradie. Je ne fais qu'un avec mon squelette de voyage.

Tu insistes sur le dédoublement. À t'écouter, je devrais te dire vous et non pas tu.

J'ai passé ma première année de vie dans une maison sur les rochers. Elle était au bout de deux cents marches d'escalier.

C'est pour ça qu'elle avait été louée pour quelques lires.

Ils étaient jeunes et pauvres dans l'après-guerre, deux époux à l'aventure.

Lui avait gagné aux cartes l'argent de l'avance.

Maman racontait que les tempêtes entraient laver le sol comme sur les bateaux.

Le vacarme de la mer a accompagné les rêves et les réveils des quatre premières saisons de ma vie.

Il n'existe pas de photos et je ne suis jamais allé voir cet endroit.

Je l'imagine à travers ce que j'ai entendu.

Le rythme binaire des vagues, le grondement du flux suivi du frottement en arrière du reflux s'est gravé en moi et continue à résonner.

Un solfège élémentaire, une règle avec laquelle je respire, je lis, j'écris, a dû se fixer en moi.

J'ai été en contact avec le plus ancien bruit de la planète.

Qui sait si j'ai eu des insomnies quand on m'a détaché de son bord, en déménageant en ville.

Quand je passe en voiture ou en train près de la mer, j'ai soudain envie de descendre pour aller sur le rivage.

Je descends tout près, je ferme les yeux, j'écoute.

C'est une berceuse, un carillon, le fracas de la mer sur les rochers, l'écroulement des éclaboussures projetées en l'air.

Je remercie mes deux parents pour ce premier temps de ma vie, inconfortable pour eux et fondamental pour moi.

Tu prends un détail de ta vie et tu le transformes en événement, juste un peu moins qu'une prophétie. Je ne sais pas si l'on peut employer le verbe extraluner, mais c'est l'effet que tu me fais, tu m'extralunes, un peu plus fort qu'abasourdir.

On est accompagné de signes, y prêter attention est un point en faveur de celui qui raconte, parce qu'il offre une explication.

Je remonte à une maison sur les rochers, au rythme des vagues pour reconnaître un rythme de respiration intérieure. C'est un mince préambule, mais on peut l'agrandir et en faire une piste.

Dans une histoire juive, un homme évoque son grand-père, boiteux, qui racontait comment un célèbre dévot de son temps disait les prières. Dans son récit, il s'enflammait au point de se lever et de se mettre à danser pour imiter cette intensité de prière. À ce moment-là, il ne boitait plus.

Voilà, disait ce type, c'est ainsi qu'il faudrait raconter.

C'est le but que je recherche en tant que lecteur quand je lis.

En tant qu'écrivain, en revanche, je prétends moins de moi-même.

Je ne fais pas danser le boiteux. Je le prends tout au plus par le bras.

Lecteur, écrivain, la différence est-elle si importante pour toi ?

Oui, car je suis heureux lorsqu'une lecture m'enthousiasme, alors qu'un de mes écrits arrive tout au plus à me satisfaire.

J'ai lu récemment le récit d'une pendaison, écrit par Orwell qui en fut le témoin.

Le prisonnier attaché que deux gardiens tiennent par les bras s'approche docilement de la potence dressée dans la cour.

Brusquement, il fait un écart de côté pour éviter une flaque.

Le geste, commun et insignifiant, déclenche un sursaut chez Orwell.

Il réalise alors ce que signifie détruire la vie d'une personne en pleine santé et en pleine conscience.

Cet homme est vivant comme lui, présent et attentif. Et lui est un écrivain parce qu'il se laisse envahir par cette réaction, parce qu'il sait voir un gouffre dans une égratignure, parce qu'il relève des indices.

La flaque évitée exprime une petite attention, mais démesurée chez un condamné à mort.

Le détail ne s'effacera plus de mon répertoire de lecteur. C'est ainsi que je m'explique l'heureuse distance entre l'écriture que je lis et celle que je produis.

Toi, par exemple, tu t'intéresses plus aux histoires de mes parents qu'aux miennes. Un tel détail peut être le point de départ d'une histoire sur la préférence d'un petit-fils pour ses grands-parents.

Il ne s'agit pas d'une curiosité de petit-fils pour des grands-parents inconnus.

Dans tes histoires, je m'attends à chaque instant à voir surgir de sa boîte le pantin à ressort d'un élément tragique. Je sens la tension qui précède l'irréparable, qui me fera bondir par réaction et claquer la porte derrière moi.

Dans les histoires des tiens, il n'y a pas ce risque. Ils vivaient à une époque inouïe et se comportaient avec leur normalité spontanée.

Dans tes histoires, tu te comportes comme un cheval emballé à une époque normale.

Le XX*e siècle se divise en deux moitiés exactes. La première a été épique, grandiose, meurtrière plus que tout autre âge du monde.*

La deuxième, la tienne, a été la suite de choses inaugurées et ensanglantées avant.

Tu as dit quelquefois que tu te sentais aussi contemporain de la moitié dans laquelle tu n'étais pas encore.

C'est une excuse pour dire que tu as agi comme si tu vivais à cette période, te donnant le même âge que tes parents et non l'âge de leur fils.

Tu te résumes ainsi : révolutionnaire, ouvrier, émigré, dans le sillage des dernières guerres sur le sol d'Europe.

Tu as voulu avancer de cinquante ans ton acte de naissance.

Je préfère les histoires de tes parents, elles sont sans intention, aucun signe à discerner, agrandir, souligner. Bref, leurs histoires sont originales.

Les tiennes sont une imitation de leur époque.

La seule nouveauté que je reconnaisse c'est l'époque actuelle des voyages impossibles, sans bagages et sans papiers à travers des frontières de mer et de terres, en file indienne. Telle est la nouveauté et tu as raison de la suivre.

J'accomplis un devoir hérité. Tu peux dire que je n'ai pas été à la hauteur, non pas que je l'ai inventé.

Il est évident que je n'ai rien inauguré, en revanche j'ai emprunté des pistes déjà foulées par d'autres.

On demande à un enfant ce qu'il veut faire plus tard. J'aurais répondu : écrivain, avec le même degré de manque de réalisme qu'un autre qui aurait répondu : astronaute.

Ma réponse exacte aurait dû être : je veux être un lecteur. J'ai lu tellement plus de pages que je n'en ai écrit.

On apprend à un enfant à dire sa profession, le résultat final et non pas le parcours.

Aucun d'eux ne dit : je veux être un apprenti. Et pourtant, c'est ce que nous sommes continuellement.

J'ai été un apprenti au bal du XXe siècle. Quel bal était-ce ? Le ragtime, pas le rock and roll.

Tu as dit qu'il a été un siècle aveugle, mais je ne le crois pas du tout. Il a produit dans son deuxième temps une forme d'Europe sans guerres, en ressuscitant un continent en miettes.

Mis à part des poussées locales, l'objectif atteint est solide et sera maintenu.

Je comprends mal les revendications de différences, la manie d'exalter une identité locale. Je suis un citoyen de la nouvelle Europe et je voudrais un passeport unique, en plus de la monnaie.

Je suis d'accord. La manie d'identité est une éruption cutanée, extérieure. Prendre dans l'armoire le costume traditionnel d'une fête.

La différence se trouve en fait à l'intérieur de chacun et elle est incomparable.

La manne pleut dans le désert pendant quarante ans, la nourriture la plus égalitaire : même aliment pour tous et pendant des milliers de jours.

Un commentaire explique que la manne prenait pourtant dans la bouche de chacun le goût désiré sur le moment.

Quand je l'ai lu, ce fut une révélation : joli coup.

Notre identité est dans chacun de nous et non dans l'habit et ses couleurs.

C'est le goût, notre sens le plus privé, qui établit la différence incomparable de chacun.

Le même pain avec l'huile que nous avons goûté s'est différencié entre tes papilles et les miennes.

Les identités extérieures sont des prétextes, y compris les couleurs des épidermes. De l'extérieur nous sommes égaux.

L'exclusivité de chacun de nous est bien placée dans la bouche.

Faisons une pause. On entend les murs perdre leur humidité. La flamme de la cheminée sèche leurs gouttes invisibles.

L'hiver, le froid retient l'eau prisonnière dans les pierres. Le feu la libère.

L'été, il se crée un passage pour les fourmis.

J'ai grandi dans une ville volcanique, je vis loin d'elle dans une maison en pierre de lave. Je continue à habiter des feux éteints.

Maman évoquait l'éruption de mars 1944. Elle venait juste de perdre sa maison sous l'unique bombardement allemand.

Elle vivait dans un logement en location. À Naples se terminait le premier hiver sans guerre.

Le volcan rejeta plus de cendres que de lave. Les Napolitains montaient sur les toits pour déblayer sa poussière qui pèse plus lourd que la neige.

Elle se souvenait qu'elle était chaude, qu'elle faisait pleurer quand on la déplaçait.

Elle m'a laissé la consigne de brûler son corps.

Un matin, je suis allé prendre la boîte en fer avec ses cendres et celles de sa robe de chambre.

Elle était lourde comme du plomb sur mes bras. C'était un bloc de pierre, de ceux que je soulevais et posais avec le mortier dans le mur de la maison.

J'ai vidé les cendres dans le champ et j'ai eu les mains les plus vides de ma vie.

J'ai pris une pioche et j'ai creusé pour planter un arbre.

Je ne connais pas les poids, les travaux manuels. J'ai planté du basilic et pas des arbres.

Tes histoires physiques peuvent se raconter, non pas se partager. Les suées ne se transmettent pas.

Je ne me les transmets même pas à moi-même. Quand j'y pense, il me semble que ce n'est pas moi qui les ai vécues, mais un autre moi-même, en place à cette époque.

J'ai fait des choses que je ne saurais plus refaire.

J'évoquais maman et les filles de Naples en train de déblayer la cendre sur les toits.

Aux arrêts de tram, les soldats américains leur proposaient de les raccompagner, en les faisant monter sur leurs jeeps.

Elles apprenaient à danser le charleston, interdit par le fascisme.

Les premières libertés pour elles ont été le pain blanc, le chocolat, le beurre et s'amuser.

L'autorité des parents s'en était allée sous les bombardements.

Je t'imagine débarqué d'un croiseur à Naples. Tu es enrôlé dans la marine, tu te trouves pour la première fois à l'étranger.

Une glande de ton corps, peut-être l'hypothalamus qui répond aux stimuli extérieurs, réagit au contact du sol de Naples. Tu es un étranger, mais pas complètement.

Les filles te semblent déjà vues, leur langage un slang déjà entendu à Brooklyn.

Tu as voulu monter sur le volcan qui enfumait le ciel. Tu as respiré l'air brûlant.

D'une terrasse sur le golfe, tu as regardé la force de la nature déchaînée, la colonne de cendres au coucher du soleil rougi de rouille.

Je t'imagine contemporain de mes deux parents.

Papa a voulu s'engager dans le corps des chasseurs alpins, qui ne devaient pas prendre les armes contre les Américains.

Naples t'a accueilli avec des applaudissements, après avoir chassé les Allemands à votre place.

C'est vous qui auriez dû applaudir.

Vous avez jeté des cigarettes en défilant avec une jeep sur le bord de mer, en mordant le bout du paquet avant de les lancer, comme on fait avec une grenade.

Maman les a prises au vol.

Tu me fourres dans le passé, même dans celui qui est loin pour toi aussi. Mais moi, je suis ici et je ne suis jamais monté sur le Vésuve.

Dans mon souvenir oui, car je crois vraiment arrivé ce que j'imagine.

Le passé ne se perd pas en subtilités entre un événement vrai et un invraisemblable.

Ce sont des histoires, elles dépendent de la formulation des mots.

Le passé est en forme de *ciambella*, même le trou est bon à manger.

C'est ainsi, je t'imagine présent quand je n'y étais pas encore.

Et ça arrive un soir d'hiver à un homme qui dérape entre une époque passée et un entre-temps actuel.

Je me verrais bien avec l'uniforme blanc, les chaussures cirées noires, débarqué d'un navire de guerre.

Je me verrais même chiffonnier à Odessa, pêcheur de cabillaud en Norvège, tailleur de canne à sucre à Cuba.

Je me vois dans les endroits où tu aurais voulu aller. C'est ici, à ta table, que je suis à contretemps.

Cette langue nous force à nous donner une contenance, mais nous sommes plus exaltés que ça. Nous sommes même déjà morts plusieurs fois.

Tu revois ta vie et tu songes à comment t'en sortir sans passer par un lit d'hôpital, suspendu aux fils d'un marionnettiste.

Tu penses au nombre de fois où tu as ressuscité et tu constates que les occasions de mourir convenaient toutes très bien, même celle de paludisme dans un village africain.

Tu penses aux mots en swahili qui tournaient autour de ton lit de camp, le bourdonnement de voix et d'insectes.

Puis tu penses à la phrase lue sur le mur d'un endroit lointain qui donne tort à ces pensées : sois obsessionnellement reconnaissant.

Et vous avez raison tous les deux, la phrase et toi. Parce que ce sont deux temps de la même chose : d'abord l'ingratitude envers la chance d'être encore vivant, puis l'envie de dire merci, merci quoi qu'il en soit, merci.

Maintenant ça va mieux. J'ai appliqué cette langue italienne à des choses terminales, pas aux souvenirs format carte postale avec salutations du Vésuve.

Nous veillons tard ce soir.

Ce sont les heures du renard qui avance à l'odorat dans le noir.

Quand j'avais un poulailler, j'entendais crier et je me réveillais.

Je sortais avec ma lampe pour marmonner quelque chose et les bêtes se calmaient.

Maintenant, je donne des graines aux corneilles.

Maintenant, rien ne me réveille et je m'endors en deux soupirs.

Au moment d'en finir, je n'utiliserai pas l'italien. Si une phrase m'échappe, ce sera en napolitain.

C'est ce qui s'est passé avec papa, il a parlé italien chaque heure de sa vie, sauf les dernières minutes.

Érasme de Rotterdam a utilisé le latin à chaque prise de parole publique, puis il est mort en flamand.

Je ne pense pas à mes vies parallèles non vécues, mais aux histoires que je n'ai pas racontées.

Un jour, j'ai dit que *Les Nuits blanches*, récit de jeunesse de Dostoïevski, suffisait à lui seul à en faire le meilleur de son temps. Mais en tant que lecteur, j'ai trouvé encore mieux dans ses romans suivants.

J'ai été reconnaissant de la fausse exécution qu'il eut à subir contre un mur, avant d'être envoyé dans les baraquements de Sibérie.

Je pense à ses instants les yeux bandés, à la mort imminente à colin-maillard, à la honte d'avoir peur, au tremblement qu'on veut dominer, à la respiration qui n'a pas envie de s'arrêter en apnée.

Qui sait s'il a pris soin de vider ses intestins, sa vessie, avant l'attente de la rafale pour ne pas se vider sur lui.

Dans sa tête bourdonnait l'étagère de ses livres futurs, mis au mur eux aussi et fusillés.

L'étagère des lecteurs du monde a pu s'allonger grâce à la commutation d'une condamnation à mort.

Rien à voir avec moi. Je vois le dos des livres déjà publiés avec mon nom et il me semble qu'il n'en manque aucun.

La justification d'être au monde ne se trouve pas dans ces pages.

Elle se trouve dans une réaction née d'un élan, sans contrôle ni maîtrise.

Elle se trouve là où il était interdit de se pencher et où j'ai transgressé au contraire.

Renoncer à ces réactions m'aurait laissé les mains vides.

Mes jours, mes livres sont bien suffisants. Et ce soir, je suis un prolongement.

Le verbe être est bizarre en italien : io sono, *je suis, identique à* essi sono, *ils sont. La même forme* sono *vaut pour soi-même et les autres.*

Le latin distingue ego sum *du* sunt *d'*essi sono. *D'autres langues néolatines tiennent compte aussi de la différence.*

Mais pour l'italien, c'est le sujet qui sert à comprendre à qui se rapporte le sono.

Est-ce que cette coïncidence veut dire quelque chose ? Pour moi ce soir, oui, pour ce verbe être que je ne peux appliquer à moi-même.

Je suis ? Je ne peux pas dire non plus : je ne suis pas.

Alors, je m'assimile aux autres, à la foule des autres, desquels dire : eux, certainement, ils sont.

Mon fils, tu ne l'admets pas, moi si. Ce soir tu peux dire : je suis. Tu es présent et tu as plus d'avenir que moi.

Moi je pâlis, alors que tu augmentes en précision.

Prends ma place demain matin, je te la cède avant que la table soit débarrassée.

Personne ne s'apercevra de la substitution. Tu seras un nouveau moi-même.

Ce corps en a eu d'autres à son bord. Je te le cède encore en bonne condition, souple, léger, avec un bon sommeil.

Des autres moi-mêmes qui t'ont précédé, chacun pouvait être le dernier. Maintenant, c'est ton tour.

Tu n'as pas besoin de conseils, tu feras un meilleur usage de l'installation.

Échangeons nos places.

Te remplacer ? Je ne m'en sens pas le courage, exister demande trop d'engagement.

La responsabilité d'un corps au milieu d'instincts, de sentiments d'amour, de justice. Devoir décider d'une ligne de conduite.

Me réduire à une seule personne et renoncer aux autres possibilités que je prends d'un immense vestiaire.

Ce soir fils, dans d'autres pages poisson, cordonnier, chasseur, soldat, quelquefois une femme, un assassin, un jardinier.

Ce soir, je suis le fils qui ne veut pas être son père et continuer à sa place.

Je serai avec toi dans les cordes vocales de ta prochaine histoire.

Je suis l'armoire où tu prends les vêtements que tu racontes.

Je ne te remplace pas. C'est toi le dernier résident de ton corps.

Merci de l'offre généreuse de me donner l'existence et de te rem-

placer. Demain, sortir et répondre : me voici, à ceux qui t'appellent dans la rue.

Être à un banc d'accusé, signer une lettre de ton nom, arroser un arbre.

Je n'ai pas le courage de me réveiller aux heures qui précèdent le jour, de lire des alphabets qui défilent à l'envers, d'écrire des lignes sur un cahier posé sur mes genoux.

Je préfère rester personne, après le fils de ce soir.

Je préfère la liberté de disparaître.

Rien qu'une question : est-ce que tu m'aimes ?

Tu es sorti de moi sans intervention d'une femme.

On trouve écrit un autre cas semblable quand la divinité retire du flanc d'Adam la partie qui deviendra Ève.

Adam l'aime-t-il ? Il dit d'elle : « Os de mes os et chair de ma chair. »

C'est ce que je sens ce soir.

Je t'aime autant que je peux m'aimer moi-même, avec en plus la tendresse que je n'éprouve pas pour moi.

Quoi qu'il en soit, je ne pense pas que ça te suffise.

Tu m'idéalises.

J'idéalise le monde, j'en ai besoin pour avoir affaire avec lui. Sinon, je me décourage. Je dois idéaliser.

Avec toi, c'est différent, je n'idéalise pas seulement : je matérialise aussi. Je vérifie que tu existes.

Comme un beau jour de mai : c'est une strophe musicale d'*Andrea Chénier*. Maman l'aimait bien.

Elle s'était délivrée de mon poids un beau jour de mai.

Elle chantait tout bas les notes que le ténor lance à gorge déployée.

Mon père mourant dans la pièce sous la mezzanine se plaignait la bouche fermée des douleurs dans ses os pour ne pas me réveiller.

Sa rengaine a pénétré dans les nerfs de mes oreilles. Je l'entends à nouveau quand j'en parle.

Notre conversation à voix basse s'enchevêtre avec eux. Ils sont avec nous ce soir.

Tu ne veux pas ma place. Moi non plus je ne la voulais pas.

J'en ai occupé une vide. Vous l'avez remplie.

Tu lances des images, tu les sors de ton vocabulaire comme de la manche d'un tricheur. On dirait que tu n'as pas besoin d'y penser, elles sortent toutes prêtes.

Celle du tricheur aussi est une image. Je t'en propose une autre. Sur un mur, il y a des trous faits par des projectiles parfaitement tirés au centre de petits cercles.

Un tireur d'élite, de passage, est surpris et demande qui est capable d'une telle précision.

On lui dit que c'est un enfant borgne qui les fait. Le tireur va le féliciter et lui demande qui lui a appris à si bien viser.

Personne, répond l'enfant. D'abord je tire sur le mur et puis je dessine les cercles.

Je fais comme ça moi aussi. Les images sont des cercles à appliquer autour des trous.

Je suis cet enfant qui ne sait pas tirer.

Je t'en raconte une autre pour m'expliquer.

Il y a très longtemps, un savant, spécialiste d'un sujet, qu'il est inutile de préciser, est recherché et invité dans un grand nombre de beaux endroits. Partout, l'accueil est enthousiaste.

Un jour, son cocher lui demande une faveur : échanger une seule fois leurs vêtements et leurs rôles, pour ressentir lui aussi ce que veut dire être acclamé.

Le savant a le sens de l'humour et accepte, imaginant ce qui se passera pour le cocher une fois sur scène.

Arrivés là où ils sont attendus, le public applaudit le chauffeur vêtu avec élégance.

On l'accompagne sur scène avec les honneurs qui lui sont dus.

Dans un coin de la salle, le savant habillé en cocher savoure à l'avance la suite.

Celui qui est chargé de mener le débat adresse au cocher une première question, compliquée, spécifique et de nature controversée.

Le cocher réagit avec un air contrarié, puis fâché.

Il répond qu'il s'attendait à des questions bien plus ardues, alors que, pour une affaire aussi élémentaire, il suffit d'appeler son cocher au fond de la salle pour avoir la réponse.

En tant qu'écrivain, je suis invité à droite et à gauche et on me pose des questions. Mais moi je suis le cocher et je m'en sors de la même façon, en laissant répondre l'autre moi-même, celui que j'accompagne et qui prend la parole à ma place du fond de la salle.

Je me rends compte physiquement de la substitution. Le ton de ma voix change, mes gestes se réduisent au minimum.

Ma vue se fixe en un point et y reste jusqu'à la fin de la réponse.

Puis, je descends de scène et je redeviens le cocher de moi-même.

Le cocher, l'enfant borgne : tu exagères avec tes acrobaties. La soirée est trop avancée.

Il faut que nous arrêtions, nous sommes déjà à la limite entre une conversation et le délire.

Garde tes images et fais semblant de croire à ce que tu dis.

Tu es quelqu'un qui raconte des histoires, mais pas à n'importe qui. Tu les racontes à qui veut les entendre.

Tu pars avec un avantage : les gens achètent un de tes livres pour te lire, ou bien vont à une de tes rencontres pour écouter et se changer les idées.

Tu parles à qui est disposé à se laisser distraire.

Essaie d'arrêter une personne dans la rue, à une station de transport public, dans un autobus. Essaie de faire l'écrivain avec cette personne. Quatre-vingt-dix-neuf fois sur cent, elle se déplacera d'un mètre.

Je t'ai écouté en fils, parce que tu m'as voulu près de toi.

Je suis resté par obéissance et pour savoir quelque chose de ce que tu es.

J'en sais suffisamment. Je sais que tu es un forain qui fait tourner le manège pour y faire monter l'enfant qui est en chaque lecteur.

Tu vagabondes d'une histoire à l'autre. Tu t'installes dans un terrain de banlieue, tu montes ton manège près d'autres marchands de foire.

Tu m'as contaminé, maintenant je sors des images moi aussi.

Mon fils, il s'agit purement et simplement de mots, mis à la file comme les fourmis. Leur tanière est le vocabulaire. Ils peuvent transporter une charge supérieure à leur poids.

Tel est le prodige qui touche ceux qui lisent les livres des littératures. Ils voient que les mots peuvent tout décrire. Tu entends dire de temps en temps par quelqu'un : « Il n'y a pas de mots. »

Toi en revanche tu sais qu'ils y sont et tu voudrais lui dire de ne pas se résigner et de les chercher, parce qu'ils sont à portée de main et prêts à la plus haute définition de ce qu'on voudrait dire.

En littérature, l'indescriptible n'existe pas.

Ce n'est pas un acte de foi envers les mots. C'est l'étincelle de bonheur qui libère de l'enthousiasme quand on trouve les bons.

« Ce n'est que dans l'enthousiasme que l'être humain voit exactement le monde. » Grâce à Marina Tsvetaïeva, je peux exprimer ma gratitude envers les mots.

Ils me donnent de l'enthousiasme, sa loupe pour mieux voir.

Ils sont cette paire de lunettes placées sur le nez de Miguilim, l'enfant du parfait récit de Guimarães Rosa. Il découvre la précision du monde, ignorée par sa myopie, qui avait duré jusqu'à l'instant d'avant.

Les mots, mon fils, n'inventent pas la réalité, qui existe de toute façon. Ils donnent à la réalité la lucidité soudaine qui lui retire son opacité naturelle et ainsi la révèle.

Les mots sont l'instrument des révélations.

Terminus, papa, nous sommes arrivés.

Tu n'as plus mis de bûches dans la cheminée, il reste la clarté des braises. Elle s'éteindra toute seule.

Nous nous quittons ici.

Que se passe-t-il, mon fils ? Tu sors ? Je t'accompagne à la porte et où vas-tu cette nuit ?

Je ne sors pas, je rentre. Je retourne dans ton espace, dont je suis sorti parce que tu m'as fait de la place.

Je rentre dans ton corps.

Regarde ma main, elle s'approche de la tienne. Je te touche et, tu vois ? ma main disparaît dans la tienne.

Voilà mon bras et le reste de moi-même qui se résorbe en toi.

J'y suis presque, il n'y a plus que les yeux.

Ferme-les, s'il te plaît.

LE TORT DU SOLDAT

Version théâtrale

2021

Traduit de l'italien par Danièle Valin

Titre original :
IL TORTO DEL SOLDATO

© Erri De Luca, 2021.
Publié en accord avec l'Agenzia letteraria Susanna Zevi.
© Éditions Gallimard, 2023, pour la traduction française.

Quelle est la différence entre un récit et sa version théâtrale ? Je n'en vois qu'une seule. Dans une œuvre littéraire, l'auteur peut décrire ce que les personnages ne se disent pas. Au théâtre, ce qui n'est pas directement dit par eux n'existe pas. Ce sont les personnages qui racontent l'histoire. Le narrateur disparaît derrière eux.

Quand j'ai écrit *Le Tort du soldat*, j'éprouvais de l'admiration pour la fille du criminel, pour son comportement, ses décisions. Je ne les inventais pas, je les tirais de confessions et de biographies de fils de criminels de guerre. Les conséquences sur eux m'intéressaient.

L'Écriture sainte exempte des fautes des pères. Juridiquement, c'est une évidence. Mais il reste ce que la loi ne couvre pas, la certitude d'être des fils d'assassins en uniforme, exterminateurs d'êtres sans défense.

On ne peut se décharger légalement de ce poids oppressant. Se dissocier n'est pas suffisant, tout comme se dissocier d'un organe interne.

Le moi narrant du *Tort du soldat* est un traducteur du yiddish et un écrivain. La fille du bourreau est racontée de son point de vue à elle, donc sous un angle partial. Avec cette écriture complètement nouvelle, ce sont les personnages qui parlent d'eux-mêmes et de leurs histoires. J'ai pu ainsi libérer mon admiration en faisant de la fille la figure centrale.

L'Histoire avec un grand H, l'*Historia magistra vitae*, n'enseigne rien. Elle n'exerce pas d'activité didactique, sinon ses étudiants, les générations, seraient recalés en bloc chaque année et le professeur licencié.

L'Histoire est une matière narrative. Les événements de l'humanité se sont transformés en compte rendus. L'Histoire archive ses versions. Celle du XXe siècle a été accablante, brisant les histoires mineures, les vies individuelles saisies par l'immense engrenage.

L'histoire du XXe siècle doit donc être racontée d'en bas et à travers des exemples. Le cinéma a été à la hauteur de la tâche.

Dans cette nouvelle écriture disposée en scènes le moi narrant du traducteur, écrivain, est encore là, mais avec moins de poids et accroupi à l'écart. Au premier plan apparaissent un père maudit et sa fille, opposée à lui mais aussi enchaînée par le même sang.

Je présente les quatre personnages principaux :

DAVID, traducteur, écrivain, italien, la cinquantaine, pratiquant l'alpinisme.

LUDWIG, vieux nazi, criminel de guerre, autrichien, quatre-vingts ans, en forme pour son âge.

INGRID, fille de Ludwig, autrichienne, magnifique femme d'une quarantaine d'années.

GRETA, épouse de Ludwig et mère d'Ingrid.

SCÈNE I

Sur un écran hors de la scène, en hauteur, on verra des images qui se rapportent à l'histoire. Reviendront régulièrement les cartes des Tarots qui marqueront avec leurs images un contrepoint qui se terminera à l'avant-dernière scène. Ce sont les forces occultes de l'histoire qui apparaîtront quand Ludwig parle.

À l'avant-scène, le traducteur (David), écrivain, un homme d'une cinquantaine d'années, assis sur une chaise, répond aux questions d'un intervieweur, invisible et hors champ.

L'INTERVIEWEUR : Donc, aidez-moi à comprendre, vous avez trouvé un chapitre inédit de *La Famille Moskat*, roman majeur du Prix Nobel de littérature Isaac Bashevis Singer ?

DAVID : Ce n'est pas une découverte. L'édition originale en yiddish contient plusieurs parties non reportées dans la version officielle en anglais, qui est la source des diverses traductions. La nouveauté tient au fait que le dernier chapitre en yiddish contredit la fin connue de tous. J'ai traduit ce dernier long chapitre.

L'INTERVIEWEUR : Laissons le lecteur découvrir la différence. Deux fins d'un même roman sont une rareté qui mérite la lecture. Je vous demande maintenant ce qui vous a poussé à apprendre le yiddish, langue des Juifs d'Europe de l'Est.

DAVID : Le yiddish était parlé par onze millions de personnes. L'extermination l'a fait taire. Je donne ma contribution à la renaissance d'une langue assassinée. C'est le seul dédommagement à la portée de celui qui est venu après.

L'INTERVIEWEUR : Quand avez-vous commencé à l'étudier ?

DAVID : En avril 1993 je suis allé à Varsovie pour le cinquantième anniversaire de l'insurrection du Ghetto contre l'extermination. Le héros de ma jeunesse s'appelait Marek Edelman, un commandant de cette révolte. De retour de ces journées, j'ai décidé d'apprendre le yiddish. J'ai acheté une grammaire, un dictionnaire et j'ai commencé.

L'INTERVIEWEUR : Donc, dans votre cas, il ne s'est pas agi d'intérêt intellectuel, mais d'un acte émotif. Vous avez des origines juives ?

DAVID : Je suis né à Naples, une ville qui concentre de nombreuses origines et qui n'en exclut aucune, mais mes recherches n'ont démontré aucune origine juive.

Changement de voix, David ne s'adresse plus maintenant à l'intervieweur, qui disparaît, mais il continue tout seul un récit qu'il lit dans un cahier. Il est en train d'écrire l'histoire du Tort du soldat *qui se déroulera sur scène. Il sera donc présent à l'écart et interviendra de temps en temps. Pour le moment, il reste à sa place à l'avant-scène.*

DAVID : Un jour d'avril 1993, je suis entré dans le plus grand abattoir de l'histoire humaine, le camp de Brzezinka/Birkenau. Là, l'irréparable a été démesuré. Aucune justice ultérieure, aucune punition de responsables, aucun Nuremberg ne pouvait solder les comptes. Seule une chasse sans fin pouvait empoisonner les jours des coupables restés impunis. Même une fois arrêtés, ils niaient l'évidence. Le général des SS Jürgen Stroop, liquidateur du ghetto de Varsovie, prisonnier des Polonais après la guerre, disait de lui-même : « *Sogenannte Kriegsverbrecher* », « soi-disant criminel de guerre ». Ils se considéraient seulement comme des vaincus.

Je suis entré dans le camp, j'étais seul. La plaine de Haute-Silésie était immobile, l'air uniquement déplacé par le battement de papillons noirs. J'ai marché dans les baraquements ouverts où il restait une humidité de terre et de terreur. Je me suis assis sur une de ces couchettes en bois qui accueillaient les corps exténués par le travail et la faim. J'ai fermé les yeux et j'ai dormi pendant une minute.

Lui sous une douche actionnant les boutons qui ne fonctionnent pas, s'agite et regarde vers le haut le pommeau d'où ne sort aucun jet d'eau.

DAVID : J'ai descendu l'escalier qui menait un millier de vies à la fois dans les grandes chambres des fausses douches. Ce furent les dernières marches pour un million de personnes. Pouvoir les remonter m'a donné le vertige et je me suis assis au milieu de l'escalier.

On voit sur l'écran des restes de démolition, des bouts de béton sur des tiges de fer tordues qui oscillent doucement avec des grincements. Ce sont les restes d'un des fours crématoires, que les nazis en fuite ont fait sauter en essayant d'effacer les traces de leurs crimes.

DAVID : Je suis resté jusqu'à l'heure de la fermeture. Avant de sortir, j'ai ramassé un boulon rouillé sur le ballast de la voie ferrée où arrivaient les convois plombés. Je l'ai ramassé, je l'ai volé : je ne sais quel verbe choisir. J'ai retiré sa rouille.

On peut voir l'image.

SCÈNE II

Intérieur d'un chalet de montagne, l'été, à l'heure du dîner, quelques tables. À l'une d'elles est assise une femme d'une quarantaine d'années, d'une beauté intense et austère, sans une touche de maquillage, les cheveux dénoués.

David entre, habillé pour la montagne, anorak et sac à dos léger. Il regarde le menu écrit sur une ardoise, puis remarque la femme qui le regarde à son tour ouvertement. Ils échangent un léger sourire, lui plus avec les yeux qu'avec la bouche.

David va s'asseoir à la table voisine, sort de son sac un paquet de feuilles photocopiées, les pose sur la table. Il commence à les parcourir.

Une serveuse en costume tyrolien apporte deux bières à la table de la femme, puis lui tourne le dos et s'adresse à l'homme.

LA SERVEUSE : Comme d'habitude pour vous ?

David acquiesce sans répondre.

Entre un homme âgé (Ludwig), grand, quatre-vingts ans environ mais bien portés, très droit. Il scrute la salle, croise le regard de David avec lassitude, puis se dirige vers la table de la femme.

La scène se concentre maintenant sur David qui lit un de ses cahiers.

DAVID : En juillet, je vais dans les Dolomites. J'escalade les parois de la montagne que je connais. Je passe sur la page ouverte de la roche. Je la nomme ainsi parce qu'elle est ouverte et écrite avec des trous, des fissures, des prises : le corps qui l'escalade la lit aussi. *(Il s'arrête, il n'est pas satisfait, il efface.)* À la fin d'une journée sur une paroi je regarde mes mains. Je pense qu'elles sont aveugles, sourdes, muettes, et pourtant elles avancent vers le haut, le fouillent à tâtons, ouvrent le passage au reste de mon corps. Je regarde mes mains par curiosité. Ce sont les miennes, mais ce sont aussi des instruments mystérieux. Parfois elles portent tout mon poids en se tenant sur des prises d'un centimètre. *(Pause pendant laquelle on peut voir des détails de mains et de corps qui escaladent des parois.)* Un soir, je suis entré dans l'auberge à l'heure du dernier soleil sur la paroi ouest de la montagne d'en face. Je vais là pour dîner, la patronne me connaît. À une table d'angle était assise une femme magnifique. Le vent s'était frotté sur son visage bronzé. Des rides minuscules au bord de ses yeux en désignaient le point de passage et de fuite. Elle m'a regardé et a laissé échapper un sourire, un courant d'air qui ouvre une fenêtre. Surpris, je le lui ai rendu, mais c'était insuffisant.

Maintenant je peux écrire la bonne réponse. Si j'étais un forain et elle une petite fille montée sur un cheval à bascule de mon manège, je lui offrirais un tour gratis pour son sourire.

Des deux tables vides, j'ai choisi celle qui était la plus proche de la sienne. Je ne voulais pas la blesser en choisissant l'autre que j'aurais normalement occupée sans l'accueil de son sourire. C'est étrange comme un furtif déplacement de muscles faciaux peut établir une complicité entre deux inconnus. *(Il essaie lui-même une drôle de grimace de sourire.)* Je me suis assis, j'ai posé sur la table les photocopies du récit en yiddish que je devais traduire, j'ai commencé à lire.

Les caractères de cet alphabet ne laissent pas de répit à mes lèvres, tout en lisant je dois aussi ébaucher ses syllabes. Le yiddish a été enfermé dans les ghettos, étouffé par les gaz, enterré vivant : il a besoin d'air. Ses lettres s'animent sous mes yeux et veulent se dégourdir sur mes lèvres.

Je les associe à un souvenir. Le dimanche, mes parents allaient faire des courses au marché. Ils achetaient aussi un des moineaux vendus en cage. À la maison, sur la terrasse, leur petit-fils le libérait et applaudissait : « Vive la liberté. » Le yiddish sort de mes lèvres avec le claquement d'ailes de ce moineau.

La scène est de nouveau en mouvement. La femme qui est la fille du vieil homme s'adresse à lui.

INGRID : Tout va bien, papa ?

Ludwig acquiesce sans parler.

La serveuse apporte une bière et une assiette de speck à la table de l'écrivain qui est en train de lire. Il boit une gorgée sans détourner les yeux de ses feuilles. Un air tyrolien démarre à la radio. Ludwig a l'air d'apprécier, David non.

David essaie de se concentrer sur sa lecture en mettant ses deux poings sur ses oreilles, comme pour appuyer sa tête, en camouflant son geste pour ne pas paraître impoli en se bouchant ouvertement les oreilles. Il n'y parvient pas, baisse ses poings et regarde la serveuse qui comprend et éteint.

Ludwig est agacé et observe la table voisine. Il remarque les feuilles en caractères hébraïques, dit quelque chose à sa fille, se lève d'un bond, crie presque.

LUDWIG : L'addition !

Ludwig va rapidement au comptoir pour payer les deux bières qui ne sont pas finies. Ingrid le regarde perplexe.

Ludwig règle et sort en vitesse sans prendre sa monnaie.

Ingrid suit Ludwig à contrecœur, croisant à nouveau le regard de David mais sans sourire. Elle passe devant la caisse, elle aussi sans prendre la monnaie que la serveuse lui tend.

David regarde la scène en suivant Ingrid du regard jusqu'à ce qu'elle sorte.

Le bruit d'une voiture faisant une brusque marche arrière, une portière qui claque, un départ accéléré terminent la scène.

De nouveau, David isolé à l'écart, assis par terre, lit et écrit dans un cahier posé sur ses genoux.

DAVID : Je buvais une gorgée, je mâchais une tranche de speck, en continuant à tenir mes feuilles. Je suis tombé sur le dernier mot qui conclut le roman de Singer : *èmet*, « vérité ». « La mort est le Messie, c'est la pure vérité », « *der reiner èmet* ».

Pour ma part, je ne reconnais rien de pur à la vérité. Je la vois dans la fermentation de la moisissure qui inspira la pénicilline à Fleming. Je la vois dans l'entrée des troupes soviétiques dans le camp d'extermination de Treblinka. La vérité ce n'est pas découvrir. C'est ouvrir.

Ces pensées tournaient autour du mot *èmet* qui sortit de ma bouche et servit de déclic. Je me suis retrouvé avec une feuille dans une main et dans l'autre une tranche de speck.

À la table voisine, on commença à s'agiter, des mots animés à voix basse se conclurent par « L'addition ! », presque crié. Le vieil homme se leva d'un bond surprenant pour son âge, il jeta l'argent sur le comptoir sans même prendre sa monnaie. La jeune fille voulait la donner au moins à sa fille qui sortit très rapidement elle aussi, sans la prendre. Un bruit de grosse cylindrée qui démarrait en trombe ramena la paix.

Nous avons échangé un regard avec la jeune fille. L'argent toujours en main, elle a dit : « Les bières les plus chères d'Europe. »

(Dans cette lecture de David on entend réellement la voix de la serveuse qui dit cette réplique.)

DAVID : Une fois mon dîner terminé, je suis sorti dehors dans la dernière lumière. En descendant au niveau des montagnes le soleil soulignait leurs lignes verticales. Un moment d'intimité nuptiale entre les roches et la lumière qui s'étale, se frotte sur les parois, en les rougissant de plaisir.

J'ai fait un tour, puis j'ai pris ma voiture et je suis monté vers le col. Quelques kilomètres plus loin, la route était bloquée. Des autos à la file, certaines faisaient demi-tour et descendaient. Des gens étaient sortis de leurs véhicules, je suis allé voir. La carcasse d'une auto fumait au fond du ravin. J'ai voulu prendre mon matériel d'alpinisme pour descendre en rappel. Le bruit de l'hélicoptère de secours m'a fait changer d'idée.

Bruit amplifié des pales d'un hélicoptère et poussière qui se lève du sol.

DAVID : J'ai fait demi-tour et j'ai pris une autre route.

SCÈNE III

Appartement à Vienne, d'aspect modeste. Sur le côté droit, une porte d'entrée avec deux valises prêtes. Au premier plan au centre, une cuisine, une table avec trois chaises. Ingrid est assise. Elle est plus jeune, elle a une coupe de cheveux différente et une robe de fille de vingt ans. Elle est seule, désorientée, consternée.

INGRID : Mon père ! J'avais un père, j'ai un père ! Durant toutes ces années, on m'a fait croire qu'il était mon grand-père et que maman était sa fille, alors que c'était sa femme.

Aujourd'hui, j'apprends qui je suis : la fille d'un criminel de guerre. Ma mère a dit : « Soi-disant criminel de guerre. » *(On entend la voix de la femme qui dit « soi-disant » d'un ton sarcastique.)* Moi je me dis : le soi-disant est à exclure.

Elle est descendue il y a une heure par l'escalier avec ses valises après m'avoir tout dit. Elle s'en va. Je l'ai accompagnée jusqu'à la porte d'entrée, je suis remontée, j'ai fait rapidement deux valises moi aussi. Puis je suis restée clouée là. M'en aller où ? *(Ingrid lance nerveusement une balle de golf d'une main à l'autre.)*

Loin de qui ? Où que j'aille, je porterai en moi le sang d'un criminel de guerre. L'infamie étudiée à l'école habitait chez nous. Moi je suis sa fille pour toujours. M'en aller où, si je ne peux m'en aller loin de ça ? *(Elle arrête son geste, frappe violemment la balle sur la table. Elle frotte son visage comme pour le laver.)* J'ai un faux nom. Mais mes papiers sont en règle.

Voix de la mère. Elle n'est pas présente, sa voix fait partie de ce qu'Ingrid reconstitue après la révélation.

GRETA : Après la guerre, ton père a dû aller en Amérique du Sud, puis on l'a aidé à rentrer à Vienne. On lui a fourni une autre identité et le travail de facteur que tu connais. J'ai fait sa connaissance et nous nous sommes mariés. Je savais tout depuis le début. J'ai supporté cette situation pendant vingt ans, maintenant je ne peux plus. Tu es grande, tu dois savoir qui est ton père et choisir quoi faire.

INGRID : Je voyais son agacement, sa fatigue. J'imaginais que c'était celle d'une fille qui se sacrifiait pour un vieux père. C'était en fait une épouse à bout.

Changement de scène, la même cuisine. Ludwig surveille la rue par la fenêtre et écrit dans un carnet. Greta entre.

LUDWIG : Tu as vu à quelle heure s'est garée cette Volkswagen ? *(Il lui fait signe d'approcher d'un geste brusque.)* Quand je suis sorti ce matin elle n'y était pas.

GRETA, *visiblement agacée, excédée* : Non.

LUDWIG : Elle y était quand tu es rentrée ?

GRETA : Je n'en sais rien ! Il pleuvait, je portais les courses, mon parapluie. Je n'en sais rien.

LUDWIG, *fâché* : On baisse la garde.

GRETA, *éclatant* : Ça fait vingt ans que nous remplissons des cahiers de numéros d'immatriculation inutiles. On arrête. S'ils devaient venir, ils seraient déjà venus.

LUDWIG : Je vois bien que tu en as assez. Moi je ne peux pas me permettre d'en avoir assez.

GRETA : Oui, j'en ai assez de faire semblant, de mentir à notre fille, de regarder tous les quarts d'heure par la fenêtre, de ne fréquenter que des anciens combattants qui parlent de comment on pouvait gagner la guerre. J'en ai assez. Un de ces jours, tu ne me trouveras plus à la maison. Et je dirai de quoi il retourne à notre fille. Elle a le droit de savoir et de choisir.

LUDWIG, *continuant à regarder par la fenêtre.*

Retour à la scène d'Ingrid seule à la cuisine.

INGRID : Pourquoi le savoir aujourd'hui et pas hier ou bien jamais ? Ce ne sont pas des questions à poser aux gens. Je les pose aux murs.

On entend une cloche voisine qui sonne.

INGRID : Voilà, l'horloge du clocher sonne ses heures habituelles et brusquement un coup est différent de tous les autres. Le temps s'est coupé en deux, entre un avant de savoir et un après. Le deuxième temps est maintenant une camisole de force.

Je commence à douter de moi-même : quand j'éprouve du mépris pour une personne, ai-je envie de la tuer ? Ai-je hérité de cette impulsion ? Ai-je tendance à tomber amoureuse de garçons blonds ? Est-ce que j'éprouve de l'orgueil pour notre drapeau ? Non, ça non, ça ne m'émeut pas, s'il y en a un je ne le vois même pas. Et pourtant, en moi circule le sang maudit d'un nationaliste, un criminel de guerre assassin d'êtres sans défense. Mes valises sont prêtes, mais j'attends son retour du travail. Je dois le regarder en face et décider quoi faire de moi.

La scène isole maintenant David dans un coin de l'appartement, assis par terre avec son cahier et son crayon.

DAVID : La place de celui qui écrit n'est pas en haut, à regarder d'un point panoramique. Il est en bas, entre les pieds, c'est de là qu'il regarde. Les histoires sont plus grandes que celui qui les écrit. Les événements de *Guerre et Paix* sont plus grands que Tolstoï. Pourtant, il écrit sa merveilleuse réduction littéraire.

De ce coin inférieur, j'écris la version d'une histoire violente et la réponse forcée d'une fille.

La scène passe maintenant à Ingrid. David reste où il est.

Ingrid n'est plus près de la table, mais à une fenêtre toute noire, elle regarde dehors, elle se souvient, se concédant une pause face à l'angoisse de la révélation.

INGRID : À Ischia, quand j'étais petite, j'ai appris à nager grâce à un garçon sourd-muet, fils de pêcheur. Il m'a appris à rester à la surface. Je m'allongeais sur l'eau et lui me tenait d'une main sous la nuque et de l'autre sous le dos. Ses doigts m'ôtaient du poids. Là où il les mettait, je sentais un passage de courant. Je gardais les yeux fermés. Ses doigts étaient des lucioles dans le noir, là où il me touchait j'étais éclairée.

De la pointe de son canif, il faisait couler dans ma main la pulpe orange des œufs d'oursin. Je l'avalais en la frottant entre mon palais et ma langue.

Le Sud est pour moi cet aliment cru léché dans la paume de ma main. Et le Nord est une petite fille qui remercie en allemand un garçon qui ne peut l'entendre, mais qui voit le remerciement sur sa bouche et le reçoit comme un baiser sur ses yeux.

Des images de mer en été, d'oursins dans l'eau peu profonde. Une voix de naturaliste explique que les oursins femelles qui portent des œufs se reconnaissent au fait que leurs piquants retiennent des petits cailloux et des petits coquillages.

INGRID, *poursuivant* : En été, Ischia était une île qui parlait allemand. Les insulaires avaient appris à le prononcer avec un très fort accent. Mon père disait : « La langue allemande ne peut pas tomber plus bas. » *(Là aussi on entend sa voix sur scène.)*

Il avait un mépris total pour la vie du Sud. Moi, je trouvais drôle l'allemand des insulaires, je le voyais sortir des dents avec effort, accompagné de petits crachats involontaires.

« *Vassievollen froilain ?* » *(Là aussi, voix sur scène.)* C'était au moins trois jets : à écouter à distance.

Tous les étés de mon enfance nous sommes allés à Ischia. Mon grand-père, comme je le croyais jusqu'ici, et ma mère avec d'autres Allemands, anciens soldats et leurs femmes. Ils ne voulaient pas de moi quand ils discutaient, et j'avais ainsi la plus totale liberté. Le garçon sourd-muet restait avec moi quand il ne devait pas aller sur le bateau. Je lui récitais l'alphabet allemand. *(Elle le dit vraiment.)* Quand j'arrivais au *w*, qui réunit les lèvres par un souffle, il répétait le mouvement. Il était mince, brun, longiligne, le nez en l'air qui respirait les odeurs. Il souriait avec les yeux, sa bouche restait sérieuse.

Des bruits de pas dans l'escalier, de clef dans la serrure fermée à double tour. Puis, une deuxième clé complète l'ouverture d'une porte blindée.

Ingrid est revenue s'asseoir à la table. C'est le soir mais elle n'allume pas la lumière.

Ludwig arrive dans l'entrée en uniforme de facteur. Il remarque les deux valises. Il comprend ce qui s'est passé. Il ferme la porte à double tour de l'intérieur avec un calme appliqué, puis il va dans la cuisine où est assise Ingrid. Il allume la lumière.

Ingrid réagit par une grimace de défense du regard, mais aussi de dégoût.

Ludwig s'assied à la table en face d'Ingrid, raide, les mains sur les genoux. Ils se regardent en silence.

INGRID, *avec effort* : Papa ?

LUDWIG, *sur un ton péremptoire* : Je confirme ce que t'a dit ta mère.

INGRID, *après une pause* : Pourquoi m'avez-vous traitée comme ça ?

LUDWIG : Question de sécurité. Ta mère savait dès le début et s'est habituée aux mesures de surveillance nécessaires. Quant à toi, il valait mieux que tu ne saches rien, car ainsi tu ne pouvais te trahir même par erreur.

INGRID, *réfléchissant* : Ces cahiers avec les numéros des plaques d'immatriculation des autos garées dans la rue. Vous disiez que c'était un jeu entre vous, à qui en découvrait de nouvelles.

LUDWIG : Tu es une jeune fille ingénue, nous avons bien fait de te tenir à l'écart.

INGRID : Tu ne répondais pas au téléphone, c'était elle ou moi.

LUDWIG : La voix peut se reconnaître.

INGRID : Comme ça, moi je porte un faux nom.

LUDWIG : Non, c'est seulement un nouveau nom. Il est dûment inscrit au bureau de l'état civil. Nous avons des passeports. Il n'est pas faux, c'est simplement un autre.

INGRID : Il est faux puisque ce n'est pas le tien.

LUDWIG : Moi, ça n'a pas d'importance. Je suis un soldat, mon nom est mon numéro matricule.

INGRID : Et quel est ton numéro matricule, alors ?

LUDWIG, *retirant les mains de ses genoux, les posant sur la table* : Tu ne dois pas le savoir. Il correspond à un mandat d'arrêt qui doit rester en suspens. S'ils arrivent un jour jusqu'à moi, je ne me laisserai pas prendre vivant. D'après toi, à quoi servent deux verrous sur la porte d'un modeste appartement ? À décourager les voleurs ? Ils servent à me donner le temps d'avaler du cyanure. *(Ludwig touche sa poche de poitrine.)* J'en ai même quand je dors. Je suis un soldat. Je ne peux être jugé par un tribunal civil d'aujourd'hui, qui ne sait ni ne comprend rien. Même Nuremberg a été une farce. Les juges ne peuvent pas être des militaires ennemis.

Et puis, que devais-tu savoir ? Je suis recherché et je le serai toute ma vie. Une organisation juive a fait arrêter et juger plus d'un millier d'entre nous, soldats du Reich. Leur chef a dit que nous devions savoir que nous ne pourrons jamais vivre en paix. Je suis un soldat, la paix ne m'intéresse pas. Elle me désarme et me rend superflu. Je ne me suis pas engagé pour vivre en paix. Ils ne nous laisseront pas vivre en paix, dit-il ? Malheureusement, je dois vivre dans un temps de paix, dans une époque de boutiquiers. Je crache sur la paix, comme je crache sur la trahison.

INGRID, *criant* : Qui es-tu ? Quel être humain es-tu ? Qui es-tu ?

LUDWIG, *se levant d'un bond pour éteindre la lumière* : Tais-toi ! Tu es folle ? Ne hurle pas. Si tu n'es pas capable de te contrôler, va-t-en.

INGRID, *froide et furieuse* : Je suis capable de me contrôler. Écoute ce que je te dis en personne qui se contrôle : ne me dis jamais plus de me taire ou je te tue. Tu peux être sûr que j'en suis capable, je suis la fille du bourreau. Tu es un soldat vaincu ? Tu dois te comporter en vaincu avec moi aussi.

La scène se concentre maintenant sur David, assis par terre.

DAVID : Ils sont restés comme ça. Lui attendait une décision de sa part, les deux valises dans l'entrée l'annonçaient.

Elle n'a pas réagi. Elle pouvait demander compte des chefs d'accusation, connaître les crimes. Elle n'a pas voulu.

Elle sentait monter lentement en elle les premières réponses.

INGRID : Qu'est-ce que je peux faire ? *(Elle détache bien les mots.)*

Je le dénonce et je me libère de lui.

Je m'en vais comme elle l'a fait elle.

Je prends sa place dans cette fiction de vie clandestine.

La scène se concentre sur Ingrid seule.

INGRID : Je fixais son visage sans descendre sur ses mains. Les mains de mon père : à partir de ce moment-là je ne les ai plus touchées. J'ai voulu ignorer quels crimes elles avaient commis. Je n'ai pas besoin des détails. Ils ont de la valeur dans un procès, pas pour moi. Les faits, même les plus horribles, réduisent le crime à des épisodes. Sans les détails, l'infamie reste entière et sans limites.

La scène revient sur Ingrid et Ludwig à table.

LUDWIG : Tu te demandes qui tu as pour père ? Voilà qui je suis : un soldat vaincu à la guerre. C'est ça mon délit, parce que le tort d'un soldat c'est la défaite. Si l'Allemagne avait gagné, ce sont les autres qui auraient eu le titre de criminels.

INGRID : Le tort du soldat ? L'extermination systématique de civils se réduit au tort d'un soldat ? Dis au moins que tu as dû obéir aux ordres, comme l'ont fait d'autres nazis dans les procès.

LUDWIG : Les ordres : les recevoir est le devoir et l'honneur d'un soldat. Que crois-tu qu'ils soient ? Des instructions pour monter un meuble préfabriqué ? Ils étaient génériques, ils n'entraient pas dans les détails. C'était à nous de les réaliser, de les rendre efficaces sur un terrain hostile. Il fallait les construire de zéro, les ordres. Nous les avons mis en pratique au mieux de nos capacités. Avec l'enthousiasme nécessaire à l'obéissance. Les ordres mettent à l'épreuve la loyauté d'un soldat.

INGRID : Dans les procès, tes soldats ont dit qu'ils avaient agi parce qu'ils y étaient forcés par la discipline militaire.

LUDWIG, *sarcastique* : *Befehlsnotstand*, état de contrainte dû à un ordre, une misérable requête de circonstances atténuantes, un expédient d'avocats. Ces ordres, nous les avons montés et démontés comme on le fait avec des armes. Nous les avons huilés et lubrifiés pour qu'ils ne s'enraient pas. Notre tort le plus grave et impardonnable : la défaite de la patrie dont le sort nous était confié. Tu ne peux comprendre parce que tu n'as pas le sens de la patrie. Tu ignores notre drapeau, tu ne le regardes même pas. Pour un soldat c'est sa raison et sa racine, qui ne reste pas sous terre mais qui flotte au vent.

La scène se concentre sur Ingrid.

INGRID : Pour moi un drapeau est un bout de tissu quelconque et ses couleurs sont celles d'un panneau de signalisation. J'éprouve un sentiment de rejet pour les hymnes et les marches.

Ce n'est pas la patrie et le drapeau que j'aime de Vienne, ce sont ses étals fumants sous la neige, son énorme cloche Pummerin qui fait trembler les vitres et vibrer l'air de ses coups.

J'aime cette ville dédaigneuse qui ne se laisse pas effleurer par le galant Danube, séducteur de capitales européennes. Vienne le tient en respect et ne le voit même pas du sommet de la roue panoramique du Prater. *Le Beau Danube bleu* de Johann Strauss *(On entend la mélodie principale tandis que défilent des images de Vienne)* n'est qu'une aumône musicale donnée devant sa porte à un mendiant.

Je m'éloigne du sujet, je sais. Je ne supporte pas plus de cinq minutes le nazisme obstiné de cet homme qui m'a été donné pour père. Si les choses sont comme il le prétend, alors le tort du soldat est l'obéissance à des ordres criminels exécutés avec le plus grand zèle, et non par des automates.

Ce soir-là, j'ai dû accepter mon état de contrainte devant le fait accompli. À l'âge auquel une femme est prête pour un fils, à moi il m'a été donné un père. Le laisser à son sort n'aurait pas changé mon sang. Ma mère a été sa complice, un pacte qui pouvait être dissous. Moi, j'ai dû accepter le fait définitif d'être sa fille, mais sans aucune complicité. S'il a cru qu'il y en avait une de ma part, ce fut bien le malentendu qui nous a permis de vivre ensemble à partir de ce soir-là.

La scène revient à l'action. Ingrid se lève de table.

INGRID : Que veux-tu pour dîner, papa ? *(Elle prononce les deux dernières syllabes avec effort, résignation, détachement.)*

À part : Pa-pa : les syllabes les plus étranges, les plus étrangères. Elles sont d'une langue inconnue, entendue dans la bouche des autres. Je fais un effort pour arriver à les prononcer. Je dois aussi surmonter mon dégoût.

Pa-pa : je bégaie mais je ne dois pas me trahir. Aucune faiblesse devant cet homme planté dans mon sang comme une condamnation.

SCÈNE IV

David est maintenant debout près de la porte d'entrée de l'appartement.

DAVID : Derrière sa volonté de rapports normaux, des tensions s'accumulaient chez la fille. Elle a réagi à travers son corps, qui est devenu son instrument d'opposition. Elle a commencé par rompre sa longue relation avec un garçon de bonne famille.

Ingrid se présente sur scène au premier plan, face au public. David se coiffe d'une perruque blonde et interprète le jeune homme dans le dialogue qui suit entre Ingrid et son fiancé.

DAVID : Tu as changé du jour au lendemain. Ta voix s'est durcie, ton sourire est glacial, qu'est-ce qui t'arrive, tu es malade ?

INGRID : Non. Le fait est que tu ne me plais plus.

DAVID : Après deux ans passés ensemble, à faire des projets d'avenir ? Tu es tombée amoureuse d'un autre ?

INGRID, *perdant patience* : Une femme doit forcément avoir quelqu'un d'autre ? Elle ne peut pas simplement désirer être libre ?

DAVID : Quelle femme ? Tu es une jeune fille. Qu'est-ce qui t'a agacé chez moi ? Quel tort t'ai-je fait ?

INGRID, *criant presque, le mot « tort » la piquant au vif* : Tort ? Que sais-tu des torts, toi ? *(Elle redevient froide.)* Je me rends compte tout à coup que les blonds aux yeux bleus ne me plaisent plus. Vous avez un air de supériorité, de privilège, de préférés de la société. Ça me dégoûte.

DAVID : Tu me vouvoies ? Je suis rentré dans une foule d'anonymes dont ton amour m'a détaché pour me faire sentir unique. Je devrai faire la même chose avec toi ? Te voir faire marche arrière, t'effacer dans une foule d'étrangers. Je me demande si tu le fais par idéologie, si tu es devenue communiste. Ou bien tu t'es convertie à l'islam et tu aimes les Arabes ? Brusquement, je ne te reconnais plus.

INGRID : Pour ça tu as raison, je ne sais pas moi-même qui je suis. Toujours est-il que pour moi c'est fini. Prends-en ton parti et ne faisons pas de drames qui ont des causes plus sérieuses à régler. Cherche une autre fille.

DAVID : J'essaierai et j'y arriverai, mais en attendant tu ne peux pas, et je ne peux pas non plus, m'empêcher de ressentir une douleur incompréhensible. Ce n'est pas un drame, mais ça fait mal quand même. Deux années, des projets ensemble et hop, des étrangers comme avant. Je devrai m'y habituer. Pour le moment, ça fait mal. *(Bruit d'une porte claquée violemment.)*

La scène se concentre sur David qui a retiré sa perruque de service et qui est de nouveau accroupi par terre.

DAVID : Inscrite à l'Académie des beaux-arts, elle décida de devenir indépendante de son père en posant comme modèle, nue, dans les salles de dessin. Ses proportions parfaites facilitèrent son travail.

Exhiber sa nudité était la manifestation physique la plus opposée à celle de celui qui exhibait un uniforme.

INGRID, *entrant en scène vêtue d'un peignoir* : Me mettre nue et m'exposer aux yeux des étudiants ne me gêne pas. À la différence des strip-teaseuses, à moi on me demande l'immobilité. Je me déshabille dans les toilettes, j'arrive en peignoir, je le retire et je suis prête. *(Ingrid retire et plie soigneusement le vêtement avant de se mettre en pose, nue.)*

Le plus difficile est de garder la pose. Le corps se fatigue vite, il fait sentir son poids. Pour tenir, je repense à Ischia, à la petite fille qui flotte allongée sur les doigts d'un garçon sourd-muet. Je parviens à cet état de suspension. Je suis faite pour le métier de statue. *(Ingrid remet son peignoir.)*

David porte cette fois sur scène une perruque de cheveux gris. Il doit être un professeur de l'Académie dans le court dialogue qui suit. David s'approche d'Ingrid qui s'apprête à quitter la salle vêtue de son peignoir.

DAVID : Pardon, mademoiselle.

INGRID : Oui, professeur.

DAVID, *sardonique, d'une voix forte, à l'intention des étudiants qui sont encore dans la salle* : Dites-moi la vérité, comment arrivez-vous à rester aussi immobile une heure entière ? Je vous le demande parce que je voudrais le proposer à ma femme. (*Rires des étudiants.*)

INGRID, *froide et elle aussi d'une voix forte* : Vous êtes autour de moi pour étudier mon corps. Moi, je suis là au centre parce que j'arrive à vous ignorer. Proposez à votre femme d'en faire autant. *(Silence inquiet des étudiants, un seul se met à rire aux éclats et le professeur se tourne aussitôt du côté d'où est venu le rire. Ingrid aussi regarde qui c'était.)*

DAVID, *à voix basse maintenant* : Vous devriez garder pour vous vos vérités.

INGRID, *elle aussi à voix basse* : C'est mon travail de les montrer, mes vérités.

David avec la perruque du professeur sort de scène. Il ne reste qu'Ingrid.

INGRID : Les étudiants s'approchent, me demandent un rendez-vous. Je refuse d'un non du doigt. Ils me voient nue, mais je ne leur concède pas ma voix. Je garde quelque chose de couvert et puis je suis une statue.

Mais je suis sortie quelquefois avec celui du fou rire. C'est moi qui le lui ai demandé. Il était franc, sympathique, noir comme un corbeau, d'une famille de paysans, il venait du Sud-Tyrol.

Je reçois des propositions de modèle pour des défilés de mode. Je refuse. La pose immobile me protège, alors que les mouvements étudiés, séduisants des mannequins mettraient en vente mon corps avec une plus grande coopération de ma part. Je n'accepte pas non plus de poser nue pour les photographes. Je le fais uniquement pour les salles d'étude de l'Académie.

Sur l'écran, des images d'étudiants qui lèvent et baissent les yeux, à droite et à gauche, pour regarder et revenir ensuite à la feuille qu'ils ont devant eux. Cela donne l'effet de spectateurs décalés d'une partie de tennis, qui bougent en suivant chacun leur balle.

INGRID, *à une petite table de bar avec l'étudiant du fou rire, nous ne la voyons pas, nous l'imaginons couverte de quelque chose, une tente, l'ardoise du menu* : J'ai bien aimé ton rire. Il était spontané, pas réprimé par les convenances comme celui des autres. Il était libre, sans crainte de l'autorité et sans pensée pour les conséquences. C'est le rire d'un artiste. Ne rougis pas, prends-le comme un compliment. C'est une statue qui te le dit. Je ne regarde pas votre travail, mon corps dessiné. J'ai peur de le voir esquissé, raidi comme dans les tableaux d'Egon Schiele qui a étudié ici. La prise de possession du corps de la petite fille qui lui servait de modèle me dégoûte, et donc je ne regarde pas ce que les étudiants font avec le mien. Elle s'appelait Wally Neuzil, il faut se rappeler le nom de celle qui servait de sujet. Un tableau est toujours une nature morte, alors que la vie en pose devant un peintre est une nature vivante et mérite qu'on s'en souvienne.

Défilent en haut des images d'elle dans les tableaux de Schiele.

INGRID : J'aime en revanche la peinture de Rudolf Wacker, j'ai fait ma thèse sur lui. Le chapitre que je préfère est consacré aux poupées dans son œuvre. Ce sont ses divinités féminines, toutes bien habillées.

Wacker a étudié à l'Académie, puis il est parti comme soldat en 1914 sur le front de l'Est. Il est revenu en 1920 après cinq ans de prison en Sibérie, auxquels la révolution russe a mis fin. Il est mort d'un infarctus en 1939 pendant une des violentes perquisitions de la Gestapo dans son appartement. Ils persécutaient son art déclaré dégénéré.

J'aime aussi sa vie : quand elle coïncide avec une œuvre, elle fait un nœud parfait. Si tu tiens ta promesse d'être un artiste, fais attention à ta vie, qu'elle soit inconfortable. Pourquoi ? Tu sais comment grandit la langouste ? Non ? Quand sa carapace devient trop étroite, elle se cache sous les pierres, elle se dégage de son enveloppe et s'en fabrique une autre. Et ainsi pour le reste de sa vie : ce qui pousse la langouste à grandir c'est l'inconfort.

De nouveau le rire franc et sonore de l'étudiant.

L'ÉTUDIANT : Je suis un montagnard, je préfère penser aux bois du cerf. Au terme de sa maturité ils deviennent encombrants et donc inconfortables.

INGRID : Va pour le cerf.

DAVID : Une fois obtenu son travail, elle le dit à son père. En l'écoutant, il revoit une file de corps forcés de se déshabiller au bord d'une fosse avant d'être fusillés.

LUDWIG : Quelqu'un t'ordonne de te déshabiller ?

INGRID : Non, je vais dans les toilettes, je me change et je rentre dans la salle avec un peignoir.

LUDWIG, *sans écouter la réponse, plongé dans son souvenir* : Tu retires d'abord tes chaussures ou tu commences par le haut ?

INGRID, *perplexe* : Qu'est-ce que ça peut te faire ?

LUDWIG, *poursuivant sur le même ton* : Ils sont alignés en rang devant toi ?

INGRID : Non, je suis au milieu d'un cercle.

LUDWIG, *poussant un soupir* : Bien sûr, au milieu d'un cercle, pas sous le tir.

INGRID : Quel tir ?

LUDWIG, *chassant l'image et changeant de ton* : Un tir ? Celui des regards. Ta mère n'approuverait pas.

INGRID : Elle est partie, pour que je me débrouille toute seule. À toi, elle t'a laissé le doute qu'elle pourrait te dénoncer.

LUDWIG : Elle ne me trahira pas, c'est une des nôtres.

INGRID : Je sais, elle me l'a dit ce jour-là.

LUDWIG : Que t'a-t-elle dit ?

INGRID : Que la seule raison pour te dénoncer, ce serait moi, pour me détacher de toi.

LUDWIG : Et qu'as-tu répondu ?

INGRID : Qu'elle ne pouvait me libérer du lien du sang. Elle n'avait pas le tien. Elle pouvait choisir de te quitter. Moi, je n'ai pas choisi d'être ta fille. Même si je passe cette porte, je resterai ta fille.

Elle dépendait de toi, de ton salaire, de Dieu sait quel autre revenu.

Stupidement, je ne me suis pas demandé d'où venait l'argent pour les vacances.

Moi, je ne veux pas dépendre de toi, c'est pour ça que je fais ce travail, je pose nue quelques heures par jour.

LUDWIG : Ta mère n'approuverait pas.

INGRID : Moi je dis que oui et je lui en parlerai. Si tu n'approuves pas, je le ferai quand même. Je me sens bien dans ces salles de l'Académie, sous les hauts plafonds, regardée par des garçons qui étudient pour devenir des artistes. L'art est la seule liberté possible.

LUDWIG, *méprisant* : L'art est au service du pouvoir. Les plus grands artistes ont travaillé pour plaire aux puissants. Vélasquez, ton préféré, était un courtisan complaisant.

INGRID : Non. Ils ont travaillé pour eux-mêmes, pour dépasser leurs limites, pour la perfection. Leurs tableaux deviennent une marchandise pour le pouvoir seulement quand le dernier coup de pinceau a séché. Tant que dure la peinture, ils sont libres.

SCÈNE V

Une rue de Vienne. Un escalier extérieur d'une douzaine de marches mène à une porte sur laquelle on lit : Centre Simon Wiesenthal.
David est au pied de l'escalier.

DAVID : Le Centre Simon Wiesenthal recueille des documents sur les crimes de guerre liés à l'extermination des Juifs et il mène des enquêtes et des recherches sur les nazis en fuite. Au cours de son activité, le Centre a permis l'arrestation de plus de mille criminels de guerre.

David se retire. Arrive Ludwig en uniforme de facteur avec du courrier à distribuer. Il monte les marches, frappe à la porte du Centre. On lui ouvre, il entre.
Il remet le courrier en silence. Il y a un reçu à signer. Ludwig indique à l'employé l'espace à remplir, mais l'autre ne comprend pas ce qu'il doit faire.

LUDWIG, *avec effort et d'une voix rauque* : Une signature pour le reçu.
L'EMPLOYÉ, *le regardant* : Vous désirez un verre d'eau ?
LUDWIG, *sec et fort* : Non. *(Il se corrige et reprend sa voix rauque.)* Non merci.

DAVID : Il distribue le courrier en silence. Dans leurs actions contre les civils, les nazis imposaient aux victimes de baisser les yeux. Ils ne devaient pas regarder en face le soldat allemand. Mais ils devaient entendre la voix qui criait les ordres. Un survivant pouvait s'en souvenir. Il existe des cas d'identification à travers le son d'une voix. S'il était obligé de répondre, le vieux facteur répondait d'une voix aphone ou rauque.

Ludwig, une fois le courrier livré, sort du Centre. Il s'éloigne.

DAVID : L'impensable survient à la fin de son service, quelques jours avant son départ à la retraite. Il est abordé par un vieil homme devant le Centre.

Ludwig revient au bas de l'escalier.
David cette fois-ci joue le rôle d'un vieux Juif portant deux gros volumes.

DAVID : S'il vous plaît, monsieur le facteur, pourriez-vous remettre ces deux volumes de ma part au Centre ? Je suis trop faible pour monter l'escalier.

Ludwig acquiesce et se fait remettre le paquet qu'il trouve singulièrement lourd.

DAVID : Merci, c'est très gentil. Vous savez, là-dedans se trouve le secret de mon peuple, de la résistance millénaire. C'est un cadeau pour monsieur Simon. Tout est écrit là, dans notre kabbale.

Ludwig monte lentement les marches en lisant attentivement le titre de l'œuvre en deux volumes.
Ingrid entre en scène.

INGRID : Il m'a envoyé acheter ce livre. Il m'a raconté sa rencontre, il voulait comprendre ce que voulait dire le vieil homme à propos du secret de la résistance de ce peuple aux destructions. Son titre était *Sèfer letzirá*, « *Livre de formation* ».

Ce fut le début de son obsession. Il se persuada que le judaïsme avait échappé à l'extermination parce que protégé à l'intérieur du labyrinthe des nombres de la kabbale. Après celui-ci, il m'a envoyé acheter des volumes d'auteurs anciens.

DAVID : Éléazar de Worms, Aboulafia, Cordovero : il croyait avoir découvert le repaire du Minotaure. Le judaïsme était pour lui un ténia et la kabbale était la tête restée intacte dans les viscères, tandis que le nazisme s'était acharné sur le corps, une fausse piste. Il voulait comprendre l'échec de l'Allemagne et la défaite des armes ne lui suffisait pas. Après avoir conquis l'Europe, il ne pouvait s'expliquer le repli, la fin, uniquement par des raisons militaires.

Le nazisme était aussi proche de la bombe atomique que les Américains. Alors, des forces obscures s'étaient mobilisées qui avaient renversé l'issue de la guerre. La kabbale contenait les réponses.

INGRID : Il apprit que les lettres hébraïques étaient aussi des nombres. Chaque mot était aussi une somme qui, accolée à la même somme d'un autre mot produisait une explication, voire une prophétie. À côté du cahier des plaques d'immatriculation des voitures, il ajouta celui des coïncidences numériques. Il me tenait à l'écart de ses découvertes.

LUDWIG, *avec une ferveur de néophyte* : Écoute ça : *hashoá*, le nom juif de la destruction a la même valeur numérique que *haáretz hatová*, la Terre sainte. Tu comprends ? C'était déjà écrit. Leur destruction était déjà en rapport avec la naissance de l'État d'Israël en Terre sainte. La patrie de la Bible, *haáretz hatová*, leur revenait après *hatová*, la destruction. La kabbale savait.

INGRID, *à part* : Le mot Juif sonnait de façon stridente dans sa bouche, il grimaçait en le disant. C'était comme une carie et il commença réellement à aller chez le dentiste pour la première fois de sa vie. *(S'adressant à Ludwig.)* Mais c'est peut-être une simple coïncidence.

LUDWIG : Bien sûr que c'est une coïncidence, mais voulue, ce n'est pas un hasard, elle a un sens que la kabbale explique.

INGRID, *à part* : Vivre cachés comporte l'observation maniaque des signaux d'alarme. Il trouvait des confirmations dans cette étude : le nazisme avait ignoré le centre vital du judaïsme, son alphabet magique. *(S'adressant à Ludwig.)* Mais même si les choses qui doivent arriver sont déjà écrites, ne vaut-il pas mieux éviter de le savoir ? À quoi ça sert, si ce n'est à se pourrir le présent ?

LUDWIG : Ça sert à se protéger, à préparer des contre-attaques. Connues à l'avance, les prophéties peuvent être démenties.

INGRID : Tu deviens croyant ?

LUDWIG : Il ne s'agit pas de ça. Je croirais plus aux dieux de l'Olympe qu'à un seul dieu, créateur de tout et puis responsable de rien. Au moins, ceux de l'Olympe assumaient leur responsabilité.

Je crois aux forces occultes de l'Histoire qui livrent bataille et interviennent dans la vie des hommes. Je crois aux énergies supérieures qui s'emparent des hommes et les poussent aux exploits.

Je crois au destin de la Germanie, dans la conquête de son espace vital.

Germanie : j'utilise ce terme latin parce que l'historien Tacite a écrit un traité sur les us et coutumes des anciens Germains. Il en existait un manuscrit et Himmler le voulait pour célébrer sa grandeur antique. Pendant la guerre, il nous a envoyés le récupérer, mais nous ne l'avons pas trouvé. Nous avons fouillé l'immeuble où il était conservé, mais il n'y était pas. Quelqu'un avait prévenu et le manuscrit avait disparu.

Des forces occultes aussi en cette occasion nous ont empêchés de posséder ce symbole. Nous avons été vaincus par des puissances néfastes qui ont agi en secret, entravant le destin de l'Allemagne.

INGRID : Et ce serait la faute de la kabbale juive ?

LUDWIG : Pas directement, mais ces prophéties numériques savaient à l'avance et nous n'avons pas su les lire. L'Allemagne est encore à faire.

INGRID : Mais tu es autrichien.

LUDWIG : Cette banale distinction ne compte pas. L'Autriche a donné naissance au Führer. Il n'existe qu'un seul peuple germanique uni par la langue.

La scène passe à David.

DAVID : La fille chercha des hommes d'aspect non aryen, tziganes ou juifs, qui puissent racheter le sang de son père. Mais aucun amant n'exauçait son désir de compenser l'infamie.

Les hommes tombaient amoureux d'elle, ce qui suffisait à les considérer insuffisants à ses yeux. Elle cherchait un amant qui la mépriserait. Il n'en existait aucun. Parce qu'elle était merveilleuse, irrésistible, troublante, impérieuse. Elle subjuguait les hommes. Elle se lassa d'eux. Elle décida d'être sans délivrance, irréparable.

Scène avec Ingrid assise sur la marche la plus basse de l'escalier qui mène au Centre.

INGRID : Ça a été plus facile que je ne croyais. J'ai pris un rendez-vous, je n'ai pas eu à donner de raison. C'était une opération en ambulatoire. Quand je suis sortie de là quelques heures plus tard, j'étais stérilisée. Je ne donnerai la vie à aucun enfant qui perpétuerait le sang maudit de mon père. Porter dans mon sein un de ses petits-fils, le voir grandir, trembler au moindre signe de ressemblance. Adulte, il se serait désespéré ou pire, satisfait de perpétuer son sang. Sa descendance s'arrête ici, avec moi. Je suis la fille du bourreau.

Ingrid est assise devant un miroir. Elle se regarde, elle cherche un changement après l'intervention. Soudain le miroir lui parle. C'est son visage réfléchi qui ne remue pas les lèvres et parle quand même. Sa voix est différente de la sienne, elle est sourde, profonde. Elle est accompagnée du bruit d'un battement.

LE MIROIR : Ça a été plus facile que tu ne croyais ? Facile ? Comment te permets-tu cet adjectif après t'être fait ligaturer les trompes de Fallope ? Tu t'es amputée de la maternité, tu t'es refusé une famille à toi. Qu'as-tu à me regarder droit en face ? Baisse les yeux. Aujourd'hui tu as obtenu le deuil anticipé de toi-même.

INGRID, *baissant les yeux* : Qui es-tu ? Tu n'es pas ma conscience, ma décision a déjà été réglée avec elle.

LE MIROIR : Ta conscience est complice. Je suis ta nature, la beauté que tu as reçue en don et que tu mets à profit comme modèle. Je suis ta chair méprisée, ouverte puis refermée, scellée. Tu peux parler de raisons avec ta conscience, pas avec moi. Avec moi, il n'existe que la joie et la douleur. Tu n'avais pas le droit de me retirer les grossesses, de m'arracher un enfant à allaiter.

INGRID : Je n'ai pas pu faire comme si je n'étais pas une chair maudite, fille de crimes gratuits, froids, fiers d'être exécutés. Tu n'es pas une chair innocente, tu as été dénaturée en même temps que moi. Nous portons sur nous l'infamie qui doit être amputée, qui ne doit pas avoir de suite.

LE MIROIR : Tu disposes de ton corps comme s'il était ta propriété, mais il ne l'est pas. Chaque cellule a été travaillée par l'évolution d'innombrables femmes avant toi, sources de vie de l'espèce humaine. Tu as hérité de tes yeux, de ton hémorragie mensuelle, de tes ongles qui repoussent obstinément, tu as hérité de tes dents, de tes papilles qui acceptent ou refusent la nourriture. Tu n'es pas propriétaire de toute cette machine parfaite. Tu n'es que la dernière habitante de sa nature, une vie qui resurgit avec la force du brin d'herbe après avoir été piétiné. La vie est une lymphe montante au milieu des tempêtes. Le droit que tu t'es attribué est un blasphème qui ajoute l'infamie à l'infamie. Tu crois qu'il suffisait de signer ton consentement ? Il fallait le mien, pas le tien. J'aurais peut-être fermé moi-même ton ventre, en attendant que tu me pries de le rendre fécond.

INGRID, *levant les yeux, mais plus haut que le miroir, puis parlant avec une soudaine fatigue* : Ah, c'est ça. J'aurais dû te demander. Mettre mon poignet près de mon oreille, comme un téléphone, parler aux battements de mon sang. J'aurais dû lui demander : ça te dit de devenir une impasse, une rue barrée ? J'aurais dû demander à mon sein s'il était d'accord pour renoncer à distiller du lait. Leur demander comme s'ils n'avaient rien à voir avec les gènes hérités du pire des criminels. Peut-être qu'il en est ainsi, comme tu le dis. Toi, le corps, la vie qui me pousse de l'intérieur et me tire vers l'avant : vous n'y êtes pour rien. Vous êtes la source qui jaillit à outrance, aucun précipice ne vous retient. Vous êtes la vie qui fonce tête baissée et moi je suis votre habitante, rien que le lit de votre courant.

J'aimerais ressentir ça. Mais moi j'existe dans ce temps bref et damné et je ne sais rien de votre éternité. Lui m'a engendré, et ma mère savait et protégeait. Ma mère a été complice et nourrice de sa semence qui devenait moi. Il en a été ainsi, mon corps, cadeau de la nature inexorable.

LE MIROIR : Pourquoi stériliser ? Tu pouvais te racheter par le choix d'un homme d'un autre monde, un Africain, un Kurde, un Esquimau, qui ne sait rien et se moque bien de notre continent forcené. Je ne parle pas d'un Juif, il n'aurait pas accepté d'être ton acte de réparation. Une fille, un fils seraient nés de toi avec des caractères somatiques tout à fait différents de ceux de tes parents. Et tu les aurais nargués avec ta descendance, fille d'un tout autre sang.

INGRID : Il ne s'agit pas de représailles contre lui, un vieil homme qui mourra bientôt. C'est à cause de l'enfant : j'aurais épié ses mouvements, guettant l'empreinte, la réplique, l'instinct. J'aurais dû ensuite lui parler de son grand-père, le placer tout petit à la croisée des chemins.

LE MIROIR : Tu aurais : quel beau temps verbal le conditionnel, le temps des hypothèses, des peut-être. Tu le devais au contraire à ton enfant, il avait droit à l'Histoire et à la croisée des chemins, il avait droit à ton désarroi et à ta protection. Il avait droit à la vie. J'en ai fini avec toi. Ne me cherche pas dans les miroirs. Tu y trouveras le reste de toi-même, la flétrissure et un puits de tristesse au fond de tes pupilles.

Une dernière chose : cesse de te dire que tu vis avec ton père parce que tu resterais sa fille malgré tout, même si tu partais loin. Tu vis avec lui parce que tu l'aimes et que tu lui es attachée. Je le sais de l'intérieur, aux contractions au creux de l'estomac quand tu refais son lit, aux battements qui s'accélèrent le matin quand vous prenez le petit déjeuner tous les deux, au soin que tu mets à préparer le dîner. Tu aimes cet homme qui était ton grand-père quand il te prenait sur ses genoux et t'apprenait à lire avant que tu ailles à l'école. Ce grand-père qui t'a appris à nager avant ce garçon sourd-muet…

Ingrid se bouche les oreilles avec les mains.

LE MIROIR : Inutile de te boucher les oreilles pour ne pas entendre. Ma voix t'arrive de l'intérieur, tu vois dans le miroir que je ne remue pas les lèvres ? Je te parle pour la dernière fois. Accepte-toi, tu es une fille qui s'occupe d'un vieux père. Vis avec ses cauchemars, avec ses mythes maudits. Tu n'es pas coupable de l'assister. Cesse de te justifier. Tu ne dois pas t'inventer une opposition à lui. C'est un vieil homme déchu. Ce sera bientôt fini. Vis avec lui et c'est tout.

Tu ne peux défaire son passé ni le tien, plus rien à voir avec la maternité, plus rien à voir avec moi. Mais fais la paix avec le temps qu'il te reste.

INGRID : Adieu, nature qui n'est plus la mienne. Oui, je t'ai reniée. Oui, je me suis crue propriétaire d'un destin. Je pouvais faire autrement. Mais je ne pouvais le savoir qu'après. Merci de ta voix. Même muette et sans miroir, je sais que tu m'accompagnes. *(Pause, elle se lève pour aller vers une fenêtre imaginaire, à laquelle*

elle s'accoude, tournée vers le public.) Si l'homme de ma vie arrivait, nous adopterions un enfant, une vie refusée.

SCÈNE VI

Ludwig et Ingrid sont assis à la cuisine devant deux tasses de thé.

INGRID : J'ai vu un film très fort : *Vol au-dessus d'un nid de coucou*, une histoire grandiose d'oppression et de liberté.

LUDWIG : De la romance américaine. Quel drôle de titre ! On sait bien que le coucou ne fait pas de nid et met ses œufs dans ceux des autres oiseaux. Tu veux comparer ces petites histoires avec le cinéma russe ? Les prises spectaculaires de plans généraux où des milliers de figurants jouent des scènes de batailles historiques ?

INGRID : Tu respectes les Russes parce que vous avez perdu la guerre contre eux plus que contre les Américains ?

LUDWIG : Nous sommes arrivés jusqu'à la Volga, jusqu'à Stalingrad.

INGRID : Et eux vous ont suivis jusqu'à Berlin.

LUDWIG : Tu parles de choses que tu n'as pas vues. Plutôt que la propagande américaine, regarde un film comme *Octobre*, l'impressionnante attaque du palais d'Hiver des tsars.

INGRID : Qui aurait dit que tu pouvais admirer Eisenstein, un metteur en scène juif ?

LUDWIG : Tu trouves ça bizarre ? Eux ils savent bien raconter les légendes. C'est eux qui ont inventé le monothéisme, et aussi la révolution russe.

INGRID : La prise du palais d'Hiver ? La vérité c'est que quelques centaines de bolcheviks et de marins ont fait irruption la nuit par une porte latérale. Le metteur en scène n'avait pas de pellicule pour les prises nocturnes. Alors il a tourné l'attaque de jour et sur le grand escalier principal. Il a convoqué en plus cinq mille figurants armés de fusils chargés de vraies munitions. Il y eut plus de blessés au cours du tournage que lors de la véritable attaque. *(Ludwig hoche la tête. Elle réfléchit.)* Il y avait le même gardien qu'à la vraie prise du palais d'Hiver dix ans plus tôt. Il a dit au metteur en scène : « La première fois vous avez été beaucoup plus prudents. »

LUDWIG : Propagande américaine.

INGRID : Non, les mémoires d'Eisenstein.

La scène se concentre sur Ingrid.

INGRID : Il n'a pas voulu lire ma thèse sur Wacker. Je le lui ai reproché : ignorer volontairement un artiste autrichien qui avait été un bon soldat. Il se taisait brusquement. Il respirait profondément et abandonnait. C'était sa retraite de Russie, il faisait le soldat vaincu une fois pour toutes. Il ne voulait pas de conflit avec moi sur un sujet secondaire pour lui, tel que l'art, et central pour moi. Il s'enfermait dans son silence de vaincu qui doit concéder le dernier mot.

David, assis par terre, toujours avec un cahier et un stylo. Tantôt il lit, tantôt il ajoute, tantôt il corrige.

DAVID : John Milton, auteur du *Paradis perdu*, a vu ses livres condamnés au bûcher. Il a senti l'odeur des pages brûlées à sa place. Il n'a pas chancelé et a continué à écrire. Et en plus, il était aveugle.

Chacun cherche un exemple autour de lui, le mien c'est lui. Quand j'étais jeune, je ressentais un mélange de colère, de compassion et de honte pour les massacres de la pire guerre de l'histoire. Mais le temps marche et on s'aperçoit qu'il a marché sur notre propre visage. Le mien ne s'enflamme plus. Aujourd'hui, j'entre dans la plaie sèche de l'histoire que je raconte. Je ne peux pas dire que je l'invente. Le titre d'auteur est trop grand pour moi. Je suis un glaneur, je marche derrière l'histoire pour recueillir un reste sec. Je le mélange à l'encre et je le dépose sur une feuille.

Scène sur Ingrid.

INGRID : La dernière année, il avait décidé que dans la kabbale était expliqué l'enlèvement du criminel de guerre Adolf Eichmann, lui aussi réfugié en Argentine sous un faux nom.

Scène sur Ludwig et Ingrid à table.

LUDWIG : Son fils aîné tombe amoureux d'une jeune fille. Elle est juive sans le savoir. Son père a fui l'Allemagne pour l'Argentine avant la guerre et il ne lui a rien dit de ses origines. Leur nom Hermann ne révélait rien. Ils vivaient dans le même quartier que les Eichmann. Les deux jeunes gens se fréquentaient, elle allait souvent chez eux. Le garçon tenait des propos contre les Juifs qu'elle rapportait ingénument à son père. Un jour, pour se vanter, le garçon lui avait révélé son vrai nom de famille. La jeune fille le dit à son père qui en informa les services secrets en Israël. Des agents vinrent en Argentine et organisèrent l'enlèvement.

INGRID : Ce sont les ingrédients de la réalité, qui dépassent l'imagination d'un roman.

LUDWIG : Ce sont les ingrédients de la kabbale. Le garçon révèle le secret par amour, mot qui en hébreu a la même valeur numérique que un. Un est aussi le nom de la divinité hébraïque, Dieu est un dit la Bible. L'amour est son truc préféré. Tu comprends ?

INGRID : Pas très bien.

LUDWIG : Eichmann en avait chargé des centaines de milliers dans des wagons plombés et il ne s'apercevait pas qu'une des leurs venait dans sa maison ? À travers l'engouement amoureux la kabbale a introduit le dieu juif pour le dénoncer. Tout est écrit dans ces lettres.

Ludwig boit sa tasse, Ingrid se lève, va à la fenêtre en lui tournant le dos.

INGRID : Ce qui m'intéressait dans l'histoire d'Eichmann c'était le sort de la jeune fille. Elle aussi avait dû apprendre brutalement de qui elle était la fille, de quelle histoire. Pour elle aussi, les conséquences avaient été définitives. Elle avait dû changer de nom et de continent pour fuir les représailles nazies. Le XXe siècle a ouvert des abîmes entre parents et enfants. Elle n'était qu'une jeune fille amoureuse et elle avait été transformée soudain en instrument de l'Histoire, utilisée et puis rejetée. Elle avait dû apprendre qu'elle était juive, que son nom de famille Hermann était faux, que son père lui avait rigoureusement menti sur tout.

Certes, pour la protéger, mais c'était une justification dont elle ne pouvait se contenter.

Elle avait été considérée comme incapable de comprendre non seulement par l'Histoire mais aussi par son père. Quel genre de pères nous a donné ce XXe siècle ? Heureusement qu'il est fini.

Ingrid quitte la fenêtre pour aller derrière Ludwig qui est assis à la table de la cuisine. Il a plusieurs livres devant lui. Sur l'un d'eux, posé sur un lutrin transparent, on entrevoit un K *majuscule.*

INGRID : L'étude de la kabbale agissait à fond sur lui. Il voyait des correspondances qui pour moi étaient des jeux d'énigmes. Il avait découvert que le mot « fin » et le verbe « venger » ont la même valeur numérique : cent quatre-vingt-dix. La coïncidence contenait une prophétie qui le concernait, le terme de sa vie aurait la forme d'une vengeance. Il était inutile de le contredire. Persuadé d'avoir trouvé le secret juif, il croyait pouvoir contrôler son ennemi.

Scène sur Ludwig seul debout dans l'arrière-salle d'une brasserie. Il parle à un groupe d'une vingtaine de vieux nazis. Scéniquement, ce sont des silhouettes vues de dos.

LUDWIG : Vous, camarades, vous vous moquez de moi, vous dites que les lettres juives m'ont contaminé à force de distribuer le courrier dans ce Centre. Vous ne comprenez pas que l'âme juive que nous voulions extirper se trouve dans leur alphabet. Je viens de vous raconter la légende du Golem de Prague, l'esclave automate construit par le rabbin. Le mot *èmet*, vérité, est écrit sur le front du Golem. Il est invulnérable, invincible, mais le rabbin craint les effets de sa propre œuvre et décide de la détruire. Il efface du front du Golem la première lettre, le *è* de *èmet*, qui correspond à la lettre aleph. Il reste *met* qui signifie mort. C'est pour ça que le Golem meurt, vous comprenez ? *(Bourdonnement de désapprobation, de dérision.)* Vous me regardez et vous hochez la tête. Vous me demandez : et alors ? C'est très clair, camarades. Les Juifs ne sont pas le peuple élu, comme ils nous l'ont fait croire pour nous abuser. Ils sont en fait le Golem, le peuple automate de leur divinité, construit pour son service. Ils sont invincibles parce que le mot *èmet*, vérité, la présomption de la posséder, est écrit sur leur front. Mais si on retire l'aleph ils sont morts.

Vous comprenez maintenant ? Nous nous sommes acharnés à exterminer un peuple alors qu'il suffisait d'effacer les aleph, tous les aleph, des dictionnaires, des casses des imprimeurs, d'annuler la lettre qui leur sert de bouclier et sans laquelle ils n'existent pas. *(La désapprobation devient plus bruyante, et plus forte et hystérique la voix de Ludwig qui conclut.)* Camarades ! Nous devons détruire les aleph ! Il est encore temps !

SCÈNE VII

On revient à la scène II, l'auberge dans les Dolomites. Ingrid est assise seule à la table.

INGRID : J'ai cherché dans les hommes les mains qui m'enlevaient du poids en me faisant flotter quand j'étais petite. Aucun ne m'a satisfaite. Je me sens écrasée sous le lest de leur corps. Les hommes aiment faire sentir leur poids. Ils ne savent pas voir une femme, ils sont restés à la première impression d'Adam, à son erreur face à Ève. « Elle est os de mes os et chair de ma chair », dit-il quand il la voit pour la première fois. C'est le contraire qui est vrai, les hommes sont os et chair des femmes.

David entre, il refait les gestes de la scène II, puis il va s'asseoir à la table voisine de celle d'Ingrid après l'échange des sourires.

INGRID : Le sang m'est monté au visage. Cet homme est la suite incarnée du garçon sourd-muet d'Ischia. Une contraction à l'estomac, une crampe de surprise m'a fait sourire. J'ai tout de suite su que ce ne pouvait pas être lui, et pourtant c'était quand même lui, une variante due au temps et à la distance. En échange, il m'a souri, plutôt avec les yeux, comme le garçon de l'île. J'ai envie de lui demander s'il est d'Ischia.

La serveuse apporte deux bières à la table d'Ingrid, puis elle s'adresse à David.

LA SERVEUSE : Vous prenez comme d'habitude ?

David acquiesce.

INGRID : La pulpe des oursins revient sur ma langue et dans mes yeux la pointe de son canif. Et je me surprends à dire à voix basse l'alphabet allemand, comme une prière. En entendant le w il s'est retourné. Il m'a regardé comme un paysage lointain, sans mise au point.

Ludwig entre, il observe la salle, croise le regard de la Serveuse, se détourne et rejoint Ingrid à sa table.

INGRID : Tout va bien, papa ?

Ludwig acquiesce.

INGRID, *à part* : Je me rends compte qu'il a vieilli brusquement. Ou peut-être est-ce moi qui m'éloigne de lui par la pensée, comme je le faisais à Ischia après le dîner. Il restait avec ses camarades mutilés, balafrés de cicatrices, violacés de brûlures. Il se détachait parmi eux parce qu'il était indemne. Je descendais sur la plage, je m'allongeais dans le noir. Au-dessus de moi, la Voie lactée divisait le ciel en deux. J'éprouvais l'heureux vertige d'être très loin. Aucun homme n'a su toucher ma peau où siègent mes palpitations. À l'âge de dix ans, en atteignant de ses doigts mon point d'extase, le garçon sourd-muet me l'avait révélé à moi-même. *(On voit un astrolabe sur scène.)* Un jour, tout à coup, il m'a fait asseoir et a mis mes mains à plat sur le sable. J'ai senti le sol vibrer, trembler. Il secouait mes bras. C'étaient les secousses d'un tremblement de terre, des cris s'élevaient des maisons, et le garçon m'a fait le seul sourire que je lui aie vu. Il m'avait fait toucher la force qui affleure à la surface depuis les profondeurs. Sous mes doigts, j'avais touché un orgasme de la terre.

David, à la table voisine, interrompt sa lecture, il se frotte le visage avec ses mains.
Ludwig sirote sa bière, le regard tourné vers la fenêtre.

INGRID : Je revois le geste du garçon qui se lavait le visage avec de l'eau de mer. Je serre les doigts autour de ma chope pour me retenir de toucher les siens. Pour la fête du saint patron, on installait un manège de chevaux à bascule. Je montais dessus, lui se tenait quelque part sur la place, avec sa chemise blanche de fête. À chaque tour, je regardais où il était et il m'accompagnait de la poussée de ses yeux dans mon dos. L'heure qui nous réunit, nous sépare aussi. Pour la première fois, j'ai envie de me retrouver ici sans mon père.

Ludwig commence à s'agiter, Ingrid sort de ses pensées et le regarde perplexe, comme si elle ne le reconnaissait pas.

LUDWIG, *à voix basse mais tendu* : Ils sont ici, ils m'ont retrouvé.

Ingrid regarde la salle, puis dehors, puis Ludwig.

LUDWIG : Elles sont en hébreu.

INGRID : Quoi ?

LUDWIG : Les feuilles sur la table à côté. Ne regarde pas ! C'est l'un d'eux envoyé pour me faire savoir qu'ils m'ont retrouvé.

INGRID, *hochant la tête pour atténuer l'effet sur Ludwig, qu'elle n'a jamais vu dans cet état de tension* : Quelle importance ont des feuilles en hébreu ?

LUDWIG, *sur le point de se lever, saisissant son bras* : Tu ne vois vraiment rien ? Ce sont des feuilles grandes ouvertes et bien en vue, si c'était un livre je n'aurais rien remarqué. Quand il lit, il remue les lèvres pour éveiller la curiosité.

DAVID, *concentré sur sa lecture en yiddish, arrivant à prononcer distraitement le mot* : *Èmet.*

LUDWIG, *se levant d'un bond et soufflant les derniers mots à Ingrid* : *Èmet*, un des camarades m'a trahi ! *(S'adressant à la serveuse à voix haute.)* L'addition ! *(Il se dirige vers le comptoir.)*

INGRID, *restant toute raide à la table* : Je n'ai jamais entendu la voix de mon père aussi claire et nette dans un lieu public. Il se croit découvert et il a cessé de feindre. Je vois que je tremble. J'ai envie de le laisser partir, de rester ici.

Ludwig paie avec un billet, ne prend pas sa monnaie et sort rapidement.

INGRID : Maintenant ! Je dois choisir maintenant.

La scène s'interrompt, on entend des bruits de moteur d'une voiture qui fait une manœuvre, puis qui démarre en trombe.

Sur scène il y a maintenant Ingrid, mais ce n'est pas la même qu'un moment plus tôt. Un an est passé, elle a les cheveux courts, une petite cicatrice sur le menton, elle est légèrement maquillée.

INGRID : Je me suis levée pour le suivre. J'ai croisé le regard de l'homme assis à la table avec les feuilles en hébreu. Il n'y a pas eu de sourires, mais son regard m'a accompagnée jusqu'à la sortie. Je l'ai senti sur ma peau. Ce n'était pas celui d'un étudiant dans la salle de pose de l'Académie, mais celui du garçon qui suivait le tour de manège. Adieu, garçon sourd-muet, sans nom, de toute façon tu ne pouvais ni le dire ni l'entendre.

Mon père était dans la voiture, il a fait marche arrière, je suis montée au vol, il allait me laisser là. Il pesta contre lui-même pour ne pas s'être garé en position prête pour la fuite. Il avait dû faire marche arrière. Il s'est dirigé vers les lacets qui conduisent au col, en direction opposée à celle de l'auberge. Il allait en direction de la frontière autrichienne. Il conduisait le plus vite possible. Ma présence ne lui servait à rien à ce moment-là. Il était seul avec le vieux fantôme de sa capture.

J'étais calme, je continuais à croire qu'il se trompait, qu'il exagérait. La route était vide à cette heure-là. Il regardait le miroir du rétroviseur. Une voiture avait dû apparaître derrière nous. Je ne me suis pas retournée, mais lui regardait avec insistance derrière plutôt que devant.

Une lumière basse rougissait les montagnes, j'essayais de me distraire en regardant cette beauté immobile, mais les brusques virages m'obligeaient à me tenir solidement. Une longue ligne droite apparut, il poussa à fond le régime du moteur. Je vis le compteur marquer cent quatre-vingt-dix. Je le lui dis et je me suis rappelée alors que c'était la valeur numérique du mot fin et du verbe venger.

Lui me dit : je sais. Au même moment, la voiture enfonça la barrière et sauta dans le vide. *(Pause, changement du ton de voix qui passe de tendu à calme.)*

Pendant la chute, je me sentis sans poids. Les doigts d'un garçon sourd-muet portaient mon corps. Pour me laisser aller, je détachai ma ceinture de sécurité. Au premier choc, je fus éjectée et projetée dans les branches des mélèzes. Quelque chose là-bas m'accueillait à bras ouverts.

Scène sur David maintenant qui se trouve à l'avant-scène sur une chaise comme dans l'interview de la scène I, tandis que défilent au-dessus de lui les dernières images des tarots.

DAVID : Non. Nous ne sommes pas les cartes d'un jeu qui se déroule au-dessus de nous. Nous sommes les pions d'un joueur d'échecs solitaire qui joue aussi contre lui-même. Nous sommes de l'espèce humaine, la seule qui a su qu'elle était nue et qui s'est couverte de toutes les façons, de la feuille de vigne à l'uniforme. La seule espèce forcée de décider ce qui est bien et mal.

Ici, s'est déroulée une histoire sur la puissance des mots. On sait que certains annoncent des prophéties, qui ne sont pas des pronostics, mais des forces qui déterminent des événements. Ici, ils éblouissent un vieux nazi jusqu'à l'aveuglement.

Les mots sont plus forts que leur simple sens. Le dictionnaire assigne une définition à chacun, mais il ne tient pas compte de l'énergie qu'ils peuvent dégager. Le mot amour décide d'une vie entière. En tant que traducteur et écrivain, je crains, je respecte, je cultive les mots.

Dans cette histoire, ils sont bénédiction et malédiction, la berceuse et la sirène d'alarme, le vin des noces et la drogue de l'accoutumance solitaire. Ici, ils saisissent et entraînent vers une justice entêtée comme une insomnie.

La scène revient sur Ingrid assise à sa table.

INGRID : Mon long séjour à l'hôpital m'a coupée de ma vie d'avant. Une fois les derniers points de suture décousus, j'étais libérée de mon père. Il n'a pas décidé de me faire mourir avec lui, à ce moment-là il ne m'a pas demandé de le suivre. Mais je ne pouvais pas m'en sortir comme ça, indemne et sans l'accompagner.

Son identité est restée inconnue, sur sa tombe est inscrit le faux nom qui persiste sur mes papiers. Je suis en train de faire les démarches pour prendre celui de ma mère. Je peux jeter la fausse monnaie. Il me reste à savoir si quelqu'un nous suivait sur cette route, si l'homme de l'auberge était un des leurs et appartenait à l'histoire de mon père ou s'il appartenait à la mienne, sur la trace d'un garçon sourd-muet. Il s'est écoulé un an depuis ce soir-là. Je suis assise à la même table, je bois une bière, j'attends.

Final. On entend au-dehors un bruit de pluie, un orage soudain. Quelqu'un hors de l'auberge secoue ses chaussures de marche pour retirer la boue, puis les frotte sur un tapis-brosse. La porte s'ouvre, entre David qui enlève son anorak mouillé. Il salue la serveuse de la main, regarde la salle et sourit à Ingrid.

Appendice

Titre original :
NOTTI DI MAGGIO 99

© Erri De Luca
Publié en accord avec l'Agenzia letteraria Susanna Zevi.
© Éditions Gallimard, 2023, pour la traduction française.

NUITS DE MAI 99

À la fin du mois d'avril, le dernier du XXe *siècle, j'obtins des autorités yougoslaves la permission d'aller à Belgrade. J'ai écrit ce texte avant de partir.*

Je me mets en route pour aller à Belgrade. Je passerai par la Hongrie, seule frontière ouverte. Les Serbes ne sont pas mes ennemis, je ne suis l'ennemi d'aucun peuple. Depuis plus de cinq ans, depuis la destruction du vieux pont de Mostar, je pars comme chauffeur de convois humanitaires au milieu des peuples de la Bosnie. Avec plusieurs milliers d'Italiens, nous avons réussi à venir en aide aux réfugiés, musulmans, croates, serbes. L'engagement pris ces dernières années est d'être du côté de toutes les parties lésées. Aujourd'hui, le peuple serbe est aussi une partie lésée par les bombardements de l'OTAN. Cette lésion vient de mon pays, elle décolle de ses pistes. Larguer des bombes au-dessus d'une ville est l'acte terroriste par excellence. Je le tiens des récits d'enfance de ma mère à Naples, la ville la plus bombardée d'Italie pendant la Seconde Guerre mondiale. Je le sais par l'histoire du XXe siècle : frapper les villes, viser les civils plutôt que les soldats est du terrorisme. Je vais à Belgrade pour être du côté des bombardés. Je déserte mon pays bombardier, les familles qui vont pique-niquer le dimanche autour de la base d'Aviano pour voir décoller les avions remplis de bombes.

Je n'invite personne à faire la même chose. Je vais à Belgrade pour écouter les sirènes d'alarme que ma mère a connues jeune fille sous le ciel de Naples. Je lui demande pardon pour cette rime de l'Histoire à laquelle je ne veux pas me soustraire : être dans une ville d'Europe bombardée par une autre Europe. J'appartiens à ce siècle, je suis son fils et celui de ma mère, je ne peux renoncer à mon héritage.

Le ciel de mai est rempli d'étoiles qui appellent les yeux à s'ouvrir tout grand. Je vais chez un peuple enfermé dans des caves, qui s'enchaîne à un pont pour le défendre. Je vais partager un peu de son insomnie. À vous, je souhaite les meilleures nuits de mai.

J'allais faire acte de résidence, non pas de résistance. J'allais m'accouder la nuit à une fenêtre du dernier étage de l'hôtel Moskva, chambre 411, en haut de la montée de la rue Balkanska. Ce n'était pas un acte pacifique, mais le plus violent à ma disposition. J'avais avec moi un poème de Dylan Thomas écrit après un bombardement sur Londres : « Au milieu des morts du raid aérien de l'aube, il y avait un vieil homme de cent ans ». Et qui finit ainsi : « Le matin a les ailes de son âge / Cent cigognes sont perchées à droite du soleil. »

À Belgrade, j'ai cherché les vieux, ceux qui avaient vu arriver les Allemands et qui avaient senti la terre défoncée par les avions de la Luftwaffe. Je leur demandais la différence. Assis sur un banc du parc Kalemegdan, après le court préambule de présentation entre méridionaux (yougoslave, c'est slave du *yug*, du Sud), un homme de Naples tentait quelques mots de russe pour être à l'écoute. Dans l'autre guerre, les avions se voyaient dans le ciel, l'armée d'Hitler était aux portes des fleuves, cette guerre était tout autour, sur eux. Elle était pire. Celle-ci crache des missiles de l'enfer, on ne voit ni on n'entend aucun avion même dans les raids de jour. On entend la sirène, puis les coups, puis de nouveau la sirène. La guerre sur Belgrade n'est pas une guerre, ce n'est qu'une destruction, « *tòlka vred* », rien que destruction. « Europe, que fais-tu, Europe ? Regarde qui nous sommes, regarde où. » Je regarde : d'un banc du parc Kalemegdan on donne sur le plus solennel carrefour d'eaux d'Europe. Le Danube, sans laisser la priorité à la Save qui vient de droite, se laisse investir dans la courbe, lui fait de la place et tous les deux vont au pont de Pancevo et de là descendent une moitié d'Europe jusqu'à la mer Noire.

Après Pancevo, ville d'industries écrasées par trop de bombes de printemps, le fleuve est une mixture. C'est un enfant qui a jeté toutes les poudres de son « Petit chimiste » dans une flaque. De la brèche de citernes et de silos explosés sont tombés dans le Danube les affluents les plus répugnants. Le fleuve a demandé des eaux au ciel et en Allemagne sont ainsi arrivées des pluies et des inondations dont le Danube s'est surchargé pour courir avec de l'eau fraîche à Pancevo, lagune d'eau morte.

Au parc, quand la sirène d'alarme retentit, pas une partie ne s'interrompt, pas un joueur d'échecs ne fait d'autre coup que celui qui est nécessaire et qui lui revient. Le silence des échecs est fort, même le hurlement de loup de la sirène d'alarme ne le trouble pas. Personne ne se met à l'abri. Les joueurs restent concentrés sur l'immensité horizontale de soixante-quatre cases. C'est l'unique sol qui compte. Le ciel au-dessus de Belgrade est un champ de tir. La défense antiaérienne tire dans les nuages et elle n'est pas plus efficace qu'un enfant qui court derrière les pigeons du parc.

Le matin du vendredi 7 mai j'ai un rendez-vous. Mira Kiš, veuve de Danilo, écrivain d'Europe et d'ici, m'accompagne à l'hôpital. Depuis longtemps, j'ai une oreille obstruée par un bouchon de cérumen. J'ai tardé à le faire enlever et maintenant que je suis dans une ville très sonore, je regrette ici plus qu'ailleurs d'être à moitié sourd. Une femme expéditive et contrariée de soigner un Italien, un des ennemis de ses nuits, examine mon pavillon avec un petit entonnoir, puis avec une pointe en fer elle me retire d'un coup le grumeau durci. Il en sort du sang, il y entre de l'air, dans mon oreille se croisent la douleur et le soulagement, et j'entends, soudain il y a du vent et des voix qui résonnent. Mira rit de ma découverte. Je n'ai plus d'excuse maintenant, le fracas de l'OTAN est à moi, sans circonstances atténuantes ni réductions.

Le ciel s'est nettoyé. Les pluies ont balayé la poudre de graphite et de carbone qui a coupé le courant électrique de la ville et mis du poivre dans les yeux avec un goût amer dans la salive.

À sept heures du soir, la ville se referme, baisse ses rideaux de fer et installe l'obscurité. Je monte lentement au cinquième étage de l'hôtel Moskva. De la fenêtre, j'ai une vue à cent quatre-vingts degrés : les ponts sur la Save qui vont à Novi Beograd et le gratte-ciel massif grillé par les attaques aériennes. Je repense à ma première nuit quand, à peine arrivé, je suis sorti à tâtons pour aller jusqu'au pont Brankov partager la veillée de défense avec les habitants. Et je n'en ai pas trouvé un seul, ils s'étaient déjà lassés de perdre leur sommeil sur le pont. Alors, j'ai marché tout seul sur la route du Brankov, croisant de rares phares de voitures rapides. Puis j'ai refait la promenade en sens inverse et j'ai recommencé l'aller-retour tout en entendant les tirs au-dessus de Pancevo. Mais la troisième fois, pris du sens du ridicule, je me suis retiré de la piste vide du pont. Je suis retourné à l'hôtel. Je passe ainsi mes nuits à voir d'en haut la ville éclairée par les tirs. Je ne vais pas dans un abri. Dans la chambre voisine, un Russe ronfle. Je crois à la puissance défensive de la vodka, aucune OTAN ne peut bombarder son sommeil.

La nuit du vendredi 7 mai 1999 commence avec la sirène de neuf heures et la dense effervescence des balles traçantes, un grouillement de traînées rouges du bas vers le haut, pas suffisamment haut. Quelques nuages dans le ciel, une ville sombre, les vagues commencent. Je les compte : toutes les demi-heures les cent quatre-vingts degrés d'horizon devant moi explosent. Les coups s'abattent sur Novi Beograd, zone de résidences et non de bâtiments publics. Une explosion de flammes blanches éclaire le quartier et le fleuve. Je ne sais pas encore que c'est l'ambassade de Chine, je pense à un dépôt de carburant à cause de la lumière blanche de décharge électrique. Par vagues de demi-heures la ville craque, crache des vitres dans la rue, des flammes des balcons, mon regard est fixé sur les ponts de la Save. J'entends du raffut dans la chambre du Russe et je comprends que c'est une nuit impossible pour lui aussi. Un vers de Mandelstam me vient aux lèvres : « *Eta noc' niepopravima* », c'est une nuit sans remède, « *a uvàs ieskò svietlò* », et chez vous il fait encore jour. Sans le sommeil du Russe, je me trouve à découvert et je m'aperçois que je suis seul : contre l'Europe de la céleste alliance et avec personne, pas même avec cette ville. Je n'arrive pas à être avec Belgrade, je n'ai aucun droit ni aucune raison d'utiliser le avec, le *cum* de l'alliance. Je suis seulement dans. Elle c'est la casserole et nous sommes la viande, est-il dit de Jérusalem dans le livre d'Ézéchiel : cette nuit fait affleurer des rengaines.

Les journalistes de l'hôtel sont arrêtés par la police et emmenés à l'ambassade de Chine, il est une heure du matin. Je reste à la fenêtre comme un amoureux transi sous une nuit de mai. Je pense aux nuits de Bosnie, des nuits d'une autre guerre où j'étais chauffeur de convois humanitaires qui se rendaient auprès de toutes les parties lésées, c'étaient simplement des nuits d'amitié. Dans celles-ci en revanche, moi je suis d'un peuple d'Europe en guerre contre un autre peuple. Ces nuits me concernent parce que envoyées par mon pays. Ainsi, je reste devant la fenêtre de la chambre 411 pour faire mon « me voici ». Et à deux heures du matin j'entends le sifflement d'un avion, c'est impossible, et de fait ce n'est pas ça : au bout de la descente de la rue Balkanska les immeubles explosent, deux déflagrations que je n'ai encore jamais entendues, absurdes, me projettent sur le lit, de l'air qui se déplace comme un poing et enfonce des fenêtres au passage, heureusement que les miennes sont ouvertes, me donnent un coup à l'estomac et envie de vomir, mais je n'ai pas dîné. C'étaient des missiles de croisière et pas des avions, les palais d'État de la rue du Prince Miloš ont explosé, trop proches pour les voir, trop proches pour ne pas sentir la chaleur et l'odeur des incendies. Belgrade est aux mains des pompiers et des fleuves qui courent dans les tuyaux pour noyer le feu. Les dernières vagues arrivent vers quatre heures du matin. Le ciel au-dessus de Belgrade cesse d'exploser à l'aube, à la bonne heure Europe.

TABLE DES COPYRIGHTS

Sauf indication contraire, les textes ici répertoriés sont d'Erri De Luca.

Textes inédits en français :

L'isola è una conchiglia, Capri, Edizioni La Conchiglia, 2008.
Lettere di una città brusciata, Naples, Libreria Dante & Descartes, 2002.
La musica provata, Milan, Feltrinelli Editore, 2014.
Se i delfini venissero in aiuto, Naples, Libreria Dante & Descartes, 2017. [Partiellement traduit sous le titre « Erri De Luca et les "pêcheurs d'hommes" en Méditerranée », *Le Monde*, 12 mai 2017.]
Tufo, Naples, Libreria Dante & Descartes, 2014 ; repris dans *Sei trentaduesimi*, Naples, Libreria Dante & Descartes, 2015. [Partiellement traduit sous le titre « Tuf » dans *MEET*, n° 4, 2001.]

Préface à *Chi ha fatto il turno di notte*, d'Izet Sarajlić, Turin, Einaudi, 2012.
Texte pour l'exposition de Danilo De Marco, *L'Insomnie de la terre.*
Texte sur Peter Handke, dans *Peter Handke, viandante carinziano in Friuli*, éd. Danilo De Marco, Osoppo, Olmis, « Quaderni del Menocchio », n° 67, 2012.
Texte du spectacle théâtral *Un'ora al teatro* et du film *Alberi che camminano* © Erri De Luca.
« Circa il valore » (24 octobre 2013) ; « Predrag Matvejević » (21 février 2017) ; « Cent'anni » (2 janvier 2018) ; « Mostar » (8 janvier 2019) ; « Una visita » (19 mars 2019) ; « L'Ucraina in agosto » (16 août 2022) © Erri De Luca, blog de Fondazione Erri De Luca.

Table des copyrights

Textes traduits en français :

En haut à gauche, trad. Danièle Valin, Gallimard, coll. « Du monde entier », 2012.
Essais de réponse, trad. Danièle Valin, Gallimard, coll. « Arcades », 2005.
« L'Été 43 », trad. Danièle Valin, *Nunc*, octobre 2012, n° 28 ; repris dans *L'Hôte impénitent*, Gallimard, coll. « Poésie/Gallimard », 2021.
Impossible, trad. Danièle Valin, Gallimard, coll. « Du monde entier », 2020.
Œuvre sur l'eau, trad. Danièle Valin, Seghers, coll. « Poésie », 2002.
Première heure, trad. Danièle Valin, Gallimard, coll. « Folio », 2012.
Quichotte et les invincibles, trad. Danièle Valin, Gallimard, 2008.
Le Plus et le Moins, trad. Danièle Valin, Gallimard, coll. « Du monde entier », 2016.
Sur la trace de Nives, trad. Danièle Valin, Gallimard, coll. « Du monde entier », 2006.
Tu, mio, trad. Danièle Valin, Gallimard, coll. « Du monde entier », 2011.
« Vif-argent », trad. Danièle Valin, dans Davide Cerullo, *Visages de Scampia. Les Justes de Gomorra*, Gallimard, 2018.

Avec Alessandro Mendini, *Diables gardiens*, trad. Danièle Valin, Gallimard, 2022.

CRÉDITS PHOTOGRAPHIQUES

COUVERTURE

Graphisme Direction Artistique Gallimard,
d'après photo © Witi De TERA/Opale.photo.

INTÉRIEUR

Alberi che camminano (2015) / Paola Porrini Bisson / © OH!PEN Productions : p. 65 • © Archives Éditions Gallimard (Paris) / Éditions Gallimard : p. 56 (haut), 69 (bas, droite) • © Archives Éditions Gallimard (Paris) / Photo Francesca Mantovani, 2017 : p. 9 • © Archivio Arici. All rights reserved 2022 / Bridgeman Images : p. 27 • © Archivio Lotta Continua : p. 38, 39 • © Marco Caselli Nirmal : p. 56 (bas) • © Davide Cerullo : p. 66 • © Coll. privée Erri De Luca : p. 17 (haut et bas), 18, 19, 21 (haut et bas), 22 (haut et bas), 23 (haut et bas), 31, 32, 33, 35, 36, 43 (haut), 46, 59 (bas), 60, 63, 69 (haut), 70 • © Erri De Luca : p. 24, 25, 28, 41, 43 (bas), 44 (haut, centre et bas), 49, 50, 51, 72 • © Danilo De Marco : p. 48, 52, 53, 54 • © Carl de Souza / AFP / Feltrinelli Editore : p. 58 (bas) • *Di là dal vetro* (2011) / Gabriele Oricchio / © Pasta Garofalo (DR) : p. 59 (haut) • © Éditions Verdier : p. 69 (bas, gauche) • © Franco Fedeli / Reporters Associati & Archivi / Mondadori Portfolio / Bridgeman Images : p. 26 • © Feltrinelli Editore : p. 45 (bas), 47, 67 (bas), 68 • © Fondazione Erri De Luca : p. 71 • Fondazione Erri De Luca / DR : p. 45 (haut)• © Edoardo Fornaciari / Hulton Archive / Getty Images : p. 55 • © Suzy Hazelwood / Pexels : p. 64 • *Il turno di notte lo fanno le stelle* (2012) / Paola Porrini Bisson / © OH!PEN Productions : p. 61, 62 • © LaPresse : p. 67 (haut) • © Vincent Leloup / Divergence : p. 40 • © François Lochon / Gamma-Rapho : p. 42 • © Mondadori Portfolio / Archivio Massimo Di Vita / Massimo Di Vita /

Crédits photographiques

Bridgeman Images : p. 37 • © Photo12 / Alamy / Carlo Maggio : p. 16 (haut et bas) • © Photo12 / Alamy / Cola Images : p. 30 (haut) • © Photo12 / Alamy / Pacific Press Media Production Corp. : p. 58 (haut) • © Photo12 / Alamy / The Picture Art Collection : p. 20 • G. C. Sansoni Editore (DR) : p. 29 • Testepiene (DR) : p. 57 (bas) • Testepiene (DR) / YouTube, *Letti Sfatti, Erri De Luca – Questa Città*, 31 mai 2012 : p. 57 (haut) • © Touring Club Italiano / Marka / UIG / Bridgeman Images : p. 15 • © Touring Club Italiano / Marka / Universal Images Group Editorial via Getty Images : p. 30 (bas).

Les Éditions Gallimard ont cherché en vain les auteurs ou ayants droit de certains documents reproduits dans cet ouvrage. Leurs droits leur sont réservés auprès des Éditions Gallimard.

TABLE DES MATIÈRES

APPENDICE

DIRECTION ÉDITORIALE

Aude Cirier

ÉDITION

Lorenza Dalloca • Emmanuelle Garcia
• Léocadie Handke • Anne Sorensen

CORRECTION

Marie-Aude Cap • Romain Giroux
• David Mac Dougall • Michaël Poulard

MAQUETTE

Nord Compo

Composition : Nord Compo
Achevé d'imprimer sur Timson
par Normandie Roto Impression s.a.s.
61250 Lonrai, en janvier 2023.
Dépôt légal : février 2023
N° d'imprimeur : 2206314
N° d'édition : 546515
ISBN : 978-2-07-299611-5 / Imprimé en France